पुत्रेष्टि अनुष्ठान

पुत्रेष्टि अनुष्ठान

मृदुला त्रिवेदी
टी.पी. त्रिवेदी

मोतीलाल बनारसीदास
दिल्ली • मुम्बई • चेन्नई • कोलकाता • बंगलौर
वाराणसी • पुणे • पटना

प्रथम संस्करण : दिल्ली, २०११

ISBN : ९७८-८१-२०८-३४९२-७ (सजिल्द)
ISBN : ९७८-८१-२०८-३४९३-४ (अजिल्द)

मोतीलाल बनारसीदास

४१ यू.ए. बंगलो रोड, जवाहर नगर, दिल्ली ११० ००७
२३६ नाइंथ लेन III ब्लाक, जयनगर, बंगलौर ५६० ०११
सनाज प्लाजा, १३०२ बाजीराव रोड, पुणे ४११ ००२
८ महालक्ष्मी चैम्बर, वार्डेन रोड, मुम्बई ४०० ०२६
१२० रायपेट्टा हाई रोड, मैलापुर, चेन्नई ६०० ००४
८ केमेक स्ट्रीट, कोलकाता ७०० ०१७
अशोक राजपथ, पटना ८०० ००४
चौक, वाराणसी २२१ ००१

नरेन्द्रप्रकाश जैन, मोतीलाल बनारसीदास, बंगलो रोड, दिल्ली ११० ००७
द्वारा प्रकाशित तथा जैनेन्द्रप्रकाश जैन, श्री जैनेन्द्र प्रेस,
ए-४५, नारायणा, फेज़-१, नई दिल्ली ११० ०२८ द्वारा मुद्रित

समर्पण

अपने परमपूज्य बाबूजी पं. हरिकृष्ण त्रिवेदी

(7 जून, 1913 - 22 अक्टूबर, 1969)

को

'पुत्रेष्टि अनुष्ठान'

का शब्दार्थ-सौरभ समर्पित, जिनकी ज्योतिषीय मर्मज्ञता तथा सुरुचिपूर्ण आस्था ने हमें ज्योतिष अध्ययन की जीवन्त जिज्ञासा ज्योति के प्रगति-पथ पर प्रशस्त किया तथा ज्योतिष विज्ञान के अध्ययन, अनुभव, अनुसंधान की ओर निरंतर प्रेरित व प्रोत्साहित किया तथा सदा ही हमारे उत्साहवर्द्धन के अभिनव आयाम को संपादित किया।

ॐ नमो विश्वरूपाय विश्वस्थित्यन्हेतवे।
विश्वेश्वराय विश्वाय गोविन्दाय नमो नमः।।

सम्पूर्ण विश्व जिनका स्वरूप है, जो विश्व के पालन और संहार के एकमात्र कारण हैं तथा जो स्वयं ही विश्वरूप और इस विश्व के अधीश्वर हैं, उन भगवान् गोविन्द को बारंबार नमस्कार है।

पुरोवाक्

विश्व की शाश्वतता का सत्य, संतति-जनन की निरन्तरता में ही सन्निहित है। इस अलौकिक यथार्थ से समस्त विश्व परिचित है। वात्सल्य आकांक्षा मातृत्व और पितृत्व के समस्त संभव सुखों को सम्पूर्णता प्रदान करती है। प्रत्येक मानव की अंतरंग अभिलाषा प्रसाद में रूपान्तरित हो ही जाये, यह अनिवार्य नहीं है। संतति सुख का अभाव विपन्न व्यक्ति को भी उतना ही व्यथित करता है, जितना कि किसी विराट सम्राट को। ज्योतिष विज्ञान के अध्ययन, अनुभूति और अनुसंधान ने हमें यह स्वीकार करने के लिए विवश किया है कि पूर्वजन्म के कतिपय अवांछित कर्म, अपराध अथवा पापकृत्य या शाप ही संततिहीनता का मूलभूत आधार है। संततिसुख प्राप्त करने हेतु सर्वप्रथम अनिवार्यता है पाप के प्रायश्चित की, शाप मुक्ति की तथा दुष्ट कृत्यों और अपराध के कारण निर्मित होने वाले अवरोध को निर्विरोध में रूपान्तरित करने की, ताकि संततिहीनता का संताप और संत्रास मधुमास में परिवर्तित होकर वंशज की उत्पत्ति की गरिमा को गौरव प्रदान करके जीवन की सार्थकता और सम्पूर्णता प्रारूपित करने के साथ-साथ दाम्पत्य जीवन की नीरसता को संतान के अलौकिक आनन्द से आलोकित करे। माता-पिता कहकर बुलाने वाले सुमधुर स्वर से मनआँगन और जीवन के हर अंश को अद्भुत आनन्द से अभिपूरित, अभिरंजित और अभिगुंजित करे, मन के साथ-साथ घर का आँगन और हवाएँ भी नाच उठें।

पुत्रेष्टि अनुष्ठान, मानव के परिहार-परिज्ञान से सम्बन्धित समग्र जिज्ञासाओं तथा अनिवार्यताओं और अपेक्षाओं का सर्वसुलभ सुगम समाधान है। इसमें अनुभूत मंत्र विधान शास्त्रोक्त तन्त्र और यन्त्र सम्बन्धित उन समस्त परिहारों को समाहित किया गया है जिनके अनुकरण, अनुसरण और अनुपालन से सन्तानहीन व्यक्ति संतति सुख से समृद्ध होकर परिवार नामक संस्था का निर्माण कर सकने में समर्थ होते हैं।

मंत्र एवं भौतिक पदार्थों का क्रियान्वयन, जिसके उपयुक्त उपयोग से व्यक्ति के अभीष्ट की सिद्धि संभव हो, अर्थात् उसके तन एवं लक्ष्य की रक्षा के साथ उचित दिशा और गति प्राप्त

हो सके, उसे तंत्र नाम से व्याख्यायित किया जाता है। ऋषियों की दिव्य दृष्टि एवं अनुभूति ही आधार है, भौतिक पदार्थों के पृथक् अथवा एकत्र होने की स्थिति में शक्ति एवं ऊर्जा का सम्मिश्रण करके, उसके द्वारा कार्यसिद्धि की योजना को साकार स्वरूप प्रदान करना।

जीवन की गति ही प्रगति है तथा प्रगति के पावन पथ का सौंदर्य, सुख और समृद्धि संतति है। संतति के अभाव में जीवन का उल्लास और उत्साह, उमंग तथा ऊर्जा में शिथिलता का संचरण होता है। पारिवारिक प्रेम का संवर्धन करने वाली संतति की प्रगति और प्रतिष्ठापूर्ण प्रोन्नति, जीवन की प्रसन्नता है जो जीवन के समस्त प्रसंगों को अन्तरंग आनन्द और आह्लाद से अभिषिक्त करता है। संतान उत्पत्ति में होने वाले अवरोध प्रायः प्रगति और समृद्धि और सुख में व्यवधान उत्पन्न करते हैं जिनके लिए क्रूरग्रहों का प्रभाव पंचम, नवम एवं संतानकारक बृहस्पति को पापाक्रान्त करने से निर्मित होता है। ग्रहों का क्रूर प्रभाव तो प्रभु के अवतारों को भी वन में भटकने के लिए अथवा कारागार में जन्म लेने के लिए या दानवों के साथ युद्ध करने हेतु विवश करता है। उसे तो हम ईश्वर की लीला कहकर अपने आप को सन्तुष्ट कर लेते हैं परन्तु यदि वह लीला है तो विश्वव्यापी सभ्यता के लिए एक सशक्त उदाहरण भी है कि जब ईश्वर भी ग्रहों की परिधि के बाहर नहीं तो सामान्य जन की क्या बिसात!

संतान सुख से सम्बन्धित समग्र साधना, आराधना, अर्चना, अनुष्ठान का अंतरंग प्रतिफल प्राप्त करने से पूर्व मंत्र शक्ति की वास्तविकता, व्यावहारिकता, विविधता का तत्त्वार्थ समझ लेना अनिवार्य है। शब्द के निहितार्थ का संज्ञान रखने वाला, उपयुक्त वर्णों का चयन करके, प्रयोजन के अनुरूप उनके उपयुक्त समीकरण और संरचना से संयुक्त करके, उपयुक्त एवं उपादेयतापूर्ण मंत्र की संरचना करता है। मंत्रशक्ति और शब्द से सम्बन्धित चमत्कृत कर देने वाले विज्ञान का उल्लेख हमने अपनी अन्य कृतियों में विस्तार से किया है जिसकी पुनरावृत्ति करना, हमें उपयुक्त नहीं प्रतीत होता।

मंत्रशास्त्र पर साधारणतः दो प्रकार के ग्रन्थ उपलब्ध हैं। प्रथम प्रकार के ग्रन्थ, संदर्भित विषय की समग्रता के सारभूत तत्त्व की व्याख्या से प्लावित सार्वभौमिक एवं मौलिक कृतियाँ हैं जैसे- मंत्र महार्णव, मंत्र महोदधि, शारदा तिलक, लक्ष्मी तंत्रम्, रुद्रयामल तंत्र, कुलार्णव तंत्र, ज्ञानार्णव तंत्र, जिनका सांगोपांग अध्ययन किसी साधना के समतुल्य है। लेकिन मंत्रशास्त्र के ये विशिष्ट शास्त्रीय ग्रंथ, सामान्य पाठकों की जिज्ञासा को अपनी जटिलता के कारण प्रायः भ्रमित कर देते हैं, इसीलिए मंत्रशास्त्र से सम्बन्धित दूसरे प्रकार की अत्यन्त भ्रामक एवं भ्रान्तिपूर्ण कृतियों से बाजार भरा पड़ा है। इनमें से अधिकांश कृतियाँ एकदूसरे की प्रतिलिपि के समतुल्य हैं। कहीं-कहीं तो भाषा भी समान है। संकल्प, मंत्र, स्तोत्र आदि का क्रम भी समान है। अनेक कृतियाँ ऐसी हैं जिनमें प्रकाशक का पता अथवा लेखक के नाम का भी उल्लेख नहीं है। ऐसी कृतियों ने मंत्रविज्ञान के पाठकों के हृदय में अविश्वास, अश्रद्धा और अनिच्छा उत्पन्न कर दी है।

पुत्रेष्टि अनुष्ठान मंत्र विज्ञान से संदर्भित संज्ञान एवं तथ्य सम्बन्धी अनुष्ठान का सारगर्भित, सम्पुष्ट, सुगम तथा अनुभूत प्रावधान है जिसके अनुकरण से संततिहीनता से मुक्त होना सहज ही संभव है। यह उन सशक्त शाश्वत सारस्वत संकल्पों का साकार स्वरूप है जो मंत्र विद्या तथा साधना संस्कार पर प्रामाणिक, शास्त्रसंगत तथा सघन सामग्री एवं शोध साधना के अभाव में अंकुरित तथा प्रस्फुटित हुए थे। यह संतति प्राप्ति हेतु मंत्र शास्त्र की सामान्य रचना मात्र नहीं है बल्कि मंत्र से सम्बन्धित पूर्णतः शास्त्रानुमोदित वेदविहित, पुराण गर्भित अन्यान्य दुर्लभ अनुष्ठानों से सम्पुष्ट महान कृति है। इसकी उपयोगिता स्वतः सिद्ध है।

इसमें संतति प्राप्ति से सम्बन्धित समस्त अनुष्ठान, दुर्लभ मंत्र प्रयोग, अनुभूत स्तोत्र, सूक्त आदि के साथ-साथ अन्यान्य प्रावधान और उपादेयता का विस्तृत उल्लेख करने का प्रबल प्रयास किया गया है। इस कृति में वेदविहित, पुराण गर्भित, शास्त्रसंगत वे सभी मंत्र अनुष्ठान सम्मिलित किये गए हैं, जो संतानसुख के लिए अपेक्षित हैं।

प्रथम अध्याय **'संस्कार प्रकरण'** से शीर्षांकित है। संस्कार और परम्पराओं के वक्तव्य से तो सभी परिचित हैं। शिशु के प्रसव से लेकर मृत्यु तक के समस्त संस्कारों का उपयुक्त अनुकरण करना ही परम्परा है। इन समस्त संस्कारों के व्यापक संज्ञान, समुचित मुहूर्त की अनिवार्यता असंदिग्ध है। गर्भाधान संस्कार की प्राथमिकता और उपयोगिता, पुंसवन संस्कार विचार, सीमन्तोन्नयन संस्कार, जातकर्म संस्कार, नामकरण संस्कार, निष्क्रमण संस्कार, अन्नप्राशन संस्कार, चूडाकर्म संस्कार, कर्णभेदन संस्कार, यज्ञोपवीत संस्कार, वेदारम्भ संस्कार, केशान्त संस्कार, समावर्तन संस्कार, विवाह संस्कार, त्रेताग्निसंग्रह संस्कार तथा अन्त्येष्टि संस्कार, मानव को वेद में उल्लिखित पावन पथ पर प्रशस्त होने का मार्ग प्रारूपित करते हैं।

'संतान दोष परिहार' नामक द्वितीय अध्याय में अनेक दुर्लभ मंत्र प्रयोग अनुष्ठान आदि का उल्लेख है, जिनके अनुकरण से सहस्रों संतानहीन दम्पत्ति ने संतान सुख प्राप्त करने में सफलता प्राप्त की है। संतान प्रतिबन्धक ग्रहयोग व उपाय, वंश विच्छेद, सन्तानोत्पत्ति में विलम्ब एवं निराकरण, विपुत्र योग, अशुभ जन्म का विचार के अंतर्गत अमावस्या में जन्म तथा उसके उपाय, कृष्णचतुर्दशी में जन्म तथा निवारण, भद्रा में जन्म तथा निवारण, संक्रान्ति में जन्म तथा निवारण, एक नक्षत्र में जन्म तथा निवारण, ग्रहण में जन्म तथा निवारण, गण्डान्त में जन्म तथा निवारण, मूल में जन्म तथा निवारण, ज्येष्ठा नक्षत्र में जन्म तथा निवारण, त्रिखल में जन्म तथा निवारण, आश्लेषा, मघा, रेवती, अश्विनी में जन्म का फल तथा पैंतीस अक्षरी मन्त्र आदि का वैज्ञानिक विश्लेषण ज्योतिष के प्रबुद्ध पाठकों के लिए अत्यन्त हितकारी और मार्ग प्रदर्शक सिद्ध होगा।

'गर्भ रक्षा' नामक तृतीय अध्याय में प्रसव-सम्बन्धी मन्त्र, गर्भ-रक्षक शाबर-मन्त्र, गर्भ रक्षा मन्त्र, बन्ध्या गर्भधारण मन्त्र, काक-बन्ध्या-दोष-शान्ति, पुत्रजीवक-मन्त्र, गर्भस्राव रक्षा, सूतिकानिरोध सुखद प्रसव, गर्भाधान हेतु सुगम साधनाएँ, सन्तान योग विचार, प्रश्न लग्न, आधानकालीन सहवास-विधि, गर्भाधानकर्त्ता पुरुष के कर्म, गर्भगत निरूपण, गर्भाधानकर्ता पुरुष

के कर्म, गर्भगत निरूपण, भैषज्य वेदोक्त तथा नपुंसकता निवारण विधि आदि के शास्त्रगर्भित विधान समायोजित किये गये हैं।

'व्रत परिज्ञान : प्रविधि एवं प्रावधान' नामक चतुर्थ अध्याय में व्रत विधान की सांगोपांग व्याख्या सन्निहित है। पुत्र प्राप्ति अथवा संतान सुख हेतु व्रत अनुसरण की परंपरा प्राचीन काल से भारतवर्ष में बहुप्रशंसित, परीक्षत एवं प्रतिष्ठित है। व्रत, साधना, इस असार संसार से तारने हेतु भौतिक सुख-सुविधाओं की उपलब्धि हेतु, आकांक्षाओं तथा मनोकामनाओं की संपूर्ति हेतु एक स्वर्णिम सेतु है जिस पर प्रशस्त होने के लिए अखण्डित आस्था और सात्विक तन-मन के साथ ईश्वर के प्रति पूर्ण समर्पण की अनिवार्यता है। हमने अपनी अन्य कृति "वैवाहिक विलंब के विविध आयाम एवं मंत्र" के नवीन संस्करण में 'व्रत विधान : वैवाहिक विलंब एवं विघटन का सुगम समाधान' पाठकों के हितार्थ समायोजित किया है, जिसमें व्रत से संबंधित अनेक सूक्ष्म ज्ञातव्य तथ्यों का उल्लेख किया गया है।

इस अध्याय के अन्तर्गत व्रत एवं उपवास के पार्थक्य बिन्दु, उपवास एवं उपासना, व्रत-तिथि आदि का निर्णय, व्रत हेतु पात्रता, व्रत हेतु संकल्प, व्रत हेतु अपेक्षित सामग्री, व्रतों के सामान्य नियम, ध्यातव्य बिन्दु, प्रदोषव्रत एवं कथा, पयोव्रत की शक्ति, पुंसवन व्रत, मंगल व्रत विधान, बृहस्पतिवार व्रत, पापघट दान एवं व्रत, गोपूजन एवं व्रत विधान, कात्यायनी व्रत एवं स्तोत्र, कृष्ण व्रत, भविष्योत्तर व्रत, पुत्र सप्तमी व्रत, जीवत्पुत्रिका व्रत संज्ञान, अहोई अष्टमी व्रत तथा षष्ठी देवी व्रत आदि का निरूपण किया गया है।

हरिवंश पुराण का श्रवण करने मात्र से संतान जन्म में उत्पन्न होने वाली समस्त बाधाओं का शमन होता है तथा संतान उत्पत्ति का वांछित पथ प्रशस्त होता है। सभी शास्त्रों में हरिवंश पुराण और श्रीमद्भागवत पुराण को संतानहीनता को संतति सुख में रूपान्तरित करने की दृष्टि से सर्वोत्तम स्वीकारा गया है।

'संतति लाभ : श्रवण विधान' नामक पंचम् अध्याय के अभाव में 'पुत्रेष्टि अनुष्ठान' की पूर्णता के समक्ष प्रश्नचिन्ह लग जाता है। इसी तथ्य को ध्यान में रखते हुए इस अध्याय में हरिवंश पुराण, संतानगोपालमन्त्र, श्रीविष्णुशतनामस्तोत्रम्, पुत्रप्रदाता अभिलाषाष्टक, दैवी आराधना, चण्डेश्वर मन्त्र, गणेशाराधना, शक्तिगणेश मन्त्र, श्रीगणाधिपस्तोत्रम्, संतानगणपतिस्तोत्र, गणपति स्तोत्र, विनायक स्तोत्र, एकदन्त शरणागति स्तोत्र, श्रीमच्छंकराचार्यकृत पंचरत्न गणपति स्तोत्र, वंशवृद्धिकरं वंशकवच, लक्ष्मीनारायण वज्रपंजर कवच, त्रैलोक्य विजयाक्षय कवच, पुत्रप्रद तुलसी कवच, संतति सुख कवच, चिरंजीवी पुत्र प्राप्ति कवच, नवग्रहोपासना, सूर्योपासना, पार्थिवलिंगार्चन और रुद्राभिषेक, पुत्रप्रद शिव स्तोत्र, पुत्रेष्टियज्ञ की वैदिक ऋचाएँ, पुरुषसूक्त विधान, पुत्रकामेष्टि विधि, प्रजा सूक्त साधना, सन्तान-प्राप्ति-प्रयोग तथा यान्त्रिक प्रयोग आदि समाहित किये गये हैं। हमारी मंगलाशा है कि इस अध्याय के अध्ययन और अनुसरण के पश्चात् निःसंतान एवं पुत्रहीन दम्पति की संबंधित अभिलाषाएं, अपेक्षाएं, आकांक्षाएं, साकार स्वरूप में रूपांतरित हो उठेंगी।

संतति सम्बन्धी हमारे समस्त स्वप्नों और संकल्पों का साकार स्वरूप है—**'पुत्रेष्टि अनुष्ठान'**, जो संतान से सम्बन्धित आकांक्षाओं और अपेक्षाओं से संदर्भित साधनाओं का सुन्दर सरोवर नहीं, बल्कि स्वर्णिम सिन्धु है, जिसकी तल में असंख्य रत्न आविष्ठित हैं। आपेक्षित संतति की अनिवार्यता को वास्तविकता में रूपांतरित करने हेतु आवश्यकता है, सागर तल से इन अमूल्य रत्नों को निकालकर, उन्हें साधना और आस्था युक्त आराधना द्वारा, उन्हें संस्कारित करके, जीवन को सार्थकता प्रदान करनेवाले योग्य और आज्ञाकारी वंशज के जन्म में रूपान्तरित करने की। ऐसे अन्यान्य दुर्लभ अनुष्ठान, जो संतानहीनता से अभिशप्त दम्पतियों को पुनः महकते, मुस्कराते, शिशु की किलकारियों से प्रतिध्वनित, अभिगुंजित होते हुए मधुवन में रूपान्तरित करने का सशक्त माध्यम है।

पुत्रेष्टि अनुष्ठान के लेखन में भगवती त्रिपुर सुन्दरी की प्रेरणा और प्रोत्साहन के अतिरिक्त सक्रिय परिश्रम करने वाले श्री सदाशिव तिवारी एवं श्री हिमाँशु सक्सेना साधुवाद के पात्र हैं जिनके सहयोग और सहायता के बिना पुत्रेष्टि अनुष्ठान की इतनी सारगर्भित, सारभौमिक, सर्वसुलभ संरचना की सम्पन्नता संभव नहीं थी।

चौमू (जयपुर) निवासी स्व. आचार्य गोविन्द शास्त्री के प्रति भी हम श्रद्धायुक्त आभार प्रकट करते हैं, जिनकी मंत्रशास्त्र से संबंधित कृतियों से हमें बहुत कुछ सीखने का सुअवसर प्राप्त हुआ है। मंत्रशास्त्र के मर्मज्ञ इस महर्षि को हम अन्तर्मन से साधुवाद प्रदान करते हैं। श्री राजेश त्यागी, श्री गोपाल प्रकाश एवं श्री रामकिशोर तिवारी ने पुत्रेष्टि अनुष्ठान के शुद्ध टंकण और वर्तनी शुद्धता, स्पष्टता तथा संबंधित चित्रों के समायोजन आदि में बहुमूल्य योगदान प्रदान करके इस कृति को सुन्दर और समृद्ध करने के दायित्व का सफलतापूर्वक निर्वाह किया है और हम अपने इन सभी प्रिय सहयोगियों को धन्यवाद प्रदान करके, संतोष व सुख का अनुभव करते हैं।

धन्यवाद के क्रम में सर्वाधिक उल्लेखनीय है हमारी पौत्री युति, पौत्र युग, जो अभी क्रमशः दो और आठ वर्ष के हैं। हमारी पुत्री के पुत्र नवांश और अंश का भी कम महत्त्व नहीं है। जब हमारा थका हुआ तन और मन, समृद्ध लेखन के प्रति हमें निष्क्रिय करने लगता है, तो इन शिशुओं की किलकारियाँ और क्रन्दन, इनकी आमोदिनी, प्रमोदिनी, इनकी निर्मल मुग्ध करने वाली मुस्कान, हमें पुनः पुनः लेखन हेतु शक्ति और ऊर्जा प्रदान करके, श्रेष्ठ, सुगठित, सुव्यवस्थित, सारगर्भित, सारलौकिक लेखन हेतु प्रेरित और प्रोत्साहित करतीं।

हम हृदय से कृतज्ञ हैं आदरणीय श्री नरेन्द्र प्रकाश जैन के, जिनकी अभिरुचि और प्रकाशकीय कौशल का अतिसुन्दर प्रतिफल है, पुत्रेष्टि अनुष्ठान का इन्द्रधनुषी प्रकाशन, वह भी इतने अल्प समय में। पुत्रेष्टि अनुष्ठान के नयनाभिराम प्रकाशन, प्रभावशाली गेटअप एवं अद्वितीय मुद्रण हेतु हम मेसर्स मोतीलाल बनारसीदास पब्लिशर्स को धन्यवाद प्रदान करके गर्व का अनुभव करते हैं।

अपने समस्त पाठकों के प्रति अपनी कृतज्ञता व्यक्त करने हेतु हमारे पास शब्दों का नितान्त अभाव है, जिन्होंने यदि हमारी अन्यान्य कृतियों के अध्ययन और अनुसरण में इतनी अभिरुचि व्यक्त न की होती, तो इतने सम्पुष्ट और समृद्ध लेखन हेतु हम साहस और शक्ति ही न जुटा पाते।

शुभकीर्ति संवत्सर 2066
चैत्र मास, शुक्ल पक्ष, ग्रीष्म नवरात्र
नवमी तिथि, दिन शुक्रवार

रचनाकार
मृदुला त्रिवेदी
टी.पी. त्रिवेदी

अनुक्रमणिका

भूमिका

संतति की कामना, व्यक्ति की स्वाभाविक अभिलाषा एवं मूलभूत इच्छा होती है। महाराज मनु ने पुत्रेषणा को मनुष्य की उत्कट अभिलाषा स्वीकारा है क्योंकि पुत्र के रूप में मनुष्य, स्वयं को अभिनव स्वरूप में रूपान्तरित करता है। पुत्र प्राप्ति की अनिवार्यता का मंगलगान समस्त सम्बन्धित शास्त्रों में व्याख्यायित है। सदाचारी एवं योग्य पुत्र के अभाव में व्यक्ति सद्‌गति अथवा मोक्षगति से वंचित ही रह जाता है। पुराणगर्भित, वेदविहित यह विश्वास हमें पुत्रोत्पति हेतु प्रेरित, प्रोत्साहित, प्रफुल्लित करने के निमित्त साहचर्य सुख का प्रबल धरातल प्रदान करता है। वैवाहिक सुख के शीर्ष पर सुसज्जित, सुशोभित दम्पति के प्रेमासक्ति से अभिभूत प्रेमाभिव्यक्ति संतति सृष्टि के प्रत्यूषी स्वप्न को सार्थक साकार स्वरूप में रूपांतरित करता है।संतति सम्बन्धी जिज्ञासा, पुत्र प्राप्तिप्रद आकांक्षा, अभिलाषा में रूपांतरित होने वाली प्रीति प्रतीति पूर्ण प्रेम मिलन के ललाम आयाम का प्रतीक्षित परिणाम एवं प्रसन्नता प्रदायक प्रतिफल है। वंश परम्परा का यथार्थ, कुलगौरव का उल्लास, सामाजिक प्रतिष्ठा का अलंकार पुत्र प्राप्ति के सार्वभौमिक सत्य पर आधारित है जो मानवता के इतिहास को परिलक्षित करता है तथा जो भविष्य की संरचना का स्थापना स्तम्भ है।

शक्ति का उन्माद तथा सौन्दर्य के आह्लाद का समभाग संतति सुख के अंतरंग आनन्द का उद्‌गम है। युवक और युवती के अहोभाव में तिरोभाव के मिश्रण का सर्वोत्तम प्रतिफल है संतति की संरचना और उत्पत्ति। भौतिक उपलब्धियों, कौटुम्बिक विस्तार, सामाजिक सम्मान, वंश परम्परा के आधार, वृद्धावस्था के सम्बल होने के साथ-साथ संतति, सर्वांग समृद्धि की सम्पन्नता की स्थापना का सबलतम साधन है जिसके महत्त्व से प्रायः संततिवान पूर्णतः परिचित नहीं होते, परन्तु संततिहीन दम्पति संतति सुख की महत्ता से किंचित भी अनभिज्ञ नहीं रह पाते। विवाह के उपरान्त, सर्वाधिक उत्कण्ठा और कौतुहल का विषय संतति प्राप्ति से ही संदर्भित है। दाम्पत्य जीवन में प्रवेश प्राप्त कर लेने के उपरान्त संतति के गर्भस्थ होने की ही प्रतीक्षा, अत्यधिक व्याकुलता के साथ होती है। पुरुष और नारी की महत्ता, उनकी सृजनात्मक गुणवत्ता से ही प्रशंसित होती है। संतान, पुरुष को पितृत्व का प्रसाद तथा नारी को मातृत्व की महिमा और गरिमा से अलंकृत करती है।

सृष्टि के सृजन का आधार ही संतान जन्म की प्रक्रिया की अनिरुद्ध निरन्तरता है। अनादिकाल से आज तक मनुष्य द्वारा मनुष्य की संरचना के निहितार्थ रहस्य की जटिलता के समक्ष इस भूतल का समग्र विज्ञान अब तक मौन है। इस सृष्टि पर विधाता ने विज्ञान की दृष्टि की वृष्टि की, जिसके आधार पर सृष्टि को विकसित करने की चेष्टा के फलस्वरूप संख्या के आधार पर सर्वाधिक प्रभावित हुआ संतति जन्म का असीमित विस्तार। संतति की अनिवार्यता भी उतनी महत्त्वपूर्ण है जितनी कि संतति संख्या की अल्पता। ग्रहों की भूमिका ही निर्धारित करती है संतति संख्या, संतति सम्बन्धी सुख अथवा दुःख की प्रतिबद्धता अथवा प्रतिबन्धकता आदि,

जिसकी गणना की विधि एवं तत्संबंधी संज्ञान सूत्र, हमारे ऋषि, मनीषियों, मुनियों और साधकों ने हमें उपलब्ध कराकर मानवता के कल्याण का अद्‌भुत मार्ग प्रशस्त किया है।

सभी जन, श्रेष्ठ योग्य और प्रतिभावान संतान की कामना करते हैं। सभी चाहते हैं कि उनका पुत्र कुलदीपक बनकर, उनकी वृद्धावस्था का आश्रय बने। उनके शिथिल होते ही शारीरिक क्षमता का शाश्वत, सबल और आधार स्तम्भ बने, परन्तु इस हेतु कदाचित् कोई विशिष्ट प्रयास नहीं करते। परम्परा, संस्कार, परोपकार, उदारता और नैतिक व मानवीय मूल्यों से संयोजित सुशील संतान प्राप्त करने हेतु अन्यान्य भौतिक प्रयासों के अनुकरण की अनिवार्यता असंदिग्ध है। श्रेष्ठ सन्तानोत्पत्ति हेतु जातक को स्वयं श्रेष्ठ आचरण का अनुपालन करने के साथ-साथ हवन, दान, पुण्य करने में रुचि लेनी चाहिए। हमारे पुण्य प्रभाव से ही श्रेष्ठ संतान प्राप्त होती है। इस संदर्भ में अग्रांकित श्लोक उद्धरणीय है :

आ वंसते मघवा वीरवद् यशः समिद्धो द्युम्न्याहुतः।
कुविन्नो अस्य सुमतिर्भवीयस्यच्छा वाजेभिरागमत्।।

(सामवेद/उत्तरार्चिक/4/6/2)

'जो मनुष्य अग्नि में भली प्रकार होम यज्ञ करते हैं, उन्हें उत्तम संतान, सद्‌बुद्धि, धन और धान्य की प्राप्ति होती है।'

श्रेष्ठ संतान प्राप्त करने के लिए सभी को पुण्य कर्म करने चाहिए। पुण्य के अर्थ से तो सभी भली भाँति परिचित हैं। बिना किसी स्वार्थ के दान देना, अन्य लोगों की सहायता करना, परोपकार और दुखियों पर दया करना, विलाप और व्याधि से कराहते हुए व्यक्तियों के आँसुओं को पोछकर यथाशक्ति उनकी सेवा करना, उन्हें अजय प्रदान करना, व्रत मंत्र जप और भगवद्‌दर्शन आदि के प्रति समर्पित और आध्यात्मिक विचारों का सम्पादन करने से पुण्य प्रताप का विदय या उदय होता है और इससे श्रेष्ठ और आज्ञाकारी संतान का जन्म होता है। पुण्य प्रताप के प्रतिफल से सबका जीवन समृद्ध हो उठता है।

सुकृतेन कुले जन्म सुकृतेन सुभाषितम्।
सुकृतेन सती भार्या सुकृतेन कृती सुतः।।

(अज्ञात)

'पुण्य से अच्छे कुल में जन्म होता है, पुण्य से मधुर वाणी होती है, पुण्य से सती साध्वी स्त्री मिलती है तथा पुण्य से उत्तम पुत्र जन्म लेता है।'

स्वयं का नया रूप ही संतति है जिससे अनेक अपेक्षाएँ ही जीवन की गति और दिशा हैं। संतति जन्म की कल्पना मात्र भी यदि शून्य में विलीन हो जाए, तो सृजन के शास्वत सत्य की स्थापना ही संभव नहीं। अतः संतान ही सृजन का सार्थक सत्य है। समस्त प्रार्थनाएँ प्रसाद में परिवर्तित होने हेतु पूर्व संचित पुण्य की अनिवार्यता को अस्वीकार नहीं किया जा सकता।

ऐहिकं प्राक्तनं वापि कर्म यदूचितं स्फुरत।
पौरुषोऽसौ परो यत्नो न कदाचन निष्फलः।।

(योगवसिष्ठ 5/95/34)

'पुनर्जन्म और इस जन्म में किये हुए कर्म, फल रूप में अवश्य प्रदान करते हैं। व्यक्ति का कृत्य फलहीन नहीं होता।'

पुत्र एवं पुत्री दोनों ही इस सृष्टि के सृजन के रारभूत साधन का शाश्वत सत्य है। पुरुष के अभाव में नारी अपूर्ण है परन्तु नारी के अभाव में पुरुष कहीं अधिक अपूर्ण और उदास है। सूक्ष्म को स्थूल में रूपान्तरित करने की योग्यता नारी में ही है अतः पुत्री की महिमा पुत्र की अपेक्षा अधिक स्वीकारी जानी चाहिए। यह विडम्बना ही है कि यहाँ सौन्दर्य की अपेक्षा शक्ति की प्रधानता है इसीलिए पुत्री को परायी सम्पत्ति के रूप में सुरक्षित रखने एवं विकसित करने के दायित्व का निर्वाह, सार्वभौमिक कर्तव्य है। पुत्री प्रभु के समक्ष ज्योति दीप है जो परिवार और परम्परा की परिभाषा की अभिव्यक्ति है जबकि पुत्र, व्यक्ति के निर्वाण की अनिवार्यता। पुत्र, पितृऋण से तभी मुक्त होता है जब पिता के निधन के उपरान्त, वह समस्त पितृकर्मों का सविधि सम्पादन, सम्मान और श्रद्धा के साथ सम्पन्न करे। पुत्री किसी भी प्रकार के ऋण के बन्धन से मुक्त है जबकि पुत्र को जीवनपर्यन्त पितृऋण से मुक्त होने हेतु पितृ श्राद्ध कर्म का अनुसरण करना अपरिहार्य है।

व्यक्ति का उत्तराधिकारी उसका पुत्र ही होता है। व्यक्ति की सम्पत्ति, सम्पन्नता, समृद्धि, सुविधा तथा वित्त से सम्बन्धित साम्राज्य, स्वभावतः स्वतः ही पुत्र को स्थानान्तरित हो जाता है। उसी प्रकार से पिता का ऋण, विपन्नता आदि से भी मुक्त होने हेतु प्रयास करने के लिए पुत्र विवश होता है। यह सब निर्भर करता है पिता के सदाचरण और सद्गुणों पर कि वह अपनी संतति को श्रेष्ठ संस्कार युक्त जीवन प्रदान करता है अथवा दुराचरण के लिये निकृष्ट मार्ग का निर्माण करता है। स्मरण रहे कि पुत्र के निर्माण का संस्कार ही, उसके निर्वाण के संस्कार का उत्तरदायी है। निर्मल और सदाचारी, आज्ञाकारी, सद्गुणी, विद्वान, योग्य, शिक्षित तथा समस्त संस्कारों से सन्तान को संयुक्त करने की सशक्त चेष्टा अवश्य ही की जानी चाहिए। पुत्र को कुल के रत्नजटित प्रज्ज्वलित सुदीप के रूप में प्रतिष्ठित किया जाना चाहिए। पुत्र, पिता का प्रतिबिम्ब नहीं, बल्कि पिता का प्रतिरूप है तथा पिता के कर्मों को परिलक्षित करने वाला प्रारूप है। अतः प्रतिभावान, सुयोग्य, विद्वान, यशस्वी, कीर्तिवान, प्रबुद्ध, सुशिक्षित, संस्कारयुक्त, स्वस्थ, सदाचारी, आज्ञाकारी, स्वयं के कर्तव्यों और उत्तरदायित्वों का हर्षपूर्वक निर्वाह करने वाला, ईश्वर की सत्ता को स्वीकार करने वाला तथा समय का सम्मान करने वाला, सर्वगुण सम्पन्न पुत्र प्राप्ति हेतु उपयुक्त संस्कार प्रारूपित करने चाहिए, जिसके लिये अनेक अवसरों पर स्वयं के स्वार्थ, सुख-सुविधा आदि का त्याग करने में किंचित भी संकोच नहीं करना चाहिए।

संतति सुख की आकांक्षा करने वाले व्यक्तियों को अपनी संतानों में श्रेष्ठ, सुसंस्कृत, संतुलित संस्कारों का सुन्दर संचरण करना, संतान के प्रति अन्य समस्त कर्तव्यों की अपेक्षा कहीं अधिक अनिवार्य है। पति-पत्नी को संतान के समक्ष सर्वप्रथम परस्पर श्रेष्ठ आचरण करना चाहिए। शिशुकाल में ही संतान के मन-मस्तिष्क का निर्माण होता है। पति-पत्नी के मध्य उपजती

नकारात्मक विचारधारा, आलोचना अथवा विपरीत तर्क-वितर्क एवं कलह का विलय, शिशु जन्म के शीघ्र पश्चात् ही हो जाना चाहिए। आदर्शवादिता का उपक्रम न करके, आदर्श पति-पत्नी और माता-पिता बनना चाहिए। संतान, अपने माता-पिता का ही नवीनीकरण अथवा रूपान्तरण होती है। जैसे माता-पिता होंगें, वैसी ही संतान होगी। इस सार्पभौमिक सारस्वत सत्य की शाश्वतता, सार्थकता एवं सत्यपरता कदापि विस्मृत नहीं की जानी चाहिए।

आदिकाल से शिक्षा की महत्ता सर्वोपरि रही है। शिक्षा के आभाव में व्यक्ति का ही नहीं देश का भी कल्याण संभव नहीं है। माता-पिता का मुख्य दायित्व है कि अपनी संतानों को उनकी रुचि, योग्यता और प्रतिभा के अनुरूप शिक्षा अवश्य प्रदान करें। अनके अवसरों पर देखा गया है कि कुछ बालक अथवा बालिकाएँ बाल्यकाल में अध्ययन में रुचि नहीं लेती क्योंकि उनका मन पढ़ने में नहीं लगता हैं। यह आवश्यक है कि अन्यान्य रुचियों के साथ-साथ अध्ययन भी किया जाये। कोई भी व्यक्ति किसी भी क्षेत्र में शिक्षा के अभाव में स्तरीय और सम्माननीय सफलता नहीं प्राप्त करता है। यदि मातापिता अपनी संतान को शिक्षित न करें तो संतान के साथ-साथ स्वयं को भी दंडित करने का अपराध करते हैं। अशिक्षित व्यक्ति को विद्वतजनों के मध्य बार-बार लज्जित होना पड़ता है। हंस के मध्य बगुला उसी तरह से बिल्कुल अलग दिखाई पड़ता है। जिस प्रकार से शिक्षित व्यक्तियों के मध्य अनपढ़ व्यक्ति, रेशम में टाट के पैबन्द की तरह दिखाई पड़ता है। यदि संतान को उपयुक्त शिक्षा माता-पिता ने प्रदान नहीं की तो संतान के उद्दंड अथवा उजड्ड होने का कारण मातापिता को, स्वयं ही स्वीकार करना चाहिए। चाणक्य ने अग्रांकित श्लोक में इस तथ्य को अत्यन्त सुन्दरता के साथ स्पष्ट किया है :

माता शत्रुः पिता वैरी येन बालो न पाठितः।
न शोभते सभामध्ये हंसमध्ये बको यथा।।

(चाणक्यनीति/अ० 2)

'वे माता और पिता अपने सन्तानों के अति शत्रु हैं, जिन्होंने उनको उत्तम शिक्षा नहीं दिलाई, क्योंकि वे विद्याहीन बालक विद्वानों की सभा में ऐसे ही तिरस्कृत और कुशोभित होते हैं, जैसे हँसों के मध्य में बगुला।'

चाणक्य का मानना है कि यदि मूर्ख पुत्र का जन्म हो जाये तो जातक जीवन पर्यन्त दुःख भोगता है। मूर्ख पुत्र के जन्म होने से श्रेयस्कर है कि कुछ ही दिन जीवित रहकर उसकी मृत्यु हो जाये। इस संदर्भ में निम्नांकित श्लोक का अवलोकन करें :

मूर्खाश्चिरायुर्जातोऽपि तस्माज्जातमृतोवरः।
मृतः सचाल्पदुःखाय यावज्जीवं जडो दहेत्।।

(चाणक्यनीति/अ० 4/श्लोक 7)

'ज्यादा दिन जीवित रहने वाले मूर्ख पुत्र से पैदा होते ही मर जाने वाला पुत्र अच्छा होता है, क्योंकि मरा हुआ थोड़े ही दुःख का कारण होता है किंतु मूर्ख जब तक जीवित रहता है तब तक दुःख देता है।'

कर्मवाद के अनुसार मानव देह को कर्मस्थली माना गया है। जीवात्मा पर्जन्य नामक मेघ में उतरता है तथा वाष्पमय स्वरूप से होता हुआ अन्नकण में आता है। यही अन्न व्यक्ति के देह में प्रजनन शक्ति निर्माण करता है तथा निर्धारित नारी के शिशु के रूप में स्थापित होता है।

पूर्वजन्म के शुभाशुभ कर्मों का प्रतिफल है सन्तान। सन्तान स्वस्थ, सुन्दर, योग्य, आज्ञाकारी और प्रतिभावान होने के लिए, पूर्व संचित पुण्य की अनिवार्यता असंदिग्ध है। अगले जन्म में प्रतापी संतान की आकांक्षा रखने वाले व्यक्तियों को वर्तमान जन्म में पुण्य का संयोजन करना चाहिए। पापकृत्यों में संलिप्त व्यक्ति, अगले जन्म में संततिहीन होते हैं। यदि पापकृत्य में अपराध का समन्वय हुआ है, तो विकलांग और अल्पजीवी संतान प्राप्त होती है। पाप में संलिप्त अपराधी व्यक्ति यदि दुराचारी और बलात्कार ऐसे दुष्कृत्यों के कारण, अगले जन्म में, स्वयं की संतान द्वारा प्रताड़ित, प्रतिघातित एवं दण्डित होते हैं। उनकी संतति कुलघाती और कुल कलंकनी होती है। प्रायः पूर्वजन्म के शत्रु, वर्तमान जन्म में संतान बनकर सामने आते हैं। पराक्रमी व्यक्ति भी अपनी अयोग्य संतान के समक्ष विवश हो जाता है। धैर्यवान एवं साहसी व्यक्ति भी, प्रतिरोध करने वाली संतति के समक्ष, संताप करने हेतु बाध्य होता है। अन्य की पत्नी से उत्पन्न होने वाली संतान को जारज के नाम से शब्दांकित किया गया है। इस जन्म में दुराचार करने वाले व्यक्ति प्रायः जारज संतान का पितृत्व प्राप्त करते हैं। जो युवतियाँ जारज पुत्र का मातृत्व प्राप्त करती हैं अगले जन्म में ऐसी युवतियाँ प्रायः मातृत्व से वंचित रह जाती हैं या अपराधी प्रवृत्ति की संतति उनके साथ ही अनाचार करती है। उनके पतियों के अवैध सामीप्य सम्बन्ध और संतति ऐसी युवतियों के दाम्पत्य जीवन को विषाक्त कर देते हैं। दुराचरण के कारण उत्पन्न होने वाली अनेक संतान के मातृत्व से संयुक्त युवतियाँ, प्रायः अगले जन्म में अविवाहित ही रह जाती हैं। अतः इन शास्त्रोक्त वक्तव्यों को ध्यान में रखकर सदाचरण करते पुण्यफल का सुखद संयोजन करने से, वर्तमान जन्म के साथ-साथ अगला जन्म सुखमय होता है तथा प्रतापी, प्रतिभावान, सर्वभाँति माता-पिता की आज्ञा का अनुसरण करने वाली संतति का जन्म होता है। श्रेष्ठ पुण्य के प्रतिफल के प्रताप से समाज सुधारक, धर्म प्रवर्तक, अधर्म का उत्थान करने वाला अथवा सर्वपूज्य सम्राट समतुल्य कुल उद्धारक जन्म लेता है।

जिस प्रकार से प्रत्येक पुत्र कतिपय नैतिक मूल्यों और मातापिता के प्रति कर्तव्य परायणता से बंधा हुआ है उसी प्रकार से माता-पिता भी पुत्र और पुत्रियों के प्रति अपने कर्तव्यों के अनुकरण से विमुख नहीं हो सकते। माता-पिता का धर्म है कि वह अपने पुत्र-पुत्रियों को उपयुक्त और अधिकाधिक शिक्षा प्रदान करें। उनकी प्रतिभा और रुचि को उत्तरोत्तर एवं निरन्तर विकसित विस्तृत होने का अवसर प्रदान करें और इसके लिए सभी प्रकार की संभव चेष्टा करें। पुत्रों को सब प्रकार के ऋणों से मुक्त करें और पुत्रियों का विवाह उनके अनुकूल वर के साथ सम्पन्न करें। इस तरह से पुत्र और पुत्रियों के प्रति अपने समस्त दायित्वों से मुक्त होकर वानप्रस्थ आश्रम तथा तदोपरान्त संन्यास आश्रम में, वन में किसी मुनि या ऋषि की तरह साधारण जीवन व्यतीत करते हुए, अपने समय का उपयोग प्रभु की साधना और आराधना में करके, अपने जीवन को कृतकृत्य करे। इस तथ्य को महाभारत के अग्रांकित श्लोक में अत्यन्त सुन्दरता के साथ व्यक्त किया है।

उत्पाद्य पुत्राननृणांश्च कृत्वा वृत्तिं च तेभ्योऽनुविधाय कांचित्।
स्थाने कुमारीः प्रतिपाद्य सर्वा अरण्यसंस्थोऽथ मुनिर्बुभूषेत्।।

(महा० उद्योग० 37/39)

'पुत्रों को उत्पन्न कर उन्हें ऋण के भार से मुक्त करके उनके लिए किसी जीविका का प्रबन्ध कर दे। फिर कन्याओं का योग्य वर के साथ विवाह कर देने के पश्चात् वन में मुनिवृत्ति से रहने की इच्छा करे।'

महर्षि भर्तृहरि ने अग्रांकित श्लोक में भी इसी तथ्य को प्रथक प्रकार से उदघाटित किया है, उनका कथन है कि श्रेष्ठ और सच्चा पुत्र, पति की सेवा करने वाली सात्विक आचरण से युक्त नारी तथा श्रेष्ठ गुणों से युक्त मित्र, पुण्यात्माओं एवं भाग्यशाली व्यक्तियों को ही उपलब्ध होते हैं। उत्तम भाग्य लेकर वही जन्म लेता है जिसने पूर्वजन्म में अत्यधिक पुण्य का अर्जन और संचय किया है। सुपुत्र का धर्म है कि अपने सद्व्यवहार, पिता की आज्ञा के अनुपालन, अनुसरण, के साथ-साथ अपने शारीरिक सौष्ठव और सुन्दरता के साथ-साथ निर्मल व्यवहार से पिता को प्रसन्न रखे। महर्षि भर्तृहरि के अनुसार वही पत्नी धर्म है जो सदा ही अपने पति के कल्याण के लिए प्रयत्नशील हो और वास्तविक मित्र उसी को समझना चाहिए जो सुख और दुःख में मित्र का साथ दे। मित्र की सहायता करे और हर मूल्य पर उसका सहयोग करे।

यः प्रीणयेत् सुचरितैः पितरं स पुत्रो
युद्भर्तुरिव हितमिच्छति तत् कलतम्।
तन्मित्रमापदि सुखे च समकियं य-
देतत् त्रयं जगति पुण्यकृतो लभन्ते।।

पुत्र, पत्नी एवं मित्र का नीतिधर्म—सत्पुत्र, सत्पत्नी एवं सन्मित्र—ये तीनों पुण्यात्माओं को ही प्राप्त होते हैं। भर्तृहरि के अनुसार, जो अपने आज्ञा-पालन रूप सुन्दर चरित्र से पिता को प्रसन्न करता है वही पुत्र है। जो पति का कल्याण चाहती है वही पत्नी है और जो विपत्ति तथा सुख में एक-जैसा व्यवहार करता है वही मित्र है।

ऐसा व्यक्ति जिसे आज्ञाकारी सद्गुणी, सुन्दर, सुशिक्षित, शालीन, शिष्ट तथा निर्मल आचरण से युक्त पुत्र प्राप्त हो, वह पुरुष निश्चित ही अत्यन्त सुखी, सन्तुष्ट और भाग्यशाली होता है। ऐसा पुत्र, पत्नी और मित्र प्राप्त करने के लिए सभी को सदा सत्कर्म, पुण्यकर्म, परोपकार, व्रत, दान, जप, आराधना, अर्चना, अनुष्ठान आदि यथाशक्ति करते रहना ही उपयुक्त है ताकि श्रेष्ठ, सद्गुणी, सदाचारी तथा सुन्दर पुत्र, रूपवती पतिव्रता, पतिपरायणा, सदा पति के कल्याण हेतु प्रयासरत रहने वाली परिणिता एवं सदा सहयोग और सहायता प्रदान करने वाला अति आत्मीय मित्र प्राप्त हो सके और जीवन को पूर्णतः प्रसन्नता, प्रतिष्ठा से अभिषिक्त होने की सुवर्णिम स्थितियाँ प्राप्त हो और जीवन प्रत्येक दृष्टि से कृतकृत्य हो सके।

संतति प्राप्ति तथा संतति सुख पृथक् विषय हैं। सन्तानहीनता एक अभिशाप अवश्य है परन्तु अयोग्य, दुष्ट, निकृष्ट, विकृत, व्यभिचारी एवं वंश विनाशक करने वाली सन्तान के जन्म

होने की अपेक्षा, संतानहीनता कहीं श्रेयस्कर है। सन्तान न होने से अधिक कष्ट सन्तान की मृत्यु प्रदान करती है और दुष्कृत्यों में संलिप्त अपराध प्रवृत्ति एवं दुराचारी सन्तान होने पर प्राप्त होने वाला संत्रास, समस्त सुखों का अतिक्रमण कर देता है। परिवार का हँसता, महकता, मुस्कराता मधुवन का मधुमास, संताप में रूपान्तरित हो उठता है। कहा भी गया है कि "पुत्र वही मर जाए, जो कुल में दाग लगाये"।

पुत्र के जन्म होने की प्रसन्नता से माता-पिता, अभिभावक और अन्य सम्बन्धी हर्षित और आनंदित होते हैं। वही पुत्र जब युवा होने पर माता-पिता के शोक का और व्याकुलता का कारण बनता है तो उसके जन्म को ही अस्वीकार करने की इच्छा करती है। कई पुत्र तो अपने माता-पिता की सम्पत्ति प्राप्त करने हेतु उनके साथ इतना घृणित और अपराधपूर्ण आचरण करते हैं कि धरती भी काँप उठती है। हम ऐसी संतानों से भी परिचित हैं परिवार में जिनकी उपस्थिति इतनी भयावह होती है कि उनके माता-पिता भाई-बहन साँस लेने में भी भयभीत हो उठते हैं।

संतान तो माता-पिता का मन और हृदय होती है जिसमें वह अपने ही रूप को देखकर उसका दुलार करते हैं। संतान ऐसी होनी चाहिए जिसके जन्म पर उसके माता-पिता को गर्व हो, जो अपने परिवार की वृद्धि करके उसे अलंकृत करे। माता-पिता के प्रति श्रद्धा-भक्ति और निष्ठा से अभिरंजित श्रवण कुमार का नाम आज भी गर्व के साथ लिया जाता है। वही संतान श्रेष्ठ है जो अपने माता-पिता और परिवार का, उनकी आवश्यकताओं के प्रति सजग रहकर, उन्हें अविलम्ब पूर्ण करने हेतु सदा चेष्टारत रहता है। यही संतति सुख का वास्तविक स्वरूप है।

किं जातैर्बहुभिः पुत्रैः शोकसन्तापकारकैः।
वरमेकः कुलाऽऽलम्बी यत्र विश्राम्यते कुलम्।।

(चाणक्यनीति/अ० 3)

'शोकदायक और हृदय को जलाने वाले अनेक पुत्रों के उत्पन्न होने से क्या लाभ? कुल को सहारा देने वाला एक ही पुत्र उत्तम है, जिसके आश्रय में सारा परिवार सुख भोगता है।'

एकेन शुष्कवृक्षेण दह्यमानेन वह्निना।
दह्यते तद्वनं सर्वं कुपुत्रेण कुलं यथा।।

(चा०नी०द० 3/15)

'जैसे एक ही सूखे वृक्ष में आग लगने से सारा जंगल भस्म हो जाता है, उसी प्रकार एक ही कुपुत्र से सारा कुल कलंकित हो जाता है।'

यह एक विस्तृत एवं पृथक् विषय है परन्तु हमें स्मरण रखना चाहिए कि दुष्कृत्यों के कारण दुर्दमनीय दारुण दुःख देने वाले दुर्व्यवहार का दण्ड हमें अवश्य ही भोगना पड़ता है। "अवश्यमेव भोक्तव्यम्" के अन्तर्गत यह सत्य गरुड़ पुराण में उद्घाटित किया गया है।

नाभुक्तं क्षीयते कर्म कल्पकोटि शतैरपि।
अवश्यमेव भोक्तव्यं कृतं कर्म शुभाशुभम्।।

(ब्रह्मवैवर्तपुराण/प्रकृति/37/16)

'मनुष्य शुभ या अशुभ, जैसे भी कर्म करता है, उनका फल उसे भोगना ही पड़ता है। करोड़ों कल्प बीत जाने पर भी कर्मफल भोगे बिना, मनुष्य को कर्म से छुटकारा नहीं मिल सकता।'

प्रत्येक व्यक्ति को सदा ध्यान रखना चाहिए कि वह ऐसा कोई कार्य न करे ताकि माता के कोप या श्राप से अभिषप्त हो उठे, माता के श्राप से सदा के लिए मुक्त होना कदापि संभव नहीं है। महाभारत के आदिपर्व का अग्रांकित श्लोक इस तथ्य को ही उद्‌घाटित करता है।

सर्वेषामेव शापानां प्रतिघातो हि विद्यते।
न तु मात्राभिशप्तानां मोक्षः क्वचन विद्यते।।

(महाभारत/आदिपर्व/अ० 36/श्लोक 4)

'सभी पापों का निवारण किया जा सकता है, पर माता से शप्त पुत्रों को कहीं मुक्ति नहीं मिलती।'

ढेर सारे पुत्रों के स्थान पर यदि एक ही गुणवान पुत्र हो जो माता-पिता का सम्मान करे, अपने कुल का गौरव बढ़ाये, माता-पिता का आश्रय बने, किसी भी स्थिति में माता-पिता को दुख न पहुँचाये, उनकी वेदना और पीड़ा को समझकर उसका शमन करने हेतु सदा चेष्टारत रहे, उसी पुत्र का जन्म सार्थक है। ऐसा एक आज्ञाकारी पुत्र, सहस्रों अयोग्य एवं गुणहीन पुत्रों की अपेक्षा कही श्रेयष्कर है, जिस पर माता-पिता को, भाई-वहनों को, सगे सम्बन्धियों को ग्राम वासियों को, यहाँ तक की देश को गर्व हो, जिस प्रकार से एक चन्द्रमा समस्त ब्रह्माण्ड के अन्धकार को दूर करता है, और लाखों तारे एक साथ प्रकाशित होने के उपरान्त भी, अन्धकार को किंचित् भी कम नहीं कर पाते। तो उनके होने का क्या लाभ, इस धरती पर उसी सन्तान का जन्म सार्थक है जो मातापिता को ईश्वर तुल्य समझकर सदा उनकी सेवा को अपना सर्वोपरि दायित्व समझता है। जो संतान अपने जन्म को कृत-कृत्य करना चाहती है उसका गुणवान होना तो आपेक्षित है ही। जो संतान गुणवान होगी उसकी प्रशंसा, प्रतिष्ठा सभी स्थानों पर समान रूप से व्याप्त होगी।

वरमेको गुणी पुत्रो निर्गुणैश्च शतैरपि।
एकश्चन्द्रस्तमो हन्ति न च ताराः सहस्रशः।।

(चाणक्यनीति/अ० 4)

'सैकड़ों गुणहीन पुत्रों की अपेक्षा एक भी गुणवान पुत्र श्रेष्ठ है, क्योंकि चन्द्रमा ही अन्धकार का नाश करता है, हजारों तारे नहीं।'

इसी संदर्भ में अग्रांकित श्लोक उद्धरणीय है। जिस प्रकार से एक चन्द्रमा ही आकाश पर विराजमान हो तो अंधकार का विलय हो जाता है उसी प्रकार से किसी उपवन में एक ही सुगन्धित पुष्पों से संयुक्त वृक्ष, जिसमें मधुर फल आते हों और जिस वृक्ष का आकार प्रकार भी आकर्षक हो वही उपवन की शोभा होता है। ऐसे वृक्ष के विद्यमान होने से समस्त उपवन महक उठता

है और सुशोभित होता है। ठीक इसी प्रकार से एक सुपुत्र के जन्म होने से सम्पूर्ण कुल धन्य हो उठता है। अनेक कुपुत्रों का जन्म होने से क्या लाभ, जबकि उनका जन्म कुल को कलंकित ही करता है। कुल की प्रतिष्ठा भी कुपुत्रों के कृत्यों से आक्रान्त हो उठती है।

एकेनापि सुवृक्षेण पुष्पितेन सुगन्धिना।
वासितं वै वनं सर्वं सुपुत्रेण कुलं यथा।।

(अज्ञात)

'सुगन्ध से युक्त सुन्दर पुष्पों से व फलों से सुशोभित एक ही सुन्दर वृक्ष सम्पूर्ण उपवन के वातावरण को सुगन्धमय बना देता है, जैसे कि एक सुपुत्र से सम्पूर्ण कुल सुशोभित हो जाता है, न कि बहुसंख्य कुपुत्रों से।'

हमारे समस्त पुराण उपनिषद आदि में स्वर्णिम शब्दों में उद्घृत है कि माता-पिता की सेवा सुश्रुषा से बढ़कर कोई अन्य पुण्य नहीं है। जितना चाहो, इस पुण्य को संचित कर लो। तुम्हारी वृद्धावस्था में यही संचित, संयोजित, समायोजित पुण्य तुम्हारी सहायता करके सभी क्षेत्रों में सहयोग प्रदान करेगा। माता- पिता की सेवा करने वाले व्यक्तियों को, आधुनिकता की आँधी में संलिप्त जन भी, सम्मान की दृष्टि से देखते हैं। आज भी सभी श्रवण कुमार के माता-पिता के प्रति भक्ति और निष्ठा की कथा सुनाकर या सुनकर गर्व का अनुभव करते हैं। किसी को भी यह कदापि विस्मृत नहीं करना चाहिए कि आगत का पल, अगले ही पल, विगत का पल हो जाता है। समय किसी के लिये कदापि नहीं रुकता। प्रत्येक पल प्रत्येक प्राणी, मृत्यु की ओर बढ़ता जा रहा है और किसी एक पल में ही उसका जीवन पल भर भी शेष नहीं रहेगा।

सर्वेषामेव शापानां प्रतिघातो हि विद्यते।
न तु मात्राभिशप्तानां मोक्षः क्वचन विद्यते।।

सभी पापों का निवारण किया जा सकता है, पर माता से शप्त शाप दिए हुए पुत्रों को कहीं मुक्ति नहीं मिलती।

(नीति० 68)

●

प्रथम अध्याय

संस्कार प्रकरण

संस्कार वर्णाश्रमव्यवस्था और वैदिक सनातन धर्म की आधारशिला है। वेद विश्व का अति प्राचीन एवं आत्मविषयक गूढ़ रहस्यों से भरा अपौरुषेय ग्रन्थ है। महातपा ऋषियों ने अपने पवित्रतम हृदय में वेदमन्त्रों का दर्शन किया था। अतः वे मन्त्रद्रष्टा ऋषि हुए—**'ऋषयो मन्त्रद्रष्टारः'**। महर्षि पाराशर (कृष्णद्वैपायन) ने वेद का ऋग्वेद, यजुर्वेद, सामवेद और अथर्ववेद नाम से चार भागों में विभाजन किया, जिससे उन महर्षि का नाम 'वेदव्यास' पड़ा। वेदों में वर्णाश्रम स्पष्टरूप में वर्णित है। पुरुषसूक्त में चार वर्ण—ब्राह्मण, क्षत्रिय, वैश्य और शूद्र की उत्पत्ति विराट् पुरुष के विभिन्न अंगों से होने का उल्लेख है। संहिताओं, स्मृतियों महाभारत, भागवत इत्यादि ग्रन्थों में चातुर्वर्ण्य तथा उनके गुणधर्म वर्णित हैं।

'ब्रह्मपुराण' में कहा गया है-

जन्मना ब्राह्मणो ज्ञेयः संस्कारैर्द्विज उच्यते।
विद्यया वापि विप्रत्वं त्रिभिः श्रोत्रिय उच्यते।।

अर्थात् ब्राह्मण माता-पिता के सविधि विवाह से उत्पन्न शिशु ब्राह्मण है, जब उस वटु का 5 से 8 वर्ष की वय में यज्ञोपवीत-संस्कार होता है, तब वह 'द्विज' (दूसरा जन्म-प्राप्त) कहा जाता है और वह वेदाध्ययन एवं यज्ञाग्रि धर्मकार्य करने का अधिकारी होता है। वेदज्ञान प्राप्त करने से वह 'विप्र' तथा 'श्रोतिय' कहलाता है। जब उत्कट तपस्या द्वारा चित्तशुद्धि कर ब्रह्म साक्षात्कार करता है, तब वह ब्रह्मनिष्ठ होता है।

धर्म की व्यावहारिक स्थिति को प्रत्येक मानव में प्रतिष्ठापित करने के उद्देश्य से भारतीय तत्वचिन्तकों ने प्रत्येक मानव के लिये संस्कारों का विधान किया है। 'संस्कार' शब्द का अभिप्राय है— दोषापाकरणपूर्णक गुणाधान अर्थात् शुद्धि की धार्मिक क्रियाओं तथा दैहिक, मानसिक एवं बौद्धिक परिष्कार के उद्देश्य से किये जाने वाले अनुष्ठान, जिनके अनुपालन से व्यक्ति समाज का पूर्णतः विकसित सदस्य हो सके। अतः संस्कारों में अनेक आरम्भिक विचार, धार्मिक विधि-विधान तथा अनुष्ठान भी समाविष्ट हैं, जिसका उद्देश्य सम्पूर्ण व्यक्तित्व का परिष्कार, शुद्धि एवं पूर्णता है। वैदिक गृह्यसूत्रों एवं स्मृतियों की मान्यता है कि संस्कारों के सविधि अनुष्ठान से विलक्षण तथा चिरस्थायी विशिष्ट व्यक्तिनिष्ठ गुणों का प्रादुर्भाव होता है। अतः मित्रमिश्रे ने संस्कार की परिभाषा इस प्रकार पतिपादित की है-

आत्मशरीरान्यतरनिष्ठो विहितक्रियाजन्योऽतिशयविशेषः संस्कारः।

आर्यशास्त्र में स्वाभाविक संस्कार द्वारा बन्धन और स्वाभाविक संस्कार द्वारा मोक्ष माना

गया है। इन्हीं संस्कारों से संस्कृत होकर व्यक्ति अपने को पुरुषार्थ-चतुष्टय साधन का अधिकारी बना सकता है। वर्णधर्म संस्कारों के ही बल पर स्थित किये गये हैं। यहाँ तक कि भारतीय संस्कृति का मूल आधार भी संस्कार ही हैं। अतएव त्रिकालदर्शी महर्षियों ने अपनी-अपनी स्मृतियों में संस्कार पर बल दिया और इन्हें जीवित रखने में ही हमारी संस्कृति एवं सभ्यता पल्लवित, विकसित और चिरस्थायी रूप में प्रकाशित हो सकेगी, यह समझा। महर्षि आम्लायन ने तो ब्राह्मण, क्षत्रिय, वैश्यों के लिये नियत संस्कारों का अनुष्ठान न करने से उनका द्विजजन्म-ग्रहण ही निरर्थक होता है—ऐसी घोषणा की। यथा-

अतः परं द्विजातीनां संस्कृतिर्नियतोच्यते।
संस्काररहिता ये तु तेषां जन्म निरर्थकम्।।

अभ्युदय चाहने वाले द्विजगण को अपनी गृहविधि के अनुसार संस्कारों का आचरण अवश्व करना चाहिये। महर्षि अङ्गिरा का कथन है-

स्वे स्वे गृह्ये यथा प्रोक्तास्तथा संस्कृतयोऽखिलाः।
कर्तव्या भूतिकामेन नान्यथा सिद्धिमृच्छाति।।

विभिन्न भारतीय आचार्यों की दृष्टि में संस्कारों की संख्या तथा क्रम में मतभेद है। स्मृतियों में संस्कारों की संख्या यद्यपि भिन्न-भिन्न बतायी गयी है, तथापि संस्कार की विधि एक-सी है। आचार्य गौतम ने अपनी स्मृति में 48 संस्कार बताये, तो व्यासजी ने 16 संस्कार कहे हैं। गृह्यसूत्रों एवं स्मृतियों में ग्यारह से प्रारम्भ कर चालीस तक संस्कारों का परिगणन है; परंतु निबन्ध-ग्रन्थों में सार-संग्रह की दृष्टि से सोलह संस्कारों को मुख्यतः माना गया है। इन सोलह संस्कारों का क्रम इस प्रकार है--गर्भाधान, पुंसवन, सीमन्तोन्नयन, जातकर्म, नामकरण, निष्क्रमण, अन्नप्राशन, कर्णविध, चूड़ाकरण, विद्यारम्भ, उपनयन, वेदारम्भ, केशान्त, समावर्तन, विवाह तथा अन्त्येष्टि। ये संस्कार समूह मानव-जीवन को शुद्ध करने की चरणबद्ध प्रक्रिया है। लौकिक जीवन में मानुष-आनन्द का संचय करते हुए च्युतिरहित चरम लक्ष्य की प्राप्ति संस्कारों का फल है। इस संदर्भ में वीरमित्रोदय में शङ्ख-लिखित वचन उद्धृत है।

संस्कारैः संस्कृतः पूर्वैरुत्तरैरनुसंस्कृतः।
ब्राह्मं पदमवाप्नोति यस्मान्न च्यवते पुनः।।

आयुर्वेद में संस्कारों का विशष महत्व प्रतिपादित किया गया है। औषधियों में अभीष्ट गणों की वृद्धि के लिये आयुर्वेद में मुख्यरूप में संस्कारों की उपयोगिता प्रदर्शित की गयी है। आचार्य चरक का कहना है-

संस्कारो हि गुणान्तराधानमुच्यते।

(चरक सं०, विमान 1/ 27)

विशिष्ट विधि द्वारा अच्छे गुणों की स्थापना करना ही संस्कार है। दोषापनयन (दोषों को दूर करना) और गुणाधान (गुणों को बढ़ना)–ये दोनों ही प्रयोजन संस्कारों से सम्पादित होते हैं। जिस प्रकार क्षुद्र वस्तुएँ एवं हीरा आदि रत्न प्रस्तराकार में प्राप्ति के पश्चात् संस्कारों से ही परिष्कृत होते हैं, उसी भाँति संस्कारों से ही व्यक्ति सुसंस्कृत बनता है। इन संस्कारों के सम्यक् सम्पादन से व्यक्ति ऐहिक एवं परालौकिक फल प्राप्त करता है।

संस्कार प्राणी को सत्त्वगुण की ओर ले जाते हैं। सुसंस्कृत व्यक्ति ही राष्ट्र एवं सभ्य समाज का सुनागरिक हो सकता है एवं आधिभौतिक, आधिदैविक तथा आध्यात्मिक त्रितापशमन करके धर्म, अर्थ, काम, मोक्ष–पुरुषार्थ-चतुष्टय की प्राप्ति कर सकता है।

1.1 गर्भाधान–संस्कार

संस्कारों की परिगणना में गर्भाधान-संस्कार प्रथम है। इस संस्कार को प्राथमिकता देना भौतिकवादियों की दृष्टि से भारतीय धर्म का आश्चर्यजनक प्रारम्भ माना जा सकता है। परंतु वस्तुतः यही संस्कार मानव के प्रादुर्भाव में प्राथमिक पवित्रता एवं शुद्ध भावना का बीजारोपण करता है। अन्य समाजों की भाँति भारतीय समाज में मानव के उद्भव को भौतिक पदार्थों की संयोगजन्य क्रिया अथवा विकार के रूप में नहीं माना गया है, अपितु मानवीय उत्पत्ति को भारतीय ऋषियों ने धर्म की दृष्टि से प्रतिपादित किया है। इसी प्रकार विश्व की अन्य सभ्यताओं में विवाह के नियम दृष्ट अथवा प्रत्यक्ष फल (सामाजिक सुविधा, शारीरिक सुख तथा संतान-सुख आदि) को आधार मानकर ही निरूपित हैं, परंतु भारतीय आर्षशास्त्रों में विज्ञान तथा दर्शन-दोनों समन्वय से दृष्ट एवं अदृष्ट फलों के आधार पर स्त्री-पुरुषों के विवाह आदि पारस्परिक नियम निश्चित किये गये हैं। विवाह के अनन्तर भौतिकवादियों की दृष्टि में गर्भाधान के संदर्भ को भी सृष्टि की धारा का क्रमिक विकास तथा विस्तार ही एक उद्देश्य है, परंतु वैदिक संस्कृति इसके द्वारा ऐहिक तथा पारलौकिक द्विविध अभ्युन्नति का मार्ग प्रशस्त करती है। पितृ-ऋण से मुक्ति की इच्छा गर्भाधान-संस्कार का पवित्र एवं आध्यात्मिक उद्देश्य है। पितृ-ऋण से मुक्ति के अनन्तर ही मोक्षप्राप्ति सम्भव है। मनुस्मृति का कथन है– **'ऋणानि त्रीण्यपाकृत्य मनो मोक्षे निवेशयेत्'**। इस कर्तव्य बुद्धि से गर्भाधान-जैसा नैसर्गिक तथा नितान्त भौतिक कर्म भी पवित्र दायित्व का स्वरूप प्राप्त कर प्रकाशित हो उठता है।

इस प्रकार गर्भाधान-संस्कार में देवोपासना के द्वारा आध्यात्मिक विशुद्ध वातावरण की पीठिका निर्मित करते हुए दम्पति की परस्पर दैहिक तथा मानसिक स्थितियों को समन्वित किया जाता है। इस उत्तम सम्बन्ध तथा पवित्र आध्यात्मिक भावना से गर्भ को विकारों से विरहित, गुणयुक्त तथा तेजस्वी बनाया जाता है।

गर्भाधान-संस्कार का स्वरूप देवमूर्तियों के प्रतिष्ठा कर्म की भाँति आधिदैविक है। चैतन्य का अधिष्ठान मानव-शरीर देवायतन है। मन्दिर में देवता के प्रतिष्ठापन के लिये जिस प्रकार मन्त्रों से शुद्धि की जाती है, उसी प्रकार के अनुष्ठान द्वारा गर्भाधान-संस्कार में जीव में चैतन्यरूपिणी महती शक्ति के प्रतिष्ठापन की योग्यता उत्पन्न की जाती है। यह शब्दशक्ति के प्रवाह एवं संकल्पयुक्त क्रिया के द्वारा सम्पन्न होती है। भारतीय परम्परा में प्रत्येक जीव को

परतत्व का अंशभूत तथा चिच्छक्ति से सम्पन्न माना गया है। उस व्यष्टिगत चैतन्य का आवाहन तथा प्रतिष्ठापन इस प्राथमिक गर्भाधान-संस्कार में किया जाता है। देवोपासना की यह भावना गर्भाधान को आधिदैविक रूप प्रदान करती है। मानव-सुलभ दोषों के परिहार के लिये जिस प्रकार देवमूर्तियों का संस्कार विहित है, उसी प्रकार धरित्री के रत्नस्वरूप जीव को संस्कार के द्वारा निर्दोष तथा समाज में विद्योतमान बनाया जाता है। मनुस्मृति (2।27) में गर्भाधान आदि संस्कारों का यही प्रयोजन निर्दिष्ट है–

गार्भैर्होमैर्जातकर्मचौडमौजीनिबन्धनैः ।
बैजिकं गार्भिकं चैनो द्विजानामपमृज्यते।।

बीजगत तथा क्षेत्रगत दोषों की निवृत्ति के साथ जीवन को ब्रह्मप्राप्ति के योग्य बनाना इन संस्कारों का पावन उद्देश्य है।

वैदिक दृष्टि से गर्भाधान-संस्कार का स्वरूप याज्ञिक है। शतपथब्राह्मण (14।9।4।3) में इसे वाजपेय याग के समान महत्वपूर्ण बतलाया गया है-

यावान् ह वै वाजपेयेन लोको भवति तावानस्य लोको भवति।

इस संस्कार में प्रयुक्त प्रत्येक अङ्ग यज्ञ के साधन माने गये हैं तथा इस पुत्रमन्थ की याज्ञिक प्रक्रिया के द्वारा यजमान को सुकृत एवं उत्तम लोक की प्राप्ति होती है।

वीरमित्रोदय में गर्भाधान को क्षेत्र संस्कार माना गया है। गर्भाधान-संस्कार के अनुष्ठान की प्रक्रिया में अन्य पूर्वाङ्ग विधियों के अनन्तर आचार्य पारस्कर ने पति द्वारा समस्त हानियों के निरास के लिये देवताओं से प्रार्थना के मन्त्रों का उल्लेख किया है। इसमें पत्नी की सर्वविध पुष्टि की प्रार्थना पति द्वारा की जाती है। पति-पत्नी के परस्पर अतिशय आत्मीय सम्बन्ध की प्रार्थना करते हुए पत्नी को पति यज्ञीय पाक खिलाता है। एतदर्थ पारस्करगृह्यसूत्र (1।11।5) का मन्त्र है-

प्राणैस्ते प्राणान्त्संदधाम्यस्थिभिरस्थीनि
माँ्सैर्माँ्सानि त्वचा त्वचम्।

निश्छल प्रेम का यह पवित्र उत्कर्ष गर्भाधान-संस्कार को अलौकिक स्वरूप प्रदान करता है। पति पत्नी के हृदय का स्पर्श करते हुए उसके मन को समझने की कामना करता है।

इस संस्कार में पति के द्वारा मन्त्र का पाठ होता है। पारस्कराचार्य ने **'तामुद्ह्य यथर्तु प्रवेशनम्।। अथास्यै दक्षिणाँ्समधि हृदयमालभते।'** इस सूत्र में निर्देश किया है कि वधू को उद्वाह कर निर्दिष्ट ऋतुकाल में प्रवेशन अर्थात् अभिगमन करना चाहिये। वधू के दाहिने स्कन्धभाग से हृदय तक को वर अपने दाहिने हाथ से स्पर्श-आलिङ्गन करते हुए इस मन्त्र को उच्चारित करता है-

यत्ते सुसीमे हृदयं दिवि चन्द्रमसि श्रितम्। वेदाहं तन्मां तद्विद्यात्पश्येम शरदः शतं जीवेमष्शरदः शत ँ श्रृणुयाम शरदः शतम्।।

(पा०गृ० 1।11।9)

मंत्र का भाव यह है- **'चन्द्रमा मनसो जातः'**, इस श्रुति के अनुसार विराट् पुरुषोत्तम के मन से चन्द्रमा का उद्‌भव हुआ है। उस चन्द्रमा में तुम्हारा मन अधिष्ठित है, उसी प्रकार मेरे मन का भी वही चन्द्रमुख अधिष्ठान है, इसको अपने मन से समझो। एक अधिष्ठान में अधिष्ठित होने पर अनेक भी एक हो जाते हैं। चन्द्रमा भगवान् की मानसिक सृष्टि में आता है, अतः **'आत्मा वै पुत्रनामासि'** यह श्रुति कहती है कि भगवान् के मन से उत्पन्न हुआ पुत्र चन्द्रमा भगवान् का मन ही है। चन्द्रमा सत्वगुण सम्पन्न सुशीतल है, तदधिष्ठित तुम्हारा मन भी सत्वगुण से सम्पन्न है, यह मैं जानता हूँ, ऐसा तुम भी मेरे मनको जानो। इस रीति से मेरा और तुम्हारा मन एकरूपता को प्राप्त होवे और हम दोनों भगवत्स्वरूप को जानने में सफल बनें। हम दोनों विवाह सूत्र में बद्ध होकर गृहस्थाश्रम में प्रविष्ट हुए हैं और इस एक धरित्री के आधार में अधिष्ठित भी हैं। यह मन्त्र विश्वबन्धुत्व का भी परिचायक है। पवित्र भावना को लेकर गृहस्थाश्रम में प्रविष्ट हम नेत्रों से, कानों से परिपुष्ट होकर देखते-सुनते हुए सौ वर्ष जीवनयात्रा को चलायें।

शाखान्तर में समावेशन के मन्त्र भिन्न हैं। उसमें पत्नी के अवयवों को विष्णु आदि देवताओं से कल्पित समझकर अभिगमन करने को कहा गया है। उसमें **'सुमनस्यमानः'** पद के द्वारा पूर्वोक्त तात्पर्य अभिव्यक्त होता है। इस मंत्र में **'सुसीमे'** पद का शोभन सीमन्तवाली– यह अर्थ है। विवाह के अवसर पर कन्या के सीमन्त में वर ने सिन्दूर लगाया है; यह सौभाग्य का सूचक है।

पत्नी को सुमधुर पाक खिलाने के मन्त्र में भी दोनों के प्राणों के एकाकार होने की प्रार्थना पति करता है। अस्थि, मांस तथा त्वचा के भी अद्वैत की कामना इस मंत्र में है।

काल तथा कर्तव्य

गर्भाधान-संस्कार के काल के विषय में भी भारतीय आचार्यों ने पर्याप्त विवेचन किया है। यद्यपि स्मृतिग्रन्थों में बालविवाह की धारणा दृष्टिगोचर होती है, परंतु इसके आधार पर कतिपय आधुनिक विचारकों के द्वारा बाल्यावस्था में दाम्पत्य सम्बन्ध स्थापित करने के विषय में की जाने वाली आलोचना उचित नहीं है। वस्तुतः यह उनकी भ्रान्त धारणा है। आधुनिक युग में विवाह के समय से ही दाम्पत्यसम्बन्ध-स्थापन की प्रथा प्रायः सर्वत्र प्रचलित दृष्टिगोचर होती है, परंतु भारतीय शास्त्रों में विवाह-संस्कार तथा गर्भाधान-संस्कार के काल के विषय अनेक स्थानों पर यह स्पष्ट प्रतिपादित है कि ये दोनों संस्कार समकालिक नहीं हैं। दोनों संस्कारों के अलग-अलग वयःसीमा निर्धारित है। आचार्य आम्लायन ने विवाह-संस्कार के अनन्तर ब्रह्मचर्यव्रत पालन का निर्देश दिया है। इस प्रकार विवाह के अनन्तर भारतीय दृष्टि में सहशयन व्यक्ति का अधिकार नहीं, अपितु शास्त्रनियमित कर्तव्य है।

ऋग्वेद के प्रथम मण्डल में महर्षि भातयव्य तथा उनकी पत्नी रोमशा के संवाद के माध्यम से सिद्धान्त स्थिर किया गया है कि विवाह के अनन्तर भी पत्नी की प्रौढ़ता तथा शारीरिक अनुकूलता के अनुसार विलम्ब से गर्भाधान-संस्कार का काल निर्धारित किया जाता है। आचार्य सुश्रुत ने गर्भाधान-संस्कार का काल वधू की षोडश वर्ष की आयु के अनन्तर निर्धारित किया है। वाग्भट्ट ने भी इसी प्रकार प्रौढ़ता का समर्थन किया है। अतः यह प्रमाणित है कि भारतीय मनीषियों की दृष्टि में दोनों संस्कारों के समय भिन्न-भिन्न हैं। इन दोनों का एक ही समय मानना उचित नहीं है।

विवाह-संस्कार के अनन्तर वर भार्याभिगमन का अधिकारी होता है। **'तामुदुह्य यथर्तु प्रवेशनम्'** इत्यादि वचनों के द्वारा ऋषियों ने इस लौकिक कर्म की स्वेच्छा को शास्त्र के माध्यम से कर्तव्य की परिधि में नियमित किया है। भारतीय आर्ष-परम्परा का वैशिष्ट्य है कि इसमें मानवीय सम्बन्ध कर्तव्य के रूप में विवेचित हैं, अधिकार के रूप में नहीं। अतः भारतीय धर्मशास्त्र की दृष्टि से गर्भाधान आदि संस्कार मुख्यतः कर्तव्य हैं, अतः शास्त्रों में जब कर्तव्य को परिभाषित किया जाता है तो उसके अधिकार स्वतः निश्चित हो जाते हैं। अन्य सभ्यताओं में कर्तव्य तथा अधिकार एक साथ प्रवृत होते हैं, परंतु भारतीय परम्परा में अधिकार; कर्तव्य के अनन्तर उपस्थित होता है। इस कारण भारतीय चिन्तन में व्यक्ति के अधिकार उसके सामाजिक उत्तरदायित्व कथमपि पृथक् नहीं हो सकते। इस रीति से गर्भाधान-संस्कार भी नवदम्पति की वैयक्तिक सन्तुष्टि के लिये नहीं, अपितु अपने शास्त्रोक्त कर्तव्य के उत्तरदायित्व से परिपूर्ण गौरवदायिनी सामाजिक प्रक्रिया के रूप में उपदिष्ट है।

इस संस्कार को ऋतुशान्ति कर्म समावेश-संस्कार नाम से भी व्यवहार करते हैं। वधू का प्रथम ऋतु होने पर दिन, नक्षत्र, समय आदि का परीक्षण किया जाता है। दूषित दिन-नक्षत्रवेला में ऋतुमती होने पर तदर्थ शान्ति कर्म किया जाता है। कहीं-कहीं ऋतुवेला से लग्न निकाल कर कुण्डली बना ली जाती है। जिस प्रकार उपनयन से त्रैवर्णिक द्विज कहलाते हैं, वैसे ही कन्या का आर्तव दूसरा जन्म समझा जाता है। प्रथम ऋतुसमय को देखकर ऋतुशान्ति कर गर्भाधान-संस्कार किया जाता है। प्रथम ऋतु का समय निर्दृष्ट होने पर केवल समावेश-संस्कार मात्र प्रचलित है।

समावेश-संस्कार ऋतु के स्नानानन्तर होता है। 16 दिन ऋतुकाल हैं। अष्टमी, एकादशी, त्रयादशी, चतुर्दशी, पूर्व, अमावस्या, पूर्णिमा, सूर्यसंक्रमण, श्राद्धदिन, उसके पूर्वोत्तर दिन और नक्षत्र में मघा, रेवती, मूल, तथा मासों में कर्कराशि में सूर्य के रहते हुए वर्जित है। वर्ज्य और अवर्ज्य का विचार करते हुए अभिगमन हो तो प्रजावृद्धि की समस्या नहीं होगी।

त्यजेद् भद्रां षष्ठीमिनमृदुमहीजाद्यरजनी-
श्चतस्रः पर्वाहं जनकजननीश्राद्धदिवसम्।
दिवा सन्ध्यां रिक्तामथ शुभतिथौ शस्तमुदितं
निषेकं मैत्रेन्दुध्रुववसुहरीनानिलशतैः।।

(ज्योतिषतत्त्वम्/अ०-17/36)

भद्रा (विष्टिकरण), षष्ठी तिथि, शनि, सूर्य तथा मंगलवार, रजोदर्शनकाल से प्रथम की चार रात्रि, पर्व-दिन पिता-माता की श्राद्ध तिथि, दिन; सन्ध्या समय तथा रिक्ता तिथि इन सब को छोड़कर शेष तिथि, वार तथा समय में एवं अनुराधा, मृगशिरा, धनिष्ठा, तीनों उत्तरा, रोहिणी नक्षत्र, धनिष्ठा, श्रवण, हस्त, स्याती, तथा शतभिषा में गर्भाधान संस्कार शुभ होता है।

स्वस्त्रीं प्राङ्निट्चतुष्कासमदिनविवरश्राद्धतत् प्रागुदिनानि,
त्यक्त्वा मूलं मघान्ते वसुकलिजनिभाहानि पर्वाणि चर्तौ।
याहीज्यार्केन्दु लग्नैर्विषमभलवगेरुब्दलेर्भो सुतार्थिन्।
व्यस्तै रेतैरि है वा युगहनि मुदितः कन्यकेच्छो सुचन्द्रे।।

(फलितप्रकाश/अ०-3/2)

यदि पुत्र की इच्छा हो तो ऋतुदर्शन होने पर प्रथम चार रात्रि, विषम दिन, तीनों गंडांत, श्राद्धदिन, श्राद्ध के पूर्व का दिन, मू०, म०, रे०, ये नक्षत्र अष्टमी चतुर्दशी जन्म का दिन और पर्व अमावस्यादि इन सबको छोड़कर बृहस्पति, सूर्य, चन्द्रमा और लग्न ये विषमराशि तथा नवमांश में विशेष बलिष्ट होकर स्थित हो तब प्रसन्नचित्त होकर अति प्रसन्नचित्त वाली अपनी स्त्री से संभोग करे। यदि कन्या की इच्छा हो तो पूर्वोक्त त्याज्य समय को त्याग कर ऋतु के चार दिन के बाद विषम दिनों में चन्द्रमा शुभस्थान में प्राप्त हो और बृहस्पति, सूर्य, चन्द्र, लग्न ये समराशि तथा समनवमांश में हों तो प्रसन्नचित्त हो अपनी स्त्री से विलास करे।

गण्डान्तं त्रिविधं त्यजेन्निधनजन्मर्क्षे च मूलान्तकं
दास्रं पौष्णमथोपरागदिवसं पातं तथा वैधृतिम्।
पित्रोः श्राद्धदिनं दिवा च परिघाद्यर्धं स्वपत्नीगमे-
भान्युत्पातहतानि मुत्युभवनं जन्मर्क्षतः पापभम्।।

(बृहज्ज्योतिषसार/अ०/3)

तीनों प्रकार के गण्डान्त, सप्तम तारा, जन्म तारा, मूल, भरणी, अश्विनी, रेवती और ग्रहण दिन, पात योग, वैधृति योग, माता-पिता के श्राद्ध दिन तथा दिवस, परिघ योग का पूर्वार्ध, उत्पात हस्त नक्षत्र, जन्मराशि से अष्टम राशि लग्न और पापग्रह की राशि इन सभी को अपनी स्त्री के समागम में त्याग करना चाहिए।

भद्राषष्ठी पर्वरिक्ताश्चसन्ध्यामीमार्कार्कोनाद्यरात्रीश्चतस्रः।
गर्भाधानं त्र्युत्तरेन्द्वर्कमैत्रब्राह्मस्वाती विष्णुवस्वम्बुपेसत्।।

(बृहज्ज्योतिषसार/अ०/4)

भद्रा, षष्ठी, पर्वदिन, रिक्ता तिथि, सन्ध्या-समय, मंगल, सूर्य शनिवार, रजोदर्शन से चार रात्रि इन सभी को छोड़कर तीनों उत्तरा मृगशिरा, हस्त, अनुराधा, रोहिणी, स्वाती, श्रवण, धनिष्ठा, शतभिषा इन नक्षत्रों में गर्भाधान शुभ है।

स्त्रीणामार्तवदर्शनादिदिनतः स्यात्षोडशर्तुक्षपाः,
पुत्रार्थी वरयेत् समासु सुमुखीं तास्वेव शुद्धां कृशाम्।
पुंल्लग्ने पुरुषैरवेक्षितयुते पुंवर्गसंस्थैः ग्रहैः,
जीवे लग्नसुतांकगे यदि सुत स्तद् व्यत्यये पुत्रिका।।

(पूर्व कालामृत/अ.-1/13)

रजोदर्शन के पहले दिन से 16 रात्रियाँ गर्भधारण के योग्य होती हैं। पुत्र चाहने वाले पुरुषों को इन 16 रातों में से 4, 6, 8, 10, 12, 14, 16 संख्यक रातों में, रजोनिवृत्त, स्नात स्त्री से, पुरुषराशि लग्न (विषम लग्न) में, लग्न पुरुष ग्रहों से युक्त या दृष्ट रहने पर, मुख्य ग्रह पुरुषराशि वर्ग में गए हों, बृहस्पति त्रिकोण में हो तो गर्भाधान करना चाहिए।

इसके विपरीत, समलग्न, स्त्रीग्रहों का योग या दृष्टि, स्त्रीराशि वर्ग (समराशि) में प्रधान ग्रह (सूर्य, बृहस्पति, शुक्र, मंगल) हों तथा बृहस्पति त्रिकोण से अतिरिक्त हो तो कन्या का योग होता है।

मासेशाः स्युर्भारचार्वर्कचन्द्रार्किज्ञाङ्गेशग्लौभगा ग्लाव ओजः।
स्त्रीणां ग्राह्यं गर्भसंस्कारकाल उद्वाहे चान्येषु कृत्येषु भर्त्तुः।।

(ज्योतिषतत्त्वम्/अ.-17/37)

शुक्र, मंगल, बृहस्पति, सूर्य, चन्द्र, शनि, बुध, आघात लग्नेश, चन्द्र तथा सूर्य ये क्रम से गर्भाधान के समय से प्रथमादि मासों के स्वामी है। गर्भ संस्कार कर्म में तथा विवाह में स्त्रियों के चन्द्रबल को ग्रहण करे। अन्यकर्मों में पति के चन्द्रबल को ग्रहण करे।

वर्जित काल

गर्भाधानमरिष्टमष्टमविधौ पापग्रहाक्रान्तभे,
.............कालमूलनिधन ज्येष्ठान्त्य जन्मोडुषु।
षष्ठीविष्टि विषावमासु परिघाद्यार्थे दिवावैधृतौ,
सन्ध्यापर्वचतुर्दशीव्रतपितृश्राद्धेषु पाते भवेत्।।

(पूर्व कालामृत/अ०-1/12)

इन स्थितियों में गर्भाधान क्रिया नहीं करनी चाहिए। यदि हो तो अरिष्टप्रद होती हैः

1. आधान लग्न से अष्टम में चन्द्रमा हो अथवा पति-पत्नी की जन्मराशि से 8 में चन्द्र हो।
2. आधान लग्न या जन्मराशि या जन्म लग्न राशि पर पापग्रह हो।
3. अश्विनी, श्लेषा, मघा, भरणी, मूल, ज्येष्ठा, रेवती, अपने जन्म नक्षत्र, वधतारा (जन्म नक्षत्र से सातवें-सातवें 3 नक्षत्र) में गर्भाधान वर्जित है।
4. षष्ठी तिथि, भद्रा (विष्टिकरण), विषघटियां, तिथि क्षय, परिघ योग का पूर्वार्ध, दिन का

समय, वैधृति योग, सन्ध्या काल, पर्व तिथियाँ (पूर्णिमा, अमावस्या, अष्टमी), कृष्णचतुर्दशी तिथि, व्रत का दिन, माता-पिता की श्राद्धतिथि या मृत्युतिथि, एवं महापात (क्रान्तिसाम्य) का समय सर्वथा वर्जित है।

मुहूर्तचिन्तामणि में जन्म-लग्न से अष्टम लग्न, गण्डान्तकाल तथा पापग्रह की राशि लग्न को भी वर्जित किया है।

गण्डान्तं त्रिविधं त्यजेन्निधनजन्मर्क्षे च मूलान्तकं
.....................मृत्युभवनं जन्मर्क्षतः पापभम्।।

(रामदैवज्ञ)

1.2 पुंसवन संस्कार

'पुमान् प्रसूयते येन. तत् पुंसवनमिमि' जिस संस्कार के द्वारा निश्चित रूप से पुत्रोत्पत्ति होती है, उसे 'पुसवन-संस्कार' कहा गया है। गर्भ से पुत्र उत्पन्न हो, इसलिये पुंसवन-संस्कार का विधान है। **'गर्भाद् भवेच्च पुंसूते पुंस्त्वरूपप्रतिपादनम्'** (स्मृतिसंग्रह) **'पुम्'** नामक नरक से त्राण करने के कारण ही पुत्र नाम पड़ा। महर्षि मनु ने भी कहा है-- **'पुत्रेण लोकाज्यति पौत्रेणा-नन्त्यमश्नुते'** (मनु. 9। 137)। पुत्र से लोकों पर विजय और पौत्र से आनन्त्य की प्राप्ति होती है। गर्भस्थ शिशु में अथवा गर्भ के लक्षण स्पष्ट होने के बाद ही पुंसवन-संस्कार का विधान बतलाया गया है। आम्लायन-गृह्यसूत्र में उल्लेख है कि गर्भाधान के तीसरे महीने में पुनर्वसु नक्षत्र में उपवासपूर्वक पत्नी को अपने करतल में गण्डूषमात्र (चुल्लू भर) दधि रखकर उसमें सेम के दो बीज तथा एक जौ का दाना डालकर उसे पीना चाहिये। क्या पी रही हो? यह प्रश्न पति के पूछने पर पत्नी का उत्तर होना चाहिए-पुंसवन। ऐसे तीन बार दधि पीने का विधान है। पीते समय पुत्र की कामना से निम्नलिखित वैदिक मन्त्र का पाठ होता रहे, जिससे गर्भ के पिण्ड में पुरुष के चिह्न उत्पन्न हों-

हिरण्यगर्भः समवर्तताग्रे भूतस्यः जातः पतिरेक आसीत्।
स दाधार पृथिवीं द्यामुतेमां कस्मै देवाय हविषा विधेम।।

(यजु० 13। 4)

कुर्यात् पुंसवनं करत्रयविधि श्रोणत्रयार्योत्तरा,
मित्रान्त्यादितिमूलदस्रशशभृत् भेष्वाद्यगर्भे स्फुटे।

लग्ने पुंग्रहवासरे रविगृहं व्यक्त्वालिसद्माप्यमा,
रिक्ता छिद्रविवर्जितेऽहिन युवतौ मासे तृतीये पतिः।।

(पूर्व कालामृत/अ.-1/14)

पुंसवन संस्कार अर्थात् गर्भाधान के बाद तीसरे माह में मतान्तर से चतुर्थ माह में

भी विष्णु पूजा करके पुत्र कामना से किया जाने वाला पुंसवन संस्कार इन नक्षत्रों में किया जाना चाहिए।

हस्त, चित्रा, स्वाती, रोहिणी, श्रवण, धनिष्ठा, शतभिषा, पुष्य, तीनों उत्तरा, अनुराधा, रेवती, पुनर्वसु, मूल, अश्विनी, मृगशिरा नक्षत्रों में, रविवार, मंगलवार, बृहस्पतिवार में, सिंह व वृश्चिक लग्न को छोड़कर शेष लग्नों में, अमावस्या, रिक्ता व छिद्र तिथियों के अतिरिक्त तिथियों में पुंसवन संस्कार करना चाहिए।

छिद्र तिथियों से तात्पर्य पक्षरन्ध्र तिथियों से है। 4/6/8/9/12/14 पक्षरन्ध्र तिथियाँ हैं। इनमें भी 8/9/14/25/10/5 घड़ियां प्रारम्भ में विशेष वर्जित हैं। गर्भावस्था के लक्षणों के प्रत्यक्ष होने पर ही पुंसवन करना चाहिए। तृतीय मास से यहाँ गर्भावस्था की प्रकटता का आशय है।

गर्भेऽव्यक्ते तृतीये चेच् चतुर्थे मासि वा भवेत्।

(शौनक)

कुछ आचार्यों का मत है कि तृतीय मास में पुंसवन हो तो शुभग्रहों के वार लेने चाहिए तथा चतुर्थ मास में पुरुष ग्रहों के पूर्वोक्त वार ले। वशिष्ठ ने यद्यपि कहा है **'शुक्रशशभृद्विन्मन्त्रिणां वासरे।'** तथापि श्रीपति व गर्ग इसका समर्थन नहीं करते हैं। गर्गाचार्य का मत है कि बुधवार को पुंसवन हो तो मृत सन्तति वाली, शुक्रवार से बन्ध्या, शनिवार से स्वयं को हानि, सोमवार से दुग्धहीन होती है, अतः शेष वार (रवि, मंगल, गुरु) शुभ हैं।

सौम्ये मृतप्रजा मन्दे मृत्युर्वन्ध्या तु भार्गवे।
सोमे दुग्धविहीना स्याच्छेषाः सर्वार्थसिद्धिदाः।।

(गर्ग)

यह पुंसवन संस्कार पहले गर्भ में विशेषतया करना चाहिए। स्त्री का चन्द्रबल, असम राशि व स्थान की ग्रह रहितता विवाहवत् अवश्य देखें, यह बात श्लोक में नहीं कही गई है। पहली सन्तान पुत्र हो, ऐसी कामना से प्रेरित होकर किये जाने वाला संस्कार 'पुंसवन संस्कार' कहलाता है।

पुंभांशकेऽङ्गे सुकृतैस्त्रिकोणकेन्द्रे खलैः षट्त्रिभवे तृतीये।
मासे शुभं पुंसवनं प्रदिष्टं प्रागुक्तभाद्यैरथ विष्णुपूजा।।

कार्याऽष्टमे मासि कविष्णुपुष्यैः शुद्धे लये सत्युदये प्रसूत्याः।
स्नानं शुभं मैत्रमरुद्धयान्त्यार्केन्दुध्रुवैर्भौमतपाभेगाहे ।।

(ज्योतिषतत्त्वम्/अ.-17/40)

गर्भधान से तृतीय मास में; सीमन्तकर्मोक्त नक्षत्राद्वियों में; पुरुष राशि के लग्न तथा नवांश में; केन्द्र तथा त्रिकोण में शुभग्रह हों एवं षष्ठ, तृतीय तथा एकादश में पापग्रह हों तो 'पुंसवन कर्म शुभ' होता हैं। आठवें मास में; रोहिणी, श्रवण तथा पुष्य नक्षत्र में अष्ठमस्थान शुद्ध (ग्रहरहित) होने पर एवं शुभराशि के लग्न में गर्भवती स्त्री विष्णु की पूजा को करे। अनुराधा,

स्वाती, अश्विनी, रेवती, हस्त, मृगशिरा तथा ध्रुव (उ. 3 रो.) नक्षत्र में, मंगल, बृहस्पति तथा रविवार में प्रसववती स्त्री का स्नान करना शुभ होता है।

पौष्णध्रुवेन्दुकरवातहयेषु सूतीस्नानं समित्रभरविज्यकुजेषु शस्तम्।
नार्द्रात्रयश्रुतिमधान्तकमिश्रमूल त्वाष्ट्रेज्ञसौरिवसुषड्विरिक्ततिथ्याम्।।

(फलितप्रकाश/अ.-3/3)

रें०, ध्रुव, मृ०, ह०, स्वा०, अ०, अनु० इन 10 नक्षत्रों में सूर्य, मंगल, बृहस्पति इन तीनों वारों में सूतिका स्त्री को प्रथम स्नान करना शुभ है। आ०, पुन०, पु०, श्र०, म०, भ०, मिश्र, मू०, चि० इन 11 नक्षत्रों में बुध शनिवार अष्टमी षष्ठी द्वादशी रिक्ता ये तिथियाँ सूतिका स्नान में शुभ नहीं हैं और शेष नक्षत्र वार तिथि सूतिका स्नान में मध्यम हैं।

व्यर्कषड्वसुरिक्तेह्नि कुजार्केज्ये ध्रुवे करे।
विचित्रमृदुवाताश्वे सूतिस्नानं शुभं स्मृतम्।।

(बृहज्ज्योतिषसार/अ०-/10)

12/6/8 रिक्ता इनसे भिन्न तिथियों में, मंगल, सूर्य बृहस्पति में चित्रा को छोड़कर मृदु संज्ञक (मृगशिरा, रेवती, अनुराधा) स्वाती अश्विनी इन नक्षत्रों में सूती स्नान शुभ है।

1.3 सीमन्तोन्नयन संस्कार

पूर्वं पुंसवने यथैव कथितं मासव्यवस्थां विना,
सीमन्तोऽपि तथैव मासविषये षष्ठे चतुर्थेऽष्टमे।
लग्नादन्त्यसुताष्टमेषु रहितेष्वर्कादिपापग्रहैः,
चन्द्रे लग्नविवर्जिते च नवमे शुद्धे च पुंत्रांशके।।

(पूर्व कालामृत/अ.-2/15)

पहले पुंसवन के संदर्भ में जो बातें कही गई हैं, उन सबका पालन सीमन्त-संस्कार में भी करना चाहिए। केवल तीसरे मास का नियम यहाँ लागू नहीं होता। सीमन्तोन्नयन संस्कार 4, 6, 8 वें मास में करना उपयुक्त है। लग्न से 5/8/12 में सूर्य सहित कोई पापग्रह न हो, लग्न में चन्द्रमा न हो तथा नवमस्थान में कोई भी ग्रह न हो, ऐसे लग्न में जब पुरुषराशि व पुरुष नवांश का उदय हो तब सीमन्त संस्कार करना चाहिए।

'सीमन्त' स्त्री की मांग भरने वाली जगह का नाम है तथा उन्नयन अर्थात् उभारना। अतः गर्भस्थ शिशु की रक्षार्थ, उपद्रवादि को दूर करने की कामना से किया जाने वाला संस्कार सीमन्तोन्नयन होता है। इसका वैदिक विधान कर्मकाण्डवेत्ता लोग जानते हैं। सीमन्त के बाद विष्णु पूजा व प्रतिमा का दान भी विहित है। इस संदर्भ में मास गणना सौरमान से लेनी चाहिए।

सौरेणैव चतुर्थेस्यान्मासि षष्ठेऽष्टमेऽपि वा।
मासप्रोक्ताः क्रिया याः स्यु ताः सर्वाः सौरमासतः।।

(बृहस्पति)

सीमन्त व पुंसवन दोनों संस्कार साथ-साथ भी हो सकते हैं। यह लोक परम्परा व प्रदेश के चलन के अनुसार बताना चाहिए।

गर्भस्थिति के चौथे, छठे या आठवें महींने में गर्भ की शुद्धि के लिये 'सीमन्तोन्नयन-संस्कार' किया जाता है। इस संस्कार में पति गर्भवती पत्नी के सीमन्त (माँग) का निम्न मंत्र से गूलर की डाली से पृथक्करण करता है-

1. ॐ **भूर्विनयामि,** 2. ॐ **भुवर्विनयामि** तथा 3. ॐ **स्वर्विनयामि।** साधारणतः गर्भ के चार मास के बाद बानक के अङ्ग-प्रत्यङ्ग, हृदय आदि प्रकट हो जाते हैं। उसमें चेतना शक्ति का विकास होने के साथ-साथ इच्छाएँ भी पैदा होती हैं, जो माता के हृदय में पैदा होती हैं। उस समय माता पर जो संस्कार डाले जाते हैं, उनका प्रभाव बालक पर अनूभूत होता है। इस समय माता को अच्छी शिक्षा, सदुपदेश, सद्ग्रन्थ-पठन आदि तत्वों की जरूरत होती है।

इस संस्कार में गर्भवती को सुपाच्य पौष्टिक खीर खिलायी जाती है, जो पुष्टिवर्धक होती है। प्राचीन समय में सीमन्तोन्नयन-संस्कार के अवसर पर वीणावादनपूर्वक सोमराग का गान आदि भी होता था, जो गर्भवती को प्रफुल्लित करने तथा भक्ति का संस्कार भरने का एक उत्तम साधन था।

विष्णुबलि--गर्भ के आठवें मास में यह संस्कार किया जाता है। इस संस्कार में भगवान् विष्णु के लिये अग्नि में चौंसठ बलिरूप आहुतियाँ समर्पित की जाती हैं। वैदिक सूक्तों से विष्णु की स्तुति की जाती है। इस संस्कार के द्वारा गर्भस्थ शिशु की सुरक्षा होती है और गर्भच्युति का भय दूर होता है। गर्भ में शिशु की सुरक्षा के लिये माङ्गलिक पूजन, वहन, आदि कार्यों के बाद जल एवं औषधियों की प्रार्थना की जाती है।

धर्माचरण, सदाचार का पालन, पूजा, प्रार्थना आदि भारतीय संस्कृति के आदर्श हैं। आध्यात्मिकता एवं नैतिकता के आधार पर संस्करों को अपनाने से परिवार, समाज, देश, राष्ट्र एवं विश्व का कल्याण होगा, यह ध्रुव सत्य है।

मूलादित्यार्केन्दुविष्णुध्रुवान्त्यपुष्यैर्व्यार्कौं पीवरे मासनाथे।
व्यर्काष्टामातर्करिक्तातिथीषु सन्सीमन्तो मासि षष्ठेऽष्टमे वा।।

(ज्योतिषतत्त्वम्/अ.-17/38)

गर्भाधानकाल से षष्ठ वा अष्टम मास में; मूल पुनर्वसु; हस्त, मृगशिरा, श्रवण, ध्रुव (उ. 3 रो.) नक्षत्र, रेवती तथा पुष्य में; मासस्वामी के बली होने पर; द्वादशी, अष्टमी, अमावस्या, षष्ठी तथा रिक्ता तिथि को छोड़कर शेष तिथि में 'सीमन्तकर्म शुभ' होता है।

जीवार्कारदिने मृगज्यनिर्ऋतिश्रोतादितिब्रध्नभै
रिक्तामार्करसाष्टवर्ज्यतिथिभिऽषष्टेऽष्टमे मासि वा।
सीमन्तोऽथ तृतीयमासि शुभदैः केन्द्रत्रिकोणे खलै-
र्लाभारित्रिषु पुंसवं शुभयुते लग्ने च पुंभांशके।।

(बृहज्ज्योतिषसार/अ०/6)

बृहस्पति, सूर्य या मंगल के दिन में; मृगशिरा, पुष्य, मूल, श्रवण, पुनर्वसु, हस्त, इन नक्षत्रों में, रिक्ता अमावस्या द्वादशी षष्ठी, अष्टमी इन तिथियों को छोड़कर और तिथियों में शुभग्रह केन्द्र त्रिकोण में हों पापग्रह 3, 6, 11 वें स्थान में हों, शुभ तथा पुरुष राशि का नवांश लग्न में हो तो छह मास में सीमन्त, तथा तीसरे तीन मास में पुंसवन कर्म शुभ होता है।

1.4 जातकर्म संस्कार

शिशु के जन्म लेने पर जो संस्कार किया जाता है, वह जातकर्म-संस्कार है। इस संस्कार का आयुर्वेद के संहिताग्रन्थों में विशद वर्णन मिलता है। इस मेधाजनन-संस्कार में जो औषधियाँ उपयोग में लायी जाती हैं, इनसे उत्तम स्वास्थ्य के साथ-साथ बल और विशेषतः मेधा की वृद्धि होती है। यह संस्कार बालक के लिये घर के वृद्ध पुरूष और बालिका के लिये वृद्ध महिला सम्पादित करती हैं। जनभाषा में इसे कहीं-कहीं 'घूँटी देना' कहते हैं। दक्षिण भारत में इसे 'उरमएन्ट' कहते हैं।

जाते जातदिनादिरादशदिनात्तज्जातकर्मात्मजे,
कुर्याद्रुद्रदिनेऽथवा स्थिरचराक्षिप्राख्यमैत्रेड्डुषु।
रिक्तामार हितेऽप्यखण्डदिवसे लग्ने शुभे वासरे,
पूर्वाह्णेऽसुरपूजिते सुरगुरौ दृश्ये च सौम्यागने।।

(पूर्व कालामृत/अ.-1/16)

पुत्र जन्म के बाद दस दिनों के भीतर जातकर्म संस्कार करना आवश्यक है। अथवा न होने पर ग्यारहवें दिन (नामकरण संस्कार के साथ) भी कर सकते हैं। इस संस्कार में रिक्ता तिथि (4, 9, 14) तथा अमावस्या को छोड़कर शेष तिथियाँ, क्षय तिथि न हो, पूर्णातिथि (अखण्ड) हो तो विशेष ठीक है। उस दिन शुभ वार में, लग्न शुद्धि का विचार करके, दोपहर से पूर्व जातकर्म करे।

शुभ दिन से तात्पर्य है कि भद्रा, संक्रान्ति, अमावस्या, व्यतिपातादि का भी विचार करना चाहिए। चर, स्थिर, क्षिप्र (लघु), नक्षत्र या अनुराधा नक्षत्र होना उपयुक्त है। काल वयतीत होने पर उत्तरायण में बृहस्पति, शुक्र अस्त को छोड़कर शुभ वारों में उचित है। यह बात चतुर्थ चरण में कही गई है। काल व्यतीत हो जाने पर भी शेष सब बातें यथावत् हैं।

जातकर्म संस्कार शिशु के पैदा होते ही, नाल कटने या दूध पीने से पूर्व करना चाहिए,

यह प्रथम पक्ष है। तब सामान्य शुभदिन, शुभवार तिथि व उक्त नक्षत्रों में करे। यदि तब सम्भव न हुआ, पिता परदेश में हो तो नामकरण के समय करें और तब भी सम्भव न हो तो आगे कभी भी पुत्र के कन्याणार्थ उत्तरायण में, शुभवारों में शुभ लग्न में, शुभ तिथि में, भद्रा व्यतीपातादि रहित काल में करें। मुहूर्त्तचिन्तामणि में मृदु नक्षत्रों में भी उक्त संस्कार होना बताया गया है। ये सभी बातें नामकरण में भी यथावत् मान्य हैं।

धीर्धृतिस्मृतिरूपां तु मेधां वर्धयतीह यत्।

(प्रियनिघन्टु)

इन मेधावर्धक द्रव्यों में कुछ शीतवीर्य (ठंडी तासीरवाले) और कुछ उष्णवीर्य (गरम तासीरवाले) होते हैं। जो मेधावर्धक द्रव्य शीतवीर्य होते हैं, वे धारण शक्ति को बढ़ाने में अधिक समर्थ होते हैं और जो मेधावर्धक द्रव्य उष्णवीर्य होते हैं, वे ग्रहण-शक्ति और स्मरण-शक्ति को बढ़ाते में अधिक समर्थ होते हैं। शंखपुष्पी, ब्राह्मी, शतावरी आदि शीतवीर्यवाली मेधावर्धक वनौषधियाँ हैं और वचा, अश्वगन्धा, ज्योतिष्मती (मालाकाङ्गनी), कूठ आदि अष्णवीर्यवाली मेधावर्धक वनौषधियाँ हैं। यजुर्वेद में मधाकी प्राप्ति के लिये ईश्वर से प्रार्थना की गयी है-

यां मेधां देवगणाः पितरश्चोपासते।
तया मामद्य मेधयाऽग्ने मेधाविनं कुरू स्वाहा।।

(यजु० 32। 14)

अर्थात् जिस मेधा की देवगण और पितर उपासना करते हैं, हे ज्ञानस्वरूप परमेश्वर! मुझे भी वह मेधावी युक्ति बनाइये।

आयुर्वेद मात्र चिकित्साशास्त्र ही न होकर एक जीवनदर्शन भी है। यह मनुष्य को स्वस्थ बनाने के साथ-साथ संस्कारित करने पर भी बन देता है। जातकर्म-संस्कार के लिये प्रायः सभी संहिता ग्रन्थों में यही उल्लेख है कि शिशु-जन्म के पश्चात् परिवार का प्रमुख व्यक्ति पूर्वाभिमुख होकर कुशासे शरीर पर कुछ जल छिड़के। इसके बाद स्वर्णभस्म 15 मिलीग्राम को शहद और गोघृत में (दोनों असमान मात्रा में लेकर) मिश्रित कर स्वर्णशलाका या अपनी स्वच्छ अनामिका अङ्गली से बालक को चटाये। चटाते समय दाहिने हाथ को उपयोग में लाये।

स्वर्णभस्म के स्थान पर शुद्ध स्वर्ण को साफ पत्थर पर पानी के साथ घिसकर भी उपयोग में लाया जा सकता है। रसतरङ्गिणीकार लिखते हैं कि सोना घिसकर देने के लिये और सोने का वरक बनाने के लिये शुद्ध सोना ही उपयोग में लाना चाहिये। किसी सुयोग्य वैद्य के निर्देशन में कुछ सोना शुद्ध कर रख लेना चाहिये, जो कई शिशुओं के लिये उपयोग में लाया जा सकता है। सामान्यतः सोने को शुद्ध करने की विधि इस प्रकार है। सुनार से सोने का एक कण्टकवेधी (काँटे या सूई से जिसमें छेद हो जाय इतना पतला) पत्र बनावाकर इसे आग में तपाये, लाल रंग का हो जाने पर उसे तिल के तेल में बुझाये। इस प्रकार तिलक तेल तक्र (छाछ), गोमुत्र, खट्टी कांजी (खट्टी कांजी के स्थान पर गन्ने का सिरका उपयोग में लाया जा सकता है) और कुलथी के क्वाथ में सात-सात बार बुझाये। इससे स्वर्ण शुद्ध हो जाता है। ये तेल, तक्र आदि

दो-तीन बार बुझाने के बाद बदल देने चाहिये। यह स्वर्ण केवल एक बार ही नहीं, अपितु दो-तीन दिनों तक दिन में दो-तीन बार चटाये। ऐसा करने से पर्याप्त लाभ मिलता है।

सुश्रुतसंहिता में अनन्त चूर्ण (स्वर्णभस्म) के स्थान पर अनन्तारस का भी पाठ मिलता है। अनन्तारस से ब्राह्मीरस का ग्रहण किया जाता है। स्वर्ण, ब्राह्मी तथा घृत आदि ये आयुष्यवर्धक हैं। स्वर्ण को परम मेधावर्धक कहने के साथ ही 'आयुष्यग्र्य' (आयु बढ़ाने वाले द्रव्यों में श्रेष्ठ) भी कहा गया है। ब्राह्मी भी मेधावर्धक होने के साथ आयुवर्धक भी है। इंग्लैण्ड के डॉक्टर भी ब्राह्मी को आयुवर्धक मानते हैं। चीन के जिस लीचिणियन नामक व्यक्ति ने लम्बी आयु प्राप्त की थी, वह इसी ब्राह्मी का प्रतिदिन नियम से सेवन करता था। वैसे भी मेधावर्धक द्रव्य आयुष्यवर्धक होते हैं।

आचार्य सुश्रुत एवं वृद्ध वाग्भट ने इसी प्रसंग में मेधाजनन के लिये शंखपुष्पी, वचा, शातावरी, बला, श्वेत दूर्वा, कूठ आदि का उल्लेख किया है। इन वनौषधियों को मेधाजनन के लिये यथावश्यक उपयोग लाना चाहिये। इस संबंध में किसी आयुर्वेदज्ञ से परामर्श लेना उपयुक्त है।

इस मेधाजनन-संस्कार के पश्चात् शिशु के शरीर पर हल्के हाथ तेल की मालिश करनी चाहिये और सोने-चाँदी के पदार्थों को गरम कर उन्हें पानी में बार-बार बुझाने से गर्म हुए जल से स्नान कराना चाहिये।

इस संस्कार से बालक की आयु एवं मेधावद्धि के साथ-साथ रोगनिरोध क्षमता में वृद्धि होने से वह व्याधियों से आक्रान्त नहीं होता। इससे ग्रहबाधाजनित व्याधियों से भी रक्षा होती है, हृदय पुष्ट होता है, मुख की कान्ति बढ़ती है, वातवाहिनियों एवं रक्तवारिनियों को शक्ति मिलती है तथा शरीरगत अनेक प्रकार के विषप्रभाव नष्ट हो जाते हैं।

1.5 नामकरण संस्कार

हिन्दू-शास्त्रों में वर्णित नामकरण-संस्कार वैज्ञानिक चिन्तन का प्रतिफल है। यह नवजात शिशु के आधिभौतिक, आध्यात्मिक एवं आधिदैविक अभ्युदय की मंगलमयी प्रस्तावना है। इसके आनुवंशिक, सामाजिक और धार्मिक आधारबिन्दु हैं।

देवगुरू बृहस्पति ने नाम को जगत् के सम्पूर्ण व्यवहार हेतु का केन्द्र कहा है-

नामाखिलस्य व्यवहारहेतुः शुभावहं कर्मसु भाग्यहेतुः।
नाम्नैव कीर्तिं लभते मनुष्यस्ततः प्रशस्तं खलु नामकर्म।।

(वीरमित्रोदय, संस्कारप्रकाश)

आयुर्वर्चोऽभिवृद्धिच सिद्धिर्व्यवहतेस्तथा।
नामकर्मफलं त्वेतत् समुद्दिष्टं मनीषिभिः।।

(स्मृतिसंग्रह)

सांसारिक जीवन में वस्तु की तरह व्यक्ति के स्वयं के परिचय हेतु भी नामकरण आवश्यक है। जीव मात्र के सम्यक् ज्ञान के लिये भाषा संज्ञा शब्द की अवधारणा है। वास्तव में नामकरण व्यक्ति वाचक संज्ञा- निर्धारण का ही संस्कारित स्वरूप है। नामकरण-संस्कार हेतु हमारे प्राचीन ऋषि-महर्षियों ने बड़ा ही वैज्ञानिक एवं सूक्ष्म चिन्तन किया है ताकि प्रदत्तभिधान (नामसंज्ञा) से जातक के व्यक्तित्व का स्वरूप आत्मोन्नतिकारक एवं चरित्रवान् हो सके। सुविचारित नामकरण के पश्चात् जातक तदनुरूप बनने का आजीवन सतत प्रयास करता है। नामित व्यक्ति से समाज भी तद्रूप ही बनने की अपेक्षा करता है। इसी कारण से ब्राह्मणवर्ण के नाम क्षमा, सत्य, शील, त्याग, आस्तिक्य, भक्ति, शान्ति, विनम्रता, सतोष, देवभक्ति आदि गुणाधारित होते थे। क्षत्रियवर्ण के नाम वीरता, धैर्य, शौर्य, रणकौशल, निडरता आदि, वैश्यवर्ण के नाम धन-सम्पत्ति, लक्ष्मी, ऐश्वर्यवान्, दया, दान आदि एवं शूद्रवर्ण के नाम सेवा आदि गुणों से युक्त होते थे।

हमारे ऋषि-महर्षियों ने नामकरण-संस्कार में कैसे, कब एवं कौन-सा नाम रखे, इसका विस्तृत शास्त्रीय विवेचन किया है। इसका सूत्रग्रन्थों, स्मृतिग्रन्थों, निबन्ध-ग्रन्थों एवं ज्योतिषीय मुहूर्वग्रन्थों में सम्यक् उल्लेख हुआ है।

नामधेयं दशम्यां तु द्वादश्यां वास्य कारयेत्।
पुण्ये तिथौ मुहूर्ते वा नक्षत्रे वा गुणान्विते।।

(मनुस्मृति 2। 30)

दशम्यामुत्थाप्य ब्राह्मणान् भोजयित्वा पिता नाम करोति।।

(पा०गृ०सू० 1। 17। 1)

मनु ने 10वें, 12वें या शुभ नक्षत्र, तिथियुक्त मुहूर्त में नामकरण करने हेतु कहा है, जबकि पारस्करगृह्यसूत्रकार ने इसे 10वें दिन करने को कहा है। मदनरत्न में इसका वर्णानुसार निर्धारण भी किया गया है-

द्वादशे दशमे वाऽपि जन्मतोऽपि त्रयोदशे।
षोडशे विंशतौ चैव द्वाविंश वर्णतः क्रमात्।।

अर्थात जन्म से 10वें, 12वें या वर्णानुसार ब्राह्मण का 13वें दिन, क्षत्रिय का 16वें दिन, वैश्य का 20वें दिन एवं शूद्र का 22वें दिन नामकरण संस्कार करना चाहिये। मासान्त, सौवाँ दिन एवं वर्षान्त आदि गौणकाल का भी उल्लेख है। धर्मसिन्धु (पूर्वार्द्ध परिच्छेद 3) में इसे जातकर्म के तुरन्त बाद या ब्राह्मणों के लिये जन्म से 11वें या 12वें दिन, क्षत्रियों के लिये 13वें या 16वें दिन, वैश्यों के लिये 16वें या 20वें दिन एवं शुद्रों के लिये 22वें दिन या मासान्तर करने का उल्लेख किया है।

रिक्तां तथा पर्वदिनं विनाऽह्नि रुद्रप्रमे वेनमिते शुभाहे।
मैत्रध्रुवक्षिप्रचरेषु भेषु भवेच्छुभा नामकृतिः शिशूनाम।।

(ज्योतिषतत्त्वम्/अ०-17/41)

रिक्ता तिथि तथा पर्व दिन छोड़कर शेष तिथि में; ग्यारहवें वा बारहवें दिन में, शुभग्रहों के वार में मृदु, ध्रुव, क्षिप्र तथा चर नक्षत्र में शिशुओं का नामकरण संस्कार शुभ होता है।

तज्जात कर्मादि शिशोर्विधेयं पर्वाख्यरिक्तान तिथौ शुभेऽह्नि।
एकादशे द्वादशकेऽपि घस्त्रे मृदु ध्रुवक्षिप्रचराडुषु स्यात्।।

(फलितप्रकाश/अ०-3/4)

पुत्रोत्पन्न होने पर जातक कर्म करे, यदि उस समय किसी कारण से न हो सके तो नामकर्म के साथ करे, जातक कर्म आदि का एक ही मुहूर्त्त देते हैं, पर्व और रिक्ता तिथि को छोड़कर शुभवार में ग्यारहवें तथा बारहवें दिन मृदु, ध्रुव-क्षिप्र-चर नक्षत्रों में करे ग्यारहवें ब्राह्मण का, बारहवें क्षत्रियों का सोलहवें दिन वैश्यों का और शूद्रों का एक मास में सूतकान्त सूत्रधार कहा है।

सूतकान्ते नामकर्म विधेयं स्वकुलोचितम्।
पुण्ये तिथौ मुहूर्ते वा नक्षत्रे वा गुणान्विते।।

(बृहज्ज्योतिषसार/अ०-/11)

जन्म सूतक के अन्त में अर्थात् ब्राह्मण का ग्यारहवें दिन, क्षत्रिय का तेरहवें दिन, वैश्य का सोलहवें दिन, शूद्र का तेरहवें दिन में अपने कुलानुसार शिशु का नाम रखे। व पुण्यतिथि, पुण्य मुहूर्त व पुण्य नक्षत्र में नामकरण शुभ है।

जातानन्तरमेव नामकरणं त्वेकादशाहे स्फुटं,
पुत्रस्यैव समाक्षरं तु युवतेः कार्य ततो व्यत्ययम्।
शुद्धिर्जातकवच्च नाम्नि सकलैस्तद्द्वादशेषोडशे,
द्वाविंशेऽप्यथ विंशके हि विहितं जातिव्यवस्थां बिना।।

(पूर्व कालामृत/अ०-1/17)

जातकर्म संस्कार के बाद, ग्यारहवें दिन जातक का नामकरण करना चाहिए। पुत्र का नाम सम संख्या अक्षरों वाला व लड़की का विषम संख्याक्षरों से रखना चाहिए।

मुहूर्त्त व दिनादि का निश्चय जातकर्म के समान ही करना चाहिए। अथवा बारहवें, सोलहवें, बीसवें या बाईसवें दिन भी सूतक समाप्ति के बाद नामकरण कर सकते हैं। इसमें वर्ग भेद से काल भेद नहीं होता है। अर्थात् चारों वर्णों के लोगों पर यह बात समान रूप से लागू है।

नामकरण सर्वदा सूतक समाप्त होने पर ही होता है। दस दिन बीत जाने पर सूतक समाप्त हो जाता है। बहुत से आचार्य दसवें, अठारहवें या मासोपरान्त भी नामकरण कहते हैं। अतः देशकाल परम्परानुसार नामकरण का समय निश्चय करते हुए, शुभवार, तिथि, नक्षत्रादि का विचार जातकर्मवत् करना चाहिए, यह स्पष्ट हो जाता है। इतने विकल्प देने का कारण यह है कि नामकरणोचित दिन पड़ने पर भी यदि व्यतिपात, संक्रान्ति, रिक्ता, जया तिथि, भद्रा, ग्रहण, वैधृति, श्राद्धदिन पड़ता हो तो आगे कर सकते हैं। यदि यह समय भी बीत जाये तो उत्तरायण में,

गुरुशुक्रास्त काल को छोड़कर शुभ दिन में यह कार्य सम्पन्न करे।

देशकालोपघाताद्यैः कालातिक्रमणं यदि।
अनस्तगे भृगावीज्ये तत्कालं चोत्तरायणे।।

(नारद)

नामकरण-संस्कार में मलमास, गुरू-शुक्रस्त, सिंहस्थ गुरू, देवशयन, दक्षिणायन आदि का दोष नहीं है **'अत्र मलमास-गुरूशुक्रास्तादिदोषो नास्ति'** (धर्मसिन्धु), परंतु वैधृति, व्यतीपात, ग्रहण, संक्रान्ति, अमावास्या, भद्रा, आदि कुयोग वर्जित हैं। अपराह्न एवं रात्रिकाल का भी निषेध है। पूर्वाह्न श्रेष्ठ एवं मध्याह्न मध्यम है। मुहूर्तप्रकाश में पुनर्वसु, पुष्य, हस्त, चित्रा, स्वाती, अनुराधा, ज्येष्ठा, मृगशिरा, मूल, उत्तरा आदि ग्राह्य नक्षत्र माने गये हैं। तिथि 2, 3, 5, 7, 10, 11, 13 एवं कृष्णप्रतिपदा ग्राह्य हैं। स्थिर लग्न, स्थिर शुभ नवांश, शुभ गोचर चन्द्र एवं बुध, सोम, रवि, गुरू आदि वार प्रशस्त हैं।

अन्यत्रपि शुभे योगे वारे बुधशशाङ्कयोः।
भानोर्गुरोः स्थिर लग्ने बालनामकृतिः शुभा।।

(मुहूर्तप्रकाश-संस्कारप्रकरण 29)

क्रिया विधि—शुभ मुहूर्त में सूतिका-स्नान के अनन्तर गृहशुद्धि करे। गणपत्यादि, ग्रह, मातृका वरुण का पूजन करके नान्दीमुखश्राद्ध करे। बालक को स्नान कराकर नवीन वस्त्र पहनाये। स्वस्तिवाचनपूर्वक माता की गोद में स्थित पूर्वाभिमुख बालक के दाहिने कान में **'अमुक शर्मासि, अमुक वर्मासि'** इत्यादि नाम तीन बार सुनाये। तदनन्तर ब्राह्मण भोजन कराना चाहिये। जनभाषा में इसे दशोघ्न या दशदिवसीय जननशौच- निवृत्ति कहा जाता है। नामकरण-संस्कार चारों वर्णों का होता है। स्त्री एवं शुद्ध का अमन्त्रक एवं द्विजातियों का समन्त्रक होता है।

नाम कैसा हो--

मङ्गल्यं ब्राह्मणस्य स्यात्क्षत्रियस्य बलान्वितम्।
वैश्यस्य धनसंयुक्तं शूद्रस्य तु जुगुप्सितम्।।
शर्मवद्ब्राह्मणस्य स्याद्राज्ञो रक्षासमन्वितम्।
वैश्यस्य पुष्टिसंयुक्तं शूद्रस्य प्रेष्यसंयुतम्।।

स्त्रीणां सुखोद्यमक्रूरं विस्पष्टार्थं मनोहरम्।
मङ्गल्यं दीर्घवर्णान्तमाशीर्वादाभिधानवत्।।

(मनुस्मृति 2। 31-33)

शर्मेति ब्राह्मणस्योक्तं वर्मेति क्षत्रसंश्रयम्।
गुप्तदासात्मकं नाम प्रशस्तं वैश्यशूद्रयोः।।

उपर्युक्त श्लोकों से तात्पर्य यह है कि ब्राह्मण का नाम मंगलकारी एवं शर्मायुक्त, क्षत्रिय का बल तथा रक्षासमन्वित, वैश्य का धन, पुष्टियुक्त तथा शूद्र का दैन्य और सेवाभावयुक्त हो। स्त्रियों के नाम सुकोमल, मनोहरी मंगलकारी तथा दीर्घवर्णान्त होने चाहिए; जैसे–यशोदा।

गृह्यसूत्रकार आचार्य पारस्कर ने कहा है कि बालक का नाम दो या चार अक्षरयुक्त, प्रथमाक्षर घोषवर्णयुक्त (वर्ग का तीसरा, चौथा, पाँचवाँ वर्ण), मध्य में अन्तःस्थ (य, र, ल, व आदि) एवं नाम का अन्तिम वर्ण दीर्घ एवं कृदन्त हो, तद्धितान्त न हो। यथा–देवशर्मा, शूरवर्मा आदि। कन्या का नाम विषमवर्णी तीन, पाँच, सात, अक्षरयुक्त, दीर्घवर्णान्त एवं तद्धितान्त होना चाहिये, यथा–श्रीदेवी आदि।

धर्मसिन्धुकार ने चार प्रकार के नाम बताये हैं–देवनाम, मासनाम, नक्षत्रनाम तथा व्यावहारिक नाम; यथा- रामदास, कृष्णानुज आदि देवता नाम हैं। चैत्रादि अमावस्यान्त मास नाम क्रमानुसार वैकुण, जनार्दन, उपेन्द्र, यज्ञपुरुष, वासुदेव, हरि, योगीश, पुण्डरीकाक्ष, कृष्ण, अनन्त, अच्युत तथा चक्री हैं। नक्षत्रनाम नक्षत्रों के नाम पर; यथा–अश्विनी से आश्वयुक् तथा कृत्तिका से कार्तिक आदि होते हैं। गौणनाम अवकहडाचक्र के अनुसार नक्षत्रपाद से निर्धारित होते हैं; यथा–अश्विनी क चारणों से क्रमशः 'चू चे चो ला' से चूड़ामणि, चेतनप्रताप, चोलदास, लालचंद आदि निर्धारित होते हैं। कुछ ऋषियों ने नक्षत्र नाम को केवल उपनयन-संस्कार तक ही उपयुक्त बताया है, जिसे मामा-पिता ही जानें, अन्य नहीं। व्यवहार-नाम ही सर्वत्र प्रचलन में रहना चाहिये।

विवाहे सर्वमाङ्गल्ये यात्रायां ग्रहगोचरे।
जन्मराशिप्रधानत्वं नामराशिं न चिन्तयेत्।।
देशे ग्रामे गृहे युद्धे सेवायां व्यवहारके।
नामराशिप्रधानत्वं जन्मराशिं न चिन्तयेत्।।

निर्णयसिन्धुकार ने बालक का नाम मास, गुरू एवं कुलदेवता के नाम पर भी करने हेतु विकल्प लिखा है। देवमन्दिर, हाथी, घोड़ा, वृक्ष, पासी सरोवर तथा राजप्रासाद के नामकरण का भी शास्त्रों में विचार किया किया गया है। शास्त्रकारों ने कहा है कि माता-पिता को बालक के मूल नाम को गुप्त रखना चाहिये, ताकि शत्रु के अभिचारादि कर्मों से बालक की रक्षा की जा सके। पिता को ज्येष्ठ पुत्र का नाम सम्बोधित नहीं करना चाहिये। अतः माता-पिता को भी व्यवहार नाम से सम्बोधित करना चाहिये। पिता ज्येष्ठ पुत्र स्वकल्पित अन्य नाम रखे।

इस प्रकार हिन्दूधर्म में नामकरण-संस्कार का गहन एवं वैज्ञानिक वर्णन उपलब्ध होता है।

1.6 निष्क्रमण संस्कार

इस संस्कार का फल विद्वानों ने आयु की वृद्धि बताया है–**'निष्क्रमणादायुषो वृद्धिरप्युद्दिष्टा मनीषिभिः'**। यह संस्कार बालक के चौथे या छठे मास में होता है। सूर्य तथा चन्द्रादि देवताओं का पूजन कर बालक को उनके दर्शन कराना इस संस्कार की मुख्य प्रक्रिया है। बालक का शरीर पृथ्वी, जल, तेज, वायु, आकाश से बनता है। बालक का पिता इस संस्कार

के अन्तर्गत आकाश आदि पंचभूतों के अधिष्ठाता देवताओं से बालक के कल्याण की कामना करता है। यथा–

शिवे ते स्तां द्यावापृथिवी असंतापे अभिश्रियौ।
शं ते सूर्य आ तपतु शं वातो वातु ते हृदे।
शिवा अभि क्षरन्तु त्वापो दिव्याः पयस्वतीः।।

(अथर्ववेद 8/2/14)

अर्थात् 'हे बालक! तेरे निष्क्रमण के समय द्युलोक तथा पृथिवीलोक कल्याणकारी, सुखद एवं शोभास्पद हों। सूर्य तेरे लिये कल्याणकारी प्रकाश करें। तेरे हृदय में स्वच्छ कल्याणकारी वायु का संचरण हो। दिव्य जल वाली गंगा-यमुना आदि नदियाँ तेरे लिये निर्मल स्वादिष्ट जल का वहन करें।'

1.7 अन्नप्राशन संस्कार

अन्नप्राशन संस्कार के विषय से तो सभी भली भाँति परिचित हैं। शिशु के जन्म के पश्चात् प्रथम बार जब शिशु की जिह्वा पर अन्न रखकर अन्न के सेवन का प्रारम्भ होता है, उसे अन्नप्राशन संस्कार के नाम से शब्दांकित किया जाता है। प्रायः दूध की खीर या सूजी का स्वादिष्ट हलवा बनाकर मातायें अपने शिशु को अन्नप्राशन के अवसर पर खिलाती हैं। यू तो प्रतिष्ठित पंचांगों में अन्नप्राशन संस्कार के मुहूर्त का उल्लेख उपलब्ध होता है परन्तु अन्नप्राशन संस्कार के उपर्युक्त मुहूर्त का ज्ञान तो शिशु के जन्मांगों के आधार पर ही किया जा सकना संभव है। शास्त्रों में अन्नप्राशन संस्कारों की विशद व्याख्या और मुहूर्त का उल्लेख है। अतः किसी योग्य ज्योतिर्विद अथवा आचार्य द्वारा अन्नप्राशन का विशुद्ध मुहूर्त का संज्ञान प्राप्त करने के उपरान्त संदर्भित मुहूर्त में अन्न का सेवन कराना चाहिए। अन्नप्राशन संस्कार के मुहूर्त आदि का विस्तृत एवं शास्त्रोक्त उल्लेख एवं विधान यहाँ प्रस्तुत है।

नन्दारिक्तार्काष्टदर्शं कुजार्किभास्वद्वारान्मेषमीनालिलग्नम्।
उग्रं मिश्रं दारुणं भं जनुर्भाङ्गाभ्यामष्टक्षांशगाङ्गं विहाय।।
केन्द्रे कोणे सोदरे सद्भिरभ्रशुद्धे लग्नेऽघैस्त्रिषड्लाभयातैः।
चन्द्रे व्यङ्गाष्टारिगे षष्ठमासाद्युग्मे मासेऽन्नाशनं सच्छिशूनाम्।।

(ज्योतिषतत्त्वम्/अ०-17/43-44)

नन्दा (1-6-11), रिक्ता (4-9-14), द्वादशी, अष्टमी तथा अमावस्या; मंगल, शनि, तथा रविवार; मेष, मीन तथा वृश्चिक लग्न; उग्र, मिश्र तथा दारुण नक्षत्र; जन्म चन्द्रराशि से तथा जन्मलग्न राशि से अष्टम राशि तथा अष्टम नवांश राशि का लग्न इन सब पूर्वोक्त तिथ्यादियों को छोड़कर शेष तिथ्यादि में; केन्द्र, त्रिकोण तथा तृतीय में शुभग्रह हों, तृतीय, षष्ठ तथा लाभ में पापग्रह हों दशम शुद्ध लग्न में; लग्न, अष्टम तथा षष्ठ स्थान को छोड़कर शेष स्थान में चन्द्रमा हो एवं षष्ठ मास से सममास में 'शिशुओं का अन्नप्राशन शुभ' होता है।

रिक्तानन्दाष्टदर्शं हरिदिवसमथो सौरिभौमार्कवारान्
लग्नं जन्मर्क्षलग्नाष्टमगृहलवगं मीनमेषालिकं च।
हित्वा षष्ठात्समे मास्यथ हि मृगदृशां पञ्चमादोजमासे
नक्षत्रैः स्यात् स्थिराख्यैः समृदुलघुचरैर्बालकान्नाशनं सत्।।

केन्द्रत्रिकोणसहजेषु शुभैः खशुद्धे लग्ने त्रिलाभरिपुगैश्च वदन्ति पापैः।
लग्नाष्टषष्ठरहितं शशिनं प्रशस्तं मैत्राम्बुपानिलजनुर्भमसच्च केचित्।।

(फलितप्रकाश/अ०-3/9-10)

रिक्ता, नन्दा, अष्टमी, अमावस्या और द्वादशी ये तिथियाँ, शनि, मंगल, रवि ये वार, जन्मराशि और जन्मलग्न से अष्टमराशि का लग्न या लग्न में उन्हीं का नवमांश मीन, मेष, वृश्चिक लग्न इन सभी को त्याग करके छठे महीने से सम महीनों में पुत्र का, पाँचवें मास से विषम मास से कन्या का, स्थिर, मृदु, लघु, चर नक्षत्रों में अन्नप्राशन करना शुभप्रद है। केन्द्र त्रिकोण तृतीय इन स्थानों में शुभग्रह हो दसवाँ स्थान शुद्ध हो 3/6/11 वें पापग्रह हों लग्न, षष्ठ, अष्टम, इन स्थानों से भिन्न स्थानों में चन्द्रमा हो तो अन्नप्राशन करना प्रशस्त होता है, अनु०, श०, स्वा० नक्षत्र किसी-किसी के मत में शुभप्रद नहीं है।

पूर्वाद्राभरणीभुजङ्गवरुणांस्त्यक्त्वा कुजार्की तथा-
नन्दां पर्वं च सप्तमीमपि तथा रिक्तामपि द्वादशीम्।
स्यात् षष्ठाष्टममासि चाद्यमशनं स्त्रीणां पुनः पञ्चमे-
गोकन्याझषमन्मथेषु धवले पक्षे च योगे शुभे।।

(बृहज्ज्योतिषसार/अ०-/15)

तीनों पूर्वा, आर्द्रा, भरणी, आश्लेषा, शतभिषा नक्षत्र तथा मंगल शनिवार और नन्दा पर्व सप्तमी रिक्ता द्वादशी तिथी इन सभी को छोड़कर अवशिष्ट नक्षत्र तिथिवार में शिशु को छठे, आठवें मास में, कन्या को पाँचवें मास में, वृष कन्या मीन मिथुन लग्न में शुक्ल पक्ष में शुभयोग में प्रथम अन्न भोजन करना शुभ है।

रेवत्यश्विपुनर्वसौ हरियुगे ब्राह्मानुराधागुरौ
स्वातिभानुमघोविशाखरजनीनाथोत्तरात्वाष्ट्रभे।
वारे सूर्यशशांकबोघनगुरौ शुक्रे ह्यरिक्ते तिथौ
अन्नप्राशनमीरितं मिथुनगे कन्याझषे सुरिभिः।।

षष्ठे मासि सिते पक्षे शुभैः केन्द्रत्रिकोणगैः।
त्रिषडायगते क्रूरे चन्द्रमृत्वारिवर्जिते।।

सप्तम्येकादशी पर्वद्वादशीवर्जिते तिथौ।
शिशूनां शोभने चन्द्रे कारयेदन्नभक्षणम्।।

(लघुसंग्रह/148-150)

रेवती, अश्विनी, पुनर्वसु, श्रवण, धनिष्ठा, रोहिणी, अनुराधा, पुष्य, स्वाति, हस्त, मघा, विशाखा, मृगशिरा, तीनों उत्तरा और चित्रा इन नक्षत्रों में रवि, सोम, बुध, बृहस्पति, शुक्र—इन वारों में रिक्तावर्जित तिथियों और मिथुन, कन्या, मीन, इनके सूर्य में पण्डितों ने अन्नप्राशन संस्कार शुभ कहा है। छठें मास, शुक्लपक्ष, शुभग्रहों के केन्द्र तथा त्रिकोण में स्थित रहते और चन्द्रमा के अष्टम तथा छठें भाव से वर्जित होने और सप्तमी, एकादशी, पर्वतिथि तथा द्वादशी से वर्जित तिथि में चन्द्रमा के शुभ होने पर शिशु को अन्न खिलाना चाहिए।

अन्नप्राशनमर्भकस्य शुभदं मास्येव युग्मे शुभे,
षष्ठादावथ पंचमादि विषमे मासे वधूनां शुभे।
वारे सौम्यगृहे विशुद्धदशमे नन्दाष्टमी द्वादशी,
रिक्तमारहिते दिने चरमृदुक्षिप्रध्रुवाख्योडुषु।।

(पूर्व कालामृत/अ०-1/18)

अन्नप्राशन संस्कार अर्थात् प्रथम बार शिशु को अन्न खिलाने का मुहूर्त्त बताया जा रहा है। 6, 8, 10, 12 आदि सम-मासों में छठे मास से शुरू कर अन्नप्राशन करे। यह पुत्र के लिए व्यवस्था है। लड़की को 5, 7, 9, 11 आदि विषम मासों में अन्नप्राशन कराए। अन्नप्राशन के दिन शुभ वार सोम, बुध, बृहस्पति, शुक्र हो, रिक्ता (4, 9, 14), अमावस्या, द्वादशी, अष्टमी व नन्दा (1, 6, 11) तिथियाँ न हों, दशमस्थान में कोई ग्रह न हो, चर मृदु, क्षिप्र व ध्रुव संज्ञक नक्षत्र हों तो अन्नप्राशन शुभ होता है।

अन्नप्राशन के लग्न की शुद्धि करते समय 1, 4, 7, 5, 9, 3 में शुभग्रह हों, दशम में कोई ग्रह न हो, उक्त लग्न जन्म लग्न या राशि से अष्टम राशि या अष्टम नवांश का न हो, पापग्रह 3, 6, 11 में हों तो शुभ होता है। चन्द्रमा 1, 6, 8, 12 स्थानों में नहीं होना चाहिए।

त्रिकोणकेन्द्रत्रयायेषु शुभैस्त्र्यायारिगैःवरैः।
अलग्ननिधनान्त्यारिस्थानस्थेन हिमांशुना।। (कश्यप)

जन्म नक्षत्र में भी अन्नप्राशन कराना शास्त्रोक्त है।

पट्टबन्धन चौलान्नप्राशने चोपनायने।
शुभदं जन्मनक्षत्रमशुभं त्वन्यकर्मणि।। (नारद)

ग्रहों का फल

कुष्ठी लग्नगते रवौ तनुकले चन्द्रे सदा भिक्षुकः,
पूर्णेन्दौ बहुसत्रदोऽवनिसुते पित्तार्दितो ज्ञानवान्।
ज्ञे जीवे बहुभोगवान् भृगुसुते दीर्घायुरर्कात्मजे,
वातांगी तमसि ध्वजेऽप्यनशनी बालोऽन्नभोक्ता भवेत्।।

(पूर्व कालामृत/अ०-3/19)

अन्नप्राशन लग्न में यदि लग्नगत सूर्य हो तो कुष्ठ रोग, क्षीण चन्द्रमा हो तो भिक्षुक, पूर्ण चन्द्रमा हो तो शिशु दानी, मंगल हो तो पित्त रोगी, बुध हो तो ज्ञानी, बृहस्पति हो तो अतिभोगशील समृद्ध, शुक्र हो तो दीर्घायु, शनि हो तो वायुविकार से ग्रस्त, राहुकेतु हो तो बहुत कम खाने वाला, अर्थात् रोग या धनाभाव के कारण भूख से पीड़ित रहता है। यही फल 5, 9, 12, 4, 7 भावों में भी इन ग्रहों से समझना चाहिए।

1.8 चूडाकर्म संस्कार

इस संस्कार का दूसरा नाम मुण्डन-संस्कार अथवा क्षौर कर्म संस्कार भी है जिसका अत्यधिक महत्व शास्त्रों में उल्लिखित है। यह संस्कार त्वचासम्बन्धी रोगों के लिये अत्यन्त लाभकारी होता है। शिखा को छोड़कर सिर के शेष बालों को मूँड़ देने से शरीर का तापक्रम शान्त अर्थात् सामान्य हो जाता है और उस समय होने वाली फुंसी, दस्त आदि व्याधियाँ स्वतः शिथिल हो जाती हैं। एक बार मूँड़न के बाद बाल फिर झड़ते नहीं, वे बद्धमूल हो जाते हैं। गर्भ में ही शिशु के केशों का निर्माण और उनकी वृद्धि होने लगती है। गर्भ के केश का और कर्म के अभाव में दैहिक पवित्रता एवं शुद्धता स्वीकार नहीं की जाती है इसलिए चूड़ाकर्म संस्कार के पश्चात् ही शिशु की देह शुद्ध और पवित्र हो उठती है। चूड़ाकर्म संस्कार की महत्ता इसी तथ्य से समझी जा सकती है कि सम्पूर्ण भारतवर्ष में अपने सामर्थ्य के आधार पर लोग अपनी संतानों का चूड़ाकर्म संस्कार किसी मंदिर, सरोवर या उपासना स्थल, तीर्थ स्थान पर जाकर सम्पन्न कराते हैं। दक्षिण के त्रिपुरबालाजी के मंदिर में जाकर केशदान अर्थात् क्षौर कर्म कराने का महत्व संभवतः सर्वाधिक है। वहाँ पर धनवान और समृद्धिशाली व्यक्ति अपनी संतानों का मुण्डन संस्कार कराने के साथ करोड़ों रुपये दान स्वरूप प्रदान करते हैं। उत्तरप्रदेश में माता विन्ध्यवासिनी के चमत्कृत कर देनेवाले अद्भुत दरबार में भी अनेक व्यक्ति अपनी संतानों का क्षौर कर्म कराकर भगवती का आशीर्वाद प्राप्त करते हैं और उनकी देह के साथ-साथ उनकी मनोआत्मा की भी शुद्धता और पवित्रता की प्रार्थना करते हैं। वस्तुतः क्षौर कर्म या चूड़ाकर्म किसी धार्मिक अनुष्ठान के समतुल्य है।

शिखा के स्थान पर कतिपय केश क्षौर कर्म से मुक्त रखे जाते हैं। ताकि आगे चलकर शिशु शिखा बन्धन करके चूड़ाकर्म संस्कार का सम्पूर्ण सम्मान कर सके। यहाँ शिखा के स्थान

पर शरीर और मस्तिष्क की अनेक स्नायु संयुक्त रूप से संस्थित, सुगठित तथा सुव्यवस्थित होती हैं। शिखा को तन का अधिपति एवं मर्म स्थान के नाम से शब्दांकित किया गया है और इस तथ्य से ही शिखा का महत्व स्पष्ट रूप से परिलक्षित होता है।

इसीलिये मुण्डन, क्षौर आदि के लाभ का वर्णन करते हुए महर्षि चरक (सूत्रस्थान 5/99) लिखा है-

पौष्टिकं वृष्यमायुष्यं शुचि रूपविराजनम्।
केशश्मश्रुनखादीनां कल्पनं संप्रसाधनम्।।

अर्थात् क्षौरादि कर्म करवाने, नाखून कटवाने और कंघी आदि से बालों को साफ रखने से पुष्टि, वृष्यता, आयु, पवित्रता और सुन्दरता आदि की वृद्धि होती है। बालक का मुण्डन कराने के अनन्तर उसके सिर मे मलाई आदि की मालिश का विधान है, जिससे मस्तिष्क के तज्जातन्तुओं को कोमलता, शीतलता तथा शक्ति प्राप्त होती है, जो आगे चलकर बालक की बौद्धिक शक्ति के विकास में सहायक होती है; क्योंकि सुस्वास्थ्य के लिये सिर ठण्डा होना अपेक्षित है। बुद्धि, बल, आयु, एवं तेज के साथ शिखा का क्या सम्बन्ध है, इसके उत्तर के लिये मानव-शरीर की रचना को समझा चाहिये। वेदवाक्य है कि-

दीर्घायुत्वाय बलाय वर्चसे शिखायै वषट्।

अर्थात् दीर्घ आयु, बल और तेज के लिये शिखा को स्पर्श करता हूँ। इस प्रकार मानव मात्र को शिखाधारण के लिये प्ररित किया गया है। स्मृति का वचन है-

सदोपवीतिना भाव्यं सदा बद्धशिखेन च।
विशिखो व्युपवीतच यत्करोति न तत्कृतम्।।

अर्थात् द्विजमात्र को निरन्तर यज्ञोपवीत पहने रहना चाहिये और शिखा निरन्तर बँधी होनी चाहिये। बिना यज्ञोपवीत और बिना शिखा के किये हुए सभी कार्य व्यर्थ हो जाते हैं।

हमारी सम्पूर्ण शारीरिक प्रवृत्ति का केन्द्र हमारा मस्तिष्क है। मानसिक तथा शारीरिक क्रियाओं का संचालन उसी के द्वारा होता है। यदि वह मस्तिष्क समुचित शक्तिसम्पन्न है तो मनुष्य भी स्वस्थ रहता हुआ वेदोक्त **'जीवेम शरदः शतम्'** (यजु० 36। 24) के अनुसार सौ वर्ष से भी अधिक दीर्घजीवी हो सकता है। शिखा ज्ञानशक्ति को अक्षुण्ण रखने में सहायक होती है। शिखा-छेदन के बाद बड़े-बड़े तेजस्वी पुरुष भी प्रभाहीन हो जाते हैं।

इसके सम्बन्ध में महाभारत के खिल्यभाग हरिवंशपुराण में एक कथा आती है। गुरू वसिष्ठ का एक सगर नामक शिष्य था। उसके पिता राजा बाहु को पश्चिमी प्रान्त के राजाओं ने युद्ध में पराजित कर दिया, जिससे दुःखी होकर राजा ने वन में अपने प्राण त्याग दिये। सगर पिता की मृत्यु के प्रतिशोध के लिये खड़ा हुआ तो सभी राजा भय से वसिष्ठ जी के शरण में आये। वसिष्ठ जी ने उन्हें अभयदान दिया। बाद में वे शिष्य सगर को समझाने लगे तो उसे सन्तोष

न हुआ। गुरू की आज्ञा का पालन करते हुए उसने राजाओं का वध तो नहीं किया, किंतु अर्धमुण्डन करके उन्हें छोड़ दिया। ऐसा करने पर सभी राजा निस्तेज-प्रभाहीन हो गये। ऐसी ही कथा भागवत में भी आती है—अर्जुन ने मृत्युदण्ड के बदले अश्वत्थामा का सिर मूँड़ दिया था, मणि निकाल ली थी। शिखा ही द्विजों की मणि है, उसके छेदन से द्विज निस्तेज हो जाता है।

यद्यपि आज के भौतिक युग में प्रत्यक्ष दृष्टिलाभ में ही सभी की प्रवृत्ति देखी जाती है, इसलिये लोग शिखा को केशसौन्दर्य के विघ्नरूप में समझने लगे हैं। यह पाश्चात्त्य सभ्यता का प्रभाव है। संस्कृति अक्षुण्ण, अपरिवर्तनीय एवं नित्य होती है और वह संस्कार द्वारा ही पुष्ट रहती है।

शिखा हमारी ज्ञानशक्ति को चैतन्य रखते हुए उसे सदैव अभिवृद्धि की ओर अग्रसर करती है। वैज्ञानिक विचार से भी काली वस्तु सूर्य की किरणों में से अधिक ताप तथा शक्ति का आकर्षण किया करती है। इसे विज्ञान के छात्र अच्छी तरह समझ सकते हैं।

शास्त्र के अनुसार हमारी बुद्धि सूर्य का अंश है। इसीलिये हम प्रतिदिन **'ॐ भूर्भुवः स्वः तत्सवितुर्वरेण्यं भर्गो देवस्य धीमहि। धियो यो नः प्रचोदयात्।।'** इस गायत्री मन्त्र से अपनी बुद्धि एवं मेधा को जाग्रत् करने के लिये भगवान् सूर्य की उपासना करते हैं और उनसे बुद्धि की याचना करते हैं।

पाश्चात्त्य विज्ञानवादियों ने सूर्य को जीवन-शक्ति का मूल कारण माना है। उसी सूर्यांशभूता बुद्धि तथा प्राणशक्ति को जाग्रत् करने के लिये ऋषियों ने बुद्धि के केन्द्र मस्तिष्क पर गोखुर के समान बालों का एक गुच्छा रखने का विधान किया है।

बालों का यह गुच्छा जिसे हम शिखा कहते हैं, काले रंग का होने के कारण सूर्य से मेधा एवं प्रकाशिनीशक्ति का विशेष आकर्षण करके ऊर्ध्वभिमुखी बुद्धि को और भी उन्नत तथा सबल करने में सहायक होता है।

शिखा (चूडा) ब्रह्मरन्ध्र की रक्षिका है- शिखा के ठीक नीचे मज्जातन्तुओं द्वारा निर्मित बुद्धिचक्र है तथा उसी के समीप ब्रह्मरन्ध्र है। इन दोनों के ऊपर सहस्रदल-कमल है, वही अमृतरूपी ब्रह्मका अधिष्ठान अर्थात् स्थान है।

शास्त्रीय विधि से जब मनुष्य परमपुरुष परमात्मा का ध्यान करता है या वेदादि का स्वाध्याय करता है, तब इनके अनुष्ठान से समुत्पन्न अमृत-तत्त्व यहीं नहीं रूकता, अपितु अपने केन्द्रस्वरूप भगवान् सूर्य में लीन होने हेतु सिर से भी बाहर निकलने का प्रयत्न करता है। शिखाग्रन्थि से टकराकर वह विद्युत्-प्रवाह स्वरूप अमृत वापस होकर सहस्रदलकर्णिका में रुक जाता है। कदाचित् शिखा खुली हो या शिखा न हो तो वह अमृत उस द्वार से बाहर होकर अल्प वेग वाला होने के कारण सूर्य से तो मिल नहीं पाता, किंतु अन्तरिक्ष में विलिन हो जाता है।

इसलिये स्मृतिकारों ने स्नान, सन्ध्या, जप, होम, स्वाध्याय, दान आदि कर्मों के समय शिखा में ग्रन्थि लगाकर ही कार्यों के सम्पादन का विधान बताया है-

स्नाने दाने जपे होमे सन्ध्यायां देवतार्चने।
शिखाग्रन्थिं सदा कुर्यादित्येतन्मनुरब्रवीत्।।

शिखाग्रन्थि-बन्धन के दैविक और स्मृतिमन्त्र हैं।

चिद्रूपिणि महामाये दिव्यतेजःसमन्विते।
तिष्ठ देवि शिखामध्ये तेजोवृद्धिं कुरुष्व मे।।

अर्थात् हे चित्-शक्तिरूपिणी कहामाया भगवति! आप दिव्य तेज से परिपूर्ण हैं। आप मेरी शिखा में रहकर मेरे तेज और मेधा की वृद्धि करें। ऐसे ही-

ॐ मा नस्तोके तनये मा न आयुषि मा नो गोषु मा नो अश्वेषु रीरिषः।
मा नो वीरान् रूद्र भामिनो वधीर्हविष्मन्तः सदमित् त्वा हवामहे।।

(शु०यजु० 16। 16)

अर्थात् हे रुद्र भगवान्! आप हमारे पुत्र-पौत्र में, मेरी आयु में, गौमें, आमें में क्रोध न करें अर्थात् रक्षा करें। हे रुद्र! आप हमारे क्रोधी वीरों को भी न मारें, हम सदैव हवन करते हुए हवियुक्त होकर आपका आवाहन करते हैं।

इस मन्त्र में कितना रहस्य भरा है। समस्त देवकार्य शिखाबन्धन के बाद ही सम्पन्न होते हैं। इसीलिये शिखाग्रन्थि के समया रूद्रभगवान् का स्मरण किया गया। प्रसिद्ध देवभाष्यकार पाश्चात्य विचारक मैक्समूलर शिखा के सम्बन्ध में लिखते हैं– 'शिखा के द्वारा मानव-मस्तिष्क अतीव शक्ति के प्रवाह को धारण कर सकता है।'

पाश्चात्य विज्ञानवेत्ता विक्टर ई० क्रोमर का कहना है– 'ध्यान के समय ओजशक्ति प्रकट होती है। किसी वस्तु पर चिन्तन एकाग्र करने से ओजशक्ति उसकी ओर दौड़ती है। यदि परमात्मा पर चिन्तन एकाग्र किया जाय तो मस्तक के ऊपर, शिखा के रास्ते आजशक्ति प्रकट होती है। परमात्मा की शक्ति उसी पथ से अपने भीतर आया करती है। सुक्ष्म-दृष्टिसम्पन्न योगी इन दोनों शक्तियों के सुन्दर रंग को भी देख लेते हैं। जो शक्ति परमात्मा से अपने भीतर आती है, उसकी तुलना नहीं की जा सकती।'

शरीरविज्ञान के अनुसार जिस स्थान पर शिखा रखी जाती है, उसे पिनल ज्वाइण्ट कहा जाता है। इसके नीचे एक विशष प्रकार की ग्रन्थि होती है जो 'पिट्यूटरी' कहलाती है। इस ग्रन्थि में एक विशेष प्रकार का रस बनता है, जो स्नायुओं द्वारा सम्पूर्ण शरीर में व्याप्त होकर शरीर को बढ़ाता है और बलशाली बनाता है।

शिखा द्वारा ग्रन्थि को अपना कार्य करने में बड़ी सहायता प्राप्त होती है, इसी कारण यह चिरकाल तक कार्य करती रहती है। इससे मनुष्य दीर्घकाल तक स्वस्थ रहकर जीवनयापन करता है, साथ ही उसकी ज्ञानशक्ति भी अक्षुण्ण रहती है।

इस सम्बन्ध में पाश्चात्य वैज्ञानिक 'सर चार्ल ल्युक्स' का विचार है–'शिखा का जिस्म

के उस जरूरी अंग से बहुत गहर सम्बन्ध है, जिससे ज्ञान वृद्धि और तमाम अंगों का संचालन होता है। जबसे मैंने इस विज्ञान की खोज की, तब से मैं स्वयं चाटी (शिखा) रखता हूँ।'

इसी प्रकार डॉ० हाखमन का कथन है–'मैंने कई वर्ष भारत में रह कर भारतीय संस्कृति का अध्ययन किया है। यहाँ के निवासी बहुत काल से सिर पर चोटी रखते हैं, जिसका जिक्र वेदों में पाया जाता है। दक्षिण में तो आधे सिर पर गोखुर के समान चोटी रखते हैं। उसकी बुद्धि की विलक्षणता देख कर मैं अत्यन्त प्रभावित हुआ हूँ।' अवश्य ही बौद्धिक विकास में चोटी बड़ी सहायता देती है। सिर पर चोटी या बाल रखना बड़ा लाभदायक है।

उपर्युक्त वैज्ञानिक तथ्यों से पूर्ण परिचित होने के कारण न केवल भारतीय, अपितु पाश्चात्य जगत् के भी प्रायः सभी वैज्ञानिक, कवि, लेखक सिर पर शिखा एवं जटासदृश लम्बे बाल रखते दीख पड़ते हैं।

भारतीय विचारकों के मतानुसार सम्पूर्ण मानव-शरीर में व्याप्त एक मुख्य नाड़ी है, जिसे सुषुम्णा कहते हैं। यह नाड़ी स्वाधिष्ठान से आरम्भ हो कर मस्तिष्क में जाकर समाप्त होती है। इसके उत्कृष्ट रन्ध्रभाग शिखास्थल के ठीक नीचे खुलत हैं। यही स्थान ब्रह्मरन्ध्र है, साथ ही बुद्धितत्त्व का केन्द्र है। साधारण दशा में हमारे शरीर के अन्य रोम पसीने आदि द्वारा शरीरिक ऊष्मा को बाहर फेंकते हैं। सुषुम्णा-केन्द्र के बालों द्वारा तेज-निःसरण होता है, उसी को रोकने के लिये शिखा में ग्रन्थि का विधान है, जिससे वह तेज शरीर में ही रूककर मन, शरीर और मस्तिष्क को अधिक उन्नत कर सके।

एक पाश्चात्य दार्शनिक लिखते हैं–'जब मैं चीन भ्रमण करने गया तो देखा कि चीन के लोग भी हिन्दुस्तानियों की तरह आधे सिर से ज्यादा बाल रखते हैं। मैंने जब से इस विज्ञान की खोज की, तब से मुझे विश्वास हो गया कि हिन्दुओं का प्रत्येक नियम विज्ञान से भरा पड़ा है। चोटी रखना हिन्दुओं का धर्म ही नहीं, सुषुम्णा के केन्द्रों की रक्षा के लिये ऋषि-मुनियों की विलक्षण खोज का चमत्कार है।'

इसी प्रकार मि० अर्ल थामन लिखते हैं–'सुषुम्णा की रक्षा हिन्दु लोग चोटी रखकर करते हैं, जबकि अन्य देशों में लोग सिर लम्बे बाल रखकर या हैट लगाकर इसकी रक्षा का प्रयत्न करते हैं। इन सबमें चोटी रखना सबसे मुफीद है। किसी भी प्रकार से हो, सुषुम्णा की रक्षा करना ही सबसे जरूरी है।'

शिखा के अधोभाग में एक मर्म स्थान होता है, जहाँ आघात पहुँचाने पर सद्यःमृत्यु होती है। सुश्रुतसंहिता (3/6/27) में आया है-

मस्तकाभ्यन्तरोपरिष्टात् सिरासन्धिसन्निपातो
रोमावर्तोऽधिपतिस्तत्रापि सद्य एव(मरणम्)।

अर्थात् मस्तक के भीतर ऊपर को जहाँ पर बालों का आवर्त (भँवर) होता है, वह सम्पूर्ण नाड़ियों और सन्धियों का सन्निपात है, उस स्थान को अधिपति-मर्म कहते हैं, वहाँ पर चोट लगने

से तत्काल मृत्यु हो जाती है।

शिखा इस अत्यन्त कोमल तथा सद्योमारक मर्मस्थान के लिये प्रकृतिप्रदत्त कवच है, जो कि आकस्मिक आघातों एवं उग्र शीत-आतपादि से इस मर्मस्थान को बचाती है। विदेशों में इसी मर्मस्थान को उग्र शीत-तापादि से बचान के लिये टोप धारण किया जाता है।

शिखा आर्यजाति का एक पवित्र सामाजिक चिह्न है, जिसने सैकड़ों सम्प्रदाय, जाति-उपजाति आदि भेदों में विभक्त हुई इस जाति की एकता को अक्षुण्ण रखने में प्रमुखता से भाग लिया है। इसी शिखा ने भूमण्डल के लाखों वर्गमील में फैले हुए विशाल हिन्दूसमाज को सांस्कृतिक एवं धार्मिक एकता के सूत्र में पिरोकार एक बना रखा है।

इस प्रकार धार्मिक, वैज्ञानिक, सांस्कृतिक एवं सामाजिक दृष्टि से विचार करने पर शिखा का मानव-जीवन में महत्त्वपूर्ण स्थान सिद्ध होता है। आर्यजाति का तो लाखों वर्षों की परम्परा का इतिहास इसके साथ जुड़ा हुआ है। इसलिये चूडा (शिखा)-करण-संस्कार मानव-जीवन की सर्वांगीण उन्नति के लिये परमोपयोगी है।

मनुस्मृति का कथन है कि वेदोत्त गर्भाधानादि पुण्यकर्म द्वारा द्विजगण का शारीरिक संस्कार सम्पादित करना चाहिये, जो इस लोक और परलोक में पवित्रकारी है। गर्भसमय के तीनों संस्कारों में तथा जातकर्म, चूडाकर्म और उपनयन आदि संस्कारों में अनुष्ठित हवनों से बैजिक एवं गर्भवासजन्य अपवित्रता नष्ट हो जाती है तथा वेदमन्त्रों के प्रभाव से अन्तःकरण में शुभ संस्कार का अभ्युदय होता है यथा--

वैदिकैः कर्मभिः पुण्यैर्निषेकादिर्द्विजन्मनाम्।
कार्यः शरीरसंस्कारः पावनः प्रेत्य चेह च।।
गार्भैर्होमैर्जातकर्मचौडमौञ्जीनिबन्धनैः।
बैजिकं गार्भिकं चैनो द्विजानामपमृज्यते।।

यहाँ पर विशेष रूप से चूडाकरण-संस्कार पर प्रकाश डाला जाता है। शुक्लयजुर्वेद (3। 36) में इस संस्कार से सम्बन्धित चर्चा की गयी है। यथा-

नि वर्त्तयाम्यायुषेऽन्नाद्याय प्रजननाय
रायस्पोषाय मुप्रजास्त्वाय सुवीर्याय।।

अर्थात् हे बालक! दीर्घायु के लिये अन्नग्रहण में समर्थ बनाने के लिये, उत्पादनशक्ति के लिये और बल तथा पराक्रम प्राप्ति के योग्य होने के लिये तेरा मुण्डन करता हूँ।

इसमें अनुष्ठय प्रधान कार्य शिशु का केशमुण्डन है। चूडाकर्म-संस्कार बल, आयु तथा तेज की वृद्धि के लिये किया जाने वाला संस्कार है। इससे पूर्वके संस्कार अर्थात् गर्भाधन, पुंसवन, सीमन्तोन्नयन, जातकर्म आदि दोष-परिमार्जक श्रेणी के हैं।

गर्भावस्था में जो केश उत्पन्न होते हैं, उन सबको दूरकर चूडाकरण के द्वारा शिशु को शिक्षा तथा

संस्कार का पात्र बनाया जाता है। इसी कारण यह कहा गया है कि चूडाकरण के द्वारा अपात्रीकरण दोष का निवारण होता है। चूडाकरणसंस्कार के समय के विषय में बृहस्पति का कथन है-

तृतीयेऽपि शिशोर्गर्भाज्जन्मतो वा विशेषतः।
पञ्चमे सप्तमे वापि स्त्रियाः पुंसोऽथवा समम्।।

अर्थात् गर्भ से तृतीय वर्ष में अथवा जन्म से तृतीय वर्ष में तथा पञ्चम या सप्तम वर्ष में चूडाकरण-संस्कार सम्पन्न किया जाता है। इसीपर नारदजी कहते हैं-

जन्मतस्तु तृतीये च श्रेष्ठमिच्छन्ति पण्डिताः।
पञ्चमे सप्तमे वर्षे जन्मतो मध्यमं भवेत्।।

अधमं गर्भतः स्यात्तु दशमैकादशेऽपि वा।।

अर्थात जन्म से तृतीय वर्ष में चूडाकर्म-संस्कार उत्तम है। पञ्चम्, सप्तम वर्ष में मध्यम तथा गर्भ से दशम, एकादश वर्ष में निम्नस्तरीय है। इन वचनों के अनुसार यथा सम्भव उत्तम पक्ष में ही चूडाकरण-संस्कार सम्पादन करना चाहिये।

चूडाकरण आदि संस्कारों द्वारा बालकों में गुणाधान होता है अर्थात् मानवोचित विशिष्ट गुणों का समावेश किया जाता है। **'चूडा क्रियते अस्तिन्'** इस विग्रह के अनुसार चूडाकरण-संस्कार का अभिप्राय है, वह संस्कार जिसमें बालक को चूडा अर्थात् शिखा दी जाय। अमरकोष के अनुसार भी चुडा का अभिप्राय शिखर से ही है। इसीलिये गृह्यसूत्र में दिया गया है-

एकशिखस्त्रिशिखः पञ्चशिखो वा यथैवेषां
कुलधर्मः स्याद्यथर्षि शिखा निदधातीति।

अर्थात् बालक को कुलधर्म के अनुसार एक शिखा या तीन अथवा पाँच शिखा धारण कराये। इन वचनों से इस संस्कार का समय जन्म से प्रथम या तीसरा वर्ष है।

शरीरविज्ञान के अनुसार यह समय दाँतों के निकलने का है। इसके कारण बालक के शरीर में कई प्रकार की व्याधि का होना स्वाभाविक है। इस प्रकार उसका शरीर निर्बल हो जाता है; बाल झड़ने लगते हैं, ऐसे समय में इस संस्कार का विधान करके महर्षियों ने बालक को अस्वस्थ कारक कारणों से बचाने का प्रयाज किया है। इस प्रकार चूडाकरण-संस्कार अत्यन्त उपयोगी एवं परमावश्यक सिद्ध है।

संक्षिप्त विधि

शुभ मुहूर्त में यज्ञ देवी बनाकर चूडाकर्म करना चाहिये। सर्वप्रथम माता बालक को स्नान कराकर एवं शुद्धवस्त्र पहनाकर गोद में लेकर अग्नि के पश्चिम की ओर बैठे। फिर संकल्प, गणेशपूजन, पुण्याहवाचन और पंचागपूजन के पश्चात् **'प्रजापतिः प्रीयताम्'** इस वाक्य का

उच्चरण करे। पश्चात् चूडाकरणाधिकार-सिद्ध के लिये संकल्पपूर्वक तीन ब्राह्मणों को भोजन कराकर विधिपूर्वक हवन करे।

फिर पूर्वाभिमुख बैठे बालक के सिर से दक्षिण, पश्चिम तथा उत्तर–तीनों ओर पहले से बाँधी गयी तीन जूडा को मन्त्र पढ़ाते हुए घी आदि मिलाये हुए जल से भिगाये। मंत्र इस प्रकार है-

ॐ सवित्रा प्रसूता दैव्या आप उन्दन्तु
ते तनुं दीर्घायुत्वाय वर्चस इति।

फिर उस दाहिनी जूडा का तीन भाग करे। उन एक-एक भाग में तीन-तीन स्थानों में श्वेत साही के काँट से बालों को अलग-अलग करके तीन भाग करे। तत्पश्चात् 27 कुशों में से तीन कुश लेकर उन कशों के अग्रभाग को दाहिने केशों के तीन भागों में से पहले भाग के मूल में '**ॐ ओषधे त्रायस्व**'–इस मन्त्र से लगाये, फिर '**ॐ शिवो नामासि स्वधितिस्ते पिता नमस्ते अस्तु मा मा हिँसीः**' इस मन्त्र को पढ़कर लोहे का छुरा हाथ में ले। पुनः '**ॐ नि वर्त्तयाम्यायुषेऽन्नाद्याय नि प्रजननाय रायस्पोषाय सुप्रजास्त्वाय सुवीर्यय।।**' इस मन्त्र से केशों में छुरा लगाये, फिर '**ॐ येनावपत्सविता क्षुरेण सोमस्य राज्ञो वरूणस्य विद्वान्। तेन ब्रह्माणो वपतेदमस्यायुष्यं जरदष्टिर्यथासद्**'– इस मन्त्र से दाहिने केशों के तीन भागों में पश्चिम भाग को कुशोंसहित काटे।

पुनः सिर के पश्चिम भाग के जूडा के केशों को पूर्ववत् उसी मन्त्र से भिगोना तथा बिना मन्त्र पढ़े साही के काँटे से केशों का तीन भाग करना, तीन कुशों को रखना, छुरा का हाथ मे लेना और केशों में लगाना–इत्यादि पूर्वमंत्रों से ही करे। तदनन्तर उत्तर भाग के केशों के लिये भी सब कृत्य सम्पन्न करके काटने के समय '**ॐ येन भूरिश्चरा दिवं ज्योक्क्पश्चाद्धि सूर्यम्। तेन ते वपामि ब्रह्मणा जीवातवे जीवनाय सुश्लोक्याय स्वस्तये**' यह मन्त्र पढ़े।

इसके बाद पहले काटे गये और अभी काटे गये इन केशों को भी कुशोंसहित गाय के गोबर पर रखे। तदुनन्तर पूरे केशों को भिगोकर तीन बार प्रदक्षिणा-क्रम से निम्न मन्त्र से छुरे को सभी ओर घुमाये-

ॐ यत् क्षुरेण मज्जयता सुपेशसा वप्त्वा वाऽऽवपति
केशान्च्छिन्धि शिरो माऽस्यायुः प्रमोषीः।

तत्पचात '**ॐ अक्षण्वन् परिवप**' मन्त्र बोल कर नाई को छुरा दे और कुल-धर्म के अनुसार शिखा रखकर बाकी सब बाल बनाये। इन केशों को नये वस्त्र से लपेटकर बालक की माता, बूआ या बहन दही-दूधसहित गोबर पिण्ड पर रखे।

इसके बाद पूर्णाहुति देकर स्रुवा से थोड़ा भस्म ले ले और '**त्र्यायुषम्०**' इत्यादि मन्त्रों से दाहिने हाथ की अनामिका अँगुली से बालक को भी लगा दे। फिर गोबर सहित केशों को गोशाला में, या नदी या तालाब के किनारे गड्ढा खोदकर रख दे और मूँद दे।

इसके बाद संस्कार सम्पन्न होने पर गोदान-दक्षिणा से गुरु को संतुष्ट कर मातृका विसर्जन करके ब्राह्मणों को भोजन कराये तथा स्वयं भी बन्धुवर्गसहित भोजन करे। इस प्रकार संक्षेप में भारतीय संस्कृति के मूल स्वरूप संस्कारों में से एक चूडाकरण अर्थात् मुण्डन-संस्कार सम्पन्न होता है।

मुहूर्त्त

आधानकालाज्जनिकालतोऽथवा चूडा तृतीयाब्दत ओजहायने।
रिक्ताविशाखाग्निमहेशकेशवपर्वोनिताहे विमधूत्तरायणे।।

चित्राभिजिच्चान्द्रचरैन्द्रपुष्यान्त्यार्काश्विभैः शोभनराशिभागे।
निर्य्याणशुद्धे स्वभलग्नतोऽन्तोनाङ्गे शुभाहे त्रिभवारिगाधैः।।

(ज्योतिषतत्त्वम्/अ०-17/47-48)

गर्भाधानकाल से अथवा जन्मकाल से तृतीय वर्ष से विषम वर्ष में; रिक्ता तिथि, षष्ठी, प्रतिपदा, अष्टमी, द्वादशी तथा पर्वदिन, इन सब को छोड़कर शेष तिथि में, चैत्र मास को छोड़कर उत्तरायणकाल में चित्रा, अभिजित्, मृगशिरा, चर, (स्वा. पुन. श्र. ध. श.) नक्षत्र ज्येष्ठा, पुष्य, रेवती, हस्त तथा अश्विनी इन नक्षत्रों में शुभराशि के लग्न तथा नवांश में अष्टम शुद्ध (ग्रहरहित) होने पर, जन्म राशि तथा जन्म लग्न से अष्टम लग्नरहित लग्न में शुभग्रहों के वार में तृतीय, षष्ठ तथा एकादश में पापग्रहों के होने पर चौलकर्म (मुण्डन) शुभ होता है।

चूडा वर्षात्तृतीयात्प्रभवति विषमेऽष्टार्करिक्ताद्यषष्ठी-
पर्वोनाहे विचेत्रोदगयनसमये ज्ञेन्दुशुक्रेज्यकानाम्।
वारे लग्नांशयोश्च स्वभनिधनतनौ नैधने शुद्धियुक्ते
शाक्रोपेतैर्विमैत्रैर्मृदुचरलघुभैरायषट्त्रिस्थपापैः।।

(फलितप्रकाश/अ०-3/19)

जन्म से तीसरे पाँचवें इत्यादि विषम वर्ष में अष्टमी रिक्ता प्रतिपदि षष्ठी और पर्व इनको तथा चैत्र को छोड़कर उत्तरायण सूर्य में बुध, सोम, शुक्र, बृहस्पति, इन वारों में लग्न और नवमांश में अशुभ ग्रहों की राशियाँ जन्म और जन्म-राशि से आठवीं राशि का लग्न न हो लग्न से अष्टम शुद्ध हो ज्येष्ठा नक्षत्र में और अनुराधा को छोड़कर मृदु, चर, लघु नक्षत्रों 11/6/3 इन स्थान में पापग्रह हो और केन्द्र त्रिकोण में शुभग्रह हो तो शिशु का मुंडन करना शुभ है।

शाक्रोपेतैर्विमैत्रैश्च मृदुक्षिप्रचरैस्तथा।
कर्णवेधोक्तवर्षादौ चौलं लग्ने शुभे शुभम्।।

(बृहज्ज्योतिषसार/अ०-/17)

कर्णवेधोक्त वर्ष, भास, दिन में, तया अनुराधा को छोड़कर मृदु क्षिप्र चरसंज्ञक तथा ज्येष्ठा

नक्षत्र में तथा शुभलग्न में चूड़ाकरण (मुण्डन) शुभ है।

ऋतुमत्याः सूतिकायाः सूनोश्चौलादि नाचरेत्।
ज्येष्ठापत्यस्य न ज्येष्ठे कैश्चिन्मार्गेऽपि नेष्यते।।

(बृहज्ज्योतिषसार/अ०-/18)

ऋतुमती (मास धर्मसहित) और प्रसूतिका के शिशु का मुण्डन, उपनयन आदि न कराये। तथा ज्येष्ठ सन्तान का ज्येष्ठ में और किसी के मत से अगहन में भी चूड़ाकरण आदि न कराये।

पञ्चमासाधिके मातुर्गर्भे चौलं शिशोर्न सत्।
पञ्चवर्षाधिकस्येष्टं गर्भिण्यामपि मातरि।।

(बृहज्ज्योतिषसार/अ०-/19)

माता के गर्भ को पाँच मास से अधिक हुआ हो तो उस शिशु का मुण्डन शुभ नहीं है यदि पाँच वर्ष से अधिक का हो तो माता के गर्भ रहने पर भी मुण्डन शुभ होता है।

जन्मादौ सममासि पुत्रविषये स्त्रीणां तु तद्व्यत्यये,
कार्यं चादिमकेशखण्डनमिदं पूर्वेऽह्नि सौम्यायने।

आदित्यद्वयदस्रपौषशशभृद् विष्णु त्रयार्कत्रये,
पूर्वाह्णे शुभवासरे जयदिने चाष्टम्यमावर्जिते।।

(पूर्वकालामृत/अ०-1/20)

जन्म के बाद प्रथम बार बाल कटवाने का मुहूर्त कहते हैं। 2, 4, 6, 8, 10 आदि सममासों में पुत्र का तथा 3, 5, 7, 8, 11 आदि विषम मासों में लड़की का प्रथम मुण्डन करें। यह व्यवस्था जन्म से एक वर्ष के भीतर मुण्डन करने के लिए है। तब उत्तरायण, दोपहर से पूर्व का समय, पुनर्वसु, पुष्य, अश्विनी, रेवती, मृगशिरा, श्रवण, धनिष्ठा, शतभिषा, हस्त, चित्रा, स्वाती नक्षत्रों में शुक्रवार में, जया, तिथियों (3, 13 व शुक्लाष्टमी में) कृष्णाष्टमी को छोड़कर शुभ समय (मुहूर्त्त) में करना चाहिए।

मध्येषूत्तर वायुमित्रवरुणब्रह्माभिधेषूत्तमे,
चित्रान्त्येन्दुपुनर्वसुद्वयकर श्रोणद्वयाद्ये दिवा।
बालस्य त्रितयेऽथपंचमसमे मासादिरिक्ताष्टमी,
पर्वान्यासु शुभांश वारभवने चौलं विशुद्धेऽष्टमे।।

(पूर्वकालामृत/अ०-1/21)

शिशु का चौल या चूड़ाकर्म विषम वर्षों में 3 या 5 वर्ष में करना चाहिए। तीनों उत्तरा, स्वाती, अनुराधा, शतभिषा, रोहिणी ये मध्यम नक्षत्र हैं। चित्रा, रेवती, मृगशिरा, पुनर्वसु, पुष्य, हस्त, श्रवण, धनिष्ठा, अश्विनी ये उत्तम नक्षत्र हैं। चूड़ाकर्म सदैव दोपहर पूर्व में करना चाहिए।

रिक्ता, अमावस्या, मासादि (शुक्ल प्रतिपदा या संक्रान्ति दिन व सूर्य का एक गतांश) अष्टमी, पूर्णिमा, ग्रहणादि पर्वतिथियों को छोड़कर, शुभलग्न, शुभनवांश, शुभवार में, लग्न से अष्टम में कोई ग्रह न हो तब करें।

इस संस्कार में भी कुल परम्परा प्रधान है। जिन लोगों में पृथक् चूड़ाकर्म होता हो, तदर्थ यह मुहूर्त्त विचार है, अन्यथा पहले साल में ही जन्म के बाल कटवाने का मुहूर्त्त निश्चय पिछले श्लोक में कह चुके हैं। बहुत से लोगों के यहाँ यज्ञोपवीत व मुण्डन साथ-साथ हो जाता है, तब यज्ञोपवीत मुहूर्त्त में ही मुण्डनमुहूर्त्त भी सिमट जाता है।

तिथि विचार में चैत्र मास व षष्ठी तिथि को ग्रन्थकार ने नहीं कहा है, यह अभाव है। अतः माघ, फाल्गुन, वैशाख, ज्येष्ठ, आषाढ़ मासों में, क्षीण चन्द्रमा, षष्ठी तिथि व चैत्र मास को छोड़कर, शुभवारों में, रिक्ता, अमादि पर्व तिथियों को छोड़कर तथा जन्मनक्षत्र, जन्ममास रहित मास में, चन्द्र तारा बल देखकर, शुक्ल पक्ष में चूड़ाकरण करें, यह सन्तुलित मत पराशर का है, जो ज्योतिर्निबन्ध में उद्धृत है। बृहस्पति के मत से लग्न से अष्टम में शुक्र रहना शुभ है, शेष सभी ग्रह वर्जित हैं।

रेवत्यश्विपुनर्वसौ सुरपतौ विष्णुत्रयेऽर्कत्रये,
सौम्ये वाक्पतिभे च सौम्यदिवसे सूर्ये च सौम्यायने।
केन्द्रद्वादशमृत्युकोणरहिते पापे शुभे केन्द्रगे,
चन्द्रे कुम्भमृगाङ्गनामिथुनगेमीने हयाङ्गे शुभः।।

(लघुसंग्रह/155)

रेवती, अश्विनी, पुनर्वसु, श्रवण, धनिष्ठा, शतभिषा, हस्त, चित्रा, स्वाती, मृगशिरा तथा पुष्य इन नक्षत्रों में शुभग्रहों के दिन में सूर्य के उत्तरायण होने पर और शुभग्रहों के केन्द्र में स्थित होने पर कुम्भ, मकर, कन्या, मिथुन, वृष, मीन तथा धनु इन लग्नों में चूड़ाकर्म शुभ होता है।

न जन्ममासे न च जन्मभे तिथौ विधौ विरुद्धेऽशुभतारकासु।
युग्माब्दमासे न च कृष्णपक्षे चूड़ा न कार्या खलु चैत्रपौषे।।

(लघुसंग्रह/156)

जन्ममास, जन्मनक्षत्र, जन्मतिथि, विरुद्ध चन्द्रमा, अशुभ तारा, सम मास, सम वर्ष, कृष्णपक्ष, चैत्र तथा पौषमास में चूड़ाकर्म कदापि न करे।

गीर्वाणाम्बुप्रतिष्ठापरिणयदहनाधानगेहप्रवेशाश्चौलं ।
राज्याभिषेको व्रतमपि शुभदं नैव याम्यायने स्यात्।।
नो वा बाल्यास्तवार्द्धे सुरगुरुसितयोर्नैव केतूदये स्यात्।
पक्षं वार्द्धं च केचिज्जहति तमपरे यावदीक्षां तदुग्रे।।

(लघुसंग्रह/154)

देवता तथा जलाशय की प्रतिष्ठा, विवाह और गृहप्रवेश, चूड़ाकर्म, राज्याभिषेक और उपनयन संस्कार यह कर्म दक्षिणायन सूर्य में बृहस्पति तथा शुक्र दोनों के बाल्य, अस्त तथा वार्द्धक्य के समय और केतु के उदयकाल में शुभ नहीं होते है। कोई-कोई आचार्य केतु के उदय होने पर पूर्वोक्त कर्मों में पक्ष यानी केवल पन्द्रह दिन त्यागते हैं। कोई आचार्य केतु के उदय के पश्चात् पक्षार्द्ध अर्थात् केवल सात दिन त्यागते हैं। कोई आचार्य के केतु दर्शन पर्यन्त का समय त्यागते हैं।

शुभाशुभ फल का परिज्ञान

आदित्यः क्षपयेत्सदैकमासं क्षौरे भौमशनी इभागमासान्।
यच्छेयुः शरदिङ्नगेशमासान् सौम्येज्येन्दुसिताः शुभं क्रमेण।।

(ज्योतिषतत्त्वम्/अ०-17/50)

रविवार में क्षौर करने से एक मास की आयु की हानि, मंगल में आठ मास और शनि में सात मास की आयुर्दाय की हानि होती है। बुधवार में क्षौर करने से पाँच मास की आयु की वृद्धि, बृहस्पति में दस मास की आयु की वृद्धि, सोम सात मास की आयु की वृद्धि और शुक्र में ग्यारह मास की आयु की वृद्धि होती है।

दन्तक्षौरनखक्रियाऽय विहिता चौलोदिते वारभे।
पातङ् ग्याररवीन्विहाय नवमं घस्रं च सन्ध्यां तथा।।
रिक्तां पर्व निशां निरासनरणग्रामप्रयाणोद्यत।
स्नाताभ्यक्तकृताशनैर्नहि पुनः कार्या हितप्रेप्सुभिः।।

(फलितप्रकाश/अ.-3/23)

दंत का कार्य, क्षौर कराना, नख कटाना, आदि का कर्म चौल में कहे हुए तिथि वार नक्षत्रों में, शनि, मंगल, रविवार को छोड़ अन्य वारों में, नवें दिन, संध्या समय में रिक्ता, पर्व, रात्रि, इनको छोड़कर, बिना आसन का, युद्ध यात्रा में उत्सुक, स्नानादि नित्यकर्म के बाद अपटन लगा के भोजन करके, अपने कल्याण के चाहने वाले को बाल नहीं बनवाना चाहिए।

क्रतुपाणिपीडमृतिबन्धमोक्षणे क्षुरकर्म च द्विज नृपाज्ञयाचरेत्।
शववाहतीर्थगमसिन्धुमज्जनक्षुरमाचरेन्न खलु गर्भिणीपतिः।।

(फलितप्रकाश/अ.-3/24)

यज्ञ में, विवाह में, मृत्यु (मृतककर्म) में कारागार से छूटकर आने पर ब्राह्मण-राजा की आज्ञा से क्षौर कर्म करा ले। गर्भिणी स्त्री के स्वामी को, मुर्दे का ढोना, तीर्थ यात्रा, समुद्र स्नान और क्षौर कर्म नहीं कराना चाहिए।

नृपाणां हितं क्षौरभे श्मश्रुकर्म दिने पञ्चमे पञ्चमेऽस्योदये वा।
षडाग्निस्त्रिमैत्राष्टकः पञ्चपित्रोऽब्दतोब्ध्यर्यमाक्षौरकृन्मृत्युमेति ।।

(फलितप्रकाश/अ.-3/25)

क्षौर में कहे नक्षत्रादिकों में पाँचवे पाँचवे दिन शृंगारार्थ दाढ़ी बनवाने अथवा स्पोदय में 6 बार, कृतिका में 3 बार, अनुराधा में 8 बार, रोहिणी मे 5 बार, मघा में 4 बार, उ.फा. में एक वर्ष में यदि क्षौर कराये तो मृत्यु प्राप्त होती है।

त्यक्त्वा रिक्तार्कभौमार्कीन् हितं क्षौरं चौलभे।
नैव क्षौरक्रिया कार्या स्नाताभ्यक्तकृताशनैः।।

(बृहज्ज्योतिषसार/अ.-/20)

रिक्तातिथि रवि, मंगल शनिवार को छोड़कर बाकी तिथि और दिन में तथा चूड़ाकरणोक्त नक्षत्र में क्षौर कराना शुभ है तथा स्नान करके, तेल लगाकर और भोजन करके क्षौर क्रिया न कराये।

नृपविप्राज्ञया यज्ञे मरणे बन्धमोक्षणे।
प्रयागेऽखिलवारर्क्षतिथिषु क्षौरमिष्टदम्।।

(बृहज्ज्योतिषसार/अ.-/21)

राजा तथा ब्राह्मण की आज्ञा से, यज्ञ में, मरणाशौच में, कैद से छूटने पर और प्रयाग में सब तिथि वार नक्षत्र में क्षौर शुभ है।

षष्ठ्यष्टमी-द्वादशीषु रिक्तापर्वाऽवमेषु च।
गलग्रहे च भद्रायां क्षौरकर्म न कारयेत्।।

(लघुसंग्रह/158)

षष्ठी, अष्टमी, द्वादशी, रिक्ता 4/9/94 पर्वतिथि तथा अमावस्या, गलग्रह और भद्रा में क्षौर कर्म कभी भी न कराये।

षट् 6 कृत्तिकाः पंच 5 मघास्त्रिमैत्रा ब्रहमाष्टको यश्चतुरुत्तराश्च।
क्षौरो सघर्षं चतुराननोऽपि न प्राणितीति प्रकटप्रवादः।।

(लघुसंग्रह/159)

छह बार कृत्तिका में, पाँच बार मघा में, तीन बार अनुराधा में, आठ बार रोहिणी में और चार बार उत्तरा फाल्गुनी में निरन्तर क्षौर कराने वाला प्राणी यदि ब्रह्मा हो, तो भी जीवित नहीं रह सकता। यह बात विख्यात है।

चौलोक्तभे व्यार्किकूजार्कवारे तिथीष्वरिक्तासु भवेत्प्रशस्तम्।
क्षौरं ततः स्नातकृताशनो यः क्षौरं न कुर्वीत शुभेप्सुरङ्गी।।

(ज्योतिषतत्त्वम्/अ०-17/49)

चौलकर्म्मोक्त नक्षत्र में शनि, मंगल तथा रविवार को छोड़कर शेष वारों में, रिक्ता तिथि को छोड़कर शेष तिथियों में 'क्षौर कर्म शुभ' होता है। किन्तु स्नान तथा भोजन करने के पश्चात् क्षौर कर्म न करे।

शिखाबन्धन

महर्षियों का निर्देश है कि शिखाधारक प्रतिदिन स्नानादि के बाद पूजन, होम, सन्ध्या आदि में प्रयुक्त होने के पूर्व शिखाबन्धन हेतु सुखासन पर बैठकर आचमन और पवित्रीकरण करे, तत्पश्चात् शिखा की लटों को समरस या सुलझाकर सम करे। इसके पश्चात् निम्नलिखित मन्त्र को पढ़ते हुए शिखा के मूल को हाथ से पकड़ते हुए तर्जनी या अँगूठे को शिखा से सटाकर शेष शिखाभाग को शिखा की लम्बाई के अनुपात में एक या दो फेरा (तर्जनी या अँगूठे को घेरे में लेते हुए) देकर गाँठ लगाये-

चिद्रूपिणि महामाये दिव्यतेजःसमन्विते।
तिष्ठ देवि शिखामध्ये तेजोवृद्धिं कुरुष्व मे।।

यदि उपर्युक्त मन्त्र याद न रख सके तो गायत्रीमन्त्र पढ़ते हुए शिखाबन्ध किया जा सकता है। जैसा कि स्पष्ट है समस्त हिन्दूधर्म के अनुष्ठानों के आरम्भ में शिखाबन्धन अवश्य किया जाना चाहिये। यदि अज्ञानता से बाल कटवाते समय रखी हुई शिखा कट जाती है अथवा छोटी हो जाने के कारण उसमें ग्रन्थि लगाना सम्भव न हो तो द्विज को तप्तकृच्छ्र व्रत द्वारा प्रायश्चित करना चाहिये-

शिखां छिन्दन्ति ये मोहाद् द्वेषादज्ञानतोऽपि वा।
तप्तकृच्छ्रेण शुद्ध्यन्ति त्रयो वर्णा द्विजातयः।।

(लघुहारीत)

इसके उपरान्त जब तक सिर पर समुचित लम्बाई की शिखा नहीं आ जाती, तब तक तीनों वर्णों के द्विजातीय पुरुषों को कुशा की शिखा तैयार कर उसमें ब्रह्मग्रन्थि लगाते हुए उसे दाहिने कन्धे या कान पर रखकर पूजन-यजन करते रहना चाहिये-

अथ चेत् प्रमादाग्निशिखं वपनं स्यात् तत्र कौशीं शिखां ब्रह्मग्रन्थिसमन्वितां दक्षिणकर्णोपरि आशिखा-बन्धादवतिष्ठेत्।।

(काठकगृह्यसूत्र)

1.9 कर्णभेदन संस्कार

सोलह संस्कारों में कर्णभेदन संस्कार का भी अपना महत्व है। आधुनिक युग में भी कर्णभेदन की परम्परा में वृद्धि ही हुई है। कई युवक, युवतियाँ, बालक और बालिकाएँ कान के निचले भाग अर्थात् लौर में सूची भेदन अर्थात् कर्णभेदन कराने के अतिरिक्त, कान के मध्य भाग में भी सूची भेदन कराते हैं। एक बाली पहनने के स्थान पर आधुनिक बालिकाएँ अनेक प्रकार के स्वर्ण निर्मित कान के आभूशण धारण करके गर्व का अनुभव करती हैं। यह बालिकाएँ इस सत्य से तो अपरिचित हैं कि इस प्रकार से भी कर्णभेदन के अनेक लाभ उन्हें प्राप्त हो

रहे हैं, परन्तु वह तो कर्ण सौंदर्य की आधुनिकता से प्रभावित होती हैं। आज के युवा भी कर्णभेदन के आकर्षण और सम्मोहन को त्याग नहीं पाते हैं। कर्णभेदन से अनेक स्वास्थ्य संबंधी लाभ होते हैं। कर्ण के लौर से सिर, मस्तक, कण्ठ, भृकुटी आदि की कार्यप्रणाली का नियंत्रण किया जा सकता है, जबकि कर्ण के मध्य भाग से शरीर के अनेक मुख्य अंग हृदय, फेफड़े, यकृत, आँतें आदि की चिकित्सा का विधान है। कान के इस भाग को कोंच कहते हैं और यह अति महत्वपूर्ण है। कान के ऊपरी भाग से शरीर के बाहरी अंग जैसे हाथ, पैर और उनकी उँगलियाँ, घुटने, जाँघें, पिंडलियाँ, भुजाएँ, हथेलियाँ आदि का उपचार किया जाता है। सम्भवतः कान पकड़कर दण्ड देने की परम्परा के पीदे स्वस्थ और चैतन्य देह होने की भावना ही कार्य करती है। कान के ऊपर जनेऊ चढ़ाना अनिवार्य होता है। जनेऊ को कान पर लपेटने से, जिन नाड़ियों अथवा कोशिकाओं पर दबाव पड़ता है, वह जातक को आकस्मिक, मानसिक अथवा हृदयाघात से रक्षा हेतु होती हैं। इस सत्य से पाठकगण अपरिचित नहीं होंगे कि प्रायः लघुशंका या दीर्घशंका के समय कितने ही व्यक्तियों के हृदय का स्पंदन या मस्तिष्क का संचालन, सहसा अवरुद्ध हो उठता है और उनकी मृत्यु हो जाती है। इसीलिए, ऐसी स्थिति में कान पर जनेऊ चढ़ाने की परम्परा है।

जन्म के छः महीने के उपरान्त सातवें महीने से लेकर ग्यारहवें महीने तक कभी भी कर्णभेदन कराया जा सकता है। इसके अतिरिक्त विषम वर्षों में जैसे तृतीय, पंचम, सप्तम, नवम वर्ष में भी कर्णभेदन कराना उपयुक्त होता है। उल्लेखनीय है कि बालक और बालिका के कर्णभेदन करते समय अग्रांकित तथ्य पर ध्यान अवश्य दिया जाना चाहिए :

1. **बालक :** अनुकूल और शुभ मुहूर्त में बालक को स्नान कराकर, नवीन वस्त्र धारण कराकर, सूर्योदय के पश्चात और सूर्यास्त से पूर्व, कर्णभेदन करने वाले व्यक्ति को बुलाकर सर्वप्रथम दाहिने कान के लौर पर स्वर्ण, रजत, ताम्र या लौह की सुई से छिद्र करना चाहिए। इसके उपरान्त बालक के बायें कान को छेदना चाहिए।

2. **बालिका :** बालिका को भी ठीक इसी प्रकार से स्नान कराकर, नवीन वस्त्र धारण कराकर, अनुकूल मुहूर्त में बायें कान के छेदन के पश्चात, दाहिने कान का निचला भाग अर्थात् लौर पर स्वर्ण, रजत, ताम्र या लोहे की सुई से छिद्र करना चाहिए।

कर्णछेदन के पश्चात तिल या नारियल अथवा सरसों के तेल में पिसी हुई हल्दी अच्छी तरह मिलाकर कान पर लेप करना चाहिए ताकि कर्णछेदन के पश्चात होने वाली वेदना में कमी आ सके। कर्णभेदन के पश्चात स्वर्ण या रजत की छोटी सी सलाई कर्ण के छिद्र में डालने की परम्परा है, ताकि कान का छिद्र बंद न हो जाए। ऐसी मान्यता है कि ब्राह्मण और क्षत्रिय शिशु के कर्ण में अपनी क्षमता के अनुरूप स्वर्ण या रजत की सलाई डालनी चाहिए, जबकि वैश्यों के शिशुओं के कान में रजत या ताम्र की सलाई डालनी चाहिए। अपनी क्षमता के अनुरूप शूद्रों को ताम्र या लोहे की सलाई कान में धारण करानी चाहिए।

उल्लेखनीय है कि कर्ण के बाहरी और भीतरी भाग का नियंत्रण बुध द्वारा किया जाता है। यदि किसी व्यक्ति की जन्म कुंडली में बुध पापाक्रांत हो, तो उसकी श्रवण शक्ति प्रभावित होती है। वाणी का नियन्त्रण भी बुध द्वारा होता है, परन्तु वाणी और वाणी के प्रभाव के निरीक्षण हेतु बुध के साथ द्वितीय भाव पर भी विचार करना चाहिए, जबकि कर्ण और श्रवण शक्ति पर विचार करने हेतु बुध के साथ-साथ तृतीय भाव पर विचार करना उपयुक्त होता है। यदि तृतीय भाव में मंगल और नवम भाव में शनि संस्थित हों तो एक दूसरे पर दृष्टि निक्षेप करेंगे और ऐसा होने पर यदि बुध भी मंगल व शनि के साथ हो तो श्रवण शक्ति प्रभावित होगी और कान के किसी प्रकार के रोग होने की भी संभावना प्रबल होगी। कर्ण के अभाव में मुख की शोभा आक्रांत हो उठती है, इसीलिए कर्णभेदन संस्कार को पर्याप्त महत्व दिया गया है। अनेक जटिल व्याधियाँ जैसे गठिया, हृदयाघात, अस्थमा, पैरों और कमर की पीड़ा, स्थूलता, मूर्च्छा, चिन्ता के कारण अवसाद ग्रस्त मानसिकता, शिरोपीड़ा आदि अनेक ऐसी व्याधियाँ हैं जो कान के विभिन्न भागों पर दबाव डालने से ठीक हो जाती हैं। इनका ज्ञान एक्यूप्रेशर और एक्यूपंचर से संबंधित चिकित्सकों को भली भांति होता है।

यथासंभव, कर्णभेदन से पूर्व बुध, मंगल और शनि ग्रह का पूजन मंत्रजप आदि करना चाहिए। यदि संभव हो तो किसी ज्योतिर्विद द्वारा उपयुक्त नक्षत्र और मुहूर्त निकालने के पश्चात ही कर्णभेदन संस्कार करना अधिक लाभप्रद सिद्ध होता है। गोचर का चन्द्रमा जब द्वितीय, तृतीय, पंचम, षष्ठ, सप्तम, नवम, दशम अथवा एकादश भाव में हो और उस दिन अग्रांकित नक्षत्र हो तो शुभ मुहूर्त समझना चाहिए और उसी के अनुरूप कर्णभेदन संस्कार मंत्रजप और पूजन के उपरान्त, शिशु को भलीभांति नहलाकर नवीन वस्त्र धारण कराकर, सूर्य की रश्मियों की उपस्थिति में कराना ही शास्त्रसंगत है।

अनुकूल नक्षत्र -

रिक्ताजनुर्मासिसमाद्धजन्मताराक्षयाहा मधुतैषमासौ।
विष्णुप्रसुत्प्तं निखिलान्विनैतानयुग्मवर्षेऽहनि शोभनाम्।।

आदित्यपिष्णुवसुमैत्रलघूडुभिः सञ्च्छुद्धेऽष्टमे त्रिभबधीनवकण्टकस्थैः।
सौम्यैः खलैर्गदभवानुजगैः सितेज्यमूर्त्तौ गुरौ घनगते श्रुतिवेध उक्तः।।

(ज्योतिषतत्त्वम्/अ०-17/45-46)

रिक्ता तिथि, जन्म मास, समवर्ष, जन्म नक्षत्र, क्षय दिन, चैत्र, पौषमास और हरिशयन इन सब तिथ्यादियों को छोड़कर विषम वर्ष में; शुभवार में; पुनर्वसु, श्रवण, धनिष्ठा, अनुराधा और लघु (हस्त, अश्विनी, पुष्य तथा अभिजित्) नक्षत्र में; अष्टम शुद्ध (ग्रह वर्जित) हो; तृतीय, एकादश, पंचम, नवम तथा केन्द्र में शुभग्रह हों षष्ठ, एकादश, तथा तृतीय में पापग्रह हों शुक्र तथा बृहस्पति की (2/7/9/12) राशि के लग्न में एवं बृहस्पति लग्न में हों तो 'शिशुओं का कर्णवेध संस्कार शुभ' होता है।

न जन्ममासे न च चैत्रपौषे न जन्म तारासु हरौ प्रसुप्ते।
तिथावरिक्ते न च विष्टिदुष्टे कर्णस्य वेधो न समानवर्षे।।

अर्केऽनुकूले शशिनि प्रशस्ते ताराबले चन्द्रविवृद्धिपक्षे।
अयुग्मवर्षे शुभदं शिशूनां कर्णस्य वेधं मुनयो वदन्ति।।

पौष्णवैष्णवकराश्विनचित्रा पुष्यवासवपुनर्वसुमित्रैः।
सैन्दवैः श्रवणवेधविधानं निर्दिशन्ति मुनयो हि शिशूनाम्।।

(फलितप्रकाश/अ०-3/16-18)

कर्णवेध जन्म के मास चैत्र पौष के महीने में जन्म नक्षत्र में हरिशयन रिक्ता तिथि में भद्रा में दुष्ट समय में न करें। सूर्य अनुकूल रहे चन्द्रमा शुभ हों बलवान् तारा हो शुक्लपक्ष में वा पूर्ण अथवा मध्य चन्द्रमा हो विषम वर्ष हो। रेवती, श्रवण, हस्त, अश्विनी, चित्रा, पुष्य, धनिष्ठा, पुनर्वसु, अनुराधा, मृगशिरा इन नक्षत्रों में शिशु के कर्णवेध करने को मुनियों ने कहा है। मुहू० चि० में 'इज्येज्यशुक्रेन्दुवारे' भी लिखा है जिससे चन्द्र, बुध, बृहस्पति, शुक्र में ही इन नक्षत्रों के प्राप्त होने पर कर्णवेध होना निश्चयार्थ है। मार्तण्ड में 'पुस्त्री कणौ सविधि पटुना दक्षवामादिवेध्यौ' के लिखने से पुरुष का दक्षिण स्त्री का वामकर्ण प्रथमक्षेदन करना स्पष्ट मालूम होता है।

हित्वैतांश्चैत्रपौषावमहरिशयनं जन्ममासं च रिक्तां-
युग्माब्दं जन्मतारामृतुमुनिवसुभिः सम्मिते मास्यथो वा।
जन्माहात् सूर्यभूपैः परिमितदिवसे ज्ञेज्यशुक्रेन्दुवारे-
ऽथोजाब्दे विष्णुयुग्मादितिमृदुलघुभैःकर्णवेधः प्रशस्तः।।

(बृहज्ज्योतिषसार/अ०-/16)

चैत्र पौष तिथिक्षय हरिशयन, जन्ममास रिक्तातिथि, समवर्ष जन्म तारा इन सभी को छोड़ बाकी मास और तिथि में 6, 7, 8वें महीने में व जन्म में 12, 16वें दिन में बुध, बृहस्पति, शुक्र, सोमवार में विषमवर्ष में श्रवण, धनिष्ठा, पुनर्वसु, मृदु लघु संज्ञक नक्षत्रों में कर्णवेध शुभ है।

ज्येष्ठादित्यसमीरणार्कशतभे पुष्ये श्रविष्ठाश्विनी।
चित्रावैष्णवमित्रपौष्णमृगभे वारे बुधादित्रये।।
षष्ठत्रयायभगे खले च शुभदे केन्द्रत्रिकोणस्थिते।
वर्षे वा युजि कर्णवेधनविधिः पक्षे सिते शोभने।।

(लघुसंग्रह/161)

ज्येष्ठा, पुनर्वसु, स्वाती, हस्त, शतभिषा, पुष्य, धनिष्ठा, अश्विनी, चित्रा, श्रवण, अनुराधा, रेवती तथा मृगशिरा, इन नक्षत्रों में बुध, बृहस्पति, शुक्र इन वारों में तृतीय, एकादश, षष्ठस्थान

में पापग्रह और केन्द्र तथा त्रिकोण में शुभग्रह के होने पर प्रथम, तृतीय, पंचम तथा सप्तम आदि विषम वर्षों में शुक्लपक्ष में कर्णवेध संस्कार उत्तम होता है।

जन्मर्क्षे जन्मासे च रिक्तापर्वाऽवमेषु च।
भद्रायामशुभे चन्द्रे न कुर्यात्कर्णवेधनम्।।

(लघुसंग्रह/162)

जन्म-नक्षत्र, जन्म मास, रिक्ता, तिथि, पर्वतिथि, अमावस्या, भद्रा और अशुभ चन्द्र में कर्णवेध नहीं करना चाहिए।

जाताद् द्वादशषोडशेऽह्नि निधने शुद्धेऽष्टमे सप्तमे,
षष्ठे मासि शुभे च वारभवने कर्णौ सुवेध्यौ शिशोः।
रिक्ता पर्वनिशादिनादिरहिते सम्पूर्णतिथ्यर्क्षयोः,
पौषादित्यकरद्वयोत्तरहर श्रोणद्वयार्येन्दुषु।।

(पूर्व कालामृत/अ०-1/22)

जन्म से 12वें या 16वें दिन अथवा 8, 7, 6 मासों में, शुभ दिन व योग में, अष्टमस्थान ग्रह शून्य होने पर, रिक्ता पर्व तिथि, रात का समय, सन्ध्या समय न हो, नक्षत्र व तिथि का क्षय न हुआ हो तथा रेवती, पुनर्वसु, हस्त, चित्रा, तीनों उत्तरा, आर्द्रा, श्रवण, धनिष्ठा, पुष्य व मृगशिरा नक्षत्र हों तो कर्णवेध शुभ है।

यद्यपि जन्म से 30 दिन तक जन्म मास शुभकार्य संस्कारों में वर्जित रहने पर भी 12, 16वें दिन कर्णवेध जगन्मोहन में कहा गया है।

वेध्यौ कर्णौ द्वादशेषोडशेऽह्नि। (जगन्मोहन)

पुनश्च धनु, मीन, सूर्य (मलमास), देवशयन समय, समवर्ष, जन्मतारा व जन्ममास को भी कर्णवेध में छोड़ना चाहिए।

1.10 यज्ञोपवीत संस्कार

यज्ञोपवीत की उत्पत्ति और प्रचलन का कोई ऐतिहासिक प्रमाण प्राप्त करना या काल-निर्धारण करना मानवबुद्धि के वश की बात नहीं है। इसका सम्बन्ध तो उस काल से लगाया गया है, जब प्रलय के गर्भ में अनन्त काल से प्रसुप्त मानवसृष्टि का नवोदय प्रारम्भ हुआ था, उस समय श्रीब्रह्मा जी स्वयं यज्ञोपवीत धारण किये हुए थे। इसीलिये यज्ञोपवीत धारण करते समय यह मन्त्र पढ़ा जाता है-

यज्ञोपवीतं परमं पवित्रं प्रजापतेर्यत्सहजं पुरस्तात्।

सारंरूप में यह मन्त्र ही यज्ञापवीत की उत्पत्ति का स्पष्ट संकेत देता है। वेदग्रन्थों में इसके उल्लेख से स्पष्ट हो जाता है कि यज्ञोपवीत किन्हीं परवर्ती ऋषियों द्वारा निर्मित सुत्र नहीं था और न ही किसी सामाजिक या विद्याचिन्ह के रूप में स्थापित किया गया है। यज्ञोपवीत-निर्माण की जो विशेष प्रक्रिया निश्चित की गयी है, वह स्पष्टतया यह प्रतिपादित करती है कि यज्ञोपवीत ईश्वर द्वारा द्विजाति को सौंपे गये उत्तरदायित्वों के निर्वहण के लिये गुरु के सानिध्य में आवश्यक शिक्षा और योग्यता प्राप्त करने हेतु प्रस्थित होने का उदात्त भावनाओं से युक्त संकेत है।

सामान्य अर्थों में यज्ञोपवीत तीन तागों के जोड़ में लगी ग्रन्थियों से युक्त सूत की एक माला है, जिसे ब्राह्मण, क्षत्रिय और वैश्य धारण करते हैं। वैदिक अर्थ में यज्ञोपवीत शब्द 'यज्ञ' और 'उपवीत'—इन दो शब्दों के योग से बना है, जिसका अर्थ है 'यज्ञ से पवित्र किया गया सूत्र।'

यज्ञोपवीत-संस्कार को 'व्रतबन्ध', 'उपनयन' और 'जनेऊ' भी कहा गया है। शास्त्रों की आज्ञा है- **'सदोपवीतिना भाव्यं सदा बद्धशिखेन च'** आर्थत् सदा गाँठ लगी शिखा एवं यज्ञसूत्र धारण किये रहना चाहिये। यज्ञोपवीत 'ब्रह्मसूत्र' है। जो शोभा के लिये या अनुष्ठान के समय ही धारण करने एवं शेष समय में उतारकर किसी खूँटी में टाँग देने लायक नहीं है। ऐसा करने वाले पाप के भागी होते हैं। यहाँ बताना उचित होगा कि साकार परमात्मा को 'यज्ञ' और निराकर परमात्मा को 'ब्रह्म' कहा गया है। इन दोनों को प्राप्त करने का अधिकार दिलाने वाला यह सूत्र यज्ञोपवीत है। ब्रह्मसूत्र, सवितासूत्र तथा यज्ञसूत्र इसी के नाम हैं। स्मृतिप्रकाश में इसके ब्रह्मसूत्र नाम की सार्थकता के विषय मे कहा गया है-

सूचनाद् ब्रह्मतत्त्वस्य वेदतत्त्वस्य सूचनात्।
तत्सूत्रमुपवीतत्वाद् ब्रह्मसुत्रमिति स्मृतम्।।

अर्थात् यह सूत्र द्विजाति को ब्रह्मतत्त्व और वेदज्ञान की सूचना देता है, इसीलिये इसे 'ब्रह्मसूत्र' कहा गया है।

यज्ञोपवीत स्वयं अथवा ब्राह्मणकन्या या साध्वी ब्राह्मणी के हाथों से काते गये कपास के सूत के नौ तारों को तीन-तीन तारों में बटकर (उमेठकर) बनाये गये तीन सूत्र को 16 चौओं के नाप में तीन वृतों की तैयार की गयी माला है, जिसके मूल में ब्रह्मग्रन्थि लगाकर गायत्री और प्रणवमन्त्रों से अभिमन्त्रित किये जाने के पश्चात् 'यज्ञोपवीत' नाम दिया गया है। इसे निश्चित आयु, काल और विधान के साथ द्विज-बालकों (वटुक) को ब्रह्मचर्य, गार्हस्थ्य और वानप्रस्थ—इन तीन आश्रम-व्यवस्थाओं में श्रौत और स्मार्तविहित कर्म करने हेतु पिता, आचार्य या गुरु द्वारा गायत्री मन्त्र के साथ धारण कराया जाता है। इसी के साथ बालक का दूसरा जन्म होता है और वह 'द्विज' कहा जाने लगता है। इससे उपनीत बालक को विनश्वर शरीर की अपेक्षा अविनाशी ज्ञानमय शरीर प्राप्त होता है। इस विशेष महत्त्व को ध्यान में रखते हुए इसके निर्माण में शुचिता और पवित्रता पर विशेष ध्यान दिया गया है तथा स्वयं निर्माण करने का निर्देश दिया है।

यज्ञोपवीत-संस्कार व्यासस्मृति कथित षोडश संस्कार के अंतर्गत है और वेदोक्त वर्णाश्रमधर्म

से घनिष्ठ रूप से सम्बधित है। वैदिक सनातनधर्म के विविध धर्मग्रन्थों में यज्ञोपवीत के विषय में इस प्रकार लिखा है-

1- ब्रह्मोपनिषद् में कहा गया है-

यज्ञोपवीतं परमं पवित्रं प्रजापतेर्यत्सहजं पुरस्तात्।
आयुष्यमग्र्यं प्रतिमुञ्च शुभ्रं यज्ञोपवीतं बलमस्तु तेजः।।

अर्थात यज्ञोपवीत श्रेष्ठ एवं पवित्र है। वह पूर्वकाल में प्रजापति साथ में उत्पन्न हुआ था। वह आयुवृद्धि करने वाला, उत्तम एवं शुभ्र है। वत्स! तुम यज्ञोपवीत को धारण कर बलवान् तथा तेजोमय होओ।

2- शंखस्मृति (2/5) में यज्ञोपवीत के विषय में कहा गया है कि **'गर्भाष्टमेऽब्दे कर्तव्यं ब्राह्मणस्योपनायनम्।।'** अर्थात् गर्भ से आठवें वर्ष में ब्राह्मणवटु का उपनयन-संस्कार (यज्ञोपवीत) कराना चाहिये।

शंखस्मृति (2/8) में आया है- 'त्रिवर्ण' (ब्राह्मण, क्षत्रिय और वैश्य) अपने-अपने निश्चित समयानुसार यज्ञोपवीत-संस्कार को न करने पर सर्वधर्मरहित और इस प्रकार गायत्रीरहित हो जाने पर पतित तथा धार्मिक कर्मों के करने के अधिकार से वंचित हो जाते हैं-

सवित्रीपतिता व्रात्याः सर्वधर्मबहिष्कृताः।।

विष्णुस्मृति (13) में कहा गया है-

गर्भाष्टमे तथा कर्म ब्राह्मणस्योपनायनम्।
द्विजत्वे त्वथा सम्प्राप्ते सावित्र्यामधिकारभाक्।।

अर्थात् ब्राह्मणबालक का गर्भ से आठवें वर्ष में यज्ञोपवीत-संस्कार कराये; क्योंकि द्विजत्व प्राप्त होने पर वही बालक गायत्री की उपासना करने का अधिकारी होता है।

भगवान् मनु की भी आज्ञा है कि आठवें वर्ष में ब्राह्मण का यज्ञोपवीत करना चाहिये- **'गर्भाष्टमेऽब्दे कुर्वीत ब्राह्मणस्योपनायनम्।'** यदि बालक प्रबुद्ध हो तो उसे शीघ्र ब्रह्मवर्चस्वी (ब्रह्मतेजसम्पन्न) होने के लिय पाँचवें वर्ष में भी यज्ञोपवीत-संस्कार करवा दे। अन्य ग्रन्थों में इसका गौणकाल गर्भ से सोहल वर्षपर्यन्त कहा है। तत्पश्चात् बालक या युवक व्रात्य- संस्कारहीन हो जाता है। ऐसा हो जाने पर व्रात्यस्तोमयज्ञ करवाने के बाद ही उस व्यक्ति का यज्ञोपवीत-संस्कार हो सकता है।

कात्यायनस्मृति (आचाराध्याय, प्रथम खण्ड, 3) में कहा गया है-

पृष्ठवंशे च नाभ्यां च धृतं यद्विन्दते कटिम्।
तद्धार्यमुपवीतं स्यान्नातो लम्बं चोच्छ्रितम्।।

अर्थात् यज्ञोपवीत को न अधिक लम्बा और न तो अधिक छोटा रखे। पीठ के भाग से लेकर नाभितक रखने पर कटिभाग तक आना चाहिये। ऐसा उपवीत (जनेऊ) धारण करना उचित है।

कात्यायनस्मृति (आचाराध्याय, प्रथम खण्ड-4) में कहा गया है-

सदोपवीतिना भाव्यं सदा बद्धशिखेन च।
विशिखो व्युपवीतच यत् करोति न तत्कृतम्।।

अर्थात् यज्ञोपवीत सदैव धारण करना चाहिये और शिखा में ओंकाररूपिणी ग्रन्थि बाँधे रखनी चाहिये। शिखासूत्रविहिन होकर (जनेऊ और चोटी न रखकर) जो कुछ धर्म-कर्म किया जाता है, वह निष्फल होता है।

शंखस्मृति (1/6) में कहा गया है-

ब्राह्मणः क्षत्रियो वैश्यस्त्रयो वर्णा द्विजातयः।
तेषां जन्म द्वितीयं तु विज्ञेयं मौञ्जिबन्धनम्।।

अर्थात् ब्राह्मण, क्षत्रिय एवं वेश्य- इन तीनों वर्णों को द्विज कहते हैं। इनका दूसरा जन्म यज्ञोपवीत-संस्कार से होता है।

शंखस्मृति (1/7) में कहा गया है-

आचार्यस्तु पिता प्रोक्तः सावित्री जननी तथा।
ब्रह्मक्षत्त्रविशाञ्चैव मौञ्जिबन्धनजन्मनि।।

अर्थात ब्राह्मण, क्षत्रिय और वैश्य-इन तीनों वर्णो के यज्ञोपवीतरूपी दूसरे जन्म के अनन्तर आचार्य को ही पिता तथा गायत्री को ही माता कहा गया है।

मनुस्मृति (2/171) में कहा गया है-

न ह्यस्मिन् पुज्यते कर्म किञ्चिदामौज्बिन्धनात्।।

यज्ञोपवीत-संस्कारविहीन ब्राह्मण धर्मकर्मादि करने का अधिकारी नहीं होता।

ब्रह्मक्षत्रविशामथोपनयनं वक्ष्ये वसन्ते क्रमात्,
ग्रीष्मर्तौ शरदीह वर्णनियते तत्रापि साधारणाः।
मासा माघमुखास्तु पंचजननाद् वागर्भतोऽब्देऽष्टमे,
नित्यं विप्रशिशोः क्रमान्नृपविशोरेकादशेद्वादशे।।

(पूर्वकालामृत/अ.-2/1)

यद्यपि ब्राह्मण शिशु का उपनयन (जनेऊ) संस्कार वसन्त ऋतु में, क्षत्रिय का ग्रीष्म में, वैश्य का शरद ऋतु में करना उपयुक्त है। पुनश्च साधारण अर्थात् सब वर्णों के उपयोगी

मास माघादि पाँच मास हैं। अतः माघ, फाल्गुन, चैत्र, वैशाख, ज्येष्ठ ये पाँच मास सबके लिए ग्राह्य हैं। गर्भ या जन्म से आठवें वर्ष में ब्राह्मण का, ग्यारहवें वर्ष में क्षत्रिय का, तथा बारहवें वर्ष में वैश्य का उपनयन करना चाहिए।

उपनयन संस्कार के वर्ष **नित्य व काम्य** भेद से दो प्रकार के होते हैं।

नित्य वर्षों का उल्लेख ऊपर श्लोक में दिया गया है। यदि यह समय बीत जाए तो नित्य वर्षों के दुगुने वर्षों तक अर्थात् 16, 22, 24, वर्षों तक क्रमशः ब्राह्मण, क्षत्रिय, वैश्य शिशुओं का जनेऊ कर सकते हैं। यह गौण काल है।

विशेष व्युत्पत्ति के लिए काम्य वर्ष भी कहते हैं। 5, 6, 11 वर्षों में ब्राह्मणादि तीनों वर्गों का उपनयन काम्य अर्थात् विशेष प्रयोजनवशात् किया जा सकता है। प्रत्येक वर्ष में किये गए जनेऊ का विशेष फल भी बताया गया है।

गर्भाष्टमेषु ब्राह्मणमुपनयेद्गर्भैकादशेषु राजन्यं गर्भद्वादशेषु वैश्यम्।

(आपस्तम्ब गृह्यसूत्र)

द्विज शिशुओं का उपनयन इन वर्षों में करने से यह फल होता है—

उप० वर्ष	फल	उप० वर्ष	फल
5	विद्यापुत्रप्राप्ति	11	इन्द्रियसुख
6	धनकामना	12	भौतिक समृद्धि
7	ब्रह्मतेजःकामना	13	विजयकामना
8	आयुष्कामना	14	पराक्रमवृद्धि
9	तेजोवृद्धि	15	सब मनोरथ
10	अन्नादिसुख	16	राज्याधिकार

(विश्व प्रकाश पद्धति)

उक्त वर्षों में तत्तत् फल की इच्छा से यज्ञोपवीत संस्कार करना चाहिए। उक्त मास व्यवस्था सब को मान्य है, पुनश्च चैत्र में यज्ञोपवीत (मीनगत सूर्य) करने की विशेष प्रशंसा की गई है। लेकिन चण्डेश्वरादि माघ से आषाढ़ तक यज्ञोपवीत मास सर्वसाधारण कहते हैं। समयशुद्धि (लग्न गोचरादि) न बनने पर मीनार्क में संस्कार करना शास्त्रसम्मत है।

व्रतस्य बन्धः खलु मासि चैत्रे कृतश्चिरायुः सुखसम्पदः स्यात्।

(मौंजी पटल)

मुहूर्त्त

काम्याब्दे त्वथ पंचमादिविषमे षष्ठे चतुर्थे परे,
वाञ्छन्त्येव हि मध्यमे तु दशमे दैवाच्च कालात्यये।

कृष्णादौ दिनपंचके शुभदिने पक्षे वलक्षे विना,
रिक्तानध्ययनानि मध्यमतिथि नन्दे अपि द्वादशे।।

(पूर्वकालामृत/अ.-2/2)

यज्ञोपवीत संस्कार के लिए काम्य वर्षों का ग्रन्थकार उल्लेख करते हैं। अर्थात् काम्य वर्षों का प्रसिद्ध विचार मान्य मुहूर्त्त ग्रन्थों के आधार पर करना चाहिए। यह बात 'अथ' शब्द से विषय विभाजन द्वारा प्रकट है। काम्य वर्षों का मतान्तर है कि गर्भ या जन्म से पाँचवें वर्ष से विषम वर्षों में तथा 4, 6, वर्षों में भी उपनयन हो सकता है। यदि यह समय बीत जाए तो दशम वर्ष में गौणकाल है। यह मतान्तर सर्वमान्य नहीं है तथा ग्रन्थकार भी इससे सहमत नहीं हैं, जैसा कि 'कुछ लोग कहते हैं (वाञ्छन्ति) कथन से स्पष्ट होता है।

कृष्णपक्ष में पंचमी तिथि तक तथा शुक्लपक्ष में सामान्यतः किसी भी शुभतिथि वार में उपनयन करना चाहिए। अर्थात् शुक्लपक्ष में जनेऊ करे, परन्तु कृष्ण पंचमी तक की तिथियाँ ही ग्राह्य है। रिक्ता तिथि (4,9,14), अनध्याय तिथियाँ (1, 8) सर्वदा वर्जित हैं। नन्दा तिथियों में से (6, 11) तिथियाँ मध्यम हैं तथा द्वादशी सहित शेष तिथियाँ (2, 3, 5, 7, 10, 12, 13) श्रेष्ठ हैं। सर्ववादिसिद्ध बहुमतानुसार व्याख्या की जाती है। सामान्य नियम से शुक्लपक्ष व कृष्णपक्ष की 2, 3, 5 तिथियाँ शुभ हैं।

त्यक्त्वा चतुर्थीमपि कृष्णपक्षे त्वाद्यं त्रिभागं शुभदं व्रते च।

(वशिष्ठ)

सभी कालों में अनध्याय तिथियाँ अर्थात् गुरुकुल में पठन-पाठन के अवकाश का दिन वर्जित करें। सामान्यतः 14, 30, 14, 15, 1, 8 (दोनों पक्षों में) कुल आठ तिथियाँ अनध्याय होती हैं। अर्थात् इन दिनों में गुरुकुलों में अध्ययनकार्य नहीं होता था। इसके अतिरिक्त मन्वादि तिथियाँ, युगादि तिथियाँ, सोमपदा तिथियाँ, तात्कालिक उत्पातादिवश दूषित दिन भी वर्जित हैं।

ज्येष्ठ शुक्ल दशमी, आषाढ़(आश्विन) शुक्ल दशमी, माघ मास की 4, 12 तिथियाँ सोमपदा होती हैं। यज्ञोपवीत के योग्य मासों में पड़ने वाली मन्वादि व युगादि तिथियों को भी वर्जित करे।

कार्तिक शुक्ल नवमी, वैशाख शुक्ल तृतीया (अक्षय तृतीया) भाद्रपद कृष्णत्रयोदशी, माघ कृष्ण अमावस्याये तिथियाँ, सतयुग, त्रेता, द्वापर, कलियुग की आरम्भ तिथियाँ होने से 'युगादि तिथियाँ' कही जाती हैं।

चैत्र शुक्ल 3, 15; कार्तिक शुक्ल 12, 15; आषाढ़ शुक्ल 10, 15; ज्येष्ठ व फाल्गुन 15; आश्विन शुक्ल 9; माघ शुक्ल 7; पौष शुक्ल 11; भाद्रपद शुक्ल 3; श्रावण 30; भाद्रपद कृष्ण 8; ये 14 तिथियाँ 14 मन्वन्तरों के प्रारम्भ होने की तिथियाँ होने से 'मन्वादि तिथि' कहलाती हैं।

जन्मर्क्षशुभदं निषेकमखयोश्चौलान्नयुक्त्योः कृषौ,
मौञ्जीबन्धनपट्टबन्धनमहीप्राप्त्यक्षरावाप्तिषु ।

एभ्योऽन्येष्वशुभप्रदं च सुवने सीमन्तसंग्रामयोः,
गर्भाधानपितृक्रियाक्षुदभिषग्यात्राविवाहेष्वपि ।।

(पूर्वकालामृत/अ.-2/12)

यद्यपि जन्मनक्षत्र में विवाहादि मंगलकार्य करना सर्वथा वर्जित है, तथापि उपनयन संस्कार में जन्मनक्षत्र शुभफल देने वाला होता है। अपने जन्मनक्षत्र में गर्भाधान, यज्ञ हवनादि, चूड़ाकरण (मुण्डन), अन्नप्राशन, कृषिकार्य का प्रारम्भ, यज्ञोपवीत, पट्टबन्धन, भूमि की प्राप्ति, अक्षरारम्भ करना शुभ है।

इन पूर्वोक्त कर्मों के अतिरिक्त मंगलकार्यों (विवाह आदि) पुंसवन, सीमन्तोन्नयन, युद्ध, गर्भाधान, पितृ श्राद्धादि, बाल बनवाना, दवा खाना, यात्रा व विवाह में वर्जित है।

ब्राह्मण शिशु का यज्ञोपवीत जन्मनक्षत्र, जन्मवार, जन्मतिथि, जन्ममास में भी हो सकता है। लेकिन क्षत्रियादि शिशुओं में जेठी (सबसे बड़ी) सन्तान को छोड़कर अन्य सन्तानों का यज्ञोपवीत जन्म नक्षत्रादि में उपयुक्त होता है। ऐसा करने पर विशेष उत्तम फल बताया गया है। शौनक ने तो यहाँ तक कहा है कि कम पढ़ा लिखा होने पर भी जन्म नक्षत्रादि में उपवीत ब्राह्मण शिशु बुद्धिमान् व मान्य होता है।

जन्मोदये जन्मसु तारकासु मासे तथा जन्मनि जन्मराशौ।
व्रतेन विप्रो न बहुश्रुतोऽपि प्रज्ञाविशेषैः प्रथितः पृथिव्याम्।।

(शौनक)

यज्ञोपवीत के विषय में तो जन्म नक्षत्रादि को सभी आचार्य शुभ मानते हैं, लेकिन शेष श्लोकोक्त बातों में भेद हैं। वशिष्ठ के मत से अन्नप्राशन, यज्ञोपवीत, अभिषेक में शुभ है। लड़की का विवाह, उसके जन्मनक्षत्र में हो सकता है।

जन्मर्क्षे जन्ममासे च जन्मतारादिने तथा।
जन्मभे जन्मलग्ने च कल्पकोट्यां पतिव्रता।। (फलप्रदीप)

श्लोक में 'गर्भाधान व निषेक' दो शब्दों का प्रयोग किया गया है। निषेक को शुद्ध व गर्भाधान का अशुभ कहा है। दोनों शब्दों का अर्थ स्त्री संगम ही है। निश्चित मतानुसार विवाहादि मंगलकार्यों में जन्म नक्षत्रादि सर्वथा वर्जित है तथा यज्ञोपवीत संस्कार में ग्राह्य है। इस सन्दर्भ में मुहूर्त्तचिन्तामणि का मत प्रामाणिक है।

विप्राणां च शुभं व्रतं निगदितं वर्षेऽष्टमे पञ्चमे।
शुद्धेऽर्के च गुरौ तथा क्षितिभुजां षष्ठेऽथवैकादशे।।
वैश्यानां च तथाष्टमेऽतिशुभदं वा द्वादशे वत्सरे।
कालेऽथ द्विगुणे गते निगदितं गौणं तदाहुर्बुधाः।।

(बृहज्ज्योतिषसार/23-24)

जन्म से व गर्भ से पंचम व अष्टम वर्ष में ब्राह्मणों का तथा छठे या ग्यारहवें वर्ष में क्षत्रियों का और आठवें व बारहवें वर्ष में वैश्यों का उपनयन शुभ है। अथवा उपरोक्त काल के दूना समय तक गुरु शुद्धि से उपनयन शुभ है, किन्तु इसको विद्वानों ने गौडपक्ष कहा है।

जलभे चाश्वभे हस्तत्रये च प्रवणत्रये।
ज्येष्ठाभाग्यमृगे पुष्ये रेवत्यां चोत्तरायणे।।

द्वितीयायां तृतीयायां पञ्चभ्यां दशमीत्रये।
रवौ सोमे गुरौ शुक्रे बुधे वारे सिते दले।।

कन्यायुग्मधनुःसिंहवृषलग्नेषु सद्व्रतम्।
सर्वारम्भोक्तलग्नादिशुद्धिमत्रापि चिन्तयेत्।।

(बृहज्ज्योतिषसार/25-27)

पूर्वाषाढ़, अश्विनी, हस्त, चित्रा, स्वाती, श्रवण, धनिष्ठा, शतभिषा, ज्येष्ठा, पूर्वाफाल्गुनी, मृगशिरा, पुष्य, इन नक्षत्रों में, उत्तरायण में 2, 3, 5, 10, 11, 12 इन तिथियों में, रवि, सोम, बुध बृहस्पति शुक्र इन वारों में, शुक्लपक्ष में, कन्या मिथुन धनु सिंह वृष इन लग्नों में उपनयन शुभ है। सर्वारम्भ में जो लग्न शद्धि कही गयी है। वह उपनयन में भी विचारे।

जन्मर्क्षमासलग्नादौ व्रते विद्याधिको व्रती।
आद्यगर्भेऽपि विप्राणां क्षत्रादीनामनादिमे।।

(बृहज्ज्योतिषसार/28)

जन्मनक्षत्र, जन्ममास, जन्मलग्न आदि में ब्राह्मण के प्रथम सन्तान का और क्षत्रिय वैश्य के द्वितीय आदि शिशु का उपनयन होने से विद्वान होता है।

दोषकारक योग

नीचस्थेषु पराजितेष्वरिगृहस्थेष्वस्तगेषु व्रते,
वर्णाधीशकवीज्यवेदपतिषु स्यादन्त्यतुल्यो वटुः।
अन्यैरप्यखिलैकविंशति महादोषैर्वियुक्तेऽखिले,
केन्द्रे पापविवर्जिते यदि शुभे लग्ने च कार्यं व्रतम्।।

(पूर्वकालामृत/अ.-2/6)

वर्णेश, वेदेश, बृहस्पति व शुक्र यदि उपनयन के समय नीचगत, पराजित, शत्रुक्षेत्री, अस्तंगत हों तो उपनयन होने पर भी शिशु असस्कृत ही रहता है; अर्थात् उसका उपनयन संस्कार हो जाने पर भी शून्यवत् माना जाता है।

इसके अतिरिक्त सभी अशुभ समयों को छोड़कर 21 महान् दोषों से रहित काल में उपनयन करें।

उस समय केन्द्र में (त्रिकोण में भी) पापग्रह न हों, लग्न शुभ हो तथा पूर्वोक्त सब लक्षण मिलते हों तो उपनयन संस्कार करना चाहिए।

सामान्यतः अशुभ समय का विचार मुहूर्त ग्रन्थों में शुभाशुभप्रकरण में किया जाता है। हमने 'ज्योतिषसर्वस्व' पृ.-420 में भी इस विषय का संकेत किया है। 21 दोष संख्या प्रतीकार्थ ही है। अन्यथा पूर्वोक्त सब दोषों का त्याग करके समय निश्चित करना चाहिए।

भूकम्प, दिग्दाह, धूमकेतु उदय, उल्कापात, ग्रहण दिन, संक्रान्ति, मृत्युबाण आदि का विचार भी करना चाहिए। कृष्णपक्ष, दोनों सन्ध्याकाल, अनध्याय तिथि, शनिवार, रात्रि का समय, दोपहर बाद का समय, गलग्रह आदि वर्जित हैं। 13, 14, 15, 1, 4, 7, 8, 9 ये आठ तिथियाँ गलग्रह कही जाती हैं।

दैवज्ञमनोहर में कहा गया है कि चैत्र में मीनार्क में उपनयन किया हो तो प्रदोष, गलग्रह व शनिवारादि का दोष भी नहीं होता, लेकिन यह मत विशेष आदरणीय नहीं है।

प्रदोषे निश्यनध्याये मन्दे कृष्णे गलग्रहे।
मधुं विनोपनीतस्तु पुनः संस्कारमर्हति।।

(दैवज्ञ मनोहर)

चैत्र में गुरुबल, शुक्रबल इनका अस्तादि विचार, गोचर शुद्धि आदि न देखकर केवल दिन तिथि का विचार करके उपनयन कर सकते हैं, केवल इतना ही संकेत है। मुख्य नियमों व अपवादों का विचार चैत्र में शिथिल हो सकता है, ऐसा मत है।

पूर्वेद्युश्च परेऽह्नि व्रतदिनात्तस्माच्चतुर्थे दिने-
ऽनध्यायश्च रजस्वला स्वजननी गर्भान्विता वा शिशोः।
पित्रोश्च क्षयवत्सरो यदि गुरोः सन्ध्याऽभिजित्सद्भवा,
बालो वा यदि कर्णवेधरहितो नैतेषु कार्यं व्रतम्।।

(पूर्वकालामृत/अ.-2/10)

उपनयन संस्कार से पहला, अगला व चौथा दिन अनध्याय हो; उस समय माता को मासिक धर्म हुआ हो अथवा माता गर्भवती हो; जिस वर्ष में माता पिता की मृत्यु हो; सन्ध्या समय, अभिजित मुहूर्त हो तो शिशु का उपनयन संस्कार नहीं करना चाहिए। यदि शिशु का कर्णवेध संस्कार हो चुका हो तो कोई दोष नहीं है।

जन्मर्क्ष जननोडुकर्म दशमं सांघातिकं षोडशं,
वैनाशाख्यमथत्रिविंशमपिभं तत्पंचविंशं यदि।

ऋक्षं मानससंज्ञितं द्विनवमं तत्सामुदायाभिधं,
त्याज्यं सप्तमभं तु नैधनमिदं सर्वेषु कर्मेष्वपि।।

(पूर्वकालामृत/अ.-2/11)

जन्मनक्षत्र से दसवाँ कर्म नक्षत्र। सोलहवाँ सांघातिक नक्षत्र। वैनाशिक तेईसवाँ नक्षत्र। पच्चीसवाँ मानस नक्षत्र। अट्ठारहवाँ सामुदायिक नक्षत्र। सातवाँ निधन नक्षत्र। ये छह नक्षत्र सभी शुभकार्यों में वर्जित करें।

विधि

सभी प्रकार के मांगलिक धर्मकार्यों के प्रारम्भ में पुण्याहवाचन करने की आज्ञा है। पुण्याहवाचन के उपरान्त वटु (बालक) का क्षौर करवाकर उसे शुद्ध जल से स्नान करवाया जाता है, फिर नया वस्त्र पहनाते हैं। तत्पश्चात् वटु को अग्नि के समक्ष बैठाकर होम कराया जाता है। इसके बाद वटुको यज्ञोपवीत (जनेऊ) पहनाकर गायत्रीमन्त्र का उपदेश करवाया जाता है। उस समय वटु को विशेष प्रकार का वेश धारण करवाया जाता है, जिसमें देह को ढँकने के लिये मृगचर्म, कटि में मुञ्जमेखला और दाहिने हाथ में पलाशदण्ड दिया जाता है। इन वस्तुओं के धारण करने का अर्थ है— देह की रक्षा करते हुए, दृढ़ निश्चय से मन को नियन्त्रित रखते (ब्रह्मचर्य-व्रत पालन करते) हुए वेद विद्या प्राप्त करना। इसके बाद अग्नि के उत्तर की ओर आचार्य पूर्वाभिमुख बैठते हैं और अपने समक्ष वटु को बैठाते हैं, फिर आचार्य अपने (हाथों की) हथेलियों की अंजलि बनाते हैं और वटु भी वैसी अंजलि बना करके आचार्य की अंजलि के नीचे रखता है। आचार्य अपनी अंजलि में भरा हुआ जल थोड़ा-थोड़ा वटु की अंजलि में गिराते रहते हैं। इस क्रिया का अर्थ यह है कि आचार्य अपनी सम्पूर्ण विद्या इस प्रकार शिष्य-वटु को प्रदान करेंगे। इस क्रिया के सम्पन्न हो जाने के बाद आचार्य वटु का दक्षिण कर ग्रहण करके उससे कहते हैं- **'सविता ने तेरा हाथ पकड़ा है, अग्नि तेरे आचार्य हैं।'** इस कथन का गूढ़ार्थ यह है कि आचार्य यज्ञोपवीतधारी वटु को अपने साथ आश्रम में ले जायँगे और वहाँ पर रखकर उसे वेदविद्या सिखायेंगे। यह वेदविद्या परमात्मा आदित्य एवं अग्नि से ही (उन देवता के कृपा से ही) वटु को प्राप्त करनी है। इस क्रिया के बाद आचार्य वटु आदित्य (सूर्य) के सामने देखने को कहते हैं; क्योंकि वह सर्वप्रश (ज्ञान) का देवता है। आदित्य को सम्बोधित कर आचार्य कहते हैं- 'हे सवितादेव! अब यह वटु आपका ब्रह्मचारी है, आप इसका रक्षण कीजियेगा।' इस क्रिया के बाद वटु अग्नि आदि देवताओं से बुद्धि, बल इत्यादि सद्गुणों की याचना करता है। तत्पश्चात् आचार्य वटु के हृदय पर अपना दाहिना हाथ रखकर कहते हैं कि मैं जो सदाचारव्रत का पालन करता हूँ, उसमें तेरा हृदय हो (तेरा अनुसरण हो)। मेरे चित्त का अनुसरण तेरा चित्त करता है। मेरी वाणी-जैसी तेरी वाणी हो। विद्या के देव बृहस्पति तुझे मेरे से युक्त करवायें।

इसके बाद वटु गुरुगृह मे बारह वर्ष तक (विद्यापूर्तिपर्यन्त) रहता है। वटु वेदविद्या तथा धर्म का ज्ञान लेकर अपने घर वापस आता है और माता-पिता की आज्ञा के अनुसार वह सविधि गृहस्थाश्रम में प्रवेश करता है।

वेदाभ्यासो हि विप्राणां परमं तप उच्यते।
ब्रह्मयज्ञः स विज्ञेयः षडङ्गसहितस्तु सः।।

(दक्षस्मृति 25-26)

ब्राह्मणों के लिये षडङ्गसहित वेदशास्त्र का अभ्यास ब्रह्मयज्ञ के समान है और वही श्रेष्ठ तप है। महर्षि कात्यायन द्वारा प्रतिपादित यज्ञोपवीत-निर्माण की विधि का संक्षिप्त वर्णन यहाँ प्रस्तुत है-

महर्षि कात्यायन कहते हैं- 'अब हम यज्ञोपवीत-निर्माण की विधि कहते हैं। इसके निर्माण के लिये गाँव से बाहर किसी तीर्थ स्थान (मन्दिर) या गोशाला में जाकर अनध्यायरहित किसी भी दिवस में संध्या-वन्दनादि नित्यकर्म तथा एक सौ आठ या एक हजार आठ बार या यथाशक्ति गायत्री मन्त्र का जप करके ऐसे सूत से यज्ञोपवीत तैयार करे, जो स्वयं या किसी ब्राह्मण द्वारा या ब्राह्मण कन्या द्वारा अथवा सधवा ब्राह्मणी द्वारा कात कर तैयार किया गया हो। इस सूत को **'भूः'** का उच्चारण कर 16 चौएसहित चारों अंगुलियों के मूल पर लपेटे और उतारकर एक पलाश के पत्ते पर रख दे। अब **'भुवः'** शब्द का उच्चारण करते हुए उसी क्रिया को और **'स्वः'** शब्द का उच्चारण करते हुए तीसीर बार क्रिया दुहराते हुए हाथ में लपेटकर 96 चौए के परिमाण में अन्य दो तार तैयार कर पलाशपर रखे। तदनन्तर **'आपो हि ष्ठा', 'शं नो देवी' 'तत्सवितुः'** आदि तीन मन्त्रों उन तीन तारों को जल में अच्छी तरह भिगोकर बायें हाथ में लेकर तीन बार जोर से आघात करे। फिर तीन व्याहृतियों से उसे एक बट देकर एकरूप बना ले। इन्ही मन्त्रों से उसे त्रिगुणित करे और पुनः बटकर एकरूप बना ले। पुनः इसे त्रिगुणित करके प्रणव से उसमें ब्रह्मग्रन्थि लगाये। इसके नौ तन्तुओं में ओटार, अग्नि, अनन्त, चन्द्र, पितृगण, प्रजापति, वायु, सूर्य और सर्वदेवादि नौ देवताओं का क्रमशः आवाहन और स्थापन करे। **'उद्वयं तमसस्परि०'** मन्त्र द्वारा उस सूत्र को सूर्य के सम्मुख करके **'यज्ञोपवीतम्०'** मन्त्र बोलते हुए धारण कर ले।'

यज्ञोपवीत का परिमाण

यज्ञोपवीत के निर्माण के सम्बन्ध में प्रथम प्रश्न यह उपस्थित होता है कि यज्ञोपवीत का परिमाण 96 ही क्यों निर्धारित किया गया ? यदि इसका परिमाण कम या अधिक हो जाता तो उससे क्या हानि होती ?

दूसरा प्रश्न यह है कि प्रत्येक वर्ण में हर व्यक्ति एक ही कद और काठी का नहीं होता है। कोई ऊँचे कद का होता है तो कोई नाटा। कुछ स्थूल शरीरवाले होते हैं तो अन्य दुबले-पतले। अतः सभी व्यक्तियों के लिये एक ही परिमाण का यज्ञोपवीत धारण करने का नियम क्यों बनाया गया ? आइये, इस सम्बन्ध में शास्त्रसम्मत नीचे लिखे हेतुओं का अध्ययन करें-

1. **यज्ञोपवीत कटितक ही रहे**— महर्षियों और शास्त्रकारों ने इस आधार यज्ञोपवीत का परिमाण निर्धारित किया कि धारण करने पर वह पुरुष के बायें कन्धे के ऊपर से आता हुआ नाभिको स्पर्श कर कटितक ही पहुँचे। इससे न तो ऊपर रहे और न ही

नीचे। अत्यन्त छोटा होने पर यज्ञोपवीत आयु का तथा अधिक बड़ा होने पर तप का विनाशक होता है। अधिक मोटा रहेगा तो वह यशनाशक और पतला होगा तो धन की हानि होगी-

पृष्ठदेशे च नाभ्यां च धृतं यद्विन्दते कटिम्।
तद्धार्यमुपवीतं स्यान्नाविलम्बं न चोच्छ्रितम्।।
आयुर्हरत्यतिह्रस्वमतिदीर्घं तपोहरम्।
यशोहरत्यतिस्थूलमतिसूक्ष्मं धनापहम्।।

इस निर्णय को सामुद्रिकशास्त्र ने उचित ठहराया है। उसके अनुसार मनुष्य का कद और स्वास्थ्य कैसा भी हो, मानव-शरीर का आयाम 84 अंगुल से 108 अंगुल तक ही होता है। इसका मध्यमान 96 अंगुल ही होता है। अतः इस परिमाण वाला यज्ञोपवीत हर स्थिति में कटितक ही रहेगा न ऊपर और न ही नीचे।

2. **गायत्रीमन्त्र के 24 अक्षरों के चार गुने को आधार माना गया**—गायत्री वेदमाता हैं। प्रत्येक मन्त्र का उद्भव इन्हीं से हुआ है, यज्ञोपवीत-निर्माण और उसे अभिमन्त्रित करते समय गायत्रीमन्त्र को प्रधानता दी गयी है। गायत्रीमन्त्र में चौबीस अक्षर होते हैं। चारों वेदों में व्याप्त गायत्रीछन्द के सम्पूर्ण अक्षरों को मिला दें तो 24x4=96 अक्षर होते हैं, इसी के आधार पर द्विजबालक को गायत्री और वेद दोनों का अधिकार प्राप्त होता है। इसलिये 96 चौआवाले यज्ञोपवीत को ही धारण करने का विधान किया है-

चतुर्वेदेष गायत्री चतुर्विंशतिकाक्षरी।
तस्माच्चतुर्गुणं कृत्वा ब्रह्मतन्तुमुदीरयेत्।।

(वसिष्ठस्मृति)

3. **वैदिक मन्त्रों की संख्या के आधार पर**— वर्णाश्रम-व्यवस्था में ब्रह्मचर्याश्रम के अन्तर्गत द्विजबालक को गुरु के सानिध्य में उनकी सेवा करते हुए वेदाध्ययन सहित नैतिका कर्म, उपासना आदि की शिक्षा प्राप्त होता है। चतुर्थाश्रम संन्यास ग्रहण करने पर वह कर्म और उपासना से पूर्णतः मुक्त होकर केवल ज्ञानप्राप्ति का अधिकारी रह जाता है। इस स्थिति में वह शिखा और सूत्र-दोनों का त्याग कर देता है। वेद की मर्यादा के अनुसार उपनीत होने वाले द्विज को ही वेद और कर्मकाण्ड का अधिकारी बताया गया है।

'लक्षं तु चतुरो वेदा लक्षमेकं तु भारतम्।' इस आप्तवचन में वैदिक ऋचाओं की संख्या एक लाख बतायी गयी है। वेदभाष्य में पतंजलि ने भी इसकी पुष्टि की है। इन लक्ष मन्त्रों में 80,000 कर्मकाण्ड-सम्बन्धी, 16,000 उपासनाकाण्ड-सम्बन्धी और 4,000 ज्ञान काण्ड-सम्बन्धी ऋचाएँ हैं। चूँकि उपनीत को कर्मकाण्ड और उपासना-काण्ड का अध्ययन करने का अधिकार प्राप्त होता है, अतः 96,000 ऋचाओं के अधिकार के आधार पर उपवीत का परिमाण 96 चौआ निर्धारित किया गया है।

4. **तिथि, वार, गुण आदि के आधार पर**—मानव-जीवन भाग्य से प्राप्त होता है। यह जीवन तत्त्वों, गुण, तिथि, वार, नक्षत्र, काल, मास आदि विविध भागों से निरन्तर सम्पर्क में रहने के कारण उनसे प्रभावित होता रहता है। अतः जीवन के एक-एक क्षण को प्रभुका अमित वरदान समझने वाले महर्षियों ने इन भागों के महत्त्व को समझकर उनका अवलम्बन करके ब्रह्म-प्राप्ति का शाश्वत लक्ष्य मनुष्य के लिये निर्धारित किया। इन सभी पदार्थों की संख्या का समन्वित योग किया जाय तो आश्चर्य होगा कि यह भी 96 का योग बनाता है, तथा-

(अ) मनुष्य से सत्, रज और तमोगुणमय त्रिविध शरीर में प्रकृतिप्रदत्त पाँच भूत, पाँच कर्मेन्द्रियाँ स्थूल, सूक्ष्म और कारण शरीरवाले मनुष्य के आत्मरूप पर त्रिगुणात्मक आवृत्ति से बहत्तर का योग बनाती हैं। इस शरीर के निराकरण एवं भेदन के लिये चौबिस अक्षरात्मक गायत्रीमन्त्र का जप किया जाता है। यही प्रकृति के तत्त्वों से आत्मा को मुक्त कराती है। यदि इन सबका योग करें तो परिणाम 72+24= 96 आता है। अतः इन तत्त्वों और गायत्रीमन्त्र जपते रहने का संकेत करते रहने हेतु द्विज को 96 परिमाण वाले यज्ञोपवीत को धारण कराने का विधान किया गया है।

(ब) इस गूढ़ तथ्य को इस दृष्टिकोण से भी समझा जा सकता है। सामवेद छन्दोगपरिशिष्ट में कहा गया है-

तिथिवारं च नक्षत्रं तत्त्ववेदगुणान्वितम्।
कालत्रयं च मासाच ब्रह्मसूत्रं हि षण्णवम्।।

हमारा शरीर 25 तत्त्वों से बना है। सत्त्व, रज और तम—ये तीन गुण सर्वदा व्याप्त रहते हैं। फलतः 28 संख्यात्मक समुदाय वाले शरीर को तिथि, वार, काल, नक्षत्र, मास आदि वेदादि विविध भागों में विभक्त, अनेक संवत्सरपर्यन्त इस संसार में जीवन धारण करना पड़ता है। यदि इनका योग करें तो यह भी 96 ही होता है। देखिये-

तिथि-15, वार-7, नक्षत्र-27, तत्त्व-25, वेद-4, गुण-3, काल-3, और मास-12, इनका कुल योग 96 आता है।

तीन सूत्र और त्रिवृत्

हिन्दूधर्म में तीन की संख्या आध्यात्मिक, आधिदैविक एवं आधिभैतिक—सभी क्षेत्रों में विशेष महत्त्व रखती है। ऋक्, यजुः और साम तीन प्रमुख वेद हैं, ब्रह्मा, विष्णु और महेश त्रिदेव हैं। तीन काल—भूत, वर्तमान और भविष्य हैं। सत्त्व, रज और तम—तीन गुण हैं। तीन ऋतुएँ—ग्रीष्म, वर्षा और शीत हैं। त्रिलोक—पृथ्वी, अन्तरिक्ष और द्युलोक हैं। त्रिगुणात्मक भाव को आधार बनाकर यज्ञोपवीत का त्रिगुणात्मक तन्तुओं से निर्माण और उसका त्रिवृत्करण किया गया है। तीन सूत्र में मानवत्व, देवत्व और गुरुत्व भाव निहित है। इन्हीं की प्रेरणा, मार्गदर्शन और शिक्षा से मृत्यु लोक की ओर ऊर्ध्वगमन के लिये उपासना, ध्यान और सत्कर्म का भाव मानव अपनाता

है। यही उसके निर्वाण के मार्ग को प्रशस्त करता है। इसी भावना से तीन तारों को महाव्याह मन्त्रों से ऊपर की ओर उमेठते हुए नौ तन्तुमय सूत्र का निर्माण किया गया है।

ये नौ तन्तु नौ देवताओं के आवास स्थान हैं, जहाँ उनका विधिपूर्वक आवाहन, पूजन और प्रतिष्ठापन (यज्ञोपवीत तैयार हो जाने पर) किया जाता है। सामवेदीय छन्दोगपरिशिष्ट में नौ देवताओं के नाम इस तरह बताये गये हैं-

ॐकारोऽग्निश्च नागश्च सोमः पितृप्रजापती।
वायुः सूर्यश्च सर्वश्च तन्तु देवा अमी नव।।
ॐकारः प्रथमो तन्तौ द्वितीयेऽग्निस्तथैव च।
तृतीये नागदैवत्यं चतुर्थे सोम देवता ।।
पञ्चमे पितृदैवत्यं षष्ठे चैव प्रजातिः।
सप्तमे मारूतश्चैप अष्टमे सूर्य एव च।।
सर्वे देवास्तु नवमे इत्येतास्तन्तुदेवताः।।

उपर्युक्त देवताओं की प्रतिष्ठापना से मानव अपने हृदय में तत्तद् देवताओं के विशेष गुणों तथा ब्रह्मलाभ, तेजस्विता, धैर्य, आह्लादकत्व, स्नेह, प्रजापालन, शुचित्व, प्राणत्व आदि गुणों को धारण करते हुए अनुभत करता है कि मैंने इन गुणों को आधार करते हुए अनुभव करता है कि मैंने इन गुणों से परिपुर्ण और देवताओं से अधिष्ठित उपवीत को धारण कर किया है। अव मैं तेजस्वी हूँ। देवताओं की विद्यमानता और उनके गुणों को आत्मसात् करने की इस अनुभति से मानव के हृदय में उपजे मल और मानसिक कुवत्तियों का अरिमार्जन होगा तथा मनसहित समस्त इन्द्रियाँ विपथगामी न होकर सन्मार्ग पर चलने के लिये प्रवृत्त होंगी।

यह भावना अतिरेक या अतिशयोक्तिपूर्ण नहीं, अकाट्य तथ्य है। मनुष्य के मन में यह भावना रहेगी कि देवता के सांनिध्य में पापाचार करना, नरक का हेतु होगा। आपने अनुभव किया अथवा देखा होगा कि जब कभी मनुष्य शास्त्रनिर्दिष्ट मार्ग का त्याग कर विपथगामी होने लगता तो वह सर्वप्रथम यज्ञोपवीत और शिखा को ढोंग कहकर त्याग देता है। इससे वह यह अनुभव करता है कि वह धर्म के बन्धन से मुक्त हो गया है। मनुष्य का यह कृत्य ही स्पष्ट करता है कि यज्ञोपवीत धारण करने से उसमें समाविष्ट कोई-न-कोई शक्ति मानव को विपथगामी होने से बचाने हेतु चेतावनी देते हुए उसे पापाचरण में प्रवृत्त होने से अवश्य रोकती रही होगी।

धारण अधिकार

धर्मशास्त्रकारों ने त्रैवर्णिक द्विजों को यज्ञोपवीत धारण करने का अधिकर दिया है। जन्म देने वाले माता-पिता की अपेक्षा वेदरूपी अक्षुण्ण शरीर प्रदान करने वाले आचार्य अधिक श्रेष्ठ माने गये हैं-

तत्र यद् ब्रह्मजन्मास्य मौञ्जीबन्धनचिह्नितम्।
तत्रास्य माता सावित्री पिता त्वाचार्य उच्यते।।

(मनु० 2। 170)

संस्कारों के अनुपालन में शुचिता और पवित्रता का विशेष ध्यान रखना आवश्यक होता है। स्त्री के शरीर का निर्माण इस तरह से हुआ है कि उसे मास में कुछ दिन अपवित्र दशा में रहना पड़ता है। इसी तरह प्रसवकाल में भी वह अपवित्र दशा में रहने के लिये बाध्य होती है। पुरुष के समान स्त्री-ब्रह्मचर्यधर्म का पालन (रजस्वला होने पर) करने योग्य नहीं रहती है। इसी प्रकार मन्त्रों के उच्चारण की अशुद्धता भी स्त्री तथा द्विजेतरों में रहती है। फिर भी मनु-स्मृति में स्त्रियों का विवाह-संस्कार ही उनके यज्ञोपवीत-संस्कार के समान है- **'वैवाहिको विधिः स्त्रीणां संस्कारो वैदिकः स्मृतः।'** (मनु० 2/67)

यज्ञोपवीत-संस्कार हो जानेपर द्विज को इसे अखण्ड रूप से धारण किये रहने का निर्देश दिया गया है। शास्त्रकारों के अनुसार ब्रह्मचारी को एक यज्ञोपवीत तथा स्नातक को दो या अधिक (तीन) यज्ञोपवीत धारण करना चाहिये तथा- **'ब्रह्मचारिण एकं स्यात् स्नातकस्य द्वे बहूनि वा'** (आश्वलायनगृह्यसूत्र)। इसी तरह श्रौत-स्मार्त कर्मों की निष्पत्ति के लिये दो यज्ञोपवीत धारण करना चाहिये, यदि उत्तरीय वस्त्र न हो तो तीसरा धारण किया जा सकता है-

यज्ञोपवीते द्वे धार्ये श्रौते स्मार्ते च कर्मणि।
तृतीसमुत्तरीयार्थे वस्त्राभावे तदिष्यते।।

(विश्वामित्र)

कुछ लोग इस स्थिति में एक कपड़ा या गमछा बायें कन्धे पर रख लेते हैं।

उपवीत संस्कारित ब्रह्मसूत्र है, जो संस्कार के दिन से मृत्युपर्यन्त शरीर से अलग नहीं किया जाता है। इतने कड़े नियमों का पालन करते हुए कई अवसर आते हैं, जब धारण किये हुए यज्ञोपवीत को अशुद्ध मानकर नवीन यज्ञोपवीत धारण करने की आवश्यकता पड़ती है। शास्त्रकारों ने इन स्थितियों में धारण किये हुए यज्ञोपवीत को अपवित्र मानकर नवीन यज्ञोपवीत के धारण करने का निर्देश दिया है-

1. यदि स्वतः की असावधानी से यज्ञोपवीत बायें कन्धे से खिसककर बायें हाथ के नीचे आ जाय अथवा उससे निकलकर कमर के नीचे आ जाय या वस्त्रादि उतारते समय उससे लिपटकर शरीर से अलग हो जाय तो नवीन प्रतिष्ठित यज्ञोपवीत धारण करना चाहिये-

वामहस्ते व्यतीते तु तत् त्यक्त्वा धारयेद् नवम्।

2. मल-मूत्र का त्याग करते समय कान में लपेटना भूल जाय अथवा कान में लिपटा सूत्र कान से सरककर अलग हो जाय तो नवीन यज्ञोवीत धारण करना चाहिये-

मलमूत्रे त्यजेद् विप्रो विस्मृत्यैवोपवीतधृक्।
उपवीतं तदुत्सृज्य दध्यादन्यन्नवं तदा।।

(आचारेन्दु)

3. उपाकर्म, जननाशोच, मरणाशौच, श्राद्धकर्म, सूर्य-चन्द्रग्रहण के समय, अस्पृश्य से स्पर्श हो जाने तथा श्रावणी में यज्ञोपवीत को अवश्य बदल लेना चाहिये-

(क) सूतके मृतके क्षौरे चाण्डालस्पर्शने तथा।
रजस्वलाशवस्पर्शे धार्यमन्यन्नवं तदा।। (नारायणसंग्रह)

(ख) उपाकर्मणि चोत्सर्गे सूतकद्वितये तथा।
श्राद्धकर्मणि यज्ञादौ शशिसूर्यग्रहेऽपि च।।
नवयज्ञोपवीतानि धृत्वा जीर्णानि च त्यजेत्।। (ज्योतिषार्णव)

4. प्रायः चार मास में यज्ञोपवीत शरीर के मलादि से दूषित और जीर्ण हो जाता है, अतः यज्ञोपवीत धारण करे-

धारणाद् ब्रह्मसूत्रस्य गते मासचतुष्टये।
त्यक्त्वा तान्यपिजीर्णानि नवान्यन्यानि धारयेत्।।

(गोभिल आचारभुषण)

स्नानादिं कर एक आसनपर बैठ कर नवीन यज्ञोपवीत में हलदी लगाकर संकल्प करके निम्नलिखित विनियोग पढ़ कर जल गिराये। तदनन्तर नीचे दिया मन्त्र हुए एक यज्ञोपवीत धारण करे, आचमन करे और फिर दूसरा यज्ञोपवीत धारण करे। इस प्रकार एक-एक करके ही यज्ञोपवीत पहनना चाहिये-

ॐ यज्ञोपवीतमिति मन्त्रस्य परमेष्ठी ऋषिः, लिङ्गोक्ता देवताः,
त्रिष्टुप् छन्दः, यज्ञोपवीतधारणे विनियोगः।

यज्ञोपवीत धारण करत हुए यह मन्त्र पढ़े-

ॐ यज्ञोपवीतं परमं पवित्रं प्रजापतेर्यत् सहजं पुरस्तात्।
आयुष्यमग्र्यं प्रतिमुञ्च शुभ्रं यज्ञोपवीतं बलमस्तु तेजः।।
ॐ यज्ञोपवीतमसि यज्ञस्य त्वा यज्ञोपवीतेनोपनह्यामि।।

पुराना यज्ञोपवीत

इसके बाद मन्त्र पढ़कर पुराने यज्ञोपवीत को कण्ठी-जैसा बनाकर सिरपर से पीठ की ओर से अलग कर देना चाहिये-

मन्त्रेण धारणं कार्यं मन्त्रेण च विसर्जनम्।
कर्तव्यं च सदा सद्भिर्नात्र कार्या विचारणा।।

यज्ञोपवीत को जल में प्रवाहित करते हुए यह मन्त्र पढ़े-

एतावद्दिनपर्यन्तं ब्रह्म त्वं धारितं मया।
जीर्णत्वात् त्वत्परित्यागो गच्छ सुत्र यथासुखम्।।

इसके उपरान्त यथाशक्ति गायत्रीमन्त्र का जप करे और **'ॐ तत्सत् श्रीब्रह्मार्पणमस्तु'** कहते हुए उसे अर्पित करता हुआ हाथ जोड़कर भगवान् का स्मरण करे।

नवीन यज्ञोपवीत

अभिमन्त्रित यज्ञोपवीत न होने की स्थिति में नवीन यज्ञोपवीत को अभिमन्त्रित कर धारण करना चाहिये। सर्वप्रथम स्नान-सन्ध्यादि से निवृत्त होकर शुद्ध आसनपर पूर्वाभिमुख होकर बैठे और आचमन करने के उपरान्त अपने सामने पलाश के पत्ते पर अथवा अपने हाथ में नवीन यज्ञोपवीत को रखकर उसे जल से प्रक्षालित करे। तदुपरान्त लिम्नलिखित एक-एक मन्त्र पढ़कर अक्षत-चावल या एक-एक फूल को यज्ञोपवीत पर छोड़ता जाय-

'प्रथमतन्तौ ॐ ओङ्कारमावाहयामि। द्वितीयतन्तौ ॐ अग्निमावाहयमि। तृतीयतन्तौ ॐ सर्पानावाहयामि। चतुर्थतन्तौ ॐ सोममावाहयामि। पञ्चमतन्तौ ॐ पिपङ्नावाहयामि। षष्ठतन्तौ ॐ प्रजापतिमावाहयाति। सप्तमतन्तौ ॐ अनिलमावाहयामि। अष्टमतन्तौ ॐ सूर्यमावाहयामि। नवमतन्तौ ॐ विश्वान् देवानावाहयामि। प्रथमग्रन्थौ ॐ ब्रह्मणे नमः, ब्रह्माणवाहयामि। द्वितीयग्रन्थौ ॐ विष्णवे नमः, विष्णुमावाहयामि। तृतीयग्रन्थौ ॐ रुद्राय नमः, रुद्रमावाहयामि।'

इसके बाद **'प्रणवाद्यावाहितदेवताभ्यो नमः'** मन्त्र से **'यथास्थानं न्यसामि'** कहकर उन-उन तन्तुओं में न्यास कर चन्दन आदि से पूजन करे फिर यज्ञोपवीत को दस बार गायत्रीमन्त्र से अभिमन्त्रित करे। इस प्रकार नूतन यज्ञोपवीत की प्रतिष्ठा करनी चाहिये। तब वह धारण करने योग्य हो जाता है। उचित होगा कि श्रावणी आदि के अवसर पर वर्ष भर के लिये कुछ यज्ञोपवीत अभिमन्त्रित कर रख ले।

1.11 वेदारम्भ संस्कार

उपनयन हो जाने पर बालक का वेदाध्ययन में अधिकार प्राप्त हो जाता है। ज्ञानस्वरूप वेदों के सम्यक् अध्ययन से पूर्व मेधाजनन नामक एक उपाङ्ग-संस्कार करने का विधान है। इस क्रिया से बालक की मेधा, प्रज्ञा, विद्या तथा श्रद्धा की अभिवृद्धि होती और वेदाध्ययन आदि में विशेष अनुकूलता प्राप्त होती है तथा विद्याध्ययन में कोई विघ्न नहीं होने पाता। ज्योतिर्निबन्ध में कहा गया है :

विद्यया लुप्यते पापं विद्ययाऽऽयुः प्रवर्धते।
विद्यया सर्वसिद्धिः स्याद्विद्ययाऽमृतमश्नुते।।

'वेदविद्या के अध्ययन से सारे पापों का लोप होता है, आयु की वृद्धि होती है, सारी सिद्धियाँ प्राप्त होती हैं, यहाँ तक कि उसके समक्ष साक्षात् अमृत-रस अशन-पान के रूप में उपलब्ध हो जाता है।'

गणेश और सरस्वती की पूजा करने के पश्चात् वेदारम्भ—विद्यारम्भ में प्रविष्ट होने का विधान है। शास्त्रों में कही गयी निषिद्ध तिथियों में वेद का स्वाध्याय नहीं करना चाहिये। अपने गुरुजनों से अंगों सहित वेदों तथा उपनिषदों का अध्ययन करना चाहिये। तत्त्वज्ञान की प्राप्ति कराना ही इस संस्कार का परम प्रयोजन है। 'वेदव्रत' नामक संस्कार में महानाम्नी, महान्, उपनिषद् एवं उपाकर्म चार व्रत आते हैं। उपाकर्म को सभी जानते हैं। यह प्रतिवर्ष श्रावण में होता है। शेष प्रथम महानाम्नी में प्रतिवर्षान्त सामवेद के महानाम्नी आर्चिक की नौ ऋचाओं का पाठ होता है। प्रथम मुख्य ऋचा इस प्रकार है :

विदा मघवन् विदा गातुमनुश ँ्सिषो दिशः।
शिक्षा शचीनां पते पूर्वीणां पुरुवसो।।

(साम० 641)

इसका भाव है—'अत्यन्त वैभवशाली, उदार एवं पूज्य परमात्मन्! आप सम्पूर्ण वेद-विद्याओं के ज्ञान से सम्पन्न हैं एवं आप सन्मार्ग और गम्य दिशाओं को भी ठीक-ठीक जानते हैं। हे आदिशक्ति के स्वामिन्! आप हमें शिक्षा का सांगोपांग रहस्य बतला दें।'

द्वितीय तथा तृतीय वर्षों में क्रमशः 'वैदिक महाव्रत' तथा 'उपनिषद्-व्रत' किया जाता है, जिसमें वेदों की ऋचाओं तथा उपनिषदों का श्रद्धापूर्वक पाठ किया जाता है और अन्त में सावित्री-स्नान होता है। इसके अनन्तर वेदाध्यायी स्नातक कहलाता है। इसमें सभी मन्त्र-संहिताओं का गुरुमुख से श्रवण तथा मनन करना होता है। यह वेदारम्भ मुख्यतः ब्रह्मचर्याश्रम संस्कार है।

लिपि में प्रयुक्त होने वाले अक्षरों से संस्कार के श्रीगणेश को वेदारम्भ अथवा विद्यारम्भ संस्कार कहते हैं। ईसापूर्व पाँचवीं शताब्दी में महामुनि पाणिनि लिपि का उल्लेख करते हैं। भगवान् बुद्ध के समय में अनेक लिपियाँ प्रचलित थीं। भगवान् श्रीकृष्ण ने श्रीमद्भगवद्गीता में अक्षरों में अकार को सर्वश्रेष्ठ माना है। महाभारत के लेखन का गुरुतर दायित्व भगवान् श्रीगणेश ने सँभाला था। तान्त्रिक वाङ्मय में अक्षरों की देवता के रूप में पूजा की जाती है। षट्चक्रों के पटल अक्षर-ध्वनियों से स्पन्दित होते हैं। वेदों का सारभूत **'ॐ'** एकाक्षर है।

लिपिज्ञान भारतीय मनीषियों को अति प्राचीन काल से था, किंतु कुछ आधुनिकों के मतानुसार प्राचीन काल में भारतीय लिपिज्ञान से अपरिचित थे। इसकी सम्पुष्टि में वे वेदों की श्रुतिपरम्परा को प्रमाण स्वरूप प्रस्तुत करते हैं। यद्यपि वेदों का अभ्यास गुरुमुख से ही किया जाता था, तथापि लौकिक व्यवहार निर्वाह हेतु लिपि का निश्चयतः आविर्भाव हो चुका था।

शौनकीय और माध्यन्दिनसंहिता में तो **'लिख'** धातु का अनेक बार प्रयोग किया गया है।

वेदारम्भ-संस्कार का अनुष्ठान चूडाकरण-संस्कार के अनन्तर ही करना चाहिये– **'वृत्तचौलकर्मा लिपिं संख्यानं चोपयुञ्जीत।'** जन्म से पाँचवें वर्ष में इसकी सम्पन्नता को उपयुक्त माना गया है। उपयुक्त देशकाल में किया गया संस्कार बालक के मन पर अमिट प्रभाव छोड़ता है। जिस प्रकार मिट्टी के कच्चे घड़े पर लाल-काले रंगों से जो रेखाएँ खींच दी जाती हैं, वे उसे पकाने पर अमिट हो जाती हैं, उसी प्रकार बालमन पर यथासमय डाला गया संस्कार अमिट होता है। कोमल शाखा को चाहे जिस ओर माड़ दो, वृक्ष की शाखा के रूप में बढ़ने पर भी वह पूर्ववत् मुड़ी रहेगी, किंतु पश्चात् उसे दूसरी दिशा में मोड़ना सम्भव न होगा वह टूट जायेगी।

अक्षरारम्भ के लिये पाँचवाँ वर्ष उपयुक्त माना गया है। संस्कारमयूख में मार्कण्डेय का वचन है- **'प्राप्तेऽथ पञ्चमे वर्षे विद्यारम्भं तु कारयेत्।'** इस संस्कार को हरिशयनी एकादशी तक ही करना चाहिये। देवताओं की जागरित अवस्था में दिव्यशक्ति की प्राप्ति होती है। दवोत्थानी एकादशी से अक्षरारम्भ-संस्कार सम्पन्न किया जाना चाहिये। संस्कार प्रकाश में विश्वामित्र का वचन प्रमाण है।

प्राप्ते तु पञ्चमे वर्षे त्वप्रसुप्ते जनार्दने।
विद्यारम्भस्तु कर्तव्यो यथोक्ततिथिवासरे।।

इस संस्कार को यथासम्भव उत्तरायण के शुक्लपक्ष में सम्पन्न करना उचित है। कुम्भको छोड़कर मकर से लेकर मिथुनपर्यन्त पाँच महीने ही शुभ माने गये है।

अक्षरस्वीकृतिः प्रोक्ता प्राप्ते पञ्चमहायने।
उत्तरायणगे सूर्ये कुम्भमासं विवर्जयेत्।।
पूर्वपक्षः शुभः प्रोक्तः कृष्णे चान्त्यत्रिकं विना।

(संस्कारप्रकाश)

वसिष्ठ के वचनानुसार अक्षरारम्भ-संस्कार के अनुष्ठान में बुध, गुरु तथा शुक्र दिन उत्तम माने गये हैं। रविवार तथा सोमवार को मध्यम और शनि, मंगलवार को वर्जित किया गया है। राजमार्तण्ड में गुरुवार को उत्तम, रविवार तथा शुक्रवार को मध्यम, शनिवार तथा मंगलवार में अपिष्ट की सम्भावना और बधु, सोमवार को विद्या की निष्फलता बतायी है। व्याख्याकारों के मतानुसार धनुर्विद्या में बुधवार का निषेध जानना चाहिये। समष्टिः रवि, बुध, गुरु तथा शुक्र दिन सभी धर्मशास्त्रकारकों के मतानुसार श्रेष्ठ माने गये हैं। अपराह्णकाल में सोमवार को भी प्रशस्त माना गया है।

हस्तादित्यमरून्मित्ररौद्रपौष्णाश्विचित्रभम्।
श्रवणं च प्रशस्तं स्यादक्षरग्रहणे शिशोः।।

संस्कार मयूख के मतानुसार प्रतिदिन, षष्ठी, अष्टमी, पूर्णिमा तथा रिक्ता तिथियाँ वर्जित मानी गयी हैं। संस्कार प्रकाश में बृहस्पति के वचनानुसार गलग्रह तिथियों को भी वर्जित माना है। गलग्रहतिथियाँ हैं– प्रतिपदा, चतुर्थी, सप्तमी, अष्टमी, नवमी, त्रयोदशी, चतुर्दशी तथा पूर्णिमा। संक्षेपतः तृतीया, पचमी, दशमी, एकादशी तथा द्वादशी तिथियाँ शुभ मानी गयी हैं। शिशु के अक्षरारम्भ के लिये नक्षत्रों में शुभ नक्षत्र हैं- हस्त, पुनर्वसु, स्वाती, अनुराधा, ज्येष्ठा, रवती, अश्विन, चित्रा और श्रवण-

प्रतिपत्सु चतुर्दश्यामष्टम्यां पर्वणोर्द्वयोः।
श्वोऽनध्यायेऽथ शर्वर्यां नाधीयीत कदाचन।।

(निर्णयसिन्धु, तृ.परि. पूर्वार्द्ध)

अक्षराम्भ-संस्कार में अनध्यायवाले दिवसों को भी वर्जित माना गया है। नारद के वचनानुसार तुला और मेष के विषुव में, हरिशयनी, देवोत्थानी, कार्तिक शुक्लपक्ष की द्वादशी तथा आषाढ़ शुक्लपक्ष की द्वादशी तिथियों में अध्ययन का निषेध किया गया है। विशेषतः प्रतिपदा, अष्टमी, चतुर्दशी, पूर्णिमा तथा अमावास्या तिथियों में अनध्याय रखना चाहिये-

सम्पूज्य वाग्विघ्नपविष्णुसिन्धुजाः सौम्यायने पञ्चमवत्सरे तिथौ।
तर्काग्निदिग्द्वीशशरेनसम्मिते वारे शुभानां विचरोत्तमोदये।।

क्षिप्रश्रवोऽदितिशिवानिलतक्षमैत्र पौष्णैर्लिपिग्रहणमुत्तममर्भकाणाम्।
पूर्वाश्विमूलमृगपञ्चकहस्तचित्रा कर्णत्रयेषु समरुत्सु गुरुज्ञभानाम्।।

तीक्ष्णद्युते श्वाह्नि तिथौ द्विबाणतर्कत्रिकाष्ठाशिवभानुतुल्ये।
धीधर्म्मकेन्द्रस्थशुभैरधीतिरुक्तोत्तमा नैधनशुद्धमूर्त्तौ।।

(ज्योतिषतत्त्वम्/अ.-17/51-53)

उत्तरायण में, पाँच वें वर्ष में, षष्ठी, तृतीया, दशमी, द्वितीया, एकादशी, पंचमी द्वादशी तिथि में शुभग्रहों के वार में चर लग्न रहित शुभग्रहों की राशि के लग्न में क्षिप्र (ह. अश्विनी. ति. अभि.) नक्षत्र, श्रवण, पुनर्वसु, आर्द्रा, स्वाती, चित्रा, अनुराधा तथा रेवती नक्षत्र में, सरस्वती, गणेश, विष्णु तथा लक्ष्मी को पूजकर 'बालकों का अक्षरारम्भ शुभ' होता है। तीनों पूर्वा, अश्विनी मूल, मृगशिरा, आर्द्रा, पुनर्वसु, पुष्य, आश्लेषा, हस्त, चित्रा, श्रवण, धनिष्ठा, शतभिषा और स्वाती में, बृहस्पति, बुध, शुक्र तथा रविवार में, द्वितीया, पंचमी, षष्ठी, तृतीया, दशमी, एकादशी और द्वादशी तिथि में, पंचम, नवम तथा केन्द्र में शुभग्रहों के होने पर एवं अष्टम शुद्ध लग्न में 'शिशुओं का विद्यारम्भ उत्तम' होता है।

विद्यारम्भविधिर्दिवैव शुभदोऽनध्यायरिक्तां बिना,
दस्रार्कत्रय सोमपंचक हरिक्रव्याद पूर्वत्रये।

शाखेशार्य कविज्ञसोमदिनकृद् वारेषु लग्नेऽचरे,
नो विद्याबुधसोमयोः परम तं शस्त्रं कुजेऽर्केऽभ्यसेत्।।

(पूर्वकालामृत/अ.-2/15)

अक्षरारम्भ व उपनयन के बाद विशेष विषय या विद्या का अध्ययन प्रारम्भ करने का कार्य दिन के समय, अनध्याय व रिक्ता तिथियों को छोड़कर करना चाहिए। विद्यारम्भ में अश्विनी, हस्त, चित्रा, स्वाती, मृगशिरा, आर्द्रा, पुनर्वसु, पुष्य, श्लेषा, श्रवण, मूल, तीनों पूर्वा ये चौदह नक्षत्र शुभ हैं। विद्यारम्भ के दिन शाखेश (वेदेश), बृहस्पति, शुक्र, बुध, सोम व रविवार हो तो उपयुक्त है। उस समय चर लग्न न हो तो शुभ है।

कुछ लोगों का मत है कि विद्यारम्भ सोमवार व बुधवार को नहीं करना चाहिए तथा रवि मंगलवार को शस्त्र विद्या, ऑपरेशन, युद्धविद्या आदि शुरू की जा सकती है। अन्य आचार्यों ने भरणी, कृत्तिका, मघा व तीनों उत्तरा इन पाँच नक्षत्रों को छोड़कर शेष सब नक्षत्र उचित कहे हैं तथा यही मत समीचीन भी है। श्रीपति ने शुभवारों में सोमवार को त्याज्य कहा है। किन्तु भोजराज न बुध व सोमवार को वर्जित कहा है।

विद्यारम्भे गुरुः शस्तो मध्यमौ भृगुभास्करौ।
मरणं शनिभौमाभ्यामविद्याबुधसोमयोः।। (भोज)

सोमवार को बहुमत से त्याज्य कहा गया है तथा यह श्रीपति द्वारा समर्थित भी है। पुनरपि ग्रन्थकार ने सोमवार को ग्रहण शुक्लपक्ष के बढ़ते चन्द्रमा में ही किया होगा। स्थिर द्विस्वभाव लग्न में लग्न शुद्धि अक्षरारम्भ की तरह या उपनयन की तरह ही होती है।

मृगात् कराच्छ्रुतेस्त्रयेऽश्विमूल पूर्विकात्रये
गुरुद्वयेऽर्कजीव वित्सितेऽह्नि षट्शरत्रिके।
शिवार्कदिग्द्विके तिथौ ध्रुवान्त्यमित्रभे परैः
शुभैरधीतिरुत्तमा त्रिकोण केन्द्रगैःस्मृता।।

(फलितप्रकाश/अ.-3/27)

मृगिशिरा से 3, हस्त से 3, श्रवण से 3, अ., मू., पूर्वा तीनों पुष्य, आ. इन 16 नक्षत्रों में सूर्य, बृहस्पति, बुध, शुक्रवारों में 6/5/3/11/12/10/2 इन शुभ तिथियों में ध्रुव रेवती त्रिकोण और केन्द्र में शुभग्रहों के रहने पर विद्यारम्भ कराना शुभ है।

पञ्चमेऽब्दे गणेशादीन् पूजयित्वोत्तरायणे।
लघुश्रोत्रानिलान्त्येशतक्षादितिसमित्रभे ।।

शिवार्कदिग्द्विषट्पञ्चत्रिसंख्ये च तिथौ दिने।
व्यार्किभौमे चरद्व्यंगे लग्ने सन् स्याल्लिपिग्रहः।।

(बृहज्ज्योतिषसार/अ.-/34-35)

पंचम वर्ष में उत्तरायण समय में 11, 12, 10, 2, 3, 5, 6 इन तिथियों में लघुसंज्ञक श्रवण स्वाति रेवती आर्द्रा चित्रा पुनर्वसु अनुराधा इन नक्षत्रों में मंगल शनि को छोड़कर शेष दिन में गणेश, विष्णु सरस्वती लक्ष्मी इष्ट देव आदि के पूजन करके प्रथम अक्षरारम्भ करना शुभ है।

मृगादिपञ्चके हस्तत्रिके विष्णुत्रिकाश्विभे।
मैत्रान्त्यमूलपूर्वासु विद्यारम्भः शुभे दिने।।

(बृहज्ज्योतिषसार/अ.-/36)

मृगशिरा आर्द्रा पुनर्वसु पुष्य आश्लेषा, हस्त, चित्रा, स्वाती, श्रवण, धनिष्ठा, शतभिषा, अश्विनी, अनुराधा, मूल, तीनों पूर्वा इन नक्षत्रों में, रवि सोम बुध बृहस्पति शुक्र इन दिनों में विद्यारम्भ शुभ है।

बालानां शुभवासरेऽह्नि निधने शुद्धेऽक्षर स्वीकृतिः,
कार्या पंचमवत्सरे प्रतिपदं रिक्ताष्टमी षष्ठ्यमाः।
हित्वा पूष्णि चरे स्थिरेऽचरगृहे व्यक्ते गुरौ भार्गवे,
मित्रान्त्याद्यरवित्रयादिति गुरु श्रोणासु सौम्यायने।।

(पूर्वकालामृत/अ.-2/14)

पांचवें वर्ष में, शुभ वार में (सोमवार रहित) दिन के समय, अष्टम भाव ग्रहरहित लग्न में, शिशु को अक्षरारम्भ करवाना चाहिए। अर्थात् भाषा व लिपि के बोध कराने हेतु शिक्षा आरम्भ करनी चाहिए।

1, 4, 9, 14, 8, 6, 30 तिथियों के अतिरिक्त तिथियों में, उत्तरायण में, चर व स्थिर राशि में सूर्य रहने पर, चर लग्न को छोड़कर, शेष शुभ लग्न में, बृहस्पति व शुक्र उदित हों तब अक्षरारम्भ करें। इसमें अनुराधा, रेवती, अश्विनी, हस्त, चित्रा, स्वाती, पुनर्वसु, पुष्य, श्रवण नक्षत्र शुभ हैं।

श्रीगणेश, लक्ष्मी, विष्णु व सरस्वती की पूजा करके 2, 3, 5, 10, 11, 12 तिथियों में अक्षरारम्भ करें। ऊपर श्लोक में सामान्यतः निषिद्ध तिथियों की सूची दी है। लेकिन षष्ठी, पूर्णिमा, क्षीण चन्द्र तिथियां, पर्व तिथियां आदि सामान्य नियम से निषिद्ध हैं। अनध्याय तिथियां भी निषिद्ध हैं। अतः ग्राह्य तिथियां व्याख्या में दी गई हैं। नक्षत्रों की सूची में कुछ कम नक्षत्र दिए गए हैं। अक्षरारम्भ संस्कार यज्ञोपवीत से पहले ही हो जाता है।

श्लोक में **'पूष्णि चरे स्थिरे'** का अर्थ अस्पष्ट व असंगत है। उत्तरायण कहने से ही मकर, कुम्भ, मीन, वृष, मिथुन मासों का ग्रहण होता है। इनमें से कुम्भ का सूर्य सर्वसम्मत नहीं है। तब सब चर व स्थिरों को क्यों कहा? मार्कण्डेय के मत से मार्गशीर्षादि मास ग्राह्य हैं। पुनश्च उत्तरायण वाला मत सर्वसम्मत है। इस श्लोकांश का अर्थ है कि सूर्य द्विस्वभाव राशि अर्थात् मीन व मिथुन में न हो। जबकि अक्षरारम्भ में मास विचार इस प्रकार से किसी ने भी नहीं किया है। सामान्यतः सारा उत्तरायण ही ग्राह्य होता है। गर्ग के मत से यज्ञोपवीतवत् मुख्य बातों का विचार होता है। अतः शुभयोगों, शुभवार लेकिन सोमवार रहित, उत्तरायण, शुभग्रहों के स्थिर

व द्विस्वभाव लग्न में, लग्नशुद्धिपूर्वक, बृहस्पति, बुध, शुक्र के बली रहने पर अक्षरारम्भ करना चाहिए। अन्यथा श्लोक के विषय को उलझा ही दिया गया है, या पाठ त्रुटित है।

गणेशविष्णुवाग्रमाः प्रपूज्य पञ्चमाब्दके,
तिथौ शिवार्कदिग्दिषट्शरत्रिके रवावुदक्।
लघुश्रवोनिलान्त्यभादितीशतक्ष मित्रभे,
चरो न सत्तनोशिंशोर्लिपिग्रहः सतां दिने।।

(फलितप्रकाश/अ.-3/26)

शिशु के जन्म से पंचम वर्ष में गणेश, विष्णु, शारदा, लक्ष्मी इन सब देवों की पूजा कर 11, 12, 2, 6, 5, 3, इन तिथियों में उत्तरायण सूर्य में लघु, श्रवण, स्वाति, रेवती, पुनर्वसु, आ., चित्रा, अनुराधा—इन नक्षत्रों में और चरराशि इन राशि को छोड़कर शुभग्रह की राशि में शुभदिन में शिशुओं को प्रथम अक्षरारम्भ कराना श्रेष्ठ है।

विधि

सबसे पहले शिशु को उबटन लगाकर स्नान कराना चाहिये। श्वेतवस्त्र धारण कराकर शिशु से अक्षतों के ऊपर स्थापित गणेश, हरि-लक्ष्मी, सरस्वती की अर्चना कराये। इन देवताओं के नाम से घृताहुतियाँ दिलाये। यथाशक्ति दक्षिणा देकर ब्राह्मणों की पूजा करे। इसके पश्चात् अक्षरारम्भ करानेवाला गुरु पूर्वाभिमुख बैठकर पश्चिमाभिमुख शिशु को अक्षर लेखन सिखाये। संस्कारप्रकाश के वचनानुसार शिशु ब्राह्मणों की पूजा करने के पश्चात् गुरुजनों की भी अभ्यर्थना करे।

लोक में यह अक्षराम्भ-संस्कार पाटीपूजन के नाम से प्रसिद्ध है। मध्यप्रदेश तथा राजस्थान में पाटीपूजन के प्रारम्भ में शिशु से कहलवाते हैं '**ॐ नमः सिद्धम्।**' इस संस्कार से युक्त बालक मेधावी तथा विद्यानिष्णात बनते हैं।

1.12 केशान्त संस्कार

वेदारम्भ संस्कार में ब्रह्मचारी गुरुकुल में वेदों का स्वाध्याय तथा अध्ययन करता है। उस समय वह ब्रह्मचर्य का पूर्ण पालन करता है तथा उसके लिये केश और श्मश्रु (दाढ़ी), मौञ्जी-मेखलादि धारण करने का विधान है। जब विद्याध्ययन पूर्ण हो जाता है, तब गुरुकुल में ही केशान्त संस्कार सम्पन्न होता है। इस संस्कार में भी आरम्भ में सभी संस्कारों की तरह गणेशादि देवों का पूजन कर तथा यज्ञादि के सभी अंगभूत कर्मों का सम्पादन करना पड़ता है। तदनन्तर श्मश्रु-वपन (दाढ़ी बनाने) की क्रिया सम्पन्न की जाती है, इसलिये यह श्मश्रु-संस्कार भी कहलाता है।

'केशानाम् अन्तः समीपस्थितः श्मश्रुभाग इति व्युत्पत्त्या केशान्तशब्देन श्मश्रूणामभिधानात् श्मश्रुसंस्कार एव

केशान्तशब्देन प्रतिपाद्यते। अत एवाश्वलायनेनापि 'श्मश्रूणीहोन्दति'। इति श्मश्रूणां संस्कार एवात्रोपदिष्टः।'

(संस्कारदीपक भाग 2, पृ. 342)

पूर्वोक्त विवरण में यह स्पष्ट किया गया है कि केशान्त शब्द से श्मश्रु (दाढ़ी) का ही ग्रहण होता है, अतः मुख्यतः श्मश्रु-संस्कार ही केशान्त संस्कार है। इसे गोदान संस्कार भी कहा जाता है; क्योंकि 'गौ' यह नाम केश (बालों) का भी है और केशों का अन्तभाग अर्थात् समीपस्थित श्मश्रुभाग ही कहलाता है :

'गावो लोमानि केशा दीयन्ते खण्ड्यन्तेऽस्मिन्निति व्युत्पत्त्या गोदानं नाम ब्राह्मणादीनां षोडशादिषु वर्षेषु कर्तव्यं केशान्ताख्यं कर्मोच्यते'।

(रघुवंश 3/33 पद्य की मल्लिनाथव्याख्या)

'गौ अर्थात् लोम-केश जिसमें काट दिये जाते हैं, इस व्युत्पत्ति के अनुसार 'गोदान' पद यहाँ ब्राह्मण आदि वर्णों के सोलहवें वर्ष में करने योग्य केशान्त नामक कर्म का वाचक है।'

यह संस्कार केवल उत्तरायण में किया जाता है तथा प्रायः षोडश वर्ष में होता है।

1.13 समावर्तन संस्कार

समावर्तन विद्याध्ययन का अन्तिम संस्कार है। विद्याध्ययन पूर्ण हो जाने के अनन्तर स्नातक ब्रह्मचारी अपने पूज्य गुरु की आज्ञा पाकर अपने घर में समावर्तित होता है–लौटता है। इसीलिये इसे समावर्तन संस्कार कहा जाता है। गृहस्थ जीवन में प्रवेश पाने का अधिकारी हो जाना समावर्तन संस्कार का फल है। वेद-मन्त्रों से अभिमन्त्रित जल से भरे हुए 8 कलशों से विशेष विधिपूर्वक ब्रह्मचारी को स्नान कराया जाता है, इसलिये यह वेदस्नान संस्कार भी कहलाता है।

समावर्तन संस्कार की वास्तविक विधि के सम्बन्ध में आश्वलायन-स्मृति के 14वें अध्याय में पांच प्रामाणिक श्लोक मिलते हैं, जिनके अनुसार केशान्त संस्कार के बाद विधिपूर्वक स्नान के अनन्तर वह ब्रह्मचारी वेदविद्याव्रत स्नातक कहलाता है। उसे अग्निस्थापन, परिसमूहन तथा पर्युक्षण आदि अग्निसंस्कार कर ऋग्वेद के दसवें मण्डल के 128वें सूक्त की सभी नवों ऋचाओं से समिधा का हवन करना चाहिये। फिर गुरुदक्षिणा देकर, गुरु के चरणों का स्मरण कर, उनकी आज्ञा ले स्विष्टकृत् होम के अनन्तर निम्न मन्त्र द्वारा वरुणदेव से मौञ्जी-मेखला आदि के त्याग की कामना करते हुए प्रार्थना करनी चाहिए :

'उदुत्तमं मुमुग्धि नो वि पाशं मध्यमं चृत। अवाधमानि जीवसे।।'

(ऋग्वेद 1/25/21)

इसका भाव है–'हे वरुणदेव! आप हमारे कटि एवं ऊर्ध्वभाग के मौञ्जी, उपवीत एवं मेखला को हटाकर सूत की मेखला तथा उपवीत पहनने की आज्ञा दें और निर्विघ्न अग्रिम जीवन का विधान करें।'

इसके बाद गुरुजन घर आते समय उसे लोक-परलोक-हितकारी एवं जीवनोपयोगी शिक्षा देते हैं—'सत्य बोलना। धर्म का आचरण करना। स्वाध्याय में प्रमाद न करना। आचार्य के लिये प्रिय धन लाकर देना। संतान-परम्परा का उच्छेद न करना। सत्य में प्रमाद न करना। कुशल कर्मों में प्रमाद न करना। ऐश्वर्य देने वाले कर्मों में प्रमाद न करना। स्वाध्याय और प्रवचन में प्रमाद न करना। देवकार्यों और पितृकार्यों में प्रमाद नहीं करना। माता-पिता, आचार्य तथा अतिथि को देवता मानने वाले होना। जो अनिन्द्य कर्म हैं, उन्हीं की ओर प्रवृत्ति होनी चाहिये, अन्य कर्मों की ओर नहीं। हमारे जो शुभ आचरण हैं, तुम्हें उन्हीं का आचरण करना चाहिये, दूसरों का नहीं।'

जो हमारी अपेक्षा भी श्रेष्ठ ब्राह्मण हैं, उनका आसनादि के द्वारा तुम्हें आश्वासन (आदर) करना चाहिये। श्रद्धापूर्वक दान देना चाहिये। अश्रद्धापूर्वक नहीं देना चाहिय। अपने ऐश्वर्य के अनुसार देना चाहिये। लज्जापूर्वक देना चाहिये। भय मानते हुए देना चाहिये। मित्रतापूर्वक देना चाहिये। यदि तुम्हें कर्म या आचरण के विषय में कोई संदेह उत्पन्न हो जाय तो वहाँ जो विचारशील, कर्म में स्वेच्छा से भलीभाँति लगे रहने वाले धर्ममति ब्राह्मण हों, उस विषय में वे जैसा व्यवहार करते हों, वैसा तुम्हें भी करना चाहिये।

इसी प्रकार जिन पर संशययुक्त दोषारोपण किया गया हो, उनके विषय में भी वहाँ जो विचारशील, स्वेच्छा से कर्म परायण, सरल हृदय, धर्माभिलाषी ब्राह्मण हों, वे जैसा व्यवहार करें, वैसा तुम्हें भी करना चाहिये। यह आदेश है, यह उपदेश है, यह वेद का रहस्य और ईश्वर की आज्ञा है। इसी प्रकार तुम्हें उपासना करनी चाहिये। ऐसा ही आचरण करना चाहिये।

इस उपदेश प्राप्ति के अनन्तर स्नातक को पुनः गुरु को प्रणाम कर मौञ्जी-मेखला आदि का परित्याग करके गुरु से विवाह की आज्ञा लेकर अपने माता-पिता के पास आना चाहिये और माता-पिता आदि अभिभावकों को उस वेदविद्याव्रत स्नातक के घर आने पर मांगलिक वस्त्राभूषणों से अलंकृत कर मधुपर्क आदि से उसका स्वागत-सत्कारपूर्वक अर्चन करना चाहिये।

1.14 विवाह संस्कार

परस्पर तपस्सम्पत्फलायितपरस्परौ ।
प्रपञ्चमातापितरौ आद्यौ जायापती स्तुमः ।।

मनुष्य के लिये धर्माचरणपूर्वक जीवन बिताकर परम लक्ष्य—परमतत्त्व को प्राप्त करने में अपनी स्थिति के अनुसार चार आश्रमों की आवश्यकता बतलायी गयी है। ये चार आश्रम—ब्रह्मचर्य, गृहस्थ, वानप्रस्थ और संन्यास हैं। हर एक आश्रम भगवत्प्राप्ति में सहायक होता है। ब्रह्मचर्य में विद्या सीखनी है। सीखी हुई विद्या की अनुभूति और पितृ-ऋण-विमोचनार्थ संतति-प्राप्ति गृहस्थाश्रम में करनी है। वानप्रस्थ में भगवच्चिन्तन करते-करते मन के सारे वेगों को नष्ट कर तीव्र वैराग्य प्राप्त करना है और संन्यास में आत्मस्वरूप को जानकर परमानन्द-सागर में विलीन होना है।

आजकल लोग उपनयन और विवाह को केवल एक उत्सव मान बैठे हैं। उन संस्कारों

का तात्पर्य बहुत-से लोग नहीं समझते। गृहस्थाश्रम को तो विषय-सुख का साधन-मात्र समझते हैं और उस सुख में अन्तर पड़ने पर परस्पर परित्याग तक करने को तैयार हो जाते हैं। इस स्थिति में किसी को भी शान्ति नहीं मिल सकती और जीवन विषमय एवं अधर्ममय होने से जन्मान्तर में भी वे सुख-प्राप्ति नहीं कर पायेंगे।

श्री वाल्मीकीय रामायण में सीताजी के विवाह के अवसर पर श्रीजनक जी कहते हैं—

इयं सीता मम सुता सहधर्मचरी तव।।
प्रतीच्छ चैनां भद्रं ते पाणिं गृह्णीष्व पाणिना।
पतिव्रता महाभागा छायेवानुगता सदा।।

(बालकाण्ड 73/26-27)

'यह मेरी बेटी सीता तुम्हारी सहधर्मचरी है। 'सहधर्मचरी' शब्द से यह भाव प्रतीत होता है कि आजतक तुम अकेले धर्म कर रहे थे। अब से तुम्हारे धर्मकार्यों में मेरी पुत्री सीता सहकार देने वाली हो गयी है, इससे तुम्हारे धर्मकार्य सुचारु रूप से सरस सम्पन्न होंगे।'

बहुत-से धर्मकार्य—जैसे अतिथि-सत्कार, भगवत्पूजा, घर के बड़े लोगों की सेवा इत्यादि अकेले नहीं किये जा सकते। उनमें दूसरों की सहायता की आवश्यकता होती है। इन धर्मों के निर्वाह के उद्देश्य से ही विवाह करना है, विषय-सुख विवाह का उद्देश्य नहीं होना चाहिये। वह तो अपने-आप ही मिल जायगा। हम आम का पेड़ लगाते हैं फल की इच्छा से, किन्तु छाया और सुगन्ध भी अपने-आप मिल ही जाती है। वैसे ही धर्माचरण करने वाले को अर्थ-काम अपने-आप मिलेंगे। महाकवि कालिदास ने गृहस्थाश्रम को सर्वोपकारक्षम आश्रम कहा है। शेष तीनों आश्रम गृहस्थ का सहारा लेकर ही पनपते हैं। अतः इस आश्रम में आने वालों के लिये दूसरों का परिपालन करना ही धर्म है। इसी में इसका महत्त्व है।

विवाह एक संस्कार है। संस्कार का अर्थ है—दोषों का नाश करने वाला और गुणों को जन्म देने वाला कर्म। विवाह-संस्कार से आत्मा की उन्नति होती है। इस संस्कार के द्वारा पति-पत्नी में उत्पन्न होने वाला प्रेम पवित्र होता है। संतान धर्मनिष्ठ बनती है। इस संस्कार से बँधे हुए पति और पत्नी धर्म, अर्थ और कामरूपी पुरुषार्थों में मर्यादा का कभी भी अतिक्रमण नहीं कर पाते। विवाह के समय अग्नि देवता के समक्ष मन्त्रोच्चारणपूर्वक वे कहते हैं कि 'हम दोनों का हृदय एक है। हम धर्मार्थकाम में कभी मर्यादा का अतिक्रमण नहीं करेंगे।' इस पवित्र संस्कार से बँध ेहुए पति-पत्नी दोनों धर्मानुष्ठान करते हुए भगवान् की कृपा के पात्र बन सकते हैं—

प्रेयो मित्रं बन्धुता वा समग्रा, सर्वे कामाः सम्पदो जीवितं च।
स्त्रीणां भर्ता धर्मदारश्च पुंसामित्यन्योन्यं वत्सयोर्ज्ञातमस्तु।।

वर और वधू समझ लें कि सुख, मित्र, सारे बन्धुवर्ग, सारी कामनाएँ, सम्पदाएँ और जीवन भी वर के लिये वधू और वधू के लिये वर ही है।

आर्यों ने पवित्र, सरल, स्थिर और सुखमय जीवनयापन के उद्देश्य से मानव और मानवी के लिये अपने जीवन को संयम, सदाचार, त्याग, तप, सेवा, शान्ति एवं धर्म आदि अनेक कल्याण-

गुणों से परिष्कृत करने एवं अविनय, कदाचार तथा विलासिता आदि दुर्गुणों से दूर रहने के लिये 'विवाह संस्कार' को आवश्यकतम माना है। उनके विज्ञान में इस पवित्रतम संस्कार के बिना इन आवश्यक कल्याण-गुणों का विकास एवं दुर्गुणों का उच्छेद दुःशक्य ही नहीं, अपितु असम्भव है।

इस संस्कार का प्रथम रूप से उल्लेख विश्व के सर्वप्रथम ग्रन्थ ऋग्वेद में सूर्या और सोम के विवाहरूप में उपलब्ध होता है। विवाह-संस्कार की आवश्यकता एवं 'विवाह' शब्द के अर्थ का भी प्रथमरूप से उल्लेख ऋग्वेद के ब्राह्मणग्रन्थ 'ऐतरेय' में पृथिवी और सूर्य के विवाहरूप में हुआ है।

विवाह संस्कार की आवश्यकता का आकलन करते हुए इतरा के पुत्र महीदास ने रहस्य का वर्णन करते हुए कहा है कि विश्व में जब तक पृथ्वी और सूर्य विवाह संस्कार से संस्कृत होकर परस्पर संयत नहीं हुए थे, तब तक परस्पर अपूर्ण होने के कारण दोनों ही 'नावर्षन्न समतपत्' न तो सूर्य वर्षा करने में समर्थ हो सके और न पृथ्वी ही औषण्य प्रदान करने में समर्थ हो सकी। इससे देव-मनुष्यादि पांच प्रकार की प्रजाएं निश्चेष्ट और निश्चेतन होकर उच्छिन्न होने लगीं। इस आपत्ति से त्राण पाने के लिये देवों की प्रार्थना पर विश्व कल्याण के लिये सूर्य और पृथ्वी 'तौ संयन्तौ एतं देवविवाहं व्यवहेताम्' विवाह संस्कार से संस्कृत हो गये। इससे दोनों की शक्तियों का परस्पर में विवहन (सम्मेलन) हो गया, जिससे पृथ्वी 'रथन्तर' शक्ति से सूर्यकिरणों में ताप (औषण्य) पहुंचाने लगी। सूर्य बृहत् शक्ति से वर्षाद्वारा पृथ्वी का प्रीणन करने लगा। दोनों के इस दाम्पत्य भाव से विश्व सुखी, शान्त और समृद्ध होकर प्रकाशित होने लगा।

वेद-भाष्यकार सर्वश्री सायणाचार्य जी ने ऐतरेय ब्राह्मण का भाष्य करते हुए विवाह शब्द की निरुक्ति इस प्रकार की है - **'तदिदं विपर्यासेन सम्बन्धनयनं विवाहम्'** परस्पर विरुद्ध-स्वभाव दो मौलिक शक्तियों का विश्व कल्याण के उद्देश्य से अन्योन्य-सम्बन्ध-स्थापन विवाह है। ऋषि का तो यहां तक आवेदन है कि इस संस्कार से संस्कृत होकर ही स्वयं प्रजापति भी वेद, लोक, प्रजा और धर्म—इन चार सृष्टियों के सर्जन में समर्थ हो सके हैं।

आर्य विवाह संस्कार के लक्षण, उद्देश्य और रहस्य ही इसकी महत्ता को प्रकट कर रहे हैं। वैदिक ब्राह्मण ग्रन्थों में पदे-पदे कहा गया है कि **'देवानुकारा वै मनुष्याः'** आर्यों की आचार संहिता प्राकृत आचार संहिता पर अवलंबित है। अतः आर्यों का विवाह संस्कार भी निसर्ग के नियमों और रहस्यों पर अवलंबित है, यह उसके लक्षणों से ही स्पष्ट हो रहा है।

उद्देश्य

1. विवाह संस्कार वह संस्कार है, जिससे संस्कृत होकर मानव विशेषतः आर्य वर्ग वेद, लोक और धर्म—इन भावों की कृतकृत्यता संपादन करने में समर्थ होता है। बिना विवाह संस्कार के न तो इसे वेदमूलक यज्ञधर्म का ही अधिकार है, न लोक प्रतिष्ठा ही है, न जन-समृद्धि है और धर्मसंग्रह ही है।

2. जिस संस्कार के बल से मानव अपने अध्यात्म प्रपंच को अधिभूत प्रपंच के द्वारा अधिदैवत प्रपंच के साथ संयुक्त करने में समर्थ होते हैं—वही संस्कार विवाह संस्कार है।

यजुर्वेद के शतपथ ब्राह्मणग्रन्थ में भगवान् याज्ञवल्क्य का विज्ञान है कि बिना विवाह संस्कार के मानव अर्धेन्द्र अर्थात् अपूर्ण है। पूर्ण पुरुष प्रजापति के साथ सायुज्य प्राप्ति करने के लिये इसकी अर्धेन्द्रता की पूर्णेन्द्रता में परिणति आवश्यक है। अर्धेन्द्र पुरुष की वह पूर्ण एक पत्नी के संयोग पर ही निर्भर है। यही पत्नी इसके अर्धांश को पूर्ण करती है; इसे पूर्ण पुरुष के समकक्ष बनाती है। इन सब प्रकृतिसिद्ध कारणों से ही आर्यों ने इस संस्कार को आवश्यकतम माना है।

पुरुष अथवा स्त्री अपूर्ण इसलिये हैं कि विषुवत् वृत्त का आधा दृश्यभाग ही पुरुष में आता है, अदृश्य आधा भाग स्त्री का उत्पादक बनता है। पूरे विषुवत् वृत्त में 90-90-90-90 इस क्रम से चार पाद हैं। इसलिये संवत्सर प्रजापति भी चतुष्पाद है। इसके दो पाद अग्नि प्रधान हैं तथा दो पाद सोमप्रधान हैं। अतएव अग्निप्रधान पुरुष भी द्विपाद है और सोमप्रधाना स्त्री भी द्विपदा है। जब तक चारों मिल नहीं जाते, तब तक इसमें चतुष्पाद ब्रह्म की पूर्णता नहीं आती।

खगोल (संवत्सर) का सूर्यप्रधान आधा दृश्यभाग बाह्य संस्था से सम्बन्ध रखता है। अतएव तत्प्रधान पुरुष बाह्य संस्था का संचालक माना गया है। रात्रिप्रधान आधे अदृश्यभाग का अभ्यन्तर संस्था से सम्बन्ध है। अतएव सोमप्रधाना स्त्री घर की प्रतिष्ठा है। गृह संस्था का संचालन एकमात्र स्त्री पर ही अवलंबित है। सीमानुगता होने से लज्जा, शील, विनय, सेवा, त्याग एवं पतिवर्त्यानुगता आदि इसके नैसर्गिक धर्म हैं। सौम्यध र्मानुगता स्त्री एवं उग्रकर्मानुगत पुरुष दोनों जब तक विवाहसूत्र में सीमित नहीं हो जाते, तब तक दोनों ही अर्धेन्द्र हैं, अपूर्ण हैं।

3. जिस संस्कार से संस्कृत होने पर शरीरों के पृथक्-पृथक् रहने पर भी संस्कृत दो व्यक्तियों का आत्मा एक बन जाता है, वही संस्कार विवाह संस्कार है। अतएव लोकान्तर में भी इस दाम्पत्य भाव का प्रवाह प्रवाहित रहता है।

स्थूल दृष्टि अबुद्ध मानवों के ज्ञान की तो कुछ कीमत नहीं है। उनकी दृष्टि में तो विवाह एक लौकिक कर्म है, वैषयिक तृप्ति का साधनमात्र है, परंतु एक प्रबुद्ध मानव की दृष्टि में तो विवाह एक अलौकिक सम्बन्ध ही है। उनकी दृष्टि में विवाह एक ऐसा धार्मिक सम्बन्ध (संस्कार) है, जो कभी किसी भी उपाय से विच्छिन्न नहीं किया जा सकता।

4. जिस संस्कार के बल से मानव मानवीमात्र में निसर्गतः प्रवृत्त अपने राग को एक मानवी में और मानवी मानवमात्र में निसर्गतः प्रवृत्त अपने राग को एक मानव में संयत (नियंत्रित) करने में समर्थ हो सके, वही संस्कार विवाह संस्कार है।

शतपर्थ में महर्षि याज्ञवल्क्य का विज्ञान है कि एक ही तत्व स्त्री-पुरुषरूप दो भागों में विभक्त हो गया, अतः इनमें परस्पर आकर्षण निसर्गजन्य है। सर्वतः प्रवृत्त इस राग को एक में नियंत्रित करना आवश्यक है। इसका सर्वोत्तम और सरल उपाय विवाह संस्कार ही है।

5. जिस संस्कार के बल से लौकिक राग को दिव्य राग (भक्ति) में परिणत किया जा सकता

है, वही दिव्य संस्कार विवाह संस्कार है। लौकिक प्रेम ही आसक्ति है, अलौकिक प्रेम ही भक्ति है। लौकिक आसक्ति ही संसार है। ईश्वर में आसक्ति ही भक्ति है। भक्ति ही मुक्ति है। लौकिक आसक्ति का तिरोभाव एवं अलौकिक आसक्ति का आविर्भाव ब्रह्मचर्य, संयम, सेवा और सदाचार आदि दिव्य गुणों से ही सम्भव है। इन दिव्य गुणों के उत्पादन में विवाह ही सहकारी माना गया है। अतः विवाह संस्कार को भी महर्षि वात्स्यायन मुक्ति का परम्परया कारण मानते हैं। उनका आदेश है :

तदेतद् ब्रह्मचर्येण परेण च समाधिना।
विहितो लोकयात्रार्थं न रागार्थोऽस्य संविधिः।।
एवमर्थं च कामं च धर्मं चोपाचरन्नरः।
इहामुत्र च निःशल्यमत्यन्तं सुखमश्नुते।।

नियंत्रित काम का सेवन भगवदुपासना है। यह गीता और ऐतरेय ब्राह्मण दोनों का आदेश है।

6. जिस संस्कार से संस्कृत होकर मानव-मानवी व्यक्ति-स्वातन्त्र्य, उसके द्वारा कुटुम्ब-स्वातन्त्र्य, उसके द्वारा समाज-स्वातन्त्र्य, उसके द्वारा राष्ट्र-स्वातन्त्र्य और उसके विश्व-स्वातन्त्र्य की रक्षा करने में समर्थ हो सकते हैं, वही विश्व-रक्षक संस्कार विवाह संस्कार है।

तन्त्र शब्द का अर्थ वेदों में मर्यादा है। अपनी-अपनी नैसर्गिक मर्यादा ही अपना-अपना स्वातन्त्र्य है। उच्छृंखलता ही पारतन्त्र्य है। अतः व्यक्तिगत स्वातन्त्र्य का अर्थ हुआ व्यक्ति-मर्यादा। अनुशासन (धर्म), विनय, विद्या, सरलता, त्याग, तप, सेवावृत्ति एवं जितेन्द्रियता आदि ही व्यक्ति-स्वातन्त्र्य हैं। इस प्रकार का स्वतन्त्र व्यक्ति ही राष्ट्ररक्षा और विश्वरक्षा में सहयोगी बन सकता है। व्यक्ति-स्वातन्त्र्य (मर्यादित जीवन) का विवाह संस्कार मूल है। जैसाकि कहा गया है -

रक्षन् धर्मार्थकामानां स्थितिं स्वां लोकवर्तिनीम्।
अस्य शास्त्रस्य तत्त्वज्ञो भवत्येव जितेन्द्रियः।।

—जितेन्द्रियता ही व्यक्ति-स्वातन्त्र्य है।

7. जिस संस्कार से संस्कृत मानव तीन ऋणों से छुटकारा पाने का अधिकारी हो जाता है, वही संस्कार विवाह संस्कार है।

मानवमात्र जन्मना ही देव-ऋण, पितृ-ऋण एवं मनुष्य-ऋण—इन तीन ऋणों से ऋणी रहता है। इनको हटाये बिना इसका कल्याण संभव नहीं है। इन तीनों ऋणों का क्रमशः यज्ञ, प्रजोत्पत्ति और अतिथि-सत्कार से निराकरण होता है। अतः प्रत्येक दशा में विवाह संस्कार आवश्यक हो जाता है।

1.15 त्रेताग्निसंग्रह संस्कार

'स्मार्तं वैवाहिके वह्नौ श्रौतं वैतानिकाग्निषु।'

(व्यासस्मृति, 2/17)

स्मार्त या पाकयज्ञ संस्था के सभी कर्म वैवाहिक अग्नि में हविर्यज्ञ एवं सोमयज्ञ संस्था के सभी श्रौत-कर्मानुष्ठानादि कर्म वैतानाग्नि (श्रौताग्नि-त्रेताग्नि) में सम्पादित होते हैं।

इससे पूर्व विवाहाग्नि परिग्रह संस्कार के परिचय में यह स्पष्ट किया गया है कि विवाह में घर में लायी गयी आवसथ्य अग्नि प्रतिष्ठित की जाती है और उसी में स्मार्त कर्म आदि अनुष्ठान किये जाते हैं। उस स्थापित अग्नि से अतिरिक्त तीन अग्नियों (दक्षिणाग्नि, गार्हपत्य तथा आवहनीय) की स्थापना तथा उनकी रक्षा आदि का विधान भी शास्त्रों में निर्दिष्ट है। ये तीन अग्नियाँ त्रेताग्नि कहलाती हैं, जिसमें श्रौतकर्म सम्पादित होते हैं।

भगवान् श्रीराम जब लंका-विजय कर देवी सीता के साथ पुष्पक विमान से वापस लौट रहे थे, तब उन्होंने मलयाचल के ऊपर से आते समय सीता को अगस्त्य जी के आश्रम का परिचय देते हुए बताया कि यह अगस्त्य मुनि का आश्रम है, जहाँ के त्रेताग्नि में सम्पादित यज्ञों के सुगन्धित धुएं को सूँघकर मैं अपने को सभी पाप-तापों से मुक्त अनुभव कर रहा हूँ।

1.16 अन्त्येष्टि संस्कार

कुछ आचार्यों ने मृत-शरीर की अन्त्येष्टि क्रिया को भी एक संस्कार माना है, जिसे पितृमेध, अन्त्यकर्म, अन्त्येष्टि अथवा श्मशानकर्म आदि नामों से भी कहा गया है। शास्त्रों में इस क्रिया से सम्बद्ध सभी विषयों का वर्णन है तथा यह क्रिया अत्यन्त महत्व की है। यहाँ इसका संक्षेप में विवरण दिया जा रहा है, परन्तु इसके पूर्व मृत्यु से पूर्व (मरणासन्न अवस्था में) किये जाने वाले कार्यों का निरूपण करना भी आवश्यक है–

गोबर, जल से भूमि को लीप कर, कुशाओं से ढक दे और काले तिलों को फैला दे। उस भूमि पर मरने वाले को उत्तर की ओर सिर करके सीधा-चित्त करके लिटा दे। तुलसीपत्रसहित गंगाजल धीरे-धीरे मुख में डाले। यथाशक्ति आतुरकालीन दान तथा दीपदान कराया जाना चाहिये। उपस्थित सभी मनुष्य हरिस्मरण और हरिनाम संकीर्तन करें–

'गोमयोदकेन भूमिमुपलिप्य, कुशैराच्छाद्य, कृष्णतिलान् विकीर्य, उत्तराशाशिरस्कं, भूमौ उत्तानशायिनं महाप्रयाणपथिकं विदध्यात्। शनैः गङ्गोदकं सतुलसीदलमाचामयेत्। यथाशक्ति आतुरदानं दीपदानं च कारयेत्। समुपस्थिताः हरिस्मरणं हरिनामकीर्तनं च कुर्युः।'

इस संस्कार में मुख्यतः संस्कृत अग्नि से दाहक्रिया से लेकर द्वादशाह तक के कर्म सम्पन्न किये जाते हैं। मृत व्यक्ति के शरीर को स्नान कराकर, वस्त्रों से आच्छादित कर, तुलसी-स्वर्ण

आदि पवित्र पदार्थों को अर्पित कर, शिखासूत्र-सहित उत्तर की ओर सिर करके चिता में स्थापित करना चाहिये और फिर औरस पुत्र अथवा सपिण्डी या सगोत्री व्यक्ति सुसंस्कृत अग्नि से मन्त्रसहित चिता में अग्नि दे। अग्नि देने वाले व्यक्ति को बारहवें दिन तक सपिण्डनपर्यन्त सारे कर्म करने चाहिये। तीसरे दिन अस्थि संचयन करके, दसवें दिन दशाह कर तिलांजलि देनी चाहिये। दस दिन तक अशौच रहता है, उसमें कोई नैमित्तिक कार्य नहीं करने चाहिये।

अन्त्येष्टि-क्रिया के रहस्य पर कुछ संक्षिप्त विचार इस प्रकार हैं—भृत्यु के अनन्तर मृत शरीर को अग्नि प्रदान करके वैदिक मन्त्रों द्वारा दाह क्रिया सम्पन्न की जाती है। वर्ण और आश्रम के अनुसार दशगात्र-विधान, षोडश श्राद्ध, सपिण्डीकरण आदि क्रियाएं भी इसी संस्कार के अन्तर्गत हैं। पाँच कर्मेन्द्रिय, पाँच ज्ञानेन्द्रिय, पाँच प्राणवायु, मन और बुद्धि—इन सत्रह वस्तुओं का सूक्ष्म शरीर लेकर जीव स्वकर्मानुसार षाट्कौशिक स्थूल शरीर में प्रवेश करता है। वहीं प्रारब्ध को समाप्त कर जब उपर्युक्त सत्रह वस्तुओं को लेकर स्थूल शरीर से वह निकलता है, उस समय जीव को सूक्ष्म शरीर के रक्षार्थ एवं वायवीय शरीर मिलता है। इसी से वह अपने कर्मानुसार कृष्ण या शुक्ल गति को प्राप्त होता है। षाट्कौशिक स्थूल शरीर से निकलते ही तत्काल वह वायवीय शरीर को ग्रहण करता है। इसी समय जीव की प्रेत-संज्ञा पड़ती है अर्थात् वह अधिक चलने वाला और हलका जीव बन जाता है। स्थूल शरीर में अधिक समय तक निवास होने के कारण शरीर के साथ उसका विशेष अभिनिवेश हो जाता है। अतएव जीव बारंबार वायुप्रधान शरीर के द्वारा पूर्वशरीर के सूक्ष्मावयवों (परमाणुओं) की तरफ रहने की चेष्टा करता रहता है। इसलिये इसी प्रेतत्व से मुक्ति के लिये दशगात्रादि श्राद्ध क्रियायें शास्त्रों में बतलायी गयी हैं। मूर्ख, विद्वान् सभी के लिये **'प्रेतत्वविमुक्तिकामः'** ऐसा श्राद्ध-प्रकरण में पढ़ा जाता है। मृतक की वासना जमीन में गड़े हुए तथा कहीं गन्धयुक्त पड़े हुए पूर्व शरीर पर न जाय और उससे जीव की मुक्ति हो जाय, इसलिये हिन्दुओं में मृत शरीर को गाड़ने के स्थान पर अग्नि में समर्पित करने की परंपरा है। इसलिए अग्निदाह को अन्तिम संस्कार अथवा अन्त्येष्टि से नामांकित किया जाता है।

दीपो भक्षयते ध्वान्तं कज्जलं च प्रसूयते।
यदन्न भक्षयेन्नित्यं जायते तादृशी प्रजा।।

दीपक काले अंधकार को दूर कर देता है और काजल उत्पन्न करता है, इसी प्रकार जो मनुष्य जैसा अन्न खाता है, उसकी वैसी ही संतान उत्पन्न होती है।

•

द्वितीय अध्याय

सन्तानदोष परिहार

सन्तान के गर्भस्थ होने का समय यदि दोषयुक्त है, तो सन्तान का जन्म शुभ नहीं हो सकता। सन्तान सम्बन्धी दोष से तो सभी मर्मज्ञ भलीभाँति परिचित हैं। सन्तान की इच्छा होने पर अग्रांकित मुहूर्त के आधार पर सन्तान के गर्भस्थ होने के लिए प्रयास किया जाना चाहिए। संतान उत्पत्ति के समय के अधिपति देवता की आराधना का भी विधान है। शुक्ल पक्ष में गर्भ हो अथवा कृष्ण पक्ष में, परन्तु ध्यान रहे कि दोनों स्थितियों में गर्भाधान की अधोलिखित शास्त्रसंगत स्थितियों का अभ्युदय होता है। सन्तान से सम्बन्धित अनेक ज्ञातव्य तथ्यों का उल्लेख इस अध्याय में किया गया है।

याताभ्यो विघटीभ्य आप्तमिह यत्पञ्चाशता भादिकं
मेषात्त्यक्तमदो हयार्द्धसहितं पञ्चाहतं तद्द्वयम्।
सन्तानार्कविधू क्रमेण भवतो यद्वेष्टकालोद्भवौ
सूर्येन्दू शरसंगुणौ पुनरतश्चन्द्राद्विशोध्यो रविः।।

पञ्चघ्नो जन्मकालेन्दुः सन्तानेन्दुरुदाहृतः।
लग्नस्फुटं तु पञ्चघ्नं सन्तानार्कश्च कैश्चन।।

त्यक्त्वार्कं शशिनः सितोऽत्र यदि चेत्पक्षो भवेत्संततिः
कृष्णः स्याद्यदि कृच्छ्रतोऽथ कतिचिद्वक्ष्ये विशेषानिह।
षष्ठ्याः प्राग्धवले शनैः सुतजनिः शीघ्रं दशम्याः परं
कार्यं विष्णुनिषेवणं हि धवले कृष्णे शिवाराधनम्।।

षष्ठ्याः प्राग्बहुले लभेत तनयं षष्ठ्यां गुहाराधनात्
सप्तम्यादिचतुष्टयेऽत्र पुनरुद्वाहं विधाय द्विजान्।
भक्त्या पर्वणि भोजयेच्छ्रवणभे चान्ते भवेत्संततिः
पुत्राधानमथोर्ध्वयोर्न जननं स्याद्द्वादशी होमतः।।

दत्तः स्यादत ऊर्ध्वयोस्तु तनयो दत्तोऽपि नो पर्वणि
क्रुद्धाः सन्ततिनाशका हि पितरः प्रीतास्तदापादकाः।
तस्मात्साष्टकपार्वणादिविधिभिस्तत्प्रीतिमापादयेत्
प्रायः पैतृककर्मणामकरणात्सन्तत्यभावो नृणाम्।।

षष्ठ्यां कुमारं गणपं चतुर्थ्यां दुर्गां नवम्यां रविमर्कतिथ्याम्।
सेवेत सर्पान्मनुनागतिथ्योः पितॄनमायां तनयोपलब्ध्यै।।

पक्षद्वन्द्वेऽपि रिक्ता न हि खलु शुभदास्तासु नूत्नाभिचारः
शुक्ले कृष्णे पुराणोऽप्युपशमविधयेऽस्योत्तमाः स्युश्चतुर्थ्याम्।
क्रूरः स्यादङ्कतिथ्यां चिरयुगलतिथौ कर्मकर्तास्तु नीचो
विष्ट्यां शापोस्त्वहीनामचिरचिरभवः पक्षभेदेन वाच्यः।।

पक्षद्वय्यां हि विष्टिंश्चतसृषु तिथिषु स्यात्क्रमेणासु मुख्या
मध्या नीचाऽतिनीचा फणिन इह बलिः कल्प्यतामुत्तमानाम्।
अन्येषां मानरूपाद्यपि बलिहरणं प्रीतये चाखिलाना-
मेवं वाच्योऽशुभस्य प्रतिविधिरुचितं पृच्छतां पुत्रलब्ध्यै।।

(जातकादेशमार्ग/अ.-15/श्लोक 23-30)

यदि सन्तान तिथि शुक्लपक्ष में पड़े तो सन्तान होगी। यदि कृष्णपक्ष में पड़े तो सन्तान होने में कठिनता होगी। शुक्लपक्ष को तीन भागों में बाँटना चाहिए प्रतिपत् से पंचमी, षष्ठी से नवमी, दशमी से पूर्णिमा। यदि शुक्लप्रतिपद् से पंचमी तक सन्तान-तिथि पड़े तो धीरे-धीरे विलम्ब से कुछ रुक-रुक कर सन्तान होगी। शुक्लषष्ठी से दशमी तक पूर्वापिक्षया शीघ्र किन्तु उतने शीघ्र नहीं। और यदि शुक्लएकादशी से पूर्णिमा तक सन्तान-तिथि हो तो शीघ्र सन्तान हो। शुक्लपक्ष की सन्तान-तिथि हो तो विष्णु का आराधन करे; यदि सन्तान-तिथि कृष्ण-पक्ष में पड़े तो भगवान् शंकर की पूजा करे।

कृष्णपक्ष की प्रतिपद् से पंचमी तक सन्तान-तिथि हो तो सन्तान होगी। यदि कृष्णपक्ष की षष्ठी हो तो भगवान् सुब्रह्मण्य (स्वामी कार्तिकेय) की आराधना से सन्तान होती है। यदि सन्तानतिथि कृष्णपक्ष की सप्तमी, अष्टमी, नवमी या दशमी हो तो दूसरे विवाह से सन्तान होती है। जातक को पर्व के दिनों में तथा जिस दिन श्रवण हो ब्राह्मणभोजन कराना चाहिए, इससे सन्तान होगी। यदि सन्तानतिथि कृष्णपक्ष की एकादशी या द्वादशी हो तो होम करने (द्वादशी होम) से गर्भस्थिति हो सकती है किन्तु सन्तानोत्पत्ति संदिग्ध है।

यदि सन्तानतिथि कृष्णपक्ष की त्रयोदशी या चतुर्दशी आये तो जातक को दत्तक पुत्र गोद ले लेना चाहिए। यदि सन्तानतिथि अमावास्या हो तो यह भी सम्भव नहीं हो सकेगा। पितरों के दोष से बाधा है यह समझना चाहिए। यदि पितृगण संतुष्ट हो सकें तो उनके आशीर्वाद से सन्तान हो सकती है। प्रायः माता-पिता का उचित रीति से श्राद्धादि न करने से सन्तान नहीं होती है। पितृगण (पितरों) को सन्तुष्ट करने के लिए, अष्टकाश्राद्ध, पार्वणश्राद्ध, एकोद्दिष्ट, गयाश्राद्ध आदि नियमानुसार करने चाहिए।

तिथि दोष शान्त करने के भी अन्यान्य उपाय हैं। षष्ठी के लिए सुब्रह्मण्य (कार्तिकेय) की पूजा; चतुर्थी के लिए गणेश जी की, नवमी के लिए दुर्गा जी की, द्वादशी के लिए सूर्य की, सप्तमी या चतुर्दशी के लिए सर्पों की तथा अमावास्या के लिए पिंतरों की। ऐसा करने से सन्तान प्राप्ति होती है।

दोनों पक्षों की रिक्ता तिथि (देखिए सुगम ज्यौतिष प्रवेशिका, पृ.-276) किसी कार्य के लिए शुभ नहीं हैं। यदि शुक्लपक्ष की रिक्ता तिथि हो तो किसी के द्वारा हाल में किये गए अभिचार (जादू, टोना, अनुष्ठान) के परिणाम से सन्तान बाधा है। यदि कृष्णपक्ष की रिक्ता तिथि है तो पहले अभिचार किया गया था, इसका द्योतक है। यदि रिक्ता तिथि चतुर्थी हो तो उच्च कक्षा के मंत्रशास्त्री से उसकी शान्ति करानी चाहिए। यदि रिक्ता तिथि चतुर्दशी या नवमी हो तो किसी नीची जाति के जादू-टोने करने वाले से शान्ति कराये। यदि विष्टिकरण आये तो सर्प का शाप समझे। शुक्लपक्ष में विष्टिकरण हो तो शीघ्र का-कुछ समय पूर्व का शाप है, और यदि कृष्णपक्ष है तो प्राचीन शाप है, ऐसा समझना चाहिए। प्रत्येक पक्ष में चार बार विष्टिकरण होता है यदि प्रथम विष्टिकरण (कृष्णपक्ष की तृतीया का उत्तरार्द्ध या शुक्लपक्ष की चतुर्थी का उत्तरार्द्ध) हो तो उच्चजाति के नाग का शाप कहना चाहिए। यदि द्वितीय विष्टि (कृष्णपक्ष की सप्तमी का पूर्वार्द्ध या शुक्लपक्ष की अष्टमी का पूर्वार्द्ध) हो तो मध्यम श्रेणी के नाग का शाप समझना, यदि तृतीयविष्टि (कृष्णपक्ष की दशमी का उत्तरार्द्ध, या शुक्लपक्ष की एकादशी का उत्तरार्द्ध) हो तो नीचजाति के सर्प शाप का दुष्परिणाम समझना चाहिए। यदि चतुर्थविष्टि (कृष्णपक्ष की चतुर्दशी का पूर्वार्द्ध या शुक्लपक्ष की पूर्णिमा का पूर्वार्द्ध) हो तो अति नीचजाति के सर्प के शाप का दोष समझना चाहिए। इसकी शांति के लिए उच्चजाति के नागजनित दोष के लिए बलि देनी चाहिए। अन्य श्रेणी के सर्पों के शाप से छुटकारा पाने के लिए बलि, गान, इत्यादि से उन्हें संतुष्ट करना चाहिए।

विष्टिः स्थिरं वा करणं यदि स्यात् कृष्णं यजेत् पौरुषसूक्तमन्त्रैः।
षष्ठ्यां गुहाराधनमत्र कार्यं यजेच्चतुर्थ्यां किल नागराजम्।।

रामायणस्य श्रवणं नवम्यां यद्यष्टमी चेच्छ्रवणव्रतं च।
चतुदर्शी चेद्यदि रुद्रपूजा स्यादूद्वादशी चेत्स्मृतमन्नदानम्।।

तृप्तिं पितृणामिह पञ्चदश्यां कृष्णे दशम्याः परतोऽतियत्नात्।
पक्षत्रिभागेष्वपि नागराजं स्कन्दं च सेवेत हरिं क्रमेण।।

(फलदीपिका/अ.-12/श्लोक 16-18)

पिछले श्लोक में यह बताया गया है कि उपर्युक्त प्रकार से तिथि और करण निकालने से यदि अनिष्ट तिथि और अनिष्ट करण आये तो सन्तान सुख में बाधा होगी, अब इन श्लोकों में उस दोष की शान्ति का उपाय बताते हैं।

यदि उपर्युक्त प्रकार से विष्टि, चतुष्पाद, नागव, किंस्तुघ्न या शकुन करण आये तो भगवान् कृष्ण का पुरुषसूक्त मंत्रों से पूजन करे। यदि षष्ठी तिथि आये तो भगवान् कार्तिक स्वामी का पूजन करना चाहिए। चतुर्थी तिथि आये तो नागराज (सर्पों के देवता) का पूजन करना चाहिए। नवमी तिथि हो तो रामायण का श्रवण करे और अष्टमी तिथि हो तो श्रावण व्रत करे। यदि चतुर्दशी आये तो भगवान् रुद्र की पूजा करे और द्वादशी हो तो उसकी शान्ति के लिए अन्नदान श्रेयस्कर है। और अमावास्या या पूर्णिमा हो तो पितरों की तृप्ति करे। यदि कृष्णपक्ष की दशमी, एकादशी, द्वादशी, त्रयोदशी, चतुर्दशी या अमावस्या हो तो और भी विशेष यत्नपूर्वक शान्ति की आवश्यकता है।

इस प्रकार से सारे कृष्णपक्ष को ही अशुभ माना गया है और लिखा गया है कि यदि कृष्णपक्ष की पड़वा से पंचमी तक कोई तिथि आये तो नागराज (सर्पों के देवता) की सेवा करे। यदि कृष्णपक्ष की षष्ठी से दशमी तक कोई तिथि आये तो भगवान् स्कन्द (कार्तिक स्वामी) की आराधना करे और यदि कृष्णपक्ष की एकादशी से अमावास्या तक कोई तिथि हो तो हरि का भजन-पूजन करे।

2.1 सन्तान प्रतिबन्धक ग्रहयोग व उपाय

पुत्रेशो रिपुनीचगोऽस्तमयगो रिःकाष्टमारिस्थित
स्तद्वत्पुत्रगृहस्थितोऽपि यदि वा दुःस्थानपस्तद्वशात्।
पुत्राभावनिदानमेव कथयेत् तत्खेचराक्रान्तभ-
प्रोक्तैर्देवतभूरुहैरपि मृगैः सन्तानहेतुं वदेत्।।

(फलदीपिका/अ.-12/19)

यदि जन्मांग के पंचमस्थान का स्वामी शत्रुराशि का हो, नीचराशि का हो या अस्त हो और लग्न से षष्ठ, अष्टम या द्वादश हो तो सन्तान प्राप्ति में बाधा होती है। इसी प्रकार कोई ग्रह नीचराशि का, शत्रुराशि का या अस्त होकर पंचम में स्थित हो या षष्ठ, अष्टम या द्वादश स्थान का स्वामी होकर पंचमस्थान में स्थित हो जाये तो भी पुत्र का अभाव या पुत्र कष्ट करता है।

ऊपर कहे हुए जितने योग अधिक हों, उतनी ही अधिक बाधा समझनी चाहिए। बाधाकारक ग्रह जिस राशि में स्थित हो उसके अनुसार यह निर्णय करना चाहिए कि किस देवता, वृक्ष या जीव के कारण बाधा हो रही है और उसकी शान्ति का उपाय करना चाहिए।

द्रोहाच्छंभुसुपर्णयोर्नहि सुतः शापात्पितृणांरवे
रिन्दोर्मातृसुवासिनीभगवतीकोपान्मनोदोषतः ।
स्वग्रामस्थितदेवतागुहरिपुज्ञात्युत्थदोषात्कुजे
शापाद्बालकृताद्विलालवधतः श्रीविष्णु कोपाद्बुधे।।

पारंपर्यसुरप्रियद्विजगुरुद्रोहात्फलाढ्यद्रुम-
च्छेदाद्देवगुरौ तथा सति भृगौ पुष्पद्रुमच्छेदनात्।
साध्वीगोकुलजातदोषवशतो यक्ष्यादिकामेन सा
मन्देऽश्वत्थवधाद्रुषा पितृपतेः प्रेतैः पिशाचादिभिः।।

स्वर्भानौ सुतगे सुतेशसहिते सर्पस्य शापात्तथा
केतौ ब्राह्मणशापतश्च गुलिके प्रेतीत्थशापं वदेत्।
शुक्रेन्दू गुलिकान्वितौ यदि वधूगोहत्तिमाहुः सुते
जीवो वाथ शिखी समान्दिरिह चेद्ध्रू देवहत्याऽसुतः।।

(फलदीपिका/अ.-12/20-22)

यदि सन्तान बाधाकारक ग्रह सूर्य है तो समझना चाहिए कि भगवान् शम्भु और गरुड़ से द्रोह करने के कारण या पितरों के शाप का फल है। यदि सन्तान प्रतिबन्धक ग्रह चन्द्रमा है तो माता या किसी अन्य सधवा स्त्री के चित्त को दुःख पहुँचाने के कारण या भगवती का शाप सन्तान में बाधा हैं। यदि सन्तान प्रतिबन्धक ग्रह मंगल हो तो ग्रामदेवता, भगवान् कार्तिक स्वामी के प्रति अवज्ञा से या शत्रुओं अथवा भाईबन्धुओं के शाप से सन्तान कष्ट है। यदि बुध सन्तान में बाधा डाल रहा है तो समझिये कि बिल्ली को मारने के कारण या मछलियों के या अन्य प्राणियों के अण्डों को नष्ट करने के कारण या कम उम्र के बालक-बालिकाओं के शाप से या भगवान् विष्णु के कोप से सन्तान नहीं हो रही है।

यदि जन्मांग में बृहस्पति पापाक्रांत है और उसके कारण सन्तान नहीं हो रही है तो इस व्यक्ति ने इस जन्म में या पूर्व जन्म में फलदार वृक्षों को कटवाया है या अपने कुलगुरु या कुल पुरोहित से द्रोह किया है। यदि शुक्र के कारण सन्तान नहीं हो रही है तो जानिए कि इस व्यक्ति ने पुष्प के वृक्षों को कटवाया है या गौ के प्रति कोई पाप किया है अथवा किसी साध्वी स्त्री के शाप से ऐसा हुआ है। प्रायः ऐसी स्थिति में यक्षिणी का शाप समझना चाहिए।

यदि जन्मांग में शनि क्रोधित हुआ है तो समझिए कि इसने पीपल के पेड़ कटवाये और पिशाच, प्रेत तथा यमराज के शाप से ऐसा हुआ है। मृतआत्मा को प्रेत कहते हैं।

यदि राहु पंचम में हो या पंचमेश को दूषित करता हो और उसके कारण सन्तान में बाधा हो रही हो तो समझिए कि सर्प के शाप से ऐसा हुआ है। यदि केतु के कारण यह दोष हो तो उसमें हेतु ब्राह्मण का शाप समझना चाहिए। यदि मान्दि पंचम में हो या पंचमेश के साथ हो और इस कारण अपुत्रता हो तो समझिए कि किसी प्रेत के शाप के कारण ऐसा है। यदि शुक्र और चन्द्रमा दोनों मान्दि के साथ हों तो यह समझना चाहिए कि इस व्यक्ति ने किसी गाय या युवती स्त्री की पूर्वजन्म में हत्या की है। किन्तु यदि केतु या बृहस्पति मान्दि के साथ पंचम में हो तो समझिए कि इसने पूर्व जन्म में किसी ब्राह्मण की हत्या की है।

एवं हि जन्मसमये बहुपूर्वजन्मकर्मार्जितं दुरितमस्य वदन्ति तज्ज्ञाः।
तत्तद्ग्रहोक्तजपदानशुभक्रियाभिस्तद्दोषशान्तिमिह शंसतु पुत्रसिध्यै।।

(फलदीपिका/अ.-12/23)

इस प्रकार जन्मांग के ग्रहों से यह पता चलता है कि पिछले अनेक जन्मों में इसने क्या-क्या पाप किये जिसके कारण सन्तानहीनता है। पुत्रोत्पत्ति के लिए यह आवश्यक है कि जो-जो ग्रह बाधाकारक हो उस-उस ग्रह के लिए जो-जो जप, दान और शुभ-क्रिया बतायी है वह-वह करे। दोष शान्ति होने से पुत्रोत्पत्ति हो सकती है।

सेतुस्नानं कीर्तनं सत्कथायाः पूजां शंभोः श्रीपतेः सद्व्रतानि।
दानं श्राद्धं कर्जनागप्रतिष्ठां कुर्यादितैः प्राप्नुयात्सन्ततिं सः।।

(फलदीपिका/अ.-12/24)

ऊपर के श्लोक में उल्लेख आया है कि विविध शुभक्रिया करे। इस श्लोक में यह बताते हैं कि कौन-कौन सी शुभक्रिया करने से सन्तान प्रतिबन्धक दोष की शान्ति होकर पुत्र प्राप्ति हो सकती है:

सेतुस्नान (समुद्र-स्नान) सत्कथाओं का कीर्तन्, शम्भु पूजा, भगवान् विष्णु के व्रत, दान, श्राद्ध, नाग-प्रतिष्ठा (सर्प देवता की मूर्ति की प्रतिष्ठा) आदि को करने से सन्तान प्राप्ति हो सकती है।

लग्नास्तपुत्रपतिजीवदशापहारे पुत्रेक्षकस्य सुतगस्य च पुत्रसिद्धिः।
पुत्रेशराशिमथवा यमकण्टकर्क्षं जीवेगते तनयसिद्धिरथांशभे वा।।

(फलदीपिका/अ.-12/25)

निम्नलिखित ग्रहों में से किसी एक की महादशा, या अन्तर्दशा हो तो पुत्रोत्पत्ति होती है : (क) लग्नेश (ख) सप्तमेश (ग) पंचमेश (घ) बृहस्पति (ङ) जो ग्रह पंचमस्थान को देखता है।

पंचमेश या यम-कटक जिस राशि या नवांश में है उससे त्रिकोण में जब गोचरवश बृहस्पति आता है तब भी पुत्रोत्पत्ति हो सकती है।

लग्नाधीशः पुत्रनाथेन योगं स्वोच्चे स्वर्क्षे चारगत्या समेति।
पुत्रप्राप्तिः स्यात्तदा लग्ननाथः पुत्रर्क्षं वा याति धीशाप्तभं वा।।

(फलदीपिका/अ.-12/26)

लग्नेश जब गोचरवश (1) पंचमेश से योग करे (2) अपनी उच्चराशि में आये (3) अपनी

स्वराशि में आये तब पुत्रप्राप्ति हो सकती है। यदि लग्नेश गोचरवश पंचम में आये या पंचमेश जहाँ स्थित है उस राशि में आये तो भी सन्तान प्राप्ति के लिए अनुकूल अवसर होता है।

पापो वा वासवेज्यः सुखभवनगतः पञ्चमे वाऽष्टमे वा
शीतांशुः सन्ततेः स्यात् खगुणमितसमातुल्य एव प्रबन्धः।
यावन्तः पापखेटास्तनयगृहगताः सौम्यदृष्ट्या न दृष्टा-
स्तावद्वर्षप्रमाणो नियतमिह भवेत्सन्ततेर्वा विलम्बः।।

(जातकालंकार/अ.-/15)

यदि जन्मलग्न में सन्तान योग होने पर चतुर्थस्थान में पापग्रह या बृहस्पति हो या पंचम अष्टम में चन्द्रमा हो तो 30 वर्ष तक सन्तान प्रतिबन्धकयोग होता है।

अथवा पंचमस्थान में जितने पापग्रह शुभग्रहों के दृग्योग से रहित होकर पंचम में स्थित हों, उतने ही वर्षों का प्रतिबन्ध समझना चाहिए।

सन्तान प्रतिबन्धक योग अधिक हों, सन्तान योग अल्प बली या संख्या में कम हों तो प्रतिबन्ध की अवधि अधिक भी हो सकती है। लेकिन सन्तानयोगों की अति निर्बलता व प्रतिबन्धकों की बलवत्ता होने पर भी अनेक स्थानों पर सन्तानाभाव देखने में आता है, अतः बुद्धिपूर्वक फलादेश कहना चाहिए। सम्बद्ध शुक्रसूत्र इस प्रकार है-

1. **एतेषु किंचित् प्रतिबन्धः।**
2. **सुखगः पापो गुरुर्वा चन्द्रःपंचमेऽष्टमे वा चेद् द्वात्रिंशत् वर्ष प्रतिबन्धः।**
   यहाँ पंचमस्थ पापग्रहों के आधार पर प्रतिबन्ध द्योतक सूत्र नहीं है। चतुर्थ में बृहस्पति हो, यह एक योग हुआ, पंचम में चन्द्रमा हो, यह द्वितीय एवं अष्टम में चन्द्रमा हो, यह तृतीय प्रतिबन्धक योग बताया गया है। लेकिन सूत्रों में प्रतिबन्ध 32 वर्ष की आयु तक बताया गया है।

तत्प्राप्तिर्धर्ममूला तदनु बुधकवी शङ्करस्याभिषेकाच्च्-
चन्द्रश्चेत्तद्वदेव त्रिदिवपतिगुरुर्मन्त्रयन्त्रौषधीनाम्।
सिद्ध्या मन्दारसूर्या यदि शिखितमसी तत्र वंशेशपूजा,
कार्याऽऽम्नायोक्तरीत्या बुधगुरुनवपाः क्षिप्रमेवात्रसिद्धिः।।

(जातकालंकार/अ.-/16)

सन्तान की प्राप्ति धर्ममूलक होती है, अर्थात् पुण्योदय के प्रभाव से संतानोत्पत्ति होती है।

यदि बुध, शुक्र या चन्द्रमा सन्तान प्रतिबन्धक हों तो रुद्राभिषेक कराने से सन्तान प्राप्ति होती है।

यदि बृहस्पति सन्तानरोधक हो तो मंत्र, यंत्र व औषध से सन्तान हो सकती है।

यदि सूर्य, मंगल, राहु, शनि, केतु प्रतिबन्धक हों तो अपने कुलदेवता की पूजा शास्त्रोक्त रीति से करनी चाहिए।

यदि बुध, बृहस्पति व नवमेश प्रतिबन्धक हों तो उक्त उपायों से शीघ्र ही सिद्धि प्राप्त होती है।

बुध, चन्द्र, शुक्र कृत प्रतिबन्धक के निवारणार्थ रुद्राष्टाध्यायी से एकादश रुद्राभिषेक या शतरुद्रियाभिषेक विधिपूर्वक कराना चाहिए।

बृहस्पतिकृत प्रतिबन्ध के निवारणार्थ मंत्र सिद्धि, यंत्र सिद्धि या औषध सिद्धि का प्रयोग करना चाहिए। मंत्र सिद्धि उपाय हेतु हरिवंश श्रवण, भागवत महापुराण सप्ताह यज्ञ, सन्तान गोपाल का विधान, आदित्य सप्तमी व्रत, महामृत्युंजय मंत्र या दुर्गापाठ **'सर्वाबाधाविनिर्मुक्तो धनधान्यसुतान्वितः'** आदि से सम्पुटित करें। पुत्रेष्टिविधानयज्ञ भी उपयोगी होता है।

यंत्र सिद्धि के लिए सूर्य यंत्र, मंगल यंत्र तथा अन्य सन्तानदायक यन्त्रशास्त्रोक्त यन्त्रों का विधिपूर्वक निषेवण करना चाहिए।

औषधि सिद्धि के लिए आयुर्विज्ञानोक्त पुंसवनी, शुक्रवर्धकवटी आदि का सेवन करें और कुशल चिकित्सक की देखरेख में आवश्यक परीक्षणादि कराकर चिकित्सा करवाएँ।

कुलदेवता की पूजा के लिए अपने इष्ट देवी देवता अथवा गायत्री पुरश्चरण कराना चाहिए। इसी प्रतिबन्ध को लोग पितरबाधा भी कहते हैं।

नवमेश, बुध व बृहस्पति बलवान् हों तो उक्त धार्मिकानुष्ठान से अवश्य ही फल मिलता है। यह विषय सूत्रों में यथावत् बताया गया है।

1. **धर्मेण तत्र सिद्धिः।**
2. **चन्द्रबुधशुक्राश्चेद् रुद्रानुष्ठानम्।**
3. **गुरुणा मन्त्रयन्त्रौषधसाधनम्।**
4. **भौमराहुशनैश्चराश्चेत् कुलदेवतापूजनम्।**
5. **इति संक्षेपः।**
6. **धर्मपबुधगुरूणां बले धर्मोवाच्यः।**
7. **तेषां शुभग्रहवीक्षणेन विशेषेण ऋतुसिद्धिः।**

सातवें सूत्र का विषय श्लोक में समाहित नहीं हो पाया है। तदनुसार बुध, बृहस्पति, नवमेश पर शुभग्रहों की दृष्टि हो तो विशेषतया धार्मिक अनुष्ठान की सफलता मिलती है।

लग्नामरेड्यशशिनां सुतभेषु पापै
र्युक्तेक्षितेष्वथ शुभैरयुतेक्षितेषु।

पापोभयेषु सुतभेषु सुतेश्वरेषु
दुस्थानगेषु न भवन्ति सुताः कथंचित्।।

(फलदीपिका/अ.-12/2)

निम्नलिखित योग सन्तान के बाधाकारक हैं।

1. लग्न, चन्द्रमा और बृहस्पति से पंचम स्थान पापग्रहों से युक्त या दृष्ट हों और उन स्थानों में न शुभग्रह स्थित हों न उनको शुभग्रह दृष्टिनिक्षेप करते हों।

2. लग्न, चन्द्रमा और बृहर्स्पति से पंचम स्थानों के स्वामी दुःस्थान में स्थित हो। षष्ठ, अष्टम और द्वादशस्थान दुःस्थान कहलाता है।

3. लग्न, चन्द्रमा और बृहस्पति से पंचम स्थान पापग्रहों के बीच में स्थित हों।

पञ्चघ्नं यमकण्टकेन सहितं लग्नं हि सन्तानजी-
वोऽयं स्यान्नवदोषयुग्यदि नृणां कृच्छ्रेण पुत्रोद्भवः।
सन्तानार्यनवांशको यदि भृगोस्तेनेक्षितो वा युतो
ऽस्यांशस्याधिपतिर्भृगूडुषु पुनः प्रोद्वाहदाः स्युस्त्रयः।।

(जातकादेशमार्ग/अ.-16/2)

लग्न स्पष्ट को पाँच से गुणा कीजिये और उसमें यमकण्टकस्पष्ट जोड़ दीजिए। यम कण्टक निकालना फलदीपिका (भावार्थबोधिनी) के पृष्ठ 603 पर बताया गया है। जो योगफल आये वह सन्तानजीव कहलाता है। यदि 9 दोषों में से कोई दोष इस सन्तानजीव में हो तो कठिनता से पुत्रोत्पत्ति होती है। नौ दोष को से? गुलिक, विष्टि, गण्डान्त, एकार्गल, सार्पशिर, लाट, वैधृति, विषघटी, उष्णकाल।

अब जो सन्तानजीव ऊपर निकाला है-वह जिस नवांश में है (1) उस नवांश में शुक्र हो या उसे शुक्र दृष्टिनिक्षेप करता हो (2) या उस नवांश का स्वामी शुक्र हो (3) या उस नवांश का स्वामी शुक्र के नक्षत्र में हो तो जातक को सन्तान के लिए पुनः विवाह करना पड़ेगा।

यदाऽगुसूर्यारशनैश्चराणां दोषो तदा जन्मनि मानवानाम्।
वंशेशकोपेन सुतस्य नाशं तदा वदन्तीति पुराणविज्ञाः।।

(भावकुतूहलम्/अ.-6/17)

यदि राहु, सूर्य, मंगल और शनि सन्तानप्राप्ति में बाधक हों तो इसमे कुलदेवता का कोप समझना चाहिए। पूजनादि से उन्हें प्रसन्न करने से सन्तान की प्राप्ति सम्भव होती है।

बुधशुक्रकृते दोषे सुताप्तिः शिवपूजनात्।
गुरुचन्द्रकृते दोषे यन्त्रमन्त्रौषधीबलात्।।

(भावकुतूहलम्/अ.-6/18)

सन्तानप्राप्ति में यदि बुध और शुक्र बाधक हों तो शिवार्चन से, यदि चन्द्रमा और बृहस्पति बाधक हों तो यंत्र, मंत्र और औषधि के प्रयोग से सन्तानसुख सम्भव होता है।

राहुणा कन्यकादानं भानुना हरिकीर्तनम्।
शिखिना कपिलादानं मन्दाराभ्यां षडङ्गकम्।।

(भावकुतूहलम्/अ.-6/19)

यदि राहु के दोष से अनपत्यता हो तो कन्यादान करने से, सूर्य के दोष से यदि अनपत्यता हो तो विष्णु की आराधना से, केतु के दोष से अनपत्यता हो तो कपिला गौ का दान करने से तथा मंगल दोष से यदि अनपत्यता हो तो षड्ङ्ग रुद्राभिषेक कराने से दोषों का शमन होता है और जातक को सन्तानसुख सम्भव होता है।

सर्वदोषविनाशाय सन्तानहरिपूजनम्।
कुर्याद्भौमव्रतं चापि कामदेवव्रतं नरः।।

(भावकुतूहलम्/अ.-6/20)

सन्तानगोपाल का अनुष्ठान, मंगल व्रत तथा कामदेव व्रत आदि शास्त्रोक्त आचरण से अनपत्यता का निवारण होकर मनुष्य सन्तानसुख प्राप्त कर सकता है।

सुतपतिरस्तंगतोवा पापयुतः पापवीक्षिंतोवापि।।
सन्ततिवाधां कुरुते केन्द्रत्रिकोणलाभगे चन्द्रे।।

(द्वादशभावसिंधु/अ.-सुतभाव/19)

जिस जातक के जन्मकाल में पंचमभाव का स्वामी अस्त को प्राप्त हो, एकोयोगः। अथवा पंचमेश पापग्रहों से युक्त अथवा पापग्रहों के दृष्ट हो और चन्द्रमा केन्द्र 1/4/7/10 त्रिकोण 5/9 में स्थित हो तो उस प्राणी के संतान नहीं होती।

2.2 वंश विच्छेद

1. बुध और लग्नेश ये दोनों लग्न के अतिरिक्त, दूसरे केन्द्र स्थान (4/7/10) में गए हों, वंश विच्छेद हो।
2. द्वादश, पंचम या अष्टमभाव में पापग्रह गए हों, तो वंश-विच्छेद हो।
3. लग्न में चन्द्र, बृहस्पति का योग हो और सप्तमभाव में शनि, अथवा मंगल गया हो, तो वंश विच्छेद होगा।
4. पापग्रह (शनि, मंगल, केतु) चतुर्थभाव में गए हों, तो वंश विच्छेद होता है।

5. जन्म लग्न, किंवा प्रश्न लग्न, द्वादश, पंचम और अष्टमभाव में, सम्पूर्ण पापग्रह हों तो वंश विच्छेद होता है।

6. पंचमभाव में चन्द्रमा गया हो और अष्टम, लग्न में द्वादशभाव में बृहस्पति गया हो, तो वंश विच्छेद होता है।

7. सप्तमभाव में बुध-शुक्र, चतुर्थ भाव में शनि, मंगल ये पापग्रह और पंचमभाव में बृहस्पति, गया हो तो वंश विच्छेद होता है।

8. चन्द्रमा से अष्टमस्थान में पापग्रह गए हों, तो वंश विच्छेद होता है।

9. सर्वपापग्रह पंचमभाव में गए हों, तो वंश विच्छेद होता है।

10. सप्तमभाव में शुक्र, दशमभाव में चन्द्रमा और सुख भाव में पापग्रह, 3/4 गए हों तो वंश विच्छेद होता है।

11. लग्न में मंगल अष्टम में शनि, पंचम में सूर्य गया हो, तो वंश विच्छेद होता है।

12. वंश विच्छेद योग में, पुत्र या पुत्री कोई जीवित नहीं रहते - वंश का नाश हो जाता है।

13. पंचमेश-क्रूर ग्रहों के षष्ठांश में हो, और पापग्रह से युत, किंवा दृष्ट हो, तो पुत्र का सुख नहीं होगा।

14. तृतीयेश और चन्द्रमा ये दोनों 1/4/7/10/9/5 में भाव में, से किसी में भी गए हों, तो पुत्र सुख नहीं होगा।

15. सिंह राशि में गए हुए शनि या मंगल, पंचमभाव में हों, और पंचमेश षष्ठभाव में गया हो तो पुत्र का सुख नहीं होता है।

16. पंचम भाव में मंगल की राशि (1/8) में गया हुआ राहु, मंगल से दृष्ट हो, तो पुत्र सुख नहीं होगा।

17. बृहस्पति और शुक्र अपनी नीच राशि (10-6) में गए हों, अथवा बुध समराशि (2/4/6/8/10/12) में सूर्य विषम राशि (1/3/5/7/9/11) में गया हो, तो पुत्र का सुख नहीं होता है।

18. पंचमभाव में बृहस्पति की राशि (9/12) हो, तो पुत्र का सुख नहीं होता है।

19. तृतीयभाव का स्वामी 3/12/1/2/5 भाव में गया हो, तो पुत्र का सुख नहीं होता है।

20. पंचमभाव में बृहस्पति की राशि (9/12) में हो तो पुत्र का सुख नहीं होता है।

21. बुध, शनि लग्न में गए हों, और वृश्चिक राशि में बृहस्पति का योग हो, तो पुत्र सुख नहीं होता है।

22. बृहस्पति से पंचमभाव में पापग्रह गए हों, तो सन्तान सुख नहीं होता है - परन्तु शुभग्रह गया हो तो सन्तान का सुख होगा -

    1. पुत्र सुखहीन योग में, पुत्र न ही हो।

2. पुत्र उत्पन्न होने के बाद पुत्र की मृत्यु हो जाये।
3. पुत्र होते हुए भी पुत्र का सुख न हो।
4. पुत्र हुआ, और न हुआ, तुल्य हो, ये तीन भेद पुत्र सुख न होने के हैं। इनमें से जिनके पुत्रहीन, अथवा पुत्र नाश अथवा वंशविच्छेद योगप्रबल हुआ हो, उनके तो पुत्र होगा ही नहीं, अथवा होकर मर जाते हैं। जिनके केवल पुत्र सुखहीन योग ही हो, और अन्य उपर्युक्त योग नहीं हों तो पुत्र होते हुए भी पुत्र का सुख नहीं होता यथा -

वियोगान्मरणाद् - क्लैव्यात्तथा चाप्रसवादपि।
देशान्तरे च गमनात्पुत्रदुःखं हि पंचधाः।।

(1) परस्पर स्त्री पुरुष या पुत्र के वियोग, (2) मृत्यु, (3) नपुंसकता या बन्ध्यापन (4) अप्रजन और (5) दूर देशगमनादि—पाँच प्रकार से पुत्र दुख हो सकता है।

23. षष्ठभाव में गया हुआ शनि; बुध-चन्द्र, और सूर्य से युत या दृष्ट हो, लग्न को पापग्रह दृष्टिनिक्षेप करे, तो कुलदेव के दोष से पुत्र प्राप्ति नहीं होती है।

24. शनि की राशि (10-11) में गया हुआ सूर्य, पापग्रह से दृष्ट हो; अथवा लग्न में पापग्रहों का वर्ग अधिक हो तो कुलदेव के दोष से पुत्र प्राप्ति नहीं होती है।

25. लग्न सूर्य और पंचम में मंगल, गया हो तो सुतहीन हो।

26. जिस राशि में बृहस्पति स्थित हो, उस राशि से पंचमभाव का स्वामी जो ग्रह हो, वह 6/8/12 भाव, में गया हो, और जन्मलग्न से भी, पंचम नवम व लग्न के स्वामी 6/8/12 भाव में गए हों, या दृष्टि हो तो पुत्र नहीं होता है।

27. पंचम में बृहस्पति गया हो और बृहस्पति से पंचम भाव में, पापग्रह गए हों, तो पुत्र नहीं होता है।

28. पंचमेश लग्न या सप्तमभाव में गया हो, और वह बलवान षष्ठेश से, युत या दृष्ट हो, तो पुत्रहीन होता है।

29. नवम, पंचम और सप्तमभाव के स्वामी, निर्बल होकर 6/8/12 भाव में गए हों और पापग्रहों से, युत या दृष्ट हों, तो बहुत स्त्रियों का स्वामी भी हो, तो भी पुत्र न हो।

30. शनि और मंगल ये दोनों नवमभाव में गए हों, तो पुत्रहीन होता है।

31. शनि, मंगल व शुक्र ये तीनों, सप्तमभाव में गए हों, या दृष्टि हो, तो पुत्रहीन हो।

32. लग्नेश, षष्ठभाव में शुभग्रह की राशि में गया हो, और वह बुध, चन्द्र से युत या दृष्ट हो, (1) षष्ठ अथवा (2) द्वितीयभाव में सूर्य गया हो तो विपुत्र होता है।

33. पंचमेश (बृहस्पति) पापग्रहों से युत-दृष्ट हो और निर्बल हो; तो पुत्रहीन हो, परन्तु पंचमभाव में 9. धन मीन 12 राशि हो तो ये योग होगा।

34. लग्नेश पापग्रह से युत या दृष्ट हो, और पंचमेश 6/8/12 भाव में से, किसी में भी गया हो तो पुत्रहीन होता है।

35. पंचमेश के नवांश का स्वामीं अस्तंगत का हो, और पापग्रहों से युत, या दृष्ट हो तो विपुत्र होता है।

36. पापग्रह से युत होकर बृहस्पति नवम या पंचमभाव में गया हो, तो पुत्रहीन होता है।

37. लग्नेश मंगल की राशि (1/8) में गया हो, और पंचमेश षष्ठभाव में गया हो, तो पुत्रहीन होता है।

38. द्वादशभाव का स्वामी दशम अथवा लग्न में गया हो तो पुत्रहीन होता है।

39. द्वादशभाव का स्वामी दशम किंवा लग्न में गया हो, तो पुत्रहीन होता है।

40. शुक्र या मंगल इन दोनों में से यदि एक भी पंचमभाव को दृष्टिनिक्षेप करता हो, तो कई विवाह कर लेने पर भी सन्तान नहीं होती। (सारांश यह है कि पंचमभाव में शुक्र या मंगल या शुक्र-मंगल दोनों ही दृष्टिनिक्षेप करते हों, तो सन्तति पुत्र होगा, क्योंकि वीर्य का स्वामी शुक्र और रज का स्वामी मंगल है, जब (ऋतु रेत) के स्वामी की दृष्टि या युति गर्भ भाव 5 पर होगी तभी गर्भ रहेगा और इन तीन की दृष्टि नहीं होगी तो कई स्त्रियों के हो जाने पर भी सन्तति नहीं होगी)।

41. लाभभाव में चन्द्र शनि का योग हो, या दृष्टि हो तो पुत्र प्राप्ति नहीं होती है।

42. पंचमभाव, अथवा पंचमभाव कारक ग्रह (बृहस्पति) पापग्रहों के मध्य में (पापकर्तरि) में और पापग्रह से युत-या दृष्ट हो, तो पुत्र प्राप्ति तो होगी, लेकिन शीघ्र मृत्यु हो जाएगी।

43. पंचमेश-सप्तमेश और नवमेश ये तीनों ग्रह, जिस-जिस ग्रह के नवांश में हों, वे ग्रह पापग्रहों के नवांश में गए हों, और पापग्रह से युत, या दृष्ट हों तो पुत्रनाश होता है।

44. पंचमेश, क्रूर ग्रह के नवांश में हों, और वह नीचराशि का अथवा अस्तंगत होकर पापग्रह से युत-अथवा-दृष्ट हो तो पुत्रनाश होता है।

45. व्ययेश (12) के नवांश का स्वामी जिस राशि के द्रेष्काण में हो, उस राशि के स्वामी से पंचमेश युत अथवा दृष्ट हो तो पुत्रनाश होता है।

46. प्रकाशावस्था में गया हुआ सूर्य, पंचमभाव में गया हो, तो जितनी सन्तान जन्म लेंगी उतनी की मृत्यु हो जायेगी।

47. तीन-चार पापग्रह पंचमभाव में गये हों, तो जितनी ही सन्तान जन्म लेती जायेगी, उतनी की मृत्यु होती जायेगी।

48. पंचमभाव में सूर्य गया हो, तो (मृताऽपत्य) सन्तान की मृत्यु हो जायेगी।

49. नवम, पंचमभाव में पापग्रह लग्न में क्षीण चन्द्रमा, और शनि की राशि (10-11) में गया हुआ बृहस्पति अस्त का हो, तो पुत्र का सुख होकर नाश हो जाता है।

50. पंचमभाव में बुध गया हो, और लग्न तथा सुख इन दोनों में पापग्रह गए हों, तो पुत्र का सुख होगा पर नाश हो जाएगा। ये सभी छोटी आयु की सन्तान होने के योग हैं।

(कर्मजव्याधि-विधान)

2.3 सन्तानोत्पत्ति में विलम्ब एवं निराकरण

1. लग्न, नवम और पंचम भाव के स्वामी, शुभग्रह से युत, होकर 6/8/12 भाव में गए हों, तो विलम्ब से सन्तान होगी।
2. दशमभाव में सभी शुभग्रह गए हों, तो पुत्र सुख विलम्ब से होता है।
3. मंगल, शनि, केतु अथवा बृहस्पति चतुर्थ अथवा पंचमभाव में गए हों, और अष्टमभाव में चन्द्रमा हो तो 30 वर्ष की आयु के उपरान्त सन्तान प्राप्त होती है।
4. पापग्रह की राशि (1/8/5/10/11) के लग्न में, पापग्रह युत, या दृष्ट हों और सूर्य निर्बल क्षीणांश का हो, और मंगल समराशि (2/4/6/8/10/12) में स्थित हो तो 30 वर्ष की आयु के उपरान्त सन्तान प्राप्त होती है।
5. कर्क राशि में गया हुआ, चन्द्रमा पापग्रहों से युत (दृष्ट) हो, और सूर्य को शनि दृष्टिनिक्षेप करता हो, तो 60 वें वर्ष में पुत्र की प्राप्ति होती है।
6. लाभभाव में (11) वें राहु गया हो तो वृद्धावस्था में पुत्र प्राप्त हो और वृहत्पाराशरी के अनुसार कुछ योग इस प्रकार हैं -
    1. पंचमभाव में बृहस्पति और पंचमेश शुक्र से युत हो तो 32 व 33वें वर्ष में पुत्र प्राप्त होता है।
    2. पंचमेश व पंचमभाव का कारक (बृहस्पति) ये दोनों (1/4/7/10) स्थान से युक्त या दृष्ट हों, तो 30 व 36वें वर्ष में पुत्र-प्राप्ति होती है।
    3. जन्म लग्न से नवमभाव में बृहस्पति गया हो, और बृहस्पति से नवमस्थान में गया हुआ शुक्र, लग्नेश से युक्त हो, तो 30वें वर्ष में पुत्र-प्राप्ति होती है।

(कर्मजव्याधि-विधान)

वदन्ति किञ्चित्समयं विलम्बं शुभाभ्रवासैः सहितेर्यदा तैः।
गिरां प्रभौ वा कलुषग्रहेन्द्रे ऽमृतेमृगाङ्के मरणे मतौ वा।।

खाग्निप्रमाब्दोन्मित एव सन्ततेरुक्तः प्रबन्धोऽथ शुभेक्षणोनिताः।
यावन्त उग्राः सुतगास्तदुन्मितवर्षप्रमाणो नियतं विलम्बकः।।

स्यात्सन्तते रोधनरोहिणीशभदोषे सुताप्तिर्गिरिजेशपूजनात्।
दोषे गुरोरोषधियंत्रमंत्रतो दोषे परेषां निजवंशपार्चनात्।।

(जातकभूषणम्/अ.-2/10-12)

यदि पंचमेश, लग्नेश एवं नवमेश त्रिक स्थानों में गए हों और शुभग्रह उन्हें दृष्टिनिक्षेप करते हों तो सन्तान प्राप्ति में विलम्ब होता है।

चतुर्थस्थान में बृहस्पति या पापग्रह हो और पंचम या अष्टम में चन्द्रमा हो तो सन्तानोत्पत्ति में 30 वर्ष तक विलम्ब होता है।

पंचमस्थान में जितने पापग्रह हों और उन्हें शुभग्रह दृष्टिनिक्षेप न करते हों तो उनके बल की संख्या तुल्य वर्षों तक सन्तान प्राप्ति में विलम्ब होता है।

अब सन्तान प्रतिबन्धक ग्रह की शान्ति का उपाय बताते हैं।

यदि बुध, चन्द्र और शुक्र सन्तान प्रतिबन्धक हों तो शिवजी के पूजन से सन्तान प्राप्ति होती है।

यदि बृहस्पति सन्तान प्रतिबन्धक हो तो औषधि, यंत्र मंत्रादि से पुत्रोत्पत्ति होती है।

यदि इनके अतिरिक्त ग्रह प्रतिबन्धक हों तो अपने कुलदेवता की पूजा से सन्तानोत्पत्ति होती है।

सन्तान की प्राप्ति धर्म मूलक है। पूर्व जन्म व वर्तमान में पुण्यात्मा, सत्कृत्य करने वाले स्वच्छ मानस लोगों के घर में सन्तान सुख होता है। अतः आदित्य सप्तमी व्रत, सन्तान गोपाल, हरिवंश पुराण श्रवण आदि के करने से सन्तान प्राप्ति में प्रतिबन्धक तत्त्वों का निराकरण किया जा सकता है।

इस विषय में 'संकेत निधि' में विशेष उपाय बताए गए हैं-

1. बुध, शुक्र का प्रतिबन्ध होने पर शिवपूजन, रुद्राभिषेकादि करना चाहिए।
2. चन्द्र व बृहस्पति का दोष होने पर औषधादि सेवन विहित है।
3. शनि, मंगल का दोष होने पर रुद्राभिषेक करना चाहिए।
4. राहु या केतु का दोष होने पर कन्या दान व गौ की सेवा करनी चाहिए।
5. सूर्य के दोष में हरिवंश पारायण करवाना चाहिए।
6. सन्तान गोपाल का अनुष्ठान करने से सभी ग्रहों के दोष शान्त होते हैं।

भावकुतूहल में भी जीवनाथ ने अनेक उपाय बताए हैं-

1. सूर्य के दोष में हरिवंश श्रवण, राहु दोष में कन्यादान, केतु दोष में काली गाय का दान, शनि मंगल में रुद्र पाठ करना चाहिए।
2. चन्द्रमा का दोष होने पर देव दोष से, सूर्य व बृहस्पति का प्रतिबन्ध होने पर पितृ दोष से, मंगल में यक्ष दोष से, बुध से भूत-बाधा, शुक्र से वीर्य दोष, शनि से रजो दोष या गर्भावास दोष, राहु-केतु से भ्रूणहत्या दोष से सन्तान नहीं होती है।
3. देवदोष से भूदान, गृहदान या देवपूजन विहित है। पितृ दोष में नारायण बलि या

भागवत सप्ताह कराना चाहिए। यक्ष दोष में यक्ष की प्रतिमा की स्थापना, विष्णु पूजा आदि करनी चाहिए।

4. रजोवीर्य दोष में चिकित्सक की सहायता लेनी चाहिए।

5. मंगल व्रत, सूर्य व्रत, सन्तानगोपाल सब दोषों का निराकरण करते हैं।

बादरायण संहिता में कुछ विशेष उपाय बताए गए हैं-

आदित्ये व्रतवेदपाठकरणं जाप्यं तथा त्रयम्बकम्।
चाश्वत्थं वटवृक्षपूजनमथो दानं च वेदोदितम्।।

सत्पुत्रं लभते तथैव हरिवंशेन श्रुतेऽर्के सुते।
नष्टेन्दौ हरिवासरे बहुविधं सन्तर्पयेद् ब्राह्मणान्।।

गावः श्वेतहिरण्यवस्त्रसहितं मुक्ताफलैः संयुतं।
पात्राणामखिलं च धान्यसहितं देयं द्विजेभ्यस्तदा।।

कृत्वा वेदपुराणशास्त्रविधिना भानुर्यदा पंचमे।
नित्यं पार्थिवपूजनं व्रतकरं पुत्रर्क्षगे भूमिजे।।

(बादरायण संहिता)

'सूर्य दोष होने पर वेद पाठ, त्र्यम्बक जप, पीपल वट वृक्ष का पूजन एवं शास्त्रोक्त दान करना चाहिए। अथवा हरिवंश का श्रवण करना चाहिए। चन्द्रमा दोषकारक हो तो अनेकविध दानों से ब्राह्मणों को सन्तुष्ट करना चाहिए। जैसे गौ, सफेद वस्त्र, सुवर्ण, मोती, बहुत से पात्र, जिनमें अनाज भरा हो। यदि पंचम में सूर्य हो तो वेद शास्त्र विधि से दान; एवं पार्थिवेश्वर शिव की पूजा करनी चाहिए यदि पंचम में मंगल हो।'

ग्रह-बाधा की शान्ति के उपाय

पुत्रवित्तकलत्रेशा संयुक्ता नवभागपाः।
पापांशकाः पापयुता अनपत्यत्वमादिशेत्।।

व्ययेशसंयुतांशेशे मृत्युराशौ स्थिते यदि।
पुत्रेशे क्रूरषष्ट्यंशे जायते पुत्रसंक्षयः।।

लग्नपुत्रेश्वरौ दुःस्थे कारके नीचराशिगे।
नपुसंकग्रहे पुत्रे ह्यनपत्यत्वमादिशेत्।।

क्रूरषष्ट्यंशके जीवे पुत्रस्थे नाशराशिपे।
पुत्रेशे नाशराशिस्थे वक्तव्या त्वनपत्यता।।

(बृहत्पाराशरहोराशास्त्र/अ.-86/112-115)

2/5/7 भावेश पापराशि में पापयुक्त एकत्र हों या इनके नवांशेश पापराशि के नवांश में पापयुक्त हों।

द्वादशेश का नवांशेश यदि अष्टम में हो, पंचमेश क्रूरषष्ट्यंश में हो।

1/5 भावेश 6/8/12 में हो, बृहस्पति नीचगत हो, पंचम में कोई नपुंसक ग्रह (बुध, शनि) हों।

बृहस्पति क्रूरषष्ट्यंश में हो, पंचमेश अष्टम में व अष्टमेश पंचम में हो।

इन सब योगों में सन्तान नहीं होती है। इस प्रकार के योगों में ग्रह शान्ति करनी चाहिए।

तथाज्ञशुक्रजे दोषे पुत्राप्तिः शम्भुपूजनात्।
जीवचन्द्रकृते विप्र मन्त्रयन्त्रौषधादितः।।

राहुजे कन्यकादानात् सूर्यजे हरिकीर्तनात्।
गोदानात् केतुजे दोषे रुद्रजापात् कुजार्किजे।।

सर्वदोषविनाशाय शुभसन्तानलब्धये।
हरिवंशकथा भक्त्या श्रोतव्या विधिना द्विज।।

(बृहत्पाराशरहोराशास्त्र/अ.-86/109-111)

यदि उक्त योग पूरे न घटते हों तथा किसी भी प्रकार के योगायोग से सन्तानहीनता दिखे तो बुध शुक्र बाधक हों तो शिवपूजन करें।

बृहस्पति चन्द्रकृत दोष हो तो मंत्र, यंत्र व औषधि प्रयोग करें। राहु बाधक हो तो कन्यादान करें। सूर्य का दोष हो तो विष्णु जी का जप या हरिवंश पुराण का श्रवण करें।

सामान्यतः अच्छी सन्तान प्राप्त करने के लिए व सब दोषों को दूर करने के लिए हरिवंश पुराण का भक्तिपूर्वक श्रवण करना चाहिए।

एक नियमानुसार ग्रहयोग शान्ति उतनी ही बार करनी चाहिए, जितनी संख्यक राशि में बाधक ग्रह हो। यदि उससे पूर्व ही सफलता मिल जाए तो कोई हानि नहीं है।

ताम्राच्च स्फटिकाद् रक्तचन्दनात् स्वर्णकादुभौ।
रजतादयसः सीसात् कांस्यात् कार्याः क्रमाद् ग्रहाः।।

पूर्वोक्तैः स्वस्ववर्णैर्वा पटे लेख्या द्विजोत्तमैः।
स्वस्वोक्तदिग्विभागेषु गन्धाद्यैर्मण्डलेषु वा।।

(बृहत्पाराशरहोराशास्त्र/अ.-87/4-5)

पूजा के लिए सूर्य की मूर्ति तांबे से, चन्द्रमा की स्फटिक पत्थर से, मंगल की लाल चन्दन से, बुध व बृहस्पति की सोने से, शुक्र की चाँदी से, शनि की लोहे से, राहु की सीसा धातु से व केतु की काँसे से मूर्ति बनवानी चाहिए।

अथवा पूर्वोक्त ग्रहों के रंग वाले रेशमी वस्त्र (महीन वस्त्र) पर उनकी मूर्ति लिखें। यदि इसमें भी समर्थ न हों तो जिस ग्रह की जो दिशा पहले कही है, उसी दिशा में गन्ध (रोली, चन्दन आदि) से मण्डल (वेदी) में लिखें।

पद्मासनः पद्महस्तः पद्मपत्रसमद्युतिः।
सप्ताश्वरथसंस्थश्च द्विभुजश्च दिवाकरः।।

(बृहत्पाराशरहोराशास्त्र/अ.-87/6)

ध्यानार्थ या मूर्ति निर्माणार्थ सूर्य को कमलासन में स्थित, हाथ में कमल का पुष्प, कमल के समान कान्ति वाले, सात्त घोड़ों के रथ पर सवार दो हाथों वाला समझें।

श्वेतः श्वेताम्बरो देवो दशाश्वः श्वेतभूषणः।
गदाहस्तो द्विबाहवश्च द्विजोत्तम विधुर्द्विज।।

(बृहत्पाराशरहोराशास्त्र/अ.-87/7)

श्वेत वर्ण, श्वेत वस्त्र, दस घोड़ों के रथ पर सवार, सफेद आभूषण, गदा धारण किये हुए, दो हाथ, ब्राह्मण क्षत्रिय वैश्यों (द्विजातियों) में श्रेष्ठ चन्द्रमा है।

रक्तमाल्याम्बरधरो शक्तिशूलगदाधरः।
वरदस्तु चतुर्बाहुमंगलो मेषवाहनः।।

(बृहत्पाराशरहोराशास्त्र/अ.-87/8)

लाल माला, लाल वस्त्र, हाथ में भाला, शूल, गदा धारण किये हुए, चार हाथों वाला, मेष पर सवार, वरद मुद्रा में अपना दायाँ हाथ उठाए हुए मंगल का स्वरूप है।

पीतमाल्याम्बरधरः कर्णिकारसमद्युतिः।
खड्गचर्मगदापाणिः सिंहस्थो वरदो बुधः।।

(बृहत्पाराशरहोराशास्त्र/अ.-87/9)

पीली माला, पीला वस्त्र, पीले कनेर के फूल के समान रंगत, हाथ में ढाल, तलवार व गदा लिए हुए, चौथी भुजा को वरद मुद्रा में उठाए हुए, सिंह पर सवार, बुध का स्वरूप है।

गुरुशुक्रौक्रमात्पीतश्वेतवर्णौचतुर्भुजौ ।
दण्डिनौ वरदौ कार्यौ साक्षसूत्रकमण्डलू ।।

(बृहत्पाराशरहोराशास्त्र/अ.-87/10)

गुरु पीतवर्ण, चतुर्भुज रूप, शुक्र सफेद वर्ण व चतुर्भुज, दोनों के हाथ में दण्ड, वरद मुद्रा, हाथ में अक्षमाला, जपमाला एवं कमण्डलु यह गुरु व शुक्र का स्वरूप है। गुरु पीतवर्ण व शुक्र श्वेत वर्ण हैं, शेष सब चीजें दोनों के स्वरूप में समान हैं।

इन्द्रुनीलद्युतिः शूली वरदो गृधवाहनः।
बाणबाणासनधरो विज्ञेयोऽर्कसुतोद्विज ।।

(बृहत्पाराशरहोराशास्त्र/अ.-87/11)

नीलम की रंगत, हाथ में शूल, गिद्ध की सवारी, वरदमुद्रा, बाण व धनुष हाथ में लिए, शनि का स्वरूष समझना चाहिए।

करालवदनः खड्गचर्मशूलीवरप्रदः।
सिहंस्थो नीलवर्णश्च राहुरेवं प्रकल्प्यते।।

(बृहत्पाराशरहोराशास्त्र/अ.-87/12)

डरावना मुख, हाथ में चमड़े की ढाल, तलवार, शेर पर संवार, काला नीला वर्ण राहु का स्वरूप है।

धूम्रा द्विबाहवः सर्वे गदिनो विकृताननाः।
गृध्रासनागता नित्यंकेतवः स्युर्वरप्रदाः।।

(बृहत्पाराशरहोराशास्त्र/अ.-87/13)

धुएँ के समान रंगत, दो हाथ, हाथ में गदा, बिगड़ा चेहरा, गिद्ध की सवारी, इस रूप में केतुओं का ध्यान या मूर्ति निर्माण वरदायक होता है।

सर्वे किरीटिनः कार्या ग्रहा लोकहितप्रदाः।
स्वांगुलेनोच्छ्रिता विज्ञैः शतमष्टोत्तरं सदा।।

यथावर्ण प्रदेयानि पुष्पाणि वसनानि च।
गन्धो दीपो बलिश्चैद धूमो देयश्च गुग्गुलुः।।

यस्य ग्रहस्य यद्द्रव्यमन्नं यस्य च यत्प्रियम्।
तच्च तस्मै प्रदातव्यं भक्तियुक्तेन चेतसा।।

(बृहत्पाराशरहोराशास्त्र/अ.-87/14-16)

सभी ग्रहों को मुकुट धारण किये हुए समझना चाहिए। मूर्ति की ऊँचाई अपनी अंगुलियों की नाप से 108 अंगुल अधिकतम होनी चाहिए। यह नाप आदमकद मूर्ति का है। ऐसे नाप की मूर्तियाँ मन्दिर आदि में प्रतिष्ठा के लिए होती हैं। व्यक्तिगत पूजन के लिए अपनी आठ अंगुल ऊँची प्रतिमा का विधान है। जिस ग्रह की मूर्ति बनाएँ, उस ग्रह की मूर्ति के ही अंगुलों से नापकर 108 अंगुल की मूर्ति उत्तम होती है।

इसका सरल प्रकार यह है कि मूर्ति की समस्त ऊँचाई को बराबर 12 भागों में बाँट लें। प्रत्येक द्वादशांश को नौ नौ समान भागों में बाँटें। यह नवाँ भाग व मूर्ति की अंगुली की चौड़ाई समान होनी चाहिए, तब 108 अंगुल की मूर्ति उत्तम, 96 अंगुल की मूर्ति मध्यम व 84 अंगुल की अधम होती है।

सभी ग्रहों को पूजा में ग्रहों के रंग के अनुसार फूल चढ़ाएँ। उसी वर्ण का वस्त्र, फूल, ग्रह धातु के निर्मित आभूषण, गन्ध, दीप, गुग्गुलादि की धूप दें।

जिस ग्रह का जो अन्न व वस्तु है, उसी का दान आदि करना चाहिए।

ग्रहों की मंत्र जप संख्या

सप्तरुद्रा दिशो नन्दा नवचन्द्रा नृपास्तथा।
त्रिपक्षा अष्टचन्द्राश्च सप्तचन्द्रास्तथैव च।।

इमाः संख्याः सहस्रघ्ना जपसंख्याः प्रकीर्तिताः।
क्रमादर्कादिखेटानांप्रीत्यर्थद्विजपुङ्गव ।।

(बृहत्पाराशरहोराशास्त्र/अ.-87/17-18)

सूर्य का मंत्र 7000, चन्द्रमा का 11000, मंगल का 10,000, बुध का 9,000, बृहस्पति का 19,000, शुक्र का 16,000, शनि का 23,000, राहु का 18,000, केतु का 17,000 मंत्र जप कराना चाहिए।

यहाँ वक्तव्य है कि ग्रहों के मंत्र अपने वेद के अनुसार या सम्प्रदायानुसार वैदिक, पौराणिक, तान्त्रिक लेने चाहिए। आजकल प्रचलित तान्त्रिक मंत्रों का आधार भी अथर्ववेद ही है।

ग्रहों की समिधाएँ

अर्कः पलाशः खदिरस्त्वपामार्गस्तु पिप्पलः।
उदुम्बरः शमी दूर्वाकुशाश्च समिधः क्रमात्।।
होतव्यामधुसर्पिभ्यां दध्ना क्षीरेण वा युताः।
एकैकस्य त्वष्टशतमष्टाविंशतिरेव वा।।

(बृहत्पाराशरहोराशास्त्र/अ.-87/19-20)

सूर्य की आक, चन्द्रमा की ढाक, मंगल की खैर (कत्था या टेंट का झाड़), बुध की अपामार्ग (चरचिटा, चिरचिटा, चिरचिटी) इस पौधे को नेवला, साँप से युद्ध के उपरान्त खाता है। गुरु की पीपल, शुक्र की गूलर, शनि की शमी, राहु की दूर्वा (दूब, हरी घास), केतु की कुश (दर्भ, डाब आदि) समिधाएँ हैं। ग्रह हवन में इन्हें प्रयुक्त करें। हवनार्थ शहद व घी लगाकर अथवा दही छिड़की हुई समिधाएँ प्रयोग करें। प्रत्येक ग्रह की 108 या 28-28 बार आहुति दें।

गुडौदनं पायसं च हविष्य क्षीरषाष्ठिकम्।
दध्योदनं हविश्चूर्णं तिलं चित्रान्नमेव च।।

(बृहत्पाराशरहोराशास्त्र/अ.-87/21)

सूर्य के लिए गुड़ व भात (मीठे चावल), चन्द्र के लिए खीर, मंगल के श्यामक (चौलाई आदि), बुध के लिए दूध व चावल, बृहस्पति के लिए दही चावल, शुक्र के लिए सुपाच्य अन्य रहित हविष्य, शनि के लिए उड़द या तिलमिश्रित, राहु केतु के लिए कई अनाज मिलाकर या तिल भुने हुए व उड़द की दाल की खिचड़ी आदि खायें या खिलायें।

धेनुः शंखस्तथानड्वान् हेम वासो हयः क्रमात्।
कृष्णा गौरायसं छाग एता रव्यादिदक्षिणाः।।

(बृहत्पाराशरहोराशास्त्र/अ.-87/22)

सूर्य के लिए गोदान, चन्द्र के लिए शंखदान, मंगल के लिए वृषभदान, बुध के लिए सुवर्णदान, बृहस्पति के लिए वस्त्रदान, शुक्र के लिए घोड़ा दान, शनि के लिए काली गाय, राहु के लिए लोहे की वस्तु, केतु के लिए बकरा या मेष का दान करना चाहिए।

यस्य यश्च यदा दुःस्थः सतं यत्नेन पूजयेत्।
एषां धात्रा वरो दत्तः 'पूजिताः पूजयिष्यथ'।।
मानवानां ग्रहाधीना उच्छ्रायाः पतनानि च।
भावाभावौ च जगतां तस्मात् पूज्यतमा ग्रहाः।।

(बृहत्पाराशरहोराशास्त्र/अ.-87/23-24)

जिस जातक के जन्मांग में जो ग्रह खराब, निर्बल व अशुभ फलदायक हो, अनिष्ट स्थान में गया हो, नीचादिगत हो तो उस ग्रह की पूजा करनी चाहिए। इन ग्रहों को ब्रह्मा जी ने वरदान दिया था कि जो इन्हें पूजेगा, ये उसे पूजित व सम्मानित बनाएँगे। जातक की उन्नति, अवनति, हानि लाभ आदि ग्रहाधीन है। अतः ग्रहों की पूजा अवश्य करनी चाहिए।

मृतवत्सा दोष

ॐ परब्रह्म परमात्मने 'अमुकी' के गर्भे दीर्घ-जीवि
सुतं कुरु कुरु स्वाहा।

विधि : (1) पहले पर्व-काल में उक्त मन्त्र का 'जप' कर सिद्ध करे। बाद में ज्येष्ठ मास की पूर्णिमाको 1008 बार उक्त मन्त्र का 'जप' करे। मन्त्र में 'अमुकी' के स्थान पर मृत-वत्सा दोष-युक्त स्त्री का नाम जोड़े। 'जप' के बाद मन्त्र को भोज-पत्र पर अनार की कलम व अष्ट-गन्ध से लिखकर ताबीज में भरे और उसे 'स्त्री' की भुजा पर बाँधने के लिए दे।

(2) 'मार्गशीर्ष' या 'ज्येष्ठ' की पूर्णिमा के दिन घर को स्वच्छ कर तोरण आदि बाँधकर सजाए। 'अमुकी' के स्थान पर 'स्त्री' का नाम जोड़कर मन्त्र का 'जप' करे। 'जप' के बाद ब्राह्मण को दान दक्षिणा से सन्तुष्ट करे। यदि पुत्र-प्राप्ति न हो, तो प्रतिवर्ष उक्त क्रिया करे, जब तक पुत्र प्राप्त न हो।

विशेष : शुभ नक्षत्र में 'अपा-मार्ग' और 'लक्ष्मणा' की बूटी को खोदकर लाए। एक वर्ण वाली गाय के दूध में इन जड़ों को पीस कर उक्त मन्त्र से अभिमन्त्रित कर दोष-युक्त स्त्री को पिलाए। इससे दोष का निवारण शीघ्र होता है। अथवा, बिजारो नींबू की जड़ को दूध में पीस कर उक्त मन्त्र से अभिमन्त्रित कर ऋतु-काल में एक सप्ताह भर पिलाए। इससे दीर्घजीवी पुत्र की प्राप्ति होती है।

2.4 विपुत्र योग

यहाँ पर महर्षि पाराशर ने सन्तानहीनता के जो अनेक कारणों का उल्लेख किया है उनमें से प्रमुख कारण है, जातक का किसी न किसी शाप से ग्रस्त होना। यहाँ 14 प्रकार के शापों का उल्लेख किया गया है जिनकी व्याख्या ग्रहयोगों, निर्माण की स्थिति उसके प्रतिफल और उन सभी शाप से मुक्ति प्राप्त करने के उपाय आदि उल्लेख उपरांकित है। सर्वप्रथम निसंतान दम्पत्ति के जन्मांग का विश्लेषण करते समय गम्भीरता के साथ अध्ययन करना चाहिए कि यह जातक किसी शाप से तो ग्रसित नहीं है। यदि शाप से सम्बन्धित सभी ग्रह योग स्मरण न हों तो जातक का जन्मांग सामने रखकर प्रत्येक योग को पढ़कर उसका जन्मांग पर उपयोग करके देखना चाहिए। यदि किसी प्रकार के शाप से सम्बन्धित ग्रह योग जन्मांग में विद्यमान हों तो सम्बन्धित ग्रहों की शान्ति के साथ-साथ, जिस परिहार का उल्लेख ऋषियों ने किया है वह पाठकों के कल्याणार्थ इस ग्रंथ में भी उद्धृत किया जा रहा है, उसका सविधि अनुसरण करना चाहिए। यह अनुभूत सत्य है कि हमने अपनी इसी आस्था पर सहस्रों सन्तानहीन दम्पत्ति के जीवन की निराशा, उदासी और अवसाद की स्थिति का शमन करने में सफलता प्राप्त की। 18, 19 वर्ष सन्तानहीनता के शाप से ग्रसित पति-पत्नी की सन्तान प्राप्ति से सम्बन्धित सभी अभिलाषायें हिम की शीतल परतों के बीच जम कर रह जाती हैं और वह विवश हो जाते हैं, इस प्रकार के चिन्तन और चिन्ता के लिए कि अब उनके जीवन में भी किसी शिशु की कदाचित् कदापि कोई किलकारी नहीं सुनाई देगी। उन्हें माता-पिता कहकर पुकारने वाली भी कोई अमृत ध्वनि उनके हताश और निराश जीवन को पुनः जीने का कोई कारण प्रदान करेगी। यह एक विडम्बना है कि अनेक दम्पत्ति जो किसी प्रकार की व्याधि से ग्रस्त नहीं होते हैं, वह भी संतानहीनता का हलाहल पीने के लिए विवश हो उठते हैं। यदि उपर्युक्त औषधि प्राप्त हो तो व्याधि मुक्त होने

में भी समय नहीं लगता। इसी प्रकार से संततिहीनता के अभिशाप से ग्रसित दम्पत्ति यदि सटीक और उपयुक्त उपचार, परिहार का अनुसरण करे तो संतति जन्म में भी विलम्ब नहीं होता। आवश्यकता मात्र इतनी है कि किसी योग्य विद्वान तथा अनुभवी ज्योतिर्विद से उपयुक्त परामर्श प्राप्त करके उसके पूरे विश्वास, आस्था, निष्ठा और मनोयोग के साथ अनुकरण की जिसे इस कृति में प्रस्तुत करके हम अत्यन्त संतोष की अनुभूति कर रहे हैं। यही मंगलाशा है कि जो पति और पत्नी संततिहीनता के अभिशाप से ग्रस्त हैं, सम्बन्धित एवं उपर्युक्त परिहारों का अनुसरण करके अपार संततिसुख प्राप्त कर सकने में सफल और समर्थ होंगे।

सर्प के शाप से

1. पंचमभाव में गया हुआ राहु, मंगल से दृष्ट हो, अथवा पंचमभाव में मंगल की राशि 1/8 में राहु गया हो, तो सर्प के शाप से पुत्र नहीं होता है।
2. पंचमभाव में गया हुआ शनि चन्द्र से दृष्ट हो, और पंचमेश राहु से युत हो तो सर्प के शाप से पुत्र नहीं होता है।
3. पंचमभाव का स्वामी बुध-मंगल से युत होकर मंगल के ही नवांश में गया हो और राहु गलिक=लग्न में गए हों, तो सर्प के शाप से पुत्र नहीं होता है।
4. पुत्रकारक ग्रह (बृहस्पति) राहु से युत या दृष्ट हो, पंचमेश निर्बली हो, और लग्नेश मंगल से युत हो तो सर्प के शाप से पुत्र नहीं होता है।
5. पुत्रकारक ग्रह (बृहस्पति) मंगल से युत हो, लग्न में राहु और पंचमेश 6/8/12 भाव में गया हो, तो सर्प के शाप से पुत्र नहीं होता है।
6. पंचमेश भाव का स्वामी, मंगल हो और पंचम भाव में गया हुआ राहु, बुध से युत, या दृष्ट हो तो सर्प के शाप से पुत्र नहीं होता है।
7. पंचमेश और लग्नेश ये दोनों निर्बली हों, पंचमभाव सब पापग्रह और बुध, बृहस्पति से युत होकर पंचम में हों (पांचवें - र० मं० श० रा० बु० बृ०) हों तो सर्प के शाप से पुत्र नहीं होता है।
8. लग्नेश राहु से पंचमेश मंगल से युत या दृष्ट हो और पुत्रकारक ग्रह (बृहस्पति) राहु से दृष्ट हो तो सर्प शाप से सन्तति नहीं होती है।

(कर्मजव्याधि-विधान)

अथ सर्पदोषशान्तिमाह

सर्पदोषाय शमनं नागपूजा समाचरेत्।।
सर्पसूक्तविधानेन प्रतिष्ठा कारयेद्बुधः।।

(द्वादशभावसिंधु/235)

सर्पदोष दूर करने के लिए सर्प का पूजन करे। सर्पों के वेदमंत्र से सर्पों की प्रतिष्ठा करें।

धेनुभूमिहिरण्यादि तिलपात्रं विशेषतः।।
दद्याद्दोषाय शमनं यथा वित्तानुसारतः।।

(द्वादशभावसिंधु/236)

गौ, धरती, सुवर्ण, तिलपात्र विशेष करके सर्पदोष दूर करने को अपनी शक्ति अनुसार दान करें।

सर्पमूर्तिः प्रकर्तव्या सुवर्णेन प्रयत्नतः।।
नागपूजा करोत्येव पश्चाद्धोमं समाचरेत्।।

(द्वादशभावसिंधु/237)

सर्पों की मूर्ति यत्न करके बनाएँ और सर्प का पूजन करें, हवन करना चाहिए।

तन्त्रोक्तविधिवत्मन्त्रं जपं लक्षं प्रमाणतः।।
करोति दोषशान्ताय सन्ततिर्वर्द्धते सदा।।

(द्वादशभावसिंधु/238)

तंत्र और मंत्र का विधिपूर्वक एक लक्ष जप कराने से सर्पदोष दूर हो जाते हैं और सन्तान तद्पश्चात की वृद्धि होती है।

सुतस्थाने यदा राहुर्भौमे नापि विलोकिते।
भौमराशिगतोयद्वा सर्पशापात्सुतक्षयः।।

(द्वादशभावसिंधु/227)

जिस जातक के जन्मकाल में पंचमभाव में राहु स्थित हो और मंगल से दृष्ट हो और मंगल की राशि में स्थित हो तो सर्प के दोष से पुत्रनाश होते हैं।

सुताधिपे राहुयुक्ते पंचमेभास्करात्मजः।।
चन्द्रयुक्तोदृशोवापि सर्पदोषात्सुतक्षयः।।

(द्वादशभावसिंधु/228)

पंचमभाव का स्वामी राहु के सहित और पंचम शनि में स्थित हो और चन्द्रमा युक्त अथवा दृष्ट हो तो सर्प के दोष से पुत्रनाश होते हैं।

सुतकारकतमोयुक्तः पुत्रेशे विबलान्वितः।।
लग्नेशे कुजसंयुक्ते सर्पदोषात्सुतक्षयः।।

(द्वादशभावसिंधु/229)

पुत्रकारकग्रह राहु से युक्त हों और पंचमेश बलहीन हो और जन्मलग्न का स्वामी मंगल के सहित हो तो उस प्राणी के सर्पदोष से पुत्रनाश होते हैं।

पुत्रस्थानाधिपे दुःस्थे कारके कुजसंयुते।।
लग्ने राहुर्यदा नित्यं सर्पदोषात्सुतक्षयः।।

(द्वादशभावसिंधु/230)

जिसके पंचमभाव का स्वामी 6/8/12 में स्थित हो और पुत्रकारकग्रह मंगल के सहित हो और जन्मलग्न में राहु स्थित हो तो सर्पदोष से पुत्रनाश होते हैं।

कुजर्क्षे कुजसंयुक्ते सुतेशः शशिनन्दने।।
राहौ गुलिकलग्नस्थे सर्पदोषात्सुतक्षयः।।

(द्वादशभावसिंधु/231)

जिसके मंगल के सहित मंगल की राशि में पंचमेश और बुध स्थित हों और राहु गुलिकग्रह के सहित लग्न में स्थित हो तो सर्पदोष से पुत्रनाश होते हैं।

पुत्रभावे कुजक्षेत्रे राहुणा सहितोयदि।।
शुभदृग्योगसहिते सर्पदोषात्सुतक्षयः।।

(द्वादशभावसिंधु/232)

जिस जातक के जन्मकाल में पंचमभाव में मंगल की राशि में राहु स्थित हो और शुभग्रहों की दृष्टि से और योग के सहित हो तो उस प्राणी के सर्पदोष से पुत्रनाश होते हैं।

पुत्रे स्वर्भानुजीवज्ञा भानुभौमशनैश्चरः।।
बिबलौपुत्रदेहेशौ सर्पदोषात्सुतक्षयः।।

(द्वादशभावसिंधु/233)

जिसके पंचमभाव में राहु, बृहस्पति, बुध, सूर्य, मंगल, शनि स्थित हों और पंचम तथा लग्न के स्वामी बलहीन हों तो सर्पदोष से पुत्रनाश होते हैं।

स्वर्भानुयुतदेहेशेः पुत्रेशः कुजसंयुतः।।
कारके शिखिसंयुक्ते सर्पदोषात्सुतक्षयः।।

(द्वादशभावसिंधु/234)

जिसके राहु के सहित लग्ननाथ हो और पंचमेश मंगल के सहित हो और पंचमभाव का कारक ग्रह केतु सहित हो तो उसके सर्पदोष से पुत्रनाश हो जाते हैं।

पितृ शाप से

1. पंचमभाव का स्वामी सूर्य नवम तथा पंचम भाव में पापग्रहों के बीच में गया हो और पापग्रहों से युत; दृष्ट हो तो पितृ के शाप से पुत्र नहीं होता है।
2. पंचमभाव में नीचराशि का सूर्य, शनि के नवांश (तुलाराशि 4, पंचम नवांश - 1/11) में गया हो, और पापग्रहों के माध्यम में स्थित हो तो पितृ के शाप से पुत्र नहीं होता है।
3. सिंह राशि में बृहस्पति गया हो, पंचमेश सूर्य से युत, या दृष्ट हो, और पंचमभाव व लग्न में पापग्रह गए हों, तो पितृ के शाप से पुत्र नहीं होता है।
4. अष्टमभाव में सूर्य, व पंचमभाव में शनि गया हो, और पंचमेश राहु से युत, या दृष्ट हो तो पितृ के शाप से पुत्र नहीं होते हैं।
5. द्वादशभाव का स्वामी लग्न में, अष्टमभाव पंचमभाव में और दशमभाव का स्वामी अष्टमभाव में गया हो तो पितृ शाप से पुत्र नहीं होते हैं।

(कर्मजव्याधि-विधान)

अथ पितृदोषात्सुतनाशयोगानाह

सुतस्थाने स्थितोभानु र्नीचेवा मन्दराशिगे।।
पापान्तरस्थितोवा पितृदोषात्सुतक्षयः।।

(द्वादशभावसिंधु/235)

जिस जातक के जन्मकाल में पंचमभाव में सूर्य स्थित हो और नीच या मकर, कुम्भराशि में हों और पापग्रहों के बीच में हो तो उसके पितृदोष से शिशु का नाश होता है।

पुत्रधिपोदिवानाथः पापान्तरगतोयदा।।
त्रिकोणे पापसंस्थे तु पितृदोषात्सुतक्षयः।।

(द्वादशभावसिंधु/236)

जिसके पंचमेश और सूर्य पापग्रहों के बीच में स्थित हों और 9/5 भावों में पापग्रह स्थित हों तो पितृदोष से पुत्रनाश होते हैं।

सिंहराशिगतोजीवः पुत्रेशोरविसंयुतः।।
देहे पुत्रे पापयुक्ते पितृदोषात्सुतक्षयः।।

(द्वादशभावसिंधु/237)

जिसके सिंहराशि में बृहस्पति स्थित हो और पंचमेश सूर्य के सहित हो और पंचम तथा लग्न पापग्रहों के सहित हो तो पितृदोष से पुत्रनाशक होते हैं।

पुत्रस्थे विवलेंगेशः पुत्रोशो भानुसंयुतः।।
पापान्तरे पुत्रलग्ने पितृदोषात्सुतक्षयः।।

(द्वादशभावसिंधु/238)

जिसके पंचमभाव में बलहीन लग्ननाथ स्थित हो और पंचमेश पापग्रहों के सहित हो और पंचमभाव तथा लग्न पापग्रहों के बीच में हो तो उसके पितृदोष से पुत्रनाश होते हैं।

कर्मेशः पुत्रभावस्थः पुत्रेशः कर्मसंस्थितः।।
पापान्तरे पुत्रदेहे पितृदोषात्सुतक्षयः।।

(द्वादशभावसिंधु/239)

जिसके दशमभाव का स्वामी पंचमभाव में स्थित हो और पंचमेश दशमभाव में स्थित हो और लग्न पंचमभाव के पापग्रहों के बीच में हो तो पितृदोष से पुत्रनाश होते हैं।

कर्मेशोभौमसंयुक्तः सुतेशेन समन्वितः।।
कर्मपुत्रे तनुस्थाने पितृदोषात्सुतक्षयः।।

(द्वादशभावसिंधु/240)

जिस जातक के जन्मकाल में दशमभाव का स्वामी मंगल के सहित और पंचमेश से युक्त हो और दशम-पंचम लग्न इन भावों में स्थित हों तो उस जातक के पितृदोष से पुत्रनाश होते हैं।

कर्मस्थानाधिपोदुःस्थे पापर्क्षे पुत्रकारके।।
पापे लग्नेश्वरः पुत्रे पितृदोषात्सुतक्षयः।।

(द्वादशभावसिंधु/241)

जिसके दशमभाव का स्वामी 6/8/12 भावों में स्थित हो और पुत्रकारक ग्रह पापग्रहों की राशि में हो और पापग्रहों के सहित लग्न का स्वामी लग्न में स्थित हो तो उसके पितृशाप से शिशु नाश होते हैं।

देहे देहजभावस्थाः शनिभानुधरासुताः।।
व्यये रन्ध्रे तमोजीवः पितृदोषात्सुतक्षयः।।

(द्वादशभावसिंधु/242)

जिसके लग्न पंचमभावों में शनि, सूर्य, मंगल स्थित हों और द्वादश, अष्टम में राहु, बृहस्पति स्थित हों तो उस प्राणी के पितृदोष से पुत्रनाश होते हैं।

रन्ध्रे भावः शनिः पुत्रे सुतेशे राहुसंयुते।।
लग्ने पापखगा युक्ताः पितृदोषात्सुतक्षयः।।

(द्वादशभावसिंधु/243)

जिसके अष्टम में सूर्य और पंचमभाव में शनि स्थित हो और पंचमेश राहु के सहित हों और जन्मलग्न में पापग्रह स्थित हों तो उसके पितृदोष से पुत्रनाश होते हैं।

लग्नस्थे व्ययराशीशे रन्ध्रेशे पुत्रभावगे।।
कर्मेशोरन्ध्रभावस्थे पितृदोषात्सुतक्षयः।।

(द्वादशभावसिंधु/244)

जिसके द्वादश भाव का स्वामी लग्न में स्थित हो और अष्टम भावनाथ पंचम में स्थित हो और दशमभाव का स्वामी अष्टम में स्थित हो तो उस जातक के पितृदोष से पुत्रनाश होते हैं।

षष्ठेशे पुत्रभावस्थे कर्मेशे रिपुसंस्थितः।।
कारके पापसंयुक्ते पितृदोषात्सुतक्षयः।।

(द्वादशभावसिंधु/245

जिसके षष्ठभाव का स्वामी पंचमभाव में स्थित हो और दशमेश षष्ठभाव में स्थित हो और पंचमभाव का कारकग्रह पापग्रहों के सहित हो तो उस प्राणी के पितृदोष से पुत्रनाश होते हैं।

पितृदोषाय शान्त्यर्थं पितृश्राद्धं च कारयेत्।।
अष्टाक्षरं जपेन्मन्त्रं सपादं कोटिसंख्यकम्।।

(द्वादशभावसिंधु/246)

पितृदोष की शान्ति के लिए पितृश्वरों का श्राद्ध करना चाहिए और अष्टाक्षरमंत्र का जाप सवा करोड़ कराना चाहिए।

हवनं तिलमाज्येन तद्दशांशं व कारयेत्।।
ब्राह्मणान्भोजयेत्पश्चाद्द्याद्धेनुं सवत्सकाम्।।

(द्वादशभावसिंधु/247)

तिल, घृत के हवन, दशांश कराना, उसके पश्चात् ब्राह्मणों को भोजन कराना चाहिए।

सुवर्णं माषपंचाशत्कन्यादानं विशेषतः।।
कृते सन्ततिमाप्नोति पितृदोषात्प्रमुच्यते।।

(द्वादशभावसिंधु/248)

पचास माशे सुवर्णदान करें और कन्यादान विशेष रूप से करना चाहिए। इस उपाय के करने से सन्तान प्राप्त होती है और पितृदोष से छूट जाता है।

मातृ शाप से

1. पंचमभाव का स्वामी चन्द्रमा नीचराशि का हो, अथवा पापग्रहों के मध्य में (पापकर्तरि) में हो, और चतुर्थ व पंचमभाव में, पापग्रह गए हों तो माता के शाप से पुत्रहीन होता है।
2. लाभभाव में शनि व चतुर्थभाव में 2-3 पापग्रह गए हों, और पंचमभाव में नीचराशि (8) का चन्द्रमा गया हो तो माता के शाप से पुत्र नहीं होता है।
3. पंचमेश 4/8/12 भाव में गया हो, लग्नेश नीचराशि का हो, और चन्द्रभा पापग्रह से युत या दृष्ट हो तो माता के शाप से पुत्र नहीं होता है।
4. पंचमेश चन्द्रमा हो और वह शनि, राहु व मंगल से युत या दृष्ट हो तो माता के शाप से पुत्र नहीं होता है।
5. सुखेश (4 का स्वामी) मंगल हो, और वह राहु व शनि से युत हो और लग्न में सूर्य, चन्द्रमा ये दोनों गए हों, तो माता के शाप से पुत्र नहीं होता है।
6. सुखेश अष्टमभाव में पंचमेश व लग्नेश ये दोनों षष्ठभाव में तथा दशमेश और षष्ठेश ये दोनों लग्न में गए हों तो माता के शाप से पुत्र नहीं होता है।
7. राहु-सूर्य, मंगल और 5/1/8/6 इन भावों में यथाक्रम, अथवा व्यतिक्रम से गए हों; और लग्नेश 6/8/12 भाव में गया हो तो माता के शाप से पुत्र नहीं होता है।
8. राहु-मंगल और बृहस्पति ये तीनों ही 6/8/12 भावों में गए हों और पंचमभाव में शनि चन्द्रमा का योग हो, तो माता के शाप से पुत्र नहीं होता है।

(कर्मजव्याधि-विधान)

अथ मातृदोषात्सुतक्षयदोषानाह

सुतस्थानाधिपे त्रिक्स्थे लग्नेशे नीचराशिगे।।
चन्द्रः पापसमायुक्तोमातृदोषात्सुतक्षयः।।

(द्वादशभावसिंधु/249)

जिस जातक के जन्मकाल में पंचमभाव का स्वामी 6/8/12 में स्थित हो और लग्नेश नीचराशि में स्थित हो और चन्द्रमा पापग्रहों के सहित हो तो उस जातक के मातृदोष से पुत्रनाश होते हैं।

पुत्रधिपोनिशानाथोनीचस्थे पापमध्यगे।।
चतुर्थे पंचमे पापोमातृदोषात्सुतक्षयः।।

(द्वादशभावसिंधु/250)

जिसके पंचमभाव का स्वामी और चन्द्रमा नीचराशिगत पापग्रहों के बीच में स्थित हो और चतुर्थ पंचमभाव में पापग्रह स्थित हों तो माता के दोष से सन्तान का नाश होता है।

लाभस्थाने स्थितः सौरिः चतुर्थे पापसंयुतः।।
नीचस्थः पंचमे चन्द्रोमातृदोषात्सुतक्षयः।।

(द्वादशभावसिंधु/251)

जिसके द्वादशभाव में शनि और चतुर्थस्थान में पापग्रह स्थित हों और पंचमभाव में नीचराशिगत चन्द्रमा स्थित हो तो वह जातक माता के दोष से पुत्रहीन होता है।

पुत्रस्थानाधिपे त्रिकूस्थे चन्द्रे पापनवांशके।।
पापर्क्षे पापयुक्चन्द्रो मातृदोषात्सुतक्षयः।।

(द्वादशभावसिंधु/252)

जिसके पंचमभाव का स्वामी 6/8/12 में स्थित हो और चन्द्रमा पापग्रहों के नवांशा में स्थित हो और पापराशियों में पापयुक्त चन्द्रमा हो तो माता के दोष से पुत्रनाश होते हैं।

सुतेशोमन्दराह्वारा यदि चन्द्रेण संयुते।।
भाग्यपुत्रस्थितोनित्यं मातृदोषात्सुतक्षयः।।

(द्वादशभावसिंधु/253)

जिस जातक के जन्मकाल में पंचमभाव का स्वामी शनि-राहु, मंगल चन्द्रमा के सहित नवम अथवा पंचमभाव में स्थित हों तो उस प्राणी के माता के दोष से पुत्रनाश होते हैं।

मातृपे शनिभूसूनू यदि राहुसमन्विते।।
भानुचन्द्रसुते लग्ने मातृदोषात्सुतक्षयः।।

(द्वादशभावसिंधु/254)

जिसके चतुर्थभाव का स्वामी और शनि मंगल-राहु करके स्थित हों और सूर्य, चन्द्रमा, पंचम अथवा लग्न में स्थित हों तो उस प्राणी के माता के दोष से पुत्रनाश होते हैं।

षड्ष्टमेशौ लग्नस्थौ व्यये सौख्याधिपे सुते।।
जीवेन्द्रपापसंयुक्ते मातृदोषात्सुतक्षयः।।

(द्वादशभावसिंधु/255)

जिसके षष्ठ, अष्टमभाव के स्वामी लग्न में स्थित हों और चतुर्थभाव का स्वामी द्वादश और पंचम बृहस्पति, चन्द्रमा पापग्रह सहित स्थित हों तो उस प्राणी के माता के दोष से पुत्रनाश होते हैं।

पापान्तरस्थितोलग्नोविबले चन्द्रसप्तमे।।
पुत्रे मातृशनौ राहुर्मातृदोषात्सुतक्षयः।।

(द्वादशभावसिंधु/256)

जिसके जन्मलग्न पापग्रहों के बीच में स्थित हो और बलहीन चन्द्रमा सप्तमभाव में स्थित हो और पंचम शनि, चतुर्थ राहु स्थित हो तो माता के दोष से पुत्रनाश होते हैं।

अष्टमेशे सुतस्थाने पुत्रेशे रन्ध्रभावगे।।
सुखचन्द्रपतौ दुष्टे मातृदोषात्सुतक्षयः।।

(द्वादशभावसिंधु/257)

जिस जातक के जन्मकाल में अष्टमभाव का स्वामी पंचमभाव में स्थित हो और पंचमेश अष्टमभाव में स्थित हो और अष्टम तथा चन्द्रराशिपति अष्टम में स्थित हों तो उस जातक के माता के दोष से पुत्रनाश होते हैं।

कर्कराशिगतोलग्ने राहुभूसूनुसंयुते।।
शनिचन्द्रसुतस्थाने मातृदोषात्सुतक्षयः।।

(द्वादशभावसिंधु/258)

जिसके कर्कराशिगत लग्न में राहु, मंगल स्थित हों और शनि, चन्द्रमा पंचमभाव में स्थित हों तो उस जातक के मातृदोष से पुत्रनाश होते हैं।

लग्ने भौमसुते राहुः रन्ध्रे सूर्यव्यये शनिः।।
सौख्यदेहाधिपौ दुःस्थौ मातृदोषात्सुतक्षयः।।

(द्वादशभावसिंधु/259)

जिसके लग्न में मंगल और पंचम राहु, अष्टम सूर्य, द्वादश शनि स्थित हों और चतुर्थेश और लग्नेश यह 6/8/12 में स्थित हों तो माता के दोष से पुत्रनाश होते हैं।

रन्ध्रस्थाने सुराचार्योभौमराहुयुतोयदा।।
पुत्रस्थे रविजश्चन्द्रोमातृदोषात्सुतक्षयः।।

(द्वादशभावसिंधु/260)

जिसके अष्टम बृहस्पति, मंगल, राहु के सहित हो और पंचमभाव में शनि, चन्द्रमा स्थित हों तो मातृदोष से पुत्रनाश होते हैं।

गंगास्नानं प्रकर्तव्यो गायत्रीलक्षपंचकम्।।
सवत्सा गोप्रदातव्या पश्चाद्धोमं समाचरेत्।।

(द्वादशभावसिंधु/261)

सर्वप्रथम सपत्नीक गंगास्नान करे फिर पाँचलक्ष गायत्री का जप कराएँ, बछड़ा सहित गौ का दान करें, उसके उपरान्त हवन करवाना चाहिए।

जुहुयाद्घृतयुक्तेन तिलतन्दुलयवान्वितम्।।
रौप्यपात्रे पयः कृत्वा छाया दृष्ट्वा प्रयत्नतः।।

(द्वादशभावसिंधु/262)

घी सहित तिल, चावल, जौ आहुति दें और चाँदी के पात्र में दूध में अपनी छाया यत्न से देखकर पाँच तोले सुवर्ण की मूर्ति डालकर दान करें।

ब्राह्मणान् भोजयेत्पश्चात्ततः कृत्वा प्रदक्षिणाम्।।

(द्वादशभावसिंधु/263)

उसके उपरान्त ब्राह्मणों को भोजन कराना और प्रदक्षिणा करना चाहिए।

अश्वत्थपूजनं नित्यं वर्षैकं प्रबदेहुधः।।
धूपदीपं च नैवेद्यं दत्वा कृत्वा प्रदक्षिणाम्।।

(द्वादशभावसिंधु/264)

एक वर्ष प्रतिदिन पीपल का पूजन करें, धूप, दीप, नैवेद्य देकर प्रदक्षिणा करना चाहिए।

एवं कृते मनुष्याणां मातृदोषं व्यपोहति।।
लभ्यते पुत्रपौत्रं च कुले वृद्धिस्तु जायते।।

(द्वादशभावसिंधु/265)

इस प्रकार जो जातक करेंगे तो उनका मातृदोष नाश होगा और पुत्र-पौत्र का लाभ होगा, कुल की वृद्धि होगी।

अथ भ्रातृदोषात्सुतक्षययोगानाह

सहजेशे सुतस्थाने राहुभूसूनुसंयुते।।
देहपुत्राधिपौ रन्ध्रे भ्रातृदोषात्सुतक्षयः।।

(द्वादशभावसिंधु/266)

जिस जातक के जन्मकाल में तृतीयभाव का स्वामी पंचम में स्थित हो और राहु, मंगल के सहित हो और लग्न पंचमभाव के स्वामी अष्टमभाव में स्थित हों तो भ्रातृदोष से पुत्रनाश होते हैं।

पुत्रे तनौ शनिर्भौमे भ्रातृपे नवमस्थिते।।
भ्रातृकारकरन्ध्रस्थे भ्रातृदोषात्सुतक्षयः।।

(द्वादशभावसिंधु/267)

जिसके पंचमभाव में शनि और लग्न में मंगल और तृतीयेश नवम स्थित हो और भ्रातृकारक अष्टम स्थित हो तो भ्रातृदोष से पुत्रनाश होते हैं।

नीचेगुरौ तृतीयस्थे पंचमे भास्करात्मजः।।
रन्ध्रस्थिते धरासूनुर्भ्रातृदोषात्सुतक्षयः।।

(द्वादशभावसिंधु/268)

जिसके नीचराशिगत बृहस्पति तृतीयभाव में स्थित हो और पंचम शनि स्थित हो और अष्टम मंगल स्थित हो तो भ्रातृदोष से पुत्रनाश होते हैं।

भ्रातृदेहाधिपे रिष्फे पंचमस्थो धरासुतः।।
सपापे पुत्रपे रन्ध्रे भ्रातृदोषात्सुतक्षयः।।

(द्वादशभावसिंधु/269)

जिसके तृतीय और लग्न के स्वामी द्वादशभाव में स्थित हों और पंचमभाव में मंगल स्थित हो और पापग्रहों के सहित पंचमेश अष्टम में स्थित हो तो भ्रातृदोष से पुत्रनाश होते हैं।

पापान्तरगते लग्ने सुतर्क्षे पापमध्यगे।।
तदीशौ कारकौ त्रिक्स्थे भ्रातृदोषात्सुतक्षयः।।

(द्वादशभावसिंधु/270)

जिस जातक के जन्मकाल में पापग्रहों के बीच में लग्न हो और पंचमभाव भी पापग्रह के मध्य में हो और देहकारक, पुत्रकारक दोनों 6/8/12 में स्थित हों तो भ्राता के दोष से पुत्रनाश होते हैं।

कर्मेशः सहजस्थाने सुतेशे पापसंयुते।।
पुत्रभावस्थितोभौमोभ्रातृदोषात्सुतक्षयः।।

(द्वादशभावसिंधु/271)

जिसके दशमेश तृतीय स्थित हों और पंचमेश पापग्रहों के सहित हो और पंचमभाव में मंगल स्थित हो तो भ्रातृदोष से पुत्रनाश होते हैं।

पुत्रभावे बुधक्षेत्रे मन्दराहुसमन्विते।।
व्यये बुधारौ योगेन भ्रातृदोषात्सुतक्षयः।।

(द्वादशभावसिंधु/272)

जिसके पंचमभाव में बुध की राशि में शनि, राहु स्थित हों और द्वादशभाव में बुध, मंगल स्थित हों तो भ्रातृदोष से पुत्रनाश होते हैं।

तनुपे सहजस्थाने विक्रमेशे सुतस्थिते।।
लग्नभ्रातृसुते क्रूरे भ्रातृदोषात्सुतक्षयः।।

(द्वादशभावसिंधु/273)

जिसके लग्नेश तृतीयभाव में स्थित हो और तृतीयेश पंचम में स्थित हो और जन्मलग्न तृतीय पंचमभाव में पापग्रह स्थित हों तो भ्रातृदोष से पुत्रनाश होते हैं।

विक्रमेशे मृतिस्थाने पुत्रस्थे भ्रातृकारके।।
तममन्दयुते दृष्टे भ्रातृदोषात्सुतक्षयः।।

(द्वादशभावसिंधु/274)

जिस जातक के जन्मकाल में तृतीयभाव का स्वामी अष्टमभाव में स्थित हो और भ्रातृकारक पंचम स्थित हो और राहु शनि के युक्त अथवा दृष्ट हो तो भ्रातृदोष से पुत्रनाश होते हैं।

अष्टमेशस्थितः पुत्रे विक्रमेशेन संयुते।।
रन्ध्रे भौमार्किसंयुक्ते भ्रातृदोषात्सुतक्षयः।।

(द्वादशभावसिंधु/275)

जिसके अष्टमभाव का स्वामी पंचमभाव में स्थित हो और तृतीयेश के सहित हो और अष्टमभाव में मंगल, शनि स्थित हों तो भ्रातृदोष से पुत्रनाश होते हैं।

वाटिकारोपणं कुर्य्यादश्वत्थवटवृक्षकान्।।
सन्मार्गेसन्निधौ स्थाप्य कूपं जलसमन्वितम्।।

(द्वादशभावसिंधु/276)

पीपल और वटवृक्ष की वाटिका का आरोपण करें और श्रेष्ठ मार्ग के समीप सुन्दर जल वाला कूप बनवायें।

प्राजापत्यं तथा चान्द्रव्रतं कुर्य्यात्प्रयत्नतः।।
फलयुक्ताः धरादानं कृत्वा दोषप्रशान्तये।।

(द्वादशभावसिंधु/277)

प्राजापत्य तथा चान्द्रायण व्रत करें और श्रेष्ठ फलों के वृक्षों की धरती का दान करें।

द्वादशाक्षरमन्त्रस्य जपेद्विंशतिलक्षकम्।।
पश्चाद्धोमं प्रकर्तव्योब्राह्मणान्भोजयेत्पुनः।।

(द्वादशभावसिंधु/278)

द्वादशाक्षर मंत्र का बीस लाख जप करायें, उसके पश्चात् हवन और ब्रह्मभोज कराएँ।

सुवर्णं पलपंचाशद्दद्याद्दोपानुपत्तये।।

(द्वादशभावसिंधु/279)

पचास पल सुवर्ण दान करें।

सवत्सां गां च दातव्या ततःकृत्वा प्रदक्षिणाम्।।
एवं कृते मनुष्याणां पुत्रप्राप्तिर्भविष्यति।।

(द्वादशभावसिंधु/280)

बछड़ा सहित गौ का दान कर प्रदक्षिणा करें। इस प्रकार जो प्राणी करेंगे उनको पुत्रलाभ प्राप्त होगा।

मातुलशाप योग

पुत्रस्थाने बुधे जीवे कुजराहुसमन्विते।
लग्ने मन्दे सुताभावो ज्ञेयो मातुलशापतः।।
लग्नपुत्रेश्वरौ पुत्रे बुधभौमार्किसंयुतौ।
ज्ञेयं मातुलशापत्वाज्जनस्यसन्ततिक्षयः।।
लुप्ते पुत्राधिपे लग्ने सप्तमे भानुनन्दने।
लग्नेशे बुधसंयुक्ते तस्यापि सन्ततिक्षयः।।
ज्ञातिस्थानाधिपे लग्ने व्ययेशेन समन्विते।
शशिसौम्यकुजे पुत्रे विज्ञेयः सन्ततिक्षयः।।

(बृहत्पाराशरहोराशास्त्र/अ.-/65-68)

1. पंचम में बुध, बृहस्पति मंगल व राहु की एकत्र स्थिति, लग्न में शनि हो।
2. 1.5 भावेश पंचम में, बुध, मंगल, शनि सहित हों।
3. पंचमेश अस्त हो, 1.7 भाव में शनि हो, लग्नेश व बुध साथ हों।
4. चतुर्थेश लग्न में द्वादशेश के साथ हो, पंचम में चन्द्रमा, बुध व मंगल हों।

इन योगों में मामा के शाप से पुत्र नहीं होता है।

तद्दोषपरिहारार्थं विष्णुस्थापनमाचरेत्।
वापीकूपतडागादिखनने सेतुबन्धनम्।।
पुत्रवृद्धिर्भवेत्तस्य सम्पद्वृद्धिः प्रजायते।
इति योग वशादेवं शान्तिं कुर्याद् विचक्षणः।।

(बृहत्पाराशरहोराशास्त्र/अ.-/69-70)

इस दोष की शान्ति के लिए विष्णु भगवान् की प्रतिमा की स्थापना करें। बावड़ी, कुआँ, तड़ागादि, (जल की प्याऊ आदि या सार्वजनिक जलस्थान) परोपकारार्थ पुल बनवाना चाहिए। तभी पुत्र की सम्पत्ति की वृद्धि होती है। उक्त प्रकार से ही विद्वान् व्यक्ति को शान्ति विधान करवाना चाहिए।

अथ मातुलदोषात्सुतनाशयोगानाह

पुत्रे जीवे कुजे राहुर्बुधोलग्ने शनैश्चरः।।
तदा मातुलदोषेन तस्य सन्ततिनश्यति।।

(द्वादशभावसिंधु/281)

जिस जातक के जन्मकाल में पंचमभाव में मंगल, राहु, बुध स्थित हों और जन्मलग्न में शनि स्थित हो तो उस जातक के मातुलदोष से सन्तान नाश होती है।

देहपुत्रेश्वरौ पुत्रे कुजचान्द्री शनिर्युतः।।
तदा मातुलदोषेन तस्य सन्तति नश्यति।।

(द्वादशभावसिंधु/282)

जिसके लग्न पंचमभाव का स्वामी पंचमभाव में स्थित हों और मंगल, बुध के सहित हों तो भी मातुलदोष से सन्तान का नाश कहना चाहिए।

पंचमेशे यदा लग्ने अस्तेवा बलवर्जिते।।
लग्नेशे बुधसंयुक्ते सप्तमस्थे शनैश्चरः।।

(द्वादशभावसिंधु/283)

जिसके पंचमेश लग्न में स्थित हों, अस्तगत बलहीन हो और लग्नेश बुध के सहित हो और सप्तमभाव में शनि स्थित हो।

तदा मातुलदोषेन तस्य सन्ततिनाशनम्।।

(द्वादशभावसिंधु/284)

तो भी मातुलदोष से उनकी सन्तान का नाश कहना चाहिए।

सुखेशे तनुभावस्थे व्ययनाथेन संयुतः।।
बुधचन्द्रकुजे पुत्रे तदा मातुलदोषतः।।

(द्वादशभावसिंधु/285)

जिसके पंचमेश लग्न में स्थित हों और व्ययेश के सहित हों और बुध, चन्द्रमा, मंगल पंचमभाव में हों तो भी मातुलदोष से पुत्रनाश होते हैं।

लग्नपुत्राधिपौ युक्तावन्योन्यं वा विलोकितौ।।
अन्योन्यक्षेत्रगोवापि तदा मातुलदोषतः।।
विनाशस्तस्य सन्तानं गर्गादिमुनिमिः स्मृतम्।।

(द्वादशभावसिंधु/286)

जिसके जन्मलग्न और पंचमेश दोनों युक्त हों अथवा अन्योन्य दृष्टिनिक्षेप करते हों अथवा अन्योन्य राशि में स्थित हों तो भी मातुलदोष से उस प्राणी के पुत्रनाश होते हैं यह गर्गादि मुनीश्वरों ने कहा है।

तद्दोषपरिहार्थाय विष्णुपूजनमाचरेत्।।
षोड़शाक्षरमन्त्रस्य जपं द्वादशलक्षकम्।।

(द्वादशभावसिंधु/287)

मातुलदोष की शान्ति के लिए विष्णु का पूजन करना चाहिए और षोड़शाक्षर मंत्र का बारह लाख जप करवाना चाहिए।

विधिवद्धवनं कुर्यात्पश्चाद्ब्राह्मणभोजनम्।।
विष्णुमूर्तिः सुवर्णस्य कारयेत् शतपलैःसमः।।

(द्वादशभावसिंधु/288)

विधिपूर्वक हवन करें तद्पश्चात ब्राह्मण भोजन करवाना और सुवर्ण की एक सौ पल की मूर्ति विष्णु की बनाना चाहिए।

तस्य दानेन सन्तानोभवेत्सौख्यं प्रजायते।।
कूपारामतड़ागादिसेतुबन्धं च कारयेत्।।

(द्वादशभावसिंधु/289)

उसका दान कर ज्योतिषी को देना तो उसको सन्तान का सौख्य कहना और कुआँ, बाग, तालाब और पुल आदि बनवाना चाहिए।

अथ ब्रह्मशापात्सुतनाशयोगानाह

गुरुराशिगते राहुजीवारार्किसुतस्थिते।।
भाग्येशे रन्ध्रभावस्थे ब्रह्मदोषात्सुतक्षयः।।

(द्वादशभावसिंधु/290)

जिस जातक के जन्मकाल में बृहस्पति, राशि में राहु स्थित हो और बृहस्पति, मंगल, शनि, पंचमभाव में स्थित हों और नवमभाव का स्वामी अष्टमभाव में स्थित हो तो उसके ब्राह्मणों के दोष से पुत्रनाश होते हैं।

धनविद्याप्रतापेन ब्राह्मणान्योन पूजयेत्।।
तिरस्कारं द्विजान्कृत्वा ब्रह्मदोषात्सुतक्षयः।।

(द्वादशभावसिंधु/291)

जो जातक धन और विद्या के प्रताप से ब्राह्मणों का पूजन नहीं करता है और ब्राह्मणों का तिरस्कार करता है वह जातक ब्राह्मणों के दोष से पुत्रहीन होता है।

भाग्याधिपे पुत्रभावे पुत्रेशे रन्ध्रसंस्थिते।।
राहुजीवारनाशस्थे ब्रह्मदोषात्सुतक्षयः।।

(द्वादशभावसिंधु/292)

जिसके नवमेश पंचमभाव में स्थित हो और पंचमेश और राहु बृहस्पति, मंगल अष्टम में स्थित हों तो भी ब्राह्मणों के दोष से पुत्रनाश होते हैं।

लग्ने वा पुत्रराशिस्थे तमोजीवातिनीचगे।।
पुत्रेशे रन्ध्रभावस्थे ब्रह्मदोषात्सुतक्षयः।।

(द्वादशभावसिंधु/293)

जिसके लग्न में अथवा पंचमभाव में राहु, बृहस्पति परम नीच में स्थित हों और पंचमेश अष्टमभाव में स्थित हो तो भी ब्राह्मणों के दोष से पुत्रनाश होते हैं।

व्ययेशे पुत्रराशिस्थे धर्मेशेनीचराशिगे।।
राहुदृष्टे युते वापि ब्रह्मदोषात्सुतक्षयः।।

(द्वादशभावसिंधु/294)

जिसके द्वादशभाव का स्वामी पंचमभाव में स्थित हो और नवमेश नीचराशि में स्थित हो और राहु के दृष्ट या युक्त हो तो वह जातक ब्राह्मणों के दोष से पुत्रहीन होता है।

सजीवेपुत्रभावेशे रन्ध्रस्थे पापसंयुतः।।
पुत्राधिपेऽर्कचन्द्रोवा ब्रह्मदोषात्सुतक्षयः।।

(द्वादशभावसिंधु/295)

जिसके बृहस्पति के सहित पंचमभाव का स्वामी अष्टमस्थान में पापग्रहों से युक्त हो अथवा पंचमेश सूर्य, चन्द्रमा अष्टमभाव में स्थित हों तो भी ब्राह्मणों के दोष से पुत्रहीन होता है।

मन्दर्क्षे मन्दांशे वा गुरुभौमशनैश्चराः।।
पुत्राधिपे व्यये संस्थे पुत्रदोषात्सुतक्षयः।।

(द्वादशभावसिंधु/296)

शनि राशि में अथवा शनि के नवांशा में बृहस्पति, मंगल, शनि स्थित हों और पंचमेश द्वादश में स्थित हो तो उस जातक के ब्राह्मणों के दोष से पुत्रनाश होते हैं।

गुरुमन्दयुतोलग्ने धर्मे राहुसमन्विते।।
व्यये भृगुसमायोगे ब्रह्मदोषात्सुतक्षयः।।

(द्वादशभावसिंधु/297)

जिसके शनि और बृहस्पति लग्न में स्थित हों और नवमभाव में राहु स्थित हो और द्वादशभाव में शुक्र स्थित हो तो भी ब्राह्मणों के दोष से पुत्रहीन होता है।

तद्दोषपरिहारार्थं शान्तिं कुर्य्याद्विचक्षणः।।
पंचाशत्पलहेमस्य मूर्तिं विष्णो रमासह।।

(द्वादशभावसिंधु/298)

ब्रह्मदोष की शान्ति के लिए पचास पल सोने की मूर्ति लक्ष्मी सहित विष्णु की बनायें।

सप्तर्षिपूजनं कृत्वा गंगातीरे विशेषतः।।
अष्टादशाक्षरोमन्त्रोजाप्यं विंशतिलक्षकम्।।

(द्वादशभावसिंधु/299)

सप्त ऋषियों का पूजन गंगातीर पर विशेष तौर पर करें और अष्टादशाक्षर मंत्र का बीस लाख जप करायें।

ततोहोमं प्रकर्तव्योधेनुं दद्यात्सवत्सकाम्।।
अन्नदानेन वस्त्रेण ब्राह्मणान्तोषयेद्बुधः।।

(द्वादशभावसिंधु/300)

जिसके बाद हवन कर ब्राह्मण भोजन करायें और बछड़ा सहित गाय का दान करें, अन्न-वस्त्र का दान करके ब्राह्मणों का संतोष करें।

एवं कृते मनुष्याणां पुत्रलाभोभवेद्ध्रुवम्।।
इहलोके सुखं भुक्त्वा ब्रह्मशापोविनश्यति।।

(द्वादशभावसिंधु/301)

इस प्रकार करने से जातकों को निश्चय ही पुत्र की लाभ प्राप्त होगा इस लोक में सुख भोगकर ब्राह्मणों के शाप से दूर होते हैं।

अथ स्त्रीदोषात्सुतनाशयोगनाह

जायेशे पंचमस्थाने दारेशस्थांशपेशनिः।।
सुतेशे रन्ध्रभावस्थे दारादोषात्सुतक्षयः।।

(द्वादशभावसिंधु/302)

जिस जातक के जन्मकाल में सप्तमभाव का स्वामी पंचमभाव में स्थित हो और सप्तमेश जिस नवांशा में स्थित हो उस नवांशे का स्वामी शनि सहित पंचम हो और पंचमभाव का स्वामी अष्टमभाव में स्थित हो तो स्त्री के दोष से पुत्रनाश होते हैं।

जायेशे रन्ध्रभावस्थे व्ययेशे पुत्रभावगे।।
पापयुक् कारके पुत्रे दारादोषात्सुतक्षयः।।

(द्वादशभावसिंधु/303)

जिसके सप्तमभाव का स्वामी अष्टमभाव में स्थित हो, द्वादशभाव का स्वामी पंचमभाव में स्थित हो और पुत्रकारक ग्रह पाप सहित हों तो भी दारा के दोष से पुत्रनाश होते हैं।

पुत्रभावस्थिते शुक्रे जायेशे रन्ध्रसंस्थिते।।
पुत्रकारकक्रूरर्क्षे दारादोषात्सुतक्षयः।।

(द्वादशभावसिंधु/304)

जिसके पंचम, में शुक्र स्थित हो और सप्तमेश अष्टम में स्थित हो और पुत्रकारक पापग्रहों की राशि में हो तो दारादोष से पुत्रनाश होते हैं।

सुखपे पापसंबन्धे दारेशे मृतिभावगे।।
सक्रूरे पंचमस्थोवा दारादोषात्सुतक्षयः।।

(द्वादशभावसिंधु/305)

चतुर्थेश का पापग्रहों से संबन्ध हो, सप्तमेश अष्टम में स्थित हो, पंचमभाव में पापग्रह हों तो भी दारादोष से पुत्रनाश होते हैं।

भाग्यभावस्थिते शुक्रे जायेशे नाशसंस्थिते।।
लग्नपुत्रस्थिताः पापा दारादोषात्सुतक्षयः।।

(द्वादशभावसिंधु/306)

जिस जातक के जन्मकाल में नवमभाव में शुक्र स्थित हो और सप्तमेश अष्टम में स्थित हो और लग्न पंचम पापग्रह स्थित हों तो दारादोष से पुत्रनाश होते हैं।

भाग्यभावस्थिते शुक्रे सुतेशे रिपुराशिगे।।
गुरुजायांगपा दुस्था दारादोषात्सुतक्षयः।।

(द्वादशभावसिंधु/307)

जिसके नवमभाव में शुक्र स्थित हो और पंचमेश शत्रु की राशि में स्थित हो और नवम सप्तम लग्न के स्वामी अष्टम स्थित हों तो भी दारादोष से पुत्रनाश होते हैं।

सचन्द्रोराहुशुक्रर्क्षे पंचमस्थो यदा भवेत्।।
व्यये लग्ने धने पापा दारादोषात्सुतक्षयः।।

(द्वादशभावसिंधु/308)

जिसके चन्द्रमा सहित राहु वृष अथवा तुला राशि में पंचमभाव में स्थित हो और लग्न द्वितीय व्ययभावों में पापग्रह स्थित हों तो भी दारादोष से पुत्रनाश होते हैं।

रन्ध्रेशे पंचमस्थाने सप्तमे शुक्रसूर्यजः।।
स्वर्भानुर्लग्नभावस्थोदारादोषात्सुतक्षयः ।।

(द्वादशभावसिंधु/309)

जिसके अष्टमेश पंचम भाव में स्थित हो और सप्तम शुक्र, शनि स्थित हों और लग्न में राहु स्थित हो तो उस प्राणी के दारादोष से पुत्रनाश होते हैं।

पुत्रे शुक्रोव्यये जीवो द्वितीयस्थोधरासुतः।।
राहुदृष्टे युतेवापि दारादोषात्सुतक्षयः।।

(द्वादशभावसिंधु/310)

जिसके पंचम शुक्र, द्वादश बृहस्पति, द्वितीय मंगल स्थित हों और राहु से युक्त अथवा दृष्ट हो तो भी दारादोष से पुत्रनाश होते हैं।

धनदाराधिपौ दुःस्थौ पुत्रे भौमतनौशनिः।।
कारके पापसंयुक्ते दारादोषात्सुतक्षयः।।

(द्वादशभावसिंधु/311)

जिसके द्वितीय और सप्तमभाव के स्वामी 6/8/12 में स्थित हों, पंचम मंगल, लग्न में शनि स्थित हो और पंचम का कारक पापग्रह सहित हो तो दारा के दोष से पुत्रनाश होते हैं।

राहुमन्दाधरासूनुर्लग्नपंचमभाग्यगाः ।।
पुत्रदाराधिपौ दुःस्थौ दारादोषात्सुतक्षयः।।

(द्वादशभावसिंधु/312)

जिसके लग्न में राहु, पंचम में शनि, नवम में मंगल स्थित हो और पंचम, सप्तमभाव के स्वामी 6/8/12 में स्थित हों तो दारा के दोष से पुत्रनाश होते हैं।

दारादोषस्य शान्त्यर्थं कन्यादानं वदेहुधः।।
लक्ष्मीनारायणं देवं वस्त्राभरणभूषितम्।।

(द्वादशभावसिंधु/313)

दारादोष की शान्ति के लिए कन्यादान पण्डितजन कहते हैं, लक्ष्मीनारायण की वस्त्राभरण सहित।

स्वर्णमूर्तिः करोत्येव धेनुं दद्यात्सवत्सकाम्।।
शय्यांसभूषणं वस्त्रं दम्पत्योर्दानमाचरेत्।।

(द्वादशभावसिंधु/314)

सुवर्ण की मूर्ति बनाकर बछड़ा सहित गौ का दान करें और वस्त्रभूषण के सहित स्त्री-पुरुषों के अलंकारों से युक्त शय्या का दान करना चाहिए!

गोपालस्य जपेन्मंत्र क्लीं बीजसमन्वितम्।।
त्रिंशतिर्विंशतिर्वापि दशलक्षं स्वभक्तितः।।

(द्वादशभावसिंधु/315)

गोपाल मंत्र का जप क्लीं बीज के सहित तीस लाख या बीस लाख अथवा दस लाख करवाना चाहिए।

दशांशं हवनं कुर्य्याद्ब्राह्मणं भोजनं ददेत्।।
एवं कृते मनुष्याणांपुत्रसन्ततिजायते।।

(द्वादशभावसिंधु/316)

दशांश हवन करवाना और ब्राह्मण भोजन कराना चाहिए। इस प्रकार करने से जातकों को पुत्र की प्राप्ति होती है।

अथ गुरुदोषात्पुत्रनाशयोगानाह

सुतभावे शनिः सूर्यः सप्तमे हीनचन्द्रमाः।।
लग्ने राहुर्व्ययेजीवोगुरुदोषात्सुतक्षयः।।

(द्वादशभावसिंधु/317)

जिस जातक के जन्मकाल में पंचमभाव में शनि, सूर्य स्थित हों और सप्तम में हीन चन्द्रमा स्थित हो और लग्न में राहु, द्वादश में बृहस्पति स्थित हो तो गुरुदोष से पुत्रनाश होते हैं।

पुत्रेशे नाशराशिस्थे समन्देलग्नगे कुजे।।
पुत्रकारकरन्ध्रस्थे गुरुदोषात्सुतक्षयः।।

(द्वादशभावसिंधु/318)

जिसके पंचमेश अष्टमभाव में स्थित हो और शनि के सहित लग्न में मंगल स्थित हो और पुत्रकारक अष्टम स्थित हो तो भी गुरुदोष से पुत्रनाश होते हैं।

लग्ने क्रूरे व्यये सूर्यः सुते भौमार्किसंस्थितः।।
सुतेशे नाशभावस्थे गुरुदोषात्सुतक्षयः।।

(द्वादशभावसिंधु/319)

जिसके लग्न में पापग्रह द्वादश में सूर्य और पंचम में मंगल, शनि स्थित हों और पंचमेश अष्टम स्थित हो तो भी गुरुदोष से पुत्रनाश होते हैं।

स्वर्भानुर्लग्नभावस्थे पंचमस्थे शनैश्चरः।।
पुत्रकारकनाशस्थे गुरुदोषात्सुतक्षयः।।

(द्वादशभावसिंधु/320)

जिसके राहु लग्न में स्थित हो और पंचम में शनि स्थित हो, पंचमभाव का कारक ग्रह अष्टम में स्थित हो तो भी गुरुदोष से पुत्रनाश होते हैं।

गुरुदोषप्रशान्त्यर्थं हेममूर्तिं प्रदापयेत्।।
गुरुमूर्तिः प्रकर्तव्या अरुन्धन्या सहप्रभून्।।

(द्वादशभावसिंधु/321)

गुरुदोष की शान्ति के लिए सुवर्ण की मूर्तिदान करें और गुरु की मूर्ति बनाये, अरुन्धती सहित वशिष्ठ की।

मूर्तिं कृत्वा सुवर्णस्य शतमाषप्रमाणतः।।
शय्यादानं सवस्त्रेण दम्पत्योर्भूषणं सह।।

(द्वादशभावसिंधु/322)

सुवर्ण मूर्ति एक सौ माशे की बनानी चाहिए और वस्त्रों के सहित स्त्री और पुरुषों के आभूषणों सहित शय्यादान करना चाहिए।

धेनुदानं प्रकर्तव्यो ब्राह्मणान्भोजयेत्पुनः।।
जपं गोपालमन्त्रेण पंचलक्षं स्वभक्तितः।।

(द्वादशभावसिंधु/323)

गौ दान करें फिर ब्राह्मणों को भोजन कराकर और पाँच लाख गोपाल मंत्र का जप करायें।

वृन्दावने प्रयागे वा विषासासन्निधौऽथवा।।
गोदावरीसरित्तीरे कर्त्तव्यः पुत्रमाप्नुयात्।।

(द्वादशभावसिंधु/324)

वृन्दावन अथवा प्रयाग अथवा व्यास के समीप गोदावरी के किनारे मंत्र जाप कराने से पुत्रलाभ होता है।

एवं कृते मनुष्याणां गुरुदोषोव्यपोहति।।
सुखसौभाग्यसंयुक्तः सन्ततिर्वर्द्धते कुलम्।।

(द्वादशभावसिंधु/325)

इस प्रकार जो मनुष्य करेंगे तो गुरुदोष दूर होगा और सुख-सौभाग्य के सहित सन्तान से कुल की वृद्धि होगी।

अथ धेनुदोषात्सुतनाशयोगमाह

लग्ने राहुः सशुक्रेज्ये चन्द्रमन्दयुते सुते।।
दशमस्थोधरासूनुर्धेनुदोषात्सुतक्षयः ।।

(द्वादशभावसिंधु/326)

जिस जातक के जन्मकाल में लग्न में राहु, शुक्र, बृहस्पति के सहित स्थित हो और चन्द्रमा, शनि पंचम में स्थित हों और दशमभाव में मंगल स्थित हो तो उस जातक के धेनु के दोष से पुत्रनाश होते हैं।

तनुभावस्थिते राहुः पुत्रस्थे रविनन्दने।।
भौमदृष्टियुतोवापि धेनुदोषात्सुतक्षयः।।

(द्वादशभावसिंधु/327)

जिसके लग्न में राहु और पंचमभाव में शनि स्थित हो और मंगल के दृष्टयुत हो तो उस प्राणी के धेनु के दोष से पुत्रनाश होते हैं।

पुत्रकारकनीचस्थे पुत्रस्थे नीचगः खगः।।
नीचदृष्टियुतोवापि धेनुदोषात्सुतक्षयः।।

(द्वादशभावसिंधु/328)

पुत्रकारकग्रह नीचराशि में स्थित हो और नीचग्रह से दृष्टयुत हो तो उस प्राणी के धेनुदोष से पुत्रनाश होते हैं।

प्रथमं पोषयेद्धेनुः ततः पूजनमाचरेत्।।
दम्पती प्रातरुत्थाय धेनुसेवापरायणः।।

(द्वादशभावसिंधु/329)

पहले गौ का पालन करें उसके बाद पूजन करना चाहिए, स्त्री-पुरुष प्रातःकाल उठकर गौ की सेवा में तत्पर हों।

धूपदीपाक्षतैः पुष्पैः पूजयेद् भक्तितोयतः।।
हरिद्दूर्वांकुरेणैव सान्नं नैवेद्यतोऽर्चयेत्।।

(द्वादशभावसिंधु/330)

धूप-दीप, अक्षतों से भक्ति सहित जल करके हरी दूब के अंकुरों के अन्नसहित नैवेद्य करके गौ का पूजन करना चाहिए।

सोमोधेनुरिदं मन्त्रं जपं कुर्यात्स्वभक्तितः।।
त्रिवर्षं च द्विवर्षं च वर्षमेकं प्रयत्नतः।।

(द्वादशभावसिंधु/331)

सोमोधेनुः इस मंत्र का जप अपनी भक्ति से कराएँ तीन वर्ष, या दो वर्ष अथवा एक वर्ष यत्न करके।

पूजयेद्दम्पती नित्यं धेनुदोषस्य शान्तये।।
धेनुदानं प्रकर्तव्यः तदा पुत्रोभविष्यति।।

(द्वादशभावसिंधु/332)

स्त्री-पुरुष नित्य ही गौ का पूजन करें। धेनु दोष की शान्ति के लिए और गौ का दान करने से पुत्र प्राप्त होता है।

अथ प्रेतदोषात्सुतनाशयोगानाह

लग्ने मन्देसुते राहुरष्टमस्थोदिवाकरः।।
व्ययभावे धरासूनुः प्रेतदोषात्सुतक्षयः।।

(द्वादशभावसिंधु/333)

जिस जातक के जन्मकाल में लग्न में शनि, पंचम में राहु, अष्टम में सूर्य स्थित हो और द्वादशस्थान में मंगल स्थित हो तो प्रेतदोष से पुत्रनाश होते हैं।

पंचमस्थोनिशानाथोजायेशो रन्ध्रसंस्थितः।।
मन्दमान्दियुते द्यूने प्रेतदोषात्सुतक्षयः।।

(द्वादशभावसिंधु/334)

पंचमभाव में चन्द्रमा स्थित हो और सप्तमेश अष्टम में स्थित हो और शनि, गुलिक से युक्त सप्तम में स्थित हो तो प्रेतदोष से पुत्रनाश होते हैं।

रन्ध्रभावाधिपे पुत्रे शनिशुक्रेण संयुतः।।
पुत्रकारकनास्थे प्रेतदोषात्सुतक्षयः।।

(द्वादशभावसिंधु/335)

अष्टम भावनाथ पंचम स्थित हो और शनि शुक्र के सहित हो और पुत्रकारक अष्टम स्थित हो तो प्रेतदोष से पुत्रहीन होता है।

श्राद्धहीनःपितृभ्यश्च तच्छापात्पुत्रनाशनम्।।
तस्य शान्तिं प्रवक्ष्यामि प्राचीनमुनिभिः स्मृतम्।।

(द्वादशभावसिंधु/336)

पितृश्वरों के श्राद्ध से हीन, पितृश्वरों के शाप से पुत्रों का नाश होता है, उसकी प्राचीन मुनियों द्वारा कही हुई बात मैं शान्ति से कहता हूँ।

तद्दोषपरिहारार्थं विष्णुश्राद्धं च कारयेत्।।
गयाश्राद्धं प्रकुर्वीति रुद्रस्नानं प्रयत्नतः।।

(द्वादशभावसिंधु/337)

प्रेतदोष की शान्ति के लिए विष्णु का और गयाश्राद्ध को करना चाहिए और रुद्रस्नान यत्न से करना चाहिए।

ब्रह्ममूर्तिः सुवर्णस्य ब्राह्मणाय प्रदापयेत्।।
धेनुरंजतपात्रं च सवस्त्रं शर्करान्वितम्।।

(द्वादशभावसिंधु/338)

सुवर्ण की ब्रह्मा की मूर्ति बनाना और ब्राह्मण को दान करके देय गौ, चाँदी का पात्र, वस्त्र और शर्करा सहित।

सतन्दुलं प्रदातव्यं विप्रेभ्योदक्षिणासह।।
अष्टकादिषु श्राद्धेषु पितृकर्मा विधापितुः।।

(द्वादशभावसिंधु/339)

तन्दुल सहित दक्षिणायुत ब्राह्मणों को दान करके देय और अष्टकादिक श्राद्धों में पितृश्वरों का श्राद्ध करना चाहिए।

एवं कृते मनुष्याणां प्रेतदोषोविनश्यति।।
बलदेवसुतोगौड़श्यामदैवज्ञकीर्तितम् ।।

(द्वादशभावसिंधु/340)

इस प्रकार करने से मनुष्यों का प्रेतदोष दूर हो जाता है, यह गौड़ कुलोत्पन्न बलदेव प्रसाद के पुत्र श्यामलाल दैवज्ञ ने उल्लेख किया है।

2.5 अशुभ जन्म का विचार

महर्षि पराशर ने अपने बहुप्रशंसित और प्रतिष्ठित ग्रंथ बृहत्पाराशरहोराशास्त्र में कतिपय ऐसे जन्मकाल और स्थितियों को उद्‌घाटित किया है, जिनसे अधिकांश सामान्यजन कदाचित अनभिज्ञ है। इन सूत्रों को यहाँ उद्‌धृत किया जा रहा है, ताकि सन्तान के जन्म के समय जन्म नक्षत्र, जन्म काल, जन्मतिथि, भद्रा करण, मूल आदि का विचार गंभीरता के साथ किया जाना चाहिए।

पराशर उवाच :

अथान्यत् सम्प्रवक्ष्यामि सुलग्ने सुग्रहेष्वपि।
यदन्य कारणेनापि भवेज्जन्माशुभप्रदम्।।

दर्शे कृष्ण चतुर्दश्यां विष्ट्यां सोदरभे तथा।
पितृभे सूर्यसंक्रान्तौ पातेऽर्केन्दुग्रहे तथा।।

व्यतीपातादिदुर्योगे गण्डान्ते त्रिविधेऽपि वा।
यमघण्टेऽवमे दग्धयोगेत्रीतर जन्म च।।

प्रसवस्य विकारेऽपि ज्ञेयं जन्माशुभप्रद्म्।
तुलाऽर्के सार्पशीर्षे च नृणां जन्माशुभप्रदम्।।

शान्त्या भवति कल्याणं तदुपायं च वच्म्यहम्।
अकृत्वा नास्तिको लोभादश्नुते बहुसंकटान्।।

(बृहत्पाराशरहोराशास्त्र/अ.-88/1-5)

पराशर बोले—शुभ लग्न व शुभ ग्रहयोगों में उत्पन्न होने पर भी जातक वक्ष्यमाण कारणों से अशुभफल पाता है, अर्थात् ये अशुभ जन्म समझने उपयुक्त हैं।

1. अमावस्या, 2. कृष्ण चतुर्दशी, 3. भद्रा करण, 4. भाई या पिता का एक नक्षत्र, 5. संक्रान्ति, 6. क्रान्तिसाम्य या महापात, 7. सूर्यग्रहण, 8. चन्द्रग्रहण, 9. व्यतिपातादि दुर्योग, 10. त्रिविध गण्डान्त, 11. यमघण्ट योग, 12. तिथिक्षय, 13. दग्धादि योग, 14. त्रिखल जन्म, 15. विकृत या न्यूनाधिक समय प्रसव, 16. तुलामास, 17. सार्पशीर्ष, इत्यादि वेलाओं में मनुष्य का जन्म हो तो बहुत से शुभयोग भी उसी प्रकार नष्ट हो जाते हैं जिस प्रकार नीबू की एक बूँद ही दूध को विकृत कर देती है।

यह वेला या मुहूर्त्त का विषय है। जन्म में भी शुभाशुभ मुहूर्त्त या वेला का विचार परमावश्यक है, ऐसा महर्षि ने स्पष्ट संकेत किया है।

क्रान्ति साम्य (महापात)- क्रान्तिसाम्य का विचार विस्तृत गणित प्रक्रिया से करना योग्य है। अच्छे पंचांगों में क्रान्तिसाम्य का आरम्भ व अन्त आजकल दिया जाता है। सूर्य व चन्द्रमा की क्रान्ति समान होने पर महादोष होता है, यह विवाह, जन्म व यात्रादिं सभी शुभ कार्यों में वर्जित है।

स्थूल मान से मुहूर्तचिन्तामणि में कहा गया है कि 1.5, 2.10, 7.11, 6.12, 4.8, 3.9 राशियों के जोड़े में एक साथ जब सूर्य व चन्द्रमा हो तो क्रान्तिसाम्य होता है। इसका आरम्भ व अन्त सदैव सिद्धान्त गणितीय प्रक्रिया से प्राप्त करना ही अनिवार्य है।

सार्पशीर्ष- सूर्य चन्द्र के योग के समय (अमावस्या) यदि अनुराधा नक्षत्र हो तो अनुराधा का तृतीय व चतुर्थ चरण 'सार्पशीर्ष' कहलाता है।

चन्द्रार्कयोगे मैत्रान्त्यदलं स्यात्सार्पमस्तकम्।।

व्यतिपातादि दुर्योग- व्यतिपात, क्रान्तिसाम्य को भी कहते हैं। लेकिन यहाँ प्रसंगवशात्

दुर्मुहूर्त्तों का परिगणन किया गया है। क्रकच, दग्धा तिथि, कुलिक, यमघण्टादि योगों का विचार तिथि, नक्षत्र व मुहूर्तादि के मिश्रण से होता है।

रातदिन की 60 घड़ियों में 32 मुहूर्त अर्थात् लगभग 2 घड़ी का एक मुहूर्त होता है। दिनमान को 16 से भाग देने पर एक मुहूर्त का मान आ जाता है। प्रत्येक वार को कौन-सा मुहूर्त (16वाँ भाग) यम घण्ट होता है, यह आगे निर्दिष्ट है: रविवार-10, सोमवार-8, मंगलवार-6, बुधवार-4, बृहस्पतिवार-2, शुक्रवार-14, शनिवार-12।

इसमें जानने का सुगम उपाय यह है कि स्थानीय दिनमान को 16 से भाग देकर जो घट्यादि लब्धि हो, उसे अभीष्ट वार के सामने लिखे अंक से गुणा कर दें। जब उतना इष्टकाल होगा, तब यमघण्ट योग समाप्त होगा। समाप्ति काल में से षोडशांश घटाने पर आरम्भ काल आ जाएगा।

वैधृति व व्यतिपात, पातों के ही नाम हैं। ये जन्म में बहुत अनिष्ट कारक हैं।

शूल, वैधृति, व्यतिपात, परिध, व्याघात, गण्ड, तिथि क्षय, भद्रा, वज्र, यमघण्ट, मृत्युयोग, दग्धयोग, ये 12 योग जन्म में अनिष्टप्रद हैं। ऐसा उत्तरगार्ग्य ने कहा है।

इनमें शूल, परिघ, व्याघात आदि दुष्ट योग हैं तथा वैधृति व व्यातिपात महापात गणित द्वारा साध्य हैं। इनका उल्लेख उत्तम पंचांगों में किया होता है। यमघण्ट मुहूर्त व यमघण्ट योग अलग-अलग हैं-

यमघण्ट योग : रविवार को मघा, सोमवार-विशाखा, मंगलवार-आर्द्रा, बुधवार-मूल, बृहस्पतिवार-कृत्तिका, शुक्रवार-रोहिणी, शनिवार-हस्त नक्षत्र हो तो यमघण्ट योग होता है।

दग्धयोग : रविवार-द्वादशी, सोमवार-11, मंगलवार-5, बुधवार-3, बृहस्पतिवार-6, शुक्रवार-8, शनिवार-9। उक्त तिथि वार साथ पड़े तो दग्धयोग होता है।

व्यतिपात वैधृति : इनका बोध क्रान्तिसाम्य दोष से ही हो जाता है। महापात के ये विभिन्न नाम हैं। सूर्य व चन्द्र की क्रान्तियाँ समान होने पर, यदि दोनों एक अयन में हों तो वैधृति व भिन्न अयनों में हों तो व्यतिपात होता है।

अशुभ काल जन्म का यह प्रकरण बहुत से ऋषियों जैसे गर्ग, नारद, शौनक, वशिष्ठ, उत्तरगार्ग्य या वृद्धगार्ग्य, मनु महाराज आदि ने कहा है। इनकी शान्ति का विधान भी किया है। तब पराशर जैसे त्रिकालदर्शी महर्षि इसमे क्यों न कहते? अतः शान्तिविधान पाराशर होरा का ही अंग है, कुछ लोगों ने शान्ति प्रकरण पर आक्षेप करके इसमे होराशास्त्र से बाहर बताया है, वह उनका विचारदारिद्रय ही है। शौनक, नारद, मनु, गर्ग व पाराशर ये सब ज्योतिष के प्रवर्तक हैं। सबने इसका उल्लेख किया है, तब सर्वांग पूर्ण पाराशरहोरा में ऐसा विषय होना अपरिहार्य ही है।

2.5.1 अमावस्या में जन्म तथा उसके उपाय

अमावस्या में जन्म सदा ही अहितकर होता है। जब सूर्य और चन्द्रमा संयुक्त रूप से एक ही राशि में स्थित हों, तो चन्द्रमा अस्त हो जाता है। जातक के माता-पिता को आर्थिक विषमताओं के साथ संघर्ष करना अनिवार्य होने लगता है। जातक के युवा होने पर व्यावसायिक प्रगति, उन्नति और स्वास्थ्य भी प्रभावित होता है। यदि सन्तान भाव का संदर्भ ही सूर्य और चन्द्रमा से संयुक्त हो, तो पुत्र जन्म के समक्ष भी प्रश्नचिह्न लग जाता है। महर्षि पराशर ने अमावस्या में जन्म होने को अनेक दृष्टियों से अशुभ ही बताया है।

पराशर उवाच :

मैत्रेय दर्शजातानां मातापित्रोर्दरिद्रता।
तद्दोषपरिहाराय शान्तिं कुर्याद् विचक्षणः।।

कलशस्थापनं कृत्वा प्रथमं विधिपूर्वकम्।
उदुम्बरवटाश्वत्थ चूतानां पल्लवांस्तथा।।

सनिम्बानां च मूलानि त्वचस्तत्र विनिक्षिपेत्।
पंचरत्नानि निक्षिप्य वस्त्रयुग्मेन वेष्टयेत्।।

(बृहत्पाराशरहोराशास्त्र/अ.-89/1-3)

दर्श अमावस्या को कहते हैं। अमावस्या में जन्म हो तो माता-पिता व स्वयं की दरिद्रता वित्त, पुत्र, यश आदि धनों की कमी होती है। इसमें भी कुहु अर्थात् सर्वथा चन्द्र रहित अमावस्या में हो तो सब प्रकार के दोष होते हैं।

अतः इस दोष के निराकरणार्थ बुद्धिमान व्यक्ति को शान्ति विधान करना चाहिए।

सर्वप्रथम कलश स्थापन की विधि से कलश स्थापित करें। कलश में द्रव्य, दूध, दही, घी आदि भी डालें। कलश पर गूलर, बड़, पीपल, पिलखन, आम के पत्ते, नीम के पत्ते, नीम की छाल व जड़ भी डालें। पंचरत्न डालकर उसे दो वस्त्रों में लपेटकर अग्निकोण में स्थापित करें।

कलश स्थापन की विधि सामान्यतः पुरोहित पंडित लोग जानते ही हैं। भूमि स्पर्श, धान्य निक्षेप, जलपूरण, कलश विधान, तब उसमें यथावसर सारी निर्दिष्ट वस्तुएँ डालकर प्रतिष्ठित करने का नाम कलश स्थापन है।

पंचरत्नों के स्थान पर यथाशक्ति द्रव्य (धन) डालें। सभी पल्लव मिलें तो बहुत उत्तम, अन्यथा यथा प्राप्त उपचारों से पूजनादि करने में भी कोई हानि नहीं है। दो वस्त्र से लपटने का तात्पर्य जोड़ा वस्त्र (लाल व सफेद) से सारे कलश को लपेटें, केवल नारियल को ही नहीं लपेटें। पंचरत्नों के नाम सोना, हीरा, नीलम, पुखराज, मोती हैं। कहा गया है-

अभावे सर्वरत्नानां हेम सर्वत्र योजयेत।।

अतः हेम (सोना) या उसका प्रचलित मूल्य कलश में रखने से सुविधा व शस्त्ररक्षा दोनों ही होती हैं।

सर्वे समुद्र इति चाऽऽपोहिष्ठादित्रयृचेन च।
आमन्त्रय कलशे तच्च स्थापयेद् वह्निकोणके।।

दर्शस्य देवतायाश्च सोमसूर्यस्वरूपकाः।
प्रतिमां स्वर्णजां नित्यं राजतीं ताम्रजां तथा।।

(बृहत्पाराशरहोराशास्त्र/अ.-89/4-5)

इसके बाद कलश में सभी तीर्थों, समुद्रों का आवाहन करें। इसका पौराणिक मंत्र इस प्रकार है-

सर्वे समुद्राः सरितस्तीर्थानि जलदा नदाः।
आयान्तु यजमानस्य दुरितक्षयकारकाः।। इत्यादि।

पुनः निम्न मंत्रों से कलश पर जल छिड़कें। **आपोहिष्ठामयो भुवः। तानऊर्ज्जेदधातन। महेरणाय चक्षसे। यो वः शिवतमो रसः। तस्य भाजयते हनः। उशतीरिवमातरः। तस्माद अरंग मामव। यस्य क्षयाय जिन्वथ। आपो जनयथा च नः।**

इस प्रकार कलश को अग्निकोण में स्थापित करें। कलश पर अमावस्या के देवता सूर्य व चन्द्रमा की क्रमशः सोने व चाँदी की मूर्ति या ताम्र व चाँदी की मूर्ति बनवाकर अग्न्युत्तारण व प्राणप्रतिष्ठा करके स्थापित करें।

आप्यायस्वेति, मन्त्रेण 'सविता' पश्चात्तमेव च।
उपचारैः समाराध्य ततो होमं समाचरेत्।।

समिधश्च चरुं विद्वान् क्रमेण जुहुयाद् व्रती।
भक्त्यासवितृमन्त्रेण सोमोधेनुश्च मन्त्रतः।।

अष्टोत्तर शतं वापि अष्टाविंशतिरेव वा।
त्रैयम्बकेन मन्त्रेण तिलान् व्याहृतिभिर्हुनेत्।।

शंकरस्याभिषेकं च कुर्यादाज्यावलोकनम्।
अभिषेकं तथा कुर्यात् दम्पत्योश्च सुपुत्रयोः।।

हिरण्यं रजतं चैव कृष्णाधेनुश्च दक्षिणाः।
ब्राह्मणान् भोजयेत् शक्त्या ततः क्षेममवाप्नुयात्।।

(बृहत्पाराशरहोराशास्त्र/अ.-89/6-10)

इसके बाद अमावस्या देवों की पूजा षोडशोपचार या कम से कम पंचोपचार से करें। पूजा मंत्र इस प्रकार कहे गए हैं :

1. आप्यायस्व मदिन्तम सोम विश्वेभिरंशुभिः।
भवा नः सम्प्रथस्तमः सखाप्वृधे।।

2. सविता पश्चात्तात् सविता पुरस्तात्। सवितोत्तरात्तात्।
सविताधरात्तात् सविता नः सुवतु सर्वतातिं सविता नो
रासतां दीर्घमायुः।।

इसके बाद शुद्ध चरु व सामग्री का भक्तिपूर्वक हवन करना चाहिए। हवन के मन्त्र इस प्रकार हैं-

1. **आकृष्णेन रजसा** इत्यादि प्रसिद्ध सूर्यमंत्र अथवा पूर्वोक्त पूजामंत्र से सूर्य का हवन करें।

2. **सोमो धेनुः सोमोऽअर्व्वन्तमाशुः सोमोव्वीरङ्कर्म्मणण्यन्ददाति।**
   सादन्यंव्विदत्थ्यः सभेयम्पितृश्रवणैंयूयो ददाशदस्मै।।

   इस मंत्र से चन्द्रमा या सोम का हवन करें।

3. पश्चात् **'त्र्यम्बकं यजामहे'** इत्यादि से तिल की आहुति दें।

4. पश्चात् **'ॐ भूर्भुवः स्वः'** इन व्याहृतियों से तिलों का हवन करें। प्रत्येक मंत्र की 108 या 28-28 आहुतियाँ दें।

हवन के बाद शंकर का अभिषेक (रुद्रसूक्त या नमक चमक द्वारा रुद्राभिषेक) करके, घी से छाया पात्र का दान कराएँ।

तत्पश्चात् दम्पति व पुत्र का संयुक्त अभिषेक करें तथा स्विष्टकृत् आहुति दें। ब्राह्मण द्वारा उक्त सारी विधि कुशलतापूर्वक की जाएगी। योग्य विद्वान् ब्राह्मण द्वारा कराएँ, स्वयं विज्ञ व मंत्रोच्चार कुशल हों तो स्वयं करें। दक्षिणा (दान) में काली गौ, सोना, चाँदी, दें। ब्राह्मणों को यथाशक्ति भोजन कराएँ। इस प्रकार अनिष्ट दूर होकर कल्णाण होता है।

2.5.2 कृष्णचतुर्दशी में जन्म तथा निवारण

कृष्ण पक्ष की चतुर्दशी के प्रारम्भ होने के समय और समाप्त होने के समय के अन्तर को छः समान भागों में विभाजित कर लेना चाहिए। प्रथम षष्ठांश में जन्म अशुभ नहीं होता है परन्तु शेष 5 षष्ठांशों में जन्म हो, तो पिता, माता, मामा, वंश, धन और स्वयं को हानि पहुँचाने वाला सिद्ध होता है। उल्लेखनीय है कि किसी भी मास की कृष्ण चतुर्दशी को जन्म हो, तो योग्य, विद्वान और अनुभवी आचार्य द्वारा परिहार विधान, विधिवत् कराना अपेक्षित है, ताकि संभावित अनिष्ट से रक्षा हो सके।

पराशर उवाच

कृष्णपक्ष चतुर्दश्याः षड्भागेषु फलं क्रमात्।
जन्म चेत् प्रथमे भागे तदा ज्ञेयं शुभं द्विज।।

द्वितीये पितरं हन्ति मातरं च तृतीयके।
चतुर्थे मातुलं हन्ति पंचमे वंशनाशनम्।।

षष्ठेतु धननाशः स्यादात्मनो नाश एव वा।
तद्दोषपरिहारार्थं शान्तिं कुर्यात् प्रयत्नतः।।

(बृहत्पाराशरहोराशास्त्र/अ.-90/1-3)

पराशर बोले—कृष्ण पक्ष की चतुर्दशी के समस्त मान तिथि भोग को 6 से भाग दें। पहले षष्ठांश में जन्म हो तो शुभ है।

जातक दूसरे षष्ठांश में पिता को, तीसरे में माता को, चौथे में मामा को, पंचम में वंश को, छठे में धन या स्वयं को नष्ट करता है।

इसकी शान्ति विधानपूर्वक करनी चाहिए।

पूज्य देवता

शिवस्य प्रतिमां कुर्यात् सौवर्णीं कर्षसम्मिताम्।
तदर्धार्धमितं वापि यथावित्तं मनोहराम्।।

बालचन्द्रकिरीटां च श्वेतमाल्याम्बरान्विताम्।
त्रिनेत्रां च वृषासीनां वराभयकरामथ।।

(बृहत्पाराशरहोराशास्त्र/अ.-90/4-5)

पूजा के लिए शिवजी की सोने की मूर्ति बनवाएँ। 1 कर्ष, आधा कर्ष या चौथाई कर्ष अर्थात् 3 माशा तोल की मूर्ति बनाएँ। सिर पर बाल चन्द्रमा, सफेद माला व श्वेत वस्त्र धारण किये, तीन नेत्रों वाली, बैल पर आसीन, वर और अभय मुद्रा धारण किये हुए मूर्ति बनाएँ।

पूजा विधान

त्र्यम्बकं चेति मन्त्रेण पूजां कुर्यादतन्द्रितः।
आवाह्य वारुणैर्मन्त्रैराचार्योमन्त्रतत्त्ववित्।।

इमं मे वरुणेत्येवं तत्वायामीतिमन्त्रकैः।
त्वन्नो अग्ने इत्यनया सत्वं नो इत्यृचापि च।।

आग्नेयं कुम्भमारम्भ्य पूजयेत् भक्तितः क्रमात्।
आनो भद्रेति सूक्तं च भद्रा अग्नेश्च सूक्तकम्।।

जपत्वा पुरुषसूक्तं च कद्रुद्रेति तथा जपेत्।
शंकरस्याभिषेकं च ग्रहपूजां च कारयेत्।।

(बृहत्पाराशरहोराशास्त्र/अ.-90/6-9)

चारों दिशाओं में चार कलश स्थापित करें। अग्नि कोण में अलग से पाँचवाँ रुद्रकुम्भ स्थापित करें। कलश स्थापन की विधि से कलश रखें। तब अग्नि कोण के कलश से आरम्भ कर बारी-बारी से प्रदक्षिण क्रम से (बाएँ से दाएँ) चलते हुए वारुण मंत्रों से आवाहन करें।

पश्चात् **'त्र्यम्बकं यजामहे'** इत्यादि मंत्र त्र्यम्बक मंत्र से भक्तिभाव से शिव की पूजा करें। पुनः **'इमं मे वरुण' 'तत्त्वायामी'** इत्यादि मंत्रों से, **'त्वन्नो अग्ने'** व **'सत्वन्नो अग्ने'** मंत्रों से सभी कलशों में पूजा आवाहन करें। पश्चात् **'आनोभद्रा'** अथवा **'भद्राअग्ने'** व पुरुषसूक्त का पाठ करें। पश्चात् **'कद्रुद्र'** इत्यादि सूक्त का पाठ करें। पश्चात् शिवजी का रुद्रसूक्त से अभिषेक व ग्रहों की यथाविधि पूजा करें।

वरुण मंत्र-

ॐ तत्त्वायामि ब्रह्मणा वन्दमानस्तदा शास्ते यजमानो हविर्भिः।
अहेडमानो व्वरुणेह बोद्ध्युरुशं स मा नऽआयुः प्रमोषीः।।
वरुणस्योत्तम्भनमसि व्वरुणस्य स्क्कम्भसर्ज्जनी स्त्थो व्वरुणस्यऽ-
ऋतसदन्यसिवरुणस्यऽऋतसदनमसिवरुणस्यऽऋतसदनमासीद ।

त्र्यम्बक मंत्र-

त्र्यम्बकं यजामहे सुगन्धिम्पुष्टिवर्धनम्।
उर्व्वारुकमिव बन्धनान्मृत्योर्मुक्षीयमामृतात्।।

अन्य मंत्र-

1. इमं मे वरुण श्रुधी हवमद्या च मृडय। त्वामवस्युराचके।

2. त्वन्नो अग्ने व्वरुणस्य व्विद्वान्देवस्य हेडोऽअवयासि सीष्टाः।
यजिष्ठो वह्नितमः शोशुचानो व्विश्वा द्वेषा ऽंसि प्प्रमुमुग्ध्यस्म्मत्।

3. भद्रा अग्नेर्वध्यश्वस्य संदृशो वामी प्रणीतिः सुरणा उपेतयः।
यदी सुमित्रा विशो अग्ने इन्धते घृतेनाहुतो जरते दविद्युतत्।।

4. स त्वन्नोऽअग्नेऽवमो भवोती नेदिष्टठोऽअस्याऽउषसो व्युष्टौ।
अवयवक्ष्य नो व्वरुणथ्ठरराणो व्वीहि मृडीकः सुह्वो नऽएधि।।

पुरुष सूक्त : रुद्राष्टाध्यायी का अध्याय 2, सहस्रशीर्षा इत्यादि 16 मंत्र।

'आनोभद्राइत्यादि' प्रसिद्ध स्वस्तिवाचन मंत्र सब को विदित ही हैं। कुद्रुद्रेति मंत्र इस प्रकार है-

कद्रुद्राय प्रचेतसे मीढ्वुष्टतमाय तव्यसे। वोचेम शंतमं हृदे।

हवन की विधि

समिदाज्यचरूश्चैव तिलमाषाश्च सर्षपान्।
अश्वत्थप्लक्षपालाश खदिराः समिधः शुभाः।।

अष्टोत्तरशतं वह्नौ जुहुयाद् विधिपूर्वकम्।
अष्टाविंशतिसंख्या वा होमं कुर्यात् पृथक् पृथक्।।

मन्त्रेण त्रयम्बकेनाथ तिलान् व्याहृतिभिस्तथा।
ग्रहहोमं च विधिवत् कुर्यात् क्षेमं ततो भवेत्।।

अभिषेकं च जातस्य तत्पित्रोश्चापि मन्त्रवित्।
कुर्यात्ततो यथाशक्ति ब्राह्मणान् भोजयेत्ततः।।

(बृहत्पाराशरहोराशास्त्र/अ.-90/10-13)

समिधा, घी व चरु, तिल, काले उड़द, सरसों से आहुतियाँ दें। पीपल, प्लक्ष (पिलखन) ढाक, खैर की लकड़ी हवन में प्रयुक्त करें। 108 या 28 आहुतियाँ सब मंत्रों की अलग-अलग दें। बाद में त्र्यम्बक मंत्र से व तीनों व्याहृतियों (भूर्भुवःस्वः) से भी तिलों का हवन करें। सब ग्रहों के लिए भी विहित ढंग से हवन करें। तब कल्याण होता है। माता-पिता व जातक का अभिषेक, ब्राह्मण भोजन, छायापात्र दान आदि सब यथाविधि करें। सब विधि किसी योग्य मंत्रवेत्ता ब्राह्मण से सम्पन्न कराएँ।

कृष्णपक्षे चतुर्दश्यां षडंशं प्रथमं शुभम्।
द्वितीये पितरं हन्ति तृतीये मातरं तथा।।

चतुर्थे मातुलं हन्ति पंचमे भ्रातृ-नाशनम्।
षष्ठे यदि शिशुं हन्ति गण्डदोष इतीरितः।।

(फलितमार्तण्ड/43-44)

कृष्णपक्ष क़ी चतुर्दशी का पहला षडंश (तिथिमान का छठा भाग) शुभ है। दूसरा अंश पिता का नाश करता है। तीसरा अंश माता का, चतुर्थ अंश मामा का, पाँचवाँ अंश भाई का नाश करता है। छठे अंश का गण्ड शिशु का नाश करता है।

अमायां तु प्रजातानां गजानां वाजिनां तथा।
गवां च महिषादीनां मनुष्याणां विशेषतः।।

कुहू-तिथि-प्रजातानां त्याग एव हि सर्वदा।
पद्धत्युक्त-विधानेन शान्तिं कुर्याद्विचक्षणः।।
नारीं विनाऽवशेषाणां परित्यागो विधीयते।।

(फलितमार्तण्ड/45-46)

अमावस्या (कुहू) में उत्पन्न होने वाले हाथी, घोड़ा, गाय, भैसों को और विशेषतः मनुष्यों को अनिष्ट होता है। कुहू (अमावस्या) में जायमानों का विशेषतः त्याग करे, और पद्धति में कहे विधान के अनुसार बुद्धिमान् जन शान्ति करे। नर योनि को छोड़कर और सबका त्याग करे।

2.5.3 भद्रा में जन्म तथा निवारण

तिथि का क्षय, भद्रा में जन्म, व्यतीपात ऐसे अशुभ योगों में संतान का जन्म होना अशुभ होता है और इसके दूरगामी परिणाम भी जीवन की प्रगति और प्रसन्नता को प्रकंपित कर देते हैं। अतः जन्म के समय यदि तिथि का क्षय हो रहा हो, भद्रा हो अथवा अशुभ योग हो, तो योग्य आचार्य द्वारा परिहार विधान का विधिवत अनुसरण करने से अनिष्टकारी परिणाम स्वतः ही निरस्त हो जाते हैं।

पराशर उवाच

अथाहं सम्प्रवक्ष्यामि भद्रायामवमे तथा।
व्यतीपातादि दुर्योगे यमघण्टादिके च यत्।।

जन्माशुभफलं प्रोक्तं तस्य शान्ति विधिं द्विज।
प्राप्ते प्रसूतिदुर्योगे शान्तिं कुर्याद् विचक्षणः।।

दैवज्ञैर्दर्शिते वापि सुलग्ने सुदिने गृही।
पूजनं देवतानां च ग्रहाणां यजनं तथा।।

(बृहत्पाराशरहोराशास्त्र/अ.-91/1-3)

पाराशर बोले—अब मैं भद्रा (विष्टिकरण) तिथिक्षय, व्यतीपात आदि पूर्वोक्त दुर्योगों में जन्म होने के अशुभ फल की निवृत्ति हेतु शान्ति विधि कहता हूँ।

ऐसे योगों में जन्म होने पर बुद्धिमान् दैवज्ञ को शान्ति विधान के लिए अवश्य बताना चाहिए।

शान्ति के लिए शुभदिन, शुभ लग्न में देव पूजन व ग्रहों का यज्ञ करना चाहिए।

दीपं शिवालये भक्त्या गोघृतेन प्रदापयेत्।
शंकरस्याभिषेकं च अश्वत्थस्य प्रदक्षिणम्।।

गाणपत्यं पुरुषसूक्तं सौरं मृत्युंजयं शुभम्।
शान्तिजाप्यं पुनश्चैव कृत्वा मृत्युंजयी भवेत्।।

हवनं विष्णुमन्त्रेण शतमष्टोत्तरं सुधीः।
ब्राह्मणान् भोजयेत् भक्त्या ततः कल्याणमाप्नुयात्।।

मूले वा सार्पगण्डे वा कुर्यदितत् प्रयत्नतः।
आयुर्वृद्धिफलार्थाय गण्डदोषप्रशान्तये।।

(बृहत्पाराशरहोराशास्त्र/अ.-91/4-7)

भद्रा, तिथिक्षय व अन्य दुर्योगों (कुलिक, मृत्यु आदि) योगों में गाय के घी से शिवालय में दीपदान करें। शंकरजी का अभिषेक, पीपल के वृक्ष की पूजा के बाद 108 प्रदक्षिणाएँ पुनः गणपति सूक्त, पुरुषसूक्त, सूर्य सूक्त, मृत्युंजय मंत्र का यथाशक्ति जप करके शान्ति पाठ करें, तब मृत्यु का निवारण होता है।

पश्चात् विष्णु भगवान् के मंत्र से 108 आहुतियाँ दें। यथाशक्ति ब्राह्मण भोजन कराएँ।

यदि उक्त दुर्योगों के साथ गण्ड नक्षत्र, लग्न गण्ड, तिथिगण्ड या मूल श्लेषा नक्षत्र भी पड़ें तो विशेष शान्ति करानी चाहिए। अर्थात् मूल शान्ति के साथ ही यह शान्ति विधान भी करें।

गाणपत्य सूक्त में **'गणानां त्वा गणपति हवामहे'** इत्यादि गणेश मंत्रों एवं **'नमो गणेभ्यो'** आदि का पाठ करें।

पुरुष सूक्त रुद्राष्टाध्यायी का द्वितीय अध्याय है। मृत्युंजयमंत्र पहले कह चुके हैं। शान्तिपाठ में **'द्यौः शान्तिरन्तरिक्ष शान्तिः'** इत्यादि शान्ति पाठ या रुद्री का शान्त्यध्याय पढ़ें।

सौरसूक्त रुद्राष्टाध्यायी का **'विभ्राड् बृहत्पिबतु'** इत्यादि अध्याय है। इसमे 14 मंत्र हैं अथवा ऋग्वेदीय **'सवितृ सूक्त'** का पाठ करें।

विष्णु मंत्र **'इदं विष्णुविचक्रमे त्रेधा निदधे पदम्'** इत्यादि मंत्र या **'विष्णो रराटमसि विष्णो'** इत्यादि हैं।

रुद्राभिषेक में **'नमस्ते रुद्र मन्यव'** इत्यादि 16 यजुः मंत्रों का प्रयोग करें। रुद्रीय पंचमाध्याय में ये मंत्र हैं। इन्हीं का नाम रुद्रसूक्त भी है।

2.5.4 संक्रान्ति में जन्म तथा निवारण

सूर्य जब एक राशि से दूसरी राशि में प्रवेश करता है तो उसे सूर्य संक्रान्ति कहते हैं। संक्रान्ति के समय से 6 घंटे 24 मिनट पूर्व तथा 6 घंटे 24 मिनट बाद तक का जन्म संक्रान्ति के अन्तर्गत ही माना जाता है जिसका फल और परिहार अग्रांकित होता है :

कुमारजन्म काले तु व्यतीपातश्च वैधृतिः।
संक्रान्तिश्च रवेस्तत्र जातो दारिद्र्यकारकः।।

नवग्रह मखं कुर्यात् तस्य दोषोपशान्तये।
शान्ति कर्मणि संजाते तत्र दोषो न कश्चन।।

घोराध्वांक्षी महोदर्यो मन्दामन्दाकिनी तथा।
मिश्रा च राक्षसी सूर्य संक्रान्तिः सूर्यवासरात्।।

संक्रान्तौ च नरो जातः दुःख दारिद्र्यभाक् भवेत्।
अश्रियं मृत्युमाप्नोति नात्र कार्या विचारणा।।

(बृहत्पाराशरहोराशास्त्र/अ.-92/1-4)

पाराशर बोले– शिशु के जन्मसमय व्यतीपात, वैधृति सक्रान्ति हो तो परम अशुभ हैं। संक्रान्ति से ठीक संक्रान्ति समय से 16 घड़ी (6 घंटे 24 मिनट) पहले व इतनी ही घड़ियाँ, बाद तक समझें।

संक्रान्ति शान्ति में नवग्रहों का यज्ञ करके शान्ति विधान करें, तब कुछ भी दोष नहीं होता। अन्यथा दारिद्र्य की अधिकता होती है। रविवारादि क्रम में जिस वार को संक्रान्ति हो, तब उस संक्रान्ति के नाम क्रमशः घोरा, ध्वांक्षी, महोदरी, मन्दा, मन्दाकिनी, मिश्रा, राक्षसी होते हैं। इनमें भयंकर नाम बाली संक्रान्ति विशेष दोषदायिनी है।

संक्रान्ति समय में उत्पन्न जातक दुःख व दरिद्रता का भागी होता है। सर्वत्र अलक्ष्मी व अश्री को प्राप्त करके मृत्यु जैसे परम अनिष्ट का भागी भी हो सकता है।

संक्रान्ति का जो समय पंचांग में दिया रहता है, वह सूर्य केन्द्र का अगली राशि में जाने का समय है। इसके आस-पास अधिक कुप्रभाव समझें। इस केन्द्रस्पर्श समय में 6.24 घंटे घटाने से संक्रान्ति का आरम्भ व इतने ही घंटे जोड़ने से समाप्ति काल आता है। इसी आधार पर पुण्यकाल का निश्चय किया जाता है।

गृहस्य पूर्वदिग्भागे गोम येनानुलिप्य च।
स्वलंकृतप्रदेशे तु ब्रीहिराशिं प्रकल्प येत्।।

पंचद्रोणमितं धान्यैस्तदर्ध तण्डुलैस्तथा।
तदर्धं च तिलैः कुर्याद्राशिं च द्विजसत्तम।।

पृथक् त्रितयराशौ तु लिखेदष्टदलं बुधः।
पुण्याहं वाचयित्वा तु आचार्यं वृणुयात् पुरा।।

धर्मज्ञं मन्त्रतत्त्वज्ञं शान्तिकर्मणि कोविदम्।
पंचांगं भूषणं दद्यात् पट्टवस्त्रांगुलीयकम्।।

(बृहत्पाराशरहोराशास्त्र/अ.-92/5-8)

घर में पूर्व दिशा में गोबर से लीपकर, सुसज्जित मण्डप में पाँच द्रोण तोल से धान, 2½ द्रोण तिल से तीन ढेर बनाएँ।

इन पर पृथक् तीन अष्टदल कमल बनाकर, पुण्याहवाचन करके, आचार्य का वरण करें। आचार्य, धर्मज्ञ, मन्त्रशास्त्री व शान्ति कार्य का विशेषज्ञ होना चाहिए।

आचार्य को वरण में पाँच वस्त्र या पाँच भूषण, रेशमी वस्त्र व अगूँठी अवश्य दें।

चौथा वारुण कलश अलग से ईशान कोण में स्थापित करें।

घटस्थापन विधि

राशिषु स्थापयेत् कुम्भान् अव्रणान् सुमनोहरान्।
तीर्थोदकेन सम्पूर्य समृद्धौषधपल्लवम्।।

पंचगव्यं क्षिपेत् तत्र वस्त्रयुग्मेन वेष्टयेत्।
कुम्भोपरि न्यसेत् पात्रं सूक्ष्मवस्त्रसमन्वितम्।।

प्रतिमां स्थापयेत्तत्र साधिप्रत्यधिदैवतम्।
अधिदेवो भवेत् सूर्यश्चन्द्रः प्रत्यधिदेवता।।

(बृहत्पाराशरहोराशास्त्र/अ.-92/9-11)

इन तीनों धान्य राशियों पर बिना छेद के सुन्दर कलश स्थापित करें। उनमें तीर्थजल, मृत्तिका, औषधियाँ, पंचरत्न, पंचगव्य, पल्लव आदि लगाकर जोड़ा वस्त्रों में लपटें।

कलश के ऊपर बारीक वस्त्र से लपेटकर एक-एक पात्र भी रखें। उन पात्रों में वक्ष्यमाण देवताओं की मूतियाँ स्थापित करें।

सूर्य को अधिदेव के रूप में व चन्द्रमा की मूर्ति प्रत्यधिदेव के रूप में स्थापित करें।

चन्द्रादित्याकृती पार्श्वे मध्ये संक्रांन्तिमर्चयेत्।
प्रतिमापूजनं पूर्व वस्त्रयुग्मं निवेदयेत्।।

(बृहत्पाराशरहोराशास्त्र/अ.-92/12)

कुल तीन स्थापित कलशों में अगल-बगल के दो कलशों पर सूर्य व चन्द्रमा की मूर्ति रखकर पूजें तथा मध्य कलश में संक्रान्ति का पूजन करें। पूजन के उपरान्त उन्हें यथाशक्ति 2-2 वस्त्र भेंट करें या रक्त सूत्र, कलावे से ही वस्त्र युग्मों को अर्पण करें। सभी शान्तिकार्यों में सामर्थ्य होने पर लोभ करना अनुचित है तथा कार्य साधन की हानि होती है।

ततोव्याहृति पूर्वेण तत्तन्मन्त्रेण पूजयेत्।
त्रैयम्बकेन मन्त्रेण प्रधानप्रतिमां यजेत्।।

'उत्सूर्य' इति मन्त्रेण सूर्यपूजां समाचरेत्।
आप्यायस्वेति मन्त्रेण सोमपूजां समाचरेत्।।

उपचारैः षोडशभिर्यद्वा पंचोपचारकैः।
अर्चितं गन्धपुष्पाद्यैर्गुडनैवेद्यमर्पयेत्।।

मृत्यंजयेन मन्त्रेण प्रधानप्रतिमां स्पृशन्।
अष्टोत्तर सहस्रं वा अष्टोत्तरशतं तु वा।।

अष्टाविंशति वा चाथ प्रजप्याथ स्वशक्तितः।
आनोभद्रेति सूक्तं च भद्रा अग्नेश्च सूक्तकम्।।

जपेच्च पौरुषं सूक्तं त्रैयम्बकमतः परम्।
कुम्भं स्पृष्ट्वा चतुर्दिक्षु जपं कुर्युस्वथर्त्विजः।।

कुम्भस्य पश्चिमे देशे स्थण्डिलेऽग्निं प्रकल्पयेत्।
त्रैयम्बकेन मन्त्रेण समिदाज्यचरून् हुनेत्।।

पूर्वोक्तसंख्यया होमं कुर्याच्छक्त्या द्विजोत्तम।
मृत्युंजयेन मन्त्रेण तिलहोमं समाचरेत्।।

(बृहत्पाराशरहोराशास्त्र/अ.-92/13-20)

1. सूर्य, चन्द्रमा के मंत्रों से व्याहृति पूर्वक (ॐ भूर्भुवःस्वः) अर्थात् तीनों व्याहृतियों से युक्त अपने अपने-अपने मन्त्रों से पूजा करें।
2. प्रधान प्रतिमा की पूजा **'त्र्यम्बकं यजामहे'** इत्यादि मन्त्र से करें। सूर्य की पूजा के लिए

'उत्सूर्य' इत्यादि मंत्र का प्रयोग करें। चन्द्रमा की पूजा में पूर्वोक्त आप्यायस्व इत्यादि मंत्र का प्रयोग करें।

सब पूजा षोडशोपचार या पंचोपचार से करें। नैवेद्य गुड़ युक्त समर्पित करें। तत्पश्चात् प्रधानदेव की पूजा हेतु उसकी प्रतिमा को स्पर्श करते हुए **'त्र्यम्बकं यजामहे'** मंत्र का 1008 या 108 या 28 बार जप करें।

3. पश्चात् **'आनोभद्राःक्रतवो'** इत्यादि भद्रसूक्त एवं **'भद्राअग्ने'** इत्यादि पूर्वोक्त मंत्र का जप करें।

4. तत्पश्चात् पुरुष सूक्त का जप करके पुनः त्र्यम्बक मंत्र का जप करें अथवा चार ब्राह्मण चारों दिशाओं में बैठकर कलशों का स्पर्श करते हुए बारी-बारी से या समवेत रूप से कर लें।

5. कलशों से पश्चिम में स्थण्डिल रेत की वेदी पर अग्नि प्रज्वलित करें। तब सब देवताओं के मंत्रों से 108 या 28 घी की आहुति याँ दें। मृत्युंजय मंत्र के हवन में तिल की आहुतियाँ दें।

सूर्य मंत्र

उत्सूर्यो बृहदर्चीष्यश्रेत् पुरु विश्वा जनिम मानुषाणाम्।
समो दिवा ददृशे रोचमानः क्रत्वा कृतः सुकृतः कर्तृभिर्भूत्।।
समुद्रज्येष्ठाः सूक्तेन चापोहिष्ठा ऋचेन च।
अक्षिभ्यामिति सूक्तेन पावमानीभिरेव च।।

त्रैयम्बकेन उत्सूर्य आप्यायस्वेतिमन्त्रतः।
सुरास्वामितिमन्त्रेण त्वभिषेकं समाचरेत्।।

यजमानः स्त्रियायुक्त आज्यावेक्षणमाचरेत्।
गोदानं वस्त्रदानं च स्वर्णदानं विशेषतः।।

ब्राह्मणान्भोजयेद्भक्त्या मिष्टान्नैः शतसंख्यया।
एवं यः कुरुते मर्त्यो नैवदुःखमवाप्नुयात्।।

(बृहत्पाराशरहोराशास्त्र/अ.-92/21-24)

इसके बाद **'समुद्रज्येष्ठाः'** इत्यादि सूक्त से, **'आपोहिष्ठामयो भुवः'** इत्यादि तीन ऋचाओं से, **'अक्षिभ्यामित्यादि'** सूक्त से 'पवमान सूक्त' से त्र्यम्बक, मंत्र से **'उत्सूर्य'** इत्यादि मंत्र से **'आप्यायस्व'** इत्यादि मंत्र से, **'सुरास्त्वामभिषिंचतु'** इत्यादि पौराणिक मंत्रों से यजमान का सपत्नीक अभिषेक करें।

छायापात्र दान घी से करें। गोदान, वस्त्रदान, सुवर्णदान, 100 ब्राह्मणों को मीठा भोजन कराएँ।

इस प्रकार शान्ति विधान करने से मनुष्य सब प्रकार के दोष से मुक्त होता है।

पवमान सूक्त- ॐ पवमानः सुवर्जनः। पवित्रेण विचर्षणिः। यः पोतासपुतानु मा। पुनन्तु मा देवजनाः। पुनन्तु मनवो धिया। पुनन्तु विश्व आयवः। जातवेदः पुनीहिमा। इत्यादि 6 मंत्र पवमान सूक्त कहलाते हैं। मन्त्रज्ञ ब्राह्मण इन्हें जानते ही हैं।

समुद्र ज्येष्ठा

सलिलस्य मध्यात् पुनानायन्त्यनिविशमानाः।
इन्द्रो या वज्री वृषभो रराद ता आपो देवीरिहमामवन्तु।।

अक्षिभ्यामिति

अक्षिभ्यां ते नासिकाभ्यां कर्णाभ्यां छु (चु) बुकादधि।
यक्ष्मशीर्षण्यं मस्तिष्काज्जिह्वाया विवृहामि ते।।
ग्रीवाभ्यस्त उष्णिहाभ्यः कीकसाभ्यो अनूक्यात्।
यक्ष्मं दोषण्यमंसाभ्यां बाहुभ्यां विवृहमिते।।

हृदयात्ते परिक्लोम्नो हलीक्ष्णात् पार्श्वाभ्याम्।
यक्ष्मं मतस्नाभ्यां प्लीहनो यक्तस्ते विवृहामसि।।
आन्त्रेभ्यस्ते गुदाभ्यो वनिष्ठोरुदरादधि।
यक्ष्मं कुक्षिभ्यां प्लाशनेर्नाभ्यां पार्ष्णिभ्यां प्रपदाभ्याम्।

ऊरुभ्यां ते अष्ठीवद्भ्यां पार्ष्णिभ्यां प्रपदाभ्याम्।
यक्ष्मं श्रोणिभ्यां भासदं भंससो विवृहामिते।।
अस्थिभ्यस्ते मज्जभ्यः स्नावभ्यो धमनिभ्यः।
यक्ष्मं पाणिभ्यामङ्गुलिभ्यो नखेभ्यो विवृहामिते।।

मेहनाद् वनंकरणाल्लोमभ्यस्ते नखेभ्यः।
यक्ष्मं सर्वस्मादात्मनस्तमिदं विवृहामिते।
अङ्गादङ्गाल्लोम्नो लोम्नो जातं पर्वणि पर्वणि।
यक्ष्मं सर्वस्मादात्मनस्तमिदं विवृहामि ते।

(बृहत्पाराशरहोराशास्त्र/अ.-92)

2.5.5 एक नक्षत्र में जन्म तथा निवारण

एक ही परिवार, एक ही माता-पिता और उनकी संतानों में से किन्हीं दो का जन्म एक ही नक्षत्र में हुआ हो, तो अत्यन्त अनिष्टकारी होता है। यह अनिष्ट दोनों में से किसी एक को होता है। यदि पिता का जन्म नक्षत्र रोहिणी है और उनकी पुत्री का जन्म नक्षत्र भी रोहिणी हो, तो पुत्री अथवा पिता में से किसी एक को अत्यधिक कष्ट होगा और भाग्य की भी हानि होगी। यदि नक्षत्र का चरण भी समान हो, तो मृत्युतुल्य कष्ट प्राप्त होता है। इसी प्रकार एक परिवार में दो सगे भाईयों, दो सगी बहने अथवा भाई और बहन का जन्म नक्षत्र एक ही हो, तो दोनों में से एक की उन्नति होगी और दूसरे की अवनति और उसे अनेक प्रकार के दैहिक, आर्थिक, मानसिक तथा भौतिक कष्ट भी सहन करने पड़ेंगे। इस सन्दर्भ में महर्षि पराशर का अग्रांकित श्लोक उद्धरणीय है जिसमें उन्होंने परिहार विधान का भी उल्लेख किया है।

अथ यद्यैकनक्षत्रे भ्रात्रोर्वा पितृपुत्रयोः।
प्रसूतिश्च तयोर्मृत्युरथवैकस्य निश्चयः।।

तत्र शान्तिं प्रवक्ष्यामि गर्गादिमुनिभाषिताम्।
सुदिने शुभनक्षत्रे चन्द्रताराबलान्विते।।

रिक्ताविष्टिविवर्ज्ये तु समये शान्तिमाचरेत्।।

(बृहत्पाराशरहोराशास्त्र/अ.-93/1-2)

यदि पिता व पुत्र पुत्री या माता व सन्तान अथवा दो भाइयों या भाई-बहनों का एक नक्षत्र में ही जन्म हो तो उनमें से एक को मृत्युतुल्य कष्ट या मृत्यु होती है।

गर्गाचार्यादि द्वारा प्रोक्त शान्ति विधान कहता हूँ। शुभदिन, शुभ नक्षत्र, चन्द्रबल व ताराबल देखकर, रिक्ता तिथि के अतिरिक्त तिथियों में, भद्रा करण के अतिरिक्त समय में शान्ति विधान करना चाहिए।

भ्रात्रोः व **पितृपुत्रयोः** में द्वन्द्व समास की सामर्थ्य में स्त्रीलिंग पुल्लिंग की अपेक्षा न रखते हुए माता-पिता व सन्तान अर्थ लेना बहुमत सिद्ध व शिष्ट सम्प्रदाय है।

अग्नेरीशान दिग्भागे नक्षत्रप्रतिमां शुभाम्।।

तन्नक्षत्रोक्त मन्त्रेण पूजयेत् कलशोपरि।
रक्तवस्त्रेण संच्छाद्य वस्त्रयुग्मेन वेष्टयेत्।।

स्वस्वशाखोक्तमार्गेण कुर्यादग्निमुखं ततः।
पुनस्तेनैव मन्त्रेण हुनेदष्टोत्तरं शतम्।।

प्रत्येकं समिदन्नाज्यैः प्रायश्चित्तान्तमेव च।
अभिषेकं ततः कुर्यादाचार्यश्च द्वयोरपि।।

(बृहत्पाराशरहोराशास्त्र/अ.-93/3-6)

ईशान कोण में कलशस्थापन करके उस पर नक्षत्र देवता की प्रतिमा सोने या चाँदी से निर्मित करके रखें। नक्षत्र के देवता के मंत्र से वहाँ पर पूजा करें। तब लाल कपड़े से मूर्ति को लपेटकर सम्पूर्ण कलश को दो वस्त्रों में लपेट लें। पश्चात् वैदिक विधि से अग्नि प्रज्ज्वलित करके, नक्षत्र मंत्र से 108 आहुतियाँ दें। समिधा, अन्न (चरू) आदि से हवन करें। पश्चात् प्रायश्चित्ताहुति, स्विष्टकृत आहुति दें। तब आचार्य एक नक्षत्र जात दोनों का अभिषेक करें।

पंचवारुण होम **'त्वन्नोऽग्ने'** इत्यादि पाँच आहुति, व्याहृतिहोम करें, अभिषेक से पहले पुनः करें। यही प्रायश्चित्त होम है।

ऋत्विग्भ्यो दक्षिणां दद्यादाचार्याय विशेषतः।
भोजयेद् ब्राह्मणान् भक्त्या वित्तशाठ्यविवर्जितः।।

देवताप्रतिमादानं धान्यवस्त्रादिभिः सह।
यानशय्यासनादींश्च दद्यात्तद्दोषशान्तये।।

(बृहत्पाराशरहोराशास्त्र/अ.-93/7-8)

ऋत्विकों (कर्मकर्त्ता ब्राह्मणों) को दक्षिणा दें। आचार्य को विशेष दक्षिणा दें। लोभ न करते हुए ब्राह्मणों को भोजन कराएँ। देवता (नक्षत्र देवता) की प्रतिमा का दान करें। अनाज व वस्त्र का दान करें। साथ ही सामर्थ्य होने पर वाहन, बिस्तर, कुर्सी आसन आदि का भी दान करें।

नक्षत्र के देवता का वैदिक मंत्र ही नक्षत्र मंत्र कहलाता है। सब नक्षत्रों के मंत्र दिए जा रहे हैं। सभी शान्ति कार्यों में उल्लेख न होने पर सामान्यतः गणेशाम्बिका, ग्रहपूजनादि सर्वत्र विहित समझें।

1. **अश्विनी-** अश्विना तेजसाचक्षुः प्राणेन सरस्वतीवीर्यम्। वाचेन्द्रो बलेनेन्द्रायदद्युरिन्द्रयम्।
2. **भरणी** - यमाय त्वांगिरस्यते पितृमते स्वाहा स्वाहा धर्माय स्वाहा धर्मपित्रे।
3. **कृत्तिका** - अग्निमूर्धादिवः ककुत्पतिः पृथिव्यामयम्। अपाꣳरेताꣳसिजिन्वतिः।
4. **रोहिणी** - ब्रह्मजज्ञानं प्रथमम्पुरस्ताद्विसीमः सुरुचे वेनआयवः सबुध्न्या उपमा अस्य विष्ठाः सतश्च योनिमसतश्च विधः।
5. **मृगशिरा** - इमं देवा असपत्नं सुबध्वं महते क्षत्राय महते ज्येष्ठाय महते जानराज्यायेन्द्र स्येन्द्रियाय इममुष्यैपुत्रममुष्यै विश एषवोऽमीराजा सोमोऽस्माकं ब्राह्मणानाꣳराजा।
6. **आर्द्रा** - नमस्ते रुद्र मन्यव उतो त इषवे नमः बाहुभ्यामुतते नमः।

7. **पुनर्वसु** - अदिति द्यौरदितिरन्तरिक्षमदितिः माता स पिता स पुत्रः। विश्वेदेवा अदितिः पंचजना अदिति जातिमादितिर्जनित्वम।

8. **पुष्य** - बृहस्पते अतियदर्यो अर्हाद् द्युमद्विभाति क्रतुमज्जनेषु। यदीदयच्छ वस ऋत प्रजात तदस्मासु द्रविणं धेहि चित्रम्।

9. **श्लेषा** - नमोऽस्तु सर्वेभ्यो ये के च पृथिवीभनुः ये अन्तरिक्षे ये दिवि तेभ्यः सर्पेभ्यो नमः।।

10. **मघा** - पितृभ्यः स्वधायिभ्यः स्वधा नमः। पितामहेभ्यः स्वधायिभ्यः स्वधा नमः। प्रतिपतामहेभ्यः स्वधायिभ्यः स्वधा नमः। अक्षन्न पित्रोमीमदन्त पितरोऽतीतृपन्त पितरः पितरः शुन्धध्वम्।

11. **पू.फा.**- भगप्रणोतभर्गसत्यराधो भगेमाधियमुदवाददन्न भगये प्रणोजनयगोभि रश्वैर्भयप्रनृभिनृैवनस्याम।

12. **उ.फा.** - देवावध्वर्यूश्चागतस्थेन सूर्यात्वचा मध्वायणं समंजाथो तं प्रत्नया यं वेनाश्चित्रं देवानाम्।

13. **हस्त** - विभ्राड् बृहत् पिबतु सौम्य मध्यायुर्दध यज्ञ पतिं च विहुतम्। वातजूतो यो अभिरक्षतुत्मनाप्रजाः पुपोषपुरुधा विराजति।

14. **चित्रा** - त्वष्टा तुरीयोअद्भुत इन्द्राग्नी पुष्टिवर्धनम्। द्विपदा छन्दऽइन्द्रियमुक्षागौत्रवयोदधः।

15. **स्वाति** - वयो ये ते सहस्रिणो स्था सस्ते त्रिरागदि नियुत्वाम सोम पीतये।

16. **विशाखा** - इन्द्राग्नी आगत सुतं गीमिनेमो वरेणयभूः। अस्य पातं धियेषिता।

17. **अनुराधा** - नमो मित्रस्य वरुणस्य चक्षसे महोदेवायतदृत सपर्यत दूर दृशे दृशे देव जाताय केतवे दिवसपुत्राय सूर्यायश सत्।

18. **ज्येष्ठा** - त्रातारमिन्द्र मवितारमिन्द्र ॐहवे हवे सुहव। शूरमिन्द्रम् ह्वयामि शक्रं पुरुहूतमिन्द्रःॐस्वस्तिनो मधवाधात्विन्द्रः।

19. **मूल** - मातेव पुत्र पृथिवी पुरीष्यमणि ॐ स्वेयोनावभारुषा। तां विश्वदेवर्ऋतुभिः संवदानः प्रजापतिर्विश्वकर्मा विमुंचतु।

20. **पू.षा.** - अपाधमप किल्विषमपकृत्यामपोरपः। अपाम्मार्ग त्वमस्मदन्दुस्वपयॐसुवः।

21. **उ.षा.** - विश्वेदेवा श्रृणुतेम हव मे ये अन्तरिक्षे य उपद्यविष्टम्। अग्नि-जिह्वा उतवाय जत्रा आसद्यास्मिन्वा मादयध्वम्।

22. **श्रवण** - विष्णो रराटमसि विष्णोः श्नपत्रस्थो विष्णोः स्यूरसि विष्णोः ध्रुवोसि वैष्णवमसि विष्ण्वे त्वा।

23. **धनिष्ठा** - वसोः पवित्रमसि शतधारं वसोः पवित्रमसि सहस्रधारम्। देवस्त्वा सविता पुनातु वसोः पवित्रेण शतधारेण सुप्त्वा कामधुक्षः।

24. **शतभिषा** - वरुण स्योत्तम्भनभसि वरुणस्य स्कम्भसर्जनिस्थो वरुणस्य ऋत सदन्यसी वरुणस्य ऋतसदनमसि वरुणस्य ऋतसदन मासीद।

25. **पू. भा.** - उतनोऽहिर्बुध्न्य नृणोत्वज एकपात् पृथिवी समुद्रः। विश्वेदेवाऽऋतावृधोहुवाना स्तुता मन्त्रा कविशस्ता अवन्तु।

26. **उ. भा.** - शिवोनामासि स्वधिस्ते पिता नमस्ते अस्तु मामहि सीः नवर्तयाम्यायुषेन्नाद्याय प्रजननाय रायस्पोषाय सुप्रजास्त्वाय सुवीर्याय।

27. **रेवती** - पूषन् तवव्रते वयं नरिष्येम कदाचन स्तोतारस्त इहस्मसि।

अभिजित नक्षत्र का स्वामी ब्रह्मा है, अतः रोहिणी वाला मंत्र ही अभिजित का भी मंत्र है।

पितृजन्मनि ये जाता स्ते हन्युः पितरं तथा।
मातृजन्मनि ये जाता मातृणां घातकाः सुताः।।

(जातकसारदीप-2/अ.-46/2)

पिता के जन्म नक्षत्र व जन्म लग्न में उत्पन्न शिशु पिता के लिए तथा माता के नक्षत्र या लग्न में उत्पन्न शिशु माता के लिए कष्ट कारक होते हैं।

भाई के जन्म नक्षत्र व जन्म लग्न में उत्पन्न शिशु भी भाई के लिए अनिष्ट कारक होता है। यह बात अतिरिक्त समझें।

एकस्मिन्नेव नक्षत्रे भ्रात्रोर्वा पितृ-पुत्रयोः।
प्रसूतिश्च तयोर्मृत्युर्भवेदेकस्य निश्चयः।।

(फलितमार्तण्ड/47)

यदि भ्राताओं व पिता, पुत्र व माता, कन्या का एक ही जन्मनक्षत्र हो तो दोनों को भय वा दोनों में से एक की मृत्यु होती है। स्वर्णदान से दोष निवृत्त होता है।

आवश्यक-संकेत— एक जन्मनक्षत्र में यदि राशि भिन्न हो तो एक-नक्षत्र-जात-जन्म-दोष का फल होता नहीं देखा गया।

2.5.6 ग्रहण में जन्म तथा निवारण

अनेक शिशुओं का जन्म उस समय होता है जब ग्रहण पड़ रहा होता है अर्थात् जब सूर्य, चन्द्रमा और पृथ्वी एक ही सीध में होते हैं। यदि किसी जन्मांग में सूर्य और चन्द्रमा राहु केतु की धुरी पर स्थित हो, तो ग्रहण में जन्म समझना चाहिए। यह समय लगभग सवा दो दिन तक का होता है। यदि ग्रहणकाल में शिशु का जन्म होता है तो शिशु के जीवन के समक्ष प्रश्नचिह्न लग जाता है तथा उसी प्रगति, शिक्षा, स्वास्थ्यं, सम्पन्नता और भविष्य के अनेक आयाम उत्तरोत्तर आक्रांत हानेलगते हैं। हमारा अनुभव है कि ग्रहण काल में जन्म होने पर, यदि अग्रांकित परिहार का अनुसरण कराया जाए, तो उत्तरोत्तर जीवन कें समस्त संत्रास हर्ष, उल्लास और आह्लाद के मधुमास में रूपांतरित हो उठते हैं।

सूर्येन्दुग्रहणे काले येषां जन्म भवेद्द्विज।
व्याधिः कष्टं च दारिद्र्यं तेषां मृत्युभयं भवेत्।।

अथ शान्तिं प्रवक्ष्यामि नराणां हितकाम्यया।
सूर्योन्द्वोश्च ग्रहणे हि यस्मिन्नृक्षे प्रजायते।।

तन्नक्षत्रपते रूपं सुवर्णेन प्रकल्पयेत्।
सूर्यग्रहे सूर्यरूपं सुवर्णेन स्वशक्तितः।।

चन्द्रग्रहे चन्द्ररूपं रजतेन तथैव च।
राहुरूपं प्रकुर्वीत सीसकेन विचक्षणः।।

(बृहत्पाराशरहोराशास्त्र/अ.-94/1-4)

पराशर बोले— सूर्य व चन्द्र ग्रहण के समय जिनका जन्म हो, उन्हें व्याधि, कष्ट, दरिद्रता और मृत्युभय होता है। लोकहितार्थ मैं उसकी शान्ति कहता हूँ। सूर्य या चन्द्रग्रहण हो तो सूर्य की सुवर्णमयी व चन्द्रग्रहण हो तो चन्द्रमा की चाँदी की मूर्ति बनाएँ।

साथ ही राहु की मूर्ति सीसे (काँसा आदि) से बनाएँ। इस प्रकार नक्षत्रनाथ, राहु व सूर्य या चन्द्र की, कुल तीन मूर्तियाँ बनाना आवश्यक है।

शुचौ देशे समं स्थानं गोमयेन प्रलेपयेत्।
तत्र च स्थापयेद् वस्त्रं नूतनं सुमनोहरम्।।

त्रयाणां चैव रूपाणां स्थापनं तत्र कारयेत्।
रक्ताक्षतं रक्तगन्धं रक्तपुष्पाम्बराणि च।।

सूर्यग्रहे प्रदातव्यं सूर्यप्रीतिकरं च यत्।
चन्द्रग्रहे प्रदातव्यं चन्द्रप्रीतिकरं व यत्।।

श्वेतवस्त्रं श्वेतमाल्यं श्वेतगन्धाक्षतादिभिः।
राहवे चैव दातव्यं कृष्णपुष्णाम्बराणि च।।

दद्यान्नक्षत्र नाथाय श्वेतगन्धानुलेपनम्।

(बृहत्पाराशरहोराशास्त्र/अ.-94/5-8)

पवित्र स्थान गोबर से लीपकर वहाँ पर सुन्दर कपड़ा बिछाएँ। कपड़े पर तीनों पूर्वोक्त मूर्तियाँ रखें।

सूर्य पर रोली से रंगे लाल चावल, लाल चन्दनादि गन्ध, लाल फूल व सूर्य की प्रसन्नतार्थ गेहूँ, गुड़, लाल कपड़ा, ताँबा आदि भी रखें।

चन्द्रमा पर सफेद अक्षत, सफेद फूल, सफेद चन्दन आदि व चन्द्रमा के दान की वस्तुएँ चावल, बूरा, सफेद वस्त्र, मोती आदि रखें। राहु की पूजा काले फूल व काले वस्त्र से करें। यहाँ काला व नीला दोनों ग्रहण हैं।

नक्षत्रपति को सफेद चावल गन्धादि चढ़ाएँ। गन्ध में मूल रूप से चन्दन का ग्रहण है उसके अभाव में गंगारज या गोपी चन्दन आदि चढ़ा सकते हैं।

पूजा मंत्र

सूर्यं सम्पूजयेद् धीमानाकृष्णेति च मन्त्रतः।
तथा चन्द्रं इमं देवा इति मन्त्रेण भक्तितः।।
दूर्वाभिः पूजयेद् राहुं कयान इति मन्त्रतः।
नक्षत्र नाथमन्त्रेण नक्षत्रेशं प्रपूजयेत्।।

(बृहत्पाराशरहोराशास्त्र/अ.-94/9-10)

सूर्य पूजा में 'आकृष्णेन रजसा' आदि मंत्र, चन्द्र के लिए 'इमं देवा' आदि मंत्र, राहु के लिए दूर्वा चढ़ाते समय 'कयानश्चित्रा' आदि मंत्र पढ़ें। ये मंत्र प्रसिद्ध ही हैं।

नक्षत्र स्वामी के पूर्वोक्त मंत्र से नक्षत्रेश की पूजा करें।

हवन की समिधा

सूर्येन्द्वोरर्कपलाशैः समिद्भिर्जुहुयाद्बुधः।
तथा च राहोः प्रीत्यर्थ दूर्वाभिः संहुनेत् क्रमात्।
ब्रह्मवृक्षसमिद्भिश्च भेशाय जुहुयात् पुनः।।
आज्येन चरुणा चैव तिलैश्च जुहुयात्ततः।
अभिषेकं ततः कुर्याज्जातस्य कलशोदकैः।।

(बृहत्पाराशरहोराशास्त्र/अ.-94/11-13)

हवन में सूर्य के लिए आक, चन्द्रमा के लिए ढाक, राहु के लिए दूब से हवन करें। नक्षत्र के लिए पीपल या बड़ (ब्रह्म वृक्ष) की समिधा लें। घी, सामग्री व तिलों से हवन करके, कलश जल से यजमान व शिशु का अभिषेक करें।

आचार्यं पूजयेद्भक्त्या सुशान्तो विजितेन्द्रियः।
ब्राह्मणान् भोजयित्वा तु प्रणिपत्य क्षमापयेत्।।

अनेन विधिना शान्तिं कृत्वा सम्यग् विशेषतः।
सर्वविघ्नं विनिर्जित्य सौभाग्यं लभते नरः।।

इत्थं ग्रहणजातानां सर्वारिष्टविनाशनम्।
कथितं भार्गवेणेदं शौनकाय महात्मने।।

(बृहत्पाराशरहोराशास्त्र/अ.-94/14-16)

पश्चात् स्थिर चित्त से आचार्य का सत्कार पूजनादि करके, अपनी सामर्थ्यानुसार ब्राह्मणों को भोजन कराएँ। ब्राह्मणों को प्रणाम करके क्षमायाचना करें। इस विधि से शान्ति करने पर मनुष्य के सब अरिष्ट दूर होते हैं और सौभाग्य बढ़ता है। यह शान्ति विधान भृगुजी ने शौनक को कहा था।

2.5.7 गण्डान्त में जन्म तथा निवारण

गण्डान्त शब्द का उपयोग वहाँ किया जाता है, जहाँ एक राशि और नक्षत्र का अन्त एक साथ हो रहा हो, अथवा दूसरी राशि का प्रारम्भ और तत्संबंधी नक्षत्र का प्रारम्भ सा-साथ हो रहा हो। वस्तुतः गण्डान्त शब्द का उपयोग मूल से संबंधित नक्षत्रों के लिए किया जाता है। जहाँ पर अश्विनी नक्षत्र और मेष राशि का प्रारम्भ होता है, वहीं पर रेवती नक्षत्र तथा मीन राशि का अन्त होता है। अतः अश्विनी नक्षत्र की प्रथम दो घड़ियाँ अर्थात् 48 मिनट तथा रेवती नक्षत्र की अंतिम दो घड़ियाँ अर्थात् अंतिम 48 मिनट में जन्म होने पर गण्डान्त में जन्म समझना चाहिए। इसी प्रकार से आश्लेषा नक्षत्र की अंतिम दो घड़ियाँ तथा मघा नक्षत्र की प्रारम्भिक दो घड़ियों में जन्म हो, तो भी गण्डान्त में जन्म होना माना जाता है। इसी प्रकार से ज्येष्ठा नक्षत्र के अंतिम घड़ियों तथा मूल नक्षत्र की प्रारम्भिक घड़ियों में जन्म हो, तो गण्डान्त में जन्म होना कहा जाता है। ज्येष्ठा नक्षत्र की अंतिम 5 घडियाँ तथा मूल नक्षत्र की प्रारम्भिक 8 धड़ियाँ अभुक्त मूल कहलाता हैं अर्थात् अभुक्त मूल का समय 13 धड़ियों का अर्थात् 312 मिनट का होता है। अर्थात् 5 घंटे 12 मिनट का यह समय अभुक्त मूल कहलाता है। इस समयांतर में जन्म सर्वाधिक कष्टप्रद और हानिकारक होता है।

जिस प्रकार से मूल नक्षत्रों में गण्डान्त में जन्म अत्यन्त अशुभ स्वीकारा गया है। उसी प्रकार से जहाँ पर अग्रांकित प्रकार से तिथि और लग्न का गण्डान्त हो, वहाँ पर भी यात्रा और विवाह करना वर्जित है। यह गण्डान्त काल होता है तथा उसमें यात्रा अथवा विवाह करने से कष्टप्रद स्थिति उत्पन्न होती है।

मेष लग्न के प्रारम्भ की आधा घड़ी अर्थात 12 मिनट्, कर्क लग्न की अंतिम आधा घड़ी अर्थात् अंतिम 12 मिनट, सिंह लग्न के प्रारम्भिक 12 मिनट, वृश्चिक लग्न के अंतिम 12 मिनट, धनु लग्न के प्रारम्भिक 12 मिनट तथा मीन लग्न के अंतिम 12 मिनट में यात्रा अथवा विवाह नहीं करना चाहिए, क्योंकि यह समय लग्न गण्डान्त का कहलाता है तथा इस समयांतरमेंयात्रा करना अथवा विवाह करना शस्त्रों के विरुद्ध है।

तिथिनक्षत्रलग्नानां गण्डान्तं त्रिविधं मतम्।
जन्मयात्राविवाहादौ भवेत् तन्निधनप्रदम्।।

पूर्णानन्दाख्ययोस्तिथ्योः सन्धौ नाड़ीचतुष्टयम्।
अत ऊर्ध्व च मैत्रेय तिथिगण्डान्तमुच्यते।।

रेवतीदास्रयोः सार्पमघयोः शाक्रमूलयोः।
सन्धौ नक्षत्रगण्डान्तमेवं नाड़ी चतुष्टयम्।।

मीनाजयोः कर्किहर्योर्लग्नयोरलिचापयोः।
सन्धौ च लग्नगण्डान्तमत ऊर्ध्व घटीमितम्।।

एषुचाभुक्तमूलाख्यं महाविघ्नप्रदं भवेत्।
इन्द्रराक्षसयोः सन्धौ पंचाष्टघटिकाः क्रमात्।।

(बृहत्पाराशरहोराशास्त्र/अ.-95/1-5)

तिथि, नक्षत्र व लग्न के भेद से तीन प्रकार का गण्डान्त होता है। इस गण्डान्तकाल का जन्म, यात्रा व विवाह में परम अनिष्टकारक फल होता है।

पूर्णा तिथि (5.10.15) व नन्दा (1.6.11) तिथियों की सन्धि अर्थात् पूर्णा के अन्त की 2 घड़ी व नन्दा के आरम्भ की 2 घड़ियाँ, कुल 4 घड़ी का (48-48) मिनट तिथिगण्डान्त है।

रेवती व अश्विनी, ज्येष्ठा व मूल, श्लेषा व मघा की सन्धि की चार घड़ियाँ (48-48) मिनट नक्षत्रगण्डान्त होती हैं।

मीन व मेष लग्न, कर्क व सिंह लग्न, वृश्चिक व धनु लग्न की कुल 1 घड़ी अर्थात् सन्धि में आधी-आधी घड़ी या 12-12 मिनट 'लग्न गण्डान्त' कहलाती है।

इन गण्डान्तों में भी ज्येष्ठा के अन्त की 5 घड़ी व मूल के आरम्भ की 8 घड़ी कुछ 13 घड़ी का समय 'अभुक्त मूल' कहलाता है। यह सविशेष कष्टप्रद व हानिकारक होता है।

गण्डान्त शान्ति विधान

अथगण्डान्त जातस्य शिशोः शान्ति विधिं ब्रुवे।
अभुक्तोतर जातस्य सूतकान्त्यदिने पिता।।

शान्तिं शुभेऽह्नि वा कुर्यात् पश्येत्तावन्न तं शिशुम्।
तिथिगण्डे वृषं दद्यात् धेनुं नक्षत्र गण्डके।।

कांचनं लग्नगण्डान्ते दद्याद्दोषापनुत्तये।
आद्यभागे शिशोः कुर्यात् पितश्चाप्यभिषेचनम्।।

अपरत्र शिशोः मातुरभिषेकं च कारयेत्।
कुर्याच्छान्तिं प्रयत्नेन नक्षत्राकारजां बुधः।।

नक्षत्राधिपते रूपं कृत्वा वस्त्रद्वयान्वितम्।।

(बृहत्पाराशरहोराशास्त्र/अ.-95/6-10)

तिथि या लग्न गण्डान्त में जन्म होने पर (अभुक्तमूल की अवधि के अतिरिक्त) सूतक निबट जाने पर शुभ दिन में पिता गण्डान्त शान्ति करे। शांति से पहले पिता पुत्र का मुख न देखे।

तिथि गण्ड में बैल का दान, नक्षत्र में गोदान, लग्नगण्डान्त में सोने का दान करने से दोष निवारण होता है। गण्डान्त के पूर्व भाग में जन्म हो तो पिता व पुत्र का एक साथ अभिषेक करें। द्वितीय भाग में जन्म हो तो माता व पुत्र का अभिषेक करें। नक्षत्र के आकार की प्रतिमा बनाकर, दो वस्त्र समर्पित करके पूजन करें।

आगे वक्ष्यमाण मूलादि नक्षत्र शान्ति में से जिसका प्रसंग हो, वह शान्ति तो होगी ही, तदतिरिक्त गण्डान्तशान्ति भी करेंगे। गण्डान्त के पूर्वापर भाग भेद से पिता पुत्र या माता पुत्र का अभिषेक करते समय इनकी प्रधानता रहेगी। गौण अभिषेक माता व पिता का भी क्रमशः होगा। ज्योतिर्निबन्ध में तीनों का ही अभिषेक कहा गया है।

सुवर्णेन तदर्धेन यथावित्तं द्विजोतम।
तिथिभेशादि रूपं च कृत्वा स्वस्त्ययनादितः।।

उपचारैस्तु होमान्तं पूजयेत कलशोपरि।
पूजान्ते समिदन्नाज्यैर्होमं कुर्याद् यथाविधि।।

ततः पूर्णाहुतिं हुत्वा श्रोत्रियाय तपस्विने।
यथोक्तं तिथयत्रादि दद्याद् दोषस्य शान्तये।।

ब्राह्मणान् भोजयेत् पश्चादेवं दोषात्प्रमुच्यते।
आयुरारोग्यमैश्वर्यं सम्प्राप्नोति दिने दिने।।

(बृहत्पाराशरहोराशास्त्र/अ.-95/11-14)

नक्षत्र मूर्ति के लिए 16 मासा या 8 मासे की मूर्ति या सामर्थ्यानुसार कम अधिक तोल की मूर्ति बनाएँ। तिथिगण्ड में तिथि स्वामी की व लग्न गण्ड में राशि स्वामी की मूर्ति रखें। तब स्वस्तिवाचनादि कार्य यथाविधि करके 16 उपचारों से पूजा, हवन आदि सब कार्य होगा। समिधा, अन्न (जौ, तिल या खील) व घी का हवन, पूर्णाहुति होम होगा।

पश्चात् विद्वान् ब्राह्मण को तिलपात्र आदि दान करें। ब्राह्मण भोजन भी कराएँ। इस प्रकार करने से दोष का निवारण होता है तथा आयु, आरोग्य व ऐश्वर्य बढ़ते हैं।

कांस्य पात्रं प्रकुर्वीत पलैर्षोडशभिर्नवम्।
तदर्धाधेन वा कुर्यात् श्रद्दधानस्तु शोभनम्।।

तन्मध्ये पायसं कृत्वा शंखे नवनीतपूरिते।
राजतं चन्द्रदेवं च पूजयेन्मतिमान्नरः।।

सोमोऽहमिति संचिन्त्य जपेत् साहस्रकं नरः।
आप्यायस्वेतिमन्त्रेण पूजां कुर्याद्यथाविधि।।

अन्यं विधिं यथाशक्ति लग्नगण्डान्तवच्चरेत्।
न दोषैर्लिप्यते नूनं पद्मपत्रमिवाम्भसा।।

(बृहत्पाराशरहोराशास्त्र/अ.-95/15-18)

नक्षत्र गण्डान्त में 16 पल के काँसे के बर्तन में अथवा 8 या 4 पल के बर्तन में खीर रखें। शंख व मक्खन भी रखें। चाँदी की चन्द्र प्रतिमा बनाकर विधिपूर्वक पूजन करें। यह बिधि मूलशान्ति के अतिरिक्त होगी।

पूर्वोक्त चन्द्रमा के मंत्र का 1000 बार जप करें। 'आप्यायस्व' इत्यादि मंत्र से पूजन करें। शेष समस्तविधि लग्नगण्डान्तादि की तरह होगी। ऐसा करने से दोष शान्ति होकर सब प्रकार से कल्याण होता है। जिस प्रकार पानी में रहकर भी कमल का पत्ता गीला नहीं होता, उसी प्रकार दोष काल में जन्म होने पर भी शान्ति करने से मनुष्य दोष का भागी नहीं होता है।

अत्यनिष्टं महानिष्टं तथाऽनिष्टमिति त्रिधा।
गण्डान्त-जन्मनो दोषे स्थितयः कीर्तिता बुधैः।।

एतास्तु क्रमशो मासे मास-वर्ष-चतुष्टये।
मास-वर्षाष्टके वाऽपि गण्डान्त-फलसम्भवः।।

(फलितमार्तण्ड/33-34)

गण्डान्त के अशुभ फल की अत्यनिष्ट, महानिष्ट, अनिष्ट ऐसी तीन स्थितियाँ होती हैं। इनमें से पहली अत्यनिष्ट स्थिति का कुफल एक मास में, दूसरी महानिष्ट स्थिति का कुफल चार मास या चार वर्ष में, तीसरी महानिष्ट स्थिति का कुफल आठ मास या आठ वर्ष में होना संभव है।

आवश्यक संकेत– यहाँ एक घड़ी के अभुक्त मूल से अन्यतिथि लग्न गण्डान्त तथा काल-दण्ड, व्यतिघात, यम-घण्टादि कुयोग के साथ मूल का वास भी भूमि पर हो तो अत्यनिष्ट स्थिति, चार घड़ी वाले अभुक्त-मूल से अन्य कुयोग का योग हो तो महा-अनिष्ट स्थिति, अन्य आश्लेषा, मघा, रेवती, अश्विनी के गण्ड में अन्य कुयोग का योग हो तो अनिष्ट-स्थिति वाला गण्ड समझे। पिता के जन्म-नक्षत्र या दशम नक्षत्र में उत्पन्न शिशु शीघ्र पिता को मृत्यु देता है।

पित-जन्मर्क्ष-कर्मर्क्ष-जातः पितृ विनाशकः।
जन्मर्क्षांशक-तल्लग्न-जातः सद्यो मृतिप्रदः।।

(फलितमार्तण्ड/35)

पूर्णा-नन्दाख्ययोस्तिथ्योः सन्धिर्नाडीद्वयं तथा।
गण्डान्तं मृत्युदं जन्म यात्रोद्वाह-व्रतादिषु।।

(फलितमार्तण्ड/36)

पूर्णा और नन्दा अर्थात् पंचमी, दशमी, पूर्णमासी और प्रतिपदा, षष्ठी, एकादशी, इन तिथियों में सन्धि की दो-दो घड़ी तिथि गण्डान्त कहलाती है। भाव यह है कि पंचमी, दशमी, पूर्णमासी इन तिथियों की अन्त की एक-एक घड़ी और प्रतिपदा, षष्ठी, एकादशी इन तिथियों की आदि की एक-एक घड़ी तिथि गण्डान्त कहलाती है। यह जन्म, यात्रा तथा विवाह यज्ञोपवीतादि में मृत्यु देने वाली है।

कुलीर-सिंहयोः कौर्प्यं-चापयोर्मीन-मेषयोः।
गण्डान्तमन्तरालं स्याद् घटिकार्द्धं मृतिपदम्।।

(फलितमार्तण्ड/37)

कर्क, सिंह, वृश्चिक, धनु, मीन, मेष इन लग्नों की सन्धि की अर्द्धघटी गण्डान्त कहलाती है। अर्थात् कर्क, वृश्चिक, मीन इन लग्नों के अन्त की घटी के 15 पल और सिंह, धनु मेष इन लग्नों के आदि की घटी के 15 पल गण्डान्त हैं, जो जन्म, यात्रा, विवाहादि में मृत्युप्रद हैं।

नक्षत्र-तिथि-गण्डान्तं नास्तीन्दौ बलभागिनि।
तथैव लग्न-गण्डान्तं नास्ति जीवे बलान्विते।।

(फलितमार्तण्ड/38)

जो शिशु नक्षत्र-गण्डान्त, तिथि-गण्डान्त में उत्पन्न हो, उस समय यदि चन्द्रमा बली हो तो गण्डजन्य दोष को दूर करता है। इसी प्रकार लग्न के गण्डान्त दोष का बली बृहस्पति हो तो वह दूर करता है।

आवश्यक संकेत—उपर्युक्त परिहार में चन्द्रमा बली होने पर नक्षत्र और तिथि गण्डदोष का और बली बृहस्पति हो तो लग्न-गण्डान्त दोष का परिहार बताया है। पर यहाँ ध्यान रहे कि बली चन्द्र, बृहस्पति यदि शुभ स्थानों में अशुभ-ग्रह पीड़ित न हों तो गण्डदोष कम करेंगे, अन्यथा नहीं।

गण्डान्त-दोषमखिलं मुहूर्तोऽभिजिदाह्वयः।
हन्ति यद्वन्मृगं व्याधः पक्षिसंघमिवाखिलम्।।

(फलितमार्तण्ड/39)

जो शिशु गण्डान्त में उत्पन्न हो और उस समय अभिजित् मुहूर्त भी हो तो संपूर्ण गण्डदोषों को नाश करता है, जैसे शिकारी संपूर्ण मृग व पक्षियों के समूह को।

आवश्यक संकेत—अभिजित् मुहूर्त होने पर भी धन-गण्ड अभुक्त-मूल का फल कुछ कम तो होता है, परन्तु पूर्णतया निर्दोष नहीं होता, ऐसा अनुभव में आया है।

आश्लेषाख्य समुत्पन्नौ श्वश्रूं कन्या सुतौ हतः।
मूलजौ श्वसुरं हन्ति ज्येष्ठोत्था स्वधवाग्रजम्।।

(फलितमार्तण्ड/40)

आश्लेषा नक्षत्र में उत्पन्न कन्या तथा पुत्र सास का नाश करते हैं। ऐसे ही मूल नक्षत्र में उत्पन्न श्वसुर का नाश करते हैं और ज्येष्ठा नक्षत्र में उत्पन्न कन्या पति के बड़े भ्राता का नाश करती है।

आवश्यक संकेत—ज्येष्ठा नक्षत्र में उत्पन्न पुत्र हो तो वह बड़े साले का नाश करता है।

भौम वासर योगेन ज्येष्ठाजा ज्येष्ठ सोदरम्।
भानु वासर योगेन मूलजा श्वसुरं हरेत्।।

(फलितमार्तण्ड/41)

ज्येष्ठा नक्षत्र और मंगलवार के योग में उत्पन्न हुई कन्या अपने ज्येष्ठ भाई का नाश करती है। मूल नक्षत्र और रविवार के योग में उत्पन्न कन्या श्वसुर का नाश करती है।

विशाखा तुलया युक्ता देवरस्य शुभावहा।
विशाखा वृश्चिकोद्भूता देवरं हन्त्यसंशयम्।।

(फलितमार्तण्ड/42)

जिस कन्या का जन्म विशाखा नक्षत्रयुक्त तुला राशि के चन्द्रमा में हो तो वह देवर के लिए शुभप्रद होती है और यदि वही विशाखा, वृश्चिक के चन्द्रमा से युक्त हो तो निश्चय से देवर का नाश करती है।

2.5.8 मूल में जन्म तथा निवारण

समस्त सौरमंडल 12 राशियों तथा 27 नक्षत्रों में विभाजित किया गया है। एक राशि का मान 30 अंश होता है तथा एक नक्षत्र का मान 13 अंश 20 कला होता है। एक नक्षत्र में 4 चरण होते हैं तथा प्रत्येक चरण का मान 3 अंश 20 कला होता है। इस प्रकार से एक राशि में सवा दो नक्षत्र होते है। अर्थात् 3 नक्षत्र के कुल मिलाकर 9 चरण होते हैं। जिस बिन्दु पर राशि और नक्षत्र का एक साथ अन्त हो रहा हो तथा नवीन राशि के उदय के साथ-साथ नये नक्षत्र का उदय हो रहा हो, वह बिन्दु गण्डान्त कहलाता है तथा उसके पूर्व तथा उपरान्त के दोनों नक्षत्र मूल के नक्षत्र कहे जाते हैं।

मूल के नक्षत्रों में जन्म होने से बालक के पिता, माता, धन और बालक के स्वास्थ्य आदि के लिए अशुभ परिणाम प्राप्त होते हैं। मूल के नक्षत्र हैं - अश्विनी, आश्लेषा, मघा, ज्येष्ठा, मूल, रेवती। इन 6 नक्षत्रों में से किसी में भी जन्म हो, तो मूल में जन्म समझना चाहिए। अश्विनी, मघा तथा मूल नक्षत्रों का प्रथम चरण सर्वाधिक अशुभ, द्वितीय चरण अपेक्षाकृत कुछ कम अशुभ तथा इसी तरह से तृतीय और चतुर्थ चरण होता है। जबकि आश्लेषा, ज्येष्ठा तथा रेवती का चतुर्थ चरण सर्वाधिक अशुभ, तृतीय चरण अपेक्षाकृत कुछ कम अशुभ तथा इसी तरह से द्वितीय और प्रथम चरण होते हैं। मूल में जन्म हो, तो मूल शान्ति योग्य, अनुभवी और विद्वान आचार्य द्वारा अवश्य करानी चाहिए, अन्यथा शिशु के जन्म के पश्चात् अनेक अशुभ स्थितियाँ उत्पन्न होती हैं। कभी पिता की मृत्यु, तो कभी माता की मृत्यु भी संभव होती है। मूल नक्षत्रों के विस्तृत सिद्धान्त के विषय में मुहूर्त ग्रंथों में उल्लेख उपलब्ध है। यहाँ पर मूल नक्षत्रों में जन्म होने पर मूल जन्म के शान्ति विधान का उल्लेख किया जा रहा है।

मूलाद्यंशे पितुर्नाशो द्वितीये मातुरेव च।
तृतीये धनधान्यादि नाशस्तुर्येधनागमः।।

वत्सरात् पितरं हन्ति मातरंतुत्रिवर्षतः।
धनं वर्षद्वयेनैव स्वात्मानं वत्सरात्तथा।।

तस्माच्छान्तिं प्रकुर्वीत् प्रयत्नाद्विधिपूर्वकम्।
अनिमित्तकृता शान्ति निमित्तायोपजायते।।

तस्मात्तुर्येऽपिकर्त्तव्या शान्तिः कल्याणमिच्छता।

(बृहत्पाराशरहोराशास्त्र/अ.-96/1-3)

पराशर बोले— मूल के प्रथम चरण में पिता का, दूसरे चरण में माता का, तीसरे चरण में धन-धान्य का नाश होता है। चौथे चरण में धन लाभ लेकिन मतान्तर से मित्रों का नाश होता है। पिता का अनिष्ट एक वर्ष के भीतर, माता का अरिष्ट तीन वर्षो के भीतर, धन नाश दो वर्षो के भीतर तथा एक वर्ष के भीतर स्वयं की हानि होती है। इसलिए चारों चरणों में ही विधिपूर्वक शान्ति करनी चाहिए। दोष प्रतीति न होने पर भी मूलादि नक्षत्रों की शान्ति से हानि न होकर लाभ ही होता है। इसलिए चौथे चरण में भी शान्ति करनी ही चाहिए।

शान्ति का समय

जन्मतोद्वादशाहे वा तदृक्षे वा शुभेदिने।।
जातस्यवाष्टमे वर्षे शान्तिं कुर्याद् विधानतः।।

(बृहत्पाराशरहोराशास्त्र/अ.-96/4)

जन्म से 12वें दिन, या 27वें दिन उसी नक्षत्र में या किसी भी शुभदिन में, जन्म से 8वर्षो के भीतर विधानपूर्वक शान्ति कार्य करना आवश्यक है।

यदेव शान्तिकं कार्यं कर्म तत्तत प्रचक्ष्महे।।

सुसमे च शुभे स्थाने गोमयेनोपलेपिते।
मण्डपं स्वगृहात्प्राच्यामुदीच्यां वा प्रकल्पयेत्।।

मण्डपं स्वाष्टभिर्हस्तैश्चतुर्भिर्वा समन्ततः।
चतुर्द्वारसमायुक्तं तोरणाद्यैरलंकृतम्।।

कुण्डं च तद्बहिः कुर्याद् ग्रहयज्ञोक्तमार्गतः।

(बृहत्पाराशरहोराशास्त्र/अ.-96/5-7)

अब शान्ति की विधि कहता हूँ। समतल भूमि पर शुभ स्थान में, गोबर से लीपकर मण्डल बनाएँ। घर से पूर्व या उत्तर दिशा में मण्डप बनाएँ। मण्डप का नाप पिता के हाथ से 8 हाथ या 4 हाथ वर्गाकार बनाएँ। चारों तरफ द्वार, केले के खम्बे, तोरण आदि बनाएँ। मण्डप के बाहर हवन कुण्ड या स्थण्डिल बनाएँ। कुण्ड निर्माण में यज्ञी यशास्त्र की विधि का पालन करें।

चत्वारः कलशाः स्थाप्यश्चतुर्दिक्षु च पंचमम्।।

रुद्रकुम्भं तु ऐशान्यांमन्यं छिद्रशतात्मकम्।
कलशस्थापनरीत्या स्थापयेन्मतिमान् द्विजः।।

सुवर्णेन तदर्धेन तदर्धार्धेन वा पुनः।
नक्षत्र देवतारूपं कुर्याद् वित्तानुसारतः।।

श्यामवर्ण महोग्रं च द्विशिरस्कं वृकाननम्।
खड्गचर्मधरं तद्वद् ध्येयं कुणपवाहनम्।।

सुवर्णस्य च मूल्यं वा स्थापयित्वा प्रपूजयेत्।
सुवर्ण सर्वदैवत्यं यतः शास्त्रेषु निश्चितम्।।

(बृहत्पाराशरहोराशास्त्र/अ.-96/8-12)

चारों दिशाओं में चार कलश, पाँचवाँ रुद्र कलश ईशान कोण में व एक और कलश सौ छेदों वाला रखें। कलश स्थापन की विधि से पाँचों कलश-स्थापित करें। पूर्वोक्त प्रकार से 16 माशे या 8 या 4 माशे की नक्षंत्र देवता की मूर्ति बनाएँ। अथवा सामर्थ्यानुसार मूर्ति बनाएँ। मूल नक्षत्र के अधिपति राक्षस नैऋति की मूर्ति दो सिर वाली, काला रंग, भेड़िये जैसा मुख, तलवार व ढाल हाथ में, दिखने में भयानक व राक्षस की सवारी वाली बनाएँ। अथवा मूर्ति का मूल्य रखकर पूजें। सोने में सब देवताओं का निवास है। अन्य गण्ड नक्षत्रों में उसी नक्षत्र के देवता की मूर्ति का निर्माण होगा।

आचार्यं वरयेत् पश्चात् स्वस्तिवाचनपूर्वकम्।
पंचगव्यादिक क्षेप्यं कलशे तीर्थवारि च।।

शतौषध्यादिकं तत्र शतच्छिद्रे घटे क्षिपेत्।
वंशपात्रं च संस्थाप्य तत्र वै पश्चिमामुखम्।।

अर्चयेन्निऋतिं धीमान् शुक्लवस्त्राक्षतादिभिः।
इन्द्रं तदधिदेवं च जलं प्रत्यधिदैवतम्।।

स्वस्वशाखोक्तमन्त्रेण प्रधानादीन् प्रपूजयेत्।
देवाधिदेव प्रीत्यर्थं होमं कुर्याद् यथाविधि।।

अष्टोत्तरसहस्रं वा शतं वा नियतेन्द्रियः।
मृत्युप्रशमनार्थं च मन्त्रं त्रैयम्बकं जपेत्।।

हविर्गृहीत्वा विधिवन्नैऋत्वां च ऋचा हुनेत्।
मोषुणः परापरेति यत्तदेवेति वा पुनः।।

पायसं घृतसम्मिश्रं हुनेदष्टोत्तरं शतम्।
अधिदैवतयोश्चैव जुहयात् स्वस्वमन्त्रतः।।

नक्षत्र देवताभ्यश्च पायसेन तु होमयेत्।
गायत्रयाजातवेदेति त्र्यम्बकमिति क्रमात्।।

सीरायुंजन्ति तामग्नि बास्तोष्यत्यग्निमेव च।
क्षेत्रस्यपतिना गृणानाग्निदूतं तथैव च।।

श्रीसूक्तेन तथा विद्वान् समिदाज्यचरून् हुनेत्।
स्रुवेण जुहुयादाज्यं या ते रुद्रेति मन्त्रतः।।

महाव्याहृतिभिर्हुत्वा पश्चात् स्विष्टकृतं हुनेत्।।

(बृहत्पाराशरहोराशास्त्र/अ.-96/13-22)

इसके बाद स्वस्ति वाचन, आचार्य वरण, कलशस्थापन करें। कलशों में तीर्थों का जल, पंचगव्य, शतौषधी (अदरक, तुलसी, सतावर, आँवला) सौ छेद वाले घड़े में रखें।

पश्चिम दिशा में एक बाँस की टोकरी रखें। सफेद वस्त्र, अक्षत आदि से नैऋति देव की पूजा करें।

अधिदेव के रूप में इन्द्र की, प्रत्याधिदेव के रूप में जल की पूजा करें। अपनी परम्परानुसार सभी देवों का पूजन करें।

पश्चात् प्रधान देव व महादेव जी की प्रीत्यर्थ हवन करें। हवन में 108 या 1008 आहुतियाँ दें। मृत्यु निवारण हेतु त्रयम्बक मंत्र का जप व हवन भी करें।

नैऋति के लिए हविष्य (हवन सामग्री) की आहुति नैऋत्य कोण में अग्नि में दें। **'मोषुणः परापर'** इत्यादि या **'यत्तदेवेति'** मंत्र से पूजा व हवन करें। नैऋति के लिए घी व खीर की 108 आहुति दें। अधिदेव व प्रत्यधि देवों की भी आहुतियाँ उन्हीं के मंत्रों से दें।

पश्चात् **'जातवेदसे सुनवाम'** मन्त्र या गायत्री मंत्र, त्र्यम्बक मंत्र, **'सीरायुजन्ति'** **'तामग्निवर्णा'** मंत्र, **'वास्तोष्यते'** मंत्र, **'क्षेत्रस्यपतिना'** गृणाना मंत्र, **'अग्निदूतं पुरोदधे'** मंत्र से श्री सूक्त से घी व चरू की आहुतियाँ दें।

बाद में **'या ते रुद्र शिव'** मंत्र से स्रुवा भरकर घी की आहुति दें। बाद में महाव्याहृतियों का व स्विष्टकृत हवन करें। मंत्र इस प्रकार है-

1. **मोषुणः परावरा निऋतिर्दुर्हिणावदी तरतृष्णः तृष्णया सह।**
2. **जातवेदसे सुनवाम सोममरातीय यतो निदहाति वेदः। स नः पर्षदति दुर्गाणि विश्वा नावेव सिन्धुं दुरितात्यग्निः।**
3. **सारायुंजन्ति कवयो युगा वितन्वते पृथक् धीरा देवेषु सुम्नया सुतरसितरसे।**
4. **तामग्निवर्णा तपसाज्वलन्तीं वैरोचनीं कर्मफलेषु जुष्टाम् दुर्गा देवीं शरणमहं प्रपद्ये।**
5. **क्षेत्रस्य पतिना वयं हितेनेव जयामसि गामश्वं पोषयित्वा स नो मृडाती दृशे।**
6. **गृणाना जमदग्निना योनावृतस्य सीदतम्। पातं सोमभृता वृधा।**

शेष उल्लिखित मंत्र प्रसिद्ध ही हैं, अतः ग्रन्थ विस्तार भय से नहीं दिए गए हैं।

भद्रासनोपविष्टस्य सस्त्रीपुत्रस्य मन्त्रवित्।।

आचार्यो यजमानस्य कुर्यात् प्रीत्याभिषेचनम्।
वस्त्रान्तरितकुम्भाभ्यां स्नापयेत्तदनन्तरम्।।

अक्षीभ्यामिति सूक्तेन पावमानीभिरेव च।
धेनुं पयस्विनीं दद्यादाचार्याय च शक्तितः।।

ऋत्विग्भ्यो दक्षिणां दद्यात् ब्राह्मणांश्चापि भोजयेत्।
यत्पापं यच्च मे दौःस्थ्यं सर्वगात्रेष्वस्थितम्।।

तत्सर्वं भक्षयाज्यत्वं लक्ष्मीं पुष्टिंविवर्धय।
अनेन मन्त्रेणाज्येतु छायां सम्यग् विलोकयेत्।।

सर्वशान्तेश्च पठनं ब्राह्मणैराशिषस्तथा।
मूलगण्डोद्भवस्यैवं सर्वपापं प्रणश्यति।।

(बृहत्पाराशरहोराशास्त्र/अ.-96/23-28)

बाद में उत्तम आसन या लकड़ी की पटरी, चौकी आदि पर बैठकर पिता माता व पुत्र का मन्त्रवेत्ता आचार्य प्रसन्नतापूर्वक अभिषेक करें।

बाद में कपड़े से घड़े को लपेटकर शतछिद्र कलश में शतौषधी जल डालते हुए यजमान को स्नान कराएँ स्नान कराते समय **'अक्षीभ्यामित्यादि'** सूक्त व **'पावमानीऋचाओं'** का पाठ करें।

आचार्य को दुधारु गाय का दान करें। अन्य ब्राह्मणों को भी दक्षिणा दें व ब्राह्मण भोजन कराएँ।

यत्पापं यच्च मे दौःस्थ्यं सर्वगात्रेष्ववस्थितम्।
तत्सर्वं भक्षयाज्यत्वं लक्ष्मीपुष्टिं विवर्धय।।

इस श्लोक को बोलते हुए घी से छाया पात्र का दान करें। पश्चात् शान्त्यध्याय या शान्ति पाठ करके, ब्राह्मणों से आशीर्वाद लें। इस तरह शान्ति विधान करने से मूल दोष का सर्वथा नाश हो जाता है।

अथ गण्डमूलाध्यायः

मूला-वासवयोर्मघा-भुजगयोः पौष्णाश्वयोः सन्धिजं
गण्डान्तं प्रहरप्रमाणमधिकानिष्टप्रदं प्राणिनाम्।
ज्येष्ठादानवतारसंधि-घटिका चाभुक्तसंज्ञा भवेत्
तन्नाडीप्रभवाऽङ्गना सुत-पशु-प्रेष्याकुल-ध्वंसकाः।।

(फलितमार्तण्ड/1)

मूल ज्येष्ठ की, मघा, आश्लेषा की रेवती, अश्विनी की संधि में प्रहर (साढे सात घड़ी पर्यन्त) गण्डान्त होता है। यह प्राणियों के लिए अधिक अनिष्टप्रद होता है। ज्येष्ठा, मूल की सन्धि एक घड़ी अभुक्त-संज्ञक है। उस अभुक्त घड़ी में उत्पन्न पुत्र, पशु और नौकर कुल के नाशक होते हैं। यह एक घड़ी का अभुक्त-मूल विशेष भयंकर होता है।

अभुक्त–मूल–विषये नारदः

अभुक्त-मूल-गण्डान्तं नाड़िकानां चतुष्टयम्।
तच्चैन्द्रान्त्यघटी-द्वन्द्वं मूलाद्यं द्वन्द्वमेव च।।

(फलितमार्तण्ड/2)

नारद जी के मत से अभुक्त-मूल गण्डान्त की घड़ियाँ चार हैं। वह ज्येष्ठा की अन्त की दो घड़ी और मूल की आदि की दो घड़ी, ऐसे चार घड़ी का अभुक्त-मूल होता है।

इससे पूर्व श्लोक में कथित एक घड़ी वाला अभुक्त-मूल अत्यन्त खराब है।

अभुक्त-मूलजं पुत्रं पुत्रीमपि परित्यजेत्।
अथवाऽब्दाष्टकं तातस्तन्मुखं नावलोकयेत्।।

(फलितमार्तण्ड/3)

अभुक्त-मूल में उत्पन्न लड़के व लड़की को त्याग देना चाहिए। त्यागने में असमर्थ हो तो आठ वर्ष तक पिता उमसके दर्शन न करे। पश्चात् शान्ति करके बालक का मुख देखे।

गण्डमूलभवं बालं दिनानि सप्तविंशतिः।
पित्रा नालोकनं कार्यं ततः शान्तिं समाचरेत्।।

(फलितमार्तण्ड/4)

वैसे गण्डान्त व मूल नक्षत्र में उत्पन्न शिशु के मुख को पिता सत्ताइस दिन तक न देखे। पश्चात् शान्ति करके देखना कल्याणप्रद होता है।

अभुक्त-मूलजनिता यदि जीवति मानवः।
निज-वंशकरः श्रीमान् बहुसेनाधिपोऽथवा।।

(फलितमार्तण्ड/5)

अभुक्त-मूल में जन्मा हुआ शिशु जीवित रहे तो अपने वंश का कर्ता, श्रीमान् और बहुत सेना वा नौकरों का मालिक होता है।

मूलाद्यांशे पितुर्नाशः मातुश्च द्वितीयांशके।
तृतीये धनधान्यस्य नाशस्तुर्ये धनागमः।।

गृहक्षेत्रं धनं धान्यं गृहोपकरणादिकम्।
पशुवस्त्रादिकं चेति धान्यमित्युच्यते बुधैः।।

(फलितमार्तण्ड/6-7)

मूल नक्षत्र में उत्पन्न शिशु पिता को, दूसरे चरण में उत्पन्न माता को, तीसरे चरण में

उत्पन्न धन-धान्य का नाशक होता है और चतुर्थ चरण में उत्पन्न शिशु धन का लाभ देता है। गृह, जमीन, सुवर्णादि धन तथा अन्य, घर की वस्तुएँ, पशु वस्त्रादिक की बुद्धिमानों ने धन संज्ञा कही है।

मूल–नक्षत्रस्य विशेष–फलम्

मूलर्क्ष-निखिला नाड्यस्थिति-संज्ञाविभाजिताः।
आद्ये पिता पितृभ्राता तृतीये भगिनीपतिः।।

पितामहश्चतुर्थे तु माता नश्यति पंचमे।
षष्ठे तु मातृभगिनी सप्तमे मातुलस्तथा।।

अष्टमांशे पितृव्यस्त्री निखिलन्तु नवांशके।
दशमे पशुसंघातो भृत्यस्त्वेकादशांशके।।

द्वादशे तु स्वयं जातस्तज्ज्येष्ठस्तु त्रयोदशे।
चतुर्दशे तद्भगिनी त्वन्ते मातामहस्तथा।।

(फलितमार्तण्ड/8-11)

मूल नक्षत्र के भोग की संपूर्ण घड़ियों में 15 का भाग देकर 15 खण्ड बनाए। फिर उसके एक दो खण्ड का फल विचारे। प्रथम खण्ड में पिता का, दूसरे में चाचा का, तीसरे में बहनोई का, चौथे में पितामह का, पाँचवें खण्ड में माता का नाश होता है। छठे खण्ड में मासी का, सातवें में माता का, आठवें में चाची का, नवम खण्ड में सब का, दशम में पशुओं का, ग्यारहवें खण्ड में नौकर का, बारहवें खण्ड में 'स्वयं' जातक का नाश होता है। तेरहवें खण्ड में उसके ज्येष्ठ भाई का, चौदहवें खण्ड में उसकी बहन का और पन्द्रहवें खण्ड में नाना का नाश होता है।

अथ मूल–वास

मार्ग-फाल्गुन-वैशाखे ज्येष्ठे मूलं रसातले।
श्रावणे कार्त्तिके चैत्रे पौषे मूलं च भूतले।।

आषाढ़े चाश्विने भाद्रे माघे मूलं दिवि स्थितम्।
भूमिष्ठं दोषबहुलं स्वल्पमन्यत्र संस्थितम्।।

(फलितमार्तण्ड/12-13)

मार्गशीर्ष, फाल्गुन, वैशाख, ज्येष्ठ इन मासों में मूल का निवास पाताल-लोक में, श्रावण, कार्त्तिक, चैत्र, पौष मास में मृत्यु-लोक में, और आषाढ़, आश्विन, भाद्रपद, माघ मास में मूल का निवास स्वर्गलोक में होता है।

मूल का निवास भूमि पर हो तो भारी दोष करता है। अन्यत्र स्वर्ग, पाताल में हो तो स्वल्प दोष करता है।

अथ लग्नवशात् मूल–निवास

चर-स्थिर-द्विस्वभाव-लग्नेषु क्रमशः स्मृता।
स्वर्ग-पाताल-मर्त्याख्यलोकेषु मूलसंस्थितिः।।

(फलितमार्तण्ड/14)

चर, स्थिर, द्विस्वभाव लग्नों में क्रमशः मूल का निवास स्वर्ग, पाताल तथा मृत्यु-लोक में होता है। यदि मूल का निवास मास और लग्नानुसार दोनों प्रकार से भूमि पर आये तो विशेष अशुभ जाने। एक प्रकार से कुछ न्यून भय होता है।

दिवा सायं निशि प्रातस्तातस्य मातुलस्य च।
पशूनां मित्रवर्गस्य क्रमान्मूलमनिष्टदम्।।

(फलितमार्तण्ड/15)

जो शिशु दिन में मूल नक्षत्र में उत्पन्न हो, वह पिता को, सायंकाल में मामा को, रात्रि के समय पशुओं को, प्रातःकाल में मित्र-वर्गों को नेष्ट फल देता है।

तृतीया दशमी षष्ठी शनि-भौम-समन्विता।
शुक्ले चतुर्दशी-मूले जातः संहरते कुलम्।।

(फलितमार्तण्ड/16)

तृतीया, दशमी, षष्ठी और शुक्लपक्ष की चतुर्दशी यह तिथियाँ यदि शनि या मंगलवार की हों, साथ ही मूल नक्षत्र का योग हो तो ऐसे योग में उत्पन्न शिशु समस्त कुल का विध्वंस करता है। विशेषकर अभुक्त-मूल हो तो।

संकेत—यहाँ इस श्लोक में कथित तृतीया, दशमी, षष्ठी, कृष्णपक्ष की हों तो महा-अशुभ जानना चाहिए।

2.5.9 ज्येष्ठा नक्षत्र में जन्म तथा निवारण

ज्येष्ठा नक्षत्र में जन्म होने से मूल शान्ति अवश्य ही योग्य, विद्वान और अनुभवी आचार्य द्वारा सम्पन्न करानी चाहिए। ज्येष्ठा नक्षत्र का मूल परम अहितकर, कष्टकारक तथा अप्रत्याशित अशुभ स्थितियों को उत्पन्न करने वाला होता है। यदि किसी कन्या का ज्येष्ठा नक्षत्र में जन्म हो, तो अत्यधिक अशुभ फल प्राप्त होता है। इस संदर्भ में ज्येष्ठा नक्षत्र में जन्मी कन्या के विवाह के समय कतिपय महत्त्वपूर्ण तथा अनिवार्य सिद्धान्त और उनका समाधान अग्रांकित है :

1. कालिदास ने अपने प्रसिद्ध ग्रंथ 'पूर्व कालामृत' में ज्येष्ठा पर निम्नलिखित श्लोक में विचार किया है-

ज्येष्ठे मासि करग्रहो न शुभकृत् ज्येष्ठांगनापुत्रयो-
ज्येष्ठे मास्यपि जातयोश्च यदि वा ज्येष्ठोहुसम्भूतयोः।
दम्पत्योर्यदि येन केन विधिना ज्येष्ठत्रयं चास्ति चेत्
त्रिज्येष्ठाह्रय दोषदो हि सततं नाप्यांध गर्भद्वये।।

(पूर्व कालामृत/3/13)

अर्थात् सबसे बड़ी सन्तान, चाहें वह पुत्र हो या पुत्री, का ज्येष्ठ मास में विवाह अशुभ है, ज्येष्ठा मास व ज्येष्ठा नक्षत्र में जन्मे वर कन्या का भी विवाह ज्येष्ठ मास में वर्जित है। त्रिज्येष्ठ का आशय है, तीन ज्येष्ठ का संयोग। अतः ज्येष्ठ पुत्र, ज्येष्ठ पुत्री का विवाह भी ज्येष्ठ मास में नहीं किया जाना चाहिए। त्रिज्येष्ठ सर्वथा निन्दनीय है। दो ज्येष्ठ को मध्यम माना गया है। अतः ज्येष्ठ पुत्र तथा अज्येष्ठ कन्या या ज्येष्ठ कन्या व अज्येष्ठ पुत्र का विवाह ज्येष्ठ मास में किया जा सकता है।

एक ज्येष्ठ का कोई दोष नहीं लगता है, अर्थात् केवल मास या केवल वर या केवल ज्येष्ठ कन्या होने पर कोई दोष नहीं लगता है।

2. ज्येष्ठा नक्षत्र के प्रथम चरण में जन्म पर जातक के बड़े भाई, द्वितीय चरण में होने पर छोटे भाई, तृतीय चरण में माता तथा चतुर्थ चरण में जन्म पर जातक के पिता को कष्ट होता है। उसकी शान्ति किसी योग्य विद्वान के द्वारा करानी चाहिए। इसके लिए नक्षत्र के मंत्र के कम से कम 28000 जाप सम्पन्न करने चाहिए तथा 27 दिन बाद पुनः यही नक्षत्र आने पर जपे हुए मंत्रों के दशांश का हवन कराना चाहिए। इस तरह शास्त्रीय विधि से जाप तथा हवनादि करने से इसका अनिष्टकारी प्रभाव समाप्त हो जाता है तथा सम्बन्धित व्यक्ति सुखी रहता है। मंत्र निम्नलिखित हैं :

1. **मातेव पुत्रं पृथ्वीं पुरीष्यमग्निं स्वेवोनावभारूयतां।**
   विस्वैर्दिवैर्ऋतुभिः सविद्वानः प्रजापतिर्विश्वकर्मा विमुञ्चतु।।

2. **आश्रय विद्महें परमेश्वरस्य धीमहि तन्नो कालिं प्रचोदयात्।** –108 नित्य

3. **त्रातारमिन्द्रभवितारमिन्द्रं हवे हवे सुखं शूरमिन्द्रम्, हवयामि।**
   शुक्रं पुरुहूतमिन्द्रं स्वस्ति नो मधवा धात्विन्द्रः शुक्राय नमः।।

4. चिरचिटे की जड़ को नक्षत्र के मंत्र (क्रम संख्या-3) से अभिमन्त्रित करके भुजा पर बांधने से लाभ होता है।

5. ज्येष्ठा नक्षत्र में जन्मे जातकों को पूर्वाषाढ़, श्रवण, शतभिषा, आर्द्रा, पुनर्वसु तथा उत्तर

फाल्गुनी नक्षत्र में जन्मे जातकों से किसी भी प्रकार का सम्बन्ध या लेन-देन नहीं करना चाहिए।

उपरोक्त उपायों से ज्येष्ठा नक्षत्र में जन्म का कुप्रभाव कुछ सीमा तक कम किया जा सकता है। महर्षि पराशर ने अपने कालजयी ग्रंथ बृहत्पाराशरहोराशास्त्र में ज्येष्ठा के मूल में जन्म होने पर शान्ति हेतु विधिविधान का उल्लेख किया है जो अग्रांकित है :

ज्येष्ठागण्डान्तजातस्तु पितुः स्वस्य च नाशकः।
तस्य शान्तिविधिं वक्ष्ये सर्वविघ्नहरीं द्विज।।

मूलशान्तिसमं सर्वमत्रापि मण्डपादिकम्।
इन्द्रोऽत्रदेवतातद्वदधिदेवोऽनलस्तथा ।।

विज्ञेयं च तथा विप्र रक्षः प्रत्यधिदेवता।

(बृहत्पाराशरहोराशास्त्र/अ.-97/1-2)

महर्षि पाराशर ने कहा– ज्येष्ठा गण्ड या गण्डान्त में उत्पन्न होने पर माता-पिता व स्वयं का नाश होता है। अतः सब दोषों के निवारणार्थ शान्तिविधान कहता हूँ।

सभी गण्ड नक्षत्रों में मूलशान्ति की तरह ही मण्डपादि बनाना चाहिए। ज्येष्ठा में इन्द्र प्रधान देवता व अग्नि अधिदेवता है। राक्षस को प्रत्यधिदेवता समझें। इस प्रकार तीनों देवों का मूर्तिनिर्माण करके पूजन करना चाहिए।

वज्रांङ्कुशधरं देवमैरावतगजान्वितम्।।

कुर्याच्छचीपतिं रम्यं देवेन्द्रं सुरनायकम्।
यथाशक्ति सुवर्णेन वित्तशाठ्यं न कारयेत्।।

इन्द्रायेन्दो मरुत्वते इति मन्त्रेण मन्त्रवित्।
गन्धपुष्पैर्धूपदीपैर्नानाभक्ष्यनिवेदनैः ।।

पूजयेद् विधिना विप्रो लोकपालसमन्वितम्।
पूजयेद् वारुणैर्मन्त्रैः कुम्भान्धीमान्प्रयत्नतः।।

त्वं नो अग्ने जपेदादौ सत्वं नोपि द्वितीयकम्।
समुद्रज्येष्ठा इति चेमम्मे गंगेति चतुर्थकम्।।

पूजयेद् वस्त्रयुग्माद्यैश्चतुरः कलशानपि।
इन्द्रसूक्तं रुद्रजाप्यं जपं मृत्युंजयं ततः।।

सुसंकल्पविधानेन होमं कुर्यात्तु मूलवत्।
अभिषेकं प्रकुर्वीत सूक्तैर्वारुणसंज्ञितैः।।

(बृहत्पाराशरहोराशास्त्र/अ.-97/3-9)

इन्द्र का स्वरूप वज्र व अंकुश धारण किये हुए, ऐरावत पर सवार, सुन्दर रूप में मूर्ति बनाएँ। सामर्थ्यानुसार सुवर्ण से मूर्ति बनाएँ। **'इन्द्रा येन्दोमरुत्वते'** मंत्र से गन्धाक्षत पुष्पादि व भोज्य पदार्थों से लोकपाल समेत इन्द्रादि दस दिक्पाल की पूजा करें। वारुण मंत्रों से सर्वत्र कलश पूजन करें। पहले **'त्वं नो अग्ने'** पुनः **'सत्वं नो अग्ने'** मंत्र, पुनः **'समुद्रज्येष्ठाः'** पुनः **'इयं मे गंगे'** मंत्रों का पाठ कर कलशों की प्रतिष्ठा करें। दो-दो वस्त्र चढ़ाएँ।

बाद में इन्द्रसूक्त, रुद्रीय पाठ, मृत्युंजय मंत्र का पाठ व संकल्पपूर्वक हवन करें। पश्चात् पूर्वोक्त मंत्रों व वारुण मंत्रों से अभिषेक करना चाहिए। ऋग्वेद में वर्णित इन्द्र सूक्त द्वारा इन्द्र का पूजन करें। पूर्वोक्त मंत्र पूजन इस प्रकार है-

इन्द्रायेन्दो मरुत्वते पवस्य मधुमत्तमः।
ऋतस्य योनिमासदम्।
अभिषेक निवृतो तु यजमानः समाहितः।
शुक्लाम्बराणि धृत्वा च कुर्यादाज्यावलोकनम्।।

रूपं रूपेति मंत्रेण चित्रं तच्चक्षुरेव च।
देवतापुरतः स्थित्वा पुनः पूजनमाचरेत्।।

नमस्ते सुरनाथाय नमस्तुभ्यं शचीपते।
गृहाणार्घ्यं मया दत्तं गण्डदोषप्रशान्तये।।

दानेनानेन देवेश गण्डदोषं विनाशय।
स्वसामर्थ्यानुसारेण सद्यः श्रोत्रियभोजनम्।।
गण्डदोषं विनिर्जित्य आयुष्मांजयते नरः।।

(बृहत्पाराशरहोराशास्त्र/अ.-97/10-13)

अभिषेक के बाद यजमान सफेद वस्त्र पहनकर घृतपात्र दान करें। पुनः देवताओं का उत्तर पूजन करें। 'रूपं रूपं' इति मंत्र से 'चित्र देवानाम्' मंत्र से, 'तच्चक्षुर्देवहितां मंत्रों का उच्चारण करें। देवता को विशेषार्घ्य समर्पण के समय यह श्लोक पढें-

नमस्ते सुरनाथाय नमस्तुभ्यं शचीपते।
गृहाणार्घ्यं मया दत्तं गण्डदोषोपशान्तये।।

पश्चात् सामर्थ्यानुसार दानकार्य तथा ब्राह्मण भोजन कराने से आयु की वृद्धि व गण्डदोष का नाश होता है।

मंत्र- **रूपं रूपं प्रतिरूपो बभूव, तदस्य रूपं प्रतिचक्षणाय।**
इन्द्रोमायाभिः पुरु रूप ईयतेयुक्ता ह्यस्य हरयः शतादश।।

अन्य नक्षत्र शान्ति

मूलर्क्षोक्त प्रकारेण कुम्भान् कृत्वा प्रपूजयेत्।
तत्तद्भेशस्य प्रतिमाः नक्षत्रेशस्य मन्त्रतः।।

मूल नक्षत्रवत् कुर्यात् सर्वां शान्तिं स्वनामतः।।

(बृहत्पाराशरहोराशास्त्र/अ.-97/14-15)

अन्य श्लेषा, मघा, अश्विनी, रेवती आदि में भी मूल शान्ति की तरह कुम्भ स्थापन करके, सम्बन्धित नक्षत्र स्वामी की प्रतिमा नक्षत्र से ही पूजन करके, हवन, अभिषेक, दान, ब्राह्मणभोजनादि विधि तत्तत् नक्षत्र पति का नमोल्लेख करते हुए, मूल नक्षत्र की ही तरह करें।

ज्येष्ठानक्षत्रजा कन्या विनिहन्ति धवाग्रजम्।
विशाखान्त्यपदोत्पन्ना कन्या देवरघतिनी।।

आश्लेषान्त्यत्रिपादौत्थौ मूलद्यत्रिपदोद्भवौ।
कन्यासुतौ हतः श्वश्रुं श्वसुरं च यथाक्रमम्।।

तयोर्विवाहकालेऽतः शान्तिं कुर्याद् विचक्षणः।
तत्तद्दोषविनाशाययथावित्तानुसारतः ।।
धवाग्रजाद्यभावे तु न दोषाय प्रजायते।।

(बृह .राशरहोराशास्त्र/अ.-97/16-18)

ज्येष्ठा नक्षत्रोत्पन्न कन्या जेठ (पति का बड़ा भाई) को, विशाखा के चतुर्थचरण में देवर को नष्ट करती है। श्लेषा के 2-3-4 चरणों में व मूल के 1-2-3 चरणों में उत्पन्न पुत्र व पुत्री क्रमशः सास व ससुर को नष्ट करते हैं।

अतः इनके विवाह के समय में भी कल्याण चाहने वाले व्यक्ति को इनकी शान्ति करानी चाहिए। शान्ति का विस्तार आर्थिक स्थिति के अनुसार निश्चय करें। यदि देवर, जेठ, सास, ससुर न हों तब विवाह के समय शान्ति आवश्यक नहीं है।

अथवा शक्त्यभावे तु कुर्याद् गोंदानमेव च।
यतः समस्तभूदानाद्गोदानमतिरिच्यते।।

मूलेन्द्राहि मघागण्डे जाते दद्याद् गवां त्रयम्।
गोयुग्मं पौष्णदास्रोत्थे गण्डान्ते च द्विजन्मने।।

अन्यगण्डे च दुर्योगे गामेकां हि प्रदापयेत्।
गोरभावे च विप्राय दद्यात् तन्मूल्यमेव हि।।

(बृहत्पाराशरहोराशास्त्र/अ.-97/19-21)

यदि सामर्थ्य न हो तो केवल गोदान ही करें। गोदान, समस्त भूमण्डल के दान से भी बढ़कर है। मूल, ज्येष्ठा, श्लेषा व मघा के दोष निवारणार्थ तीन गोदान, रेवती, व अश्विनी के दोषशमनार्थ दो गाय, अन्य गण्ड नक्षत्रों एवं दुर्योगों में केवल एक गाय का ही दान करें। गौ न होने पर गाय का मूल्य (क्रय मूल्य या श्रद्धया न्यूनाधिक) ही दें।

अथ ज्येष्ठापाद–फलम्

ज्येष्ठाद्यपादेऽग्रजमाशु हन्याद् द्वितीयपादे यदि तत्कनिष्ठम्।
तृतीयपादे पितरं निहन्ति स्वयं चतुर्थे मृतिमेति जातः।।

मतान्तरात्-तृतीये मातरं हन्ति जनकन्तु चतुर्थके।।

(फलितमार्तण्ड/22)

ज्येष्ठा के प्रथम चरण में उत्पन्न शिशु ज्येष्ठ भाई का शीघ्र नाश करता है। यदि द्वितीय चरण में पैदा हो तो छोटे भाई का नाश करता है। तीसरे चरण में उत्पन्न हो तो पिता का नाश करता है और चतुर्थ चरण में उत्पन्न हो तो जातक की मृत्यु होती है। मतान्तर से ज्येष्ठा के तृतीय चरण में माता को और चतुर्थ चरण में उत्पन्न पिता को नष्ट करता है।

ज्येष्ठा–नक्षत्रस्य विशेष–फलम्

विभक्ता दशभिर्ज्येष्ठा नक्षत्राखिल-नाड़ियाः।
आद्यंशे जननी-माता द्वितीये जननी-पिता।।

तृतीये जननी-भ्राता यदि माता चतुर्थके।
आत्मानं पंचमं हन्ति षष्ठे गोत्र-विनाशकः।।

सप्तमे कुलनाशः स्याद् अष्टमे ज्येष्ठ-सोदरम्।
नवमे श्वसुरं हन्ति सर्वं हन्ति दशांशके।।

(फलितमार्तण्ड/23-25)

ज्येष्ठा के भोग की सम्पूर्ण घड़ियों में दस का भाग देकर 10 खण्ड बनाये। फिर उसके

एक-एक अंश का फल विचारे। पहले अंश खंड में उत्पन्न शिशु हो तो नानी का, द्वितीय खण्ड में नाना का, तृतीय में मामा का, यदि चतुर्थ खण्ड में जन्म हो तो माता का, पाँचवें में स्वयं का, छठे में कुल का नाश करता है। सातवाँ खण्ड कुल का नाश करता है। आठवाँ खण्ड बड़े भाई का नाशक है। नवम खंड श्वसुर का संहार करता है। दसवाँ भाग सबका नाश करता है।

2.5.10 त्रिखल में जन्म तथा निवारण

लगातार तीन पुत्रों के जन्म के पश्चात् यदि चतुर्थ संतान पुत्री हो अथवा लगातार तीन पुत्रियों के जन्म के पश्चात् चतुर्थ संतान पुत्र हो, तो त्रिखल में जन्म की संज्ञा प्रदान की जाती है। इस प्रकार के जन्म को महर्षि पराशर ने अशुभ कहा है। इस प्रकार से चौथी संतान के जन्म के पश्चात् माता अथवा पिता के कुल में अरिष्ट का भय होता है। अतः चतुर्थ शिशु का जन्म त्रिखल में होने पर बृहत्पाराशरहोराशास्त्र में उद्धृत शान्ति विधान का विधिवत् अनुसरण अवश्य करना चाहिए, ताकि संभावित अरिष्ट से रक्षा हो सके।

अथान्यत् सम्प्रवक्ष्यामि जन्मदोषप्रदं शिशोः।
सुतत्रये सुता जन्म तत्त्रये सुतजन्म चेत्।।

तदारिष्टभयं ज्ञेयं पितृमातृ कुलद्वये।
तत्रशान्तिविधिं कुर्याद् वित्तशाठ्यविवर्जितः।।

(बृहत्पाराशरहोराशास्त्र/अ.-98/1-2)

पाराशर बोले—अब मैं अन्य दोषप्रद जन्म में लक्षण कहता हूँ। तीन पुत्रों के बाद पुत्री का या तीन पुत्रियों के बाद पुत्र का जन्म हो तो त्रिखल जन्म या त्रीतर जन्म (त्रि-3 इतर-दूसरा) कहलाता है। ऐसी स्थिति में पिता व माता के कुल में अरिष्ट का भय होता है। अतः ऐसा योग होने पर कंजूसी न करते हुए शान्ति विधान करना चाहिए।

सूतकान्तेऽथवा शुद्धे समये च शुभे दिने।
आचार्यमृत्विजो वृत्वा ग्रहयज्ञपुरस्सरम्।।

ब्रह्मविष्णुमहेशेन्द्र प्रतिमाः स्वर्णजाः शुभाः।
पूजयेद् धान्यराशिस्थ कलशोपरि भक्तितः।।

(बृहत्पाराशरहोराशास्त्र/अ.-98/3-4)

शान्ति हेतु सूतक निवृत्ति के बाद शुभ समय व दिन (चन्द्र तारा बलयुक्त) में आचार्य व अन्य पण्डितों का वरण करके ग्रह यज्ञ करते हुए शान्ति करें।

चारों दिशाओं में चार कलशों पर पूर्व में ब्रह्म, दक्षिण में विष्णु, उत्तर में महेश व पश्चिम में इन्द्र की सोने की प्रतिमा स्थापित करके पूजा करें। कलश स्थापन विधि से अनाज के ढेर

पर कलश स्थापित करें। गणेश, नवग्रह, क्षेत्रपाल, योगिनी आदि का पूजन व सूर्य भगवान् की विशेष पूजा सर्वत्र विहित ही है।

चत्वारिरुद्रसूक्तानिशान्तिसूक्तानिसर्वशः ।
विप्र एको जपेद् होमकाले च शुचिसंयतः।।

आचार्यो जुहुयात्तत्र समिदाज्यतिलांश्चरुन्।
अष्टोत्तर सहस्रं वा शतं वाष्टौ च विंशतिम्।।

ब्रह्मादिसर्वदेवेभ्यः स्वस्वगृह्योक्तमन्त्रतः।
ततः स्विष्ट कृतं हुत्वा बलिं पूर्णाहुतिं ततः।।

अभिषेकं च जातस्य सकुटुम्बस्य कारयेत्।
ऋत्विगयो दक्षिणां दद्याद् ब्राह्मणाश्चापि भोजयेत्।।

कांस्याज्यवीक्षणं कृत्वा दीनानाथा श्च तर्पयेत्।
एवं शान्त्या च मैत्रेय सर्वारिष्टं विलीयते।।

(बृहत्पाराशरहोराशास्त्र/अ.-98/5-9)

तत्पश्चात् चार रुद्र सूक्त व शान्ति (शान्तिमन्त्र, शान्त्यध्यायोक्त) पढ़ें। आचार्य तत्तत् देवों का हवन करता है तथा प्रत्येक कलश पर प्रधान देव की स्थापना करते हुए, एक-एक ब्राह्मण उस देवता का जप करता रहे। आचार्य घी, तिल व चरु का हवन करें। आहुतियों की संख्या 1008 या 108 या 28 यथावसर रखें। ब्रह्मा आदि सब देवताओं के मन्त्र अपने-अपने वेदानुसार लें। हवन के पश्चात् स्विष्टकृत आहुति, बलिदान (दिक्पाल, क्षेत्रपाल बलि) एवं पूर्णाहुति दें।

तत्पश्चात् सपरिवार शिशु का अभिषेक करें। सब ब्राह्मणों व आचार्यों को दक्षिणा दें। पश्चात् कांसे के बर्तन में घी से छाया पात्र दान करें। बाद में दीनों, अनाथों को भी अन्नादि (तीन अन्न, तीन प्रकार के वस्त्र, तीन धातु) का यथाशक्ति दान करें।

हे मैत्रेय! इस प्रकार शान्ति करने से सब प्रकार के अरिष्ट दूर हो जाते हैं।

सुतत्रये सुता चेत् स्यात्तत्त्रये वा सुतो यदि।
मातापित्रोः कुलस्यापि तदाऽरिष्टं महद्भवेद्।।

ज्येष्ठनाशो धने हानिः दुःखं वा सुमहद्भवेत्।
तत्र शान्तिं प्रकुर्वीत वित्त-शाठ्य-विवर्जितः।।

(फलितमार्तण्ड/48-49)

यदि तीन पुत्रों के पश्चात् कन्या का जन्म हो, अथवा तीन कन्याओं के पश्चात् पुत्र का जन्म हो तो त्रिखलनामक दोष के कारण कन्या-माता या मातृकुल को महारिष्ट, पुत्र-पिता या पितृकुल को महारिष्ट, ज्येष्ठ का नाश धन में हानि व महादुःख होता है। वहाँ कल्याणार्थ कंजूसपन को छोड़कर विधिपूर्वक शान्ति करे।

2.5.11 आश्लेषा, मघा, रेवती, अश्विनी में जन्म का फल

आश्लेषा, मघा, रेवती तथा अश्विनी नक्षत्र में जन्म होने पर मूल में जन्म समझना चाहिए तथा मूल शान्ति जन्म के 27वें दिन अवश्य करानी चाहिए। मूल शान्ति उसी नक्षत्र में होती है जिस मूल के नक्षत्र में शिशु का जन्म होता है।

उपरोक्त नक्षत्रों में जन्म होने के प्रतिफल और शान्ति विधान का उल्लेख यहाँ किया जा रहा है। आश्लेषा के प्रथम चरण में जन्म हो तो राज्य-सुख हो। द्वितीय चरण में धन-हानि, तीसरे में माता की हानि, चतुर्थ चरण में पिता की मृत्यु होती है।

सार्पाद्ये प्रथमे राज्यं द्वितीये तु धनक्षयः।
तृतीये जननीनाशश्चतुर्थे मरणं पितुः।।

(फलितमार्तण्ड/17)

अथाऽऽश्लेषा-पुरुष-विचार

मूर्ध्नि पञ्चसु राज्याप्तिर्मुखे सप्त पितृक्षयः।
नेत्रे द्वे जननी-नाशो ग्रीवायां लंपटस्त्रिभिः।।

स्कन्धे वेदाः गुरोर्भक्तो हस्तेऽष्टौ च बली भवेत्।
हृद्येकादशभिश्चात्मघाती संजायते नरः।।

श्रीमान्नाभौ भ्रमी षड्भिः गुदे नव तपोधनः।
पादे पंच धनं हन्ति सार्पादितत्फलं क्रमात्।।

(फलितमार्तण्ड/18-20)

पुरुषाकार आकृति बनाकर उसके मस्तक पर पहली पाँच घड़ी लिखे, उसमें जन्म हो तो राज्य-सुख का लाभ प्राप्त होता है। आगे मुख में सात घड़ी लिखे, उसमें जन्म हो तो पिता की हानि होती है। आगे नेत्र पर दो घड़ी लिखे, उसमें जन्म हो तो माता का नाश होता है। आगे ग्रीवा पर तीन घड़ी लिखे, उसमें जन्म हो तो जातक लंपट हो। स्कंध पर चार घड़ी लिखे, उसमें गुरु का भक्त हो, हाथ पर आठ घड़ी लिखे, उसमें बली हो। हृदय पर एकादश घड़ी लिखे, उसमें आत्मघाती होता है। नाभि पर षड्घड़ी लिखे, उसमें बहमी, श्रीमान् हो। गुदा पर नौ घड़ी लिखे,

उसमें तपस्वी हो। पैरों पर चार घड़ी लिखे, उसमें जन्म हो तो धन की हानि हो। यह आश्लेषा नक्षत्र में उत्पन्न जातक का क्रम से फल जाने। यहाँ यदि आश्लेषा नक्षत्र का भभोग 60 घड़ी से अधिक या कम हो तो उसी अनुपात से प्रत्येक भाग को बढ़ा या घटा देना चाहिए।

अथ मघा-पाद-फलम्

आद्यपादे मघायाः स्यान्मातृ-पक्ष-विनाशनम्।
द्वितीये पितृनाशः स्यात्तृतीये सुख-संपदः।।
चतुर्थे द्रविणं विद्यादिति शंकर-भाषितम्।।

(फलितमार्तण्ड/21)

मघा के प्रथम चरण में जन्म हो तो माता या मातृपक्ष की हानि, द्वितीय चरण में पिता का नाश, तीसरे चरण में सुख-सम्पत्ति, चतुर्थ चरण में धन, ऐसा शंकर ने कहा है।

अथ रेवती-पाद-फलम्

पौष्णादिपादे नृपतिर्द्वितीये सचिवस्तथा।
तृतीये सुख-सम्पन्नश्चतुर्थे बहु-कष्टभाक्।।

(फलितमार्तण्ड/26)

रेवती के प्रथम चरण में जन्म हो तो नृपसमान, द्वितीय चरण में मंत्री, तीसरे चरण में सुख-सम्पत्तियुक्त, तथा चतुर्थ चरण में अनेक कष्ट भोगता है।

अथाऽश्विनी-जात-फलम्

अश्विन्याः प्रथमे पादे निश्चितं बाध्यते पिता।
द्वितीये सुख-संपत्तिस्तृतीये सचिवो भवेत्।।
चतुर्थे नृपतिं विद्यादिति सद्गुरु-भाषितम्।।

(फलितमार्तण्ड/27)

अश्विनी के प्रथम चरण में जन्म हो तो निश्चय से पिता को कष्ट होता है। द्वितीय चरण में सुख-संपत्ति में वृद्धि होती है। तीसरे में नृपति समान होता है। ऐसा सद्गुरु ने कथन किया है।

यत्र गण्डे क्रूरयुते महादोषकरं भवेत्।
शुभ-ग्रह-समायोगे ईषच्छुभकरं भवेत्।।

दिनक्षने व्यतिपाते व्याघाते विष्टि-वैधृतौ।
शूले गण्डे च परिघे वज्रे च यमघण्टके।।

कालदण्डे मृत्यु-योगे दग्धयोगे सुदारुणे।
तस्मिन् गण्डदिने प्राप्ते प्रसूतिर्यदि जायते।।

अतिदोषकरी प्रोक्ता तत्र पापयुते सति।
धन-गण्डेदरिद्रोऽपि कुर्यात् शान्तिं स्व-शक्तितः।।
अन्यथा नाशमाप्नोति चाऽभुक्तार्क्षे विशेषतः।।

(फलितमार्तण्ड/28-31)

जहाँ जन्म में गण्डान्त क्रूर-ग्रह-युक्त हो, वह महा-भयकारक होता है। यदि शुभ ग्रह का योग हो तो किंचित् शुभकारक होता है। यदि गण्डमूल के समय दिन-क्षय अवम, व्यतिपात, व्याघात, भद्रा, वैधृति, शूलगण्ड, अतिगण्ड, परिघ, यमघण्ट, तथा कालदण्ड, मृत्यु योग, दारुण दग्धयोग प्राप्त हो और उस समय में शिशु का जन्म हो तो अतिदोषप्रद होता है। वहाँ पापग्रह योग हो तो विशेषतया वंश के लिए अशुभ होता है। इसलिए विधिपूर्वक शान्ति करनी चाहिए। अशुभ गण्ड में निर्धन भी विधिपूर्वक स्वशक्त्यनुसार शान्ति करे। अन्यथा नाश को प्राप्त होगा। विशेषतः अभुक्तमूल नक्षत्र में।

दिवाजातस्तु पितरं रात्रिच्चो जननीं तथा।
आत्मानं सन्ध्ययोर्हन्ति नास्ति गंडे विपर्ययः।।

(फलितमार्तण्ड/32)

गण्डान्त में दिन का जन्मा हुआ शिशु पिता को, रात्रि का जन्मा हुआ माता को और दोनों सन्ध्याओं का जन्मा हुआ अपने को नाश करता है। गण्डदोष में विपर्यय नहीं होता, अर्थात् गण्डोक्त फल अवश्य होता है।

आवश्यक संकेत- संपूर्ण गण्डान्तोक्त पितृ, मातृ, भ्रातृ-नाशादि अनिष्ट फल को ध्यान में रखकर पुनः जन्म-कुण्डली ग्रह द्वारा भी तत्तद् भाव का शुभाशुभ सूक्ष्मरीत्या विचार करे। फिर इस दोहरी पद्धति से मतैक्य करके फल कहे। जैसे गण्डोक्त अनिष्टफल पिता के लिए मृत्युप्रद है तो उधर जन्मांग में भी पिता के लिए उस समय अनिष्ट योग बन रहे हैं तो गण्डान्तोक्त फल को बल मिलेगा। यदि जन्मांग में पितृ-सुख के पूर्ण योग हैं, उधर गण्डान्त मृत्युप्रद है तो ज्योतिषी को चाहिए कि पिता को भारी कष्ट, रोग, चिन्ता, विवाद, धन-हानि होगी—ऐसा कथन करना चाहिए।

2.6 पैंतीस अक्षरी मन्त्र

।। ॐ एक ओङ्कार श्रीसत्-गुरु प्रसाद ॐ।।

ओङ्कार सर्व - प्रकाशी। आतम शुद्ध करे अविनाशी।।
ईश जीव में भेद न मानो । साद चोर सब ब्रह्म पिछानो।।
हस्ती चींटी तृण लो आदम । एक अखण्डत बसे अनादम्।।

ॐ आ ई सा हा

कारण करण अकर्ता कहिए। भान प्रकाश जगत ज्यूँ लहिए।
खान - पान कछु रूप न रेखं । निर्विकार अद्वैत अभेखम्।।
गीत गाम सब देश देशन्तर । सत करतार सर्व के अन्तर।।
घन की न्याईं सदा अखण्डत । ज्ञान बोध परमातम पण्डत।।

का खा गा घा ङा

चाप ङ्यान कर जहाँ विराजे । छाया द्वैत सकल उठि भाजे।।
जाग्रत स्वप्न सखोपत तुरीया । आतम भूपति की यहि पुरिया।।
झुणत्कार आहत घनघोरं । त्रकुटी भीतर अति छवि जोरम्।।
आहत योगी ञा रस-माता । सोऽहं शब्द अमी-रस-दाता।।

चा छा जा झा ञा

टारनभ्रम अधन की सेना । सत-गुरु मुकुति पदारथ देना।।
ठाकत द्रुगदा निरमल करणं । डार सुधा मुख आपदा हरणम्।।
ढावत द्वैत हन्हेरी मन की। णासत गुरु भ्रमता सब मन की।।

टा ठा डा ढा णा

तारन, गुरु बिना नहीं कोई। सत सिमरत साध बात परोई।।
थान अद्वैत तभी जाई परसे । मन-वचन-करम गुरु-पद दरसे।।
दारिद्र रोग मिटे सब तन का । गुरु करुणा कर होवे मुक्ता।।
धन गुरुदेव मुकुति के दाते । ना - ना - नेत वेद जस गाते।।

ता था दा धा ना

पार ब्रह्मम सम्माह समाना । साद सिद्धान्त कियो विख्याना।।
फाँसी कटी द्वात गुरु पूरे। तबबाजे सबद अनाहत धतूरे।।
वाणी ब्रह्म साथ भये मेल्ला । भङ्ग अद्वैत सदा ऊ अकेल्ला।।
मान-अपमान दोऊ जर गए । जोऊ थे सोऊ फुन भये।।

पा फा बा भा मा

या किरिया को सोऊ पिछाना। अद्वैत अखण्ड आपको माना।।
रम रह्या सबमें पुरुष अलेखं। आद अपार अनाद अभेखम्।।
ड़ा ड़ा मिति आतम दरसाना । प्रकट के ज्ञान जो तब माना।।
लवलीन भए आदम पद ऐसे । ज्यूँ जल जले भेद कहु कैसे।।
वासुदेव बिन और न कोऊ। नानक ॐ सोऽहं आत्म सोऽहम्।।

या रा ला वा ड़ा

ॐ ह्रीं श्रीं क्लीं लृं श्री-सुन्दरी-बालायै नमः।।

।। फल-श्रुति ।।

पूरब मुख कर करे जो पाठ । एक सौ दस और ऊपर आठ।।
पूत लक्ष्मी आपे आवे । गुरु का वचन न मिथ्या जावे।।
दखिन मुख कर पाठ जो करै । शत्रू ताको तच्छिन्न मरै।।
पच्छिम मुख पाठ करे जो कोई । ताके बस नर-नारी होई।।
उत्तर दिसा सिद्धि को पावे । ताके वचन सिद्ध होइ जावे।।
बारा रोज पाठ करे जोई । जो कोई काज होवे सिद्ध सोई।।
जाके गरभ-पात होई जाई । मन्त्रित कर जल-पान कराई।।
एक मास ऐसी विधि करे । जनमे पुत्र फेर नहिं मरे।।
अठराहे दाराऊ पावा । गुरु - कृपा ते काल रखावा।।
पति बस कीन्हा चाहे नार। गुरु की सेवा माहि अधार।।
मन्तर पढ़ के करे आहुती । नित्य-प्रति करे मन्त्र की रुती।।

।। ॐ तत्सत् ब्रह्मणे नमः।।

विशेष : 'फल-श्रुति' का पाठ 'जप' के अन्त में एक बार करें। 'फल-श्रुति के अनुसार नित्य 108 बार पूर्व की ओर मुँह कर इस मन्त्र का जप करने से लक्ष्मी एवं पुत्रादि की प्राप्ति

होती है। दक्षिण की ओर मुँह कर जपने से शत्रुओं का नाश होता है। पश्चिम की ओर जप करने से नर-नारी वशीभूत होते हैं। उत्तर की ओर मुँह कर जप करने से वाणी सिद्ध हो जाती है। 12 दिन निरन्तर पाठ करने से कार्य-सिद्धि होती है। जिस किसी को गर्भ-पात होता हो, उसे इस से अभिमन्त्रित जल को एक मास पिलाने से पुत्र की प्राप्ति होती है। विशेष लाभ के लिए मन्त्र के जप के साथ-साथ नित्य हवन करे।

मूर्खाश्चिरायुर्जातोऽपि तस्माज्जातमृतोवरः।
मृतः सचाल्पदुःखाय यावज्जीवं जडो दहेत्।।

ज्यादा दिन जीवित रहने वाले मूर्ख पुत्र से पैदा होते ही मर जाने वाला पुत्र अच्छा होता है, क्योंकि मरा हुआ थोड़े ही दुःख का कारण होता है किंतु मूर्ख जब तक जीवित रहता है तब तक दुःख देता है।

●

तृतीय अध्याय

गर्भ रक्षा

भारतीय संस्कृति ही नहीं, अपितु विश्व संरचना का शाश्वत सत्य है संतति। समस्त सृष्टि संतान के सुखमय तथा सुन्दरतम् स्वरूप का साकार संकल्प है। संततिविहीन समाज उद्देश्यहीन होकर दिशा विहीन हो जाता है। अनुपत्यता अर्थात् संतानहीनता एक अभिशाप है जो जीवन के किसी मोड़ पर वंश क्षय की कल्पना मात्र से ही मन और मस्तिष्क को बारंबार प्रकम्पित करता है। इस जगत के प्रत्येक प्राणी के कृतित्व एवं व्यक्तित्व की सम्पन्नता व सार्थकता की प्रतिपूर्ति हेतु संतति प्राप्ति की अभिलाषा की जाती है। संतान प्राप्ति मानव मात्र के जीवन की सरसता संतुष्टि और सम्पूर्णता है। माता-पिता की संज्ञा से अलंकृत होने का सौभाग्य अपनी संतान द्वारा ही प्राप्त होता है। वर्तमान तथा भविष्य का आधार संतान है जो जीवन को सुगन्धित, सुरभित व प्रकाशित करती है जिसके अभाव में परमोच्च पद, असीम ऐश्वर्य एवं अपरिमित उपलब्धियां भी अभिशप्त हो जाती हैं। संततिविहीन परिवार की संरचना अपूर्ण होती है।

संतान रहित परिवार उसी समान है जैसे जल के बिना मेघ, वनस्पति के बिना पृथ्वी, ज्योति बिना नेत्र, रत्नविहीन रत्नाकर और राजहंस बिना मानसरोवर। नन्हें शिशुओं की किलकारियों से वंचित आंगन शापित स्थान का आभास कराता है। इस हृदय विदारक असह्य पीड़ा के निवारण हेतु परम विद्वान मनीषियों, ऋषियों और संतों ने अपने अनुभव, अध्ययन और अनुसंधान के आधार पर विलक्षण संततिदायक प्रयोग प्रदान किये हैं जिनकी सविधि साधना अभीष्ट संतान प्रदायक है।

यहाँ हम संतान सम्बन्धी कुछ विशिष्ट, ज्ञानवर्द्धक एवं उपयोगी तथ्यों को रेखांकित करेंगे, जो हमारे अध्ययन और अनुभव के अनुशीलन में सत्य सिद्ध हुए हैं।

3.1 प्रसव-सम्बन्धी मन्त्र

प्रसवपीड़ा से कराहते और तड़पते हुए यदि किसी ने किसी महिला को नहीं देखा है तो वह उस प्रसव के दर्द का आभास नहीं कर सकता है। कई बार प्रसव वेदना कई दिनों तक, युवती को इतना व्याकुल और असहाय कर देती है कि प्राणों पर बन आती है। अब तो औषधियों के उपयोग से प्रसवपीड़ा की अवधि को संकुचित अर्थात् कम कर दिया है। अधिकांश प्रसव तो शल्यक्रिया के उपरान्त होते हैं परन्तु सामान्य प्रसव में पीड़ा का आधिक्य कम करने के उद्देश्य से अग्रांकित परिहार अत्यधिक प्रभावशाली है। प्राचीनकाल से प्रसवपीड़ा की मात्रा और अवधि को अल्पता अथवा न्यूनता प्रदान करने हेतु, इस प्रसव सुख सूक्त का पाठ किये जाने की परम्परा रही है।

निम्न मन्त्रों से पवित्र जल को 8 बार अभिमन्त्रित करके प्रसूता को पिलाये तो प्रसव सुविधा से हो जाता है।

यथेयं पृथिवी मही भूतानां गर्भमादधे।
एवा ते ध्रियतां गर्भो अनु सूतुं सवितवे।।1।।

यथेयं पृथिवी मही दाधारेमान् वनस्पतीन्।
एवा ते ध्रियतां गर्भो अनु सूतुं सवितवे।।2।।

यथेयं पृथिवा महो दाधार पर्वतान् गिरीन्।
एवा ते ध्रियतां गर्भो अनु सूतुं सवितवे।।3।।

यथेयं पृथिवी महा द्दाधार विष्ठितं जगत्।
एवा ते ध्रियतां गर्भो अनु सूतुं सवितवे।।4।।

(अ० 6/17)

इन मंत्रों से अभिमंत्रित करके जल पिलाने से प्रसव पीड़ा में शीघ्र ही सुख मिलना आरम्भ हो जाता है और प्रसव की वेदना, युवती सुगमता से सहन कर लेती है।

(i) ॐ मुक्ताः पाशा विमुक्ताशा मुक्ताः सूर्येण रश्मयः मुक्ताः सर्वभयाद्गर्भ एहि माचिर स्वाहा।

गंगाजल लेकर उसे इस मन्त्र से आठ बार अभिमन्त्रित करके गर्भिणी स्त्री को पिलाना चाहिए। इससे प्रसव सुखपूर्वक होता है।

(ii) ॐ ऐं ह्रीं भगवति भगमालिनी चल चल भ्रामय भ्रामय पुष्पं विकासय स्वाहा।

(iii) ॐ नमो भगवते मकरकेतवे पुष्पधन्वने प्रतिचालितसकलपुरा सुरचित्ताय युवतीभगवासिने ह्रीं गर्भं चालय चालय स्वाहा।

उपरोक्त मन्त्रों में से किसी के द्वारा दूध को सात बार अभिमन्त्रित करके गर्भिणी स्त्री को पिला दे। इससे प्रसव सुविधापूर्वक होगा।

(iv) ॐ नमो आदेश गुरु को। ॐ नमः आदेश। अङ्ग में बाँध राख। नृसिंह यति मोसते बाँधि राख। श्री गोरखनाथ काँख ते बाँधि राख। हपूलिया राजा सुण्डों से बाँधि राख। दठासन (हठासन) देवी यह मन पवन-काया को राख। थँमे गर्भ और बाँधे घाव थाँभ। माता पार्वती यह गण्डो

बाँधूँ। ईश्वर यति, जब लग गण्डो कटि पर रहे, तब लग गर्भ कार्या में रहे। फुरो मन्त्र, ईश्वरो वाचा।

विधि : प्रतिदिन 108 बार उक्त मन्त्र का जप करे, तो मन्त्र सिद्ध होगा। बाद में निम्न विधि के अनुसार प्रयोग करे- धागा बनाने के लिए पहले तो स्त्री की पूरी लम्बाई अर्थात् चोटी से एड़ी तक सात बार सूत नापे और कुआँरी कन्या से इसे कटवाए। फिर उसके ऊपर मन्त्र से सात बार अभिमन्त्रित करे और सात बच्चों से गाँठ लगवाए। इस प्रकार बने गण्डे को जो स्त्री धारण करती है, उसका गर्भ स्तम्भित अर्थात् सुरक्षित रहता है। धागे को कमर में धारण करे। जब सन्तान होने का समय हो, तब धागे को निकाल कर उतार ले और ध्यान-पूर्वक जल में विसर्जित कर दे अर्थात् धागे को खोलकर जल में डाले।

(v) ॐ नमो गङ्गा डकारे। गोरख बहा घोर घीपार। गोरख बेटा जाया, जयद्रुत पूत। ईश्वर की माया।

विधि : कुवाँरी कन्या के हाथ से कते हुए सूत का गण्डा बनाकर, उक्त मन्त्र से सात बार अभिमन्त्रित करके गर्भिणी स्त्री की कमर में बाँध दे, तो गिरता हुआ गर्भ रुक जाता है।

(vi) हिमबदुत्तरे फूले, 'कीदृशी' नाम राक्षसी।
तस्या स्मरण-मात्रेण, गर्भो भवति अक्षयः।।

ओथो मोथो मेरा कहा कीजिए। 'फलानी' का गर्भ जाते राखि लीजिए। गुरु की शक्ति, मेरी भक्ति। फुरो मन्त्र, ईश्वरो वाचा।

(vii) ॐ वज्र-योगिनी वज्र किवाड़, वजरी बाँधूँ दसूँ दुवार।
झाड़े झड़ै न लिङ्गी करै, तो वज्र-योगिनी का वाचा फुरे।

(viii) ॐ नमो आदेश गुरु को। चार घाटी, चार वटी। रक्त चुवै चारासी घाटी। रक्त चुवै भील धीर थाँभ-थाँभ। हनुमन्त वीर, लङ्का-सा कोट, समुन्दर-सी खाई। इस वारी के रक्त चुवै, तो सोषिया वीर की दुहाई। लोना चमारिन की दुहाई। अजैपाल जोगी की दोहाई।

विधि : किसी कुमारी कन्या द्वारा काता हुआ ढाई पिण्डी सूत लेकर, उसका डोरा बनावे। फिर उक्त मन्त्र पढ़कर डोरे को 7 बार गाँठ देकर, गर्भवती स्त्री की कमर में बाँधे। गर्भपात रुक जाता है।

(ix) शुद्ध बुद्ध को ठकुरा बांधो, गर्भ रहे जी ठहर पाके फूटे बीज गिरे। श्री रामचन्द्र जी, हत्या तोहे परे। ईश्वर तेरी साख, गौरा गांडा बाँध

के नौ महीना राख। ताला झिन्ना न झरै, पट-पटबीधे ताल। लोहू जामुन दे गए, ब्रह्मा और मुरार। ऊँचे चड़े न नीचे धँसे, धँसे तो महा-देव की जटन में परै। इतनी चुकरियाँ अमृत की भरीं, सो सीता के अङ्गे धरीं। राख कोख लक्ष्मण जती, नौ महीना के बाद लक्ष्मणकुमार की आन। विष्णु की आन, राजा वासुकि की आन।।

विधि : पहले दीपावली में 108 होम घी-गुग्गुल के देकर जगाए। फिर काले धागे का गण्डा बनाकर गर्भिणी को गले या कमर में पहनाए, तो गर्भ स्थिर रहे। बच्चा होने पर उतार दे।

(x) समन्द-समन्द में टापू, टापू में द्वीप, द्वीप में क्वाँरी कन्या, क्वाँरी कन्या काते सूत, गण्डा बनाये अंजनी का पूत, जौ लौं गण्डा गोद में रहै, तो लौं गर्भ गिरन नहीं कहै। गिरै तो वासुदेव की आन, गिरै तो ब्रह्मा की आन, गिरै तो नरसिंह की आन। गिरै तो महा-देव की जटा पै, गिरै तो पारवती के चीर पै, देखों महावीर स्वामी तेरे मन्त्र की शक्ति। फुरो मन्त्र, ईश्वरो वाचा।।

विधि : कच्चा सूत या क्वाँरी कन्या के द्वारा काता गया सूत लेकर स्त्री को खड़ी करके, उसके पैर के अँगूठे से, उसके हाथ ऊँचे करके नाप लें। फिर उसका 7 गुना सूत लेकर उसकी 7 लर करें और जितने महीने का गर्भ हो चुका हो, उतने छोड़कर शेष गठान लगा दें। प्रत्येक गठान लगाते समय 7 बार मन्त्र पढ़ें, फिर गुग्गुल को धूप देकर गण्डा बाँध दें और उससे एक नारियल तथा सवा पाव मिठाई लेकर महावीर को चढ़ाकर बच्चों में बाँट दें।

(xi) उलटन्त, दीप, पलटन्त धारा। पलटन्त बाँधी दसों द्वारा। जो गङ्गा उल्टी बहै, अर्जुन चूके दान। अरे गर्भ तो है, फिर गिरै तो गौरा पार्वती महादेव की आन।

विधि : उपरोक्तानुसार।

(xii) मकर-कँवल म मध्यान है, होरा-कँवल म टेक, सूर्य-कँवल म बसिए, पाँच नाम सन्देश। पाँच नाम जो रखवारा, करें चराएँत भव-सागर-पारा। बालक तो पौढ़े हैं रक्ष्या करीहा साहेब कबीर। मोर भक्ति, मोर गुरु धरम-दास के शक्ति। कबीर के वाचा, शब्द साँचा। सत्य गुरु, सत्य कबीर।

विधि : गर्भवती स्त्री के गर्भ की रक्षा हेतु सत-गुरु साहेब कबीरदास जी के नाम लौंग,

इलायची, पान, सुपारी, नारियल का परवाना देकर उक्त मन्त्र को सात बार पढ़कर गर्भिणी को फूँके। इससे गर्भवती स्त्री सुरक्षित रहती है।

(xii) ॐ मुक्ताः पाशा विमुक्ताशा, मुक्ताः सूर्येण रश्मयः।
मुक्तः सर्व-भयाद् गर्भः, एहि मा चिर मा स्वाहा।।

विधि : स्वच्छ जल को 108 बार उक्त मन्त्र से अभिमंन्त्रित कर गर्भवती स्त्री को पिला दे, तो उसका प्रसव बिना किसी कष्ट के सरलता से सुखप्रद ढंग से शीघ्र हो जाता है।

(xiv) ॐ रुं द्रां भीं द्रव ह्रीं ह्रां हः हः ॐ क्लीं।

विधि : रवि या मंगल की शाम को गुग्गुल की धूप करे। साधक गर्भवती स्त्री को अपने सामने बिठाए और उक्त मन्त्र का 121 बार उच्चारण करे। ऐसा क्रम तीन बार कथित दिनों में करे अथवा आवश्यकता के अनुसार करे। इस प्रकार करने से उस स्त्री का गर्भ सुरक्षित रहेगा। प्रसव-समय में भी कोई बाधा नहीं होगी। प्रसव सुखपूर्वक होगा।

3.2 गर्भ-रक्षक शाबर-मन्त्र

गोरी गण्डा दे गई, ईश्वर दे गया वाचा। महा-देव थापा घर गया हुआ, शब्द यह साँचा। इस क्रिया की चिन्ता मेटो, दस मास। दस मास बाँधूँ, बीस पाख बाँधूँ। इसका पैर खिमे, तो गुरु गोरखनाथ की दुहाई फिरे। ईश्वर गोरा दिया ताला, या घट-पिण्ड का गुरु गोरखनाथ रखवाला। शब्द साँचा, पिण्ड काचा। फुरो मन्त्र, ईश्वरो वाना। मेरी भक्ति, गुरु की शक्ति। फुरो मन्त्र, ईश्वरो वाचा। सत्य नाम आदेश गुरु की।

साधना विधि : विभिन्न कारणों से स्त्रियों को सन्तान-सुख प्राप्त नहीं होता या गर्भ नष्ट हो जाता है। ऐसे संकट से मुक्ति पाने के लिए उक्त मन्त्र का प्रयोग करे। पहले मन्त्र को पूर्वोक्त विधि से सिद्ध कर ले। तदुपरान्त स्त्री की पूरी लम्बाई (एड़ी से चोटी तक) के बराबर सूत का धागा लें। उसे कुँवारी कन्या के हाथ से स्पर्श करा कर उक्त मन्त्र से 108 बार अभिमन्त्रित करे। फिर धागे पर सात बच्चों से सात गाँठ लगवाकर स्त्री की कमर में धारण करा दे। इससे गर्भ सुरक्षित रहता है और समय आने पर सन्तान की प्राप्ति होती है। मास होने पर धागा उतार दे और उसे कुएँ में डाल दे।

जिस स्त्री के गर्भस्थ होने में कोई अवरोध न हो, परन्तु बार-बार गर्भक्षय होने के कारण संतति जन्म अवरुद्ध हो जाये, तो निम्नांकित मन्त्र प्रयोग से गर्भनाश की प्रक्रिया अवरुद्ध हो जाती है और संतान जन्म हेतु गर्भ निरन्तर पूर्णता की ओर प्रशस्त होता है।

(i) गर्भपात रक्षा का शाबर मन्त्र -

ओं नमो आदेश गुरु को ओं नमो आदेश गुरु को बांझिनि पुत्रिनि एक बांझ मराक्ष जाति चौथी गर्भपातिनी चारि उन्हि एक मत भय चलि चलि कामरू गई कामरू देश कामाख्यान रानी ते इश्माइल योगी बखानी तुह जाहु योगी के पास पुरहि तो हरि मन के आस इसमाइल के संग उन्ह रति कई आंतर भेट नो नाव मॉ इनी से भई नोने कहा तहु चारिहु छिनारि कोखित निति कीन्हन देह गारि कोखि निति कुन्ता पांच संग खेलि एक द्रोपदी पांच के सहेली सूरज देवता साखी होहु मोरे जिव में भा सन्ताप मोहि तजि लागे पर पुरुष के पाप एक वृन्द निति अकरम कीन्ह तेहि ते हैं वंशकर चीन्ह शिव वाचा ब्रह्मवाचा लेहु जमाउ ठोना टमाना भूत प्रेत दोष रोग जोलाख होहि तेहि जग चण्डी जाउ हरि जुं बार।

(ii) जिन स्त्रियों के गर्भपात हो जाता है उनके लिए भोजपत्र पर यह मन्त्र लिखकर एक माला उसके सामने रखकर (इसी मन्त्र की) जपे, तत्पश्चात् इसे किसी चाँदी की डिब्बी में रखकर कमर में बांध दे, तो गर्भस्राव नहीं होता। मन्त्र है -

हिमवतः उत्तरे कुले कीदृशी नाम राक्षसी तस्या स्मरण मात्रेण गर्भो भवति अक्षयः। ओं थोथो मोथो मेरा कहा कीजिये - का गर्भ जाते राखि लीजिये गुरु की शक्ति फुरो मन्त्र ईश्वरी वाचा।।

(iii) **द्रोण पर्वतं यथा वद्धं शीतार्थे राघवेण उतं तथा वंधयिष्यामि अमुकस्य गर्भमापत उमा विशीर्यऊ स्वाहा। ॐ तद्यथाधर धारिणी गर्भ रक्षिणी आकाश मात्र के हुं फट् स्वाहा।**

विधि : लाल डोरे को इस मंत्र से 21 बार जप कर 21 गांठ दे। फिर गर्भिणी की कमर में बांध देने से गर्भ क्षय नहीं होता है, किन्तु 9 मास पूरे होने पर उस डोरे को खोल देना चाहिए।

जिस दिन 'चन्द्रग्रहण' हो, उस दिन 'ग्रहण' के लगने से पूर्व ही सायंकाल धतूरे के पेड़ का पंचोपचार-पूजन करे और पेड़ को निमन्त्रण दे। जब निमन्त्रण दे, तो कहे– 'हे महा-औषधि! हम तुम्हें गर्भ-रक्षा के लिए ले चलेंगे।' पूजन करने के बाद, पेड़ की जड़ में पानी डाले। मिट्टी का थाला बनाकर, पानी इतना डाले कि जड़ नर्म हो जाए। 'ग्रहण' लगने पर अथवा जब 'ग्रहण' लगने लगे, तब जाकर उस पेड़ को उखाड़ लाए और छोटे-छोटे टुकड़े कर

ले। 1-1 अंगुल के टुकड़े करे, जिसे गर्भिणी के गले या हाथ में बाँध दे। नौ मास हो जाए, तो खोल दे। नहीं खोलने पर बच्चा नहीं होगा।

ॐ नमो आदेश, गुरु जी को आदेश। बुझन्ते आदि पार्वती जी--'सुनो सुनो हो स्वामी जी! किते युग योगारम्भ में रहे? किते युग गर्भ-वास मा रहे? कौन युग में लिया औतार? कौन युग में थापी थापना?' भाषन्तेश्वर महादेव जी....'अशङ्ख युग योगाभ्यास में रहे। छत्तीस युग गर्भ-वास में रहे। अर्बद युग में लिया औतार। नर्बद युग में थापी थापना। जा दिन थापी मेरू, मेदनी श्रेष्ठ संसार।' बुझन्ते अमभ्यादे पार्वती जी 'गुनो सुनो हो स्वामीजी! क्यों कर धरती, क्यों कर आकाश? क्यों कर गिरि-पर्वत कैलाश? क्यों कर चाँद और सूरज रहे? क्यों कर पवन और पानी रहे? क्यों कर गुरु और चेला रहे?' भाषन्तेश्वर महा-देव जी-'सुनो सुनो अमभ्यादे पार्वती जी! सत में धरती, सत में आकाश। सत में गिरि-पर्वत कैलाश। सत में चाँद और सूर्य रहे। सत में गुरु और चेला रहे। सत में पवन और पानी रहे।'

बुझन्ते अमभ्यादे पार्वती जी- 'सुनो सुनो हो स्वामी जी ! पहिला धरती का, पहिला आकाश। पहिला माई का, पहिला बाप। पहिली रात का, पहिला दिन। पहिला चाँद का, पहिला सूर्य। पहिला गुरु का, पहिला चेला। पहिला नाव का, पहिला विन्द। पहिला मूल का, पहिला डाल। पहिला फूल का, पहिला वास। पहिला पुण्य का, पहिला धर्म। पहिली रात का, पहिला गर्भ। गर्भ-गायत्री सम्पूर्ण सही। अनन्त करोड़ सिद्धों में, गादी बैठ गुरु गोरक्षनाथ जी ने नौ नाथ चौरासी सिद्धों के कान में सुनाया।

जल के लहू, रङ्ग के हाड़ा। ऐसे कृपालु साहेब सिरजन-हारा। पदूम-पदारथ नाम हैं। ऐसे कृपा करिहा साहेब, तो 'अमुक' के वंश उतारा। सत्य गुरु, सत्य कबीर।

विधि : जिस स्त्री के सन्तान न होती हो, उसके नाम से एक नारियल, एक अगर-बत्ती, लौंग, इलायची, पान, सुपारी लेकर और घी का दीपक जलाकर उक्त मन्त्र को 21 बार पढ़े। 'अमुक' के स्थान पर उस स्त्री का नाम ले। इस प्रकार परवाना देने से वह स्त्री अवश्य सन्तान-वती होगी। यह क्रिया स्त्री के रजस्वला से निवृत्त होने के बाद करे। गर्भ-स्थापना का यह अनुभूत मन्त्र है।

3.3 गर्भ रक्षा मन्त्र

ॐ ठं ठं ठिं ठीं ठूं ठें ठों ठं ठः।

भोजपत्र पर अनार की कलम से उपरोक्त मन्त्र लिखकर यन्त्र की तरह स्त्री की कमर में बाँध दें। जिस सूत से यन्त्र को बाँधा जाये वह कुमारी कन्या के हाथ का काता हुआ होना चाहिए। इसके साथ ही अनुराधा नक्षत्र हर्षण योग में सोमवार को मन्त्र के उच्चारण के साथ स्त्री को झाड़ें तो गर्भ के गिरने का भय नहीं रहता है।

मातृत्व प्रत्येक नारी का गौरव है और इसका महत्त्व, वह नारियाँ अधिक जानती हैं जो संततिविहीन जीवन यापन करने हेतु विवश हैं। गर्भधारण करने हेतु जिनके सभी प्रयास निरन्तर विफल होते जा रहे हैं। गर्भधारण होने के उपरान्त जिन युवतियों को गर्भक्षति की वेदना से आक्रान्त होना पड़ता है। बार-बार गर्भस्राव की पीड़ा तन से अधिक मन को वेधती है। ऐसी युवतियों के लिए हमारे ऋषि-महर्षियों ने गर्भसूत्र की व्यवस्था की है। अग्रांकित गर्भसूत्र, आस्था विश्वास और एकाग्रता के साथ करने से गर्भक्षति से रक्षा होती है। संतति स्वस्थ व प्रबुद्ध होती है। गर्भावस्था में युवती को किसी प्रकार की आशंका भय आदि से आक्रान्त नहीं होना पड़ता। प्रायः सुनने में आता है कि चिकित्सक के अनुसार युवती अथवा उसके पति में कोई भी विकार या अल्पता नहीं है। अल्ट्रासाउण्ड से देखकर युवती के गर्भ में डिम्ब की संरचना के उपरान्त, सम्पूर्ण मनोयोग के साथ बार-बार प्रसंग करने पर भी संतति के गर्भस्थ होने के सुख से युवती वंचित रहती है। इसका उत्तर बस एक ही है ग्रहकृत अवरोध जिसके शमन हेतु ऋषि-महर्षियों ने गर्भसूत्र की रचना की है जिसका शुद्ध उच्चारण अनिवार्य है।

गर्भ स्थापना, गर्भ रक्षा और गर्भ के समुचित विकास के लिए जहाँ और साधनों का उपयोग किया जाता है, वहाँ गर्भ सूक्त की साधना शक्तिशाली तथा प्रभावशाली सिद्ध होती है। गर्भवती स्त्री को इस सूक्त का कम से कम एक पाठ नित्यप्रति प्रातःकाल स्नान आदि से निवृत होकर करना चाहिए। सुविधा हो तो 3, 5, 7, 9, 11 पाठ भी किये जा सकते हैं। नित्य इन 14 मन्त्रों से हवन भी करना चाहिए। पाठ और हवन करते हुए यह भावना करनी चाहिए कि गर्भस्थ शिशु स्वस्थ, तुष्ट विचारशील व सद्गुणों से ओत-प्रोत होता जा रहा है। यह पुष्ट भावना शिशु को हर प्रकार से पुष्ट बनाती है। गर्भ सूक्त के मन्त्र इस प्रकार हैं-

गर्भोऽस्योषधोनां गभो वनस्पतीनाम्।
गर्भो विश्वस्य भूतस्याग्मे गर्भोऽपामसि।।1।।

गर्भो देवानां पिता मतीनां पतिः प्रजानाम्।
सं देवो देवेन सवित्रा गत सूँ सूर्येण रोचते।। 2।।

चोदयित्रो सूनृतानां चेन्तती।
सुमतीनाम् यज्ञ दधे सरस्वती।। 3।।

तेहि पुत्रासोऽअदितेः प्रजीवसे मर्त्याय।
ज्योतिर्यच्छन्त्यजस्रम् ।। 4।।

याः फलिनीर्याऽअफलाऽअपुष्पायाश्चपुष्पिणीः।
बृहस्पतिप्रसूतास्ता नो मुञ्चन्त्वँ हसः।। 5।।

ॐ गर्भे नु नौ जनिता दम्पति कर्देवस्त्वष्टा सविता विश्वरूः।
नकिरस्य प्र मिनन्ति व्रतान्ति वेद नाक्स्य पृथिवी उत द्यौः।।6।।

ॐ गर्भे नु सन्नन्वेषामवेदमहं देवानां जनिमानि विश्वा।
शतं मा पुर आयसीरक्षन्नधश्येनो जवसा निरदीयम्।। 7।।

ॐ गर्भेमातुः पितुष्पिता विदिद्युतानो अक्षरे।
सीदन्नृतस्य योनिसा।। 8।।

ॐ गर्भे योषामदर्धु वत्समासन्पपीच्येन मनसोत जिह्वया।
स विश्वाहा सुमना योग्या अभिसिषासनिर्वनतेकार इज्जितम्।।9।।

गर्भेनु नौ जनित दम्पत कर्देवस्त्वष्टा सविता विश्वरूपः।
नकिरस्य प्र मिनन्ति व्रतानि वेद नावस्य पृथिवी उतः द्यौः।।10।।

गर्भो अस्योषधीनां गर्भो वनस्पतीनाम्।
गर्भो विश्वस्य भूतस्य सो अग्ने गर्भमेहधाः।।11।।

गर्भो अस्योषधीनां गर्भो हिमवतामुता गर्भो।
विश्वस्य भूतस्येमं मे अगदं कृधि।।12।।

गर्भतं मित्रावरुणो गर्भ देवौ वृहस्पतिः।
गर्भ त इन्द्रश्चाग्निंश्च गर्भं धाता दधाते त।।13।।

गर्भ धेहि सिनीवालि गर्भ धेहि सपस्वति।
गर्भ ते अश्विनोभा धत्तां पुष्करस्रजा।।14।।

हमने ऐसी अनेक युवतियों को गर्भसूत्र के नियमित पाठ हेतु परामर्श प्रदान किया जिन्हें बार-बार गर्भ हानि होने के कारण, संतति के गर्भस्थ होने की संभावना क्षीण होने लगी थी। जो

युवतियाँ संतति हीनता के अभिशाप से ग्रस्त हैं उन्हें पूरे विश्वास तथा एकाग्रता के साथ उपरांकित गर्भसूत्र का पाठ प्रतिदिन करना चाहिए। पाठ की संख्या विषम होनी चाहिए और अपनी शक्ति के अनुरूप धीरे-धीरे बढ़ानी चाहिए। अनेक युवतियाँ गर्भसूत्र के सुखद और शीघ्र प्रभाव से अभिषिक्त हो चुकी हैं जो वर्षों से मातृत्व हेतु व्याकुल थीं। जो युवतियाँ पूर्णतः स्वस्थ हैं तथा संतति के गर्भस्थ होने में किसी प्रकार का अवरोध नहीं है, वह युवतियाँ भी यदि गर्भसूत्र का पाठ, गर्भावस्था में करें, तो संतति की हर प्रकार से रक्षा प्रगति और उपर्युक्त गति से वृद्धि होती है और अवधि पूरी होने पर योग्य स्वस्थ व चिरंजीवी संतान का जन्म होता है।

उपरोक्त व्याख्यान के अनुरुप ही अग्रांकित गर्भपुष्टि स्तोत्र, शास्त्रों में वर्णित है, जिसके प्रयोग से अनेक प्रकार से गर्भ रक्षा और गर्भ स्थापना होती है तथा गर्भ पुष्ट होता है। गर्भवती स्त्री स्वयं निम्न मन्त्रों का पाठ कर सके तो उत्तम है। यदि वह न कर सके तो 21 बार के अभिमन्त्रित जल का नित्य पान करें। इससे गर्भ पुष्ट होता है, बालक स्वस्थ सुन्दर चरित्रवान व बुद्धिमान होता है।

पर्वताद् दिवो यानेरगदगत् समाभृतम्।
शेपो गर्भस्य रेतोधाः सरौ पर्णमिवा दधात्।।1।।

ययेयं पृथिवी मही भूतानां गर्भमादधे।
एवा दधामि ते गर्भं तस्मै त्वामवसे हुवे।।2।।

गर्भं धेहि सिनीवालि गर्भं धेहि सरस्वति।
गर्भं ते अश्विनोभा धत्ताँ पुष्करस्रजा।।3।।

गर्भं ते मित्रावरुणौ गर्भं देवो वृहस्पतिः।
गर्भं ते इन्द्राश्चाग्निश्च गर्भं धाता दधातु ते।।4।।

विष्णुर्योनि कल्पयतु त्वष्टा रूपाणि पिंशतु।
आ मिञ्चतु प्रजापति र्धाता गर्भं दधातु ते।।5।।

यद् वेद राजा वरुणो यद् वा देवी सरस्वती।
यदिन्द्रो बृत्रहा वेद तद् गर्भकरणं पिव।।6।।

गर्भो अस्योषधीनां गर्भो वनस्पतीनाम्।
गर्भो विश्वस्य भूतस्त सो अग्ने गर्भमेह धाः।।7।।

अधि स्कन्द वीरयस्व गर्भमा देहि योन्याम्।
वृषासि वृष्ण्यावन् प्रजायै त्वा नयामसि।।8।।

वि जिहीष्व बार्हत्सामे गर्भस्ते योनिमा शयाम्।
अदुष्ट देवाः पुत्र सोमपा उभयाविनम्।।9।।

वातः श्रेष्ठेन रूपेणास्या नार्या गवीन्योः।
पुमांस पुत्रमा धेहि दशमे मासि सूतवे।।10।।

त्वष्टः श्रेष्ठेन रूपेणास्या नार्या गवीन्योः।
पुमांसं पुत्रमा धेहि दशमे मासि सूतवे।।11।।

सवितः श्रेष्ठेन रूपेणास्या नार्या गवीन्योः।
पुमांस पुत्रमा धेहि दशमे मासि सूतवे।।12।।

प्रजापते श्रेष्ठेन रूपेणास्या नार्या गवीन्योः।
पुमांसं पुत्रमा धेहि दशमे मासि सूतवे।।13।।

(अ० 5/25)

यह गर्भ पुष्टि स्तोत्र भी गर्भ सूत्र की ही भाँति प्रसव की सुखद सम्पूर्ति हेतु, अत्यन्त प्रसिद्ध तथा प्राचीनकाल से पर्याप्त प्रशंसनीय है।

3.4 बन्ध्या गर्भधारण मन्त्र

ॐ नमः सिद्धि-रूपाय यअमुकीं सपुष्पां कुरु कुरु स्वाहा।

विधि : 'अमुकी' के स्थान पर बन्ध्या स्त्री का नाम जोड़ें। इस प्रयोग में भी 'जप' संख्या का उल्लेख नहीं है। कुलगुरु या कर्मकाण्डी ब्राह्मण से परामर्श कर 'जप' करे।

विशेष : 'पुत्रजीवी' नामक वृक्ष के एक पत्ते को दूध में मिलाकर उक्त मन्त्र से अभिमन्त्रित कर 7 दिन तक नियम-पूर्वक सेवन करे और आठवें दिन पति-समागम करे, तो बन्ध्या स्त्री गर्भ धारण करती है।

कभी-कभी गर्भ धारण करने वाली स्त्री का गर्भ गिर जाता है। इस अवस्था में 'गर्भ न गिरे' का मन्त्र और उसके स्तम्भन का मन्त्र भी करना चाहिए। अथवा, प्रसूति के समय कष्ट होता है तो 'सुख प्रसव का मन्त्र' जपना चाहिए। उसके बाद आवश्यकता हो, तो 'शिशु-रक्षा के मन्त्र' भी हैं। सभी का सूझ-बूझ के साथ उपयोग करना चाहिए॥ करना अथवा सवालक्ष का प्रयोग करना चाहिए।

इस मन्त्र के जप प्रयोग से बन्ध्या स्त्री भी गर्भवती होकर पुत्र जन्म से लाभान्वित होती है। इस सन्दर्भ में अनेक शास्त्रीय मन्त्रों के जप का वैदिक विधान भी है परन्तु यहाँ पर शाबर मन्त्र प्रयोग हेतु तथा बन्ध्या स्त्री के गर्भधारण में सफलता प्राप्ति हेतु अग्रांकित वैदिक मन्त्र प्रस्तुत है-

विष्णुयोनि कलयुत त्वष्ट्रा रूपाणि विशन्तु आसिं व्रजन्तु
प्रजपतिर्धाता गर्भं विद्धातु गर्भ धेहिसिनीवली गर्भ धेहि
सरस्वती गर्भस्तेअश्विनौ देवा अधत्तां पुरजस्रजौ।

जन्मवंध्या काकवंध्या मृतवत्सा क्वचित्स्त्रियः।
तासां पुत्रोदयार्थाय शम्भुना सूचितं पुरा।।

वन्ध्या कई प्रकार की होती हैं : अर्थात् जन्मवध्या, काकवन्ध्या और मृतवत्सा। जिसके बालक जीवित नहीं रहते उनके पुत्र होन के निमित्त शिवजी ने विधान किया है।

तत्र प्रथमं जन्मवंध्या चिकित्सा।
समूलपत्रां सर्पाक्षीं रविवारे समुद्धरेत्।।
एकवर्णगवांक्षीरे कन्याहस्तेन पेषयेत्।।

ऋतुकाले पिबद्वंध्यापलार्द्ध तद्दिनेदिने।
क्षीरशाल्यन्नमुद्गं च लब्ध्वाहारं प्रदापयेत्।।

एवं सप्तदिनं कुर्याद्वंध्याभवति गर्भिणी।
उद्वेगं भयशोकं च दिवानिद्रां विवर्ज्जयेत्।।

न कर्मकारयेत्किंचिद्वर्ज्जयेच्छीतमातपम्।
नतयापरमां सेवां कारयेत्पूर्ववत्क्रियाम्।।
पतिसंगाद्गर्भलाभोनात्र कार्याविचारणा।

. **पहले जन्मवन्ध्या की चिकित्सा कहते हैं :** जड़-पत्ते सहित सुगन्ध रास्ना को रविवार के दिन उखाड़कर लाकर उसको एक रंग वाली गाय के दूध में कन्या के हाथ से पिसवा लें। ऋतुकाल में वन्ध्या प्रतिदिन दो-दो पल इसको पान और दूध, शालिधान्य, मूँग, आदि का लघु आहार करें। इस प्रकार सात दिन करने से वन्ध्या स्त्री भी गर्भिणी हो जाती है। औषधि सेवन के समय उद्वेग भय, शोक और दिन में सोना त्याग दें। कोई काम न करें, शीत धूपादि को न सहे और न कोई सेवा करावे। पूर्ववत् फिर दूसरे महीने इसी क्रिया को करें। फिर पति के संग से वह गर्भ को प्राप्त होती है, इसमें सन्देह नहीं।

एकमेव तु रुद्राक्षं सर्पाक्षीकर्ष मात्रकम्।।

पूर्ववच्चगवां क्षीरैर्ऋतुकाले प्रदापयेत्।
महागणेशमन्त्रेण रक्षां तस्यानुबन्धयेत्।।

एवं सप्तदिनं कुर्याद्वंध्याभवति पुत्रिणी।
ॐ ददन्महागणपते रक्षामृतं मत्सुतं देहि।।

पत्रमेकं पलाशस्य गर्भिणी पयसान्वितम्।
पीत्वा च लभतेपुत्रं रूपवन्तं न संशयः।।

एक रुद्राक्ष और एक कर्ष सुगन्धरास्ना पूर्ववत् ऋतुकाल में गाय के दूध से पीसकर दें और महागणेश के मन्त्र से रक्षा करें। इस प्रकार सात दिन करने से वन्ध्या पुत्रिणी होती है। 'ॐ ददन्महागणपते रक्षामृतं मत्सुतं देहि' इस महागणपति मन्त्र के साथ एक कोमल ढाक के पात्र का गर्भिणी के दूध के साथ पीने से वन्ध्या रूपवान् पुत्र को प्राप्त करती है। इसमें सन्देह नहीं।

पथ्यमुक्तं यथापूर्वं तद्वत्सप्तदिनावधि ।

और ऊपर जो पथ्यादि कहा है उसी का सात दिन पर्यन्त सेवन करें।

देवदालीयमूलं तु ग्राहयेत्पुष्य भास्करे।।
निष्कत्रयं गवां क्षीरैः पूर्ववत्क्रमयोगतः।
वंध्या च लभते पुत्रं देयं पथ्यं यथापुरा।।

जब पुष्य नक्षत्र में सूर्य आवे तो देवदाली (बड़ी तोरई) का मूल ग्रहण करें और उसे गाय के दूध से तीन माशे पान करें। पूर्ववत् क्रिया के योग से पान करने से पूर्ववत् पुत्र को प्राप्त होती है। पूर्ववत् पथ्य दें।

शीततोयेन सम्पिष्टं शरपुङ्खीय मूलकम्।
कर्षं पीत्वालभेद्गर्भं पूर्ववत्क्रमयोगतः।।

शरफोके की जड़ शीतल जल से पीसें और उसे पूर्व क्रय से एक कर्ष लें तो पुत्र होता है।

मुस्ताप्रियंगुसौवीरं लाक्षाक्षौद्रं समं पिबेत्।
कर्षं तन्दूलतोयेन वंध्याभवति पुत्रिणी।।

मोथा, प्रियंगु, सौवीर, लाख और शहद यह सब समान भाग लेकर चावल के जल से एक कर्ष पीने स वन्ध्या पुत्रवती होती है।

पथ्यमुक्तं यथापूर्वन्तद्वत्सप्तदिनं पिबेत्।
समूलां सहदेवीं च संगृह्य पुष्यभास्करे।।
छायाशुष्कं च तच्चूर्णमेकवर्णगवां पयः।
पूर्ववत्पिबतेनारी वंध्याभवति गुर्विणी।।

सात दिन पथ्य से रहे। जब सूर्य पुष्य नक्षत्र में हो तो जड़ सहित सहदेई को ग्रहण करके छाया में सुखाकर उसको ग्रहण कर चूर्ण कर गाय के दूध से स्त्री ग्रहण करे तो गर्भिणी होती हैं।

मूलं शिफावाकिललक्ष्मणाया ऋतोनिपीय त्रिदिनं पयोभिः।
क्षीरान्नचर्या नियमेन भुंक्ते पुत्रं प्रसूते वनितान चित्रम्।।

लक्ष्मणा (श्वेत कटेरी) की जड़ और जटामांसी के पत्ते ऋतुकाल में दूध से तीन दिन स्त्री पान करे और दिन में भी क्षीरादि लघु आहार करे तो उसको पुत्र होता है। इसमें आश्चर्य नहीं है।

सपिप्पलीकेशर शृंगवेरं क्षुद्रोषणं गव्यघृतेन पीतम्।
वंध्यापि पुंत्र लभते हठेन योगस्तु सोऽयं मुनिभिः प्रदिष्टः।।

पीपल, नागकेशर, अदरख, छोटी गोलमिर्च यह गाय के घी से पान करने से वन्ध्या भी पुत्र को प्राप्त करती है। यह योग मुनियों का कहा हुआ है।

तुरङ्गगन्धा घृतवारिसिद्धमाज्य पयःस्नानदिने च पीत्वा।
प्राप्तोतिगर्भं नियमं चरन्ति वन्ध्या च नूनं पुरुष प्रसंगात्।।

असगन्ध को औटाकर घृत से सिद्धकर घृत और दूध के साथ स्नानकर दिन में पान करने और नियम से रहने से वन्ध्या स्त्री अवश्व पुत्रवती होती है। इसे शयनकाल में पीना चाहिए।

पुष्यार्कयोगोद्धतलक्ष्मणायामूलं तथा वज्रतरोश्च पिष्ट्वा।
अप्येकवर्णा पयसानिपीतं स्त्रियः स्मृतं पुत्रकरं मुनीन्दैः।।

पुष्प और सूर्य के योग में लक्ष्मणा की जड़ उखाड़ कर लावें । इसे अथवा सेहुँड़ या थूहर की जड़ पीसकर एक रग की गाय के दूध के साथ पीने से अवश्य पुत्र होता है।

कन्दमूंल घृतैः पिष्ट्वां ऋतौ सा गर्भिणीभवेत्।
पुष्योद्धृतं लाक्ष्मणमेव चूर्णं पुंसानिपिष्टं स घृतं निपीतम्।।
क्षीरोदनं प्राश्यपति प्रसंगाद्गर्भं विदध्यात्तरुणीन चित्रम्।।

ऋतु में वाराहीकन्द की जड़ को पीसकर घी के साथ खाने से वह गर्भिणी होती है, अथवा पुष्प नक्षत्र में उखाड़ी लक्ष्मणा का चूर्णकर घी के साथ पान कर उस पर दूध पान करने से तरुणी अवश्य गर्भवती होती है इसमें सन्देह नहीं ।

कृष्णापराजितामूलं बस्तक्षीरेण संपिबेत्।
ऋतुस्नाता त्रिधायतु वन्ध्या गर्भधराभवेत्।।

श्यामविष्णु क्रान्ता की जड़ दूध से पीसकर ऋतु से स्नान कर तीन दिन पीने से वन्ध्या भी गर्भ धारण करती है।

नागकेशरकं चूर्णं नूतनं गव्यदुग्धतः।
पिवेत्सप्तदिनं दुग्धं घृतैर्भोजनमाचरेत्।।
तद्तौ भलते गर्भं सा नारी पतिसङ्गता।

नागकेशर का चूर्ण ताजे गाय के दूध के साथ दिन पर्यन्त पीने और अधिक घृतयुक्त भोजन करने से स्त्री पति का संग करके अवश्य पुत्र प्राप्त करती है।

पुत्रजीवकपत्रैकं पिबेत्क्षीरैर्ऋतौ च या।।
पतिसङ्गाच्च सा नारीसत्यं पुत्रवतीभवेत्।
तस्यमूलं चैकवर्णाक्षीरैः पीत्वा च पुत्रिणी।।

जो स्त्री ऋतु में जियेपोते का एक पत्र दूध के साथ पान करती है, वह स्त्री पति के सङ्ग से अवश्य पुत्रवती होती है; अथवा इसकी जड़ दूध के साथ बहुत महीन पीसकर पीने से भी पुत्रवती होती है।

काकोल्यौ लक्ष्मणामूलं षष्टिकस्य च तन्दुलम्।
नार्येकवर्णा पयसापीत्वा गर्भवती ऋतौ।।

क्षीरकाकोली और काकोली, श्वेत, कटेरी की जड़ तथा साठी के चावल ऋतुकाल में बहुत महीन पीसकर दूध के साथ पीने से स्त्री गर्भवती होती है।

अश्विन्यां बोधितृक्षस्य वन्दाकं ग्राहयेद्बुधः।
गोक्षीरैः पानमात्रेण बन्धयापुत्रवती भवेत्।।

अश्विनी नक्षत्र में पीपल का वृक्ष का वन्दा ग्रहण कर गाय के दूध से पीसकर उसका पानमात्र करने से स्त्री गर्भवती होती है।

तिलरसगुडकं वै गोपुरीषाग्नियोगात्त।
रुणवृषभमूत्रं प्रस्थयुक्तं विपक्वम्।।
ऋतु दिवसविमध्ये सप्तवारैश्च पीतं।
जनयति सुतमेतं निश्चितं पुष्पितैव।।

तिल, रस, गुड़ और तरुण बैल का मूत्र 1 सेर इन्हे गाय के गोबर के उपलों की अग्नि पर पकावें। इसको ऋतु के दिनों में सात बार पीने से अवश्य पुत्र होता है। इसमें सन्देह नहीं।

कदम्बपत्रं श्वेतं च बृहती मूलमेव च।
एतानि समभागानिह्यजाक्षीरेण पेषयेत्।।
त्रिरात्रं पञ्चरात्रं वा पिबेदेतन्महौषधम्।
ऋतौ निपीयमाने तु गर्भो भवति निश्चितम्।।

कदम्बपत्र, श्वेत चन्दन और कटेरी की जड़ को बराबर लेकर बकरी के दूध से पीसे। तीन रात या पाँच रात ऋतु के अन्त में इस महौषधि को रात में पीने से स्त्री अवश्य गर्भवती होती है।

गोक्षुरस्य तु बींज च पिबेन्निर्गुण्डिकारसैः।
त्रिरात्रं सप्तरात्रं वा वन्ध्याभवति पुत्रिणी।।

निर्गुण्डी के रसयुक्त गोखरू के बीज तीन या सात रात पीने से बन्ध्या पुत्रवती होती है।

कार्कोटबीजचूर्णं तु एकवर्ण गतां पयः।
ऋतौ निपीयमाने तु गर्भोभवति निश्चितम्।।

कर्कोटक के बीजों का चूर्ण बारीक कर एक रंग की गाय के दूध से रात्रि में पीने से स्त्री अवश्य गर्भवती होती है।

गोक्षुरस्य तु बींज च पिबेन्निर्गुण्डिकारसैः।
त्रिरातं सप्तरात्रं वा वन्ध्या भवति पुत्रिणी।।

गोखरू के बीज को निगुण्डी के रस के साथ तीन या सात दिन सेवन करने से बन्ध्या पुत्रवती होती है।

भगाख्ये चैव नक्षत्रेवटवृक्षस्य मूलकम्।
हस्तेबद्ध्वा लभेत्पुत्रं सुन्दरं कुलवर्द्धनम्।।

भग देवता वाले नक्षत्र पूर्वाफाल्गुनी में वट की जड़ हाथ में बाँधने से वन्ध्या पुत्र पाती है।

अश्वत्थस्य तु वन्दाकं पूर्वेद्युः सुनिमन्त्रितम्।
ऋतुस्नाने तु पीतं स्यादपि बन्ध्या लभत्सुतम्।।

पीपल के वन्दे को पहले दिन निमन्त्रण करें, फिर लाकर ऋतु में पीने से बन्ध्या पुत्रवती होती है।

एकवर्ण सवत्सायाः गोःक्षीरेण सुपेषितम्।
भावितं वटवन्दकं पीतं बन्ध्या सुतं लभेत्।।

एक वर्ण के बछड़े वाली गाय के दूध में बड़ के वन्दे को भावना देकर फिर पीने से बन्ध्या को पुत्र होता है।

3.5 काक-बन्ध्या-दोष-शान्ति

भगवान् शिव जी कहते हैं-

पूर्वं पुत्रवती या सा पश्चाद् वन्ध्या भवेद् यदि।
काकवन्ध्या तु सा ज्ञेया चिकित्साऽस्याश्च कथ्यते।।

जिस स्त्री को पहले पुत्र हो चुका हो अथवा वह सन्तान प्राप्ति कर चुकी हो, और उसके बाद वह स्त्री फिर गर्भधारण नहीं करती हो, उसे 'काकवन्ध्या' कहते हैं। उसे पुनः गर्भधारण कर सन्तान प्राप्ति की चिकित्सा कही जाती है।

विष्णुक्रान्ता समूलां च पिष्ट्वा महिषीदुग्धके।
महिषीनवनीतेन ऋतुकाले च भक्षयेत्।।
एवं सप्तदिनं कुर्यात् पथ्यादिकं च पूर्ववत्।
सा नारी लभते गर्भं काकवन्ध्या सुशोभनम्।।

भैंस के दूध में जड़सहित विष्णुकान्ता-अपराजिता को पीसकर भैंस के मक्खन में मिलाकर जो काकवन्ध्या स्त्री सात दिन तक इसका सेवन करती है, वह सुंदर गर्भ को धारण करती है।

अश्वगन्धीयमूलं तु ग्राह्येत् पुष्यभास्करे।
योजयेत् महिषीक्षीरे पलार्ध भक्षयेत् सदा।।
सप्ताहाल्लभते गर्भं काकवन्ध्या न संशयः।
यस्मै कस्मै न दातव्यं नान्यथा मम भाषितम्।।

पुष्य नक्षत्र वाले रविवार के दिन असगन्ध की जड़ लाकर उसको बीस माशा की मात्रा में प्रतिदिन भैंस के दूध के साथ एक सप्ताह तक सेवन करे तो काकवन्ध्या स्त्री अवश्य ही गर्भ धारण करती है। भगवान् शिव का कथन है कि मेरा यह कथन असत्य नहीं है। यह काकवन्ध्या चिकित्सा का विधान सभी को नहीं बताना चाहिए।

ॐ नमः शक्ति-रूपाय अस्याः गृहे पुत्रं कुरु कुरु स्वाहा।

विधि : जिस स्त्री को एक पुत्र या एक पुत्री होकर फिर दूसरी सन्तान नहीं होती है, उसे 'काक-बन्ध्या' कहा जाता है। एक सन्तान होने के बाद दूसरी सन्तान की प्राप्ति न होने पर यह 'प्रयोग' किया जाता है। पहले 'अस्याः' शब्द के स्थान पर काक-बन्ध्या-दोष-युक्त स्त्री का नाम जोड़े। मन्त्र के अनुष्ठान हेतु 'जप' संख्या एक लाख है। पुरश्चरण विधि से दशांश हवन, तर्पण, मार्जन करना चाहिए।

विशेष : 'विष्णुक्रान्ता' की जड़ को भैंस के दूध में पीसकर उक्त मन्त्र से अभिमन्त्रित कर ऋतु-काल में सात दिनों तक सेवन करे। इससे 'काक-बन्ध्या-दोष' की शान्ति होती है और स्त्री श्रेष्ठ गर्भ धारण करती है।

3.6 पुत्रजीवक-मन्त्र

**ॐ परब्रह्मपरमात्मने नमः (अमुकीगर्भं) जीवय जीवय,
दीर्घजीविनं सुतं कुरु कुरु स्वाहा।**

मन्त्र में अमुकी के स्थान पर प्रयोग करने वाली महिला का नाम बोलना चाहिए।

**अयुतजपात् मन्त्रसिद्धिर्भवति।
अष्टोत्तरशतजपाच्च प्रयोगसिद्धिर्भवति।।**

दस हजार बार जप करने से यह मन्त्र सिद्ध होता है। जब प्रयोग करना हो तो इस मन्त्र का 108 बार जप करना चाहिए। इससे प्रयोग सिद्ध होता है।

ईश्वर उवाच

भगवान शिव कहते हैं कि-

**गर्भः संजातमात्रो वा पक्षे मासे च वत्सरे।
म्रियते द्वित्रिवर्षादिर्यस्याः सा मृतवत्सका।।**

जिस स्त्री को सन्तान गर्भ से उत्पन्न होते ही, अथवा एक पक्ष, एक मास, एक वर्ष अथवा दो-तीन वर्षों के बाद मर जाती है, उसे 'मृतवत्सा' कहते हैं।

**गृहीत्वा शुभनक्षत्रे ह्यपामार्गस्य मूलकम्।
तथा च लक्ष्मणामूलमेकवर्णगवा पयः।।
पीत्वा सा लभते गर्भं दीर्घजीवी मृतो भवेत्।
यस्मै कस्मै न दातव्यं नान्यथा मम भाषितम्।।**

किसी अच्छे नक्षत्र के दिन अपामार्ग की जड़ और लक्ष्मणा श्वेत कण्टकारी की जड़ को लाकर एक रंगवाली गाय के दूध के साथ पीने से मृतवत्सा स्त्री गर्भ को धारण करके दीर्घजीवी पुत्र को प्राप्त करती है। शिव जी का यह कथन सर्वथा सत्य है। यह प्रयोग सभी किसी को नहीं देना चाहिए।

**वन्ध्या कर्कोटिका-कन्दं भृंगराजेन पेषयेत्।
ऋतुकाले त्र्यहं पीत्वा दीर्घजीविसुतं लभेत्।।**

कुष्माण्ड की जड़ को भांगरे के रस में पीसकर बाँझ स्त्री ऋतुकाल में तीन दिन तक पिये तो उसको दीर्घायु पुत्र की प्राप्ति होती है।

**या बीजपूरद्रुममूलमेकं क्षीरेण सिद्धं हविषा विमिश्रम्।
ऋतौ निपीय स्वपतिं प्रयाति दीर्घायुषं सा तनयं प्रसूते।।**

बिजौरा नीबू की जड़ को दूध में पकाकर उसमें घृत मिलाकर ऋतुकाल में जो वन्ध्या स्त्री पीती है और पति के साथ संगम करती है, वह दीर्घायु वाले पुत्र को प्राप्त करती है।

मार्गशीर्षेऽथवा ज्येष्ठे पूर्णायां लेपिते गृहे।
नूतनं कलशं पूर्णं गन्धतोयैश्च कारयेत्।।

कदलीस्तम्भसंयुक्तं नवरत्न - समन्वितम्।
सुवर्णमुद्रिकायुक्तषट्कोणस्थित - मण्डलम्।।

तन्मध्ये पूजयेद् देवीमेकान्ते नाम विश्रुताम्।
गन्धपुष्पाक्षतैर्धूपैर्दीपैर्नैवेद्य - संयुतेः।।

पूज्येन्नाममन्त्रेण तथा सप्तदिनावधि।
अष्टमेऽह्नि सुतं चैकं कन्यानवक-संयुतम्।।

भोजयेद् दक्षिणां दद्यात् पश्चात् कृत्वाऽभिवादनम्।
विसृज्य देवताश्च नद्यां तत्कलशादिकम्।।

वाराही, ऐन्द्री, ब्राह्मी, माहेश्वरी, कौमारी और वैष्णवी इन छह माताओं की 'वाराह्यै नमः' इत्यादि रूप से नाममन्त्र बनाकर छह कोणों में क्रम से पूजा करे। यह पूजा सात दिन तक करनी चाहिए। आठवें दिन एक बालक और नौ कन्याओं को आमन्त्रित करके भोजन कराये तथा उन्हें दक्षिणा दे। फिर प्रणाम करके उन्हें विदा करे। तत्पश्चात् मण्डप की सामग्री कलश आदि का नदी में विसर्जन करे।

प्रतिवर्षमिदं कुर्याद् दीर्घजीवी सुतो भवेत्।
सिद्धयोगमिमं ज्ञेयं गोपनीयं प्रयत्नतः।।

इस प्रकार यह क्रिया प्रति वर्ष करे तो उसे दीर्घजीवी पुत्र अवश्य ही प्राप्त होता है। इस प्रयोग को सदा सिद्ध समझना चाहिए और सावधानी पूर्वक इसे गुप्त रखना चाहिए।

गर्भ सञ्जातमात्रेण पक्षान्मासाच्च वत्सरात्।
म्रियते द्वित्रिवर्षाद्वा यस्याः सा मृतवत्सिका।।

जिसके बालक उत्पन्न होते ही पक्ष, महीने, वर्ष, दो वर्ष या तीन वर्ष में मर जाते हैं। वह मृतवत्सा कहलाती है।

तत्रयोगः प्रकर्त्तव्यो यथाशङ्कर भाषितम्।
मार्गशीर्षेऽथवा ज्येष्ठे पूर्णायां लेपितेगृहे।।

नूतनं कलशं पूर्णं गन्धतोयेन कारयेत्।
शाखाफल समायुफं नवरत्न समन्वितम्।।

सुवर्ण सूत्रिका युफं षट्कोण मण्डले स्थितम्।
तन्मध्ये पूजयेहवीमेकांतींनाम विश्रताम्।।

गन्धपुष्पाक्षतैर्धूपैर्दीपैर्नैवेद्य संयुतैः।
अर्चयेद्भक्तिभावेन मद्यमांसैः समत्स्यकैः।।

ब्राह्मी माहेश्वरी चैवकौमारी वैष्णवी तथा।
वाराही च तथेन्द्राणी षट्सु पत्रेषु मातरः।।

पूजयेन्मन्त्रबीजश्च फैकारैर्नाम विश्रुतः।
दधिभक्तैश्च पिण्डानि सप्तसंख्या निकारयेत्।।

षट्संख्या षट्सु पत्रेषु मातृभ्यः कल्पयेत्पृथक्।
बिल्वाभं सप्तमं पिण्डं शुचिस्थाने बहिःक्षिपेत्।।

तद्भुक्त्वा गृहमागच्छेच्चक्राग्रेयागमाचरेत्।
कन्यका योगिनी वामा भोजयेत्सकुटुम्बकैः।।

दक्षिणां दापयेत्तासां देवताग्रे च नान्यथा।
विसृज्य देवतां चाथ नद्यां तत्कलशोदकम्।।

सकुलं वीक्षयेद्धीमांच्छुभेन शुभमादिशेत्।
विपरीते पुनःकार्य यावत्तावत्सुसिद्धिदम्।।

प्रतिवर्षमिदं कुर्याद्दीर्घजीति सुतं लभेत्।।
'ॐ ह्रीफैंएकान्तीदेवतायै नमः' अनेन मन्त्रेण
पूजाजपश्च कार्यः

इसमें शङ्कर का कहा योग करना चाहिए। मार्गशीर्ष अथवा ज्येष्ठ की पूर्णिमा को अपना घर लीपकर नये कलश में जल भरकर उसमें सुगन्धित द्रव्य, आम्रशाखा और नवरत्न डालें। सुवर्ण सूत्रिका सहित षट्कोण मण्डल की रचना करें और उसके मध्य में एकान्ती नामक देवी की पूजा करें। गंध, पुष्प, अक्षत, धूप, दीप तथा नैवेद्य, से संयुक्त कर भक्तिभाव से अर्चन करें तथा मद्य, मांस, मत्स्य भी दें। ब्राह्मी, माहेश्वरी, कौमारी, वैष्णवी, वाराही, और इन्द्रणी यह छः मातायें है। इनको बीजमन्त्र से छः पत्रों में पूजन करके फैंकार का उच्चारण करें और दधि के सात पिण्डों का निर्माण करें। छः तो छहों माताओं का पत्रों में प्रदान करें और बेल के समान सातवाँ पिण्ड पवित्र स्थान में बाहर रक्खें, उसको भक्षण कर घर में आवें, और उस चक्र के आगे योग करें।

कन्या, योगिनी तथा वामा स्त्रियों को सकुटुम्ब भोजन (चक्रांगयावदाचरेत् भी पाठ है) और देवता के आगे उनको दक्षिणा दें। फिर देवता का विसर्जन कर उस कलश के जल को नदी में डाल दें और कुटुम्ब सहित बुद्धिमान उसको देखे। शुभ दिन में कृत्य करें। जब तक सिद्धि न मिले तब तक यह कर्म करें। प्रति वर्ष ऐसा करने से दीर्घजीवी पुत्र की प्राप्ति होती है। कहीं प्रत्येक महीने करना भी लिखा है। **'ॐ ह्री फैं एकान्तीदेवतायै नमः'** इस मन्त्र से पूजा तथा जप करें।

प्राङ्मुखःकृत्तिका ऋक्षेवन्ध्या कर्कोटकीं हरेत् ।
तत्कन्दं पेषयेत्तौयैः कर्षमात्रं सदा पिबेत् ।
ऋतुकाले तु सप्ताहं दीर्घजीवी सुतो भवेत् ।।

कृत्तिका नक्षत्र में पूर्व दिशा की ओर मुख कर वन्ध्या स्त्री कर्कोटकी को लाकर उसकी जड़ को जल से पीसकर एक वर्ष सदा पान करें। इस प्रकार सात दिन ऋतुकाल में करने से दीर्घजीवी पुत्र की पाप्ति होती है।

याबीजपूरद्रूममूलमेकं क्षीरेण सिद्धं हविषाविमिश्रम्।
ऋतौ तु पीत्वा सुपतिम्प्रयाति दीर्घायुषं सा तनयं प्रसूते।।

जो बीजपूर की एक कर्ष जड़ को दूध में सिद्धकर हविष्यान्न मिलाकर ऋतुकाल में पान कर पति के निकट जाती है। वह दीर्घायु पुत्र को उत्पन्न करती है।

तञ्जिष्ठा मधुकं कुष्ठं त्रिफला शर्कराबला।
मेदा पयस्या काकोलीमूलं चैवाश्वगन्धजम्।।
अजमोदा हरिद्रे द्वे हिंगुः कुटुकरोहिणी।।

उत्पलं कुमुदं द्राक्षा काकोल्यौ चन्दनद्वयम्।
एतेषा कार्षिकैर्भागैर्घृतप्रस्थं विपाचयेत्।।

शतावरीसं क्षीरं घृतं देयं चतुर्गुणम्।
सर्पिरितन्नरः पीत्वा नित्यं स्त्रीषु वृषायते।।

पुत्राञ्जनयते नारी मेधावि प्रियदर्शनान्।
याचैवास्थिरगर्भा स्याद्यानारी जनयेन्मृतम्।।

अल्पायुषं वा जनयेद्या च कल्यां प्रसूयते।
योनिदोषे रजोदोषे गर्भस्रावे च शस्यते।।

प्रजावर्द्धनमायुष्यं सर्वग्रहनिवारणम्।
नाम्नाफलं घृतं ह्येतद्रहस्यं परिकीर्तितम्।।

जीवद्वत्सैकवर्णाया घृतमत्र तु दीयते।
अरण्य गोमयेनात्र वेुज्वाला प्रदीयते।।
(अत्रपस्याक्षीरयुक्ता भूमिकूष्माण्डा उत्पलं नीलम्)

मजीठ, मुलेठी, कूठ, त्रिफला, मिश्री, खिरैटी, महामेदा, क्षीरकोली, असगन्ध की मूली, अजमोदा, दोनों हलदी, हिंग, कुटकी, नीलकामल, कुमुद, काकोली, दाख, क्षीरकाकोली, दोनों चन्दन यह सब एक-एक कर्ष लेकर एक सेर घी में पकावे और शतावरी का रस, दूध तथा घी चौगुना डालें। यह घृत पान करके मनुष्य रति में स्त्री से प्रबल होता है और स्त्री इसके सेवन से बुद्धिमान पुत्रों को उत्पन्न करती है। जो प्रियदर्शन होते हैं जिस स्त्री का गर्भ स्थिर हो गया हो या जिसके मृतक सन्तान हो, या जिसके अल्पायु सन्तान होती है, या जिसके कन्या ही होती है, या जिसके योनि और रज में दोष हो, या जिसके गर्भस्राव होता हो उन सबको निमित्त यह प्रयोग उत्तम है। वैद्य इसमें लक्ष्मणा की जड़ भी डालते हैं। यह प्रजा को बढ़ाने वाला आयुदाता और सब ग्रह का निवारण करने वाला फलघृत अश्विनकुमारों ने कहा है। जीते बछड़े वाली और एक कर्ण वाली गाय का घी इसमें लेना चाहिए। इसको अरण्य उपलों की आँच से बनाना और घृतमात्र शेष रहने पर उतार कर सेवन करना चाहिए।

3.7 गर्भस्राव रक्षा

अकस्मात्प्रथमेमासि गर्भे भवति वेदना।
गोक्षीरः पेषयेत्तुल्यं पद्मकोशीर चन्दनम्।।
पलमात्रं पिबेन्नारी त्र्यहाद्गर्भः स्थिरो भवेत्।
अथवा मधुकं दारु शाकवृक्षस्य बीजकम्।।
सम्पिष्य क्षीरकाकोलीं पिबेत्क्षीरैस्तु गोभवैः।।

कभी-कभी अकस्मात् पहले महीने में गर्भ में देवता होती है, उस समय गाय के दूध में पद्माक्ष, खस तथा लाल चन्दन एक पलपात्र तीन दिन पान करने से गर्भ स्थिर हो जाता है। अथवा मुलेठी, देवदरु, शाकवृक्ष के बीज और क्षीरकाकोली को पीसकर गाय के दूध से पान करना चाहिए।

द्वितीये- नीलोत्पलं मृणालं च यष्टीकर्कटश्रृङ्गिका।
गोक्षीरैस्तु द्वितीये च पीत्वा शाम्यन्ति वेदनाः।।
अथवाश्वत्थवल्कं च तिलं कुष्णं शतावरीम्।
मञ्जिष्ठा सहितां पिष्ट्वा पिबेत्क्षीरैश्चतुर्गुणै।।

दूसरे महीने में : नीलकमल की जड़, मुलेठी तथा काकढ़ासींगी को बराबर लेकर गाय के दूध के साथ पीने से दूसरे महीने की वेदना शान्त हो जाती है। अथवा पीपल की छाल, काले तिल, शतावरी तथा मजीठ इनको बराबर लेकर पीसकर चौगुने दूध के साथ पीना चाहिऐ।

तृतीये । श्रीखण्डं तगरं कुष्टं मृणालं पद्मकेशरम् ।
पिबेच्छीतोदकैः पिष्टं तृतीये वेदनावती।।
अथवाक्षीरकाकोलीं बलां पिष्ट्वा पयःपिबेत्।।

तीसरे महीने में : चन्दन, तगर, कूट, मृणाल (कमल की जड़) तथा कमलकेशर यह ठण्डे जल के साथ पीने से तीसरे पहीने की वेदना शान्त हो जाती है। अथवा क्षीरकाकोली और सुगन्धबाला जल से पीना चाहिए।

चतुर्थे। नीलोत्पलं मृणालानि गोक्षुरं च कशेरुकम् ।
तुर्यमासे गवां क्षीरैः पिबेच्छाम्यति वेदना।।
अथवा मधुकं रास्ना श्यामा ब्राह्मणयष्टिकाः।
अनन्तां पेषयित्वा तु गव्यक्षीरैश्च सम्पिबेत्।।

चौथे महीने में : नीलोत्पल, कमल की जड़, गोखरू और कसेरू पीसकर दूध के साथ पीने से चौथे महीने की वेदना शान्त हो जाती है; अथवा मुलेठी, रास्ना, श्यामाक, ब्राह्मणयिष्ट और अनन्तमूल इनको पीसकर गाय के दूध के साथ सेवन करने से चतुर्थ मास की वेदना शान्त हो जाती है।

पञ्चमे- पुनर्नवां सकाकोलीं तगरं नीलमुत्पलम् ।
गोक्षुरं पञ्चमेमासे गर्भक्लेशहरं पिबेत्।।

पञ्चम मास में : पुनर्नवा, काकोली, तगर और नीलोत्पल यह लेकर गाय के दूध से पीने से पञ्चम मास की वेदना दूर हो जाती है।

अथवा बृहतीयुग्मं यज्ञांगं कुड्मलं वरम् ।
गोघृतं क्षीरसंयुक्तं पिबेत्पिष्ट्वा च पञ्चमे।।

अथवा दोनों कटेरी, ब्राह्मणयष्टि और कमलनाल गाय के घी और दूध के साथ पञ्चम मास में सेवन करना चाहिए। 'कटुकत्वचं' भी पाठ है अर्थात् कुटकी और तज।

षष्ठे- सितां कपित्थमज्जां च शीततोयेन पेषयेत् ।
षष्ठे मासिगवां क्षीरैः पिबेत्क्लेश निवृत्तये।।
अथवा गोक्षुरं शिग्रुमधुकं पृष्टिपर्णिकाम् ।
बलायुक्तं पिबेत्पिष्ट्वा गोदुग्धैः षष्ठमासके।।

छठे महीने में : मिश्री तथा कैथं का गूदा ठण्डे जल के साथ पीसकर पीने या गाय के दूध के साथ पीने से वेदना शान्त होती है; अथवा गोखरू, सहिजना, मुलेठी, पृष्टिपर्णी और खिरैंटी इनको गाय के दूध से पीस कर छठे महीने में सेवन करना चाहिए।

सप्तमे केशरुं पौष्करं मूलं शृङ्गाटं नीलमुत्पलम् ।
पिष्ट्वा च सप्तमेमासि क्षीरैः पीत्वा प्रशाम्यति।।

अथवा मधुकं द्राक्षा शृङ्गाटञ्च कशेरुकम्।
मृणालं शर्करायुक्तं क्षीरैः पेयं तु सप्तमे।।

सातवे महीने मे : कसेरू, पुष्करमूल, सिंघाड़ा तथा नीलोफर पीसकर दूध के साथ पीने से सातवें मास की व्यथा शान्त हो जाती है; अथवा मुलठी, दाख, सिघाड़ा, कशेरू और कमल की जड़ को मिश्री के साथ दूध में मिलाकर पान करना चाहिए।

अष्टमे- यष्टीपद्माक्षकं मुस्तं केशरं गजपिप्पलीम्।
नीलात्पलं गवां क्षीरैः पिबेदष्टंमासके।।
अथवा बिल्वमूलन्तु कपित्थं बृहतीफलम्।
इक्षुपटोलयोर्मूलमेभिः क्षीरं प्रसाधयेत्।।
तत्क्षीरमम्भसा पीत्वा गर्भे शाम्यति वेदना।।

आठवें महीने में : मुलेठी, पद्माक्ष, मोथा, नागकेशर, गजपीपल और नीलोत्पल को गाय के दूध में पीना चाहिए अथवा बेल की जड़, कैथ, दोनों कटेरी अर्थात् छोटी-बड़ी कटेरी, गन्ने का रस और पटोल की जड़ इन्हें दूध में सिद्ध करें। यह दूध जल से पीने से आठवें मास के गर्भ की पीड़ा शान्त हो जाती है।

नवमे- विशालाबीजकंकोलं मधुनासहपेषयेत्।
वेदना नवमोमासि शान्तिमाप्नोति नान्यथा।।
अथवा मधुकं श्यामाह्यनन्ता क्षीरकाकुली।
एभिः सिद्धं पिबेत्क्षीरं नवमे वेदनावती।।

नौवें महीने मे : इन्द्रायण के बीज तथा क्षीरकाकोली (शीतल चीनी) शहद के साथ पीने से नौवें महीने की व्यथा शान्त हो जाती है; अथवा मुलेठी, गुडूची, अनन्तमूल तथा प्रियंगु इनसे सिद्धकर नौवें महीने में दूध पीने से वेदना शान्त होती है ।

दशमे- शर्करागोस्तनीद्राक्षा सक्षौद्रं नीलमुत्पलम्।
पाययेद्दशमेमासि गवा क्षीरैः प्रशान्तये।।
अथवा शुण्ठि संसिद्धं गोक्षारं दशमेपिबेत्।
अथवा मधुकं दारुशुण्ठी क्षीरेण संपिबेत्।।

दसवें महीने में : मिश्री, मुनक्का, शहद तथा नीलकमल यह गाय के दूध से दसवें महीने में पान करने से वेदना शान्त होती है; अथवा सोंठ से सिद्धकर गाय का दूध दसवें महीने में पान करने से; अथवा, मुलेठी, देवदारु तथा सोंठ गाय के दूध से पीने से वेदना शान्त होती है।

सामान्ये- धात्र्यंजनं सावरयष्टिकाख्यं त्र्यहं निपीतं प्रमदाहठेन।
सप्ताहमात्रं विनियोज्यनारी स्तभ्नाति गर्भं चलितं न चित्रम्।।

सामान्यतया जो नारी लोध (या अमला), सौवीराञ्जन तथा मुलेठी सात दिन सावधान

होकर पीती है उसका गर्भ स्तम्भित होता है, फिर चलायमान नहीं होता; अथवा धनियां, रसौत, लोध और मुलेठी पीना चाहिए।

क्षौद्रं वृषं चन्दनसिन्धुजातं महेन्द्रमाज्यं पयसा सुपिष्टम्।
गर्भ क्षरंतं प्रतिहन्ति शीघ्रं योगोयमुक्तः किलमूलदेवैः।।

शहद, अडूसा, चन्दन, संधानमक, इन्द्रजौ और घृत यह जल से पीकर देने से क्षरित होता हुआ गर्भ शीघ्र थम जाता है। यह योग मूलदेव ने कहा है।

कुलालहस्तोरवकर्दमस्यवत्सीपयः क्षौद्रयुतस्य मात्राम्।
गर्भच्युतिं शूलमयीं निवार्यकरोतिगर्भं प्रकृतं हठेन।।

कुम्हार के चाक पर बर्तन बनाते समय जो पतली मिट्टी हाथ में लगती है उसको लेकर बकरी के दूध में डालकर शहद के साथ पीने से वह शूलयुक्त गर्भ के गिरने का निवारण करती है और उसे स्थापित करती है।

कशेरु शृङ्गारटकजीरकाणि पयोधनैरंड शतावरीभिः।
सिद्धंपयः शर्करयाविमिश्रं संस्थापयेद्गर्भमुदीत्य शूलम्।।

कशेरु, सिंघाड़ा, जीरा, नागरमोथा, एरण्ड और शतावरी इनसे सिद्ध किया जल मिश्री डालने से शूल निवारण करता है और गर्भ को गिरने से रोकता है।

कन्दः कौमुदकस्य माक्षिकयुतं क्षीराज्यमिश्रं
पिबेत्सप्ताहं सितयासुपक्वं सबला शीतीकृतं वायुना।
गर्भस्रावमरोचकं सपवनं शोफं त्रिदोषं वमिं शूल
सर्वविध निहन्ति नियमादेवं च यत्तत्स्मृतम्।।

कुमुद का कन्द, शहद, घी और दूध मिलाकर पीने से अर्थात् इसमें मिश्री डालकर ठण्डाकर सात दिन नियम से पीने से गर्भस्राव, अरोचकता, वातरोग, सूजन त्रिदोष, चमचमाहट और शूल यह सब नष्ट हो जाते हैं।

ह्रीबेरातिविषामुस्तामरिचं संवृतं जलम्।
दद्याद्गर्भे प्रचलिते प्रदरे कुक्षिरुग्यपि।।

ह्रीबेर, अतीस, मोथा, मोचरस, कुटज और इनका क्वाथ बनाकर गिरते हुए गर्भ में देने से प्रदर तथा कोखरोग में देने से शूलादि नष्ट हो जाते हैं।

कुवलयकन्दं सतिलं पीत्वा क्षीरेण मधुसितायुक्तम्।
गुरुतर दोषैश्चलितं गर्भं संस्थापयेदाशु।।

कमल का कन्द और काले तिल को शहद-मिश्रीयुक्त दूध के साथ पीने से यह गुरुदोष से गिरते हुए गर्भ का भी शीघ्र स्तम्भन करता है।

नीलोत्पल मृणालानि मधुकं शर्करातिलाः।
द्रवमानेषु गर्भेषु गर्भेस्थापनमुत्तमम्।।

नील कमल की नाल, मुलेठी, मिश्री, और बड़ी कटेरी—यह गर्भस्राव का स्थापन करता है।

3.8 सूतिकानिरोध सुखद प्रसव

गोक्षीरं शर्करायुक्तं गर्भशुष्क प्रशान्तये।
पिबेद्वा मधुकं चूर्णं गम्भारीफल चूर्णाकम्।।
समांश गव्यदुग्धेन गुर्विणी तत्प्रशान्तये।।

गर्भ शुष्क शान्ति : शर्करा के साथ गाय का दूध सेवन करने से शुष्कगर्भ की शान्ति होती है; तथा गम्भारी के फल का चूर्ण या मुलेठी का चूर्ण शहद के साथ पान करने से; अथवा जिसका गर्भ सूखता है ऐसी गर्भिणी स्त्री द्वारा गाय का दूध सेवन करने से लाभ होता है।

श्वेत पुनर्नवा मूलचूर्णं योनौप्रवेशयेत्।
क्षणात्प्रसूयते नारीगर्भेणाति प्रपीडिता।।

सुख से प्रसव होने की विधि : श्वेत पुनर्नवा की जड़ का चूर्ण स्त्री की योनि में प्रवेश करने से तत्काल प्रसव होता है और गर्भ की पीड़ा नहीं होती है।

उत्तराभिमुखं ग्राह्यं श्वेतगुञ्जीय मूलकम्।
कट्यां बद्ध्वा विमुक्तञ्च गर्भपुत्रं तु तत्क्षणात्।।

वासकस्य तु मूलन्तु चोत्तरस्थः समुद्धरेत्।
कट्यां बद्ध्वा सप्तसूत्रैः सुखं नारीप्रसूयते।।

उत्तर की ओर मुख कर श्वेत चौंटली की जड़ ग्रहण करके कमर में बाँधने से सन्तान सुख से प्रसव होती है। अडूसे की जड़ को उत्तर मुख ग्रहण कर उसे कच्चे सात सूत के कमर में बाँधने से भी स्त्री सुख से प्रसववती होती है। वहाँ उत्तरमुखी की जड़ लेनी चाहिए।

उत्तरे च समालोड्यं श्वेतगुञ्जाफलं कियत्।
सुखप्रसवमाप्नोति तत्क्षणान्नात्र संशयः।।

अथवा उत्तर की ओर का श्वेत चौंटली का फल केशों में बाँधने से सुख से प्रसव होता है, इसमें सन्देह नहीं ।

योनिं वा लेपयेत्तेन सासुखेन प्रसूयते।
सहदेव्याश्चमूलं वा कटिस्थं प्रसवेत्सुखम्।।

अथवा उक्त योग को योनि में लेप करने से सुख से सन्तान उत्पन्न होती है। अथवा सहदेई तथा खिरैटी की जड़ कमर में बाँधने से सुख से बालक उत्पन्न होता है।

अपामार्गस्य मूलन्तु ग्राहयेच्च्वतुरंगुलम्।
नारीप्रवेशयेद्योनौ तत्क्षणात्साप्रसूयते।।

चिरचिटे की जड़ चार अंगुल की ग्रहण कर योनि में रखने से स्त्री सुख से बालक उत्पन्न करती है।

तोयेन लाङ्गली कन्दं घृष्ट्वा योनिं प्रलेपयेत्।
नाभिं च लेपयेत्तेन तत्क्षणात्सूयते ध्रुवम्।।

अथवा नारियल या कलिहारी की जड़ घिसकर योनि में अथवा नाभि में प्रलेप करने से बहुत शीघ्र सन्तान होती है ।

गुञ्जाफलार्द्धखण्डं च तोयपूगं तथार्द्धकम्।
पिबेद्वा तोयपिष्टं च सासुखेन प्रसूयते।।

चौंटली आधे पल, खण्ड आधे पल और सुपारी इनको जल के साथ पीसकर पीने से सुख से स्त्री प्रसव करती है।

गुजतरोर्मूलयुगं विधानादुत्पाटङ्म पुष्पै च रवौ निबद्धम्।
कटीतले मूर्द्धनि नीलसूत्रैः शीघ्रं प्रसूति कुरुतेऽग्नाया।।

चौंटली की जड़ चौंटली यह विधिपूर्वक रविवार के दिन पुष्य नक्षत्र में लाकर उसे कमर के नीचे या शिर में नीलसूत्र में बाँधने से स्त्री शीघ्र प्रसव करती है।

आगारधूमं गृहवारिणा वा पीत्वा बालाशीघ्रतरं प्रसूते।
अलम्बुषामूलमथोनिबद्धं योगद्वयं भूपतिरित्यवादीत्।।

समातुलुङ्ग मधुकस्य चूर्णं मद्ध्वाज्यमिश्रं प्रमदानिपीय।
व्यथाविहीनं प्रसवं हठेन प्राप्नोति नैवात्र विकल्पबुद्धि।।
(अथमातुलुङ्गस्यमूलं योज्यं न तु फलं क्वाथयित्वा पेयम्)

गृह का धूम जल के साथ पीने से स्त्री शीघ्र प्रसव करती है; अथवा लज्जालू की जड़ कमर में बाँधने से शीघ्र प्रसव होता है ऐसा राजा ने कहा है। मातुलुङ्ग (नीबू) और मुलेठी का चूर्ण शहद तथा घी से मिलाकर स्त्री पान करे तो उसे व्यधा के बिना ही सुख सन्तान होती है इसमें सन्देह नहीं। मातुलुङ्ग की जड़ ग्रहण करनी चाहिए. फल नहीं और क्वाथ करके पीना चाहिए।

दशमूलीकृतं तोयं घृतसैन्धव संयुतम्।
शूलातुरा पिबेन्नारी सासुखेन प्रसूयते।।

दशमूल का काढ़ा, घृत और सैंधव के साथ पिलाने से शूल से व्याकुल स्त्री सुख से प्रसववती होती है।

'ॐ मन्मथ ॐ मन्मथ ॐ मन्मथ
मन्मथवाहिनि लम्बोदरमुञ्च मुञ्च स्वाहा।'

अनेन मन्त्रेणजलं सुतप्तं पातुं प्रदेयं शुचिनानरेण।
तोयाभि पानात्खलु गर्भवत्या प्रसूयते शीघ्रतरं सुखेन।।

'ॐ मन्मथ ॐ मन्मथ ॐ मन्मथ मन्मथवाहिनि लम्बोदर मुञ्च मुञ्च स्वाहा' इस मन्त्र से पवित्र होकर गरम कर स्त्री को जल पिलाना चाहिए। इस जल के पान करने से स्त्री सुखप्रसूति होती है।

ॐकारं च हकारं च अकारेण सूपूजितम्।
ॐकारे शिरसंकृत्वा अन्तेनमस्त्रिमूर्तये।
ॐ अं हांनमस्त्रिमूर्त्तये।।

ॐकार हकार अकार से युक्त कर अंकार शिर पर कर अन्त में त्रिमूर्तयेनमः लगायें। 'अं ॐ हां नमस्त्रिमूर्तये' यह मन्त्र है।

अनेनैव तु मन्त्रेण जप्तव्यं सूतिकागृहे।
सुखं प्रसवमाप्नोति सापुत्रं लभते ध्रुवम्।।

इस मन्त्र को प्रसूतिका के घर में जपने से वह सुख से प्रसववती होती है और सुपुत्र को प्राप्त करती है।

3.9 गर्भाधान हेतु सुगम साधनाएँ

1. गर्भ रहने पर, यदि गर्भवती ढाक का एक पत्ता दूध में पीसकर पीती है तो निश्चय ही वीर्यवान पुत्र होता है।
   नोट : ढाक के बीजों की राख और हींग—इन दोनों को दूध में मिलाकर पीने से गर्भ नहीं रहता।
2. पीपल, सोंठ, काली मिर्च और नागकेसर—इनको समभाग महीन पीस छान कर 4 माशा लें और 6 माशे घी में मिलाकर 7 दिन तक प्रातः खाने से बांझ भी गर्भवती हो जाती है।
3. काले तिल, सोंठ, पीपर, काली मिर्च, भारंगी और पुराना गुड़—इन सबको समान मात्रा

में, चार-चार माशे लेकर, पाव भर जल में उबालें और प्रातःकाल एवं सायंकाल इसका सेवन करे।

4. बिजौरे नींबू के बीज, बछड़े वाली गाय के दूध में पीसकर पीने से निश्चय ही पुत्र रत्न की प्राप्ति होती है।

5. पुत्रजीव वृक्ष की जड़ और देवदारू– इन दोनों को दूध में पीसकर पीने से निश्चय ही पुत्र होता है।

6. नागकेसर और सुपारी का चूर्ण सेवन करने से भी गर्भ रह जाता है।

7. पुत्रजीव वृक्ष के जड़ दूध में पीसकर पीने से दीर्घायु पुत्र होता है।

8. 4 माशे नागकेसर, बछड़े वाली गाय के दूध के साथ 7 दिन तक पीने से बांझ के भी पुत्र होता है।

9. चावल के धोवन में नींबू की जड़ को बारीक पीसकर नारी को पिला देने के बाद रति करने से कन्या संतति की प्राप्ति होती है।

10. सन्तानहीन स्त्री ऋतु धर्म से पूर्व, अपने उदर की शुद्धि कर लेने के उपरान्त गूलर के बांदा को बकरी के दूध के साथ पीसे तथा मासिक धर्म की शुद्धि के उपरान्त पी ले, तो उसे पुत्र की प्राप्ति होगी।

11. असगंध की जड़ को पुष्य नक्षत्र में उखाड़कर गाय के दूध के साथ पीसकर पीने व दूध का आहार, ऋतुकाल के उपरान्त शुद्ध होने पर पीते रहने से स्त्री की पुत्र-प्राप्ति की अभिलाषा अवश्य पूर्ण हो जाती है।

12. रविवार को पुष्य नक्षत्र में आक (मदार) की जड़ बन्ध्या स्त्री की कमर में बांध देंने से उसे सन्तान का सुख प्राप्त होता है।

13. जिस स्त्री के सन्तान न होती हो, वह स्त्री किसी स्त्री की प्रथम सन्तान (पुत्र) की नाल को सुखाकर व बारीक पीसकर गुड़ के साथ सेवन करे या ताबीज में भरवाकर, बायीं भुजा में बांधे, तो वह निश्चित रूप से मातृत्व का सुख प्राप्त कर सकती है।

14. कोई स्त्री रोहिणी नक्षत्र में सफेद घुंघची का पौधा लाकर उसे रोपण करे। जब पौधा बड़ा हो जाये, तो वह स्त्री मासिक धर्म से शुद्ध होकर, उस पौधे की तीन माशा जड़ को ताजे जल में घिसकर पी जाये तथा पति के साथ रति करे, तो वह निश्चय ही पहली बार में गर्भवती हो जाएगी। उसे गर्भाधान का सुख अवश्य ही प्राप्त होता है।

3.10 सन्तान योग विचार

अनपत्य योग : जन्म लग्न, प्रश्न लग्न में सर्व ग्रह निर्बली (नीच, शत्रु राशि में या अस्तंगत तथा 6/8/12 स्थान में गए हों अथवा षड्बलहीन-बली) हों तो पुत्र या पुत्री कोई भी सन्तान नहीं होती है।

1. वृषभ-कन्या, वृश्चिक अथवा सिंह राशि में चन्द्रमा गया हो तो जातक अल्प पुत्र वाला होता है।

2. सप्तमभाव में पापग्रह की राशि पापग्रह से युत, दृष्ट हो तो सन्तान रहित होता है।

3. अष्टमभाव में बृहस्पति अथवा शुक्र हो तो नष्टगर्भा (जिसके गर्भ ही स्थापित न हो सके ऐसी) अथवा सन्तान की मृत्यु हो जानेवाली हो।

(कर्मजव्याधि-विधान)

गर्भानुत्पाद योग :

(1) लग्न में सूर्य, सप्तम में शनि गया हो, अथवा सप्तमभाव में सूर्य, शनि गए हों और दशमभाव को बृहस्पति दृष्टिनिक्षेप करे तो गर्भ उत्पन्न नहीं होता है।

(2) षष्ठ अथवा चतुर्थभाव में शनि, मंगल का योग हो तो गर्भोत्पत्ति नहीं होती है।

(3) षष्ठभाव का स्वामी और शनि, ये दोनों षष्ठभाव में हों, सप्तम में चन्द्रमा हो तो गर्भोत्पत्ति नहीं होती है।

गर्भच्युति योग :

(1) पंचमभाव (र० मं० श० रा० के० ह० ने० प्लूटो और इनसे युक्त, दृष्ट बुध) और शुभग्रहों से अदृष्ट हो तो गर्भपात हो जाये।

(2) पंचमभाव में जिस राशि का नवांश हो, उस राशि का कोई शुभग्रह दृष्टिनिक्षेप न करे, और जितनें पापग्रह दृष्टिनिक्षेप करें, उतने ही गर्भपात हों।

(कर्मजव्याधि-विधान)

3.11 प्रश्न लग्न

1. प्रश्न से लग्न में सूर्य, बृहस्पति या मंगल हो या ये ग्रह 3/5/7/9 वें स्थान में हों, तो पुत्र, अन्य कोई ग्रह हो तो कन्या प्राप्ति होती है।

2. प्रश्न लग्न विषम राशियाँ, विषम नवांश में हो, और लग्न में सूर्य, बृहस्पति, चन्द्रमा बली हों तो पुत्र। समराशि या सम नवांश में, ये ग्रह हों तो कन्या, परन्तु विषम में बृहस्पति या सूर्य हों, तो पुत्र। चन्द्र, शुक्र और मंगल, समराशि में हों, तो कन्या प्राप्त होती है, ये तीन योग हैं।

3. प्रश्न लग्न को छोड़, अन्य विषमस्थान में शनि हो तो पुत्र। द्विस्वभाव लग्न पर बुध की दृष्टि हो, तो यमल (जुड़वाँ) सन्तति होती है।

4. प्रश्न लग्न पुरुष राशि हो और बली पुरुष ग्रह से युत या दृष्ट हो तो पुत्र समराशि हो और स्त्रीग्रह से, युत या दृष्ट हो तो कन्या होती है।

5. प्रश्न से पंचमेश और लग्नेश समराशि में हो, तो कन्या, विषम राशि में हो, तो पुत्र होता है।

6. पुरुष ग्रह राहु, मंगल, बृहस्पति बली हों तो पुत्र जन्म; स्त्रीग्रह चन्द्रमा, शुक्र बली हों तो कन्या जन्म होता है।

7. प्रश्न जन्मांग में 3/9/5/11 वें स्थान में राहु, मंगल, बृहस्पति हो तो पुत्र अथवा 5/9 भाव में बली बृहस्पति हो, तो पुत्र जन्म होता है।

8. प्रश्न दिन संख्या, शुक्ल प्रतिपदा से उस दिन तक की तिथि संख्या; प्रहर संख्या; नक्षत्र संख्या को जोड़ें, 1 घटायें, 7 का भाग दें, शेष विषम 1/3/5/7 रहे तो पुत्र, 2/4/6 रहे तो पुत्री प्राप्ति होती है।

9. गर्भिणी नामाक्षर-प्रश्न तिथि तथा योग में 15 जोड़ें। योग में 9 का भाग दें, 1/3/5/7/9 शेष रहे, तो पुत्र सम 2/4/6/8 रहे तो कन्या होती है।

10. प्रश्न तिथि वार नक्षत्र तथा गर्भिणी के नाम के अक्षर जोड़ 7 का भाग दें - शेष 1 से सूर्य, 2 से सोम के क्रम से यदि राहु, मंगल, बृहस्पति आये तो पुत्र शुक्र, चन्द्र, बुध आये तो कन्या, शनि आये तो क्षीण सन्तति समझना चाहिए।

11. प्रश्नकाल में प्रश्नकर्ता अपने दायें अंग का स्पर्श करे, तो पुत्र, बायें का स्पर्श कर पूछे, तो कन्या जन्म समझना चाहिए।

12. प्रश्नकर्त्ता की तिथि संख्या को, 4 से गुणाकर, 1 जोड़ें; योग में दिन संख्या, विष्कम्भादि योग संख्या जोड़ें, और योग में, 2 का भाग दें। लब्धि को 3 से, गुणाकर 4 से भांग दें। 1 शेष हो, तो विलम्ब से, दो शेष हो, तो अभाव; 0 शेष से शीघ्र सन्तति लाभ समझें।

13. दिन संख्या को 3 से गुणा करें उसमें तिथि जोड़ ले, योग में दो का भाग दें, 1 शेष हो, सन्तति लाभ 0 शेष हो, अभाव समझें।

14. प्रश्न, जन्म और चन्द्रमा से पंचम में सिंह, वृष, वृश्चिक या कन्या राशियाँ हों, तो विलम्ब से सन्तान हो।

15. यदि प्रश्न से पंचम में पापयुति या दृष्टि हो, तो विलम्ब से सन्तति लाभ हो।

16. प्रश्न से 8वें सिंह, मकर या कुम्भ में सूर्य, और शनि हों, तो सन्तति अभाव।

17. प्रश्न से 8वें चन्द और बुध हों, तो विलम्ब से, 1 सन्तति लाभ, चन्द्र बली हो, तो कन्या।

18. प्रश्न से 8वें केवल बुध हो, तो सन्तान अभाव।

19. प्रश्न से 8वें शुक्र और बुध हों, तो सन्तति होकर मृत्यु हो जाती है।

20. प्रश्न से 8वें मंगल हो, तो गर्भपात होता है।

21. प्रश्न लग्न से अष्टमेश अष्टम में हो, तो सन्तति नहीं होती है।

22. प्रश्न से 8वें शुक्र और सूर्य हों, तथा द्वितीय, द्वादश और अष्टम, पापग्रह हों, तो सन्तान अभाव तथा प्रश्नकर्त्ता को कष्ट समझें।

23. प्रश्न से द्वादश, का स्वामी 1/4/7/10 में हो, और शुभग्रहों से युत या दृष्ट हो, तो दीर्घजीवी 1 पुत्र हो।

24. पंचमेश, लग्नेश, मेष, मिथुन, सिंह, तुला, धनु और कुम्भ में से किसी में हो, तो 1 पुत्र लाभ हो। यदि उक्त ग्रह वृष, कर्क, कन्या, वृश्चिक, मकर और मीन में से किसी में हों तो कन्या होती हैं।

25. लग्न से विषमस्थान 1/3/5/7/9/11 वें स्थान में, शनि हो तो पुत्र और यदि सम 2/4/6/8/10/12वें स्थान में हो तो कन्या प्राप्ति होती है।

26. प्रश्न से 5वें का स्वामी; लग्नेश या चन्द्रमा से, इत्थशाल करता हो, और शुभ से युत या दृष्ट हो, तो सन्तान लाभ होता है।

3.12 पुत्र-पुत्री प्राप्ति योग

1. राहु-सूर्य और मंगल ये तीनों पंचमभाव में आ गए हों तो अथर्ववेद से पुत्रेष्टि यज्ञ करने से पुत्र सुख प्राप्त हो जाता है।

2. पंचमेश अपनी नीचराशि में गया हो, नवमेश लग्न में और बुध केतु पंचमभाव में गए हों तो कष्ट से (शान्ति यज्ञ; आदि अनेक प्रयत्नों से) पुत्र सुख प्राप्त होता है।

पंचमभाव में 1/2 अथवा 4 राशि में, राहु या केतु गया हो तो सन्तान की प्राप्ति में विलम्ब नहीं होता है।

1. सप्तमेश के नवांश का स्वामी; लग्नेश, धनेश और नवमेश, इन तीनों ग्रहों से युत अथवा दृष्ट हो, तो पुत्र प्राप्ति होती है।

2. पंचमेश, किम्बा-पंचमभाव अथवा पंचम का कारक ग्रह (बृहस्पति) शुभग्रह से युत हो, या दृष्ट हो तो पुत्र प्राप्ति होती है।

3. लग्नेश पंचमभाव में गया हो, पंचमेश और बृहस्पति ये दोनों परिपूर्ण (बली) हों, तो पुत्र प्राप्ति होती है।

4. पंचमेश बृहस्पति पूर्ण बलवान हो, और उसे लग्नेश दृष्टिनिक्षेप करता हो तो पुत्रप्राप्ति होती है।

5. बृहस्पति अथवा पंचम का स्वामी वैशेषिकांश में गया हो, और शुभग्रह से दृष्ट हो, तो पुत्र प्राप्ति होती है।

6. धनभाव का स्वामी बली होकर पंचमभाव में हो, और राहु से दृष्ट हो, तो पुत्र प्राप्ति होती है।

7. पंचमेश और लग्नेश ये दोनों परस्पर एक-दूसरे को दृष्टिनिक्षेप करते हों तो पुत्र प्राप्ति होती है।

8. पंचमेश और लग्नेश ये दोनों अन्योन्य राशि में (पंचमेश की राशि में लग्नेश और लग्नेश की राशि में पंचमेश) गया हो अथवा पंचमेश व लग्नेश ये दोनों एक राशि में युत हों, तो पुत्र प्राप्ति होती है।

9. लग्नेश और पंचमेश ये दोनों शुभाऽऽशुभ ग्रह से युत होकर-केन्द्र (1/4/7/5) स्थान में गए हों, और धनेश बलवान हो, तो पुत्र प्राप्ति होती है।

10. पंचमेश के नवांश का स्वामी शुभऽऽशुभ ग्रह से युत हों, और दृष्ट हो तो पुत्र प्राप्त होता है।

11. नवमेश व लग्नेश ये दोनों सप्तमभाव में गए हों, और धनेश लग्न में गया हो, तो पुत्र प्राप्त होता है।

12. पंचमेश मुद्दशांशादि शुभांश में गया हो तो पुत्र प्राप्त होता है।

13. पंचमेश गोपुरीशादि अंश में गया हो तो पुत्र प्राप्ति होती है।

14. पंचमभाव का नवांश का स्वामी लग्न में, और लग्नेश के नवांश का स्वामी, पंचमभाव में गया हो तो पुत्र प्राप्त होता है।

15. बृहस्पति के नवांश का स्वामी (1/4/7/10) में गया हो, तो पुत्र प्राप्ति होती है।

16. नवम लग्न और पंचमेश ये तीनों ग्रह पारावतादि अंश में गए हों, और शुभाशुभ ग्रह से दृष्ट हो तो पुत्र प्राप्त होता है।

17. लग्न से अथवा चन्द्रमा से पंचमभाव में शुभाऽशुभ ग्रह की राशि, शुभग्रह से युत, दृष्ट हो तो पुत्र प्राप्त हो, इससे विपरीत नहीं।

18. पंचमभाव में समराशि (2-4-6-8-10-12) और समराशि का नवांश, बुध या शनि से युत दृष्ट हो, और शुक्र अथवा चन्द्रमा अथवा इन दोनों से दृष्ट हो, तो कन्या संतति होती है।

19. नेत्र, पाणि अवस्था में गया हुआ, बुध, पंचमभाव में गया हो, तो पुत्र की हानि और कन्या की प्राप्ति होगी।

20. समावस्था में गया हुआ बुध पंचम अथवा सप्तमभाव में गया हो तो कन्या होगी।

21 पंचमभाव समराशि (2-4-6-8-10-12) का हो और वह शुक्र चन्द्र के दशवर्ग में होकर, शुक्र-चन्द्र से ही दृष्ट हो, तो अधिक कन्या वाला होता है।

22. पंचमेश धन में अथवा अष्टमभाव में गया हुआ हो, तो अधिक कन्याएँ होती हैं।

23. लाभभाव में बुध-शुक्र किन्तु चन्द्रमा इन तीनों में से एक भी ग्रह गया हो, तो कन्या प्राप्ति हो (जितने अधिक ग्रह का योग हो उतना ही योग बलवान होता है)।

24. बुध, चन्द्र, शुक्र इन तीनों में से एक भी पंचमभाव में गया हो तो कन्या प्राप्त होती है। (कर्मज-व्याधि-विधान)

सिद्धया चेद्रविणा शशी त्रिपुरता भौमे च रुद्री क्रिया,
सौम्ये सम्पुटकांस्यपात्रविधिवज्जीवे च पैत्रयातिथिः।।
शुक्रे गोप्रतिपालनं च कथितं मंदे च मृत्युञ्जयः,
कन्यादानभुजंगकेतुकपिलासन्तानसौख्यप्रदः ।।

(द्वादशभावसिंधु/अ०-सुतभाव/50)

जिस जातक के जन्मकाल में सूर्य सन्तान प्रतिबन्धक हो तो सिद्धया आराधन करके सन्तान-प्राप्ति कहना चाहिए और चन्द्रमा प्रतिबन्धक हो तो शिव के आराधन करके सन्तान प्राप्ति कहना चाहिए और मंगल प्रतिबंधक हो तो सहस्र वा लक्ष रूद्री क्रिया करने से सन्तान प्राप्ति कहना चाहिए और यदि बुध सन्तान प्रतिबन्धककारक हो तो संपुटित कांस्यपात्र विधिपूर्वक करने से सन्तान की प्राप्ति कहना और बृहस्पति सन्तानप्रतिबन्धक हो तो पित्रों की तिथि करने से पुत्रलाभ कहना और शुक्र सन्तान प्रतिबन्धक हो तो गौ के पालने से पुत्र का लाभ कहना चाहिए और शनि प्रतिबन्धक हो तो मृत्युंजय का पूजन कराना चाहिए और राहु प्रतिबन्धक हो तो उस जातक को कन्यादान करने से पुत्रलाभ होता है और सन्तानप्रतिबन्धक हो तो कपिला गौ का दान करना चाहिए तो वह जातक सन्तान के सुख को पाता है।

तत्प्राप्तिर्धर्ममूला तदनुबुधकवीशंकरस्याभिषेचम्,
चन्द्रश्चेत्तद्वदेव त्रिदशपतिगुरुर्मन्त्रयन्त्रौषधीनाम्।।
सिद्धया मंदारसूर्य्या यदि शिखितमसस्तत्र वंशेशपूज्या,
कार्य्यामनायोक्तरीत्या बुधगुरुनवपाःक्षिप्रमेवात्र सिद्धिः।।

(द्वादशभावसिंधु/अ.-सुतभाव/51)

जिस सन्तान प्राप्ति के लिए धर्म के कारण करना चाहिए यदि बुध, शुक्र, सन्तानबाधक हो तो शिवजी का अभिषेक करना चाहिए और चन्द्रमा हो तो भी शिवजी का पूजन करना और बृहस्पति सन्तानबाधक हो तो उस प्राणी को मंत्र-यंत्र औषधि करना चाहिए और जो शनि, मंगल, सूर्य सन्तानबाधक हों तो सिद्धया करके पुत्रलाभ होता है और केतु, राहु सन्तानप्रतिबन्धक हों तो अपने कुल देवताओं का पूजन करना चाहिए। पूर्वोक्त पूजन प्रकार वेद की रीति से करना चाहिए और जो बुध, बृहस्पति और नवमभावेश बलवान् हो तो शीघ्र ही सन्तानदोष दूर करते हैं।

यावत्संख्योभवेद्राशिस्तावद्वारं विनिर्दिशेत्।।
शिवस्य स्थापना वा स्यात्सपादलक्षप्रयोगवा।।

(द्वादशभावसिंधु/अ.-सुतभाव/52)

पंचमभाव में जितनी संख्या की राशि हो उतने ही बार पूर्वोक्त यत्न करना चाहिए।

3.13 सन्तान प्राप्ति के सरल मन्त्र

(i) ॐ हं ॐ सः।

विधि : उक्त मन्त्र का नित्य स्मरण करें। रात-दिन जब भी समय मिले, उक्त मन्त्र का 'जप' करता रहे, तो निःसन्तान को भी सन्तान की प्राप्ति होती है।

(ii) ॐ देवकी - सुत गोविन्द वासुदेव जगत्-पते।
देहि मे तनयं कृष्ण, त्वामहं शरणागतः।।

विधि : उक्त मन्त्र का एक लाख या सवा लाख 'जप' स्वयं करे या किसी कर्म-काण्डी से कराए। बाद में नित्य 108 बार उक्त मन्त्र का जप स्वयं करे। इससे सन्तान-प्राप्ति का योग उत्पन्न होता है। जब तक सन्तान उत्पन्न न हो, तब तक 'जप' करता रहे। इससे उत्तम एवं धर्मशील सन्तान होती है।

(iii) ॐ क्लीं देवकी-सुत गोविन्द, वासुदेव जगत्पते।
देहि मे तनयं कृष्ण, त्वामहं शरणागतः क्लीं ॐ।।

विधि : पहले पति-पत्नी दोनों सात्त्विक आहार-विहार के साथ ब्रह्मचर्य-पूर्वक रहें। दुग्धाहार या फलाहार करते रहें, तो और भी अच्छा। फिर किसी भी शुभ दिन से प्रारम्भ कर उक्त मन्त्र का एक लाख बार जप करें। जब एक लाख 'जप' पूरा हो जाए, तब तिल व शहद में दशांश 'हवन' करे। इस अनुष्ठान के बाद प्रतिदिन 108 बार उक्त मन्त्र का 'जप' करता रहे। 'जप' पूरी श्रद्धा व विश्वास से करे। ऐसा करने से पुत्र-लाभ होता है।

(iv) ॐ ऐ ह्रीं क्लीं चामुण्डायै विच्चे, ॐ जूः स्वाहा, ॐ पानीदलं यः स्वाहा।

विधि : उपर्युक्त मन्त्र से अभिमन्त्रित जल को पिलाए, तो पुत्र की प्राप्ति होती है।

(v) सुबहान अल्लास लम यलिद बलम यूलद वलम या कुल कहू कुफ्री बन अहदइन्नी सम्मे तो इसमो हू मुहम्मद व अहमदा व महमूदन बिरह मतेका या अर हमर राहिमीन।

विधि : कभी-कभी कुछ माताओं को केवल पुत्रियां ही होती हैं और पुत्र नहीं होता। ऐसी माताओं के लिए उक्त मन्त्र उपयोगी होता है। पहले स्त्री के पेट के ऊपर उँगली से 'बिसमिल्लाह' लिखे। बाद में उक्त मन्त्र को भी लिखे। यदि उक्त मन्त्र को लिखने वाला पिता पढ़ा-लिखा न हो, तो उसे किसी से लिखाकर ताबीज कमर में बाँधे।

अढैया शाबर मन्त्र

गुरु तात, गुरु मात, आगे पराता। सुख से अलगा बान। सोरा चौधरी मसान जगावे। दोहाय नयाना योगिनी के, सिद्ध गुरु के बन्दे पाँव। जाहि कामिनी के लागे, ताही कामिनी लागी। कामरु के विद्या(अमुकी) के कोइख लगा दे।

विधि : रात्रि के समय दोनों कानों में सात बार उक्त मन्त्र पढ़ें। 'अमुकी' के स्थान पर बन्ध्या (बांझ) का नाम लें। नागेश्वर का फूल और गाय का घी मिलाकर 'मासिक' के चौथे दिन से सात दिन तक मन्त्र द्वारा अभिमन्त्रित कर सायं-प्रातः सेवन करे। उससे बन्ध्या-दोष दूर होगा और सन्तान होगी।

3.14 आधानकालीन सहवास-विधि

गर्भाधान काल में स्त्री औंधी (मुँह छाती नीचे करके) लेटकर अथवा वाम दाहिने करवट लेटकर सहवास न करे, क्योंकि औंधी लेटने से बलवान वायु योनि को पीड़ित करता है, दाहिने कफ गर्भाशय को घेर लेता है, बायें से कुपित हुआ पित्त रज और शुक्र को दूषित करता है, सीधी चित्त रहने से सब दोष शान्त रहते हैं। गर्भाधारण के 1 प्रहर बाद शीतल जल से अपने नेत्रों, मुख तथा योनि को धोये। गर्भाधान से पूर्व अधिक भोजन न करे। भूखी प्यासी, भयभीत, शोकातुर, जिसका चित्त सहवास में न हो या अन्य प्रकार से चित्त दूषित हो, क्रोध हो, परम पुरुष की कामना हो, जो मैथुन से तृप्त न होती हो, ऐसी स्त्रियों को गर्भ नहीं रहता; रहेगा भी तो कुरूप, निर्गुण, क्षीण इन्द्रिय, क्षीण आयु, या गर्भपात हो जाता है।

यदि गर्भवती निर्वस्त्र होकर सोये, अथवा इधर-उधर अधिक घूमे तो उसकी पगली सन्तति होगी। यदि लड़ाई करेगी, तो मृगीरोग की सन्तति होगी, गर्भ धारणान्त अधिक मैथुन करते रहने से विकल, निर्लज्ज, स्त्री के से लक्षणों की सन्तति होगी। निरन्तर शोक करने से भयातुर, दुर्बल, क्षीण आयुवाली सन्तति होगी। यदि गर्भिणी परधनाकांक्षा करे तो सन्तति ईर्ष्यालु, पर उन्नति न देख सकनेवाली स्त्री जैसी सन्तति होगी। अथवा चोर, बधिक, दस्यु, आलसी, अतिद्रोही कुकर्मी सन्तति होगी, गर्भाधानान्त अधिक क्रोध करने से सन्तति अति क्रूर, दम्भी, चुगल हो, दिन में या सन्ध्याकाल में सोने से सन्तति निद्रालु, आलसी, प्रमादी, मूर्ख, मन्दाग्नि वाली हो। शराबादि पीने से, प्यास अधिक लगे, विकल चित्त की हो। गौ मांस खाये तो पथरी, मधुमेह, मूत्र कृच्छ वाली हो। सुअर का मांस खाये तो लाल नेत्र-बधिक, कठोर हृदय, कठोर रोमावली वाला पुत्र उत्पन्न हो। मछली खाने से सन्तति देर-देर में या बहुत शीघ्रपलक मारनेवाली, तिरछे नेत्रों वाली सन्तति होगी।

अधिक मीठा खाने से प्रमेह रोगवाली, गूंगी, स्थूलशरीर सन्तति हो। अधिक खट्टा खाने से रक्तपित्त रोगवाली, त्वचा रोगवाली तथा नेत्र रोगवाली सन्तति हो, अत्यन्त खारी वस्तु सेवन

से असमय में बाल श्वेत हों। सिकुड़न वाली, गंजी सन्तति हो, अत्यन्त चरपरा, तिक्त खाने से मूकपन, वाणीदोष, अल्प वीर्यवाली सन्तान उत्पादन में असमर्थ प्रायः क्लीब सन्तति होती है। अत्यन्त कटु खाने से सूखा रोग वाली, शोथ रोग वाली, निर्बल संन्तति हो। अति कषाय खाने से काले रंग की, अफरा रोगवाली तथा गैस रोगवाली सन्तान उत्पन्न हो। ये आहारजन्य सामान्य स्त्री पुरुषों के ज्ञानार्थ निर्दिष्ठ है, जो स्त्री को निर्देश हैं वे पुरुष पर भी घटित होते हैं।

3.15 गर्भाधानकर्त्ता पुरुष के कर्म

बीजवपन, मैथुन, तीर्थसेवन, श्राद्ध (सातवें मास के ऊपर), नाखून कटाना, पर्वतारोहण, नाव की यात्रा, मुर्दों को ढोना, समुद्र यात्रा, युद्धयात्रा, क्षौरकर्म, लम्बीयात्रा का, पति भी परित्याग करे।

उत्तम पुत्र उत्पन्न करने की विधि : (शतपथ ब्राह्मण) यदि वह स्त्री चाहे कि मेरा पुत्र अच्छे बड़े शरीर वाला गौर वर्ण, सिंह सदृश पराक्रमी, ओजस्वी, यशस्वी, पावन, उत्तम स्वभाव का हो तो अविकृत रज तथा गर्भाशय युक्त स्त्री व अविकृत शुक्रयुक्त पुरुष योग्य वैद्य से स्नेहन, स्वेदन के उपरान्त वमन, विरेचनान्त पेयादि क्रम से भोजन योग्य (पथ्याहार) करके आस्थापन एवं अनुवासन कराये, साथ ही पुरुष को मधुर वृष्य एवं वृहणघृत और दूध का, स्त्री को तैल के उड़दों का निरन्तर सेवन कर रज वीर्य की पूर्णता कर लें, रजोधर्म के स्नानान्त पूर्वोक्त विधि से दोनों स्नान, गन्ध, माला, श्वेत वस्त्र, चन्दनादिधारण करें। उसी दिन से स्त्री जौ के सत्तू जल मिलाकर वसन्त का छोटी मक्खी का शहद, गौ घृत समान वर्ण के बछड़े की श्वेत गौ के दूध के साथ मिश्रित करे, चाँदी या कांसे के पात्र में लगातार 7 दिन पिये। और प्रातःकाल वह स्त्री साठी चावल (शाली) या जौ भोज्य पदार्थ दही, शहद, और घी से अथवा दूध के साथ मिलाकर खाये, प्रातःसायं दोनों ही समय सेवन करें।

श्वेतवर्ण के घर में रहे बिछौना, सवारी, वस्त्र, माला भूषण सभी श्वेतवर्ण के हों। सोना, चाँदी को अग्नि में लाल कर जल में बुझाकर अथवा दोनों को जल में उबालकर पीने को ठण्डा करके दे। प्रातःसायं पुष्टगोत्र श्वेत बैल, घोड़ा, श्वेतचन्दन या चाँदनी श्वेतवर्ण के गहनों को देखें, सहेली सौम्य हों उसके मनोनुकूल बातें व्यवहार करें। जिन पुरुषों की आकृति चित्र-बचन व्यवहार और चेष्टायें सौम्य हों उन्हीं को देखें पति भी प्रिय एवं हितकर व्यवहार करे, किन्तु मैथुन न करे। तदनन्तर, शुभदिन, तिथि स्वर मुहुर्त्तादि के युक्त युग्म (8, 10, 12, 14, 16) वें दिनों में से ही श्रेष्ठ दिन में पूर्ववत् स्नान-वस्त्र धारणकर (प्रजापत्येष्टि) पुत्रेष्ठि विधि से यज्ञ कर गर्भाधान करे।

गर्भाधानकाल में पुरुषवाचक भगवत विभूति महापुरुषों, तेजस्वी, वीर पुरुषों के चित्रों का दर्शन, उनके अनुकरणीय चरित्रों व पराक्रमों का वर्णन, वेद शास्त्रों के पाठ, चिन्तन-श्रवण करायें। यहाँ उदाहरणार्थ ध्रुव, प्रह्लाद, नारद, दधीचि, शिव, रन्तिदेव पवनपुत्र, बिदुर, तथा अभिमन्यु एवं वालखिल्य, महर्षि शुकदेव। वर्तमान काल में लाल बहादुर शास्त्री के गर्भकालीन सस्कारों का प्रभाव प्रत्यक्ष साक्षी है। इस प्रकार इच्छानुकूल पुत्र प्राप्त होता है।

(यदि योग्य अनुभवी, निर्लोभी वैद्य सुलभ न हो तो स्नेहन, स्वेदन वमन, विरेचन न करे, हल्के स्वल्प पथ्यकर भोजन के साथ पुष्यनक्षत्र में अपामार्ग लाये और 6/6 माशे उसके पंचांग, चूर्ण को सायं प्रातः दूध के साथ ले और रजवीर्य की शुद्धि करें)।

यदि स्त्री श्यामवर्ण लाल नेत्र, विस्तृत एवं उन्नत छाती, महाबाहु पुत्र को, अथवा कृष्णवर्ण काले, मृदु, लम्बे बालों वाला श्वेत नेत्र, श्वेत दन्त, तेजस्वी, आत्मवान को चाहे तो अभिलषित पुत्र के अनुरूप, परिवर्ह आसन, बिछौना, फूल भोजन, वस्त्र, गृह आदि की सुव्यवस्था करे अर्थात् श्याम के लिए श्याम, कृष्ण के लिए कृष्ण, सामग्री की व्यवस्था करे और जो अन्य भाँति के पुत्र की कामनायें करें वे उसी-उसी प्रदेश के पुरुषों के रंग, रूप, स्वभाव, गुण, वस्त्र, भोजनादि का मन में चिन्तवन तथा व्यवहार-व्यवस्था करें। पुत्र की उत्पत्ति में मन का विशेष प्रभाव पड़ता है। हर विभिन्न वर्ण आदि के पृथक्-पृथक् विधि के साथ यज्ञ विधि सब की समान समझें, हां ऋत्विजों विप्रो के यज्ञान्त आशीर्वचन, उसी कामना के पुत्रों के अनुरूप आशीर्वाद श्रवण करना अनिवार्य है। स्वयं भी वैसे, वैसे मन में दृढ़ता से चिंतवन करें। इस प्रकार मनोनुकूल पुत्र निश्चय ही प्राप्त होता है।

शूद्रा स्त्री अन्य सब व्यवहार तो करे, यज्ञ न करे केवल मात्र, देवता, अग्नि, सूर्य, जल, अश्वत्य, वट उदुम्बर प्लक्ष, शमी, अश्व, वैल (सांड़), ब्राह्मण, गुरु, तपस्वी एवं सिद्धजनों के दर्शन तथा नमस्कार से वही फल निश्चय से प्राप्त कर लेते हैं।

यदि मनीषी पाठकगण धृष्टता के प्रति क्षमा करें तो पूर्व इसके कि गर्भाधान-संस्कार की विधि का उल्लेख किया जाय; यह लिखना उचित, अनिवार्य आवश्यक होगा कि गर्भाधानकाल, गर्भाधान के पात्र, गर्भाधान की विधि, गर्भाधान के नियम, गर्भाधान में बाधक तत्त्व और उनका निराकरण, गर्भाधान की आवश्यकता, गर्भाधान में असमर्थता, गर्भाधान न कराने में दोष, आदि पर अनुभूत, वेद-शास्त्रविहित विधि ही, यही प्राजापत्येष्टि में वर्णित है, सर्वश्रेष्ठ है।

गर्भाधानान्त अग्नि के पास न बैठे, हड्डी, खोपड़ी, चूल्हा, सूप पर न बैठे, ओखली, पत्थर, औजार, भूसादि, बुहारी, कण्ठे पर न बैठे, न सोये, न शौचादि ही करे, खुले बालों से जूठे मुँह से सन्ध्या के समय न सोंये, कठोर भयानक, अहितकारी वाक्य न कहे, निर्जन घर में या वृक्ष के नीचे न सोये, ऐसा 'कारिका' में वर्णित हैं। हाथी, घोड़ा, पर्वत, गाड़ी, सीढ़ी आदि पर न चढ़े, जल्दी-जल्दी न चले, व्यायाम न करे; मयूर, कुक्कुट या शीर्षासन या सर्वांगासन या पद्मासन न करे, शोक न करे, खून न निकाले (सींगी न लगाये), हानिप्रद परिश्रम न करे, दिन में न सोये, रात्रि में अकारण न जागे, मांस, मदिरा, आसवारिष्ट यत्न से परित्याग करे। टेढ़ीमेढ़ी न बैठे, ऊँचे-नीचे विषम स्थान में न चले, कठोर आसन पर या उकड़ (जंघा जानुनी मिलाकर नितम्ब अधर कर) न बैठे, जंभाई, लघुशंका, शौच को न रोके, जुलाब न लें, भयंकर कुँए, गड्ढे या पहाड़ों के किनारों, शिखरों, मीनारों को न देखें, ये गर्भाधान में बाधक होते हैं, सन्तति-निरोधक हैं।

3.16 गर्भगत निरूपण

प्राणी के गर्भों में (देह में) 4 तत्त्व पृथ्वी, जल, अग्नि, वायु जो मातृज, पितृज, आहारज तथा आत्मकर्मज रहते हैं, ये सब क्रमशः चारों के 4-4 होने से 16 हो जाते हैं। इन्हीं से गर्भ शरीर बनता है। इनमें से मातृज विशेष बलवान होने पर माँ के तुल्य, पितृज बलवान होने पर पिता के तुल्य, यदि भिन्न हों तो कर्मज के तुल्य समझें। प्रायः आहारज से आहार तुल्य वर्ण होता है, परन्तु रूप में सादृश्य अनिवार्य नहीं।

इसी प्रकार मन भी माता-पिता व (पूर्व कर्मों के तुल्य होता है।) बीज ग्रहण के समय गर्भारम्भ में माता-पिता में जिसकी धातु प्रबलता होगी मन उसी के तुल्य होगा। यदि भिन्न है तो पूर्व कर्मानुरूप समझें। अथवा पूर्व देह जाति के सदृश। यदि पूर्व जन्म में देव था तो देव तुल्य, पशु था तो पशु तुल्य मन, स्वभाव होगा। पूर्व जन्म के अभ्यास के संस्कारों से गर्भ में मन का प्रवेश होता है। हम जैसा रूप, स्वर, चरित आदि देखें वैसा ही मन समझें। यदि पवित्रता, आस्तिकता आदि हो, तो ब्राह्मसत्व, ऐश्वर्य भीषणता, शूरता आदि हो तो आसुरसत्व निर्बुद्धि, मूर्ख से पशु सत्व, आदि ये 8 प्रकार के सुश्रुत शरीर स्थान विशेष रूप से होते हैं। शुष्क शोणित बीज ही आत्मकर्म (पूर्व कर्म) गर्भाशय काल इनके दोषों से तथा माता के आहार-विहार के दोषों से दुष्ठ हो; आकृति, वर्ण तथा इन्द्रियों की विविध विकृतियों से उत्पन्न करते हैं।

अत्यन्त सूक्ष्म चारों भूतों (गंध, स्पर्शरूप, रस, तन्मात्राओं) के साथ मन से प्रेरित आत्मा स्वकर्मवश एक देह से, दूसरे देहों में प्रविष्ट होता है। सूक्ष्म भूतों का साथ रहना लिंग, शरीर का उपलक्षण हैं। यही महाप्रलय या मुक्ति पर्यन्त प्रत्येक प्राणी के साथ रहता है। मुक्त होने पर लिंगशरीर नहीं रहता, आत्मा आत्मरूप हो जाता है। सांख्य कारिका में कहा भी है।

पूर्वोत्पन्नमशक्तं, नियतंमहदाहि सूक्ष्मपर्यन्तम्।
संसरति निरूपभोगं भावेरभिवासितं लिङ्गम्।।
स सर्वगः सर्व शरीर भूच्च, सविश्वकर्मा स च विश्वरूपः।
स चेतनावातुरतीन्द्रियश्च, सनित्यभुक् सानुशयः स एवः।।

उपर्युक्त 16 भूतों में 4 आत्मा में आश्रित होने से आत्मा उसमें आश्रित है। सारांश मातृज व पितृज भूत ही शुक्र शोणित है, मातृज रज पितृज शुक्र को रसज पुष्ट करते हैं। जो कर्मज (आत्म कर्मज, पूर्व जन्म कृत) भूत हैं वे आत्मा से नित्य युक्त हो गर्भ में प्रविष्ट होते हैं, इसी से आत्मा लिंगशरीर के साथ स्थूल देह धारण करता रहता है। कर्मज भूतों के रूप से रूप, मन से मन है। रज, तम तथा कर्म से आकृति व बुद्धि में विभिन्नता आती है। लिंग शरीर स्थूल का जनक है, अहंकारिक इन्द्रियाँ, इन्द्रियों की स्रष्टा हैं। एक रूप से विभिन्न रूपता में प्राक्तन कर्म कारण है, इसी से कहा है **"अन्तमता, सो गता, अर्थात् पूर्व जन्मान्त मन के तुल्य मन समझे"**। मन की विभिन्नता में रज, तम कारण है। आत्मा, इन्द्रिय गोचर भूत, कर्म, मन, बुद्धि, अहंकार रूप दोषों से अनुबद्ध है। मन के रज, तम से आवृत तथा देवकर्म के बल से आवागमन है, सत्व के उद्रेक से रज, तम के अभिभूत होने पर तत्त्वज्ञान, तत्त्वज्ञान से मोक्ष,

लिंग, शरीर, मन, बुद्धि, अहंकार के सूक्ष्म भूतों की परमात्मा में विलीनता होती है। यही अन्तरात्मा कहलाता है, यही जीव है। इसी को गीता में कहा है -

अच्छेद्योऽयमदाह्योऽयमक्लेद्योऽशोष्य एव च।
नित्यः सर्वगतः स्थाणुरचलोऽयं सनातनः।।

श्रुति में भी वर्णन है -

अङ्गादङ्गात्सम्भवसि हृदयादधि जायसे।
आत्मा वै पुत्रनामासि त्वं जीव शरदः शतम्।।

मनुष्य बीज प्रत्येक अंग उत्पादक भाग से युक्त, और स्वानुरूप जीव को उत्पन्न करते हैं। इन्द्रियाँ आत्मज भोग का साधन, प्राक्तन के अधीन होती हैं। यदि पिता कुष्ठि हो, बीज शुद्ध हो तो पिता के अनुरूप होते हुए भी कुष्ठी सन्तति नहीं होगी। अन्धेपन आदि में दुर्दैव कारण होता है। वाह्यविषय ज्ञान के ज्ञान की साधन इन्द्रियाँ हैं। आत्मज्ञान का बल महान है, आत्मा ज्ञानवान है। उत्पत्तिधर्मा पदार्थ की उत्पत्ति में कर्त्ता और कारण का होना अनिवार्य है। नित्यपदार्थ के कर्त्ता और कारण नहीं होते। आत्मज्ञान नित्य है। वाह्यविषयक ज्ञान कर्त्ता और कारण से ही होता है। ज्ञान के कर्त्ता और कारण आत्मा और कारण इन्द्रियादि हैं। अतः आत्मा ज्ञानवान, प्रकृति-निर्विकार, दृष्टा और कारण हैं। सारांश यह है मातृज आदिभाव पांचभौतिक है।

प्रतिमास मंगल व चन्द्रमा के हेतु से स्त्री को ऋतुधर्म होता है। जब स्त्री की राशि से चन्द्र 3, 6, 10, 11 उपचय को छोड़कर अन्यत्र अनुपचय में जाये, और बृहस्पति की दृष्टि हो तथा पुरुष की राशि से 3, 6, 10, 11वें दृष्ट हो तो उस स्त्री को पुरुष संयोग से निश्चय सत्पुत्र होता है। आधानलग्न से 7 वें पापग्रह (मंगल, शनि, केतु) की दृष्टि हो तो रोषपूर्वक सौम्यग्रह (बुध, बृहस्पति, शुक्र) से दृष्ट हो तो सहर्ष संयोग हो। आधान काल में शुक्र, सूर्य, चन्द्र और अपने-अपने नवांशों में हों, बृहस्पति लग्न से 1, 4, 7, 10,5, 9 वें हों तो निश्चय पुत्र सन्तान हो। सूर्य से 7 वें मंगल या शनि हों तो स्त्री के लिए रोगप्रद हो। सूर्य से 12, 2, शनि, मंगल हों या दृष्टि हो तो पुरुष, चन्द्र से 12, 2 शनि, मंगल हों या दृष्टि हो तो स्त्री को घातक हो। अथवा शनि मंगल में से एक युत, अन्य से दृष्ट, सूर्य पुरुष को चन्द्र स्त्री को घातक हो। दिन में गर्भाधान हो तो शुक्र मातृग्रह, व सूर्य पितृग्रह, रात्रि में हो तो चन्द्र मातृग्रह, व शनि पितृग्रह होते हैं। पितृग्रह विषम, मातृग्रह सम हों तो क्रमशः पिता-माता को शुभ. यदि पाप 12 वें भाव में हो, और पापदृष्ट हों, शुभग्रहों से अदृष्ट हो, अथवा लग्न में शनि हो, क्षीण चन्द्रमा व मंगल की दृष्टि हो तो आधान होने पर स्त्री-मृत्यु हो, लग्न व चन्द्र दोनों ना एक-एक भी दो पापग्रहों के मध्य हो तो स्त्री गर्भाधानान्त, दोनों (स्त्री व गर्भ) एक साथ या आगे-पीछे मृत्यु को प्राप्त हों। लग्न व चन्द्र से चतुर्थ पाप हों, मंगल अष्टम हो, अथवा लग्न में 4/12 वें शनि हों, चन्द्र-क्षीण हो तो गर्भवती की मृत्यु होती है। यदि लग्न में मंगल और सप्तम में सूर्य हो तो गर्भवती की शस्त्र से मृत्यु होती है। गर्भाधान काल में जिस मास का स्वामी अस्त हो उस मास में गर्भस्राव होता है।

आधानकालीन लग्न, या चन्द्र के साथ अथवा इन दोनों से 5, 9, 7, 4, 10वें शुभ (बुध, बृहस्पति, शुक्र, चन्द्र) हों, और 3, 6, 11 वें पापग्रह (मंगल, शनि, केतु) हो, तथा लग्न व चन्द्र पर 2 की दृष्टि हो, तो गर्भसुख हो। सूर्य, बृहस्पति, चन्द्र व लग्न ये विषम राशि में या नवम भाव में हों अथवा सूर्य, बृहस्पति विषम के हों तो पुत्र जन्म उक्त सब सम राशि में या नवमस्थान में हों अथवा मंगल, चन्द्र व शुक्र शुभ राशि में व नवमस्थान में हों तो कन्या, द्विस्वभाव के साथ हो, बुध, दृष्ट हो तो यमल (जुड़वां) जन्म हो। यदि दोनों प्रकार के ग्रह हों तो एक पुत्र एक कन्या हो, लग्न से 3/5 शनि, मंगल, केतु हों तो भी पुत्र जन्म हो।

क्रमशः विषम एवं सम राशि में सूर्य, चन्द्र या बुध शनि एक-दूसरे को दृष्टिनिक्षेप करते हों, या समराशि में सूर्य की विषम राशि का मंगल दृष्टिनिक्षेप करे। अथवा विषम तथा समराशि में गए हुए लग्न व चन्द्र पर मंगल की दृष्टि हो तो सब योगों में नपुंसक ही हो। शुक्र, चन्द्र समराशि के हों, बुध, मंगल लग्न व बृहस्पति विषम राशि के हों, पुरुष ग्रह से दृष्ट हों, या लग्न चन्द्र सम हों, या पूर्वोक्त बुध, मंगल, लग्न बृहस्पति समराशि के हों, तो यमल जन्म होता है। यदि बुध 3/6 की राशि के नवम में हों, द्विस्वभाव राशिस्थ ग्रह लग्न को दृष्टिनिक्षेप करें तो 3 सन्तान एक साथ होती हैं। उनमें से 2 बुध के तुल्य 1 लग्नेश के तुल्य होती है। यदि बुध व लग्न तुल्य राशि के हों और नवांश में गए हों तो तीनों एक ही समझे। यदि धनराशि का अन्तिमांश लग्न हो, उसी अंश में बली ग्रह हो, और बली बुध व शनि से दृष्ट हो तो उसके अधिक सन्तान होती हैं।

प्रथम मास-शुक्र, द्वितीय-मंगल, तृतीय-बृहस्पति, चतुर्थ-सूर्य, पांचवे के इन्द्र, छटवें शनि, सातवें-बुध, आठवें-आधान लग्नेश (भगवान विष्णु) सूर्य और चन्द्र ये आधान से प्रसव पर्यन्त के स्वामी कहे हैं, (ना० पूर्वार्द्ध द्वितीय स्कन्ध ज्योतिष) में वर्णित। आधानकाल में जो बली या निर्बल हो वैसा ही उस मास का फल समझे। जैसे बुध 5/9वे हों, अन्य ग्रह निर्बल हो, तो शिशु के 2 मुख, 4 पैर, 4 हाथ हों। चन्द्र द्वितीय स्थान में हो, अन्य सब पापग्रह की सन्धि में हों तो शिशु मूक होता है।

यदि उपर्युक्त ग्रहों पर शुभग्रह बुध, बृहस्पति, शुक्र और चन्द्र की दृष्टि हो तो शिशु देर से बोले मंगल, शनि, बुध की राशि या नवांश में हो तो गर्भ ही में दांत निकल आयें, चतुर्थ का स्वामी (कर्क) चन्द्र या लग्न में हो तो कुवड़ा हो। मीन का लग्न हो, शनि, मंगल वच से दृष्ट हो तो पंगु हो। पापग्रह व चन्द्र राशि 4 में सन्धि में हो, शुभ (चंद्रमा, बुध, बृहस्पति, शुक्र) से अदृष्ट हो तो मूर्ख हो। मकर का अन्तिम अंश लग्न में हो, शनि, चन्द्र, राहु से दृष्ट हो तो वौना हो। 5/9 लग्न के द्रेष्काण में पापग्रह हों तो क्रमशः पैर, शिर या हाथ से रहित हो यदि गर्भाधान के समय सिंह के सूर्य, चन्द्र पर शनि, मंगल की दृष्टि हो तो नेत्रहीन हो।

यदि शुभ (चंद्रमा, बुध, बृहस्पति, शुक्र) दोनों की दृष्टि हो तो फूली हो। लग्न से 12 वें चन्द्र हो तो बाँया, सूर्य हो तो दांया नेत्र नष्ट हो। ऊपर के अशुभ योगों पर शुभग्रह (चन्द्र, बुध, बृहस्पति, शुक्र) की दृष्टि हो, तो फल पूर्ण नहीं होता है। यही कर्मज फलों का प्रभाव है, ऐसी दशा में देवाराधनान्त चिकित्सा से अशुभ का शुभफल हो जाता है।

यदि आधान लग्न में शनि का नवांश हो, शनि सप्तमभाव में हो तो 3 वर्ष के उपरान्त प्रसव हो, यदि लग्न में चन्द्रमा का नवांश हो, और चन्द्र सप्तम में हो तो 12 वें वर्ष पर जन्म हो, आधानकाल में जिस द्वादशांश में चन्द्रमा हो, उससे उतनी ही संख्या आगे की राशि में चन्द्रमा के जाने पर प्रसव हो। द्वादशांश भुक्त अंश आदि को 2 से गुणाकर 5 से भाग दे, लब्धि राशि अंश कला, विकला मान की सूचक समझें। यह महर्षि नारद को उनके वरिष्ठ पिता ब्रह्मा जी के पुत्र ने कही थी, जिनकी विशेष चर्चा त्रिस्कन्ध ज्योतिष नारद पुराण में है।

प्रजापत्येष्टि (पुत्रेष्टि) प्रकरण के सन्दर्भ में स्त्रियाँ 8 प्रकार की बन्ध्याओं और भी निम्नलिखित रोगों से आक्रान्त स्त्रियों की अनुभूत वैदिक साहित्य से सम्बन्धित औषधियों का उल्लेख किया जाता है।

रक्तस्राव : (1) शैलूत्वच (लिहशौड़े की छाल) और साठी चावल की पोटली बाँध कर स्त्री भग में आधा घण्टे, 2/3 दिन रखें। (2) आँवला, हल्दी और निसोत का चूर्ण, जल के साथ पीने से अत्यन्त वेग के साथ आनेवाला स्त्रियों का रक्त बन्द हो जाता है। (3) साठी चावल के जल में सरफोंका की जड़ पीसकर 10 माशे पिलाने से 3 दिन में स्त्रियों का रक्त का अति वाह बन्द हो जाता है।

सभी प्रदर : घी और शहद के साथ देवदारू, रसांजन, चिरायता, भिलावा, अडूसा और नागरमोथा का काढा पीने से बड़े से बड़ा प्रशूल, पीत, श्वेत, रक्त और कृष्ण आदि सभी प्रकार के प्रदर शान्त होते हैं। 21 दिन प्रातःसायं लें।

बन्ध्यात्व दोष नाशन : केवल रविवार के दिन पत्तोंसहित सर्पाक्षी (सुगन्धरा) की जड़ लाकर एक वर्ण की ही गौ के दूध में क्वारी, बिना रजवाली कन्या के हाथ से पिसवाकर ऋतुकाल में पीने और पथ्य में दूध, साठी चावल का भात, मूँग की दाल, शीघ्र पचनेवाले आहार करने से, बन्ध्या गर्भवती हो जाती है। औषध सेवन काल में उद्वेग, भय, शोक, दिन में शयन, अधिक परिश्रम, शीत, उष्ण और अधिक सेवा न करनी चाहिए। नियमित औषधि सेवन करने के उपरान्त 3 बार पति से सम्भोग करे। स्वरादि का ध्यान रखे, तो निश्चय गर्भधारण कर लेती है।

उपरोक्त पथ्य के साथ ही नागरमोथा, कागनी बेर, लाख और शहद के समान भाग, चावल के जल के साथ प्रतिदिन 10 माशे, प्रातः सायं 7 दिन पिये तो बन्ध्या पुत्रवती होती है। (1) पीपल, केशर, अदरख और काली मिर्च को घी में मिलाकर पीने से बन्ध्या स्त्री को भी पुत्र हो जाता है। (2) सफेद कटेहरी की जड़ और जटामासी के पत्ते को दूध में पीसकर, 3 दिन पिये, दूधादि स्वल्प आहार करे तो निश्चय ही बन्ध्या पुत्रवती हो जाती है। (3) असगन्ध को जल में पकाकर घी में भूने, ऋतु स्नानान्त दूध, घृत, मधु के साथ पिये। नियम सभी पर लागू है। (4) ऋतु स्नानान्त काल विष्णुक्रान्ता की जड़ को गो दुग्ध में पीसकर, 3 दिन पियें। (5) धारोष्टा गोदुग्ध में नागर केशर का चूर्ण मिलाकर, 7 दिन पियें, दूध, घी का भोजन करें। (6) युवा भैंस के 1 सेर मूत्र में काले तिल, रस, गुड़ मिलाकर, गौ के कण्डे में पकाये। ऋतुकाल के दिन 7 वाद पिये तो बन्ध्या पुष्पिता होती है। अवश्य पुत्र प्रसव करती है। (7) कदम्ब के पत्र, सफेद चन्दन और श्वेत कटेरी की जड़ समान भाग बकरी के दूध में पीसकर, ऋतुकाल में 3 या 5 रात्रि तक पीने से बन्ध्या गर्भवती हो जाती है। (8) युवा भैंस के दूध में विष्णुक्रान्ता को पीसकर

मक्खन के साथ (काकबन्ध्या) ऋतुकाल में 7 दिन तक भक्षण करें। (9) पूर्वोक्त पथ्य करे तो निश्चय बन्ध्या गर्भ धारण कर लेती है।

मृतवत्सा स्त्री भैषज्य : रविवार में, कृत्तिका नक्षत्र में, पूर्वाभिमुख हो (कर्कार्टकी) सहदेवी, पीतपुष्पा को उखाड़ लाये उसे तांबे के पात्र में रखे रात्रि के वासी पानी में पीसकर, ऋतुकाल में 7 दिन 10/10 मासे पीने से दीर्घ आयु का पुत्र निश्चय से होता है। (10) ऋतुकाल में पुराने बिजोड़े की जड़ को दूध में सिद्धकर उसमें घी, मधुर, दूध मिलाकर पान करें। 2 घंटे बाद गर्भधारण करे, तो दीर्घायु का पुत्र ही होता है।

गर्भ स्तम्भन : (1) गर्भिणी को प्रथम गर्भमास में सहसा वेदना हो तो पद्माख, खस, लालचन्दन सम भाग ले चूर्ण बनाये। 1/1 पल 3 दिन गोदुग्ध के साथ दें। अथवा देवदारू, मुलहठी, छोटे सिरस के बीज, क्षीरन्त कोली, समभाग चूर्ण 1/1 पल गोदुग्ध के साथ पिलायें तो गर्भ क्षीण नहीं होता, रुक जाता है। (2) दूसरे मास की गर्भवेदना में नीलकमल की जड़, मुलहटी, काकड़ासींगी, समभाग चूर्ण 1/1 पल 3 दिन गोदुग्ध के साथ पिलायें। (3) पीपल की छाल जटा, काला तिल, शतावर, मजीठ समभाग चूर्ण 1/1 तोला 3 दिन चौगुने दूध में मिलाकर पिलाये तो गर्भ रुक जाता है। (4) तीन मास की गर्भवती को गर्भ वेदना हो तो चन्दन, तगर, कूठ, कमल की जड़, पद्मकेशर अथवा क्षीरकाकोंली, सुगन्धवाला पीसकर ठण्डे जल में पिलायें। वेदना शान्त होकर गर्भ रुक जाता है। (5) चौथे मास की गर्भवती की वेदना में नीलकमल, कमल की जड़, गोखरू और कसेरू का चूर्ण को गोदुग्ध के साथ पिला दें। (6) पांचवें मास की गर्भवेदना में पुनर्नवा, काकोली, तगर, नीलकमल और गोखरू का समभाग चूर्ण 1/1 तोला गोदुग्ध के साथ पिलायें। (7) छठें मास की वेदना में, तांबे के पात्र का रात्रि का रखा पानी, कैथ कपित्थ का गूदा, और मिश्री मिलाकर गोदुग्ध के साथ पिलायें। (8) सातवें मास की वेदना में कसेरू, पुहकरमूल की जड़, सिंघाड़ा और नीलकमल समभाग पीसकर पिलायें। (9) आठवें मास की वेदना में मुलहठी, पद्माख, मोथा, केशर, गजपीपल, नीलकमल समभाग 1/1 तोला गोदुग्ध में मिलाकर दें। (10) नवें मास की वेदना में इन्द्रायण का बीज शीतलचीनी मधु के साथ पिलायें। (11) दसवें मास की गर्भ वेदना हो तो मिश्री, मुनक्का, छुआरा, नीलकमल दूध में शहद मिलाकर पिलायें। अथवा सौंठ के साथ सिद्ध गौदुग्ध या दूध के साथ मुलहठी, देवदारू और सोंठ पिलायें। इनसे गर्भस्तम्भन हो, वेदना दूर हो जाती है। (12) यदि स्त्री एक सप्ताह तक नियमित आँवला से विरांजन, लोध या मुलहठी को गोदुग्ध के साथ लगातार पिये तो गर्भ स्थिर हो जाता है। फिर इधर-उधर नहीं हिलता है। (13) कुम्हार के हाथ की लगी हुई चाक पर की मिट्टी बकरी के दूध में मिलाकर पियें तो गर्भ कदापि नहीं गिरता है। (14) कसेरू, सिंघाड़ा, जीरा, नागररेड़ी, शतावर से सिद्ध गोदुग्ध में मधु मिलाकर पीने से गर्भ नहीं गिरता है। (15) दूध में (कौमुदक) 'कोई' की जड़ गोदुग्ध में औटाकर ठण्डा करके मधु, घृत मिलाकर विधिवत् नियमित 7 दिन पीने से गर्भस्राव, अरूचि, बातरोग, सूजन, त्रिदोष, चमकना और अन्य पीड़ायें सभी नष्ट हो जाते हैं। (16) कमलकन्द गोदुग्ध में, तिल, मिश्री, मधु मिलाकर पीने से सभी गर्भकालीन दोष शान्त होते हैं। गर्भ नहीं गिरता है। (17) ह्रीबेर अतीस मोथा और कालीमिर्च का जल (काढ़ा) लेने से गर्भरोग नष्ट हो जाते हैं।

शुष्कगर्भ निवारण विधि : गोदुग्ध में शक्कर मिलाकर पिलाने से गर्भ का सूखना रुक जाता है।

सुख से प्रसव :- (1) श्वेतपुनर्नवा की जड़ का चूर्ण योनि में रख दें तो तुरन्त बिना क्लेश प्रसव हो जाता है। (2) दशमूलक्वाथ में घी, सेंधानमक मिलाकर पीने से सुख से प्रसव होता है।

नष्टपुष्पा का दोष निवारण : (1) कलिहारी कन्द का चूर्ण और चिचिरा अपामार्ग अथवा इन्द्रायण की जड़ की पोटली बनाकर योनि में रख लेने से युवा स्त्री का बन्द हुआ रजोधर्म पुनः होने लगता है। (2) तिल की जड़ के काढ़े में ब्रह्मदण्डी की जड़, मुलहठी, सौंठ, कालीमिर्च और पीपल का चूर्ण पकाकर पीने से युवा स्त्री का रुका हुआ रजोधर्म, रक्तगुल्म, ये दोनों अच्छे हो जाते हैं। (3) माल कांगनी के कोमल पत्ते अग्नि पर भुरभुरा कर, दुपहरिया, मोरछली के पुष्प के साथ पीसकर पीने से युवा का भी नष्ट रजो धर्म पुनः होने लगता है।

3.17 भैषज्य वेदोक्त

बन्ध्या पुत्रपद मंत्र एवं भैषज- अथ-षडाक्षरी महाविद्यायाः त्रिअयुत 3000 संख्याकंकुजेऽष्टम्यां वटमूले स्थिरासनं कल्पयित्वा तत्रनिश्चल मानसो भक्तः बालरूपां पूर्णचन्द्रसमां ब्रह्मरूपां परदेवतां ध्यायेत्। त्रिसहस्त्रं होमं कृत्वा तर्पण मार्जनादि विधाय पश्चाद्दश सुवासिनीं भोजयित्वा ततश्चाष्टोत्तर शत जपेन वचां मन्त्रयित्वातां वचां बन्ध्यास्त्रियंदा पयेत। दुग्ध, भक्त त्रिदिन मुञ्जाना चिरायुषं पुत्रं सा जनयेत्। नीचा स्त्री पुरुष भाषणं, स्पर्श, अन्य गृहे भोजनञ्च वर्जयेत्। मन्त्र इस प्रकार है -

ॐ श्रीं ह्रीं क्लीं ह्रीं स्वाहा। सिद्ध भेषज मालायामपि यथा -

सायं निक्षिप्य सजले कर्के कोलमितां वचांम्।
प्रातर्वट्यो कृतास्तिस्त्रोनवनीतेन लेपयेत।। 1।।

स्नाताकेशस्त्र वत्तेया नारी नियत मानसा।
अद्धोदितं रविंनत्वागिलेदभिमुखं स्थिता।। 2।।

सत्येवंवसनैस्तस्याः शुद्धिः स्यात् गर्भकारणम्।
स्थापयेदर्क हृदयं पाठायं ब्राह्मणान्मुदा।। 3।।

दुग्धमन्धोदितं किञ्चित्स्वास्थ्यम् केवलमाहरेत्।
संकल्पकारयेत्सिद्धौभोजयिष्येद्विजनिति ।। 4।।

सारांश - वटवृक्ष के नीचे मंगलवार की अष्टमी से उपरोक्त मंत्र का सवा लाख जप, दशांशकृत्य विधिवत् करके सौभाग्यवती, सौम्य, निरोगिणी 10 स्त्रियों को भोजन करायें, तत्पश्चात् उसी बडाक्षरी मंत्र से 108 बार "बच" को अभिमंत्रित कर मिट्टी के बर्तन में शाम के समय

भिगों दें, दूसरे दिन प्रभात में उस भीगी बच को शुद्ध जल में पीसकर 3 गोली बना लें। ऋतुस्नान के उपरान्त चौथे दिन भीगे केशों से सूर्य को प्रणामकर, गाय के घी में मिलाकर एक-एक करके निगल लें। भूख लगने पर केवल दूध-भात का भोजन करे। मिश्री मिला सकते हैं यदि चाहें। यदि वमन हो तो चिन्ता की बात नहीं समझें। इस मंत्र जाप से तथा औषधि प्रयोग से बन्ध्या काकबन्ध्या, मृतवत्सा को भी दीर्घजीवी पुत्र की प्राप्ति होती है।

ऋ० वे० मं० 1 सूक्त 100 मंत्र 1 "सयोवृषा" से 19 पर्यन्त का शिवालय (पीपलमूल) पावन नदी तीर एकान्त में 10 हजार जपें, दशांश होमादि करें। ऋतुस्नानान्तगर्भाधान के नियत समय में गर्भाधान जो "प्राजापत्योष्टि में वर्णित है विधि से करें तो आठों प्रकार की बन्ध्यायें, दीर्घायुष्य, रूपवान, नीरोग, धींवान, भाग्यशाली पुत्र के सुख से गौरवान्वित होती हैं।

विष्णुर्योनिं कल्पयतु त्वष्टा रूपाणि पिंशतु।
आ सिञ्चतु प्रजापतिर्धाता गर्भं दधातु ते।। 1।।

गर्भं धेहि सिनीवालि गर्भं धेहि सरस्वति।
गर्भं ते अश्विनौ देवावा धत्तां पुष्करस्रजा।। 2।।

हिरण्ययीं अरणी यं निर्मन्थतो अश्विनां।
तं ते गर्भं हवामहे दशमे मासि सूतवे।।3।।

ऋ० वे० मं० 10 सू० 184 मंत्र 1 'विष्णु योनि' से मंत्र 3 पर्यन्त पीपल के नीचे विधिवत् जप कर 1000 आहुतियाँ दें। तदनन्तर ऋतु स्नानान्त ग्रन्थ में दी गई "प्राजापत्येष्टि" में वर्णित विधि से गर्भाधान संस्कार निश्चित तिथि, नक्षत्र, वारादि और स्वरों में करें, गर्भाधान काल में पति स्वधर्म पत्नी की नाभि, गर्भस्थली और योनि का स्पर्श कर योनि को अभिमंत्रित करने के उपरान्त गर्भाधान करे तो निश्चय ही निरोग, स्वस्थ सुन्दर सौभाग्यशाली, गुणी, दीर्घजीवी, वाग्मी पुत्र से गौरवान्वित होते हैं।

यज्ञो देवानां प्रत्येति सुम्नमादित्यासो भवता मृडयन्तः।
आ वोऽर्वाची सुमतिर्ववृत्या दंहोश्चिद्या वरिवोवित्तरासत्।।

ऋ० वे० मं० 1 सू० 107 मंत्र 1 "यज्ञो देवानाम्" से मंत्र 3 के पूरे सूक्त को अश्वत्थ मूल में 10 हजार जपकर दशांश होम करें। तदनन्तर "प्राजापत्येष्टि" में वर्णित विधि तथा समयानुसार गर्भाधान संस्कार करने पर जिस स्त्री के पुत्र हुआ ही न हो, होकर मृत्यु हो जाती हो, गर्भपात ही हो जाते हों,. गर्भ रहता ही न हो, या रजोधर्म ही न होता हो, गर्भ दोषों से जनित स्त्रियों को अन्य व्यथायें जो "कर्मजभवव्याधि दैवीचिकित्सा" में भैषज्य रूप में अ. 1 तथा अ. 6 में भी उल्लिखित है, उनका योग्य वैद्यों से मिलकर उपयोग करें, तो निश्चिय ही वे स्वयं भी निरोग होती हैं और निरोग, स्वस्थ, सुन्दर, सौभाग्यशाली, गुणी, वाग्मी, दीर्घायु, बली, ओजस्वी पुत्र के सुख से सम्मानित होती हैं।

अथ गर्भस्थापन औषधियाँ : यद्यपिग्रन्थ में विविध प्रमाणित धर्म ग्रन्थों, ऋषियों द्वारा निर्दिष्टगर्भ स्थापन तथा पुंसवन अर्थात् पुरुष सन्तान ही हो, ऐसी कायापलटने वाली अनेक विधियाँ, औषधियाँ आ चुकी हैं। तथापि अथर्ववेद के कौशिक सूत्र तथा भगवान आत्रेय द्वारा निर्दिष्ट चरक के शरीरस्थान में वर्णित औषधियों का उल्लेख यहाँ है -

गर्भस्थापन औषधिगण : ऐन्द्री, ब्राह्मी, शतवीर्या (शतावर) सहस्रवीर्या (श्वेतदूर्वा) अमौघा (लक्ष्मणा) अव्यथा (हरड़) शिवा (हरिद्रा) अरिष्ठा (नागबला) वाष्ठपुष्पी (महाबला) विश्वक्सेन कान्ता (वाराहीकन्द) ये दस गर्भस्थापन औषधि विशेष हैं। इन्हें शिर पर, दाहिने हाथ में धारण करे। इन्हीं से सिद्ध दूध व घी का सेवन करे। इन्हीं से सिद्ध जल प्रत्येक पुष्य नक्षत्र में जब तक गर्भ न रहे, पिये इन्हीं को शरीर पर मले, स्पर्श करे, सूंघे। इनको ऋग्वेद तथा अथर्व के औषधि सूक्तों से अभिमंत्रित करा लें तब शीघ्र उत्तम प्रभाव होता है ऐसा अनुभव किया गया है।

इसी प्रकार जीवनीयगण के ये औषधियाँ भी हैं। जीवक, ऋषमक-मेदा-महामेदा-काकोली-क्षीरकाकोली मुग्दपर्णी माषपर्णी-जीवन्ती-मुलहटी को भी उपरोक्त विधि से सेवन करने को लिखा है। ये वीर्योत्पादक-बलकारक चरक के सूत्र स्थान अध्याय 4 में निर्दिष्ट है। वृहणीयगण 1. क्षीरणी (दुग्धिनी-शिखनी-सारिवा (निघण्टु) (विदातीकन्द (चक्रपाणि) अथवा खिरनी (धन्वन्तरिनिघन्टु)। 2. राजक्षवक (काली सरसों (राजबिघन्टु)। 3. बला खरैटी। 4. काकोली 5. क्षीरकाकोली 6. वात्स्यायनी (श्वेतवला) 7. भद्रौदनी (पीतवला) 8. भारद्वाजी (वनकपाम) 9. पयस्या (विदारीकन्द) 10. ऋष्यगन्धा (विधारा) ये 10 वृहणीयगण अर्थात मास आदि बढ़ाने वाली लिखी हैं। परन्तु वृद्ध वाग्मदृने भद्रौदनी से ईख ऋष्यगन्धा से असगन्ध को माना है।

उपचार विधि : (1) हाथी दाँत का चूर्ण 1 तोले में मिश्री मिला ले। स्त्री रजोधर्म के चौथे दिन से 9 माशा नित्य 7 दिन ले, तदनन्तर समदिन शुभ दिनों में, पुरुष सूर्य स्वर स्त्री चन्द्रस्वर में सहवास करे अथवा 2-3 कायफलचूर्ण में मिश्री मिलाकर, 9 माशा उपरोक्त विधि से लें। ऊपर दूध, चावल ही खायें। (2) नागौड़ी असगन्ध 5 तोला चूर्ण में से, चौथे दिन से क्रमशः 1 तोला, दूसरे दिन 2 तोला लें। (3) हाथी मूत्र सहवास से पूर्व लें। (4) समुद्रफल, दही के साथ सहवास से पूर्व स्त्री निगल ले। (5) वाज की वीट सहवास से पूर्व निगल ले, तो पुत्र होता है।

गर्भ परीक्षा : (1) स्त्री का दाहिना भाग बोझिल हो, दाईं छाती बड़ी हो, स्तनों पर सुरखी हो तो पुत्र हो। (2) भूख कम हो, शिर भारी हो, मुँह पर जरदी हो, रूखापन हो, सुस्ती हो, नींद अधिक हो, चलने में प्रथम दायाँ पैर उठाये द्राहिना हाथ टेक कर उठे तो पुत्र होता है। (3) गर्भवती अपनी जूँ हथेली पर रख, अपना दूध डाले जूँ रेंगे तो पुत्र हो। (4) चुकन्दर के पत्तों का चूर्ण स्त्री के नाक में फूँके, छींक न आये तो पुत्र, छींक आये तो पुत्री होती है।

गर्भस्तम्भन दृढ़ीकरण विधि : (1) बड़ी इलायची 2 माशा कन्द में मिलाकर नित्य सेवन करें। (2) कुसुम में रंगे लाल कपड़े को 1 धागे में, करंज की जड़ के टुकड़ों को कमर में 9 मास बाँधें रहें। (3) इसी प्रकार कहरूआ कमर में बाँधें। (4) काले धतूरे की जड़ कन्या

के कच्चे धागे में शिर से पैर तक नापकर 21 तार बना लें, पृथक्-पृथक् बाँध कर, कमर में बाँधे तो गर्भ नहीं गिरता है।

मंत्र- **ॐ काका करता करोरि करता आकर करता जो-जो करता सो-सो होय हे रसना रस ही से परबस विष दूर होय दुहाई लोना चम्मारी की।**

गर्भरक्षा : गर्भ नष्ट होने से रक्षार्थ पुष्य नक्षत्र में धतूरे की जड़ लाकर "कां. 20 सू. 96 से अभिमंत्रित कर स्त्री की कमर में बाँधें।

गर्भस्थापन : काले धतूरे के बीज छाया गें सुखा लें। इनका चूर्ण 1 रत्ती, मधु 6 माशा की मात्रा में रजोस्नान के बाद 12 दिन गर्भधारण से पूर्व चटायें।

स्तनों का दूध सूखना : स्त्री के शिशु की मृत्यु हो जाने पर स्तनों का दूध सूखकर उसके लिए और आनेवाली सन्तति के लिए भयंकर रोग हो जाता है। ऐसे में स्तनों पर धतूरे के पत्ते गर्मकर बाँधना चाहिए।

3.18 नपुंसकता निवारण विधि

जो पुरुष परम्परागत रोग से, अप्राकृतिक, व्यभिचार या दीर्घ रोग से या पूर्वजन्म कृत पाप रूप कर्मज व्याधि से, या अधिक गर्म, तीक्ष्ण मदिरा, मांस आदि के सेवन से शुष्क वीर्य हो, या शीघ्रपतन के रोगी हों। स्त्री सम्भोग में असमर्थ, गर्भाधारक शक्ति रहित हों उनके लिए पूर्वोक्त वर्णित विधियों के सन्दर्भ में "आ वृषायस्व" 6/101 सूक्त ऋचाओं को जपते हुए-

1. 'श्वेत आक' जो केवल एक ही शाखा वाला अर्थात् (कुमार) को हो लायें। उसकी छाल को (पेशाव इन्द्रि) से लपेटें, आक के ही धागे से बाँधे।
2. इसे नित्य नियमित रूप से करे प्रथमवार की व्याई समान रंग के बछड़े की गौ के धारोष्ण दुग्ध में, गो घृत, मधु क्रमशः 2/1 अनुपात मिला स्वर्ण गुग्गुल का सेवन करें यदि अजीर्ण प्रतीत हो तो बीच-बीच में 1 तोला हरड़ कच्ची सोते समय सेवन करें। यह अनुभूत है।
3. पुष्य नक्षत्र जब बृहस्पतिवार या रविवार में हो। (श्रेष्ठतम) अन्यथा पुष्य जब भी हो(साधारण) तब विधिवत "यां त्वा गन्धर्वा" 4/4 सूक्त से पूजाकर कहत की जड़ खोदें। पुनः पूजा कर अभिमन्त्रित कर उस जड़ को उपरोक्त में डालकर पीयें। पीते समय कील या मूसल पर बैठे और (शिश्न) पेशाव इन्द्रि को गोद में नाभि की ओर करके रखें। कौ० 5/4।

यदि मधुमेह अर्थात् डाइविटीज हो तो कृष्णा तुलसी पत्र, वन तुलसी, नीम की कोपलें, वेलपत्र, कालीमिर्च प्रत्येक 5-5 लें, पीसकर गोली बना इन्हीं मंत्रों से अभिमन्त्रित कर 1-1 गोली प्रातः सायं कूप जल या गंगा जल से लें। वेलपत्र चूर्ण आटे में मिला रोटी बनाकर खायें। नमक पीठे का परित्याग कर दें। अथवा देशी बबूल की पत्तियाँ 2 तोले की मात्रा में प्रातःसायं उपर्युक्त विधि से लें।

कां. 6 सू. 101 ऋ. 1-3 अथर्वांगिराः। ब्रह्मणस्पतिः। अनुष्टुप् छन्दः नपुंसकत्व निराकरणे-पुंसत्त्व प्राप्तये उपचारे विनियोगः।

आ वृषायस्व श्वसिहि वर्धस्व प्रथयस्व च।
यथाङ्गं वर्धतां शेपस्तेन योषितमिज्जहि।।1।।

येन कृशं वाजयन्ति येन हिन्वन्त्यातुरम्।
तेनास्य ब्रह्मणस्पत धनुरिवा तानया पसः।।2।।

आहं तनोमि ते पसो अधि ज्यामिव धन्वनि।
क्रमस्वर्श इव रोहितमनवग्लायता सदा।।3।।

इस सूक्त से 'श्वेत अर्क' जो एक ही टहनी का हो पूजा कर लायें और उपरोक्त विधि से शिश्नेन्द्रिय से लपेटे, उसी की छाल में बाँधे।

तृतीय उपचार कपित्थक मूल (कहत वृक्ष) की जड़ को कां. 4/4 से खोदें।

कां० 6 सू० 101 'आ वृषायस्व' हे युवा पुरुष! तू उत्तम प्राण (वीर्य) धारण कर, प्रजननेन्द्रिय को मोटा दृढ़, लम्बा कर फैलायें। जिससे प्रजननांग फैले, पुष्ट हो और तू इससे स्त्री को सन्तुष्ट कर। 2. हे ब्रह्मणस्पते! जिससे कृश निर्बल मनुष्य को पुष्ट करते हैं, जिससे व्याधि ग्रहीत को समर्थ बनाते हैं, उसी उपाय से इसकी प्रजननेन्द्रिय को पुष्टकर विस्तीर्ण कर। 3. जैसे धनुष पर डोरी को तानते हैं उसी भाँति में (ऋषि) तेरी प्रजननेन्द्रिय को विस्तृत करता हूँ, जैसे रीछ हिरण पर धावा बोलता है, वैसे ही तू सम्भोग काल में स्त्री पर सम्भोगार्थ धावा कर। साथ ही अन्य औषधियों को इन दोनों सूक्तों से अभिमन्त्रित करना अनिवार्य और हितप्रद है।

कां. 4 सू. 4 ऋ. 1-8 अथर्वा ऋषिः। वनस्पतिः, 1-2 सूर्यः, प्रजापतिः, 4 इन्द्रः, 5 आपः, सोमः, 6 अग्निः सरस्वती, ब्रह्मणस्पतिः। देबते। अनुष्टुप्, 4 पुर उष्णिक्, 6-7 भुरिक् छन्दासिं, औषधि खनने, बाजीकरणे, पुंस्त्वापन्ने विनियोगः।

यां त्वा गन्धर्वो अखनद् वरुणाय मृतभ्रजे।
तां त्वा वयं खनामस्योषधिं शेषहर्षणीम्।।1।।

उदुषा उदु सूर्य उदिदं मामकं वचः।
उदेजतु प्रजापतिर्वृषा शुष्मेण वाजिना।।2।।

यथा स्म ते विरोहतोऽभितप्तमिवानति।
ततस्ते शुष्मवत्तरमियं कृणोत्वोषधिः।।3।।

उच्छुष्मौषधीनां सार ऋषभाणाम्।
सं पुंसामिन्दु वृष्ण्यमस्मिन् धेहि तनूवशिन्।।4।।

अपां रसः प्रथमजोऽथो वनस्पतीनाम्।
उत सोमस्य भ्रातास्युतार्शमसि वृष्ण्यम्।।5।।

अद्याग्ने अद्य सवितरद्य देवि सरस्वति।
अद्यास्य ब्रह्मणस्पते धनुरिवा तानया पसः।।6।।

आहं तनोमि ते पसो अधि ज्यामिव धन्वनि।
क्रमस्वर्श इव रोहितमनवग्लायता सदा।।7।।

अश्वस्याश्वतरस्याजस्य पेत्वस्य च।
अथ ऋषभस्य ये वाजास्तानस्मिन् धेहि तनूवशिन्।।8।।

कां. 4 सू. 4 "यां त्वागन्धवां" हे युवा पुरुष जन शक्तिदायिनी! जिसे तुझको विश्वाबसु गन्धर्व ने वरुण शाप जनित, प्रजनन शक्ति हीन, क्षीण (शिखण्डी) के बल, वीर्यवर्द्धन हेतु खोजी है।

1. इस प्रजननशक्ति-सम्बर्द्धिनी औषधि को हम सभी खोदते हैं। 2. बल और वीर्य के प्रभाव से, उषा (प्रजननेन्द्रिय) ऊपर उठे (मोटी लम्बी हो), सूर्य ऊपर उठे, यह मेरा (ऋषि का) वचन भी उत्कृष्ट हो, इसी भाँति प्रजापति भी बल, वीर्य युक्त ऊँचा उठे। 3. जिस प्रकार तेरी वृद्धि के समय, तप्त होने के समान श्वास लम्बा होता है। उसी भाँति वह औषधि तुझे बलवान करे। 4. ऋषभ नामक औषधियों का बलवर्द्धक तत्वरस बल बढ़ाये। हे शरीर को वश में रखने वाले इन्द्र! पुरुषों का बल इसमें सम्यक् रीति से धारण करा। 5. वनस्पति के जलांश का प्रथम उत्पन्न होने वाला रस, सोम का रस, भाई के तुल्य पोषण करता है, और उठाने तथा बल बढ़ाने वाला है। 6. हे अग्ने! हे सविता! हे सरस्वति देवी! हे ब्राह्मणस्पते! आज इसकी इन्द्रिय को धनुष की भाँति तान कर फैला। 7. जैसे धनुष पर डोरी तानते हैं, इस भाँति मैं तेरी इन्द्रिय को फैलाता हूँ। जैसे हिंसक पशु हिरण पर धावा बोलता है, उसी प्रकार तू न थकता हुआ (सम्भोगार्थ स्त्री पर) आक्रमण कर। अर्थात् अपने को बलहीन न समझ। 8. घोड़े, खच्चर, मैंढे और बैल के जो बल हैं, हे संयमी पुरुष! तू उन बलों को इस अपनी प्रजननेन्द्रिय में धारण कर।

नपुंसकता निवारण : जिस पुरुष की गर्भधारक शक्ति क्षीण हो गई है, उसके वीर्य में गर्भधारण करनेवाले जीवाणु नष्ट हो जाते हैं, वीर्य पतला होकर शीघ्रपतन, बार-बार मूत्र दोष, शिश्नेन्द्रि छोटी, पतली, शिथिल हो जाती है। इसके लिए ग्रंथ में प्रथम अध्याय और 'प्राजापत्येष्ठि' में उल्लेख हो चुके हैं। तथापि कुछ प्राचीन महापुरुषों से उपलब्ध उनके अनुभूत प्रयोग दिये जाते हैं :- (1) कूठ, छोटी पीपल, छोटी-बड़ी खरैटियां बच, असगन्ध, गंजपीपल, कनेर की जड़ को भैंस के मक्खन में मिलाकर 41 दिन शिश्नेन्द्रि पर लेप करें तो

इन्द्रिय (मृत प्रायः भी) उठकर मुसल के तुल्य हो जाती है। (2) तेल में लोध, केसर, असगन्ध, पीपल, शालपर्णी को पका कर लेप करें। (3) युवा भैंस के मक्खन में वच, खरैटी तथा पारा मिलाकर लेप करें तो लोहे के तुल्य इन्द्रिय हो जाती हैं। (4) भिलाये का गूदा, सेवार बड़ीकटेरी, कमल का पत्र, जलाकर पानी में पीसें, लेप करें तो अश्व की योनि के तुल्य कठोर, बड़ी हो जाती है। (5) असगन्ध, शतावर, कूठ, जटामांसी और कठेहरी के फल उससे चौगुने दूध अथवा तेल में पकाकर लेप करे तो स्तन, लिंग, कान, हाथों की वृद्धि होती है। (6) युवा भैंस के घी में मूसली के चूर्ण को मिलाकर लेप करें, तथा पीपल, सैंधा नमक, दूध और मिश्री का लेप करें। (7) जटामासी, बहेड़ा कूट, असगन्ध और शतावर को तेल में पकाकर लेप करें। (8) पारा, असगन्ध, हल्दी, गजपीपल तथा मिश्री को जल में पीसकर 1 मास तक लगातार लेप करें, तो लिंग, योनि, कान, स्तनादि को अद्‌भुत रूप से बढ़ा देता है। उपर्युक्त औषधियाँ प्रायः सम भाग ही लें।

सुकृतेन कुले जन्म सुकृतेन सुभाषितम्।
सुकृतेन सती भार्या सुकृतेन कृती सुतः।।

पुण्य से अच्छे कुल में जन्म होता है, पुण्य से मधुर वाणी होती है, पुण्य से सती साध्वी स्त्री मिलती है तथा पुण्य से उत्तम पुत्र जन्म लेता है।

●

चतुर्थ अध्याय

व्रत परिज्ञान : प्रविधि एवं प्रावधान

विभिन्न प्रकार के ग्रह दोष परिहार हेतु शास्त्रों में अनेक मार्गों के अनुसरण हेतु विवेचन किया गया है, जिनमें से व्रत भी एक सुगम और सहज परिहार विधान है। शब्दों के व्यामोही वन्दनवार टाँग कर भावसंकुलता के दिग्भ्रामक आवर्तों में शक्ति के बाह्याभ्यन्तर उद्‌गमों का अपव्यय करने वाले, जड़ता के सर्वग्रासी आतंक से संत्रस्त इस युग में व्रत, एक ऊर्जस्वल भाव निधि है। व्रत असंयम के विरुद्ध संयम का विजयसेतु है और संकल्प व्रत का प्रधान बिन्दु। तपश्चर्या व्रत की सांगोपांग विकसित साधनाचर्या है। साम्प्रतिक समाज एवं युग में व्रत अनादि काल से अप्रतिहत सत्संकल्प की उस तपःपूत परम्परा का घनीभूत अंश है जिसमें समस्त आर्यावर्त्त की सांस्कृतिक विरासत सुरभित-सुरक्षित है। भारतीय संस्कृति का समग्र विकास आदिपुरुषों एवं पूर्वपुरुषों के तप का ही प्रतिफल है। तप की भूरि-भूरि प्रशस्ति पुरासाहित्य में की गई है।

अत्र केचित्स्वकर्तव्यविषयो नियतः संकल्पो व्रतमिति।। तन्न,-अग्निहोत्र-संध्यावन्दनादिविषये सङ्कल्पेऽतिप्रसक्तेः। अतोऽभियुक्तप्रसिद्धिविषयो यः संकल्पविशेषः स एव व्रतम्।। न च व्रतं संकल्पयेदित्यनन्वय इति वाच्यम्। पाकं पचति दानं दद्यादितिवत्प्रत्ययानुग्रहार्थम् प्रयोगोपपत्तेरिति नव्याः।।

व्रत शब्द का वास्तविक अर्थ क्या है? व्रत के रहस्य को न जानने वाले, अपने द्वारा किये गये कार्य करने के दृढ संकल्प को ही व्रत कहते हैं। यह कहना ठीक नहीं है, क्योंकि फिर तो आपके व्रत का लक्षण सन्ध्यावन्दन अग्निहोत्र आदि में भी चला जायगा, पर इनका व्रत शब्द से व्यवहार नहीं देखा जाता किन्तु नित्य नियम शब्द से इनका व्यवहार लोक में देखा जाता है। इस कारण यह मानना होगा कि जिसको योग्य पुरुष, व्रत शब्द से व्यवहार करते चले आ रहे हैं, उसी का नाम व्रत है। यह व्रत भी एक प्रकार का संकल्प ही है फिर व्रत का संकल्प करे, यह करना नहीं बन सकेगा क्योंकि संकल्प और व्रत दोनों एक ठहरे। पर यह कहना भी ठीक नहीं है क्योंकि पके पकाये को पाक कहते हैं तो भी संसार में ऐसा व्यवहार देखा जाता है कि पाक को पकाओ तथा दिये का दान कहते हैं फिर भी लोक में यह कहते हुए लोग दृष्टिगोचर होते हैं कि दान को दे दो। इसी तरह व्रत का संकल्प कर लो यह व्यवहार हो जायेगा, ऐसा नये आचार्य कहते हैं।

विश्वविश्रुत काव्य श्रीरामचरितमानस में गोस्वामी तुलसीदास ने मंत व्यक्त किया है—

तपबल रचइ प्रपंचु विधाता। तपबल विष्नु सकल जग त्राता।।
तपबल संभु करहिं संहारा। तपबल सेष धरई महिभारा।।

व्रत तप का ही एक प्रासंगिक संक्षिप्त स्वरूप है। व्रत का विधान बहुधा आध्यात्मिक अथवा मानसिक शक्ति की प्राप्ति, चित्त अथवा आत्मा की शुद्धि, संकल्प शक्ति की दृढ़ता, भक्ति और श्रद्धा के विकास, वातावरण की पवित्रता, विचारों के उच्च एवं परिष्कृतीकरण तथा प्रकारान्तर से स्वास्थ्य की प्रगति के लिये होता है, ऐसा आचार्यों का अभिमत है। भारतीय व्रत तप का ही एक प्रासंगिक संक्षिप्त स्वरूप है। भारतीय जनजीवन प्रारम्भ से ही व्रत द्वारा अपने भौतिक एवं पारलौकिक संसार की सुव्यवस्था करता रहा है।

यहाँ हम व्रत के परिष्कृत स्वरूप और विधान का उल्लेख करने के पश्चात् संतानहीन दम्पति के असहनीय संताप तथा दुर्दमनीय दारुण दुःखों के संत्रास को महकते मुस्कुराते मधुमास में रूपांतरित करने हेतु, कतिपय शास्त्रानुमोदित, पुराणगर्भित वेदविहित संततिप्रदाता व्रत और उनके सम्यक् विधान का उल्लेख कर रहे हैं। अन्यान्य मंत्र अनुष्ठान, स्तोत्र पाठ तथा जप आदि का शास्त्रसंगत उल्लेख किया गया है।

ज्ञातव्य है कि संतति सुख प्राप्ति हेतु अनेक प्रकार के अनुष्ठान, मंत्र, स्तोत्र आदि का प्रावधान, हमारे ऋषि-महर्षियों ने विभिन्न शास्त्रों में पृथक्-पृथक् रूप में करके मानवता के कल्याण और विस्तार का पथ प्रशस्त किया है। संततिहीनता से अभिशप्त व्यक्ति ही, संतान न होने की वेदना की अनुभूति कर सकता है। अनेक संतानहीन दम्पति संस्कृत के मंत्रों, स्तोत्रों अथवा अन्यान्य प्रकार के अनुष्ठानों का शुद्ध उच्चारण भी नहीं कर सकते हैं तथा न ही वह समर्थ हैं, योग्य और अनुभवी आचार्य द्वारा इस प्रकार के अनुष्ठानों को सम्पन्न करवाने में। प्रत्येक अनुष्ठान को सम्पन्न करने हेतु परिहार विधान का विस्तृत संज्ञान भी अनिवार्य है, जिससे प्रायः सामान्य जन अनभिज्ञ हैं।

'पुत्रेष्टि अनुष्ठान' में मंत्र अनुष्ठान हेतु कतिपय निर्देश देने हेतु भी प्रयास किया गया है, ताकि साधकगण सम्पूर्ण निष्ठा, आस्था और विश्वास के साथ साधना और आराधना सम्पन्न कर सकें।

संतति सुख प्राप्ति हेतु व्रत परिहार भी एक प्रबल विधान है, जिसका विधिविधान सहित अनुसरण संतान प्रदान करता है। प्रायः संतानहीन दम्पति बृहस्पतिवार के व्रत का संपादन करते हैं तथा साथ ही केले के पेड़ का पूजन भी करते हैं। संतान प्राप्ति हेतु बृहस्पतिवार के व्रत के अतिरिक्त अनेक अग्रांकित व्रत विधान का उल्लेख शास्त्रों में किया गया है। श्रीमद्भागवत पुराण के 16वें अध्याय में महर्षि कश्यप ने, अदिति को पुत्र प्राप्ति हेतु 'पयोव्रत' का विधान समझाया है, तो श्रीमद्भागवत पुराण के 19वें अध्याय में महर्षि कश्यप ने ही दिति को 'पुंसवन' व्रत प्रतिपादन हेतु उपदेश दिया है। पुत्र प्राप्ति हेतु 'षष्ठी व्रत' महाराष्ट्र में अत्यन्त प्रचलित है।

यह अनुभूत है कि यदि मंगली कन्या का विवाह अमंगली वर के साथ अथवा मंगली वर का विवाह अमंगली कन्या के साथ हो, तो संतान जन्म से सम्बन्धित अवरोध उत्पन्न होने की प्रवल संभावना रहती है। वस्तुतः अत्यधिक प्रबल मंगली होने पर तो जीवन सहचर की असमय

मृत्यु होती है, परन्तु मंगली दोष यदि अधिक प्रबल न हो, तो जीवन सहचर के स्वास्थ्य की चिन्ता व्यथित करती है। सामान्य मंगली कन्या का विवाह, यदि अमंगली युवक के साथ हो, तो धन सम्बन्धी संकट उत्पन्न होता है अथवा संततिविहीनता से वह दम्पति अभिशप्त हो उठते हैं। ऐसी स्थिति में ऋषि-मुनियों ने 'मंगलवार' के व्रत हेतु परामर्श प्रदान किया है। 'प्रदोष' का व्रत नियमित रूप से करने से पुत्र की प्राप्ति होती है।

व्रत से अनेक अंशों में प्राणिमात्र का और विशेष रूप से मनुष्यों का अत्यधिक उपकार होता है। तत्त्वदर्शी ऋषि-महर्षियों ने इनमें विज्ञान के सैकड़ों अंश संयुक्त कर दिये हैं। ग्रामीण मनुष्य तक इस तथ्य से अवगत हैं कि अरुचि, अजीर्ण, उदरशूल, मलावरोध, सिरोपीड़ा तथा ज्वर जैसे स्वतः सम्भूत साधारण व्याधियों के अतिरिक्त त्वचा सम्बन्धी व्याधि, जलोदर, अग्निमान्ध, राजयक्ष्मा, उपदंश जैसी असाध्य व्याधियाँ भी व्रत के पालन करने से निर्मूल हो जाती हैं और अपूर्व तथा स्थायी आरोग्यता प्राप्त होती है।

ज्ञातव्य है कि समय-असमय व्याधि से ग्रस्त होने के मूल में हमारा पाप और अपराध ही होता है परन्तु कायिक, वाचिक, मानसिक और संसर्गजनित पाप, उपपाप और महापाप आदि भी व्रत के अनुसरण से नष्ट हो जाते हैं। पापों के समूल नाश का प्रत्यक्ष प्रमाण यही है कि व्रत आरम्भ करने से पूर्व पापयुक्त प्राणियों का मुख हतप्रभ रहता है तथा व्रत के पूर्ण होते ही साधना के अनन्तर में तन-मन में, अभिनव ऊर्जा और चेतना का संचार होता है और सक्रियता में वृद्धि होने के कारण उसके मुखमंडल पर विश्वास, आस्था और निष्ठा की चमक परिलक्षित होती है। यही व्रत का मर्म है। यह कथन सर्वथा उपयुक्त है कि व्रत, साधना, इस असार संसार से तारने हेतु भौतिक सुख-सुविधाओं की उपलब्धि हेतु, आकांक्षाओं तथा मनोकामनाओं की संपूर्ति हेतु एक स्वर्णिम सेतु है जिसपर प्रशस्त होने हेतु अखण्डित आस्था और सात्विक तन-मन के साथ ईश्वर के प्रति पूर्ण समर्पण की अनिवार्यता है।

मनुष्यों के हित के लिए तपोधन ऋषि-महर्षियों ने अनेक साधन नियत किए हैं, जिनमें व्रत, दान, मंत्र जप, स्तोत्र पाठ, अनुष्ठान और उपवास आदि सम्मिलित हैं। 'निरुक्त' में व्रत को कर्म से शब्दांकित किया गया है तथा 'श्रीदत्त' ने अभीष्ट कर्म में प्रवृत्त होने के संकल्प को व्रत स्वीकारा है। इनके अतिरिक्त अन्य आचार्यों ने पुण्य प्राप्ति हेतु किसी पुण्य तिथि में उपवास करने या किसी उपवास के कर्मानुष्ठान द्वारा पुण्य संचय करने के संकल्प को व्रत की संज्ञा प्रदान की है। मानव जीवन की सफलता की साधना हेतु व्रत संपादन की अति महिमा स्वीकारी गयी है।

वेदोक्तेन प्रकारेण कृच्छ्रचान्द्रायणादिभिः।
शरीरशोषणं यत् तत् तप इत्युच्यते बुधैः।।

'देवल' का कथन है कि व्रत और उपवास के नियम-पालन से शरीर को तपाना ही तप है। व्रत अनेक हैं और अनेक व्रतों के प्रकार भी भिन्न-भिन्न हैं।

ध्यातव्य है कि व्रत के अनुपालन से पूर्व उस व्रत से सम्बन्धित परिज्ञान की पूर्णता आपेक्षित है। इस अध्याय में हम संततिहीनता के अभिशाप को संतति सुख के मधुमास में

रूपांतरित करने हेतु कतिपय व्रतों का उल्लेख कर रहे हैं। ज्ञातव्य है कि किसी भी व्रत के संपादन के सामान्य विधान का संज्ञान समझ लेना उपयुक्त होता है। यदि अज्ञानता के कारण व्रत में त्रुटि हो, तो व्रत का फल पूरी तरह नहीं प्राप्त होता है।

व्रत विधान एक प्रबल परिहार परिज्ञान है, जिसके विषय में कतिपय आवश्यक ज्ञातव्य सूत्रों का उल्लेख यहाँ किया जा रहा है। सदाशा है कि प्रबुद्ध पाठकगण तथा संतानहीन दम्पति यहाँ उल्लिखित व्रतों के विधिवत अनुसरण से लाभान्वित होंगे। निःसंतान दम्पतियों के सूने आंगन शिशु की किलकारियों से अभिगुंजित हो उठेंगे।

4.1 व्रत एवं उपवास के पार्थक्य बिन्दु

व्रत का एक समानार्थी शब्द उपवास भी जनसामान्य में पर्याप्त प्रचलित है। प्रायः व्यक्ति व्रत और उपवास का प्रयोग एक ही अर्थ में करते हैं, परन्तु ये दोनों शब्द व्युत्पत्ति, भाव और प्रयोग की दृष्टि से नितान्त पृथक् हैं। उपवास भोजन ग्रहण न करने के अर्थ में प्रयोज्य है। व्रत का तात्पर्य है किसी विशिष्ट अभिलाषा की पूर्ति के उद्देश्य से एक विशिष्ट विधि से प्रण अथवा संकल्प का ग्रहण। व्रत में भोजन न करने का कोई आत्यंतिक नियम नहीं है। व्रत और उपवास के नियम पृथक्-पृथक् हैं। उपवास का कोई भेद-प्रभेद नहीं प्राप्त होता, किन्तु व्रत के अनेकानेक भेद-उपभेद होते हैं।

व्रत के विषय में प्रायः जनसामान्य जितना जानते हैं, वह पर्याप्त नहीं है। व्रत का तात्पर्य किसी विशिष्ट अभिलाषा की पूर्ति हेतु तन और मन से शुद्ध रहते हुए एक दिन पूर्णतः अपने इष्ट को सात्विकता के साथ समर्पित करना। उस दिन मन में किसी प्रकार का दोष, असत्य, लोभ, क्रोध आदि उत्पन्न नहीं होना चाहिए। स्वाद के उद्देश्य से आहार ग्रहण नहीं करना चाहिए तथा अत्यन्त अल्पाहार ही लेना चाहिए, ताकि दिनचर्या में शारीरिक शिथिलता किसी प्रकार की बाधा उत्पन्न न करे। व्रतकाल में शारीरिक शुद्धता भी अनिवार्य है। अतः सूर्योदय से पूर्व उठकर स्नान-ध्यान करना चाहिए। दिन में शयन करना तामसी प्रवृति है, इसलिए व्रत के समय दिवाशयन पूर्णतः वर्जित है। यहां तक कि शैय्या पर बैठना या लेटना भी व्रत में शारीरिक पवित्रता को आक्रान्त करता है। क्रोध करने से भी व्रत खण्डित हो जाता है। अतः व्रत के समय मन में धैर्य तथा शान्ति व्याप्त होनी चाहिए। किसी भी इच्छा शक्ति को प्रबल नहीं होने देना चाहिए। व्रत काल में अपने इष्ट का चिंतन करें तथा ईश्वर और सात्विक विषयों का अध्ययन, मनन, पठन आदि करें। अश्लील तथा हिंसात्मक उपन्यास तथा मनोरंजन हेतु इस प्रकार से दूरदर्शन के कार्यक्रम भी नहीं देखने चाहिए।

लोकप्रसिद्धि में व्रत और उपवास पृथक् हैं तथा ये कायिक, वाचिक, मानसिक, नित्य, नैमित्तिक, काम्य, एकभुक्त, अयाचित, मितभुक्, चान्द्रायण और प्राजापत्य के रूप में किये जाते हैं। इनके निम्नलिखित प्रकार हैं :-

व्रत के कायिकादि तीन भेद हैं --

1. शस्त्राघात, मर्माघात तथा कार्यहानि आदि जनित हिंसा के त्याग से 'कायिक';
2. सत्य वचन तथा प्राणिमात्र में निर्वैर रहने से 'वाचिक';
3. मन को शान्त रखने की दृढ़ता से 'मानसिक' व्रत होता है;
4. पुण्यसंचय के एकादशी आदि 'नित्य' व्रत;
5. पापक्षय के चान्द्रायणादि 'नैमित्तिक' व्रत;
6. सुख-सौभाग्यादि के वटसावित्री आदि 'काम्य' व्रत; इनमें द्रव्यविशेष के भोजन और पूजन आदि की साधना के द्वारा साध्य व्रत 'प्रवृत्तिरूप' होते हैं तथा मात्र उपवास आदि करने के द्वारा साध्य व्रत 'निवृत्तिरूप' हैं। इनका यथोचित उपयोग फल प्रदान करता है।
7. एकभुक्त व्रत के (1) स्वतंत्र, (2) अन्याङ्ग और (3) प्रतिनिधि, तीन भेद होते हैं। दिनार्ध व्यतीत होने पर 'स्वतंत्र' एकभुक्त होता है, मध्याह्न में 'अन्याङ्ग' किया जाता है और 'प्रतिनिधि' आगे-पीछे भी हो सकता है। 'नक्त व्रत' रात्रि में किया जाता है। इस व्रत की विशेषता यह है कि गृहस्थ को रात्रि होने पर उस व्रत को करना चाहिए तथा सन्यासी और विधवा को सूर्य रहते हुए करना चाहिए;
8. 'अयाचित व्रत' में बिना माँगे जो कुछ प्राप्त हो, उसी को निषेध काल बचाकर दिन या रात्रि में जब अवसर हो, तभी (मात्र एक बार) भोजन करना चाहिए;
9. 'मितभुक्' में प्रतिदिन दस ग्राम (अथवा एक नियत प्रमाण का) भोजन करना चाहिए। 'अयाचित व्रत' और 'मितभुक् व्रत' दोनों परम सिद्धि प्रदान करने वाले हैं।
10. चन्द्र की प्रसन्नता, चन्द्रलोक की प्राप्ति अथवा पापादि की निवृत्ति हेतु 'चान्द्रायण' व्रत करना चाहिए। यह चन्द्रकला के समान बढ़ता और घटता है। जैसे शुक्ल पक्ष की प्रतिपदा को एक, द्वितीया को दो और तृतीया को तीन, इस क्रम से वृद्धि करते हुए पूर्णिमा को पन्द्रह ग्रास भोजन करना चाहिए। तत्पश्चात् कृष्णपक्ष की प्रतिपदा को चौदह, द्वितीया को तेरह और तृतीया को बारह के उत्क्रम से घटाकर चतुर्दशी को एक और अमावस्या को निराहार रहने से एक चान्द्रायण होता है। यह 'यवमध्य' चान्द्रायण है। इसी व्रत का एक अन्य प्रकार अग्रांकित है -

    शुक्लपक्ष की प्रतिपदा को चौदह, द्वितीया को तेरह और तृतीया को बारह के उत्क्रम से घटाकर पूर्णिमा को एक और कृष्णपक्ष की प्रतिपदा को एक, द्वितीया को दो और तृतीया को तीन के क्रम से बढ़ाकर चतुर्दशी को चौदह ग्रास भोजन करना चाहिए तथा अमावस्या को निराहार रहना चाहिए। यह दूसरा चान्द्रायण है। इसे 'पिपिलिकातनु' चान्द्रायण से नामांकित किया गया है।
11. 'प्राजापत्य' बारह दिनों में होता है। उसमे व्रत आरम्भ करने से पूर्व तीन दिनों में प्रतिदिन बाईस ग्रास भोजन करना चाहिए। तत्पश्चात् तीन दिन तक प्रतिदिन छब्बीस ग्रास भोजन करना चाहिए। तदुपरान्त, तीन दिन आपाचित (पूर्ण पकाया हुआ) अन्न चौबीस ग्रास भोजन करना चाहिए तथा तत्पश्चात् तीन दिन सर्वथा निराहार रहना चाहिए। इस

प्रकार से बारह दिन में एक 'प्राजापत्य' होता है। ग्रास का प्रमाण जितना मुँह में आ सके, उतना है।

उपर्युक्त व्रत मास, पक्ष, तिथि, वार, नक्षत्र, योग, करण, समय और देवपूजा से सम्बन्ध रखते हैं। यथा- वैशाख, भाद्रपद, कार्तिक और माघ के 'मास' व्रत। शुक्ल और कृष्ण के 'पक्ष' व्रत। चतुर्थी, एकादशी और अमावस्या आदि के 'तिथि' व्रत। सूर्य, सोम तथा मंगल के 'वार' व्रत। श्रवण, अनुराधा और रोहिणी आदि के 'नक्षत्र' व्रत। व्यतीपातादि के 'योग' व्रत। भद्रा आदि के 'करण' व्रत और गणेश, विष्णु आदि के 'देव' व्रत स्वतंत्र व्रत हैं।

बुधाष्टमी-सोम, मंगल, शनि, त्रयोदशी और भानु सप्तमी आदि 'तिथि-वार' के, चैत्र शुक्ल नवमी मंगल, पुष्य मेषार्क और मध्याह्न की 'रामनवमी' तथा भाद्रपद कृष्ण पक्ष अष्टमी बुधवार रोहिणी सिंहार्क और अर्धरात्रि की 'कृष्ण जन्माष्टमी' आदि के सामूहिक व्रत हैं। कतिपय व्रत ऐसे हैं जिनमें उपर्युक्त तिथि-वार आदि के विभिन्न सहयोग यदा-कदा प्राप्त होते हैं।

4.2 उपवास एवं उपासना

तत्रोपवासस्वरूपं कात्यायनवृद्धवसिष्ठाभ्यां दर्शितम्॥ उपावृत्तस्य पापेभ्यो यस्तु वासो गुणैः सह॥ उपवासः स विज्ञेयः सर्वभोगविवर्जितः॥ गुणैः- तज्जाप्ययनध्यान- तत्कथाश्रवणादयः॥ उपवासकृतामेते गुणाः प्रोक्ता मनीषिभिः॥ दया सर्वभूतेषु क्षांतिरनसूया शौचमनायासोऽकार्पण्य च माङ्गल्यमस्पृहेत्यादिभिर्विष्णुधर्मोत्तर- गौतमादिप्रतिपादितैः॥ तच्छब्देनोपास्या देवता व्रतदेवता वा॥ एवञ्च पापनिवृत्या गुणानुष्ठानसहितो निराहास्य वासोऽवस्थनामुपवास इत्युक्तं भवति इदं च फलसाधनस्योपवासस्य स्वरूपमुक्तम्॥ उपवासपदार्थस्तु स्मृतिपुराणव्यवहारे रूढ्या निराहारा- वस्थानमात्रम्॥ वृद्धवसिष्ठः-उपवासे तथा श्राद्धे न कुर्याद्दन्तधावनम्॥ काष्ठेनेति शेषः॥ अतएव तान्निन्दति दन्तानां काष्ठसंयोगो हन्ति सप्तकुलानि च॥ इतिवाक्यशेषाद्विधोरिव निषेधस्याति विशेषपरता युक्तैव। तेन अलाभे वा निषेध वा काष्ठान दन्तधावने॥ पर्णादिना विशुद्ध्येत जिव्होल्लेखः सदैव हि। इति पैठीनसिवचनात्॥ अलाभे दन्तकाष्ठानां निषिद्धायां तथा तिथौ॥ अपां द्वादश गण्डूषैर्विदध्याद्दन्तधावनम्॥ इति व्यासवचनाच्च पर्णादिना द्वादशगण्डूषैर्वा दन्तधावनं कार्यमेव॥ देवलः- असकृज्जलपानाच्च सकृत्तांबूलचर्वणात्॥ उपवासः प्रणश्येत दिवास्वापाच्च मैथुनात्॥ अशक्तौ तु तेनैव जलपानमभ्यनुज्ञातम्—अत्यये चाम्बुपानेन तोपवासः प्रणश्यति॥ अत्यये जलपानं विना प्राणात्यये॥ विष्णुधर्मे असकृज्जलपानं च दिवास्वापं च मैथुनम्॥ तांबूलचर्वणं मांसं वर्जयेद्व्रतवासरे॥ असकृदित्युक्त्या

सकृज्जलपानेनादोषः॥ अत्र-पारणान्तं व्रतं ज्ञेयं व्रतान्ते विप्रभोजनम्॥ असमाप्ते व्रते पूर्वे कुर्यान्नेव व्रतान्तरम्॥ इति तस्यापि व्रतावासरत्वान्मांसनिषेधः पारणादिने एव, न तूपवासदिने। उपवासे प्रसक्त्यभावात्। अतएव निर्णयामृते व्यासः-वर्जयेत्पारणे मांसं व्रताहेऽप्यौषधं सदा॥ अष्टौ तान्यव्रतघ्नानि आपोमूलं फलं पयः॥ हविर्ब्राह्मण- काम्या च गुरोर्वचनमौषधम्॥ इति स्कान्दवचनात्प्रसक्तमौषध रूपमपि मांसं व्रताहे वर्जयेदित्यर्थः॥ विष्णुरहस्येः-स्मृत्यालोकनगन्धादिस्वादनं परिकीर्तनम्॥ अन्नस्य वर्जयेत्सर्वं ग्रासानां चाभिकांक्षणम्॥ गात्राभ्यङ्गं शिरोभ्यङ्गं ताम्बूलं चानुलेपनम्॥ व्रतस्थो वर्जयेत्सर्वं यच्चान्यद्बलरागकृत्॥ इति॥ हारीतः-"पतितपाखण्डादिनास्तिकादिसंभाषणानृताश्लीलादिकमुपवासादिषु वर्जयेत्" इति अन्नादिपदेन यत्पुरूषार्थतया सर्वदा निषिद्धं तदपिक्रत्वर्थतया संगृह्यते। अत एव व्रताधिकारे सुमन्तः- विहितस्यानुनष्ठानमिन्द्रियाणमनिग्रहः। निषिद्धसेवनं नित्यं वर्जनीयं प्रयत्नतः॥ पतितादर्शने तु विष्णुपुराणे--तस्यावलोकनात्सूर्य पश्येत् मतिमान्नरः॥ स्पर्शादौ॥ विष्णुधर्मेसंस्पर्शे च नरः स्नात्बा शुचिरादित्यदर्शनात्॥ संभाष्य ताञ्छुचिपदं चिन्तयेदयुतं बुधः॥ योगियाज्ञवल्क्यः--यदि वाग्यमलोपः स्याद्व्रतदानक्रियादिषु॥ व्याहरेदैष्णवं मंत्रं स्मरेद्वा विष्णुमव्ययम्॥ यमः-मानसे नियमे लुप्ते स्मरेद्विष्णुमनामयम्॥ इति॥ बृहन्नरदीये-रजस्वलां च चाण्डालं महापातकिनं तथा। सूतिकां पतितं चैव उच्छिष्टं रजकादिकम्॥ व्रतादिमध्ये श्रृणुयाद्यद्येषां ध्वनिमुत्तमः॥ अष्टोत्तरसहस्रं तु जपेद्वै वेदमातरम्॥ वेदमाता-गायत्री॥ मिताक्षरायां दक्षः-संध्याहीनोऽशुचिर्नित्यमनर्हः सर्वकर्मसु॥ यदन्यत्कुरूते किंचिन्न तस्य फलमश्नते॥ अत्र प्रातःसंध्यैवाङ्गमित्याहुः केचित्॥ अविशेषात्तत्सन्ध्योत्तरभाविनि कर्मादौ साङ्गमिति युक्तमित्याहुः प्राज्ञाः॥ प्रातःकालीनव्रतादिसंकल्पस्तु प्रातःसन्ध्या कृत्वैव कार्यः॥ प्रातःसन्ध्या बुधः कृत्वा संकल्पं तत आचरेत्॥ इति गौडनिबंधधृतस्मृतेः॥ मार्कण्डेयपुराणे-सूर्योदयं विना नैव व्रतदानादिकक्रमः॥ इति॥ क्रमः-उपक्रमः क्रियाः इतिपाठेस्नानदानादिकाः क्रियाः॥ सूर्योदयशब्देन उषःकालो लक्ष्यते। "तं विना रोत्रौ स्नानादिकं न कार्यम्" इति कल्पतरूः॥ छन्दोगपरिशिष्टे--सदोपवीतिना भाव्यं सदा बद्धशिखेन च॥ विशिखो व्युपवीती च कत्करोति न तत्कृतम्॥ पित्र्यमन्त्रानुद्रवेण आत्मालंभे अवेक्षणे॥ अधोवायुसमुत्सर्गे प्रहारेऽनृतभाषणे॥ तार्जारमूषकस्पर्श आक्रोशे क्रोधसंभवे॥ निमित्तेष्वेषु सर्वत्र कर्म कुर्वन्नपः स्पृशेत्॥ मार्कण्डेयपुराणे--शिरःस्नातश्च कुर्वीत दैवं पित्र्यमथापि वा॥

वराहपुराणे--स्नानसन्ध्यातर्पणादि जपो होमः सुरार्चनम्॥ उपवासवता कार्य सायंसन्ध्याहुतीर्विना॥ भगवद्गीतायाम्–तस्मादोमित्युदाहृत्य यज्ञदानतपःक्रिया॥ प्रवर्तन्ते विधानोक्ताः सततं ब्रह्मवादिनाम्॥ आपस्तम्बः-त्रिमात्रस्तु प्रयोक्तव्यः कर्मारम्भेषु सर्वशः॥ त्रिमात्रः। प्रणवः (इति सामान्यपरिभाषा॥) विस्तृता चेयं सामान्यपरिभाषा आचारमयूखे द्रष्टव्या॥ अत्रस्त्रीणां विशेषं॥ हेमाद्रौ पाद्मे- गर्भिणीसूतिकादिश्च कुमारी चाथ रोगिणी॥ यदाऽशुद्धा तदाऽन्येव कारयेत्प्रयता स्वयम्॥ प्रयता-शुद्ध, स्वयंकुर्यादित्यर्थः॥ पुंसोण्येष विधिर्लिङ्गस्याविवक्षित्वादिति हेमाद्रिः॥ एवं स्त्रीभी रजोदर्शनेपि कार्यम्॥ तथा च सत्यव्रतः-प्रारब्धदीर्घतपसां नारीणां चेद्रजो भवेत्॥ न च तत्र व्रतस्य स्यादुपरोधः कथंचन॥ व्रतस्य- उपवासस्येत्यर्थः॥ पूजादिकं त्वन्येन कारयेत् ।तथा च मदनरत्ने मात्स्ये-अन्तरा तु रजःस्पर्शे पूजामन्येल कारयेत्॥ सूतकेप्येवम्॥ तथा च तत्रैव-पर्वं संकल्पितं यच्च व्रतं सुनियतव्रतैः॥ तत्कर्तव्यं नरैः शुद्धं दानार्चनविवर्जितम्॥ इति॥ अथ प्रतिनिधिः॥ केन कारयेदित्यपेक्षायाम्, तत्रैव पैठीनसिः-भार्या पत्युर्व्रतं कुर्याद्भार्यायाश्च पतिर्व्रतम्॥ आसामर्थ्येऽपरस्ताभ्यां व्रतभङ्गो न जायते॥ अपरः-पुत्रादि॥ वत्रैव वायुपुराणे--उपवासे त्वशक्तस्तु आहिताग्निरथापि वा॥ पुत्राद्वा कारयेदन्याद्ब्राह्मणाद्वापि कारयेत्॥ उपवासं प्रकुर्वाणः पुण्यं शतगुणं लभत्॥ नारी च पतिमुद्दिश्य एकादश्यामुपोषिता॥ पुण्यं शतगुणं प्रोक्तमित्याह गालवो मुनिः॥ मातामहादीनुद्दिश्य एकादश्यामुपोषणे॥ कृते च भक्तितो विप्राः समग्रं फलमाप्नुयुः॥ एते च प्रतिनिधयो न काम्ये॥ तथा च भण्डनः-काम्ये प्रतिनिधिर्नास्ति नित्ये नैमित्तिके च सः॥ काम्येऽप्युपक्रमादूर्ध्वं केचित्प्रतिनिधिं विदुः॥ न स्यात्प्रतिनिधिर्मन्त्रस्वामिदेवाग्निकर्मसु॥ स देशकालयोः शब्दे नारणेः पुत्रभार्ययोः॥ नापि प्रतिनिधातव्यं निषिद्धं वस्तु कुत्रचित्॥

उपवास धर्म–वृद्ध कात्यायन और वसिष्ठ ने उपवास का स्वरूप बताया है कि, पापों से निवृत्त हुए पुरूष का जो गुणों के साथ वास है वह उपवास कहलाता है, उसमें कोई भी भोग नहीं होता। इष्टदेव अथवा व्रत के देवता के जानने के मंत्र, यजन, ध्यान और कथा सुनने आदि को गुण कहते हैं। इन विद्वानों ने उपवास करने वालों के गुण बताये हैं, सब प्राणियों पर दया, सहानुभूति, अनिंदन, पवित्रता, परिश्रम, कृष्णता का न लाना, मंगल के काम करना और अनुचित इच्छा का त्याग करना–ये भी उपवास करने वालों के गुण हैं, इन्हें विष्णुधर्मोत्तर पुराण में गौतम ने प्रतिपादन किया है। तत्कथाश्रवणादयः में जो तत् शब्द है उसके दो अर्थ होते हैं–पहला अर्थ तो यह है कि, जिस देवता का व्रत हो उसकी पूजा करनी चाहिये। जिस व्रत का कोई देवता न कहा गया हो, उसमें अपने इष्टदेव का पूजन कर लेना चाहिये, यह तत् शब्द का दूसरा अर्थ

होता है। इस प्रकार उपवास शब्द का अर्थ होता है कि, निराहार का जो पाप निवृत्तिपूर्वक गुणों के साथ रहता है वह उपवास कहलाता है, यह सकाम उपवास का लक्षण कहा गया है। स्मृति और पुराणों में उपवास शब्द का रूढ़ि अर्थ निराहर रहना मात्र है। वृद्धवसिष्ठ ने लिखा है कि, उपवास और श्राद्ध में दन्तधावन नहीं करना चाहिये। यहाँ काठ से दन्तधावन करने का ही निषेध है, अन्य से करने का नहीं। यही कारण है कि काठ की दातून की निन्दा की है कि, श्राद्ध तथा उपवास में काठ की दातून करने से सात कुल नरक में पड़ जाते हैं, इस वाक्यविशेष से विधि की तरह निषेध की भी विशेष व्यवस्था हो जाती है कि काठ की दातून का ही निषेध है, इसीलिये पैठीनसी ने लिखा है कि, जब काठ की दातून न मिले अथवा जब दातून करने का निषेध हो, उस समय अन्य उपायों से मुख शुद्धि कर लेनी चाहिये और पर्ण आदि से जीभ साफ कर लेनी चाहिये क्योंकि, जिह्वा शुद्धि सदा होनी चाहिये, चाहे व्रत हो या न हो। व्याससमृति में कहा है कि, जिस दिन दातून न मिलता हो अथवा जिन तिथियों में काठ की दातून करने का निषेध हो उनमें पानी के 12 कुल्लों से मुखशुद्धि कर लेनी चाहिये। इन वचनों से यह सिद्ध होता है कि, पर्ण आदि से जीभ तथा कुल्लों से दांतो को उस समय भी शुद्ध रखना चाहिये। देवलस्मृति में कहा गया है कि एक बार को छोड़कर ज्यादा पानी पीने से तथा एक बार भी पान खा लेने से, दिन के सोने और मैथुन से उपवास नष्ट हो जाता है। पानी पिये बिना न रहा जाय तो एक बार पानी पी लेना चाहिये, यह इसी वचन से प्रतीत हो जाता है कष्ट के समय पानी से उपवास नष्ट नहीं होता, वो कष्ट भी साधारण न हो किन्तु मरणान्त-सा प्रतीत हो। विष्णुधर्म में लिखा है कि, बारंबार जल ग्रहण करना, दिन में सोना, मैथुन करना, पान का चबाना और मांस का खाना, व्रत के दिन कभी नहीं होना चाहिये। बार-बार पानी पीने का निषेध किया गया है। इस कारण एक बार पानी पीने का कोई दोष नहीं है। जब तक व्रत की पारणा न हो उस दिन तक व्रत का दिन समझ जाता है। व्रत की समाप्ति में ब्राह्मण भोजन अवश्य होना चाहिये। जब तक पहला व्रत पूरा न हो तबतक दूसरे व्रत का प्रारंभ नहीं करना चाहिये। पारणा का दिन भी व्रत का ही दिन है, इस कारण मांस आदि निषिद्ध वस्तुओं का सेवन पारणा के दिन भी होना चाहिये। उपवास में तो भोजन की प्राप्ति ही नहीं हैं। तब ही निर्णयामृत में व्यासजी का वचन है कि, व्रत और पारणा दोनों ही के दिन मांस अथवा जिनकी मांस संज्ञा की गयी है ऐसी औषधियों को सभी भोजन के कार्य में नहीं लाना चाहिये। जल, फल, पय, ब्राह्मण, काम्या, हवि, गुरू के वचन और औषध—ये आठो व्रत को नष्ट नहीं करते। इस स्कन्द के वचन से जो औषधि के रूप में मांससंज्ञक औषधों का सेवन प्राप्त हुआ या उसका भी निराकरण उक्त निर्णयमृम के वचन से हो जाता है। विष्णु रहस्य में लिखा है कि, अन्न का स्मरण, दर्शन, गन्धों का आस्वादन, वर्णन और ग्रासों का चाह, इन सबका त्याग व्रत के दिन होना चाहिये तथा व्रती पुरूष को चाहिये कि शरीर का उबटना, शिर का तेल लगाना, पान का चबाना, सुगन्धित द्रव्यों का लगाना, बल और राग उत्पन्न करने वाली वस्तुओं का सेवन न करे। हारीत कहते हैं कि, पतित, पाखण्डी और नास्तिकों से वार्ता, असत्य वादन एवम् अनुचित वार्ता करने से व्रत भंग हो जाता है। अन्न का तात्पर्य केवल भोजन वस्तु से ही नहीं है किन्तु जो भोगजात निषेध किये हैं, वे भी अन्न के स्थान पर आते हैं कि निषिद्ध दस्तुओं का स्मरण आदि भी नहीं करना चाहिये। व्रताधिकार में सुमन्तु ने कहा है कि, कहे हुए का अनुष्ठान न करना, इन्द्रियों को न रोकना, निषिद्ध चीजों

का सेवन करना इन कामों को प्रयत्न के साथ त्याग देना चाहिये। पतित आदिकों के दर्शन में तो विष्णुपुराण में कहा है कि, बुद्धिमान पुरूष को चाहिये कि, पतितादिकों को देखकर भगवान् सूर्य नारायण के दर्शन कर ले, स्पर्शादिक के विषय में विष्णुपुराण में कहा गया है कि यदि व्रती कोई पतित आदि से छू जाय, तो स्नान करने के पश्चात् सूर्य भगवान् का दर्शन करके शुद्ध हो जाता है। यदि उनसे वार्ता की हो तो दश हजार बार शुचिपद (विष्णु भगवान् का) चिन्तन करके शुद्ध हो जाता है। योगी याज्ञवल्क्य ने कहा है कि यदि व्रत, दान और क्रियाआदिकों में वाणी के यम (मौन) का लोप हो जाय तो वैष्णव मंत्र का जप अथवा विष्णु भगवान् का ध्यान करना चाहिये। यमस्मृति में उल्लिखित है कि, मानस नियम के लुप्त हो जाने पर आधि व्याधिरहित जो विष्णु भगवान् हैं उनका स्मरण करना चाहिये। बृहन्नारदीय में लिखा है कि, व्रत करने वाला उत्तम पुरूष जो व्रतादिकों में रजस्वला, चांडाल, महापातकी स्त्री का पति, असत्यवक्ता एवम् धोबी आदि की वार्ता सुनले तो वो 1008 हजार गायत्री जप करके ही शुद्ध हो सकता है। मिताक्षरा में दक्ष ने कहा है कि, जो सन्ध्या नहीं करता वो सदा ही अपवित्र होता है, वो किसी भी वैदिक कर्म को नहीं कर सकता। यदि किसी वैदिक काम को करता भी है तो उसे उसका फल नहीं मिलता। इस विषय में कोई-कोई ऐसा भी कहते हैं कि प्रातःकाल की सन्ध्या के बारे में ये तथ्य विशेष हैं कि प्रातःकाल की सन्ध्या ही सब कार्यों का अंग है पर बुद्धिमान् शिष्ट लोगों का यह कहना है कि, दोनों ही मुख्य हैं। प्रातःकाल होने वाले कर्म प्रातःकाल की सन्ध्या तथा सायंकाल की सन्ध्या के पीछे होने वाले कर्मों में सायंकाल की संध्या का अंग है, वह पहिले होनी चाहिये। प्रातःकाल में होने वाले व्रतसंकल्प तो प्रातः संध्या करके ही करने चाहिये, क्योंकि गौडनिबंधग्रन्थ में लिखा हुआ है कि विद्वान को प्रातःकाल की संध्या करके ही व्रत का संकल्प करना चाहिये। मार्कण्डेयपुराण में लिखा है कि, सूर्योदय के विना व्रत और दान आदि का क्रम नहीं है। क्रम उपक्रम को कहते हैं, जिसका अर्थ प्रारंभ होता है। सूर्योदय शब्द का अर्थ उषःकाल से ग्रहण किया गया है क्योंकि, कल्पतरूग्रन्थ में लिखा है कि, उषःकाल के विना रात में स्नान आदि नहीं करना चाहिये। छन्दोग्य परिशिष्ट में लिखा हुआ है कि, उपवीत से सदा रहना चाहिये तथा चोटी कभी भी खुली नहीं रहनी चाहिये। जो मनुष्य चोटी में बिना गांठ दिये अथवा विना चोटी के तथा बिना जनेऊ को धारण किये एवम् उपवीत न होकर जो शुभ काम करता है वो न किये हुए के समान होता है। पितरों के वैदिक मंत्रों में, आगे पीछे पाठादिक करने में, अस्पृश्य लोगों को छू लेने में, देखने में, अपनी सौगन्ध आदि खा लेने में, अधोवायु के आ जाने पर, झूठ बोलने और प्रहार करने पर तथा बिल्ली मूषक के छूने, किसी को गाली देने, क्रोध करने और बुरी चीज छू, कर्म करता हुआ पुरूष आचमन करके शुद्ध हो जाता है। मार्कण्डेय पुराण में लिखा हुआ है कि, देव और पिता संबंधी वैदिक कर्मों को करने वाला पुरूष शिर सहित स्नान करके प्रारंभ करे। वाराहपुराण में कहा है कि उपवास किये हुए ही स्नान संध्या तर्पणादिक जप होम और देवपूजा करे, पर सायंकाल की सन्ध्या और आहुति तक उपवास ही करता रहे यह बात नहीं होनी चाहिये। गीता में लिखा है कि, इसी कारण ब्रह्मवादी जनज व विधान के विषय में किसी दूसरे कालको किसी पुण्य काल का प्रतिनिध नहीं बनाना चाहिये तथा किसी पुण्य देश का किसी दूसरे देश को प्रतिनिधि नहीं मानना चाहिये, अरणिका प्रतिनिधि दूसरे काष्ठ वा पत्थर को नहीं बना लेना चाहिये तथा पुत्र और अपनी स्त्री का भी

किसी को प्रतिनिधि नहीं बनाना चाहिये। जिस किसी का निषेध कर दिया गया है वह उसी से तात्पर्य रखता है, उसका प्रतिनिधि नहीं करना चाहिये।।

4.3 व्रत-तिथि आदि का निर्णय

तत्रादौ निषिद्धकालमाह हेमाद्रौ गार्ग्यः-अस्तगे च गुरौ शुक्रे बाले वृद्धे कलिम्लुचे॥ उद्यापनमुपारम्भं व्रतानां नैव कारयेत्॥ तत्रैव वृद्धमनुबृहस्पती-अग्न्याधानं प्रतिष्ठां च यज्ञदानव्रतानि च॥ माङ्गल्यमभिषेकं च मलमासे विवर्जयेत्। बाले वा यदि वा वृद्धे शुक्रे चास्तंगते गरौ॥ मलमासे च एतानि वर्जयेद्देवदर्शनम्॥ लल्लः-नीचस्थे वक्रसंस्थेऽप्तिचरणगते बालवृद्धास्तगे वा संन्यासो देवयात्राव्रतनियम- विधिः कर्णवेधस्तु दीक्षा। मौञ्जीबन्धोऽथ चूडापरिणयविधिर्व्रास्तुदेवप्रतिष्ठा वर्ज्या सद्भिः प्रयत्नात्त्रिदशपतिगुरौ सिंहराशिस्थिते च॥ इति। नीचस्थो मकरस्थः॥ कल्पतरो देवी पुराणे सिंहस्थं गुरूं शुक्र सर्वारम्भेषु वर्जयेत्॥ प्रारब्धं न च सिद्ध्येत महाभयकरं भवेत्॥ पुत्रमित्रकलत्राणि हन्याच्छीघ्रं न संशयः॥ देवारामतडागेषु व्रतोद्यानगृहेषु च॥ सिंहस्थ मकरस्थे च गुरूं यत्नेन वर्जयेत्। वसिष्ठः—सिंहस्थे तु मघासंस्थं गुरूं यत्नेन वर्जयेत्॥ अन्यत्र सिंहभागे तु सिहस्थोपि न दुष्यति॥ सिंहस्थ-गुरोर्वर्जनीयत्वं नर्मदोत्तरभाग एव, अन्यत्र तु सिंहांश एव वर्ज्यः॥ तथा च मदनरत्नादिधृतकालविधाने-सिंहस्थितः सुरगुरूर्यदि नर्मदायाः तं वर्जयेत्सकलकर्मसु सौम्यभागे॥ विन्ध्यस्य दक्षिणदिशि प्रवदन्ति चार्याः सिंहाशके मृगपतावपि वर्जनीयः॥ सिंहांशस्तु पुर्वफल्गुन्याः प्रथमः पादः॥ मृगपतौ मकरस्थे॥ मकरस्थे गुरौ देशविशेषमाह लल्लः-नर्मदापूर्वभागे तु शोणस्योत्तर-दक्षिणे॥ गण्डक्याः पश्चिमे भागे कमरस्थो न दोषभाक्॥ केषांचित्स्त्री-कर्तृकाणामन्येषां च व्रतानामगस्त्योदयेप्यारम्भं निषेधति हेमाद्रौ लोगाक्षिः-उद्यानिका शिवपवित्रकमेघपूजापूर्वाष्टमी फलविरूढकजागराणि॥ स्त्रीणां व्रतानि निखिलान्यपि वार्षिकाणि कुर्यादगस्त्य उदिते न शुभानि लिप्सुः॥ इति। उद्यानिका-व्रतविशेषः॥ शिवपतित्रकम् आषाढ्यामथवा भाद्र्यां विहितं शिवपवित्रारोपणम्॥ मेघपूजा व्रतविशेषः॥ दूर्वाष्टमी भाद्रशुक्लाष्टमी। फलविरूढकं भाद्रपद शुंक्लचतुर्दश्यां पाली पालीव्रतं कदलीव्रतापरनामकम्॥ जागरम् आश्विन- पौर्णिमास्यां कोजागरव्रतम्॥ कार्तिकाशुक्लचतुर्दश्यां विहितं जागरव्रतं वा॥ अत्रोभयत्रागस्त्योदयस्यावश्यंभावित्वेन विधेरनवकाशत्वापत्तेर्विकल्पो ज्ञेयः॥ वार्षिकाणीत्यत्र वर्षासु भवानि

वार्षिकाणीत्येव व्युत्पत्तिर्न तु वर्षे भवानीति॥ तथा सति शरदादि-ग्रीष्मपर्यन्तमगस्त्योदयानुवृत्तेस्तन्मध्ये विहितानां स्त्रीव्रतानां सर्वथानारंभ एवापद्यतेति॥ अगस्त्योदयकालश्च॥ विवोदासीयेउदेति याम्यां हरिसंक्रमाद्रवेरेकाधिके विंशतिमे ह्यगस्त्यः॥ स सप्तमेऽस्तं वृषसंक्रमाच्च प्रयाति गर्गादिभिरित्यभाणि॥ व्रतारंभसमाप्त्योस्तिर्थि विशिनष्टि हेमाद्रौ सत्यव्रतः-उदयस्था तिथिर्या हि न भवेद्दिनमध्यभाक्॥ सा खण्डा न व्रतानां स्यादारम्भश्च समापनम्॥ एतद्व्यतिरिक्तायाम- खण्डायां प्रारंभमाह॥ तत्रैव वृद्धवसिष्ठः-खखण्डव्यापिमार्तण्डा यद्यखण्डा भवेत्तिथिः॥ व्रतप्रारम्भणं तस्यामनस्तगुरूशुक्रयुक्॥ इति॥ अनस्तमितगुरूशुक्रायां तिथौ व्रत-मारंभणीयमित्यर्थः॥ रत्नमालायाम्-सोमसौम्यगुरूशुक्रवासरा। सर्वकर्मसु भवन्ति सिद्धिदाः॥ भानुभौमशनिवासरेषु च प्रोक्तमेव खुल कर्म सिद्ध्यति॥ विरुद्धसंज्ञा इह ये च योगाः तेषमनिष्टः खलु पाद आद्यः॥ स वैधृतिस्तु व्यतिपातनामा सर्वोप्यनिष्टः परिघस्य चार्द्धम्॥ तिस्रस्तु योगे प्रथमे सवज्त्रे व्याघातसंज्ञे नवपञ्चशूले॥ गण्डेऽतिगण्डे च षडेव नाड्यः शुभेषु कार्येषु विवर्जनीयाः॥ दर्शं संक्रान्तिपातौ परिघमुखदलं वैधृतिं पातयोगं विष्कम्भाद्यत्रिनाडीः शुभ कृतिषु च षड्गण्डयोः पञ्चशूले॥ व्याघाते वज्रकेऽङ्काः पितृमृतिदिव-सोनाधिमासान्कुहोरां जह्याज्जन्मोत्थ- मासोडुतिभख (ल) लु तिथिं व्युद्गमां द्व्यु मां च॥ ब्रह्मयामले-दिनभद्रा यदा रात्रौ रात्रिभद्रा यदा दिवा॥ न त्याज्या शुभकार्येषु प्राहुरेवं पुरातनाः॥ इति॥

अब व्रत के समय का निर्वचन करते हैं, व्रतकाल में निषिद्ध काल को बता देने से व्रत के समय का अपने आप निर्णय हो जाता है। इस कारण सबसे पहले व्रत के निषिद्ध काल को ही कहते हैं। हेमाद्रि में गार्ग्य ने कहा है कि जब बृहस्पति और शुक्र, अस्त हो गये हों, अथवा उदित भी हों, तथा इनका बालकाल व वृद्धकाल हो, ऐसे समय में, व मलमास में न तो कोई उद्यापन करना चाहिये तथा न किसी व्रत का ही प्रारम्भ करना चाहिये। इसी विषय में वृद्ध मनु और बृहस्पति का वाक्य है कि श्रोत स्मार्त अग्नियों की स्थापना, प्रतिष्ठा, यज्ञं, दान, व्रत और मंगल की कामना से अभिषेक या मंगल का काम और अभिषेक मलमास में नहीं होना चाहिये। यदि शुक्र और बृहस्पति अस्त हो गये हों तथा उदित भी हो तो किसी तरह बालवृद्ध स्थिति में जा रहे हों अथवा मलमास हो न तो किसी अपूर्व देव का दर्शन करना चाहिये एवम् न पहिले निषेध किये हुए कार्य ही करने चाहिए। लल्ल का कथन है कि, बृहस्पति मकर राशि पर स्थित हों, अस्त हों अथवा बाल वृद्धों की श्रेणी में हों अथवा नियत राशि को लांघकर, दूसरी अनियत राशि पर चले गये हों उस समय संन्यास तथा देवयात्रा नहीं होनी चाहिये व्रत और नियम की कोई भी विधि तथा कर्णछेद, दीक्षा, जनेऊ, मुंडन, उद्वाह वास्तु-प्रतिष्ठा और मूर्तिप्रतिष्ठा भी नहीं

होनी चाहिये। सज्जनों को भी ऐसे समय ये काम नहीं करने चाहिये। यदि बृहस्पति और शुक्र सिंह राशि पर स्थित हों तो कोई भी व्रतादि शुभ कर्म नहीं करना चाहिये क्योंकि ऐसे समय में प्रारंभ किया हुआ कोई भी मांगलिक कर्म सिद्ध नहीं होता प्रत्यत महाभयंकर होता है। वो शीघ्र ही पुत्र मित्र और परिवारि को नष्ट कर डालता है, इसमें कोई संदेह नहीं है। यदि देवमंदिर बगीचा, बावड़ी, व्रत, बाग, और घर बनवाना हो तो सिंह राशि और मकर राशि पर स्थित हुए बृहस्पति को प्रयत्न के साथ परित्याग कर दे। वशिष्ठजी का कथन है कि सिंह राशि को भोगकर यदि बृहस्पति मघाराशि पर आये हों तो उन्हें सावधानी के साथ छोड़ना चाहिये। यदि मघाको भोगकर सिंह राशि पर आये हों तो कोई दोष नहीं है। नर्मदा के उत्तर भाग में ही सिंह राशिपर स्थित बृहस्पति का त्याग किया जाता है और स्थानों में तो सिंहांश का ही निषेध है। यही मदन रत्नादि के धृत कालविधान में लिखा हुआ है कि श्रेष्ठ पुरूष ऐसा कहते गंडकी के पश्चिम में मकर राशि पर स्थित बृहस्पति दूषित नहीं है। हेमाद्रि में लौगाक्षि ने अगस्त्य के उदय में बहुत से उन व्रतों के आरंभ का निषेध किया है जिन्हें प्रायः स्त्रियाँ किया करती हैं कि जो कोई अपना कल्याण चाहे उसे चाहिये कि स्त्रियों के व्रत उद्यानि का शिव पवित्रक मेघपूजा दूर्वाष्टमी फल विरूढक और जागरण व्रत तथा वर्षा ऋतु के व्रतों को कभी न करे। उद्यानिका एक व्रत का नाम है वह आषाढ़ व भादों की पूर्णिमा के दिन होता है जिसमें शिवजी पर पवित्री चढ़ाई जाती है, मेघपूजा एक व्रत का नाम है। दुर्वाष्टमी भादों की शक्लाष्टमी को कहते हैं। फलविरूढक, भादों की शुक्ला चतुर्दशी के दिन होता है जिसे पालीव्रत तथा कदली व्रत कहते हैं। आश्विन की पौर्णमासी के कोजागर व्रत को जागर कहते हैं। अथवा कार्तिक की शुक्ला चतुर्दशी को जागर व्रत होता है। यहाँ दोनों स्थान अगस्त्य का उदय अवश्यंभावी है तब विधि के लिये कोई अवकाश ही न रहेगी, इस कारण दोनों स्थान विकल्प किये हैं। ''वार्षिकाणि'' का वर्षा में होने वाले व्रतों को न करे यह अर्थ है, यह अर्थ नहीं है कि वर्ष भर के व्रतों को ही न करे। यदि ऐसा न करोगे तो शरद से तो लेकर ग्रीष्म तक के समय में अगस्त्य का सम्बन्ध होने से इस काल में कहे गये स्त्री व्रतों का सर्वथा निषेध हो जायेगा। दिवोदासीय ग्रन्थ में अगस्त्यजी के उदय काल गर्ग आदि के वचनों को उद्धृत करके कहा है, कि, अगस्त्यजी का उदय दक्षिण दिशा में होता है जब सिंह की संक्राति के इक्कीस अंश बीत जाते हैं तथा वृषभ की संक्राति के सात अंश व्यतीत होने पर अस्त होते हैं। हेमाद्रि में सत्यव्रत ने व्रत के आरंभ करने और समाप्ति करने की तिथि को बताया है कि सूर्य नारायण के उदय के समय में जो तिथि हो पर मध्याह्न के समय में वह न रहे उस खण्डा तिथि में न तो व्रत का आरंभ करना चाहिये तथा न व्रत की समाप्ति ही करनी चाहिये। वहीं वृद्ध वसिष्ठ ने खण्डा से भिन्न जो अखण्डा तिथि है, उसमें व्रत के प्रारंभ करने को कहा है कि जिस मध्याह्न काल में भगवान सूर्य देव आकाश को पूर्ण व्याप्त करते हैं उस समय जो तिथि खण्डित न हो तथा शुक्र और गुरू दोनों हों तब व्रत का आरंभ करना चाहिये। यानी जिसमें शुक्र और बुहस्पति अस्त न हों उनमें व्रत का प्रारंभ करना चाहिये यह इस कथन का तात्पर्य हुआ। रत्नमाला में कहा है कि सोमवार, बुधवार, बृहस्पतिवार, शुक्रवार को कोई भी शुभ कर्म करो उसकी अवश्य सिद्धि होगी क्योंकि ये सिद्धि देने वाले हैं पर रविवार, मंगलवार और शनिवार में प्रारंभ किया हुआ वो ही कर्म सिद्धि हो सकता है जो इनमें कहा गया है, सब नहीं हो सकते। जो योग शुभ कर्म में वर्जनीय बताये गये हैं, उनका प्रथम पाद ही अनिष्टकारी है पर वैधृति

और व्यतीपात ये दोनों पूरे अनिष्टकारी हैं किन्तु परिघ योग का आधा भाग ही वर्जनीय है। विष्कंभ और वज्र योग की तीन घडियाँ और गंड अतिगंड योग की छः घडियां शुभ काम में सदा त्याग देनी चाहिये। अमावस्या, संक्रांति, पातपरिघ का प्रथमचरण, वैधृति, पातयोग तथा विर्ष्कभ की पहिली तीन घडियां गंड अतिगंड की 6 घडियां शूल की पांच, व्याघात की एक, और वज्र की 9 घडियाँ शुभ काम में त्याग देनी चाहिये, एवम् पिता के मरने का दिन, ऊनमास अधिकमास, क्रूर नक्षत्र, जन्म मास, जन्म नक्षत्र विवाह द्विरागमन और जन्मतिथि को शुभ कार्य का, प्रारंभ या समाप्ति नहीं करनी चाहिये। ब्रह्मयामल में कहा गया है कि दिन की भद्रा रात में हो और रात की भद्रा दिन में हो तो उस भद्रा का परित्याग न करना चाहिये, ऐसा आचार्यों का मत है।

1. **उदयस्था तिथिर्या हि न भवेद् दिमध्यगा।**
सा खण्डा न व्रतानां स्वादारम्भश्च समापनम्।।

(हेमाद्रि व्रतखण्ड सत्यव्रत)

सूर्योदय की तिथि यदि अपराह्न तक न रहे, तो वह 'खण्डा' होती है, उसमें व्रत का आरम्भ और समाप्ति दोनों वर्जित हैं।

2. **खखण्डव्यापिमार्तण्डा यद्यखण्डा भवेत् तिथिः।**
व्रतप्रारम्भणं तस्यामनस्तगुरुशुक्रयुक्।।

(हेमादि वृद्ध वसिष्ठ)

सूर्योदय से सूर्यास्तपर्यन्त रहने वाली तिथि 'अखण्डा' होती है। यदि गुरु और शुक्र अस्त न हुए हों, तो उसमें व्रत का आरम्भ शुभ है।

3. **कर्मणो यस्य यः कालस्तत्कालव्यापिनी तिथिः।**
तया कर्माणि कुर्वीत ह्रासवृद्धी न कारणम्।।

(वृद्ध याज्ञवल्क्य)

जिस व्रत सम्बन्धी कर्म के लिए शास्त्रों में जो समय नियत है, उस समय यदि व्रत की तिथि उपस्थित हो, तो उसी दिन उस तिथि के द्वारा व्रत सम्बन्धी कार्य उचित समय पर करना चाहिए। तिथि का क्षय और वृद्धि व्रत का निश्चय करने में कारण नहीं हैं।

4. **या तिथिर्ऋक्षसंयुक्ता या च योगेन नारद।**
मुहूर्तत्रयमात्रापि सापि सर्वा प्रशस्यते।। (गोभिल)

जो तिथि व्रत के लिए आवश्यक नक्षत्र और योग से युक्त हो, वह यदि तीन मुहूर्तों से संयुक्त हो, तो वह भी श्रेष्ठ होती है।

5. **पारणे मरणे नृणां तिथिस्तात्कालिकी स्मृता।।** (नारदीय)

जन्म और मरण में तथा व्रतादि की पारणा में तात्कालिक तिथि ग्राह्य है; किन्तु अनेक व्रतों की पारणा में विशेष निर्णय किया जाता है।

6. **यां तिथिं समनुप्राप्य उदयं याति भास्करः।**
सा तिथिः सकला ज्ञेया स्नानदानजपादिषु।। (देवल)

जिस तिथि में सूर्य उदय या अस्त हो, वह तिथि स्नान-दान-जपादि हेतु सम्पूर्ण उपयोगी स्वीकारी गयी है।

7. **पूर्वाह्णो वै देवानां मध्याह्नो मनुष्याणामपराह्णः पितृणाम्।।**
(श्रुति)

पूर्वाह्न देवों का, मध्याह्न मनुष्यों का तथा अपराह्न पितरों का समय है। जिसका जो समय निर्धारित हो, उसका पूजनादि कर्म उसी समय में करना चाहिए।

8. **प्रदोषोऽस्तमयादूर्ध्वं घटिकाद्वयमिष्यते।** (तिथ्यादि तत्त्वम्)

प्रदोषकाल सूर्यास्त के बाद दो घड़ी तक माना गया है और उषःकाल सूर्योदय से पूर्व रहता है।

9. **पूर्वाह्णो दैविकः कालो मध्याह्नश्चापि मानुषः।**
अपराह्णः पितृणां तु सायाह्णो राक्षसः स्मृतः।। (व्यास)

दानादि में पूर्वाह्न देवों का, मध्याह्न मनुष्यों का, अपराह्न पितरों का तथा सायाह्न राक्षसों का समय है। अतः यथायोग्य काल में दानादि देने से यथोचित फल प्राप्त होता है।

व्रतपालन धर्माचरण का अभिन्न अंग है। व्रत शब्द का प्रयोग वेद में आता है- **'अग्ने व्रतपते व्रतं चरिष्यामि तच्छकेयं तन्मे राध्यताम्। इदमहमनृतात्सत्यमुपैमि।।'**
(शु०यजु० 1/5)

व्रतस्थ का अर्थ नियमस्थ है। व्रताचरण करने से मनुष्य को पुण्य मिलता है। पुण्य का फल सुख है। व्रताचरण में कष्ट होता है, नियम पालन करने में कठिनाइयाँ भी होती हैं, इसलिये बहुत लोग व्रत से पराङ्मुख होते हैं। जैसा कि कहा गया है-

पुण्यस्य फलमिच्छन्ति पुण्यं नेच्छन्ति मानवाः।
न पापफलमिच्छन्ति पापं कुर्वन्ति यत्नतः।।

अर्थात् लोग पुण्यफल की इच्छा करते हैं, किंतु पुण्यजनक कार्यों को करना नहीं चाहते। इसके विपरीत पापफल को तो चाहते नहीं और पापकर्म करते हैं। ऐसी स्थिति में कैसे कल्याण होगा?

पाप का फल दुःख है; पुण्य का फल सुख है, हमें सुख चाहिये लेकिन कष्टरहित। वह कैसे शक्य है? सुख दिखता है, पुण्य दिखता नहीं, दुःख दिखता है किंतु पाप नहीं दिखता। यदि

मानव को हरि का सानिध्य चाहिये तो व्रत-नियम का पालन अनिवार्य है। व्रत के पालन से हरि की प्रसन्नता होती है।

राजसभा में दुर्योधन से अपमानित विदुरजी जब हस्तिनापुर से बाहर तीर्थयात्रा के लिये निकलते हैं, उस समय के प्रसंग को व्यास जी इस प्रकार लिखते हैं-

गां पर्यटन् मेध्यविविक्तवृत्तिः सदाऽऽप्लुतोऽधःशयानोऽवधूतः।
अलक्षितः स्वैरवधूतवेषो व्रतानि चेरे हरितोषणानि।।

(श्रीमद्भा० 3/1/19)

अर्थात् वे अवधूत-वेष में स्वच्छन्दतापूर्वक पृथ्वी पर विचरते थे, जिससे आत्मीय-जन उन्हें पहचान न सकें। वे शरीर को सजाते न थे, पवित्र और साधारण भोजन करते, शुद्धवृत्ति से जीवन-निर्वाह करते, प्रत्येक तीर्थ में स्नान करते, भूमि पर शयन करते और भगवान् को प्रसन्न करने वाले व्रतों का पालन करते रहते थे।

इस प्रकार स्पष्ट है कि व्रत-पालन से भगवत्प्रीति होती है और हरि की प्रसन्नता से सुख-समृद्धि की प्राप्ति होती है।

पयोव्रत करने के बाद भगवान् ने अदिति को दर्शन देकर कहा—देवि मैं तुम्हारे इस व्रतानुष्ठान से बहुत प्रसन्न हूँ। मेरी आराधना व्यर्थ नहीं होती, व्रती को श्रद्धा के अनुसार अवश्य फल मिलता है-

अथाप्युपायो मम देवि चिन्त्यः संतोषितस्य व्रतचर्यया ते।
ममार्चनं नार्हति गन्तुमन्यथा श्रद्धानुरूपं फलहेतुकत्वाद।।

(श्रीमद्भा० 8/17/17)

व्रत अनेक हैं और व्रतों का विधान प्रायः सभी पुराणों में मिलता है। व्रतकौमुदी, व्रतराज, धर्मसिन्धु आदि में **'महानाम्नीव्रत'** का विधान पाया जाता है और स्मृति-ग्रन्थों में भी व्रत के उल्लेख हैं। व्रत ग्रहण करते समय विधियुक्त व्रत ग्रहण करना पड़ता है। उस समय शास्त्र के आज्ञानुसार पवित्र होकर आचमन, प्राणायाम के साथ ही संकल्प में देश और काल का उच्चारण करना पड़ता है, जिसका संक्षिप्त स्वरूप यहाँ दिया जा रहा है-

देश—जैसे-जम्बूद्वीपे भारतवर्षे भरतखण्डे आर्यावर्तैकदेशान्तर्गतं.....इत्यादि। भारत में पुण्यमय अरण्य हैं, जैसे—नैमिषारण्य, बदरिकारण्य, कामिकारण्य, दण्डकारण्य, अर्बुदारण्य, धर्मारण्य, पद्मारण्य तथा जम्बुकारण्य आदि। अभीष्ट अरण्य का भी उल्लेख संकल्प में करते हैं।

इस तरह देश का उच्चारण होता है। कर्म की सिद्धि संकल्प के बिना नहीं होती। मार्कण्डेय पुराण में कहा गया है—**'संकल्प विधिवत् कुर्यात् स्नानदानव्रतादिकम्।'** संकल्प का अर्थ है—अमुक देश-काल में अमुक कर्म भगवत्प्रीत्यर्थ अथवा इस फलप्राप्ति की कामना से करता हूँ। यह मानसिक क्रिया है। यही भाव इस श्लोक में व्यक्त किया गया है-

मासपक्षतिथीनां च निमित्तानां च सर्वशः।
उल्लेखनमकुर्वाणो न तस्य फलभाग्भवेत्।।

(देवल)

अर्थात् मास, पक्ष, तिथि आदि का उल्लेख न करने से फल में प्रतिबन्ध होता है। इसलिये व्रत का नियम ग्रहण करने से पूर्व संकल्प का उच्चारण आवश्यक है।

काल—संकल्प में देश का उच्चारण करने के अनन्तर काल का उच्चारण होता है। सर्वप्रथम ब्रह्माजी के परार्ध उच्चारण के अनन्त पर कल्प का उच्चारण होता है। ब्रह्माजी उस दिन को कल्प कहते हैं—1-श्वेतकल्प, 2-नीललोहित, 3-वामदेव, 4-रथन्तर, 5-रौरव, 6-देव, 7-बृहत्, 8-कन्दर्प, 9-सद्य, 10-ईशान, 11-तम, 12-सारस्वत, 13-उदान, 14-गरूड, 15-कौर्म, 16-नारसिंह, 17-समान, 18-आग्नेय, 19-सोम, 20-मानव, 21-तत्पुरुष, 22-वैकुण्ठ, 32-लक्ष्मी, 24-सावित्री, 25-घोर, 26-वाराह, 27-वौराज, 28-गौरी, 29-माहेश्वर तथा 30-पितृ से तीस कल्प जो ब्रह्माजी का एक महीना होता है, उसी में कौर्मकल्प पूर्णिमा होता है और पितृकल्प अमावस्या होती है। कल्प के प्रारम्भ में जो अवतार होता है, वह उसी कल्प का नाम होता है। सम्प्रति श्वेतवाराहकल्प है।

कल्प के बाद मन्वन्तर का उल्लेख किया जाता है। ब्रह्माजी के एक दिन में चौदह मन्वन्तर होते हैं। ये मनु चौदह होते हैं—1-स्वायम्भुव, 2-स्वारोचिष, 3-उत्तम, 4-तामस, 5-रैवत, 6-चाक्षुष, 7-वैवस्वत, 8-सावर्णि, 9-दक्षसावर्णि, 10-ब्रह्मसावर्णि, 11-धर्मसावर्णि, 12-रुद्रसावर्णि, 13-देवसावर्णि, 14-इन्द्रसावर्णि। वर्तमान काल में सातवाँ वैवस्वत मन्वन्तर है।

युग चार हैं—कृतयुग, त्रेतायुग, द्वापरयुग और कलियुग। चारों को चतुर्युग या महायुग कहा जाता है। वर्तमान काल में 28वें महायुग के सत्य, त्रेता, द्वापर बीतकर 28वाँ कलियुग चल रहा है। संकल्प में इसके बाद संवत्सर आता है। संवत्सर के चान्द्र, सौर और सावन, नाक्षत्र तथा बार्हस्पत्य इस प्रकार के भेद हैं। प्रभव, विभव आदि नाम वाले संवत्सर 60 हैं। वर्तमान में दुर्मुख नाम का संवत्सर चल रहा है। एक मास 30 दिन का होता है। 12 महीनों का 1 वर्ष अथवा संवत्सर होता है।

अयन—छः मास का एक अयन होता है। वर्ष में दो अयन होते हैं—उत्तरायण और दक्षिणायन।

भानोर्मकरसंक्रान्तेः षण्मासा उत्तरायणम्।
कर्कादिस्तु तथैव स्यात् षण्मासा दक्षिणायनम्।।

अयन का अर्थ है—गमन। सूर्य जब मकरराशि में प्रवेश करता है तो मकर-संक्रान्ति होती है। तब से छः महीने तक 'उत्तरायण' होता है। मकर-संक्रान्ति का पूर्वकाल प्रवेश के अनन्तर 40 घटी अर्थात् 16 घण्टे का होता है और सूर्य जव कर्कराशि में प्रवेश करता है तो कर्क-संक्रान्ति होती है तब से छः महीने तक 'दक्षिणायन' होता है। 'कर्क' संक्रान्ति का पर्वकाल 30 घटी अर्थात् 12 घण्टे पहले होता है। **'कर्के पुर्वास्त्रिंशत्, मकरे पराश्चत्वारिंशत्'** (धर्मसिन्धु)।

ऋतु—धार्मिक कार्य चान्द्र-ऋतु से प्रारम्भ किये जाते हैं। एक ऋतु दो महीने की होती है। चैत-वैशाख में वसन्त-ऋतु, ज्येष्ठ-आषाढ़ में ग्रीष्म-ऋतु, श्रावण-भाद्रपद में वर्षा-ऋतु, आश्विन-कार्तिक में शरद्-ऋतु, मार्गशीर्ष-पौष में हेमन्त-ऋतु और माघ-फाल्गुन में शिशिर ऋतु होती है। मास के नाम नक्षत्रों के आधार पर निश्चित हुए हैं। उस मास की पूर्णिमा के दिन वही नक्षत्र आने से नाम निश्चित किये गये हैं-

चैत-चित्रा, वैशाख-विशाखा। वेद में मास नाम इस प्रकार आये हैं। 1-चैत्र-मधु, 2-वैशाख-माधव, 3-ज्येष्ठ-शुक्र, 4-आषाढ़-शुचि, 5-श्रावण-नभ, 6-भाद्रपद-नभस्य, 7-आश्विन-ईश, 8-कार्तिक-ऊर्ज, 9-मार्गशीर्ष-सह, 10-पौष-सहस्य, 11-माघ-तप, 12-फाल्गुन-तपस्य, 13-अधिकमास को पुरुषोत्तम एवं मुलिल्लुच कहते हैं। सावन, सौर चान्द्र तथा नाक्षत्र—इस प्रकार चार प्रकार के मास होते हैं।

पक्ष—चान्द्रमास के दो पक्ष किये जाते हैं। उन्हें शुक्ल पक्ष को सित-अपूर्यमाण कहते हैं एवं कृष्ण पक्ष को असित-पूर्यमाण कहते हैं।

तिथि—गति से सूर्य और चन्द्र में 12 अंश का अन्तर तिथि कहलाता है। प्रतिपदा, द्वितीया, अमावस्या तथा पूर्णिमा आदि—इस प्रकार तिथियाँ हैं। ग्रह-गति से तिथि में क्षय वृद्धि होती है।

वार—सूर्य के पूर्व में उगने के बाद पश्चिम में जाकर फिर पूर्व में उगने तक एक ही वार कहा गया है। वार सात हैं, क्रमशः ग्रहों के नाम पर वार हैं। संकल्प में क्रमशः इसका उच्चारण-भानुवासरे, इन्दुवासरे, भौमवासरे, सौम्यवासरे, गुरूवासरे, भृगुवासरे, मन्दवासरे—इस तरह किया जाता है। वारों का शुभाशुभत्व और कार्याकार्य-विचार शास्त्रों में मिलता है।

नक्षत्र—नक्षत्र देवताओं का गृह है। ये अपनी जगह स्थिर रहते हैं, इसीलिये इन्हें नक्षत्र कहते हैं। अश्विनी, भरणी आदि नाम से नक्षत्र 27 होते हैं। 28वाँ नक्षत्र अभिजित् है। इसमें भी शुभाशुभ नक्षत्र होते हैं। योग और करण का उल्लेख संकल्प में प्रायः कम किया जाता है।

मुहूर्त—दिनमान के 15वें भाग को मुहूर्त कहते हैं। शुभ कर्म के योग्य काल को मुहूर्त कहते हैं। मुहूर्त 2 घटी का अर्थात् 48 मिनट का होता है।

घटी—ढाई पल का 1 मिनट, 24 मिनट की 1 घटी, ढाई घटी का 1 घण्टा, 30 घटी का दिन और 60 घटी, 24 घण्टे का एक अहोरात्र होता है।

दिन के पाँच भाग—सूर्योदय से 3 मुहूर्त (2 घण्टा 24 मिनट) प्रातःकाल, उसके बाद 2 घण्टा 24 मिनट मध्याह्नकाल, फिर 2 घण्टा 24 मिनट के बाद अपराह्नकाल और 2 घण्टा 24 मिनट का सायाह्नकाल होता है। प्रातःकाल देवकार्य, मध्याह्न में ब्रह्मयज्ञ, तर्पण आदि तथा अपराह्नकाल में श्राद्ध-पितृ कर्म आदि करना चाहिये।

लग्न—इष्ट समय सूर्य का क्रान्तिवृत्त भ्रमणमार्ग का जो बिन्दु पर्व क्षितिज पर उदित होता है उसे लग्न कहते हैं। 24 घण्टे=दिन-रात में मेष, वृष इस प्रकार सामान्यतः दो-दो घण्टे के बारह लग्न होते हैं।

ब्राह्ममुहूर्त—सूर्योदय से चार घड़ी (लगभग डेढ़ घण्टे) पूर्व ब्राह्ममुहूर्त होता है। सूर्योदय से पहले, ढाई घण्टे से सूर्योदय तक अभ्यास करने से विद्या कण्ठस्थ होती है। ब्राह्ममुहूर्त में धर्मार्थ तथा वेदतत्त्वार्थ का चिन्तन करने को कहा गया है। ब्राह्ममुहूर्त की निद्रा पुण्य का नाश करती है। उससे मुक्त होने के लिये पादकृच्छ्रप्रायश्चित्त व्रत करने का विधान है। यह शुभ कार्य के लिये योग्य समय होता है।

उषःकालादि—रात्रि व्यतीत होते समय 55 घड़ी पर उषःकाल, 57 पर अरुणोदय, 58 पर प्रातःकाल और 60 पर सूर्योदय होता है-

पञ्च पञ्च उषःकालः सप्तपञ्चारुणोदयः।
अष्ट पञ्च भवेत् प्रातस्ततः सूर्योदयः स्मृतः।। (विष्णु०)

प्रदोषकाल-

त्रिमुहूर्तप्रदोषः स्याद्भानावस्तं गते सति।
प्रदोषोऽस्तयादूर्ध्वं घटिकात्रयमिष्यते।।
प्रदोषोऽस्तमयादूर्ध्वं घटिकद्वयमुच्यते।।

सूर्यास्त के बाद 2 घण्टे और 24 मिनट तक प्रदोषकाल होता है। कोई 1 घण्टा 12 मिनट मानते हैं और कोई 48 मिनट का मानते हैं। विशेष काल का प्राधान्य बताने के लिये ऐसा मतान्तर सम्भव है। प्रदोषव्रत में सूर्यास्त के बाद शिवपूजन तथा भोजन का विधान है, किंतु यति और विधवा को रात्रि-नक्तभोजन का निषेध है। उनका दिवस के आठवें भाग में पूजन करके भोजन कर लेना चाहिये।

निशीथकाल—निशीथकाल का महत्त्व शिवरात्रि के दिन तथा जन्माष्टमी को होता है। **'निशीथस्तु रात्रेरष्टममुहूर्तः'** रात्रि कुल समय के 15 बराबर भागों में विभाजित करके आठवें भाग को निशीथ कहते हैं। यह समय लगभग अर्धरात्रि का माना जाता है।

इसी तरह व्रतोपवासों के अनुष्ठान करने के अवसर पर संकल्प, तिथि, वार, नक्षत्र, संक्रान्ति और देश-काल का उच्चारण करके जो कर्म एवं व्रताचरण शुरू होता है उससे सफलत्व प्राप्त होकर सुख-समृद्धि और भागवत्कृपा प्राप्त होती है। इसीलिये गीता में भगवान् कहते हैं-

ज्ञात्वा शास्त्रविधानोक्तं कर्म कर्तुमिहार्हसि।।

(गीता 16/24)

उल्लेखनीय है कि कोई भी व्रत धारण करने से पूर्व संकल्प करना अति अनिवार्य है। संकल्पविहीन व्रत मात्र उपवास के समान होता है। किसी अभिलाषा की कामना से सात्विक मन तथा संयम के साथ व्रत रखने से पूर्व अपने इष्ट का षोडशोपचार से पूजन करना चाहिए। तत्पश्चात् संकल्प का उच्चारण करना चाहिए। तांबा, चांदी अथवा स्वर्ण का एक पात्र रखकर उसमें अक्षत, पुष्प, साबुत सुपारी, जल और कुछ मुद्रायें रखकर पूरे मनोयोग और निष्ठा के साथ संकल्प का उच्चारण करना चाहिए। संकल्प में अपनी मनोकामना एवं अभिलाषा भी स्पष्ट रूप

से व्यक्त करनी चाहिए। व्रत में निम्न प्रकार से संकल्प का उच्चारण करना उचित है, अपनी अभिलाषा के अनुरूप इसमें आवश्यक परिवर्तन कर लेना चाहिए।

4.4 व्रत हेतु पात्रता

स्कान्दे--निजवर्णाश्रमाचारनियतः शुद्धमानसः॥ अलुब्धः सत्यवादी च सर्वभूतहिते रतः॥ व्रतेष्वधिकृतो राजन्नन्यथा विफलश्रमः॥ श्रद्धावान्पापभीरूश्च मददम्भविवर्जितः॥ पूर्वम् निश्चयमाश्रित्य यथावत्कर्मकारकः॥ अवेदानिन्दको भीमानधिकारी व्रतादिषु॥ निजवर्णाश्रमाचारेत्यनेन चतुर्वर्णानामधिकारो गम्यते अत एव कौर्मे--ब्राह्मणाः क्षत्रिया वैश्याः शूद्राश्चैव द्विजोत्तम॥ अर्चयन्ति महादेवं यज्ञदानसमाधिभिः॥ व्रतोपवासनियमैर्होम स्वाध्यायतर्पणैः॥ तेषां वै रूद्रसायुष्यं सामीप्यं चातिदुर्लभमृ॥ सलोकता च सारूप्यं जायते तत्प्रसादतः॥ देवलोऽपि--व्रतोपवासनियमैः शरीरोत्तपनैस्तथा॥ वर्णाः सर्वे विमुच्यन्ते पातकेभ्यो न संशयः॥ अत्राधिकारिविशेषणस्य पुंस्त्वस्याविवक्षित-त्वात्स्त्रीणमप्यधिकरः॥ भारते--मामुपाश्रित्य कौन्तेय येऽपि स्युः पापयोनयः। स्त्रियो वैश्यास्तथा शूद्रास्तेऽपि यान्ति परांगतिमृ॥ क्वचिन्म्लच्छानामप्य-धिकारो हेमाद्रौ देवीपुराणे--स्नातैः प्रमुदितैहृष्टैर्ब्राह्मंणैः क्षत्रियैनृभिः॥ वैश्यैः शूद्रैर्भक्तियुक्तैर्म्लेच्छैरन्यैश्च मानवैः॥ स्त्रीभिश्च कुरूशार्दूल तद्विधानमिदं श्रृणु॥ वैश्यशूद्रयोस्त द्विरात्राधिकोपवासो न भवति॥ वैश्याः शूद्राश्च ये मोहादुपवासं प्रकुर्वते॥ त्रिरात्रं पञ्चरात्रं वा तेषां व्युष्टिर्न विद्यते॥ इति प्राच्यलिखितनिषेधात्॥ व्युष्टिः-फलमृ॥ सभर्तृकाणां स्त्रीणां भर्त्राद्याज्ञां विना नाधिकरः॥ तथा च मदनरत्ने मार्कण्डेयपुराणे-यानारी ह्ननुज्ञाता भर्त्रा पित्रा सुतेन वा॥ निष्फलमं तु भवेत्तस्या यत्करोति व्रतादिकमृ॥ भर्त्राज्ञया सर्वव्रवेष्वधिकारः॥ भार्या भर्तुर्मतेनैव व्रतादीन्या-चरेत्सदा॥ इतिकात्यायनोक्तेः। यत्तु-पत्यौ जीवति या नारी ह्युपवासव्रतं चरेत्॥ आयुष्यं हरते भर्तुः सा नारी नरकं व्रजेत्॥ इति विष्णु वचनं तद्भर्तुरननुज्ञापरमृ॥ यत्तु कश्चित्, नास्ति स्त्रीणां पृथग्यज्ञो न यतं नाप्युपोषणमृ॥ भर्तुः शुश्रूषयैवै- ताँल्लोकानिष्टान् व्रजन्ति ताः॥ यद्देवेभ्यो च्य पित्रादिकेभ्यः कुर्याद्भर्ताभ्यर्चनं सत्क्रियां च॥ तस्य ह्यर्द्धम् सा फलं नान्यवित्ता नारी भुंक्ते भर्तृशुश्रूषयैव॥ इति स्कान्दात् सभर्तृकाणोमेकादश्याद्युप वासादावनधिकर इति॥ तन्न॥ तस्यापि पृथक्-स्वातंत्र्येण भर्त्रननुज्ञापरत्वात्। अत एव व्यासः-कामं भर्तुरनुज्ञाता व्रतादिष्वधिकारिणी॥ इति॥ शङ्खोपि--कामं भर्तुरनुज्ञया व्रतोपवासनियमाः

स्त्रीधर्माः॥ इति। न चानुज्ञया व्रतेष्विव यज्ञेपि पृथगधिकारापत्तिरिति शङ्क्यम्। तस्याः श्रुत्यध्ययनानधिकारात्॥ यद्वा। स्कान्दस्य भर्तुः शुश्रुषायाः स्तावकत्वेनाप्युपपन्नत्वादिति। न च भर्तुरनुज्ञयै- वाधिकरसिद्धेर्विधवाया व्रतेऽनधिकारापत्तिरिति वाच्यम्। नारी खल्वननुज्ञाता भर्त्रा पित्रा सुतेन वा॥ विफलं तद्भवेत्तस्या यत्करोत्यौर्ध्वदेहिकम्॥ इति मार्कण्डेयोक्तेः। पित्राद्याज्ञया तस्या अधिकार इति हेमाद्रिः॥ स्त्रीणां व्रतग्रहणे विशेषो हेमाद्रौ हरिवंशे—स्नानं च कार्यम् शिरसस्ततः फलमवाप्नुयात्॥ स्नात्वा स्त्री प्रातरूत्थाय पतिं विज्ञापयेत्सती॥

स्कन्द पुराण में बताया है कि हे राजन्! जो पुरुष अपने वर्ण और आश्रम के आचार में लगा रहता है, शुद्ध मन का हो, लोलुप न हो, सत्य बोलने वाला हो, सब प्राणियों के कल्याण में लगा रहता हो उसका ही व्रतों में अधिकार है, नहीं तो व्यर्थ ही परिश्रम है। जो पुरुष श्रद्धालु है जिसे पापों से डर लगता है। उसमें मद और दंभ दोनों नहीं हैं, पहिले कार्य को निश्चित करके फिर उसी के अनुसार क्रिया करने वाला है, जो वेद की निन्दा नहीं करता तथा जो बुद्धिमान है, उसका सब व्रतादिकों में अधिकार है। ग्रन्थकार कहते हैं कि उदाहृत श्लोक में जो यह कहा है कि, अपने-अपनें वर्ण और आश्रम के आचार में सदा लगे रहने वाले, इससे प्रतीत होता है कि व्रतादि कों में चारों ही वर्णों का अधिकार है। कूर्म पुराण में कहा गया है कि हे द्विजोत्तम! जो ब्राह्मण, क्षत्रिय, वैश्य और शूद्र, यज्ञ दान समाधि, व्रत, उपवास, नियम, होम, स्वाध्याय और तर्पण से भगवान् महादेव का अर्चन करते हैं उन्हें भगवान् शिव की कृपा से अत्यन्त दुर्लभ जो सायुज्य, सामीप्य, सालोक्य और सारूप्य आदि चारों मोक्ष हैं, वे मिल जाते हैं। देवल ने भी कहा है कि, सभीवर्ण के लोग व्रत, उपवास तपादि को नियम सहित करने से वे समस्त पापों से छूट जाते हैं, इसमें कोई भी सन्देह नहीं है। इन वचनों में अधिकारियों के प्रति पुल्लिग के शब्दों का प्रयोग किया है वह विवक्षित नहीं है क्योंकि इससे पहले कहे हुए पुरूषों के से गुण यदि स्त्रियों में हों तो वे भी व्रत करने की अधिकारिणी हैं। भारत में कहा है कि कौन्तेय! जो पापयोनियों में पैदा हुए जीव भी हैं तथा जो स्त्री वैश्या (कोई 'वेश्याः' ऐसा पाठ मानते हैं) और शूद्र हैं वे सब मेरी उपासना करके परमगति को पा जाते हैं। कहीं किसी-किसी में म्लेच्छों का अधिकार भी देखा जाता है। हेमाद्रि में देवीपुराण का वचन है कि हे कुरूशार्दूल! जिस ब्राह्मण क्षत्रिय वैश्य भक्तियुक्त शूद्र स्त्री और म्लेच्छ तथा अन्य मनुष्य स्नान करके प्रसन्नता के साथ कर सकते हैं। इस व्रत का यह विधान है आप सुनें वैश्य और शूद्रों के लिये दो रात्र से अधिक उपवास की विधि नहीं है कि जो वैश्य और शूद्र मोह के वश में होकर तीन रात व पांच रात का उपवास कर बैठते हैं उन्हें उनका फल नहीं मिलता, यह पहिलों का लिखा हुआ अनुरोध है। श्लोक में जो व्युष्टि शब्द आया है उसका अर्थ फल है। सधवा स्त्रियों को विना पति के आज्ञा के व्रतादि करने का अधिकार नहीं है। ऐसा ही मदनरत्न ग्रन्थ ने मार्कण्डेय पुराण से उद्धृत करके लिखा है कि, जिस स्त्री को पति, पिता और पुत्र से व्रत करने की आज्ञा न मिली हो यदि वह व्रतादि करेगी तो वे व्रतादि उसको फल देने वाले नहीं होंगे। स्त्री, पति की आज्ञा से सभी व्रतों को

कर सकती है क्योंकि कात्यायन ने कहा है कि स्त्री को चाहिये कि हमेशा पति की आज्ञा से व्रतादिकों को करे, विना आज्ञा के नहीं करना चाहिये। यह विष्णुजी का वचन है कि, जो स्त्री पति के जीवित रहते हुए उपवास व्रत करती है वो पति की आयु का नाश करती है जिससे उसे नरक होता है, इसका तात्पर्य बिना आज्ञा से व्रत करने में है इसके अतिरिक्त कुछ भी नहीं। कोई-कोई यह कहते हैं कि, स्कन्द पुराण में लिखा हुआ कि स्त्रियों को पति से पृथक् यज्ञ व्रत और उपोषण नहीं करना चाहिये; उनको तो पति की सेवा से ही इष्टलोक मिल जाते हैं। पति में अन्तःकरण को लगा देने वाली सती स्त्री पति की सेवामात्र से ही पति के किये हुए देवपूजन आदि सत्कर्मों में से आधा फल प्राप्त कर लेती है। इन वचनों से स्त्रियों को व्रत उपवास आदि का अधिकार नहीं है, यह नहीं कह सकते क्योंकि ये स्वतंत्र रूप से व्रत करने की उन्हें अनुमति नहीं प्रदान करते हैं। आज्ञा पाकर व्रत करने की अनुमति है, इसीलिये व्यास ने लिखा है कि पति की आज्ञा लेकर इच्छानुसार व्रत कर सकती है। शंख ने भी लिखा है कि, पति की आज्ञा से स्त्रियाँ इच्छानुसार व्रत उपवास और नियमों को कर सकती हैं। अब यहां यह शंका होती है, जैसे व्रत आदि पति की आज्ञा से कर सकती हैं उसी तरह यज्ञ आदि करने में स्त्रियों को कौन रोक सकता है? उस पर उत्तर देते हैं कि, यज्ञ में यजमान नहीं वेदपाठी होना चाहिये और स्त्रियों को वेद का अधिकार नहीं है, इस कारण पति की आज्ञा से कर सकतीं हैं। उसी तरह यज्ञ आदि करने में स्त्रियों को कौन रोक सकता है? उस पर उत्तर देते हैं कि, यज्ञ में यजमान नहीं वेदपाठी होना चाहिये और स्त्रियों को देव का आधिकार नहीं है, इस कारण पति की आज्ञा प्राप्त करने पर भी यज्ञ आदि नहीं कर सकतीं। अथवा यों समझ लीजिये कि पति की अनन्य भक्ता के लिये जो पति के किये हुए शुभ कर्मों का भागीदार कहा है, वह सेवा करने वाली स्त्रियों की प्रशंसा की गयी है, यदि यह कहो कि पति की आज्ञा से ही स्त्री व्रत कर सकती है तो जिनके पति नहीं हैं वे विधवा स्त्रियाँ व्रत कर ही नहीं सकतीं, सो उनके लिए कहते हैं कि वे पिता की तथा पिता के अभाव में भाई की आज्ञा से व्रतादि कर सकती हैं। हेमाद्रि ने श्रीमर्कण्डेयजी के वचन से कहा है कि जो स्त्री बिना पति की आज्ञा अथवा पुत्र और पिता की अनुमति के बिना परलोक के कार्य करती हैं वे सब कार्य उनके निष्फल होते हैं। इस वचन से पति के अभाव में पिता आदि से पूछकर व्रतादि कर सकती हैं। हेमाद्रि में हरिवंश को लेकर स्त्रियों के व्रत ग्रहण के बारे में लिखा है कि जब कोई स्त्री व्रत करना चाहती हो तो उन स्त्रियों को चाहिये कि शिर समेत स्नान करके, पतिदेव की आज्ञा प्राप्त करके व्रत करें। तब वो उस व्रत के फल को पा सकेगी अन्यथा नहीं पा सकती।

1. **निजवर्णाश्रमाचारनिरतः शुद्धमानसः।**
अलुब्धः सत्यवादी च सर्वभूतहिते रतः।।

इस सम्बन्ध में धर्मशास्त्रों का कथन है कि जो अपने वर्णाश्रम के आचार-विचार में रत रहते हों, निष्कपट, निर्लोभ, सत्यवादी, सम्पूर्ण प्राणियों का हित चाहनेवाले, वेदक अनुयायी, बुद्धिमान तथा पूर्व से निश्चय करके यथावत् कर्म करने वाले हों, ऐसे मनुष्य व्रत के अधिकारी होते हैं।

2. पूर्व निश्चयमाश्रित्य यथावत्कर्मकारकः।
अवेदनिन्दको धीमानधिकारी व्रतादिषु।। (स्कन्दपुराण)

उपर्युक्त गुणसम्पन्न ब्राह्मण, क्षत्रिय, वैश्य, शूद्र, स्त्री और पुरुष सभी व्रत के अधिकारी हैं।

3. नास्ति स्त्रीणां पृथग् यज्ञो न व्रतं नाप्युपोषणम्।
भर्तृशुश्रूषयैवैता लोकानिष्टान् व्रजन्ति हि।। (स्कन्दपुराण)

सौभाग्यवती स्त्रियों के लिए उल्लेख है कि पति की सेवा के अतिरिक्त उनके लिए न कोई यज्ञ है, न व्रत है तथा न उपासना है। वे पति की सेवा से ही स्वर्गादि अभीष्ट लोकों में जा सकती है।

4. पत्नी पत्युरनुज्ञाता व्रतादिष्ठधिकारिणी। (व्यास)

पत्नी, पति की अनुमति प्राप्त करके व्रत कर सकती है क्योंकि पत्नी पति की आज्ञा का अनुसरण करने वाली होती है। अतः उसके लिए पति का व्रत ही कल्याणकारी है।

अतः शास्त्रकारों की व्रतादि के विषय में यह अनुमति है कि व्रत का आरम्भ श्रेष्ठ समय में किया जाना चाहिए।

5. अस्तगे च गुरौ शुक्रे बाले वृद्धे मलिम्लुचे।
उद्यापनमुपारम्भं व्रतानां नैव कारयेत्।। (गार्ग्य)

बृहस्पति और शुक्र का अस्त तथा अस्त होने के पूर्व के तीन दिन वृद्धत्व के तथा उदय होने के पश्चात् के तीन दिन बालत्व के व्रतारम्भ में वर्जित हैं। ऐसे अवसरों में व्रतादि का आरम्भ और उत्सर्ग नहीं करना चाहिए। इसके अतिरिक्त भद्रादि कुयोग और मलमासादि भी त्याज्य हैं।

6. सोमशुक्रगुरुसौम्यवासराः सर्वकर्मसु भवन्ति सिद्धिदाः।
(रत्नमाला)

किसी भी व्रत के आरम्भ में सोमवार, शुक्रवार, बृहस्पतिवार और बुधवार हों, तो समस्त कार्यों में सफलता प्राप्त कराते हैं।

7. हस्तमैत्रमृगपुष्यत्र्युत्तरा अश्विपौष्णशुभयोगसौख्यदाः।
(मुक्तकसंग्रह)

यदि अश्विनी, मृगशिरा, पुष्य, हस्त, तीनों उत्तरा, अनुराधा तथा रेवती नक्षत्र, प्रीति, सिद्धि, साध्य, शुभ, शोभन और आयुष्मान योग हों, तो समस्त प्रकार का सुख प्रदान करते हैं।

4.5 व्रत हेतु संकल्प

ॐ विष्णुर्विष्णुर्विष्णुः ॐ स्वस्ति श्रीमन्मुकुन्दसच्चिदानन्दस्याज्ञया प्रवर्तमान-स्याद्यपरार्द्धद्वयजीविनो ब्रह्मणो द्वितीये-परार्द्धे स्थन्तरादिद्वात्रिंशत्-कल्पानां मध्ये अष्टमे श्रीश्वेतवाराहकल्पे स्वायम्भुवादिमन्वन्तराणां मध्ये सप्तमे वैवस्वतमन्वन्तरे कृत त्रेता-द्वापर कलिसंज्ञानां चतुर्युगानां मध्ये वर्तमाने अष्टाविंशतितमे कलियुगे तत्प्रथमचरणे तथापञ्चाशत्कोटियोजन विस्तीर्ण-भूमण्डलान्तर्गत सप्तद्वीपमध्यवर्तिनि जम्बूद्वीपे तत्रापि श्रीगंगादिसरिद्भिः पाविते-परमपवित्रे भारतवर्षे आर्यावर्तान्तर्गत- काशी कुरुक्षेत्र-पुष्कर-प्रयागादि-नानातीर्थयुक्तकर्मभूमौ अमुक....... जनपदे अमुक ....ग्रामे अमुक......... स्थाने श्रीन्नृपतिवीरविक्रमादित्यसमयतः अमुक .... संख्यापरिमिते प्रवर्तमानवत्सरे प्रभवादिषण्ठिसंवत्सराणां मध्ये अमुक. ..... नाम संवत्सरे अमुक....... अयने अमुक........ ऋतौ अमुक....... मासे अमुक....... पक्षे अमुक.........तिथौ अमुक........... वासरे अमुक .... नक्षत्रे अमुक..........योगे अमुक......... करणे अमुक .... राशिस्थिते सूर्ये अमुक........ राशिस्थितेचन्द्रे अमुक.......... राशिस्थितेदेवगुरौ शेषेषु ग्रहेषु यथा यथा राशिस्थानस्थितेषु सत्सु एवं ग्रहगुणविशेषणविशिष्टेक्षणे अमुक....... गोत्रोऽहम् अमुक......... शर्माऽहम् अमुकस्य पुत्रोऽहं सपत्नीकोऽहम् ममात्मनः श्रुतिस्मृतिपुराणोक्त फल-प्राप्त्यर्थं मम समस्त-पापक्षयपूर्वकं मम सकुटुम्बस्य आयुरारोग्यैश्वर्यादि-अभिवृद्धये प्राप्तलक्ष्मी चिरकालसंरक्षणाय अप्राप्तलक्ष्मीप्राप्त्यर्थ मम व्यापारे प्रचुरलाभप्राप्त्यर्थ राजद्वारे सभायां दशोदिक् यशोविजयप्राप्त्यर्थ पुत्रपौत्रादीनां दीर्घायुष्यनैरुज्यबलपुष्टि-सुखावाप्तये मम इह जन्मनि जन्मान्तरे वा अखण्डसौभाग्यदाम्पत्यसुखप्राप्त्यर्थ ज्योतिश्शास्त्रोक्तग्रहसूचितारिष्टविनाशार्थम् सकलमनोरथ-कामनासंसिद्धये शुभफल-प्राप्त्यर्थम् अमुक....... देवताप्रीतिकामः अमुक........ व्रतम् अहम् करिष्ये।

व्रत के विषय में कुछ उल्लेखनीय बिन्दु निम्नांकित हैं :

पूर्व व्रतं गृहीत्वा यो नाचरेत् काममोहितः।
जीवन् भवतिचांडालो मृतः श्वाचैव जायते।।

अर्थात् जो व्यक्ति पहले व्रत ग्रहण कर काम या प्रमादवश उसे अधूरा छोड़ देता है, वह इस जीवन में चाण्डाल के समान है और मर कर कुत्ते की योनि में उत्पन्न होता है।

पत्यौ जीवति या नारी उपोष्य व्रतमाचरेत्।
पत्युः संहरते चायुः सा नारी नरकं व्रजेत्।।

अर्थात् पति की उपस्थिति में उसकी आज्ञा प्राप्ति के बिना पत्नी को व्रत नहीं करना चाहिये। ऐसा करने पर पति की आयु क्षीण होती है अथवा वह नरकगामिनी होती है।

उपरोक्त ज्ञातव्य तथ्यों का ध्यान प्रत्येक व्रत में रखना अनिवार्य है, अन्यथा व्रत खण्डित हो जाने की आशंका होती है। व्रत सम्बन्धी कुछ और महत्वपूर्ण विषयों की ओर पाठकों का ध्यान आकर्षित करने का प्रयास किया जा रहा है।

भारतवर्ष में नव-वर्षारम्भ से अर्थात् चैत्र शुक्ल प्रतिपदा से संवत्सरपर्यन्त सभी तिथियों में व्रतों का विधान है। मासव्रत, वारव्रत, तिथिव्रत, नक्षत्रव्रत आदि तो प्रसिद्ध ही हैं। सभी व्रत करने संभव तो नहीं हैं, तथापि प्रत्येक मास में कम-से-कम एक या दो व्रतों का पालन अवश्य करना चाहिए।

चैत्र शुक्ल प्रतिपदा अर्थात् नववर्षारम्भ को मुखमार्जन स्नानादि से निवृत्त होने के उपरांत सर्वप्रथम कड़ने नीम के पत्तों का सेवन करने का विधान है। प्रतिदिन प्रातःकाल कड़वे नीम के पत्तों का सेवन करने से रक्त शुद्ध होकर अनेक चर्म-रोग से मुक्ति प्राप्त होती है।

इसी दिन से श्रीरामनवमी तक चैत्र नवरात्रोत्सव का शुभारम्भ होता है। अनेक स्त्री-पुरुष इसमें उपवास रखकर भगवान् श्रीराम और भवानी माता की उपासना करके दीर्घ शान्ति और सुख प्राप्त करने की कामना करते हैं।

वैशाख मास के शुक्लपक्ष की तृतीय तिथि में अक्षय-तृतीया एक अत्यन्त शुभ मुहूर्त है। इस पवित्र तिथि को उपवासपूर्वक जल से भरा हुआ मृत्तिका-कुम्भ, फल-पंखा तथा दक्षिणा सहित दान करने का विधान है। इसी तिथि से प्रतिदिन मिट्टी के घड़े में भरा हुआ जल पीना प्रारम्भ करना आरोग्यदायी माना जाता है। मिट्टी के संपर्क से जल शुद्ध होता है। पंचतत्वों में से ये दो तत्व जल और पृथ्वी शरीर के लिये पोषक बनते हैं। सर्दी के दिनों में बना हुआ तथा अग्निसंपर्क से पका हुआ मिट्टी का घड़ा अधिक उपयोगी माना गया है। फ्रिज में रखे हुए जल की अपेक्षा मटके का पानी अधिक लाभकारी है।

श्रीपुरुषसूक्त में एक ऋचा है—**'चन्द्रमा मनसो जातः'** अर्थात् परमब्रह्म परमात्मा के मन से चन्द्रमा की उत्पत्ति हुई है। चन्द्रमा शीतल है। कहते हैं कि चन्द्र-किरणों से अमृत की वर्षा होती है। मानव की सम्पूर्ण क्रिया मन से ही होती है। इसी दृष्टि से मन की शान्ति हेतु और वृद्धि प्राप्ति हेतु श्रीगणेशचतुर्थी का उपवास फलदायी होता है। प्रत्येक मास में दो चतुर्थी आती हैं। अधिकांश व्यक्ति कृष्णपक्ष की चतुर्थी का व्रत करते हैं। दिन भर उपवास रखकर सायंकाल को भगवान् श्रीगणेश का पूजन करके चन्द्रोदय के पश्चात् चन्द्र का दर्शन कर भोजन करना उपयुक्त है। भगवान् श्रीगणेश को तिल-गुड़ का नैवेद्य या मोद अधिक प्रिय हैं। चन्द्रोदय के पर‌‌‌

पश्चात् भोजन करने से अन्न में उत्पन्न चन्द्रमा का अमृत एवं उसकी शीतलता मन को शान्ति प्रदान करती है।

धार्मिक व्रतों में एकादशी, प्रदोष और शिवरात्रि, श्रीकृष्णजन्माष्टमी, श्रीरामनवमी आदि

का अत्यन्त महत्व है। वर्षपर्यन्त चौबीस एकादशियां आती हैं। इनमें विष्णुशयनी, प्रबोधिनी एकादशी तथा महाशिवरात्रि व्रत का स्वयं में अत्यधिक महत्व है।

यद्यपि वर्षपर्यन्त धार्मिक व्रतों का अपार भण्डार है तथापि चातुर्मास-व्रतों के पालन का आरोग्यप्राप्ति की दृष्टि से अनोखा एवं अद्वितीय महत्व स्वीकारा गया है। यदि हम चातुर्मास में धार्मिक व्रतों का सही-सही पालन करें, तो आरोग्य प्राप्ति के साथ-साथ आध्यात्मिक शान्ति भी प्राप्त कर सकेंगे।

चातुर्मास में वात-पित्त-प्रकोपक साग-सब्जियों का त्याग करना श्रेयस्कर होता है। साथ ही एक समय हल्का भोजन करना चाहिए।

एक कहावत है–**'वैद्यानां शारदी माता पिता च कुसुमाकरः'** अर्थात् चिकित्सकों के लिये शरद्-ऋतु लाभकर है। यह एक माता की भांति वैद्य आदि का पालन-पोषण करती है, तो वसन्त-ऋतु एक पिता की तरह उनका पालन-पोषण करता है। दोनों ऋतुएं अपना प्रभाव मानव के स्वास्थ्य पर डालती हैं। अधिकांश व्यक्ति इन दो ऋतुओं के आगमन के साथ-साथ ज्वर, मलेरिया, पीलिया आदि व्याधियों से पीड़ित होते हैं। इन व्याधियों से रक्षा का घरेलू सामान्य उपाय धार्मिक व्रतों का पालन (आचरण) कर अपने खान-पान पर ध्यान देते हुए ईश्वर की आराधना करना है, इससे शरीर व्याधिमुक्त रहता ही है, आध्यात्मिक लाभ भी प्राप्त होता है।

वर्षा ऋतु में अनेक सब्जियां सड़ती हैं, उनमें कीड़े प्रवेश करते हैं। तालाब आदि का जल दूषित हो जाता है। मच्छर आदि विभिन्न प्रकार के कीड़े-कीट वर्षा ऋतु तथा शरद ऋतु में उत्पन्न होते हैं। इन कीड़ों-मकोड़ों आदि से व्याधिमुक्त रहने के लिए धार्मिक व्रतों का विशेष रूप से आयोजन होता है।

आरोग्य की दृष्टि से सप्ताह में कम-से-कम एक दिन उपवास करके उस दिन से सम्बन्धित देवता की आराधना-पूजा-अर्चना करना पुण्यदायक है। सोमवार भगवान शंकर के लिए, गुरुवार भगवान दत्तात्रेय हेतु, शुक्रवार या मंगलवार माता भवानी के हेतु, शनिवार श्रीहनुमान एवं शनिदेव की आराधना हेतु व्रत किया जाता है। सोमवार को सायंकाल के समय शंकर जी की पूजा-अर्चना करके भोजन करना उपयोगी होता है। अन्य दिन रविवार और बुधवार को मध्यान्ह के पश्चात् एक समय भोजन करना चाहिए। सामान्यतः दूध, फल, साबूदाना, सिंघाड़ा, मखाना आदि सात्विक, सुपाच्य और हल्के पदार्थों का सेवन करना अत्यन्त लाभकारी है।

अधिकांश व्रतों-पर्वों में दान करने की परंपरा है। दान का अत्यधिक महत्व है। दान देना व्यक्ति के मानसिक विकास की दृष्टि से और सामाजिक कल्याण की दृष्टि से भी आवश्यक है। चातुर्मास के उपवास और नियम-धर्म इस दृष्टि से भी उपयोगी होते हैं। उपवास और नियम-धर्मों का पालन करने वाले व्यक्तियों का स्वास्थ्य तो उत्तम रहेगा, ही साथ ही उनके व्यक्तित्व का भी विकास होगा।

अतः धार्मिक व्रतों का उचित पालन (आचरण) करने से शारीरिक शुद्धि होकर आध्यात्मिक शान्ति भी प्राप्त होगी। इन व्रतों के माध्यम से हम ईश्वर की भी प्राप्ति कर सकते हैं।

करवा चौथ अथवा हरियाली तीज अथवा अहोई अष्टमी ऐसे व्रत निराहार, निराजल करने की प्राचीन परंपरा है। व्रत में अल्पाहार, सुपाच्य भोजन करने का ही परामर्श प्रदान किया जाता है परन्तु ज्ञातव्य है कि शारीरिक क्षमता के प्रतिकूल व्रत करना नितान्त कष्टदायक तो है ही, साथ ही साथ ऐसे में व्रत का उपयुक्त फल प्राप्त होने में भी संदेह उत्पन्न होता है। व्रत में व्यक्ति सामान्य रूप से अपने समस्त कार्यकलाप कर सके और उनमें किसी प्रकार की समस्या या अवरोध न उत्पन्न हो, तभी व्रत फलदायी सिद्ध होता है।

वर्तमान युग में प्रदूषणयुक्त भोजन करते रहने से हमारे शरीर में भी प्रतिरोधक क्षमता में अपेक्षाकृत पर्याप्त न्यूनता स्पष्ट रूप से दृष्टिगत होती है। अतः ऐसे कठोर व्रत निराहार तथा निराजल करने का परामर्श न तो प्रदान करना चाहिए और नही इस प्रकार से व्रत करना उपयुक्त है। यदि हर पल यही ध्यान लगा रहे कि कब व्रत समाप्त होगा और कब क्षुधा तृप्त होगी, तो व्रत का फल वैसे भी अत्यधिक न्यून हो जाता है। आधुनिक युग की बालिकाएं विवाह के उपरान्त जब करवाचौथ ऐसे कठोर व्रत का अनुगमन करती हैं, तो उनमें से अधिकांश मध्यान्ह से ही निढाल हो जाती हैं और चाँद निकलने की प्रतीक्षा करने लगती हैं। ध्यान रहे कि व्रत तभी सार्थक समझना चाहिए, जब व्रतकाल में उत्साह, उमंग, उल्लास, ऊर्जा से संयुक्त रहते हुए व्रत सम्बन्धी सावधानियों तथा सतर्कताओं का अनुसरण करते रहें। व्रत में भोजन न करने की अनिवार्यता को ही सर्वाधिक महत्व प्रदान किया जाता है, जबकि उससे कहीं अधिक महत्व सात्विक और सदाचार युक्त आचरण के साथ एक दिन सभी प्रकार के उन्माद, उद्विग्नता, तन्द्रा, प्रमाद, द्वेष, ईर्ष्या, क्रोध, अधीरता आदि से रहित जीवन प्रभु को समर्पित करते हुए सामान्य रूप से जीवन के कार्यकलाप करते रहना अथवा प्रभु को स्मरण करके दिवस विशेष उन्हें समर्पित करना, जिसमें यथाशक्ति समस्त इन्द्रियों के दासत्व से बचने की सार्थक चेष्टा करनी चाहिए। वास्तव में व्रत क्षुधा तथा पिपासा युक्त जीवन व्यतीत करने के लिए नहीं, बल्कि सात्विक तथा समर्पित जीवन व्यतीत करने की परंपरा है।

विभिन्न प्रकार के व्रतों का विस्तृत विधान 'व्रत कौमुदी', 'वृत्तार्क' तथा 'व्रतराज' नामक शास्त्रों में सन्निहित है। यहां पर हमने व्रत के व्यावहारिक विधान को ही रेखांकित करने की चेष्टा की है। समय, देश तथा परिस्थिति ध्यान में रखकर ही व्रत परिहार के अनुकरण हेतु परामर्श प्रदान किया जाना चाहिए। उदाहरण के लिए, मधुमेह के रोगी को मंगलवार के व्रत में मिष्ठान्न सेवन हेतु परामर्श नहीं दिया जाना चाहिए। इसी प्रकार, न्यून रक्तचाप के रोगी को व्रत में नमक का सेवन न करने से स्वास्थ्य सम्बन्धी संकट उत्पन्न होना संभव है। ऐसे अनेक तथ्य हैं जिनको ध्यान में रखकर ही व्रत का अनुसरण किया जाना चाहिए। यदि स्वास्थ्य, व्रत करने हेतु उपयुक्त न हो तो व्रत सम्बन्धी परिहार का अनुपालन न करना ही उपयुक्त है। संततिहीनता के ऋतुपात को संतति सुख के ऋतुराज में रूपांतरित करने हेतु अग्रांकित कतिपय व्रतों में से किसी भी एक व्रत का अनुसरण करने का परामर्श प्रदान किया जाता है।

1. पुत्रप्रदाता 'श्रावण शुक्ल एकादशी' व्रत
2. शनि प्रदोष व्रत
3. पुत्रप्रदाता षष्ठी देवी व्रत

(1) ललिता षष्ठी व्रत कथा एवं व्रत का स्वरूप
(2) पुत्रप्रदाता कपिलाषष्ठी व्रत विधान एवं कथा
(3) पुत्रप्रदाता स्कन्दषष्ठी व्रत विधान एवं कथाज्ञान
(4) पुत्रप्रदायक श्रीषष्ठी देवी की प्रयोगविधि

4. पयोव्रत
5. पुंसवन व्रत
6. मंगलवार का व्रत
7. बृहस्पतिवार का व्रत

उपरोक्त व्रत और उसके विधान आचार्य माधवाचार्य कृत 'व्रतराज', श्रीमद्भागवत पुराण आदि ग्रन्थों और शास्त्रों से संकलित करके संतानहीनता के अभिशाप से मुक्त होने हेतु और साथ ही साथ पुत्र जन्म हेतु यहाँ उद्धृत किये जा रहे हैं।

व्रतसंकल्पविधि भारते—गृहीत्वौदुम्बरं पात्रं वारिपूर्णमुदङ्मुखः॥ उपवासं तु गृह्णीयाद्यद्वा संकल्पयेद्बुधः। औदुम्वरम्—ताम्रमयम्। औदुम्बरं स्मृतं इति विश्वोक्तेः। यद्वा अन्यन्नक्तव्रतादिकं कल्पयेदिति कल्ततरूः॥ श्री दत्तस्तु—कल्पतरूमते वाकारश्चार्थे। तेनायमर्थः यत्तु नक्तादि कर्तुमिच्छेत्तदपि उक्तविधिनैव गृह्णीयादिति तन्मतं परिष्कृत्य वाकारस्योपवासपदस्य च वैयर्थ्यात्तेर्यत्संकल्पयेत्तद्गृह्णीयादित्यने- नैवोपपत्तेरित्यदूषयत्। ताम्रपात्राद्यभावे हस्तेनापि जलं गृहीत्वा संकल्पयेदित्यूक्तम्॥ मदनरत्ने तु यथा संकल्पयेदिति पाठः॥ यथा कामफलमुल्लिखेदित्यर्थः॥ अतएव मार्कण्डेयः-संकल्पं च यथा कुर्यात्स्नानदानव्रतादिके॥ अनन्तरं कृत्यमाह मदनरत्ने देवलः- अभुक्त्वा प्रातराहरं स्नात्वाऽऽचम्य समाहितः॥ सूर्याय देवताभ्यश्च निवेद्य व्रतमाचरेत्॥ अत्र प्रातर्व्रतमाचरेदित्येवान्वयः। प्रधानक्रियान्वयस्याभ्यर्हिततत्वात्। अभुक्त्वेति त्वशक्तस्याभ्यनुज्ञातेक्ष्वादिभक्षणापवादः॥ केचितु, व्रतदिने प्रातराहारम- भुक्त्वा व्रतमाचरेतदित्याहुः। तन्न, उपवासो व्रते कार्य इत्यननैवाभुक्तवतोऽधिकारस्य प्राप्तत्वादेतस्य वैर्यर्थ्यापत्ते॥ अन्येतु, पूर्वदिने प्रतिदिने प्रातराहारमभुक्त्वा अर्थादिक- भक्तं कृत्वोत्तरदिन स्नात्वाचम्य व्रतादिकं कुर्यादित्याहः॥ परेतु, सर्वत्र पूर्वेद्युरेव सायं संध्योत्तर व्रतं ग्राह्मं, वारव्रतादौ बहुशस्तया दृष्टत्वात्॥ प्रातः स्नात्वेति चान्वय इत्याहुः॥ सामान्यधर्माः॥ हेमाद्रौ भविष्ये—क्षमा सत्यं दया दानं शौचमिन्द्रिय- निग्रहः॥ देवपूजाग्निहवनं सन्तोषः स्तेयवर्जम्॥ सर्वव्रतेष्वयं धर्मः सामान्यो दशधा स्थितः॥ देवपूजा-यद्देवत्यं व्रतं तस्य पूजा। अग्निहवनं पूज्यदेवतोद्देशेन होमः॥ उपक्रमात्। तच्च सप्तमीव्रते

सूर्यपूजा अग्निहवनम्। नवमीव्रते दुर्गापूजा॥ अनुक्त- देवताव्रते इष्टदेवता पूजा। हवनं व्याहृतिहोम इति केचित्॥ अत्र क्षमादीनां स्वतन्त्रतया चतुर्वर्गसाधनत्वेन विहितानां व्रताङ्गतया विधानं खादिरं वीर्यकामस्थ यूपं कुर्यात् इतिवत्संयोगपृथक्त्वादुपपन्नमिति हेमाद्रिः। सर्वव्रतेष्वित्यत्र सर्वव्रतपदे भविष्यपुराणोक्त-सर्वव्रतपरमतो व्रतान्तरे विध्यन्तरसत्वे एव होमादोनामङ्गत्वम् नान्यथा। अतएव एकादशीव्रतादौ शिष्टानां होमाद्यनाचरणमित्ति केचित्॥ वस्तुतस्तु येष्वेव पुराणान्तरोक्तव्रतेषु होमादिविधिरस्ति, तद्विषयकमेव सर्वपदम्, अन्यथा तदितरत्वेन संकोचापत्तेरिति॥ पृथ्वीचन्द्रोदयेऽग्पिुराणे—स्नात्वा व्रतवता सर्वव्रतेषु व्रतमूर्तयः॥ पूज्याः सुवर्णमय्याद्याः शक्त्यैता भमिशायिना॥ जपो होमश्च सामान्या व्रतान्ते दानमेव च॥ चतुर्विशद्वादश वा पञ्च वा त्रय एव वा॥ विप्राः पूज्या यथाशक्ति तेभ्यो दद्याच्च दक्षिणाम्॥ व्रतमूर्तयः तद्देवप्रतिमाः॥ देवलः-ब्रह्मचर्यमहिसा च सत्यमामिषवर्जनम्॥ व्रतेष्वेतानि चत्वारि चरितव्यानि नित्यशः॥ स्त्रीणां तु प्रेक्षणात्स्पर्शात्ताभिः संकथनादपि॥ नश्यते ब्रह्मचर्यम् च न दारेष्वृतुसंगमात्॥ स्वदारेष्वृतुसङ्गमादितिक्वचित्पाठः॥ आमिषं मांसम्॥ आभिषं दृतिपानीयं गोवर्जम् क्षीरमामिषम्॥ मसूरमामिषं सस्ये फले जंबीरमामिषम्॥ आमिषं शुक्तिकाचूर्णमारनालं॥ आमिषं शुक्तिकाचूर्णमारनालं तथामिषम्॥ इति स्मृत्यन्तरोक्तं वा॥ व्रताद्यारम्भं वृद्धिश्राद्धं कार्यम्॥ तदाह शातातपः-नानिष्टवा तु पितॄञ्छ्राद्धे कर्म किंचित्समारभेत्॥

व्रतधर्म—व्रत के संकल्प की विधि महाभारत में लिखी है कि, हाथ में भरा-भराया तांबे का पात्र लेकर उत्तर दिशा की ओर मुख कर संकल्प करके उपवास को ग्रहण करना चाहिए। यदि रात का कोई उपवास करना हो तो उसमें भी इसी प्रकार संकल्प करना चाहिए। ग्रन्थकार श्लोक की व्याख्या करते हैं कि, औदुम्बर तांबे के पात्र को कहते हैं क्योंकि विश्वकोश में औदुम्बर तांबे के पात्र के पर्याय में आया है। कल्पतरु ग्रन्थ में ऊपर के श्लोक का अर्थ करते हुये लिखा है कि दिन की भांति रात के व्रतादिकों का भी संकल्प करना चाहिये। श्रीदत्त ने तो कल्पतरुकार के मत के श्लोक में आये हुए वाकारको 'च' के अर्थ में माना है, यह करने से श्लोक का जो अर्थ होता है कि दिन के व्रत की भांति रात के व्रत को भी संकल्पपूर्वक ग्रहण करना चाहिए। यदि तांबे का पात्र उपस्थित न हो तो हाथ में ही पानी लेकर संकल्प कर लेना चाहिए। यद्वा 'संकल्पयेत्' के स्थान में मदनकार ने यथा संकल्पयेत् ऐसा पाठ लिखा है। यथा का तात्पर्य यह है कि जैसी कामना हो उसको कहकर संकल्प करना चाहिये। इसी कारण मार्कण्डेयपुराण में कहा है कि जिन कामनाओं को लेकर व्रत करना चाहता हो, उन्हें संकल्प में कहकर ही स्नान दान और व्रत आदि करने चाहिए।

संकल्प के बाद के कृत्य—मदनरत्नग्रन्थ में देवल ने कहा है कि, विना भोजन किये एवम्

स्नान आदि से निवृत्त होकर एकाग्रवृत्ति से भगवान् सूर्यनारायण तथा अन्य देवताओं को नमस्कार कर प्रातःकाल व्रत का संकल्प करके, व्रत को ग्रहण करना चाहिये। इस श्लोक में 'प्रातर्व्रतमाचरेत्' ऐसा अन्वय होता है क्योंकि प्रधान क्रिया के साथ अन्वय होना उचित समझा गया है, अतः सबका अर्थ होता है कि प्रातःकाल से व्रत को करना चाहिये। कोई-कोई ग्रन्थकार तो पहले दिन प्रातःकाल भोजन न करके अर्थात् एकभक्त यानी एकवार सायंकाल को ही भोजन कर दूसरे दिन स्नानादि तथा आचमन करके व्रतादिकों को करना चाहिये; ऐसा कहते हैं। सब व्रतों में पहले दिन सायंकाल की सन्ध्या से ही व्रत का ग्रहण करना चाहिये क्योंकि वारों के व्रतादिकों में ऐसा अनेक बार देखा गया है। इनके मत में इस श्लोक के प्रातः पद का अन्वय स्नात्वा के साथ होगा जिसका यह अर्थ होगा कि प्रातःकाल स्नान करके व्रतादि का ग्रहण करना चाहिये।

व्रतियों के सामान्य धर्म—हेमाद्रि में भविष्य को लेकर कहा है कि क्षमा, सत्य, दया, दान, शौच, इन्द्रियनिग्रह, देवपूजा, अग्निहवन, सन्तोष, अस्तेय—यह दस तरह का सामान्य धर्म सब व्रतों में करना चाहिये। जिस देवता का व्रत हो उसकी पूजा, व्रत की देवपूजा कहलाती है। पूज्य देवता के उद्देश्य से अग्नि में विधि के साथ किये हुए हवन को अग्निहवन कहते हैं। कोई-कोई ऐसा कहते हैं कि सप्तमी के व्रत में सूर्य की पूजा और सूर्य के लिये हवन तथा नवमी के व्रत में दुर्गा की पूजा और उन्हीं के लिये हवन होना चाहिये एवम् जिस व्रत के कोई देवता ही न कहे गये हो, उसमें अपने इष्ट देव की पूजा और व्याहृति (भूर्भुवःस्वः) से हवन होना चाहिये। हेमाद्रि ने लिखा है कि स्वयम् क्षमा आदि चतुर्वर्ग के साधन हैं, परन्तु यहां से व्रत के अंग के रूप में विधान कहे गये हैं इनका यही प्रयोजन है कि इनके द्वारा व्रत करने से व्रत का अभ्युदय बढ़ जाता है। पृथ्वीचन्द्रोदय ग्रन्थ में अग्निपुराण के मत को लेकर लिखा है कि व्रत के समय में भूमि पर शयन करने वाले व्रती को चाहिये कि सब व्रतों में स्नान के पीछे शक्ति के अनुसार सोने आदि की बनाई हुई व्रत की मूर्ति का पूजन करे, फिर सामान्य जप होम करना चाहिये। व्रत के अन्त में दान भी देना चाहिये। शक्ति के अनुसार चौबीस या बारह या पांच या तीन ब्राह्मणों को भोजन करा कर, उन्हें दक्षिणा देनी चाहिये। जिस देव का व्रत हो व्रत के लिये बनाई गई उसकी मूर्ति को व्रतमूर्ति कहते हैं। देवल ने लिखा है कि जब कभी व्रत करे उस समय सदा ही ब्रह्मचर्य अहिंसा सत्य और निरामिष भोजन—ये अवश्य ही करे। स्त्रियों के देखने से, छूने से तथा उनके साथ बातें करने से ब्रह्मचर्य का नाश होता है। ऋतुकाल में अपनी स्त्री के साथ समागम करने से व्रत नष्ट नहीं होता। स्वदार में ऋतुगामी होने पर भी व्रत नाश हो जाता है, व्रतादिकों के आरंभ में नांदीमुखश्राद्ध अवश्य करना चाहिये। नांदीमुख श्राद्ध में विना पितरों का पूजन किये किसी भी कर्म का प्रारंभ न करना चाहिए।

गृहीतव्रतानाचरणे॥ मदनरत्ने छागलेयः-पूर्वं व्रत गृहीत्वा यो नाचरेत्काम मोहितः॥ जीवन्भवति चाण्डालो मृते श्वाऽभिजायते॥ काममोहित इति विशेषणाद्याध्यादिनाऽनाचरणे न दोषः॥ तथा च हेमाद्रौ स्कान्दे-सर्वभूतभयं व्याधिः प्रमोद गुरूशासनम्॥ अव्रतघ्नानि पठ्यन्ते सकृदेतानि शास्त्रतः॥

सर्वेभ्यो भूतेभ्यः सकाशाद्व्रतकर्तुर्भयमिति हेमाद्रिः। मदनरत्ने तु सर्वभूतभयं व्याधिरित्यपरिचित- त्वाद्याख्यातम् सर्वमृतभयम्-सर्वेभ्यो भूतेभ्यः सकाशाद्व्रतकर्तुर्भयमिति सर्पादिभयद्- व्रताङ्गवैकल्ये न व्रताहानिर्भवतीत्यर्थः॥ गुरूशासनम् गुरोराज्ञा॥ सकृदुक्तयाऽसकृत्त्यागे प्रायश्चित्तम्॥ तदुक्तं स्कान्दगारूडयोः-क्रोधात्प्रमादाल्लोभाद्वा व्रतभङ्गे भवेद्यदि॥ दिनत्रयं न भुञ्जीत मुण्डनं शिरसोऽथवा॥ न चात्र प्रायश्चित्तोक्तेरतिक्रान्तव्रतानाचरण-मितिवाच्यम्। प्रायश्चित्तमिदं कृत्वा पुनरेव व्रती भवेत्॥ इतिस्कान्दात्॥

संकल्पित व्रत को करने के प्रायश्चित— मदनरत्नग्रंथ छागलेय के मत को लेकर लिखा है कि, जो पुरूष पहले व्रत ग्रहण करके काममोहित हो पीछे उसे न करे तो वो जीता हुआ ही चांडाल है तथा मरने के बाद कुत्ता होता है। यदि व्याधि आदि कारणों से न कर सके तो उसके लिये कोई दोष नहीं हैं। ऐसा ही हेमाद्रि में स्कान्द का प्रमाण है कि, किसी भी जीव आदि का भय, राग, भूल और गुरू की आज्ञा—यदि ये एक बार उपस्थित भी हो जाय तो इनसे व्रत का नाश नहीं होता। श्लोक में जो 'सर्वभूतभयम्' पद आया है, हेमाद्रि ने इसका अर्थ किया है कि चाहे किसी भी प्राणी से भय हो, पर मदनरत्न ने इसका अर्थ यह किया है कि किसी भी अपरिचित जीव के भय से व्रतकर्ता के भयभीत होने पर व्रत में त्रुटि हो तो दोष नहीं है। पर परिचित भयादि के भय से कर्म लोप हो तो अवश्यमेव व्रत की हानि होती है। सर्प आदि के भय से व्रत का वैकल्प होने पर भी कोई दोष नहीं है। यही स्कन्द और गरुड़ पुराण में कहा गया है कि क्रोध प्रमोद और लोभ के कारण यदि व्रतभंग हो जाय तो तीन दिन भोजन न करना चाहिये। यदि यह न हो सके तो शिर का मुंडन ही कर लेना चाहिए। इससे यह बात नहीं है कि, जो व्रत भंग हो गया हो फिर वो किया ही न जाय; क्योंकि स्कन्दपुराण में ही लिखा है कि, प्रायश्चित करके फिर व्रती हो जाय अर्थात् जो व्रत भंग हो गया है, प्रायश्चित करके फिर उसे सम्पन्न करना चाहिये।

4.6 व्रत हेतु अपेक्षित सामग्री

हेमाद्रौ छन्दोगपरिशिष्टे कात्यायनः हविष्येषु यवा मुख्यास्तदनु व्रीहयः स्मृता॥ माषको-द्रवगौरादीन् सर्वाभावेति वर्जयेत्॥ तत्रैवाग्निपुराणे— व्रीहिषष्टिक- मुद्गाश्च कलायाः सलिलं पयः॥ श्यामाकाश्चैव नीवारा गोधूमाद्या व्रते हिताः॥ कूष्माण्डालाबुवृन्ताकपालकीज्योत्स्निकास्त्यजेत्॥ चतुर्भैक्ष्यं सक्तुकणाः शाकं दधि घृतं मधु॥ श्यामाकाः शालिनीवारा यावकं मूलतन्दुलम्॥ हविष्यं व्रतनक्तादावग्नि- कार्यादिके हितम्॥ मधु मांसं विहातव्यं सर्वैश्च व्रतिभिस्तथा॥ पालकी पाथरी। ज्योत्स्निका कोशातकी॥ तत्रैव भविष्ये-हैमन्तिकं सितास्विन्नं धान्यं मुद्गा यवास्तिलाः॥ कलायकङ्गुनीवारा वास्तुकं हिलमोचिका॥

षष्टिका कालशाकं च मूलकं केमकेतरत्॥ कन्दः सैन्धवसामुद्रे गव्ये च दधिसर्पिषी॥ पयोऽनुद्धृतसारं चा पनसाम्रहरीतकी॥ पिप्पली जीरकं चैव नागरङ्गकतिन्तिणी॥ कदली लवली धात्री फलान्यगुडमैक्षवम्॥ अतैलपक्वं मनुयो हविष्याणि प्रचक्षते॥ लवणे मधुसर्पिषी॥ इति क्वचित्पाठः॥ हेमन्तिकं धान्यं कलमास्तदपि सितं श्वेतमस्विन्नं च हविष्यम्॥ कलायाः सतीनकपर्याया मटर इतिप्रसिद्धाः॥ वाटाणे इति दक्षिणप्रसिद्धा॥ वास्तुकं बथुवा इति ख्यातः॥ हिलं शुक्रं मोचयति इति क्षीरस्वाम्युक्तेः शुक्रासारी हिलसार इति प्रसिद्धाः शाका जलोद्भवाः। गौडदेशे हेलांचले इति प्रतिद्धाः॥ कालशाकमुत्तर-देशेकालिकेति प्रसिद्धम्॥ केमुकं केमत्रा इतिपूर्वदेशे प्रसिद्धम्॥ नागरङ्गकं नारिङ्गम्॥ 'ऐरावतो नागरङ्गो नादेयी भूमिजंबुका' इत्यमरात्॥ नागरं चैवेति पाठे। नागरं शुण्ठी॥ लवली रायआंवलीतिमहाराष्ट्रभाषयोच्यमानं फलम्। हर फररेवडी इतिमध्यदेश- भाषया॥ अतैलपक्वमित्येतत्कथित- हविष्याणामेव विशेषणम्॥ मनुः-मुन्यन्नानि पयः सोमो मांसं यच्चानुपस्कृतम्॥ अक्षारलवणं चैव प्रकृत्या हतिरुच्यते॥ अनुपस्कृतमपक्वम्।

व्रत के लिए हविष्य वस्तुएं—हेमाद्रि ग्रन्थ में छान्दोग्यपरिशिष्ट में कात्यायन के वचन कहे गए हैं कि, हविष्य अन्नों में मुख्य कहे गए हैं, उनके पीछे व्रीहि की गणना है, चाहे कोई वस्तु भी न मिले पर उड़द, कोदों और सफेद सरसों को कभी ग्रहण नहीं करना चाहिये। इसी विषय में अग्निपुराण में कहा है कि, शाली, सांठी, चावल, मूंग तथा कलाय, पानी, दूध, श्यामाक, नीवार और गेहूँ आदि पारण में हितकारी हैं। पेठा दधि, घृत, चतुभैक्ष्य, सामा, शाली चावल, नीवार, सत्त, कण, शाक, साधारण चावल, यावक, ये सब रात के व्रतादि में हविष्यान्न कहे गये हैं तथा अग्निकार्य में भी इनका ग्रहण हो सकता है। पर किसी भी व्रती पुरूष को मधु मांस का कभी भी व्रत में सेवन नहीं करना चाहिये। भविष्यपुराण में कहा है-हेमन्त ऋतु में होने वाला हैमन्तिक, विना भीगे हुए सफेद धान, मूंग, जौ, तिल, मटर, कांगुनी, नीवार, बथुआ, हिलमोचिका, सांठी चावल, काल शाक, केबक को छोड़कर बाकी मूल, कंद, सैंधा और समुद्र नोन, तथा गऊ के दधि और घी, मलाई आदि न निकाला हुआ दूध, कटहर, आम, हरीतकी, पीपल, जीरा, नारंगी, इमली, केलो, लंवली, आमला ये सभी हविष्यान्न हैं। किन्तु ईख का गुड़ हविष्य अन्न नहीं है। जो व्रतग्राह्य वस्तु तेल में न पकाई हो वो व्रत में ग्रहण कर लेनी चाहिये। ऋषियों ने इन वस्तुओं को हविष्य बताया है जिनकी हम गणना कर चुके हैं। कहीं-कहीं 'गव्ये च दधिसर्पिषी' के स्थान में 'लवणे मधुसर्पिषी' ऐसा भी पाठ है जिसका अर्थ होता है कि, दोनों नमक, मधु और सर्पि इत्यादि भी हविष्यान्न है। हैमन्तिक धान का नाम है कलाय, वह भी विना भिगी हुई सित और श्वेत-हविष्य है। यह मटर करके प्रसिद्ध है, इसे दक्षिण देश में वाटाणे कहा जाता है, वास्तुक बथुआ के नाम से प्रसिद्ध है। 'हिल शुक्रं-हिल माहिने शुक्र के जो, मोचयति' छुड़वा दे, उसे हिलमोचिका कहते हैं, ऐसी स्वामी ने व्युत्पत्ति की है। जिसे शुक्रसारी और हिलसार भी कहते

हैं। यह एक पानी में होने वाला शाक है और इसे गौडदेश में हेलांचल कहते हैं। कालशाक उत्तर देश में कालिका नाम से प्रसिद्ध है। केमुक केमुत्रा नाम से पूरब देश में प्रसिद्ध है। मनुस्मृति में कहा गया है कि, दूर, सोम, मांस, और विना उपस्कार कियां हुआ मांस एवम् खारी नमक को छोड़कर अन्य नमक—ये स्वभाव से ही हविष्यान्न हैं। अनुपस्कृत अपक्व, अर्थात् विना पकाया हुआ मांस भी हविष्यान्न है।

तत्र पंचरत्नानि॥ आदित्यपुराणे-सुवर्णं रजतं मुक्ता राजावर्तं प्रवालकम्॥ रत्नपञ्चकमाख्यातं शेषं वस्तु ब्रवीम्यहम्॥ कनकं कुलिशं नीलं पद्मरागं च मौक्तिकमं॥ एतानि पञ्चरत्नानि रत्नशास्त्रविदो विदुः॥ इति समयप्रदीप-धृतकालिकापुराणोक्तानि वा॥ कुलिशं हीरकम्॥ स्मृत्यन्तरे-अभावे सर्वरत्नानां हेम सर्वत्र योजयेत्॥ विष्णुधर्मोत्तरे-मुक्ताफलं हिरण्यं च वैदूर्य पद्मरागकम्॥ पुष्परागं च गोमेदं नीलं गारुत्मतं तथा॥ प्रवालयुक्तानि महारत्नानि वै नव॥ अथ पल्लवाः॥ हेमाद्रौ ब्रह्माण्डपुराणे-अश्वत्थोदुम्बरप्लक्ष-चूतन्यग्रोधपल्लवाः॥ पञ्चभङ्गा इति ख्याताः सर्वकर्मसु शोभनाः॥ पञ्चभङ्गाः पंचपल्लवाः॥ पञ्चगव्यं च॥ तत्रैव स्कान्दे-गोमूत्रं गोयमं क्षीरं दधि सर्पिर्यथाक्रमस्॥ विष्णुधर्मे गोमूत्रं भागतश्चार्द्धं शकृत्क्षीरस्य च त्रयम्॥ द्वयं दध्नो घृतस्यैकमेकश्च कुशवारिजः॥ गोमूत्रप्रमाणं तु प्रायश्चित्तमयूखे ज्ञेयम्॥ विष्णुधर्मे-गायत्र्याऽऽदाय गोमूत्रं गन्धद्वारेति गोमयत्॥ आप्यायस्वेति क्षीरं च दधिक्राव्णोऽथ वै दधि॥ शुक्रमसीति आज्यं देवस्य त्वा कुलोदकम्॥ एभिस्तु पञ्चभिर्युक्तं पञ्चगव्यं प्रचक्षते॥ पञ्चामृतं तु॥ हेमाद्रौ शिवधर्मेपञ्चामृतं दधि क्षीरं सिता मधुघृतं स्मृतम्॥ मदनरत्ने कात्यायनः-आज्यं क्षीरं मधु तथा मधुरत्रयमुच्यते॥ षड्रसाः॥ तत्रैव भविष्ये-मधुरोऽम्लश्च लवणः कषायस्तिक्त एव च॥ कटुकश्चेति राजेन्द्र रासष्ट्मुदाहृतम् ॥ चतुःसमं तु॥ गारूडेकस्तूरिकाया द्वौ भागौ चत्वारश्चन्दनस्य च॥ कुंकुमस्य त्रयश्चैकः शशिनः स्याच्चतुःसमम्॥ कुंकुमम् केशरम् केशरम्॥ शशी॥ कर्पूरः॥ सर्वगन्धम्॥ कर्पूरश्चन्दनं दर्पः कुंकुमं च समांशकम्॥ सर्वगन्धमिति प्रोक्तं समस्तसुरभषणम्॥ दर्पः कस्तुरिका॥ यक्षकर्दमः॥ तथा-कस्तूरी ह्यगुरूश्चैव कर्पूरश्चन्दनं तथा॥ कंकोलं च भवेदेभिः पंचभिर्यक्षर्दमः॥ अथ सर्वौषधयः॥ छन्दोगपरिशिष्टे कुष्ठं मांसी हरिद्रे द्वे मुरा सैलेयचन्दनम्॥ वचा चम्पकमुस्तं च सर्वौषध्यो दश स्मृताः॥ सौभाग्याष्टकम्॥ पाद्मेइक्षवस्तृणराजं च निष्पावाजाजि- धान्यकम्॥ विकारवच्च गोक्षीरं कुसुमं कुंकुम तथा॥ लवणं चाष्टमं तत्र सौभाग्याष्टकमुच्यते॥ तृणराजः तालः॥ अजाजी जीरकम्॥ अर्घ्याष्टाङ्गानि ॥ आपः क्षीरं कुशाग्राणि दध्यक्षततिलास्तथा॥ यवाःसिद्धर्थकाश्चेति ह्यर्घ्योऽष्टाङ्गः प्रकीर्तितः॥ मण्डलार्थम्

पञ्चवर्णानि॥ पञ्चरात्रे-रजांसि पञ्चवर्णानि मण्डलार्थं हि काययेत्॥ शालितण्डुलचमर्णेन शुक्लं वा यवसंभवम्॥ रक्तं कुसुभसिन्दूरगैरिकादि-समुद्भवम्॥ हरितालोद्-भवं पीतं रजनीसंभवं तथा॥ कृष्णं दग्धयवैर्हरित्पीत-कृष्णवीमिश्रितम्॥ रजनी हरिद्रा॥ कौतुकसंज्ञानि॥ भविष्ये-दूर्वा यवांकुराश्चैव वालकं चूतपल्लवाः॥ हरिद्राद्वयसिद्धर्थशिखिपत्रोरगत्वचः॥ कङ्कणौध्यश्चैताः कौतुकाख्या नव स्मृताः। अथ सप्तमृदः॥ मात्स्ये-गजाश्वरथवल्मीकसंगमाद्ध्रद-गोकुलात्॥ मृदमानीय कुंभेषु प्रक्षिपेच्चत्वरात्तथा॥ गोकुलावधि सप्त, चत्वरेण सहाष्टौ मृदो भवन्ति॥ सप्तधातवः॥ हेमाद्रौ भविष्ये-सुवर्ध रजतं ताम्रमारकूटं तथैव च॥ लोहं त्रपु तथा सीसं धातवः सप्त कीर्तिताः॥ आरकूटं पित्तलम्॥ सप्तधान्यानि॥ षट्त्रिंशन्मते तत्रैवयवगोधूम- धान्यानि तिलाः कङ्गुस्तथैव च॥ श्यामाकं चीनकं चैव सप्तधान्यमुदाहृतम्॥ सप्तदशधान्यानि॥ मार्कण्डेयपुराणे-व्रीहयश्च यवाश्चैव गोधूमा अणवस्तिलाः॥ प्रियङ्गवः कोविदाराः कोरदूषाः सतीनकाः॥ माषा मुद्गा मसूराश्च निष्पावाः सकुलित्थकाः॥ आढक्यश्चणकाश्चैव शणाः सप्तदश स्मृताः॥ कोरदूषाः कोद्रवाः॥ सतीनकाः कलायाः मटरइति प्रसिद्धाः॥ अष्टादशधान्यानि॥॥ स्कान्दे-व्रीहिर्यवास्तिलाश्चैव यावनालास्तथैव च॥ सतीनकाः कुलित्थाश्च कङ्गुकाः कोरदूषकाः॥ माषमुद्गमसूराश्च निष्पावाः श्यामसर्षपाः॥ गोधूमाश्चणकाश्चैव नीवाराढक्य एव च॥ एवं क्रमेण जानीयाद्धान्यान्ष्टरदशैव तु॥ शाकानि॥ हेमाद्रौ क्षीरस्वमी-मूलपत्रकरीराग्रफल- काण्डाधिरूढकाः॥ त्वक् पुष्पं कवकं चेति शाकं दशविध स्मृतिम्॥ करीरं वंशांकुरः॥ अग्रं पल्लवः॥ काण्डं नालम्॥ कवकं छत्राकम् कलशा उक्ताः विष्णुधर्मे- हेमराजतताम्राश्च मृन्मया लक्षणान्विताः॥ यात्रोद्वाहप्रतिष्ठादौ कुम्भाः स्युरभिषेचने॥ तत्परिमाणं च॥ तत्रैव— पञ्चाशाङ्गुलैवपुल्या उत्सेधे षोडशाङ्गुला॥ द्वादशाङ्गुलमूलाः स्युमुखमष्टाङ्गुलं भवेत्॥ पंचगुणिता आशाश्च पंचाशा आशा दश। पंचाशदंगुलानि वैपुल्यमित्यर्थः। केचितु पञ्चादशांगुलवैपुल्या इत्याहुः॥ प्रतिमाद्रव्ययोः परिमाणम्॥ हेमाद्रौ भविष्ये-अनुक्तद्रव्यतत्संख्या देवता प्रतिमा नृप॥ सौवर्णी राजती ताम्री वृक्षजा मार्तिकी तथा॥ चित्रजा पिष्टलेपोत्था निजवित्तानुसारतः॥ आमाषात्पलपर्यन्ता कर्तव्या शक्तिसंभते॥ अंगुष्ठपर्वमारभ्य वितस्त्यवधिका स्मृता॥ मात्स्ये तु विशेषः- अंगुष्ठपर्वादरभ्य वितस्तिर्यावदेव तु॥ गृहे तु प्रतिमा कार्या नाधिका शस्यते बुधैः॥ आषोडशात्तु प्रासादे कर्तव्या नाधिका ततः॥ इति॥ अधिकं कल्पतरौ प्रतिष्ठाकाण्डे ज्ञेयम्॥ अनादेशे होमसङ्ख्या॥ तथा- अनुक्तसंख्याहोमे तु शतमष्टोत्तरं स्मृतम्॥

मात्स्ये--होमो ग्रहाधिपूजायां शतमष्टोत्तरं भवेत्। अष्टाविंशतिरष्टौ वा यथाशक्ति विधीयते॥ मदनरत्ने ब्राह्मे-यथोक्तवस्वसंपत्तौ ग्राह्यं तदनुकारि यत्॥ धान्यप्रतितिनधिः॥ यवाभावे च गोधूमा व्रीह्यभावे च तण्डुलाः॥ आनादेशे होमद्रव्यम्॥ आज्यं द्रव्यमनादेशे जुहुयाच्च यथाविधि॥ अनादेशे मन्त्रदैवतम्॥ मंत्रस्य देवतायाश्च प्रजापतिरिति स्थितिः। मंत्रस्य देवतायाश्चाविधाने प्रजापतिर्देवता समस्तव्याहृतिर्मन्त्रः॥ स्मृत्यन्तरेपि-"न व्याहृत्या समं हुतः" इति॥ गारूडे-- प्रणवादिनमोन्तं च चतुर्थ्यन्तं च सत्तम॥ देवतायाः स्वकं नाम मूलमंत्रः प्रकीर्तितः॥ द्रव्याभावे प्रतिनिधिः॥ हेमाद्रौ विष्णुधर्मे--दध्यलाभे पयो ग्राह्यं मध्वलाभे तथा गुडः॥ घृते प्रतिनिधिः कार्यः पयो वा दधि वा नृप॥ तत्रैव मैत्रायणीपरिशिष्टे--"दर्भाभावे काशः" पैठीनसिः- "सर्वाभावे यवाः"॥ तत्रैव देवलः-आज्यहोमेषु सर्वेषु गव्यमेव भवेद्घृतम्॥ तदभावे महिष्यास्तु आजकाविकमेव तु॥ तदभावेतु तैलं स्यात्तदभावे तु जार्तिलम्॥ तदभावे तु कौसुम्भं तदभावे तु सार्षपम्॥ अथ पवित्रम्॥ हेमाद्रौ परिशिटेष्कात्यायनः- अनंतगर्भितं साग्रं कौशं द्विदलमेव च॥ प्रादेशमात्रं विज्ञेयं पवित्रे यत्र कुत्रचित्॥ आज्यस्योत्पवनार्थं यत्तदप्येतावेदव तु॥ अथेध्माः॥ पलाशाश्वत्थखदिरवडोदुम्बराणाम्। तदभाते कण्टकवर्जसर्ववनस्पतीनाम्॥ अथ धूपाः॥ अगुरूश्चन्दनं मुस्ता सिह्लकं वृषणं तथा॥ समभागैस्तु कर्तव्यो धूपोऽयममृताह्वयः॥ सिह्लकं सिह्लाद इति प्रसिद्धम्॥ वृषणं कस्तूरी॥ षड्भागकुष्ठं द्विगुणो गुडश्च लाक्षात्रयं पंच नखस्य भागाः॥ हरीतकीसर्जरसः समांसी भागैकमेकं त्रिलवं शिलाजम्॥ घनस्य चत्वारि पुरस्य चैको धूपो दशाङ्गः कथितो मुनीन्द्रैः॥ सर्जरसो राल इति प्रतिद्धंः॥ मांसी जटामांसी॥ त्रिलवं त्रिभागम् घनः कर्पूरः॥ पुरो गुग्गुलुः॥ सुवर्णमानमाह॥ याज्ञवल्क्यः-जालसूर्यमरीचिस्थं त्रसरेणू रजः स्मृतम्॥ तेऽष्टौ लिक्षास्तु तास्तिको राजसर्षप उच्यते। गौरस्तु ते त्रयः षट् ते यवो मध्यस्तु ते त्रयः॥ कृष्णलः पंच ते माषस्ते सुवर्णस्तु षोडश॥ पलं सुवर्णाश्चत्वारः पञ्च वापि प्रकीर्तितम्॥ रजतमानमाहः॥ द्वे कृष्णले रूप्यमाषो धरणं षोडशैव ते॥ शतमानं तु दशभिधर्रणैः पलमैव तु॥ निष्कः सुवर्णाश्चत्वारः॥ इति॥ ताम्रमानमाह-- कार्तिकस्ताम्रिकःपणः इति पलचर्थांशेन कर्षेणोन्मितः कार्षिकस्ताम्रसम्बन्धी पणो भवति॥ कर्षसंज्ञा च निघण्टौ--ते षोढशाक्षः कर्षोऽस्त्री पलं कर्षचतुष्टयम्॥ इति॥ ते षोडश माषा अक्षाः स च कर्ष इत्यर्थः॥ धरणस्यैव पुराण इति संज्ञान्तरम्॥ ते षोडश स्याद्धरणं पुराणश्चैव राजतम्॥ इति मिताक्षरायां स्मृतेः॥ शतमानपले पर्याये॥ सुवर्णचतुष्टयसमतोलितं रूप्यं राजतो

निष्कइत्यर्थः। सुवर्णनिष्कस्तु--चतुःसौवर्णिको निष्को विज्ञेयस्तु प्रमाणतः॥ इतिमनूक्तेः, स च पल समान एव॥ कोऽत्र कार्षापण इत्यपेक्षायां देशभेदेन कार्षापणो। मिन्न इत्याह, हेमाद्रौ नारदः-कार्षापणो दक्षिणस्यां दिशि रौप्यः प्रवर्तते॥ पणैर्निबद्धः पूर्वस्यां षाडशैव पणाः स तु॥ षोडशपणाः अष्टौ ढब्बूका कार्षापणाः पूवास्यामित्यर्थः॥ तावता लभ्यं रूप्यं दक्षिणस्यां स इति द्वैतनिर्णये॥ लीलावत्याम्--वराटकानां दशकद्वयं यत्सा काकिणी ताश्च पणश्चतस्रः॥ ते षोडश द्रम्म इहावगम्यो द्रम्मैस्तथ षोडशभिश्च निष्कः॥ इति॥

व्रत के लिये आवश्यक वस्तुएं निम्न हैं--सबसे पहिले आदित्य पुराण के कहे हुए पंच रत्नों को बताते हैं--सोना, चांदी, मोती, मूंगा और लाजवर्दी ये पांच रत्न कहे गये हैं। समयप्रदीप ग्रन्थ में तथा कालिकापुराण के कहे हुए पंचरत्न--सोना, हीरा, नीलम, पुखराज और मोती हैं, रत्न शास्त्रवेत्ता इन्हें पांचरत्न मानते हैं। मूलश्लोक में जो कुलिशशब्द आया है उसर्का अथ हीरा है। स्मृत्यन्तर में वर्णित है कि, सब रत्नों के अभाव में समग्र स्थान पर सोने का प्रयोग कर सकते हैं। विष्णुधर्मोत्तर में कहा है-मुक्ता, सोना, वैदूर्य्य, पद्मराग, पुष्पराग, गोमेद, नील, गारूत्मत और प्रवाल ये महारत्न कहे गये हैं।

पंचपल्लव--हेमाद्रि में ब्रह्माण्ड पुराण से कहा है कि, पीपर, गोदर, दूध, प्लक्ष, आम और वरकी छालें पंच पल्लव कहलाती हैं। इस श्लोक में पंचभंगा पाठ आया है, जिसका पंचपल्लव अर्थ है, ये सब कार्यों में उपयुक्त हैं। पंचगव्य-हेमाद्रि में, स्कान्द पुराण में कहा गया है कि, गोमूत्र, गोबर, दूध, दही और गऊ का ही सर्पि ये पंचगव्य कहलाते हैं। विष्णुधर्म में कहा है कि, जितना पंचगव्य बनाना हो तो आधाअंश गोमूत्र लेना ही चाहिये, तीन-तीन भाग गोबर और दूध का होना चाहिये, दो भाग दही और 1 भाग घृत तथा शेष भाग का कुशजल होना चाहिये। जैसे 21 तोले पंचगव्य में एक तोले गोमूत्र, दो तोले कुशजल का तथा दो तोले घी, 4 तोले दही और 6 तोले गोबर और छः तोले दूध लेना चाहिये। विष्णुधर्म में वर्णित है कि, गायत्री मंत्र को उच्चारित कर गोमूत्र तथा 'गन्धद्वाराम्' इस मंत्र को जपकर गोबर एवम् 'आप्यायस्व' इस मंत्र से दूध तथा 'दधिक्राव्णो' इस मंत्र से दही और 'शुक्रमसि' से घी और 'देवस्य त्वा' से कुश का जल मिलाना चाहिये। ऊपर कही हुई पांचों वस्तुओं के योग से पंचगव्य बनता है।

ॐ गन्धद्वारां दुराधर्ष नित्यपुष्टां करीषिणीम्।
ईश्वरीं सर्वभूतानां तामिहोपह्वये श्रियम्।।

यह लक्ष्मीसूक्त का मंत्र है। लक्ष्मी के विषय में इसका अर्थ होता है कि, अनेक प्रकार की स्वच्छ सुगन्ध की द्वारभूत, किसी से भी अभिभूत न होने वाली तथा सदा सब प्रकार से पुष्ट करने वाली, दान में चित्तकरने वाली अथवा हाथियों जैसी ईश्वरी आदि उत्तम सवारी देने वाली संपूर्ण जगत की ईश्वरी 'श्री' को बुला रहा हूँ। गोमय के विषय में विविध प्रकार को सुगन्धि देने वाले तथा किसी से न पराजित होने वाले, सदा ही पुष्टि के देने वाले एवम् शुष्क गोमय

रूप में आजाने वाले सब प्राणियों से प्रशंसित तथा विविध शोभा संयुक्त गोमय को बुलाता हूं। जिस मंत्र का जिस विषय में प्रयोग हो उसका उसी विषय में अर्थ होना चाहिये। **'ओंआप्यायस्व समेतुते विश्वतः सोमवृष्ण्यम। भवा वाजस्य संगथे।'** हे सोम! आपका बलवर्धक सत्त्व चारों ओर से मुझमें आ जाय, वाज के संगम के लिये हो।

'ओं दधिक्राव्यो अकारिषं जिष्णोरश्वस्य वाजिनः। सुरभिनो मुखाकरत् प्रण आयूंषि तारिषत्।' दूध में शीघ्र ही व्याप्त हो जाने वाले, बलशाली, व्यपनशील दही को इनमें मिला रहा हूं। अथवा प्रत्येक पाद विशेष में पृथ्वी को आक्रान्त करने वाले, जयशील तथा वेगवाले अश्वका संस्कार कर दिया है वो दूधि अथवा अश्व हमारे मुखों में सुगन्ध कर दे एवम् हमारी आयु को बढा दे। **'ओं शुक्रमस्यमृतमसि धामनामासि प्रियं देवानामनाघृष्टं देव यजनमसि।'** हे आज्य! तू शुक्र-दीप्तिमान् अथवा वीर्य रूप है। आप विनाश रहित हो अर्थात् जो आपका सेवन करता है, उसकी अल्पायु में मृत्यु नहीं होती। आप शीघ्र विकृत होते हो आप धामनाम है, आप देवों के प्यारे तथा न ही तिरस्कृत होने वाले देव यजन, अर्थात् देवताओं को यजन करने की वस्तु हो। **'ओम् देवस्य त्वा सवितुः प्रसवेऽश्विनोबाहुभ्यां पूष्णो हस्ताभ्याम्।।'** देव सविता की आज्ञा में प्रवर्तमान हुआ मैं अश्विनी की बाहु तथा पूषा के हाथों से ग्रहण करता हूं। याज्ञिक विनियोगादि के आधार पर लिखे गये वेद भाष्यों में इन मंत्रो का वही अर्थ है, जो इनके विनियोग के प्रकार से होता है।

पंचामृत—हेमाद्रि शिवधर्मों में उल्लिखित है कि दही, दूध, खांड़, शहद और घी—ये पांचों मिलकर पंचामृत कहलाते हैं। मधुरत्रय—मदनरत्नग्रन्ध में कात्यायन का वचन है कि, घी, दूध और शहद—इन तीनों को मधुरत्रय कहते हैं। षड्रस—मदनरत्नग्रन्थ में भी भविष्य का वचन रखा है कि, हे राजेन्द्र! मधुर, अम्ल, लवण, कषाय, तिक्त, कटुक ये—छः रस कहे गये हैं। चतुःसम—गरुड़पुराण में कहा है कि, दो अंश कस्तूरी, चार अंश चन्दन, तीन अंश कुंकुम और एक अंश कपूर, ये चारो मिलाकर चतुस्मस कहलाते हैं। यदि दश रत्ती बनाना हो तो दो रत्ती कस्तूरी, 4 चंदन, 3 कुंकुम, और एक रत्ती कपूर लेना चाहिये। सर्वगन्ध—कर्पूरचन्दन, दर्प, कुंकुम, जब ये चारों समान मात्रा में लिये जाये उस समय इन्हें सर्वगन्ध कहते हैं। यह सब देवताओं का भूषण है। यक्ष कर्दम—कस्तूरी, अगुरू, कर्पूर, चन्दन, कँकोल ये पांचों मिलकर यक्षकर्दम कहलाते हैं। सर्वोषधि—छन्दोग्य परिशिष्ट में लिखा है कि कूट, कंकोल, दोनों हलदी, मुरा, शैलेय चन्दन, वचा, चंपक, मुस्त इन दशों को सर्वोषधि कहते हैं। सौभग्याष्ट—पद्मपुराण में लिखा है कि, ईख, तृणराज, निष्पाव, अजाजी, धान्य, दही कुसुम, कुंकुम, लवण ये आठ सौभाग्याष्ट कहलाते हैं। तृणराज काल को कहते हैं। अजाजी जीरे का नाम है। अष्टांग अर्ध्य—पानी, दूध, कुशा के अग्रभाग, दही, चावल और तिल, जौ, सफेद सरसों ये अष्टांग अर्ध्य कहलाते हैं। पंचरात्र शास्त्रों में लिखा हुआ है कि, मण्डल बनाने के लिये पांच रंग के पांच चूर्ण तैयार करने चाहिये, श्वेत के स्थान में गेहूं, चावल तथा यव का चूर्ण तैयार करना चाहिये। कुंकुम, सिन्दुर और गेरू को लाल रंग के स्थान में तथा हरताल के और हल्दी के चूर्ण का पीले रंग के स्थान में लेना चाहिये। जले हुये जौओं से काला तथा पीले और काले से हरा रंग बना लेना चाहिये, क्योंकि इन दोनों को मिला देने से हरा रंग बन जाता है। कौतुकसंज्ञका—भविष्य पुराण

में लिखा हुआ है कि, दूध, जौ के अंकूर, खस की जड़, आम की डाल, दोनों हलदियाँ, सफेद सरसों, मोर पंख, साँप की कैचूंली ये कंकणकी औषधि हैं, इन्हें कौतुक कहते हैं। सप्तमृद–मत्स्य पुराण में लिखा है कि जिस स्थान में घोड़ा बँधे और गौ बँधे उन दोनों जगहों की धूल, रथ की रेत, बामी की मिट्टी, नदियों के संगम की मिट्टी, तालाब की मिट्टी, गउओं के खुर की और चौराहे की मिट्टी, ये सात मृत्तिकाए हैं। सप्तधातु–हेमाद्रिग्रन्थ में भविष्य का लिखा है कि, सुवर्ण, रजत, ताम्र, आरकूट, लोह, त्रपु और सीमा ये सात धातु हैं। आरकूट पीतल को कहते हैं। वहां ही सप्तधान, षट्त्रिंशद् ग्रन्थ के मत से-यव, गोधम, व्रीहि, तिल, कंगु, श्यामाक और चीनक इन सातों को सप्तधान्य कहते हैं। सत्रहधान–मार्कण्डेय पुराण में कहे हैं कि व्रीहि, यव, गोधूम, अणु, तिल, प्रियंगु, कोविदार, कोरदूष, सतीनक, माष, मूंग, मसूर, निष्पाव, कुलित्थिका, आढकी, चणक और शण ये 17 धान्य कहते हैं। अठारह धान्य–स्कन्दपुराण में कहा गया है कि व्रीहि, यव, तिल, यावनाल (रामदाना) सतीनक, कुलिंत्थ, कंगु, कोरदूष, माष, मुद्ग, मसूर, निष्पाव, श्याम, सर्षप, गोधूम, चणक, नीवार, आढकी, ये क्रम से गिनने से अठारह हो जाते हैं।

शाक–हेमाद्रि ग्रन्थ में क्षीरस्वामी के मत से शाक भी गिनाये हैं कि, शाक दश प्रकार के होते हैं। कोई जड़, कोई पत्ते तथा कोई कुला और कोई पल्लव एवम् कोई फल और कोई कोपर, उपजे हुए अंकुर, छाल, और कोई कवच के रूप में होते हैं। कलश–विष्णुधर्म में कहा है कि, कलश अपने लक्षण के अनुसार सोने, चांदी, तांबे और मिट्टी के होते हैं, ये यात्रा विवाह और प्रतिष्ठादिक में अभिषेक के निमित्त होते हैं। कलश का परिमाण भी वही कहा है कि, पंचाशांगुल विपुल, सोलह अंगुल उंचा, 12 अंगुल जड़वाला और आठ अंगुल का मुंह होता है। दिशा दश हैं इसलिये आशा दश का बोध होता है। पांच से दश को गुणा कर देने पर 50 होते हैं, जिसका यह तात्पर्य होता है कि पचास अंगुल विपुल हो। कोई 2 तो 14 अंगुल ही विपुल मानते हैं, विपुल का अर्थ चौड़ा होता है।

हेमाद्रि ने भविष्य पुराण को लेकर लिखा है कि हे राजन! जहां देवता की प्रतिमा का द्रव्य और उसका परिमाण तथा मूर्ति का परिमाण नहीं कहा गया हो वहां जैसी अपनी शक्ति हो उसके अनुसार माप से लेकर पल तक की सोने, चांदी और तांबे की बनवा लेनी चाहिये। यदि यह भी न हो कसे तो मिट्टी की ही बनवा ले, नही तो चित्रपट को ही पूज दे तथा पिष्ट लेप से ही पूजन पूर्ण करें। प्रतिमा अंगूठे के पोरूए से लेकर चार विलस्त तक बड़ी हो। मत्स्य पुराण में तो प्रतिमा के प्रमाण में कुछ विशेषता कही है कि अंगूठे के पोरूए से लेकर एक लियाँयद तक की मूर्ति घर में पूजनी चाहिये, इससे अधिक घर की मूर्ति को विद्वान् शुभ नहीं बताते। हवेली में 16 अंगुल से बड़ी भगवान् की मूर्ति न होनी चाहिये।

होम–जहां होम की कोई संख्या न कही हो वहां 108 समझनी चाहिये। मत्स्य पुराण में कहा है कि ग्रहादि की पूजा में 108 आहुति होती हैं 28, तथा 8 भी हुआ करती हैं। यह करने वाले की शक्ति के ऊपर निर्भर है, वो जितनी चाहे उतनी आहुति दे। मदनरत्नग्रन्थ में ब्रह्म पुराण को लेकर कहा है कि, जो वस्तु कही गयी वो न मिले तो उस जैसी दूसरी वस्तु को ले लेना चाहिये। जैसे, जौ न हों तो गेंहूओं से तथा व्रीहि न हों तो तण्डुलों से कार्य कर लेते हैं। जहां कोई हवन द्रव्य न लिखा हो वहां विधि के साथ घी की ही आहुति देनी चाहिये। जहां कोई मंत्र

देवता न कहा गया हो वहां प्रजापति समझना चाहिये। दूसरी स्मृतियों में भी लिखा हुआ है कि, व्याहृतियों से हवन करने के बराबर दूसरा कोई हवन नहीं है अथवा व्याहृतयों के बराबर कोई हवन मंत्र नहीं है। गरुड़ पुराण में लिखा हुआ है कि हे सत्तम्! जिस देवता का मूल मंत्र बनाना हो उस देवता के नाम को चतुर्थी का एक वचनान्त करके उसके आदि में ओम् और अन्त में नमः लगाने से सब देवताओं के मूल मंत्र बन जाते हैं।

द्रव्याभावे प्रतिनिधि—हेमाद्रि में विष्णुधर्म में लिखा हुआ है कि, हे राजन यदि दही न मिले तो दूध तथा मधु के अभाव में गुड से पूजन करना चाहिये। यदि घी न हो तो दही व दूध से काम लेना चाहिये। उसी ग्रन्थ में मैत्रायणीय परिशिष्ट का वचन है कि, दूब के अभाव में काश को ले लेना चाहिये। पैठीनसि ने कहा है कि, सबके बदले जौओं से कार्य लेना चाहिये। इस विषय में वहां देवल का भी वाक्य है कि जहां कहीं आज्य का होम है वहां सब स्थान में गौ का ही घृत लेना चाहिये। यदि गौ का न मिले तो भैंस का अदि, भैंस का भी न मिले तो बकरी और बकरी का भी न हो तो भेड़ का बर्तना चाहिये। यदि यह भी न हो तो तिल का तेल तथा तिल का तेल भी न हो तो जार्तिल का तेल तथा इसके भी अभाव में कौसुंभ का तेल तथा इसके भी अभाव में सरसों का तेल लेना चाहिये।

पवित्र—हेमाद्रिग्रन्थ कात्यायन परिशिष्ट के मत को लेकर लिखा है कि, जिनके बीच में कुछ दल न हो, अग्रभाग खण्डित न हो ऐसी द्विवल कुशा लेनी चाहिये, वो प्रादेश मात्र होनी चाहिये। जहां भी कहीं पवित्रता का प्रकरण आये तथा जहां घृत की शुद्धि के लिये पवित्र आया है वहां भी ऐसा समझना चाहिये।। इध्म—पलाश, अश्वत्थ, खदिर, वट, उदुम्बर, ये समिध है; इनके अभाव में कांटेदारों को छोड़कर सब वनस्पतियां ले लेनी चाहिये। धूप—अगुरू, चन्दन, मुस्ता, सिह्लक, वृषण, इन पांचो वस्तुओं की समान मात्रा लेकर जो धूप बनायी जाती है उसे अमृत कहते हैं। सिह्लक को सिह्लार कहते हैं, वृषण कस्तूरी को कहते हैं।

दशांगधूप—6 भाग कुष्ठ, 12 भाग गुड़, 3 भाग लाक्षा, पांच भाग नख, हरीतकी, सर्जरस और मांसी ये तीनों एक एक भाग, तथा त्रिलव, सिलाजीत चार भाग, घन एक भाग पुर, इन सबको मिलाकर दशांग धूप बनता है। ऐसा बड़े-बड़े मुनि कहते हैं। सर्जरस राल का नाम है, मांसी जटामांसी को कहते हैं। त्रिलव का मतलब तीन भागों से है, धन कपूर का नाम है। गूगल को पुर कहा है।

सुवर्णमान—याज्ञवल्क्य ने कहा है कि, जाल में सूर्य की किरणों में जो कण उड़ते, चलते दीखते हैं, इनमें से एक का नाम त्रसरेणु है। आठ त्रसरणुओं को मिल जाने पर एक लिक्षा होता है। तीन लिक्षाओं का एक राजसर्षप (राई) होता है। तीन राजसर्षपों का एक गौर (सफेद सरसों) होता है। छः गौरों का एक मध्य यव होता है। तीन तीन जौओं का या तीन विचले जौ भर एक कृष्णल होता है। पांच कृष्णल का एक मास होता है। सोलह माषों का एक सुवर्ण होता है। पांच या चार सुवर्णों का एक पल होता है। यह तो कोशकारों ने भी माना है कि चार सुवर्णों का एक पल होता है।

रजत मान—दो कृष्णलों का एक रूप्यामाष होता है। सोलह मासों का एक धरण होता

है, दश धारणों का एक शतमान पल होता है, याज्ञवल्क्य जी के कहे हुए चार सुवर्णों का ही एक निष्क होता है।

ताम्रमान—चांदी के मान के पल का चौथा भाग जो कर्ष है उससे तोला हुआ कार्षि बनता है यह तांबे का पण होता है। यह याज्ञवक्ल्य स्मृति से ही लिखा गया है। वैद्यक के निघष्टु में कर्ष का अर्थ किया है कि सोलह माषों का एक कर्ष तथा चार कार्षों का एक पल होता है। सोलह माषों का एक अक्ष होता है, उतना ही कर्ष होता है। धरण का दूसरा नाम पुराण भी है क्योंकि, मिताक्षरा में लिखा है कि, सोलह का धरण होता है जिसे चांदी के तोल में पुराण भी कहते हैं। शतमान यह पल का ही पर्याय है। चार राजतसुवर्णों के बराबर तुला हुआ रूप्य मानी राजत निष्क होता है एवम् चार सोने के सुवर्ण के बराबर सुवर्ण निष्क होता है। ऐसा मनु ने कहा है, वो पलके समान होता है। अब यहां यह जानने की अपेक्षा होती है कि, यहां कार्षापण क्या है ? देशभेद से कार्षापण भिन्न है। इसी विषय में हेमाद्रि में नारदजी का वाक्य है कि, दक्षिण देश में रौप्य कार्षापण ही प्रचलित है। पूरब में सोलह पणों से कार्षापण निबद्ध है। सोलह पण या आठ ढब्बूका पूरब में कार्षापण होता है। दक्षिण दिशा में उतने ही में रूप्य मिल जाता है, यह द्वैतनिर्णय में लिखा हुआ है। लीलावती में तो यह लिखा हुआ है कि, 20 कोड़ियों की एक काकिणी चार काकिणी का एक पण होता है, सोलह पणों का एक द्रम्म तथा सोलह द्रम्मों का एक निष्क होता है।

4.7 व्रतों के सामान्य नियम

वैदिक सनातन धर्म में, धर्म के तीन प्रधान अंग माने गये हैं—यज्ञ, जप और दान। व्रतों में इन तीनों अंगों का समावेश है। तपोधर्म की प्रधानता के कारण व्रत तपोमूलक ही हैं, तथापि व्रतों में उपासना, यज्ञ और दान तथा ब्राह्मण-भोजनादि का सम्बन्ध भी होने से इन्हें सर्वयज्ञमय भी कहा गया है। देवल का कथन है कि व्रत और उपवास के नियमपालन से शरीर को अतिशय तपाना ही तप है। जैसा कि कहा गया है-

वेदोक्तेन प्रकारेण कृच्छ्रचान्द्रायणादिभिः।
शरीरशोषणं यत् तत् तप इत्युच्यते बुधैः।।

(देवल)

निरूक्त में व्रत को कर्म सूचित किया गया है और धर्मशास्त्रकार श्रीदत्त ने अभीष्ट कर्म में प्रवृत्त होने के संकल्प को ही व्रत बतलाया है। अन्य धर्माचार्यों ने भी पुण्य-प्राप्ति के लिये किसी पुण्य तिथि में उपवास करने या किसी उपवास के कर्मानुष्ठान द्वारा पुण्य-संचय करने के संकल्प को व्रत की संज्ञा दी है।

नित्य-नैमित्तिक अथवा काम्य व्रतों में क्षमा, सत्य, दया, दान, शौच, इन्द्रियनिग्रह, अहिंसा, संतोष एवं चोरी न करना, देवपूजा तथा हवन इत्यादि व्रतों के नियम कहे गये हैं-

क्षमा सत्यं दया दानं शौचमिन्द्रियनिग्रहः।

देवपूजाऽग्निहवनं संतोषोऽस्तेयमेव च।।
सर्वव्रतेष्वयं धर्मः सामान्यो दशधा स्मृतः।

(अग्निपुराण 175। 10-11)

जिन देवता के निमित्त उपवास या व्रत करते हैं, उन देवता के मंत्र का जप, उनका ही ध्यान, उन्हीं की कथा सुनना, पूजन करना तथा उनके ही नामों का श्रवण एवं कीर्तन करना चाहिये। काम्य व्रतों में व्रती व्रतारंभ के पहले दिन मुण्डन कराये और शौच, स्नानादि नित्यकृत्य से निवृत्त होकर मध्यान्ह में एक भुक्तव्रत करके रात्रि में सोत्साह ब्रह्मचर्यपूर्वक शयन करे। व्रत के दिन सूर्योदय से दो मुहूर्त पहले शय्या से उठकर शौचादि से निवृत्त हो, बिना कुछ ग्रहण किये सूर्य एवं व्रत के देवता को प्रणाम कर अपनी अभिलाषा-निवेदन करके व्रतारम्भ करे।

व्रत ग्रहण करके जब कभी ज्वरादि के कारण व्रत करने में असमर्थता हो, ऐसी अवस्था में व्रती अपने पुत्र, बहन, भाई अथवा पुरोहित या मित्र के द्वारा उस व्रत को पूर्ण कराये। पति-पत्नी एक-दूसरे के प्रतिनिधि के रूप में व्रत कर सकते हैं-

पुत्रं वा विनयोपेतं भगिनीं भ्रातरं तथा।
एषामभवे एवान्यं ब्राह्मणं वा नियोजयेत।।

(स्कन्दपुराण)

भार्या पुत्युर्व्रतं कुर्याद् भार्यायाश्च पतिर्व्रतम्।
असामर्थ्येऽपरस्ताभ्यां व्रतभङ्गो न जायते।।

(निर्णयामृत)

नित्य और नैमित्तिक व्रत में यदि सूतक या अशौच हो जाये तो प्रतिनिधि के द्वारा व्रत करवाना चाहिये। स्त्रियों को यदि सूतक प्राप्त हो जाये अथवा वे रजस्वला हो जायँ तो उपवास स्वयं करें एवं पूजन, दानादि का कार्य प्रतिनिधि के द्वारा पूर्ण करवायें। इस सम्बन्ध में हेमाद्रि का वचन है-

गर्भिणी सूतिकादिश्च कुमारी वाऽथ रोगिणी।
दयाऽशुद्ध तदाऽन्येन कारयेत् प्रयता स्वयम्।।

किंतु काम्य व्रतों को प्रतिनिधि द्वारा न कराये। कुछ लोगों ने काम्य व्रतों (कर्मों) के प्रारम्भ के अन्तर प्रतिनिधि की व्यवस्था दी है। इसके विषय में कूर्मपुराण में वर्णन है-

काम्योपवासे प्रक्रान्ते त्वन्तरामृतसूतके।
तत्र काम्यव्रतं कुर्याद् दानार्चनविवर्जनम्।।

कई व्रतों के एक साथ पड़ने पर दान, होम आदि अविरूद्ध क्रम से करे। जो विरोधी नक्त-व्रत उपवास आदि हैं, उनमें से एक स्वयं करे। दूसरे व्रतों को पुत्रादि के द्वारा पूर्ण कराये। जिन व्रतों जैसे चतुर्दशी, अष्टमी आदि में दिन में भोजन का निषेध है तथा उसी समय व्रतान्तर

की पारणा भी प्रस्तुत है, ऐसे स्थानों में भोजन ही करे। इसी प्रकार संकष्टचतुर्थी आदि व्रतों में रात्रि-भोजन ही प्रशस्त है। जहाँ अष्टमी आदि में दिवस-भोजन वर्जित है, वहीं रविवार को रात्रि-भोजन वर्जित है। ऐसे स्थलों में तो उपवास करना ही उचित है। किंतु पुत्रवान् गृहस्थ के लिये संक्रान्ति आदि में उपवास वर्जित है, वहीं अष्टमी आदि में प्रयुक्त भोजन का भी निषेध है। ऐसे अवसरों में कुछ भक्ष्य की कल्पना करके उपवास ही करना चाहिये। चान्द्रायण आदि व्रतों में तो एकादशी प्राप्त होने पर ग्रास-संख्या के नियम से भोजन ही इष्ट है। इसी तरह कृच्छ्रादि व्रतों में भी। एकादशी एवं द्वादशी में, महीने भर के उपवास में, श्राद्धादि में प्रदोष आदि की पारणा की रुकावट होने पर जल से ही पारणा कर ले। एकादशी आदि व्रतों में संक्रान्ति हो तो पुत्र वाले गृहस्थों के लिये उपवास का निषेध होने के कारण, ऐसे अवसरों में किंचित् जल, फल, मूल और दूध से उपवास के निषेध एवं एकादशी आदि व्रतों का पालन करें। नित्य एवं काम्य व्रतों का साथ हाने पर काम्य व्रत का पालन ही श्रेयस्कर है, क्योंकि काम्य नित्य का बाधक होता है।

व्रतभंग - उपवास में बार-बार जल पीने से, एक बार भी ताम्बूल (पान) चबाने से, दिन में शयन करने से, अष्टविध मैथुन करने आदि से व्रतभंग हो जाता है-

असकृज्जलपानाच्च सकृत्ताम्बूलभक्षणात्।
उपवासः प्रणश्येत्तु दिवास्वापाच्च मैथुनात्।।

किंतु धर्मसिन्धुकार का मत है कि एक से अधिक बार जल पीने से यदि प्राण संकट में हो तो दुबारा जल पीने में कोई दोष नहीं है। लेकिन क्रोध करने से, असत्य भाषण करने से, चोरी करने से, प्रतिग्रह से, इन्द्रियों के वशीभूत होने से, हिंसा करने से, दिन में सोने से, अशुचि आचरण करने से, सुगन्धित उबटन लगाने से, तैलमर्दन से, गाय से भिन्न पशुओं का दुग्ध ग्रहण करने से, मसूरान्न भक्षण से, सीप का चूना, जँबीरी नीबू ग्रहण करने से, व्रत-नियमों के विरुद्ध आचरण होने से, व्रतभंग हो जाता है। साथ ही व्रत करके परान्न, कृसरान्न, श्राद्धान्न आदि भक्षण करने से एवं क्षौर कर्म कराने से व्रतभंग हो जाता है। भूल से व्रत न करने पर व्रत का लोप होता है।

सौभाग्यवती स्त्रियों के लिये सौभाग्य-व्रत में उबटन, तेल लगाना, शृंगार, पान, पुष्पमाला, अञ्जन, दतुअन एवं मञ्जन आदि वर्जित नहीं है। गरुड़पुराण में भी कहा गया है-

गन्धालङ्कारताम्बूलपुष्पमालानुलेपनम्।
उपवासे न दुष्यन्ति दन्तधावनमञ्जनम्।।

साथ ही जल, मूल, फल, गाय का दूध, हविष्य, ब्राह्मण की इच्छा, गुरू का वचन और औषध–इन आठों से व्रतभंग नहीं होता है-

अष्टैतान्यव्रतघ्नानि आपो मूलं फलं पयः।
हविर्ब्राह्मणकाम्या च गुरोर्वचनमौषधम्।।

(धर्मसिन्धु)

भविष्यपुराण के अनुसार क्रोध करने से एवं आँसू गिराने से भी व्रत नाश होता है। व्रत के नष्ट होने पर एवं मोहवश व्रत के त्याग करने पर व्रती चाण्डाल-तुल्य हो जाता है।

व्रतभंग होने पर प्रायश्चित-विधान—किसी प्रकार से किये गये पाप से अन्तःकरण में ग्लानि होने एवं अन्तःकरण की शुद्धि के लिये शास्त्रसम्मत कर्म करने का नाम प्रायश्चित है। मोहवश अथवा भूल से व्रतभंग हाने पर व्रती को मुण्डनोपरान्त तीन दिन का उपवास करके पुनः उस व्रत को करना चाहिये। तीन दिन के उपवास में असमर्थ व्यक्ति को एक ब्राह्मण का भोजन या उसका मूल्य अथवा सहस्र गायत्री जप करना या बारह प्राणायाम करके व्रतभंग का प्रायश्चित करना चाहिये। यह धर्मसिन्धुकार का मत है। वायुपुराण के अनुसार क्रोध, लोभ, मोह, अथवा आलस्यवश व्रतभंग होने पर व्रती की चाहिये कि तीन दिन तक अन्न का त्याग करके फिर उस व्रत का आरम्भ करे-

क्रोधात् प्रमादाल्लोभाद् वा व्रतभङ्गो भवेद्यदि।
दिनत्रयं न भुञ्जीत पुनरेव व्रती भवेत्।।

निर्णय सिन्धु में भी कहा गया है कि दिन में शयन करने से, बार-बार जल पीने से, पान खाने से, झूठ बोलने से, चोरी करने से, हिंसा आदि करने से, व्रत के नियमों का भंग होने पर **'ॐ नमो नारायणाय'** इस अष्टाक्षर-मन्त्र का जप करे।

निर्णयामृत-संग्रह के अनुसार व्रत करके चोर एवं हिंसक लोगों से मैत्री करने पर, चोरी एवं हिंसा करने पर तथा झूठ बोलने पर प्रायश्चित स्वरूप भगवान् के नाम का जप करे। माधवीय में कात्यायन ने कहा है कि रविव्रत में, पूर्णिमा और अमावास्या में एवं चतुर्दशी तथा अष्टमीव्रत दिन में, एकादशीव्रत में दिन तथा रात कभी भी भोजन करने पर प्रायश्चित स्वरूप चान्द्रायण-व्रत का आचरण करना चाहिये। धर्मसिन्धु के अनुसार, एकादशी आदि व्रत में भूल से व्रत नहीं करने पर द्वादशी में भी व्रत किया जा सकता है। द्वादशी में भी व्रत नहीं करने पर प्रायश्चितस्वरूप यवमध्य चान्द्रायण करना चाहिये। नास्तिक्य के कारण एकादशीव्रत नहीं करने पर पिपीलिकामध्य चान्द्रायण प्रायश्चित्तरूप में कहा गया हैं। एतञ्च

अग्निकार्यं ब्रह्मयज्ञं देवर्षिपितृतर्पणम्।
त्यक्त्वा व्रती यदा भङ्क्तेज्ञानाच्चान्द्रायणं चरेत्।।

(गौतम)

व्रत पाप के नाश के लिये किया जाता है। विविधपूर्वक व्रतों के आचरण से जीवन में अपूर्व परिवर्तन दिखायी देता है। व्रत-भंग का कारण भी पाप ही है। प्रमाद, आलस्य, रोग एवं अशक्तता भी पाप का ही फल है। ऐसे पापों का प्रायश्चित्त कर लेने से पापों और रोगों (कायिक,

वाचिक और मानसिक) से युक्त होकर, व्रतों के पुण्य के प्रभात से सद्गति प्राप्त होती है। कदाचित् कुसंगवश, आलस्यवश अथवा प्रमादवश व्रत-भंग हो जाय तो यथोचित प्रायश्चित करना ही श्रेयस्कर है।

4.8 ध्यातव्य बिन्दु

1. **व्रतारम्भे मातृपूजां नान्दीश्राद्धं च कारयेत्।** (शातातप)

व्रत आरम्भ में गणपति, मातृका और पञ्चदेव का पूजन करके नान्दीश्राद्ध करना चाहिए और व्रत-देवता की सुन्दर मूर्ति निर्मित कराकर उसका पञ्चोपचार, दशोपचार अथवा षोडशोपचार पूजन करना चाहिए।

2. **स्नात्वा व्रतवता सर्वव्रतेषु व्रतमूर्तयः।**
पूज्याः सुवर्णमय्याद्या दानं दद्याद् द्विजानपि।। (पृथ्वीचन्द्रोदय)

मास, पक्ष, तिथि, वार और नक्षत्रादि में जिसका व्रत हो, उसका अधिष्ठाता ही व्रत का देवता होता है। अतः प्रतिपदा के अग्नि, द्वितीया के ब्रह्मा, तृतीया के गौरी आदि तथा अश्विनी के नासत्य (अश्विनीकुमार), भरणी के यम और कृत्तिका के अग्नि आदि एवं वारों के सूर्य, सोम, मंगल आदि अधिष्ठाता हैं।

3. **कुर्यादुद्यापनं चैव समाप्तौ यदुदीरितम्।**
उद्यापनं विना यतु तद्व्रतं निष्फले भवेत्।। (नन्दिपुराण)

उपर्युक्त प्रकार से (जिस अवधि का व्रत हो, उस अवधि तक) यथाविधि व्रत करके उसके पूर्ण होने पर वित्तानुसार उद्यापन करे। उद्यापन सम्पन्न किए बिना व्रत निष्फल होता है।

4. कौन सा व्रत किस प्रकार किया जाता है, किस व्रत की कितनी अवधि होती है तथा किस व्रत का कैसे उद्यापन किया जाता है, ये सभी तथ्य जानने के पश्चात् ही व्रत प्रारम्भ करना चाहिए।

- ऋतुकाल में व्रत पूर्णतः वर्जित है। यहां तक कि व्रतार्क में उल्लेख है कि ऋतुकाल में व्रत रखने की भूल हो जाने पर 380 गायों के सींग में सोना मढ़वाकर उनका दान करने से इस पाप का प्रायश्चित होता है।

  यहां यह उल्लेख करना अनुचित न होगा कि अनेक युवतियां ऋतुकाल में पूजन तो नहीं करती हैं, परन्तु व्रत रख लेना उचित समझती हैं। यह भी उतना ही दोषपूर्ण है जितना कि ऋतुकाल में पूजन करना। इन तथ्यों का स्पष्ट संकेत व्रत सम्बन्धी ग्रंथों में किया गया है। अतः इस तथ्य को भलीभांति समझ लेना अनिवार्य है कि ऋतुकाल में किसी स्थिति में व्रत, पूजन, दान, मंत्र जप, उपवास आदि करना पूर्णतः वर्जित है तथा इसे पाप

की संज्ञा भी प्रदान की गई है। ऋतुकाल में पूजन, व्रत आदि करने से दोष मुक्ति के स्थान पर युवतियां दोषयुक्त हो जाती हैं। ऋतुकाल के बंधन से मुक्त होने से पूर्व इस विषय पर ध्यान देना अति आवश्यक है। इसी कारण ऋषियों ने युवतियों को ऋतुकाल के बंधन से मुक्त होने से पूर्व पवित्र नहीं माना है। इसलिये ॐ शब्द का उच्चारण करने की अनुमति भी नहीं प्रदान की है।

- व्रत के विषय में शास्त्रों में उल्लेख किया है कि -

क्रोधात् प्रमादाल्लोभाद् वा व्रतभंगो भवेद् यदि।
दिनत्रयं न भुज्जीत।।

अर्थ - व्रतकाल में किसी प्रकार के आलस्य, क्रोध, आकर्षण, निद्रा आदि होने पर व्रत खण्डित हो जाता है। यदि व्रतकाल में ऐसी कोई भूल अनायास हो जाये, तो 3 दिनों तक निरन्तर भोजन न करने से इसका प्रायश्चित हो जाता है।

- व्रत के दिन यथासंभव मौन का पालन करना चाहिए। वार्ता का अवसर आने पर भी रजस्वला स्त्री, म्लेच्छ, नास्तिक और आराध्य अथवा व्रत के निंदक का परिहार करना चाहिए।
- व्रत मानसिक रूप से पवित्र रहने पर ही पूर्ण फलप्रदाता होता है। अतएव व्यावहारिक प्रपंचों (क्रोध, ईर्ष्या, द्वेष, घृणा, परनिन्दा, आलस्य) से स्वयं को विलग रखना चाहिए। असत्य-भाषण तो कदापि नहीं करना चाहिए।
- व्रत में एक समय किसी समकक्ष व्यक्ति (मित्र, सहेली, पति, पत्नी, ननद, भाभी, भाई, साली और साढ़ू) की उपस्थिति में अथवा एक ब्राह्मण का भोजनांश पहले पृथक् करें, तदुपरान्त भोजन ग्रहण करना चाहिए।
- सायंकाल भोजन से पूर्व शुद्धासन पर अवस्थित होकर, आराध्य से निवेदन करना चाहिए कि आज मैंने अमुक कामना से अमुक व्रत अमुक वार और तिथि को रखा और अब इसे समाप्त करता अथवा करती हूँ। व्रतकाल में ज्ञात-अज्ञात त्रुटियों के लिये क्षमायाचना करके व्रत समाप्त करना चाहिए।

व्रत का तात्पर्य ही है कि हे आराध्य! मैं सर्वथा सात्विक नियम एवं धर्म का परिपालन करते हुए, उपवास अथवा अल्पाहार करते हुए, अवांछित निन्दनीय कार्य का बहिष्कार करते हुए, आपके प्रसन्न होने के लिए व्रतस्थ हूँ, जिससे आप तुष्ट होकर मेरी अभिलाषा को पूर्ण करें।

- 24 घंटे का व्रत दुष्कर प्रतीत होने पर संकल्प में उल्लेख करके सायंकाल तक का व्रत कर लेना चाहिए। प्रश्न समय का नहीं, आस्था और श्रद्धा का है।
- मार्कण्डेय पुराण, विष्णुवचन, स्कन्दपुराण और वेदव्यास का आग्रह है कि स्त्रियों को व्रत करते समय अपने से वरिष्ठ पिता अथवा पति की आज्ञा प्राप्त करनी चाहिए। सभर्तृका स्त्री को एकादशी का व्रत नहीं करना चाहिए, यद्यपि इसमें पति आज्ञा मुख्य है।

- बुद्ध वशिष्ठ के अनुसार व्रत में काष्ठ से दन्त धावन न करें।
- देवल ऋषि, विष्णुधर्मोत्तर निर्णयामृत प्रणेता व्यास आदि के मतानुसार शयन, स्त्री प्रसंग, मांस भक्षण, औषधि पान आदि प्रसंगों का परिहार करना चाहिए अन्यथा व्रत-शुद्धि नष्ट हो जाती है।
- मार्कण्डेय पुराण के अनुसार सूर्योदय के अभाव में व्रत और दान का फल प्राप्त नहीं होता।
- छान्दोग्य उपनिषद् में अंकित है कि यज्ञोपवीत एवं ग्रंथित शिखा के अभाव में व्रत निष्फल हो जाता है।
- व्रत के समय किसी प्रकार की मुखशुद्धि अथवा स्वाद के विषय में कुछ भी सेवन करने के विषय में विष्णु पुराण में लिखा है-

असकृज्जलपानाच्च सकृत्ताम्बूल भक्षणात्।
उपवासः प्रणश्येत दिवास्वापच्च मैथुनात्।।

बार-बार जलपान करने से, एक बार भी पान इत्यादि खाने से, दिन में शयन करने से तथा मैथुन (स्त्री सहवास) करने से व्रत नष्ट हो जाता है। अतः व्रत में इसका अवश्य ध्यान दिया जाना चाहिए।

- **अष्टौ तान्यव्रताघ्नि आपो मूलं फलं पयः।**
  हविर्ब्राह्मणकाम्या च गुरोर्वचनमौषधम्।। (पद्मपुराण)

  जल, फल, मूल, दूध, हवि, ब्राह्मण की इच्छा, औषधि और गुरु (पूज्यजनों) के वचन- इन आठ से व्रत खण्डित नहीं होते।

- **चरुभैक्ष्यसक्तकणयावकशाकपयोदधिघृतमूलफलादीनि।**
  हवींष्युत्तरोत्तरं प्रशस्तानि।। (गौतम)

होमावशिष्ट खीर, भिक्षा का अन्न, सत्तू (सेके हुए जौ का चूर्ण), कण (गौरैड़ या तृणपुष्प), यावक (जौ), शाक् (तोरों, ककड़ी, मेथी आदि), गोदुग्ध, दही, घी, मूल, आम, अनार, नारंगी और कदली फल आदि ग्रहण करने योग्य हविष्य हैं।

- **क्षमा सत्यं दया दानं शौचमिन्द्रियनिग्रहः।**
  देवपूजाग्निहवनं संतोषः स्तेयवर्जनम्।।
  सर्वव्रतेष्वयं धर्मः सामान्यो दशधा स्थितः। (भविष्यपुराण)

  व्रत के दिनों में स्तेय (चोरी) आदि से वर्जित रहकर क्षमा, दया, दान, शौच, इन्द्रियनिग्रह, देवपूजन, अग्निहोत्र और संतोष के कार्य करना उचित और आवश्यक है।

- **गन्धालङ्कारवस्त्राणि पुष्पमालानुलेपनम्।** (वृद्धशातातप)

व्रत में गन्ध, पुष्प, माला, वस्त्र तथा व्रत योग्य अलङ्कारादि ग्राह्य हैं।

- **नैकवासा जपेन्मन्त्रं बहुवासाकुलोऽपि वा।**

व्रत-पूजा या हवनादि में मात्र एक वस्त्र अर्थात् धोती आदि धारण कर या अनेक वस्त्र धारण कर मन्त्रादि के जप करना या होमादि करना उचित नहीं है।

- **सर्वेषु तूपवासेषु पुमान् वाथ सुवासिनी।**
धारयेद् रक्तवस्त्राणि कुसुमानि सितानि च।। (विष्णुधर्म)

व्रत करने वाला पुरुष हो अथवा सुवासिनी (स्त्री) हो, सम्पूर्ण व्रतों में लाल वस्त्र और सुगन्धित श्वेत पुष्प धारण करे।

- **ब्राह्मणस्य सितं वस्त्रं माञ्जिष्ठं नृपतेः स्मृतम्।**
पीतं वैश्यस्य शूद्रस्य नीलं मलवदिष्यते।। (मनु)

वर्णभेद से ब्राह्मणों के श्वेत, क्षत्रियों के मजीठ-यथा, वैश्यों के पीले और शूद्रों के नीले अथवा बिना रंग के वस्त्र अनुकूल होते हैं।

- **वामकुक्षौ च नाभौ च पृष्ठे चैव यथाक्रमम्।**
त्रिकच्छेन समायुक्तो द्विजोऽसौ मुनिरुच्यते।। (याज्ञवल्क्य)

धोती त्रिकच्छ (जिसमें नीचे का पल्ला पृष्ठ पर और आगे के पल्ले का ऊपर का भाग नाभि के नीचे और नीचे का भाग बायें पसवाड़े में लगाया जाता है) उत्तम स्वीकारी गयी है। ऐसी धोती बाँधने वाले ब्राह्मण मुनि होते हैं। इसके अतिरिक्त ध्वजप्रयुक्त, ग्रन्थियुक्त और यवनों के समान दोनों पल्ले खुली हुई धोती वर्जित है।

- व्रत करने वाले मोहवश बिना आचमन किये क्रिया करें, तो उनका व्रत वृथा होता है।

- **स्नात्वा पीत्वा क्षुते सुप्ते भुक्त्वा रथ्योपसर्पणे।**
आचान्तः पुनराचामेद् वासो विपरिधाय च।। (याज्ञवल्क्य)

स्नान के समय, खाने-पीने के समय, सोते या छींक लेते समय और गलियों में घूमकर आने पर आचमन किया हुआ हो, तो भी पुनः आचमन करे। यदि जल उपलब्ध न हो, तो दक्षिण कर्ण का स्पर्श कर ले।

- **अधोवायुसमुत्सर्गे आक्रन्दे क्रोधसम्भवे।**
मार्जारमूषकस्पर्शे प्रहासेऽनृतभाषणे।।

निमित्तेष्वेषु सर्वेषु कर्म कुर्वन्नपः स्पृशेत्। (बृहस्पति)

अधोवायु के निकल जाने, आक्रन्द, क्रोध करने, बिल्ली और मूषक से स्पर्श हो जाने, तीव्र स्वर में हँसने और असत्य वादन पर, जल स्पर्श करना आवश्यक होता है।

- **उपवासे तथा श्राद्धे न स्वादेद् दन्तधावनम्।** (स्मृत्यन्तर)
  अलाभे दन्तकाष्ठानां निषिद्धायां तिथौ तथा।
  अपां द्वादशगण्डूषैर्विदध्याद् दन्तधावनम्।।

  उपवास में तथा श्राद्ध में दातौन करना वर्जित है। यदि अधिक आवश्यक हो, तो जल के बारह कुल्ले करे।

- **पर्णोदकेनाङ्गुल्या वा दन्तान् धावयेत्......।** (स्मृत्यर्थसार)

  उपवास में आम के पल्लव, जल अथवा अँगुली से दाँतों को स्वच्छ करना चाहिए।

- **गोयानमुष्ट्रयानं च कथंचिदपि नाचरेत्।**
  खरयानं च सततं व्रते चाप्युपसङ्करम्।। (स्मृत्यन्तर)

  व्रत करने वाले को बैल, ऊँट तथा गदहे की सवारी नहीं करनी चाहिए।

- **बहुकालिकसंकल्पो गृहीतश्च पुरा यदि।**
  सूतके मृतके चैव व्रतं तन्नैव दुष्यति।। (शुद्धितत्त्व-विष्णु)

  अधिक दिनों में पूर्ण होने वाले व्रत का पहले संकल्प कर लिया हो, तो उसमें जन्म और मरण का सूतक नहीं लगता।

- **काम्योपवासे प्रकान्ते त्वन्तरा मृतसुतके।**
  तत्र काम्यव्रतं कुर्याद् दानार्चनविवर्जितम्।। (कूर्मपुराण)

  किसी कामना के व्रत में सूतक आ जाए, तो दान और पूजन के अतिरिक्त व्रत में बाधा नहीं आती। कई व्रत ऐसे हैं जिनमें दान, व्रत और पूजन तीनों होते हैं। यथा-गणेश-चतुर्थी, अनन्त-चतुर्दशी और अर्कसप्तमी आदि में व्रतेश्वर की पूजा, वायन आदि का दान और अभीष्ट का व्रत तीनों हैं। ऐसे व्रतों में सूतक लगने पर भी व्रत करते रहना चाहिए, परन्तु दान और पूजा नहीं करना चाहिए।

- **प्रारब्धदीर्घतपसां नारीणां यद् रजो भवेत्।**
  न तत्रापि व्रतस्य स्वादुपरोधः कदाचन।। (सत्यव्रत)

  दीर्घकालीन व्रत का प्रारम्भ करने पर स्त्री रजस्वला हो जाए, तो उससे भी व्रत में कोई अवरोध नहीं होता।

- सूतक मानने में सपिण्ड, साकुल्य और सगोत्र- इन तीनों का निश्चय आवश्यक होता है। तीन पीढ़ी तक सपिण्ड, दस पीढ़ी तक साकुल्य और इससे आगे सगोत्र पीढ़ी स्वीकारे जाते हैं। इनमें सामान्य रूप से सपिण्ड में दस दिन, साकुल्य में तीन दिन और सगोत्र में एक दिन अथवा स्नानमात्र सूतक रहता है। दीर्घकालीन व्रत में इससे बाधा नहीं होती है।

- **व्रते च तीर्थेऽध्ययने श्राद्धेऽपि च विशेषतः।**
  परान्नभोजनाद् देवि यस्यान्नं तस्य तत्फलम्।। (टोडरानन्द)

  व्रत में, तीर्थयात्रा में, अध्ययनकाल में तथा विशेषकर श्राद्ध में दूसरे का अन्न लेने से, जिसका अन्न होता है, उसी को उसका पुण्य प्राप्त हो जाता है।

- **भर्ता पुत्रः पुरोधाश्च भ्राता पत्नी सखापि च।**
  यात्रायां धर्मकार्येषु कर्तव्याः प्रतिहस्तकाः।। (मदनरत्न, प्रभासखण्ड)
  पुत्राद वा कारयेदाद्यात् ब्राह्मणाद् वापि कारयेत्।। (वायुपुराण)

  आपत्ति अथवा असामर्थ्यवश यात्रा और व्रतादि धर्म कार्य स्वयं से न हो सके, तो पति, पत्नी, ज्येष्ठ पुत्र, पुरोहित, भाई या मित्र को प्रतिहस्तक (प्रतिनिधि) बनाकर उनके द्वारा धर्म कार्य कराना उपयुक्त होता है। उपर्युक्त प्रतिनिधि उपलब्ध न हो, तो यह कार्य किसी ब्राह्मण को प्रतिनिधि बनाकर करना चाहिए।

- **संध्ययोरुभयोर्जप्ये भोजने दन्तधावने।**
  पितृकार्ये च दैवे च तथा मूत्रपुरीषयोः।।
  गुरूणां संनिधौ दाने योगे चैव विशेषतः।
  एषु मौनं समातिष्ठन् स्वर्गं प्राप्नोति मानुषः।। (अङ्गिरा)

  प्रातः-सायं और संधियों में, जप, भोजन और दतौन में, मूत्र और पुरीष के त्याग में, पितृकार्य तथा देवकार्य में और दान, योग तथा गुरु के समीप में मौन रहने से मनुष्य को स्वर्ग प्राप्त होता है - 'मौनं सर्वार्थसाधकम्।'

- **दानमाचमनं होमं भोजनं देवतार्चनम्।**
  प्रौढपादो न कुर्वीत स्वाध्यायं पितृतर्पणम्।। (शाट्यायन)

  दान, होम, आचमन, देवार्चन, भोजन, स्वाध्याय तथा पितृतर्पण- ये 'प्रौढपाद' (ऊकड़ू) बैठकर नहीं करने चाहिए।

- **कन्या शय्या गृहं चैव देयं यद् गोस्त्रियादिकम्।**
  एका एकस्य दातव्या न बहुभ्यः कथंचन।। (कात्यायन)

  कन्या, शय्या (सुख शय्या), मकान, गौ और स्त्री - ये एक ही को देना शास्त्रसंगत है।

- अनेक व्रत ऐसे हैं जो व्रत, पूजा और दान - तीनों के सहयोग से सम्पन्न होते हैं। उनके

विषय में कतिपय आवश्यक एवं ज्ञातव्य तथ्य अग्रांकित हैं -

❖ **शान्तः सन्तः सुशीलश्च सर्वभूतहिते रतः।**
क्रोधं कर्तुं न जानाति स वै ब्राह्मण उच्यते।। (धन्वन्तरि)

'ब्राह्मण', शांत, संत, सुशील, अक्रोधी और प्राणिमात्र का हित करने वाला श्रेष्ठ होता है।

❖ **अग्निहोत्रं तपः सत्यं वेदानां चैव पालनम्।**
आतिथ्यं वैश्वदेवश्च इष्टमित्यभिधीयते।। (अंगिरा)

'ब्राह्मण' के कर्म अग्निहोत्र, तपश्चर्या, सत्यवाक्य, वेदाज्ञा का पालन, अतिथि सत्कार और वैश्वदेव-साधन मुख्य हैं।

❖ **कार्पासक्षौमगोबालशणवल्कतृणादिभिः।** (हरिहरभाष्य)
वामावर्तं त्रिगुणितं कृत्वा प्रदक्षिणावर्तं नवगुणं निधाय
तदेवं त्रिसरं कृत्वा ग्रन्थिं विद्ध्यात्। (ह०ह०)

'यज्ञोपवीत' त्रैवर्णिकों के और विशेषकर ब्राह्मणों के स्वरूप ज्ञान का आदर्श और धर्म-कर्मादि का साधन है। यह सूत, रेशम, गोबाल (सुरगौ के रोम), सन, वल्कल और तृणपर्यन्त से निर्मित किया जाता है। इनसे बने हुए यज्ञोपवीत कार्यानुसार उपयुक्त होते हैं। सूत का यज्ञोपवीत सर्वप्रधान है।

- व्रत, मंत्र जप, स्तोत्र पाठ, दान, अनुष्ठान संपादन एवं अन्य अनेक साधनाओं तथा आराधनाओं में कतिपय महत्त्वपूर्ण तथा तकनीकी शब्दों का उपयोग तो होता है परन्तु उनके विषय में प्रायः सामान्य पाठकों को किंचित संशय अथवा अर्द्धज्ञान होने की संभावना को अस्वीकार नहीं किया जा सकता है। अतः आवश्यक शब्दों के तत्त्वार्थ का विस्तार यहाँ पर अत्यन्त संक्षेप में कर देना हमें अनुपयुक्त नहीं प्रतीत होता।

❖ **गन्धपुष्पे धूपदीपौ नैवेद्यं पञ्च ते क्रमात्।।** (जाबालि)

'पञ्चोपचार' - गन्ध, पुष्प, धूप, दीप और नैवेद्य अर्पण करने से पञ्चोपचार पूजा होती है।

❖ **भागीरथी समाख्याता यमुना च सरस्वती।**
किरणा धूतपापा च पञ्चनद्यः प्रकीर्तिताः।। (वाचस्पति)

'पञ्चनदी', भागीरथी, यमुना, सरस्वती, गोदावरी और नर्मदा - ये पाँच मुख्य नदियाँ हैं।

❖ **अश्वत्थोदुम्बरप्लक्षचूतन्यग्रोधपल्लवाः।** (ब्रह्माण्डपुराण)

'पञ्चपल्लव' - पीपल, गूलर, अशोक, आम और वट- इनके पत्ते पञ्चपल्लव हैं।

❖ **चम्पकाम्रशमीपद्म करवीरं च पञ्चगम्।** (देवीपुराण)

'पञ्चपुष्प' - चमेली, आम, शमी (खेजड़ा), पद्म (कमल) तथा करवीर (कनेर) के पुष्प, पञ्चपुष्प हैं।

❖ **चूर्णीकृतो वा घृष्टो वा दाहकर्षित एव वा।**
रसः सम्मर्दजो वापि प्राण्यङ्गोद्भव एव वा।। (कालीपुराण)

'पञ्चगन्ध' - चूर्ण किया हुआ, घिसा हुआ, दाह से खींचा हुआ, रस से मथा हुआ और प्राणी के अङ्ग से उत्पन्न हुआ (कस्तूरी) - ये पञ्चगन्ध हैं।

❖ **गोमूत्रं गोमयं क्षीरं दधि सर्पिः कुशोदकम्।** (पाराशर)
ताम्रारुणश्वेतकृष्णनीलानामाहरेद् गवाम्। (वीरमित्रोदय-स्कन्दपुराण)
अष्ट षोडश अर्कांशा दश अष्ट क्रमेण च। (नृसिंह)
गायत्र्या गन्धद्वारां च आप्यायदधिक्रावणः।
तेजोऽसिशुक्रमन्त्रैश्च पञ्चगव्यमकारयेत्।। (स्कन्द)
यत् त्वगस्थिगतं पापं देहे तिष्ठति मामके।
प्राशनात् पञ्चगव्यस्य दहत्वग्निरिवेन्धनम्।। (ब्रह्मकर्म)

'पंञ्चगव्य' - ताँबे के वर्ण जैसी गौ का गोमूत्र 'गायत्री' से 8 भाग, लाल गौ का गोबर 'गन्धद्वारां' से 16 भाग, सफेद गौ का दूध 'आप्यायस्व' से 12 भाग, काली गौ का दही 'दधि क्राव्णो' से 10 भाग तथा नीली गौ का घी 'तेजोऽसि शुक्र' से 8 भाग लेकर मिश्रित करने तथा उन्हें छान लेने से पञ्चगव्य होता है। इस प्रकार से तैयार किए हुए पञ्चगव्य को 'यत् त्वगस्थिगतं पापं' से तीन बार पीयें, तो देह के सम्पूर्ण पाप-ताप, रोग और वैर-भाव नष्ट हो जाते हैं।

❖ **गव्यमाज्यं दधि क्षीरं माक्षिकं शर्करान्वितम्।** (धन्वन्तरि)

'पंञ्चामृत' - गौ के दूध, दही और घी में चीनी और शहद मिलाकर छानने से पञ्चामृत निर्मित होता है तथा इसका यथाविधि उपयोग करने से शान्ति प्राप्त होती है।

❖ **कनकं हीरकं नीलं पद्मरागश्च मौक्तिकम्।** (बृहन्निघण्टु)

'पञ्चरत्न' - सोना, हीरा, नीलमणि, पद्मराग तथा मोती - ये पाँच रत्न हैं।

❖ **तिथिवारं च नक्षत्रं योगं करणमेव च।**
पञ्चाङ्गमिति विख्यातं....।। (धर्मसार)

'पञ्चाग'- तिथि, वार, नक्षत्र, योग और करण का ज्ञापक है। इससे व्रतादि निश्चय होते हैं।

❖ **स्नानं संध्या जपो होमः स्वाध्यायो देवतार्चनम्।**
वैश्वदेवातिथेयश्च षट् कर्माणि ....।। (पराशर)

'षट्कर्म'– स्नान, संध्या-जप, होम, पठन-पाठन, देवार्चन तथा वैश्वदेव और अतिथि-सत्कार – ये छः कर्म हैं। द्विजातिमात्र के लिए इनका करना परम आवश्यक है।

❖ **वक्षः शिरः शिखा बाहू नेत्रम् अस्त्राय फट् इति।** (मुक्तक)

'षडङ्ग' - हृदय, मस्तक, शिखा, दोनों नेत्र, दोनों भुजा तथा परस्पर कर-स्पर्श षडङ्ग हैं।

❖ **शिक्षाकल्पव्याकरणनिरुक्तच्छन्दोज्योतीषि वेदषडङ्गानि।** (कारिका)

'वेद-षडङ्ग' -कल्प, व्याकरण, निरुक्त, छन्द, शिक्षा तथा ज्योतिष - ये छः शास्त्र वेद के अङ्ग हैं।

❖ **कश्यपोऽथ भरद्वाजो गौतमश्चात्रिरेव च।**
जमदग्निर्वसिष्ठश्च विश्वामित्रो........।। (वाचस्पति)

'सप्तर्षि - कश्यप, भरद्वाज, गौतम, अत्रि, जमदग्नि, वसिष्ठ तथा विश्वामित्र - ये सप्तर्षि हैं।

❖ **गजाश्वरथ्यावल्मीकसङ्गमाद्ध्रदगोकुलात् ।**
राजद्वारप्रवेशशाच्च मृदमानीय निःक्षिपेत्।। (स्मृतिसंग्रह)

'सप्तमृद्' - हाथी-घोड़े के चलने का मार्ग, संकुचित मार्ग, दीमक, सरिता-सङ्गम, गोशाला और राजद्वार में प्रवेश करने का स्थान - इन स्थानों की मृत्तिका सप्तमद् हैं।

❖ **यवगोधूमधान्यानि तिलाः कङ्कुस्तथैव च।**
श्यामाकं देवधान्यं च सप्तधान्यमुदाहृतम्।। (स्मृत्यन्तर)

'सप्तधान्य'- जौ, गेहूँ, धान, तिल, काँगनी, श्यामाक (सावाँ) और देवधान्य - ये सप्तधान्य हैं।

❖ **सुवर्णं राजतं ताम्रमारकूटं तथैव च।**
लौहं त्रपु तथा सीसं धातवः सप्त कीर्तिताः।। (भविष्यपुराण)

'सप्तधातु' - सोना, चाँदी, ताँबा, आरकूट, लोहा, राँगा तथा सीसा - ये सप्तधातु हैं।

❖ **दधिदूर्वाकुशाग्रैश्च कुसुमाक्षतकुङ्कुमैः।**
सिद्धार्थोदकपूगैश्च अष्टाङ्गं ह्यार्घ्यमुच्यते।। (पूजापद्धति)

'अष्टाङ्ग' अर्घ्य - जल, पुष्प, कुशाका, अग्रभाग, दही, अक्षत, केसर, दूर्वा तथा सुपारी- इन आठ पदार्थों से अर्घ्य सम्पादन किया जाता है।

❖ **कार्पासं लवणं सर्पिः सप्तधान्यं सुवर्णकम्।**
लौहं चैव क्षितिर्गावो महादानानि चाष्ट वै।। (दानखण्ड)

'अष्ट महादान' - कपास, नमक, घी, सप्तधान्य, सुवर्ण, लौह, पृथ्वी तथा गौ - ये महादान हैं।

❖ **माणिक्यं मौक्तिकं चैव प्रवालं हेम पुष्पकम्।**
वज्रं नीलं च गोमेदं वैदूर्यं नवरत्नकम्।। (दानखण्ड)

'नवरत्न' - माणिक, मोती, मूँगा, सुवर्ण, पुखराज, हीरा, इन्द्रनील, गोमेद तथा वैदूर्यमणि- ये नवरत्न हैं। इनके धारण करने अथवा दान देने से सूर्यादि की प्रसन्नता में वृद्धि होती है।

❖ **कुष्टं मांसी हरिद्रे द्वे मुरा शैलेयचन्दमनम्।**
वचाचम्पकभुस्ताश्च सर्वौषध्यो दश स्मृताः।। (छन्दोगपरिशिष्ट)

'दशौषधि' - कूट, जटामांसी, दोनों हल्दी, मुरा, शिलाजीत, चन्दन, बच, चम्पक तथा नागरमोथा - ये दस द्रव्य सर्वौषधि के हैं।

❖ **गोभूतिलहिरण्याज्यवासोधान्यगुडानि च।**
रौप्यं लवणमित्याहुर्दश दानान्यनुक्रमात्।। (कर्मसमुच्चय)

'दस दान' - गौ, भूमि, तिल, सुवर्ण, घी, वस्त्र, धान्य, गुड़, चाँदी तथा लवण - ये दस दान हैं।

❖ **दूरस्थं जलमध्यस्थं धावन्तं मदगर्वितम्।**
क्रोधवन्तं चाशुचिकं नमस्कारं विवर्जयेत्।।

'नमस्कार' - अभिवादन के समय जो मनुष्य दूर हो, जल में हो, दौड़ रहा हो, धन से गर्वित हो, स्नान करता हो, मूढ़ हो अथवा अपवित्र हो, तो ऐसी अवस्था में उसे नमस्कार नहीं करना चाहिए।

❖ **पुष्पहस्तो वारिहस्तस्तैलाभ्यङ्गो जलस्थितः।**
आशीःकर्त्ता नमस्कर्त्ता उभयोर्नरकं भवेत्।। (कर्मलोचन)

इस प्रकार के आचार-विचार, व्रत-उपवास, पूजा-पाठ तथा हरिस्मरण - ये सब स्वर्गीय सुख प्राप्त होने के प्रधान साधन हैं।

भारतवर्ष में नव-वर्षारम्भ से अर्थात् चैत्र शुक्ल प्रतिपदा से संवत्सरपर्यन्त सभी तिथियों में व्रतों का विधान है। मासव्रत, वारव्रत, तिथिव्रत, नक्षत्रव्रत आदि तो प्रसिद्ध ही हैं। सभी व्रत करने सम्भव तो नहीं हैं तथापि प्रत्येक मास में कम-से-कम एक या दो व्रतों का पालन अवश्य करना चाहिए।

चैत्र शुक्ल प्रतिपदा अर्थात् नववर्षारम्भ को मुखमार्जन स्नानादि से निवृत्त होने के उपरान्त

सर्वप्रथम कड़वे नीम के पत्तों का सेवन करने का विधान है। प्रतिदिन प्रातःकाल कड़वे नीम के पत्तों का सेवन करने से रक्त शुद्ध होकर अनेक चर्म-रोग से मुक्ति प्राप्त होती है। इसी दिन से श्रीरामनवमी तक चैत्र नवरात्रोत्सव का शुभारम्भ होता है। अनेक स्त्री-पुरुष इसमें उपवास रखकर भगवान् श्रीराम और भवानी माता की उपासना करके दीर्घ शान्ति और सुख प्राप्त करने की कामना करते हैं।

वैशाखमास के शुक्लपक्ष की तृतीय तिथि में अक्षय-तृतीया एक अत्यन्त शुभ मुहूर्त है। इस पवित्र तिथि को उपवासपूर्वक जल से भरा हुआ मृत्तिका-कुम्भ, फल-पंखा तथा दक्षिणासहित दान करने का विधान है। इसी तिथि से प्रतिदिन मिट्टी के घड़े में भरा हुआ जल पीना प्रारम्भ करना आरोग्यदायी माना जाता है। मिट्टी के सम्पर्क से जल शुद्ध होता है। पंचतत्त्वों में से ये दो तत्त्व जल और पृथ्वी शरीर के लिये पोषक बनते हैं। सर्दी के दिनों में बना हुआ तथा अग्निसम्पर्क से पका हुआ मिट्टी का घड़ा अधिक उपयोगी माना गया है। फ्रिज में रखे हुए जल की अपेक्षा मटके का पानी अधिक लाभकारी है। श्रीपुरुषसूक्त में एक ऋचा है–**'चन्द्रमा मनसो जातः'** अर्थात् परमब्रह्म परमात्मा के मन से चन्द्रमा की उत्पत्ति हुई है। चन्द्रमा शीतल है। कहते हैं कि चन्द्र-किरणों से अमृत की वर्षा होती है। मानव की संपूर्ण क्रिया मन से ही होती है। इसी दृष्टि से मन की शांति हेतु श्रीगणेश चतुर्थी का उपवास फलदायी होता है। प्रत्येक मास में दो चतुर्थी आती हैं। अधिकांश व्यक्ति कृष्णपक्ष की चतुर्थी का व्रत करते हैं। दिन भर उपवास रखकर सायंकाल को भगवान् श्रीगणेश का पूजन करके चन्द्रोदय के पश्चात् चन्द्र का दर्शन कर भोजन करना उपयुक्त है। भगवान् श्रीगणेश को तिल-गुड का नैवेद्य या मोद अधिक प्रिय हैं। चन्द्रोदय के पश्चात् भोजन करने से अन्न में उत्पन्न चन्द्रमा का अमृत एवं उसकी शीतलता मन को शान्ति प्रदान करती है।

धार्मिक व्रतों में एकादशी, प्रदोष और शिवरात्रि, श्रीकृष्णजन्माष्टमी, श्रीरामनवमी आदि का अत्यन्त महत्त्व है। वर्षपर्यन्त चौबीस एकादशियां आती हैं। इनमें विष्णुशयनी, प्रबोधिनी एकादशी तथा महाशिवरात्रि व्रत का स्वयं में अत्यधिक महत्त्व है।

यद्यपि वर्षपर्यन्त धार्मिक व्रतों का अपार भण्डार है तथापि चातुर्मास-व्रतों के पालन का आरोग्यप्राप्ति की दृष्टि से अनोखा एवं अद्वितीय महत्त्व स्वीकारा गया है। यदि हम चातुर्मास में धार्मिक व्रतों का सही-सही पालन करें, तो आरोग्यप्राप्ति के साथ-साथ आध्यात्मिक शान्ति भी प्राप्त कर सकेंगे। चातुर्मास में वात-पित्त-प्रकोपक साग-सब्जियों का त्याग करना श्रेयस्कर होता है। साथ ही एक समय हल्का भोजन करना चाहिए।

एक कहावत है - **'वैद्यानां शारदी माता पिता च कुसुमाकरः।'** अर्थात् चिकित्सकों के लिये शरद्-ऋतु लाभकर है। यह एक माता की भाँति वैद्य आदि का पालन-पोषण करती है तो बसन्त-ऋतु एक पिता की तरह उनका पालन-पोषण करता है। दोनों ऋतुएं अपना प्रभाव मानव के स्वास्थ्य पर डालती हैं। अधिकांश व्यक्ति इन दो ऋतुओं के आगमन के साथ-साथ ज्वर, मलेरिया, पीलिया आदि व्याधियों से पीड़ित होते हैं। इन व्याधियों से रक्षा का घरेलू सामान्य उपाय धार्मिक व्रतों का पालन (आचरण) कर अपने खान-पान पर ध्यान देते हुए ईश्वर की आराधना करना है, इससे शरीर व्याधिमुक्त रहता ही है, आध्यात्मिक लाभ भी प्राप्त होता है।

वर्षा-ऋतु में अनेक सब्जियां सड़ती हैं, उनमें कीड़े प्रवेश करते हैं। तालाब आदि का जल दूषित हो जाता है। मच्छर आदि विभिन्न प्रकार के कीड़े-कीट वर्षा ऋतु तथा शरद ऋतु में उत्पन्न होते हैं। इन कीड़ों-मकोड़ों आदि से व्याधि मुक्त रहने के लिए धार्मिक व्रतों का विशेष रूप से आयोजन होता है।

आरोग्य की दृष्टि से सप्ताह में कम-से-कम एक दिन उपवास करके उस दिन से संबंधित देवता की आराधना पूजा-अर्चना करना पुण्यदायक है। सोमवार भगवान शंकर के लिए, गुरुवार भगवान दत्तात्रेय हेतु, शुक्रवार या मंगलवार माता भवानी के हेतु, शनिवार श्रीहनुमान एवं शनिदेव की आराधना हेतु व्रत किया जाता है। सोमवार को सायंकाल के समय शंकर की पूजा-अर्चना करके भोजन करना उपयोगी होता है। अन्य दिन रविवार और बुधवार को मध्यान्ह के पश्चात् एक समय भोजन करना चाहिए। सामान्यतः दूध, फल, साबूदाना, सिंघाड़ा, मखाना आदि सात्त्विक, सुपाच्य और हल्के पदार्थों का सेवन करना अत्यन्त लाभकारी है। अधिकांश व्रतों-पर्वों में दान करने की परम्परा है। दान का अत्यधिक महत्त्व है। दान देना व्यक्ति के मानसिक विकास की दृष्टि से और सामाजिक कल्याण की दृष्टि से भी आवश्यक है। चातुर्मास के उपवास और नियम-धर्म इस दृष्टि से भी उपयोगी होते हैं। उपवास और नियम-धर्मों का पालन करने वाले व्यक्तियों का स्वास्थ्य तो उत्तम रहेगा ही, साथ ही उनके व्यक्तित्व का भी विकास होगा।

अतः धार्मिक व्रतों का उचित पालन (आचरण) करने से शारीरिक शुद्धि होकर आध्यात्मिक शान्ति भी प्राप्त होगी। इन व्रतों के माध्यम से हम ईश्वर की भी प्राप्ति कर सकते हैं।

करवाचौथ अथवा हरियाली तीज अथवा अहोई अष्टमी ऐसे व्रत निराहार, निराजल करने की प्राचीन परंपरा है। व्रत में अल्पाहार सुपाच्य भोजन करने का ही परामर्श प्रदान किया जाता है परन्तु ज्ञातव्य है कि शारीरिक क्षमता के प्रतिकूल व्रत करना नितान्त कष्टदायक तो है ही, साथ ही साथ ऐसे में व्रत का उपयुक्त फल प्राप्त होने में भी संदेह उत्पन्न होता है। व्रत में व्यक्ति सामान्य रूप से अपने समस्त कार्यकलाप कर सके और उनमें किसी प्रकार की समस्या या अवरोध न उत्पन्न हो, तभी व्रत फलदायी सिद्ध होता है।

वर्तमान युग में प्रदूषणयुक्त भोजन करते रहने से हमारे शरीर में भी प्रतिरोधक क्षमता में अपेक्षाकृत पर्याप्त न्यूनता स्पष्ट रूप से दृष्टिगत होती है। अतः ऐसे कठोर व्रत निराहार तथा निराजल करने का परामर्श न तो प्रदान करना चाहिए और न ही इस प्रकार से व्रत करना उपयुक्त है। यदि हर पल यही ध्यान लगा रहे कि कब व्रत समाप्त होगा और कब क्षुधा तृप्त होगी, तो व्रत का फल वैसे भी अत्यधिक न्यून हो जाता है। आधुनिक युग की बालिकाएं विवाह के उपरान्त जब करवाचौथ ऐसे कठोर व्रत का अनुगमन करती हैं तो उनमें से अधिकांश बालिकाएं मध्यान्ह से ही निढाल हो जाती हैं और चॉद निकलने की प्रतीक्षा करने लगती हैं। ध्यान रहे कि व्रत तभी सार्थक समझना चाहिए, जब व्रतकाल में उत्साह, उमंग, उल्लास, ऊर्जा से संयुक्त रहते हुए व्रत सम्बन्धी सावधानियों तथा सतर्कताओं का अनुसरण करते रहें। व्रत में भोजन न करने की अनिवार्यता को ही सर्वाधिक महत्त्व प्रदान किया जाता है जबकि उससे कहीं अधिक महत्त्व है सात्त्विक और सदाचारी युक्त आचरण के साथ एक दिन सभी प्रकार के उन्माद, उद्विग्नता, तन्द्रा, प्रमाद, द्वेष, ईर्ष्या, क्रोध, अधीरता आदि से रहित जीवन प्रभु को समर्पित करते हुए सामान्य रूप से जीवन के कार्यकलाप करते रहना अथवा प्रभु को स्मरण करके दिवस विशेष उन्हें समर्पित

करना, जिसमें यथाशक्ति समस्त इन्द्रियों के दासत्व से बचने की सार्थक चेष्टा करनी चाहिए। वास्तव में व्रत क्षुधा तथा पिपासा युक्त जीवन व्यतीत करने के लिए नहीं, बल्कि सात्त्विक तथा समर्पित जीवन व्यतीत करने की परंपरा है।

उपरोक्त वर्णित ज्ञातव्य तथ्यों तथा व्रत सम्बन्धी अनिवार्यताओं, सतर्कताओं और अपेक्षाओं को ध्यान में रखकर व्रत सम्पन्न करने से अभीष्ट की संसिद्धि, निःसन्देह और निश्चित होती है। इस सत्य को विस्मृत नहीं करना चाहिए कि यदि ग्रहों का अशुभ प्रभाव अधिक है तो व्रत का प्रतिफल कुछ समय पश्चात् ही प्राप्त होता है। यदि जन्मांग में क्रूर ग्रहों का प्रभाव अत्यन्त अल्प है तो व्रत रूपी साधना द्वारा अभीष्ट की संसिद्धि शीघ्र सुनिश्चित होती है। सम्पूर्ण आस्था, अखण्डित विश्वास, पूर्ण समर्पण तथा निष्ठा के साथ व्रत सम्पन्न करना चाहिए, परन्तु व्रत प्रारम्भ करने से पूर्व व्रत का विधान एवं अन्य सूक्ष्म तथ्यों का संज्ञान अवश्य ही आत्मसात कर लेना चाहिए। व्रत सम्पन्न करने के उपरान्त उसका पारायण तथा उद्यापन की अनिवार्यता असंदिग्ध है, अन्यथा व्रत निष्फल हो जाता है, यह अनिवार्य रूप से स्मरण रखना चाहिए।

4.9 प्रदोषव्रत एवं कथा

स्कन्द पुराणे - **शनौ शुक्लत्रयोदश्यां कार्तिके श्रावणेऽथवा। जया पूर्वा परा ग्राह्या व्याप्ता चेद्रजनीमुखम्।।**

स्कन्दपुराण में कहा गया है—कार्तिक या श्रावण की शनिवारी त्रयोदशी के दिन क्रमशः पूर्वा परा जया ग्रहण करनी चाहिए। यदि उसकी प्रदोष व्याप्ति हो तो।

।। लोमश उवाच।।

पुरा वृत्रादिभिर्दैत्यैर्वर्तमाने महाहवे।
हतः शक्रेण नमुचिरपां फेनेन वै बली।। 1।।
दैत्यान् पलायितान् दृष्ट्वा हन्यमानान्सुरैभृशम्।
वृत्रः कोपरपराविष्टो देवान्योद्धुमथाययौ।।2।।

लोमेश बोले कि, पहले वृत्रादिक दैत्यों के साथ महायुद्ध होते हुए इन्द्र ने, पानी के फेन से बली नमुचि को मार दिया। देवों की मार से भागे हुए दैत्यों को देखकर वृत्र अत्यन्त क्रोधित होकर युद्ध करने के लिए मैदान में आया।

कालाग्निरूपसदृशं रूपं कृत्वा महाजवम्।
व्यवर्द्धत् महातेजारोदसी पूरयन्निव।। 3।।
तं दृष्ट्वा भयवित्रस्ता देवाः शक्रपुरोगमाः।
कर्तव्यं नाभ्यपद्यन्त तदा गुरुरुवाच ह।। 4।।

उस समय उस परम तेजस्वी ने काल की अग्नि के समान परम वेगवान् अपने रूप को

करके मीन आसमान को पूरते हुए बढ़ाना प्रारम्भ किया। उसे देख इन्द्रादिक सब देव अत्यन्त भयभीत होकर किंकर्तव्यविमूढ़ हो गये तब उनसे बृहस्पतिजी बोले।

गुरुरुवाच

तपसा सुमहोग्रेण व्रतेन नियमेनच।
अजेयोऽयं महातेजा वृत्रः शत्रुविनाशनः।। 5।।
आराधयति तं देवं पूज्यं शङ्करमव्ययम्।
व्रतेन विधि युक्तेन वृत्रं जेष्यथ मा चिरम्।। 6।।

कि, वैरियों का नाश करनेवाला तेजस्वी वीर वृत्र, उग्रतप और नियमव्रतों से किसी भी तरह जीता नहीं जा सकता। उसने विधिपूर्वक शिव की आराधना की, तुम परमपूज्य अव्यय शंकर भगवान् की विधिपूर्वक व्रत से आराधना करो थोड़े ही समय में वृत्र को जीत लोगे।

देवा ऊचुः गुरो

केन विधानेन कीदृशेन व्रतेन च।
आराधनीयो गौरीशो ह्यस्माभिर्जयकामुकैः।। 7।।
तद्वदस्व सुराचार्य त्वं हि नः परमा गतिः।

गुरुरुवाच

कार्तिकादिषु मासेषु मन्दवारे त्रयोदशी।। 8।।

देव बोले कि, हे गुरो! किस विधान से एवं कैसे व्रत से। जय चाहने वाले हमें गौरीश की आराधना करनी चाहिए? हे सुराचार्य्य! यह हमें बता दीजिये क्योंकि, आपही हमारी परम गति हैं यह सुन गुरु बोले कि, कार्तिकादिक मासों में शनिवारी त्रयोदशी हो।

विशेषाच्छुक्लपक्षेषु सर्वकामकरी शुभा।
तस्यां प्रदोषसमये लिङ्गरूपी सदाशिवः।। 9।।
पूजनीयो हि देवेन्द्र सर्वकामसमृद्धये।
स्नात्वा मध्या समये तिलामलकसंयुतम्।। 10।।

वह भी विशेषकरके शुक्लपक्ष में हो तो सब कामों के करनेवाली एवं परम शुभ है। उसमें प्रदोष के समय शिवलिंग पूजना चाहिए, हे इन्द्र इससे सब काम पूरे होते हैं मध्याह्न के समय तिल और आमले के साथ स्नान करके।

शिवस्य चार्चनं कुर्याद्गन्धपुष्पफलादिभिः।
पश्चात्प्रदोषसमये स्थावरं लिङ्गमर्चयेत्।। 11।।

स्वयंभु स्थापितं वापि पौरुषेमयपौरुषम्।
जने वा विजने वापि अरण्ये वा तपोवने।। 12।।

गन्ध पुष्प और फलों से शिव की पूजा करनी चाहिए, पीछे प्रदोष के समय स्थावरलिंग पूजना चाहिए। वह स्वयंभुक्ता स्थापित किया हुआ अथवा किसी पुरुष का स्थयपित या अपौरुषेय हो। चाहे जन विजन अरण्य और तपोवन कहीं भी हो।

ग्रामाद्वहिः स्थितं लिङ्गं ग्राम्याच्छतगुणं स्मृतम्।
बाह्याच्छतगुणं पुण्यमारण्यस्य च पूजने।। 13।।
वन्याच्छतगुणं पुण्यं लिङ्गं वै पर्वते स्थितम्।
पर्वताच्चायुतं पुण्यं तपोवनसमाश्रितम्।। 14।।

ग्राम से बाहर के लिंग का माहात्म्य ग्राम से सौगुना अधिक होता है, बाहर से सौ गुना अधिक पुण्य वन के पूजने में होता है। वन के पूजने से पर्वत के लिंग पूजने से सौ गुना अधिक पुण्य है। पर्वत के से अयुतगुणा तपोवन के लिंग पूजने में है।

काश्यादिसंस्थितं लिङ्गं पूजितं स्यादनन्तकम्।
एवं विशेषं लिङ्गानां तीर्थानां निपुणो भृशम्।। 15।।
ज्ञात्वा च शिवपूजाया विधिं शम्भुं प्रपूजयेत्।
कूपवापीतडागेषु देवखातनदीषु च।। 16।।

काशी आदि पवित्र तीर्थ स्थानों में शिवलिंग के पूजने से अनन्त फल होता है। निपुण पुरुष इस प्रकार तीर्थ और लिंगों का विशेष तथा शिव पूजा की विधि जानकर शंभु का पूजन करे। कूप, वापी, तड़ाग, देवखात, नदी इन पर।

क्रमामाच्छतगुणं पुण्यं गङ्गायां स्यादनन्तकम्।
पञ्चपिण्डाननुद्धत्य न स्नायात्परवारिणि।। 17।।
ततः प्रदोषसमये स्नात्वा मौनं समाचरेत्।
प्रदीपानां सहस्रेण दीपनीयः सदाशिवः।। 18।।

क्रम से सौ गुणा अधिक पुण्य है, एवं गंगा पर अनन्त पुण्य है। बिना पांच पिण्डों के उठाये दूसरे के पानी में स्नान न करे। इसके बाद प्रदोष के समय में स्नान करके मौन हो जाये श्रीसदाशिव को एक हजार दीपक घी के देने चाहिए।

शतेनाप्यथवा देवो द्वात्रिंशद्दीप मलया।
घृतेन दीपयेद्दीपाञ्छिवस्य परितुष्टये।। 19।।
तथा फलैश्च धूपैश्च नैवेद्यैर्विविधैरपि।
उपचारैः षोडशभिर्लिङ्गरूपी सदाशिवः।। 20।।

शक्ति न हो तो सौ वा बत्तीस ही दीपक दे, महादेवजी के संतोष के लिए ये दीपक घी के होने चाहिए। अनेक तरह के फल, धूप नैवेद्य एवं सोलहों उपचारों से लिंगरूपी सदाशिव।

पूज्यः प्रदोषसमये नृभिः सर्वार्थसिद्धये।
नाम्नां शतेन रुद्रोऽसौ स्तोतव्यश्च स्तुतिप्रियः।। 21।।
नमो रुद्राय भीमाय नीलकण्ठाय वेधसे।
कपर्दिने सरेशाय व्योमकेशाय वै नमः।। 22।।

प्रदोष के समय मनुष्यों को, सारे कामों की सिद्धि के लिए पूजने चाहिए। जिसे कि, स्तुतियां अति ही प्यारी हैं वह रुद्र सौ नामों से स्तुति करने योग्य हैं। रुद्र, भीम, नीलकंठ, वेधा, कपर्दी, सुरेश, व्योमकेश।

वृषध्वजाय सोमाय सोमनाथाय वै नमः।
दिगम्बराय भर्गाय उमाकान्त कपर्दिने।।23।।
तपोमयाय व्यासाय शिपिविष्टाय वै नमः।
व्यालप्रियाय व्यालाय व्यालानांपतये नमः।।24।।

वृषध्वज, सोम, सोमनाथ, दिगम्बर, भर्ग, उमाकान्त, कर्पदि, तपोमय, व्यास, शिपिविष्ट, व्यालप्रिय, व्याल, व्यालपति।

महीधराय व्याघ्राय पशूनांपतये नमः।
त्रिपुरान्तकाय सिंहाय शार्दूलाय झषाय च।।25।।
मितायाऽमितनाथाय सिद्धाय परमेष्ठिने।
कामान्तकाय बुद्धाय बुद्धीनांपतये नमः।।26।।

महीधर, व्याघ्र, पशुपति, त्रिपुरान्तक, सिंह, शार्दूल, झष, मित, अमित, नाथ, सिद्ध, परमेष्ठी, कामान्तक, बुद्ध, बुद्धिपति।

कपोताय विशिष्टाय शिष्टाय परमात्मने।
वेदगीताय गुप्ताय वेदगुह्याय वै नमः।।27।।
दीर्घाय दीर्घरूपाय दीर्घार्थाय मृडाय च।
नमो जगत्प्रतिष्ठाय व्योमरूपाय वै नमः।।28।।

कपोत, विशिष्ट, परमात्मा, वेदगीत, गुप्त, वेदगुह्य, दीर्घ, दीर्घरूप, दीर्घार्थ, मृड, जगत्प्रतिष्ठ, व्योमरूप।

गर्वकृत्सुमहादित्यै अन्धकार सुभेदिने।
नीललोहित शुक्लाय चण्डमुण्डप्रियाय च।।29।।

भक्तिप्रियाय देवाय ज्ञाताऽज्ञाता व्ययाय च।
महेशाय नमस्तुभ्यं महादेव हराय च।।30।।

गर्वकृत, सुमह, आदित्य, अन्धकारसुभेदी, नीललोहित, शुक्ल, चण्ड, मुण्डप्रिय, भक्तिप्रिय, देव, ज्ञात अज्ञात, अव्यय, महेश, महादेव, हर।

त्रिनेत्राय त्रिदेवाय वेदाङ्गाय नमो नमः।
अर्थाय अर्थरूपाय परमार्थाय वै नमः।।31।।
विश्वरूपाय विश्वाय विश्वनाथाय वे नमः।
शङ्कराय च कालाय कालावयवरूपिणे।।32।।

त्रिनेत्र, त्रिमेव, वेदांग, अर्थ, अर्थरूप, परमार्थ, विश्वरूप, विश्व, विश्वनाथ, शंकर काल, कालावयव रूपी,।

अरूपाय विरूपाय सूक्ष्मासूक्ष्माय वै नमः।
श्मशानवासिने तुभ्यं नमस्ते कृत्तिवाससे।।33।।
शशाङ्कशेखरायैव रुद्रभूमिश्रयाय च।
दुर्गाय दुर्गपाराय दुर्गावयवसाक्षिणे।।34।।

अरूप, विरूप, सूक्ष्मासूक्ष्म, श्मशानवासी, कृत्तिवासा, शशांकशेखर, रुद्रभूमिश्रय, दुर्ग, दुर्गपर, दुर्गावयव, साक्षी।

लिङ्गरूपाय लिङ्गाय लिङ्गानां पतये नमः।
नमः प्रभावरूपाय प्रणवार्थाय वै नमः।।35।।
नमो नमः कारण कारणाय मृत्युञ्जयायात्मभवस्वरूपिणे।
त्रियंबकायासितकण्ठभर्गगौरीपते मङ्गलहेतवे नमः।।36।।

लिंगरूप, लिंग, लिंगपति, प्रभारूप, प्रणवार्थ, कारण कारण, मृत्युंजय, आत्मभवस्वरूपी, त्रियंबक, असितकंठ, भर्ग, गौरीपति, मंगल हेतु।

नाम्नाशतं महेशस्य उच्चार्यं व्रतिना सदा।
प्रदक्षिणा नमस्कारा एतत्संख्याः प्रयत्नतः।।37।।

ये शिवजी के सौ नाम हैं। एक एक नाम के साथ 'के लिए नमस्कार' लगा देना चाहिए। जैसे रुद्रनाम है इसके साथ उक्त वाक्य लगा देने से रुद्र के लिए नमस्कार ऐसा हो जाता है। (इनमें से बहुत से नामों का निर्वचन कोश आदि ने किया है। अधिक लिखने से अनावश्यक विस्तार बढ़ता है।) इन सौ नामों को सदा करना चाहिए एवं सावधानी के साथ प्रदक्षिणा भी सौ ही होनी चाहिए।।

कार्या प्रदोषेसमये तुष्ट्यर्थं शंकरस्य च।
एतद्व्रतं मयादिष्टं तव शक्र महामते।।38।।
शीघ्रं कुरु महाभाग पश्चाद्युद्धं कुरु प्रभो।
शम्भोः प्रसादात्सर्वंते भविष्यति जयादिकम्।।39।।

ये शिव की प्रसन्नता के लिए प्रदोष के समय होनी चाहिए। हे परमबुद्धिमान इन्द्र! यह व्रत मैंने तुम्हें बता दिया है। हे महाभाग! पहले इस व्रत को करके पीछे युद्ध कर, भगवान शिव के प्रसाद से तेरी जीत आदि सब हो जायेगी।

शक्र उवाच

वृत्रः कदा महेशानं समाराधयदादरात्।
कथं च स वरं प्राप्तः पुरा कश्चाभवद्द्विज।।40।।

गुरुरुवाच

वृत्रो ह्ययं महातेजास्तपस्वी तपसा पुरा।
शिवं प्रसादयामास पर्वते गन्धमादने।।41।।

इन्द्र बोले कि, वृत्र ने शिव की आराधना कैसे की, कैसे वरदान मिला एवं पहले वो कौन था? गुरु बोले कि, परम तपस्वी यह वृत्र पहले तप से गन्धमादन पर्वत पर शिव को प्रसन्न करने लगा।

नाम्ना चित्ररथो राजा वनं चित्ररथस्य तत्।
एतज्जानीहि भो इन्द्र तव पुर्याः समीपतः।।42।।
यस्मिन्वने महाभागा वसन्ति च महर्षयः।
तस्माच्चैत्ररथं नाम वनं परममङ्गलम्।।43।।

यह पहले चित्ररथ नाम का राजा था। चित्ररथ का वन जो कि, हे इन्द्र! तेरी पुरी के समीप है, ऐसा तू समझ। इस वन में परम तेजस्वी महाभाग महर्षि रहते हैं। इस कारण परम मंगलों को देनेवाला वो वन चैत्ररथ के नाम से प्रसिद्ध है।

तस्य दत्तं शिवेनैव यानं च परमाद्भुतम्।
कामादं किङ्किणीयुक्तं सिद्धचारणसंयुतम्।।44।।
गन्धर्वैरप्सरोयक्षैः किन्नरैरुपशोभितम्।
ततस्तेनैव यानेन पृथिवीं पर्यटन्पुरा।।45।।

उसे शिवजी ने सिद्ध और चारणों से संयुक्त किंकिणी लगी हुई इच्छानुसार गमन करनेवाला आश्चर्यकारी एक विमान दिया था। जो गन्धर्व, अप्सर, यक्ष और किन्नरों से सुशोभित था कुछ दिन बाद उसी विमान से पृथिवी परिक्रमा करता हुआ।

तथा गिरीन्समुद्रांश्च द्वीपाश्च विविधांस्तथा।
एकदा पर्यटन्राजा नाम्ना चित्ररथो महान्।।46।।
कैलासमागतस्तत्र ददर्श परमाद्भुतम्।
तथा सभां महेशस्य गणैश्चैव विराजिताम्।
अर्धाङ्गलग्नया देव्या शोभितं च महेश्वरम्।।47।।

अनेक तरह के पर्वत, समुद्र और द्वीपों के ऊपर विचरता हुआ वो महान् चित्ररथ राजा कैलास चला आया वहाँ उसने बड़ा आश्चर्य देखा कि, शिवजी की सभा में सब गण बैठे हुए हैं तथा पार्वतीजी आधे शरीर में लगी हुई हैं, ऐसी हालत में शिवजी भी बैठे हुए हैं।

निरीक्ष्य देव्या सहितं सदाशिवं कर्पूरगौरं वरमम्बुजेक्षणम्।
कपर्दिनं चन्द्रकलाविभूषितं गङ्गाधरं देववरं सभायाम्।।48।।
प्रहस्य राजा च तया गिरीश न्यायान्वितं वाक्यमिद बभाषे।
वयं च शम्भो विषयान्विताश्च मर्त्यादयः स्त्रीविजितास्तथान्ये।
न लोकमध्ये च मया विलोकिताश्चालिङ्ग्य कान्तां सदसि प्रविष्टाः।।49।।

राजा ने उस सभा में कपूर के समान श्वेत, कमल के समान नेत्र वाले, जटाधारी, चन्द्रमा की कला से विभूषित, शिर पर गंगा धारण किये हुए शिवजी को, देवी से आधे अंग को शोभित हुए देखा। राजा हँसकर शिवजी से न्यायपूर्वक बोला कि, हे शिव! हम मनुष्यादिक तो विषयों में लगे हुए स्त्रियों के जीते हुए हैं ही, तथा दूसरों का भी यही हाल है पर लोक में मैंने ऐसा नहीं देखा कि, स्त्री का आलिंगन करते हुए ही सभा में बैठे।

एवं वाक्यं निशम्याथ गिरीशः प्रहसन्निव।
उवाच न्यायसंयुक्तं सर्वेषामपि शृण्वताम्।।50।।

शिव उवाच

मम लोकापवादश्च सर्वेषां न भवेद्यथा।
भक्षितं कालकूटं में सर्वेषामपि दुर्जयम्।।51।।

इन बचनों को सुन सबके सुनते हुए महादेवजी ने हँसते हुए कहा कि, जैसा सबका लोकापवाद होता है, ऐसा मेरा नहीं होता; जिसे कोई नहीं खा सकता था वह कालकूट मैंने खाया था।

लोकातीतं च मे वृत्तं तथाप्युपहसत्यसौ।
ततश्चित्ररथं देवी गिरिजा वाक्यमब्रवीत्।।52।।
कथं दुरात्मनानेन शङ्करश्चोपहासितः।
मया सहैव मन्दात्मन्नीक्षसे कर्मणः फलम्।।53।।

मेरी बात दुनियां से निराली है, तो भी मेरी यह हँसी करता है। इसके पीछे चित्ररथ से पार्वतीजी बोलीं कि इस दुष्ट ने मेरे साथ शिवजी की क्यों हंसी की? हे मन्द! तू अब ही अपनी करनी का फल पायेगा।

साधूनां समचित्तानामुपहासं करोति यः।
देवो वाप्यथवा मर्त्यः स विज्ञेयोऽधमाधमः।।54।।
एते मुनीन्द्राश्च महानुभावास्तथा ह्येते ऋषयो वेदगर्भाः।
तथैव सर्वे सनकादयो ह्यमी अज्ञाननाशाच्छिवमर्चयन्ति।।55।।

समचित्त वाले साधुओं की जो हंसी करता है चाहें वह देव हो, चाहें मनुष्य हो, वह अधर्मों का भी अधम है। ये महानुभाव मुनीन्द्र तथा ये वेदगर्भ ऋषिगण और सनकादिक, अज्ञान नाश हो जाने के कारण शिवजी की ही पूजा किया करते हैं।

रे मूढ सर्वेषु जनेष्वभिज्ञस्त्वमेव चैकोऽसि परो न कश्चन।
तस्मादतिप्रौढतरं नरं त्वां संशिक्षये नैव कुर्या यथा त्वम्।।56।।
अस्मात्पत विमानात्वं दैत्यो भूत्वासु दुर्मते।
मम शापेन दग्धस्त्वं गच्छाद्य च महीतलम्।।57।।

ऐ मूर्ख! सभी में तुम्हीं एक बुद्धिमान है, दूसरा कोई नहीं है, इस कारण अत्यन्त चतुर तुझे मैं सिखाऊंगी जिससे फिर कभी ऐसा न करे। हे दुर्मते! तू मेरे शाप से दग्ध होकर इस विमान से गिर, दैत्य हो भूमि पर जा।

एवं शप्तस्तदा देव्या भवान्या राजसत्तमः।
राजा चित्ररथः सद्यः पपात सहसा दिवः।।58।।
आसुरीं योनिमापन्नो वृत्रो नाम्नाऽभवत्तदा।
तपसा परमेणैव त्वष्ट्रा संयोजितः क्रमात्।।59।।

इस प्रकार चित्ररथ को दुर्गा का शाप हुआ, वह तपस्वी एकदम दिव से गिरा। आसुरी योनि को प्राप्त होकर वृत्र हो गया, क्रमशः परम तप से उसे त्वष्टा ने संयुक्त किया है।

तपसा ब्रह्मचर्येण शंभो राराधनेन च।
व्रतेनानेन च बली जेतुं शक्यो न केनचित्।।60।।
आसुरेण हि भावेन व्यङ्गं चक्रे व्रतं यतः।
तेन च्छिद्रेण चैवासौ पश्चाज्जेयो भविष्यति।।61।।

तप ब्रह्मचर्य और शिवजी की आराधना से वह बली जीता जा सकता है, दूसरी तरह नहीं। आसुर भाव के कारण उसने अंगशून्य व्रत को किया है, इस कारण पीछे जीता जा सकेगा।

तस्मात्त्वमपि देवेन्द्र कृत्वा चेदं व्रतं शुभम्।
हनिष्यति महाबाहो वृत्रं नास्त्यत्र संशयः।।62।।
गुरोस्तद्वचनं श्रुत्वा ह्युवाचाथ शतक्रतुः।
उद्यापनविधिं ब्रूहि प्रदोषस्य च मेऽधुना।।63।।

इस कारण हे महाबाहो इन्द्र! इस पवित्र व्रत को करके वृत्र को मार लेगे इसमें सन्देह नहीं है। गुरु के वचन सुनकर इन्द्र बोले कि, हे गुरो। इस प्रदोषव्रत की मुझे उद्यापन विधि कहिए।

गुरुरुवाच

कार्तिके श्रावणे प्राप्ते मन्दवारे त्रयोदशी।
सम्पूर्णातु भवेद्या सा समग्रव्रतसिद्धये।।64।।
वृषभो राजतः कार्यः पृष्ठे तस्य सुपीठकम्।
तस्योपरि न्यसेद्देवमुमाकान्तं त्रिलोचनम्।।65।।

गुरु बोले कि, कार्तिक या श्रावण की शनिवारी त्रयोदशी संपूर्ण हो तो वह सारे व्रत की सिद्धि के लिए उपयुक्त है। चांदी का वृष बनाये, उसकी जीन भी चांदी की हो, उस पर उमापति तीन नेत्रोंवाले देव को स्थापित करे।

पञ्चवक्रं दशभुजमर्धाङ्गे गिरिजां सतीम्।
सौवर्णी प्रतिमां कृत्वा ताम्रकुम्भं जलैर्युतम्।।66।।
पञ्चरत्नफलोपेतं पञ्चपल्लवशोभितम्।
चन्दनेन सुगन्धेन मिश्रितं शोभितं तथा।।67।।

पांच मुख हों, दश भुजाएँ हों, आधे अंग में गिरिजादेवी सुशोभित हों, प्रतिमा सोने की हो, तांबे के कुम्भ जल से शोभित हों। वह कुंभ पंचरत्न और फलों के साथ हो, पांच पल्लवों से शोभित हो, सुंगन्धित चंदन से मिश्रित और शोभित हो।

रौप्यपात्रं ततः कृत्वा कुम्भस्योपरि विन्यसेत्।
अशक्तो मून्मयं कुम्भं वंशपात्रमथापि वा।।68।।
पूर्णं शरावं संस्थाप्य सौवर्णीं प्रतिमां तथा।
शक्त्या कृतां प्रतिष्ठाप्य वस्त्रमाल्यविभूषणैः।।69।।

चांदी का पात्र कुंभ पर रखना चाहिए, यदि शक्ति न हो तो मिट्टी का कुंभ और बांस का पात्र होना चाहिए। भरे हुए सकोरे को रख शक्ति के अनुसार बनाई हुई सोने की प्रतिमा को उस पर वैध प्रतिष्ठित करके वस्त्रमाला और आभूषणों से भूषित करके।

पूजयित्वा विधानेन रात्रौ जागरणं चरेत्।
पुष्पमण्डपिकामादौ कृत्वा श्रद्धासमन्वितः।
आवाहयेत्प्रथमतो मन्त्रेणानेन सुव्रत।।70।।
एह्येहि त्वमुमाकान्त स्थाने चात्र स्थिरो भव।
यावद्व्रतं समाप्येत कृपया दीनवत्सल।।71।।

विधिपूर्वक पूजकर रात में जागरण करे, पहले श्रद्धा के साथ मूलों की मण्डपिका बनाकर हे सुब्रत! पहले इस तत्र से आवाहन करे। हे उमाकान्त! हे दीनों पर प्यार करने वाले! जब तक यह व्रत पूरा हो तब तक इस स्थान पर स्थिर हो जा।

आवाहनम्

आसनेऽस्मिन्नुमाकान्त सुखस्पर्शे सुनिर्मले।
उपविश्य मृडेदानीं सर्वशान्तिप्रदो भव।।72।।

यह आवाहन हुआ। हे उमाकान्ते! बैठते ही आनन्द देनेवाले निर्मल इस आसन पर विराज जाइये, हे आनन्दरूप! इस समय सब शान्तियों के देनेवाले हो जाओ।

आसनम्

पाद्यं च ते मया दत्तं पुष्पगन्धसमन्वितम्।
गृहाण देवदेवेश प्रसन्नो वरदो भव।।73।।

इससे आसन दे। मैंने गन्ध पुष्पों के साथ भक्तिपूर्वक पाद्य दिया है, हे देव-देवेश! ग्रहण करिये और प्रसन्न होइये।

पाद्यम्

ताम्रपात्रस्थितं तोयं फलगन्धादिसंयुतम्।
अर्घ्यं गृहाण देवेश मया दत्तं हि भक्तितः।।74।।

इससे पाद्य दे। फल और गन्ध से युक्त, तांबे के पात्र में पानी रखा है। हे देवेश! मैंने भक्ति से अर्थ दिया है ग्रहण करिये।

अर्घ्यम्

शीतलं निर्मलं तोयं कर्पूरेण सुवासितम्।
आचम्यतां सुरश्रेष्ठ मया दत्तं हि भक्तितः।।75।।

इससे अर्घ्य दे। हे सुरश्रेष्ठ! कपूर से सुगन्धित किया शीतल निर्मल जल मैंने भक्ति से रख दिया है आचमन करिये।

आचमनीयम्

पञ्चामृतेन स्नपनं तत्तन्मन्त्रैश्च कारयेत्।।76।।

इससे आचमन कराये। भिन्न भिन्न विधान के मंत्रों से पंचामृत से स्नान कराये।

गोक्षीरधामन्देवेश गोक्षीरेण मया कृतम्।
स्नपनं देवदेवेश गृहाण परमेश्वर।।77।।

वे मंत्र ये हैं कि हे गोक्षीरधामन् देवेश! गौ के क्षीर से मैंने आपके स्नान की तैयारी की है, हे परमेश्वर? आप स्नान करें, इस मंत्र से दूध से स्नान कराये।

दुग्धस्नानम्

दध्ना चैव मया देव स्वपनं क्रियते तव।
गृहाण भक्त्या दत्तं मे सुप्रसन्नो भवाव्यय।।78।।

मैं आपका भक्ति से दही से स्नान करता हूँ, अव्यय आप इसे ग्रहण करें एवं प्रसन्न हों।

दधिस्नानम्

सर्पिषा देवदेवेश स्नपनं क्रियते मया।
उमाकान्त गृहाणेदं श्रद्धया सुरसत्तम।।79।।

इससे दही का स्नान कराये। हे सुरश्रेष्ठ उमाकान्त! मैं श्रद्धाभक्ति से आपको घी से स्नान कराता हूँ, आप ग्रहण करिये।

घृतस्नानम्

इदं मधु मया दत्तं तव तुष्ट्यर्थमेव च।
गृहाण शम्भो त्वं भक्त्या मम शान्तिप्रदो भव।।80।।

इससे घृतस्नान कराये। हे प्रभो! आपकी तुष्टि के लिए यह मधु मैंने दिया है हे शंभो! इसे आप ग्रहण करके मुझे शान्ति देने वाले हों।

मधुस्नानम्

सितया देवदेवेश स्नपनं क्रियते मया।
गृहाण शम्भो मे भक्त्या सुप्रसन्नो भव प्रभो।।81।।

इस मंत्र से मधु स्नान इस मंत्र से मधु, सिताया शर्करा स्नान कराये।

शर्करास्नानम्

कावेरी नर्मदा वेणी तुङ्गभद्रा सरस्वती।

गङ्गा च यमुना चैव ताभ्यः स्नानार्थमाहृतम्।
गृहाण त्वमुमाकान्त स्नानाय श्रद्धया जलम्।।82।।

कावेरी, नर्मदा, वेणी, तुंगभद्रा, सरस्वती, गंगा और यमुना इनसे स्नान के लिए श्रद्धा से लाया हुआ जल, हे हमाकान्त! स्नान को ग्रहण करिये।

स्नानम्

एतद्वासो मया दत्तं सोत्तरीयं सुशोभनम्।
गृहाण त्वं सुरश्रेष्ठ मम वासःप्रदो भव।।83।।

इससे स्नान कराये। सुन्दर उत्तरीय और वस्त्र मैंने आपके लिए दिये हैं, इन्हें ग्रहण करिये एवं मुझे वस्त्र देनेवाले बन जाइये।

वस्त्रम्

यज्ञोपवीतं सौवर्णं मया दत्तं च शङ्कर।
गृहाण परया तुष्ट्या तुष्टिदो भव सर्वदा।।84।।

इससे वस्त्र दे। हे शंकर! मैंने सोने का उपवीत दिया है। आप परम प्रसन्नता के साथ ग्रहण करिये। मुझे प्रसन्नता देनेवाले बन जाइये।

उपवीतम्

सुगन्धं चन्दनं दिव्यं मया दत्तं तव प्रभो।
भक्त्या परमया शम्भो सुभगं कुरु मां भव।।85।।

इससे उपवीत दे। हे प्रभो! सुभगदिव्यचन्दन मैंने आपको परमभक्ति से दिया है, हे शम्भो! मुझे सुभग करिये।

चन्दनम्

मालती चम्पकादीनि कुमुदान्युत्पलानि च।
बिल्वपत्राणि पूजार्थं स्वीकुरु त्वमुमापते।।86।।

इससे चन्दन दे। हे उमापते! मालती और चंपकादिक, उत्पल, कुमुद तथा बिल्वपत्र पूजा के लिए लाया हूँ, आप स्वीकार करें।

पुष्पम्

धूपं विशिष्टं परमं सर्वौषधिविजृम्भित्।
गृहाण परमेशान ममोपरि दयां कुरु।।87।।

इससे पुष्प समर्पण करे। यह साधारण धूप नहीं है इसमें औषधियाँ मिली हुई हैं। हे परमेश्वर! मेरे ऊपर कृपा करके इस स्वीकार करिये।

धूपम्

दीपं च परमं शम्भो घृतवर्तिसुयोजिता।
दत्तं गृहाण देवेश ममज्ञानप्रदो भव।।88।।

इससे धूप चढ़ाये। हे शम्भो! घीबत्ती पड़ा हुआ यह श्रेष्ठ दीपक है, मैंनें आपको दिया है आप ग्रहण करिये, हे देवेश! मुझे ज्ञान देनेवाले हो जाओ।

दीपम्

शाल्योदनघृतापायसादिमन्वतम् ।
नैवेद्यं विविधंदत्तं भक्त्या मे प्रतिगृह्यताम्।।89।।

इससे दीप चढ़ाये, शाल्योदन, घृत के अनूप और पायस आदि के साथ अनेक तरह का नैवेद्य मैंने भक्ति से आपको दिया है, ग्रहण करिये।

नैवेद्यम्

नैवेद्यमध्ये पानीयं मया दत्तं हि भक्तितः।
स्वीकुरुष्व महादेव प्रसन्नो भव सर्वदा।।90।।

इससे नैवेद्य चढाये। हे महादेव! नैवेद्य के बीच में मैं भक्तिपूर्वक पानी दे रहा हूँ, आप स्वीकार कीजिये और सदा प्रसन्न होइये।

मध्ये पानीयम्

उत्तरापोशनार्थं वा आनीतं जलमुत्तमम्।
गृहाण त्वमुमाकान्त सर्वदुःखनिवारक।।91।।

इससे बीच में पानीय दे। पीछे पीने के लिए उत्तम पानी लाया गया है, हे सब दुखों के निवारण करनेवाले उमाकान्त! ग्रहण करिये।

उत्तरापोशनम्

कर्पूरैलालवङ्गादिपूगीफलसमन्वितम् ।
ताम्बूलं कल्पितं भक्त्या गृहाण गिरिजाप्रिय।।92।।

इससे उत्तरापोशन कराये। कपूर, एला, लवंग और सुपारी जिसमें पड़ी हुई हैं, ऐसा पान मैंने भक्ति से तैयार किया है हे गिरिजाप्रिय! ग्रहण करिये।

तांबूलम्

इदं फलं मया देव स्थापितं पुरतस्तव।। तेन०।।93।।

इससे पान दे। 'इदं फलं।

फलम्

हिरण्यगर्भगर्भस्थं हेमबीजं विभावसोः।
दक्षिणा काञ्चनी देव स्थापिता मे तवाग्रतः।।94।।

इससे फल दे। 'हिरण्यगर्भ'।

दक्षिणाम्

दीपावलीमया दत्ता सुवर्तिघृतसंयुता।
आरार्तिकप्रदानेन मम तेजःप्रदो भव।।95।।

इससे दक्षिणा दे। अच्छी बत्ती और घी जिनमें पड़ा हुआ है, ऐसी दीपवाली मैंने दी है। इस आरती के प्रदान से मुझे तेज देनेवाले हो जाओ।

प्रदक्षिणाम्

यानि कानि च पापानि०।।96।।

इससे आर्तिक्य देना चाहिए। 'यानि कानि च'।

प्रदक्षिणाम् मृत्युञ्जयाय रुद्राय नीलकण्ठाय शम्भवे।
अमृतेशायशर्वाय महादेवाय ते नमः।।97।।

इससे प्रदक्षिणा करे। तुझ मृत्युंजय, रुद्र, नीलकंठ, शम्भु, अमृतेशान, शर्व, महादेव के लिए नमस्कार है।

आरार्तिकम्

नमस्कारान् सेवंतिकाबकुलचंपकपाटलाब्जैः पुन्नागजातिकरवीररसालपुष्पैः।
बिल्वप्रवालतुलसीदलमालतीभिस्त्वां पूजयामि जगदीश्वर मे प्रसीद।।98।।

इससे नमस्कार समर्पण करे। सेवन्तिका, बकुल, चंपक पाटल, कमल, पुंनाग, जाती, करवीर, रसाल, बिल्व, प्रबाल, तुलसीदल और मालती से मैं तुम्हें पूजता हूँ। हे जगदीश्वर! मुझ पर प्रसन्न होइए।

मंत्रपुष्पम्

निपत्य दण्डवद्भूमौ प्रणम्य च पुनः पुनः।
क्षमापयित्वा देवेशं रात्रौ जागरणं चरेत्।।99।।

इससे मंत्रपुष्प समर्पण करना चाहिए। दण्ड की तरह भूमि में बारबार गिरकर देवेश से क्षमापन कराकर रात में जागरण करना प्रारम्भ कर दे।

गीतवादित्रनृत्याद्यैर्गृहे वा देवतालये।
वितानमण्डपं कुर्यान्नानावर्णैः समन्वितम्।।100।।

घर में व देवमंदिर में गाने बजाने और नाचने के साथ होना चाहिए, होम के लिए मंडप बनाये उसका अनेक वर्णों का बितान होना चाहिए।

प्रभातायां तु शर्वर्यां नद्यादौ विमले जले।
स्नात्वा पुनःसमभ्यर्च्य जुहुयात्पायसेन च।।101।।

एकदम प्रातः नदी आदि के निर्मल जल में स्नान करके पूजा करे खीर से हवन करे।

(उमया सहितं रुद्रं पृथगष्टोत्तरं हुनेत्।)
गौरीर्मिमायमंत्रेण त्र्यंबकेण च शंकरम्।
(आचार्यं च सपत्नीकं वस्त्रालंकारचन्दनैः।)
तोषयित्वा शुचिं दान्तं गां दद्याच्च पयस्विनीम्।।102।।

उमासहित रुद्र को 108 आहुति दे 'गौरीर्मिमाय' इससे उमा को एवं 'ओं त्र्यम्बकेण' इससे शंकर को दे, सुचिदान्त सपत्नीक आचार्य को वस्त्र अलंकार और चन्दन से तुष्ट करके दूध देनेवाली गऊ दें।

ब्राह्मणान् भोजयेत् पश्चाद्दक्षिणाभिः प्रतोषयेत्।
दीनानाथांश्च संतर्प्य ह्यच्छिद्रं वाचयेत्ततः।।103।।

पीछे ब्राह्मण भोजन करा दक्षिणा से प्रसन्न करे, दीन और अनाथों को तृप्त करके व्रत पूरा हो ऐसा कहलाये।

लब्ध्वानुज्ञां ब्राह्मणेभ्यो बन्धुभिः सहितः शुचिः।
हृदि स्मरञ्छिवं भक्त्या भुञ्जीत नियतो व्रती।।104।।

ब्राह्मणों से आज्ञा लेकर पवित्र हो भाइयों के साथ हृदय में शंकर का भक्तिपूर्वक ध्यान करता हुआ व्रती नियमपूर्वक भोजन करे।

अनेनैव विधानेन कुर्यादुद्यापने विधिम्।
एवं यः कुरुते भक्त्या प्रदोषव्रतमुत्तमम्।।105।।

इसी विधि से उद्यापन करना चाहिए। जो इस प्रकार भक्ति के साथ उत्तम प्रदोष व्रत करता है।

शनिवारेण संयुक्तं सोद्यापनविधिं नरः।
आयुरारोग्यमैश्वयपुत्रपौत्रसमन्वितः ।।106।।

जिसमें की शनिवार हो तथा उसी में उद्यापन विधि करता है वह आयुआरोग्य, पुत्र और पौत्रों से समन्वित होकर।

शत्रून् विजयते नित्य प्रसादाच्छंकरस्य च।
तस्मात्त्वमपि देवेन्द्र पूजयस्व सदाशिवम्।
एवं प्रदोषविधिना युद्धे वृत्रं विजेष्यसि।। 107।।

शिवजी की कृपा से सदा ही वैरियों पर विजय हासिल करता है। इस कारण हे देवेन्द्र! तुम भी सदाशिव का पूजन करो इस प्रकार आप प्रदोष की व्रत विधि के कार्य करने से युद्ध में वृत्र को जीत लोगे।

एवं निशम्य गुरुणा कथितं तदानीमिन्द्रोप्यनेन विधिना गिरिशं प्रपूज्य।
लेकं ग्रसन्तमिव दैत्यपतिं प्रवृद्धं तं तत्क्षणादगमयत्क्षयमीशतुष्ट्या।। 108।।

गुरु ने इस प्रकार प्रदोष व्रत कहा इन्द्र ने इसे करके विधि से शिवजी का पूजन किया। जो ऐसा मालूम होता था कि, लोकों को ग्रस जायेगा ऐसे बढ़े हुए वृत्र को क्षण मात्र में मार दिया यह शिवजी का ही प्रसाद था।

मदनरत्ने स्कान्दे प्रकारान्तरम्॥ देव्युवाच॥ देव केन विधानेन **प्रदोषव्रतमुत्तमम्॥ विधातव्यं नरैः स्त्रीभिः सन्तानफलसिद्धये॥ ईश्वर उवाच॥ यदा त्रयोदशी शुक्ला मन्दवारेण संयुता॥ आरब्धव्यं व्रतं तत्र सन्तानफलसिद्धये॥ ऋणनिर्मोचमार्थाय भौमवारेण संयुता॥ सौभाग्यस्त्रीसमृद्धयर्थं शुक्रवारेण संयुता॥ आयुरारोग्यसिद्धयर्थं भानुवारेण संयुता॥ एकवत्सरपर्यन्तं प्रतिपक्षं त्रयोदशी॥ प्रंदोषे शिवमभ्यर्च्य नक्तं भोक्ष्यामि शङ्कर॥ प्रातश्चानेन मंत्रेण व्रतसंकल्पमाचरेत्॥ ततस्तु लोहिते भानौ स्नात्वा सनियमो व्रती॥ पूजास्थानं ततो गत्वा प्रदोषे शिवमर्चयेत्॥**

पूजामंत्राः- ॐ भवाय नमः। महादेवाय० रुद्राय० नीलकण्ठाय० **शनिमौलिने० उग्राय० उमाकान्ताय० ईशानाय० विश्वेश्वराय० त्र्यंबकाय० त्रिपुरुषाय० त्रिपुरान्तकाय० त्रिकाग्निकालाय० कालाग्निरुद्राय० नीलकण्ठाय० सर्वेश्वराय नमः॥16॥ पञ्चामृतेन स्नपनमभिर्मन्त्रैः प्रपूजयेत्॥ दधिभक्तेन**

नैवेद्यं पक्वान्नैवृत- संयुतम्॥ दत्त्वा सुमुखवासं च तांबूलं क्रमुकादिकम्॥ समर्पयेदष्टदिक्षु दीपानाज्य-समन्वितान्॥ यथा भवान्समस्तानां पशूनां पापमोचकः॥ तथा व्रतेन संतुष्टः पुत्रं देहि सुलक्षणम्॥ ऋणरोगादिदारिद्रय-पापक्षुदपमृत्यवः॥ भयशोकमनस्तापा नश्यन्तु मम सर्वदा॥ पृथिव्यां यानि तीर्थानि सागरान्तानि यानि च॥ अण्डमाश्रित्य तिष्ठन्ति प्रदोषे गोवृषस्य तु॥ स्पृष्ट्वा तु वृषणौ तस्य शृङ्गमध्ये विलोक्य च॥ पुच्छं च ककुदं चैव सर्वपापैः प्रमुच्यते॥ निवेद्यं कर्मजातं च दद्याद्वित्तानुसारतः॥ दक्षिणा ब्राह्मणेभ्यश्च ततो मौनं विसर्जयेत्॥ एवं संवत्सरं कुर्यात्रयोदशयामिदं व्रतम्॥ अथवा मन्दवारेण युक्ता एवं त्रयोदशी॥ यश्चतुर्विंशतिं कुर्याद्यथोक्तफलमाप्नुयात्॥ इति मदनरत्नोक्तं प्रकारान्तरम्॥

प्रकारान्तर से प्रदोषव्रत- स्कन्दपुराण से मदनरत्न ने लिखा है। देवी बोली कि, हे देव! सन्तान की वृद्धि के लिए स्त्री पुरुषों को श्रेष्ठ प्रदोष व्रत किस विधान से करना चाहिए? शिवजी बोले कि, जब शुक्ला त्रयोदशी शनिवारी हो सन्तानफल की वृद्धि के लिए उसमें व्रत करना चाहिए। ऋण मोचन के लिए मंगलवारी करनी चाहिए। सौभाग्य स्त्री और समृद्धि के लिए शुक्रसारी करनी चाहिए। आरोग्यता के लिए रविवारी करनी चाहिए। हे शंकर! एक वर्ष तक प्रत्येक पक्ष की त्रयोदशी के दिन प्रदोष में शिवपूजन करके भोजन करूँगा, प्रातःकाल इस मंत्र से व्रत संकल्प करना चाहिए। जब सूर्य लाल होने लगे उस समय स्नान नियम किया हुआ व्रती, पूजा स्थान में जाकर प्रदोष के समय शिवजी की पूजा करे।

पूजा मंत्र—भव, महादेव, रुद्र, नीलकण्ठ, शशिमौलि, उग्र, उमाकान्त, ईशान, विश्वेश्वर, त्र्यम्बक, त्रिपुरुष, त्रिपुरान्तक, त्रिकाग्निकार, कापोग्निरुद्र, नीलकंठ, सर्वेश्वर—ये सोलह नाम हैं, प्रत्येक के साथ 'के लिए नमस्कार है' यह लगाने से इनके मूल के नाममंत्र का अर्थ हो जाता है। नाममंत्र मूल में लिखे हुए हैं उन सबके आदि में 'ओम्' लगाना चाहिए। इन मंत्रों से शिवजी को पंचामृत स्नान कराये। दधिभक्त और घी का पका हुआ नैवेद्य होना चाहिए। मुख की शुद्धी के लिए सुपारी और पान दे। आठों दिशाओं में घी के दिये दे। जैसे आप सब पशु (अज्ञानी जीवों के) पापों को नष्ट करनेवाले हैं उसी तरह इस व्रत से प्रसन्न होकर एक सुयोग्य पुत्र दीजिये।। मेरे ऋण, रोगादि, दारिद्र्य, पाप, क्षुत्, अपमृत्यु, भय, शोक और मनस्ताप सदा नष्ट हों। सागर से लेकर जितने तीर्थ इस पृथ्वी पर हैं वे सब प्रदोष के समय गोवृष के अण्डकोशों में रहा करते हैं, इस कारण उसके वृषण छू शृंग के बीच पुच्छ और गर्दन को देखकर सब पापों से छूट जाता है। कर्म मात्र का निवदेन करके वित के अनुसार ब्राह्मण को दक्षिणा दे। इसके बाद मौन को छोड़ दे। इस प्रकार एक वर्ष तक इस व्रत को करे अथवा जिस दिन शनिवार त्रयोदशी हो। इस प्रकार जो चौबीस व्रत करें उसे कहा हुआ फल मिलता है। यह मदनरत्न का कहा हुआ प्रकारान्तर से शनिप्रदोष व्रत पूरा हुआ।

4.10 पयोव्रत की शक्ति

पुत्र-प्राप्ति की अभिलाषा से किये जाने वाले इस व्रत का उल्लेख श्रीमद्‌भागवत महापुराण के सोलहवें अध्याय में है। पुत्र-प्राप्ति हेतु पयोव्रत के अनुसरण का विधान, ब्रह्माजी ने कश्यप ऋषि को बताया था, जिसे कश्यप ऋषि ने अपनी पत्नी अदिति को बताया। भगवान् कृष्ण के पयोव्रत से संदर्भित स्तोत्र का पाठ, संपूर्ण विश्वास, अंतरंग आनन्द और आह्लाद के साथ निष्ठा, श्रद्धा, आस्था और समर्पण की भावना के साथ करना चाहिये। व्रत के समस्त नियमों का पालन करते हुए, तेरह दिनों तक मात्र दूध और दूध की खीर का भोग लगाकर, उसका ही सेवन करना विधानसंगत है। इस अवधि में, पृथ्वी पर शयन करने के अतिरिक्त, मन और तन की शुद्धता अनिवार्य है। व्रतकाल में ब्रह्ममुहूर्त में जगना और दिन में शयन न करना अपेक्षित है। ब्रह्मचर्य से रहते हुए, तेरह दिनों तक, भगवान कृष्ण के प्रति प्रेम और भक्ति में पूर्णतः समर्पित रहना, किसी पापी, निकृष्ट, नीच, अधम, अपराधी अथवा घृणित व्यक्ति से पृथकता, अस्पृश्यता, व्रत के सामान्य सूत्र हैं। पयोव्रत करने की विधि जो कश्यप ऋषि ने अदिति को बतायी थी, उसी के अनुरूप पयोव्रत का अनुसरण, पुत्रप्राप्ति के अलौकिक आनन्द से साधक और आराधक का पारिवारिक जीवन आलोकित कर देता है। इसके अतिरिक्त सभी अभिलाषाओं की सम्पूर्ति हेतु भी पयोव्रत करने का परामर्श शास्त्रसंगत है। भगवान कृष्ण का षोडशोपचार पूजन करने के उपरांत, पुत्रप्राप्ति की अभिलाषा से अग्रांकित संकल्प का उच्चारण करना, व्रत प्रारम्भ करने की आरंभिक अनिवार्यता है।

ज्ञातव्य है कि संतान या पुत्रप्राप्ति की कामना से किया जाने वाला "पयोव्रत" फाल्गुन मास, शुक्ल पक्ष की प्रतिपदा से त्रयोदशी तक किया जाता है। सर्वप्रथम पयोव्रत महर्षि श्रेष्ठ कश्यप ने ब्रह्माजी को प्रसन्न करने के लिये किया था।

श्रीमद्‌भागवत पुराण में, भगवान व्यास के पुत्र शुकदेव जी राजा परीक्षित को, मोक्ष प्राप्ति हेतु, भगवान विष्णु के विभिन्न अवतारों की कथा और उसके दार्शनिक पक्ष का विवेचन करते हैं। श्रीमद्‌भागवत पुराण के सोलहवें अध्याय में पयोव्रत का विस्तृत विधान आविष्टित है।

संकल्प

ॐ विष्णुर्विष्णुर्विष्णुः। ॐ तत्सदद्यैतस्य ब्रह्मोऽह्नि द्वितीयप्रहरार्द्धे श्रीश्वेत-वाराहकल्पे जम्बूद्वीपे वैवस्वतमन्वन्तरे अष्टाविंशतितमे कलियुगे कलिप्रथमचरणे भारतवर्षे भरतखंडे आर्यावर्तैक देशान्तर्गतदेशे अमुक क्षेत्रे विक्रम शके बौद्धावतारे अमुक .... संवत्सरे अमुक .... अयने अमुकऋतौ महामांगल्प्रंद मासोत्तमे मासे अमुक .... मासे अमुक पक्षे अमुक तिथौ अमुक वासरे अमुक नक्षत्रे अमुक योगे करणे व अमुक राशिस्थिति सूर्ये अमुक राशिस्थिते चन्द्रे अमुक राशिस्थिते देवगुरौ शेषेषु ग्रहेषु यथा यथा राशि स्थान स्थितेषु सत्सु एवं ग्रह गुण विशेषण-विशिष्टे

काले अमुक गोत्रः शर्माऽहं सपत्नीकः अथवा सपत्यहम् श्रुतिस्मृतिपुराणोक्त पुण्यफल-प्राप्त्यर्थं मम सकुटुम्बस्य ऐश्वर्यादि-अभिवृद्ध्यर्थं अप्राप्त-लक्ष्मी-प्राप्त्यर्थं प्राप्त-लक्ष्मी-चिरकाल-संरक्षणार्थं सकलमन-ईप्सित-कामना- संसिद्ध्यर्थं लोके व राजसभायां तद्द्वारे वा सर्वत्र यथोविजयलाभादि-प्राप्त्यर्थं पुत्र पौत्राद्याभिवृद्ध्यर्थं च इह जन्मनि जन्मांतरे वा सकल दुरितोपशमनार्थं तथा मम सभार्यायाः सपुत्रस्य सबान्धवस्य अखिल कुटुम्बसहितस्य समस्त भय-व्याधि-जरा- पीड़ामृत्यु परिहार-द्वादश स्थान-स्थित-क्रूरग्रहास्तैः संसूचितं संसूचियिषमाणं यत्सर्वारिष्टं तद्विनाशद्वारा एकादश स्थानस्थितवच्छुभप्राप्त्यर्थं आदित्यादि-नवग्रहाः अनुकूलता सिद्ध्यर्थं यथा इन्द्रादि-दश दिक्पालदेव प्रसन्नता-सिद्ध्यर्थम् आधिदैविक आधिभौतिक आध्यात्मिक त्रिविध-तापोपशमनार्थं धर्मार्थकाममोक्ष चतुर्विध पुरुषार्थ सिद्ध्यर्थं विशेषेण प्रकारेण दीर्घजीवी भाग्यशाली यशस्वी आरोग्यवान् विद्यावान् धनवान् रूपवान् पुत्रप्राप्त्यर्थं श्रीनारायणदेवता प्रीतये फाल्गुनमासस्य शुक्लपक्षस्य प्रतिपदारभ्य त्रयोदशीपर्यन्तम् पयोव्रतं करिष्ये। तथा च गणपत्यादिसहितं श्रीनारायणदेवस्य आवाहनपूर्वकं स्थापनं षोडशोपचारैः पूजनं करिष्ये।

श्रीशुक उवाच

एवं पुत्रेषु नष्टेषु देवमातादितिस्तदा।
हृते त्रिविष्टपे दैत्यैः पर्यतप्यदनाथवत्।। 1।।

श्री शुकदेवजी कहते हैं— परीक्षित्! जब देवता इस प्रकार भागकर छिप गये और दैत्यों ने स्वर्ग पर अधिकार कर लिया; तब देवमाता अदिति को बड़ा दुःख हुआ। वे अनाथ-सी हो गयीं।

एकदा कश्यपस्तस्या आश्रमं भगवानगात्।
निरुत्सवं निरानन्दं समाधेर्विरतश्चितत्।। 2।।

एक बार बहुत दिनों के बाद जब परम प्रभावशाली कश्यप मुनि की समाधि टूटी, तब वे अदिति के आश्रम पर आये। उन्होंने देखा कि न तो वहाँ सुख-शान्ति है और न किसी प्रकार का उत्साह या सजावट ही।

स पत्नीं दीनवदनां कृतासनपरिग्रहः।
सभाजितो यथान्यायमिदमाह कुरूद्वह।। 3।।

परीक्षित्! जब वे वहाँ जाकर आसन पर बैठ गये और अदिति ने विधिपूर्वक उनका सत्कार कर लिया, तब वे अपनी पत्नी अदिति से—जिसके चेहरे पर बड़ी उदासी छायी हुई थी—बोले।

अप्यभद्रं न विप्राणां भद्रे लोकेऽधुनाऽऽगतम्।
न धर्मस्य न लोकस्य मृत्योश्छन्दानुवर्तिनः।। 4।।

'कल्याणी! इस समय संसार में ब्राह्मणों पर कोई विपत्ति तो नहीं आयी है? धर्म का पालन तो ठीक-ठीक होता है? काल के कराल गाल में पड़े हुए लोगों का कुछ अमंगल तो नहीं हो रहा है?

अपि वाकुशलं किञ्चिद् गृहेषु गृहमेधिनि।
धर्मस्यार्थस्य कामस्य यत्र योगो ह्ययोगिनाम्।। 5।।

प्रिये! गृहस्थाश्रम तो, जो लोग योग नहीं कर सकते, उन्हें भी योग का फल देने वाला है। इस गृहस्थाश्रम में रहकर धर्म, अर्थ और काम के सेवन में किसी प्रकार का विघ्न तो नहीं हो रहा है?।

अपि वातिथयोऽभ्येत्य कुटुम्बासक्तया त्वया।
गृहादपूजिता याताः प्रत्युत्थानेन वा क्वचित्।। 6।।

यह भी सम्भव है कि तुम कुटुम्ब के भरण-पोषण में व्यग्र रही हो, अतिथि आये हों और तुमसे बिना सम्मान पाये ही लौट गये हों; तुम खड़ी होकर उनका सत्कार करने में भी असमर्थ रही हो। इसी से तो तुम उदास नहीं हो रही हो?

गृहेषु येष्वतिथयो नार्चिताः सलिलैरपि।
यदि निर्यान्ति ते नूनं फेरुराजगृहोपमाः।। 7।।

जिन घरों में आये हुए अतिथि का जल से भी सत्कार नहीं किया जाता और वे ऐसे ही लौट जाते हैं, वे घर अवश्य ही गीदड़ों के घर के समान हैं।

अप्यग्नयस्तु वेलायां न हुता हविषा सति।
त्वयोद्विग्नधिया भद्रे प्रोषिते मयि कर्हिचित्।। 8।।

प्रिये! सम्भव है, मेरे बाहर चले जाने पर कभी तुम्हारा चित्त उद्विग्न रहा हो और समय पर तुमने हविष्य से अग्नियों में हवन न किया हो।

यत्पूजया कामदुघान्याति लोकान्गृहान्वितः।
ब्राह्मणोऽग्निश्च वै विष्णोः सर्वदेवात्मनो मुखम्।। 9।।

सर्वदेवमय भगवान् के मुख हैं—ब्राह्मण और अग्नि। गृहस्थ पुरुष यदि इन दोनों की पूजा करता है तो उसे उन लोकों की प्राप्ति होती है जो समस्त कामनाओं को पूर्ण करने वाले हैं।

अपि सर्वे कुशलिनस्तव पुत्रा मनस्विनि।
लक्षयेऽस्वस्थमात्मानं भवत्या लक्षणैरहम्।। 10।।

प्रिये! तुम तो सर्वदा प्रसन्न रहती हो; परन्तु तुम्हारे बहुत-से लक्षणों से मैं देख रहा हूँ कि इस समय तुम्हारा चित्त अस्वस्थ है। तुम्हारे सब लड़के तो कुशल-मंगल से हैं न?'

अदितिरुवाच

भद्रं द्विजगवां ब्रह्मन्धर्मस्यास्य जनस्य च।
त्रिवर्गस्य परं क्षेत्रं गृहमेधिन्गृहा इमे।। 11।।

अदिति ने कहा– भगवन्! ब्राह्मण, गौ, धर्म और आपकी यह दासी–सब सकुशल हैं। मेरे स्वामी! यह गृहस्थ-आश्रम ही अर्थ, धर्म और काम की साधना में परम सहायक है।

अग्नयोऽतिथयो भृत्या भिक्षवो ये च लिप्सवः।
सर्वं भगवतो ब्रह्मन्ननुध्यानान्न रिष्यति।। 12।।

प्रभो! आपके निरन्तर स्मरण और कल्याण-कामना से अग्नि, अतिथि, सेवक, भिक्षुक और दूसरे याचकों का भी मैंने तिरस्कार नहीं किया है।

को नु मे भगवन्कामो न सम्पद्येत मानसः।
यस्या भवान्प्रजाध्यक्ष एवं धर्मान्प्रभाषते।। 13।।

भगवन्! जब आप-जैसे प्रजापति मुझे इस प्रकार धर्म-पालन का उपदेश करते हैं; तब भला मेरे मन की ऐसी कौन-सी कामना है जो पूरी न हो जाय।

तवैव मारीच मनःशरीरजाः प्रजा इमाः सत्त्वरजस्तमोजुषः।
समो भवांस्तास्वसुरादिषु प्रभो तथापि भक्तं भजते महेश्वरः।। 14।।

आर्यपुत्र! समस्त प्रजा–वह चाहे सत्त्वगुणी, रजोगुणी या तमोगुणी हो–आपकी ही सन्तान है। कुछ आपके संकल्प से उत्पन्न हुए हैं और कुछ शरीर से। भगवन्! इसमें सन्देह नहीं कि आप सब सन्तानों के प्रति–चाहे असुर हों या देवता–एक-सा भाव रखते हैं, सम हैं। तथापि स्वयं परमेश्वर भी अपने भक्तों की अभिलाषा पूर्ण किया करते हैं।

तस्मादीश भजन्त्या मे श्रेयश्चिन्तय सुव्रत।
हृतश्रियो हृतस्थानानसपत्नैः पाहि नः प्रभो।। 15।।

मेरे स्वामी! मैं आपकी दासी हूँ। आप मेरी भलाई के सम्बन्ध में विचार कीजिये। मर्यादा पालक प्रभो! शत्रुओं ने हमारी सम्पत्ति और रहने का स्थान तक छीन लिया है। आप हमारी रक्षा कीजिये।

परैर्विवासिता साहं मग्ना व्यसनसागरे।
ऐश्वर्यं श्रीर्यशः स्थानं हृतानि प्रबलैर्मम।। 16।।

बलवान् दैत्यों ने मेरे ऐश्वर्य, धन, यश और पद छीन लिये हैं तथा हमें घर से बाहर निकाल दिया है। इस प्रकार मैं दुख के समुद्र में डूब रही हूँ।

यथा तानि पुनः साधो प्रपद्येरन् ममात्मजाः।
तथा विधेहि कल्याणं धिया कल्याणकृत्तम।। 17।।

आप से बढ़कर हमारी भलाई करने वाला और कोई नहीं है। इसलिए मेरे हितैषी स्वामी! आप सोच-विचार कर अपने संकल्प से ही मेरे कल्याण का कोई ऐसा उपाय कीजिये जिससे कि मेरे पुत्रों को वे वस्तुएँ फिर से प्राप्त हो जायँ।

श्रीशुक उवाच

एतमभ्यर्थितोऽदित्या कस्तामाह स्मयन्निव।
अहो मायाबलं विष्णोः स्नेहबद्धमिदं जगत्।। 18।।

श्रीशुकदेवजी कहते हैं—इस प्रकार अदिति ने जब कश्यपजी से प्रार्थना की, तब वे कुछ विस्मित-से होकर बोले—'बड़े आश्चर्य की बात है। भगवान् की माया भी कैसी प्रबल है। यह सारा जगत् स्नेह की रज्जु से बँधा हुआ है।

क्वदेहो भौतिकोऽनात्मा क्वचात्मा प्रकृतेः परः।
कस्य के पतिपुत्राद्या मोह एव हि कारणम्।। 19।।

कहाँ यह पंचभूतों से बना हुआ अनात्मा शरीर और कहाँ प्रकृति से परे आत्मा? न किसी का कोई पति है, न पुत्र है और न तो सम्बन्धी ही है। मोह ही मनुष्य को नचा रहा है।

उपतिष्ठस्व पुरुषं भगवन्तं जनार्दनम्।
सर्वभूतगुहावासं वासुदेवं जगद्गुरुम्।। 20।।

प्रिये! तुम सम्पूर्ण प्राणियों के हृदय में विराजमान, अपने भक्तों के दुःख मिटानेवाले जगद्गुरु भगवान् वासुदेव की आराधना करो।

स विधास्यति ते कामान्हरिर्दीनानुकम्पनः।
अमोघा भगवद्भक्तिर्नेतरेति मतिर्मम।। 21।।

वे बड़े दीनदयालु हैं। अवश्य ही श्रीहरि तुम्हारी कामनाएँ पूर्ण करेंगे। मेरा यह दृढ़ निश्चय है कि भगवान् की भक्ति कभी व्यर्थ नहीं होती। इसके सिवा कोई दूसरा उपाय नहीं है'।

अदितिरुवाच

केनाहं विधिना ब्रह्मन्नुपस्थास्ये जगत्पतिम्।
यथा मे सत्यसङ्कल्पो विदध्यात् स मनोरथम्।। 22।।

अदिति ने पूछा—भगवन्! मैं जगदीश्वर भगवान् की आराधना किस प्रकार करूँ, जिससे वे सत्यसंकल्प प्रभु मेरा मनोरथ पूर्ण करें।

आदिश त्वं द्विजश्रेष्ठ विधिं तदुपधावनम्।
आशु तुष्यति मे देवः सीदन्त्याः सह पुत्रकैः।। 23।।

पतिदेव! मैं अपने पुत्रों के साथ बहुत ही दुःख भोग रही हूँ। जिससे वे शीघ्र ही मुझ पर प्रसन्न हो जायँ, उनकी आराधना की वही विधि मुझे बतलाइये।

कश्यप उवाच

एतन्मे भगवान्पृष्टः प्रजाकामस्य पद्मजः।
यदाह ते प्रवक्ष्यामि व्रतं केशवतोषणम्।। 24।।

कश्यपजी ने कहा—देवि! जब मुझे सन्तान की कामना हुई थी, तब मैंने भगवान् ब्रह्माजी से यही बात पूछी थी। उन्होंने मुझे भगवान् को प्रसन्न करने वाले जिस व्रत का उपदेश किया था, वही मैं तुम्हें बतलाता हूँ।

फाल्गुनस्यामले पक्षे द्वादशाहं पयोव्रतः।
अर्चयेदरविन्दाक्षं भक्त्या परमयान्वितः।। 25।।

फाल्गुन के शुक्लपक्ष में बारह दिन तक केवल दूध पीकर रहे और परम भक्ति से भगवान् कमलनयन की पूजा करे।

सिनीवाल्यां मृदाऽऽलिप्य स्नायात् क्रोडविदीर्णया।
यदि लभ्येत वै स्रोतस्येतं मन्त्रमुदीरयेत्।। 26।।

अमावस्या के दिन यदि मिल सके तो सूअर की खोदी हुई मिट्टी से अपना शरीर मलकर नदी में स्नान करे। उस समय यह मन्त्र पढ़ना चाहिये।

त्वं देव्यादिवराहेण रसायाः स्थानमिच्छता।
उद्धृतासि नमस्तुभ्यं पाप्मानं मे प्रणाशय।। 27।।

हे देवि! प्राणियों को स्थान देने की इच्छा से वराह भगवान् ने रसातल से तुम्हारा उद्धार किया था। तुम्हें मेरा नमस्कार है। तुम मेरे पापों को नष्ट कर दो।

निर्वर्तितात्मनियमो देवमर्चेत् समाहितः।
अर्चायां स्थण्डिले सूर्ये जले वह्नौ गुरावपि।। 28।।

इसके बाद अपने नित्य और नैमित्तिक नियमों को पूरा करके एकाग्रचित्त से मूर्ति, वेदी, सूर्य, जल, अग्नि और गुरुदेव के रूप में भगवान् की पूजा करे।

नमस्तुभ्यं भगवते पुरुषाय महीयसे।
सर्वभूतनिवासाय वासुदेवाय साक्षिणे।। 29।।

(और इस प्रकार स्तुति करे–) 'प्रभो! आप सर्वशक्तिमान् हैं। अन्तर्यामी और आराधनीय हैं। समस्त प्राणी आप में और आप समस्त प्राणियों में निवास करते हैं। इसी से आपको 'वासुदेव' कहते हैं। आप समस्त चराचर जगत् और उसके कारण के भी साक्षी हैं। भगवन्! मेरा आपको नमस्कार है।

नमोऽव्यक्ताय सूक्ष्माय प्रधानपुरुषाय च।
चतुर्विंशद्गुणज्ञाय गुणसंख्यानहेतवे।। 30।।

आप अव्यक्त और सूक्ष्म हैं। प्रकृति और पुरुष के रूप में भी आप ही स्थित हैं। आप चौबीस गुणों के जानने वाले और गुणों की संख्या करने वाले सांख्यशास्त्र के प्रवर्तक हैं। आपको मेरा नमस्कार है।

नमो द्विशीर्ष्णे त्रिपदे चतुःशृङ्गाय तन्तवे।
सप्तहस्ताय यज्ञाय त्रयीविद्यात्मने नमः।। 31।।

आप वह यज्ञ हैं, जिसके प्रायणीय और उदयनीय–ये दो कर्म सिर हैं। प्रातः, मध्याह्न और सायं–ये तीन सवन ही तीन पाद हैं। चारों वेद चार सींग हैं। गायत्री आदि सात छन्द ही सात हाथ हैं। यह धर्ममय वृषभरूप यज्ञ वेदों के द्वारा प्रतिपादित है और इसकी आत्मा हैं स्वयं आप! आपको मेरा नमस्कार है।

नमः शिवाय रुद्राय नमः शक्तिधराय च।
सर्वविद्याधिपतये भूतानां पतये नमः।। 32।।

आप ही लोक कल्याणकारी शिव और आप ही प्रलयकारी रुद्र हैं। समस्त शक्तियों को धारण करने वाले भी आप ही हैं। आपको मेरा बार-बार नमस्कार है। आप समस्त विद्याओं के अधिपति एवं भूतों के स्वामी हैं। आपको मेरा नमस्कार।

नमो हिरण्यगर्भाय प्राणाय जगदात्मने।
योगैश्वर्यशरीराय नमस्ते जोगहेतवे।। 33।।

आप ही सबके प्राण और आप ही इस जगत् के स्वरूप भी हैं। आप योग के कारण तो हैं ही, स्वयं योग और उससे मिलने वाला ऐश्वर्य भी आप ही हैं। हे हिरण्यगर्भ! आपके लिये मेरे नमस्कार।

नमस्त आदिदेवाय साक्षिभूताय ते नमः।
नारायणाय ऋषये नराय हरये नमः।। 34।।

आप ही आदिदेव हैं। सबके साक्षी हैं। आप ही नर-नारायण ऋषि के रूप में प्रकट स्वयं भगवान् हैं। आपको मेरा नमस्कार।

नमो मरकतश्यामवपुषेऽधिगतश्रिये।
केशवाय नमस्तुभ्यं नमस्ते पीतवाससे।। 35।।

आपका शरीर मरकत मणि के समान साँवला है। समस्त सम्पत्ति और सौन्दर्य की देवी लक्ष्मी आपकी सेविका हैं। पीताम्बरधारी केशव! आपको मेरा बार-बार नमस्कार।

त्वं सर्ववरदः पुंसां वरेण्य वरदर्षभ।
अतस्ते श्रेयसे धीराः पादरेणुमुपासते।। 36।।

आप सब प्रकार के वर देने वाले हैं। वर देने वालों में श्रेष्ठ हैं तथा जीवों के एकमात्र वरणीय हैं। यही कारण है कि धीर विवेकी पुरुष अपने कल्याण के लिये आपके चरणों की रज की उपासना करते हैं।

अन्ववर्तन्त यं देवाः श्रीश्च तत्पादपद्मयोः।
स्पृहयन्त इवामोदं भगवान्मे प्रसीदताम्।। 37।।

जिनके चरण कमलों की सुगन्ध प्राप्त करने की लालसा से समस्त देवता और स्वयं लक्ष्मी जी भी सेवा में लगी रहती हैं, वे भगवान् मुझ पर प्रसन्न हों'।

एतैर्मन्त्रैर्हृषीकेशमावाहनपुरस्कृतम् ।
अर्चयेच्छ्रद्धया युक्तः पाद्योपस्पर्शनादिभिः।। 38।।

प्रिये! भगवान् हृषीकेश का आवाहन पहले ही कर ले। फिर इन मन्त्रों के द्वारा पाद्य, आचमन आदि के साथ श्रद्धापूर्वक मन लगाकर पूजा करे।

अर्चित्वा गन्धमाल्याद्यैः पयसा स्नपयेद् विभुम्।
वस्त्रोपवीताभरणपाद्योपस्पर्शनैस्ततः ।
गन्धधूपादिभिश्चार्चेद् द्वादशाक्षरविद्यया।। 39।।

गन्ध, माला आदि से पूजा करके भगवान् को दूध से स्नान कराये। उसके बाद वस्त्र, यज्ञोपवीत, आभूषण, पाद्य, आचमन, गन्ध, धूप आदि के द्वारा द्वादशाक्षर मन्त्र से भगवान् की पूजा करे।

शृतं पयसि नैवेद्यं शाल्यन्नं विभवे सति।
ससर्पिः सगुडं दत्त्वा जुहुयान्मूलविद्यया।। 40।।

यदि सामर्थ्य हो तो दूध में पकाये हुए तथा घी और गुड़ मिले हुए शालि के चावल का नैवेद्य लगाये और उसी का द्वादशाक्षर मन्त्र से हवन करे।

निवेदितं तद् भक्ताय दद्याद् भुञ्जीत वा स्वयम्।
दत्त्वाऽऽचमनमर्चित्वा ताम्बूलं च निवेदयेत्।। 41।।

उस नैवेद्य को भगवान् के भक्तों में बाँट दे या स्वयं पा ले। आचमन और पूजा के बाद ताम्बूल निवेदन करे।

जपेदष्टोत्तरशतं स्तुवीत स्तुतिभिः प्रभुम्।
कृत्वा प्रदक्षिणं भूमौ प्रणमेद् दण्डवन्मुदा।। 42।।

एक सौ आठ बार द्वादशाक्षर मन्त्र का जप करे और स्तुतियों के द्वारा भगवान् का स्तवन करे। प्रदक्षिणा करके बड़े प्रेम और आनन्द से भूमि पर लेटकर दण्डवत् प्रणाम करे।

कृत्वा शिरसि तच्छेषां देवमुद्वासयेत् ततः।
द्व्यवरान्भोजयेद् विप्रान्पायसेन यथोचितम्।। 43।।

निर्माल्य को सिर से लगाकर देवता का विसर्जन करे। कम-से-कम दो ब्राह्मणों को यथोचित रीति से खीर का भोजन कराये।

भुञ्जीत तैरनुज्ञातः शेषं सेष्टः सभाजितैः।
ब्रह्मचार्यथ तद्रात्र्यां श्वोभूते प्रथमेऽहनि।। 44।।
स्नातः शुचिर्यथोक्तेन विधिना सुसमाहितः।
पयसा स्नापयित्वार्चेद् यावद्व्रतसमापनम्।। 45।।

दक्षिणा आदि से उनका सत्कार करे। इसके बाद उनसे आज्ञा लेकर अपने इष्ट-मित्रों के साथ बचे हुए अन्न को स्वयं ग्रहण करे। उस दिन ब्रह्मचर्य से रहे और दूसरे दिन प्रातःकाल ही स्नान आदि करके पवित्रतापूर्वक पूर्वोक्त विधि से एकाग्र होकर भगवान् की पूजा करे। इस प्रकार जब तक व्रत समाप्त न हो, तब तक दूध से स्नान कराकर प्रतिदिन भगवान् की पूजा करे।

पयोभक्षो व्रतमिदं चरेद् विष्ण्वर्चनादृतः।
पूर्ववज्जुहुयादग्निं ब्राह्मणांश्चापि भोजयेत्।। 46।।

भगवान् की पूजा में आदर-बुद्धि रखते हुए केवल पयोव्रती रहकर यह व्रत करना चाहिये। पूर्ववत् प्रतिदिन हवन और ब्राह्मण-भोजन भी कराना चाहिये।

एवं त्वहरहः कुर्याद् द्वादशाहं पयोव्रतः।
हरेराराधनं होममर्हणं द्विजतर्पणम्।। 47।।

इस प्रकार पयोव्रती रहकर बारह दिन तक प्रतिदिन भगवान् की आराधना, होम और पूजा करे तथा ब्राह्मण भोजन कराता रहे।

प्रतिपद्दिनमारभ्य यावच्छुक्लत्रयोदशी।
ब्रह्मचर्यमधःस्वप्नं स्नानं त्रिषवणं चरेत्।। 48।।

फाल्गुन शुक्ल प्रतिपदा से लेकर त्रयोदशी पर्यन्त ब्रह्मचर्य से रहे, पृथ्वी पर शयन करे और तीनों समय स्नान करे।

वर्जयेदसदालापं भोगानुच्चावचांस्तथा।
अहिंस्रः सर्वभूतानां वासुदेवपरायणः।। 49।।

झूठ न बोले। पापियों से बात न करे। पाप की बात न करे। छोटे-बड़े सब प्रकार के भोगों का त्याग कर दें। किसी भी प्राणी को किसी प्रकार से कष्ट न पहुँचाये। भगवान् की आराधना में ही लगा रहें।

त्रयोदश्यामथो विष्णोः स्नपनं पञ्चकैर्विभोः।
कारयेच्छास्त्रदृष्टेन विधिना विधिकोविदैः।। 50।।

त्रयोदशी के दिन विधि जानने वाले ब्राह्मणों के द्वारा शास्त्रोक्त विधि से भगवान् विष्णु को पंचामृत स्नान कराये।

पूजां च महतीं कुर्याद् वित्तशाठ्यविवर्जितः।
चरुं निरूप्य पयसि शिपिविष्टाय विष्णवे।। 51।।

उस दिन धन का संकोच छोड़कर भगवान् की बहुत बड़ी पूजा करनी चाहिये और दूध में चरु (खीर) पकाकर विष्णु भगवान् को अर्पित करना चाहिये।

शृतेन तेन पुरुषं यजेत सुसमाहितः।
नैवेद्यं चातिगुणवद् दद्यात्पुरुषतुष्टिदम्।। 52।।

अत्यन्त एकाग्र चित्त से उसी पकाये हुए चरु के द्वारा भगवान् का यजन करना चाहिये और उनको प्रसन्न करने वाला गुणयुक्त तथा स्वादिष्ट नैवेद्य अर्पण करना चाहिये।

आचार्यं ज्ञानसम्पन्नं वस्त्राभरणधेनुभिः।
तोषयेदृत्विजश्चैव तद्विद्ध्याराधनं हरेः।। 53।।

इसके बाद ज्ञान सम्पन्न आचार्य और ऋत्विजों को वस्त्र, आभूषण और गौ आदि देकर सन्तुष्ट करना चाहिये। प्रिये! इसे भी भगवान् की ही आराधना समझो।

भोजयेत् तान् गुणवता सदन्नेन शुचिस्मिते।
अन्यांश्च ब्राह्मणाञ्छक्त्या ये च तत्र समागताः।। 54।।

प्रिये! आचार्य और ऋत्विजों को शुद्ध, सात्विक और गुणयुक्त भोजन ही कराना चाहिये; दूसरे ब्राह्मण और आये हुए अतिथियों को भी अपनी शक्ति के अनुसार भोजना कराना चाहिये।

दक्षिणां गुरवे दद्यादृत्विग्भ्यश्च यथार्हतः।
अन्नाद्येनाश्वपाकांश्च प्रीणयेत्समुपागतान्।। 55।।

भुक्तवत्सु च सर्वेषु दीनान्धकृपणेषु च।
विष्णोस्तत्प्रीणनं विद्वान्भुञ्जीत सह बन्धुभिः।। 56।।

गुरु और ऋत्विजों को यथायोग्य दक्षिणा देनी चाहिये। जो चाण्डाल आदि अपने-आप वहाँ आ गये हों, उन सभी को तथा दीन, अंधे और असमर्थ पुरुषों को भी अन्न आदि देकर सन्तुष्ट करना चाहिये। जब सब लोग खा चुकें, तब उन सबके सत्कार को भगवान् की प्रसन्नता का साधन समझते हुए अपने भाई-बन्धुओं के साथ स्वयं भोजन करे।

नृत्यवादित्रगीतैश्च स्तुतिभिः स्वस्तिवाचकैः।
कारयेत्तत्कथाभिश्च पूजां भगवतोऽन्वहम्।। 57।।

प्रतिपदा से लेकर त्रयोदशी तक प्रतिदिन नाच-गान, बाजे-गाजे, स्तुति, स्वस्तिवाचन और भगवत्कथाओं से भगवान् की पूजा करे-कराये।

एतत्पयोव्रतं नाम पुरुषाराधनं परम्।
पितामहेनाभिहितं मया ते समुदाहृतम्।। 58।।

प्रिये! यह भगवान् की श्रेष्ठ आराधना है। इसका नाम है 'पयोव्रत'। ब्रह्माजी ने मुझे जैसा बताया था, वैसा ही मैंने तुम्हें बता दिया।

त्वं चानेन महाभागे सम्यक्चीर्णेन केशवम्।
आत्मना शुद्धभावेन नियतात्मा भजाव्ययम्।। 59।।

देवि! तुम भाग्यवती हो। अपनी इन्द्रियों को वश में करके शुद्ध भाव एवं श्रद्धापूर्ण चित्त से इस व्रत का भलीभाँति अनुष्ठान करो और इसके द्वारा अविनाशी भगवान् की आराधना करो।

अयं वै सर्वयज्ञाख्यः सर्वव्रतमिति स्मृतम्।
तपःसारमिदं भद्रे दानं चेश्वरतर्पणम्।। 60।।

कल्याणी! यह व्रत भगवान् को सन्तुष्ट करने वाला है, इसलिये इसका नाम है 'सर्वयज्ञ' और 'सर्वव्रत'। यह समस्त तपस्याओं का सार और मुख्य दान है।

त एव नियमाः साक्षात्त एव च यमोत्तमाः।
तपो दानं व्रतं यज्ञो येन तुष्यत्यधोक्षजः।। 61।।

जिनसे भगवान् प्रसन्न हों—वे ही सच्चे नियम हैं, वे ही उत्तम यम हैं, वे ही वास्तव में तपस्या, दान, व्रत और यज्ञ हैं।

तस्मादेतद्व्रतं भद्रे प्रयता श्रद्धया चर।
भगवान्परितुष्टस्ते वरानाशु विधास्यति।। 62।।

इसलिये देवि! संयम और श्रद्धा से तुम इस व्रत का अनुष्ठान करो। भगवान् शीघ्र ही तुम पर प्रसन्न होंगे और तुम्हारी अभिलाषा पूर्ण करेंगे।

4.11 पुंसवन व्रत

श्रीमद्भागवत महापुराण में प्रतापी पुत्र प्राप्त करने हेतु, पुंसवन व्रत का उल्लेख किया गया हैं। इस व्रत को एक वर्ष तक विधिविधान सहित, बिना किसी त्रुटि के करने पर अत्यन्त प्रतापी एवं तेजस्वी पुत्र का जन्म होता है। संतान के गर्भस्थ होने के पश्चात् स्त्री को वीर और पराक्रमी पुत्र की कामना सदा करते रहना चाहिए। महर्षि कश्यप ने यह व्रत अपनी प्रेमिका-पत्नी दिति को उस समय बताया था, जब वह चाहती थीं कि उसके पुत्र हिरण्यकश्यप और हिरण्याक्ष को भगवान विष्णु ने, इन्द्र का पक्ष लेकर मार डाला था। अतः वह पुत्र इन्द्र की हत्या करने में समर्थ हो और उनका अंत कर दे। इस विषय में जो कथा श्रीमद्भागवत पुराण के 19वें अध्याय में उल्लिखित है, वह अति संक्षेप में यहाँ उद्धृत की जा रही है। इस कथा के पश्चात् पुंसवन व्रत की विधि का भी विवेचन किया जा रहा है।

राजा परीक्षित ने शुकदेव भगवान से प्रश्न किया कि भगवन्! असुरों की माता दिति के गर्भ से उत्पन्न होकर भी मरुद्गणों ने ऐसा कौन-सा सत्कर्म किया कि जन्मजात असुरोचित भाव छोड़कर देवराज इन्द्र के द्वारा वह देवता बना लिये गये। ब्रह्मन्! ऋषि मण्डली भी यह जानने के लिए अत्यन्त उत्सुक है। कृपा कर विस्तार से यह रहस्य बतायें।

आगे सूत जी कहते हैं। शौनक जी राजा परीक्षित का प्रश्न थोड़े शब्दों में ही सारगर्भित था तथा बड़े ही आदर के साथ उन्होंने प्रश्न किया था। शुकदेव जी कहने लगे कि भगवान विष्णु ने इन्द्र का पक्ष लेकर दिति के दोनों पुत्र हिरण्यकशिपु ओर हिरण्याक्ष को मार डाला, अतः दिति शोक की आग से उद्दीप्त क्रोध से जलकर इस प्रकार सोचने लगी कि इन्द्र सचमुच बड़ा ही निर्दयी है। उसने अपने ही भाइयों को मरवा डाला, अब मैं भी उस पापी को मरवाकर आराम से सोऊँगी। दिति ने अपने मन में ऐसा विचार किया कि मैं ऐसे पुत्र को जन्म दूँगी, जो इन्द्र के अभिमान को चूर-चूर कर दे। दिति अपने पति कश्यप के हृदय को जानती थी। अतः उनकी विशेष सेवा सुश्रूषा करने लगी। कश्यप उस समय बड़े विद्वान थे, लेकिन दिति की सेवा से प्रसन्न होकर उस पर मोहित हो गये और बोले मैं तुम्हारी सेवा से बहुत प्रसन्न हूँ, अतः तुम्हारी सभी इच्छायें पूरी करूंगा। कश्यप ने कहा कि प्रिये! मैं तुम्हारी सेवा से विशेष प्रसन्न हूँ, अतः वर माँग लो। दिति ने कहा कि स्वामी! इन्द्र ने विष्णु के हाथों मेरे दो पुत्र मरवाकर मुझे निपूती बना दिया, इसलिए आप मुझे मुँह माँगा वर देना चाहते हैं तो कृपा करके एक ऐसा अमर पुत्र दीजिए जो इन्द्र को मार डाले। दिति की बात सुनकर कश्यप जी बहुत ही खिन्न होकर पश्चाताप करने लगे। हाय! मेरे जीवन में यह कैसा अधर्म का अवसर आ गया। स्त्री रूपिणी माया ने मुझे वश में कर लिया, इसमें इस स्त्री का कोई दोष नहीं क्योंकि इसने स्त्रीजनित स्वभाव का ही आश्रय लिया। वस्तुतः दोष मेरा है कि मैं ही अपनी इन्द्रियों को वश में न रख सका। सच पूछो तो स्त्री किसी से प्रेम नहीं करती। विशेष स्वार्थवश स्त्रियाँ अपने पति, पुत्र और भाई को मरवा सकती हैं।

सर्वसमर्थ महर्षि कश्यप मन ही मन भर्त्सना करते हुए बोले– मेरे बतलाए हुए व्रत का

एक वर्ष तक विधिपूर्वक पालन करोगी तो तुम्हें इन्द्र को मारने वाला पुत्र प्राप्त होगा। परन्तु यदि किसी भी प्रकार की त्रुटि हुई तो वह देवताओं का मित्र बन जायेगा। व्रत में किसी भी प्राणी को मन, वाणी या क्रिया के द्वारा सतायें नहीं। किसी से अपशब्द न कहें। शरीर के नख या रोयें न काटें। किसी अशुभ वस्तु का स्पर्श न करें। जल में प्रवेश करके स्नान न करें। बिना धुला वस्त्र न धारण करें। जूठा न खायें, भद्रकाली का प्रसाद व मांसाहारी भोजन न करें। गाय, ब्राह्मण, लक्ष्मी जी और भगवान नारायण की पूजा करें। पुष्प, चन्दन, सुगन्ध, द्रव्य, नैवेद्य और आभूषणों से सुहागिनी स्त्रियों की पूजा करें तथा पति की पूजा करके उसकी सेवारत् रहें और यह विचार करती रहे कि पति का तेज मेरी कोख में स्थित है। प्रिये! इस व्रत का नाम **पुंसवन** है। इस व्रत के सविधि करने से अति तेजस्वी पुत्र का जन्म होता है, इसमें संदेह नहीं है। यह व्रत वर्ष-पर्यन्त बिना किसी त्रुटि के सम्पन्न करने पर ही फलदायी सिद्ध होता है।

विधि

राजोवाच

व्रतं पुंसवनं ब्रंह्मन् भवता यदुदीरितम्।
तस्य वेदितुमिच्छामि येन विष्णुः प्रसीददति।। 1।।

राजा परीक्षित ने पूछा— भगवन्! आपने अभी-अभी पुंसवन-व्रत का वर्णन किया है और कहा है कि उससे भगवान् विष्णु प्रसन्न हो जाते हैं। सो अब मैं उसकी विधि जानना चाहता हूँ।

श्रीशुक उवाच

शुक्ले मार्गशिरे पक्षे योषिद्भर्तुरनुज्ञया।
आरभेत व्रतमिदं सार्वकामिकमादितः।। 2।।

श्रीशुकदेव जी ने कहा— परीक्षित्! यह पुंसवन व्रत समस्त कामनाओं को पूर्ण करने वाला है। स्त्री को चाहिये कि वह अपने पतिदेव की आज्ञा लेकर मार्गशीर्ष शुक्ल प्रतिपदा से इसका आरम्भ करे।

निशम्य मरुतां जन्म ब्राह्मणाननुमन्त्र्य च।
स्नात्वा शुक्लदती शुक्ले वसीतालंकृताम्बरे।
पूजयेत्प्रातराशात्प्राग्भगवन्तं श्रिया सह।।3।।

पहले मरुद्गण के जन्म की कथा सुनकर ब्राह्मणों से आज्ञा ले। फिर प्रतिदिन सवेरे दाँतुन आदि से दाँत साफ करके स्नान करे, दो श्वेत वस्त्र धारण करे और आभूषण भी पहन ले। प्रातःकाल कुछ भी खाने से पहले ही भगवान् लक्ष्मी-नारायण की पूजा करे।

अलं ते निरपेक्षाय पूर्णकाम नमोऽस्तु ते।
महाविभूतिपतये नमः सकलसिद्धये।। 4।।

(इस प्रकार प्रार्थना करे–) 'प्रभो! आप पूर्णकाम हैं। अतएव आपको किसी से भी कुछ लेना-देना नहीं है। आप समस्त विभूतियों के स्वामी और सकल सिद्धिस्वरूप हैं। मैं आपको बार-बार नमस्कार करती हूँ।

यथा त्वं कृपया भूत्या तेजसा महिनौजसा।
जुष्ट ईश गुणैः सर्वैस्ततोऽसि भगवान् प्रभुः।। 5।।

मेरे आराध्यदेव! आप कृपा, विभूति, तेज, महिमा और वीर्य आदि समस्त गुणों से नित्ययुक्त हैं। इन्हीं भगों–ऐश्वर्यों से नित्ययुक्त रहने के कारण आपको भगवान् कहते हैं। आप सर्वशक्तिमान् हैं।

विष्णुपत्नि महामाये महापुरुषलक्षणे।
प्रीयेथा मे महाभागे लोकमातर्नमोऽस्तु ते।। 6।।

माता लक्ष्मीजी! आप भगवान् की अर्द्धांगिनी और महामाया स्वरूपिणी हैं। भगवान् के सारे गुण आप में निवास करते हैं। महाभाग्यवती जगन्माता! आप मुझ पर प्रसन्न हों। मैं आपको नमस्कार करती हूँ'।

ॐ नमो भगवते महापुरुषाय महानुभावाय महाविभूतिपतये सह महाविभूतिभिर्बलिमुपहराणीति। अनेनाहरहर्मन्त्रेण विष्णोरावाहनार्घ्य-पाद्योपस्पर्शनस्नानवासउपवीतविभूषणगन्धपुष्पधूपदीपोहाराद्युपचारांश्च समाहित उपाहरेत्।। 7।।

परीक्षित्! इस प्रकार स्तुति करके एकाग्रचित्त से **'ॐ नमो भगवते महापुरुषाय महानुभावाय महाविभूतिपतये सह महाविभूतिभिर्बलिमुपहराणि।'** 'ओङ्कारस्वरूप, महानुभाव, समस्त महाविभूतियों के स्वामी भगवान् पुरुषोत्तम को और उनकी महाविभूतियों को मैं नमस्कार करती हूँ और उन्हें पूजोपहार की सामग्री समर्पण करती हूँ'–इस मन्त्र के द्वारा प्रतिदिन स्थिर चित्त से विष्णु भगवान् का आवाहन, अर्घ्य, पाद्य, आचमन, स्नान, वस्त्र, यज्ञोपवीत, आभूषण, गन्ध, पुष्प, धूप, दीप और नैवेद्य आदि निवेदन करके पूजन करे।

हविःशेषं तु जुहुयादनले द्वादशाहुतीः।
ॐ नमो भगवते महापुरुषाय महाविभूतिपतये स्वाहेति।। 8।।

जो नैवेद्य बच रहे, उससे **'ॐ नमो भगवते महापुरुषाय महाविभूतिपतये स्वाहा।'** 'महान् ऐश्वर्यों के अधिपति भगवान् पुरुषोत्तम को नमस्कार है। मैं उन्हीं के लिये इस हविष्य का हवन कर रही हूँ।'–यह मन्त्र बोलकर अग्नि में बारह आहुतियाँ दे।

श्रियं विष्णुं च वरदावाशिषां प्रभवावुभौ।
भक्त्या सम्पूजयेन्नित्यं यदीच्छेत्सर्वसम्पदः।। 9।।

परीक्षित्! जो सब प्रकार की सम्पत्तियों को प्राप्त करना चाहता हो, उसे चाहिये कि प्रतिदिन भक्तिभाव से भगवान् लक्ष्मी नारायण की पूजा करे; क्योंकि वे ही दोनों समस्त अभिलाषाओं के पूर्ण करने वाले एवं श्रेष्ठ वरदानी हैं।

प्रणमेद्दण्डवद्भूमौ भक्तिप्रह्वेण चेतसा।
दशवारं जपेन्मन्त्रं ततः स्तोत्रमुदीरयेत्।। 10।।

इसके बाद भक्तिभाव से भरकर बड़ी नम्रता से भगवान् को साष्टाङ्ग दण्डवत् करे। दस बार पूर्वोक्त मन्त्र का जप करे और फिर इस स्तोत्र का पाठ करे–

युवां तु विश्वस्य विभू जगतः कारणं परम्।
इयं हि प्रकृतिः सूक्ष्मा मायाशक्तिर्दुरत्यया।। 11।।

'हे लक्ष्मीनारायण! आप दोनों सर्वव्यापक और सम्पूर्ण चराचर जगत् के अन्तिम कारण हैं–आपका और कोई कारण नहीं है। भगवन् माता लक्ष्मीजी आपकी मायाशक्ति हैं। ये ही स्वयं अव्यक्त प्रकृति भी हैं। इनका पार पाना अत्यन्त कठिन है।

तस्या अधीश्वरः साक्षात्त्वमेव पुरुषः परः।
त्वं सर्वयज्ञ इज्येयं क्रियेयं फलभुग्भवान्।। 12।।

प्रभो! आप ही इन महामाया के अधीश्वर हैं और आप ही स्वयं परमपुरुष हैं। आप समस्त यज्ञ हैं और ये हैं यज्ञ-क्रिया। आप फल के भोक्ता हैं और ये हैं उसको उत्पन्न करने वाली क्रिया।

गुणव्यक्तिरियं देवी व्यञ्जको गुणभुग्भवान्।
त्वं हि सर्वशरीर्यात्मा श्रीः शरीरेन्द्रियाशया।
नामरूपे भगवती प्रत्ययस्त्वमपाश्रयः।। 13।।

माता लक्ष्मीजी तीनों गुणों की अभिव्यक्ति हैं और आप उन्हें व्यक्त करने वाले और उनके भोक्ता हैं। आप समस्त प्राणियों के आत्मा हैं और लक्ष्मीजी शरीर, इन्द्रिय और अन्तःकरण हैं। माता लक्ष्मीजी नाम एवं रूप हैं और आप नाम-रूप दोनों के प्रकाशक तथा आधार हैं।

यथा युवां त्रिलोकस्य वरदौ परमेष्ठिनौ।
तथा म उत्तमश्लोक सन्तु सत्या महाशिषः।। 14।।

प्रभो! आपकी कीर्ति पवित्र है। आप दोनों ही त्रिलोकी के वरदानी परमेश्वर हैं। अतः मेरी बड़ी-बड़ी आशा-अभिलाषाएँ आपकी कृपा से पूर्ण हों'।

इत्यभिष्टूय वरदं श्रीनिवासं श्रिया सह।
तन्निःसार्योपहरणं दत्त्वाऽऽचमनमर्चयेत्।। 15।।

परीक्षित्! इस प्रकार परम वरदानी भगवान् लक्ष्मी-नारायण की स्तुति करके वहाँ से नैवेद्य हटा दे और आचमन कराके पूजा करे।

ततः स्तुवीत स्तोत्रेण भक्तिप्रह्वेण चेतसा।
यज्ञोच्छिष्टमवघ्राय पुनरभ्यर्चयेद्धरिम्।। 16।।

तदनन्तर भक्तिभावभरित हृदय से भगवान् की स्तुति करे और यज्ञावशेष सूँघकर फिर भगवान् की पूजा करे।

पतिं च परया भक्त्या महापुरुषचेतसा।
प्रियैस्तैस्तैरुपनमेत् प्रेमशीलः स्वयं पतिः।
बिभृयात् सर्वकर्माणि पत्न्या उच्चावचानि च।। 17।।

भगवान् की पूजा के बाद अपने पति को साक्षात् भगवान् समझकर परमप्रेम से उनकी प्रिय वस्तुएँ सेवा में उपस्थित करे। पति का भी यह कर्तव्य है कि वह आन्तरिक प्रेम से अपनी पत्नी के प्रिय पदार्थ ला-लाकर उसे दे और उसके छोटे-बड़े सब प्रकार के काम करता रहे।

कृतमेकतरेणापि दम्पत्योरुभयोरपि।
पत्न्यां कुर्यादनर्हायां पतिरेतत् समाहितः।। 18।।

परीक्षित्! पति-पत्नी में से एक भी कोई काम करता है, तो उसका फल दोनों को होता है। इसलिये यदि पत्नी (रजोधर्म आदि के समय) यह व्रत करने के अयोग्य हो जाय तो बड़ी एकाग्रता और सावधानी से पति को ही इसका अनुष्ठान करना चाहिये।

विष्णोर्व्रतमिदं बिभ्रन्न विहन्यात् कथञ्चन।
विप्रान् स्त्रियो वीरवतीः स्रग्गन्धबलिमण्डनैः।
अर्चेदहरहर्भक्त्या देवं नियममास्थितः।। 19।।

यह भगवान् विष्णु का व्रत है। इसका नियम लेकर बीच में कभी नहीं छोड़ना चाहिये। जो भी यह नियम ग्रहण करे, वह प्रतिदिन माला, चन्दन, नैवेद्य और आभूषण आदि से भक्तिपूर्वक ब्राह्मण और सुहागिनी स्त्रियों का पूजन करे तथा भगवान् विष्णु की भी पूजा करे।

उद्वास्य देवं स्वे धाम्नि तन्निवेदितमग्रतः।
अद्यादात्मविशुद्ध्यर्थं सर्वकामर्द्धये तथा।। 20।।

इसके बाद भगवान् को उनके धाम में पधरा दे, विसर्जन कर दे। तदनन्तर आत्मशुद्धि और समस्त अभिलाषाओं की पूर्ति के लिये पहले से ही उन्हें निवेदित किया हुआ प्रसाद ग्रहण करे।

एतेन पूजाविधिना मासान् द्वादश हायनम्।
नीत्वाथोपचरेत्साध्वी कार्तिके चरमेऽहनि।। 21।।

साध्वी स्त्री इस विधि से बारह महीनों तक—पूरे साल भर इस व्रत का आचरण करके मार्गशीर्ष की अमावस्या को उद्यापन सम्बन्धी उपवास और पूजन आदि करे।

श्वोभूतेऽप उपस्पृश्य कृष्णमभ्यर्च्य पूर्ववत्।
पयःशृतेन जुहुयाच्चरुणा सह सर्पिशा।
पाकयज्ञविधानेन द्वादशैवाहुतीः पतिः।। 22।।

उस दिन प्रातःकाल ही स्नान करके पूर्ववत् विष्णु भगवान् का पूजन करे और उसका पति पाकयज्ञ की विधि से घृतमिश्रित खीर की अग्नि में बारह आहुति दे।

आशिषः शिरसाऽऽदाय द्विजैः प्रीतैः समीरिताः।
प्रणम्य शिरसा भक्त्या भुञ्जीत तदनुज्ञया।। 23।।

इसके बाद जब ब्राह्मण प्रसन्न होकर उसे आशीर्वाद दें, तो बड़े आदर से सिर झुकाकर उन्हें स्वीकार करे। भक्तिभाव से माथा टेककर उनके चरणों में प्रणाम करे और उनकी आज्ञा लेकर भोजन करे।

आचार्यमग्रतः कृत्वा वाग्यतः सह बन्धुभिः।
दद्यात्पत्न्यै चरोः शेषं सुप्रजस्त्वं सुसौभगम्।। 24।।

पहले आचार्य को भोजन कराये, फिर मौन होकर भाई-बन्धुओं के साथ स्वयं भोजन करे। इसके बाद हवन से बची हुई घृतमिश्रित खीर अपनी पत्नी को दे। वह प्रसाद स्त्री को सत्पुत्र ओर सौभाग्य दान करनेवाला होता है।

एतच्चरित्वा विधिवद्व्रतं विभोरभीप्सितार्थं लभते पुमानिह।
स्त्री त्वेतदास्थाय लभेत सौभगं श्रियं प्रजां जीवपतिं यशो गृहम्।। 25।।

परीक्षित्! भगवान् के इस पुंसवन-व्रत का जो मनुष्य विधिपूर्वक अनुष्ठान करता है, उसे यहीं उसकी मनचाही वस्तु मिल जाती है। स्त्री इस व्रत का पालन करके सौभाग्य, सम्पत्ति, सन्तान, गश और गृह प्राप्त करती है तथा उसका पति चिरायु हो जाता है।

कन्या च विन्देत समग्रलक्षणं वरं त्ववीरा हतकिल्बिषा गतिम्।
मृतप्रजा जीवसुता धनेश्वरी सुदुर्भगा सुभगा रूपमग्र्यम्।। 26।।
विन्देद् विरूपा विरुजा विमुच्यते य आमयावीन्द्रियकल्पदेहम्।
एतत्पठन्नभ्युदये च कर्मण्यनन्ततृप्तिः पितृदेवतानाम्।। 27।।

इस व्रत का अनुष्ठान करने वाली कन्या समस्त शुभ लक्षणों से युक्त पति प्राप्त करती है और विधवा इस व्रत से निष्पाप होकर वैकुण्ठ में जाती है। जिसके बच्चे मर जाते हों, वह स्त्री इसके प्रभाव से चिरायु पुत्र प्राप्त करती है। धनवती किन्तु अभागिनी स्त्री को सौभाग्य प्राप्त होता है और कुरूपा को श्रेष्ठ रूप मिल जाता है। रोगी इस व्रत के प्रभाव से रोगमुक्त होकर बलिष्ठ शरीर और श्रेष्ठ इन्द्रियशक्ति प्राप्त कर लेता है। जो मनुष्य मांगलिक श्राद्धकर्मों में इसका पाठ करता है, उसके पितर और देवता अनन्त तृप्ति लाभ करते हैं।

तुष्टाः प्रयच्छन्ति समस्तकामान् होमावसाने हुतभुक् श्रीर्हरिश्च।
राजन् महन्मरुतां जन्म पुण्यं दितेर्व्रतं चाभिहितं महत्ते।। 28।।

वे संतुष्ट होकर हवन के समाप्त होने पर व्रती की समस्त इच्छाएँ पूर्ण कर देते हैं। ये सब तो संतुष्ट होते ही हैं, समस्त यज्ञों के एकमात्र भोक्ता भगवान् लक्ष्मीनारायण भी संतुष्ट हो जाते हैं और व्रती की समस्त अभिलाषाएँ पूर्ण कर देते हैं। परीक्षित्! मैंने तुम्हें मरुद्गण की आदरणीय और पुण्यप्रद जन्म-कथा सुनायी और साथ ही दिति के श्रेष्ठ पुंसवन-व्रत का वर्णन भी सुना दिया।

4.12 मंगल व्रत विधान

सन्तानप्राप्ति के लिए मंगल का व्रत व पूजन भी एक अचूक उपाय है। मंगल को शास्त्रों में ऋणहर्ता कहा गया है और सबसे बड़ा ऋण पितृऋण माना जाता है। पितृऋण से मनुष्य तभी उऋण होता है जब उसके सन्तान उत्पन्न होती है क्योंकि सन्तान होने पर पितर आश्वस्त हो जाते हैं कि हमारा श्राद्ध तर्पणादि करने के लिए इसका उत्तराधिकारी उत्पन्न हो गया है। अतः मङ्गल का व्रत व पूजन निश्चय ही सन्तानप्रद है।

यह व्रत विशेष कर स्त्रियों को करना चाहिए क्योंकि मङ्गल ही स्त्रियों की ऋतु (मासिक धर्म) का प्रवर्तक माना गया है। रजःसम्बन्धी दुष्टार्तव, कष्टार्तव या नष्टार्तव आदि दोषों का ज्ञान स्त्री की कुण्डली में मङ्गल की स्थिति देखकर ही होता है। इसके उपचार के लिए प्रयुक्त औषधियों में भी किसी न किसी रूप में मंगल तत्त्व का प्रभाव अवश्य रहता है। तात्पर्य यह है कि स्त्रियों के अण्डबिम्ब और गर्भाधान की क्षमता का निर्णय मंगल की स्थिति पर ही निर्भर करता है। अतः मङ्गल को सन्तुष्ट करना सन्तान प्राप्ति का अनुपम उपाय है।

स्कन्दपुराण और मन्त्र महोदधि के अनुसार मंगल का व्रत मार्गशीर्ष (अगहन) या बैशाख मास के शुक्लपक्ष से 1 वर्ष तक करना चाहिए, किन्तु अन्य ग्रन्थकारों ने 21 महीने या 21 मंगलवार को व्रत का विधान बताया है। इस व्रत में मंगल के यन्त्र का (जिसमें मंगल के 21 नाम होते हैं) पूजन तथा स्त्रोत्र का पाठ किया जाता है। यन्त्र सम्भव हो तो तांबे का बनवायें अन्यथा कागज में बनाकर उसे शीशे में मढ़ा लें और उसी का पूजन करें। उस दिन सूर्यास्त से पूर्व ही बिना नमक का भोजन करें और लोहे के बर्तन में पकाया हुआ अन्न न खाँय।

मंगल का यन्त्र

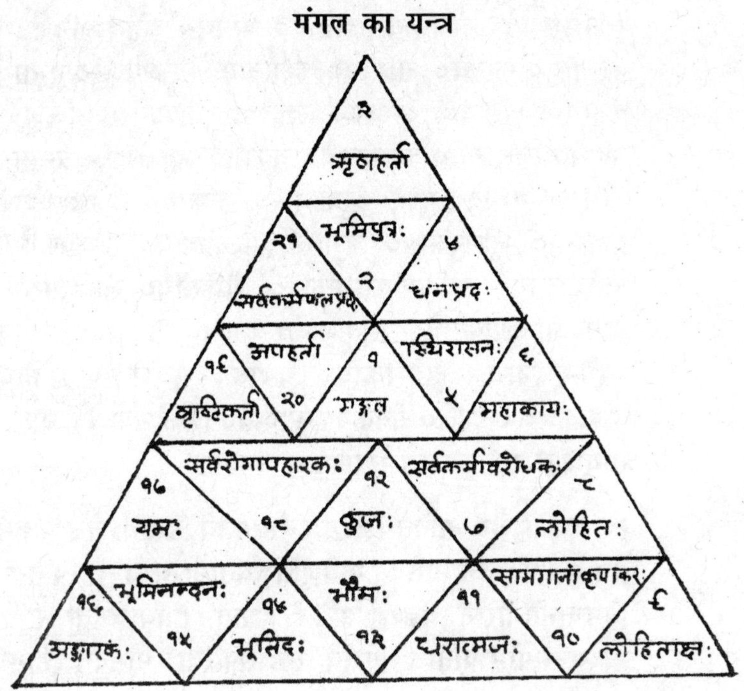

पूजन

पूजा प्रारम्भ करने से पूर्व पञ्चदेवताओं की प्रार्थना, सूर्यार्घदान भूतोत्सादन आदि करें।

संकल्प- ॐ विष्णुः 3 नमः परमात्मने श्रीब्रह्मपुराणपुरुषोत्तमाय अत्र पृथिव्यां जम्बूद्वीपे भरतखण्डे आर्यावर्ते अमुकदेशे विष्णुप्रजापतिक्षेत्रे ब्रह्मणो द्वितीयपरार्द्धे श्रीश्वेतवाराहकल्पे वैवस्वतनाममन्वन्तरे अष्टाविंशतितमे कलियुगे प्रथमचरणे षष्ट्यब्दानां मध्ये अमुकनामसंवत्सरे अमुकायने अमुकऋतौ अमुकमासे अमुकपक्षे अमुकवासरे अमुकतिथौ अमुकगोत्रोत्पन्नः अमुकराशिः अमुकोऽहं अहं श्रुतिस्मृतिपुराणोक्तफलावाप्तये मनोवांछितफलप्राप्त्यर्थम् ऋणव्याधिनाशार्थं पुत्रधनप्राप्तये च भौमवारव्रतांगत्वेन लिखितयन्त्रपीठे श्रीभौमदेवस्य षोडशोपचारैः पूजनं करिष्ये।।

पीठपूजा - (रोली से लाल किये अक्षतों से) रक्तप्रभायै नमः रक्तायै० सुरक्तचरणायै० अतिरक्तगंधायै० रक्तवसनायै० रक्तदंष्ट्रायै०

रक्ताभरणायै० रक्तांगायै० इन्द्राय० अग्नये० यमाय० निर्ऋतये० वरुणाय० वायवे० सोमाय० ईशानाय० ब्रह्मणे० अनन्ताय० वज्राय० शक्तये० दण्डाय० खड्गाय० पाशाय० अंकुशाय० गदायै० त्रिशूलाय० कमण्डलवे० चक्राय० आदित्याय० सोमाय० भौमाय० बुधाय० गुरवे० शुक्राय० शनैश्चराय० राहवे० केतवे० मङ्गलाय० भूमिपुत्राय० ऋणहर्त्रे० धनप्रदाय० स्थिरासनाय० महाकालाय० सर्वकर्माविरोधकाय० लोहिताय० लोहिताक्षाय० सामगानां कृपाकराय० धरात्मजाय० कुजाय० भौमाय० भूतिदाय० भूमिनन्दनाय० अङ्गारकाय० यमाय० सर्वरोगापहारकाय० वृष्टिकर्त्रे० अपहर्त्रे० सर्वकर्मफलप्रदाय० त्रिकोणमध्येषु मङ्गलाय सायुधाय सपरिवाराय सवाहनाय नमः।।

प्रतिष्ठा - ॐ एतन्ते देव सवितुर्यज्ञं प्राहुर्बृहस्पतये ब्रह्मणे तेन यज्ञमेव तेन यज्ञपतिं तेन मामेव। मनोजूतिर्जुषतामाज्यस्य बृहस्पतिर्यज्ञमिमन्तनोत्वरिष्टं यज्ञꣳ समिमं दधातु।। विश्वेदेवा स इह मादयन्तामोम् प्रतिष्ठ। भूर्भुवः स्वः सपरिवार भौमदेव इहागच्छ इह तिष्ठ सुप्रतिष्ठितो वरदो भव।।

ध्यान - बालार्कारुणविग्रहं परिलसद्बन्धूकवस्त्रावृतं
स्वाहाशक्तियुतं सुरक्तनयनं युक्तं चतुर्भिर्भुजैः।
शक्तिं शूलमथो गदां च विमलां नित्यं समाबिभ्रतम्
भक्तानुग्रहकारिणं धरणिजं ध्यायेत्स्वहृत्पङ्कजे।।
सपरिवाराय श्रीभौमदेवाय नमः। ध्यानं समर्पयामि।।

आवाहन - भूमिपुत्रं महाबाहुं सर्वेषां च वरप्रदम्।
सर्वदुःखहरं देवं भौममावाहयाम्यहम्।। आवाहनं समर्पयामि।

आसन - सुवर्णकर्पटन्यस्तं नानारत्नविभूषितम्।
आसनं च मया दत्तं गृहाण ऋणमोचन।। आसनं समर्पयामि।।

पाद्य - स्वर्गङ्गोदकमेतत्तु सुवर्णकलशाहृतम्।
पाद्यार्थं च मयानीतं धनदातर्नमोऽस्तु ते।। पाद्यं समर्पयामि।

अर्घ्य - मन्दाकिनीजलं चैव नाना गन्धसमन्वितम्।
अर्घ्यं गृहाण देवेश मङ्गलाय नमोऽस्तु ते।। अर्घ्यं सम०।

पंचामृतस्नान- गव्यमाज्यं दधि क्षीरं शर्करा पंचम मधु।
एकत्र नीतं विज्ञयं दिव्यं पंचामृतं महत्।। पंचा०स्नानं सम०।

शुद्धोदकस्नान गङ्गाजलं समानीतं नानागन्धसमन्वितम्।
स्नानार्थं धरणोसूनो त्वं गृहाण नमोऽस्तु ते। स्नानांगमाचमनीयं सम.।

वस्त्र - तन्तुसन्तानसंयुक्तं कलाकौशेयकल्पितम्।
सर्वाभरणकं दिव्यं वसनं परिधोयताम्।।
वस्त्रांगमाचनीयम् यज्ञोपवीतं यज्ञोपवीतांगमाचनीयं च समर्पयामि।।

भूषण - रत्नैरनेकैः खचितं भूषणं कनकोज्ज्वलम्।
स्वभावसुन्दरेशान मत्प्रीत्या प्रतिगृह्यताम्।। भूषणं सम०।

गन्ध - मलयाचलसम्पन्नं नानापन्नगभूषितम्।
शीतलं बहुलामोदं चन्दनं प्रतिगृह्यताम्।। चन्दनं सम०।

अक्षत - अक्षताश्च सुरश्रेष्ठ कुंकुमाक्ताः सुशोभनाः।
मया निवेदिता भक्त्या गृहाण धरणीसुत।। अक्षतान् सम०।

पुष्पाणि - माल्यादीनि सुगन्धीनि मल्लिकादीनि वै प्रभो।
मयानीतानि पूजार्थं पुष्पाणि प्रतिगृह्यताम्।। पुष्पाणि सम०।

धूप - वनस्पतिरसो दिव्यो गन्धाढ्यः सुमनोहरः।
आघ्रेयः सर्वदेवानां धूपोऽयं प्रतिगृह्यताम्।।

दीप- गृहाण मंगलं दीपं घृतवर्तिसमन्वितम्।
दीपं ज्ञानप्रदं देवं भक्तप्रियं नमोऽस्तु ते।।

नैवेद्य - देवतालयपातालभूतलाधारधान्यजम्।
षोडशाकारसम्भारं नैवेद्यम्प्रतिगृह्यताम्।। नैवेद्यांगमाचनीयम्।
धूपमाघ्रापयामि दीपं दर्शयामि भक्ष्यभोज्यात्मकं नैवेद्यं निवेदयामि।

ताम्बूल - पातालतलसम्भूतं पाशिदेवोचितं शुभम्।
नानागुणगणाकीर्णं ताम्बूलं प्रतिगृह्यताम्।।

फल - इदं फलं मया देव स्थापितं पुरतस्तव।
तेन मे सुफलावाप्तिर्भवेज्जन्मनि जन्मनि।।

दक्षिणा - हिरण्यगर्भगर्भस्थं हेमबीजं विभावसोः।
अनन्तपुण्यफलदमतः शान्तिं प्रयच्छ मे।।
क्षणं ध्यात्वा जपं ॐ भौमदेवाय नमः।।3।। जलं गृहीत्वा।।
गुह्यातिगुह्यगोप्ता त्वं गृहाणास्मत्कृतं जपम्।
सिद्धिर्भवतु मे देव त्वत्प्रसादात् सुरेश्वर।।

नीराजन - ॐ चन्द्रादित्यौ च धरणी विद्युदग्निस्तथैव च।
त्वमेव सर्वज्योतींषि आरार्तीः प्रतिगृह्यताम्।।

अर्घ्यदान - अक्षत, लाल पुष्प और फल अर्घ्यपात्र में रखकर यंत्र पर उससे जल चढ़ायें।

भूमिपुत्रो महातेजाः लोहितो भूतिदो विभो।
पुत्रार्थी त्वां प्रपन्नोऽस्मि गृहाणार्घ्य नमोऽस्तु ते।।
भूमिपुत्र महाकाय भक्तानां भूतिवर्द्धन।
गृहाणार्घ्य मया दत्तमत्र स्वस्तिकरो भव।।
प्रसीद देवदेवेश विघ्नहन्तर्धरात्मज।
गृहाणार्घ्यं मया दत्तं भूमिपुत्र नमोऽस्तु ते।।

प्रार्थना - ऋणहर्त्रे नमस्तेऽस्तु दुःखदारिद्र्यनाशन।
सुतसौभाग्यधनदो भव मे धरणी सुत।।
ग्रहराज नमस्तेऽस्तु सर्वकल्याणकारक।
प्रसादात्तव देवेश सर्वकल्याणभागहम्।।
देवदानवगन्धर्वयक्षराक्षसपन्नगाः।
प्राप्नुवन्ति शिवं सर्वे त्वत्तः पूर्णमनोरथाः।।
प्रसादं कुरु मे भौम सौभाग्यमङ्गलप्रद।
बालः कुमारको यस्तु स भौमः प्रार्थितो मया।।

प्रदक्षिणा - यानि कानि च पापानि जन्मान्तरकृतानि च।
तानि सर्वाणि नश्यन्ति प्रदक्षिणपदे पदे।।
पापोऽहं पापकर्माहं पापात्मा पापसम्भवः।
त्राहि मां पुण्डरीकाक्ष सर्वपापहरो भव।।

दक्षिणासंकल्प ॐ विष्णुः 3।। अद्येहेत्यादि - अमुकोऽहं भौमव्रताङ्गत्वेन कृतस्य भौमपूजनकर्मणः साङ्गफलप्राप्तये इमां दक्षिणां ब्राह्मणाय दास्ये ॐ तत्सत्।।

मङ्गलस्तोत्र

मङ्गलो भूमिपुत्रश्च ऋणहर्ता धनप्रदः।
स्थिरासनो महाकायः सर्वकर्माविरोधकः।।1।।

लोहितो लोहिताक्षश्च सामगानां कृपाकरः।
धरात्मजः कुजो भौमो भूतिदो भूमिनन्दनः।।2।।

अङ्गारको यमश्चैव सर्वरोगापहारकः।
वृष्टिकर्ताऽपहर्ता च सर्वकामफलप्रदः।।3।।

एतानि कुजनामानि नित्यं यः श्रद्धया पठेत्।
ऋणं न जायते तस्य धनं शीघ्रमवाप्नुयात्।।4।।

धरणीगर्भसम्भूतं विद्युत्कान्तिसमप्रभम्।
कुमारं शक्तिहस्तं च मङ्गलं प्रणमाम्यहम्।।5।।

स्तोत्रमङ्गारकस्यैतत् पठनीयं सदा नृभिः।
न तेषां भौमजा पीडा स्वल्पापि भवति क्वचित्।।6।।

अङ्गारक महाभाग भगवन् भक्तवत्सल।
त्वां नमामि ममाशेषं ऋणमाशु विनाशय।।7।।

ऋणरोगादि दारिद्र्यं ये चान्ये ह्यपमृत्यवः।
भयक्लेशमनस्तापा नश्यन्तु मम सर्वदा।।8।।

अतिवक्र दुराराध्य रोगमुक्त जितात्मनः।
तुष्टो ददासि साम्राज्यं रुष्टो हरसि तत्क्षणात्।।9।।

विरंचिविष्णुशक्राणां मनुष्याणां तु का कथा।
तेन त्वं सर्वसत्त्वेन ग्रहराजो महाबलः।।10।।

पुत्रान् देहि धनं देहि त्वामस्मि शरणं गतः।
ऋणदारिद्र्यदुःखेन शत्रूणां च भयात्ततः।।11।।

एभिर्द्वादशभिः श्लोकैर्यः स्तौति च धरासुतम्।
महतीं श्रियमाप्नोति ह्यपरो धनदो युवा।।12।।

4.13 बृहस्पतिवार व्रत

बृहस्पति संतान का कारक ग्रह है। समस्त संतानहीन स्त्रियों को बृहस्पतिवार का अनुपम व्रत करने से आश्चर्यजनक लाभ होता है। बृहस्पतिवार का व्रत करने के साथ-साथ केले के पेड़ का पूजन भी किया जाता है। ऐसा स्वीकारा जाता है कि केले के पेड़ में भगवान गणपति का वास होता है और वे संतान सम्बन्धी समस्त विघ्न, व्यवधान व अवरोध को निर्मूल करते हैं। बृहस्पतिवार की व्रत कथा के अनेक प्रकार हैं जिनमें से आचार्य माधवाचार्य कृत 'व्रतराज' में अग्रांकित कथा का उल्लेख किया गया है और उसे यहाँ पाठकों के लाभार्थ प्रस्तुत किया जा रहा है।

अथातः संप्रवक्ष्यामि रहस्यं ह्येतदुत्तमम्।
येन लक्ष्मीर्धृतिस्तुष्टिः पुष्टिः कान्तिश्च जायते॥
गुरुं चैवानुराधासु पूजयेद्भक्तितो नरः।
पूर्वोक्तविधियोगेन सप्तनक्तात्यथाचरेत्॥
हैमं हेममये पात्रे स्थापयित्वा बृहस्पतिम्।
पीताम्बरयुगच्छन्नं पीतयज्ञोपवीतकम्॥
पादुकोपानहच्छन्नं कमण्डलुविभूषितम्।
भूषितं पीतकुसुमैः कुंकुमेन विलेपितम्॥
धूपदीपादिभिर्दिव्यैः फलैश्चन्दनतण्डुलैः।
खण्डखाद्योपहारैश्च गुरोरग्रे निवेदयेत्॥
धर्मशास्त्रार्थतत्त्वज्ञ ज्ञानविज्ञानपारग।
विबुधार्तिहराचिन्त्य देवाचार्य्य नमोऽस्तु ते॥
होमं घृततिलैः कुर्य्याद्गुरुनाम्ना च मन्त्रवित्।
समिधोऽष्टोत्तरशतमष्टाविंशतिरेव वा॥
होतव्या मधुसर्पिर्भ्यां दध्ना चैव कृतेन च॥
पिप्पल्यः समिधो ज्ञेयाः शास्त्रान्तरसवादतः॥

एतद्व्रतं महापुण्यं सर्वपापहरं शिवम्।
तुष्टिपुष्टिकरं नणां गुरुवैकृतनाशनम्।
विषमस्थे गुरौ कार्य्या जीवशान्तिरियं नृभिः॥

अब हम एक उत्तम रहस्य कहते हैं, जिससे लक्ष्मी धृति पुष्टि, तुष्टि और कांति प्राप्त हो जाती है। बृहस्पति अनुराधा नक्षत्र में भक्ति के साथ गुरु की पूजा करे। पहले कहे हुए योग में सात मास तक करे। सोने के पात्र में सोने के बृहस्पतिजी को स्थापित करके दो पीताम्बर उढ़ाये। पीला ही उपवीत पहनाये। पादुका, उपानह, छत्र और कमण्डलु से सुशोभित करे। पीत फूलों से सुशोभित करके कुंकुम का लेप कर तथा दिव्य धूप, दीप, फल, चन्दन, तण्डुल, खण्ड, खाद्य, उपहार—इनमें से पूजने की वस्तु से पूजकर अगाड़ी रखने की वस्तु को अगाड़ी रख दे। हे धर्मशास्त्र के तत्त्व को जाननेवाले! हे ज्ञान और विज्ञान के पारदर्शी! हे देवताओं की आर्ति को नष्ट करनेवाले! हे अचिन्त्य! हे देवों के आचार्य! आपको नमस्कार हो। मंत्र के जाननेवाले गुरु के नाम से धृततिलों से हवन करे। एक सौ आठ समिध या अट्ठाईस समिध होनी चाहिए। वे मधु-सर्पी के साथ या दही या घी के साथ हवन करनी चाहिए, सब शास्त्रों के प्रमाण के पीपल की समिध समझना चाहिए। यह व्रत महापुण्यदायक, सब पापों का हरनेवाला एवं कल्याणकारी है, मनुष्यों को तुष्टि पुष्टि करनेवाला तथा गुरु के दोष को शान्त करनेवाला है। जब गुरु विषम ('खषट्त्र्याद्यैः' इत्यादि में) हो तो मनुष्यों को बृहस्पति की शांति करनी चाहिए।

'ओम् बृहस्पतेऽअतियदर्य्योऽअर्हाद्द्युमद्विभाति ऋतुमज्जनेषु, यद्दीदर्यैछवसऽऋत प्रजात तदस्मासु द्रविणं धेहि चित्रम्।'

यह वैदिक मंत्र है तथा बृहस्पतयेनमः यह तांत्रिक यंत्र है।

स्तोत्र

बृहस्पतिः सुराचार्य्यो दयावाञ्छुभलक्षणः।
लोकत्रयगुरुः श्रीमान् सर्वतः सर्वदो विभुः॥
सर्वेशः सर्वदा तुष्टः सर्वांगः सर्वपूजितः।
अक्रोधनो मुनि प्रेष्ठो नीतिकर्ता जगप्रियः॥
विश्वात्मा विश्वकर्ता च विश्वयोनिरयोनिजः।
भूर्भुवःस्वः पिता चैव भर्ता जीवो महाबलः॥
पंचविंशति नामानि पुण्यानि शुभदानि च।
प्रातरुत्थाय यो नित्यं कीर्तयेत् सुसमाहितः॥
विपरीतोऽपि भगवान् प्रीतस्तत्र बृहस्पतिः।
नन्दगोपगृहे यच्च विष्णुना परिकीर्तितम्॥
यः पठेत्तु गुरुस्तोत्रं चिरंजीवी न संशयः।
गोसहस्रफलं पुण्यं विष्णुर्वचनमब्रवीत्॥

बृहस्पतिः सुराचार्य्यः सुरासुरसुपूजितः।
अभीष्टफलदः श्रीमान् शुभग्रह नमोस्तु ते॥

बृहस्पति, सुराचार्य्य, दयावान्, शुभलक्षण, लोकत्रयगुरु, श्रीमान्, सब ओर से सब देनेवाले, विभु, सर्वेश, सर्वदा, तुष्ट, सर्वांग, सर्वपूजित, अक्रोधन, मुनिश्रेष्ठ, नीतिकर्ता, जगत्प्रिय, विश्वात्मा, विश्वकर्ता, विश्वयोनि, अयोनिज, भूः, भुवः स्वः, पिता, भर्ता, जीव, महाबल, ये पच्चीस नाम पुण्य के देनेवाले एवं शुभकारी हैं जो एकाग्र चित्त से प्रातःकाल उठकर कहेगा उस पर विपरीत हुए भी बृहस्पति महाराज प्रसन्न हो जायेंगे। नंदगोप के घर में जो स्तोत्र विष्णुभगवान् ने कहा था जो उस गुरुस्तोत्र को पढ़ेगा वह चिरंजीवी होगा, इसमें संदेह नहीं है। विष्णुभगवान् ने यह भी कहा है कि, उसे एक हजार गाय के दान का पुण्य होता है। बृहस्पति भगवान् देवों के आचार्य तथा सुर और असुरों से पूजित होते हैं। अभीष्ट फल के देनेवाले हैं श्रीमान् हैं। हे शुभग्रह! तेरे लिए नमस्कार है।

4.14 पापघट दान एवं व्रत

व्रत और दान का महत्त्व सर्वविदित है। यहाँ पर हम व्रत और दान के प्रतिफल तथा महत्त्व का विस्तार न करके विशिष्ट व्रत के साथ पापघट दान का विधान प्रस्तुत कर रहे हैं। स्कन्दपुराण, काशीखण्ड पूर्वार्द्ध, अध्याय-10 के श्लोक 126 से 133 में पापघट दान द्वारा पुत्र प्राप्ति के विधान का सारगर्भित उल्लेख उपलब्ध है।

तात्पर्य यह है कि किसी न किसी पापकर्म के कारण ही पुत्र जन्म में अवरोध उत्पन्न होता है। कभी इस पाप का शमन सुगमता से हो जाता है, तो कभी पाप की अधिकता के अक्षम्य होने के कारण जातक बार-बार दण्डित, प्रताड़ित और पीड़ित होता है इसीलिए प्रत्येक शास्त्र में पाप से मुक्त रहने हेतु बार-बार परामर्श प्रदान किया जाता है। संभवतः, ऐसा तो कोई व्यक्ति न हो, जिसने कभी कोई पाप ही न किया हो, परन्तु गंभीर पाप और अपराध व्यक्ति को संततिहीन अथवा पुत्रहीन होने की स्थिति से अभिशप्त करता है। यहाँ पर स्कन्दपुराण, काशीखण्ड में उद्धृत अग्रांकित 'पापघट दान व्रत' के विधान का उल्लेख कर रहे हैं। यदि पुत्र जन्म हेतु सभी प्रकार के प्रयास विफल हो जायें, तो पापघट दान एवं व्रत करने के उपरान्त पुत्र की प्राप्ति हेतु चेष्टा, अतिशीघ्र प्रतिफल में रूपांतरित हो उठती है तथा पुत्र रत्न की प्राप्ति का सुख दम्पति को हर्षित, आनन्दित और आहलादित कर देता है :

एकं ब्रह्मैवाद्वितीयं समस्तं सत्यं सत्यं नेह नानास्ति किंचित्।
एको रुद्रो न द्वितीयोऽवतस्थे तस्मादेकं त्वां प्रपद्ये महेशम्।।1।।

एकः कर्ता त्वं हि विश्वस्य शम्भो नाना रूपेश्वेकरूपोऽस्वरूपः।
यद्वत्प्रत्यस्वर्क एकोऽप्यनेकस्तस्मान्नान्यं त्वां विनेशं प्रपद्ये।।2।।

रज्जौ सर्पः शुक्तिकायां च रूप्यं नैरः पूरस्तन्मृगाख्ये मरीचौ।
यद्वत्तद्वद्विश्वगेष प्रपञ्चो यस्मिन् ज्ञाते तं प्रपद्ये महेशम्।।3।।

तोये शैल्यं दाहकत्वं च वह्नौ तापो भानौ शीतभानौ प्रसादः।
पुष्पे गन्धो दुग्धमध्ये च सर्पिर्यत्तच्छम्भो त्वं ततस्त्वां प्रपद्ये।।4।।

शब्दं गृह्णस्यश्रवास्त्वं हि जिघ्रेरघ्राणस्त्वं व्यङ्घ्रिरायासि दूरात्।
व्यक्षः पश्येस्त्वं रसज्ञोऽप्यजिह्वः कस्त्वां सम्यग् वेत्त्यतस्त्वां प्रपद्ये।।5।।

नो वेदस्त्वामीश साक्षाद्धि वेद नो वा विष्णुर्नो विधाताखिलस्य।
नो योगीन्द्रा नेन्द्रमुख्याश्च देवा भक्तो वेद त्वामतस्त्वां प्रपद्ये।।6।।

नो ते गोत्रं नेश जन्मापि नाख्या नो वा रूपं नैव शीलं न देशः।
इत्थं भूतोऽपीश्वरस्त्वं त्रिलोक्याः सर्वान् कामान् पूरयेस्तद्भजे त्वाम्।।7।।

त्वत्तः सर्वं त्वं हि सर्वं स्मरारे त्वं गौरीशस्त्वं च नग्नोऽतिशान्तः।
त्वं वै वृद्धस्त्वं युवा त्वं च बालस्तत्किं यत्त्वं नास्यतस्त्वां नतोऽस्मि।।8।।

किसी तीर्थस्थल पर पति और पत्नी जाकर वहाँ अग्रांकित प्रकार से पापघट दान करें, तो पुत्र सुख प्राप्त होने में सन्देह नहीं समझना चाहिए।

सर्वप्रथम 64 पल का स्वर्ण, रजत अथवा ताम्र कलश बनवाना अथवा क्रय करना चाहिए तथा उसका अग्नि से शोधन करना चाहिए और पञ्चगव्यादि से पवित्रीकरण करना चाहिए। इसे अग्नितारण तथा पञ्चगव्यादि शोधन से रेखांकित किया जाता है। एक ऐसे ब्राह्मण को बुलाना चाहिए, जो दान लेने के पश्चात् पुनः कभी लौटकर न आये और न कभी उसे देखे जाने की संभावना हो।

शुभ मुहूर्त का चयन करने के पश्चात् एक दिन पूर्व निष्ठा, आस्था, सात्विकता और एकाग्रता के साथ पति और पत्नी दोनों को पुत्र की कामना से व्रत रखना चाहिए तथा सम्पूर्ण ब्रह्मचर्य का अनुसरण करने के साथ-साथ पूरा ध्यान अपने सभी पापों के विनाश होने हेतु केन्द्रित करना चाहिए तथा यह भी विचार करना चाहिए कि यथासंभव भविष्य में कोई पाप अथवा अपराध नहीं करेंगे।

व्रत सम्पन्न करने के पश्चात् अगले दिन स्नानादि करके पवित्र स्थान पर यथासंभव किसी पवित्र नदी के तट पर पूर्वाभिमुख बैठकर पापघट दान सम्बन्धी साधना सम्पन्न करनी चाहिए।

एक काठ की चौकी पर लाल, पीले अथवा नारंगी रंग का कोरा वस्त्र बिछाकर उसपर अष्टदल कमल की रचना आटे से की जानी चाहिए। यथासंभव अष्टदल कमल की पंखुडियों के भीतर गुलाबी रंगे हुए चावल भरकर उसे सजाना चाहिए। अष्टदल कमल पर स्वर्ण, रजत अथवा ताम्र कलश की सविधि स्थापना विधिविधान सहित करनी चाहिए। कलश की स्थापना का विधान अन्यान्य पुस्तकों में विस्तार में उद्धृत है। कलश में देशी घी अथवा शक्कर भरकर आम्रपत्र अथवा अशोक के वृक्ष के पत्तों से कलश का श्रृंगार करना चाहिए। आम्र अथवा अशोक पत्र के ऊपर पूर्णपात्र की स्थापना करनी चाहिए। पूर्णपात्र को कुछ चावल से भरकर उसके ऊपर भगवान विष्णु की सुवर्ण निर्मित प्रतिमा की स्थापना करनी चाहिए। भगवान विष्णु के

समीप ही फणाकृति नागमूर्ति अर्थात् फन फैलाए हुए नाग की मूर्ति भी स्थापित करनी चाहिए। प्रांगण के मध्य भाग में स्थण्डिल के ऊपर अग्नि स्थापित करें। गणपति पूजन, नान्दी श्राद्ध, पुण्याहवाचन एवं ग्रहस्थापना कर सभी का पूजन करें।

तत्पश्चात् भगवान विष्णु का ध्यान करके पूरी आस्था और विश्वास के साथ उनकी सुवर्ण निर्मित मूर्ति का षोडशोपचार पूजन करें। नाग देवता का भी पंचोपचार पूजन अनिवार्य है। इसके उपरान्त कुशकण्डिका करके भगवान विष्णु के अग्रांकित मंत्र से अग्नि में 1008 आहुतियाँ अर्पित करके हवन सम्पन्न करें -

"ॐ नमो भगवते वासुदेवाये स्वाहा"

दान लेने हेतु जिस ब्राह्मण को बुलाया गया है उस ब्राह्मण का पूजन करके उसे सम्मान सहित स्वादिष्ट भोजन करायें। इसी समय अग्रांकित मंत्र का निरन्तर जप करते हुए प्रत्येक मंत्र हेतु अक्षत अथवा दूब कलश पर चढ़ाएं-

मनसा दुर्विनीतेन यन्मया पातकं कृतम्।
तत्तिष्ठतु घटे चास्मिन् गुरुदेवप्रसादतः।।

मंत्र की समाप्ति पर हाथ में जल, फल, चन्दन, अक्षत, पुष्प तथा दक्षिणा आदि लेकर दान हेतु संकल्प का उच्चारण करें तथा इस संकल्प के अन्त में बोलें -

अमुकोऽहं मत्कर्तृकानेकजन्मार्जितज्ञाताज्ञातवाङ्मनःकायकृत-महापातकोपपातकादिपूरितमिमं घटं गन्धपुष्पाद्यर्चितं तुभ्यं सम्प्रददे।

संकल्प बोलने के उपरान्त संकल्प में ली हुई सामग्री दान लेने वाले ब्राह्मण के हाथ में छोड़ दें तथा साथ ही वर्ण सामग्री तथा दक्षिणा ब्राह्मण को देकर पापघट अपने हाथों से उठाकर ब्राह्मण को श्रद्धा के साथ दान स्वरूप दें तथा विचार करें कि इस कलश में आपने अपने सभी पापों को एक साथ एकत्र कर दिया है तथा इस सारे पाप का दान इस ब्राह्मण को देकर आप पापमुक्त हो रहे हैं। इसी अभिलाषा और आकांक्षा को अपने हृदय में विचार करके पापघट का दान ब्राह्मण को करें।

ध्यान रहे कि दान देने हेतु पापघट हाथ में लेकर ब्राह्मण को दें और निम्नांकित प्रार्थना करें :

महीसुर! द्विजश्रेष्ठ! जगतस्तापहारक।
त्राहि मां दुःखसंतप्तं त्रिभिस्तापैः सदार्दितम्।।
संसारकूपतस्त्वं मां समुद्धर नमोऽस्तु ते।
त्वदन्यो नास्ति मां देव समुद्धर्तुं क्षमः क्षितौ।।

ब्राह्मण भी संकल्प बोलकर यह दान स्वीकार करे। अर्थात् ब्राह्मण पूरे संकल्प का उच्चारण करने के पश्चात् कहे कि 'अमुक गोत्र अमुक व्यक्ति द्वारा प्रदत्त पापघट दानं अमुक गोत्रोऽहं अमुक शर्माऽहं ग्रहंण करिष्ये' अर्थात् अमुक गोत्र के अमुक नाम के व्यक्ति द्वारा प्रदान किये

गये पापघट दान, मैं अमुक, जो अमुक गोत्र में उत्पन्न हुआ हूँ, ग्रहण करता हूँ, स्वीकार करता हूँ।

इस प्रकार से पापघट का दान करने के पश्चात्, उस स्थल पर आवाहित तथा स्थापित देवताओं का सविधि विसर्जन करें। विसर्जन करने के उपरान्त ब्राह्मण को स्वादिष्ट भोजन करायें। भोजन के उपरान्त ब्राह्मण को दक्षिणा दें। तदनन्तर पति और पत्नी को स्वयं भोजन ग्रहण करना चाहिए।

4.15 गोपूजन एवं व्रत विधान

पुत्र की कामना से गो पूजन का विधान सर्वशास्त्र सम्मत है। कार्तिक, मार्गशीर्ष अथवा वैशाख मास के शुक्ल पक्ष के बृहस्पतिवार के दिन अनुकूल नक्षत्र और मुहूर्त में गो पूजन तथा व्रत करना चाहिए। उपयुक्त मुहूर्त का चयन करने के उपरान्त किसी गाय को पूर्वाभिमुख खड़ा करके उसे शुद्ध जल से स्नान कराना चाहिए। उसका पाद प्रक्षालन करना चाहिए। तत्पश्चात् गो के मस्तक पर रोली, चन्दन का तिलक लगाकर उसे प्रणाम करना चाहिए। गो को मीठा भोजन लड्डू, खोये की बर्फी, पेड़ा आदि खिलाने के उपरान्त जल पिलाना चाहिए तथा उसके पश्चात् मीठे फलों का सेवन कराना चाहिए। तत्पश्चात् गो की आरती करके उसका धूपादि से पूजन करना चाहिए। इसके पश्चात् गो का मुख शुद्ध जल अथवा गंगाजल से धोना चाहिए और उसकी प्यास शान्त होने तक जल पिलाना चाहिए। तत्पश्चात् गो के पैर छू कर पुत्र प्रदान करने हेतु प्रार्थना करनी चाहिए और यह गो पूजन उपयुक्त मुहूर्त से प्रारम्भ करके एक वर्ष तक निरन्तर करना चाहिए।

ध्यान रहे कि गो पूजन के लिए वर्षपर्यन्त एक ही गो का पूजन किया जाना आवश्यक है। इसके लिए या तो स्वयं एक गो पालें और वह भी यदि कपिला गो हो, तो श्रेष्ठ है। यदि स्वयं गो न पाल सकें, तो किसी भी इष्ट-मित्र, सहयोगी, सम्बन्धी की पाली हुई गो का ही पूजन एक वर्ष तक करें। गो में परिवर्तन की अनुमति ऋषियों ने कदापि नहीं प्रदान की है। ज्ञातव्य है कि यदि कोई युवती गो पूजन नित्यप्रति करे, तो ऋतुकाल में गो पूजन करना वर्जित है। ऐसी स्थिति में यह पूजन उसके पति को करना चाहिए तथा संकल्प भी उच्चारित करना चाहिए कि पुत्र प्राप्ति हेतु यह पूजन पत्नी के स्थान पर आज वह स्वयं कर रहा है। यदि पति भी उपलब्ध न हो और पत्नी गो पूजन न कर सके, तो किसी विद्वान ब्राह्मण द्वारा संकल्प लेकर यह पूजन कराना उपयुक्त है। ब्राह्मण को भी यही संकल्प बोलना चाहिए कि अमुक दम्पति के पुत्र प्राप्ति की अभिलाषा की संसिद्धि हेतु वह गो पूजन कर रहा है।

इस प्रकार से नियमित गो पूजन करते हुए एक वर्ष पूर्ण हो जाने पर ही पुत्र प्राप्ति हेतु आवश्यक चेष्टा करनी चाहिए। हमारा परामर्श है कि एक वर्ष तक ब्रह्मचर्य व्रत का पालन करते हुए गो पूजन करना शीघ्र एवं उत्तम फल प्रदान करने वाला सिद्ध होता है। गो पूजन का व्रत अत्यन्त सरल और सुगम भी है तथा यह पूजन अशिक्षित व्यक्तियों द्वारा भी सम्पन्न किया जा सकता है। गो पूजन विधान में किसी मंत्र जप अथवा स्तोत्र पाठ आदि की अनिवार्यता नहीं है।

4.16 कात्यायनी व्रत एवं स्तोत्र

त्रिपुरा रहस्य के माहात्म्य खण्ड से नामांकित चालीसवें अध्याय में कात्यायनी व्रत का उल्लेख है जिसके विधिवत् अनुसरण से महिलाओं के समस्त कार्यों की संसिद्धि होती है, उनकी कामनाएँ साकार-आकार में रूपान्तरित हो उठती हैं। अविवाहित कन्याएँ जिनके नेत्र सम्भावित पति के दर्शन की प्रतीक्षा में ही पथरा जाते हैं, विवाहित युवतियाँ जिनका दाम्पत्य जीवन विसंगतिपूर्ण हो उठता है अथवा उनके जीवन सहचर परपत्नी के प्रति आकर्षण के कारण दाम्पत्य सुख को वियोग और सन्ताप में रूपान्तरित कर लेते हैं अथवा वह युवतियाँ जो संततिहीनता से ग्रस्त होने के कारण अपनी घुटन और कुंठा का ग्रास स्वयं ही बन जाती हैं और शिशु की एक किलकारी के लिए निरन्तर प्रयासरत रहती हैं, उनके लिए कात्यायनी व्रत अत्यन्त उपयोगी और हितकर सिद्ध होता है। तथा एक सेतु के समान पुत्र प्राप्ति के मार्ग को अत्यन्त सुगम और सरल बना देता है। यह अनुभूत व्रत प्रयोग प्रत्येक सौभाग्यवती नारी को सुखद एवं अखण्ड दाम्पत्य जीवन के साथ-साथ श्रेष्ठ मातृत्व से अलंकृत होने हेतु करना चाहिए ताकि उनके पारिवारिक सुख की श्रेष्ठता महकते मधुवन में सुरभित सुमन की तरह सर्वदा हँसती विहँसती रहे।

कात्यायनी व्रत को प्रत्येक वर्ष मार्गशीर्ष मास पर्यन्त नियमित रूप से करने से उत्तम गुणवान जीवन साथी की प्राप्ति होती है। इसके साथ ही साथ पुत्र सुख से वंचित युवतियों को वांछित संतति के मातृत्व से अलंकृत होने का सुअवसर प्राप्त होता है। निःसंतान युवतियाँ भी यदि कात्यायनी व्रत करें तो शीघ्र ही संततिवान होने का सुख प्राप्त करती हैं। मार्गशीर्ष कृष्ण पक्ष की प्रतिपदा से प्रारम्भ करके पूर्णमासी तक प्रत्येक दिन कात्यायनी देवी का व्रत करने का विधान है। जो दाम्पत्य सुख पारिवारिक सुख, वैवाहिक सुख और पुत्र सुख से युवतियों को अभिसिंचित् करता है।

प्राचीन काल से युवतियों द्वारा यह व्रत वैवाहिक एवं संतति सुख की प्राप्ति के लिए किया जाता रहा है। व्रती स्त्रियों के लिए यह व्रत धर्म, अर्थ, काम एवम् मोक्ष को भी प्रदान करने वाला है। यह व्रत मार्गशीर्ष मास में किया जाता है, इस व्रत के प्रारम्भ करने से एक दिन पूर्व कन्या को अपने कपड़े इत्यादि पूर्णरूप से साफ करने चाहिए। किसी पवित्र नदी में स्नान करके साफ वस्त्र धारण करने के पश्चात् श्री गणेश, सूर्य, अग्नि, विष्णु, शिव व दुर्गा का विधिपूर्वक आवाहन व पूजन करना तथा कलश एवम् श्री दुर्गा की प्रतिमा या छायाचित्र रख कर संकल्प के पश्चात् कुमकुम, चन्दन, कपूर इत्यादि से पूजन करने के पश्चात् निम्न मन्त्र का पाठ करना चाहिए। सम्प्रति पवित्र नदी में स्नान करके आराधना करने की परम्परा एक दुःसाध्य प्रक्रिया है। जिस युग में भगवान दत्तात्रेय ने महर्षि परशुराम को कात्यायनी व्रत के विषय में उपदेश दिया था, तब नित्य सरिता में स्नान करने की परम्परा और सुविधा थी। अतः हमारा परामर्श है कि प्रातःकाल अपने निवास पर ही शुद्ध जल से स्नान करके, श्वेत वस्त्र धारण करके व्रत करने वाली युवती को पवित्र स्थान पर बैठकर बालू या मिट्टी की कात्यायनी देवी की मूर्ति बनानी चाहिए। तत्पश्चात् भगवान गणेश, नवग्रह, अग्नि, विष्णु, शिवजी तथा माता जगदम्बा आदि का ध्यान करके उनकी यथा संभव आराधना करनी चाहिए। तत्पश्चात् कात्यायनी देवी की स्वनिर्मित मिट्टी की मूर्ति का विधिवत् षोडशोपचार पूजन करना चाहिए। पूजनोपरांत दाहिने हाथ में तांबें,

सोने या चांदी के छोटे पात्र में साबुत सुपारी जल, चावल, पुष्प, तथा कुछ मुद्रायें रखकर संतान प्राप्ति की कामना से संकल्प का उच्चारण पूरी आस्था और निष्ठा के साथ करना चाहिए। इसके पश्चात् अग्रांकित मंत्र का यथाशक्ति जप करना चाहिए।

देवकीसुत गोविन्द वासुदेव जगत्पते।
देहि मे तनयं कृष्ण त्वामहं शरणं गतः।।

कात्यायनी देवी, त्रिपुरसुन्दरी का ही स्वरूप हैं, जिनका अभिमानी क्रूर तथा हत्यारे कंस ने देवकी का आठवां पुत्र समझकर वध करने का प्रयास किया। वध करते समय, यशोदा की पुत्री को, कंस ने देवकी का आठवां पुत्र समझा। उसी समय पुत्री ने त्रिपुरसुन्दरी का रूप ग्रहण कर लिया और बोली, "हे कंस! तेरा काल गोकुल में जन्म ले चुका है।" त्रिपुरसुन्दरी उसी समय विन्ध्याचल की पर्वत शृंखलाओं में समाविष्ट हो गईं। उसी स्थान पर माता विन्ध्यवासिनी का मंदिर है। अतः कात्यायनी व्रत का अनुपालन करनेवाली युवतियों को श्रीदुर्गासप्तशती के अग्रांकित मंत्रों का जप कम से कम 108 बार प्रतिदिन करना चाहिए। इस मंत्र में विन्ध्याचल निवासिनी माता के नाम का उल्लेख है, वह वही त्रिपुरसुन्दरी हैं।

नन्दगोपगृहे जाता यशोदा गर्भसम्भवा।
ततस्तौ नाशयिष्यामि विन्ध्याचल निवासिनी।।

(दु०स०/अ० 11/श्लोक 42)

जो युवतियाँ व्रत आदि नहीं कर सकती हैं वे पूरे मनोयोग के साथ संतान की कामना से यदि इस मंत्र का नित्य यथाशक्ति जप करें तो उन्हें भी शीघ्र संतति सुख उपलब्ध होता है।

उपरोक्त मंत्र के साथ साथ वेद में वर्णित मूल मंत्र द्वारा भी श्रीदुर्गा देवी की आराधना करें।

ॐ श्रीदुर्गायै सर्वविघ्नविनाशिन्यै नमः।

उल्लेखनीय है कि कात्यायनी व्रत तो मार्गशीर्ष में किया जाता है परन्तु निःसंतान युवतियों को शीघ्र संतति प्राप्ति हेतु उपरोक्त मंत्रों का जप नियमपूर्वक प्रतिदिन करना चाहिए तथा मंत्र जप से संबंधित ज्ञातव्य तथ्यों का अनुकरण करना भी आपेक्षित है जो हमने अनेक स्थलों पर उद्धृत किये हैं। पूजन अनुष्ठान तथा व्रत का अनुसरण करने से पूर्व उनकी उपयुक्त शास्त्रोक्त विधि का संज्ञान आपेक्षित है। त्रिपुरारहस्य के माहात्म्य खण्ड से शीर्षांकित चालीसवें अध्याय में कात्यायनी व्रत के सम्बन्ध में वर्णन मिलता है कि गुरु दत्तात्रेय ने परशुराम जी को व्रत की सविस्तार व्याख्या की है। यह व्रत मार्गशीर्ष की कृष्ण प्रतिपदा तिथि से प्रारम्भ कर उसी माह की पूर्णिमा तक करने का विधान है। अविवाहित युवतियाँ, पुत्रहीन युवतियाँ तथा सुखद दाम्पत्य से वंचित युवतियाँ ही इस व्रत के अनुपालन के लिए सर्वथा योग्य समझी गई हैं। यह व्रत समस्त अभीष्टों की संसिद्धि करने वाला है। व्रत का अनुकरण करने वालों को सदैव ही सुख शांति की प्राप्ति होती है।

कात्यायनी व्रत का अनुगमन करने वाली युवती को प्रातःकाल स्नान करके यथासम्भव

श्वेत वस्त्र धारण करना चाहिए। मिट्टी या बालू की कात्यायनी देवी की मूर्ति बनाकर षोडशोपचार पूजन सविधि करना चाहिए। पूजन के उपरान्त प्रयोजन की संसिद्धि हेतु संकल्प का उच्चारण करना चाहिए। इसके उपरान्त कात्यायनी स्तोत्र का पाठ करें तो कामना की पूर्णता शीघ्र ही प्रारूपित होती है। अविवाहित कन्याओं का विवाह शीघ्र ही सम्पन्न होता है तथा वैवाहिक विसंगतियों के साथ संघर्षरत युवतियों का संतप्त दाम्पत्यजीवन सुखमय और आनन्दमय हो जाता है। यहाँ तक कि निःसंतान दम्पति द्वारा भी कात्यायनी व्रत करने से ष्शीघ्र ही संतति सुख प्राप्त होता है। यह व्रत पुत्र की कामना करने वाली युवतियों के लिए अत्यन्त महत्वपूर्ण है। अनेक पुत्रहीन युवतियों को कात्यायनी व्रत का विधिवत् अनुपालन करने से शीघ्र ही पुत्र रत्न की प्राप्ति हुई। व्रत आरम्भ करने से पूर्व कात्यायनी स्तोत्र का पाठ करना चाहिए। यदि युवती संस्कृत का शुद्ध उच्चारण कर सकने में असमर्थ हो, तो उन्हें श्रद्धा, आस्था एवं निष्ठापूर्वक एकाग्र चित्त होकर कात्यायनी देवी का कुछ समय तक स्मरण करने के पश्चात् व्रत आरम्भ कर देना चाहिए।

कात्यायनी व्रत करने से पूर्व कात्यायनी स्तोत्र में सन्निहित विषय वस्तु और कथासार भी समझ लेना उपयुक्त है।

परशुराम के श्रद्धायुक्त आग्रह पर भगवान दत्तात्रेय ने उन्हें कात्यायनी व्रत के विषय में अग्रांकित श्लोकों के माध्यम से समझाया है। वस्तुतः इस कात्यायनी स्तोत्र में क्रूर कंस का भगवान् कृष्ण द्वारा वध का वृत्तांत है। देवकी के आठवें पुत्र द्वारा कंस का वध होगा, यह जानने के पश्चात् कंस ने देवकी के सात पुत्रों की हत्या कर दी तथा नंदगोप के यहाँ गोकुल में जन्मीं त्रिपुरसुन्दरी और बालक कृष्ण को उसी रात्रि एक-दूसरे के घर में स्थानांतरित करा दिया गया। कंस ने जैसे ही उस बालिका को, जो नंदगोप तथा यशोदा के यहाँ जन्मी थी, अपने हाथों में लेकर पृथ्वी पर पटकना चाहा, तभी उस बालिका ने त्रिपुर सुन्दरी का रूप धारण किया और कंस से बोली,'' तुम्हारा काल गोकुल में आ चुका है।'' कृष्ण को किस तरह से वसुदेव गोकुल ले गये और किस तरह यशोदा के गर्भ से जन्मी नंदगोप की पुत्री के रूप में त्रिपुरसुन्दरी को मथुरा ले आये और किस तरह त्रिपुरसुन्दरी ने विन्ध्याचल पर्वत पर निवास किया और कंस की सारी शक्ति को हर लिया। अन्ततः कृष्ण ने कंस का वध किया। इस कथा का पुराणसंगत उल्लेख त्रिपुरारहस्य के माहात्म्य खण्ड में भगवान दत्तात्रेय ने महर्षि परशुराम के समक्ष किया है।

एतद्भृगुकुलाऽऽराध्य प्रोक्तं स्तोत्रं पुरा कृतम्।
शृणु वक्ष्यामि सा भूयो यथा गोपकुलोद्भवा।।

हे भृगुकुलनन्दन परशुराम! तुम्हें मैंने यह पुराकृत स्तोत्र सुना दिया। अब सुनो, वह देवी गोपकुल में कैसे उत्पन्न हुई।

युगेऽष्टाविंशतितमे दैत्या मर्त्यस्वरूपिणः।
भूलोकं पीडयिष्यन्ति हीनचर्यापरायणाः।।

अट्ठाइसवें युग में दैत्य मनुष्य रूप में पैदा होंगे। वे घृणित आचरण वाले संसार को पीड़ित करेंगे।

कालिन्द्यास्तटसंस्थाना मथुराख्या तु या पुरी।
साम्प्रतं लवणाख्येन दैत्येनाऽधिष्ठिता हि सा।।

यमुना नदी के किनारे मथुरा नाम की नगरी इस समय लवण नामक दैत्य के अधीन है।

तस्यां चन्द्राऽन्वयजनिर्भविष्यति नृपोत्तमः।
उग्रसेन इति ख्यातो भोजवंशविवर्धनः।।

उस नगरी में एक उत्कृष्ट राजा होगा। भोजवंश को बढ़ाने वाले उस राजा का नाम उग्रसेन होगा।

तस्याऽऽत्मजः सर्वभीमः कालनेमिर्महासुरः।
क्रूरः कंस इति ख्यातः सर्वलोकप्रपीडकः।।

सबको डराने वाला कालनेमि नामक महासुर क्रूर कंस के नाम से ख्यात सर्वलोकपीड़क उसका पुत्र होगा।

शिशुपालश्चेदिषु च हिरण्यकशिपुः स्वयम्।
हिरण्याक्षो दन्तवक्रः शाल्वः सोमपतिस्तथा।।

स्वयं हिरण्यकशिपु चेदिराज शिशुपाल के रूप में आयेगा, हिरण्याक्ष दन्तवक्र होगा और शाल्व सोमपति।

नरकः प्राग्ज्योतिषजो जरासन्धश्च मागधः।
इत्याद्या मानुषाऽऽत्मानो दैत्या धर्मप्रहिंसकाः।।

प्राग्ज्योतिष में नरकासुर उत्पन्न होगा और मगध का सम्राट् जरासंघ होगा। ये सब धर्महिंसक दैत्य मनुष्यात्मक होंगे।

अनेककोटिसेनाभिः प्रत्येकं परिवारिताः।
अप्रधृष्या महासत्त्वाः सर्वशस्त्राऽस्त्रकोविदाः।।

अनेक करोड़ सेनाओं से ये घिरे होंगे, ये महाबली होंगे और सर्वशास्त्रविशारद होंगे।

तेष्वग्रगण्यः कंसो वै देवब्राह्मणसज्जनान्।
प्रहिंसन् सर्वदा भूमावुद्भटः सम्भविष्यति।।

इनमें अग्रगण्य कंस होगा जो देवता एवं ब्राह्मणों को हमेशा सतायेगा, धरती पर उद्भट बलशाली होगा।

अथाऽधर्मभराक्रान्ता भूमिर्ब्रह्माणमेष्यति।
असहन्ती महाभारमधर्मिष्ठजनोद्भवम्।।

अधर्म के भार से आक्रान्त धरती ब्रह्मा के पास पहुँचेगी। इन अधर्मियों के महाभार को वह सहने में अक्षम हो जायेगी।

विधिर्देवगणोपेतो भूम्या च हरिमेष्यति।
तत्राऽऽयातः शिवो ध्यातो न तद्रक्ष्येति चोत्तरम्।।

तब ब्रह्मा देवगण और धरती के साथ विष्णु के पास पहुँचेंगे, ध्यान करने पर शिव वहाँ आयेंगे। मैं इसे नहीं बचा सकता—यह उनका उत्तर होगा।

अथ त्रिमूर्तिभिर्ध्याता त्रिपुरा परमेश्वरी।
आविर्भविष्यति सुरैः प्रणता पूजिता च तैः।।

तब तीनों देवता मिलकर भगवती त्रिपुरा का ध्यान करेंगे। इन तीनों प्रणत देवताओं से पूजित होकर त्रिपुरा प्रकट होगी।

प्रार्थिता भूभारहत्यै प्रवक्ष्यति बुधेश्वरान्।
दुरुद्धरो ह्ययं भारः सर्वैरपि सुरेश्वरैः।।

धरती का भार हटाने के लिए उनकी प्रार्थना होगी। देवताओं से वह कहेगी—धरती का यह भार सभी देवताओं से उद्धार करने योग्य नहीं है।

दैत्यास्तपोवीर्ययुता महाबलपराक्रमाः।
न ते शक्या विजेतुं वो कालवीर्यप्रभावतः।।

ये दैत्य तपोबल से युक्त हैं, महाबली और पराक्रमी हैं। कालवीर्य के प्रभाव के कारण आपमें से कोई उसे जीत नहीं सकते।

तस्माद्भवन्तः सर्वेऽत्र भूमौ मानुषजन्मतः।
सम्भवन्त्वहमप्यत्र अंशेनाऽवतराम्यनु।।

इसलिए आप सब धरती पर मनुष्य रूप में जन्म ग्रहण करें। इसके बाद मैं भी अपने ही अंश से धरती पर अवतरित होऊँगी।

शापदग्धं करोम्यादौ कंसमेष हरिस्ततः।
हनिष्यति मयाऽऽविष्टः सर्वानपि तथाऽसुरान्।।

पहले मैं उस कंस को शापदग्ध करूँगी, उसके बाद यह श्रीहरि विष्णु मेरे द्वारा वशीकृत सभी असुरों के साथ इसका वध करेंगे।

मत्तः प्राप्तवरो गोपो नन्दः परमशोभनः।
साम्प्रतं भुवि कालिन्दीमनुगोव्रजनायकः।।

इस समय धरती पर यमुना नदी के किनारे गोव्रजभूमि में मेरा वरदान पाकर सुशोभन नन्दजी गोपनायक जन्म लेंगे।

तस्याऽहं सम्भविष्यामि पत्न्यामेष हरिः स्वयम्।
देवक्यां वसुदेवेन भूत्वा नन्दगृहात्तु माम्।।

नन्दराज की पत्नी से मैं जन्म ग्रहण करूँगी और स्वयं हरि देवकी और वसुदेव से जन्म ग्रहण कर मुझे नन्दगृह से।

कंसाऽन्तिकं प्रापयतु ततस्तं नाशयाम्यहम्।
एवं प्रोक्ता महादेव्या देवाः सर्वे महीतले।।

कंस के घर भिजवायेंगे। उसके बाद मैं उसका विनाश करूँगी। महादेवी के ऐसा कहने पर सभी देवगण धरती पर।

द्विजेषु जाताः स्वस्वांऽशैः भाराऽवतरणोद्यताः।
नारायणोऽपि देवक्यां भविष्यत्यखिलांऽशतः।।

उनका भार उतारने के लिए अपने अंश से द्विजकुल में जन्म ग्रहण करेंगे और श्रीहरि विष्णु अपने सम्पूर्ण अंश से देवकी के पुत्र होंगे।

वसुदेवेन वृष्णीनां कुले परमशोभने।
निशीथे तमसा वीते भगवान् स्वस्वरूपतः।।

परम सुन्दर वृष्णि कुल में वसुदेव के यहाँ अन्धकाराच्छन्न मध्य रात्रि में अपने सम्पूर्ण स्वरूप से।

आविर्भविष्यति ततो वसुदेवेन संस्तुतः।
बालभावं समेत्यात्थ वसुदेवं प्रवक्ष्यति।।

भगवान् विष्णु अवतरित होंगे। अवतरित होकर बालभाव में आकर तथा वसुदेव से संस्तुत होकर उन्हें कहेंगे।

नारदोक्त्या स्वसुर्गर्भाद्विदित्वा स्वात्मनो मृतिम्।
एष कंसो मातुलो मे जागर्त्यतितरां भिया।।

नारद के कथनानुसार कंस की मौत उसके भांजे के हाथ होगी। यह जानकर भयाक्रान्त स्थिति में मेरा मामा कंस बड़ा ही जागरूक बना रहेगा।

सम्प्रति श्रीमहादेव्या मोहिन्या मोहितो हि माम्।
जातं मृत्युं न जानाति यावत्तावद्द्रुतं हि माम्।।

श्रीमहादेवी की मोहिनी माया से प्रेरित होकर जन्म-मरण से अनजान मुझे शीघ्र ही।

नय नन्दगोपगृहं तत्र सा परमेश्वरी।
सम्भूताऽस्ति तथाऽऽविष्टोऽहं जेष्यामि समेधितः।।

नन्दगोप के घर ले जायेंगे। जहाँ स्वयं भगवती अवतीर्ण हुई हैं, उनसे आविष्ट मैं वहाँ ही पलूंगा।

जेतुं न शक्यः कंसोऽयमधुनाऽतिबली यतः।
नय मां नन्दसदनं तत्र निक्षिप्यतामनु।।

इस समय कंस को मैं जीत नहीं सकता, क्योंकि अभी वह अत्यन्त बलशाली है। अतः मुझे नन्दजी के घर पहुँचा दोगे।

समाहराऽत्र तत्पश्चात् साऽस्य वीर्यं हरिष्यति।
स्मर तां सर्वजननीं प्रतिरोधो न ते भवेत्।।

वह भगवती क्रमशः उसके बल का आहरण करेगी। उसके बाद उस जगज्जननी का सदैव स्मरण करोगे तो मार्ग की सारी बाधाएं स्वतः नष्ट हो जायेगीं।

विदित्वा परमां शक्तिं विष्णोर्वाक्यात् स्मृता हि सा।
प्रभुं करिष्यति गतौ ततस्तं शिशुरूपिणम्।।

उसे परम शक्ति जानकर विष्णु के कथनानुसार सर्वप्रथम उसका उसने स्मरण किया, फिर भगवान् जो करेंगे, अच्छा होगा। यह कहकर उस शिशु रूपी परमात्मा को।

समादाय यास्यति स गोकुलं प्रति निर्भयः।
महादेवीं स्मरन्नेव निशीथेऽतितमोवृते।।

लेकर निर्भय होकर वह गोकुल प्रस्थान करेगा। यद्यपि घोर अन्धकारपूर्ण वह रात थी, फिर भी भगवती का स्मरण करते हुए ही।

प्रकाशितमहामार्गः कालिन्दीमपि सन्तरत्।
अथ गत्वा नन्दगृहं मोहग्रस्तजनाऽऽकुलम्।।

यमुना नदी पार कर स्वतः प्रकाशित महामार्ग से नन्द के घर पहुँच कर मोहग्रस्त जनाकुल देखा।

यशोदा शयनेऽपश्यद्देवीं तां जनितां तदा।
कोटिसूर्यसमाभासां त्रिनेत्रां चन्द्रशेखराम्।।

यशोदा ने स्वप्न में देखा कि उस देवी को उसने जन्म दिया जिसके शरीर से करोड़ों सूर्य के सदृश प्रकाशपुंज निस्सरित हो रहा था, तीन आँखों तथा सिर पर चंद्रता विराजित थे।

शूलाऽसिखड्गपरशुपानपात्रकमण्डलून् ।
चर्मपाशावष्टभुजैर्दधानां भीमरूपिणीम् ।।

अपनी आठ भुजाओं में वह भीमरूपिणी तलवान, खड्ग, फरसा, पानपात्र, कमण्डलु, चमड़े के पाश धारण किये थीं।

कालरात्रिं शिशुं न्यस्य प्रणम्याऽऽनकदुन्दुभिः।
बद्धाञ्जलिपुटस्तावत् प्राप्तो ब्रह्मा च शङ्करः।।

उस कालरात्रि शिशु को रखकर उन्हें प्रणाम किया, इतने में ही नगाड़े और दुन्दुभियाँ बजने लगीं। ब्रह्मा और शंकर अंजलिबद्ध होकर वहाँ पहुँचे।

नारायणोऽपि नत्वा तामस्तवीत्त्रिपुरां शिवाम्।
प्रसन्ना तान् समाधाय वसुदेवं प्रतीश्वरी।।

भगवान् विष्णु ने भी उन्हें प्रणाम कर त्रिपुरा शिवा की स्तुति की। उस ईश्वरी ने प्रसन्न होकर देवताओं के साथ वसुदेवजी को भी समाश्वस्त किया।

नय मां त्वद्गृहमिति वदिष्यति ततस्तु ताम्।
यावन्नीत्वा गृहे न्यस्यत्तावत् पालैश्च सर्वतः।।

और कहा—मुझे अपने घर ले चलो। जब तक उन्हें लेकर वे घर में रखते तब तक चारों ओर के रक्षकों ने।

विदित्वा तत्र संयास्यत्यवेक्ष्य शिशुरूपिणीम्।
समादायाऽऽत्ममृत्युं तां स्वस्रा भूयो निवारितः।।

यह जानकर तथा कन्या को देखकर कि इसे ले जायेंगे, अपनी मृत्यु समझकर बहन के रोकने पर।

हन्तुमेव मनो यावत्तावद्गुरुतरां तु ताम्।
मत्वा समर्थस्तां वोढुं प्रक्षेप्स्यति महीतले।।

उसे मार डालने का ही मन बनाया, तब तक उसे इतना अधिक भारी प्रतीत होगी कि उठाने में समर्थ होने के बावजूद उसे पटक डालेगा।

अथ प्राप्य नभोमार्गं प्राग्रूपा तं प्रवक्ष्यति।
मूढ कंस न जानासि स्वमृत्युं विषयस्थितम्।।

वह शिशु उड़कर आकाश में पहुँचकर अपना पूर्व रूप धारण कर कहेगी—अरे मूर्ख कंस! तुम नहीं जानते, तुम्हारी मौत तुम्हारी ओर बढ़ रही है।

अचिरेण समेत्य त्वां पातयिष्यति भूतले।
हृतं ते बलसर्वस्वं मया सद्यो विभावय।।

बहुत जल्दी तुम्हें इसी तरह उठाकर धरती पर पटकेगा। तुम्हारा सारा बल मैंने हर लिया है, जिसे तुम शीघ्र अनुभव प्राप्त करोगे।

इत्युक्त्वाऽन्तर्हिता देवी भविष्यति महेश्वरी।
तस्मिन्ननुप्रविष्टा सा भविष्यति सुबृंहणी।।

इतना कहकर वह महेश्वरी देवी तिरोहित हो जायेगी और उस बालिका में वह त्रिपुरा प्रविष्ट होकर विस्तृत आयाम प्राप्त करेगी।

अथ कृष्णस्तया देव्या च बृंहितोऽतिदुर्हृदान्।
हत्वा कंसं रङ्गतले हनिष्यति सुलीलया।।

इसके बाद कृष्ण इस देवी की परम कृपा से रंगशाला में बड़ी आसानी से कंस पर प्रहार कर उसे मार डालेगा।

नन्दस्तत्कृपया विष्णुं प्राप्य पुत्रं जगद्गुरुम्।
त्रिलोकविशदां कीर्तिं प्राप्स्यत्यखिलपूजिताम्।।

गोपनायक नन्द भी उसकी कृपा से भगवान् विष्णु को पुत्र रूप में प्राप्त कर जगद्गुरु बनेगा। तीनों लोकों में उसकी विशद कीर्ति फैलेगी और वह सर्वजनपूजित होगा।

अथ तत्र गोपकन्या रूपलावण्यसंश्रयाः।
नारायणं कृष्णमिति ज्ञात्वा तद्गतमानसाः।।

वहाँ व्रजवासिनी गोपकन्याएँ रूप और लावण्य से युक्त होगीं, श्रीहरि विष्णु को कृष्ण जानकर उनसे प्रेम करेंगी।

तत्समागमसम्प्राप्त्यै तपस्यन्तुं नदीमनु।
कात्यायनं मुनिं सर्वास्तोषयिष्यन्ति सेवया।।

उनका समागम प्राप्त कर यमुना के किनारे तपस्या करते हुए उनकी सेवा से प्रसन्न होकर कात्यायन मुनि सबको सन्तुष्ट करेंगे।

स प्रसन्नो विमृश्याऽथ ता वक्ष्यति कुमारिकाः।
असाध्यं वः प्रेप्सितं यन्नारायणसुसङ्गताः।।

वे प्रसन्न होकर विचार करते हुए उन कन्याओं से कहेंगे– असाध्य की तुम सब कामना करती हो, भगवान् नारायण की संगति चाहती हो।

तुष्टोऽहं साधयिष्यामि सर्वथा तत्र संशयः।
विदित्वा नन्दसदनभवां तां कृष्णसंश्रयाम्।।

मैं तुम सभी से सन्तुष्ट हूँ, मैं तुम्हारे कार्य का सहायक बनूंगा, इसमें संशय मत करो। नन्दसदन में उत्पन्न श्रीकृष्ण की।

उपस्थास्यति स क्त्या स्वोपास्यामेव तन्मयीम्।
अथ सा कालरात्रिर्वै प्रसन्ना तेन संस्तुता।।

अपनी सच्ची भक्ति से उपासना करो, अपने उपास्य में तन्मय हो जाओ। तुम्हारी स्तुति से वह कालरात्री निश्चय ही प्रसन्न होगी।

आविर्भविष्यति शिवा भक्तमानसपूरणी।
सा प्रवक्ष्यति तुष्टा तं विप्रवर्यं समीहितम्।।

वह शिवा जो भक्त के मन की बात पूरी करती हैं निश्चित रूप से आविर्भूत होगी। वह प्रसन्न होकर इस विप्रप्रवर की इच्छित बात अवश्य पूरी करेगी।

किन्ते तद्ब्रूहि मत्तस्त्वं मा चिरं समवाप्नुहि।
अथ तां वक्ष्यति नत इमा गोपकुमारिकाः।।

विष्णुनांऽशावतीर्णेन प्राप्स्यन्त्यचिरसङ्गतम्।
तत् प्रसाधय देवेशि एतन्मे काङ्क्षितं भवेत्।।

तुम्हारी जो इच्छा हो वह मुझसे कहो, देर मत करो - ये विनत गोप-कुमारिकाएं उनसे कहेगीं। विष्णु के अंश से अवतीर्ण श्रीकृष्ण की संगति शीघ्र इन्हें मिलेगी, इसलिए देवेशि! यही मेरी कामना है, इसे आप पूरी करें।

अहं चिरं सेवितः सन् आभिः सर्वाऽऽत्मभावतः।
दिशाम्यभीप्सितमिति सन्तुष्टोऽब्रुवमञ्जसा।।

इन सभी ने आत्मभाव से बहुत दिन तक मेरी सेवा की है, इन्हें आप यथाशीघ्र अभीप्सित देंगी—ऐसा मैं इन्हें कह चुका हूँ।

तन्मे मृषा न हि भवेत् कृपया तव शङ्करि।
एवं कात्यायनवचः श्रुत्वा त्रिजगदीश्वरी।।

हे शंकरि! तुम्हारी कृपा से मेरी बात झूठ नहीं होगी। कात्यायन की यह बात सुनकर त्रिलोकेश्वरी भगवती।

विप्रं वक्ष्यति पुनरस्तु तत्ते द्विजोत्तम।
परन्त्वत्र महान् काम एष तासां मनोगतः।।

उस ब्राह्मण से फिर कहेगीं—हे ब्राह्मण! यह तो होगा किन्तु इन गोपियों के मन में कामभावना भरी है।

तन्मे व्रतं चरन्त्वेता मासेऽस्मिन्नाग्रहायणे।
तव नाम्ना प्रसिद्धायाः कात्यायन्या यथाविधि।।

इसलिए इस अग्रहण महीने में ये कुमारियाँ मेरा व्रत करेगीं और यह व्रत कात्यायनी के नाम से ही प्रसिद्ध होगा।

ततः कामं दिशाम्युक्तमित्युक्त्वाऽन्तर्द्धिमेष्यति।
ततस्ता वचनात्तस्य व्रतं कृत्वा यथाविधि।।

तब मैं काम को निर्दिष्ट करूँगी, यह कहकर भगवती त्रिपुरा तिरोहित हो गई। उसके बाद वे उनके वचन से विधिपूर्वक वह व्रत कर।

प्रियं कृष्णं मनःकान्तं प्राप्स्यन्ति पुरुषोत्तमम्।
इति श्रुत्वा कथां तत्र दत्तात्रेयं भृगूद्वहः।।

अपने मनोभिलषित प्रिय पुरुषोत्तम श्रीकृष्ण को प्राप्त करेगीं। यह कथा सुनने के बाद परशुराम ने दत्तात्रेय से पूछा।

पप्रच्छ भूयः सोत्साहो भगवन् करुणानिधे।
व्रतं तत् किंविधं ब्रूहि आचरिष्यन्ति ताः कथम्।।

हे करुणानिधि मेरे गुरु! मैं यह भी जानना चाहता हूँ, यह व्रत क्या है? इसका विधान क्या है? गोपकन्याओं ने इसे कैसे पूरा किया?

कथं कात्यायनी प्रीता तासामिष्टं प्रदास्यति।
पृष्ट एवं दत्तगुरुर्जामदग्न्येन हर्षितः।।

भगवती कात्यायनी ने उन पर प्रसन्न होकर उन्हें अभीष्ट फल कैसे दिया? इस तरह पूछने पर प्रसन्न होकर गुरु दत्तात्रेय ने कहा।

शृणु वत्सेत्युयामन्त्र्य व्रतस्याऽऽह विधिं परम्।
शृणु भार्गव वक्ष्यामि जानामि ह्यखिलाऽऽगमम्।।

बेटे! सुनो, मैं तुम्हें इस व्रत की परम विधि बताता हूँ। इसके सम्पूर्ण आगम स्वरूप को जो मैं जानता हूँ वह मैं बता दूंगा।

मार्गशीर्षस्याऽद्य तिथिं समारभ्य व्रतञ्चरेत्।
कात्यायन्याः पूर्णिमान्तं स्त्रीणामत्राऽधिकारिता।।

मार्गशीर्ष महीने की कृष्ण-प्रतिपदा तिथि से प्रारम्भ कर उसी महीने की पूर्णिमा तक यह कात्यायनी व्रत चलता है। इसकी अधिकारिणी स्त्री ही होती हैं।

स्नात्वोषसि नदीतीरे शुक्लवस्त्रादिभूषिताः।
सैकतीं प्रतिमां कृत्वा कात्यायन्या यथाविधि।।

प्रातः नदी किनारे स्नान कर श्वेत वस्त्र धारण कर यथाविधि कात्यायनी की प्रतिमा बालू से बनाकर।

तत्र ध्यात्वा प्रोक्तवत्तां शुक्लमाल्याऽक्षतादिभिः।
नवनीतप्रधानं वै नैवेद्यं विविधं भवेत्।।

उस प्रतिमा का ध्यान कर श्वेत पुष्प की माला और अक्षतों से पूजा करें। इनके अनेक नैवेद्यों में मक्खन प्रधान होता है।

एवं सम्पूज्य संस्तुत्य गीतनृत्यैश्च तोषयेत्।
उद्वास्य सैकतीं मूर्तिं नद्यां निक्षिप्य भार्गव।।

इस तरह उनकी पूजा और स्तुति कर नृत्य और गीत से उन्हें सन्तुष्ट करे। उसके बाद सैकत मूर्ति को हे परशुराम! विसर्जित कर नदी में प्रवाहित कर दे।

मालवी सहदेवा च नन्दा भद्रा सुनन्दिनी।
पद्मा विशाला गोदाम्नी श्रीदेवी देवमालवी।।

मालती, सहदेवा, नन्द, भद्रा, सुनन्दिनी, पद्मा, विशाला, गोदाम्नी, श्रीदेवी, देवमालवी।

श्यामा सुपेशा शालाङ्गी मानवी मानदाऽमृता।
इति गोपकुमारीणां प्रधानाः षोडशेरिताः।।

श्यामा, सुपेशा, शालांगी, मानवी, मानदा और अमृता गोपकुमारियों में ये सोलह प्रधान हैं।

पूजाऽन्ते संस्मरेदेताः पूजासम्पूर्तिहेतवे।
गोपीप्रिय नमस्तुभ्यं गोपाल गोव्रजेश्वर।।

पूजा के अन्त में पूजा-सम्पूर्ति के लिए इनका स्मरण करना चाहिए। हे गोपीप्रिय! तुम्हें प्रणाम है, हे गोपाल! हे व्रजेश्वर!।

गोपीवस्त्राऽपहरण गोगापालनिषेवित।
मातः कात्यायनि नमो नन्दगोपकुमारिके।।

गोपी के वस्त्रों का अपहरण करने वाले! गाय और गोपालों से निसेवित कृष्ण को प्रणाम है। माता कात्यायनी को प्रणाम है, नन्दगोपकुमारिका को प्रणाम है।

कंसवीर्यहरे कृष्णवीर्ये विन्ध्याऽद्रिवासिनि।
इति देवीं कृष्णमपि नत्वा गां वत्ससंयुताम्।।

कंस के पराक्रम को मिटाने वाली, कृष्ण के शौर्य को बढ़ाने वाली, विन्ध्याचल पर निवास करने वाली देवी को तथा श्रीकृष्ण को भी प्रणाम कर बछड़ा सहित गाय की।

प्रदक्षिणीकृत्य दूर्वामुष्टिं तस्यै निवेदयेत्।
हविष्यान्नं समश्नीयान्मासमात्रं समाहिता।।

प्रदक्षिणा कर एक मुट्ठी दूब उन्हें देकर हविष्यान्न पूरा महीना भोजन करना चाहिए।

मासाऽन्ते शक्तितोऽभ्यर्च्य विशेषेण महेश्वरीम्।
ब्राह्मणान् भोजयेच्छक्त्या नवनीतप्रधानतः।।

महीने के अन्त में अपनी शक्ति के अनुसार महेश्वरी की अर्चना कर यथाशक्ति ब्राह्मणों को भोजन कराना चाहिए। भोजन में प्रधान रूप से मक्खन होना चाहिए।

एवं व्रताऽऽचरणतो वाञ्छितं प्राप्यतेऽखिलम्।
कुमारी लभते श्रेष्ठं पतिं सर्वसुखावहम्।।

इस तरह व्रत का जो आचरण करता है, उसे सारे मनोवांछित फल मिलते हैं। कुमारी कन्या को सब सुख देने वाले श्रेष्ठ पति की प्राप्ति होती है।

तरुणी लभते पुत्रं पौत्रं पुत्रवती तथा।
सौभाग्यं सर्वसौख्यानि लभते नाऽत्र संशयः।।

युवती को पुत्र प्राप्त होता है और पुत्रवती को पौत्र। व्रती को हर तरह का सौभाग्य मिलता है, हर तरह के सुख मिलते हैं, इसमें किसी तरह का संशय नहीं करना चाहिए।

कात्यायनी व्रत के अनुपालन में एक समय अल्प फलाहारी भोजन करना चाहिए तथा शेष व्रतों के नियमों का भी पालन करना अपेक्षित है। व्रत हेतु ज्ञातव्य तथ्यों का उल्लेख अनेक स्थलों पर किया जा चुका है, इसलिए पुनरावृत्ति के भय से उनका विस्तार यहाँ नहीं किया जा रहा है। व्रत के समय दिवाशयन, क्रोध, आक्रोध, शीघ्रता, अधीरता, अशिष्टता आदि वर्जित है। व्रतपर्यन्त ब्रह्मचर्य का पालन करना चाहिए। यथासंभव नरम शैय्या के स्थान पर भूमि पर चटाई या दरी बिछाकर शयन करना चाहिए। व्रत के समय अनेक प्रकार से सतर्क और सावधान

रहना अपेक्षित है। कात्यायनी व्रत आरम्भ करने से पूर्व ज्ञातव्य सूत्रों को भलीभाँति समझ लेना उपयुक्त है।

इस प्रकार से विधिविधान सहित पुत्र की कामना से कात्यायनी व्रत का अनुपालन करनेवाली युवतियाँ शीघ्र ही पुत्र प्राप्त करती हैं तथा संततिहीन युवतियाँ मातृत्व से अलंकृत हो उठती हैं। इसमें किंचित् संदेह नहीं है।

4.17 कृष्ण व्रत

अधिक आयु हो जाने तथा पुत्रप्राप्ति के अन्य सभी प्रयास विफल हो जाने के पश्चात्, यदि पुत्र जन्म न हो, तो यज्ञोपवीत धारण करके, श्री कृष्ण के मन्दिर, गणपति देवता के मन्दिर अथवा गोशाला या पीपल वृक्ष के नीचे पवित्र आसन पर बैठकर, तुलसी की माला से, सन्तानगोपाल मंत्र का प्रतिदिन दस माला, पच्चीस माला या पचास माला अर्थात् पाँच हजार मंत्रों का जप, ध्यानपूर्वक, सम्पूर्ण निष्ठा और आस्था के साथ करें।

जप मंत्र- **देवकीसुत गोविन्द वासुदेव जगत्पते।**
देहि मे तनयं कृष्ण त्वामहं शरणं गतः।।

एक लाख मंत्र जप पूर्ण हो जाने के उपरान्त दशांश हवन, तर्पण, मार्जन कर, ब्राह्मणों को खीर, मालपुआ, मक्खन, मिरी तथा देशी घी के पूड़ी का भोजन करायें। इस साधना काल में अल्प और सात्विक भोजन दिन में मात्र एक बार, अनुष्ठान पूरा करने के पश्चात् करना चाहिए। अनुष्ठान सम्पन्न होने पर श्रीकृष्ण की कृपा से पुत्ररत्न की प्राप्ति अवश्य ही होती है।

उल्लेखनीय है कि संतान गोपाल मंत्र के अनेक अग्रांकित प्रकार हैं जिनमें से उपरोक्त मंत्र का जप करना शास्त्रसंगत है। यह अवश्य है कि यदि इस मंत्र में बीज का उपयोग करके इसका जप किया जाए, तो यह भी अधिक प्रभावशाली और शीघ्र फल प्रदान करने वाला सिद्ध होगा-

ॐ क्लीं श्रीं ह्रीं जीं ॐ भूर्भुवः स्वः
ॐ देवकी सुत गोविन्द वासुदेव जगत्पते।
देहि मे तनयं कृष्ण त्वामहं शरणं गतः,
ॐ स्वः भुवः भूः ॐ जीं ह्री श्रीं क्लीं ॐ।।

भाद्रपद मास में, कृष्णपक्ष की सप्तमी को विधिविधान सहित व्रत करना चाहिए। यह व्रत "वाराहपुराण" से उद्धृत है। उल्लेखनीय है कि व्रत के अन्यान्य सूत्र और आवश्यक ज्ञातव्य तथ्यों का उल्लेख पूर्व में किया गया है। यह व्रत उन युवकों अथवा युवतियों को रखना चाहिए, जिनके अनेक पुत्रियाँ तो हैं परन्तु पुत्र सुख से वंचित हैं। भाद्रपद कृष्णपक्ष की सप्तमी को पूरे दिन व्रत रखने के उपरान्त अगले दिन प्रातःकाल अग्रांकित मंत्र द्वारा तिलों की 108 आहुतियाँ प्रदान करके यज्ञ करें :

ॐ क्लीं कृष्णाय गोविन्दाय गोपीजनवल्लभाय स्वाहा।

हवन सम्पन्न करने के पश्चात् दशांश तर्पण, तर्पण का दशांश मार्जन करें तथा अन्त में ब्राह्मण अथवा आचार्य को भोजन कराकर दक्षिणा देकर उसे सम्मान सहित विदा करें। उसके उपरान्त बिल्व फल खाकर षड़रस (मधुर, अम्ल, लवण, कषाय, तिक्त और कटु) भक्षण करें। गऊ दान का विधान कर्मठगुरु में उल्लिखित है। उसी के अनुरूप दो गायों का दान, दो पृथक्-पृथक् ब्राह्मणों को करना चाहिए। तत्पश्चात्, पुत्र की कामना से पति व पत्नी को त्राटक प्रयोग का अनुसरण करके भगवान कृष्ण का पूजन करना चाहिए। उसी समय पत्नी गर्भधारण करती है और गर्भस्थ शिशु पुत्र होता है। उल्लेखनीय है कि पूरे वर्ष प्रतिदिन पति व पत्नी को निम्नलिखित मंत्र का जप, एक माला से लेकर 11 माला तक अपनी शक्ति और श्रद्धा के अनुरूप, करना चाहिए—

ॐ ह्रां ह्रीं ह्रूं पुत्रं कुरु कुरु स्वाहा।

यह व्रत 'वाराहपुराण' से उद्धृत है।

4.18 भविष्योत्तर व्रत

आश्विन मास के शुक्ल पक्ष एकादशी तिथि को यह व्रत विधिविधान से सम्पन्न करने हेतु शास्त्रमत है। प्रातःकाल स्नानादि से निवृत्त होकर पुत्र प्राप्ति की कामना से इस व्रत का प्रारम्भ करना चाहिए तथा व्रत प्रारम्भ करने से पूर्व संकल्प अवश्य लेना चाहिए। ज्ञातव्य है कि भगवान कृष्ण के बालगोपाल रूप का ध्यान करके उनका पूजन सविधि षोडशोपचार से करना चाहिए तथा यथाशक्ति अग्रांकित मंत्रों का जप करना चाहिए -

1. मंत्र- **ॐ क्लीं कृष्णाय गोविन्दाय गोपीजनवल्लभाय स्वाहा।**

2. मंत्र- **ॐ नमो भगवते वासुदेवायै नमः।**

दिनपर्यन्त विधिविधान सहित व्रत रखने के पश्चात् रात्रि के समय गौ के दूध का सेवन करना चाहिए। ध्यान रहे कि गौ ऐसी होनी चाहिए, जिसका बछड़ा अथवा बछिया जीवित हो तथा वह अपने बछड़े अथवा बछिया को प्यार करते हुए दुग्ध देने की प्रक्रिया सम्पन्न करे। गौ का दुग्ध निकालने से पूर्व गौ का पूजन करना अनिवार्य है। उसका मुँह अच्छी प्रकार से धोकर उसे श्रेष्ठ भोजन करायें अथवा भूसा और खली आदि अच्छी प्रकार से मिलाकर खाने को दें। दुग्ध निकालने से पूर्व गौ की अनुमति प्राप्त करें।

गौ दुग्ध सेवन के पश्चात् अगले दिन पुनः व्रत रखें तथा रात्रि में पवित्र तथा शुद्ध सात्विक भोजन करें। इस प्रकार से यह व्रत आश्विन मास के शुक्ल पक्ष की एकादशी तथा द्वादशी को करने के पश्चात् व्रत का पारायण किया जाता है।

ज्ञातव्य है कि यह व्रत 12 वर्ष तक करने के पश्चात् पुत्र अवश्य प्राप्त होता है। ऐसा भी स्वीकारा गया है कि इस युग में 12 वर्ष तक पुत्र जन्म हेतु प्रतीक्षा करना व्यावहारिक नहीं है, इसलिए आश्विन मास के शुक्ल पक्ष की एकादशी एवं द्वादशी से प्रारम्भ करके 12 मास तक यह व्रत प्रत्येक मास की शुक्ल पक्ष की एकादशी और द्वादशी को इसी प्रकार से करते रहना चाहिए। 12 व्रतों का पारायण होने के उपरान्त पुत्र की कामना सम्यक् रूप से साकार आकार ग्रहण करती है। यह व्रत हमने अनेक ऐसे दम्पतियों को करने हेतु परामर्श प्रदान किया, जिनके यहाँ अनेक पुत्रियाँ थीं। इस व्रत को करने के पश्चात् उन सभी दम्पतियों को, जिन्होंने यह व्रत श्रद्धा, निष्ठा और विश्वास के साथ किया, उन्हें पुत्र के माता-पिता बनने का सौभाग्य अविलम्ब प्राप्त हुआ। यदि इस व्रत को करने के साथ-साथ **ॐ ह्रां ह्रीं ह्रूं पुत्रं कुरु कुरु स्वाहा** मंत्र का जप भी प्रतिदिन किया जाये, तो पुत्र जन्म हेतु विश्वास तो सशक्त होता ही है, पुत्र जन्म हेतु मार्ग भी निर्मित हो जाता है।

4.19 पुत्र सप्तमी व्रत

'आदित्य पुराण' में पुत्र सप्तमी व्रत का उल्लेख उपलब्ध है। माघ मास की शुक्ल पक्ष की षष्ठी तिथि को स्नानादि से निवृत्त होकर पुत्र की कामना से व्रत हेतु संकल्प लेना चाहिए। माघ मास की षष्ठी तिथि को व्रत करने के पश्चात् अर्थात् सप्तमी तिथि को प्रातःकाल स्नानादि करके सूर्य देवता को अर्घ्य देना चाहिए तथा उनका विधिवत् पूजन करना चाहिए। यथासंभव सूर्य के वैदिक मंत्र तथा गायत्री मंत्र का जप भी करना चाहिए। तत्पश्चात् हवन आदि करने के उपरान्त दुग्ध, दही, खीर एवं चावल आदि का भोजन एक अथवा अधिक ब्राह्मणों को कराना चाहिए। इसी प्रकार कृष्ण पक्ष में उपवास करके लाल पुष्प, कमल के पुष्प तथा रोली आदि से सूर्य देवता का पूजन करना चाहिए, जिसके लिए सूर्य देवता के वैदिक मंत्र तथा अनेक स्तोत्र, आदित्यहृदय स्तोत्र, सूर्य पुराण आदि का पाठ भी किया जा सकता है।

इस प्रकार से एक वर्ष तक निरन्तर करने से पुत्र की प्राप्ति अवश्य होती है।

4.20 जीवत्पुत्रिका व्रत संज्ञान

जीवत्पुत्रिका व्रत को पुत्रवती स्त्रियाँ पुत्र की जीवन रक्षा के उद्देश्य से करती हैं। इस व्रत के करने से उन्हें पुत्र-शोक नहीं होता। इस व्रत को यथासंभव निर्जल रहकर करना चाहिए। चौबीस घंटे के उपवास के उपरान्त ही व्रत का पारण करने का विधान है। आश्विन मास की कृष्ण पक्ष की अष्टमी तिथि को जीवत्पुत्रिका व्रत पूरे विश्वास के साथ रखना चाहिए।

व्रत प्रारम्भ करने से पूर्व उड़द की दाल भिगोकर अष्टमी को प्रातःकाल व्रती स्त्रियों को ग्रहण करना चाहिए।

उल्लेखनीय है कि व्रत में तन्द्रा, प्रमाद, निद्रा आदि तो वर्जित हैं ही, इसके साथ-साथ व्रत

हेतु सभी ज्ञातव्य तथ्यों का पूरी आस्था के साथ अनुसरण करना चाहिए। जीवत्पुत्रिका व्रत में भगवान कृष्ण का पूजन षोडशोपचार विधि से करना चाहिए तथा अग्रांकित मंत्र का जप भी अवश्य करना चाहिए :

ॐ नमो देव भगवते वासुदेवाय।

व्रत कथा (प्रथम)

जीमूतवाहन नामक राजा अत्यधिक दयावान तथा धर्मात्मा थे। एक दिन वह पर्वत पर भ्रमण करने गये। उस पर्वत पर मलयवती नामक राजकन्या देव-पूजन हेतु आई हुई थी। वहाँ एक-दूसरे को देखते ही उनके हृदय में प्रेम हो गया। परस्पर प्रेम-दर्शन का यह दृश्य राजकुमारी के भाई ने देखा था। देव-पूजन के पश्चात् राजकुमारी अपने भाई के साथ वापस लौट आई।

तत्पश्चात् जीमूतवाहन जब पर्वत पर भ्रमण कर रहे थे, तब उन्हें सहसा किसी के रुदन का स्वर सुनाई दिया। वे उस स्वर की दिशा में चल दिये। कुछ ही दूर जाकर उन्होंने देखा कि शंखचूड़ साँप की माँ विलाप कर रही है। उन्होंने उससे विलाप का कारण पूछा, तो ज्ञात हुआ कि उसका एक मात्र पुत्र आज गरुड़ के भोजन के लिए जाने वाला है। जीमूतवाहन का हृदय द्रवित हो गया। वे स्वयं गरुड़ के भोजन के लिए नियत स्थान पर जाकर लेट गये।

नियत समय पर आकर गरुड़ ने जीमूतवाहन पर चोंच से प्रहार किया, किन्तु वे शान्त भाव से पड़े रहे, हिले नहीं। चोंच में जब साँप का स्पर्श न हुआ, तो उसने नीचे देखा, जिससे गरुड़ को आश्चर्य हुआ। वह सोचने लगा - "यह कौन पड़ा है।" जब गरुड़ ने उसे खाना बन्द कर दिया, तो जीमूतवाहन ने पूछा- "आपने खाना बन्द क्यों कर दिया? मेरी नसों में अब भी रक्त प्रवाहित हो रहा है। मेरे शरीर में मांस है। लगता है अभी तुम्हारी भूख मिटी नहीं।"

गरुड़, जीमूतवाहन को पहचान कर पश्चाताप करने लगा। गरुड़ ने शान्त भाव से सोचा- यह तो दूसरे के लिये प्राण दे रहा है और एक मैं हूँ कि प्रतिदिन अपनी भूख मिटाने के लिये दूसरों के प्राण लेता हूँ। इस प्रकार अनुताप करते हुये गरुड़ ने अपने कलंकित रूप के दर्शन किये। गरुड़ ने अपने पापों का प्रायश्चित सा करके राजा से वर माँगने को कहा। राजा ने कहा- "आज तक आपने जितने साँप मारे हैं, उन सबको जीवित करके भविष्य में साँप न खाने की प्रतिज्ञा कीजिए।" गरुड़ ने 'तथास्तु' कहकर अपने धर्म का निर्वाह किया। जब यह घटना घटी, उसी समय राजकुमारी का पिता तथा भाई राजा जीमूतवाहन की खोज करते-करते वहाँ पहुँचे। उन्होंने राजकन्या का विवाह उनसे कर दिया। उस दिन आश्विन कृष्णाष्टमी थी।

व्रत कथा (द्वितीय)

महाभारत के युद्ध के पश्चात् पाण्डवों की अनुपस्थिति में कृतवर्मा तथा कृपाचार्य के साथ अश्वत्थामा ने शिविर में प्रवेश करके सैनिकों की हत्या कर दी। अश्वत्थामा ने सोये हुये द्रौपदी के पुत्रों को पाण्डव समझकर उनके सिर काट लिये। दूसरे दिन अर्जुन ने केशव को सारथी

बनाकर अश्वत्थामा का पीछा किया तथा उसे बन्दी बनाया। धर्मराज युधिष्ठिर के आदेश तथा श्रीकृष्ण के परामर्श से सिर की मणि लेकर तथा केश मूँड़कर गुरुपुत्र को बन्धन से मुक्त किया। अश्वत्थामा ने अपमान का प्रतिशोध लेने के भाव से पाण्डवों की वंशधर उत्तरा के गर्भ पर अमोघ अस्त्र का प्रयोग किया। पाण्डव उस अस्त्र का प्रतिरोध न कर सके। वे भगवान केशव की शरण में गये। भगवान् ने सूक्ष्म रूप से उत्तरा के गर्भ में प्रवेश करके गर्भ की रक्षा की। किन्तु जब पुत्र का जन्म हुआ, तो वह मृतप्रायः था। भगवान् ने उसे प्राण दिया। वही पुत्र पाण्डव वंश का उद्धारक राजा परीक्षित हुआ।

परीक्षित को इस प्रकार जीवनदान देने के कारण इस व्रत को 'जीवत्पुत्रिका' नाम से शब्दांकित किया गया है। उड़द का निगलना श्रीकृष्ण का सूक्ष्म रूप में उदर प्रवेश माना जाता है। अतः इस दिन भगवान् श्रीकृष्ण या वासुदेव के पूजन की अनिवार्यता है।

4.21 अहोई अष्टमी व्रत

अहोई अष्टमी व्रत सम्पूर्ण भारत में पुत्रवती महिलाएँ जीवनपर्यन्त अवश्य करती हैं। यह व्रत कृतिका मास कृष्ण पक्ष की अष्टमी तिथि को विधिविधान सहित करने से अद्‌भुत फल प्राप्त होता है।

सूर्योदय से चन्द्रोदय अथवा तारों के उदय होने तक अहोई अष्टमी का व्रत निर्जल रहकर रखने की परंपरा है। अहोई माता का चित्र, नारियाँ प्रायः दीवार पर बनाकर उसका पूजन करती हैं। आधुनिक भौतिकवाद ने यह प्रक्रिया अति सुगम कर दी है जिसके फलस्वरूप अहोई अष्टमी के सुन्दर चित्र हर स्थान पर सुगमता से उपलब्ध हो जाते हैं। अहोई माता का पूजन सायंकाल से पूर्व विधिविधान सहित करना चाहिए। देवी के आगमन हेतु सुन्दर रंगोली बनानी चाहिए। कुम्हार की मिट्टी के भगवान बनाकर उन्हें लकड़ी के पाटे पर रखकर उस पर वस्त्र बिछाकर उनका पूजन षोडशोपचार से करने के पश्चात् अहोई अष्टमी की कथा पढ़नी चाहिए। यदि एक से अधिक महिलाएँ हों अथवा महिलाओं के पुत्र उनके साथ हों, तो उन्हें अपने पास बैठाकर अहोई अष्टमी की कथा सुननी चाहिए। अहोई अष्टमी की अनेक कथाएँ प्रचलित हैं जिनमें से महत्त्वपूर्ण कथा यहाँ उद्‌धृत की जा रही है।

अहोई अष्टमी की कथा का उल्लेख करने के पूर्व कतिपय ज्ञातव्य तथ्य अवश्य अनुकरणीय हैं :-

1. चाँदी की अहोई बनवाना अथवा क्रय करना चाहिए। इस प्रतिमा को स्याऊ कहते हैं क्योंकि स्याऊ का उल्लेख कथा में आता है।
2. स्याऊ की मूर्ति तथा चाँदी के दो दाने डोरे में डलवा लेना चाहिए। फिर अहोई की प्रतिमा अथवा चित्र का षोडशोपचार पूजन करें। एक थाली में पूरी, हलवा, मालपुआ आदि मिष्ठान रखकर अहोई अष्टमी को भोग लगायें तथा बाद में उसका स्वयं सेवन करें और थाली में कुछ धनराशि अथवा मुद्राएँ भी अवश्य रखें। यह धनराशि तथा भोग

लगायी गई वस्तुओं को बायने के स्वरूप में किसी ब्राह्मण अथवा मान्य को दे दें। यदि सास साथ में रहती हो, तो उन्हें बायना देना सर्वाधिक उपयुक्त होता है।

3. इसके पश्चात् परंपरा के अनुसार चन्द्रमा अथवा तारों को अर्ध्य देकर अपने पुत्रों के दीर्घायु होने, समृद्धिशाली और स्वस्थ रहने हेतु प्रार्थना करनी चाहिए।

4. दीपावली से पूर्व अहोई अष्टमी का चित्र उतारकर रख लेना चाहिए तथा जितने पुत्र हों, प्रत्येक के लिए चाँदी के द्रो दाने डोरे में पिरोते जाना चाहिए।

5. जब पुत्रों का विवाह हो, तो पुनः चाँदी के दो दाने इस डोरे की माला में पिरोने का विधान है। ऐसा करने से अहोई माता प्रसन्न होती हैं तथा पुत्रों को दीर्घायु प्रदान करने के साथ-साथ स्वस्थ एवं दीर्घ जीवन भी प्रदान करती हैं।

कथा–

एक साहूकार था जिसके सात बेटे तथा सात बहुएँ थीं। दीपावली से पूर्व कार्तिक मास की अष्टमी को सातों बहुएँ अपनी इकलौती ननद के साथ जंगल में जाकर खदान में मिट्टी खोद रही थीं। वहाँ पर स्याहू की मांद थी। मिट्टी खोदते समय ननद के हाथ से स्याहू का बच्चा मर गया। इससे स्याहू माता अत्यधिक रुष्ट हो गईं और बोलीं- मैं तेरी कोख बाधूँगी। तब ननद अपनी सातों भाभियों से बोली - तुम में से कोई अपनी कोख बँधवा लो। सभी भाभियों ने अपनी कोख बँधवाने से इन्कार कर दिया, परन्तु छोटी भाभी विचार करने लगी कि यदि मैंने अपनी कोख नहीं बँधवाई, तो सासू जी रुष्ट होंगी। यह सोचकर ननद के स्थान पर छोटी भाभी ने अपनी कोख बँधवा ली। अब इसके पश्चात् उसको जो संतान होती, उसकी सात दिन पश्चात् मृत्यु हो जाती।

एक दिन पण्डित को बुलाकर उसने पूछा - मेरी संतान सातवें दिन क्यों मर जाती है? तब पण्डित ने कहा - तुम सुरही गाय की सेवा करो। सुरही गाय स्याहू माता की भायली है। वह तेरी कोख खुलवा देगी, तब तेरी संतान जीवित रहेगी। इसके पश्चात् वह शीध्र उठकर चुपचाप सुरही गाय के नीचे साफ-सफाई कर आती। सुरही गाय ने सोचा, प्रतिदिन उठकर कौन मेरी सेवा कर रहा है? यह आज देखूँगी।

गऊ माता प्रातःकाल शीघ्र ही उठीं। उन्होंने देखा कि साहूकार के बेटे की बहू उसके नीचे साफ-सफाई कर रही है। गऊ माता उससे बोली - क्या माँगती है? साहूकार की बहू बोली - स्याहू माता तुम्हारी भायली है और उसने मेरी कोख बाँध रखी है। सो मेरी कोख खुलवा दो। गऊ माता ने कहा - अच्छा। अब तो गऊ माता समुद्र पार साहूकार की बहू को अपनी भायली के पास लेकर चली। रास्ते में तीव्र धूप थी। सो वह दोनों एक वृक्ष के नीचे बैठ गईं।

कुछ ही समय बाद एक साँप आया। उसी वृक्ष पर गरुड़ पंखनी का एक बच्चा था। साँप उसको डसने लगा। तब साहूकार की बहू ने साँप मारकर ढाल के नीचे दबा दिया और बच्चे को बचा लिया। कुछ समय पश्चात् गरुड़ पंखनी आई, तो वहाँ रक्त देखकर साहूकार की

बहू को चोंच मारने लगी। तब साहूकार की बहू बोली - मैंने तेरे बच्चे को नहीं मारा, बल्कि साँप तेरे वच्चे के समीप आया था। मैंने तो उससे तेरे बच्चे की रक्षा की है। यह सुनकर गरुड़ पंखनी बोली- माँग ! तू क्या माँगती है? बहू बोली - सात समुद्र पार स्याहू माता रहती हैं। हमें तू उसके पास पहुँचा दे। तब गरुड़ पंखनी ने दोनों को अपनी पीठ पर बैठाकर स्याहू माता के पास पहुँचा दिया।

स्याहू माता उनको देखकर बोली - आ बहन ! बहुत दिनों में आई है। पुनः कहने लगी- बहन! मेरे सिर में जूँए पड़ गई हैं। तब सुरही के कहने पर साहूकार की बहू ने उसकी सारी जूँए निकाल दीं। इस पर स्याहू माता प्रसन्न होकर बोली - तूने मेरे सिर में बहुत सलाई घेरी हैं इसलिए तेरे सात बेटे और सात बहू होंगी। वह बोली- मेरे तो एक भी बेटा नहीं, सात बेटे कहाँ से होंगे? स्याहू माता बोली- वचन दिया है। वचन से फिरूँ, तो धोबी की कुण्ड पर कंकरी होऊँ। तब साहूकार की बहू बोली - मेरी कोख तो तुम्हारे पास बन्द पड़ी है। यह सुन स्याहू माता बोली- तूने मुझे ठग लिया। जा तेरे घर पर तुझे सात बहुएँ मिलेंगी। तू जाकर उजमण करियों सात अहोई बनाकर सात कढ़ाई करियो। वह लौटकर घर आई, तो वहाँ देखा कि सात बेटे और सात बहू बैठे हैं। वह खुश हो गई। उसने सात अहोई बनाई, सात उजमण किए और सात कढ़ाई करीं।

सायंकाल के समय जेठानियाँ आपस में कहने लगीं कि शीघ्रातिशीघ्र धोक पूजा कर लो, कहीं छोटी बच्चों को याद करके न रोने लगे। कुछ समय पश्चात् उन्होंने अपने बच्चों से कहा- अपनी चाची के घर जाकर देख आओ कि आज वह अभी तक रोई क्यों नहीं? बच्चों ने आकर कहा- चाची तो कुछ माँड रही है। खूब उजमण हो रहा है। यह सुनते ही जेठानियाँ दौड़ी-दौड़ी वहाँ आईं और आकर कहने लगीं कि तूने कोख कैसे खुलवाई? वह बोली- तुमने तो कोख बँधवाई नहीं थी, सो मैंने कोख बँधवा ली थी। अब स्याहू माता ने कृपा करके मेरी कोख खोल दी है।

हे स्याहू माता! जिस प्रकार उस साहूकार की बहू की कोख खोली, उसी प्रकार हमारी भी कोख खोलिए। एक कटोरी में गेहूँ के दाने लेकर कहानी सुनें। (इस दिन मिट्टी में हाथ नहीं डालना चाहिए।)

विशेष- कथा का जोड़ा पढ़ने के लिए गणेश जी (विनायक) की कथा भी पढ़ें।

इस कृति में ऐसे अनेक व्रतों का उल्लेख किया गया है जो विविध शास्त्रों में वर्णित तथा उल्लिखित हैं। इनमें से अधिकांश व्रत अनुभूत हैं। अपनी सुविधा और रुचि के अनुसार इनमें से किसी भी व्रत का अनुसरण करने से पुत्ररत्न प्राप्त होने में किसी प्रकार का सन्देह नहीं करना चाहिए तथा पूरी श्रद्धा, असीमित विश्वास, अखण्डित आस्था के साथ-साथ सम्यक् समर्पण भाव से व्रत साधना तथा आराधना करने के उपरान्त किसी भी प्रकार से पुत्र सुख से दम्पति अवश्य अभिसिंचित और अभिषिक्त होते हैं।

4.22 षष्ठी देवी व्रत

षष्ठी देवी के व्रत के चार विधान और चार कथायें प्रचलित हैं, जिन्हें प्रथम ललिता षष्ठी, द्वितीय कपिला षष्ठी, तृतीय स्कन्द षष्ठी तथा चतुर्थ पुत्रप्रदाता षष्ठी से नामांकित किया गया है। इनके पूजन और व्रत लगभग समान हैं और ये सभी प्रकार के षष्ठी देवी के व्रत पुत्र प्रदान करने वाले हैं। भारतवर्ष के महाराष्ट्र सहित कुछ प्रान्तों में षष्ठी देवी के व्रत का अनुसरण भक्ति भावना और श्रद्धा के साथ अधिकांश युवतियां करती हैं। पुराणों में भगवती षष्ठीदेवी का शिशुओं की अधिष्ठात्री देवी निरूपित किया गया है। बालकों को दीर्घायु बनाना, उनका रक्षण एवं भरण-पोषण करना देवी षष्ठी का स्वाभाविक गुण है। स्वयं नन्दरायजी एवं यशोदा मैया ने जगत्पालक श्रीकृष्ण के जन्म के छठे दिन अपने पुत्र के अरिष्टनिवारणार्थ ब्राह्मणों को बुलाकर भगवती षष्ठी का पूजन विधिपूर्वक करवाया था। आज बालकों के जन्म के छठे दिन प्रसूतिगृह में छठी-पूजन-संस्कार का विधान प्रचलित है। पुराणों में षष्ठीदेवी की बड़ी महत्ता प्रतिदिन की गयी है। मूलप्रकृति के छठे अंश से प्रकट होने से इनका 'षष्ठी' नाम पड़ा है। ये ब्रह्मा की मानसपुत्री एवं शिव-पार्वती के पुत्र स्कन्द की प्राणप्रिया देवसेना के नाम से प्रख्यात हैं। इन्हें विष्णुमाया और 'बालदा' भी कहा जाता है। ये षोडशा मातृकाओं में परिगणित हैं।

भगवती षष्ठीदेवी अपने योग के प्रभा से शिशुओं के साथ सदैव वृद्धिमाता के रूप में विद्यमान रहती हैं तथा उनकी रक्षा एवं भरण-पोषण करती रहती हैं। बालकों को स्वप्न में खिलाती, हँसाती, दुलराती एवं अभूतपूर्व वात्सल्य प्रदान करती हैं। इसी कारण सभी शिशु अधिकांश समय सोना ही पसंद करते हैं। आँख खुलते ही बालक की दृष्टि से भगवती ओझल हो जाती हैं, अतः कभी-कभी शिशु बहुत जोर से रोने भी लगते हैं।

प्रसूतिसूतक (जननशौच)- बालक के जन्म के साथ ही घर में दस दिवसीय सूतक लग जाता है। इस अवधि में घर में प्रतिष्ठित देवताओं का पूजन परिवार के असगोत्रीय सदस्य (बहन-बेटी के परिवार) या ब्राह्मण द्वारा कराया जाता है। इसी कारण नामकरण-संस्कार, हवन-पूजन का विधान 11वें दिन सम्पन्न किया जाता है, किंतु पुराणों के अनुसार भगवती षष्ठीदेवी का पूजन बालक के पिता एवं माता द्वारा ही छठे दिन किया जाता है, इसमें जननशौच का विचार नहीं माना गया है।

पूजन का समय- षष्ठीदेवी का पूजन प्रायः शाम को करने की परम्परा है।

देवीपूजन में प्रयुक्त होने वाली सभी सामग्रियों से पूजन करना चाहिये। इसमें मुख्य रूप से विघ्नेश, षष्ठीदेवी तथा जीवन्तिकादेवी का पूजन होता है। षष्ठीदेवी की प्रतिमा किसी काष्ठपीठ या दीवाल पर बनायी जा सकती है अथवा सुपारी अक्षतपुंज आदि पर पूजा हो सकती है।

कहीं-कहीं दीवाल पर षष्ठी देवी की पुत्तलिका बनाकर प्रसूता के हाथ का छाया लगा कागज पुत्तलिका के नीचे चिपका दिया जाता है। ये छापे तेल से प्रसूता द्वारा प्रसूतिपूर्व लगवाकर रख लिये जाते हैं। पुत्तलिका को कौड़ी एवं वस्त्रों द्वारा शृंगारित किया जाता है। यदि पुत्तलिका बनाना सम्भव न हो तो भगवती षष्ठीदेवी की चाँदी की प्रतिमा घी-गुड़ से छापेवाले कागल के ऊपर चिपका दी जाती है। पूजन से पूर्व नूतन प्रतिमाओं की प्राणप्रतिष्ठा कर लेनी चाहिये।

सङ्कल्प - माता शिशु को अपनी गोद में ले ले। पिता हाथ में जल, पुष्प एवं अक्षत लेकर भगवती षष्ठीदेवी के पूजन का इस प्रकार सङ्कल्प करे-

देशकाल का उच्चारण करके गोत्र तथा अपना नाम बोलकर आगे कहे- **'अस्य शिशोरायुरारोग्यसकलारिष्ट-शान्तिद्वारा श्रीपरमेश्वरप्रीत्यर्थं विघ्नेशस्य जन्मदानां षष्ठीदेव्या जीवन्तिकायाच यथामिलितोपचारैः पूजनं करिष्ये।'** सङ्कल्प जल, पुष्प एवं अक्षत देवी के चरणों में समर्पित कर दे।

निम्न मंत्र द्वारा षष्ठीदेवी का आवाहन करे-

आयाहि वरदे देवि षष्ठी देवीति विश्रुते।
शक्तिभिः सह पुत्रं में रक्ष रक्ष वरानने।।

आवाहन का दूसरा मन्त्र इस प्रकार है-

मयूरवाहनां देवीं खड्गशक्तिधनुर्धराम्।
आवाहये देवसेनां तारकासुरमर्दिनीम।।

तदनन्तर प्राणप्रतिष्ठा कर निम्न मन्त्र द्वारा भगवती षष्ठी का ध्यान करे-

देवीमञ्जनसङ्काशां चन्द्रार्धकृतशेखराम्।
सिंहारूढां जगद्धात्रीं कौमारीं भक्तवत्सलाम्।।
खड्गं खेटं च विभ्राणामभयं वरदां तथा।
तारकाहारभूषढ्यां चिन्तयामि नवांशुकाम्।।

एक दूसरे ध्यानस्वरूप में बताया गया है कि सुन्दर पुत्र, कल्याण तथा दया प्रदान करने वाली ये प्रकृति के छठे अंश से उत्पन्न जगत् की माता हैं। श्वेत चम्पक-पुष्प के समान इनका वर्ण है, ये रत्नमय आभूषणों से अलंकृत हैं। इन परम चित्स्वरूपिणी भगवती देवसेना (षष्ठीदेवी) की मैं आराधना करता हूँ-

षष्ठांशां प्रकृतेः शुद्धां सुप्रतिष्ठाञ्च सुव्रताम्।
सुपुत्रदाञ्च शुभदां दयारूपां जगतत्प्रसूत्।।
श्वेतचम्पकवर्णाभां रत्नभूषणभूषिताम्।
पवित्ररूपां परमां देवसेनां परां भजे।।

(ब्रह्मवैवर्तपुराण, प्रकृतिखण्ड 43। 49-50)

ध्यान के अनन्तर यथाविधि उपचारों से भगवती का पूजन करना चाहिए। पूजन के अनन्तर **'ॐ ह्रीं षष्ठीदेव्यै स्वाहा'** देवी के इस अष्टाक्षरमन्त्र का यथाशक्ति जप करना चाहिये। इसके उपरान्त हाथ में पुष्प लेकर प्रार्थना करनी चाहिये-

नमो देव्यै महादेव्यै सिद्ध्यै शान्त्यै नमो नमः।
शुभायै देवसेनायै षष्ठीदेव्यै नमो नमः।।
वरदायै पुत्रदायै धनदायै नमो नमः।
सुखदायै मोक्षदायै षष्ठीदेव्यै नमो नमः।।

शक्तेः षष्ठांशरूपायै सिद्धायै च नमो नमः।
मायायै सिद्धियोगिन्यै षष्ठीदेव्यै नमो नमः।।
पारायै पारदायै च षष्ठीदेव्यै नमो नमः।
सारायै शारदायै च पारायै सर्वकर्मणाम्।।

बालाधिष्ठातृदेव्यै च षष्ठीदेव्यै नमो नमः।
कल्याणदायै कल्याण्यै फलदायै च कर्मणाम्।।
प्रत्यक्षायै च भक्तानां षष्ठीदेव्यै नमो नमः।
पूज्यायै स्कन्दकान्तायै सर्वेषां सर्वकर्मसु।।

देवरक्षणकारिण्यै षष्ठीदेव्यै नमो नमः।
शुद्धसत्त्वस्वरूपायै वन्दितायै नृणां सदा।।
हिंसक्रोधवर्जितायै षष्ठीदेव्यै नमो नमः।
धनं देहि प्रियां दहि पुत्र देहि सुरेश्वरि।।

धर्मं देहि यशो देहि षष्ठीदेव्यै नमो नमः।
भूमिं देहि प्रजां देहि देहि विद्यां सुपूजिते।।
कल्याण च जयं देहि षष्ठीदेव्यै नमो नमः।

(ब्रह्मवैवर्तपुराण, प्र०ख०, अ० 34। 59-66)

देवी को नमस्कार है। महादेवी को नमस्कार है। भगवती सिद्धि एवं शान्ति को नमस्कार है। शुभा, देवसेना एवं भगवती षष्ठी को बार-बार नमस्कार है। वरदान देने वाली, पुत्र देनी वाली, सुख प्रदान करने वाली एवं मोक्षदाता भगवती षष्ठी को बार-बार नमस्कार है। मूलप्रकृति के छठे अंश से प्रकट शक्तिस्वरूपा भगवती सिद्धा को नमस्कार है। माया, सिद्धायोगिनी, स्वयं मुक्त एवं मुक्तिदात्री, सारा, शारदा और परादेवी नाम से शोभा पाने वाली भगवती षष्ठी को बार-बार नमस्कार है। बालकों की अधिष्ठात्री, कल्याणदात्री, कल्याणस्वरूपिणी एवं कर्मों का फल प्रदान करने वाली देवी षष्ठी को बार-बार नमस्कार है। अपने भक्तों को प्रत्यक्ष दर्शन देने वाली तथा सबके लिये सम्पूर्ण कार्यों में पूजा प्राप्त करने की अधिकारिणी स्वामी कार्तिकेय की प्राणप्रिया देवी षष्ठी को बार-बार नमस्कार है। मनुष्य जिनकी नित्य वन्दना करते हैं और देवताओं की रक्षा में जो तत्पर रहती हैं, उन शुद्धसत्त्वस्वरूपा देवी षष्ठी को बार-बार नमस्कार है। हिंसा

और क्रोध से रहित देवी षष्ठी को बार-बार नमस्कार है। हे सुरेश्वरि! आप मुझे धन दें, प्रिय पत्नी दें, पुत्र देने की कृपा करें, मुझे धर्म दें, यश दें। हे षष्ठीदेवि! आपको बार-बार नमस्कार है। हे सुपूजिते! आप मुझे भूमि दें, प्रजा दें, विद्या दें तथा कल्याण एवं जय प्रदान करें। हे षष्ठीदेवि! आपको बार-बार नमस्कार है।

देवी की प्रार्थना के कुछ अन्य मन्त्र इस प्रकार हैं-

षष्ठदेवि नमस्तुभ्यं सूतिकागृहशालिनि।
पूजिता परया भक्त्या दीर्घमायुः प्रयच्छ मे।।
जननी जन्मसौख्यानां वर्धिनीधनसम्पदाम्।
साधनी सर्वभूतानां जन्मदे त्वां नता वयम्।।

गौरीपुत्रो यथा स्कन्दः शिशुत्वे रक्षितः पुरा।
तथा ममाप्यमुं बालं षष्ठिके रक्ष ते नमः।।
यथा दाशरथी रामश्चतुर्मूर्तिर्भवप्रदे।
त्वया संरक्षितस्तद्वद्बालं पाहि शुभप्रदे।।

विष्णुनाभिस्थितो ब्रह्मा दैत्येभ्यो रक्षितस्त्वया।
तथा मे बालकं रक्ष योगनिद्रे नमोऽस्तु ते।।
रक्षितौ पूतनादिभ्यो नन्दगोपसुतौ यथा।
तथा मे बालकं पाहि दुर्गे देवि नमोऽस्तु ते।।यथा
वृत्रासुरादिन्द्रो रक्षिताऽदितिबालकः।
त्वया तथा मे बालोऽयं रक्षणीयो महेश्वरि।।
यथा त्वयाञ्जनीपुत्रो हनुमान् रक्षितः शिशुः।
तथा मे बालकं रक्ष दुर्गे दुर्गार्तिहारिणि।।

रूद्रः स्वर्गाद्यथा देवि कश्यपादिसुतास्त्वया।
मातस्त्राहि तथा बालं विष्णुमाये नमोऽस्तु ते।।
सर्वविघ्नानपाकृत्य सर्वसौख्यप्रदायिनि।
जीवन्तिके जगन्मातः पाहि नः परमेश्वरि।।

श्लोकों का भाव इस प्रकार है- सूतिका गृह में निवास करने वाली षष्ठीदेवी! आपको नमस्कार है। परम भक्ति से पूजित होने वाली आप मुझे दीर्घ आयु प्रदान करें। हे जन्मदे! आप जन्मसम्बन्धी सुखों की जननी हैं, धनसम्पत्ति की वृद्धि करने वाली हैं, सभी प्राणियों की उत्पत्तिरूपा हैं, आपको हम प्रणाम करते हैं। हे षष्ठिके देवि! जिस प्रकार प्राचीन समय में आपने

पार्वतीपुत्र स्कन्द की रक्षा की थी, उसी प्रकार मेरे इस बालक की रक्षा करें, आपको नमस्कार है। हे भवप्रदे! जिस प्रकार महाराज दशरथ जी के पुत्र श्री राम ही भरत आदि चार रूपों में होकर आपके द्वारा रक्षित हुए, उसी प्रकार शुभप्रदे! जिस इस बालक की रक्षा करें। हे योगनिद्रे! जिस प्रकार आपने भगवान् विष्णु की नाभि में स्थित ब्रह्माजी की दैत्यों से रक्षा की, उसी प्रकार मेरे बालक की भी रक्षा करें, आपको नमस्कार है। हे दुर्गे! जिस प्रकार पूतना आदि से आपने नन्दगोप कुमारों (श्रीकृष्ण-बलराम) की रक्षा की, वैसे ही मेरे बालक की भी रक्षा करें, हे देवि! आपको नमस्कार है। जिस प्रकार देवी अदिति के बालक इन्द्र की आपने वृत्रासुर से रक्षा की, उसी प्रकार हे महेश्वरि! मेरा यह बालक भी आप द्वारा रक्षणीय है। जिस प्रकार आपने अंजनी पुत्र शिशु हनुमान् की रक्षा की, उसी प्रकार हे दुर्गे! हे दुर्गार्तिहारिणि! मेरे बालक की रक्षा करें। जिस प्रकार रुद्र तथा कश्यप आदि के पुत्रों की आपने स्वर्ग से प्रकट होकर रक्षा की, हे मातः! उसी प्रकार मेरे बालक की रक्षा करें। हे विष्णुमाये! आपको नमस्कार है। हे परमेश्वरि! हे जीवन्तिके! आप सभी प्रकार के सुखों को प्रदान करने वाली हैं तथा जगत् की माता हैं, आप सभी विघ्नों को दूर करके हमारी रक्षा करें।

प्रार्थना के उपरान्त आरती करे। तदनन्तर हाथ में पुष्प लेकर निम्न मन्त्र से भगवती षष्ठीदेवी को पुष्पांजलि समर्पित करे-

श्रद्धया सिक्तया भक्त्या हार्दप्रम्णा समर्पितः।
मन्त्रपुष्पाञ्जलिश्चायं कृपया प्रतिगृह्यताम्।।

निम्न मन्त्र से क्षमा-प्रार्थना करे-

मन्त्रहीनं क्रियाहीनं भक्तिहीनं सुरेश्वरि।
यत्पूजितं मया देवि परिपूर्णं तदस्तु मे।।
यदक्षरपदभ्रष्टं मात्राहीनं च यद्भवेत्।
तत्सर्वं क्षम्यतां देवि प्रसीद परमेश्वरि।।

तदनन्तर दिक्पाल-पूजन करे। षष्ठी एवं दिक्पाल-पूजन के अनन्तर द्वार देश में दोनों दरवाजों पर काजल से दो-दो द्वारमातृकाओं की प्रतिमा बनाकर उनका पूजन किया जाता है। द्वारमातृकाओं के नाम हैं- धिषणा, वृद्धिमाता, गौरी तथा पूतना। पंचोपचार पूजनकर निम्न मन्त्र से बालक के दीर्घ आयु तथा अरिष्ट-निवारण के लिये प्रार्थना की जाती है-

धिषणा वृद्धिमाता च तथा गौरी च पूतना।
आयुर्दात्र्यो भगन्त्वेता अद्य बालस्य मे शिवाः।।

इस प्रकार षष्ठी-पूजन सम्पन्न कर रात्रि में जागरण कर महोत्सव मनाना चाहिये। यह भी मान्यता है कि षष्ठी की रात्रि में बालक के लिये विशष अरिष्ट-योग रहता है। अनेक भूतादि बाधाएँ उपस्थित होती हैं, अतः बालक की रक्षा के लिये हाथ में शस्त्र धारण कर पुरुषों को रातभर बालक की रक्षा करनी चाहिये। सूतिकागृह में अखण्ड दीपक, शस्त्र आदि स्थापित करने चाहिये।

भगवती षष्ठीदेवी की वात्सल्य-महिमा एवं असीम अनुकम्पा की एक विलक्षण कथा ब्रह्मवैवर्तपुराण प्रकृति-खण्ड के 34वें अध्याय में तथा श्रीमद्देवीभागवत (नवम स्कन्ध) में वर्णित है। तदनुसार देवर्षि नारदजी ने भगवान् श्रीनारायण से भगवती 'षष्ठी' मंगलचण्डिका तथा देवी मनसा के प्राकट्य का प्रसंग जानने की इच्छा जतायी थी, तब श्रीनारायण ने प्रथम देवी षष्ठी की यह कथा उन्हें सुनायी थी-

राजा स्वायम्भुव मनु के पुत्र प्रियव्रत एक प्रसिद्ध राजा हो चुके हैं। वे त्रिलोक के शासक थे; किन्तु स्वभाव से योगिराज होने के कारण विवाह नहीं करना चाहते थे। श्रीब्रह्माजी के समझाने से उन्हेंने रूपवती एवं गुणवती कन्या मालिनी से विवाह कर उन्हें अपनी महारानी बना लिया। महारानी मालिनी के कई वर्षों तक कोई संतान नहीं होने से कश्यप मुनि ने राजा प्रियव्रत से पुत्रेष्ठि यज्ञ करवाया। अग्निदेव द्वारा प्रदत्त प्रसाद के प्रभाव से महारानी गर्भवती हुईं और यथा समय उन्होंने एक सुन्दर पुत्र को जन्म तो दिया, किंतु वह बालक मृत पैदा हुआ। यह जानते ही महारानी पुत्रशोक से पीड़ित हो मुर्च्छित हो गयीं। राजा प्रियव्रत रोते-बिलखते हुए मृत बालक को लेकर श्मशान गये एवं वहाँ उसे छाती से चिपकाकर दारुण विलाप करने लगे। उसी समय बालकों की अधिष्ठात्री देवी षष्ठी वहाँ एक भव्य विमान में पधारीं। श्वेत चम्पा के समान वर्णवाली तथा आभूषणों से अलंकृत दिव्यशक्ति को देख राजा ने बालक के शव को धरती पर रख दिया एवं भगवती को प्रणाम कर उनकी स्तुति की और उनके कृपापूर्वक परिचय बताने की प्रार्थना की। भगवती षष्ठी राजा के व्यवहार से प्रसन्न हो गयीं और उन्होंने कहा- 'हे राजन्! मैं ब्रह्मा की मानसी कन्या, स्वामिकार्तिकेय की पत्नी एवं मृतकाओं में प्रसिद्ध 'षष्ठी' हूँ। मैं तुम्हारा कातर स्वर सुनकर यहाँ आयी हूँ।' राजा ने पुनः देवी की स्तुति की और पुत्र पर कृपा की याचना की, उसे जीवित करने की प्रर्थना की। भगवती बोली—'राजन्! जीवन में सुख, दुःख, भय, शोक, हर्ष, मंगल, राज-पाट, धन-धान्य, स्त्री, संतान—ये सभी कर्म के अनुसार प्राप्त होते हैं। कर्मों के प्रभाव से ही किसी के यहाँ विकलांग, अंगहीन, कुरूप संतान तो किसे के यहाँ मृत संतान पैदा होती है। हे राजन्! कर्म अत्यन्त बलवान् है, उसका फल भोगना ही पड़ता है। श्रेष्ठ उपायों एवं भक्ति से कर्मफल को भोगना निश्चित रूप से टाला भी जा सकता है।' ऐसा कहकर भगवती षष्ठी ने बालक को धरती से उठाकर अपनी गोद में ले लिया और अपने महान् ज्ञान के प्रभाव से खेल-खेल में उसे जीवित कर दिया। राजा ने मृत बालक को देवी की गोद में किलकारियाँ भरते देख अत्यन्त उत्साह का प्रदर्शन किया तथा देवी की स्तुति की। देवी षष्ठी ने अपने पुत्र के रूप में राजा को वह सुन्दर बालक सौंपते हुए उनसे अपनी पूजा-आराधना सम्पूर्ण राज्य (त्रिलोक) में प्रारम्भ करवाने का निर्देश दिया।

राजा ने महल में लौटकर प्रत्येक माह के शुक्लपक्ष की षष्ठी को यह त्योहार मनाये जाने की आज्ञा प्रसारित करवा दी, तभी से भगवती षष्ठी देवी के पूजन का विधान प्रारम्भ हुआ।

1. ललिता षष्ठीव्रत कथा

तत्र भाद्रशुक्लषष्ठ्यां ललिताव्रतं हेमाद्रौ भविष्ये॥ सा मध्याह्नव्यापिनी ग्राह्या॥ दिनद्वये तव्द्याप्तावव्याप्तौ वा पूर्वा, जागरणप्रधानत्वात्॥ इदं गुर्जरदेशे प्रसिद्धम्॥ कृष्ण उवाच॥ भद्रे भाद्रपदे मासि शुक्ले षष्ठ्यां सुसंयुता॥ नारी स्नात्वा प्रभाते तु शुक्लमाल्याम्बरा शुचिः॥ सुवेषाभरणोपेता भूत्वा संगृह्य वालुकाम्॥ कृत्वा तस्या वंशपात्रे पञ्चपिण्डाकृतिं शुभाम्॥ ध्यात्वा तु ललितां देवीं तपोवन- निवासिनीम्॥ पङ्कजं करवीरं च नेवालीं मालतीं तथा। नीलोत्पलं केतकं च संगृह्य तगरं तथा। एकैकाष्टशतं ग्राह्यमष्टाविंशतिरेव वा॥ अक्षताः कलिका ग्राह्यास्ताभिर्देवीं समर्चयेत्॥ प्रार्थयेदग्रतो भूत्वा देवीं तां गिरिशप्रियाम्॥ गङ्गाद्वारे कुशावर्ते बिल्वके नीलपर्वते॥ स्नात्वा कनखले तीर्थे हरं लब्धवतीं पतिम्॥ ललित ललिते देवि सौख्यसौभाग्यदायिनि॥ अनन्तं देहि सौभाग्यं पुत्रपौत्रप्रवर्धनम्॥ मन्त्रेणानेन कुसुमैश्चम्पकैर्बकुलैः शुभैः॥ एवमभ्यर्च्य विधिना नैवेद्यं पुरतो न्यसेत्॥ त्रपुसैलपि कूष्माण्डैर्नारिकेरैः सुदाडिमैः॥ बीजपूरैः सतुण्डीरैः कारवेल्लैः सचिर्भटैः॥ फलैस्तत्काल- संभूतै, कृत्वा शोभां तदग्रतः॥ विरूढैर्धान्यसंभूतैर्दीपिकाभिः समन्ततः॥ सार्धं सगुडकैर्धुपैः सोहालककरञ्जकैः॥ घृतपक्कैः कर्णवेष्टैर्मोदकैरुपमोदकैः॥ बहुप्रकारै- नैवेद्यैर्यथाविभवसारतः॥ एवमभ्यर्च्य विधिवद्रात्रौ जागरणोत्सवम्॥ गीतवाद्ययुतैर्नृत्यैः प्रेक्षणीयैरनेकधा॥ सखीभिः सहिता साध्वी तां रात्रिं प्रशमं नयेत्॥ न च संमीलयेन्नेत्रे नारी यामचतुष्टयम्॥ दुर्भगा दुःखिता वन्ध्या नेत्रसंमीलनाद्भवेत्॥ एवं जागरणं कृत्वा सप्तम्यां सरितं नयेत्॥ गन्धपुष्पै- रथाभ्यर्च्य गीतवाद्यपुरःसरम्॥ तच्च दद्यादि्द्वजेन्द्राय नैवेद्यादि नृपोत्तम॥ स्नात्वा वस्त्रं परीधाय धृत्वा सौभाग्यकुंकुमम्॥ ततो गृहं समागत्य हुत्वा वैश्वानरं क्रमात्॥ देवान्पितृन्ब्राह्मणांश्च पूजयित्वा सुवासिनीः॥ कन्यकाश्चैव संभोज्य दीनानाथांश्च भोजयेत्॥ भक्ष्यभोज्यैर्बहुविधैर्दत्त्वा दानानि भूरिशः॥ ललिता मेऽस्तु सुप्रीता इत्युक्त्वा तु विसर्जयेत्॥ यः कश्चिदा- चरेदेतद्व्रतं सौभाग्यदं परम्॥ षष्ठ्यां तु ललितासंज्ञं सर्वपापनिबर्हणम्॥ नरो वा यदि वा नारी तस्य पुण्यफलं श्रृणु॥ यत्तु लभ्यं व्रतैश्चान्यैर्दानैर्वा नृपसत्तम॥ तपोभिर्नियमैर्वापि तदैतेन हि लभ्यते॥ इह चैवातुला संपत्सौभाग्यमनुभूय च॥ कृत्वा मूर्ध्नि पदं पार्थ सपत्नीनां यशस्विनी॥ मृता शिवपुरं प्राप्य देवैरसुरपन्नगैः॥ प्राप्नोति दर्शनं देव्यास्तया तु सह मोदते॥ पुण्यशेषादिहागत्य

पुण्यसौख्यैकभाजनम्॥ सा स्त्री त्रेतायुगे साध्वी सीतेव प्रियवल्लभा॥ इदं यः श्रृणुयात् पार्थ पठेद्वा साधुसंसदि॥ सोऽपि पापविनिर्मुक्तः शक्रलोके महीयते॥ षष्ठ्यां जलान्तरगतां वरवंशपात्रे संगृह्य पूजयति या सिकतां क्रमेण॥ नक्तं च जागरमनुद्धतवेषशीला कुर्यादसौ त्रिभुवने ललितेव भाति॥

ललिताव्रत—भाद्रपद शुक्ला षष्ठी को होता है। यह हेमाद्रि मुनि ने भविष्यपुराण में लिखा है। इसमें मध्याह्नव्यापिनी तिथि लेनी चाहिए, मध्याह्नव्यापिनी हो अथवा न हो दो हों तो पूर्वा ही लेनी चाहिए। क्योंकि इसमें जागरण प्रधान है, जागरण रात में होता है उसमें तिथि रहनी ही चाहिए। यह गुर्जर देश में प्रसिद्ध है। भगवान् कृष्ण बोले कि, सुन्दर भाद्रपद महीना की शुक्ला षष्ठी के दिन समाहित चित्तवाली स्त्री को चाहिए कि, प्रातःकाल स्नान करके सफेद माला और अम्बर धारण कर पवित्रतापूर्वक अच्छे वेष बना आभूषणों से सजकर, बालू ले उसके पांच पिण्ड बनाकर बांस के पात्र में रखकर तपोवन निवाहिनी ललितादेवी का ध्यान करे। पंकज, करवीर, नेवाली, मालती, नीलोत्पल, केतक, तगर इन सबको एक सौ आठ या अट्ठाईस-अट्ठाईस ले लें, बिना टूटी हुई कली ले उनसे देवी का पूजन करे। अगाड़ी होकर शिव की प्यारी देवी की प्रार्थना करे कि, जिसने गंगाद्वार कुशावर्त्त बिल्वक (तीर्थविशेष) नीलपर्वत और कनखल में स्नान कर उसके प्रभाव से महादेवजी का पाणिग्रहण किया है उस महेश्वर वल्लभा ललितादेवी की प्रार्थना करे कि, हे सुन्दरि ललिते! हे सौख्य और सौभाग्य को देनेवाली! आप मुझे अनन्त पुत्रपौत्रों की समृद्धिवाले सौभाग्य सुख को दे, इस मंत्र को पढ़ती हुई चम्पा और मोलसरी के सुगन्धित पुष्पों से विधिवत् पूजन करके नैवेद्य सम्मुख रखे। उसमें त्रपुस (फलविशेष) कूष्माण्ड, नारिकेल, अनार, बीजपूर (बिजोर) तुण्डीर (फलविशेष), कारवेल्ल (करेला) और चिर्भट (फलविशेष) इन फलों को रख दे, एवं जो जो फल उस समय में उत्पन्न होते हों उनको चढ़ाये। नवीन धान्य की मंजरियां चारों ओर लटकाकर छोटी-छोटी दीपिकाएँ लटकायें, जिससे कि उस स्थान की शोभा बढ़े, धूप अर्पित करे, गुड़ के बने हुए पदार्थ, सुहाली, करंजक, घृत की जलेबी, लड्डू और अन्य प्रकार के लड्डू आदि नाना पदार्थों का अपनी शक्ति के अनुसार नैवेद्य लगाये, इस प्रकार विधान समाप्त करके रात्रि में जागरण का उत्सव करे, गान वाद्य और अनेक प्रकार के दर्शनीय नृत्य करे, ये सब अपनी सखियों के साथ में करे। जागरण रात्रि में ही समाप्त करे। प्रस्तुत पूजन में नेत्र न बन्द हो क्योंकि, नेत्रों के बन्द होने से दुर्भगा दुःखिता और बन्ध्या हो जाती है। ऐसे षष्ठी में जागरण करके सप्तमीतिथि की प्रातःकाल नदी पर ले जाये, वहाँ उसकी गन्ध पुष्पादिकों से पूजा और गान वाद्य वादनादि करे। हे नृपोत्तम! जो सामग्री देवी के अर्पण की हैं उनको तथा वालुकामयी देवी को आचार्य के लिए दे, नदी में स्नान करे, वस्त्र पहने, सौभाग्यसूचक, रोली सिन्दूर आदि अर्पण करें। तत्पश्चात् घर आकर अग्नि में हवन, देवता, पितृजन, ब्राह्मण और सुवासिनी स्त्रियों का पूजन करके कन्या, दीन और अनाथों को बहुविध भक्ष्य भोज्य खिलाये और 'ललितादेवी हम पर प्रसन्न हों' ऐसा कह बहुत सा द्रव्य दे, उनको विदाकर विसर्जन कर दे। जो कोई इस छठ के सौभाग्यदायी, सब पापों के संहारक, ललिताव्रत को करता है वो पुरुष हो या स्त्री; जिस फल को पाता है उसे सुनो हे नृपसत्तम! दूसरे सब व्रतों एवम् दान तप और नियमानुष्ठानों से जो फल मिलता है, वह सब इस व्रत से मिल जाता

है। व्रत करनेवाली स्त्री इस लोक में अतुल सम्पत्ति और सौभाग्य सुख भोगकर, सपत्नियों के शिर पर पग रख यश लाभ करती है एवं मरने पर कैलास जाकर देवता, असुर और पन्नगों के अहर्निश वांछित भगवती के दर्शनों को करती हुई देवी के साथ सहेली की भाँति निवास करती है। पुण्य भोग यहाँ जन्म ले पुण्यमय आनन्द भोगती है और वह स्त्री त्रेतायुग में जैसे सीता रामचन्द्र जी की प्रेयसी हुई है, वैसे ही अपने पति की प्यारी होती है। हे पार्थ! जो मनुष्य महात्माओं की मण्डली में बैठकर इस व्रत की कथा सुनता है या पढ़ता है वह भी पापों से छूटकर इन्द्रलोक में चला जाता है। जो भादों सुदी षष्ठी के दिन नदी की वालुका से पंचपिण्डरूपा देवी को बना बांस की पिटारी में रखकर पूजन और रात में जागरण करती है और शान्त पवित्र वेष और स्वभाव रखती है, वह स्त्री त्रिलोकी में ललिता (गौरी) के समान गिनी जाती है। यह श्री हेमाद्रि में कही हुई ललिताषष्ठी के व्रत की कथा पूर्ण हुई।

2. कपिलाषष्ठी व्रत विधान

अथ भाद्रपदकृष्णषष्ठ्यां कपिलाषष्ठीव्रतम्॥ तच्च योगविशेषेण पूर्वविद्धायां परविद्धायां वा कार्यम्॥ ते च योगाः पुराणसमुच्चये दर्शिताः-भाद्रे मास्यसिते पक्षे भानौ चैव करे स्थिते॥ पाते कुजे च रोहिण्यां सा षष्ठी कपिला स्मृता। संयोगे तु चतुर्णां च निर्दिष्टा परमेष्ठिना॥ अथ व्रतविधिर्हेमाद्रौ स्कान्दे॥ विक्रान्त उवाच॥

कपिलाषष्ठी का व्रत भाद्रपद कृष्ण पक्ष की छठ के दिन होता है। यह व्रत योग विशेष से पूर्व विद्धा और परविद्धा दोनों में ही होता है अर्थात् जो योग चाहिए वे जिसमें हों, वही ग्रहण कर ली जाती है। वे योग पुराण समुच्चय में दिखाये गये हैं कि, जिस भाद्रपद कृष्णाषष्ठी के दिन हस्त नक्षत्र में सूर्य हो एवं व्यतीपात रोहिणी नक्षत्र और मंगलवार का योग हो तो वह कपिला कहलायेगी, यह ब्रह्माजी का निर्देश है। हेमाद्रि ने जो स्कन्दपुराण से लेकर व्रत विधि कही है, उसे कहते हैं। विक्रान्त पूछते हैं कि -

रूपसंपदमारोग्यं सन्ततिं चाति पुष्कलाम्।
प्राप्नुवन्ति नरा येन नियमं तं वदस्व मे।।1।।

रूप, संपद् आरोग्य और अत्यन्त पुष्कल सन्तति जिस व्रत के करने से मिलती है उसे आप मुझसे कहें।

अगस्त्य उवाच

साधुसाधु महाप्राज्ञ यत्पृष्टोऽहं त्वयानघ।
तत्सर्वं कथयिष्यामि ततः श्रेयोभविष्यति।
शृणु पार्थिव वक्ष्यामि स्वर्गमोक्षप्रदं नृणाम्।।2।।

अगस्त्यजी बोले कि, हे निष्पाप! आपने बहुत ही अच्छा पूछा, सब कह दूंगा जिससे बड़ा कल्याण होगा, हे राजन्! उस व्रत को कहता हूँ जिससे अनायास स्वर्ग और मोक्ष मिल जाते हैं।

यच्च गुप्तं पुरा राजन्ब्रह्मरुद्रेन्द्रदैवतैः।
असुराणां च सर्वेषां राक्षसानां तथैव च।।3।।

जिसे कि, हे राजन्! देव असुर राक्षस ब्रह्मा और इन्द्र कोई भी नहीं जानता।

शंकरेण पुरा चैतत्षण्मुखाय निवेदितम्।
षण्मुखेन ममाख्यातं महापातकनाशनम्।।4।।

शंकर भगवान् ने इसे स्वामिकार्तिकजी से कहा था, उन्होंने पापों के प्रणाशक इस व्रत को मुझसे कहा।

यच्छ्रुत्वा ब्रह्महा गोघ्नः सुरापो गुरुतल्पगः।
अगारदाही गरदः सर्वपापरतोऽपि वा।।5।।

चाहे ब्रह्म हत्यारा गो मारनेवाला, शराबी, गुरुपत्नी से सहवास करनेवाला, मकान जलाने वाला, जहर देने वाला और सब प्रकार के पाप करने वाला ही क्यों न हो इसे सुनकर।

मुच्यते सर्वपापेभ्यः स्वर्गलोकं च गच्छति।
यच्च पुण्यं पवित्रं च नृणामद्भुतनाशनम्।।6।।

सब पापों से छूट जाता है, स्वर्ग चला जाता है, मनुष्यों के पापों को नष्ट करनेवाला जो भी कुछ पवित्र पुण्य है वो यह हैं।

उपकाराय लोकानां तथा तव नृपोत्तम।
शृणु भूप महापुण्यं षष्ठीमाहात्म्यमुत्तमम्।।7।।

हे नृपोत्तम! तेरे और संसार के कल्याण के लिए सुनाता हूँ। हे भूप! इस महापुण्यशाली षष्ठी के माहात्म्य को सावधानी के साथ सुन।

प्रौष्ठपदासिते पक्षे षष्ठी भौमेन संयुता।
व्यतीपातेन रोहिण्या सा षष्ठी कपिला स्मृता।।8।।

भाद्रमास के कृष्णपक्ष में मंगलवार रोहिणीनक्षत्र और व्यतीपात; इन योगों के सहित यदि षष्ठी हो तो उसे कपिला षष्ठी कहते हैं।

आश्विनस्यासिते पक्षे महापुण्यप्रवर्धिनी।
षष्टिसंवत्सरस्यान्ते सा पुनस्तेन संयुता।।9।।

आश्विनमास के कृष्णपक्ष में यदि षष्ठी मंगलवारादि पूर्वोक्त योगवाली हो तो उसे महापुण्यप्रवर्धिनी कहते हैं। यह षष्ठी साठ वर्षों के बाद (प्रायः) आया करती है।

चैत्रवैशाखयोर्मध्येऽसिते पक्षे शुभोदया।
वैशाखेऽपि च राजेन्द्र द्वारवत्यां परा स्मृता।। 10।।

यह योग किसी वर्ष में चैत्र या वैशाख में भी कृष्णाषष्ठी के दिन मिला करता है, पर उस समय उस षष्ठी का नाम शुभोदया षष्ठी माना जाता है। हे राजेन्द्र! द्वारकाजी की ओर रहनेवाले लोग वैशाख की शुभोदया को परा नाम से भी कहते हैं।

यदि हस्ते सहस्रांशुस्तदा कार्यं व्रतं बुधैः।
अस्यां चैव हुतं दत्तं यत्किञ्चित् प्रतिपादितम्।। 11।।
तस्य सर्वस्व पुण्यस्य संख्या वक्तुं न शक्यते।
यस्मिन्काले भवेदेतैर्गुणैः षष्ठीयुता तदा।। 12।।

कपिलाषष्ठी में मंगलवारादिकों का योग तो होता ही है, पर उसमें हस्तनक्षत्र पर सूर्य का योग परमावश्यक है यानी हस्तसूर्य के रहते भाद्रपद की कृष्णाषष्ठी मंगलवार रोहिणीनक्षत्र ओर व्यतीपात इन योगों वाली हो तो उसे कपिलाषष्ठी कहना चाहिए, इसी में व्रत करे। यह षष्ठी भाद्रपद या आश्विन मास के बिना अन्य मासों में नहीं हो सकती। क्योंकि हस्तनक्षत्र पर सूर्य अन्यमासों में नही रहते, जिस समय इन गुणों के साथ षष्ठी हो उसमें यानी इस कपिलाषष्ठी में हवन, दान आदि जो पुण्य कर्म किये गये हों उस पुण्य की संख्या नहीं की जा सकती।

पञ्चम्यामेकभक्तं च कुर्यात्तत्र विचक्षणः।
षष्ठ्यां प्रातः समुत्थाय कृत्वादौ दन्तधावनम्।
जलपूर्णाञ्जलिं कृत्वा इमं मन्त्रमुदीरयेत्।। 13।।

योग्यव्रती पंचमी के दिन एकबार भोजनकरे, प्रातःकाल उठकर पहले दन्त धावन करे। फिर पुष्पांजलि लेकर कहे।

निराहारोऽद्य देवेश त्व क्तस्त्वत्परायणः।
पूजयिष्याम्यहं भक्त्या शरणं भव भास्कर।। 14।।

कि, हे देवेश! हे भास्कर! मैं तुम्हारा भक्त तुम्हारी सेवा में परायण हो निराहार रहूँगा। भक्ति से पूजन करूंगा, आप मेरे नियम को पालन कराने में सहायक हों।

अर्घ्यं दत्त्वेति संकल्पं कृत्वा यत्नाच्छुचिस्ततः।
स्नानं कृत्वा प्रयत्नेन नद्यां तीर्थेऽथवा ह्रदे।। 15।।

इस प्रकार अर्घ्य देकर उक्त अर्घ्यदान के मन्त्रार्थ के अनुसार संकल्प करे। फिर नदी तीर्थ, तलाब।

तडागे दीर्घिकायां वा गृहे वा नियतात्मवान्।
देवदारुं तथोशीरं कुंकुमैलामनःशिलम्।। 16।।

वापिका या और ऐसा जलाशय समीप न हो तो अपने घर पर ही विधिवत् स्नान करे। फिर चित्त को सावधान करके देवदारु खशखश, केसर, इलायची, मनःशिला।

पद्मकं पत्रकं षष्टिं मधुगव्येन पेषयेत्।
क्षीरेणालोड्य कल्केन स्नानं कुर्यात् समन्त्रकम्।। 17।।

पद्मक, पत्रक और षष्टि इन सबको पंचगव्य में घिसकर दूध में मिला पतली पीठी तैयार करके पीछे इसको जिस जल से स्नान करे उसमें प्रथम मिलाये फिर 'आपस्त्वमसि' इत्यादि मंत्रों को पढता हुआ स्नान करे।

आपस्त्वमसि देवेशं ज्योतिषां पतिरेव च।
पापं शमय देवेश मनोवाक्कायकर्मजम्।। 18।।

कि हे देवेश! आप ही जल हैं, आप ही सूर्य (चन्द्र) हैं, आप मेरे मन, वाक् और शरीर के कामों से किये गये पापों को शान्त करें।

पञ्चगव्यकृतस्नानः पञ्चभङ्गैस्तु मार्जयेत्।
आनेयमृतिकां शुद्धां स्नानार्थं वै प्रयत्नतः।। 19।।
मूर्त्तिके ब्रह्मपूतासि काश्यपेनाभिमन्त्रिता।
पवित्रं कुरु मां नित्यं सर्वपापात्समुद्धर।। 20।।

पीछे पंचगव्य से स्नान करे, फिर पंचपल्लवों के जल से अपने शरीर का मार्जन करे, स्नानार्थ लायी हुई शुद्ध गोरथानादिकों की मृत्तिका लगाकर मृत्तिकास्नान करे। मृत्तिका लेपन करने के समय 'मृत्ति के ब्रह्मपूतासि' इस मंत्र को पढ़े। इसका यह अर्थ है कि, हे मृत्तिके! तुम ब्रह्म (वेदों) के समान पवित्र हो, कश्यपजी ने तुम्हारा अभिमंत्रण (प्रशंसा) की है, मुझे आप पवित्र करें। मैंने जो आजतक पाप किया है उन सबको नरक वासरूप यन्त्रणा से बचायें।

अनेन मृत्तिकास्नानम्।
मन्त्रेणानेन वरुणं प्रार्थयेद्भक्तिमान्नरः।।21।।

मृत्तिका लगाकर स्नान करने के पीछे जलाधिष्ठाता वरुण की 'पाशाग्र' इससे प्रार्थना करे।

पाशाग्रहस्तः वरुण सर्ववारीश्वर प्रभो।
अद्याहं प्रार्थयामि त्वां पूतं कुरु सुरेश्वर।।22।।

हे पाश को हाथ में धारण करनेवाले! हे समस्त जलों के ईश्वर! हे प्रभो हे सुरेश्वर! वरुण! मैं आपकी प्रार्थना करता हूँ, आप मुझे पवित्र करें।

आदित्यो भास्करो भानू रविः सूर्यो दिवाकरः।
प्रभाकरो वितिमिरो देवः सर्वेश्वरो हरिः।।23।।

इसके पीछे स्नान करके सब कर्मों के साक्षी सूर्यदेव के ग्यारह नामों को जपे। वे नाम ये हैं– 1. आदित्य, 2. भास्कर, 3. भानु, 4. रवि, 5. सूर्य. 6. दिवाकर. 7. प्रभाकर, 8. वितिमिर, 9. देव, 10. सर्वेश्वर और 11. हरि।

गोमयेनोपलिप्तायां भूम्यां वै कुंकुमेन तु।
मण्डलं सर्वतोभद्रमालिखद्‌बुद्धिमान्नरः।
तत्र मध्ये लिखेत्पद्ममष्टपत्रं सकर्णिकम्।।24।।

फिर धौतवस्त्रादि धारणकर गोमय से लीपी पृथ्वी पर रोली आदि से बुद्धिमान् नर विधि-पूर्वक सर्वतोभद्रमण्डल लिखे, उस मण्डल के बीच में कर्णिकासमेत अष्टदल कमल लिखे।

पूर्वपत्रे न्यसेत्सूर्यमाग्नेये तपनं न्यसेत्।
सुवर्णरितसं याम्ये नैर्ऋत्ये च न्यसेद्रविम्।।25।।

पूर्व पत्र में सूर्य, अग्निकोण के पत्र में तपन, दक्षिणपत्र में सुवर्णरिता, निर्ऋतिकोण के पत्र में रवि।

आदित्यं वारुणे पत्रे वायव्ये च दिवाकरम्।
सौम्ये प्रभाकरं तत्र सूरमीशानपत्रके।।26।।

पश्चिमपत्र में आदित्य, वायुकोण के पत्र में दिवाकर, उत्तर पत्र में प्रभाकर और ईशानकोण के पत्र में सूरनामक भास्कर भगवान् का उल्लेख करें।

तीव्ररश्मिधरं देवं ब्रह्माणं चैव विन्यसेत्।
आधाररूपिणं देवं मध्ये चैवारुणं न्यसेत्।।27।।

उसकी कर्णिका में तीव्र तेजवाले एवं सबके आधार रूप ब्रह्मनाम वाले सूर्य और अरुण नाम वाले सूर्य का स्थापन करे।

सहस्ररश्मिं सूर्यं च सूक्ष्मस्थूलगुणान्वितम्॥ सर्वगं सर्वरूपं म मध्ये भास्करमेव च॥ सप्ताश्वरथमारूढं पद्महस्तं दिवाकरम्॥ अक्षसूत्रधनुष्पाणिं कुण्डलैर्मुकुटेन च॥ रत्नैर्नानाविधैर्युक्तं सौवर्णं तत्र कारयेत्॥ शक्तितस्तु पलादूर्ध्वं तदर्धं कर्षतोऽपि वा॥ सौवर्णमरुणं कुर्याद्रज्जुं चैव तथाविधाम्॥ सप्ताश्वैर्भूषितं कृत्वा रथं तस्याग्रतः स्थितम्॥ अरुणं विनतापुत्रं गृहीताश्वमनूरुकम्॥ एवंरूपं रथं कृत्वा पद्मस्योपरि विन्यसेत्॥ तस्योपरि न्यसेद्देवं रक्तवस्त्रविभूषितम्॥ रक्तचन्दनमाल्यादिमण्डितं चातिशोभनम्॥

अग्रतः सारथिं कृत्वा पूजयेदरुणं शुचिः॥ रक्तपुष्पैस्तु गन्धैश्च तथान्यैरपि शक्तितः॥ विनतातनयो देवः कर्मसाक्षीत्तमोनुदः॥ सप्ताश्वः सप्तरज्जुश्च अरुणो मे प्रसीदतु॥ मन्त्रेणानेन संपूज्य सारथिं तदनन्तरम्॥ देवस्यत्वासनं कल्प्यं प्रभूतादिकपञ्चकम्॥ प्रभूतं विमलं सारमाराध्यं परमं शुभम्॥ दीप्तादिशक्तिभिश्चैव ततो भानुं प्रपूजयेत्॥ दीप्तासूक्ष्मा तथा भद्रा बिम्बिनी विमलानघा॥ अमोघा वैद्युता चेति नवमी सर्वतोमुखी॥ अपवित्रः पवित्रो वा सर्वावस्थां गतोऽपि वा॥ यः स्मरेद्भास्करं देवं स बाह्याभ्यन्तरःशुचिः॥ शिखायां भास्करं न्यस्य ललाटे सूर्यमेव च॥ चक्षुर्मध्ये न्यसेद्भानुं मुखे तत्र रविं न्यसेत्॥ कण्ठे न्यसेद्भानुमन्तं पद्महस्तं द्विहस्तयोः॥ तिमिरक्षयकृद्देव स्तनयोरेव विन्यसेत्॥ जातवेदोभिधं नाभ्यां कट्यां भानुं तथा न्यसेत्॥ उग्ररूपं गुह्यदेशे तेजोरूपं द्विजंघयोः॥ पादयोः सर्वरूपं तु सूक्ष्म-स्थूलगुणान्वितम्॥ एवं यथोक्तं विन्यस्य पात्रं गृह्य ततोऽर्चयेत्॥ करवीरार्ककुसुमै- रक्तचन्दनमिश्रतैः॥ पुष्पैः सुगन्धैर्धूपैश्च कुंकुमैरुपशोभितम्॥ मार्तण्डं भानुमादित्यं भास्करं तपनं रविम्॥ हंसं दिवाकरं चेति पादतो मुकुटावधि॥ पादौ जंघे तथा जानुद्वयमूरू कटी तथा॥ नाभिर्वक्षस्थलं शीर्षमेतेष्वङ्गेषु पूजयेत्॥ आनयेदर्घ्यपात्रं चेद्रौप्यं वा ताम्रमेव च॥ अर्घ्यार्थं दैवतं पात्रमुदकेन प्रपूरयेत्॥ पूजयेत्तत्र प्रागादिदेवतास्ताः समाहितः॥ दिग्देवतास्ततः पूज्या गन्धपुष्पानुलेपनैः॥ पात्रे तोयं समादाय सपुष्पफलचन्दनम्॥ जानुभ्यामवनिं गत्वा सूर्यायार्घ्यं निवेदयेत्॥ वेदगर्भ नमस्तुभ्यं देवगर्भ नमोऽस्तु ते॥ अव्यक्तमूर्तये तुभ्यमर्घ्यं गृहूण नमोऽस्तु ते॥ ब्रह्ममूर्तिधरायेश चतुर्वक्र सनातन॥ सृष्टिस्थितिविनाशाय गृहाणार्घ्यं नमोस्तु ते॥ विष्णुरूपधरो देवः पीतवस्त्रचतुर्भुजः॥ प्रभवः सर्वलोकानामर्घ्यं गृहूण नमोऽस्तु ते॥ तं रुद्ररूपिणं वन्दे भगवन्तं त्रिशूलिनम्॥ यो दहेच्च त्रिलोकं वै अर्घ्यं गृहूण नमोस्तु ते॥ उदयस्थ महाभूत तेजोराशिसमुद्भव॥ तिमिरक्षयकृद्देव ह्यर्घ्यं गृहूण नमोस्तु ते॥ मन्त्रपूतगुडाकेश नृगते व्याधिनाशन॥ सप्तभिश्चैव जिह्वाभिरर्घ्यं गृहण नमोस्तु ते॥ त्वं ब्रह्मा च त्वं च विष्णू रुद्रस्त्वं च प्रजापतिः॥ त्वमेव सर्वभूतात्मा अर्घ्यं गृहण नमोस्तु ते॥ कालात्मा सर्वभूतात्मा वेदात्मा सर्वतोमुखः॥ जन्ममृत्युजराशोकसंसारभयनाशनः॥ दारिद्र्यव्यसनध्वंसी श्रीमान् देवो दिवाकरः॥ सुवर्णःस्फाटिको भानुः स्वर्णरेता दिवाकरः॥ हरिदश्वोंशुमाली च अर्घ्यं गृहूण नमोस्तु ते॥ चतुर्भिर्मूर्तिभिः संस्था त्वष्टाभिः परिगीयते॥ सामध्वनिस्तुतो यज्ञे अर्घ्यं गृहूण नमोस्तुते॥

अथ गन्धं च पुष्पं च तथा धूपं प्रदीपकम्॥ नैवेद्यं च यथा शक्त्या प्रार्थयेत्सूर्यदेवताम्॥ अग्निमीळे नमस्तुभ्यं नमस्ते जातवेदसे॥ इषे त्वैव नमस्तुभ्यमग्ने चैव नमोनमः॥ शन्नो देवी नमस्तुभ्यं जगज्जन्म नमो नमः॥ आत्मरूपिन्नमस्तुभ्यं विश्वमूर्ते नमोनमः॥ त्वं धाता त्वं च वै विष्णुस्त्वं ब्रह्मा त्वं हुताशनः। मुक्तिकाममभीप्यामि प्रार्थयामि सुरेश्वर॥ विश्वतश्चक्षुराख्यातो विश्वतश्चरणाननः॥ विश्वात्मा सर्वतोदेवः प्रार्थयामि सुरेश्वर॥ इति मंत्रं समुच्चार्य नमस्कुर्वीत भास्करम्॥ संवर्चसेति पाणिभ्यां तोयेन विमृजेन्मुखम्॥ हंसः शुचिषदित्यृचा सूर्यस्यैवावलोकनम्॥ उदुत्यं चित्रमित्येतत्सूक्तं देवाग्रतो जपेत्॥ पद्मकेसरकोणे तु फलकं चैव कारयेत्॥ फलैः पुष्पैरक्षतैश्च भक्ष्यैर्नानाविधैरपि॥ शय्यां तत्र च देवस्य शुभे देशे प्रकल्पयेत्॥ षड्धान्यं षड्रसं चैव रोप्यं चैव महाप्रभुत्॥ पुरुषं खङ्गहस्तं च कारयेच्चैव बुद्धिमान्॥ वस्त्रयुग्मेन सञ्छन्नं लवणोपरि विन्यसेत्॥ अनेनैव तु मन्त्रेण स्नानमर्घ्यार्चनं ततः॥ नमस्ते क्रोधरूपाय खङ्गहस्त जिघांसवे॥ जिघांसकं च त्वां दृष्टा द्रुद्रुवुः सर्वदेवताः॥ त्वया व्याप्तं मेरुपृष्ठं चण्डभास्कर सुप्रभम्॥ अतस्त्वां पूजयिष्याभि अर्घ्यं गृहूण नमोऽस्तु ते॥ क्षपयित्वा तु तां रात्रिं गीतवादित्रनिःस्वनैः॥ ततस्त्वभ्युदिते सूर्ये होमं कुर्यात्स्वशक्तितः॥ पूजयेत्तत्र शक्त्या च देवांश्च विधिवद्गुरुम्॥ होमोऽर्कस्य समिद्भिश्च घृतमिश्रैस्तिलैस्तथा॥ संसिद्धं च चरुद्रव्यं घृतं च जुहुयाद्द्विजः॥ आकृष्णेनेति मन्त्रेण शतमष्टोत्तरं क्रमात्॥ होमो व्याहृतिभिर्वाथ स्विष्टकृत्तदनन्तरम्॥ कपिलां पूजयेद्देवीं सवत्सां पापनाशिनीम्॥ वस्त्रयुक्तां सघण्टां च स्वर्णशृङ्गविभूषिताम्॥ ताम्रपृष्ठीं रौप्यखुरां कांस्यदोहन- कान्विताम्॥ मन्त्रेणानेन तां दद्याद्ब्राह्मणाय च शक्तितः॥ कपिले सर्वभूतांना पूजनीयासि रोहिणी॥ सर्व तीर्थमयी यस्मादतः शान्तिं प्रयच्छ मे॥ या लक्ष्मीं सर्वदेवानां या च देवेष्ववस्थिता॥ धेनुरूपेण सा देवी मम शान्तिं प्रयच्छतु॥ देहस्था या च रुद्राणां शङ्करस्य च या प्रिया॥ धेनुरूपेण सा देवी मम पापं व्यपोहतु॥ विष्णोवेक्षसि या लक्ष्मीः स्वाहा चैव विभावसोः॥ चद्रार्कानलशक्तिर्या धेनुरूपास्तु मे श्रिये॥ चतुर्मुखस्य या लक्ष्मीर्या लक्ष्मीर्धनस्य च। लक्ष्मीर्या लोकपालानां सा धेनुर्वरदास्तु मे॥ स्वधा त्वंपितृमुख्यानां स्वाहा यज्ञभुजामपि॥ वषड् या प्रोच्यते लोके सा धेनुस्तुष्टिदास्तु मे॥ गावो मे अग्रतः सन्तु गावो मे सन्तु पृष्ठतः॥ गावो मे हृदये सन्तु गवां मध्ये वसाम्यहम्॥ गावः स्पृष्ट्वा नमस्कृत्य यो वै कुर्यात्प्रदक्षिणम्॥ प्रदक्षिणीकृता तेन सप्तद्वीपा वसुन्धरा॥ नमस्ते कपिले देवि सर्वपापप्रणाशिनि॥ संसारार्णवमग्नं

मां गोमातस्त्रातुमर्हसि॥ हिरण्यगर्भगर्भस्त्वं हेमबीजं विभावसोः॥ अनन्तपुण्यफलदमतः शान्तिं प्रयच्छ मे॥ रक्तवस्त्रयुगं यस्मादादित्यस्य च वल्लभम्॥ प्रदानात् तस्य मे सूर्यो ह्यतः शान्तिं प्रयच्छतु॥ सुवर्णं वस्त्रयुग्मं च परिधानं च कारयेत्॥ एतैः प्रकारैः संयुक्तां दद्यालवणं तिलाः॥ एतत्सर्वं प्रदत्वा तु कपिलां प्रार्थयेत्ततः॥ कपिले पुण्यकर्मासि निष्पापे पुण्यकर्मणि॥ मां समुद्धर दीनं च ददतो ह्यक्षयं कुरु॥ दिवि वादित्रशब्दैश्च सेव्यसे कपिला सदा॥ तथा विद्याधराः सिद्धा भूतनागगणा ग्रहाः॥ कपिलारोमसंख्यातास्तत्र देवाः प्रतिष्ठिताः॥ पुष्पवृष्टिं प्रमुञ्चन्ति नित्यमाकाशसंस्थिताः॥ ब्रह्मणोत्पादिते देवि अग्निकुण्डात्समुत्थिते॥ नमस्ते कपिले पुण्ये सर्वदेवनमस्कृते॥ जय नित्यं महासत्त्वे सर्वतीर्थादिमङ्गले॥ दातारं स्वजनोपेतं ब्रह्मलोकं नयाशु वै॥ ततः प्रदक्षिणां कृत्वा नत्वा ब्राह्मणपुङ्गवान्॥ आशीर्वादान्वदेयुस्ते पुत्रपौत्रधनागमान्॥ आरोग्यं रूपसौभाग्यं सर्वदुःखविवर्जिताः॥ अन्ते गोलोकमासाद्य चिरायुःसुखभाग्येत्॥ यदा स्वर्गात् प्रपतति राजा भवति धार्मिकः॥ सप्तद्वीपवत्तीं भुङ्क्ते सदा राज्यमकण्टकम्॥ अहो व्रतमिदं पुण्यं सर्वदुःखविनाशनम्॥ अतःपरं प्रवक्ष्यामि दानस्य फलमुत्तमम्॥ महावेदमये पात्रे सद्वृत्ते चाक्षयं भवेत्॥ कपिलाख्या यदा षष्ठी जायते भुवि मानद॥ व्रतं सर्वव्रतश्रेष्ठमिदमग्न्यं महाफलम्॥ उद्धरिष्यति दातारं नूनमक्षय्यमव्ययम्॥ एवं देव गणाः सर्वे भूतसङ्घा महर्षयः॥ आकाशस्थाः प्रनृत्यन्ति पुण्येऽस्मिन्दिवसागमे॥ पात्रभूताय ऋषये श्रोत्रियाय कुटुम्बिने॥ एवं यः कपिलां दद्याद्विधिदृष्टेन कर्मणा॥ स याति परमं स्थानं यावन्न च्यवते पुनः॥ इति हेमाद्रयुक्तो व्रतविधिः॥ अथ स्कान्दे प्रभासखण्डे तु संक्षेपेणोक्तो व्रतविशेषः॥ उपलिप्ते शुचौ देशे पुष्पाक्षतविभूषिते॥ स्थापये दव्रणं कुम्भं चन्दनोदकपूरितम्॥ पञ्चरत्नसमायुक्तं दूर्वापुष्पाक्षतान्वितम्॥ रक्तवस्त्रयुगच्छन्नं ताम्रपात्रेणसंयुतम्॥ रथं रौप्यपलस्यैव एकचक्रसुचित्रितम्॥ सौवर्णी पलसंयुक्तां मूर्तिं सूर्यस्य कारयेत्॥ कुम्भस्योपरि संस्थाप्य गन्धपुष्पैस्तथार्चयेत्॥ आदित्यं प्रपूजयेद्देवं नामभिः स्वैर्यथोदितैः॥ आदित्य भास्कर रवे भानो सूर्य दिवाकर॥ प्रभाकर नमस्तुभ्यं संसारान्मां समुद्धर॥ भुक्तिमुक्तिप्रदो यस्मात्तस्माच्छान्तिं प्रयच्छ मे॥ नमो नमस्ते वरद ऋक्सामयजुषां पते॥ नमोऽस्तु विश्वरूपाय विश्वधात्रे नमोऽस्तु ते॥ एवं संपूज्य विधिवद्देवदेवं दिवाकरम्॥ पूजयेत्कपिलां धेनुं वस्त्रमाल्यानुलेपनैः॥ दानमंत्रः- दिव्यमूर्तिर्जगच्चक्षुर्द्वादशात्मा दिवाकरः॥ कपिलासहितो देवो मम मुक्तिं प्रयच्छतु॥ यस्मात्त्वं कपिले पुण्ये सर्वलोकस्य

पावनी॥ प्रदत्ता सह सूर्येण मम मुक्तिप्रदा भव॥ इतिस्कान्दे कपिलाषष्ठीव्रतम्॥ द्धेनुं द्विजातये॥ भानुं सदक्षिणं दद्यान्मन्त्रेणानेन यत्नतः॥ भास्करः प्रतिगृह्णाति भास्करो वै ददाति च॥ भास्करस्तारकोभाभ्यां तेन वै भास्करो मम॥ ब्राह्मणान् भोजयेत्पश्चात्पायसेन गुडेन च॥ शक्त्या च दक्षिणां दद्यात्तेभ्यश्चैव विशेषतः॥ अल्पवित्तोऽपि यः कश्चित्सोऽपि कुर्यादिमं विधिम्॥ आत्मशक्त्यानुसारेण सोऽपि तत्फलमाप्नुयात्॥ आचार्यस्य ततो भक्त्या सर्वं पाणौ विनिक्षिपेत्॥ गोभूहिरण्यवासांसि व्रीहयो।

वहाँ पर ही सहस्त्ररश्मि स्थूल एवं सूक्ष्म गुणों वाले सर्वत्र विचरने वाले सर्वरूप, प्रकाश के करनेवाले, सात घोडों के रथ में विराजमान, कमल को हस्त में धारण करनेवाले, दिन को करनेवाले, रुद्राक्ष और धनुष को हाथों में धारण करनेवाले कुण्डल एवं मुकुट से शोभित भगवान् सूर्यनारायण की प्रतिमा नानाविध रत्नों से जड़ी हुई ऐसी ही सोने की होनी चाहिए। वैभव अधिक हो तो एक पल सुवर्ण से अधिक की, यदि कम हो तो आधे पल या चौथाई पल की होनी चाहिए। अरुण नामा सारथि और वैसी ही सुवर्ण की घोड़ों की वागडोर होनी चाहिए, उस रथ में सुवर्ण के ही सात घोड़े लगे हुए हों। विनतानन्दन अनूरु अरुणनाम के सारथि को तो रथ के जूडे पर बिठाये, उसके हाथ में सातों घोड़ों की रश्मियाँ दे दे। सूर्य को उस रथ पर विराजमान करे, पर उस रथ में विराजमान करने के स्थान में केसर चन्दनादि से कमल का आकार लिखे। सूर्यदेव को कमल पर रथ के बीच में स्थापित करे। सूर्य भगवान् की मूर्ति को शोणित वर्ण की धोती और दुपट्टे से शोभित करे। लाल चन्दन लगाये और लाल पुष्पों की माला गले में पहनाये। फिर लाल फूल, लाल चन्दन और लाल अक्षतादिकों से उनकी अर्चना करे। सूर्यदेव की अर्चना के पहले अरुण की पूजा करे। ऐसे कहे कि, हे विनतानन्दन! प्रकाशकारी, कर्मों को देखनेवाले, अन्धकार के, विनाशक, सप्तअश्वों और सप्त रश्मियों वाले अरुणदेव मुझ पर अपनी प्रसन्नता प्रगट करे। फिर 1 प्रभूत, 2 विमल, 3 सार, 4 आराध्य और 5 परमशुभ—इन पांच आसनों की कल्पना सूर्यभगवान् के लिए करे, अर्थात् ये प्रभूतादि आसनों पर विराजमान हैं। 1 दीप्ता, 2 सूक्ष्मा, 3 भद्रा, 4 बिम्बिनी, 5 विमला, 6 अनघा, 7 अमोघा, 8 विद्युत और 9 सर्वतोमुखी, इन नवशक्तियों का सूर्यभगवान् के समीप में पूजन करे। शिखा में भास्कर, ललाट में सूर्य, नेत्रों के बीच में भानु, मुख पर रवि, कण्ठ में भानुमान्, दोनों हाथों पर पद्‌गहस्त, दोनों सीनों पर तिमिर क्षयकृत् देव, नाभि पर, जातवेद, कटिपर भानु, गुह्यदेश में उग्ररूप, दोनों जंघाओं पर तेजोरूप और पावों पर स्थूल और सूक्ष्म गुणों से अन्वित सर्वरूप का न्यास करे। न्यास करने के बाद अर्ध्यपात्र लेकर फिर पूजे, करवील और अर्क (आक) के पुष्पों को लालचन्दन के साथ लेकर उनमें और भी सुगन्धित लाल कमल गुलाब आदि पुष्पों को सम्मिलित करे, फिर उन पुष्पों से तथा सुगन्धित धूप और रोली से सूर्यदेव का पूजन करे। पीछे **'ओं मार्तण्डाय नमः, पादौ पूजयामि'** इत्यादि नाम मंत्रों की कल्पना करके 1. पाद, 2. जंघा, 3. जानु, 4. ऊरु, 5. कटि, 6. नाभि, 7. वक्षःस्थल, और 8 मस्तक— इन आठ अंगों में 1. मार्तण्ड, 2. भानु, 3. आदित्य, 4. भास्कर, 5. तपन, 6. रवि, 7. हंस और 8 दिवाकर—इन नामों के मंत्रों से अलग अलग पूजन

करे। तत्पश्चात् चांदी या तांबे के पात्र को अर्ध्य दान के लिए लेकर जल से पूर्ण करे, उसमें अर्ध्य के उपयुक्त चन्दन पुष्पादि रखे, उस अर्ध्यपात्र के जल से पूर्वादि 8 आठ दिशाओं के मार्तण्डादि आठ देवताओं का अथवा दिक्पालों का पूजन करे, अर्थात् **'ओंपू पूर्वाधिष्ठात्रे मार्तण्डाय नमः अर्ध्यं समर्पयामि'** पूर्व के अधिष्ठाता मार्तण्ड के लिए नमस्कार अर्ध्य देता हूँ, इत्यादि नाममंत्रों से आठों दिशाओं में अर्ध्य दान करे। गन्ध, पुष्प, चन्दन चढ़ाये। पुष्प, फल और चन्दनयुक्त जलपात्र को हाथ में लेकर जानू मोड़कर सूर्य के लिए 12 द्वादशवार अर्ध्य दे और 'वेदगर्भ' इत्यादि द्वादश मंत्रों को पढे कि,

1. हे वेदगर्भ! आपके लिए प्रणाम है, हे वेदगर्भ! आपके लिए प्रणाम है, अव्यक्तमूर्ति आपके लिए प्रणाम है, आप मेरे इस अर्ध्य को ग्रहण करें।
2. हे चतुर्वक्र! हे सनातन! आप ब्रह्माजी के स्वरूप को धारण करनेवाले सबकी उत्पत्ति, पालन और विनाश के करनेवाले हैं, आप अर्ध्य को अंगीकार करें। आपके लिए प्रणाम है।
3. विष्णु (सर्वान्तर्यामी) के रूप को धारण करने वाले देव (दीप्तमान्) पीताम्बरधारी, चार भुजाओंवाले और सब लोकों की उत्पत्ति के कारण स्वरूप आप हैं, आपके लिए प्रणाम है। आप इस अर्ध्य को अंगीकार करें।
4. जो त्रिलोकी को दग्ध करता है उस त्रिशूलधारी भगवान् रुद्र के स्वरूप को धारनेवाले आपके लिए ही यह अर्ध्य है, आप इसे अंगीकार करें, आपको प्रणाम है।
5. हे उदयाचल पर विराजमान होनेवाले! हे महाभूतरूप तेजों के पुंज से प्रगट होनेवाले! हे अन्धकार को क्षीण करनेवाले! हे देव! आप अर्ध्य ग्रहण करें, आपके लिए प्रणाम है।
6. हे मंत्ररूप! हे पूत (पवित्ररूप)! हे निद्रा के अधीश्वर! हे सब मनुष्यों के आश्रयस्वरूप! हे कुष्ठादिमहाव्याधियों के नष्ट करनेवाले आप अग्निरूप से सात जिह्वा धारण करते हो आपके लिए प्रणाम है। आप अर्ध्य ग्रहण करें।
7. आप ब्रह्मा हो, आप विष्णु हो, आप रुद्र हो, आप दक्षादि प्रजापति हो और आप ही समस्त प्राणिस्वरूप हो। आपके लिए प्रणाम है, आप अर्ध्य ग्रहण करिये।
8. काल सर्वभूत और वेदरूप सर्वतोमुख आप हैं, अर्ध्य ग्रहण करिये, आपको नमस्कार है।
9. आप जन्म मृत्यु जरा और संसार के भय को नष्ट करनेवाले हैं। आपको नमस्कार है अर्ध्य ग्रहण करिये।।
10. दरिद्रता और परिभवादिकों के दुःखों के विध्वंसक, श्रीमान् देव (प्रकाशक) और दिन के करनेवाले आप हरिदश्व हैं। अर्ध्य ग्रहण करिये। आपके लिए प्रणाम है।
11. सुवर्णसुन्दर दिव्य वर्णवाले, स्फाटिक-स्फटिक के पदार्थ की भ्रांति स्वच्छ, स्वर्ण जिनका वीर्य है, ऐसे हरिदश्वनामा दिवाकर आप अर्ध्य ग्रहण करें, आपके लिए प्रणाम है।
12. चारों वेदों से सिद्ध जिसकी संस्था अर्थात् जिसका स्वरूप, आठ मूर्तियों से यानी कमल की आठ कर्णिकाओं में स्थापित सूर्य तपनादि नामवाले आठ स्वरूपों से गाते हैं, सामवेद जिसकी यज्ञ में स्तुति करता है ऐसे, आप अर्ध्य ग्रहण करें, आपके लिए प्रणाम है।

इस प्रकार द्वादशमासों के भेद से द्वादशात्मा सूर्य नारायण के लिए द्वादश मंत्रों से द्वादश बार अर्ध्यप्रदान करे, फिर गन्ध, पुष्प, धूप, दीप और नैवेद्य से यथाशक्ति पूजन करके फिर सूर्यदेवता की प्रार्थना करनी चाहिए। इस प्रार्थना में कुछ वेद के मंत्र आ गये हैं इस कारण उनका अर्थपूर्वक उल्लेख करके कहते हैं—**'अग्नि मीले पुरोहितं यज्ञस्य देव मृत्विजम्, होतारं रत्नधातमम्'** हम सबसे पहले स्थापित होनेवाले अग्नि की स्तुति करते हैं जो सबके बुलानेवाले समय पर यज्ञ का यजन करानेवाले हैं, अपने भक्तों को रत्नादि देनेवाले हैं। वैदिक जीवन में पुरोहित पद का बड़ा सुन्दर अर्थ किया है। सायनाचार्य के अर्थ की छाया इसमें और उक्त भाष्य में पूर्णरूप से झलकती है, अग्नि के मंत्र तो सूर्योपस्थान तक में आ चुके हैं। ऋग्वेद की सन्ध्या में रख भी दिये हैं। तात्पर्य यह कि, ऐसे आदित्य के लिए नमस्कार है। **'ओं जातवेदसे सुनवाम सोम मरातीय तो निदहाति वेदः स नः पर्षदति दुर्गाणि विश्वा नावेव सिन्धुं दुरितात्यग्निः'** जातमात्र के जाननेवाले को सोम का स्तवन करता हूँ। हमसे वैर करनेवालों के वो ज्ञान और धन को जला रहा है एवम् मुझे मेरी आपत्तियों से ऐसे पार लगा रहा है जैसे चतुर मल्लाह समुद्र से पार लगा देता है। ऐसे जो आदित्य देव हैं उनके लिए नमस्कार है। **'ओं इषेत्वोर्जे त्वा वायवस्थ देवो वः सविता प्रार्पयतु श्रेष्ठतमाय कर्मण आप्यायध्वमध्न्या इन्द्राय भागम्प्रजावती रनमीवा अयक्ष्मा मा वस्तेन ईशत माघशंसो ध्रुवा अस्मिन्गोपतौ स्यात बह्वीर्यजमानस्य पशून् पाहि'** वृष्टि के लिए काटता हूँ। रस के लिए तुझे सींचा करता हूँ। हे बछडो! खेलने में लगे हुए हो। आपको सवितादेव पवित्र कर्म के लिए अच्छे स्थान को ले जायें। हे अहिंसनीय गउओं! इन्द्र के लिए उसके भाग की रक्षा करना, जिससे निरोग और उत्तम सन्ततिवाली हों, तुम चोर आदि पापी न देखें न निन्दक की ही तुम पर दृष्टि पड़े, इस यजमान के घर बहुत-सी हो सदा बनी रहना। तुम इन सबकी रक्षा करना। ऐसे आदित्य देव के लिए नमस्कार है। **'अग्ने स्वयं नो'** और **'शं नो देवी'** (इन दोनों का अर्थ पहले दिया जा चुका है), ऐसे आदित्य को नमस्कार है (यद्यपि हमारी शैली समुपस्थित विनियोग के अनुसार अर्थ करने की है इनका यहाँ विनियोग आदित्य के नमस्कार में देखा जा रहा है। अतः आदित्य की नमस्कृति के अनुसार ही अर्थ भी चाहिए। पर अग्नि के नाम के मंत्र आदित्य की प्रार्थना में देखे जाते हैं, दूसरे में या तो आदित्य को व्यापक रूप से जलदेव मानकर निर्वाह कर लिया जाये या इसका भी आदित्य पर अर्थ कर लिया जाये कि यजनादि के लिए आदित्य देव हमारे लिए शांति दें, व्यापक किरणें हमारे रक्षण के लिए हों, हुए रोगों की शांति तथा बिना हुओं की दूर ही निवृत्ति कर दें) जगत् को जन्म देनेवाले आपके लिए नमस्कार है, हे आत्मरूपिन्! आपके लिए नमस्कार है। विश्व आपकी मूर्ति है, आपके लिए नमस्कार है! आप ही धाता हैं, आप ही विष्णु हैं, आप ही ब्रह्मा और हुताशन हैं, हे सुरेश्वर! मैं मुक्ति चाहता हूँ, आपके सब ओर चक्षु और सब ओर चरण बताये गये हैं, आप सब ओर हैं विश्वात्मा देव हैं, हे सुरेश्वर! आपकी प्रार्थना करता हूँ, इन मंत्रों को कहकर सूर्यदेव को नमस्कार करना चाहिए। **'ओम् संवर्चसा पयसा सन्तनूभिरगन्माहि मनसा संशिवेन, त्वष्टा सुद त्रो विदधातु रायोऽनुमार्ष्टुतन्वो यद्विलिष्टम्'** - हम तेज, पय, शुद्ध मन और शुद्ध, अंगों से संगत होते हैं। अच्छे दानी दीप्तिमान् देव हमें मोक्ष या धन दें, शरीर में जो दोष हों उन्हें दूर कर दें, इस मंत्र से पानी से हाथों द्वारा मुंह धोना चाहिए। **'ओम् हंसः शुचिषद् बसुरन्तरिक्षसद्धोता वेदिषद तिथिरोणसत् नृषदूवरसदृतसद् व्योमसदब्जा**

गोजा ऋतजा अद्रिजा ऋतं बृहत्' भगवान् सूर्यदेव तेजोरूप हो विराजते हैं, अन्तरिक्ष में बैठते हैं। यज्ञशाला में आहवनीय कुण्ड में बैठकर देवताओं के आवाहन करनेवाले होते हैं, वेदी पर भी आप ही विराजते हैं। आप सबके पूजनीय हैं मनुष्यों में श्रेष्ठ जगह में यज्ञ में और सत्य में आप रहते हैं, भूतग्राम में पाषाण में मेघ में और जल में आप किसी न किसी रूप में विराजमान हैं, आप सर्वगत हैं एवं सबसे बड़े हैं, इस मंत्र से सूर्यदेव के दर्शन करने चाहिए।

ओं उदु त्यं जातवैदसं देवं वहन्ति केतवः,
दृशे विश्वाय सूर्य्यम्।। 1।।

सबके जाननेवाले प्रकाशशील उन सूर्य देव को किरणें ऊपर को चढ़ा ले जा रही हैं।

ॐ अपत्ये तायवो यथा नक्षत्रा-
यत्न्यक्तुभिः सूराय विश्वचक्षसे।।2।।

हे सूर्यदेव! चोर आकाश में सबको दिखानेवाले आपको देखकर आपके लिए ऐसी भावना करते हैं कि, ये छिप जायें तो विना चांदनी केवल तारे भरी रात आ जाये जिसमें हम खूब चोरी करें हमें कोई न देख सके।

ॐ अदृश्रमस्थ केतवो विरश्मयो
जनाँऽ अनुभ्राजन्तोऽअग्नयो यथा।।3।।

मनुष्यों के सामने जैसे स्वच्छ विद्युदादि अग्नियाँ चमका करती हैं उसी तरह सबका ज्ञान करानेवाली सूर्य देव की किरणों को हम सामने देख रहे हैं।

ॐ तरणिर्विश्वदर्शतो ज्योतिष्कृदसि
सूर्य विश्वमाभासि रोचनम्।।4।।

हे सूर्यदेव! आप संसार सागर को पार करनेवालों के लिए नाव हो, सबके लिए सब ओर से देखने योग्य हो, प्रकाश के करनेवाले हो अथवा प्रकाशक चांद नक्षत्रादिक आपके ही प्रकाश से प्रकाशित होते हैं, नामरूप से विभक्त इस जगत् को भी आप ही प्रकाशित करते हैं।

ॐ प्रत्यङ् देवानां विशः प्रत्यङ्ङुदेषि
मानुषान् प्रत्यङ्विश्वं स्वर्दृशे।।5।।

अपने पवित्र मण्डल को दिखाने के लिए आप दैवी प्रजा और मानुषी प्रजा इन दोनों के सामने उदय होते हो, यही नहीं, किन्तु इसी के लिए आप सभी संसार के सामने उदय होते हों।

ॐ येनापावकचक्षसा भुरण्यन्तं
जनाँऽअनु, त्वं वरुण पश्यसि।।6।।

हे वरुण! जिस पवित्र प्रेममयी दृष्टि से पक्षीसम उत्तरायण के पथिक को एवं यज्ञानुष्ठानी को अपनी ओर आतीवार आप देखते हैं, उसी दृष्टि से इन अपने तुच्छ जनों को भी देखिये।

ॐ विद्यामेषि रजस्पृथ्वहा मिमानोऽअक्तुभिः,
पश्यन् जन्मानि सूर्य्य।।7।।

हे सूर्य! बहुत से दिनों और रातों से आप सब लोकों को नापते एवम् जीवों के जन्मों को देखते हुए जाते हो यह मैं जानता हूँ।

ॐ सप्त त्वा हरितो रथे वहन्ति
देव सूर्य्य, शोचिष्केशं विचक्षण।।8।।

हे विचक्षण! हे देव सूर्य! प्रभा के केशोंवाले आपको सात हरे रंग के घोड़े खींचते हैं।

ॐ अयुक्त सप्त शुन्ध्युवः सूरो रथस्य नप्त्यः,
ताभिर्याति स्वयुक्तिभिः।।9।।

शीघ्र चलनेवाली सात घोड़ियाँ भी आपके रथ में लगती हैं, उन अपनी जोड़ी हुई घोड़ियों से सूर देव जाते हैं।

ॐ उद्वयं तमसस्परि ज्योतिष्पश्यन्त उत्तरम्,
देवं देवत्रा सूर्यमगन्म ज्योतिरुत्तमम्।। 10।।

हम देव लोक में स्थित हों तमसे परे सर्वोत्कृष्ट ज्योति को देखते हुए देव सूर्य को प्राप्त हो सूर्यान्तरवर्ती तेजोमय कमलेक्षण को पा गये।

ॐ उद्यन्नद्य मित्रमह आरोहन्नुत्तरां दिवम्,
हृद्रोगं मम सूर्य्य हरिमाणं च नाशय।। 11।।

हे सुकृतियों को मित्र के रूप में देखनेवाले सूर्य! दिव में ऊपर चढ़ते हुए मेरे बड़े भारी हृदय के रोग और जर्बी वा हरियापने को नष्ट करिये।

शुक्रेषु मे हरिमाणं रोपणाकासु दध्मसि,
अथो हारिद्रवेषु मे हरिमाणं निदध्मसि।। 12।।

आप मेरी जर्दी या हरियापने को तोता और पिद्दी मैना आदि पक्षियों में रख दें, उससे भी जो बाकी बचे मेरे उस त्वच रोगादि को हरिद्राओं में रख दें, पर मुझे उससे सर्वथा मुक्त कर दें।

ॐ उदगादयमादित्यो विश्वेन सहसा सह,
द्विषन्तं मह्यं रन्धयन् मोअहं द्विषते रधम्।। 13।।

भगवान् सूर्य देव अपने पूरे बल के साथ मेरे लिए मेरे वैरियों को दबाते एवम् मुझे मेरे वैरियों के ऊपर रखते हुए उदय हुए हैं।

ॐ चित्रं देवानामुदंगादनीकं चक्षुर्मित्रस्य वरुणस्याग्नेः।
आप्रा द्यावा पृथिवीऽअन्तरिक्षं सूर्य्यऽआत्मा जगतस्तस्थुषश्च।। 14।।

किरणों का पूजनीय समूह उदय हो गया, इसी में मित्र वरुण और अग्नि की ख्याति है यानी इसी को मित्र वरुण और अग्नि भी कह देते हैं, यह द्यावा पृथ्वी और अन्तरिक्ष में पूर्णरूप से पूरा रहा है यही सूर्य स्थावर और जंगम दोनों की आत्मा है।

ॐ सूर्य्यो देविमुषसं रोचमानां मर्य्यो न योषामभ्येति पश्चात्,
यत्रानरो देवयन्तो युगानि, वितन्वते प्रतिभद्राय भद्रम्।।15।।

जैसे मनुष्य स्त्री के पीछे अभिगमन करता है उसी तरह भगवान् सूर्यदेव प्रकाशमान उषा के पीछे आते हैं, जिसमें देवयजन को चाहनेवाले मनुष्य भद्र के लिए भद्र के प्रति युगों का विस्तार करते हैं।

भद्रा अश्वा हरितः सूर्य्यस्य चित्रा एतग्वा, अनुमाद्यासः,
समस्यन्तो दिव आपृष्टमस्थुः परि द्यावापृथिवी यन्ति सद्यः।।16।।

सूर्यदेव के हरे रंग के नानाप्रकार की चाल जाननेवाले पूजनीय भद्राश्व हैं, जो सदा प्रसन्न करने के योग्य हैं, ये सूर्य भगवान् को नमस्कार एवम् सूर्यदेव के भक्तों के लिए अन्न देते हुए दिवकी पीठ पर अपनी आस्था करते हैं एवम् निरालंब ही द्यावा पृथ्वी की परिक्रमा कर जाते हैं। (भागवत में गायत्री आदि छन्दो के नाम ही सातों घोड़ों के नाम माने हैं।)

ॐ तत्सूर्य्यस्य देवत्वं तन्महित्वं मध्याकर्तोर्विततं संजभार।
यदेदयुक्त हरितः सधस्थादाद्रात्रीवासस्तनुते सिमस्मै।।17।।

मैं इसको भगवान् सूर्य का देवत्व और महत्व समझता हूँ कि लोग तो अपने अपने कामों में ही लगे रह जाते हैं पर यह अपनी फैली हुई किरणों को जो कि अनेक साधनों से भी न हटाई जा सकें तुरन्त हटा लेता है, जब यह अपने हरे रंग के घोड़े या भूमि से रस को खींचने वाली किरणों को जिस भूखण्ड से वियुक्त करता है वहीं सबके लिए रात हो जाती है।

ॐ तन्मित्रस्य वरुणस्याभिचक्षे सूर्यो रूपं कृणुते द्यौरुपस्थे।
अनन्तमन्यद्रुशदस्य पाजः कृष्णमन्यद्धरितः सम्भरन्ति।।18।।

आकाशरूपी आंगन के बीच सूर्यदेव पापियों को दण्ड देने के लिए वरुण का और धर्मात्माओं पर अनुग्रह करने के लिए मित्र का रूप धारण करते हैं, एक इनका तेजरूप बल अनन्त है जो कि इसके भीतर विराजमान रहता है, दूसरा यह कृष्ण है जिसे ये किरणें धारण करती हैं।

ॐ अद्या देवा उदिता सूर्यस्य निरंहसःपिपृता निरवद्यात्।
तन्नो मित्रो वरुणो मामहन्ता मदितिः सिन्धुः पृथिवी उतद्यौः।।19।।

सूर्यदेव की प्रकाशशील किरणें उदय हो गयीं, वो मुझे पाप और झूठ से बचायें। मेरी इस बात का मित्र, वरुण, अदिति, सिन्धु और पृथ्वी सब अनुमोदन करें।

इन सूक्तों को भगवान् सूर्य नारायण के सामने जपना चाहिए। सर्वतोभद्र के समीप एक उत्तम स्थल में अथवा सर्वतोभद्र के कमल के कोने में एक फलक रख दे, उस पर फल, पुष्प, अक्षत और अनेक प्रकार के भक्षों से शुभदेश में देव की शय्या बनानी चाहिए, षड्धान्य और षड्रस वहाँ रखने चाहिए, उस पर भगवान् आदित्य की मूर्ति रखनी चाहिए, जो चांदी की बनी हुई हो, हाथ में तलवार लगी हुई हो, दो कपड़े धारण किये हो, इसी तरह नहीं, किन्तु नमक पर रखनी चाहिए पीछे इन मंत्रों से स्नान और अर्चन होना चाहिए कि दुष्टों को मारने की इच्छा से खड्ग हाथ में लिये हुए क्रोधरूपी आपके लिए नमस्कार है, मारने की इच्छावाले आपको देखकर सब देवता भाग गये, हे भास्कर! आपने चमकता हुआ मेरुदण्ड व्याप्त कर रखा है इसी कारण मैं आपको पूजता हूँ, अर्ध ग्रहण करो, तेरे लिए नमस्कार है। उस रात्रि को गाने बजाने में पूरी करके सूर्य के उदय होने पर यथाशक्ति होम करना चाहिए। उसमें शक्ति के अनुसार देवता और गुरुओं का पूजन करना चाहिए। सूर्य का होम समिध और घी के मिले हुए तिलों से करना चाहिए। द्विज को चाहिए कि, विधिपूर्वक बनाये हुए चरू द्रव्य और घी का हवन करे।

ॐ आकृष्णेन रजसा वर्तमानो निवेशयन्नमृतम्मर्त्यञ्च।
हिरण्ययेन सविता रथेना देवो यातिभुवनानि पश्यन्।।

'रात और दिन, पापियों को मृत और पुण्यात्माओं को अमृत देते हुए भगवान् सूर्यदेव तेजोमय रथ से भुवनों को देखते हुए जाते हैं।' इस मंत्र से एकसौआठ आहुतियां देनी चाहिए, अथवा व्याहृतियों (ओं भूर्भुवः स्वः) से होना चाहिए, पश्चात् स्विष्टकृद् होम भी होना चाहिए। तत्पश्चात् पापों के विध्वंस करनेवाली, बछड़े सहित कपिला गौरूप षष्ठी की अधिष्ठात्री देवी का पूजन करे। वस्त्र से आवृत एवं घण्टों से शोभायमान कण्ठ वाली, सुवर्ण के पत्रों से आच्छन्न शृंगवाली, तांबे के पत्र से शोभित पीठवाली, चांदी के पत्रों से मण्डित खुरवाली कपिला गऊ को आचार्य के लिए दे। उसके दोहन के लिए कांसे की दोहनी दे, अपनी शक्ति के अनुसार वस्त्रादि उपस्कर भी दे और कहे कि, हे कपिले! तुम मस्त प्राणियों की पूजनीया एवं समस्त तीर्थरूपा और रोहिणी स्वरूपा हो, अतः आप मुझे श्शान्ति प्रदान करो! जो सब देवताओं की लक्ष्मीरूपा है और सब देवताओं में प्रतिष्ठिता है, वही आज गऊ के रूप से विराजमान कपिलादेवी मुझे शान्ति प्रदान करे। जो एकादश रुद्रों के शरीर में स्थित हे, जो महेश्वर की प्रिया है वही देवी गऊरूप बनके मेरे पापों को नष्ट करे। जो विष्णु भगवान् के वक्षःस्थल में लक्ष्मी रूप से, अग्नि की स्वाहा एवं चन्द्रमा, सूर्य और अग्नि की शीतल, गरम और दग्ध करने की शक्ति स्वरूपा है, वही आज गऊरूप से मेरी सम्पत्ति के लिए हो। जो ब्रह्मा कुबेर और इन्द्रादि लोकपालों की विभूतिरूपा है वही गऊरूप होकर मुझे वरदान दे। तुम सब पितरों की तृप्तिकरने के लिए स्वधा यज्ञ भोक्ता देवताओं की तृप्ति करने में स्वाहा, एवम् लोकों में विख्यात वषट्कार स्वरूपा है

गो मुझे तुष्टि देनेवाली हो। इन ही छः मंत्रों से गन्ध, पुष्प, धूप, दीप, नैवेद्य और ताम्बूल गऊ पर चढाकर दान करने के पहले उनकी पूजा करनी चाहिए। और 'गावो में इस मंत्र को पढता हुआ गऊ का स्पर्श करके प्रणाम कर पीछे प्रदक्षिणा करनी चाहिए।

उक्त मंत्र का अर्थ है कि, गऊएं मेरे आगे-पीछे रहें, गऊएं मेरे हृदय में और गऊओं के बीच में मैं निवास करता हूं। जो पुरुष इस पूर्वोक्तन्त्रि से गऊरु को हाथ लगा प्रणाम करके उनकी प्रदक्षिणा करता है, उसने सातद्वीपोंवाली पृथिवी की प्रदक्षिणा कर ली। फिर हे कपिले! हे देवि! हे सब पापों को दग्ध करनेवाली!!! आपके लिए प्रणाम है। हे गोमातः संसार समुद्र में डूबे हुए मेरा उद्धार करिये आप मेरी रक्षा करने योग्य हैं, ऐसा कहकर प्रार्थना करें। 'हिरण्यगर्भ' मंत्र से दक्षिणा समर्पण करे। दो लाल वस्त्र सूर्यदेव की प्रसन्नता के लिए दे कि, ये दो लालवस्त्र हैं इसी कारण सूर्यदेव के प्रिय हैं। इनके प्रदान से मुझे सूर्यदेव शान्ति प्रदान करें और व्रतानुष्ठान की समाप्ति के समय सुन्दर वस्त्र और अलंकारों से शोभायमानगऊ और सूर्यदेव की प्रतिमा का दान करे और दान प्रतिष्ठा के निमित्त दक्षिणा दे और दाता एवं प्रतिग्रहीता दोनों कहें कि, सूर्य देनेवाले, सूर्य लेनेवाले और सूर्य ही अपने दोनों के उद्धार करनेवाले हैं, अतः सूर्य के लिए बारबार प्रणाम है। गुड़-खीर से ब्राह्मणों को भोजन कराकर शक्ति के अनुसार आचार्य और ऋत्विजों के लिए ज्यादा और कुछ अन्य ब्राह्मणों के लिए भी दक्षिणा दे। यदि व्रती के धन कम भी हो तो वह इस विधि के करने में त्रुटि न करे, किन्तु दान में तारतम्य अपनी शक्ति के अनुरूप करे। इससे निर्धन भी कपिलाषष्ठी के अनुष्ठान का फलभागी होता है। फिर गऊ, जमीन, सुवर्ण, वस्त्र, धान्य, लवण और तिल इन सबको आचार्य के हाथों में समर्पण करके कपिला गऊ को प्रार्थना करे कि, हे कपिले! तुम पुण्यकर्म्मा निष्पाप हो, मैं दीन हूँ और इस पुण्यकर्म में आपका प्रदान करता हूँ, अतः आप मेरा उद्धार करें। मेरे किये कर्म्म के पुण्य को अक्षय करें। हे कपिले! स्वर्ग में रहनेवाले देवता लोग तुम्हारे आगे बाजे बजाते हुए तुम्हारी पूजा किया करते हैं और तुम्हारे जितने रोम हैं उन सबमें से एक एक रोम में विद्याधर, सिद्ध, भूत, नाग और ग्रह वसते हैं। आप जब पृथ्वी पर बिराजती हो तब आपके ऊपर आकाश से देवतालोग नित्य ही पुष्प वर्षाते हैं! हे देवि! ब्रह्माजी ने आपको उत्पन्न किया है, तुम ब्रह्माजी के यज्ञ कुण्ड से प्रगट हुई हो। हे कपिले! सब देवतालोग आपको प्रणाम करते हैं, इससे आपके लिए मेरा प्रणाम है। आप महसत्त्वारूपा हो अर्थात् परमात्मा स्वरूपा हो, सब तीर्थों में जो पुण्य फल मिलता है उसकी प्राप्ति में मुख्य कारण तुम ही हो, आपके दान से ही वे तीर्थ मंगल के हेतु होते हैं। हे देवि! आप बान्धवों के साथ मुझे ब्रह्मपद को शीघ्र प्राप्त कराओं, ऐसी प्रार्थना करने के पीछे प्रदक्षिणा करके ब्राह्मणपुंगवों को प्रणाम करे। वे ब्राह्मण ऐसे आशीर्वाद दें, जिससे वह इस लोक में सब दुःखों से छूटकर पुत्र, पौत्र, धन, स्वाध्याय, आरोग्य, रूप और सौभाग्य (यशस्विता) को प्राप्त हो एवम् अन्त में गोलोक जाकर चिरकाल सुख भोगे। (यहां गोलोक परमात्मा के धाम का वाचक नहीं है, किन्तु किसी उत्तम पद का है, इसी से कहते हैं कि) जब पुण्यफल भोगकर स्वर्ग से गिरता है तो यहाँ धर्मनिष्ठ चक्रवर्ती राजा होता है, सप्तद्वीपा पृथ्वी के निष्कण्टक राज्यसुख को जीवनपर्यन्त भोगता है। यह व्रत महान पवित्र एवम् सर्वःदुखों का नाशक है। इसके पश्चात् आचार्य को कपिला दान करने का फल भी सुनाता हूँ कि, समस्त वेदों के अध्ययन आदि करने से, वेदमूर्ति, सदाचारनिष्ठ रहने से, सुपात्र आचार्य के लिए देने से अक्षय पुण्य होता है, अतः

ऐसे ही आचार्य के लिए दान करे! हे मानद। कपिलाषष्ठी जिस संवत्सर में प्राप्त हो तब यह व्रत दूसरे उन व्रतों से उत्तम एवं महान् पुण्य फल का देनेवाला होता है, तब स्वर्गनिवासी देवगण भूतगण और महर्षिगण नृत्य करते हुए पुकारते हैं कि, अब यह व्रत दानियों को यहाँ प्राप्त करके अक्षय, अव्यय पुण्य भोगने का अधिकार करेगा सुपात्र, वेदपाटी, कुटुम्बी और ऋषि के समान सचादारी। ब्राह्मण के लिए जो शास्त्र विधि के अनुसार कपिलादान करता है वह उस परमपद को प्राप्त होता है, जिस पेड से फिर गिरना न हो। इस प्रकार हेमाद्रि में कही हुई कपिलाषष्ठी के व्रत की विधि पूरी हुई।

स्कन्दपुराण के प्रभासखण्ड में संक्षेप में व्रतविशेष कहा है कि, गोमय और मृत्तिकादिकों से लिपी हुई, एवं पुष्प और अक्षतों से विभूषित पवित्र भूमि में धान्यराशिपर चन्दनमिश्रितजल से पूर्ण, पंचरत्न सहित दूब, फूल और अक्षतयुक्त, अव्रण कुम्भ को स्थापित करे। उसको दो लाल वस्त्रों से आच्छादित करके एक तांबे का पात्र रख दे, एक पर चांदी के एक चक्रवाले विचित्र रथ को स्थापित करे। उसमें एक पल सोने की सूर्यमूर्ति को रखकर गन्धपुष्पादिकों से पूजन करे। उस पूजन के उपयोगी आदित्यादि नाममन्त्र हैं। "ओं आदित्याय नमः, आदित्य को नमस्कार, ओं भास्कराय नमः, भास्कर को नमस्कार, ओं रवये नमः, रवि को नमस्कार, ओं भानवे नमः, भानु को नमस्कार, सूर्यायनमः, सूर्य को नमस्कार, ओं दिवाकराय नमः, दिवाकर को नमस्कार, पादयोः पाद्यं समर्पयामि, हस्तयोरर्ध्यम्, मुखआचमनीयम् चरणों को पाद्य, हाथों के लिए अर्ध्य और मुख के लिए आचमनीय देता हूँ" इत्यादि क्रम से पूजन करे। तत्पश्चात् प्रार्थना करे कि, हे प्रभाकर! आपके लिए प्रणाम है, आप मेरा संसार से उद्धार करें, क्योंकि, आप ऐहिक पारलौकिक भोगसम्पत्तियों एवं मोक्ष के देनेवाले हैं। इससे मेरे लिए शान्ति प्रदान करें। हे वर देनेवाले! आपके लिए नमस्कार है। हे ऋग्वेद, सामवेद और यजुर्वेद के अधिपते! आपके लिए नमस्कार है। आपका समस्त विश्व ही स्वरूप है, या विश्व को प्रगट करनेवाले आप ही हैं, ऐसे आपके लिए नमस्कार है। विश्व को धारण करनेवाले आपके लिए बारबार नमस्कार है। ऐसे विधिवत् प्रार्थनापर्यन्त देवदेव सूर्यभगवान् की पूजा करके कपिला गऊ का दान करे। इससे पहले उसकी प्रथम वस्त्रमाला और चन्दन चढ़ाकर पूजा करे। उसको देने का यह मंत्र है, कि दिव्यस्वरूप, भुवनों के नेत्ररूप (अर्थात् प्रकाश) द्वादशात्मा, सूर्य और कपिला मुझे मुक्ति प्रदान करें। हे पुण्य कपिले! आप सब जगत् को पवित्र करनेवाली हो, मैंने आज आपको सूर्यभगवान् के साथ आचार्य के लिए समर्पित किया है, इससे मुझे प्रसन्न होकर मुक्ति प्रदान करें। यह स्कन्दपुराण के प्रभासखण्ड का कहा हुआ कपिलाषष्ठी का व्रत पूरा हुआ।।

3. स्कन्धषष्ठी व्रत कथा

अथ कार्तिके स्कन्दषष्ठीव्रतम्॥ सा पूर्वयुता ग्राह्या-कृष्णाष्टमी स्कन्दषष्ठी शिवरात्रिश्चतुर्दशी॥ एताः पूर्वयुताः कार्यास्तिथ्यन्ते पारणं भवेत्॥ इति भृगूक्तेः॥ हेमाद्रौ भविष्येश्रीकृष्ण उवाच॥ षष्ठ्यां फलाशनो राजन्विशेषात्कार्तिके नृप॥ राज्यच्युतो विशेषेण स्वं राज्यं लभतेऽचिरात्॥ षष्ठी तिथिर्महाराज

सर्वदा सर्वकामदा॥ उपोष्या सा प्रयत्नेन सर्वकालं जयार्थिना॥ कार्तिकेयस्य दयिता एषा षष्ठी महातिथिः॥ देवसेनाधिपत्यं हि प्राप्तमस्यां महात्मना॥ अस्यां हि श्रीसमायुक्तो यस्मात्स्कन्दोऽभवत्पुरा॥ तस्मात्षष्ठ्यां न भुञ्जीत प्राप्नुयाद्भार्गवीं सदा॥ दत्त्वार्घ्यं कार्तिकेयाय स्थित्वा वै दक्षिणामुखः॥ दध्नाऽक्षतोदकैः पुष्पैर्मन्त्रेणानेन सुव्रत॥ सप्तर्षिदारज स्कन्द सेनाधिप महाबल॥ रुद्रोमाग्निज षड्वक्र गङ्गागर्भ नमोस्तु ते॥ प्रीयतां देवसेनानीः संपादयतु हृद्गतम्॥ दत्त्वा विप्राय चामान्नं यच्चान्यदपि वर्तते॥ पश्चाद् भुङ्क्ते त्वसौ रात्र्यां भूमिं कृत्वा तु भाजनम्॥ एवं षष्ठीव्रतस्थस्य उक्तं स्कन्देन यत्फलम्॥ तन्निबोध महाराज प्रोच्यमानं मयाखिलम्॥ षष्ठ्यां फलाशनो यस्तु नक्ताहारो भविष्यति॥ शुक्लायामथ कृष्णायां ब्रह्मचारी समाहितः॥ तस्य सिद्धिं धृतिं पुष्टिं राज्यमायुर्निरामयम्॥ पारत्रिकं चहिकं च दद्यात्स्कन्दो न संशयः॥ अशक्तश्चोपवासे वै स च नक्तं समाचरेत्॥ तैलं षष्ठ्यां न भुञ्जीत न दिवा कुरुनन्दन॥ यस्तु षष्ठ्यां नरो रक्तं कुर्याद्भरतसत्तम॥ सर्वपापैर्विनिर्मुक्तो गाङ्गेयस्य प्रसादतः॥ स्वर्गे च नियतं वासं लभते नात्र संशयः॥ इह चागत्या कालेन यथोक्तफलभाग्भवेत्॥ देवानामपि वन्द्योऽसौ राजराजो भविष्यति॥ इति भवि० स्कन्दषष्ठीव्रतम्॥

स्कन्दषष्ठीव्रत कार्तिक में होता है। यह स्कन्दषष्ठी पंचमी योगवाली ग्राह्य है, क्योंकि भृगुस्मृति में यह कहा है कि, कृष्णजन्म की अष्टमी, स्वामि कार्तिकेय के व्रत की षष्ठी और शिवरात्रिव्रत की चतुर्दशी–ये तीनों तिथियाँ पहली तिथियों से युक्त ही ग्राह्य हैं अर्थात् कृष्णाष्टमी सप्तमीविद्धा, स्कन्दषष्ठी पंचमीविद्धा और त्रयोदशीविद्धा शिवरात्रिव्रत की चतुर्दशी ग्रहण करनी चाहिए, किन्तु पारण व्रत की तिथियों के अन्त में ही करे, अर्थात् कृष्णाष्टमी का नवमी में, स्कन्दषष्ठीका सप्तमी में, शिवरात्रि का अमावस्या में। 'तिथिभान्ते च पारणम्' यह भी सिद्धान्त वचन है अर्थात् तिथिप्रधान व्रत तिथि के अन्त में और नक्षत्रप्रधान व्रत नक्षत्र के अन्त में समाप्त करने चाहिए। हेमाद्रि के चतुर्वर्ग चिंतामणिग्रन्थ में भविष्यपुराण के जो वाक्य मिलते हैं, उन्हें यथास्थित दिखाते हैं। श्रीकृष्णचन्द्र राजा युधिष्ठिर से बोले कि, हे राजन्! सभी षष्ठीतिथियों में फलों का आहार करने का नियम पालना चाहिए, पर हे नृप! कार्तिक में तो विशेष करके फल भोजी होना चाहिए। जो राज्य से (तुम्हारी तरह) च्युत हुआ हो, वह और भी अधिक नियम पाले, ऐसा रहने से बहुत जल्दी राज्य वापस मिल जाता है। हे महाराज! स्कन्दषष्ठी सदैव सब कामनाओं को पूर्ण करती है। विजय का अभिलाषी राजा प्रतिवर्ष इस दिन विधिवत् उपवास करे क्योंकि, यह छठ स्वामिकार्तिक की प्रेमपात्र है। इससे यह छठ और तिथियों की अपेक्षा महती उत्कृष्ट है, इस छठ में महात्मा स्वामिकार्तिकेय जी ने समस्त देवताओं की सेना के आधिपत्य पद का लाभ लिया था और इस छठ के दिन ही पहले स्वामिकार्तिक विजयलक्ष्मी को प्राप्त हुए थे। इससे जो पुरुष छठ के दिन भोजन न करेगा वह भार्गवी (लक्ष्मी) को सदा के लिए प्राप्त होता है।

''सप्तर्षि'' इस डेढ़ श्लोक मंत्र से कार्तिकेय के लिए दक्षिणाभिमुख होकर अर्घ्य दे। हे सुव्रत! उस अर्घ्य में अक्षत, जल और पुष्पों को भी ले। हे सप्तर्षियों की (कृत्तिकानाम) भार्या से उत्पन्न होनेवाले! हे शत्रुओं (दैत्यों) की सेनाओं का स्कन्दन करने से स्कन्दनाम से विख्यात, हे देवताओं की सेनाओं के अधिनाथ! हे महान् बल को धारण करनेवाले! हे महादेव जी पार्वतीजी और अग्नि से उत्पन्न होनेवाले हे षडानन! हे गंगाजी के नन्दन! आपके लिए प्रणाम है। हे देवताओं के सेनानी! आप प्रसन्न हों, मेरी वांछित कामना को पूर्ण करें। फिर द्विजवर के लिए कच्चे अन्न को और भोजन के उपयुक्त घृत शक्कर शाक आदि पदार्थों को दे। तत्पश्चात् रात्रि में पृथ्वी को ही भोजनपात्र बनाकर फल भोजन करे। इस प्रकार छठ के दिन व्रत करनेवाले को जो फल प्राप्त होता है, उसे स्वामिकार्तिक जी ने आपही अपने मुख से कहा है। हे महाराज! उस फल को यथावत् कहता हूँ, समझो। षष्ठी तिथि शुक्लपक्ष की हो, या कृष्णपक्ष की हो, इन दोनों षष्ठियों में ही जो ब्रह्मचारी (ब्रह्मचारी के नियमों से स्थित) और विषयासक्ति से परांगमुख होकर फलों का रात्रि में भोजन करेगा, उसे सिद्धि (जो चाहे उसी को प्राप्त करने की शक्ति), धृति (कभी भी घबराहट न होना), पुष्टि (पुष्टता), राज्य (स्वतन्त्रता और दूसरों पर आधिपत्य), एवं निरामय (रोगपीड़ाशून्य) जीवन, परलोक के और इस लोक के सब भोग स्वामिकार्तिक निःसन्देह दिया करते हैं। जो षष्ठी में भोजन किये बिना न रह सकता हो, वह भी दिन में भोजन न कर रात्रि में करे। इस कथन में यही विशेष है कि फल न खाकर रात्रि में अन्न खा सकता है। हे कुरुनन्दन! षष्ठी के दिन तैल के पदार्थों का भोजन न करे। जो षष्ठी के दिन नक्तव्रत करता है, वह गंगानन्दन कार्तिकेय के अनुग्रह से सब पापों से विमुक्त होता है। हे कुरुनन्दन! वह स्वर्ग प्राप्त होकर भोग सम्पत्ति को प्राप्त होता है, इसमें कुछ संशय नहीं है। फिर जब कभी इस मृत्युलोक में प्राप्त होता है, तब भी उसको वैसी ही सुख सम्पत्ति मिलती है और तो क्या षष्ठीव्रती पुरुष को देवतालोग भी प्रणाम किया करते हैं, और वह कुबेर के सदृश धनसम्पन्न या महाराजा होता है। यह भविष्यपुराण का स्कन्दषष्ठीव्रत पूरा हुआ।

4. श्री षष्ठीदेवी व्रत कथा

आराधना में एकाग्रता हेतु चित्र का अंकित होना उचित होता है। अतः श्रीषष्ठीदेवी का चित्र घर की किसी दीवार पर अपने ध्यान और चिंतन के अनुसार निर्मित कर लें अथवा किसी शालग्राम की शिला, वट-वृक्ष के मूल से श्रीषष्ठीदेवी की मूर्ति बना लें। चित्र अथवा मूर्ति के अन्तर्गत श्रीषष्ठीदेवी का आवाहन करें। तत्पश्चात् पूर्ण निष्ठा और भक्ति के साथ षोडशोपचार से देवी पूजन करें। सर्वप्रथम 'श्रीषष्ठीदेवी' का ध्यान करें।

ध्यानं : **श्वेत-चम्पक-वर्णाभां,रत्न-भूषण-भूषिताम्।**
पविप-रूपां परमां, देव-सेनां परां भजे।।

ध्यान करने के पश्चात् 'श्रीषष्ठीदेवी' के मंत्र का यथाशक्ति जप करें, परन्तु ध्यान रहे कि मंत्रजप की संख्या में वृद्धि करने के पश्चात् उसे कम नहीं किया जा सकता। एक माला

मंत्र में 108 आवृत्तियाँ होती हैं जिन्हें सौ ही गिना जाता है अतः इस मंत्र की 1, 3, 5, 7, 9 या 11 माला जप प्रतिदिन अपनी शक्ति और श्रद्धा के साथ करें:-

"ॐ ह्रीं षष्ठी-देव्यै स्वाहा।"

इस मंत्र की जप संख्या एक लाख है अर्थात् इसका पुरश्चरण एक लाख मंत्रजप का होता है। जप समाप्त होने पर दशांश हवन, हवन का दशांश मार्जन करें और उसका दशांश कुमारी कन्या को भोजन करायें। यदि कन्यायें उपलब्ध न हों, तो 10 ब्राह्मणों को भोजन करायें।

षष्ठी देवी का व्रत करने से पूर्व उनका ध्यान और विधिविधान सहित पूजन करना आवश्यक होता है। पूजन के अभाव में व्रत का फल अर्थात् पुत्रसुख नहीं प्राप्त होता है। पूजन विधान, जैसाकि शास्त्रों में वर्णित है, वह अग्रांकित है :

पूजन विधि

शालग्रामे घटे वाऽथ वटमूलेऽथवा मुने!
भित्त्यां पुत्तलिकां कृत्वा पूजयेद्वा विचक्षणः।
षष्ठांशां प्रकृतेः शुद्धां प्रतिष्ठाप्य च सुप्रभाम्।।

हे नारदजी! शालग्राम शिला में अथवा कलश में अथवा बरगद के पेड़ की जड़ में अथवा भीत में (दीवार में लाल चन्दन से) चित्र या मूर्ति बनाकर, प्रतिभाशाली व्यक्ति को चाहिए कि प्रकृति की षष्ठांशरूपिणी, इस शुद्ध और सुप्रभा देवी की प्रतिष्ठा करके पूजन करे।

ध्यान

सुपुत्रदां च शुभदां दयारूपां जगत्प्रसूम्।
श्वेतचम्पकवर्णाभां रत्नभूषणभूषिताम्।। 1।।

हे देवसेना! आप सुन्दर पुत्र देनेवाली हैं, शुभदायिनी हैं, आप करुणा की प्रतिमूर्ति हैं, आप जगज्जननी हैं, आप सफेद चम्पा के फूल के समान गौरवर्ण की हैं। आप रत्नों के आभूषणों से अलंकृत हैं।

पवित्ररूपां परमां देवसेनां परां भजे।
इति ध्यात्वा स्वशिरसि पुष्पं दत्वा विचक्षणा।। 2।।

आप पवित्ररूपिणी, परमा (सर्वोच्च) और परा (सबसे श्रेष्ठ) हैं। मैं आपका ध्यान करता हूँ। इस प्रकार ध्यान के बाद पूजनकर्त्ता को चाहिए कि अपने शिर में फूल लगा ले।

पुनर्ध्यात्वा च मूलेन पूजयेत् सुव्रतां सतीम्।
पाद्यार्घ्याचमनीयैश्च गन्ध-पुष्प-प्रदीपकैः।। 3।।

पुनः ध्यान करें और सुन्दर नियमवाली सती देवी की मूलमन्त्र ('ॐ ह्रीं षष्ठीदेव्यै स्वाहा')

से पूजा करें। इसी मन्त्र से आवाहन, पाद्य, आचमन, आसन, स्नान, वस्त्र-आभूषण, चन्दन, कुंकुम (रोली), सिन्दूर, अक्षत, पुष्प, धूप।

नैवेद्यैर्विविधैश्चापि फलेन शोभनेन च।
ॐ ह्रीं षष्ठीदेव्यै स्वाहेति विधिपूर्वकम्।। 4।।

विविध प्रकार के नैवेद्य, आचमनीय, ताम्बूल, पूगीफल, ऋतुफल, दक्षिणा चढ़ायें, नमस्कार और आरती करें। 'ॐ ह्रीं षष्ठीदेव्यै स्वाहा' यह मूलमंत्र है और इसी से सब सामग्री चढ़ानी चाहिए। कर्त्ता को चाहिए कि विधिपूर्वक।

अष्टाक्षरं महामन्तं यथाशक्ति जपेन्नरः।
ततः स्तुत्वा च प्रणमेद्भक्तियुक्तः समाहितः।। 5।।

इस अष्टाक्षर महामंत्र को, अपनी शक्ति के अनुसार जप करें। जप करने के बाद भक्तिपूर्वक, दत्तचित्त हो उनके स्तोत्र का पाठ करे और नमस्कार करे।

स्तोत्रं च सामवेदोक्तं वरं पुत्रफलप्रदम्।
अष्टाक्षरं महामन्त्रं लक्षधा यो जपेत् ततः।। 6।।

षष्ठीदेवी का यह स्तोत्र सामवेदोक्त है, अत्यन्त श्रेष्ठ है और पुत्ररूपी फल को देने वाला है। जो व्यक्ति 'ह्रीं षष्ठीदेव्यै स्वाहा' इस अष्टाक्षर महामन्त्र का एक लाख बार जप करते हैं।

सुपुत्रं स लभेन्नूनमित्याह कमलोद्भवः।
स्तोत्रं शृणु मुनिश्रेष्ठ! सर्वकामशुभावहम्।। 7।।

उन्हें निश्चय ही सुन्दर सन्तति होती है—ऐसा मेरा (ब्रह्माजी का) कथन है। हे ऋषिवर! अब आप षष्ठीस्तोत्र सुनिए। यह स्तोत्र सब कामनाओं को पूरा करने वाला और कल्याणकारी है।

वाञ्छाप्रदं च सर्वेषां गूढ़ वेदेषु नारद!।

हे नारद! यह सबकी वाञ्छा पूर्ण करता है और वेदों में गूढ़ रूप से विद्यमान है।

स्तोत्र

नमो देव्यै महादेव्यै सिद्ध्यै शान्त्ये नमो नमः।। 8।।
शुभायै देवसेनायै षष्ठ्यै देव्यै नमो नमः।
वरदायै पुत्रदायै धनदायै नमो नमः।। 9।।

हे देवी! हे महादेवी! हे सिद्धिदात्री! हे शान्तिदायिनी! आपको नमस्कार है। हे शुभरूपिणी! हे देवसेना! हे षष्ठी देवी! आपको प्रणाम है। हे वरदायिनी! हे पुत्रदायिनी! हे सम्पत्तिदायिनी! आपको नमस्कार है।

सुखदायै मोक्षदायै षष्ठीदेव्यै नमो नमः।
षष्ठ्यै षष्ठांशरूपायै सिद्धायै च नमो नमः।। 10।।

हे सुखदायिनी! हे मोक्षदायिनी! हे षष्ठीदेवी! आपको प्रणाम है। हे षष्ठी! हे प्रकृति की षष्ठांशरूपिणी! हे सिद्धदेवी! आपको नमस्कार है।

मायायै सिद्धयोगिन्यै षष्ठीदेव्यै नमो नमः।
सारायै शरदायै च परादेव्यै नमो नमः।। 11।।

हे माया! हे सिद्धयोगिनी! हे षष्ठी देवी! आपको प्रणाम है। हे साररूपिणी! हे शारदा! हे परा देवी! आपको नमस्कार है।

बालाधिष्ठातृदेव्यै च षष्ठीदेव्यै नमो नमः।
कल्याणदायै कल्याण्यै फलदायै च कर्मणाम्।। 12।।

हे बालकों की अधिष्ठात्री देवी! हे षष्ठी देवी! आपको प्रणाम है। हे कल्याण देने वाली! हे कल्याणी! हे कर्मों के फल को देनेवाली!

प्रत्यक्षायै स्वभक्तानां षष्ठीदेव्यै नमो नमः।
पूज्यायै स्कन्दकान्तायै सर्वेषां सर्वकर्मसु।। 13।।

हे अपने भक्तों को प्रत्यक्ष दर्शन देने वाली! हे षष्ठी देवी! आपको नमस्कार है। हे स्कन्दकुमार की भामिनी! हे सबके सब कर्मों में पूज्यरूपिणी!

देवरक्षणकारिण्यै षष्ठीदेव्यै नमो नमः।
शुद्धसत्त्वस्वरूपायै वन्दितायै नृणां सदा।। 14।।

हे देवताओं की रक्षा करने वाली! हे षष्ठी देवी! आपको प्रणाम है। हे शुद्ध-सत्त्वगुणरूपिणी! हे सदा जनवन्दिता!

हिंसाक्रोधवर्जितायै षष्ठीदेव्यै नमो नमः।
धनं देहि प्रियां देहि पुत्रं देहि सुरेश्वरि।। 15।।

हे हिंसा तथा क्रोध से दूर रहने वाली! हे षष्ठी देवी! आपको नमस्कार है। हे देवेश्वरी! आप मुझे सम्पत्ति दीजिए, प्रियतमा पत्नी दीजिए और सुन्दर पुत्र दीजिए।

मानं देहि जयं देहि द्विषो जहि महेश्वरि!।
धर्मं देहि यशो देहि षष्ठीदेव्यै नमो नमः।। 16।।

हे माहेश्वरी! आप मुझे सम्मान दीजिए, विजय दीजिए, शत्रुओं का नाश कीजिए, मुझे धर्म दीजिए और मुझे कीर्ति प्रदान कीजिए। हे षष्ठी देवी! आपको प्रणाम है।

देहि भूमिं प्रजां देहि विद्यां देहि सुपुजिते!।
कल्याणां च जयं देहि षष्ठीदेव्यै नमो नमः।। 17।।

हे सुपूजिता! आप मुझे भूमि प्रदान कीजिए, संतान दीजिए, विद्या दीजिए, मेरा कल्याण और जय दीजिए। हे षष्ठी देवी! आपको बार-बार नमस्कार है।

फल श्रुति

इति देवीं च संस्तूय लभते पुत्रं प्रियव्रतः।
यशस्विनं च राजेन्द्रः षष्ठीदेव्याः प्रसादतः।। 18।।

इस प्रकार स्तुति करने से राजेन्द्र प्रियव्रत को षष्ठी देवी के अनुग्रह से यशस्वी पुत्र की प्राप्ति हुई थी।

षष्ठीस्तोत्रमिदं ब्रह्मनं! यः शृणोति तु वत्सरम्।
अपुत्रो लभते पुत्रं वरं सुचिरजीविनम्।। 19।।

हे ब्रह्मन्! जो निःसंतान व्यक्ति इस षष्ठी देवी के स्तोत्र को निरंतर एक वर्ष तक सुनते (पाठ करते) हैं, उन्हें श्रेष्ठ और दीर्घजीवी पुत्र प्राप्त होता है।

वर्षमेकं च यो भक्त्या सम्पूज्येदं शृणोति च।
सर्वपापाद्विनिर्मुक्तो महावन्ध्या प्रसूयते।। 20।।

जो महावन्ध्या (बाँझ नारी) एक वर्ष तक देवसेना की भक्ति के साथ पूजा करके इस स्तोत्र को सुनती है, वह सब पापों से छूट जाती है और महावन्ध्या होने पर भी।

वीरं पुत्रं च गुणिनं विद्यावन्तं यशस्विनम्।
सुचिरायुष्यवन्तं च सूते देवीप्रसादतः।। 21।।

षष्ठी देवी के प्रसाद से वीर, गुणी, विद्वान्, यशस्वी, दीर्घायु सम्पन्न पुत्र उत्पन्न करती है।

काकवन्ध्या च या नारी मृतवत्सा च या भवेत्।
वर्षं श्रुत्वा लभेत् पुत्रं षष्ठीदेवीप्रसादतः।। 22।।

जो नारी काकवन्ध्या हो (जिसे केवल एक पुत्र उत्पन्न हुआ हो) और जिस स्त्री को पुत्र उत्पन्न हो-होकर मर-मर जाते हों, वह यदि इस स्तोत्र को एक वर्ष तक लगातार सुनती रहे, तो षष्ठी देवी के अनुग्रह से पुत्र का मुँह देखती है।

रोगयुक्ते च बाले च पिता माता शृणोति चेत्।
मासेन मुच्यते बालः षष्ठीदेवीप्रसादतः।। 23।।

बालक के रोगी होने पर, यदि उसके माता-पिता इस स्तोत्र को सुनें तो षष्ठी देवी की कृपा से एक महीने के भीतर ही बालक रोगमुक्त हो जाता है।

षष्ठी देवी का विधिवत पूजन करने के पश्चात्, उनकी शास्त्रोक्त कथा का पाठ ध्यानपूर्वक, पूरी निष्ठा, आस्था तथा श्रद्धा के साथ करना चाहिए। षष्ठी देवी की कथा का सार पाठकगण या व्रत करने वाली महिलाएं एवं पुरुष, सुगमता से पढ़ सकते हैं या एक-दूसरे को सुना सकते हैं। यदि साधक, आराधक या व्रती संस्कृत का शुद्ध उच्चारण कर सकने में समर्थ हों तो उन्हें षष्ठी देवी की कथासार के पश्चात् संस्कृत में उल्लिखित षष्ठी देवी की कथा अनुवाद सहित पढ़नी चाहिए। पाठकों के लाभार्थ यह कथा हिन्दी व संस्कृत दोनों ही भाषाओं में यहाँ उद्‌धृत की जा रही है।

कथा-सार (श्रीमद्-देवी-भागवत्, नवम स्कन्ध, अध्याय 46)

श्री नारद जी ने भगवान् नारायण से कहा- हे प्रभो, भगवती षष्ठी मूल प्रकृति की कला हैं, मैं इनके अवतार की कथा सुनना चाहता हूं।

भगवान् नारायण ने कहा-- हे मुने, मूल प्रकृति के छठे अंश से उत्पन्न होने के कारण ये "षष्ठी देवी" कहलाती हैं, बालकों की ये अधिष्ठात्री देवी हैं- इन्हें "विष्णु-माया" और "बालदा" भी कहा जाता है। मातृकाओं में ये "देव-सेना" नाम से प्रसिद्ध हैं। इन देवी को स्वामी कार्तिकेय की पत्नी होने का सौभाग्य प्राप्त है। बालकों को दीर्घायु बनाना और उनका पालन-पोषण तथा रक्षण करना इनका स्वभाव है। ये सिद्ध योगिनी देवी अपने योग के प्रभाव से बच्चों के पास सदा विराजमान रहती हैं। हे ब्रह्मन्! इनका उत्तम इतिहास सुनो। पुत्र प्रदान करने वाला यह उपाख्यान मैंने धर्म देव से सुना है।

प्रियव्रत नाम के एक राजा थे। उनके पिता का नाम था- स्वायम्भुव मनु। प्रियव्रत योगी थे, अतः विवाह नहीं करना चाहते थे। तपस्या में उनकी विशेष रुचि थी, किन्तु ब्रह्मा जी की आज्ञा से उन्होंने विवाह कर लिया। विवाह के बाद बहुत समय तक उन्हें जब सन्तान नहीं हुई, तब महर्षि कश्यप ने उनसे पुत्रेष्टि-यज्ञ करवाया। राजा की प्रिय पत्नी का नाम था मालिनी। यज्ञ के बाद मुनि ने उन्हें यज्ञ का प्रसाद "चरु" खाने को दिया। उसके खाने के बाद रानी मालिनी गर्भवती हुई। उस दिव्य गर्भ को बारह वर्षों तक अपनी कोख में धारण किए रहीं। तब सुवर्ण के समान तेजस्वी एक पुत्र का जन्म हुआ, परन्तु सम्पूर्ण अंगों से सम्पन्न वह कुमार मरा हुआ था। उसकी आँखें उलट चुकी थीं, उसे देखकर सारी नारियाँ और कुटुम्बीजन रो उठे। मरे हुए पुत्र के असह्य शोक के कारण माता मूर्छित हो गई।

हे मुने, राजा प्रियव्रत उस मरे हुए पुत्र को लेकर श्मशान में गए और उस एकान्त भूमि में पुत्र को छाती से लगाकर आँखों से आँसू बहाने लगे। उस मरे पुत्र को त्यागे बिना ही राजा स्वयं भी मरने को तैयार हो गए क्योंकि घोर पुत्रशोक के कारण उन्हें कोई ज्ञान नहीं रह गया था।

इसी समय वहाँ एक दिव्य विमान दिखाई पड़ा। स्फटिक मणि के समान चमकता हुआ वह विमान मूल्यवान रत्नों से जड़ा हुआ था। उसी पर विराजमान एक अत्यन्त सुंदर देवी के दर्शन राजा प्रियव्रत ने किया।

श्वेत चम्पक पुष्प के समान उन देवी का वर्ण उज्ज्वल था। सदा स्थिर तरुणाई से शोभा पाने वाली वह देवी मुस्करा रही थीं। उनके मुख पर प्रसन्नता छाई हुई थी। रत्नमय आभूषणों से उनकी बड़ी शोभा थी। ऐसा जान पड़ता था कि वे मानो मूर्तिमयी कृपा ही हों।

उन देवी को सामने विराजमान देखकर राजा ने बालक को भूमि पर रख दिया और बड़े भक्ति-भाव के साथ उनकी पूजा और स्तुति की। हे नारद, उस समय स्कन्द की प्रिय देवी षष्ठी अपने तेज से देदीप्यमान थीं। उनका शान्त-विग्रह सूर्य के समान चमचमा रहा था। उन्हें प्रसन्न देखकर राजा प्रियव्रत ने पूछा- हे देवी, आप कौन हैं?

भगवती ने कहा- हे राजन्, मैं ब्रह्मा की मानसी कन्या हूँ। जगत पर शासन करने वाली मुझ देवी का नाम "देव-सेना" है। मैं सम्पूर्ण मातृकाओं में प्रसिद्ध हूँ। भगवती मूल प्रकृति के छठे अंश से प्रकट होने के कारण विश्व में "षष्ठी देवी" नाम से मेरी प्रसिद्धि है। मेरे प्रसाद से पुत्रहीन व्यक्ति सुयोग्य पुत्र, प्रियाहीन जन प्रिय पत्नी, दरिद्र, धन तथा कर्म-शील पुरुष कर्मों से उत्तम फल प्राप्त करते हैं। अपने ही कर्म के प्रभाव से पुरुष अनेक पुत्रों का पिता होता है। यह सब कर्म का ही फल है।

हे मुने, इस प्रकार कहकर "षष्ठी देवी" ने उस बालक को उठा लिया और अपने प्रभाव से उसे पुनः जीवित कर दिया। देवी देव-सेना उस बालक को लेकर आकाश में जाने को तैयार हो गयी। उन्होंने राजा से कहा- तुम स्वायम्भुव मनु के पुत्र हो। त्रिलोक में तुम्हारा शासन चलता है। तुम सर्वत्र मेरी पूजा कराओ और स्वयं भी करो। तब मैं तुम्हें कमल के समान मुखवाला मनोहर पुत्र प्रदान करूंगी। उसका नाम 'सुव्रत' होगा। उसमें सभी गुण होंगे और विवेक-शक्ति रहेगी। वह भगवान् नारायण का कलावतार और योगी होगा तथा उसे पूर्व जन्म की बात याद रहेगी। सभी उसका सम्मान करेंगे। त्रिलोक में उसकी कीर्ति फैलेगी।

इस प्रकार राजा प्रियव्रत से कहकर भगवती देव-सेना ने उन्हें पुत्र-प्राप्ति का वरदान दे दिया। राजा ने भी पूजा करने-करवाने की बात स्वीकार कर ली और प्रसन्नमन होकर मन्त्रियों के साथ अपने घर लौट आये।

राजा ने सर्वत्र पुत्र-प्राप्ति के लिए मांगलिक कार्य आरम्भ करा दिया। भगवती षष्ठी की पूजा की। तब ये प्रत्येक मास में शुक्ल पक्ष की षष्ठी के दिन भगवती षष्ठी का महोत्सव मनाया जाने लगा। बालकों के प्रसवगृह में छठे दिन, इक्कीसवें दिन तथा अन्न-प्राशन के समय पर यत्नपूर्वक षष्ठी देवी की पूजा होने लगी। सर्वत्र इसका प्रचार हो गया। राजा प्रियव्रत स्वयं भी पूजा करते थे।हे सुव्रत, भगवती देव-सेना षष्ठी देवी का ध्यान, पूजा और स्तोत्र कौथुम-शाखा में कहा गया है। शालग्राम की प्रतिमा, कलश या वट-वृक्ष के मूलभाग में या दीवार पर पुतलिका बनाकर प्रकृति के छठे अंश से प्रकट होने वाली शुद्ध-स्वरूपा षष्ठी भगवती का ध्यान कर पाद्य, अर्घ्य आचमनीय, गन्ध, पुष्प, धूप, दीप, नैवेद्य आदि उपचारों से उनका पूजन करें। प्रत्येक उपचार को देने के पहले "ॐ ह्रीं षष्ठी-देव्यै स्वाहा" इस मन्त्र का उच्चारण करें। यथाशक्ति इस अष्टाक्षर मन्त्र का जप भी करे। फिर भक्तिपूर्वक उनकी स्तुति कर प्रणाम करें।

मंत्र-जप और इसी प्रकार ध्यान, पूजा, स्तुति कर महाराज प्रियव्रत ने षष्ठी देवी की कृपा से यशस्वी पुत्र प्राप्त किया। हे ब्रह्मन्, जो भगवती षष्ठी के स्तोत्र को एक वर्ष तक पढ़ता या सुनता है, वह यदि अ-पुत्रवान है, तो दीर्घजीवी एवं सुन्दर पुत्र प्राप्त कर लेता है। अतीव वन्ध्या स्त्री भी षष्ठी देवी की कृपा से सन्तान को जन्म देने में समर्थ होती है। काक-वत्सा और मृत-वत्सा

नारी भी भगवती षष्ठी देवी की कृपा से पुत्रवती हो जाती है। यदि बालक को कोई रोग हो जाये, तो उसके माता-पिता षष्ठी देवी के स्तोत्र को एक महीने तक नियमपूर्वक पढ़ें। इससे षष्ठी देवी की कृपा से उस बालक की व्याधि दूर हो जायेगी और वह स्वस्थ तथा दीर्घजीवी होगा।

नारद उवाच

षष्ठी मङ्गलचण्डी च मनसा प्रकृतेः कला।
उत्पत्तिमासां चरितं श्रोतुमिच्छामि तत्त्वतः।। 1।।

नारद जी ने कहा– हे ब्रह्मन्! षष्ठी देवी, मङ्गलचण्डी और मनसादेवी ही मूल प्रकृति की अंशावतार हैं। अतः मैं इनकी उत्पत्ति और चरित्र जानना चाहता हूँ।

नारायण उवाच

षष्ठांशा प्रकृतेर्या च सा षष्ठी प्रकीर्तिता।
बालकानामधिष्ठात्री विष्णुमाया च बालदा।। 2।।

नारायण ने कहा– हे नारद! मूल प्रकृति के छोटे अंश को ही 'षष्ठी देवी' कहा गया है। वे बालकों की अधिष्ठात्री देवी हैं। भगवान् विष्णु की माया और सबको बालक देने वाली हैं।

मातृकासु च विख्याता देवसेनाभिधा च या।
प्राणाधिकप्रिया साध्वी स्कन्दभार्या च सुव्रता।। 3।।

यह षोडश मातृकाओं में 'देवसेना' के नाम से विख्यात हैं। यह स्कन्द कुमार की प्राणों से भी अधिक प्रिय, सुन्दर व्रतवाली, पतिव्रता पत्नी हैं।

आयुःप्रदा च बालानां धात्री रक्षणकारिणी।
सततं शिशुपार्श्वस्था योगेन सिद्धियोगिनी।। 4।।

यह बालकों को आयु देती हैं। बालकों की माता के रूप में सदा रक्षा करती हैं। यह सिद्धयोगिनी अपने तपोबल से बालकों के बगल में सर्वदा खड़ी रहती हैं।

तस्याः पूजनविधिं ब्रह्मन्नितिहासमिदं शृणु।
यच्छ्रुतं धर्मवक्त्रेण सुखदं पुत्रदं परम्।। 5।।

हे ब्रह्मन्! इन षष्ठीदेवी की पूजाविधि और इतिहास सुनिए। इससे परम सुख मिलता है और सन्तान की प्राप्ति होती है। इस इतिहास को मैंने धर्म के मुख से सुना था।

कथा

राजा प्रियव्रतश्चासीत् स्वायम्भुवमनोः सुतः।
योगीन्द्रो नोद्वहद्भार्यां तपस्यासु रतः सदा।। 6।।

स्वायम्भुव मनु के पुत्र राजा प्रियव्रत हुए। वह योगिराज होकर सदा तपस्या किया करते थे। इसलिए उन्होंने विवाह नहीं किया।

ब्रह्माज्ञया च यत्नेन कृतदारो बभूव ह।
सुचिरं कृतदारश्च न लेभे तनयं मुने!।। 7।।

तब ब्रह्माजी के प्रयत्न से, उनके आदेश को मानकर राजा ने विवाह करना स्वीकार किया। हे नारद जी! विवाह के बाद बहुत वर्ष बीत जाने पर भी राजा को कोई पुत्र नहीं हुआ।

पुत्रेष्टियज्ञं तं चापि कारयामास कश्यपः।
मालिन्यै तस्य कान्तायै मुनिर्यज्ञचरुं ददौ।। 8।।

तब महर्षि कश्यपजी ने उनसे पुत्रेष्टि यज्ञ कराया। यज्ञ-समाप्ति पर कश्यपजी ने उनकी रानी मालिनी को यज्ञीय चरु दे दिया।

भुक्त्वा च तं चरुं तस्याः सद्यो गर्भो बभूव ह।
दधार तं च सा देवी दैवं द्वादशवत्सरम्।। 9।।

उस चरु के खाने के साथ ही रानी को तत्काल गर्भ रह गया और वे देवी-दैववर्ष की गणनानुसार बारह वर्ष तक गर्भवती रह गयीं।

ततः सुषाव सा ब्रह्मन्! कुमारं कनकप्रभम्।
सर्वावयवसम्पन्नं मृतमुत्तारलोचनम्।। 10।।

हे ब्रह्मन्! उसने सुवर्ण की तरह कान्तिमान् एक पुत्र को जन्म दिया, जिसके सब अंग-प्रत्यंग बन चुके थे। लेकिन वह मरा हुआ था और आँखों की पुतलियाँ उल्टी हुई थीं।

तं दृष्ट्वा रुरुदुः सर्वा नार्यश्च बान्धवस्त्रियः।
मूर्च्छामवाप तन्माता पुत्रशोकेन भूयसा।। 11।।

उस बालक को देखकर रनिवास की सभी स्त्रियाँ और भाई-बन्धु की नारियाँ रोने लगीं। उसकी माता अपने नवजात पुत्र की यह अवस्था देखकर, महान शोक के कारण मूर्च्छित हो गयी।

श्मशानं च ययौ राजा गृहीत्वा बालकं मुने!।
रुरोद तत्र कान्तारे पुत्रं कृत्वा स्ववक्षसि।। 12।।

हे नारद जी! उस बालक को लेकर स्वयं राजा प्रियव्रत श्मशान में गये और उस वन में बालक को अपनी छाती से लगा कर रोने लगे।

नोत्सृजद् बालकं राजा प्राणांस्त्युक्तुं समुद्यतः।
ज्ञानयोगेन विसस्मार पुत्रशोकात् सुदारुणात्।। 13।।

वह अपना प्राणत्याग करने पर कटिबद्ध हो गये, लेकिन बालक का त्याग करना उन्हें स्वीकार नहीं हुआ। पुत्रशोक के कारण उनका ज्ञानयोग (विवेक) जाता रहा।

एतस्मिन्नन्तरे तत्र विमानं च ददर्श सः।
शुद्धस्फटिकसङ्काशं मणिराजविनिर्मितम्।। 14।।

इसी समय उन्होंने एक विमान देखा जो शुद्ध स्फटिक मणि की तरह स्वच्छ और अच्छी-अच्छी मणियों से बना हुआ था।

तेजसा ज्वलितं शश्वच्छोभितं क्षौमवाससा।
नानाचित्रविचित्राढ्यं पुष्पमालाविराजितम्।। 15।।

वह विमान अपने तेज से प्रज्वलित हो रहा था, रेशमी वस्त्रों से सुशोभित था। उसमें अनेक तरह की रंग-बिरंगी फूलों की मालाएँ लटक रही थीं।

ददर्श तत्र देवीं च कमनीयां मनोहराम्।
श्वेतचम्पकवर्णाभां शाश्वत् सुस्थिरयौवनाम्।। 16।।

उस विमान में राजा ने एक कमनीय और सुन्दर देवी का दर्शन किया। उनके शरीर का रंग सफेद चम्पा के फूल की तरह था। वह निरन्तर युवती बनी रहती थीं।

ईषद्धास्यप्रसन्नास्यां रत्नभूषणभूषिताम्।
कृपामयीं योगसिद्धां भक्तानुग्रहकातराम।। 17।।

उनके प्रसन्न मुखमण्डल पर मन्द मुस्कराहट थी। वह रत्नों से बने हुए आभूषणों से अलंकृत थीं। वह करुणामयी सिद्धयोगिनी थीं और अपने भक्तों के ऊपर अनुग्रह करने के लिए तत्पर थीं।

दृष्ट्वा तां पुरतो राजा तुष्टाव परमादरम्।
चकार पूजनं तस्या विहाय बालकं भुवि।। 18।।

उनको अपने सामने देखकर, राजा प्रियव्रत ने बालक को जमीन पर लिटा दिया और उनकी पूजा करके परम आदर से उनकी स्तुति की।

प्रपच्छ राजा तां तुष्टां ग्रीष्मसूर्यसमप्रभाम्।
तेजसा ज्वलितां शान्तां कान्तां स्कन्दस्य नारद!।। 19।।

तब हे नारद! तेज से प्रज्वलित, शान्त, ग्रीष्मऋतु के सूर्य के समान प्रखर प्रभा से शोभायमान, स्कन्दकुमार की भार्या से राजा ने प्रश्न किया।

राजोवाच

का त्वं सुशोभने! कान्ते! कस्य कान्तासि सुव्रते।
कस्य कन्या वरारोहे! धन्या मान्या च योषिताम्।। 20।।

राजा ने पूजा—हे लावण्यवती! आप कौन हैं? हे सुन्दरी! आप किसकी पत्नी हैं? हे पतिव्रता! आपके पिता का क्या नाम है? हे सुन्दर जाँघवाली! आपकी आकृति से स्पष्ट है कि आप नारियों में श्रेष्ठ, सौभाग्यवती और पूजित हैं।

नृपेन्द्रस्य वचःश्रुत्वा जगन्मङ्गलचण्डिका।
उवाच देवसेना सा देवानां रणकारिणी।। 21।।

महाराज की बात सुनकर देवसेना बोलीं—वह जगन्मङ्गल चण्डिका थीं और देवताओं की ओर से रण करने वाली हैं।

देवानां दैत्य-ग्रस्तानां पुरा सेना बभूव सा।
जयं ददौ सा तेभ्यश्च देवसेना च तेन सा।। 22।।

अत्यन्त प्राचीन काल की घटना है कि उस समय दैत्यों ने देवताओं का राज्य छीन लिया था। तब उन्होंने देवताओं की सेना का संचालन अपने हाथों में लेकर देवताओं को जय दिलवायी थी। तभी से उनका नाम 'देवसेना' पड़ गया।

देवसेनोवाच

ब्रह्मणो मानसी कन्या देवसेनाऽहमीश्वरी।
सृष्ट्वा मां मनसा धाता ददौ स्कन्दाय भूमिप!।। 23।।

श्री देवसेना ने कहा—हे राजन्! मैं ब्रह्मा की मानसी कन्या हूँ। मेरा नाम देवसेना है। मैं स्वयं ईश्वरी हूँ। मुझे ब्रह्मा ने अपने मनोबल से स्कन्दकुमार की पत्नी बना दिया।

मातृकासु च विख्याता स्कन्दभार्या च सुव्रता।
विश्वे षष्ठीति विख्याता षष्ठांशा प्रकृतेः परा।। 24।।

मैं षोडश मातृकाओं में स्कन्दकुमार की पतिव्रता भार्या के नाम से प्रसिद्ध हूँ। इस संसार में लोग मुझे 'षष्ठी' के नाम से पुकारते हैं, क्योंकि मैं प्रकृति की षष्ठ अंशरूपिणी हूँ।

अपुत्राय पुत्रदाऽहं प्रियादात्री प्रियाय च।
धनदाऽहं दरिद्रेभ्यः कर्मिभ्यश्च स्वकर्मदा।। 25।।

मैं स्वयं अपुत्रों को पुत्र, पत्नी-रहितों को भार्या, दरिद्रों को धन और कर्म करने वालों को कर्म प्रदान करती हूँ।

सुखं दुःखं भयं शोको हर्षो मंगलमेव च।
सम्पत्तिश्च विपत्तिश्च सर्वं भवति कर्मणा।। 26।।

सुख, दुःख, भय, शोक, हर्ष, मंगल, सम्पत्ति और विपत्ति—ये सब कर्म से होते हैं।

कर्मणा बहुपुत्रश्च वंशहीनः स्वकर्मणा।
कर्मणा मृतपुत्रश्च कर्मणा चिरजीविनः।। 27।।

अपने कर्म के फल से लोगों को बहुत पुत्र होते हैं। अपने कर्म से वंशहीन भी होते हैं। अपने कर्म से पुत्र हो-होकर मर-मर जाते हैं और अपने कर्म से ही चिरंजीवी संतान होती हैं।

कर्मणा गुणवांश्चेव कर्मणा चांगहीनकः।
कर्मणा बहुभार्यश्च भार्याहीनश्च कर्मणा।। 28।।

कर्म से लोग गुणवान् और कर्म से अंगहीन होते हैं। कर्म से अनेक स्त्रियां मिलती हैं और कर्म से एक भी स्त्री नहीं मिलती।

कर्मणा रूपवान् धर्मी रोगी शाश्वत् स्वकर्मणा।
कर्मणा च भवेद् व्याधिः कर्मणाऽऽरोग्यमेव च।। 29।।

कर्म से रूपवान्, कर्म ही से धर्मात्मा होते हैं। कर्म से सदा रोगी, कर्म से व्याधिग्रस्त और कर्म से ही उन्हें आरोग्य लाभ होता है।

तस्मात् कर्मपरं राजन्! सर्वेभ्यश्च श्रुतौ श्रुतम्।
इत्येवमुक्त्वा सा देवी गृहीत्वा बालकं मुने!।। 30।।

अतः हे राजन्! वेद में लिखा है कि सबसे मुख्य 'कर्म' है। इतना कहकर हे नारदजी! देवी ने बालक को उठा लिया।

महाज्ञानेन सा देवी जीवयामास लीलया।
राजा ददर्श तं बालं सस्मितं कनकप्रभम्।। 31।।

और अपने महाविज्ञान के प्रभाव से लीला करके उस बालक को जीवित कर दिया। राजा ने देखा कि उस बालक के शरीर की कान्ति स्वर्ण की भांति निखर आयी और वह मुस्कराता रहा।

देवसेना च पश्यन्तं नृपमापृच्छ्य सा तदा।
गृहीत्वा बालकं देवी गगनं गन्तुमुधता।। 32।।

राजा के देखते-देखते, देवसेना ने उस बालक को अपनी गोद में उठा लिया और राजा से विदा मांगकर आकाश में जाने को तैयार हो गयीं।

पुनस्तुष्टाव तां राजा शुष्ककण्ठोष्ठतालुकः।
नृपस्तोत्रेण सा देवी परितुष्टा बभूव ह।। 33।।

यह देखकर राजा के कण्ठ, ओंठ और तालू चटकने लगे और वह पुनः उनकी स्तुति करने लगे। तब राजा के स्तोत्र से देवी सन्तुष्ट हुयीं।

देव्युवाच

उवाच तं नृपं ब्रह्मन्! वेदोक्तं कर्मनिर्मितम्।
त्रिषु लोकेषु त्वं राजा स्वायम्भुवमनोः सुतः।। 34।।

और हे नारदजी! वह राजा से कहने लगीं कि कर्म का निर्माण वेदोक्त है (कर्म बड़ा बलवान होता है)। देवी ने कहा—आप स्वायम्भुव मनु के पुत्र हैं और तीनों लोकों के एकछत्र सम्राट् हैं।

मम पूजां च सर्वत्र कारयित्वा स्वयं कुरु।
तदा दास्यामि पुत्रं ते कुलपद्मं मनोहरम्।। 35।।

इसलिए मेरी पूजा का सर्वत्र (अपने साम्राज्य के अन्दर) प्रचार करो और स्वयं आप मेरी पूजा करें। यदि आप ऐसी प्रतिज्ञा करेंगे तभी मैं आपको मनोहर और आपके वंश के लिए कमलस्वरूप पुत्र दूँगी।

सुव्रतं नाम विख्यातं गुणवन्तं सुपण्डितम्।
जातिस्मरं च योगीन्द्रं नारायणकलात्मकम्।। 36।।

आपका यह पुत्र भगवान् नारायण का कलावतार 'सुव्रत' नाम से प्रसिद्ध होगा। यह गुणवान्, अत्यन्त विद्वान, अपने पूर्वजन्म की बातें स्मरण रखने वाला, योगियों में श्रेष्ठ होगा।

शतक्रतुकरं श्रेष्ठं क्षत्रियाणां च वन्दितम्।
मत्तमातङ्गलक्षाणां धृतवन्तं बलं शुभम्।। 37।।

सौ यज्ञ करने वाला, श्रेष्ठ, समस्त क्षत्रियों में पूजनीय, एक लाख मतवाले हाथियों के तुल्य बलशाली, शुभकारक होगा।

धनिनं गुणिनं शुद्धं विदुषां प्रियमेव च।
योगिनां ज्ञानिनां चैव सिद्धिरूपं तपस्विनाम्।। 38।।

धनी, गुणी, शुद्ध, विद्वानों का प्रिय, योगियों, ज्ञानियों तथा तपस्वियों को सिद्धि देनेवाला होगा।

यशस्विनं च लोकेषु दातारं सर्वसम्पदाम्।
इत्येवमुक्त्वा सा देवी तस्मै तद्बालकं ददौ।। 39।।

त्रिलोकी में यशस्वी और सब सम्पदा का दान करने वाला होगा। यह कहकर षष्ठी देवी ने उस बालक को राजा के हाथों में दे दिया।

राजा चकार स्वीकारं पूजार्थं च प्रियव्रतः।
जगाम देवी स्वर्गे च दत्त्वा तस्मै शुभं वरम्।। 40।।

राजा प्रियव्रत ने स्वयं पूजा करने तथा पूजा का प्रचार कराने के लिए वचन दिया। तब देवी उन्हें शुभ वरदान देकर, स्वर्गलोक को चली गयीं।

आजगाम सहामात्यः स्वगृहं हृष्टमानसः।
आगत्य कथयामास वृत्तान्तं पुत्रहेतुकम्।। 41।।

राजा का अंतःकरण प्रसन्न हो गया और वह अपने मंत्री आदि के साथ अपने महल में लौट आये। पश्चात् उन्होंने पुत्र का पूरा वृत्तान्त सबसे कह दिया।

श्रुत्वा बभूवुः सन्तुष्टा नरा नार्यश्च नारद!।
मङ्गलं कारयामास सर्वत्र पुत्रहेतुकम्।। 42।।

हे नारदजी! महल के सभी पुरुष और रनिवास की सभी स्त्रियां यह वृत्तान्त सुनकर बड़ी प्रसन्न हुयीं। पुत्र के पुनर्जन्म प्राप्त करने के उपलक्ष्य में राजा ने सर्वत्र उत्सव कराया।

देवीं च पूजयामास ब्राह्मणेभ्यो धनं ददौ।
राजा च प्रतिमासेषु शुक्लषष्ठ्या महोत्सवम्।। 43।।

राजा ने स्वयं षष्ठी देवी का पूजन कर ब्राह्मणों को धन दिया। तबसे प्रत्येक महीने के शुक्ल पक्ष को षष्ठी तिथि के दिन राजा षष्ठी देवी का महोत्सव करते रहे।

षष्ठ्या देव्याश्च यत्नेन कारयामास सर्वतः।
बालानां सूतिकागारे षष्ठाहे यत्नपूर्वकम्।। 44।।

तभी से अपने साम्राज्य के अंतर्गत सभी प्रांतों में षष्ठी देवी के पूजन का यत्नपूर्वक प्रचार करवाया। सूतिकागार (सौरी घर) में बालकों की छट्ठी के दिन यत्नपूर्वक।

तत्पूजां कारयामास चैकविंशतिवारे।
बालानां शुभकार्ये च शुभान्नप्राशने तथा।। 45।।
सर्वत्र वधयामास स्वयमेव चकार ह।। 46।।

षष्ठी देवी की पूजा करवायी। बालक के उत्पन्न होने के इक्कीसवें दिन, बालकों के अन्य शुभ (संस्कार) कार्य के दिन और शुभ अन्नप्राशन संस्कार के दिन सर्वत्र उनकी पूजा करवाई और स्वयं उनकी पूजा की।

वरमेको गुणी पुत्रो निर्गुणैश्च शतैरपि।
एकश्चन्द्रस्तमो हन्ति न च ताराः सहस्रशः।।

सैकड़ों गुणहीन पुत्रों की अपेक्षा एक भी गुणवान पुत्र श्रेष्ठ है, क्योंकि चन्द्रमा ही अन्धकार का नाश करता है, हजारों तारे नहीं।

पंचम् अध्याय

संतति लाभ : श्रवण विधान

5.1 हरिवंश पुराण

संततिविहीन दम्पति, जब सब प्रकार के परिहार आदि के अनुसरण के उपरान्त निराश हो चुके हों, तो उन्हें हरिवंश पुराण का श्रवण योग्य, विद्वान एवं अनुभवी आचार्य द्वारा करना चाहिए। हरिवंश पुराण श्रवण के माहात्म्य में ही यह यथार्थ सन्निहित है कि उसके श्रवण मात्र से निःसंतान दम्पति संतति सुख से अलंकृत हो उठते हैं। वस्तुतः अठारह पुराणों में श्रीमद्‌भागवत महापुराण में तो भगवान कृष्ण के चरित्र और जीवन की विभिन्न कथाओं का वर्णन किया गया है, जबकि हरिवंश पुराण में श्रीकृष्ण की बाल लीलाओं का मनमोहक चित्रण उपलब्ध है। श्रीकृष्ण की बाल लीलाओं का इतना सुंदर चित्रण निःसंतान दम्पतियों के तन, मन, हृदय व मस्तिष्क में ऐसा स्पन्दन उत्पन्न कर देता है जिससे संतान जन्म हेतु समस्त अवरोधक तत्वों का शमन हो जाता है, मन रोमांचित हो उठता है, नेत्रों से अश्रुधारा बहने लगती है।

हरिवंश पुराण का श्रवण करने मात्र से सन्तान जन्म में, उत्पन्न होने वाली समस्त बाधाओं का शमन होता है तथा संतान उत्पत्ति का वांछित पथ प्रशस्त होता है। सभी शास्त्रों में हरिवंश पुराण और श्रीमद्‌भागवत पुराण को संतानहीनता को संतति सुख में रूपान्तरित करने की दृष्टि से सर्वोत्तम स्वीकारा गयां है। यहाँ पर हरिवंश पुराण से उद्‌धृत संतानगोपाल मंत्र-यंत्र एवं स्तोत्र आदि प्रस्तुत किये जा रहे हैं। उल्लेखनीय है कि यदि सम्पूर्ण हरिवंश पुराण का पाठ स्वयं किया जाये तो अतिशीघ्र संततिसुख से दम्पत्ति अभिसिंचित होते हैं। यदि स्वयं हरिवंश पुराण का पाठ करना सम्भव ना हो तो किसी योग्य और अनुभवी व्यास द्वारा हरिवंश पुराण का श्रवण करना चाहिए तथा साथ-साथ संतान गोपाल मंत्र व स्तोत्र का पाठ करना चाहिए। परन्तु हरिवंश पुराण के श्रवण की विधि-विधान का अनुकरण अपेक्षित है। स्तोत्र पाठ के पश्चात् ही संतानगोपाल मंत्र का जप प्रतिदिन समान संख्या में करना चाहिए। इसका पुरश्चरण एक लाख मंत्र का होता है, उसी के अनुरूप हवन-तर्पण-मार्जन करना पुराणसंगत है।

सर्वप्रथम संततिविहीन दम्पति को आचार्य के निर्देशानुसार अपने समस्त पापों के प्रायश्चित के निमित्त, पापघट का दान, विधि विधान के अनुसार करना चाहिए। अपनी इच्छा और क्षमता के अनुरूप, स्वर्ण, रजत अथवा ताम्र कलश में नाना प्रकार के द्रव्य भरकर समस्त पापों के शमन हेतु विधिवत् विस्तृत संकल्प का उच्चारण आचार्य के साथ-साथ करना चाहिए। तत्पश्चात् पापघट आचार्य को पूरे सम्मान के साथ हस्तगत करके उनका हृदय से आभार व्यक्त करना चाहिए। शुभ मुहूर्त में सपत्नीक यजमान सन्ध्या-वन्दनादि नित्यकर्म करके किसी देवालय में अथवा अपने घर में ही मंडप बनाकर संकल्प करें–

ॐ विष्णुः 3 अद्येह .... अमुकोऽहं ममानेकजन्मार्जिताऽनपत्यत्वमृतापत्यत्वादि निदानभूतबालघात निक्षेपहरणविप्ररत्नापहरणादिजन्यदुरितानां समूलनाशद्वारा दीर्घायुष्मत्पुत्रप्राप्तये श्री हरिवंशकथाश्रवणं करिष्ये, तदङ्गत्वेन निर्विघ्नतार्थ गणपतिपूजनं मातृकापूजनं नान्दीश्राद्धं पुण्याहवाचनं च करिष्ये। तत्सर्वं विधाय कलशे ब्रह्मवरुणादित्यादिनवग्रहांश्चावाह्य सर्वतोभद्रं विरच्य तद्देवतांश्च सम्पूज्य विभवानुसारेण वरणद्रव्याणि गृहीत्वा—

देशकालौ संकीर्त्य मम दीर्घायुष्मत्पुत्रप्राप्तये हरिवंशकथावाचनार्थ एभिर्गन्धाक्षतपुष्पपूगीफलताम्बूलमुद्रिकाकमण्डलुवस्त्रादिभिः अमुकगोत्रम् अमुकशर्माणं त्वां वाचकत्वेन बृणे। तथा कथाभङ्गनिवृत्त्यर्थ विष्णोर्द्वादशाक्षर-मंत्रजपार्थ सन्तानगोपालमन्त्रजपार्थ गणपतिमन्त्रजपार्थ महारुद्रजपार्थ च ब्राह्मणान् वृणे। वाचकः ब्राह्मणाश्च वृतोऽस्मोत्युक्त्वा कार्य प्रारभेयुः।

हरिवंश की कथा 9 दिन तक सुननी चाहिए। प्रतिदिन सपत्नीक यजमान को प्रातः पुरुषसूक्त से विष्णुप्रतिमा या शालिग्राम शिला की तथा पुस्तक व वाचक की पूजा करनी चाहिए। वाचक को व्यासजी की वन्दना करके कथावाचन करना चाहिए। हविष्य अन्न का भोजन करें और सदाचारपूर्वक रहें। अन्त में गायत्री मन्त्र से एक हजार हवन करें और वाचक को यथाशक्ति दक्षिणा देकर सन्तुष्ट करें। ब्राह्मणों को खीर का भोजन करायें।

दंपत्योरनुकूले सुदिने कृतनित्य क्रियः देवालयादि पुण्यस्थले स्वगृहे वा स्वासने प्राङ्मुख उपविश्य। आचम्य प्राणानायम्य। देशकालौस्मृत्वा-अनेक जन्मार्जितानपत्य मृतापत्यत्वादि-निदान पूर्वकं सर्पशाप-पितरदोषशाप-मातृपितृशाप दोष विमुक्तार्थं भूतप्रेत पिशाच बालघातनिक्षेपहरण विप्ररत्नापहरणादि-दुरित-समूलनाश द्वारा दीर्घायुर्बहु पुत्रादि संतति प्राप्ति कामो हरिवंश श्रोष्यामि। तदंगत्वेन पूजनं पुण्याहवाचनं मातृका पूजनं नान्दीश्राद्धं च करिष्ये।

गणपति पूजन नान्दीश्राद्ध करके उत्तराभिमुख ब्राह्मणों का पादप्रक्षालन, वरण, यजमान पूर्वाभिमुख होकर करें।

ततो विभवानुसारेण श्रुताध्ययनं संपन्नं ब्राह्मणमासने उदङ्मुखमुपवेश्य स्वयं प्राङ्मुख उपविश्य पादप्रक्षालनं कृत्वा गंधादिभिः संपूजयेत्। ततो वरण द्रव्याणि गृहीत्वा देशकालौ संकीर्त्य दीर्घायुष्ट्वत्पुत्र कामनयाऽमुक गोत्रममुकशर्माणं ब्राह्मणमेभिर्गंध पुष्प स्वर्णमुद्रिकासन कमण्डलु तांबूल वासोभिः हरिवंश श्रवणार्थं श्रावयितारं त्वामहं वृणे। इति वृत्वा। ॐ वृतोऽस्मि इति प्रतिवचनानन्तरं वस्त्रालंकारैः संपूज्य पुस्तकं दद्यात्।

आचार्य नित्य पुस्तक पूजन कराये। अष्टाक्षर मन्त्र का जप करे। नारायण को नमस्कार करे। दंपति प्रतिदिन संतानगोपाल मन्त्र का जप करे, ब्राह्मणों से भी कराये।

मंत्रोयथा- ॐ देवकीसुत गोविन्द वासुदेव जगत्पते।
देहि मे तनयं कृष्ण त्वामहं शरणं गतः।।

हमारे संज्ञान में अनेक संततिविहीन दम्पति, जिन्होंने हरिवंश पुराण का श्रद्धा, निष्ठा, आस्था और सम्यक् विश्वास के साथ श्रवण किया, वे शीघ्र ही संतति सुख प्राप्त करने में सफल हुए।

नारायणं नमस्कृत्य नरं चैव नरोत्तमम्।
देवीं सरस्वतीं व्यासं ततो जयमुदीरयेत्।।1।।

अन्तर्यामी नारायण स्वरूप भगवान् श्रीकृष्ण, (उनके नित्य सखा) नरस्वरूप नरश्रेष्ठ अर्जुन, (उनकी लीला प्रकट करने वाली) भगवती सरस्वती और (उन लीलाओं का संकलन करने वाले) महर्षि वेदव्यास को नमस्कार करके जय (इतिहास-पुराण एवं महाभारत) का पाठ करना चाहिए।

जयति पराशरसूनुः सत्यवतीहृदयनन्दनो व्यासः।
यस्यास्यकमलगलितं वाङ्मयममृतं जगत् पिबति।।2।।

सत्यवती के हृदय को आनन्दित करने वाले उन पराशर पुत्र व्यास जी की जय हो, जिनके मुखारविन्द से निकले हुए वांगमय अमृत का सारा जगत् पान करता है।

अज्ञानतिमिरान्धस्य ज्ञानाञ्जनशलाकया।
चक्षुरुन्मीलितं येन तस्मै श्रीगुरवे नमः।।3।।

मैं अज्ञानरूपी तिमिररोग (रतौंधी) से अन्धा हो रहा था, उस दशा में जिन्होंने ज्ञानरूपी अंजन की शलाका से मेरे बुद्धिरूपी नेत्र को खोल दिया है-उसमें ज्ञान का प्रकाश भर दिया है, उन श्रीगुरुदेव को नमस्कार है।

अखण्डमण्डलाकारं व्याप्तं येन चराचरम्।
तत् पदं दर्शितं येन तस्मै श्रीगुरवे नमः।।4।।

जिससे यह अखण्ड मण्डलाकार चराचर जगत् व्याप्त है, उस परमात्मा के पद (स्वरूप) का जिन्होंने साक्षात्कार कराया है, उन श्रीगुरुदेव को नमस्कार है।

जनमेजय उवाच

त्वया मे भगवन् प्रोक्तो भारतश्रवणे विधिः।
श्रवणे हरिवंशस्य विशेषाद् वद में विधिम्।।5।।

जनमेजय बोले - भगवन्! आपने मुझे महाभारत श्रवण की विधि बतायी है। अब हरिवंश सुनने की जो विधि है, उसे विशेषरूप से मुझे बताइये।

वैशम्पायन उवाच

ब्रह्मविष्णुमहेशानां हरिवंशं जगुर्वपुः।
शब्दब्रह्ममयं विद्धि हरिवंशं सनातनम्।।6।।

शाब्दे ब्रह्मणि निष्णातः परब्रह्माधिगच्छति।
हरिवंशपुराणे तु श्रुते वै राजसत्तम।।7।।

कायिकं वाचिकं पापं मनसा समुपार्जितम्।
तत् सर्वं नाशमायाति तमः सूर्योदये यथा।।8।।

वैशम्पायन जी ने कहा - राजन्! ऋषि-मुनि हरिवंश को ब्रह्मा, विष्णु और महादेवजी का स्वरूप बताते हैं। तुम यह समझ लो कि हरिवंश सनातन शब्द ब्रह्ममय है। इस शब्द ब्रह्म में निष्णात हुआ पुरुष परब्रह्म परमात्मा को प्राप्त कर लेता है। नृपश्रेष्ठ! हरिवंशपुराण सुन लेने पर शरीर, वाणी और मन के द्वारा संचित किये हुए सारे पाप उसी तरह नष्ट हो जाते हैं, जैसे सूर्योदय होने पर अन्धकार।

अष्टादशपुराणानां श्रवणाद् यत् फलं लभेत्।
तत् फलं समवाप्नोति वैष्णवो नात्र संशयः।।9।।

अठारह पुराणों का श्रवण करने से जो फल मिलता है, उसी को विष्णु भक्त पुरुष केवल हरिवंश सुनकर प्राप्त कर लेता है, इसमें संशय नहीं है।

स्त्रियश्च पुरुषाश्चैव वैष्णवं पदमाप्नुयुः।
जम्बूद्वीपं समाश्रित्य श्रोतारो दुर्लभाः कलौ।।10।।

भविष्यन्ति नरा राजन् सत्यं सत्यं वदाम्यहम्।
स्त्रीभिश्च पुत्रकामाभिः श्रोतव्यं वैष्णवं यशः।।11।।

बालघाती च पुरुषो मृतवत्सः प्रजायते।
श्रवणं हरिवंशस्य कर्तव्यं च यथाविधि।।12।।

स्त्रियाँ और पुरुष इसे सुनकर भगवान् विष्णु के धाम में जाते हैं। राजन्! कलियुग में जम्बूद्वीप का आश्रय लेकर रहने वाले लोगों में इस ग्रन्थ के श्रोता दुर्लभ हो जायेंगे, यह मैं सत्य-सत्य बता रहा हूँ। पुत्र की अभिलाषा रखनेवाली स्त्रियों को भगवान् विष्णु के इस यश का श्रवण करना चाहिए। बालकों की हत्या करनेवाले पुरुष के पुत्र हो-होकर मर जाते हैं। ऐसे मनुष्य को विधिपूर्वक हरिवंश सुनना चाहिए।

गुरुचन्द्राग्निसूर्याणां सम्मुखे मेहते च यः।
बीजमुत्सृज्यते तेन त्यक्तरेता नरो भवेत्।।13।।

जो गुरु, चन्द्रमा, अग्नि और सूर्य की ओर मुँह करके मूत्र त्याग करता है अथवा वीर्य छोड़ता है, वह पुरुष जन्मान्तर में वीर्यहीन (नपुंसक) हो, जाता है।

योषित्पुष्पफलानां च बालानां घातिनी तथा।
फलानां कर्तनकरी मातापितृवियोगिनी।।14।।

स्राविणी परगर्भाणां तत् तत् प्रायोपजोषिणी।
ईदृग्विधा भविष्यन्ति पञ्चदोषयुताः स्त्रियः।।15।।

अपुष्पा मृतवत्साश्च काकवन्ध्यास्तथैव च।
कन्याप्रजात्वं च तथा स्रावयुक्ताः स्वपातकैः।।16।।

जो स्त्री फूलों और फलों का नाश तथा बालकों की हत्या करने वाली होती है, जो फलों को काटती तथा बालकों का माता-पिता से वियोग करा देती है, जो दूसरी स्त्रियों के गर्भ गिराने वाली और प्रायः ऐसी ही स्त्रियों के सम्पर्क में रहने वाली हैं, इस तरह की सारी स्त्रियाँ अपने पापों के कारण पांच प्रकार के दोषों से युक्त होती हैं - अपुष्पा (रजोदर्शन से रहित), मृतवत्सा (जिसके बच्चे पैदा होकर मर जाते हों), काकबन्ध्या (जिसके एक ही संतान होकर रह जाये, दूसरी संतान न हो), कन्या प्रजा (केवल कन्या पैदा करने वाली) तथा स्रावयुक्ता (जिसका गर्भ ही गिर जाता हो)।

तासां दोषापहारार्थं हरिवंशोऽभिगर्जति।
मदीयश्रवणात् सद्यो दोषा नश्यन्ति सत्वरम्।।17।।

उन सभी स्त्रियों के दोषों का निवारण करने के लिए हरिवंश गर्जता रहता है। वह कहता है, मेरा श्रवण करने से सारे दोष तत्काल नष्ट हो जाते हैं।

नरः सुवर्णं सर्पिश्च पददानैः समन्वितम्।
दशावृत्तीः शृणोत्येवं बीजसाफल्यमाप्नुयात्।।18।।

जो मनुष्य सुवर्णदान, घृतदान और पददान के साथ हरिवंश को दस बार सुनता है, उसका वीर्य सफल होता है।

दशावृत्तीरपुष्पार्थं मृतवत्सा तु सप्त वै।
पञ्चावृत्तीः स्रवद्गर्भा काकवन्ध्या त्रयं तथा।।19।।

अपुष्पा - रजोदर्शन से रहित नारी के लिए दस आवृत्ति हरिवंश सुनने का विधान है। जिसके बच्चे पैदा होकर मर जाते हों, वह सात बार हरिवंश सुने। जिसके गर्भ गिर जाते हों, वह पांच बार और जो काकबन्ध्या हो, वह तीन बार हरिवंश की कथा सुने।

कन्याप्रसूश्चैकावृत्तिं श्रुत्वा पुत्रमवाप्नुयात्।
जीवितावधिकं श्राव्यं सर्वदोषोपशान्तये।।20।।

भविष्यं जन्म सम्प्राप्य न भवेत् तादृशी पुनः।
उत्तमं सार्थपाठं च मध्यमं च निरर्थकम्।।21।।

केवल कन्या पैदा करने वाली स्त्री एक ही आवृत्ति हरिवंश की कथा सुनकर पुत्र प्राप्त कर सकती है। सम्पूर्ण दोषों की शान्ति के लिए जीवन भर हरिवंश सुनते रहना चाहिए, जिससे भावी जन्म पाकर वह फिर उन दोषों से युक्त न हो। हरिवंश का पाठ उत्तम और मध्यम के भेद से दो प्रकार का होता है। यदि अर्थसहित इसका पाठ या श्रवण किया जाय तो वह उत्तम है। बिना अर्थ का पाठ मध्यम श्रेणी का माना गया है।

विनार्थं शुद्धपाठश्चेदुत्तमेन समो भवेत्।
नवाहमुत्तमं प्रोक्तमेकविंशाहं मध्यमम्।।22।।

निकृष्टमेकत्रिंशाहं सुखसाध्यं समाचरेत्।
बहुभिर्दिवसै राजन् साध्यानां साधनं कलौ।।23।।

तेन पारायणं साध्यं प्रोक्तं नारायणात्मना।
नवाहो गर्जति कलौ चैकविंशाहिकस्तथा।।24।।

एकत्रिंशाहिको यज्ञो वन्ध्यादोषविनाशकः।
गेव्रतं तु स्त्रिया कार्यं पारणं पुरुषेण च।।25।।

श्रवणारम्भणे राजन् यथावत् कथयामि ते।
अवसायान्तपर्यन्तं कार्यं मासव्रतं शुभम्।।26।।

चतुर्थ्यां प्रातरुत्थाय स्त्रिया हृष्टेन चेतसा।
गोव्रतं नियतं कार्यं निराहारं निरूदकम्।।27।।

सूर्यास्तकालपर्यन्तं यावद्ग्रामागमो भवेत्।
आगतां च सवत्सां हि पूजयित्वा यथाविधि।।28।।

यवसं पुष्कलं दत्त्वा यवान्नं कुरुते स्वयम्।
एवं मासे चतुर्थ्यां सा शुक्लायां व्रतमाचरेत्।।29।।

स्त्रीव्रतं कथितं राजन् पुरुषस्य तथैव च।
एवं मासव्रतं कृत्वा सुपुत्रं लभते ध्रुवम्।।30।।

बिना अर्थ के भी यदि शुद्ध पाठ हो तो वह उत्तम के ही समान होता है। (दिनों की संख्या के भेद से इसके पाठ की उत्तम, मध्यम और अधम तीन श्रेणियाँ हैं-) नौ दिनों में इसका पाठ हो तो वह उत्तम कहा गया है, इक्कीस दिनों में हो तो मध्यम माना गया है और इकतीस दिनों में हो तो उसे निकृष्ट श्रेणी का पाठ बताया गया है। जो भी सुगमतापूर्वक साध्य हो, वही पाठ करना चाहिए? राजन्! कलियुग में बहुत दिनों के प्रयत्न से साध्य फलों की सिद्धि होती है, अतः नारायण स्वरूप व्यासजी ने हरिवंश का यह पारायण साध्य रूप बताया है। कलियुग में नवाह्न पारायण और इक्कीस दिनों का पारायण श्रोता के अभीष्ट की सिद्धि करने के लिए गर्जना करता है। इकतीस दिनों में पूर्ण होने वाला हरिवंश पारायण यज्ञ नारी के वन्ध्यात्व दोष का नाश करनेवाला है। राजन्! हरिवंश-कथा-श्रवण आरम्भ करना हो तो पहले स्त्री और पुरुष को भी गोव्रत करना चाहिए, फिर व्रत के अन्त में उसका पारण भी स्त्री और पुरुष दोनों को करना चाहिए। इसकी विधि मैं तुम्हें यथावत् रूप से बता रहा हूँ। इसका आरम्भ करके अन्ततोगत्वा एक मास तक इस शुभ व्रत का अनुष्ठान करना उचित है। स्त्री को चाहिए कि वह मन मे अत्यन्त प्रसन्न हो चतुर्थी तिथि को प्रातःकाल उठकर नियमपूर्वक गोव्रत आरम्भ करे। प्रातःकाल से सूर्यास्त तक जब तक चरने को गयी हुई गौएँ गाँव में लौट न आयें, तब तक अन्न और जल ग्रहण नहीं करना चाहिए। जब गौ द्वार पर आ जाये, तब बछड़े सहित उसकी विधिवत् पूजा करके उसे प्रचुर मात्रा में घास-भूसा देकर स्वयं भी यवान्न ग्रहण करे। इस प्रकार किसी भी मास के शुक्लपक्ष की चतुर्थी को नारी यह व्रत आरम्भ करे और उसे एक मास तक निभाये। राजन्! इस तरह यह स्त्री और पुरुष के लिए व्रत बताया गया है। इसका इसी प्रकार एक मास तक आचरण करके मनुष्य निश्चय ही उत्तम पुत्र प्राप्त कर लेता है।

विधि और फल

वैशम्पायन उवाच

अथ ते सम्प्रवक्ष्यामि नवाह्नश्रवणे विधिम्।
सहायैर्बहुभिश्चैव प्रायः साध्यो विधिस्त्वयम्।।1।।

वैशम्पायन जी कहते हैं— राजन्! अब मैं तुम्हें हरिवंश के नवाह्न-श्रवण की विधि बताऊँगा। यह विधि प्रायः बहुत-से सहायकों की सहायता से ही सिद्ध होने वाली है।

दैवज्ञं तु समाहूय मुहूर्तं पृच्छ्य यत्नतः।
विवाहे यादृशं वित्तं तादृशं परिकल्प्य च।।2।।

पहले यत्नपूर्वक ज्योतिषी को बुलाकर मुहूर्त पूछना चाहिए तथा विवाह के लिए जितने धन का प्रबन्ध किया जाता है, उतने धन की व्यवस्था इसके लिए करनी चाहिए।

नभस्यश्चाश्विनोर्जौ च मार्गशीर्षः शुचिर्नभः।
एते मासाः कथारम्भे श्रोतॄणां कामसूचकाः।।3।।

भाद्रपद, आश्विन, कार्तिक, मार्गशीर्ष, आषाढ़ और श्रावण– ये छः मास कथा आरम्भ करने में श्रोताओं के लिए अभीष्ट सिद्धि के सूचक हैं।

सहायाश्च त एवात्र कर्तव्याः सोद्यमाश्च ये।
देशे देशे तथा सेयं वार्ता प्रोच्या प्रयत्नतः।।4।।

भविष्यति कथा चात्र आगन्तव्यं कुटुम्बिभिः।
देशे देशे विरक्ता ये वैष्णवाः कीर्तनोत्सुकाः।।5।।

तेष्वेव पत्रं प्रेष्यं च तल्लेखनमितीरितम्।
सतां समाजो भविता नवरात्रं सुदुर्लभः।।6।।

इस कार्य में उन्हीं लोगों को सहायक बनना चाहिए, जो उद्योगी हों। फिर प्रयत्न करके देश-देशान्तरों (विभिन्न स्थानों) - में यह संदेश कहला देना चाहिए कि यहाँ कथा होगी, अतः आप सभी सज्जनों को सपरिवार पधारना चाहिए। भिन्न-भिन्न स्थानों में हरिकीर्तन के लिए उत्सुक रहने वाले जो विरक्त वैष्णव हों, उनके पास अवश्य निमन्त्रण-पत्र भेजना चाहिए। उस पत्र के लेखन की विधि इस प्रकार बतायी गयी है– 'महानुभावो! यहाँ नौ दिनों तक सत्पुरुषों का समागम-सत्संग का सुअवसर रहेगा, जो सबके लिए परम दुर्लभ है (अतः आप लोग हरिवंश-कथामृत का पान करने के लिए अवश्य पधारने की कृपा करें)'।

आगन्तुकानां सर्वेषां वासस्थानानि कल्पयेत्।
तीर्थे वापि वने वापि गृहे वा श्रवणं स्मृतम्।।7।।

जो लोग आयें, उन सबके रहने के लिए स्थान का यथोचित्त प्रबन्ध करे। कथा का श्रवण किसी तीर्थ में, वन में अथवा अपने घर पर भी अच्छा माना गया है।

विशाला वसुधा यत्र कर्तव्यं तत् कथास्थलम्।
शोधनं मार्जनं भूमेर्लेपनं धातुमण्डनम्।।8।।

जहाँ विशाल मैदान हो, वहीं कथा-स्थल बनाना चाहिए। उस भूमि का शोधन, मार्जन और लेपन करके रंग-बिरंगी धातुओं से वहाँ चौक बनाये।

गृहोपस्करमुद्धृत्य गृहकोणे निवेशयेत्।
कर्तव्यो मण्डपः प्रोच्चैः कदलीस्तम्भमण्डितः।।9।।

घर की सारी सामग्री उठाकर एक कोने में रख दे और कथा के लिए एक ऊँचा मण्डप तैयार कराये, जो केले के खम्भों से सुशोभित हो।

फलपुष्पदलैर्विष्वग्वितानेन विराजितः।
चतुर्दिक्षु ध्वजारोपस्तोरणेन विराजितः।।10।।

उसे सब ओर फल, फूल, पल्लव और चंदोवे से अलंकृत करे। चारों दिशाओं में ध्वजारोपण करे। उस मण्डप में सुन्दर फाटक लगाकर उसकी शोभा बढ़ाये।

ऊर्ध्वं सप्तैव लोकाश्च सप्ताधः परिकल्पयेत्।
तेषु विप्रा विरक्ताश्च स्थापनीयाः प्रबोध्य वै।।11।।

उस मण्डप में कुछ ऊँचाई पर सात विशाल लोकों की कल्पना करे और उनमें विरक्त ब्राह्मणों को बुला-बुलाकर समझाकर बैठाये। इसीप्रकार नीचे भी सात लोकों की कल्पना करे (और उनमें साधारण जनता को बिठाये)।

पूर्वं तेषामासनानि कर्तव्यानि यथोत्तरम्।
वक्तुश्चापि तथा दिव्यमासनं परिकल्पयेत्।।12।।

पहले उन विरक्त ब्राह्मणों के लिए उत्तमोत्तम आसनों का प्रबन्ध करना चाहिए। फिर वक्ता (वाचक) - के लिए भी दिव्य आसन की व्यवस्था करे।

उदङ्मुखो भवेद् वक्ता श्रोता वै प्राङ्मुखस्तथा।
प्राङ्मुखोऽथ भवेद् वक्ता श्रोता चोदङ्मुखस्तथा।।13।।

जब वक्ता का मुख उत्तर की ओर रहे, तब श्रोता का मुख पूर्व की ओर होना चाहिए और यदि वक्ता का मुख पूर्व की ओर हो तब श्रोता को उत्तराभिमुख होकर बैठना चाहिए।

विरक्तो वैष्णवो विप्रो वेदशास्त्रविशारदः।
दृष्टान्तकुशलो धीरो वक्ता कार्यो दयान्वितः।।14।।

जो विरक्त, विष्णुभक्त, वेदशास्त्रविशारद, जातिका ब्राह्मण, भाँति-भाँति के दृष्टान्त देकर ग्रन्थ के भाव को हृदयंगम कराने में कुशल, धीर और दयालु हो, ऐसे पुरुषों को ही वक्ता बनाना चाहिए।

वेदवेदान्ततत्त्वज्ञैर्गुरुभिर्ब्रह्मवादिभिः।
नृणां कृतोपदेशानां सद्यः सिद्धिर्हि जायते।।15।।

जिन मनुष्यों को वेद-वेदान्त के तत्त्वज्ञ, ब्रह्मवादी गुरुओं से उपदेश प्राप्त होता है, उन्हें तत्काल सिद्धि सुलभ होती है।

अथान्यजनसामान्यैर्गुरुभिर्नीतिकोविदैः।
नृणां कृतोपदेशानां सिद्धिर्भवति कीदृशी।।16।।

जो गुरु अन्य सामान्य लोगों के समान ही नीतिकुशल हैं, उनसे जिन मनुष्यों को उपदेश प्राप्त होता है, उनको कैसी सिद्धि मिलेगी?

अनेकधर्मविभ्रान्ताः स्त्रैणाः पाखण्डवादिनः।
धर्मशास्त्रकथोच्चारे त्याज्यास्ते यदि पण्डिताः।।17।।

जो अनेक मत-मतान्तरों के चक्कर में पड़कर भ्रान्त हो रहे हों, स्त्रीलम्पट हों और पाखण्ड की बातें करते हों, ऐसे लोग यदि पण्डित भी हों तो उन्हें धर्ममय शास्त्र-इतिहास-पुराण की कथा कहने के लिए वक्ता न बनाये, उन्हें ऐसे कार्य से दूर ही रखे।

वक्तुः पार्श्वे सहायार्थमन्यः स्थाप्यस्तथाविधः।
पण्डितः संशयच्छेत्ता लोकबोधनतत्परः।।18।।

वक्ता के पास उसकी सहायता के लिए उसी योग्यता का एक और विद्वान् रखे। वह भी संशय-निवारण करने में समर्थ और लोगों को समझाने में कुशल होना चाहिए।।18।।

वक्त्रा क्षौरं प्रकर्तव्यं दिनादर्वाग् व्रताप्तये।
वक्तुः श्रोतुश्चन्द्रशुद्धौ दम्पत्योः शुभतारके।।19।।

वक्ता को उचित है कि वह कथा आरम्भ होने से एक दिन पहले क्षौर करा ले, जिससे व्रत का पूर्णतया निर्वाह हो सके। जब वक्ता और श्रोता दोनों के चन्द्र बल ठीक हों और सुनने वाले दम्पति के ग्रह एवं ताराबल भी अनुकूल हों, तब कथा आरम्भ करनी चाहिए।

अरुणोदये विनिर्वर्त्य शौचं स्नानं समाचरेत्।
नित्यं संक्षेपतः कृत्वा संध्याद्यं प्रयतस्ततः।।20।।

सुक्षालितपाणिपादः स्वस्तिवाचनपूर्वकम्।
गोमयोपलिप्तदेशे सर्वतोभद्रकल्पनम्।।21।।

स्वीयशक्त्यनुसारेण पूजनं सर्वमाचरेत्।
कथाविघ्नविनाशय गणनाथं प्रपूजयेत्।।22।।

श्रोता अरुणोदय काल में - दिन निकलने से दो घड़ी पहले शौच आदि से निवृत्त होकर विधिपूर्वक स्नान करे। प्रतिदिन मन को संयम में रखकर संक्षेप से संध्या-वन्दन आदि करके हाथ-पैरों को अच्छी तरह धोकर पहले ब्राह्मणों से स्वस्तिवाचन कराये। फिर गोबर से लिपे स्थान पर सर्वतोभद्रमण्डल की रचना करे और अपनी शक्ति के अनुसार सम्पूर्ण पूजन कर्म सम्पन्न करे। कथा के विघ्नों का निवारण करने के लिए श्रीगणेश जी की पूजा करे।

सलक्ष्मीपुत्रसहितं गोपालं स्थापयेत् ततः।
निर्विघ्नेनैव सिद्ध्यर्थं देवपूजनपूर्वकम्।।23।।

तत्पश्चात् लक्ष्मी (रुक्मिणी) तथा (प्रद्युम्न आदि) पुत्रों सहित गोपालक भगवान् श्रीकृष्ण की स्थापना करे। कथा की निर्विघ्नतापूर्वक सिद्धि के लिए ही देवपूजनपूर्वक पत्नी और पुत्र सहित भगवान् श्रीकृष्ण की पूजा करे।

संकल्पं कुर्यात्

अद्येहेत्यादिदेशकालौ स्मृत्वा अमुकगोत्रस्यामुक-प्रवरस्यामुकशर्मणः सपत्नीकस्य मम जन्मनि जन्मनि संचितमहापातकपटलनाशपूर्वकं तेन पापसंचयेन कृतसंतानबाधकताविनाशपूर्वकमिह जन्मनि संतानोत्पत्तिहेतवे तस्य संतानस्य शरदां शतमायुषो वृद्ध्यर्थमात्मनश्च सकलसुखाप्तिहेतवे इह शरीरशुद्ध्यर्थं परत्र चेन्द्रादिलोकातिक्रमण-पूर्वकश्रीमद्विष्णुभक्त्युद्रेकजनित-कल्पावधि-तल्लोकगमनतत्रवा पूर्वकतत्स्वरूपावाप्तिहेतवे आवां दम्पती श्रीमद्धरिवंशपुराणश्रवणं कर्तृकतया करिष्यावहे। अन्यतरकर्तृत्वे करिष्ये इत्येवसंकल्पः।

इसके बाद निम्नांकित रूप से संकल्प करना चाहिए- आज यहाँ इत्यादि रूप से वर्तमान देश-काल का स्मरण करके यजमान इस प्रकार कहें- अमुक गोत्र, अमुक प्रवर और अमुक नाम और जाति वाले मुझ सपत्नीक यजमान के जन्म-जन्मान्तरों में संचित महापातक समूहों के नाशपूर्वक उस पाप संचय से होने वाली संतान बाधा का निवारण करके इस जन्म में संतानोत्पत्ति के उद्देश्य से और उस संतान की आयु बढ़कर सौ वर्षों की हो जाय-इस अभिलाषा से अपने को भी सम्पूर्ण सुखों की प्राप्ति हो-इस कामना से इहलोक में शरीर की शुद्धि के लिए और परलोक में इन्द्रादि लोकों को लांघकर भगवान् विष्णु की भक्ति के उद्रेक से सुलभ विष्णु लोक में गमन और वहाँ एक कल्पतक निवासपूर्वक अन्ततोगत्वा भगवत्स्वरूप की प्राप्ति के लिए हम दोनों दम्पती यज्ञकर्ता रूप से हरिवंश पुराण का श्रवण करेंगे। यदि पति और पत्नी में से कोई एक ही कथा श्रवण का कर्ता हो तो एकवचन 'करिष्ये' (करूँगा) ऐसी क्रिया बोलकर संकल्प करना चाहिए।

इति कृत्वा तु संकल्पं वक्तारं वृणुयात्ततः।
श्रुताध्ययनसम्पन्नं पूजयित्वा यथाविधि।।24।।

इस प्रकार संकल्प करने के अनन्तर वेद-शास्त्रों के अध्ययन से सम्पन्न वक्ता का विधिपूर्वक पूजन करके उसका वरण करे।

सुवर्णमुद्रिकां गृह्य कुण्डले च विशेषतः।
धौतवस्त्रं सोत्तरीयं चोष्णीषेण समन्वितम्।।25।।

सुवर्णषोडशपलं पुष्पताम्बूलसंयुतम्।
पूगीफलं चाक्षतान् वै गृहीत्वा शुद्धमानसः।।26।।

सोने की अंगूठी, विशेषतः दो सुवर्णमय कुण्डल, धोती, चादर, पगड़ी, सोलह पल सुवर्ण, फूल, पान, सुपारी और अक्षत लेकर शुद्धचित्त हो निम्नांकित रूप से संकल्प बोलकर वक्ता का वरण करे।

संकल्पः - अद्येहेत्यादि अमुकगोत्रममुकशर्माणं ब्राह्मणमेभिश्चन्दन-ताम्बूलसुवर्ण-वस्त्रादिभिर्हरिवंश-श्रवणे वाचकत्वेनावां दम्पती त्वां वृणीवहे।

वरण का संकल्प इस प्रकार है-आज यहाँ इत्यादि रूप से वर्तमान देश-काल का स्मरण करके यजमान इस प्रकार कहे-हम दोनों दम्पती अमुक गोत्र वाले, अमुक शर्मा ब्राह्मण का इन चंदन, ताम्बूल, सुवर्ण और वस्त्र आदि उपकरणों द्वारा हरिवंश सुनाने के लिए वाचक (व्यास) रूप से वरण करते हैं।

वृतोऽस्मीति तेनोक्ते-

फिर वाचक कहे—'मेरा वरण हो गया' उसके ऐसा कहने पर -

व्रतेन दीक्षामाप्नोति इति मन्त्रेण वक्तुर्दक्षिणकरमूले रक्षाबन्धनं कार्यम्। ब्राह्मणेन श्रोतॄणां रक्षाबन्धनं कार्यम्।

यजमान 'व्रतेन दीक्षामाप्नोति दीक्षयाप्नोति दक्षिणाम्, दक्षिणा श्रद्धामाप्नोति श्रद्धया सत्यमाप्यते' अर्थात् 'साधक व्रत से दीक्षा को पाता है, दीक्षा से दक्षिणा को और दक्षिणा से श्रद्धा को पा लेता है। फिर उस श्रद्धा से सत्य की प्राप्ति होती है।' इस मंत्र से वक्ता के दाहिने हाथ के मूल भाग में रक्षाबन्धन करे, तत्पश्चात् ब्राह्मण को श्रोताओं के हाथ में भी रक्षाबंधन करना चाहिए।

चन्दनाद्युपचारैस्तु वस्त्रपुष्पाक्षतैस्तथा।
हेमालंकरणैः पूगैः फलैर्ऋतुसमुद्भवैः।।27।।

पुराणपूजनं प्रोक्तं विधिना षोडशेन तु।
पूजयित्वा द्विजश्रेष्ठाञ्श्रवणं फलदं स्मृतम्।।28।।

तस्मात् सर्वप्रयत्नेन श्रोतव्यं विधिपूर्वकम्।
अथ व्यासं नमस्कुर्युर्मन्त्रमेतमुदीरयेत्।।29।।

नमस्ते भगवन् व्यास सर्वशास्त्रार्थकोविद।
ब्रह्मविष्णुमहेशानमूर्ते सत्यवतीसुत।।30।।

तदनन्तर चन्दनादि उपचारों से तथा वस्त्र, पुष्प, अक्षत, सुवर्णमय आभूषण, सुपारी और ऋतुफल आदि से षोडशोपचार की विधि द्वारा पुराण का पूजन करना आवश्यक बताया गया है। श्रेष्ठ ब्राह्मणों की पूजा करके हरिवंश का श्रवण करना अभीष्ट फलदायक माना गया है, इसलिए सर्वथा प्रयत्न करके विधिपूर्वक इसका श्रवण करना चाहिए। तदनन्तर सभी श्रोता व्यास को नमस्कार करें! उस समय यजमान इस मंत्र का उच्चारण करे - 'समस्त शास्त्रों के अर्थ को जानने वाले, ब्रह्म, विष्णु, शिवस्वरूप, सत्यवती नन्दन भगवान् व्यास! आपको नमस्कार है'।

इति व्यासं नमस्कृत्य शुभदेशे कुशासने।
उपविश्य प्रतिदिनमुल्लसत्प्रीतमानसः।।31।।

इस प्रकार व्यास को नमस्कार करके सुन्दर पवित्र स्थान में कुशासन पर बैठकर प्रतिदिन उल्लासपूर्ण प्रसन्नचित्त हो कथा श्रवण करे।

बालो युवाथ वृद्धो वा दरिद्रो दुर्बलोऽपि वा।
पुराणज्ञः सदा वन्द्यः पूज्यश्च सुकृतार्थिभिः।।32।।

पुराणज्ञ पुरुष बालक हो या जवान, बूढ़ा हो या दरिद्र एवं दुर्बल, पुण्य की इच्छा रखने वाले मनुष्यों के लिए वह सदा ही वन्दनीय एवं पूजनीय है।

नीचबुद्धिं न कुर्वीत पुराणज्ञे कदाचन।
यस्य वक्त्रोद्गता वाणी कामधेनुः शरीरिणाम्।।33।।

जिसके मुख से निकली हुई वाणी देहधारियों के लिए कामधेनु के तुल्य है, उस पुराणवेत्ता विद्वान् के प्रति कभी नीचबुद्धि न करे।

गुरवः सन्ति लोकस्य जन्मतो गुणतश्च ये।
तेषामपि च सर्वेषां पुराणज्ञः परो गुरुः।।34।।

जगत् के मनुष्यों के लिए जो जन्म से और गुणों की शिक्षा देने के कारण गुरु हैं, पुराण का विद्वान् उन सबका भी परम गुरु है,।

भवकोटिसहस्रेषु भूत्वा भूत्वा च सीदते।
यो ददाति पुण्यवृत्तिं कोऽन्यस्तस्मात् परो गुरुः।।35।।

कोटि सहस्र जन्मों में बारम्बार उत्पन्न होकर कष्ट पाने वाले जीव को तो पुराण कथा सुनाकर पुण्यवृत्ति प्रदान करता है, उससे श्रेष्ठ गुरु दूसरा कौन है?

पुराणज्ञः शुचिर्दान्तः शान्तोऽपि जितमत्सरः।
साधुः कारुण्यवान् वाग्मी वदेत् पुण्यकथां सुधीः।।36।।

जो पुराणों का ज्ञाता, पवित्र, जितेन्द्रिय, शान्त, मात्सर्यरहित साधु और दयालु है, वह विद्वान् वक्ता पुराणों की पुण्य कथा कहे।

व्यासासनसमारूढो यदा पौराणिको द्विजः।
आ समाप्तेः प्रसंगस्य नमस्कुर्यान्न कस्यचित्।।

पुराणवेत्ता द्विज जब व्यासासन पर आरूढ़ हो जाये, तब से कथा-प्रसंग की समाप्ति तक वह दूसरे किसी को नमस्कार न करे।

ये धूर्ता ये च दुर्वृत्ता ये चान्ये विजिगीषवः।
तेषां कुटिलवृत्तीनामग्रे नैव वदेत् कथाम्।।38।।

जो धूर्त हों, जो दुराचारी हों तथा दूसरे जो-जो तर्क से हराने की इच्छा रखकर आये हों, उन कुटिल वृत्तिवाले मनुष्यों के सामने कभी कथा न कहे।

न दुर्जनसमाकीर्णे न शूद्रश्वापदावृते।
देशे नापूतसदने वदेत् पुण्यकथां सुधीः।।39।।

जो स्थान दुर्जनों से भरा हो, शूद्रों और हिंसक जन्तुओं से आवृत हो वहाँ और अपवित्र गृह में विद्वान् पुरुष कभी पुराणों की पवित्र कथा न कहे।

सद्ग्रामे सुजनाकीर्णे सुक्षेत्रे देवतालये।
पुण्ये नदनदीतरे वदेत् पुण्यकथां सुधीः।।40।।

सज्जनों से भरे हुए अच्छे ग्राम में, उत्तम क्षेत्र में, देवता के मन्दिर में तथा नदों और नदियों के पावन तट पर विद्वान् वक्ता पुण्य कथा का उपदेश करे।

ईदृशाद् वाचकाद् राजञ्छ्रुत्वा फलमवाप्नुयात्।
ऐहिकामुष्मिकं शर्म पुण्यं पुत्रादिसिद्धिदम्।।41।।

महापापादिशमनं पुराणं हरिवंशकम्।
योज्यं पुत्रादिसिद्ध्यर्थं हरिवंशं जितेन्द्रियैः।।42।।
शृणुयात् सर्वभावेन पुण्यं पापप्रणाशनम्।।43।।

राजन्! ऐसे वाचक से कथा सुनकर मनुष्य अभीष्ट फल को पा लेता है। हरिवंशपुराण इहलोक और परलोक में भी कल्याणकारी, पुण्यदायक, पुत्र आदि अभीष्ट वस्तुओं की सिद्धि देनेवाला तथा बड़े-बड़े पाप आदि का शमन करनेवाला है। जितेन्द्रिय पुरुषों को पुत्र आदि की सिद्धि के लिए हरिवंश का सहारा लेना चाहिए। इस पुण्यदायक और पापनाशक पुराण को पूर्ण श्रद्धा और एकाग्रता के साथ सुनना चाहिए।

वैशम्पायन उवाच

जपाद्धि श्रवणं प्रोक्तं हरिवंशस्य सूरिभिः।
पितॄन् संतर्प्य शुद्ध्यर्थं प्रायश्चित्तं समाचरेत्।।1।।

वैशम्पायन जी कहते हैं - राजन्! विद्वान् पुरुषों ने जप से हरिवंश श्रवण की सफलता बतायी है। पहले पितरों का तर्पण करके आत्मशुद्धि के लिए प्रायश्चित करे।

सुमण्डपं च कर्तव्यं तत्र स्थाप्यो हरिस्तथा।
कृष्णमुद्दिश्य मन्त्रेण चरेत् पूजाविधिं क्रमात्।।2।।

उत्तम मण्डप बनाये और उसमें श्रीहरि की स्थापना करे, फिर भगवान् श्रीकृष्ण के उद्देश्य से मंत्र द्वारा क्रमशः पूजाविधि सम्पन्न करे।

प्रदक्षिणानमस्कारान् पूजान्ते स्तुतिमाचरेत्।
संसारसागरे मग्नं दीनं मां करुणानिधे।।3।।

कर्मग्राहगृहीतोऽहं मामुद्धर भवार्णवात्।
ततः श्रीहरिवंशस्य पूजा कार्या प्रयत्नतः।।4।।

विधिना षोडशेनैव धूपदीपसमन्विता।
ततस्तु श्रीफलं धृत्वा नमस्कारं समाचरेत्।।5।।

स्तुतिः प्रसन्नचित्तेन कर्तव्या केवलं तदा।
स्वीकृतोऽसि मया नाथ पुत्रार्थं भवसागरे।।6।।

मनोरथो मदीयोऽयं सफलः सर्वथा त्वया।
निर्विघ्नेनैव कर्तव्यो दासोऽहं तव केशव।।7।।

पूजा के अन्त में प्रदक्षिणा और नमस्कार करके इस प्रकार स्तुति करे— 'करुणानिधे! मैं इस संसार-समुद्र में डूबा हुआ हूँ। मुझे कर्मरूपी ग्राह ने पकड़ रखा है। आप मुझ दीन का इस भवसागर से उद्धार कीजिये'। तदनन्तर धूप, दीप आदि सामग्रियों से षोडशोपचार की विधि के अनुसार प्रयत्नपूर्वक श्री हरिवंश की भी पूजा करनी चाहिए। तदनन्तर पुस्तक के आगे श्रीफल (नारियल) रखकर नमस्कार करे और उस समय प्रसन्नचित्त से अनन्यभाव पूर्वक इस प्रकार स्तुति करे— 'नाथ! मैंने इस भवसागर में पुत्र की प्राप्ति के लिए आपकी शरण ली है। केशव! मेरे इस मनोरथ को किसी विघ्न-बाधा के बिना ही आप सब प्रकार से सफल करें। मैं आपका दास हूँ'।

एवं दीनवचः प्रोक्त्वा वक्तारं चाथ पूजयेत्।
सम्भूष्य वस्त्रभूषाभिः पूजान्ते तं च संस्तवेत्।।8।।

इस प्रकार दीन वचन कहकर वक्ता को वस्त्र और आभूषणों से विभूषित करके उसका पूजन करे और पूजन के पश्चात् उसकी इस प्रकार स्तुति करे-

व्यासरूप प्रबोधज्ञ सर्वशास्त्रविशारद।
एतत्कथाप्रकाशेन मदज्ञानं विनाशय।।9।।

'व्यास स्वरूप महानुभाव! आप समझाने की कला में निपुण और समस्त शास्त्रों के विशेषज्ञ हैं। इस हरिवंश की कथा को प्रकाशित करके आप मेरे अज्ञान को दूर कीजिये'।

तदग्रे नियमः पश्चात् कर्तव्यः श्रेयसे मुदा।
नवरात्रं यथाशक्त्या धारणीयः स एव हि।।10।।

वरणं पञ्चविप्राणां कथाभङ्गनिवृत्तये।
कर्तव्यं तैर्हरेर्जाप्यं द्वादशाक्षरविद्यया।।11।।

संतानगोपालमन्त्रो महारुद्रजपस्तथा।
पूजनं पार्थिवस्यैव गणनाथमनोर्जपः।।12।।

तदनन्तर वक्ता के आगे अपने कल्याण के लिए प्रसन्नतापूर्वक नियम ग्रहण करे और यथाशक्ति नौ दिनों तक निश्चय ही उसका पालन करे। कथा में कोई विघ्न न पड़े, इसके लिए पाँच ब्राह्मणों का वरण करना चाहिए और उन ब्राह्मणों को द्वादशाक्षर मंत्र (**ॐ नमो भगवते वासुदेवाय**) का जप, संतानगोपाल मंत्र का जप, महारुद्र मंत्र का जप, पार्थिव पूजन तथा गणेश मंत्र का जप करना चाहिए।

नवाह्नव्रतिनां पुंसां नियमाञ्छृणु सत्तम।
एककालाशनश्चैव अधःशायी भवेन्नरः।।13।।

वैशम्पायन जी कहते हैं—साधुशिरोमणे! नवाह्नकथा-श्रवण का व्रत लेने वाले पुरुषों के लिए जो आवश्यक नियम हैं, उन्हें बताता हूँ, सुनो! व्रती पुरुष एक समय भोजन करे और नीचे भूमि पर सोये।

ब्राह्मणान् वैष्णवांश्चान्यांस्तथा कीर्तनकारिणः।
नत्वा सम्पूज्य दत्ताज्ञः स्वयमासनमाविशेत्।।14।।

इसके बाद वहाँ उपस्थित हुए ब्राह्मणों, वैष्णवों तथा कीर्तन करने वाले अन्य लोगों को भी नमस्कार करके उनकी पूजा करे और उनसे आज्ञा लेकर स्वयं श्रोता के आसन पर बैठे।

लोकवित्तधनागारसर्वचिन्ता व्युदस्य च।
कथाचित्तः शुद्धमतिः स लभेत् फलमुत्तमम्।।15।।

जो पुरुष लोक, सम्पत्ति, धन और घर आदि की सारी चिन्ता छोड़कर शुद्ध बुद्धि से केवल कथा में ही मन लगाये रहता है, उसे उत्तम फल की प्राप्ति होती है।

दम्पती शुद्धमनसौ श्रद्धाभक्तिसमन्वितौ।
श्रद्धैव सर्वधर्माणां मातेव हितकारिणी।।16।।

कथा सुननेवाले पति-पत्नी शुद्ध हृदय से श्रद्धा और भक्ति के साथ कथा सुनें। सब धर्मों में श्रद्धा ही माता के समान हितकारिणी है।

श्रद्धयैव नृणां सिद्धिर्जायते लोकयोर्द्वयोः।
श्रद्धया भजतः पुंसः शिलापि फलदायिनी।।17।।

श्रद्धा से ही मनुष्यों को इहलोक और परलोक में सिद्धि प्राप्त होती है। श्रद्धापूर्वक आराधना करने वाले पुरुष को शिला भी अभीष्ट फल देनेवाली है।

मूर्खोऽपि पूजितो भक्त्या गुरुर्भवति ज्ञानदः।
श्रद्धया भजतो मन्त्रस्त्वसद् योऽपि फलप्रदः।।18।।

मूर्ख भी यदि भक्तिभाव से पूजित हो तो वह ज्ञानदाता गुरु हो जाता है। असत् मंत्र का भी यदि श्रद्धापूर्वक सेवन (जप) किया जाये तो वह फलदायक हो जाता है।

श्रद्धया पूजितो देवो नीचस्यापि वरप्रदः।
अश्रद्धया कृता पूजा दानं यज्ञस्तपो व्रतम्।।19।।

सर्वं निष्फलतां याति पुष्पं बन्धुतरोरिव।
सर्वत्र संशयाविष्टः श्रद्धाहीनोऽतिचञ्चलः।।20।।

परमार्थात् परिभ्रष्टः संसृतेर्न हि मुच्यते।
मन्त्रे तीर्थे द्विजे देवे दैवज्ञे भेषजे गुरौ।।21।।

यादृशी भावना यस्य सिद्धिर्भवति तादृशी।
अतो भावमयं विश्वं पुण्यपापं च भावतः।।22।।

ते उभे भावहीनस्य न भवेतां कदाचन।
तस्मात् सर्वात्मना राजञ्छ्रद्धाभक्ती समाश्रयेत्।।23।।

यदि देवता की श्रद्धापूर्वक पूजा की गयी तो वह नीच पुरुष को भी वर प्रदान करता है। अश्रद्धा से की हुई पूजा, दान, यज्ञ, तप और व्रत– ये सभी दुपहरिया के फूल की भाँति निष्फल हो जाते हैं। जो सर्वत्र संशययुक्त, श्रद्धाहीन और अत्यन्त चंचल होता है, वह परमार्थ से भ्रष्ट होकर संसार बन्धन से मुक्त नहीं हो पाता। मंत्र, तीर्थ, ब्राह्मण, देवता, ज्योतिषी, औषध और गुरु के विषय में जैसी जिसकी भावना होती है, उसे वैसी ही सिद्धि प्राप्त होती है। यह सारा विश्व भावमय है। पुण्य और पाप भी भाव से ही होते हैं। जो भाव से हीन है, उसे वे दोनों पुण्य और पाप कभी नहीं प्राप्त होते हैं। अतः राजन्! सम्पूर्ण हृदय से श्रद्धा और भक्ति का आश्रय लेना चाहिए।

आ सूर्योदयमारभ्य सार्धं त्रिप्रहरार्धकम्।
वाचनीया कथा सम्यग् धीरकण्ठं सुधीमता।।24।।

बुद्धिमान् वक्ता को उचित है कि वह सूर्योदय से लेकर साढ़े तीन प्रहर तक मध्यम स्वर से अच्छी तरह कथा बोले।

कथाविरामः कर्तव्यो मध्याह्ने घटिकाद्वयम्।
तत् कथामनु कार्यं वै कीर्तनं वैष्णवैस्तदा।।25।।
एवं श्रुत्वा विधानेन सर्वान् कामानवाप्नुयात्।।26।।

दोपहर के समय दो घड़ी तक कथा बंद रखे। कथा बंद होने पर वैष्णव पुरुषों को उस बीच में कुछ देर तक कीर्तन करना चाहिए। इस प्रकार विधिपूर्वक कथा सुनकर मनुष्य अपनी सम्पूर्ण कामनाओं को प्राप्त करे।

श्रोताओं के योग्य नियम, तथा चौदह भेद

स्थातव्यं ब्रह्मचर्येण यावद् ग्रन्थः समाप्यते।
हरिवंशे तथा राजन् पायसं चरुभोजनम्।।2।।

पारणे पारणे यातं यथावद् भरतर्षभ।
मलमूत्रजयार्थं हि लघ्वाहारः सुखावहः।।3।।

हविष्यान्नेन कर्तव्यमेकवारं कथार्थिना।
उपोष्य नवरात्रं वा शक्तिश्चेच्छृणुयात् तदा।।4।।

घृतपानं पयःपानं कृत्वा वा शृणुयात् सुखम्।
फलाहारेण वा श्राव्यमेकभुक्तेन वा पुनः।।5।।

जब तक ग्रन्थ समाप्त न हो जाये, तब तक ब्रह्मचर्य का पालन करते हुए रहना चाहिए। राजन्! भरतश्रेष्ठ! हरिवंश की प्रत्येक पारणा में यथावत् रूप से खीर अथवा चरु के भोजन का विधान प्राप्त होता है। कथा के समय मल-मूत्र के वेग को काबू में रखने के लिए हलका भोजन करना सुखद होता है, अतः कथा सुनने की इच्छा रखनेवाले पुरुष को एक बार हविष्यान्न भोजन करना उचित है। यदि शक्ति हो तो नौ रात उपवास करके कथा सुने अथवा केवल घी या दूध पीकर सुखपूर्वक कथा सुने। इससे काम न चले तो फलाहार अथवा एक समय भोजन करके कथा सुननी चाहिए।

सुखसाध्यं भवेद् यत्तु कर्तव्यं श्रवणाय तत्।
भोजनं तु वरं मन्ये कथाश्रवणकारकम्।।6।।

तात्पर्य यह है कि जिससे जो नियम सुगमतापूर्वक निभ सके, वह उसी को कथा सुनने के लिए ग्रहण करे। मैं तो उपवास की अपेक्षा भोजन को ही श्रेष्ठ मानता हूँ, यदि वह कथा श्रवण में सहायक हो सके।

नोपवासो वरः प्रोक्तो कथाविघ्नकरो यदि।
शृणुयाद् यः शुचिस्तिष्ठन्नेकचित्ततया सदा।।7।।

यदि उपवास में कथा में विघ्न पड़ता हो तो वह अच्छा नहीं बताया गया है। जो इस कथा को सुने, वह सदा पवित्र हो एकाग्रचित्त से सुनने के लिए बैठे।

प्रातःस्नानादिकं कृत्वा पुत्रदारसमन्वितः।
पुराणश्रवणं कुर्यात् कृष्णपूजनपूर्वकम्।।8।।

श्रोता स्त्री-पुत्रों के साथ प्रातःस्नान आदि कर्म करके पहले भगवान् श्रीकृष्ण की पूजा करे। तत्पश्चात् इस पुराण को सुने।

पुष्पधूपफलैः सम्यङ् नैवेद्यैः श्रद्धयोद्धृतैः।
गुरोः शुश्रूषणं तेन कर्तव्यं फलकाङ्क्षिणा।।9।।

अभीष्ट फल की इच्छा रखने वाला श्रोता श्रद्धापूर्वक अर्पित किये हुए पुष्प, धूप, फल और उत्तम नैवेद्य के द्वारा गुरु की शुश्रूषा करे।

श्रुत्वा यथेच्छया शौचं कार्यं पुण्येन वर्त्मना।
सायंकाले गुरुश्रेष्ठं तोषयित्वा सबान्धवः।।10।।

स्वपरिग्रहसङ्गेन सुखं स्वपिति वै तदा।
नियमादि प्रकर्तव्यं पापानां विनिवर्तने।।11।।

यथासुखं व्यवहरेन्नित्यं विष्णुपरायणः।
शुचिः शुद्धमनास्तिष्ठन् पत्रावल्यां च भोजनम्।।12।।

कथासमाप्तौ भुक्तिं च कुर्यान्नित्यं कथाव्रती।
द्विदलं मधु तैलं च गरिष्ठान्नं तथैव च।।13।।

भावदुष्टं पर्युषितं जह्यान्नित्यं कथाव्रती।
वृन्ताकं च कलिङ्गं च दग्धमन्नं मसूरिकाम्।।14।।

निष्पावानामिषाद्यं च वर्जयेच्च कथाव्रती।
पलाण्डुं लशुनं हिंगुं गूलकं गृञ्जनं तथा।।15।।

नालिकामूलकूष्माण्डं नैवाद्याच्च कथाव्रती।
कामं क्रोधं मदं मानं मत्सरं लोभमेव च।।16।।

दम्भं मोहं तथा द्वेषं दूरयेच्च कथाव्रती।
वेदवैष्णवविप्राणां गुरुगोव्रतिनां तथा।।17।।

स्त्रीराजमहतां निन्दां वर्जयेच्च कथाव्रती।
रजस्वलान्त्यजम्लेच्छपतितव्रात्यकैः सह।।18।।

द्विजद्विड्वेदबाह्यैश्च न वदेच्च कथाव्रती।
सत्यं शौचं दया मौनमार्जवं विनयं तथा।।19।।

उदारं मानसं तद्वत् कुर्यादेव कथाव्रती।
श्रद्धाभक्तिसमायुक्ता नान्यकार्येषु लालसाः।।20।।

वाग्यताः शुचयोऽव्यग्राः श्रोतारः पुण्यभागिनः।
अभक्त्या ये कथां पुण्यां शृण्वन्ति मनुजाधमाः।।21।।

तेषां पुण्यफलं नास्ति दुःखं स्याज्जन्मजन्मनि।
पुराणं ये तु सम्पूज्य ताम्बूलाद्यैरुपायनैः।।22।।

शृण्वन्ति च कथां भक्त्या दरिद्राः स्युर्न पापिनः।
कथायां कीर्त्यमानायां ये गच्छन्त्यन्यतो नराः।।23।।

भोगान्तरे प्रणश्यन्ति तेषां दाराश्च सम्पदः।
सोष्णीषमस्तका ये च कथां शृण्वन्ति पावनीम्।।24।।

ते बलानाः प्रजायन्ते पापिनो मनुजाधमाः।
ताम्बूलं भक्षयन्तो ये कथां शृण्वन्ति पावनीम्।।25।।

स्वविष्ठां खादयन्त्येतान्नरके यमकिङ्कराः।
नार्या रजस्वलायाश्च योनितुल्यं मुखं भवेत्।।26।।

कथा सुनने के पश्चात् अपनी इच्छा के अनुसार सायंकाल में पवित्र मार्ग से शौच-सम्बन्धी कार्य सम्पन्न करे, फिर बन्धु-बान्धवों सहित सेवा में उपस्थित हो गुरुश्रेष्ठ व्यास को संतुष्ट करके अपनी स्त्री के साथ घर जाकर पृथक् आसन पर सुख पूर्वक सोये। पापों के निवारण के लिए शौच-संतोष आदि नियमों और ब्रह्मचर्य आदि यमों का दृढ़ता के साथ पालन करना चाहिए। नित्य निरन्तर भगवान् विष्णु के चिन्तन में तत्पर रहकर वह सुखपूर्वक पूर्वोक्त नियमों का पालन करे।

कथा का व्रत लेने वाला पुरुष पवित्र एवं शुद्ध चित्त रहकर कथा सुने और प्रतिदिन कथा समाप्त होने पर पत्तल में ही भोजन करे। कथा-श्रवणकाल में दाल, मधु, तेल, गरिष्ठ अन्न, भाव-दूषित पदार्थ और वासी अन्न को कथाव्रती पुरुष प्रतिदिन त्याग दे। वैंगन, कलिंग (सिरस), जला हुआ अन्न, मसूर, निष्पाव (लौबिया या सेम) तथा मांस आदि को कथाव्रती सर्वथा त्याग दे। प्याज, लहसुन, हींग, मूली, गाजर, नालिका (नाड़ी का शाक), मूल (जमीन के अन्दर पैदा होने वाले कंद, आलू, अरबी आदि) और कुम्हड़ा- इन सबको कथा सुनने का व्रत लेने वाला पुरुष कदापि न खाये। कथाव्रती पुरुष काम, क्रोध, मद, मान, मत्सर, लोभ, दम्भ, मोह तथा द्वेष को अपने मन से दूर कर दे। वह वेद, वैष्णव, ब्राह्मण, गुरु, गोसेवक, स्त्री, राजा और महापुरुषों की निन्दा को सर्वथा त्याग दे। कथाव्रती रजस्वला स्त्री, अन्त्यज (चाण्डाल आदि), म्लेच्छ, पतित, गायत्रीहीन द्विज, ब्राह्मण द्रोही तथा वेद को न मानने वाले पुरुषों से बात न करे। नियम से कथा का व्रत लेनेवाले पुरुष को सत्य, शौच, दया, मौन, सरलता तथा विनय का पालन करना चाहिए और अपने हृदय को उदार बनाये रखना चाहिए। जो श्रद्धा और भक्ति से सम्पन्न हो, दूसरे किसी कार्य की लालसा न रखते हुए पवित्र, मौन और शान्त भाव से कथा सुनते हैं, वे पुण्य के भागी होते हैं। जो अधम मनुष्य भक्ति भाव से रहित होकर इस पुण्य कथा को सुनते हैं, उन्हें कभी पुण्य फल नहीं प्राप्त होता और जन्म-जन्म में दुःख भोगना पड़ता है। जो ताम्बूल आदि उपहारों से पुराण का पूजन करके भक्तिभाव से इस कथा को सुनते हैं, वे दरिद्र और पापी नहीं होते हैं। जो कथा होते समय उसे छोड़कर अन्यत्र चले जाते हैं, उनकी स्त्री और सम्पदाएँ भोग के बीच में ही नष्ट हो जाती हैं (वह उनका पूर्णतः उपभोग नहीं कर पाता है)। जो पापी नराधम सिर पर पगड़ी रखकर इस पावन कथा को सुनते हैं, वे बगुले होते हैं। जो लोग पान खाते हुए पुराण की पावन कथा को सुनते हैं, उन्हें यमराज के दूत नरक में डालकर अपनी ही विष्ठा खिलाते हैं। उनका मुख रजस्वला स्त्री की योनि के समान हो जाता है।

ये च तुङ्गासनारूढाः कथां शृण्वन्ति दाम्भिकाः।
अक्षय्यान् नरकान् भुक्त्वा ते भवन्त्येव वायसाः।।27।।

जो दम्भी मनुष्य ऊँचे आसन पर बैठकर कथा सुनते हैं, वे अक्षय नरकों का उपभोग करके अन्त में कौए होते हैं।

ये च वीरासनारूढा ये च शय्यासनस्थिताः।
शृण्वन्ति तत्कथां ते वै भवन्त्यर्जुनपादपाः।।28।।

जो वीरासन पर आरूढ़ हो तथा जो शय्या रूप आसन पर बैठकर उस पुराण कथा को सुनते हैं, वे अर्जुन नामक वृक्ष होते हैं।

असम्प्रणम्य शृण्वन्तो विषवृक्षा भवन्ति ते।
तथा शयानाः शृण्वन्तो भवन्त्यजगरा नराः।।29।।

जो कथा को प्रणाम किये बिना ही सुनते हैं, वे विषवृक्ष होते हैं। जो सोते हुए सुनते हैं, वे मनुष्य अजगर सर्प होते हैं।

यः शृणोति कथां वक्रः समानासनमास्थितः।
गुरुतल्पसमं पापं सम्प्राप्य नरकं व्रजेत्।।30।।

जो वक्र स्वभाव वाला मनुष्य वक्ता के समान आसन पर बैठकर कथा सुनता है, वह गुरुपत्नी गमन तुल्य पाप का भागी होकर नरक में पड़ता है।

ये निन्दन्ति पुराणज्ञान् कथां वा पापहारिणीम्।
ते वै जन्मशतं मर्त्याः शुनकाः सम्भवन्ति च।।31।।

जो लोग पुराण वेत्ताओं तथा पुराण की पापहारिणी कथा की निन्दा करते हैं, वे मनुष्य सौ जन्मों तक कुत्ते होते हैं।

कथायां वर्तमानायां ये वदन्ति दुरुत्तरम्।
ते गर्दभाः प्रजायन्ते कृकलासास्ततः परम्।।32।।

जो कथा होते समय दूषित-प्रत्युत्तर करते हैं, वे पहले तो गदहे होते हैं, तत्पश्चात् गिरगिट की योनि में जन्म पाते हैं।

कदाचिदपि ये पुण्यां न शृण्वन्ति कथां नराः।
ते भुक्त्वा नरकान् घोरान् भवन्ति वनशूकराः।।33।।

जो कभी भी पुराण की पुण्यमयी कथा को नहीं सुनते हैं, वे घोर नरकों का कष्ट भोगकर वनैले सूअर होते हैं।

कथायां कीर्त्यमानायां विघ्नं कुर्वन्ति ये शठाः।
कोट्यब्दान् नरकान् भुक्त्वा भवन्ति ग्रामसूकराः।।34।।

जो शठ कथा-कीर्तन में विघ्न डालते हैं, वे करोड़ों वर्षों तक नरक भोगकर अन्त में ग्रामसूकर होते हैं।

मध्ये वार्तां न कुर्वीत चेत् कुर्यान्निरयं व्रजेत्।
कथायां श्रूयमाणायां न कुर्याच्छिशुलालनम्।।35।।

कथा सुनते समय बीच में बातचीत न करे। यदि कोई करे तो वह नरक में जायेगा। कथा-श्रवणकाल में बच्चों का लाड़-प्यार भी न करे।

नर्मवादान् वदेन्नैव स्त्रिया सम्भाषणं तथा।
न कर्तव्यं प्रयत्नेन कथाविच्छेदकारणम्।।36।।

कथा होते समय हंसी-परिहास की बातें न करे, स्त्री के साथ वार्तालाप भी न करे। इन बातों का प्रयत्नपूर्वक पालन करना चाहिए; क्योंकि यह सब बातें कथा में विच्छेद(विघ्न) डालने वाली हैं।

विच्छेदेन कथायास्तु ब्रह्महत्यासमं त्वघम्।
प्राप्नोति नृपशार्दूल कथाविच्छेदकः पुमान्।।37।।

राजसिंह! कथा में विच्छेद पैदा करने से वह कथा विच्छेदक पुरुष ब्रह्महत्या के समान पाप का भागी होता है।

न कुर्यात् तु कथामध्ये त्वन्यवार्ताः प्रयत्नतः।
नारी वा पुरुषो वापि कुर्यान्निरयमाप्नुयात्।।38।।

स्त्री हों या पुरुष, कथा के बीच में दूसरी बातें न करे और इसके लिए सदा प्रयत्नशील रहे। यदि कोई बात करता है तो वह नरक में जाता है।

इतिहासं वदाम्यत्र शृणुष्वैकं हि मानद।
यं श्रुत्वा न वदेद् वार्तां कथामध्ये कदाचन।।39।।

मानद! इस विषय में मैं एक इतिहास बताता हूँ, इसे सुनो। इसे सुन लेने पर कोई भी मनुष्य कभी कथा के बीच में वार्तालाप नहीं कर सकता।

जनस्थाने पुरा कश्चिद् ब्राह्मणो वेदपारगः।
धर्मशास्त्रेऽतिनिपुणः सदाचारपरायणः।।40।।

प्राचीनकाल की बात है, जन स्थान में कोई ब्राह्मण रहते थे, जो वेदों के पारंगत विद्वान् थे। वे धर्मशास्त्र में अत्यन्त निपुण तथा सदाचार में तत्पर रहने वाले थे।

गङ्गास्नानं विधायादौ कृत्वा माध्याह्निकं तथा।
कृत्वा देवार्चनं चैव श्रवणे तत्परोऽभवत्।।41।।

वे प्रतिदिन पहले गंगास्नान और मध्याह्न-संध्या-वन्दन आदि करके देवपूजन करने के पश्चात् कथा-श्रवण में प्रवृत्त होते थे।

तस्य भार्यातिदुष्टा च कर्कशा कलहप्रिया।
असत्यालापनिपुणा परद्वेषपरायणा।।42।।

उनकी स्त्री बड़ी दुष्ट और कर्कशा थी। सदा कलह करना ही उसे प्रिय लगता था। वह झूठ बोलने में निपुण थी और दूसरों से द्वेष करने में ही लगी रहती थी।

हृत्वा चक्रे धनस्यापि संग्रहं पापनिश्चया।
दधि दुग्धं समानीय शर्करागुडमेव च।।43।।

घृतं च नवनीतं च स्वयमानीय सर्वदा।
एकान्ते भक्षणं चक्रे भर्तर्यन्नं प्रशुष्ककम्।।44।।

वह पापपूर्ण निश्चय वाली नारी चोरी-चोरी धन का भी संग्रह करने लगी। वह स्वयं दही, दूध, शक्कर, गुड़-घी और मक्खन खरीद लाती और एकान्त में बैठकर अकेली ही खाती थी। पति को केवल रूखा-सूखा अन्न परोस दिया करती थी।

दुराग्रहा दुष्टमनाः पतिनिन्दापरायणा।
बहुपापप्रकर्त्री च परवेश्मोपवेशिनी।।45।।

उसका स्वभाव दुराग्रही थी, मन में दुष्टता भरी रहती थी। वह सदा अपने पति की निन्दा में ही लगी रहनेवाली और पाप करनेवाली थी, प्रायः दूसरे के घर में ही बैठी रहती थी।

सुभाषणं वदेन्नैव द्विषः क्षेमविधायिनी।
पंक्तिभेदं प्रकुर्वाणा सदा निष्ठुरभाषिणी।।46।।

वह अच्छी बात तो कभी बोलती ही नहीं थी। जो पति के द्वेषी थे, उन्हीं का वह भला किया करती थी। भोजन में सदा पंक्तिभेद करती थी-किसी को कुछ परोसती और किसी को कुछ। सदा निष्ठुर बात ही बोलती थी।

अतिथिषु सदा वैरकारिणी धर्मनाशिनी।
सज्जनोऽपि गुणी सौम्यस्तस्या भर्ता सुपूजिताः।।47।।

अतिथियों से सदा वैर रखती और धर्म का नाश करती थी। उसके पति बड़े सज्जन, गुणवान्, सौम्य तथा सर्वत्र सम्मानित होने वाले थे।

यदा भर्ता पुराणस्य श्रवणाय हि संस्थितः।
प्रत्यहं तत्र गत्वा तु तस्य निन्दां चकार ह।।48।।

जब उसके पति प्रतिदिन पुराण सुनने के लिए बैठते, तब वहाँ जाकर वह उनकी निन्दा करने लगती थी।

संन्यासिवत् कथं ह्यत्र श्रवणे व्यासवत् कृतः।
समुत्पन्ननिरुद्योग किं कर्तव्यं मया वद।।49।।

'संसार में पैदा होकर भी जीवन-निर्वाह के लिए कोई उद्योग न करने वाले आलसी! यहाँ संन्यासी की तरह कथा सुनने कैसे बैठे हो? तुम तो यहाँ आकर व्यासबाबा बन गये, अब मुझे बताओ, मैं क्या करूँ?।

शिशवो मां पीडयन्ति भक्षणाय दिने दिने।
किं तेषां च प्रकर्तव्यं भक्षणार्थं मया वद।।50।।

'बच्चे प्रतिदिन भोजन के लिए मुझे तंग करते रहते हैं; बताओ, मैं उनके खाने के लिए क्या प्रबन्ध करूँ?'

नास्त्येवान्नं गृहे किञ्चिद् वस्त्रं वाप्यथवा धनम्।
किं मया च प्रकर्तव्यं कुत्र गन्तव्यमेव च।।51।।

'मेरे घर में न तो मुट्ठी भर अन्न है, न वस्त्र है और न धन ही है। मैं क्या करूँ? कहाँ जाऊँ?'

कथं विलिखितं दिष्टं धात्रा पापेन मे पुरा।
मूर्खश्चालस्यसंयुक्तो दरिद्रो निष्ठुरस्तथा।।52।।
स्नेहहीनः कुटुम्बे च कथायाः श्रवणे रतः।
एतादृशः पतिर्मह्यं धात्रा दत्तो दुरात्मना।।53।।

'न जाने पापी विधाता ने पूर्वकाल में मेरा भाग्य कैसा लिख दिया? दुरात्मा ब्रह्मा ने मुझे ऐसा पति दिया, जो मूर्ख, आलसी, दरिद्र और निष्ठुर है। इसका अपने कुटुम्ब पर तनिक भी स्नेह नहीं है। यह सिर्फ कथा सुनने में लगा रहता है।

पृथिव्यां दुर्भगैकाहं दरिद्रगृहमागता।
उदरापूर्तिमात्रं हि नान्नं मे भक्षितं कदा।।54।।

इस पृथ्वी पर एकमात्र मैं ही ऐसी अभागिनी हूँ, जो इस दरिद्र के घर में आ गयी। यहाँ आकर कभी मैंने भरपेट भोजन भी नहीं किया।

सौभाग्यास्ताः स्त्रियो लोके यासामुद्योगशालिनः।
पतयो धनधान्यादिसमृद्धिपरिशोभिताः।।55।।

संसार में वे ही स्त्रियाँ सौभाग्यशालिनी हैं, जिनके पति उद्योगशील हैं, धन-धान्य आदि की समृद्धि से सुशोभित हैं।

ते वै स्त्रीणां वाक्यकराः शिशुपालनतत्पराः।
नित्यं गृहेषु तिष्ठन्ति स्त्रीणां संतोषकारकाः।।56।।

वे अपनी स्त्रियों की आज्ञा मानते हैं, बच्चों के लालन-पालन में तत्पर रहते हैं, सदा घर में रहते हैं और स्त्रियों को संतुष्ट रखते हैं।

सदन्नभक्षणात् पुष्टा भार्याज्ञापरिपालकाः।
व्यवसायं च भार्याणां कुर्वन्ति बुद्धिशालिनः।।57।।

वे उत्तम अन्न खाकर पुष्ट होते हैं, पत्नी की आज्ञा का पालन करते हैं, बुद्धिशाली हैं और पत्नियों का जैसा निश्चय होता है, वैसा ही वे करते हैं।

अयं मूर्खश्च जडधीरुपेक्षां कुरुते गृहे।
अद्य तैलं गृहे नास्ति चेन्धनं लवणं तथा।।58।।

यह मेरा पति तो मूर्ख और जड़बुद्धि है, घर के प्रति उपेक्षा का भाव रखता है। आज घर में न नमक है, न तेल है और न लकड़ी ही है।।

शाकश्च मम नास्त्येव धान्यलेशो न मद्गृहे।
किं मया तु प्रकर्तव्यं पतिरेतादृशो मम।।59।।

साग भी मेरे घर में नहीं है। अनाज तो लेशमात्र भी नहीं है। क्या करूँ? मेरा पति ऐसा आलसी है।

कथायां श्रूयमाणायां पत्या सन्मार्गमूर्तिना।
धान्यादौ विद्यमानेऽपि मिथ्याभाषणतत्परा।।60।।

सन्मार्ग के मूर्तिरूप पति के कथा सुनते समय वह घर में अनाज आदि के रहते हुए भी वहाँ आकर इस प्रकार मिथ्या भाषण किया करती थी।

कथाविघ्नं चकारासौ कर्कशा सा दिने दिने।
ततः कालेन मरणं प्राप्ता सा दुष्टमानसा।।61।।

वह कर्कशा स्त्री प्रतिदिन इसी तरह कथा में विघ्न डाला करती थी। उसका हृदय दुष्टता से भरा था। तदनन्तर काल आने पर उसकी मृत्यु हो गयी।

यमदूतैस्तु बद्धा सा नीता च यममन्दिरे।
ततो यमाज्ञया तैस्तु नरके पातिता चिरम्।।62।।

यमराज के दूत आये और उसे बाँधकर यमराज के घर ले गये। वहाँ यम की आज्ञा से उन्होंने उसे चिरकाल के लिए नरक में गिरा दिया।

पश्चात् सा राक्षसी जाता भैरवे जलवर्जिते।
अरण्ये क्षुत्तृषायुक्ता पूर्वपापप्रभावतः।।63।।

नरक से छूटने पर वह पूर्व पाप के प्रभाव से ही भयानक वन में, जहाँ पानी का सर्वथा अभाव था, राक्षसी हुई और भूख प्यास से पीड़ित रहने लगी।

तस्माद् विघ्नं न कर्तव्यं भार्यया पुरुषेण वा।
श्रीहरेः सत्कथायास्तु तव सत्यं वदाम्यहम्।।64।।

अतः स्त्री हो या पुरुष, किसी को भी श्रीहरि की उत्तम कथा में विघ्न नहीं डालना चाहिए। यह मैं तुमसे सत्य कहता हूँ।

मीनालिनो महिषहंसबकस्वभावा मार्जारकाकवृककंकजलौकतुल्याः।
सच्छिद्रकुम्भजलसिन्धुशिलोपमाश्च ते श्रावकाश्च सुचतुर्दशधा भवन्ति।।65।।

वे भले-बुरे श्रोता चौदह प्रकार के होते हैं- मीन, भ्रमर, महिष, हंस, बक, मार्जार, काक, वृक, कंक, जोंक, छिद्रयुक्त घट, जल, सिन्धु और शिला। इनके समान स्वभाव वाले होने के कारण वे इन्हीं नामों से कहे गये हैं।

दरिद्रश्च क्षयी रोगी निर्भाग्यः पापकर्मवान्।
अनपत्यो मोक्षकामः शृणुयात् स कथामिमाम्।।66।।

दरिद्र, क्षय का रोगी, अन्य किसी रोग से पीड़ित, भाग्यहीन, पापाचारी, संतानहीन तथा मुमुक्षु पुरुष इस हरिवंश कथा को अवश्य सुने।

अपुष्पा काकवन्ध्या च वन्ध्या या च मृतार्भका।
स्रवद्गर्भा च या नारी तया श्राव्या प्रयत्नतः।।67।।

जिस स्त्री का मासिक धर्म रुक गया हो, जिसके एक ही संतान होकर रह गयी हो, जिसके बच्चे होते ही न हों, जिसके बच्चे पैदा होकर मर जाते हों तथा जिसका गर्भ गिर जाता हो, उस स्त्री को प्रयत्नपूर्वक इस हरिवंश कथा का श्रवण करना चाहिए।

सुपुत्रं लभते राजन् व्यासस्य वचनं यथा।
सर्वान् कामानवाप्नोति कथां श्रुत्वा हरेरिमाम्।।68।।

राजन्! नारी यह कथा सुनकर उत्तम पुत्र प्राप्त कर लेती है। जैसा कि व्यास जी का वचन है। श्रीहरि की इस कथा को सुनकर मनुष्य सम्पूर्ण कामनाओं को पा लेता है।

उद्यापन का विधान एवं माहात्म्य

वैशम्पायन उवाच

एवं कृत्वा व्रतविधिमुद्यापनमथाचरेत्।
जन्माष्टमीव्रतमिव कर्तव्यं फलकाङ्क्षिभिः।।1।।

वैशम्पायन जी कहते हैं - जनमेजय! इस प्रकार व्रत की विधि पूर्ण करके उसका उद्यापन करे। उत्तम फल की इच्छा रखने वाले पुरुषों को जन्माष्टमी व्रत के समान इसका उद्यापन करना चाहिए।

अकिञ्चनेषु भक्तेषु प्रायो नोद्यापनग्रहः।
श्रवणेनैव पूतास्ते निष्कामा वैष्णवा यतः।।2।।

जो अकिंचन भक्त हैं, उनके लिए प्रायः उद्यापन का आग्रह नहीं है। वे कथा-श्रवण मात्र से ही शुद्ध हो जाते हैं; क्योंकि वे निष्काम वैष्णव हैं।

एवं नवाहयज्ञेऽस्मिन् समाप्ते श्रोतृभिस्तदा।
पुस्तकस्य च वक्तुश्च पूजा कार्यातिभक्तितः।।3।।

प्रसादतुलसीमाला श्रोतृभ्यश्चाथ दीयताम्।
मृदङ्गताललिलितं कीर्तनं कीर्त्यतां ततः।।4।।

जयशब्दो नमःशब्दः शङ्खशब्दश्च गीयताम्।
विप्रेभ्यो याचकेभ्यश्च वित्तमन्नं च दीयताम्।।5।।

इस प्रकार नवाह-यज्ञ पूर्ण होने पर श्रोताओं को बड़ी भक्ति के साथ पुस्तक तथा कथा वाचक की पूजा करनी चाहिए और वक्ता को उचित है कि वह श्रोताओं को प्रसाद और तुलसी की माला दे। तत्पश्चात् मृदंग बजाकर तालस्वर के साथ कीर्तन किया जाये, जय-जयकार और नमस्कार शब्द के साथ शंखों की ध्वनि हो तथा ब्राह्मण और याचकों को अन्न और धन दिया जाये।

श्रवणान्ते हरेर्मूर्तिः सश्रीकस्य प्रदीयताम्।
सुवर्णस्य कृता सम्यग्लक्ष्म्यङ्का पलमानतः।।6।।

कथा श्रवण के अन्त में एक पल सुवर्ण की बनी हुई लक्ष्मी सहित भगवान् विष्णु की मूर्ति, जो श्रीवत्सचिह्न से अंकित हो, वाचक के लिए देनी चाहिए।

समाप्तौ विधिवद् वस्त्रं क्षौमं दद्याच्च वाचके।
विशेषोऽयं समुद्दिष्टो मुनिभिस्तत्त्वदर्शिभिः।।7।।

कथा समाप्त होने पर वाचक को विधिपूर्वक रेशमी वस्त्र भी देना चाहिए। तत्त्वदर्शी मुनियों ने यह विशेष बात बतायी है।

समाप्य सर्वं प्रयतः संहिताशास्त्रकोविदः।
शुभे दिने निवेश्याथ क्षौमवस्त्राभिसंवृतः।।8।।

शुक्लाम्बरधरस्तत्र शुचिर्भूत्वा स्वलंकृतः।
अर्चयेत् तु यथान्यायं गन्धमाल्यैः पृथक्पृथक्।।9।।

संहितापुस्तकं तत्र प्रयतः सुसमाहितः।
भक्ष्यैर्भोज्यैश्चापूपैश्च कौतुकैर्विविधैः शुभैः।।10।।

संहिताशास्त्र का विद्वान् वाचक पवित्र हो सम्पूर्ण हरिवंश को समाप्त करके शुभ दिन में पुस्तक को सिंहासन पर स्थापित कर रेशमी वस्त्र ओढ़ श्वेत वस्त्र धारण करके पवित्र एवं विभूषित हो गन्ध, माल्य आदि पृथक्-पृथक् उपचारों से संहिता पुस्तक की यथोचित रूप से पूजा करे। उस समय चित्त शुद्ध एवं एकाग्र होना चाहिए। भक्ष्य, भोज्य और पुआ आदि नैवेद्यों तथा नाना प्रकार के शुभ कौतुकों द्वारा उस पूजन कर्म को सम्पन्न करना चाहिए।

हिरण्यमन्यद् द्रव्यं च दक्षिणां तत्र दापयेत्।
ये श्रावयन्ति मनुजान् पुण्यां पौराणिकीं कथाम्।।11।।

कल्पकोटिशतं साग्रं यान्ति ते ब्रह्मणः पदे।
आसनार्थं प्रयच्छन्ति पुराणज्ञस्य ये नराः।।12।।

कम्बलाजिनवासांसि मञ्चाफलकमेव च।
स्वर्गलोकं समासाद्य भुक्त्वा भोगान् यथेप्सितान्।।13।।

स्थित्वा ब्रह्मादिलोकेषु पदं यान्ति निरामयम्।
पुराणस्य प्रयच्छन्ति ये सूत्रवसनं नवम्।।14।।

भोगिनो ज्ञानसम्पन्नास्ते भवन्ति भवे भवे।
ये महापातकैर्युक्ता उपपातकिनश्च ये।।15।।

पुराणश्रवणादेव ते यान्ति परमं पदम्।
हरिवंशं लिखित्वा यो वाचकाय प्रदापयेत्।।16।।

यत् फलं भूमिदानस्य तत् फलं लभते हि सः।
राजसूयेन तेनेष्टमश्वमेधेन वै नृप।।17।।

दत्तानि सर्वदानानि हरिवंशे श्रुतेऽखिले।
राजसूयाश्वमेधाद्या यज्ञाश्चैव युगे युगे।।18।।

श्रवणं हरिवंशस्य कलौ यज्ञफलप्रदम्।
श्रद्धावानास्तिको दान्तो हरिवंशं यदारभेत्।।19।।

पातकानि प्रकम्पन्ते प्रत्यूहानि ज्वलन्ति च।
समारभ्य नयेत् पारं हरिवंशं य आदितः।।20।।

स्पर्शनाद् दर्शनात् तस्य विष्णुर्दृष्टो भवेन्नृप।
जन्मत्रयस्य निकषः पातकस्य क्षयो ध्रुवम्।।21।।

फलाप्तिश्च समाप्तौ च हरिवंशस्य बुद्ध्यते।
श्रोतुर्भारत विज्ञेयं पूर्वं सुकृतिलक्षणम्।।22।।

येन संजायते बुद्धिर्हरिवंशावधारणे।
सर्वाणि च पुराणानि वेदाश्च स्मृतयस्तथा।।23।।

हरिवंशेन बद्धार्या व्यासेन च महर्षिणा।
श्रुतिस्मृतिपुराणानां निन्दकेभ्यः कथंचन।।24।।

पापिभ्यश्च महाराज श्रावयेन्नैव वाचकः।
श्रुत्वा तुष्टेन मनसा वाचकं परिपूजयेत्।।25।।

दान्तं यशस्विनं कान्तं शुचिं स्पष्टाक्षरब्रुवम्।
त्रिशुक्लमाचारपरमक्रोधनमवादिनम् ।।26।।

यजमान वहाँ सुवर्ण तथा अन्य द्रव्यों को दक्षिणा रूप से दे। जो लोग अपने यहाँ आयोजन करके लोगों को पुण्यमयी पौराणिक कथा सुनवाते हैं, वे सौ कोटि कल्पों से अधिक काल तक ब्रह्म धाम में विराजते हैं। जो मानव पुराणवेत्ता वाचक को आसन के लिए कम्बल, मृगचर्म, वस्त्र, शय्या और चौकी आदि प्रदान करते हैं, वे स्वर्गलोक में जाकर मनोवांछित भोगों का उपभोग करके ब्रह्मा आदि के लोकों में निवास करते हुए अन्ततोगत्वा निरामय पद (वैकुण्ठ-धाम) को प्राप्त होते हैं। जो पुराण के वेष्टन के लिए नया सूती वस्त्र देते हैं, वे जन्म-जन्म में भोग और ज्ञान से सम्पन्न होते हैं। जो महापातकों और उपपातकों से युक्त हैं, वे भी इस पुराण के श्रवण मात्र से परम पद को प्राप्त कर लेते हैं। जो हरिवंश को लिखकर उसका वाचक को दान करता है, उसे भूमिदान का फल प्राप्त होता है। नरेश्वर! जिसने सारा हरिवंश सुन लिया, उसने राजसूय और अश्वमेध यज्ञ का अनुष्ठान कर लिया तथा सम्पूर्ण दान दे दिये। राजसूय और अश्वमेध आदि यज्ञ प्रत्येक युग में केवल अपना फल देते हैं, परन्तु हरिवंश का श्रवण कलियुग में समस्त यज्ञों का फल देनेवाला है। श्रद्धालु, आस्तिक एवं जितेन्द्रिय पुरुष जब हरिवंश आरम्भ करता है, तब सारे पातक कांपने लगते हैं और समस्त विघ्न जल जाते हैं। नरेश्वर! जो हरिवंश की कथा को आदि से आरम्भ करके अन्त तक पहुँचा देता है, उसके दर्शन और स्पर्श से भगवान् विष्णु का ही दर्शन और स्पर्श हुआ ऐसा मानना चाहिए। हरिवंश की समाप्ति होने पर श्रोता के तीन जन्मों के पातकों का निश्चय ही नाश हो जाता है और अभीष्ट फल की प्राप्ति का भी बोध होता है, यही इसकी सफलता की कसौटी है। भरतनन्दन! यह श्रोता के पूर्व पुण्य का लक्षण समझना चाहिए, जिससे उसके मन में हरिवंश सुनने का विचार उत्पन्न होता है। महर्षि व्यास ने समस्त पुराणों, वेदों और स्मृतियों के भावों को हरिवंश के साथ बाँध रखा है। महाराज! वाचक को उचित है कि वह श्रुतियों, स्मृतियों और पुराणों के निन्दकों को तथा पापियों को किसी तरह कथा न सुनाये। कथा सुनकर श्रोता संतुष्ट चित्त से जितेन्द्रिय, यशस्वी, कान्तिमान्, पवित्र, अक्षरों का सुस्पष्ट उच्चारण करनेवाले, जन्म, विद्या और संस्कार तीनों से शुद्ध, सदाचारपरायण, क्रोधहीन और वाद-विवाद से रहित वाचक की पूजा करे।

ग्रामं दद्यात् सुवसितं कुण्डलोष्णीषमालिकाम्।
पादुकोपानहौ छत्रं सवितानं मसूरिकाम्।।27।।

एवं कृत्वा तु विधिवद् वाचकाय प्रदापयेत्।
यानं वार्षं हयगजौ क्षौमं मणिमयासनम्।।28।।

पञ्च भाण्डानि ताम्रस्य ताम्रस्यैवाम्बुभाजनम्।
सकुटुम्बं च सस्त्रीकं वाचकं परया मुदा।।29।।

विभूषणैरलंकृत्य परिधाप्य सुवाससी।
कृष्णद्वैपायनं ध्यायन् नमस्कुर्वीत भावतः।।30।।

उसे भलीभाँति बसा हुआ ग्राम दे, कुण्डल, पगड़ी और माला अर्पित करे, खड़ाऊँ, जूता, छाता, चंदोवा और मसहरी - इन सबको एकत्र करके विधिपूर्वक वाचक को अर्पित करे। साथ ही बैलगाड़ी, घोड़ा, हाथी, रेशमी वस्त्र और मणिमय आसन, तांबे के पाँच बर्तनं तथा ताँबे का ही जल पात्र दे। पत्नी और कुटुम्ब सहित वाचक को बड़ी प्रसन्नता के साथ आभूषणों द्वारा अलंकृत करके उन्हें दो सुन्दर वस्त्र पहनाये और श्रीकृष्ण द्वैपायन व्यासजी का चिन्तन करते हुए उन्हें भक्तिभाव से नमस्कार करे।

वाचके परितुष्टे तु तुष्टाः स्युः सर्वदेवताः।
वित्तशाठ्यं न कर्तव्यं हरिवंशफलेप्सुभिः।।31।।

वाचक के संतुष्ट होने पर सम्पूर्ण देवता संतुष्ट हो जाते हैं, अतः हरिवंश के फल की इच्छा रखने वाले पुरुषों को धन खर्च करने में कंजूसी नहीं करनी चाहिए।

प्रदेया गौः शुभा चैका सवत्सा हेमपूरिता।
पलेन च पलार्धेन तदर्धं वाथ वा पुनः।।32।।

एक, आधे या चौथाई पल सुवर्ण के साथ बछड़े सहित एक सुन्दर गौ भी वाचक को देनी चाहिए।

वाचकं येन केनापि तोषयेत् सुसमाहितः।
तुष्टे तु वाचके राजंस्तुष्टाः स्युः सर्वदेवताः।।33।।

तुष्टेषु सर्वदेवेषु कार्यं तु सफलं भवेत्।
हरिवंशे समाप्ते तु वाचके परिपूजिते।।34।।

ऋणत्रयेण मुक्ताः स्युस्ते नरा जनमेजय।
मोदन्ते पितरस्तेषां लोकान् प्राप्याक्षयान् नृप।।35।।

राजन्! जिस किसी उपाय से सम्भव हो, एकाग्रचित्त हो वाचक को संतुष्ट करे। वाचक के संतुष्ट होने पर सम्पूर्ण देवता संतुष्ट हो जाते हैं और सम्पूर्ण देवताओं के संतुष्ट होने पर

यजमान का कार्य सफल होता है। जनमेजय! हरिवंश समाप्त होने पर वाचक की भलीभाँति पूजा कर लेने के पश्चात् मनुष्य तीनों ऋणों से मुक्त हो जाते हैं। नरेश्वर! उनके पितर अक्षय लोकों में पहुँचकर आनन्द भोगते हैं।

हरिवंशस्य प्रारम्भे समाप्तौ चैव तैः सह।
सर्वान् कामानवाप्नोति विपाप्मा जायते नरः।।36।।

हरिवंश का आरम्भ करके उसकी पूर्ति हो जाने पर मनुष्य सब पापों से मुक्त हो जाता है और अपने उन पितरों के साथ सम्पूर्ण कामनाओं को प्राप्त कर लेता है।

एवं कृते विधाने तु प्रजां प्राप्नोति मानवः।
धनमारोग्यमायुष्यं सौभाग्यं गुणगौरवम्।।37।।
प्राप्नोति मनुजः सम्यङ्नात्र कार्या विचारणा।।38।।

इस प्रकार विधि-विधान का पालन करने पर मनुष्य उत्तम संतान तो पाता ही है, धन, आरोग्य, आयु, सौभाग्य, गुणजनित गौरव को भी भलीभाँति प्राप्त कर लेता है। इसमें अन्यथा विचार नहीं करना चाहिए।

दान-दक्षिणा आदि का माहात्म्य

जनमेजय उवाच

प्रारम्भस्तु कथं कार्यः कथं पूजाविधिः स्मृतः।
कथं विसर्जयेद् व्यासं कथं सम्यक् फलं लभेत्।।1।।
एतत् सर्वं समाचक्ष्व विस्तरान्मुनिसत्तम।

जनमेजय ने पूछा - मुनिश्रेष्ठ! हरिवंश का प्रारम्भ कैसे करना चाहिए? उसकी पूजा का विधान किस प्रकार बताया गया है? व्यास का विसर्जन कैसे करे? और किस प्रकार उत्तम फल की प्राप्ति सम्भव है? यह सब विस्तारपूर्वक बताइये।

वैशम्पायन उवाच

श्रृणु राजन् यथा वन्ध्या संततिं लभते ध्रुवम्।।2।।

वैशाखे माघ ऊर्जे च अन्यस्मिञ्छुभमासके।
शुक्लपक्षे तिथौ पूर्णानन्दाभद्राजयासु च।।3।।

वारे गुरौ तथा शुक्रे चन्द्रे चन्द्रात्मजे तथा।
नक्षत्रे श्रवणे हस्ते पुष्ये मूले पुनर्वसौ।।4।।

वासवे तुहिनांशौ च पौष्णे च हयतारके।
सौभाग्यादिषु योगेषु करणे विष्टिवर्जिते।।5।।

श्रोतुश्चाथापि वक्तुश्च चन्द्रे च बलशालिनि।
पूर्वाह्णे चापि मध्याह्ने प्रारम्भः क्रियते बुधैः।।6।।

वैशम्पायन जी कहते हैं— राजन्! जिस प्रकार कथा सुनने से बन्ध्या स्त्री निश्चय ही संतान प्राप्त कर लेती है, वह विधि बताता हूँ, सुनो - वैशाख, माघ, कार्तिक अथवा दूसरे किसी शुभ मास में, शुक्ल पक्ष में, पूर्णा (5, 10, 15), नन्दा (1, 6, 11), भद्रा (2, 7, 12), तथा जया (3, 8, 13) तिथियों में, बृहस्पति, शुक्र, सोम तथा बुधवार को, श्रवण, हस्त, पुष्य, मूल, पुनर्वसु, धनिष्ठा, मृगशिरा, रेवती और अश्विनी नक्षत्रों में, सौभाग्य आदि शुभ योगों तथा विष्टि रहित करणों में, वक्ता और श्रोता के चन्द्रमा जब बलिष्ठ हों, उस समय पूर्वाह्न अथवा मध्याह्नकाल में विद्वान् पुरुष हरिवंश-कथा का आरम्भ करते हैं।

आदौ लम्बोदरः पूज्यः कलशस्तु ततः परम्।
श्रीखण्डागुरुकर्पूरकुङ्कुमामोदलेपनैः ।।7।।

पङ्कजैश्चम्पकैरन्यैर्जातीपुष्पैः सुगन्धिभिः।
तुलसीबिल्वधात्रीणां पत्रैरन्यैर्नवाङ्कुरैः।।8।।

धूपैर्दीपैश्च विविधैर्नारिकेलफलादिभिः।
ताम्बूलैर्मुखवासैश्चाखण्डितैः शुक्लतण्डुलैः।।9।।

चामरैर्व्यजनैश्चैव घण्टावाद्यादिभिस्तथा।
प्रत्यहं पूजयेद् देवं यावद् ग्रन्थः समाप्यते।।10।।

पहले गणेश जी की पूजा करनी चाहिए, तत्पश्चात् कलश की। चन्दन, अगर, कपूर, कुंकुम, गन्ध, अनुलेपन, कमल, चम्पा, सुगन्धित चमेली के फूल, तुलसीदल, बिल्वपत्र, आँवले के पत्ते, दूर्वा आदि के नूतन अंकुर, धूप, दीप, नारियल के फल आदि विविध नैवेद्य, मुख को सुवासित करने वाले ताम्बूल, अखण्ड श्वेत तण्डुल, चँवर, व्यंजन तथा घंटा-वाद्य आदि उपकरणों से श्रोता प्रतिदिन तब तक भगवान् का पूजन करता रहे, जब तक कि ग्रन्थ समाप्त न हो जाये।

लत्तादिदोषरहिते वारे च शुभसंज्ञके।
समर्पयेत् पुराणं तु ततः पूजां समाचरेत्।।11।।

लत्ता आदि दोषों से रहित शुभ दिन को हरिवंश पुराण वक्ता के हाथ में समर्पित करे। तदनन्तर प्रारम्भिक पूजा आरम्भ करे।

प्रारम्भे च यथा पूजा तथा कार्या विसर्जने।
चन्दनागुरुकर्पूरकुङ्कुमैर्गन्धकादिभिः ।।12।।

कथा के आरम्भ में जैसी पूजा की जाये, उसके विसर्जन में भी वैसी ही पूजा करनी चाहिए। चंदन, अगर, कपूर, रोली और गन्ध आदि से पूजन सम्पन्न करे।

गीतवादित्रनृत्यैश्च राजन् कार्यो महोत्सवः।
ततः पुराणपूजायां यथा दानं तथा शृणु।।13।।

राजन्! फिर गीत, वाद्य और नृत्य के द्वारा महान् उत्सव करना चाहिए। तदनन्तर पुराण पूजा में जैसा दान बताया गया है वैसा सुनो।

अष्टादशशतं दानं पुराणाय समर्पयेत्।
अभावे द्वादशशतं पूजा वै जनमेजय।।14।।

तदभावेऽपि राजेन्द्र षट्शतं परिकीर्तितम्।
उत्तमं मध्यमं दानमधमं च प्रकीर्तितम्।।15।।

जनमेजय! पुराण के लिए अठारह सौ रुपये की दक्षिणा समर्पित करे। उसके अभाव में बारह सौ रुपये की पूजा चढ़ाये। राजेन्द्र! उतना भी न बन सके तो कम-से-कम छः सौ रुपये की दक्षिणा बतायी गयी है। यह क्रमशः उत्तम, मध्यम और अधम श्रेणी का दान कहा गया है।

सपत्नीकं ततो व्यासं दुकूलैरंशुकैर्नवैः।
पूजयेत् सर्वभावेन स सम्यक् फलमश्नुते।।16।।

तत्पश्चात् नूतन वस्त्रों द्वारा पत्नी सहित व्यास का सम्पूर्ण भाव से पूजन करे। ऐसा करने से यजमान को उत्तम फल की प्राप्ति होती है।

परिधेयानि देयानि कुण्डलानि शुभानि च।
मुकुटाद्यैरलंकृत्य केयूराङ्गदभूषणैः।।17।।

वाचक को केयूर और अंगद आदि आभूषणों तथा मुकुट आदि से अलंकृत करके उन्हें पहनने योग्य सुन्दर कुण्डल भी देने चाहिए।

गावस्तु कपिला देयाः सवत्सा गर्भसंयुताः।
यानमश्वादिकं राजन् दासीदासान् समर्पयेत्।।18।।

आसनं पुरुषव्याघ्र धूपदीपादि भाजनम्।
शय्या तूलादिकं सर्वं सोपधानं सलड्डुकम्।।19।।

स्थाली पीठादिकं राजञ्जलपात्रं तथैव च।
अन्नं च बहु दातव्यं लवणं जनमेजय।।20।।

घृततैलादिकं राजन् यावद् वर्षं समाप्यते।
एतत् सर्वं द्विजेन्द्राय व्यासासनगताय च।।21।।

बछड़े सहित तथा गर्भवती कपिला गौओं का भी दान करना चाहिए। राजन्! पुरुषसिंह जनमेजय! यममान वाचक को अश्व आदि वाहन और दास-दासी भी समर्पित करे। आसन, धूप, दीप आदि वस्तुएँ, पात्र, शय्या, गद्दा-रजाई आदि, तकिया, लड्डू, बटलोई, पीढ़ा आदि, जलपात्र, बहुत-सा अन्न, नमक तथा घी, तेल आदि सामग्री भी, जो एक वर्ष तक अँट सके, वाचक की सेवा में दे। ये सारी वस्तुएँ व्यासासन पर विराजमान हुए द्विजराज वक्ता को भेंट करनी चाहिए।

मनोऽभीष्टं वरं लब्ध्वा ततः कुर्यात् प्रदक्षिणाम्।
पारणान्ते तु राजेन्द्र द्विजेन्द्रं रुद्रजापिनम्।।22।।

वस्त्रादिभिरलंकृत्य मुद्रिकाभिस्तथैव च।
नवीनं कम्बलं शुभ्रं ताम्रपात्रं तथैव च।।23।।

फिर वाचक से मनोवांछित वर पाकर यजमान उनकी परिक्रमा करे। राजेन्द्र! पारणा पूरी होने पर रुद्रमंत्र का जप करनेवाले द्विजराज को वस्त्र आदि तथा मुद्रिकाओं से अलंकृत करके उसे नवीन कम्बल और सुन्दर ताम्रपात्र दे।

द्विजं द्विजं समुद्दिश्य दातव्या दक्षिणा बहु।
ततोऽभिषेकसंयुक्तं गुरुं चैव पुरोधसम्।।24।।

वस्त्रादिभिरलंकृत्य दक्षिणाभिश्च तोषयेत्।
ततोऽन्यान् ब्राह्मणान् सर्वान् दक्षिणाभिः समर्चयेत्।।25।।

हवनं च तथा राजन् कर्तव्यं कर्मशान्तये।
प्रतिश्लोकं च जुहुयाद् दशांशेनैव वा पुनः।।26।।

पायसं मधु सर्पिश्च तिलान्नादिकसंयुतम्।
अथवा हवनं कुर्याद् गायत्र्या सुसमाहितः।।27।।

तन्मयत्वात् पुराणस्य परमस्यास्य तत्त्वतः।
होमाशक्तौ बुधो हेम दद्यात् तत्फलसिद्धये।।28।।

नानाच्छिद्रनिरोधार्थं न्यूनताधिकताख्ययोः।
दोषयोः प्रशमार्थं च पठेन्नामसहस्रकम्।।29।।

प्रत्येक द्विज के उद्देश्य से बहुत-सी दक्षिणा देनी चाहिए। तत्पश्चात् अभिषेक युक्त गुरु और पुरोहित को वस्त्र आदि से विभूषित करके दक्षिणाओं से संतुष्ट करे। तदनन्तर अन्य सब ब्राह्मणों को भी दक्षिणा देकर उनका सत्कार करे। राजन्! कर्म की शान्ति के लिए होम भी करना चाहिए। ग्रन्थ के प्रत्येक श्लोक से खीर, मधु, घी, तिल और अन्न आदि से युक्त हवन सामग्री की आहुति दे अथवा ग्रन्थ में जितने श्लोक हों, उनके दशांश से ही हवन करे अथवा एकाग्रचित्त होकर गायत्रीमंत्र से हवन करे; क्योंकि वास्तव में यह उत्कृष्ट पुराण गायत्रीमंत्र ही है। यदि होम कराने की शक्ति न हो तो विद्वान् पुरुष उसका फल प्राप्त करने के लिए ब्राह्मणों को कुछ सुवर्ण दान कर दे तथा कर्म में जो नाना प्रकार की त्रुटियाँ रह गयी हों, या विधि में जो न्यूनता अथवा अधिकता हो गयी हो, उन दोषों की शान्ति के लिए विष्णुसहस्रनाम का पाठ करे।

तेन स्यात् सफलं सर्वं नास्त्यस्मादधिकं यतः।
भोजयेन्मिथुनान्येव चतुर्विंशतिमादरात्।।30।।

उससे सभी कर्म सफल हो जाते हैं; क्योंकि इससे बढ़कर दूसरा कोई साधन नहीं है। हवन के पश्चात् चौबीस सपत्नीक ब्राह्मणों को आदरपूर्वक भोजन कराये।

ततो गन्धैश्च माल्यैश्च स्वलंकृत्य द्विजोत्तमान्।
तोषयेद् दक्षिणाहेमैर्धान्यै रत्नादिभिस्तथा।।31।।

तत्पश्चात् उन श्रेष्ठ ब्राह्मणों को गन्ध और मालाओं से अलंकृत करके सुवर्णमयी दक्षिणा, धान्य और रत्न आदि देकर सन्तुष्ट करे।

भुक्तवत्सु च विप्रेषु यथावत् समया च तान्।
वचकं भरतश्रेष्ठ भोजयित्वा स्वलंकृतम्।।32।।

सपत्नीकं च संतोष्य वस्त्रालङ्करणादिभिः।
ब्राह्मणेषु प्रसन्नेषु प्रसन्नास्तस्य देवताः।।33।।

भरतश्रेष्ठ! उन ब्राह्मणों के यथावत् भोजन कर लेने पर उन्हीं के निकट सपत्नीक वाचक को भी भलीभाँति अलंकृत करके भोजन कराये और वस्त्र तथा आभूषणों से संतुष्ट करके नमस्कार करे। ब्राह्मणों के प्रसन्न होने पर यजमान के ऊपर देवता प्रसन्न होते हैं।

वाचके परितुष्टे तु शुभा प्रीतिरनुत्तमा।
दद्यात् सुवर्णं धेनुं च व्रतपूर्णत्वसिद्धये।।34।।

वाचक के संतुष्ट होने पर श्रोता को शुभ एवं सर्वोत्तम प्रीति प्राप्त होती है। व्रत की पूर्ति के लिए यजमान दूध देने वाली गौ तथा सुवर्ण का दान करे।

शक्तौ पलत्रयमितं स्वर्णसिंहं विधाय च।
तत्रास्य पुस्तकं स्थाप्य लिखितं ललिताक्षरम्।।35।।

सम्पूज्यावाहनाद्यैश्च उपचारैः सदक्षिणैः।
वस्त्रभूषणगन्धाद्यैः पूजिताय महात्मने।।36।।

आचार्याय सुधीर्दत्त्वा मुक्तः स्याद् भवबन्धनैः।
एवं कृते विधाने च सर्वपापनिवारणे।।37।।

फलदं स्यात् पुराणं तु सर्वकामार्थसिद्धिदम्।
अनेन विधिना राजन् यः पुराणं समापयेत्।।38।।

तस्य स्त्री लभते गर्भं मासेनैकेन भारत।
अनेन विधिना राजन् व्यासं यस्तु समर्चयेत्।।39।।

पूजयेद् दानमानाभ्यां तस्य स्त्री गर्भिणी भवेत्।
यन्मया विविधं प्रोक्तं भक्तिपूजादिकं पुनः।।40।।

तत् कृत्वा लभते नारी पुत्रं भास्करतेजसम्।
तथा वन्ध्या लभेद् गर्भं व्यासस्य वचनं यथा।।41।।

यदि शक्ति हो तो तीन पल सोने का एक सिंहासन बनवाकर उसके ऊपर सुन्दर अक्षरों में लिखी हुई हरिवंश की पोथी रखे और आवाहन आदि दक्षिणा सहित उपचारों से उसका पूजन करके वस्त्र, आभूषण और गंध आदि से पूजित हुए महात्मा आचार्य को वह पुस्तक दान कर दे। इस प्रकार दान करके उत्तम बुद्धिवाला विद्वान् श्रोता संसार-बन्धन से मुक्त हो जाय। नवाह-यज्ञ का यह विधान सम्पूर्ण पापों का निवारण करने वाला है। इसका इस प्रकार यथावत् रूप से पालन करने पर यह हरिवंश पुराण मनोवांछित फल प्रदान करता है तथा समस्त कामनाओं और पुरुषार्थों का साधक होता है। राजन्! भरतनन्दन! जो इस विधि से इस पुराण को समाप्त करता है, उसकी पत्नी एक ही महीने में गर्भ धारण कर लेती है। राजन्! जो इस विधि से व्यास की पूजा करता है तथा दान-मान के द्वारा उसका सत्कार करता है, उसकी स्त्री अवश्य गर्भवती होती है। मैंने जो नाना प्रकार के भजन-पूजन आदि बताये हैं, उन्हें करके नारी सूर्यतुल्य तेजस्वी पुत्र प्राप्त करती है तथा बन्ध्या नारी भी अवश्य गर्भ धारण कर लेती है। जैसा कि व्यास जी का वचन है।

विप्ररत्नापहारी च सोऽनपत्यः प्रजायते।
तेन कायविशुद्ध्यर्थं महारुद्रजपादिकम्।।42।।

जो ब्राह्मण के रत्न का अपहरण करता है, वह संतानहीन हो जाता है। उससे शरीर की शुद्धि के लिए महारुद्र मंत्र के जप आदि का विधान है।

अथ पारीक्षितो राजा श्रद्धायुक्तेन चेतसा।
भावतः सत्ययुक्तेन चैकाग्रमनसा तथा।।43।।

श्रुत्वान्ते निश्चयं कृत्वा दम्भशाठ्यविवर्जितः।
श्रुत्वेमं हरिवंशं वै व्यासं सम्पूज्य भक्तितः।।44।।

दानं च बहुलं कृत्वा व्यासाशीर्गृह्य भारतः।
प्रसन्नवदनो भूत्वा रमते रमणीयुतः।।45।।

(सूतजी कहते हैं-शौनक!) तदनन्तर भरतवंशी राजा जनमेजय ने भक्ति भाव एवं सत्य से युक्त श्रद्धापूर्ण एकाग्र चित्त से हरिवंश की कथा सुनकर अन्त में दृढ़ निश्चय करके दम्भ और शठता (कंजूसी) छोड़कर भक्तिपूर्वक व्यास (वक्ता) का पूजन किया। फिर वे बहुत सा दान करके व्यास जी का आशीर्वाद ले प्रसन्न मुख होकर अपनी पत्नी के साथ आनन्दपूर्वक रहने लगे।

प्राग्जन्मजनिते पापे क्षीणे वै जनमेजय।
ऋतावाद्ये तु संधत्ते गर्भं तस्य कुलाङ्गना।।46।।

(वैशम्पायन जी कहते हैं -) जनमेजय! हरिवंश के श्रवण से पूर्व जन्म के पाप का नाश हो जाने पर यजमान की कुलवती पत्नी प्रथम ऋतुकाल में ही गर्भधारण कर लेती है।

द्वितीये वा तृतीये वा चतुर्थे मासि वै पुनः।
पञ्चमे वापि षष्ठे वा सप्तमे अष्टमेऽपि वा।।47।।

नवमे दशमे मासि दोहदं निश्चयं भवेत्।
व्यासेनोक्तमिदं पुण्यं वन्ध्यागर्भस्य लक्षणम्।।48।।

अथवा दूसरे, तीसरे, चौथे, पांचवें, छठे, सातवें, आठवें, नवें या दसवें मास में उसे निश्चय ही गर्भ रह जाता है। वन्ध्या के गर्भधारण का यह पवित्र लक्षण साक्षात् व्यासजी ने कहा है।

पितॄनुद्धरते सर्वान् दश पूर्वान् दशापरान्।
हरिवंशं नरः श्रुत्वा सेतिहासं पुरातनम्।।49।।

इतिहास सहित इस पुरातन हरिवंश को सुनकर मनुष्य अपनी दस पीढ़ी पहले के समस्त पितरों और दस पीढ़ी बाद की संतानों का उद्धार कर देता है।

इदं मया तवाग्रे च सर्वं प्रोक्तं नरर्षभ।
यस्य श्रवणमात्रेण सर्वपापैः प्रमुच्यते।।50।।

नरश्रेष्ठ! यह सब माहात्म्य मैंने तुम्हारे सामने कह सुनाया, जिसके श्रवण मात्र से मनुष्य सब पापों से मुक्त हो जाता है।

अपुत्रः पुत्रमाप्नोति ह्यधनो धनमाप्नुयात्।
नरमेधाश्वमेधाभ्यां यत् फलं प्राप्यते नरैः।।51।।

तत् फलं लभ्यते सर्वं पुराणश्रवणाद्धरेः।
ब्रह्महा भ्रूणहा गोघ्नः सुरापो गुरुतल्पगः।
सकृत् पुराणश्रवणात् पूतो भवति नान्यथा।।52।।

इससे पुत्रहीन को पुत्र और धनहीन को धन की प्राप्ति होती है। नरमेध और अश्वमेध यज्ञों से मनुष्यों को जो फल प्राप्त होता है, वह सारा फल श्रीहरि के हरिवंश पुराण का श्रवण करने से ही मिल जाता है। ब्रह्म हत्यारा, गर्भघाती, गोहत्यारा, शराबी और गुरुपत्नीगामी पुरुष भी एक बार इस पुराण का श्रवण कर लेने से पवित्र हो जाता है। इसमें अन्यथा विचार नहीं करना चाहिए।

इदं मया ते परिकीर्तितं महच्छ्रीकृष्णमाहात्म्यमपारमद्भुतम्।
शृण्वन् पठन्नाशु समाप्नुयात् फलं यच्चापि लोकेषु सुदुर्लभं महत्।।53।।

जनमेजय! यह मैंने तुमसे श्रीकृष्ण के अपार, अद्भुत एवं महान् माहात्म्य का वर्णन किया है। इसका श्रवण और पाठ करनेवाला पुरुष तीनों लोकों में जो अत्यन्त दुर्लभ है, उस महान्, फल को भी शीघ्र ही प्राप्त कर लेता है।

5.2 संतानगोपालमन्त्र

निम्नांकित वाक्य पढ़कर विनियोग करे -

विनियोग- अस्य श्रीसंतानगोपालमन्त्रस्य श्रीनारद ऋषिः, अनुष्टुप् छन्दः, श्रीकृष्णो देवता, ग्लौं बीजम्, नमः शक्तिः, पुत्रार्थे जपे विनियोगः।

अंगन्यास - 'देवकीसुत गोविन्द' हृदयाय नमः (इस वाक्य को बोलकर दाहिने हाथ की मध्यमा, अनामिका और तर्जनी अंगुलियों से हृदय का स्पर्श करे)। **'वासुदेव जगत्पते' शिर से स्वाहा** (इस वाक्य को बोलकर सिर का स्पर्श करे)। **'देहि मे तनयं कृष्ण' शिखायै वषट्** (इस वाक्य को बोलकर दाहिने हाथ के अंगूठे से शिखा का स्पर्श करे)। **'त्वामहं शरणं गतः' कवचाय हुम्** (इस वाक्य को बोलकर दाहिने हाथ की पांचों अंगुलियों से बायीं भुजा का और बायें हाथ की पांचों अंगुलियों से दाहिनी भुजा का स्पर्श करे)। **'ॐ नमः' अस्त्राय फट्** (इस वाक्य को बोलकर दाहिने हाथ को सिर के ऊपर से बायीं ओर से पीछे की ओर ले जाकर दाहिनी ओर से आगे की ओर ले आये और तर्जनी तथा मध्यमा अंगुलियों से बायें हाथ की हथेली पर ताली बजाये)।

इसके पश्चात् निम्नांकित रूप से ध्यान करे-

वैकुण्ठादागतं कृष्णं रथस्थं करुणानिधिम्।
किरीटिसारथिं पुत्रमानयन्तं परात्परम्।।1।।

आदाय तं जलस्थं च गुरवे वैदिकाय च।
अर्पयन्तं महाभागं ध्यायेत् पुत्रार्थमच्युतम्।।2।।

'पार्थसारथि अच्युत भगवान् श्रीकृष्ण करुणा के सागर हैं। वे जल में डूबे हुए गुरु-पुत्र को लेकर आ रहे हैं। वे वैकुण्ठ से अभी-अभी पधारे हैं और रथ पर विराजमान हैं। अपने वैदिक गुरु सान्दीपनि को उनका पुत्र अर्पित कर रहे हैं। साधक पुत्र की प्राप्ति के लिए इस रूप में महाभाग भगवान् श्रीकृष्ण का चिन्तन करे'।

मूल मंत्र

ॐ श्रीं ह्रीं क्लीं ग्लौं देवकीसुत गोविन्द वासुदेव जगत्पते।
देहि मे तनयं कृष्ण त्वामहं शरणं गतः।।

यह सम्पूर्ण मंत्र है। इसका तीन लाख जप करना चाहिए।

इस मंत्र का भावार्थ इस प्रकार है - सच्चिदानन्दस्वरूप, ऐश्वर्यशाली, शक्तिशाली, कामनापूरक, सौम्यस्वरूप, देवकीनन्दन! गोविन्द! वासुदेव! जगत्पते! श्रीकृष्ण! मैं आपकी शरण में आया हूँ, आप मुझे पुत्र प्रदान कीजिये।

विनियोग - अस्य श्रीसंतानगोपालमन्त्रस्य ब्रह्मा ऋषिर्गायत्रीच्छन्दः, श्रीकृष्णो देवता, क्लीं बीजम्, नमः शक्तिः, पुत्रार्थे जपे विनियोगः।

अंगन्यास - ग्लौं हृदयाय नमः। क्लीं शिर से स्वाहा। ह्रीं शिखायै वषट्। श्रीं कवचाय हुम्। ॐ अस्त्राय फट्।

ध्यान - **शङ्खचक्रगदापद्मं दधानं सूतिकागृहे।**
अङ्के शयानं देवक्याः कृष्णं वन्दे विमुक्तये।।

जो सूतिका गृह में शंख, चक्र, गदा और पद्म धारण किये माता देवकी की गोद में सो रहे हैं, उन भगवान् श्रीकृष्ण की मैं (संतान एवं) मोक्ष की प्राप्ति के लिए वन्दना करता हूँ।

मूल मंत्र इस प्रकार है-

'ॐ नमो भगवते जगदात्मसूतये नमः' (सम्पूर्ण जगत् जिनकी अपनी संतान है, उन भगवान् श्रीकृष्ण को नमस्कार है)।

इसका भी तीन लाख जप करना चाहिए।

विनियोग - ॐ अस्य श्रीसंतानगोपालमन्त्रस्य श्रीनारद ऋषिः, अनुष्टुप् छन्दः, श्रीकृष्णो देवता, ग्लौं बीजम्, नमः शक्तिः, पुत्रार्थे जपे विनियोगः।

अंगन्यास - इस मंत्र का अंगन्यास ठीक वैसा ही है, जैसाकि उपरोक्त मंत्र का है। अथवा-

'देवकीसुत गोविन्द' हृदयाय नमः। 'वासुदेव जगत्पते' शिरसे स्वाहा। 'देहि मे तनयं कृष्ण' शिखायै वषट्। 'त्वामहं शरणं गतः' कवचाय हुम्। 'देवकीसुत गोविन्द वासुदेव जगत्पते। देहि मे तनयं कृष्ण त्वामहं शरणं गतः।। अस्त्राय फट्।

ध्यान - **शङ्खचक्रगदापद्मं धारयन्तं जनार्दनम्।**
अङ्के शयानं देवक्याः सूतिकामन्दिरे शुभे।।
एवं रूपं सदा कृष्णं सुतार्थं भावयेत् सुधीः।।

'उत्तम बुद्धिवाला साधक पुत्र की प्राप्ति के लिए सदा ऐसे रूपवाले जनार्दन भगवान् श्रीकृष्ण का चिन्तन करे, जो मंगलमय सूतिकागार में शंख, चक्र, गदा और पद्म धारण किये देवकी के अंक में शयन करते हैं।'

सम्पूर्ण मंत्र इस प्रकार है -

ॐ देवकीसुत गोविन्द वासुदेव जगत्पते।
देहि मे तनयं कृष्ण त्वामहं शरणं गतः।।

इसका भी तीन लाख जप करे।

इस मंत्र के पूजन आदि का विधान जैसा सनत्कुमार जी ने बताया है, इस प्रकार है- वैष्णव पीठ पर देवताओं का आवाहन करके उनकी पूजा करे। प्रथम आवृत्ति (आवरण) - में छः कोणों में से आग्नेय कोण में **'हृदयाय नमः'**, नैर्ऋत्यकोण में **'शिरसे स्वाहा'**, वायव्यकोण में **'शिखायै वषट्'**, ईशानकोण में **'कवचाय हुम्'**, अग्रभाग में **'नेत्रत्रयाय वौषट्'** तथा पूर्व आदि चारों दिशाओं में **'अस्त्राय फट्'** इस प्रकार मंत्रोच्चारणपूर्वक क्रमशः हृदय आदि अंगों की पूजा करे।

दूसरे आवरण में पीठ की पूर्व आदि आठ दिशाओं में क्रमशः इन्द्र, अग्नि, यम, निर्ऋति, वरुण, वायु, कुबेर और ईशान की पूजा करे। तीसरे आवरण में उन्हीं दिशाओं में क्रमशः वज्र, शक्ति, दण्ड, खड्ग, पाश, अंकुश, गदा और शूल की पूजा करे। शुक्ल पक्ष की दशमी तिथि को आधी रात के समय भगवान् श्रीकृष्ण की पूजा करे। पूजा के लिए स्वस्तिक की रचना करके उस पर घी से भरा हुआ सकोरा या कोसा स्थापित करे। फिर उसमें रूई की बत्ती डालकर उत्तम दीप प्रज्वलित करे। तत्पश्चात् अष्टदल कमल बनाकर उसमें स्थापित हुए श्रीकृष्ण की पूजा करे। फिर दो कलशों को जल से भरकर उनकी विधिवत् स्थापना करके सम्पूर्ण उपचारों से युक्त पूजा करे। तत्पश्चात् उन कलशों में भक्तिपूर्वक भगवान् श्रीकृष्ण का आवाहन करके पुनः उनका पूर्वोक्त रीति से पूजन करे। तदनन्तर उन दोनों कलशों का स्पर्श करके अनन्यभाव से एक हजार आठ अथवा एक सौ आठ बार उपर्युक्त मंत्र का जप करे। इसके बाद द्वादशी को गोविन्द की विधि पूर्वक पूजा करके अगहनी के चावल की स्वादिष्ठ खीर तथा गाय के घी और गुड़ से युक्त

पकवान का भोग अर्पण करे। इन सबके साथ सामयिक फल भी होना चाहिए। इसके अतिरिक्त दाल, भात, स्वादिष्ठ, सुस्निग्ध व्यंजन, कपिला गाय के दूध का दही और खाँड भी रहना चाहिए। इन समस्त भोज्य पदार्थों को सोने के पात्र में रखकर इनके पात्रभूत भगवान् विष्णु को इन्हें निवेदन करे। साथ ही शीतल कर्पूर और गुलाब से सुवासित तथा कपड़े से छाना हुआ स्वच्छ जल अर्पण करे।

इसके बाद अपनी आर्थिक शक्ति के अनुसार शुद्ध बुद्धि से भगवान् श्रीकृष्ण में श्रद्धा रखते हुए अपनी सम्पूर्ण कामनाओं की पूर्ति के लिए ब्राह्मणों को भोजन दे। संस्कार युक्त अग्नि में भगवान् विष्णु का आवाहन करके अर्घ्य आदि से उनका पूजन करे। फिर 108 बार या 28 बार हविष्य (खीर) की आहुति देकर शेष हविष्य को कहीं सुरक्षित रख दे। इसके बाद घी की 800 आहुतियाँ दे। हुतशेष घृत को उक्त दोनों कलशों में गिराकर उस घृतमिश्रित जल द्वारा दम्पती (यजमान और उसकी पत्नी दोनों)- का अभिषेक करे। तदनन्तर जलमय श्रीहरि का ध्यान करते हुए ब्राह्मण पुनः उन कलशों के जल से उन दोनों का अभिषेक करके एक सौ आठ बाद पूर्वोक्त मंत्र का जप करने के पश्चात् शेष रखे हुए हविष्य को यजमान-पत्नी के हाथ में दे दे।

यजमान-पत्नी उस हविष्य को लेकर श्रीकृष्ण का ध्यान करती हुई एक सुखद आसन पर पूर्वाभिमुख होकर बैठ जाये और उसका भक्षण करे; उस समय वह भावना करे कि इस हविष्य के साथ भगवान् श्रीकृष्ण स्वयं मेरे उदर में आकर विराजमान हुए हैं। फिर जब श्रेष्ठ ब्राह्मण लोग अच्छी तरह भोजन कर लें, तब यजमान पान और मोदक आदि से उन्हें तृप्त करे। तत्पश्चात् वह श्रीविष्णु के चिन्तनपूर्वक उन ब्राह्मणों के चरणों में मस्तक झुकाये। उस समय ब्राह्मण लोग यजमान दम्पति से यह कहें कि 'आप दोनों के अभीष्ट मनोरथ की सिद्धि हो।' फिर वे निष्पाप दम्पती यह भावना करते हुए कि 'अब हमारा मनोरथ सफल हो गया' अत्यन्त प्रसन्न हो स्वयं भी भोजन करें।

जो ब्राह्मण इस प्रकार धन खर्च करने में कंजूसी न करके शुक्ल पक्ष की द्वादशी तिथि को भगवान् विष्णु के प्रति भक्तिभाव से युक्त हो इस प्रकार पूजन आदि करता है, वह शीघ्र ही तेजस्वी एवं चिरायु पुत्र प्राप्त कर लेता है। उसका वह पुत्र भी वंश परम्परा को चलाने वाला, विष्णुभक्त एवं परम बुद्धिमान् होता है।

जो श्रेष्ठ द्विज दरिद्र होने के कारण ऐसा न कर सके, वह यदि पूर्वोक्त मंत्र का जप एवं तर्पण करे तो उसे भी पुत्र प्राप्त हो सकता है।

संतानकर यन्त्र - पहले अष्टदल कमल बनाकर उसकी कर्णिका में 'क्लीं' इस कामबीज का उल्लेख करे। फिर वहीं यजमान पति-पत्नी के नाम और उसकी कामना भी लिख दे। यथा- **'अमुकस्य धर्मपत्न्याः अमुकदेव्याः पुत्रं कुरु कुरु।'** फिर आठ दलों के निम्न भागों में दो-दो करके अकारादि सोलह स्वरों को अंकित करे तथा उन्हीं के ऊपरी भागों में संतानगोपाल मंत्र के चार-चार अक्षरों को लिखे। फिर उन दलों के बाह्य भाग में एक गोल रेखा खींचकर उसे ककारादि वर्णों से आवेष्टित करे। तत्पश्चात् उस वृत्त के बाहर चतुष्कोण बनाये। किसी पात्र में मक्खन रखकर उस पर यह यंत्र अंकित करे अथवा सूक्ष्म स्वर्ण आदि के पत्र पर इस यंत्र को लिखे। यंत्र से अंकित नवनीत को नारी खा जाये और स्वर्णादि पत्रों पर लिखे हुए यंत्र को

वह धारण करे। इससे वह पुत्र को जन्म देती है।

(शारदातिलक में बताये अनुसार संतानगोपाल के मंत्र की अनुष्ठान विधि यहाँ दी गयी है।)

संतानगोपालस्तोत्रम्

श्रीशं कमलपत्राक्षं देवकीनन्दनं हरिम्।
सुतसम्प्राप्तये कृष्णं नमामि मधुसूदनम्।।1।।

मैं पुत्र की प्राप्ति के लिए लक्ष्मीपति, कमलनयन देवकीनन्दन तथा सर्वपापहारी, मधुसूदन, श्रीकृष्ण को नमस्कार करता हूँ।

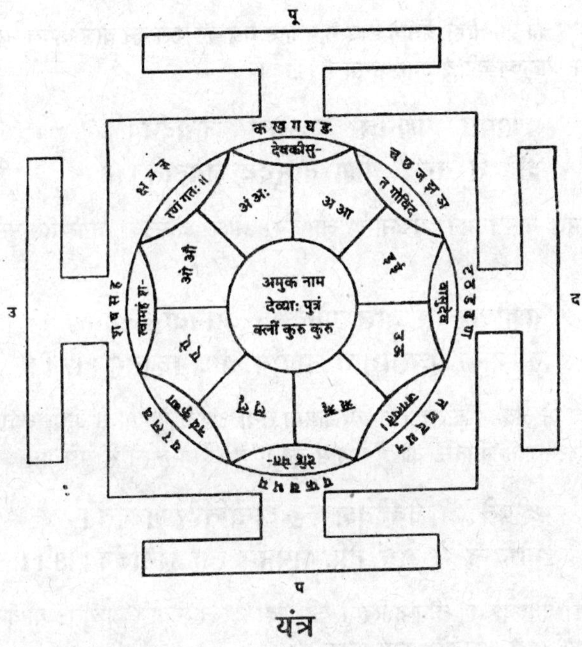

यंत्र

नमाम्यहं वासुदेवं सुतसम्प्राप्तये हरिम्।
यशोदाङ्कगतं बालं गोपालं नन्दनन्दनम्।।2।।

मैं पुत्र प्राप्ति के उद्देश्य से उन वासुदेव श्रीहरि को प्रणाम करता हूँ, जो यशोदा के अंक में बालगोपाल रूप से विराजमान हैं और नन्द को आनन्द दे रहे हैं।

अस्माकं पुत्रलाभाय गोविन्दं मुनिवन्दितम्।
नमाम्यहं वासुदेवं देवकीनन्दनं सदा।।3।।

अपने को पुत्र की प्राप्ति के लिए मैं मुनिवन्दित वसुदेव देवकीनन्दन गोविन्द को सदा नमस्कार करता हूँ।

गोपालं डिम्भकं वन्दे कमलापतिमच्युतम्।
पुत्रसम्प्राप्तये कृष्णं नमामि यदुपुङ्गवम्।।4।।

मैं पुत्र पाने की कामना से उन यदुकुलतिलक श्रीकृष्ण को नमस्कार करता हूँ, जो साक्षात् कमलापति अच्युत (विष्णु) होकर भी गोप बालक रूप में गौओं की रक्षा में लगे हुए हैं।

पुत्रकामेष्टिफलदं कञ्जाक्षं कमलापतिम्।
देवकीनन्दनं वन्दे सुतसम्प्राप्तये मम।।5।।

मुझे पुत्र की प्राप्ति हो, इसके लिए मैं पुत्रेष्टि यज्ञ का फल देने वाले कमल नयन लक्ष्मीपति देवकी नन्दन श्रीकृष्ण की वन्दना करता हूँ।।5।।

पद्मापते पद्मनेत्र पद्मनाभ जनार्दन।
देहि ते तनयं श्रीश वासुदेव जगत्पते।।6।।

पद्मापते! कमलनयन! पद्मनाभ! जनार्दन! श्रीश! वासुदेव! जगत्पते! मुझे पुत्र प्रदान कीजिये।

यशोदाङ्कगतं बालं गोविन्दं मुनिवन्दितम्।
अस्माकं पुत्रलाभाय नमामि श्रीशमच्युतम्।।7।।

यशोदा के अंक में बालरूप से विराजमान तथा अपनी महिमा से कभी च्युत न होने वाले मुनिवन्दित लक्ष्मीपति गोविन्द को मैं प्रणाम करता हूँ। ऐसा करने से मुझे पुत्र की प्राप्ति हो।

श्रीपते देवदेवेश दीनार्तिहरणाच्युत।
गोविन्द मे सुतं देहि नमामि त्वां जनार्दन।।8।।

श्रीपते! देवदेवेश्वर! दीन-दुःखियों की पीड़ा दूर करनेवाले अच्युत! गोविन्द! मुझे पुत्र दीजिये। जनार्दन! मैं आपको प्रणाम करता हूँ।

भक्तकामद गोविन्द भक्तं रक्ष शुभप्रद।
देहि मे तनयं कृष्ण रुक्मिणीवल्लभ प्रभो।।9।।

भक्तों की कामना पूर्ण करने वाले गोविन्द! भक्त की रक्षा कीजिये। शुभदायक! रुक्मिणीवल्लभ! प्रभो! श्रीकृष्ण! मुझे पुत्र प्रदान कीजिये।

रुक्मिणीनाथ सर्वेश देहि मे तनयं सदा।
भक्तमन्दार पद्माक्ष त्वामहं शरणं गतः।।10।।

रुक्मिणीनाथ! सर्वेश्वर! मुझे सदा के लिए पुत्र दीजिये। भक्तों की इच्छा पूर्ण करने के लिए कल्पवृक्ष स्वरूप कमलनयन श्रीकृष्ण! मैं आपकी शरण में आया हूँ।

देवकीसुत गोविन्द वासुदेव जगत्पते।
देहि मे तनयं कृष्ण त्वामहं शरणं गतः।।11।।

देवकीपुत्र! गोविन्द! वासुदेव! जगन्नाथ! श्रीकृष्ण! मुझे पुत्र दीजिये। मैं आपकी शरण में आया हूँ।

वासुदेव जगद्वन्द्य श्रीपते पुरुषोत्तम।
देहि मे तनयं कृष्ण त्वामहं शरणं गतः।।12।।

विश्ववन्द्य वासुदेव! लक्ष्मीपते! पुरुषोत्तम! श्रीकृष्ण! मुझे पुत्र दीजिये। मैं आपकी शरण में आया हूँ।

कञ्जाक्ष कमलानाथ परकारुणिकोत्तम।
देहि मे तनयं कृष्ण त्वामहं शरणं गतः।।13।।

कमलनयन! कमलाकान्त! दूसरों पर दया करनेवालों में सर्वश्रेष्ठ श्रीकृष्ण! मुझे पुत्र प्रदान कीजिये। मैं आपकी शरण में आया हूँ।

लक्ष्मीपते पद्मनाभ मुकुन्द मुनिवन्दित।
देहि मे तनयं कृष्ण त्वामहं शरणं गतः।।14।।

लक्ष्मीपते! पद्मनाभ! मुनिवन्दित मुकुन्द! श्रीकृष्ण! मुझे पुत्र दीजिये। मैं आपकी शरण में आया हूँ।

कार्यकारणरूपाय वासुदेवाय ते सदा।
नमामि पुत्रलाभार्थं सुखदाय बुधाय ते।।15।।

आप कार्य-कारण रूप, सुखदायक एवं विद्वान् हैं। मैं पुत्र की प्राप्ति के लिए आप वासुदेव को सदा नमस्कार करता हूँ।

राजीवनेत्र श्रीराम रावणारे हरे कवे।
तुभ्यं नमामि देवेश तनयं देहि मे हरे।।16।।

राजीव नेत्र (कमलनयन)! रावणारे (रावण के शत्रु)! हरे! कवे (विद्वन्)! देवेश्वर! विष्णो! मैं आपको प्रणाम करता हूँ। आप मुझे पुत्र प्रदान कीजिये।

अस्माकं पुत्रलाभाय भजामि त्वां जगत्पते।
देहि मे तनयं कृष्ण वासुदेव रमापते।।17।।

जगदीश्वर! मैं अपने लिए पुत्र-प्राप्ति के उद्‌देश्य से आपकी आराधना करता हूँ। रमावल्लभ! वासुदेव! श्रीकृष्ण! मुझे पुत्र दीजिये।

श्रीमानिनीमानचोर गोपीवस्त्रापहारक।
देहि मे तनयं कृष्ण वासुदेव जगत्पते।।18।।

मानिनी श्रीराधा के मान का अपहरण करने वाले तथा अपनी आराधना करने वाली गोपांगनाओं के वस्त्र को यमुना तट से हटाने वाले (उन्हें सुख प्रदान करने वाले) जगन्नाथ वासुदेव श्रीकृष्ण! मुझे पुत्र दीजिये।

अस्माकं पुत्रसम्प्राप्तिं कुरुष्व यदुनन्दन।
रमापते वासुदेव मुकुन्द मुनिवन्दित।।19।।

यदुनन्दन! रमापते! वासुदेव! मुनिवन्दित मुकुन्द! हमें पुत्र की प्राप्ति कराइये।

वासुदेव सुतं देहि तनयं देहि माधव।
पुत्रं मे देहि श्रीकृष्ण वत्सं देहि महाप्रभो।।20।।

वासुदेव! मुझे बेटा दीजिये। माधव! मुझे तनय (संतान) दीजिये। श्रीकृष्ण! मुझे पुत्र दीजिये। महाप्रभो! मुझे वत्स (बच्चा) दीजिये।

डिम्भकं देहि श्रीकृष्ण आत्मजं देहि राघव।
भक्तमन्दार मे देहि तनयं नन्दनन्दन।।21।।

श्रीकृष्ण! मुझे डिम्भक (पुत्र) दीजिये। रघुनन्दन! मुझे आत्मज (औरस पुत्र) दीजिये। भक्तों की अभिलाषा पूर्ण करने के लिए कल्पवृक्ष स्वरूप नन्दनन्दन! मुझे तनय दीजिये।।21।।

नन्दनं देहि मे कृष्ण वासुदेव जगत्पते।
कमलानाथ गोविन्द मुकुन्द मुनिवन्दित।।22।।

श्रीकृष्ण! वासुदेव! जगत्पते! कमलानाथ! गोविन्द! मुनिवन्दित मुकुन्द! मुझे आनन्ददायक पुत्र प्रदान कीजिये।

अन्यथा शरणं नास्ति त्वमेव शरणं मम।
सुतं देहि श्रियं देहि श्रियं पुत्रं प्रदेहि मे।।23।।

प्रभो! यदि आप ऐसा नहीं करेंगे तो दूसरा कोई मुझे शरण देनेवाला नहीं है। आप ही मेरे शरणदाता हैं। मुझे पुत्र दीजिये। सम्पत्ति दीजिये। सम्पत्ति और पुत्र दोनों प्रदान कीजिये।

यशोदास्तन्यपानज्ञं पिबन्तं यदुनन्दनम्।
वन्देऽहं पुत्रलाभार्थं कपिलाक्षं हरिं सदा।।24।।

यशोदा जी के स्तनों के दुग्धपान के रस को जाननेवाले और उनका स्तनपान करने वाले, भूरे नेत्रों से सुशोभित यदुनन्दन श्रीकृष्ण की मैं सदा वन्दना करता हूँ। इससे मुझे पुत्र की प्राप्ति हो।

नन्दनन्दन देवेश नन्दनं देहि मे प्रभो।
रमापते वासुदेव श्रियं पुत्रं जगत्पते।।25।।

देवेश्वर! नन्दनन्दन! प्रभो! मुझे आनन्ददायक पुत्र दीजिये। रमापते! वासुदेव! जगन्नाथ! मुझे धन और पुत्र दीजिये।

पुत्रं श्रियं श्रियं पुत्रं पुत्रं मे देहि माधव।
अस्माकं दीनवाक्यस्य अवधारय श्रीपते।।26।।

माधव! पुत्र और धन (दीजिये), धन और पुत्र (दीजिये), मुझे पुत्र प्रदान कीजिये। श्रीपते! हमारे दीनतापूर्ण वचन पर ध्यान दीजिये।

गोपालडिम्भ गोविन्द वासुदेव रमापते।
अस्माकं डिम्भकं देहि श्रियं देहि जगत्पते।।27।।

गोपकुमार गोविन्द! रमावल्लभ वासुदेव! जगन्नाथ! मुझे पुत्र दीजिये, सम्पत्ति दीजिये।

मद्वाञ्छितफलं देहि देवकीनन्दनाच्युत।
मम पुत्रार्थितं धन्यं कुरुष्व यदुनन्दन।।28।।

देवकीनन्दन! अच्युत! मुझे मनोवांछित फल (पुत्र) दीजिये। यदुनन्दन! मेरी पुत्रविषयक प्रार्थना को सफल एवं धन्य कीजिये।

याचेऽहं त्वां श्रियं पुत्रं देहि मे पुत्रसम्पदम्।
भक्तचिन्तामणे राम कल्पवृक्ष महाप्रभो।।29।।

भक्तों के लिए चिन्तामणि स्वरूप राम! भक्तवांछाकल्पतरो! महाप्रभो! मैं आपसे धन और पुत्र की याचना करता हूँ। मुझे पुत्र और धन-सम्पत्ति दीजिये।

आत्मजं नन्दनं पुत्रं कुमारं डिम्भकं सुतम्।
अर्भकं तनयं देहि सदा मे रघुनन्दन।।30।।

रघुनन्दन! आप सदा मुझे आनन्ददायक आत्मज, पुत्र, कुमार, डिम्भक (बालक), सुत, अर्भक (बच्चा) एवं तनय (बेटा) दीजिये।

वन्दे संतानगोपालं माधवं भक्तकामदम्।
अस्माकं पुत्रसम्प्राप्त्यै सदा गोविन्दमच्युतम्।।31।।

मैं अपने लिए पुत्र की प्राप्ति के उद्देश्य से संतानप्रद गोपाल, माधव, भक्तों का मनोरथ पूर्ण करनेवाले अच्युत गोविन्द की वन्दना करता हूँ।

ॐकारयुक्तं गोपालं श्रीयुक्तं यदुनन्दनम्।
क्लींयुक्तं देवकीपुत्रं नमामि यदुनायकम्।।32।।

ॐकारयुक्त गोपाल, श्रीयुक्त यदुनन्दन तथा क्लींयुक्त देवकी पुत्र यदुनाथ को मैं प्रणाम करता हूँ (अर्थात् **'ॐ श्रीं क्लीं'** इन तीनों बीजों से युक्त **'देवकीयुक्त गोविन्द.....'** इत्यादि मंत्र का मैं आश्रय लेता हूँ)।

वासुदेव मुकुन्देश गोविन्द माधवाच्युत।
देहि मे तनयं कृष्ण रमानाथ महाप्रभो।।33।।

वासुदेव! मुकुन्द! ईश्वर! गोविन्द! माधव! अच्युत! श्रीकृष्ण! रमानाथ! महाप्रभो! मुझे पुत्र दीजिये।

राजीवनेत्र गोविन्द कपिलाक्ष हरे प्रभो।
समस्तकाम्यवरद देहि मे तनयं सदा।।34।।

राजीव नयन (कमल-सदृश नेत्रवाले)! गोविन्द! कपिलाक्ष! हरे! प्रभो! सम्पूर्ण कमनीय मनोरथों की सिद्धि के लिए वर देनेवाले श्रीकृष्ण! मुझे सदा के लिए पुत्र दीजिये।

अब्जपद्मनिभं पद्मवृन्दरूप जगत्पते।
देहि मे वरसत्पुत्रं रमानायक माधव।।35।।

नीलकमल समूह के समान श्यामसुन्दर रूपवाले जगन्नाथ! रमानायक! माधव! मुझे जलज कमल के सदृश मनोहर एवं श्रेष्ठ सत्पुत्र प्रदान कीजिये।

नन्दपाल धरापाल गोविन्द यदुनन्दन।
देहि मे तनयं कृष्ण रुक्मिणीवल्लभ प्रभो।।36।।

अजगर और वरुण के दूतों से नन्द जी की रक्षा करने वाले! पृथ्वीपालक! यदुनन्दन! गोविन्द! प्रभो! रुक्मिणीवल्लभ श्रीकृष्ण! मुझे पुत्र प्रदान कीजिये।

दासमन्दार गोविन्द मुकुन्द माधवाच्युत।
गोपाल पुण्डरीकाक्ष देहि मे तनयं श्रियम्।।37।।

अपने सेवकों की इच्छा पूर्ण करने के लिए कल्पवृक्ष स्वरूप! गोविन्द! मुकुन्द! माधव! अच्युत! गोपाल। पुण्डरीकाक्ष (कमलनयन)! मुझे संतान और सम्पत्ति दीजिये।

यदुनायक पद्मेश नन्दगोपवधूसुत।
देहि मे तनयं कृष्ण श्रीधर प्राणनायक।।38।।

यदुनायक! लक्ष्मीपते! यशोदानन्दन! श्रीधर! प्राणवल्लभ! श्रीकृष्ण! मुझे पुत्र प्रदान कीजिये।

अस्मांकं वाञ्छितं देहि देहि पुत्रं रमापते।
भगवन् कृष्ण सर्वेश वासुदेव जगत्पते।।39।।

रमापते! भगवन्! सर्वेश्वर! वासुदेव! जगत्पते! श्रीकृष्ण! हमें मनोवांछित वस्तु दीजिये। पुत्र प्रदान कीजिये।

रमाहृदयसम्भार सत्यभामामनःप्रिय।
देहि मे तनयं कृष्ण रुक्मिणीवल्लभ प्रभो।।40।।

रमा (लक्ष्मी) को अपने वक्षःस्थल में धारण करने वाले! सत्यभामा के हृदयवल्लभ! तथा रुक्मिणी के प्राणनाथ! प्रभो! मुझे पुत्र दीजिये।

चन्द्रसूर्याक्ष गोविन्द पुण्डरीकाक्ष माधव।
अस्माकं भाग्यसत्पुत्रं देहि देव जगत्पते।।41।।

चन्द्रमा और सूर्य रूप नेत्र धारण करनेवाले गोविन्द! कमलनयन माधव! देव! जगदीश्वर! हमें भाग्यशाली श्रेष्ठ पुत्र प्रदान कीजिये।

कारुण्यरूप पद्माक्ष पद्मनाभसमर्चित।
देहि मे तनयं कृष्ण देवकीनन्दनन्दन।।42।।

करुणामय! कमलनयन! पद्मनाभ श्रीविष्णु से सम्मानित देवकीनन्दनन्दन श्रीकृष्ण! मुझे पुत्र दीजिये।

देवकीसुत श्रीनाथ वासुदेव जगत्पते।
समस्तकामफलद देहि मे तनयं सदा।।43।।

देवकीपुत्र! श्रीनाथ! वासुदेव! जगत्पते! समस्त मनोवांछित फलों को देनेवाले श्रीकृष्ण! मुझे सदा पुत्र दीजिये।

भक्तमन्दार गम्भीर शङ्कराच्युत माधव।
देहि मे तनयं गोपबालवत्सल श्रीपते।।44।।

भक्तवांछाकल्पतरो! गम्भीर स्वभाववाले कल्याणकारी अच्युत! माधव! ग्वाल-बालों पर स्नेह करनेवाले श्रीपते! मुझे पुत्र दीजिये।

श्रीपते वासुदेवेश देवकीप्रियनन्दन।
भक्तमन्दार मे देहि तनयं जगतां प्रभो।।45।।

श्रीकान्त! वसुदेवनन्दन! ईश्वर! देवकी के प्रिय पुत्र! भक्तों के लिए कल्पवृक्षरूप! जगत्प्रभो! मुझे पुत्र दीजिये।

जगन्नाथ रमानाथ भूमिनाथ दयानिधे।
वासुदेवेश सर्वेश देहि मे तनयं प्रभो।।46।।

जगन्नाथ! रमानाथ! पृथ्वीनाथ! दयानिधे! वासुदेव! ईश्वर! सर्वेश्वर! प्रभो! मुझे पुत्र प्रदान कीजिये।

श्रीनाथ कमलपत्राक्ष वासुदेव जगत्पते।
देहि मे तनयं कृष्ण त्वामहं शरणं गतः।।47।।

श्रीनाथ! कमलदललोचन! वासुदेव! जगत्पते! श्रीकृष्ण! मुझे पुत्र दीजिये, मैं आपकी शरण में आया हूँ।

दासमन्दार गोविन्द भक्तचिन्तामणे प्रभो।
देहि मे तनयं कृष्ण त्वामहं शरणं गतः।।48।।

अपने दासों के लिए कल्पवृक्ष! गोविन्द! भक्तों की इच्छापूर्ति के लिए चिन्तामणि स्वरूप प्रभो। श्रीकृष्ण! मैं आपकी शरण में आया हूँ, मुझे पुत्र प्रदान कीजिये।

गोविन्द पुण्डरीकाक्ष रमानाथ महाप्रभो।
देहि मे तनयं कृष्ण त्वामहं शरणं गतः।।49।।

गोविन्द! पुण्डरीकाक्ष! रमानाथ! महाप्रभो! श्रीकृष्ण! मुझे पुत्र दीजिये। मैं आपकी शरण में आया हूँ।

श्रीनाथ कमलपत्राक्ष गोविन्द मधुसूदन।
मत्पुत्रफलसिद्ध्यर्थं भजामि त्वां जनार्दन।।50।।

श्रीनाथ! कमलदल लोचन! गोविन्द! मधुसूदन! जनार्दन! मैं अपने लिए पुत्र रूप फल की सिद्धि के निमित्त आपकी आराधना करता हूँ।

स्तन्यं पिबन्तं जननीमुखाम्बुजं विलोक्य मन्दस्मितमुज्ज्वलाङ्गम्।
स्पृशन्तमन्यस्तनमङ्गुलीभिर्वन्दे यशोदाङ्कगतं मुकुन्दम्।।51।।

जौ मैया यशोदा के मुखारविन्द की ओर देखते हुए मन्द मुसकराहट के साथ उनके एक स्तन का दूध पी रहे हैं और दूसरे स्तन का अंगुलियों से स्पर्श कर रहे हैं तथा जिनका प्रत्येक

अंग उज्ज्वल आभा से प्रकाशित होता है, मैया यशोदा के अंक में बैठे हुए उन बाल-मुकुन्द की मैं वन्दना करता हूँ।

याचेऽहं पुत्रसंतानं भवन्तं पद्मलोचन।
देहि मे तनयं कृष्ण त्वामहं शरणं गतः।।52।।

कमललोचन! मैं आपसे पुत्र-संतति की याचना करता हूँ। श्रीकृष्ण! मुझे पुत्र दीजिये, मैं आपकी शरण में आया हूँ।

अस्माकं पुत्रसम्पत्तेश्चिन्तयामि जगत्पते।
शीघ्रं मे देहि दातव्यं भवता मुनिवन्दित।।53।।

जगत्पते! हमें पुत्र की प्राप्ति हो, इस उद्देश्य से हम आपका चिन्तन करते हैं। आप मुझे शीघ्र पुत्र प्रदान कीजिये। मुनिवन्दित श्रीकृष्ण! आपको मुझे अवश्य मेरी प्रार्थित वस्तु संतान देनी चाहिए।

वासुदेव जगन्नाथ श्रीपते पुरुषोत्तम।
कुरु मां पुत्रदत्तं च कृष्ण देवेन्द्रपूजित।।54।।

वासुदेव! जगन्नाथ! श्रीपते! पुरुषोत्तम! देवेन्द्रपूजित श्रीकृष्ण! मुझे पुत्र-दान कीजिये।

कुरु मां पुत्रदत्तं च यशोदाप्रियनन्दन।
मह्यं च पुत्रसंतानं दातव्यं भवता हरे।।55।।

यशोदा के प्रिय नन्दन! मुझे पुत्र प्रदान कीजिये। हरे! आपको मुझे पुत्ररूप संतान का दान अवश्य करना चाहिए।

वासुदेव जगन्नाथ गोविन्द देवकीसुत।
देहि मे तनयं राम कौसल्याप्रियनन्दन।।56।।

वासुदेव! जगन्नाथ! गोविन्द! देवकीकुमार! कौसल्या के प्रिय पुत्र राम! मुझे पुत्र प्रदान कीजिये।

पद्मपत्राक्ष गोविन्द विष्णो वामन माधव।
देहि मे तनयं सीताप्राणनायक राघव।।57।।

कमलदल लोचन! गोविन्द! विष्णो! वामन! माधव! सीता के प्राण वल्लभ! रघुनन्दन! मुझे पुत्र दीजिये।

कञ्जाक्ष कृष्ण देवेन्द्रमण्डित मुनिवन्दित।
लक्ष्मणाग्रज श्रीराम देहि मे तनयं सदा।।58।।

कमलनयन श्रीकृष्ण! देवराज से अलंकृत एवं पूजित हरे! लक्ष्मण के बड़े भैया मुनिवन्दित श्रीराम! मुझे सदा के लिए पुत्र प्रदान कीजिये।

देहि मे तनयं राम दशरथप्रियनन्दन।
सीतानायक कञ्जाक्ष मुचुकुन्दवरप्रद।।59।।

दशरथ के प्रिय नन्दन श्रीराम! सीतापते! कमलनयन! मुचुकुन्द को वर देनेवाले श्रीकृष्ण! मुझे पुत्र दीजिये।

विभीषणस्य या लङ्का प्रदत्ता भवता पुरा।
अस्माकं तत्प्रकारेण तनयं देहि माधव।।60।।

माधव! आपने पूर्वकाल में जो विभीषण को लंका का राज्य दिया था, उसी प्रकार हमें पुत्र दीजिये।

भवदीयपदाम्भोजे चिन्तयाभि निरन्तरम्।
देहि मे तनयं सीताप्राणवल्लभ राघव।।61।।

सीता के प्राणवल्लभ रघुनन्दन! मैं आपके चरणारविन्दों का निरन्तर चिन्तन करता हूँ, मुझे पुत्र प्रदान कीजिये।

राम मत्काम्यवरद पुत्रोत्पत्तिफलप्रद।
देहि मे तनयं श्रीश कमलासनवन्दित।।62।।

मुझे मनोवांछित वर और पुत्रोत्पत्ति रूप फल देने वाले श्रीराम! ब्रह्मा जी के द्वारा वन्दित लक्ष्मीपते! आप मुझे पुत्र दीजिये।

राम राघव सीतेश लक्ष्मणानुज देहि मे।
भाग्यवत्पुत्रसंतानं दशरथात्मज श्रीपते।।63।।

लक्ष्मण के बड़े भाई! सीता के प्राणवल्लभ! दशरथ कुमार! रघुकुल नन्दन! श्रीराम! श्रीपते! आप मुझे भाग्यशाली पुत्र रूप संतान दीजिये।

देवकीगर्भसंजात यशोदाप्रियनन्दन।
देहि मे तनयं राम कृष्ण गोपाल माधव।।64।।

देवकी के गर्भ से उत्पन्न हुए यशोदा के लाड़ले लाल! गोपाल कृष्ण! राम! माधव! मुझे पुत्र दीजिये।

कृष्ण माधव गोविन्द वामनाच्युत शंकर।
देहि मे तनयं श्रीश गोपबालकनायक।।65।।

माधव! गोविन्द! वामन! अच्युत! कल्याणकारी श्रीपते! गोपबालक नायक! श्रीकृष्ण! मुझे पुत्र दीजिये।

गोपबाल महाधन्य गोविन्दाच्युत माधव।
देहि मे तनयं कृष्ण वासुदेव जगत्पते।।66।।

गोपकुमार! सबसे बढ़कर धन्य! गोविन्द! अच्युत! माधव! वासुदेव! जगत्पते! श्रीकृष्ण! मुझे पुत्र प्रदान कीजिये।

दिशतु दिशतु पुत्रं देवकीनन्दनोऽयं
दिशतु दिशतु शीघ्रं भाग्यवत्पुत्रलाभम्।
दिशतु दिशतु श्रीशो राघवो रामचन्द्रो
दिशतु दिशतु पुत्रं वंशविस्तारहेतोः।।67।।

ये भगवान् देवकीनन्दन मुझे पुत्र दें, पुत्र दें। शीघ्र ही भाग्यवान् पुत्र की प्राप्ति करायें. श्रीसीता के स्वामी! रघुकुलनन्दन श्री रामचन्द्र! मेरे वंश के विस्तार के लिए मुझे पुत्र प्रदान करें, पुत्र प्रदान करें।

दीयतां वासुदेवेन तनयो मत्प्रियः सुतः।
कुमारो नन्दनः सीतानायकेन सदा मम।।68।।

वसुदेव नन्दन भगवान् श्रीकृष्ण तथा सीतापति भगवान् श्रीराम सदा मुझे आनन्ददायक कुमारोपम प्रिय पुत्र प्रदान करें।

राम राघव गोविन्द देवकीसुत माधव।
देहि मे तनयं श्रीश गोपबालकनायक।।69।।

राम! राघव! गोविन्द! देवकीपुत्र! माधव! श्रीपते! गोपबालकनायक श्रीकृष्ण! मुझे पुत्र दीजिये।

वंशविस्तारकं पुत्रं देहि मे मधुसूदन।
सुतं देहि सुतं देहि त्वामहं शरणं गतः।।70।।

मधुसूदन! मुझे वंश का विस्तार करने वाला पुत्र दीजिये! पुत्र दीजिये!! पुत्र दीजिये!!! मैं आपकी शरण में आया हूँ।

ममाभीष्टसुतं देहि कंसारे माधवाच्युत।
सुतं देहि सुतं देहि त्वामहं शरणं गतः।।71।।

कंसारे! माधव! अच्युत! मुझे मनोवांछित पुत्र प्रदान कीजिये! पुत्र दीजिये!! पुत्र दीजिये!!! मैं आपकी शरण में आया हूँ।

चन्द्रार्ककल्पपर्यन्तं तनयं देहि माधव।
सुतं देहि सुतं देहि त्वामहं शरणं गतः।।72।।

माधव! जब तक चन्द्रमा, सूर्य और कल्प की स्थिति रहे, तब तक के लिए मुझे पुत्र परम्परा प्रदान कीजिये! पुत्र दीजिये!! पुत्र दीजिये!!! मैं आपकी शरण में आया हूँ।

विद्यावन्तं बुद्धिमन्तं श्रीमन्तं तनयं सदा।
देहि मे तनयं कृष्ण देवकीनन्दन प्रभो।।73।।

प्रभो! देवकीनन्दन श्रीकृष्ण! आप सदा मेरे लिए विद्वान्, बुद्धिमान् और धनसम्पन्न पुत्र प्रदान कीजिये।

नमामि त्वां पद्मनेत्र सुतलाभाय कामदम्।
मुकुन्दं पुण्डरीकाक्षं गोविन्दं मधुसूदनम्।।74।।

कमलनयन श्रीकृष्ण! मैं पुत्र की प्राप्ति के लिए समस्त कामनाओं के दाता आप पुण्डीकाक्ष श्रीकृष्ण मुकुन्द मधुसूदन गोविन्द को प्रणाम करता हूँ।

भगवन् कृष्ण गोविन्द सर्वकामफलप्रद।
देहि मे तनयं स्वामिंस्त्वामहं शरणं गतः।।75।।

सम्पूर्ण मनोवांछित फलों के दाता! गोविन्द! स्वामिन्! भगवन्! श्रीकृष्ण! मुझे पुत्र दीजिये। मैं आपकी शरण में आया हूँ।

स्वामिंस्त्वं भगवन् राम कृष्ण माधव कामद।
देहि मे तनयं नित्यं त्वामहं शरणं गतः।।76।।

स्वामिन्! भगवन्! राम! कृष्ण! कामनाओं के दाता माधव! मुझे सदा पुत्र प्रदान कीजिये, मैं आपकी शरण में आया हूँ।

तनयं देहि गोविन्द कञ्जाक्ष कमलापते।
सुतं देहि सुतं देहि त्वामहं शरणं गतः।।77।।

गोविन्द! कमलनयन! कमलापते! मुझे पुत्र दीजिये! पुत्र दीजिये!! पुत्र दीजिये!!! मैं आपकी शरण में आया हूँ।

पद्मापते पद्मनेत्र प्रद्युम्नजनक प्रभो।
सुतं देहि सुतं देहि त्वामहं शरणं गतः।।78।।

लक्ष्मीपते! कमललोचन! प्रद्युम्न को जन्म देने वाले प्रभो! मुझे पुत्र दीजिये। पुत्र दीजिये!! मैं आपकी शरण में आया हूँ।

शङ्खचक्रगदाखड्गशार्ङ्गपाणे रमापते।
देहि मे तनयं कृष्ण त्वामहं शरणं गतः।।79।।

अपने हाथों में शंख, चक्र, गदा, खड्ग और शांगधनुष धारण करनेवाले रमापते! श्रीकृष्ण! मुझे पुत्र प्रदान कीजिये। मैं आपकी शरण में आया हूँ।

नारायण रमानाथ राजीवपत्रलोचन।
सुतं मे देहि देवेश पद्मपद्मानुवन्दित।।80।।

नारायण! रमानाथ! कमलदललोचन! देवेश्वर! कमलालया लक्ष्मी से वन्दित श्रीकृष्ण! मुझे पुत्र प्रदान कीजिये।

राम राघव गोविन्द देवकीवरनन्दन।
रुक्मिणीनाथ सर्वेश नारदादिसुरार्चित।।81।।

देवकीसुत गोविन्द वासुदेव जगत्पते।
देहि मे तनयं श्रीश गोपबालकनायक।।82।।

राम! राघव! गोविन्द! देवकी के श्रेष्ठ पुत्र! रुक्मिणीनाथ! सर्वेश्वर! नारदादि महर्षियों तथा देवताओं से पूजित देवकीकुमार गोविन्द! वासुदेव! जगत्पते! श्रीकान्त! गोपबालकनायक! मुझे पुत्र प्रदान कीजिये।

मुनिवन्दित गोविन्द रुक्मिणीवल्लभ प्रभो।
देहि मे तनयं कृष्ण त्वामहं शरणं गतः।।83।।

मुनिवन्दित गोविन्द! रुक्मिणीवल्लभ! प्रभो! श्रीकृष्ण! मुझे पुत्र दीजिये! मैं आपकी शरण में आया हूँ।

गोपिकार्जितपङ्केजमरन्दासक्तमानस ।
देहि मे तनयं कृष्ण त्वामहं शरणं गतः।।84।।

गोपियों द्वारा लाकर समर्पित किये गये कमलों के मकरन्द में आसक्त चित्तवाले श्रीकृष्ण! मुझे पुत्र दीजिये। मैं आपकी शरण में आया हूँ।

रमाहृदयपङ्केजलोल माधव कामद।
ममाभीष्टंसुतं देहि त्वामहं शरणं गतः।।85।।

लक्ष्मी के हृदय कमल के लिए लोलुप माधव! समस्त कामनाओं के दाता श्रीकृष्ण! मुझे मनोवांछित पुत्र प्रदान कीजिये, मैं आपकी शरण में आया हूँ।।85।।

वासुदेव रमानाथ दासानां मङ्गलप्रदः।
देहि मे तनयं कृष्ण त्वामहं शरणं गतः।।86।।

अपने सेवकों के लिए मंगलदायक रमानाथ! वासुदेव! श्रीकृष्ण! मुझे पुत्र प्रदान कीजिये, मैं आपकी शरण में आया हूँ।

कल्याणप्रद गोविन्द मुरारे मुनिवन्दित।
देहि मे तनयं कृष्ण त्वामहं शरणं गतः।।87।।

कल्याणप्रद गोविन्द! मुनिवन्दित मुरशत्रु श्रीकृष्ण! मुझे पुत्र प्रदान कीजिये, मैं आपकी शरण में आया हूँ।

पुत्रप्रद मुकुन्देश रुक्मिणीवल्लभ प्रभो।
देहि मे तनयं कृष्ण त्वामहं शरणं गतः।।88।।

पुत्रदाता मुकुन्द! ईश्वर! रुक्मिणीवल्लभ प्रभो! श्रीकृष्ण! मुझे पुत्र दीजिये, मैं आपकी शरण में आया हूँ।

पुण्डरीकाक्ष गोविन्द वासुदेव जगत्पते।
देहि मे तनयं कृष्ण त्वामहं शरणं गतः।।89।।

पुण्डरीकाक्ष! गोविन्द! वासुदेव! जगदीश्वर! श्रीकृष्ण! मुझे पुत्र दीजिये, मैं आपकी शरण में आया हूँ।

दयानिधे वासुदेव मुकुन्द मुनिवन्दित।
देहि मे तनयं कृष्ण त्वामहं शरणं गतः।।90।।

दयानिधे! वासुदेव! मुनिवन्दित मुकुन्द! श्रीकृष्ण! मुझे पुत्र प्रदान कीजिये, मैं आपकी शरण में आया हूँ।

पुत्रसम्पत्प्रदातारं गोविन्दं देवपूजितम्।
वन्दामहे सदा कृष्णं पुत्रलाभप्रदायिनम्।।91।।

पुत्र और सम्पत्ति के दाता, पुत्रलाभदायक, देवपूजित गोविन्द श्रीकृष्ण की हम सदा वन्दना करते हैं।

कारुण्यनिधये गोपीवल्लभाय मुरारये।
नमस्ते पुत्रलाभार्थं देहि मे तनयं विभो।।92।।

प्रभो! आप करुणा के सागर, गोपियों के प्राणवल्लभ और मुर नामक दैत्य के शत्रु हैं, पुत्र की प्राप्ति के लिए आपको मेरा नमस्कार है, मुझे पुत्र प्रदान कीजिये।

नमस्तस्मै रमेशाय रुक्मिणीवल्लभाय ते।
देहि मे तनयं श्रीश गोपबालकनायक।।93।।

लक्ष्मी के स्वामी तथा रुक्मिणी के प्राणवल्लभ! आप भगवान् श्रीकृष्ण को नमस्कार है। गोपबालकों के नायक श्रीकान्त! मुझे पुत्र दीजिये।

नमस्ते वासुदेवाय नित्य श्रीकामुकाय च।
पुत्रदाय च सर्पेन्द्रशायिने रङ्गशायिने।।94।।

सदा ही श्रीजी की कामना रखनेवाले आप वासुदेव को नमस्कार है। आप पुत्रदायक, नागराज शेष की शय्या पर शयन करनेवाले तथा श्रीरंगक्षेत्र में सोने वाले हैं, आपको नमस्कार है।

रङ्गशायिन् रमानाथ मङ्गलप्रद माधव।
देहि मे तनयं श्रीश गोपबालकनायक।।95।।

रंगशायी रमानाथ! मंगलदायक माधव! गोपबालक नायक श्रीपते! मुझे पुत्र प्रदान कीजिये।

दासस्य मे सुतं देहि दीनमन्दार राघव।
सुतं देहि सुतं देहि पुत्रं देहि रमापते।।96।।

दीनों के लिए कल्पवृक्ष स्वरूप रघुनन्दन! मुझ दास को पुत्र दीजिये। रमापते! पुत्र दीजिये! पुत्र दीजिये!! पुत्र दीजिये!!!

यशोदातनयाभीष्टपुत्रदानरतः सदा।
देहि मे तनयं कृष्ण त्वामहं शरणं गतः।।97।।

सदा मनोवांछित पुत्र देने में तत्पर रहनेवाले यशोदानन्दन श्रीकृष्ण! मैं आपकी शरण में आया हूँ, मुझे पुत्र प्रदान कीजिये।

मदिष्टदेव गोविन्द वासुदेव जनार्दन।
देहि मे तनयं कृष्ण त्वामहं शरणं गतः।।98।।

मेरे इष्टदेव गोविन्द! वासुदेव! जनार्दन! श्रीकृष्ण! मुझे पुत्र दीजिये, मैं आपकी शरण में आया हूँ।

नीतिमान् धनवान् पुत्रो विद्यावांश्च प्रजायते।
भगवंस्त्वत्कृपायाश्च वासुदेवेन्द्रपूजित।।99।।

भगवन्! इन्द्रपूजित वासुदेव! आपकी कृपा से नीतिज्ञ, धनवान् और विद्वान् पुत्र उत्पन्न होता है।

यः पठेत् पुत्रशतकं सोऽपि सत्पुत्रवान् भवेत्।
श्रीवासुदेवकथितं स्तोत्ररत्नं सुखाय च।।100।।

जो श्रीवासुदेव कथित पुत्र शतक का पाठ करता है, वह भी उत्तम पुत्र से सम्पन्न होता है। यह स्तोत्र रत्न सुख की भी प्राप्ति कराने वाला है।

जपकाले पठेन्नित्यं पुत्रलाभं धनं श्रियम्।
ऐश्वर्यं राजसम्मानं सद्यो याति न संशयः।।101।।

जो प्रतिदिन जप के समय इसका पाठ करता है, उसे तत्काल पुत्रलाभ होता है तथा वह शीघ्र ही धन, सम्पत्ति, ऐश्वर्य एवं राजसम्मान प्राप्त कर लेता है, इसमें संशय नहीं है।

वन्ध्या स्त्रियों हेतु पाठ प्रविधि

अथ वन्ध्यानां पुत्रोत्पत्त्यर्थं संतानगोपाल-विधानम्।। मन्त्रसारे-आदौ शरीरशुद्ध्यर्थं कर्माधिकारार्थं जन्मान्तरीयसंततिप्रतिबन्धकदुरदृष्टजनितदोषपरिहारार्थं कर्माधिकारसिद्ध्यर्थं द्वादशाब्दषडब्दत्र्यब्द-सार्द्धाब्दादीनि यथा शक्त्यनुसारेण प्रायश्चित्तानि दद्यात् -

प्रायः पापं विजानीयाच्चित्तं तस्य विशोधनम्।
कृत्वा शुद्धिं तु देहस्य ततः कर्माणि कारयेत्।।

अर्धादिप्रायश्चित्तलक्षणं तु महार्णवादावुक्तम् "त्रिंशद्भिश्च तथा गोभिरर्धं तु मुनिभिः स्मृतम्" इत्यादिना द्रष्टव्यम्। उक्तविधानेन प्रायश्चित्ते कृते वन्ध्यात्वनिरासार्थं महार्णवोक्तं सुवर्ण धेनुदानं तथा षोडशशूर्पसौभाग्यद्रव्यं वस्त्रालंकार सहितयज्ञोपवीतदानं च विधेयम्। उक्तं च -

वन्ध्यात्वस्य निरासार्थं धेनुं दद्याच्च हेमजाम्।
तथा यज्ञोपवीतं तु दद्याद्धेममयं शुभम्।
षोडशानि च शूर्पाणि फलयुक्तानि दापयेत्।।
एवं कृते विधानेन वन्ध्यत्वात् प्रतिमुच्यते।
सत्पुत्रं लभते नूनमेतत् कर्म प्रयोजयेत्।।

अथ प्रयोग : आचार्यहस्तेन देयमिति नियमात् तस्मादादौ आचार्यवरणं कार्यं "सर्वमाचार्यः प्रतिजानीते" इति नियमात्। तत्र धेनुमानमाह सूर्यार्णवे -

धेनुं निष्कचतुष्कस्य तदर्द्धं स्यात्तदर्द्धकम्।
तदर्द्धस्य च वा तत्र चतुर्थांशेन वत्सकम्।।

इति हेमाद्रिवचनानुसारेण विदध्यात्। एवं यज्ञोपवीतमपि देयम्। सोमो धेनुमिति मन्त्रेण होमाचरणं कुर्यात्। तद्विशेषविधानं महार्णवादौ द्रष्टव्यम्। एवं पूर्वोक्तमादौ निर्वर्त्य प्रायश्चित्तोत्तरं

पूर्वाणि दशस्नानानि कृत्वा तत्प्रोक्तानि गोदानानि दत्त्वा पञ्चगव्यं प्राश्य तद्दिने उपोषणं कार्यम्। अशक्तश्चेद्धविष्यान्नं भुञ्जीत। ततः सुदिने चन्द्रतारानुकूल्ये पुरुषनक्षत्रे संतानगोपालविधानं कार्यम्।

अथ विधानम्। पुरश्चरणस्य लक्षसंख्या नियमः, तत्रापि कलौ चतुर्गुणं कार्यं तदुक्तम् "कलौ चतुर्गुणः प्रोक्तः पुरश्चरणके विधिः।।" इति वचनात्। तत्रादौ ऋत्विग्वरण तत्र मूलमंत्रजपार्थमष्टौ ब्राह्मणान् वृणुयाच्चतुरो वा। तत्र सर्वकर्माधिकारार्थं शान्तं तद्विधिज्ञमाचार्यं वृणुयात्। ततस्तदङ्गत्वेन चतुर्विधवन्ध्यात्वदोष-परिहारार्थं च लक्षसंख्याकपार्थिवलिङ्गपूजनं च शतचण्डीपाठं मन्युसूक्तजपं नवग्रहजपं रुद्राध्यायजपं हरिवंशश्रवणं च कुर्यात्। तत्र ऋत्विजः स्वशक्त्यनुसारेण जपं कुर्युरेवं मन्युसूक्तजपं लक्ष संख्याकं तदर्द्धं वा तदर्द्धं वा तदर्द्धं वा कुर्यात्। नित्यं तद्दशभिर्मन्त्रितदशघटैर्जलपूर्णैर्दम्पती स्नायाताम्।

'देवकीसुत गोविन्द' अङ्गुष्ठाभ्यां नमः। 'वासुदेव जगत्पते' तर्जनीभ्यां नमः। 'देहि मे तनयं कृष्ण' मध्यमाभ्यां नमः। 'त्वामहं शरणं गतः' अनामिकाभ्यां नमः। 'ॐ क्लीं देवकीसुत गोविन्द वासुदेव जगत्पते' कनिष्ठिकाभ्यां नमः। 'देहि मे तनयं कृष्ण त्वामहं शरणं गतः' करतलकरपृष्ठाभ्यां नमः। एवं हृदयादि न्यासः। एवं न्यासं विधाय मूलेन त्रिव्यापकं कुर्यात्।

अथ ध्यानम् **शान्तं सम्मुखसन्निषण्णममलं रक्ताम्बुजे बालकं**
माणिक्योज्ज्वलमालभूषणलसत्संतप्तहेमद्युतिम् ।
प्रेम्णालिंग्य मुहुर्मुहुः सुखवशात् सम्भावितं स्वात्मना
ध्यायेत् पुत्रतया पुराणपुरुषं पुत्राभिलाषी पुमान्।।

एवं ध्यात्वा यथोक्तजपं कुर्यात्।

जपान्ते दशांशहोम कुर्यात्। तर्पणं ब्राह्मणभोजनं च सम्पाद्य दानान्तं कृत्वा कुण्डं पूजयित्वा पुनर्मण्डलदेवतानि सम्पूज्य (तत्र योनिकुण्डं मुख्यम्) एवं कुण्डमण्डपादि निर्वर्त्य गणेशादिलोकपालादिवास्तुयोगिनीनवग्रहमातृकाणां स्थापनं मूलदेवतास्थापनं मण्डलदेवतास्थापनं तोरणद्वारध्वजपताकानां स्थापनं कृत्वा तत्तन्मन्त्रैस्तत्तत्स्थाने सम्पूज्य कुण्डसंस्कारं कृत्वा अग्निं प्रतिष्ठाप्य दशांशेन हुत्वा तर्पणं ब्राह्मणभोजनं मार्जनं मण्डलदेवतास्थापनं लोकपालानां नवग्रहादिमण्डलचतुष्टयदेवतानां च यथाशक्त्या हेमप्रतिमाः कृत्वा मूलदेवताप्रतिमां च निष्काष्टकेन वा निष्कत्रयेण सम्पाद्य अग्न्युत्तारणं कृत्वा अधिवासनादि विसर्जनान्तं पूजयित्वा आचार्याय निवेद्य दक्षिणां दद्यात्।

शक्तश्चेत् कृष्णविग्रहः कर्तव्यः। पद्मोपरि निविष्टो बालकरूपेण सुवर्णनिष्काष्टकस्य सुवर्णादिनिर्मितकलशे देवतानां प्रतिकलशं स्थापयित्वा एकादशकलशांस्तदुपरि आच्छादनपात्राणि वस्त्रफलसंयुतानि संस्थाप्य कलशपूजाविधान। कृत्वा मही द्यौरिति भूमिं प्रार्थ्य तण्डुलादिधान्यराशिं कृत्वा कलशं संस्थाप्य आकलशेष्विति इमं मे गङ्गे इत्यादिना उदकं पूरयित्वा तन्मध्ये पञ्चनद्येत्यादि तीर्थोदकं दत्त्वा पञ्चरत्नानि निक्षिप्य पञ्चामृतं पञ्चगव्यं पञ्चपल्लवान् पञ्चत्वचः सप्तमृत्तिका फलानि हिरण्यं च तत्तन्मन्त्रैर्निधायाच्छाद्यासनं दत्त्वा भूमौ स्थापयेत्।

तासां प्रतिमानामग्न्युत्तारणं विधाय प्राणप्रतिष्ठां कुर्यात् तत्तन्नाम्ना पृथक्पृथक्प्राणान् संस्थाप्य इष्टदेवैः सह स्नानं कारयित्वा ततः पुरुषसूक्तादिनाम्नाऽऽवाहनाद्युपचारैः सम्पूज्य आगच्छ देव भगवञ्छ्रीगोपाल नमोऽस्तु ते। मम संतानसिद्ध्यर्थं सान्निध्यं कुरु सर्वदा।।

- एवमावाहनादिषोडशोपचारैः सम्पूज्य तिलसर्पिः फलपुष्पनैवेद्यान्तं विधाय एवं नियमो द्रष्टव्यः। तिलघृतपायसेन हुत्वा देवस्य शयनार्थमान्दोलकं चामरं छत्रमादर्शं पादुकान्तं षोडशोपचारान्तपूजां विधाय पूर्णाहुतिं कृत्वा तर्पणमार्जनादि विधाय श्रेयःसम्पादनं सम्पाद्य आचार्यादिऋत्विग्भ्यो वस्त्रालंकारादिना संतोष्य आचार्याय मूर्तिदानं कृत्वा जापकेभ्यो दक्षिणां दत्त्वा दानपत्रे ब्राह्मणाय दक्षिणा देया -

देवतानां व्रतैर्युक्तं संतुष्टहृदयान्वितम्।
वेदाध्ययनसंयुक्तं सपत्नीकं सपुत्रकम्।।
सुगन्धवस्त्रमालाद्यैः कुण्डलैरङ्गुलीयकैः।
तस्मिन् संतानगोपालदानं भक्त्या समाचरेत्।।

अथ दानमंत्र -

करुणाकर देवेश नवनीताशन प्रिय।
देहि मे पुत्रसंतानं कुलवृद्धिकरं मम।।

- इति दत्त्वा सुवर्णदक्षिणां दद्यात्। आचार्याय द्विगुणां गोमिथुनं दत्त्वा संतोष्य ब्राह्मणान् भोजयित्वा आशिषो गृहीत्वा यथासुखं विहरेत्। एवं कृते पुत्रवान् भवति, गोपालः स्वयमेवावतरिष्यति।

अथ मन्त्रचन्द्रिकावचनम्। होमस्तु जीवपुत्रवृक्षस्य समिद्भिर्वा फलैः कार्यः। तदभावे तिलसर्पिषा पायसेन वा कार्यः। अत्र पार्थिवपूजनं तु एकोत्तरवृद्धिलक्षं पृथक्पृथक्कार्यं तदभावे लक्षादिविधानैः सहैकतन्त्रेण वा कार्यम्। तदुक्तं लिङ्गार्चनविधाने एकोत्तरविधाने तु पृथक्पृथक्पूजनं च कार्यं लक्षलिङ्गप्रकारे तु सहैकतन्त्रेण कारयेत्। लिङ्गविधाने होमे तु दशांशनियमो नास्ति किंतु यत्संख्याकानि लिङ्गानि पूजयेत्तावदेव तु होमयेत्।। तदुक्तं मन्त्रमहोदधौ- 'यत्संख्याके यजेल्लिङ्गं तत्संख्यं होममाचरेत्' इति लिङ्गार्चनदीपिकोक्तं कुर्यात्।

आचार्यादिवरणप्रकार : देशकालौ संकीर्त्य अमुकगोत्रोत्पन्नोऽहममुकशर्मा- हमाचार्यत्वेन त्वामहं वृणे। तत आचार्यः अमुकगोत्रोत्पन्नोऽहममुकशर्माहं वृतोऽस्मि करिष्यामीति प्रतिवचनम्। तं वासोऽलङ्कारादिभिः पूजयेत्। एवमृत्विजोऽपि पूजयेत्।

अथ जपविधि :।। स्नात्वाऽऽचम्य प्राणानायम्य देशकालौ सङ्कीर्त्य अमुकगोत्रस्य अमुकशर्मणो यजमानस्य धर्मपत्न्यां चिरञ्जीवशुभसंतानप्राप्त्यर्थं लक्षादिसंख्यान्तर्गतयथोक्तसंख्यां प्रारभ्यैतत्संख्यापर्यन्तं संतानगोपालमन्त्रस्य जपमहं करिष्ये।। इति सङ्कल्प्य आसने उपविश्य भूशुद्धिं भूतशुद्धिं प्राणप्रतिष्ठामन्तर्मातृकाबहिर्मातृकान्यासांश्च कृत्वा तदुपरि षडङ्गानि कुर्यात्। यथा ॐ कलां हृदि। ॐ क्लीं शिरसि। ॐ क्लूं शिखायै। ॐ क्लैं कवचम्। ॐ क्लौं नेत्रम्। ॐ क्लः अस्त्रम्। एवं करन्यासादि विधाय। ॐ भूर्भुवः स्वरोमिति दिग्बन्धं कृत्वा मूलमंत्रन्यासं च कुर्यात्। यथा क्लीं देवकीसुतसंतानगोपालस्यायुधध्यानम्-

शङ्खचक्रधरं देवं श्यामवर्णं चतुर्भुजम्।
सर्वाभरणसंदीप्तं पीतवासःसमन्वितम्।।

मयूरपिच्छसंयुक्तं विष्णुतेजोपबृंहितम्।
समर्पयन्तं विप्राय नष्टानानीय बालकान्।।
करुणामृतसम्पूर्णं चेष्टैकनिलयं त्वजम्।।

चतुर्भुजमित्यनेन गदाम्बुजे सूचिते। वामाद्यूर्ध्वयोराद्ये तदाद्यन्ययोरन्ये इत्यायुधध्यानम्।।

स्त्रीभिस्तु - स्वान्ते सम्मुखसन्निविष्टममले रक्ताम्बुजे बालकं माणिक्योज्ज्वल- बालभूषणगणं संतप्तहेमद्युतिम्। प्रेम्णाऽऽलिंग्य मुहुर्मुहुः सुखवशात् संलालितं स्वात्मना पुत्रत्वेन विभावयेन्मुररिपुं पुत्रार्थिनी कामिनी।। इति ध्यात्वा पूजादि विधाय मन्त्रो जप्यः।

5.3 श्रीविष्णुशतनामस्तोत्रम्

नारद उवाच

ॐ वासुदेवं हृषीकेशं वामनं जलशायिनम्।
जनार्दनं हरिं कृष्णं श्रीवत्सं गरुड़ध्वजम्।।1।।

नारद जी कहते हैं—1- ॐ (सच्चिदानन्दस्वरूप) वासुदेव, 2- हृषीकेश, 3-वामन, 4-जलशायी, 5-जनार्दन, 6-हरि, 7-कृष्ण, 8-श्रीवत्स, 9-गरुड़ध्वज,

वाराहं पुण्डरीकाक्षं नृसिंहं नरकान्तकम्।
अव्यक्तं शाश्वतं विष्णुमनन्तमजमव्ययम्।।2।।

10-वाराह, 11-पुण्डरीकाक्ष, 12-नृसिंह, 13-नरकान्तक, 14-अव्यक्त, 15-शाश्वत, 16-विष्णु, 17-अनन्त, 18-अज, 19-अव्यय,

नारायणं गदाध्यक्षं गोविन्दं कीर्तिभाजनम्।
गोवर्धनोद्धरं देवं भूधरं भुवनेश्वरम्।।3।।

20-नारायण, 21-गदाध्यक्ष, 22-गोविन्द, 23-कीर्तिभाजन, 24-गोवर्धनोद्धर, 25-देव, 26-भूधर, 27-भुवनेश्वर।

वेत्तारं यज्ञपुरुषं यज्ञेशं यज्ञवाहकम्।
चक्रपाणिं गदापाणिं शङ्खपाणिं नरोत्तमम्।।4।।

28-वेत्ता (ज्ञानी), 29-यज्ञपुरुष, 30-यज्ञेश, 31-यज्ञवाहक, 32-चक्रपाणि, 33-गदापाणि, 34-शंखपाणि, 35-नरोत्तम,

वैकुण्ठं दुष्टदमनं भूगर्भं पीतवाससम्।
त्रिविक्रमं त्रिकालज्ञं त्रिमूर्तिं नन्दकेश्वरम्।।5।।

36-वैकुण्ठ, 37-दुष्टदमन, 38-भूगर्भ, 39-पीतवासा, 40-त्रिविक्रम, 41-त्रिकालज्ञ, 42-त्रिमूर्ति, 43-नन्दकेश्वर,

रामं रामं हयग्रीवं भीमं रौद्रं भवोद्भवम्।
श्रीपतिं श्रीधरं श्रीशं मङ्गलं मङ्गलायुधम्।।6।।

44-राम (परशुराम), 45-राम (रामचन्द्र), 46-हयग्रीव, 47-भीम, 48-रौद्र, 49-भवोद्भव, 50-श्रीपति, 51-श्रीधर, 52-श्रीश, 53-मंगल, 54-मंगलायुध,

दामोदरं दमोपेतं केशवं केशिसूदनम्।
वरेण्यं वरदं विष्णुमानन्दं वसुदेवजम्।।7।।

55-दामोदर, 56-दमोपेत, 57-केशव, 58-केशिसूदन, 59-वरेण्य, 60-वरद, 61-विष्णु, 62-आनन्द, 63-वसुदेवज,

हिरण्यरेतसं दीप्तं पुराणं पुरुषोत्तमम्।
सकलं निष्कलं शुद्धं निर्गुणं गुणशाश्वतम्।।8।।

64-हिरण्यरेता, 65-दीप्त, 66-पुराण, 67-पुरुषोत्तम, 68-सकल, 69-निष्कल, 70-शुद्ध, 71-निर्गुण, 72-गुणशाश्वत,

हिरण्यतनुसंकाशं सूर्यायुतसमप्रभम्।
मेघश्यामं चतुर्बाहुं कुशलं कमलेक्षणम्।।9।।

73-हिरण्यतनुसंकाश, 74-सूर्यायुतसमप्रभ, 75-मेघश्याम, 76-चतुर्बाहु, 77-कुशल, 78-कमलेक्षण,

ज्योतीरूपमरूपं च स्वरूपं रूपसंस्थितम्।
सर्वज्ञं सर्वरूपस्थं सर्वेशं सर्वतोमुखम्।।10।।

79-ज्योतिरूप, 80-अरूप, 81-स्वरूप, 82-रूपसंस्थित, 83-सर्वज्ञ, 84-सर्वरूपस्थ, 85-सर्वेश, 86-सर्वतोमुख,

ज्ञानं कूटस्थमचलं ज्ञानदं परमं प्रभुम्।
योगीशं योगनिष्णातं योगिनं योगरूपिणम्।।11।।
ईश्वरं सर्वभूतानां वन्दे भूतमयं प्रभुम्।

87-ज्ञान, 88-कूटस्थ, 89-अचल, 90-ज्ञानद, 91-परम, 92-प्रभु, 93-योगीश, 94-योगनिष्णात, 95-योगी, 96-योगरूपी, 97-ईश्वर, 98-सर्वभूतेश्वर, 99-भूतमय और 100-प्रभु की मैं वन्दना करता हूँ।

इति नामशतं दिव्यं वैष्णवं खलु पापहम्।।12।।
व्यासेन कथितं पूर्वं सर्वपापप्रणाशनम्।
यः पठेत् प्रातरुत्थाय स भवेद् वैष्णवो नरः।।13।।

सर्वपापविशुद्धात्मा विष्णुसायुज्यमाप्नुयात्।
चान्द्रायणसहस्राणि कन्यादानशतानि च।।14।।

गवां लक्षसहस्राणि मुक्तिभागी भवेन्नरः।
अश्वमेधायुतं पुण्यं फलं प्राप्नोति मानवः।।15।।

भगवान् विष्णु के ये सौ दिव्य नाम निश्चय ही पापों का नाश करने वाले हैं। व्यास जी ने सर्वप्रथम इनका उपदेश दिया है। इसके पाठ से समस्त पापों का नाश हो जाता है। जो प्रातःकाल उठकर इसका पाठ करेगा, वह मनुष्य भगवान् विष्णु का भक्त हो जायेगा। उसके हृदय के सारे पाप धुल जायेंगे और वह शुद्धचित्त होकर भगवान् विष्णु का सायुज्य प्राप्त कर लेगा। इसके पाठ से सहस्रों चान्द्रायण व्रत, सैकड़ों कन्यादानजनित पुण्य तथा सहस्रों लक्ष गोदानों का फल पाकर मनुष्य मोक्ष का भागी होता है; उसे दस हजार अश्वमेध यज्ञों का पुण्य फल प्राप्त होता है।

श्रीकृष्ण उवाच

शृणुष्वावहितो राजन् कथां पापहरां पराम्।
यस्याः श्रवणमात्रेण वाजपेयफलं लभेत्।।2।।
द्वापरस्य युगस्यादौ पुरा माहिष्मतीपुरे।
राजा महीजिदाख्यातो राज्यं पालयति स्वकम्।।3।।

श्रीकृष्णजी महाराज बोले कि, हे राजन्! इसकी पापहारिणी कथा का श्रवण करो, जिसके सुनने ही से बाजपेय यज्ञ का फल प्राप्त होता है।।2।। द्वापर युग में माहिष्मती पुरी के अंदर पहले महीजित् नामक राजा अपने राज्य की पालना करता था।।3।।

पुत्रहीनस्य तस्यैव न तद्राज्यं सुखप्रदम्।
अपुत्रस्य सुखं नास्ति इहलोके परत्र च।।4।।
यततोऽस्य सुतप्राप्तौ कालो बहुतरो गतः।
न प्राप्तश्च सुतो राज्ञा सर्वसौख्यप्रदो नृणाम्।।5।।

किन्तु उसका पुत्रहीन राज्य उसके लिये सुखप्रद नहीं था। क्योंकि, पुत्रहीन व्यक्ति को इस लोक में और परलोक में दोनों ही जगह सुख नहीं है।।4।। इस राजा को पुत्रप्राप्ति के उद्योग में बहुत-सा समय व्यतीत हो गया, पर सर्वसुख को देने वाला पुत्र उत्पन्न न हुआ।।5।।

दृष्ट्वात्मानं प्रवयसं राजा चिन्तापरोऽभवत्।
सदोगतः प्रजामध्य इदं वचनमब्रवीत।।6।।
इहजन्मनि भो लोका न मया पातकं कृतम्।
अन्यायोपार्जितं वित्तं क्षिप्तं कोशे मया न हि।।7।।

उस राजा ने अपने को बड़ी अवस्था में देखकर चिन्ता के साथ सभा में बैठकर प्रजा के बीच में यह वचन कहे।। 6।। कि, हे लोगों! मैंने इस जन्म में कोई पाप नहीं किया तथा कोष में कभी अन्याय का धन नहीं जमा किया।। 7।।

ब्रह्मस्वं देवद्रविणं न गृहीतं मया क्वचित्।
न्यासापहारो न कृतः परस्य बहुपापदः।। 8।।
सुतवत्पालिता लोका धर्मेण विजिता मही।
दुष्टेषु पातितो दण्डो बन्धुपुत्रोपमेष्वपि।। 9।।

ब्राह्मण का धन तथा देवसम्पत्ति मैंने कभी नहीं ली। पाप फल को देने वाली कभी अमानत में खयानत भी नहीं की।। 8।। पुत्र की भांति प्रजा का पालन किया है, धर्म के साथ पृथ्वी का विजय किया और पुत्र के समान प्यारे बन्धुओं को भी दुष्टता करने पर दण्ड दिया है।। 9।।

शिष्टाः सुपूजिता लोका द्वेष्याश्चापि महाजनाः।
इत्येवं व्रजते मार्गे धर्मयुक्ते द्विजोत्तमाः।।
कस्मान्मम गृहे पुत्रो न जातस्तद्विचार्यताम्।। 10।।
इति वाक्यं द्विजाः श्रुत्वा समजाः सपुरोहिताः।
मन्त्रयित्वा नृपहितं जग्मुस्ते गहनं वनम्।। 11।।

शिष्टों का आदर किया है। इस प्रकार धर्मपूर्वक अपने उचित रास्ते पर चलने पर भी हे ब्राह्मणो! मेरे घर में पुत्र क्यों नहीं उत्पन्न हुआ? इसका विचार करो।। 10।। प्रजा और पुरोहित के साथ ब्राह्मणों ने राजा के इन वचनों को सुन आपस में सलाह करके गहनवन में यात्रा की।। 11।।

इतस्ततश्च पश्यन्तश्चाश्रमानृषिसेवितान्।
नृपतेर्हिममिच्छन्तो ददृशुर्मुनिसत्तमम्।। 12।।
तप्य मानं तपो घोरं चिदानन्दं निरामयम्।
निराहारं जितात्मानं जितक्रोधं सनातनम्।। 13।।

राजा का भला चाहते हुए, उन्होंने इधर-उधर ऋषियों के आश्रमों की तलाश की और नृपति के हित के उद्‌देश्य से प्रेरित हो एक मुनिराज को भी देख लिया।। 12।। जो घोर तपश्चर्या में मग्न थे। चिदानन्द ब्रह्म का ध्यान करने के कारण उसी में लीन थे, निरामय थे, निराहार थे, आत्मा को उन्होंने जीत रखा था। क्रोध भी उनके पास नहीं भटकने पाता था। सदा अक्षुण्ण स्थायी रहनेवाला थे।। 13।।

लोमशं धर्मतत्त्वज्ञं सर्वशास्त्रविशारदम्।
दीर्घायुषं महात्मानमनेकब्रह्मसंमितम्।। 14।।

कल्पे गते यस्यैकस्मिन्नेकं लोम विशीर्यते।
अतो लोमशनामानं त्रिकालज्ञं महामुनिम्।। 15।।

उनका नाम लोमश था। तत्त्व के जाननेवाले थे, सब शास्त्रों में परमप्रवीण थे, महात्मा थे तथा अनेक ब्रह्माओं की संमिलित आयु से भी बड़ी इनकी आयु थी। 14।। एक कल्प में इनका एक ही लोम गिरता है, इसी कारण इनका लोमश नाम है। ये तीनों कालों के जानने वाले महामुनि थे।। 15।।

तं दृष्ट्वा हर्षिताः सर्वे आजग्मुस्तस्य सन्निधिम्।
यथान्यायं यथार्हं ते नमश्चक्रुर्यथोदितम्।। 16।।
विनयावनता सर्वे ऊचुश्चैव परस्परम्।
अस्मद्भाग्यवशादेव प्राप्तोऽयं मुनिसत्तमः।। 17।।

उन्हें देखते ही सब प्रसन्न होकर उनके समीप चले आये, जैसे करनी चाहिए जिसके कि, वो योग्य थे, उसी तरह उनके लिए नमस्कार किया।। 16।। विनीत भाव से झुककर सब लोगों ने परस्पर कहा कि, भाग्य ही से इन मुनिराज का दर्शन हुआ।। 17।।

लोमश उवाच

तांस्तथा प्रणतान्दृष्ट्वा ह्युवाच मुनिसत्तमः।
किमर्थमिह संप्राप्ताः कथयध्वं च कारणम्।। 18।।
मद्दर्शनाह्लादगिरा भवन्तः स्तुवते किमु।
असंशयं करिष्यामि भवतां यद्धितं भवेत्।। 19।।

उनको उस प्रकार प्रणाम करते हुए देख, मुनिराज ने कहा कि, तुम लोग यहां क्यों आये? इसका कारण कहो।। 18।। मेरे दर्शन के आनंद में क्या तुम लोग स्तुति करते हो। मैं निःसंदेह तुम्हारा कल्याण करूंगा।। 19।।

जना ऊचुः

परोपकृतये जन्म मादृशानां न संशयः।
श्रूयतामभिधास्यामो वयमागमकारणम्।। 20।।
संशयच्छेदनार्थाय तव सन्निधिमागताः।
पद्मयोनेः परतरस्त्वत्तः श्रेष्ठो न विद्यते।। 21।।

मुझ जैसे मनुष्यों का जन्म परोपकार ही के लिए होता है। यह निःसंदेह बात है, लोगों ने कहा—सुनिये महाराज! हम लोग अपने आने का कारण कहते हैं।। 20।। हम आपके पास संशय को दूर करने के लिए यहां आये हैं। क्योंकि, ब्रह्मा के अतिरिक्त आप से बढ़कर कोई दूसरा सर्वश्रेष्ठ नहीं है।। 21।।

अतः कार्यवशात्प्राप्ताः समीपं भवतो वयम्।
महीजिन्नाम राजासौ पुत्रहीनोऽस्ति सांप्रतम्।। 22।।
वयं तस्य प्रजा ब्रह्मन् पुत्रवत्तेन पालिताः।
तं पुत्ररहितं दृष्ट्वा तस्य दुःखेन दुःखिताः।। 23।।

इसलिए किसी कार्यवश आपके पास आना हुआ है। यहां पर इस समय महीजित नाम के एक पुत्रहीन राजा हैं।। 22।। हम लोग उसके पुत्र की भांति पाली हुई प्रजा हैं, उसको पुत्ररहित देखकर उनके दुःख से दुःखी हैं।। 23।।

तपः कर्तुमिहायाता मतिं कृत्वा तु नैष्ठिकीम्।
तस्य भाग्यवशादृष्टस्त्वस्माभिर्द्विजोत्तम।। 24।।
महतां दर्शनेनैव कार्यसिद्धिर्भवेन्नृणाम्।
उपदेशं वद मुने राज्ञः पुत्रो यथा भवेत्।। 25।।

हे मुनिराज! हम लोग आस्तिक बुद्धि से इस जगह तप करने को आये हैं, किन्तु राजा के भाग्यवश, हे द्विजराज! आपके हमें यहां दर्शन हो गये।। 24।। महात्माओं के दर्शन ही से कार्यसिद्धि होती है, इसलिए महाराज! आप ऐसा उपदेश दीजिए, जिससे राजा पुत्रवान् हो।। 25।।

इति तेषां वचः श्रुत्वा मुहूर्तं ध्यानमास्थितः।
प्रत्युवाच मुनिर्ज्ञात्वा तस्य जन्म पुरातनम्।। 26।।

उनके ऐसे वचन सुनकर मुनिराज ने ध्यानपूर्वक विचार किया और उसके पूर्वजन्म के हाल को जानकर इस प्रकार वर्णन किया।। 26।।

लोमश उवाच

पूर्वजन्मनि वैश्योऽयं धनहीनो नृशंसकृत।
वाणिज्यकर्मनिरतो ग्रामाद् ग्रामान्तरं भ्रमन्।। 27।।
ज्येष्ठे मासि सिते पक्षे द्वादशीदिवसे तथा।
मध्याह्ने द्युमणौ प्राप्ते ग्रामसीम्नि तृषाकुलः।। 28।।

लोमश बोले कि, पूर्वजन्म में यह धनहीन वैश्य था, जो अत्याचार करता था। ग्राम-ग्राम में घूमकर वाणिज्य-वृत्ति करता रहता था।। 27।। ज्येष्ठ महीने के शुक्लपक्ष की एकादशी के दिन मध्याह्न के समय वह प्यासा होकर किसी ग्राम की सीमा में पहुँचा।। 28।।

रम्यं जलाशयं दृष्ट्वा जलपाने मनो दधौ।
सद्यःसूता सवत्सा च धेनुस्तत्र समागता।। 29।।

तृषातुरा निदाघार्ता तस्य चापः पपौ तु सा।
पिबन्तीं वारयित्वा तामसौ तोयं स्वयं पपौ।। 30।।

उसने उस जगह किसी सुन्दर जलाशय को देखकर जल पीने की इच्छा की, वहाँ हाल ही की ब्याई हुई एक सवत्सा गौ भी आ पहुंची।। 29।। वह गर्मी से पीड़ित तथा प्यास से आकुल होकर उसके जल को पीने लगी। परन्तु उसको पीते हुए देखकर उसे बन्द कर स्वयं उस जल को पी गया।। 30।।

कर्मणस्तस्य पाकेन पुत्रहीनो नृपोऽभवत्।
पूर्वजन्मकृतात्पुण्यात्प्राप्तं राज्यमकण्टकम्।। 31।।

उसी कर्म के फल से राजा पुत्रहीन हुआ है और पूर्वजन्म के पुण्य से अकंटक राज्य उसे मिला है।। 31।।

जना ऊचुः

पुण्यात्पापं क्षयं याति पुराणे श्रूयते मुने।
पुण्योपदेशं कथय येन पापक्षयो भवेत्।। 32।।
यथा भवत्प्रसादेन पुत्रोऽस्य भविता तथा।

लोमश उवाच

श्रावणे शुक्लपक्षे तु पुत्रदानाम विश्रुता।। 33।।

लोगों ने कहा कि, महाराज! पुराणों में सुना करते हैं कि, पुण्य करने से पाप का क्षय होता है। इसलिए किसी पुण्य का उपदेश दीजिए, जिससे राजा के पाप का नाश हो।। 32।। जिससे कि, महाराज की कृपा से राजा के पुत्र उत्पन्न हो। लोमश ने कहा कि, श्रावण शुक्लपक्ष में पुत्रदा नाम की एकादशी तिथि विख्यात है।। 33।।

एकादशीतिथिश्चास्ति कुरुध्वं तद्व्रतं जनाः।
यथाविधि यथान्याय्यं यथोक्तं जागरान्वितम्।। 34।।
तस्याः पुण्यं सुविमलं देयं नृपतये जनाः।
एवं कृते सुनियतं राज्ञः पुत्रो भविष्यति।। 35।।

हे लोगों! तुम लोग उसका विधिपूर्वक ठीक-ठीक शास्त्रोक्त रीति से जागरण के साथ व्रत करो।। 34।। उसका उत्तम पुण्य तुम लोग राजा को दे दो। ऐसा करने पर निश्चय ही राजा के पुत्र होगा।। 35।।

श्रुत्वा तु लोमशवचस्तं प्रणम्य द्विजोत्तमम्।
प्रजग्मुः स्वगृहान् सर्वे हर्षोत्फुल्लविलोचनाः।।

श्रावणं तु समासाद्य स्मृत्वा लोमशभाषितम् ।। 36 ।।

मुनिराज के इन वचनों को सुनकर हर्ष से उछलते हुए, खिले नेत्रोंवाले वे लोग उन्हें प्रणाम करके अपने-अपने घर चले गये। श्रावण के आ जाने पर लोमश के वाक्यों को याद कर।। 36 ।।

राज्ञा सह व्रतं चक्रुः सर्वे श्रद्धासमन्विताः।
द्वादशीदिवसे पुण्यं ददुर्नृपतये जनाः।। 37 ।।
दत्ते पुण्ये तु सा राज्ञी गर्भमाधत्त शोभनम्।
प्राप्ते प्रसवकाले सा सुषुवे पुत्रमूर्जितम्।। 38 ।।

उन सब लोगों ने श्रद्धा के साथ राजासहित व्रत किया और उस एकादशी का पुण्यफल द्वादशी के दिन राजा को दे दिया।। 37 ।। पुण्यदान करने पर उसी समय रानी को सुन्दर गर्भ हुआ और प्रसवकाल के आने पर उसने तेजस्वी पुत्र उत्पन्न किया।। 38 ।

एवमेषा नृपश्रेष्ठ पुत्रदानाम विश्रुता।
कर्तव्या सुखमिच्छद्भिरिह लोके परत्र च। 39 ।।
श्रुत्वा माहात्म्यमेतस्याः सर्वपापैः प्रमुच्यते।
इह पुत्रसुखं प्राप्य परत्र स्वर्गतिं लभेत्।। 40 ।।

इसलिए हे राजन्! इसका पुत्रदा नाम विख्यात है। दोनों लोकों के वास्ते सुखाभिलाषी मनुष्यों को यह करनी ही चाहिए।। 39 ।। इसका माहात्म्य सुन पापों से छूट जाता है, तथा इस जन्म में पुत्रसुख को प्राप्त कर अन्त में स्वर्ग को चला जाता है।। 40 ।।

5.4 पुत्रप्रदाता अभिलाषाष्टक

स्कन्दपुराण काशीखण्ड पूर्वार्द्ध के अध्याय-10 में अभिलाषाष्टक स्तोत्र के विधान का उल्लेख है जिसको सविधि सम्पन्न करने से पुत्र प्राप्त होने में किसी प्रकार का सन्देह नहीं होता है। यह साधना अमोघ और अनुभूत भी है। हमने अनेक निःसन्तान अथवा पुत्रहीन जातकों को अभिलाषाष्टक स्तोत्र का पाठ आदि करने हेतु परामर्श प्रदान किया तथा एक वर्ष के भीतर ही उनका घर पुत्र जन्म की प्रसन्नता से आच्छादित हो उठा।

ऋषि विश्वानर की धर्मपत्नी शुचिष्मती ने अपने पति से प्रार्थना की कि मेरे शिव के समान पुत्र का जन्म हो। यह सुनकर विश्वानर ऋषि कुछ पल के लिए तो कुछ नहीं बोले, फिर उन्होंने कहा 'एवमस्तु' और उन्होंने स्वयं ही 12 मास तक फलाहार, जलाहार और वाय्वाहार के आधार पर घोर तपस्या की। इसके पश्चात् काशी जाकर विकरा देवी तथा सिद्धि-विनायक के समीप चन्द्रकूप में स्नान करके वहीं वीरेश्वर के समीप अभिलाषाष्टक के आठ मन्त्रों से अत्यन्त श्रद्धापूर्वक स्तुति की। जिसके फलस्वरूप भगवान शिव प्रसन्न हो गये तथा कुछ ही दिवस पश्चात् विश्वानर की पत्नी शुचिष्मती गर्भवती हो गयी। कुछ समय पश्चात् उसने शिवसदृश पुत्र गृहपति

(अग्नि) को जन्म दिया। अतः पुत्र की कामना करने वाले पति और पत्नी को चाहिए कि प्रातः शौच-स्नानादि से निवृत्त होकर शिवजी का पूजन करें और इस स्तोत्र का आठ अथवा अट्ठाईस बार पाठ करें। इस प्रकार एक वर्षपर्यन्त पाठ करते रहने से पुत्र की प्राप्ति होती है।

इसका प्रयोग भगवान् शिव की श्रद्धा भक्तिपूर्वक पूजन करके आगे लिखे अभिलाषाष्टक के ग्यारह या इक्कीस पाठ प्रतिदिन के क्रम से करने चाहिए। शास्त्र के वचनानुसार एक वर्ष तक इसका नियमित पाठ करने से अवश्य पुत्र प्राप्ति होती है।

इस स्तोत्र में 22 पद्य हैं। इनमें प्रारम्भ के आठ श्लोक ही अभिलाषाष्टक कहलाते हैं। नौ से पन्द्रह तक चलती आ रही कथा के प्रसंग हैं। शेष सात श्लोक फलश्रुति के हैं। यहाँ यह ध्यान रहे कि जब 11 या 21 पाठ प्रतिदिन करें तो 1 से 8 तक के श्लोकों की ही आवृत्ति 11 या 21 बार करें और अन्तिम आवृत्ति के साथ 8 से 22 तक पाठ करें। काशीखण्ड में इस स्तोत्र की बड़ी महिमा बताई गई है और पूरे 1 वर्ष तक बिना नागा किये नियमित रूप से पाठ करने पर निश्चय ही पुत्रप्राप्ति सम्भव कही गई है।

<u>विश्वानर उवाच</u>

एकं ब्रह्मैवाद्वितीयं समस्तं सत्यं सत्यं नेह नानास्ति किंचित्।
एको रुद्रो न द्वितीयोऽवतस्थे तस्मादेकं त्वां प्रपद्ये महेशम्।।1।।

एकः कर्ता त्वं हि विश्वस्य शंभो नानारूपेष्वेकरूपोस्यरूप।
यद्वत्तपत्यर्क एकोप्यनेकस्तस्मान्नान्यं त्वां विनेशं प्रपद्ये।।2।।

रज्जौ सर्पः शुक्तिकायां च रौप्यं वारांपूरस्तन्मृगाख्ये मरीचौ।
यद्वत् तद्वत् विष्वगेव प्रपंचो, यस्मिन्ज्ञाते तं प्रपद्ये महेशम्।।3।।

तोये शैत्यं दाहकत्वं च वह्नौ, तापो भानौ शीतभानौ प्रसादः।
पुष्पे गन्धो दुग्ध मध्ये च सर्पिः यद्वत् शंभो त्वं ततस्त्वां प्रपद्ये।।4।।

शब्दं गृह्णास्यश्रवास्त्वं हि जिघ्रेः अघ्राणस्त्वं व्यंघ्रिरायासि दूरात्।
व्यक्षः पश्यंस्त्वं रसज्ञोप्यजिह्वः कस्त्वां सम्यग्वेत्यतस्त्वां प्रपद्ये।।5।।

नो वेदस्त्वामीश साक्षाद्धि वेद नो वा विष्णुर्नो विधाताखिलस्य।
नो योगीन्द्राः नेन्द्रमुख्याश्च देवा भक्तो वेद त्वामतस्त्वां प्रपद्ये।।6।।

नो ते गोत्रं नापि जन्मापि नाख्या नोवा शीलं नैव रूपं न देशः।
इत्थं भूतोऽपीश्वरस्त्वं त्रिलोक्याः सर्वान् कामान् पूरयेस्तद्भजे त्वाम्।।7।।

त्वत्तः सर्वं त्वं हि सर्वं स्मरारे त्वं गौरीशस्त्वं च नग्नोतिशान्तः।
त्वं वै वृद्धस्त्वं युवा त्वं च बालःतत्किं यत्त्वं नास्यतस्त्वां नतोस्मि।।8।।

स्तुत्वेति भूमौ निपपात विप्रः, सदण्डवद्यावदतीव हृष्टः।
तावत्स बालोऽखिलवृद्धवृद्धः, प्रोवाच भूदेव वरं वृणीहि।।9।।

तत उत्थाय हृष्टात्मा मुनिर्विश्वानरः कृती।
प्रत्यब्रवीत्किमज्ञातं सर्वज्ञस्य तव प्रभो।।10।।

सर्वान्तरात्मा भगवान् सर्वः सर्वप्रदो भवान्।
यां चां प्रति नियुक्तेऽस्मान् किमीशो दैन्यकारिणीम्।।11।।

इति श्रुत्वा वचस्तस्य देवो विश्वानरस्य ह।
शुचेः शुचिव्रतस्याथ शुचि स्मित्वाऽब्रवीच्छिशुः।।12।।

बाल उवाच-

त्वया शुचे शुचिष्मत्यां योभिलाषः कृतो हृदि।
अचिरेणैव कालेन स भविष्यत्यसंशयः।।13।।

तव पुत्रत्वमेष्यामि शुचिष्मत्यां महामते।
ख्यातो गृहपतिर्नाम्ना शुचिः सर्वामरप्रियः।।14।।

अभिलाष्टकं पुण्यं स्तोत्रमेतत्त्वयेरितम्।
अब्दं त्रिकाल पठनात् कामदं शिवसन्निधौ।।15।।

एतत्स्तोत्रस्य पठनं पुत्रपौत्रधनप्रदम्।
सर्वशान्तिकरं वापि सर्वापत्परिणाशनम्।।16।।

स्वर्गापवर्ग सम्पत्ति कारकं नात्र संशयः।
प्रातरुत्थाय सुस्नातो लिंगमभ्यर्च्य शांभवम्।।17।।

वर्ष जपन्निदं स्तोत्रमपुत्रः पुत्रवान् भवेत्।
वैशाखे कार्तिके माघे विशेषनियमैर्युतः।।18।।

यः पठेत्स्नानसमये लभते सकलं फलम्।
कार्तिकस्य तु मासस्य प्रसादादहमव्ययः।।19।।

तव पुत्रत्वमेष्यामि यस्त्वन्यस्तत्पठिष्यति।
अभिलाषाष्टकमिदं न देयं यस्य कस्यचित्।।20।।
गोपनीयं प्रयत्नेन महावंध्याप्रसूतिकृत्।
स्त्रिया वा पुरुषेणापि नियमाल्लिङ्गसन्निधौ।।21।।
अब्दं जप्तमिदं स्तोत्रं पुत्रदं नात्र संशयः।
इत्युक्त्वान्तर्दधे बालः सोपि विप्रो गृहं गतः।।22।।

फलश्रुति के अनुसार कार्तिक, माघ और बैशाख के महीनों में अनुष्ठानकर्ता शिव की विशिष्ट पूजा तथा अनुष्ठान के नियमों का पालन करे। यह अनुष्ठान वर्ष भर चलने वाला होता है और इतने समय तक चलने वाले अनुष्ठान राजसी कहलाते हैं। निर्दिष्ट मासों को छोड़कर मन में उद्विग्नता होने पर स्त्री समागम किया जा सकता है। भूमि शयन, हविष्यान्न भक्षण, सत्य बोलना आदि नियमों का पालन अनुष्ठानावधि करते रहना चाहिए।

5.5 दैवी आराधना

देवी की आराधना के कई प्रकार हैं विशेष करके दुर्गासप्तशती के पाठ फलदायी होते हैं। इनमें नवचण्डी, शतचण्डी, सहस्रचण्डी और लक्षचण्डी का विधान है। ये एक प्रकार से महायज्ञ हैं और इनका प्रयोग योग्य और कर्मकाण्ड के विधान को जानने वाले ब्राह्मणों से ही कराना चाहिए। इनके विधान शास्त्रों में दिये हैं और स्वतन्त्र रूप से शतचण्डी सहस्रचण्डी आदि विधियों की पुस्तकें उपलब्ध हैं, अतः ग्रन्थ विस्तार के भय से ये प्रयोगविधियाँ यहाँ नहीं दी जा रही हैं। ये पाठ सामान्य रूप से भी होते हैं और विशेष कामना से विशेष मन्त्र द्वारा दुर्गासप्तशती के प्रत्येक मन्त्र को सम्पुटित करके भी किये जाते हैं, सन्तानप्राप्ति के लिए—

1. सर्वाबाधाविनिर्मुक्तो धनधान्यसुतान्वितः।
   मनुष्योमत्प्रसादेन भविष्यति न संशयः।।

2. सर्वमङ्गलमाङ्गल्ये शिवे सर्वार्थसाधिके।
   शरण्ये त्र्यम्बके गौरि नारायणि नमोऽस्तुते।।

3. शरणागतदीनार्तपरित्राणपरायणे।
   सर्वस्यार्तिहरे देवि नारायणि नमोऽस्तुते।।

इन मन्त्रों से सम्पुट पाठ किये जाते हैं। इसके अतिरिक्त एक विशेष प्रयोग है—

दुर्गासप्तशती के प्रत्येक मन्त्र को कामबीज (क्लीं) से संपुटित करके 41 दिन तक प्रतिदिन तीन आवृत्ति पाठ करें, अन्त में सप्तशती मन्त्रों से हवन करें। (सप्तशती के सभी मन्त्रों से हवन नहीं होता।) इस प्रयोग से अवश्य सन्तानप्राप्ति होती है।

संतति प्राप्ति हेतु अनेक अमोघ और अनुभूत साधनाएँ हमारी बहुप्रशंसित एवं लोकप्रिय कृति **'सन्तान सुख : सर्वांग चिन्तन'** में व्याख्यायित है जिनको यहाँ उद्धृत करने की कोई आवश्यकता नहीं है। जिज्ञासु पाठक हमारी इस कृति के अध्ययन-मनन-चिन्तन से अत्यधिक लाभान्वित होंगे, ऐसी ही हमारी मंगल आस्था है। यहाँ पर हम उन्हीं प्रयोगों का उल्लेख कर रहे हैं जिनका उल्लेख 'सन्तान सुख : सर्वांग चिन्तन' में नहीं किया गया है।

अग्रांकित मंत्र को 108 बार जपने से धन तथा सन्तान की प्राप्ति होती है। सौभाग्य एवं बुद्धि की वृद्धि होती है तथा विजय प्राप्त होती है। इस मंत्र का जप प्रतिदिन करना चाहिए। यदि जन्मांग में क्रूरग्रहों का प्रचुर प्रभाव संतति बाधा उत्पन्न कर रहा हो तो एक माला के स्थान पर तीन, पाँच, सात, नौ अथवा ग्यारह माला मंत्र के जप का विधान है। ध्यान रहे कि मंत्र की संख्या का दशांश हवन, हवन का दशांश तर्पण, तर्पण का दशांश मार्जन, मार्जन का दशांश ब्राह्मण भोजन करने पर ही अनुष्ठान का प्रतिफल प्राप्त होता है।

श्लोक- **ज्ञानं यथा त्वयि विभाति कृतावकाशं**
नैवं तथा हरिहरादिषु नायकेषु।
तेजः स्फुरन्मणिषु याति यथामहत्व
नैवं तु काचशकले किरणाकुलेऽपि।

ऋद्धि- **ॐ ह्रीं अर्हंणमो चारणाणं झौं झौं नमः स्वाहा।**

मंत्र- **ॐ श्रां श्रीं श्रूं श्रः शत्रु भय निवारणाय ठः ठः नमः स्वाहा।**
ॐ नमो भगवते पुत्रार्थ सौख्य कुरु कुरु स्वाहा। ह्रीं नमः।

विधाता ने मानवों के कल्याण के लिए यह व्यवस्था की है कि मनुष्य देवताओं की आराधना करें और देवता उनकी कामना पूर्ति करें, इसी से सृष्टि का कल्याण होगा। जैसा कि गीता में कहा है—

देवान् भावयताऽनेन ते देवा भावयन्तु वः।
परस्परं भावयन्तः श्रेयः परमवाप्स्यथ।।

तुम यज्ञादि द्वारा देवताओं का सम्मान करो और देवता सभी कामनाएँ पूरी करके तुम्हारा सम्मान करेंगे। इस प्रकार परस्पर एक दूसरे की भावना का आदर करके दोनों का कल्याण होगा।

यही नियम सन्तानप्राप्ति के लिए भी है। यहाँ यह भी ध्यान रखना चाहिए कि—

न देवा दण्डमादाय रक्षन्ति पशुपालयत्।
यं हि रक्षितुमिच्छन्ति बुद्धय संयोजयन्ति तम्।।

अर्थात् देवता मनुष्यों के रक्षक तो हैं किन्तु जैसे ग्वाला डण्डे से हाँककर पशुओं की

रखवाली करता है, ऐसे वे नहीं करते। वे जिसकी रक्षा करना चाहते हैं उसे सद्बुद्धि देते हैं जिससे वह विचारपूर्वक कार्य कर सके।

स्त्री या पुरुष की कुण्डली में ग्रहों द्वारा सन्तानोत्पत्ति की क्षमता या अक्षमता का ज्ञान हो जाता है, यह आप इसी ग्रन्थ के पिछले पृष्ठों में पढ़ चुके हैं। यदि ज्योतिषी विवेकशील है और हर दृष्टि से विचार कर कहता है तो फल की सत्यता में कोई सन्देह नहीं रह जाता। फिर भी आज विज्ञान का युग है। विज्ञान ने मानव के लिए बहुत से साधन सुलभ कर दिये हैं अतः सन्तानोच्छुक स्त्री-पुरुष के लिये सबसे प्रथम सद्विवेक का कार्य यह है कि वे योग्य चिकित्सक के पास जाकर अपनी परीक्षा करवा लें कि उनमें सन्तानोत्पत्ति की क्षमता है या नहीं। कोई भी उपाय चाहे वह लौकिक हो या दैविक, तभी फल देगा जब उनमें क्षमता होगी किन्तु किसी कारणवश अवरोध हो रहा होगा। यदि क्षेत्र ऊसर है, बीज घुना है तो किसी भी उपाय से फसल नहीं उगेगी। अतः लौकिक उपाय पहले अवश्य कर लें, तब दैविक उपाय का सहारा लें।

दैवी उपाय करने से पूर्व किसी योग्य ज्योतिर्विद द्वारा यह तय कर लें कि सन्तानप्राप्ति में कौन से ग्रह बाधक हैं, उनका उपाय करें तभी फल होगा। जैसे कोई वैद्य यदि ज्वर के रोगी को दस्त की दवा दे तो उसे लाभ के स्थान पर हानि ही होगी। ऐसे ही जो ग्रह है वह जिस देवता से संबद्ध है उसकी आराधना से ही फल मिलेगा। पुस्तक में लिखा कोई भी उपाय करने से ही फल नहीं मिल जाता। हमारे शास्त्रकारों ने इसका स्पष्ट निर्णय किया है जो कभी गलत नहीं होता।

इस सम्बन्ध में जातकालङ्कार के प्रणेता गणेशदैवज्ञ का निम्न पद्य स्मरणीय है—

तत्प्राप्तिर्धर्ममूला तदनु बुधकवी शङ्करस्याभिषेकात्
चन्द्रश्चेत्तद्वदेव त्रिदिवपतिगुरूर्मन्त्रयन्त्रौषधीनाम्।
सिद्ध्या मन्दारसूर्या यदि शिखितमसी तत्र वंशेशपूजा
कार्याऽऽम्नायोक्तरोत्या बुधगुरुनवपाः क्षिप्रमेवात्रसिद्धिः।।

सन्तानप्राप्ति में विलम्ब होने के कारणों का उल्लेख करने के बाद वे कहते हैं— यदि ये कारण हों तो सन्तान की प्राप्ति धर्ममूलक (देवाराधना से) होती है। तब बुध और शुक्र बाधक हों तो शिवजी का अभिषेक (रुद्राभिषेक) करना चाहिये और यदि चन्द्रमा बाधक हो तब भी रुद्राभिषेक ही करें। यदि देवगुरु (बृहस्पति) बाधक हों तो यन्त्र मन्त्र और औषधियों का प्रयोग करना चाहिये। मन्द (शनि), आर (मंगल) और सूर्य बाधक हों तो सिद्धि (दुर्गा) की आराधना करनी चाहिये। यदि राहु केतु बाधक हों तो विधिपूर्वक कुलदेवता की पूजा करनी चाहिये। साथ ही बुध गुरु और नवमेश की भी अनुकूलता का प्रयत्न करें तो शीघ्र फल मिलता है।

इसी प्रकार एक अन्य ग्रन्थकार का मत है—

शुक्रदोषे शिवपूजनात् सुतः शशीज्ययोरौषधयन्त्रमन्त्रतः
अगोः सुते गां शिखिनश्च यच्छतः यमारयोः स्याद् गिरिजासमर्चनात्।

रवेस्तु दोषे हरिवंशसंश्रवात् समेषु सन्तानमुकुन्दवन्दनात्
सुतोद्भवः स्यात् क्षितिजार्कयोर्व्रते कृते विधानान्मदनव्रते ध्रुवम्।।

"बुध और शुक्र के दोष में शिवाराधन, चन्द्रमा और बृहस्पति के दोष में औषधि यन्त्र-मन्त्र का सेवन, राहु या केतु के दोष में गाय का दान, शनि और मंगल का दोष हो तो दुर्गा की आराधना, तथा सूर्य के दोष में हरिवंश का श्रवण करने से पुत्र की प्राप्ति होती है। सन्तानगोपाल की आराधना, मंगल का व्रत, सूर्य का व्रत तथा कामदेव का व्रत ये किसी भी ग्रह के दोषी (सन्तानोत्पत्ति में बाधक) होने पर सन्तानप्राप्ति में सहायक होते हैं।" यह शास्त्रकारों का आदेश है।

5.6 चण्डेश्वर मन्त्र

धन और पुत्र प्राप्ति हेतु चण्डेश्वर मंत्र का अनुष्ठान रुद्रयामल तंत्र से उद्‌धृत है। इस अनुष्ठान से शीघ्र ही परिहारकर्ता का घर-आँगन नन्हे शिशु की किलकारियों से अभिगुंजित हो उठता है। इस अनुष्ठान को विधिवत सम्पन्न करने के पश्चात् पत्नी शीघ्र ही गर्भवती होती है और उत्तम चरित्रवान, भाग्यशाली एवं प्रभावशाली यशस्वी संतान जन्म लेती है।

मन्त्र- **ऊर्ध्व फट्**

जप संख्या- ग्यारह हजार

हवन संख्या- ग्यारह सौ

परिहार क्षेत्र- पुत्र एवं श्री प्राप्ति हेतु

चण्डेश्वरमन्त्रोद्धार -

तन्त्रेषु नास्ति मन्त्रोऽन्य इत्याहुर्मन्त्रवेदिनः।
अर्घीशो वह्निशिखरो लान्तस्थो दान्त ईरितः।।

फडन्तश्चण्डमन्त्रोऽयं त्रिवर्णात्मा समीरितः।
अस्य त्रिको मुनिः प्रोक्तश्छन्दोऽनुब्बुदाहृतम्।।

चण्डमन्त्र का उद्धार- अर्घीश (ऊः), वह्नि शिखा (रेफ है ऊपर में जिसके) लान्त (व), उसमें मिला हुआ दान्त (ध), इसके उपरान्त 'फट्'-यह चण्ड मन्त्र का उद्धार बताया गया है।

इस प्रकार 'ऊर्ध्व फट्' यह तीन वर्ण का चण्ड मन्त्र है। इसके त्रिक् ऋषि हैं, अनुष्टुप् छन्द है और चण्डीश्वर देवता हैं।

चण्डेशो देवता प्रोक्ता कुर्यादङ्गविधिं पुनः।
हृदयं दीप्तं फट् प्रोक्तं ज्वल फट् शिर ईरितम्।।

इस मन्त्र का अंगन्यास इस प्रकार करना चाहिए—'दीप्त फट्' से हृदय का 'ज्वल फट्' से सिर का न्यास करना चाहिए।

शिखा ज्वालामालिनी फट् ज्ञेया फट् कवचं मतम्।
हन फट् नेत्रमाख्यातं सर्वज्वालिनि फट् परम्।
विन्यस्यैवं षडङ्गानि ततो देवं विचिन्तयेत्।।

'ज्वालामालिनी फट्' से शिखा, 'फट्' से कवच का 'हन फट' से नेत्र का, तदनन्तर 'सर्वज्वालिनी फट्' से अस्त्रन्यास करना चाहिए। इस प्रकार षडंगन्यास के अनन्तर चण्डेश्वर देव का ध्यान इस प्रकार करे।

चण्डेश्वरध्यानम्- **चण्डेश्वरं रक्ततनुं त्रिनेत्रं**
रक्तांशुकाढ्यं हृदि भावयामि।।

रक्तवर्ण के शरीर वाले तीन नेत्रों से युक्त रक्तवर्ण का वस्त्र धारण किए हुए चण्डेश्वर का मैं अपने हृदय में ध्यान करता हूँ, जो अपने हाथ में फरसा, त्रिशूल, अक्षमाला और कमण्डलु धारण किए हुए हैं एवं जिनके मस्तक में चन्द्रकला विराजमान है।

टङ्कं त्रिशूलं स्फटिकाक्षमालां
कमण्डुलं बिभ्रतमिन्दुचूडम्।
वर्णलक्षे जपेन्मन्त्रं होमं कुर्याद्दशांशतः।
मधुरत्रयसंयुक्तैर्विशुद्धैस्तिलतण्डुलैः ।।

वर्णलक्ष (तीन लाख) इस मन्त्र का जप करें, पुनः उसका दशांश पय, मधु एवं घृत इन तीन मधुर पदार्थों से मिश्रित शुद्ध किए गए तिल युक्त तण्डुलों से हवन करें।

पुरश्चरणमाह- **पञ्चाक्षरोदिते पीठे चण्डेशं साधु पूजयेत्।**
मूर्तौ बीजेन क्लृप्तायां तत् कूर्मो बिन्दुसंयुतः।।
चण्डेश्वराय हृद् बीजपूर्वः पूजामनुर्मतः।
अङ्गैर्मातृभिराशेषैर्वज्राद्यैरायुधैर्यजेत् ।।

पंचाक्षर में कहे गए पीठ पर चण्डेश्वर की अच्छी तरह पूजा करें। बीज मन्त्र से मूर्ति का संकल्प कर 'च चण्डेश्वराय नमः' से पहले बीज (ऊर्ध्व फट्) लगा कर पूजा करें। इस प्रकार 'ऊर्ध्व फट् चं चण्डेश्वराय नमः' यह उनकी पूजा का मन्त्र है। उसके उपरान्त अंगों की, फिर मातृकाओं की, तदनन्तर लोकपालों की और फिर उनके वज्रादि आयुधों की पूजा करें।

चतुरावरणं प्रोक्तं चण्डेशस्य समर्चने।
इति सिद्धे मनौ मन्त्री धनवान् जायतेऽचिरात्।।

चण्डेश्वर के अर्चन में चार आवरणों द्वारा पूजा का विधान है। इस प्रकार साधक जब चण्ड मन्त्र सिद्ध कर लेता है तो वह शीघ्र ही धनवान हो जाता है।

तर्पयेन्मनुनाऽनेन नित्यमष्टोत्तरं शतम्।
श्रियमाप्नोति महतीं पुत्रमित्रसमन्वितः।।

जो साधक इस मन्त्र से नित्य 108 बार तर्पण करता है वह पुत्र एवं मित्र से समन्वित हो महती श्री प्राप्त करता है।

प्रियङ्गुकुसुमैः फुल्लैस्तत्काष्ठज्वलितेऽनले।
जुहुयादयुतं मन्त्री पुरः क्षोभो प्रजायते।।

फूले हुए प्रियंगु के पुष्पों से एवं प्रियंगु काष्ठ से जलती हुई अग्नि में मन्त्रज्ञ साधक दस हजार आहुति प्रदान करे तो सारा नगर क्षुब्ध हो जाता है।

साध्यवृक्षत्वचो लोणं पिष्ट्वा पिष्टसमन्वितम्।
पुत्तलीं रुचिरां कृत्वा प्रतिष्ठाप्य समीरणम्।।

साध्य नक्षत्र के वृक्ष की छाल और नमक पीस कर चावल की पिट्ठी में मिला दें। तदनन्तर उसकी अत्यन्त सुन्दर पुतली बनावे और उसमें शत्रु की प्राणप्रतिष्ठा करवाए।

छित्त्वा छित्त्वा प्रजुहुयादष्टोत्तरशतं निशि।
सप्ताहमेवं कुर्वीत साध्यो दासो भवेत् स्वयम्।।

रात्रिकाल में 22 पटल में कही गई विधि के अनुसार उस पुतली के अंग को काट-काट कर 108 बार हवन करें। यह क्रिया सात दिन तक निरन्तर करे तो साध्य स्वयं दास हो जाता है।

शैवमन्त्रेषु निष्णातश्चण्डेश्वरमनुं भजेत्।
सर्वान् कामानवाप्नोति परत्रेह च नन्दति।।

शिवमन्त्र से दीक्षित पुरुष चण्डेश्वर मन्त्र का जप करे। इसका तात्पर्य यह है कि जितनी संख्या में चण्डेश्वर मन्त्र का जप करे उतनी ही संख्या में शैव षड्क्षर का भी जप करे तो साधक अपनी समस्त कामनाएँ पूर्ण कर लेता है और इस लोक तथा परलोक में सुखी रहता है।

शिवः स्तुतिः- **धरापोऽग्निमरुद् व्योममखेशेन्द्वर्कमूर्त्तये।**
सर्वभूतान्तरस्थाय शङ्कराय नमो नमः।।

शैव मन्त्रों के प्रतिपादनोपरान्त श्री शिव की स्तुति प्रारम्भ- 1. पृथ्वी, 2. जल, 3. अग्नि, 4. वायु, 5. आकाश, 6. यजमान, 7. सूर्य, और 8. चन्द्ररूप से अष्टमूर्त्ति रूप धारण कर समस्त प्राणियों के अन्तःस्थित भगवान् शंकर को हम बारम्बार प्रणाम करते हैं।

श्रुत्यन्तकृतवासाय श्रुतये श्रुतिजन्मने।
अतीन्द्रियाय महसे शाश्वताय नमो नमः।।

श्रुतियों के सिद्धान्तभूत उपनिषत् में निवास करने वाले, श्रुति का स्वरूप धारण करने वाले तथा श्रुतियों के जन्मदाता, इन्द्रियों से अगोचर, अनिर्वचनीय तेजःस्वरूप सदा शिव को हमारा अनेकों बार प्रणाम।

स्थूलसूक्ष्मविभागाभ्यामनिर्देश्याय शम्भवे।
भवाय भवसम्भूतदुःखहन्त्रे नमोऽस्तु ते।
भवाय भवनात्मने भवो जन्म तद्दुःखहन्त्रे।।

स्थूल एवं सूक्ष्म दोनों प्रकार के विभागों से अनिर्देश्य भव नाम वाले, किन्तु भवसम्भूत क्लेश के विनाशकर्त्ता शम्भु को हमारा प्रणाम है।

तर्कमार्गातिदूराय तपसां फलदायिने।
चतुर्वर्गवदान्याय सर्वज्ञाय नमो नमः।।

तर्क मार्ग से सर्वथा अगम्य, तपस्या का फल प्रदान करने वाले तथा धर्म, अर्थ, काम एवं मोक्ष रूप चारों पुरुषार्थों के फल देने वाले सर्वज्ञ सदा शिव को हमारा नमस्कार है।

आदिमध्यान्तशून्याय निरस्ताशेष भीतये।
योगिध्येयाय महते निर्गुणाय नमो नमः।।

विश्वात्मनेऽविचिन्त्याय विलसच्चन्द्रमौलिने।
कन्दर्पदर्पकालाय कालहन्त्रे नमो नमः।।

आदि, मध्य एवं अन्त से रहित, समस्त भीतियों को विनष्ट करने वाले योगिराजों के एक मात्र ध्येय, महान् एवं निर्गुण रूप सदा शिव को अनेकानेक प्रणाम।

समस्त विश्व के आत्मास्वरूप, इयत्ता से रहित, चन्द्रकला को मस्तक पर धारण करने वाले, कन्दर्प के दर्प के लिए कालस्वरूप एवं अन्तकान्तक सदा शिव को बहु प्रणाम है।

5.7 गणेशाराधना

सर्वमान्य सिद्धान्त है कि किसी भी अनुष्ठान या शुभ कार्य को प्रारम्भ करने से पूर्व गणेशजी की आराधना अनिवार्य है। वे कार्य में उत्पन्न होने वाले विघ्नों के निवारक तो हैं ही साथ ही **"कलौ चण्डीविनायकौ"**। इस नियम के अनुसार कलियुग में प्रत्यक्षफलदायी देवता भी हैं। यद्यपि इनकी पूजा के कई विधान हैं परन्तु सन्तान प्राप्ति के लिए गणपत्यथर्वशीर्ष का पाठ और दूर्वार्चन सद्यःफलदायी होता है। दूर्वा में जैसे प्रत्येक पोर से अंकुर फूटता है ऐसे ही

वह वंशवृद्धि में भी सहायक होती है ऐसी धारणा है। इसीलिए दूर्वा की प्रार्थना इस मन्त्र से की गई है–

काण्डात् काण्डात् प्ररोहन्ती परुषस्परि
एवानो दूर्वे प्रतनु सहस्रेण शतेन च।

"हे दूर्वे! तुम जैसे प्रत्येक पोर से अंकुरित होकर बहुत फैल जाती हो ऐसे ही हमें भी सैकड़ों हजारों के रूप में फैलाओ (हमारी वंशवृद्धि करो)।"

इसलिए गणपति-अथर्वशीर्ष का 1000 आवृत्ति (हवन तर्पण मार्जन निमित्त तद्दशांश का दुगुना=225 अधिक, कुल 1225) पाठ और सवालक्ष दूर्वा से गणेशजी का पूजन करना चाहिए।

किसी भी अनुष्ठान को करने से पूर्व यह विधि जान लेनी चाहिए जो किसी भी पूजा, पाठ, जप, अनुष्ठान में सबसे पहले अनिवार्य है। कोई भी धार्मिक कृत्य आप करें तो प्रारम्भ में पंचदेवताओं को पुष्पांजलि, सूर्यार्घ्यदान, भृतोत्सादन, भूम्युपवेशन, पुनरर्घ्यस्थापन करके तब उस कार्य का सङ्कल्प करें जिसे आप करने जा रहे हैं। इसकी विधि इस प्रकार है– पञ्चदेवताओं में गणेश, विष्णु, शिव, दुर्गा और सूर्य माने जाते हैं, इनकी प्रार्थना करें।

पुष्पाञ्जलि :

सुमुखश्चैकदन्तश्च कपिलो गणकर्णकः।
लम्बोदरश्च विकटो विघ्ननाशो विनायकः।।
धूम्रकेतुर्गणाध्यक्षो भालचन्द्रो गजाननः।
द्वादशैतानि नामानि यः पठेच्छृणुयादपि।।
विद्यारम्भे विवाहे च प्रवेशे निर्गमे तथा।
संग्रामे संकटे चैव विघ्नस्तस्य न जायते।।
श्रीगणाधिपतये नमः।। 1।।

शान्ताकारं भुजगशयनं पद्मनाभं सुरेशम्
विश्वाधारं गगनसदृशं मेघवर्ण शुभाङ्गम्।
लक्ष्मीकान्तं कमलनयनं योगिभिर्ध्यानगम्यं
वन्दे विष्णुं भवभयहरं सर्वलोकैकनाथम्।।
श्रीविष्णवे नमः।। 2।।

ध्यायेन्नित्यं महेशं रजतगिरिनिभं चारुचन्द्रावतंसं
रत्नाकल्पोज्ज्वलाङ्गं परशुमृगवराभीतिहस्तं प्रसन्नम्।
पद्मासीनं समन्तात् स्तुतममरगणैर्व्याघ्रकृत्तिं वसानं

विश्वाद्यं विश्ववन्द्यं निखिलभयहरं पञ्चवक्त्रं त्रिनेत्रम्।।
श्री साम्बसदाशिवाय नमः।।3।।

या चण्डी मधुकैटभप्रमथिनी या माहिषोन्मूलिनी
या धूम्रेक्षणचण्डमुण्डमथिनी या रक्तबीजाशिनी
शक्तिः शुम्भनिशुम्भदैत्यदलिनी या सिद्धिलक्ष्मीःपरा
सा दुर्गा नवकोटिमूर्तिसंहिता मां पातु विश्वेश्वरी।।
श्रीदुर्गायै नमः।। 4।।

(यह आवश्यक नहीं है कि ये ही श्लोक पढ़े जाँय, इन देवताओं के अन्य मन्त्रों से भी पुष्पाञ्जलि दी जा सकती है।)

अर्घ्यस्थापन

भूमि में चन्दन या रोरी से त्रिकोण चतुष्कोण षट्कोण शंखचक्रादि बनाकर उसपर आसन (फूल) रखें, उसपर अर्घ्यपात्र रखें, अर्घपात्र में **'पवित्रे स्थो वैष्णव्यौ सवितुर्वः प्रसव उत्पुनाम्यच्छिद्रेण पवित्रेण सूर्यस्य रश्मिभिः'**। इस मन्त्र से कुशा को पवित्र रखें। **'शन्नोदेवीरभीष्टय आपो भवन्तु पीतये, शंयोरभिस्रवन्तु नः।।'** इस मन्त्र से उसमें जल डालें। प्रार्थना करें–

गंगे च यमुने चैव गोदावरि सरस्वति
नर्मदे सिन्धो कावेरि जलेऽस्मिन् सन्निधिं कुरु।।

(इन सभी पवित्र नदियों का जल इस अर्घपात्र में आ गया है, ऐसी भावना करें।)

गन्ध अक्षत पुष्प उसमें छोड़कर कुशा के पवित्री से उसका जल पूजा सामग्री पर छिड़ककर उसे शुद्ध समझें, फिर प्राणायाम करें।

सूर्यार्घ्यदान—पहले हाथ जोड़कर सूर्य का ध्यान करें—

ध्येयः सदा सवितृमण्डलमध्यवर्ती नारायणः सरसिजासनसन्निविष्टः।
केयूरवान् मकरकुण्डलवान् किरीटी हारी हिरण्मयवपुर्धृतशङ्खचक्रः।।
श्रीसूर्याय नमः

अक्षतों से आवाहन, फूल से आसन और पाद्य (जल) समर्पण कर इस मन्त्र से अर्घ्य दें-

एहि सूर्य सहस्रांशो तेजोराशे जगत्पते
अनुकम्पय मां भक्त्या गृहाणार्घ्य दिवाकर।।

नमोऽस्तु सूर्याय नमोऽस्तु भानवे नमोऽस्तु वैश्वानर जातवेदसे।
ममेदमर्घ्य प्रतिगृह्ण देव देवाधिदेवाय नमो नमस्ते।।

भास्कर देवाय नमः कहकर गन्ध, अक्षत, फूल चढ़ावें। **कर्मसाक्षिणे सवित्रे नमः।।** कहकर प्रणाम करें।

भूतोत्सादन— जौ-सरसों हाथ में लेकर चारों दिशाओं में इस मन्त्र से डालें—

अपसर्पन्तु ते भूता ये भूता भूमिसंस्थिताः
ये भूता विघ्नकर्तारस्ते नश्यन्तु शिवाज्ञया।।
अपक्रामन्तु भूतानि पिशाचाः सर्वतो दिशम्
सर्वेषामविरोधेन पूजाकर्म समारभे।।

पुनः पूर्ववत् अर्धस्थापन करें, पूजा सामग्री का प्रोक्षण करके सङ्कल्प लें। इतना कार्य सभी कर्मों के प्रारम्भ में करें और सङ्कल्प उसका करें, जो कार्य आप करने जा रहे हैं। जैसे गणपत्यथर्वशीर्ष का पाठ व दूर्वा चढ़ानी हो तो उसका सङ्कल्प इस प्रकार होगा—

अद्येह ॐ विष्णुर्विष्णुर्विष्णुः नमः परमात्मने श्रीब्रह्मपुराणपुरुषोत्तमाय अत्र पृथिव्यां जम्बूद्वीपे भरतखण्डे आर्यावर्ते पुण्यक्षेत्रे (जहाँ उस क्षेत्र का उच्चारण करें जहाँ कर्म कर रहे हों)। **ब्रह्मणो द्वितीयपरार्द्धे श्रीश्वेतवाराहकल्पे वैवस्वतनाममन्वन्तरे अष्टाविंशतितमकलियुगस्य प्रथमचरणे बौद्धावतारे षष्ट्यब्दानां मध्ये....नाम संवत्सरे....अयने....ऋतौ....मासे.... पक्षे....वासरान्वितायां....तिथौ....गोत्रोत्पन्नो....नामाऽहं श्रुतिस्मृतिपुराणोक्तफलावाप्तये श्रीगणपतिप्रसादाद् दीर्घायुःपुत्रप्राप्त्यर्थं सहस्रसंख्याकं श्रीगणपत्यथर्वशीर्षपाठं करिष्ये तथा सपादलक्षसंख्यकदूर्वाभिः गणपतेरर्चनं च करिष्ये।**

यदि ब्राह्मण द्वारा पाठ कराना हो तो **"पाठं ब्राह्मणद्वारा कारयिष्ये"** यह संकल्प करके ब्राह्मण का पूजन और वरण करना चाहिए। दूर्वा एक लाख ही चढ़ाई जाती है। किन्तु उसका दशांश 10000 हवन, हवन का दशांश 1000 तर्पण और तर्पण का दशांश 100 मार्जन करना होता है, यदि यह न किया जा सके तो कुल संख्या का दोगुना अर्थात् 11100X2=22200 दूर्वा और चढ़ानी चाहिये। इसलिये 22200 न चढ़ाकर उसे सीधे 25000 करके सवालक्ष चढ़ाते हैं। यही नियम पार्थिवलिङ्गार्चन तथा जप में भी लागू होता है। दूर्वा चढ़ाना और पाठ प्रतिदिन एक नियत संख्या में होना चाहिए। प्रायः 21 दिन में इस अनुष्ठान को पूरा करने का विधान है। अन्तिम दिन गणेशजी का विशेष पूजन करके सुवर्ण की दूर्वा बनाकर उन्हें अर्पित करें और ब्राह्मणों को भोजन कराकर उनका सत्कार करें।

इसका विनियोग नहीं होता क्योंकि ऋषि, छन्द और देवता का उच्चारण मंत्र में ही किया गया है।

न्यास

ॐ गां अङ्गुष्ठाभ्यां नमः। ॐ गीं तर्जनीभ्यां नमः। ॐ गूं मध्यमाभ्यां नमः। ॐ गै अनामिकाभ्यां नमः। ॐ गौं कनिष्ठिकाभ्यां मनः। ॐ गः करतलकरपृष्ठाभ्यां नमः। इति करन्यासः।

ॐ गां हृदयाय नमः। ॐ गीं शिरसे स्वाहा। ॐ गूं शिखायै वषट्। ॐ गैं कवचाय हुम्। ॐ गौं नेत्रत्रयाय वौषट्। ॐ गः अस्त्राय फट्। इति अङ्गन्यासः।

ध्यान

उद्यद्दिनेश्वररुचिं निजपद्महस्तैः पाशाङ्कुशाभयवरान् दधतं गजास्यम्।
रक्ताम्बरं सकलदुःखहरं गणेशं ध्याये प्रसन्नमखिलाभरणाभिरामम्।।

अथ गणपत्यथर्वशीर्ष व्याख्यास्यामः। ॐ नमस्ते गणपतये। त्वमेव प्रत्यक्षं तत्त्वमसि। त्वमेव केवलं कर्तासि। त्वमेव केवलं धर्तासि। त्वमेव केवलं हर्तासि। त्वमेव सर्वं खल्विदं ब्रह्मासि। त्वं साक्षादात्मासि नित्यम्।। 1।। ऋतं वच्मि। सत्यं वच्मि।। 2।। अव त्वं माम्। अव वक्तारम्। अव श्रोतारम्। अव दातारम्। अव धातारम्। अवानूचानम्। अव शिष्यम्। अव पश्चात्तात्। अव पुरस्तात्। अवोत्तरात्तात्। अव दक्षिणात्तात्। अव चोर्ध्वात्तात्। अवाधरात्तात्। सर्वतो मां पाहि पाहि समन्तात्।। 3।। त्वं वाङ्मयस्त्वं चिन्मयः। त्वमानन्दमयस्त्वं ब्रह्ममयः। त्वं सच्चिदानन्दाद्वितीयोऽसि। त्वं प्रत्यक्षं ब्रह्मासि। त्वं ज्ञानमयो विज्ञानमयोऽसि।।4।। सर्वं जगदिदं त्वत्तो जायते। सर्वं जगदिदं त्वत्तस्तिष्ठति। सर्वं जगदिदं त्वयि लयमेष्यति। सर्वं जगदिदं त्वयि प्रत्येति। त्वं भूमिरापोऽनलोऽनिलो नभः। त्वं चत्वारि वाक्पदानि।। 5।। त्वं गुणत्रयातीतः। त्वं देहत्रयातीतः। त्वं कालत्रयातीतः। त्वं मूलाधारस्थितोऽसि नित्यम्। त्वं शक्तित्रयात्मकः त्वां योगिनो ध्यायन्ति नित्यम्। त्वं ब्रह्मा त्वं विष्णुस्त्वं रुद्रस्त्वमिन्द्रस्त्वमग्निस्त्वं वायुस्त्वं सूर्यस्त्वं चन्द्रमास्त्वं ब्रह्मभूर्भुवःस्वरोम्।।6।। गणादिं पूर्वमुच्चार्य वर्णादिं तदनन्तरम्। अनुस्वारः परतरः। अर्धेन्दुलसितम्। तारेण रुद्धम्। एतत्तव मनुस्वरूपम्। गकारः पूर्वरूपम्। अकारो मध्यमरूपम्। अनुस्वारश्चान्त्यरूपम्। बिन्दुरुत्तररूपम्। नादः सन्धानम् सꣳहिता सन्धिः। सैषा गणेशविद्या। गणक ऋषिः। निचृद्गायत्री छन्दः। गणपतिर्देवता। ॐ गं गणपतये नमः।। 7।। एकदन्ताय विद्महे वक्रतुण्डाय धीमहि। तन्नो दन्ती प्रचोदयात्।। 8।।

एकदन्तं चतुर्हस्तं पाशमङ्कुशधारिणम्।
रदं च वरदं हस्तैर्बिभ्राणं मूषकध्वजम्।।

रक्तं लम्बोदरं शूर्पकर्णकं रक्तवाससम्।
रक्तगन्धानुलिप्ताङ्गं रक्तपुष्पैः सुपूजितम्।।
भक्तानुकम्पिनं देवं जगत्कारणमच्युतम्।
आविर्भूतं च सृष्ट्यादौ प्रकृतेः पुरुषात्परम्।।
एवं ध्यायति यो नित्यं स योगी योगिनां वरः।। 9।।

नमो व्रातपतये नमो गणपतये नमः प्रमथपतये नमस्ते अस्तु लम्बोदरार्यकदन्ताय विघ्नविनाशिने शिवसुताय श्रीवरदमूर्तये नमः।।10।। एतदथर्वशीर्ष योऽधीते स ब्रह्मभूयाय कल्पते। स सर्वतः सुखमेधते। स सर्वविघ्नैर्न बाध्यते। स पञ्चमहापापात्प्रमुच्यते। सायमधीयानो दिवसकृतं पापं नाशयति। प्रातरधीयानो रात्रिकृतं पापं नाशयति। सायम्प्रातः प्रयुन्जानो अपापो भवति। सर्वत्राधीयानो अपविघ्नो भवति। धर्मार्थकाममोक्षं च विन्दति। इदमथर्वशीर्षमशिष्याय न देयम्। यो यदि मोहाद्दास्यति स पापीयान् भवति। सहस्रावर्तनात् यं यं काममधीते तं तमनेन साधयेत्।। 11।। अनेन गणपति- मभिषिञ्चति स वाग्मो भवति। चतुर्थ्यामनश्नन् जपति स विद्यावान् भवति। इत्यथर्वणवाक्यम्। ब्रह्माद्याचरणं विद्यात्। न विभेति कदाचनेति।। 12।। यो दूर्वाङ्कुरैर्यजति स वैश्रवणोपमो भवति। यो लाजैर्यजति स यशोवान् भवति स मेघावान भवति। यो मोदकसहस्रेण यजति स वाञ्छितफलमवाप्नोति। यः साज्यसमिद्भिर्यजति स सर्व लभते स सर्व लभते। अष्टौ ब्राह्मणान् सम्यग्ग्राहयित्वा सूर्यवर्चस्वी भवति। सूर्यग्रहे महानद्यां प्रतिमासन्निधौ वा जप्त्वा सिद्धमन्त्रो भवति। महाविघ्नात्प्रमुच्यते। महादोषात्प्रमुच्यते। स महापापात्प्रमुच्यते। सर्वविद्भवति स सर्वविद्भवति। य एवं वेद। इत्युपनिषत्।। 13।।

5.7.1 शक्तिगणेश मन्त्र

"ह्रीं ग्रीं ह्रीं"

यह त्र्यक्षर शक्तिगणेश का मन्त्र है।

विनियोग : अस्य श्री शक्तिगणेशमन्त्रस्य भार्गव ऋषिः विराट् छन्दः शक्तिगणेशो देवता पुत्रप्राप्तिकामनया जपे विनियोगः।

करन्यास : गां अंगुष्ठाभ्यां नमः, गीं तर्जनीभ्यां नमः, गूँ मध्यमाभ्यां नमः, गैं कनिष्ठाभ्यां नमः, गः करतलकरपृष्ठाभ्यां नमः।

षडंगन्यास : गां हृदयाय नमः, गीं शिरसे स्वाहा, गूँ शिखायै वषट्, गैं कवचाय हुम्, गौं नेत्रत्रयाय वौषट्, गः अस्त्राय फट्।

ध्यान : गजेन्द्रवदनं साक्षात् चतुर्वाहुम् सुचामरम्।
हेमवर्णं त्रिनेत्रं च पाशांकुशधरं विभुम्।।
स्वदन्तं दक्षिणे हस्ते बीजपूरं च वामके।
पुष्करे मोदकांश्चैव धारयन्तं त्वनुस्मरेत्।।

अर्थात् हाथी के मुँह वाले, चार हाथ वाले, सोने के रंग के, तीन आँख के, पाश और अँकुश धारण किये हुए, दाहिने हाथ से अपने दाँत को पकड़े हुए, बायें हाथ में बीजपूर लिये, सूँड़ में लड्डू पकड़े हुए चामर ढुलाये जा रहे गणपति का स्मरण करता हूँ।

ध्यान के बाद गणपति का पूजन करें। यह प्रयोग शुभ दिन, शुभ योग जिस शुक्ल पक्ष की चतुर्थी को पड़ रहा हो, प्रारम्भ करना चाहिए। सवा लाख जप करने पर इसका एक पुरश्चरण माना जाता है।

पुरश्चरण करने के बाद स्त्री ऋतुकाल के पश्चात् शुद्ध होकर हल्दी, सेंधा नमक और वच ये तीनों चीजें आधा-आधा तोला लेकर एक कुडव गोमूत्र में खरल करके पीसकर गोली बना ले। इन गोलियों को सामने रखकर उपरिलिखित शक्तिगणेश मन्त्र का एक हजार आठ बार जप करे और प्रातःकाल दूध के साथ ले। इसके पहले स्वादिष्ट भोजन से आठ कुमारियों का पूजन करके भोजन करावे। गुरु को यथाशक्ति भेंट देकर प्रसन्न करे और आशीर्वाद ले। यह प्रयोग (औषधि लेने का) एक ही दिन करना है।

5.7.2 श्रीगणाधिपस्तोत्रम्

सरागिलोकदुर्लभं विरागिलोकपूजितं
सुरासुरैर्नमस्कृतं जरादिमृत्युनाशकम्।
गिरा गुरुं श्रिया हरिं जयन्ति यत्पदार्चका
नमामि तं गणाधिपं कृपापयःपयोनिधिम्।।

गिरीन्द्रजामुखाम्बुजप्रमोददान भास्करं
करीन्द्रवक्त्रमानताघसंघवारणोद्यतम्।
सरीसृपेशबद्धकुक्षिमाश्रयामि संततं
शरीरकान्तिनिर्जिताब्जबन्धुबालसंततिम्।।

शुकादिमौनिवन्दितं गकारवाच्यमक्षरं
प्रकाममिष्टदायिनं सकामनम्रपङ्क्तये।
चकासनं चतुर्भुजैर्विकासिपद्मपूजितं
प्रकाशितात्मतत्त्वकं नमाम्यहं गणाधिपम्।।

नराधिपत्वदायकं स्वरादिलोकदायकं
जरादिरोगवारकं निराकृतासुरव्रजम्।
कराम्बुजैर्धरन्सृणीन् विकारशून्यमानसैर्हृदा
सदा विभावितं मुदा नमामि विघ्नपम्।।

श्रमापनोदनक्षमं समाहितान्तरात्मना
समाधिभिः सदार्चितं क्षमानिधिं गणाधिपम्।
रमाधवादिपूजितं यमान्तकात्मसम्भवं
शमादिषड्गुणप्रदं नमामि तं विभूतये।।

गणाधिपस्य पञ्चकं नृणामभीष्टदायकं
प्रणामपूर्वकं जनाः पठन्ति ये मुदायुताः।
भवन्ति ते विदाम्पुरः प्रगीतवैभवाः
जनाश्चिरायुषोऽधिकश्रियः सुसूनवो न संशयः।।

जो विषयासक्त लोगों के लिए दुर्लभ, विरक्त जनों से पूजित, देवताओं और असुरों से वन्दित तथा जरा आदि मृत्यु के नाशक हैं; जिनके चरणारविन्दों की अर्चना करने वाले भक्त अपनी वाणी द्वारा बृहस्पति को और लक्ष्मी द्वारा श्रीविष्णु को भी जीत लेते हैं; उन दयासागर गणाधिपति को मैं प्रणाम करता हूँ। जो गिरिराजनन्दिनी उमा के मुखारविन्द को प्रमोद प्रदान करने के लिए सूर्यरूप हैं; जिनका मुख गजराज के समान है; जो प्रणतजनों की पापराशि का नाश करने के लिए उद्यत रहते हैं; जिनकी कुक्षि (उदर) नागराज शेष से आवेष्टित है तथा जो अपने शरीर की कान्ति से बालसूर्य की किरणावली को पराजित कर देते हैं, उन गणेशजी की मैं सदा शरण लेता हूँ। शुक आदि मौनावलम्बी महात्मा जिनकी वन्दना करते हैं; जो गकार के वाच्यार्थ, अविनाशी तथा सकामभाव लेकर चरणों में प्रणत होने वाले भक्त-समूहों के लिए मनचाही अभीष्ट वस्तु को देने वाले हैं; चार भुजाएँ जिनकी शोभा बढ़ाती हैं; जो प्रफुल्ल कमल से पूजित होते हैं और आत्मतत्त्व के प्रकाशक हैं, उन गणाधिपति को मैं नमस्कार करता हूँ। जो नरेशत्व प्रदान करने वाले स्वर्गादि लोकों के दाता, जरा आदि रोगों का निवारण करने वाले तथा असुरसमुदाय का संहार करने वाले हैं; जो अपने करारविन्दों द्वारा अङ्कुश धारण करते हैं और निर्विकार चित्तवाले उपासक जिनका सदा ही मन के द्वारा ध्यान रखते हैं, उन विघ्नपति को मैं सानन्द प्रणाम करता हूँ। जो सब प्रकार के श्रम या पीड़ा का निवारण करने में समर्थ हैं; एकाग्रचित्त वाले योगी के द्वारा सदा समाधि से पूजित हैं; क्षमा के सागर और गणों के अधिपति हैं; लक्ष्मीपति

विष्णु आदि देवता जिनकी पूजा करते हैं; जो मृत्युंजय के आत्मज हैं तथा शम आदि छह गुणों के दाता हैं, उन गणेश को मैं ऐश्वर्य प्राप्ति के लिए नमस्कार करता हूँ। यह 'गणाधिपपञ्चकस्तोत्र' मनुष्यों को अभीष्ट वस्तु प्रदान करने वाला है। जो लोग प्रणामपूर्वक प्रसन्नता के लिए इसका पाठ करते हैं, वे विद्वानों के समक्ष अपने वैभव के लिए प्रशंसित होते हैं तथा दीर्घायु, अधिक श्री-सम्पत्ति सम्पन्न तथा सुन्दर पुत्रवाले होते हैं, इसमें संशय नहीं है।

5.7.3 संतानगणपतिस्तोत्र

नमोऽस्तु गणनाथाय सिद्धिबुद्धियुताय च।
सर्वप्रदाय देवाय पुत्रवृद्धिप्रदाय च।।

गुरूदराय गुरवे गोप्त्रे गुह्यासिताय ते।
गोप्याय गोपिताशेषभुवनाय चिदात्मने।।

विश्वमूलाय भव्याय विश्वसृष्टिकराय ते।
नमो नमस्ते सत्याय सत्यपूर्णाय शुण्डिने।।

एकदन्ताय शुद्धाय सुमुखाय नमो नमः।
प्रपन्नजनपालाय प्रणतार्तिविनाशिने।।

शरणं भव देवेश संततिं सुदृढां कुरु।
भविष्यन्ति च ये पुत्रा मत्कुले गणनायक।।

ते सर्वे तव पूजार्थं निरताः स्युर्वरो मतः।
पुत्रप्रदमिदं स्तोत्रं सर्वसिद्धिप्रदायकम्।।

सिद्धि-बुद्धिसहित उन गणनाथ को नमस्कार है, जो पुत्रवृद्धि प्रदान करने वाले तथा सब कुछ देनेवाले देवता हैं। जो भारी पेटवाले (लम्बोदर), गुरु (ज्ञानदाता), गोप्ता (रक्षक), गुह्य (गूढ़स्वरूप) तथा सब ओर से गौर हैं; जिनका स्वरूप और तत्त्व गोपनीय है तथा जो समस्त भुवनों के रक्षक हैं, उन चिदात्मा आप गणपति को नमस्कार है। जो विश्व के मूल कारण, कल्याणस्वरूप, संसार की सृष्टि करने वाले, सत्यरूप, सत्यपूर्ण तथा शुण्डधारी हैं, उन आप गणेश्वर को बारम्बार नमस्कार है। जिनके एक दाँत और सुन्दर मुख है; जो शरणागत भक्तजनों के रक्षक तथा प्रणतजनों की पीड़ा का नाश करनेवाले हैं, उन शुद्धस्वरूप आप गणपति को बारम्बार नमस्कार है। देवेश्वर! आप मेरे लिए शरणदाता हों। मेरी संतान-परम्परा को सुदृढ़ करें। गणनायक! मेरे कुल में जो पुत्र हों, वे सब आपकी पूजा के लिए सदा तत्पर हों- यह वर प्राप्त करना मुझे इष्ट है। यह पुत्रप्रदायक स्तोत्र समस्त सिद्धियों को देनेवाला है।

5.7.4 गणपति स्तोत्र

(श्रीशिवा-शिव द्वारा श्रीगणेश का गुणगान)

श्रीशक्तिशिवावूचतुः

नमस्ते गणनाथाय गणानां पतये नमः।
भक्तिप्रियाय देवेश भक्तेभ्यः सुखदायक।।1।।

स्वानन्दवासिने तुभ्यं सिद्धिबुद्धिवराय च।
नाभिशेषाय देवाय ढुण्ढिराजाय ते नमः।।2।।

वरदाभयहस्ताय नमः परशुधारिणे।
नमस्ते सृणिहस्ताय नाभिशेषाय ते नमः।।3।।

अनामयाय सर्वाय सर्वपूज्याय ते नमः।
सगुणाय नमस्तुभ्यं ब्रह्मणे निर्गुणाय च।।4।।

ब्रह्मभ्यो ब्रह्मदात्रे च गजानन नमोऽस्तु ते।
आदिपूज्याय ज्येष्ठाय ज्येष्ठराजाय ते नमः।।5।।

मात्रे पित्रे च सर्वेषां हेरम्बाय नमो नमः।
अनादये च विघ्नेश विघ्नकर्त्रे नमो नमः।।6।।

विघ्नहर्त्रे स्वभक्तानां लम्बोदर नमोऽस्तु ते।
त्वदीयभक्तियोगेन योगीशाः शान्तिमागताः।।7।।

किं स्तुवो योगरूपं तं प्रणमावश्च विघ्नपम्।
तेन तुष्टो भव स्वामिन्नित्युक्त्वा तं प्रणेमतुः।।
तावुत्थाप्य गणाधीश उवाच तौ महेश्वरौः।।8।।

श्रीगणेश उवाच

भवत्कृतमिदं स्तोत्रं मम भक्तिविवर्धनम्।।9।।

भविष्यति च सौख्यस्य पठते शृण्वते प्रदम्।
भुक्तिमुक्तिप्रदं चैव पुत्रपौत्रादिक तथा।।
धनधान्यादिकं सर्वं लभते तेन निश्चितम्।।10।।

श्रीशक्ति और शिव बोले- भक्तों को सुख देनेवाले देवेश्वर! आप भक्तिप्रिय हैं तथा गणों के अधिपति हैं; आप गणनाथ को नमस्कार है। आप 'स्वानन्दलोक' के वासी और सिद्धि-बुद्धि के प्राणवल्लभ हैं। आपकी नाभि में भूषणरूप से शेषनाग विराजते हैं; आप ढुण्ढिराज देव को नमस्कार है। आपके हाथों में वरद और अभय की मुद्राएँ हैं। आप परशु धारण करते हैं। आपके हाथ में अङ्कुश शोभा पाता हैं और नाभि में नागराज; आपको नमस्कार है। आप रोगरहित, सर्वस्वरूप और सबके पूजनीय हैं; आपको नमस्कार है। आप ही सगुण और निर्गुण ब्रह्म हैं; आपको नमस्कार है। आप ब्राह्मणों को ब्रह्म (वेद एवं ब्रह्म-तत्त्व का ज्ञान) देते हैं; गजानन आपको नमस्कार है। आप प्रथम पूजनीय, ज्येष्ठ (कुमार कार्तिकेय के बड़े भाई) और ज्येष्ठराज हैं; आपको नमस्कार है। सबके माता और पिता आप हेरम्ब को बारंबार नमस्कार है। विघ्नेश्वर! आप अनादि और विघ्नों के भी जनक हैं; आपको बार-बार नमस्कार है। लम्बोदर! आप अपने भक्तों का विघ्न हरण करने वाले हैं; आपको नमस्कार है। योगीश्वरगण आपके भक्तियोग से शान्ति को प्राप्त हुए हैं। योगस्वरूप आपकी हम दोनों क्या स्तुति करें। आप विघ्नराज को हम दोनों प्रणाम करते हैं। स्वामिन्! इस प्रणाममात्र से आप संतुष्ट हों।

ऐसा कहकर शिवा-शिव ने गणेशजी को प्रणाम किया। तब उन दोनों को उठाकर गणाधीश ने कहा—'आप दोनों द्वारा किया गया यह स्तवन मेरी भक्ति को बढ़ाने वाला है। जो इसका पठन और श्रवण करेगा, उसके लिए यह सौख्यप्रद होगा। इसके अतिरिक्त यह भोग और मोक्ष तथा पुत्र और पौत्र आदि को भी देने वाला होगा। मनुष्य इस स्तोत्र के द्वारा धन-धान्य आदि सभी वस्तुएँ निश्चितरूप से प्राप्त कर लेता है।

5.7.5 विनायक स्तोत्र

(भगवान् विष्णु द्वारा गणपति स्तुति)

इदं विष्णुकृतं स्तोत्रं गणेशस्य च यः पठेत्।
सायं प्रातश्च मध्याह्ने भक्तियुक्तः समाहितः।।

तद्विघ्ननिघ्नं कुरुते विघ्नेशः सततं मुने।
वर्द्धते सर्वकल्याणं कल्याणजनकः सदा।।

स्थिरा भवेद् गृहे लक्ष्मीः पुत्रपौत्रविवर्धिनी।
सर्वैश्वर्यमिह प्राप्य ह्यन्ते विष्णुपदं लभेत्।।

फलं चापि च तीर्थानां यज्ञानां यद्भवेद् ध्रुवम्।
महता सर्वदानानां श्रीगणेशप्रसादतः।।

(ब्रह्मवैवर्त्त०, गणपतिखं० 13/52-53, 57-58)

जो मनुष्य एकाग्रचित्त हो भक्तिभाव से प्रातः, मध्याह्न और सायंकाल इस विष्णुकृत गणेशस्तोत्र का सतत पाठ करता है, विघ्नेश्वर उसके समस्त विघ्नों का विनाश कर देते हैं, सदा उसके सब कल्याणों की वृद्धि होती है और वह स्वयं कल्याणजनक हो जाता है। उसके घर में पुत्र-पौत्र को बढ़ाने वाली लक्ष्मी स्थिर रूप से वास करती हैं और वह इस लोक में सम्पूर्ण ऐश्वर्यों का भागी होकर अन्त में विष्णुपद को प्राप्त हो जाता है। तीर्थों, यज्ञों और सम्पूर्ण महादानों से जो फल मिलता है, वह उसे श्रीगणेश की कृपा से प्राप्त हो जाता है– यह ध्रुव सत्य है।

फिर क्षीरोदधिशायी विष्णु शिवप्रिया पार्वती के अजरामर, चराचरपति, भुवनपति, इच्छाशक्तिधर, सर्वात्मा, सर्वदेवतात्मा पुत्र का सविधि पूजन कर भक्तिभाव से उनकी स्तुति करने लगे–

ईश त्वां स्तोतुमिच्छामि ब्रह्मज्योतिः सनातनम्।
निरूपितुमशक्तोऽहमनुरूपमनीहकम् ।।

प्रवरं सर्वदेवानां सिद्धानां योगिनां गुरुम्।
सर्वस्वरूपं सर्वेशं ज्ञानराशिस्वरूपिणम्।।

अव्यक्तमक्षरं नित्यं सत्यमात्मस्वरूपिणम्।
वायुतुल्यातिनिर्लिप्तं चाक्षतं सर्वसाक्षिणम्।।

संसारार्णवपारे च मायापोते सुदुर्लभे।
कर्णधारस्वरूपं च भक्तानुग्रहकारकम्।।

वरं वरेण्यं वरदं वरदानामपीश्वरम्।
सिद्धं सिद्धिस्वरूपं च सिद्धिदं सिद्धिसाधनम्।।

ध्यानातिरिक्त ध्येयं च ध्यानासाध्यं च धार्मिकम्।
धर्मस्वरूपं धर्मज्ञं धर्माधर्मफलप्रदम्।।

बीजं संसारवृक्षाणामङ्कुरं च तदाश्रयम्।
स्त्रीपुंनपुंसकानां च रूपमेतदतीन्द्रियम्।।

सर्वाद्यमग्रपूज्यं च सर्वपूज्यं गुणार्णवम्।
स्वेच्छया सगुणं ब्रह्म निर्गुणं चापि स्वेच्छया।।

स्वयं प्रकृतिरूपं च प्राकृतं प्रकृतेः परम्।
त्वां स्तोतुमक्षमोऽनन्तः सहस्रवदनेन च।।

न क्षमः पञ्चवक्त्रश्च न क्षमश्चतुराननः।
सरस्वती न शक्ता च न शक्तोऽहं तव स्तुतौ।।
न शक्ताश्च चतुर्वेदाः के वा ते वेदवादिनः।।

(ब्रह्मवैवर्त्त०, गणपतिखं० 13/41-50)

'ईश! मैं सनातन ब्रह्मज्योतिःस्वरूप आपका स्तवन करना चाहता हूँ; परन्तु आपके अनुरूप निरूपण करने में मैं सर्वथा असमर्थ हूँ; क्योंकि आप इच्छारहित, सम्पूर्ण देवों में श्रेष्ठ, सिद्धों और योगियों के गुरु, सर्वस्वरूप, सर्वेश्वर, ज्ञानराशिस्वरूप, अव्यक्त, अविनाशी, नित्य, सत्य, आत्मस्वरूप, वायु के समान अत्यन्त निर्लेप, क्षतरहित, सबके साक्षी, संसार-सागर से पार होने के लिए परम दुर्लभ मायारूपी नौका के कर्णधारस्वरूप, भक्तों पर अनुग्रह करने वाले, श्रेष्ठ, वरणीय, वरदाता, वरदानियों के भी ईश्वर, सिद्ध, सिद्धिस्वरूप, सिद्धिदाता, सिद्धि के साधन, ध्यानातीत, ध्येय, ध्यानद्वारा असाध्य, धार्मिक, धर्मस्वरूप, धर्म के ज्ञाता, धर्म और अधर्म का फल प्रदान करने वाले, संसार-वृक्ष के बीज, अंकुर और उमसके आश्रय, स्त्री, पुरुष और नपुंसक के स्वरूप में विराजमान तथा उनकी इन्द्रियों से परे, सबके आदि, अग्रपूज्य, सर्वपूज्य, गुण के सागर, स्वेच्छा से निर्गुण ब्रह्म तथा स्वेच्छा से ही सगुण ब्रह्म का रूप धारण करने वाले, स्वयं प्रकृतिरूप और प्रकृति से परे प्राकृतरूप हैं। शेष अपने सहस्रों मुखों से भी आपकी स्तुति करने में असमर्थ हैं। आपके स्तवन में न पंचमुख महेश्वर समर्थ हैं न चतुर्मुख ब्रह्मा ही; न सरस्वती की शक्ति है न मैं ही आपका स्तवन कर सकता हूँ। और जब चारों वेदों की ही शक्ति नहीं है, तो फिर उन वेदवादियों की तो क्या गणना।' उपर्युक्त स्तुति की ब्रह्मवैवर्त्तपुराण में बड़ी महिमा बतायी गयी है।

5.7.6 एकदन्त शरणागति स्तोत्र

सदात्मरूपं सकलादिभूतममायिनं सोऽहमचिन्त्यबोधम्।
अनादिमध्यान्तविहीनमेकं तमेकदन्तं शरणं व्रजामः।।1।।

देवर्षिगण कहते हैं—जो सदात्मस्वरूप, सबके आदिकरण, मायारहित तथा 'सोऽहमस्मि' वह परमात्मा मैं हूँ - इस अचिन्त्य बोध से सम्पन्न हैं; जिनका आदि, मध्य और अन्त नहीं है, उन एक-अद्वितीय एकदन्तधारी भगवान् गणेश की हम शरण लेते हैं।

अनन्तचिद्रूपमयं गणेशमभेदभेदाहिविहीनमाद्यम्।
हृदि प्रकाशस्य धरं स्वधीस्थं तमेकदन्तं शरणं व्रजामः।।2।।

जो अनन्त चिन्मय हैं; अभेद और भेद आदि से परे हैं; आदि पुरुष हैं और हृदय में ज्ञानमय प्रकाश धारण करते हैं, अपनी बुद्धि में स्थिर हुए उन एकदन्त गणेश की हम शरण लेते हैं।

समाधिसंस्थं हृदि योगिनां यं प्रकाशरूपेण विभातमेतम्।
सदा निरालम्बसमाधिगम्यं तमेकदन्तं शरणं व्रजामः।।3।।

जो सदा समाधिस्थ रहते, योगियों के हृदय में प्रकाशरूप से उद्भासित होते और सदा निरालम्ब समाधि के द्वारा अनुभव में आनेवाले हैं, उन्हीं एकदन्तधारी भगवान् गणेश की हम शरण लेते हैं।

स्वबिम्बभावेन विलासयुक्तां प्रत्यक्षमायां विविधस्वरूपाम्।
स्ववीर्यकं तत्र ददाति यो वै तमेकदन्तं शरणं व्रजामः।।4।।

जो स्वीय बिम्बभाव से विलासशीला, विविधस्वरूपा, प्रत्यक्ष दृश्यरूपा माया है, उसमें जो अपने वीर्य बल का आधान करते हैं, उन एकदन्तधारी भगवान् गणेश की हम शरण लेते हैं।

त्वदीयवीर्येण समर्थभूतस्वमायया संरचितं च विश्वम्।
तुरीयकं ह्यात्मप्रतीतिसंज्ञं तमेकदन्तं शरणं व्रजामः।।5।।

प्रभो! आपके ही वीर्य से-बल-वैभव से सामर्थ्य-शालिनी हुई जो आपकी निजी मायाशक्ति है, उसी के द्वारा इस सम्पूर्ण विश्व की संरचना हुई है। आप जाग्रत्, स्वप्न और सुषुप्ति-इन तीनों अवस्थाओं से परे, आत्मबोधस्वरूप, तुरीय परमात्मा हैं। ऐसे आप एकदन्तधारी भगवान् गणेश की हम शरण लेते हैं।

त्वदीयसत्ताधरमेकदन्तं गुणेश्वरं यं गुणबोधितारम्।
भजन्तमत्यन्तमजं त्रिसंस्थं तमेकदन्तं शरणं व्रजामः।।6।।

भगवन्! आपकी ही सत्ता धारण करने वाले जो एकदन्त हैं, वे तीनों गुणों के स्वामी होते हुए उन गुणों का बोध कराने वाले हैं। वे आप अजन्मा परमेश्वर के अत्यन्त भजन में संलग्न हैं। तीनों लोकों, तीनों गुणों, तीनों अवस्थाओं एवं तीनों देवों में विद्यमान उन एकदन्त गणेश की हम शरण लेते हैं।

ततस्त्वया प्रेरितनादकेन सुषुप्तिसंज्ञं रचितं जगद् वै।
समानरूपं ह्युभयत्रसंस्थं तमेकदन्त शरणं व्रजामः।।7।।

प्रभो! फिर आपके द्वारा प्रेरित नाद ने सुषुप्ति-नामक जगत् की सृष्टि की है। दोनों अवस्थाओं में समानरूप से विराजमान उन आप एकदन्त की हम शरण लेते हैं।

तदेव विश्वं कृपया प्रभूतं द्विभावमादौ तमसा विभान्तम्।
अनेकरूपं च तथैकभूतं तमेकदन्त शरणं व्रजामः।।8।।

वह सुषुप्ति-संज्ञक जगत् ही, जो आदिकाल में तमसे आच्छन्न था, आपकी कृपा से दो रूपों में प्रकट हुआ। जो अनेक रूप होते हुए भी एकरूप हैं, उन भगवान् एकदन्त की हम शरण लेते हैं।

ततस्त्वया प्रेरितकेन सृष्टं बभूव सूक्ष्मं जगदेकसंस्थम्।
सुसात्त्विकं स्वप्नमनन्तमाद्यं तमेकदन्तं शरणं व्रजामः।।9।।

तदनन्तर आपके द्वारा प्रेरित बिन्दु से सूक्ष्म जगत् की सृष्टि हुई, जो एकमात्र आपमें ही स्थित है। जो परम सात्त्विक, स्वप्नमय, अनन्त एवं सबके आदिकारण हैं, उन भगवान् एकदन्त की हम शरण लेते हैं।

तदेव स्वप्नं तपसा गणेश सुसिद्धरूपं विविधं बभूव।
सदैकरूपं कृपया च तेऽद्य तमेकदन्तं शरणं व्रजामः।।10।।

गणेश! वह सूक्ष्म जगत् ही स्वप्न है, जो आपके संकल्पमय तप से सुसिद्धरूप हो विविध भावों में प्रकट हुआ। वह आपकी कृपा से सदा एकरूप में स्थित है। आज हम उन्हीं भगवान् एकदन्त की शरण लेते हैं।

त्वदाज्ञया तेन त्वया हृदिस्थं तथा सुसृष्टं जगदंशरूपम्।
विभिन्नजाग्रन्मयमप्रमेयं तमेकदन्तं शरणं व्रजामः।।11।।

आपकी आज्ञा से क्रियाशील हुए उस स्वप्न के द्वारा आपने ही अपने हृदय में विराजमान जगत् के अंशरूप जगत् की उत्तम सृष्टि की है। वह विभिन्न जाग्रत्कालीन वस्तुओं से उपलक्षित है। हम अप्रमेय शक्तिशाली उन भगवान् एकदन्त की शरण लेते हैं।

तदेव जाग्रद्रजसा विभातं विलोकितं त्वत्कृपया स्मृतेन।
बभूव भिन्नं च सदैकरूपं तमेकदन्तं शरणं व्रजामः।।12।।

वही जाग्रत जगत् रजोगुण से व्यक्त होकर, आपकी कृपा एवं स्मृति से प्रत्यक्ष दिखायी देता है। जो सदा एकरूप होते हुए भी विभिन्न रूपों में प्रकट हुए हैं, उन भगवान् एकदन्त की हम शरण लेते हैं।

सदेव सृष्ट्वाप्रकृतिस्वभावात्तदन्तरे त्वं च विभासि नित्यम्।
धियः प्रदाता गणनाथ एकस्तमेकदन्तं शरणं व्रजामः।।13।।

प्रकृति के स्वभाव से सद्रूप जगत् की ही सृष्टि करके आप उसके भीतर नित्य विराज रहे हैं। एकमात्र गणनाथ ही बुद्धि के दाता हैं। हम उन्हीं भगवान् एकदन्त की शरण लेते हैं।

त्वदाज्ञया भान्ति ग्रहाश्च सर्वे प्रकाशरूपाणि विभान्ति खे वै।
भ्रमन्ति नित्यं स्वविहारकार्यास्तमेकदन्तं शरणं व्रजामः।।14।।

भगवन्! आपकी ही आज्ञा से आकाश में समस्त ग्रह तथा प्रकाशरूप तारे विभासित हो रहे हैं। वे आपके आदेश से ही नित्य अपने विहार-कार्य का सम्पादन करते हुए भ्रमण करते हैं। उन्हीं आप भगवान् एकदन्त की हम शरण लेते हैं।

त्वदाज्ञया सृष्टिकरो विधाता त्वदाज्ञया पालक एकविष्णुः।
त्वदाज्ञया संहरको हरोऽपि तमेकदन्तं शरणं व्रजामः।।15।।

प्रभो! आपकी आज्ञा से विधाता सृष्टि-रचना करते हैं, आपकी आज्ञा से अद्वितीय विष्णु सृष्टि का पालन करते हैं और महादेव जी भी आपकी आज्ञा से ही सबका संहार करते हैं। हम उन्हीं आप भगवान् एकदन्त की शरण लेते हैं।

यदाज्ञया भूमिजलेऽत्र संस्थे यदाज्ञयापः प्रवहन्ति नद्यः।
स्वतीर्थसंस्थश्च कृतः समुद्रस्तमेकदन्तं शरणं व्रजामः।।16।।

जिनकी आज्ञा से यहाँ भूमि और जल स्थित हैं, जिनके आदेश से जलस्वरूपा नदियाँ बहती हैं तथा जिनकी आज्ञा से ही समुद्र अपने तीर्थों की सीमा में विराजमान रहता है, उन भगवान् एकदन्त की हम शरण लेते हैं।

यदाज्ञया देवगणा दिविस्था ददन्ति वै कर्मफलानि नित्यम्।
यदाज्ञया शैलगणाः स्थिरा वै तमेकदन्तं शरणं व्रजामः।।17।।

जिनकी आज्ञा से प्रेरित हो स्वर्गवासी देवता सदा कर्मफल प्रदान करते हैं तथा जिनके आदेश से ही पर्वतों के समूह सुस्थिर रहते हैं, उन भगवान् एकदन्त की हम शरण लेते हैं।

यदाज्ञया शेषधराधरो वै यदाज्ञया मोहप्रदश्च कामः।
यदाज्ञया कालधरोऽर्यमा च तमेकदन्तं शरणं व्रजामः।।18।।

जिनकी आज्ञा से शेषनाग इस पृथ्वी को धारण करते हैं; जिनकी प्रेरणा से कामदेव सबको मोह में डालता है तथा जिनकी आज्ञा से सूर्यदेव कालचक्र धारण करते हैं, उन भगवान् एकदन्त की हम शरण लेते हैं।

यदाज्ञया वाति विभाति वायुर्यदाज्ञयाग्निर्जठरादिसंस्थः।
यदाज्ञयेदं सचराचरं च तमेकदन्तं शरणं व्रजामः।।19।।

जिनकी आज्ञा से वायु प्रवहमान होती है तथा जिनके आदेश से जठरादि स्थानों में स्थित अग्निदेव उद्दीप्त रहते हैं तथा जिनकी प्रेरणा से ही चराचर प्राणियों सहित यह सम्पूर्ण जगत् संचालित होता है, उन भगवान् एकदन्त की हम शरण लेते हैं।

यदन्तरे संस्थितमेकदन्तस्तदाज्ञया सर्वमिदं विभाति।
अनन्तरूपं हृदि बोधकं यस्तमेकदन्तं शरणं व्रजामः।।20।।

सबके अन्तःकरण में भगवान् एकदन्त विराज रहे हैं; उन्हीं की आज्ञा से यह सम्पूर्ण जगत्

विभासित होता है। जिनका रूप अनन्त है, जो सबके हृदय में रहकर बोध उत्पन्न करते हैं, उन भगवान् एकदन्त की हम शरण लेते हैं।

सुयोगिनो योगबलेन साध्यं प्रकुर्वते कः स्तवनेन स्तौति।
अतः प्रणामेन सुसिद्धिदोऽस्तु तमेकदन्तं शरणं व्रजामः।।21।।

जिन्हें उत्तम योगीजन योगबल से साध्य उपलब्ध करते हैं, उनकी स्तोत्रों द्वारा स्तुति कौन कर सकता है। अतः वे प्रणाममात्र से हमारे लिए उत्तम सिद्धिदाता हों। हम उन भगवान् एकदन्त की शरण लेते हैं।

गृत्समद उवाच

एवं स्तुत्वा गणेशानं देवाः समुनयः प्रभुम्।
तूष्णीं भावं प्रपद्यैव ननृतुर्हर्षसंयुताः।।22।।

स तानुवाच प्रीतात्मा देवर्षीणां स्तवेग वै।
एकदन्तो महाभागो देवर्षीन् भक्तवत्सलः।।23।।

गृत्समद बोले—इस प्रकार ऋषि-मुनियों सहित देवता भगवान् गणेश की स्तुति करके मौन हो हर्षोल्लास के साथ नृत्य करने लगे। देवर्षियों द्वारा किये गए स्तवन से प्रसन्नचित्त हो भक्तवत्सल महाभाग एकदन्त ने उनसे कहा-

एकदन्त उवाच

स्तोत्रेणाहं प्रसन्नोऽस्मि सुराः सर्षिगणाः किल।
वरदोऽहं वृणुत वो दास्यामि मनसीप्सितम्।।24।।

एकदन्त बोले—ऋषि और देवताओं! मैं तुम्हारे द्वारा की गयी स्तुति से बहुत प्रसन्न हूँ; वर देने को उद्यत हूँ। अतः माँगो, मैं तुम्हें मनोवांछित वस्तु दूँगा।

भवत्कृतं मदीयं यत् स्तोत्रं प्रीतिप्रदं च तत्।
भविष्यति न संदेहः सर्वसिद्धिप्रदायकम्।।25।।

तुम लोगों के द्वारा जो मेरा स्तवन किया गया है, वह प्रीति प्रदान करने वाला है। इसमें संदेह नहीं कि वह तुम्हारे लिए सम्पूर्ण सिद्धियों को देने वाला होगा।

यं यमिच्छति तं तं वै दास्यामि स्तोत्रपाठतः।
पुत्रपौत्रादिकं सर्वं कलत्रं धनधान्यकम्।।26।।
गजाश्वादिकमत्यन्तं राज्यभोगादिकं ध्रुवम्।
भुक्तिं मुक्तिं च योगं वै लभते शान्तिदायकम्।।27।।

इस स्तोत्र के पाठ से मनुष्य जिस-जिस वस्तु को पाने की इच्छा करता है, वह सब मैं उसे दूँगा। पुत्र-पौत्र आदि, कलत्र, धन-धान्य, हाथी-घोड़े आदि तथा राज्यभोग आदि सब वस्तुएँ उसे निश्चय हव अतिशय मात्रा में प्राप्त होंगी। स्तोत्र-पाठ करने वाला मनुष्य भोग-मोक्ष तथा शान्तिदायक योग भी प्राप्त कर लेगा।

मारणाच्चाटनादीनि राजबन्धादिकं च यत्।
पठतां शृण्वतां नृणां भवेच्च बन्धहीनता।।28।।

मारण, उच्चाटन और मोहन आदि प्रयोग उसके ऊपर सफल न होंगे। राजा के द्वारा बन्धन आदि की प्राप्ति का कष्ट भी दूर हो जायगा। इसका पाठ और श्रवण करने वाले मनुष्य बन्धनहीन हो जाएंगे।

एकविंशतिवारं यः श्लोकानेवैकविंशतीन्।
पठेच्च हृदि मां स्मृत्वा दिनानि त्वेकविंशतिम्।।29।।
न तस्य दुर्लभं किञ्चत् त्रिषु लोकेषु वै भवेत्।
असाध्यं साधयेन्मर्त्यः सर्वत्र विजयी भवेत्।।30।।

जो अपने मन में मेरा चिन्तन करते हुए इन इक्कीस श्लोकों का इक्कीस दिनों तक प्रतिदिन इक्कीस बार पाठ करेगा, उसके लिए तीनों लोकों में कुछ भी दुर्लभ नहीं रहेगा। वह मनुष्य असाध्य कार्य का भी साधन कर लेगा और सर्वत्र विजयी होगा।

नित्यं यः पठति स्तोत्रं ब्रह्मभूतः स वै नरः।
तस्य दर्शनतः सर्वे देवाः पूता भवन्ति च।।31।।

जो प्रतिदिन इस स्तोत्र का पाठ करता है, वह मनुष्य ब्रह्मभूत होता है। उसके दर्शन से समस्त देवता पवित्र हो जाते हैं।

5.7.7 श्रीमच्छंकराचार्यकृत पंचरत्न गणपति स्तोत्र

मुदा करात्तमोदकं सदा विमुक्तिसाधकं
कलाधरावतंसकं विलासिलोकरञ्जकम्।
अनायकैकनायकं विनाशितेभदत्यक
नताशुभाशुनाशकं नमामि तं विनायकम्।।1।।

नतेतरातिभीकरं नवोदितार्कभास्वरं
नमत्सुरारिनिर्जरं नताधिकापदुद्धरम्।
सुरेश्वरं निधीश्वरं गजेश्वरं गणेश्वरं महेश्वरं
तमाश्रये परात्परं निरन्तरम्।।2।।

समस्तलोकशंकरं निरस्तदैत्यकुञ्जरं
दरेतरोदरं वरं वरेभवक्त्रमक्षरम्।
कृपाकरं क्षमाकरं मुदाकरं यशस्करं
नमस्करं नमस्कृतां नमस्करोमि भास्वरम्।।3।।

अकिंचनार्तिमार्जनं चिरंतनोक्तिभाजनं
पुरारिपूर्वनन्दनं सुरारिगर्वचर्वणम्।
प्रपञ्चनाशभीषणं धनंजयादिभूषणं
कपोलदानवारणं भजे पुराणवारणम्।।4।।

नितान्तकान्तदन्तकान्तिमन्तकान्तकात्मज-
मचिन्त्यरूपमन्तहीनमन्तरायकृन्तनम्।
हृदन्तरे निरन्तरं वसन्तमेव योगिनां
तमेकदन्तमेव तं विचिन्तयामि संततम्।।5।।

महागणेशपञ्चरत्नमादरेण योऽन्वहं
प्रगायति प्रभातके हृदि स्मरन् गणेश्वरम्।
अरोगतामदोषतां सुसाहितीं सुपुत्रतां
समाहितायुरष्टभूतिमभ्युपैति सोऽचिरात्।।6।।

जिन्होंने बड़े आनन्द से अपने हाथ में मोदक ले रखे हैं; जो सदा ही मुमुक्षु-जनों की मोक्षाभिलाषा को सिद्ध करने वाले हैं; चन्द्रमा जिनके भालदेश के भूषण हैं; जो भक्तिभाव से विलासित होने वाले लोगों के मन को आनन्दित करते हैं; जिनका कोई नायक या स्वामी नहीं है; जो एकमात्र स्वयं ही सबके नायक हैं; जिन्होंने गजासुर का संहार किया है तथा जो नतमस्तक पुरुषों के अशुभ का तत्काल नाश करते हैं, उन भगवान् विनायक को मैं प्रणाम करता हूँ। जो प्रणत न होने वाले-उद्दण्ड मनुष्यों के लिए अत्यन्त भयंकर है; नवोदित सूर्य के समान अरुण प्रभा से उद्भासित हैं; दैत्य और देवता-सभी जिनके चरणों में शीश झुकाते हैं; जो प्रणत भक्तों का भीषण आपत्तियों से उद्धार करने वाले हैं, उन सुरेश्वर, निधियों के अधिपति, गजेन्द्रशासक, महेश्वर, परात्पर गणेश्वर का मैं निरन्तर आश्रय ग्रहण करता हूँ। जो समस्त लोकों का कल्याण करने वाले हैं; जिन्होंने गजाकार दैत्य का विनाश किया है; जो लम्बोदर, श्रेष्ठ, अविनाशी एवं गजराजवदन हैं; कृपा, क्षमा और आनन्द की निधि हैं; जो यश प्रदान करनेवाले तथा नमनशीलों को मन से सहयोग देनेवाले हैं, उन प्रकाशमान देवता गणेश को मैं प्रणाम करता हूँ। जो अकिंचन-जनों की पीड़ा दूर करनेवाले तथा चिरंतन उक्ति (वेदवाणी) के भाजन (वर्ण्य विषय) हैं; जिन्हें त्रिपुरारि शिव के ज्येष्ठ पुत्र होने का गौरव प्राप्त है; जो देव-शत्रुओं के गर्व को चूर्ण कर देनेवाले हैं;

दृश्य-प्रपंच का संहार करते समय जिनका रूप भीषण हो जाता है; धनंजय आदि नाग जिनके भूषण हैं तथा जो गण्डस्थल दान की धारा बहानेवाले गजेन्द्ररूप हैं, उन पुरातन गजराज गणेश का मैं भजन क़रता हूँ। जिनकी दन्तकान्ति नितान्त कमनीय है; जो अन्तकके अन्तक (मृत्युंजय) शिव के पुत्र हैं; जिनका रूप अचिन्त्य एवं अनन्त है; जो समस्त विघ्नों का उच्छेद करने वाले हैं तथा योगियों के हृदय के भीतर जिनका निरन्तर निवास है, उन एकदन्त गणेश का मैं सदा चिन्तन करता हूँ।

जो मनुष्य प्रतिदिन प्रातःकाल मन-ही-मन गणेश का स्मरण करते हुए इस 'महागणेश-पंचरत्न' का आदरपूर्वक उच्चस्वर से गान करता है, वह शीघ्र हव आरोग्य, निर्दोषता, उत्तम ग्रन्थों एवं सत्पुरुषों का संग, उत्तम पुत्र, दीर्घआयु एवं अष्ट सिद्धियों को प्राप्त कर लेता है।

5.8 वंशवृद्धिकरं वंशकवच

इस स्तोत्र का पाठ करने से संततिहीनता, संततिसुख में रूपान्तरित हो उठती है, यहाँ तक की बन्ध्या युवतियाँ भी गर्भस्थ हो जाती हैं। इस स्तोत्र की अन्तिम पक्तियों में इस रहस्य का उद्घाटन किया गया है। इसके पाठ से सन्तान के गर्भस्थ होने में उत्पन्न होने वाली बाधाओं का विनाश होता है और संतति जन्म का सुख उपलब्ध होता है।

वंशवृद्धि अर्थात् वंशज की प्राप्ति हेतु अनेक महत्त्वपूर्ण स्तोत्र प्रशंसित और चर्चित हैं, इनमें सन्तानगोपाल स्तोत्र, अभिलाष्टक स्तोत्र तथा हरिवंश पुराण आदि सुविख्यात हैं। भगवान कृष्ण की ऐसी अनेक साधनाएँ हैं जिनके अनुसरण से शीघ्र संतति सुख की प्राप्ति होती है और इस मार्ग में उत्पन्न होने वाली अनेक बाधाओं का विनाश होता है। उपयुक्त मुहूर्त्त का विचार भी आवश्यक है जब शुक्लपक्ष में चन्द्रमा पंचमभावगत हो, तथा सूर्य और चन्द्रमा के अंशों में उतनी ही दूरी हो जितना कि जन्म के समय सूर्य और चन्द्रमा के मध्य रही हो तो संतान के गर्भस्थ होने हेतु आत्मीय भाव से दैहिक सान्निध्य सम्पन्न करना चाहिए। परन्तु उससे पूर्व उपरोक्त स्तोत्र का ग्यारह हजार पाठ विधिविधान सहित करना चाहिए। भगवान कृष्ण का षोडशोपचार पूजन करने के पश्चात् वंशज हेतु संकल्प करना चाहिए तदनन्तर वंशवृद्धिकर वंशकवच का पाठ प्रतिदिन करना चाहिए।

श्री गणेशाय नमः

भगवन् देवदेवेश कृपया त्वं जगत्प्रभो।
वंशाख्यकवचं ब्रूहि मह्यं शिष्यायतेऽनघ।
यस्य प्रभावाद्देवेश वंशवृद्धिर्हि जायते।।

सूर्य उवाच

शृणु पुत्र प्रवक्ष्यामि वंशाख्यं कवचं शुभम्।
सन्तान वृद्धिर्हि यत्पाठाद् गर्भरक्षासदानृणाम्।।1।।

वन्ध्यापि लभते पुत्रं काकवन्ध्या सुतैर्युता।
मृतवत्सा सपुत्रा स्यात् स्रवद्गर्भा स्थिरप्रजा।।2।।

अपुत्रा पुष्पिणी यस्य धारणाच्च सुखप्रसूः।
कन्याप्रजा पुत्रिणी स्यादेतत्स्तोत्रप्रभावतः।।3।।

भूत प्रेतादिजाबाधा या बाधा कुलदोषजा।
ग्रह बाधा देव बाधा बाधा शत्रुकृता च या।।4।।

भस्मीभवन्ति सर्वास्ताः कवचस्य प्रभावतः।
सर्वे रोगाः विनश्यन्ति सर्वेबालग्रहाश्च ये।।5।।

पूर्वे रक्षतु वाराही चाग्नेय्याममम्बिका स्वयम्।
दक्षिणे चण्डिका रक्षेन् नैऋत्यां शववाहिनी।।6।।

वाराहीपश्चिमे रक्षेद् वायव्यां च महेश्वरी।
उत्तरेवैष्णवी रक्षेदीशाने सिंहवाहिनी।।7।।

ऊर्ध्वं तु शारदा रक्षेदधो रक्षतु पार्वती।
शाकम्भरी शिरो रक्षेन् मुखं रक्षतु भैरवी।।8।।

कण्ठं रक्षतु चामुण्डा हृदयं रक्षताच्छिवा।
ईशानी च भुजौ रक्षेत् कुक्षिं नाभिं च कालिका।।9।।

अपर्णा ह्युदरं रक्षेत् कटिं वस्तिं शिवप्रिया।
ऊरु रक्षतु कौमारी जया जानुद्वयं तथा।।10।।

गुल्फौपादौ सदा रक्षेद् ब्रह्माणी परमेश्वरी।
सर्वाङ्गानि सदा रक्षेद् दुर्गा दुर्गार्तिनाशिनी।।11।।

नमो देव्यै महादेव्यै दुर्गायै सततं नमः।
पुत्र सौख्यं देहि देहि गर्भरक्षां कुरुष्व नः।।12।।

ॐ ह्रीं ह्रीं ह्रीं श्रीं श्रीं श्रीं ऐं ऐं ऐं महाकाली महालक्ष्मी
महासरस्वती रूपायै नवकोटि मूर्त्यै दुर्गायै नमः।।

ह्रीं ह्रीं ह्रीं दुर्गार्तिनाशिनी सन्तान सौख्यं देहि देहि।
वन्ध्यत्वंमृतवत्सत्वं च हरहर गर्भ रक्षां कुरु कुरु।।
सकलांबाधां कुलजां वाह्यजां
कृतामकृतां च नाशय नाशय
सर्वगात्राणि रक्ष गर्भं पोषय
पोषय सर्वोपद्रवं शोषय-शोषय स्वाहा।
सर्वत्रसदाशांतिं सुसमृद्धिं कुरु कुरु स्वाहा।।

अनेनकवचेनाङ्ग ! सप्तवाराभिमन्त्रितम्।
ऋतुस्नाता जलंपीत्वा भवेद् गर्भवती ध्रुवम्।।13।।

गर्भपातभये पीत्वा दृढ़गर्भा प्रजायते।

अनेनकवचेनाथ मार्जितायां निशागमे।।14।।

सर्वबाधाविनिर्मुक्ता गर्भिणी स्यान्न संशयः।
अनेनकवचेनेह ग्रन्थितं रक्त दोरकम्।।15।।

कटिदेशे धारयन्ती सुपुत्रसुख भागिनी।
असूत पुत्रमिन्द्राणी जयन्तं यत्प्रभावतः।।16।।

गुरूपदिष्टं वंशाख्यं कवचं तदिदंसखे।
गुह्याद् गुह्यतरं चेदं न प्रकाश्यं हि सर्वतः।।
धारणात् पठनादस्य वंशच्छेदो न जायते।।17।।

बालाविनश्यन्ति पतन्ति गर्भास्तत्राबलाकष्ट युताश्च बन्ध्याः।
बालग्रहैर्भूतगणैश्च रोगैर्न यत्र धर्माचरणं गृहे स्यात्।।18।।

5.8.1 लक्ष्मीनारायण वज्रपंजर कवच

लक्ष्मीनारायण वज्रपंजर कवच का पाठ करने से सभी प्रकार के शुभफल प्राप्त होते हैं तथा चतुष्टय पुरुषार्थ का अभ्युदय होता है, सभी प्रकार का सौभाग्य प्राप्त होता है। इस स्तोत्र का पाठ करने से लक्ष्मीनारायण की सभी प्रकार की कृपा का संचार होता है।

इस स्तोत्र का 10 दिन और 10 रात पर्यन्त पाठ करने से स्वप्न में लक्ष्मी देवी के दर्शन होते हैं। यदि तीन दिन सायंकाल लक्ष्मीनारायणवज्रपंजर कवच का पाठ करने से मुख से निकली वाणी सिद्ध होती है। साधक आनन्दपूर्वक जीवन व्यतीत करता हुआ मोक्षगति प्राप्त करता है,

जो इस स्तोत्र का नित्य पाठ करता है, उससे युद्ध में शत्रु पराजित होता है तथा परिवार में समस्त गृहजनों का कल्याण होता है। बन्ध्या स्त्री, काकबन्ध्या स्त्री, मृतबत्सा स्त्री के परिवार में संततिसुख की संरचना होती है तथा चिरायु पुत्र का जन्म होतां है। इस कवच का सवालाख पुरश्चरण करने से ऐसी कोई मनोकामना नहीं है जो पूरी न होती हो। इस स्तोत्र का पाठ करने वाला साधक लक्ष्मीनारायण को अत्यधिक प्रिय होता है परन्तु इस स्तोत्र का पाठ करने वाले साधक को इसे गुप्त रखना चाहिए। लक्ष्मीनारायण भगवान का षोडशोपचार पूजन करके संकल्प आदि लेकर पूरी तनमयता के साथ उपरोक्त स्तोत्र का पाठ करने से साधक की समस्त मनोकामनाएँ साकार स्वरूप ग्रहण करती है।

श्रीभैरवउवाच

अधुना देवी! वक्ष्यामि लक्ष्मीनारायणस्य ते।
कवचं मंत्रगर्भं च वज्रपञ्जरकाख्यया।।1।।

श्रीवज्रपञ्जरं नाम कवचं परमाद्भुतम्।
रहस्यं सर्वदेवानां साधकानां विशेषतः।।2।।

यं धृत्वा भगवान् देवः प्रसीदति परः पुमान्।
यस्य धारण मात्रेण ब्रह्मालोक पितामहः।।3।।

ईश्वरोऽहं शिवो भीमो वासवोऽपि दिवस्पतिः।
सूर्यस्तेजोनिधिर्देवि! चन्द्रमास्तारकेश्वरः।।4।।

वायुश्च बलवांल्लोके वरुणो यादसांपतिः।
कुबेरोऽपि धनाध्यक्षो धर्मराजो यमः स्मृतः।।5।।

यं धृत्वा सहसा विष्णुः संहरिष्यति दानवान्।
जघान रावणादींश्च किं वक्ष्येऽहमतः परम्।।6।।

कवचस्यास्य सुभगे! कथितोऽयं मुनिः शिवः।
त्रिष्टुप् छन्दो देवता च लक्ष्मीनारायणो मतः।।7।।

रमा बीजं परा शक्तिस्तारं कीलकमीश्वरि!।
भोगापवर्ग सिद्ध्यर्थं विनियोग इति स्मृतः।।8।।

विनियोगः- ॐ अस्य श्रीलक्ष्मीनारायणकवचस्य शिवऋषिः, त्रिष्टुप् छन्दः, श्रीलक्ष्मीनारायण देवता, श्रीं बीजं, ह्रीं शक्तिः, ॐ कीलकं, भोगापवर्ग-सिद्ध्यर्थं कवच पाठे विनियोगः।

ऋष्यादिन्यासः- श्रीशिव ऋषये नमः शिरसि, त्रिष्टुपू छन्दसे नमः मुखे, श्रीलक्ष्मी-नारायण देवतायै नमः हृदि, श्रीं बीजाय नमः गुह्ये, ह्रीं शक्तये नमः नाभौ, ॐ कीलकाय नमः पादयोः, भोगापवर्ग-सिद्ध्यर्थं कवच-पाठे विनियोगाय नमः अञ्जलौ।

ध्यान

पूर्णेन्दु-वदनं पीतवसनं कमलासनम्।
लक्ष्म्याश्रितं चतुर्बाहुं लक्ष्मीनारायणं भजे।।

कवच

ॐ वासुदेवोऽवतु मे मस्तकं सशिरोरुहम्।
ह्रीं ललाटं सदा पातु लक्ष्मीविष्णुः समन्ततः।।1।।

हसौः नेत्रेऽवताल्लक्ष्मी-गोविन्दो जगतां पतिः।
ह्रीं नासां सर्वदा पातु लक्ष्मीदामोदरः प्रभुः।।2।।

श्रीं मुखं सततं पातु देवो लक्ष्मीत्रिविक्रमः।
लक्ष्मी कण्ठं सदापातु देवो लक्ष्मीजनार्दनः।।3।।

नारायणाय बाहू मे पातु लक्ष्मीगदाग्रजः।
नमः पार्श्वौ सदा पातु लक्ष्मीनन्दैकनन्दनः।।4।।

अं आं इं ईं पातु वक्षो लक्ष्मीत्रिपुरेश्वरः।
उं ऊं ऋं ॠं पातु कुक्षिं ह्रीं लक्ष्मीगरुड़ध्वजः।।5।।

लृं लॄं एं ऐं पातु पृष्ठं हसौः लक्ष्मीनृसिंहकः।
ॐ ॐ अं अः पातु नाभिं ह्रीं लक्ष्मीविष्टरश्रवः।।6।।

कं खं गं घं गुदं पातु श्रीं लक्ष्मीकैटमान्तकः।
चं छं जं झं पातु शिश्नं लक्ष्मी लक्ष्मीश्वरः प्रभुः।।7।।

टं ठं डं ढं कटिं पातु नारायणाय नायकः।
तं थं दं धं पातु चोरू नमो लक्ष्मीजगत्पतिः।।8।।

पं फं बं भं पातु जानू ॐ ह्रीं लक्ष्मीचतुर्भुजः।
यं रं लं वं पातु जङ्घे हसौः लक्ष्मीगदाधरः।।9।।

शं षं सं हं पातु गुल्फौ ह्रीं श्रीं लक्ष्मीरथाङ्गभृत्।
ळं क्षः पादौ सदा पातु मूलं लक्ष्मीसहस्रपात्।।10।।

डं ञं णं नं मं मे पातु लक्ष्मीशः सकलं वपुः।
इन्दो मां पूर्वतः पातु वह्निर्वह्नौ सदाऽवतु।।11।।

यमो मां दक्षिणे पातु नैर्ऋत्यां निर्ऋतिश्च माम्।
वरुणः पश्चिमेऽव्यान्मां वायव्येऽवतु मां मरुत्।।12।।

उत्तरे धनद पायादैशान्यामीश्वरोऽवतु।
वज्र-शक्ति-दण्ड-खड्ग-पाश-यष्टि-ध्वजाङ्किताः।।13।।

सशूलाः सर्वदा पान्तु दिगीशाः परमार्थदाः।
अनन्तः पात्वधो नित्यमूर्ध्वे ब्रह्मावताच्च माम्।।14।।

दशदिक्षु सदा पातु लक्ष्मीनारायणः प्रभुः।
प्रभाते पातु मां विष्णुर्मध्याह्ने वासुदेवकः।।15।।

दामोदरोऽवतात् सायं निशादौ नरसिंहकः।
सङ्कर्षणोऽर्धरात्रेऽव्यात् प्रभातेऽव्यात् त्रिविक्रमः।।16।।

अनिरुद्धः सर्वकालं विश्वक्सेनश्च सर्वतः।
रणे राजकुले द्युते विवादे शत्रुसङ्कटे।
ॐ ह्रीं हसौः ह्रीं श्रीं मूलं लक्ष्मीनारायणोऽवतु।।17।।

ॐॐॐ रण-राज-चौर-रिपुतः पायाच्च मां केशवः,
ह्रीं ह्रीं ह्रीं ह ह हा हसौः ह स ह सौ वह्नेर्वतान्माधवः।
ह्रीं ह्रीं ह्रीं जल-पर्वताग्र-भयतः पायादनन्तो विभुः,
श्रींश्रींश्रीं श श शा ल लं प्रतिदिनं लक्ष्मीधवः पातु माम्॥ 18॥

फलश्रुति

इतीदं कवचंदिव्यं वज्रपञ्जरकाभिधम्।
लक्ष्मीनारायणस्येष्टं चतुवर्ग - फलप्रदम्।।1।।

सर्वसौभाग्य निलयं सर्वसारस्वतप्रदम्।
लक्ष्मीसंवननं तत्त्वं परमार्थ रसायनम्।।2।।

मन्त्रगर्भं जगत्सारं रहस्यं त्रिदिवौकसाम्।
दशवारं पठेद्रात्रौ रतान्ते वैष्णवोत्तमः।।3।।

स्वप्ने वरप्रदं पश्येल्लक्ष्मीनारायणं सुधीः।
त्रिसन्ध्यं यः पठेन्नित्यं कवचं मन्मुखोदितम्।।4।।

स याति परमंधाम वैष्णवं वैष्णवोत्तमः।
महाचीन-पदस्थोऽपि यः पठेदात्म-चिन्तकः।।5।।

आनन्दपूरितस्तूर्णं लभेद् मोक्षं स साधकः।
गन्धाष्टकेन विलिखेद्रवौ भूर्जे जपन्मनुम्।।6।।

पीतसूत्रेण संवेष्ट्य सौवर्णेनाथ वेष्टयेत्।
धारयेद्-गुटिकां मूर्ध्नि लक्ष्मीनारायणं स्मरन्।।7।।

रणे रिपून् विजित्याशु कल्याणी गृहमाविशेत्।
वन्ध्या वा काकवन्ध्या वा मृतवत्सा च याङ्गना।।8।।

सा बध्नीयात् कण्ठदेशे लभेत् पुत्रांश्चिरायुषः।
गुरुपदेशतो धृत्वा गुरुं ध्यात्वा मनुं जपन्।।9।।

वर्णलक्ष पुरश्चर्या फलमाप्नोति साधकः।
बहुनोक्तेन किं देवि! कवचस्यास्य पार्वति!।।10।।

विनानेन न सिद्धिः स्यान्मन्त्रस्यास्य महेश्वरि!।
सर्वागम रहस्याढ्यं तत्त्वात् तत्त्वं परात् परम्।।11।।

अभक्ताय न दातव्यं कुचैलाय दुरात्मने।
दीक्षिताय कुलीनाय स्वशिष्याय महात्मने।।12।।

महाचीन पदस्थाय दातव्यं कवचोत्तमम्।
गुह्यं गोप्यं महादेवी! लक्ष्मीनारायण-प्रियम्।
वज्रपञ्जरकं वर्म गोपनीयं स्वयोनिवत्।।13।।

5.8.2 त्रैलोक्य विजयाक्षय कवच

पादौ रक्षतु गोविन्दो जङ्घे पातु जगत्प्रभुः।
इस द्वौ केशवः पातु कटी दामोदरस्ततः।।
वदनं श्रीहरिः पातु नाड़ी देशं च मेच्युत।
वामपार्श्वं तथा विष्णु र्दक्षिणं च सुदर्शन।।

बाहुमूले वासुदेवो हृदयं च जनार्दनः।
कण्ठं पातु वराहश्च कृष्णश्च मुखमण्डलम्।।
कर्णौ मे राघवः पातु हृषीकेशश्च नासिके।
नेत्रे नारायणः पातु ललाटं गरुडध्वजः।।

कपोलं केशवः पातु चक्र पाणिः शिरस्तथा।
प्रभाते माधवः पातु मध्यो मधुसूदनः।।
दिनान्ते दैत्यनाशश्च रात्रौ रक्षतु चन्द्रमाः।
पूर्वस्यां पुण्डरीकाक्षो वायव्यां च जनार्दनः।।

वक्तव्य- कवच का अर्थ होता है—रक्षाकर-उपकरण। यह भी कवच ही है किन्तु इसकी फलश्रुति में सन्तान लाभ का उल्लेख है इसके अतिरिक्त इसमें जिन नामों का परिगणन किया गया है उनमें वंशवृद्धि का गुण भी है और पापनाश का सामर्थ्य भी। रक्षा का अर्थ केवल रक्षा करना ही नहीं है, स्वस्थ और सामर्थ्य रखना भी उसी का गुण है इसलिए एक ओर पापंनाश दूसरी ओर स्वस्थ समर्थ बनना—यह हो जाने के बाद सन्तान प्राप्ति निश्चित होती है।

विधि- भाद्रपद कृष्णा अष्टमी से यह अनुष्ठान प्रारंभ किया जाय। इस दिन उपवास रहकर भगवान् कृष्ण का स्मरण करते हुए रात्रि के समय यह प्रयोग प्रारंभ किया जाय। बाल मुकुन्द का चित्र लाकर उसे फ्रेम में मंढा कर स्थापित कर ले। पंचोपचार से पूजन कर उस स्थान को इस तरह सजा ले तथा मन में ऐसा विश्वास और उल्लास प्रवहित कर ले जैसे आज घर में कृष्ण आ रहे हैं उस समय यह भूल जाय कि सन्तान प्राप्ति के निमित्त वह अनुष्ठान कर रहा है ऐसी साज-सज्जा करके ऊपर लिखे छ पदयों को भोजपत्र पर स्याही से लिख पहले से तैयार कर ले और श्रीकृष्ण के चित्र के पास रख कर इस भावना से ले ले जैसे यह कवच भगवान् दे रहे हैं और वह ले रहा है अथवा यह विधि भगवान् शिव के मन्दिर में जाकर सम्पन्न कर ले। ऐसा करना उन लोगों के लिए आवश्यक है जिनके गुरु नहीं हैं सगुरु व्यक्ति अपने गुरु के पास जाकर उनसे विधिवत् ले आयें।

विनियोग- अस्य श्री त्रैलोक्य विजयाक्षयकवचस्य प्रजापतिः ऋषिः अनुष्टुप् छन्दः श्री नारायणः परमात्मा देवता सन्तान प्राप्ति कामनया जपे विनियोगः।

न्यास- प्रजापति ऋषये नमः शिरसि, अनुष्टुप् छन्दसे नमः मुखे, श्रीनारायणपरमात्म देवतायै नमः हृदये, विनियोगाय नमः सर्वांगे।

ध्यान- करारविन्देन पदारविन्दं मुखारविन्दे विनिवेशयन्तम्।
वटस्य पत्रस्य पुटे शयानं बालं मुकुन्दं मनसा स्मरामि।।

इसका अर्थ स्पष्ट है। इसी तरह का चित्र लाना है जिसमें बालमुकुन्द वर के पत्ते पर लेटे हुए पैर का अँगूठा चूस रहे हैं।

इस कवच को दो भोज-पत्रों पर लिखकर चित्र के पास रख ले तथा इनका भी पूजन करता रहे। नित्य इक्यावन पाठ श्रद्धा भक्तिपूर्वक करे। छः महीने में दस हजार पाठ हो जाते हैं। पाठ समाप्ति पर यथाशक्ति हवन ब्राह्मण भोजन कराकर पुरश्चरण की पूर्णाहुति कर दे। पाठ तो इसके बाद भी करता रहे, जब तक बालक न हो जाय और वह कम से कम एक वर्ष का न हो जाय, ग्यारह पाठ करता रहे। पूर्णाहुति के बाद उन लिखित पत्रों को पुरुष अपने दाहिने हाथ में और स्त्री बाँये हाथ में बाँध ले अथवा दोनों ही किसी पैंडेट में रखकर गले में धारण कर ले।

5.8.3 पुत्रप्रद तुलसी कवच

तुलसी श्री महादेवी नमः पंकजधारिणी।
शिरो मे तुलसी पातु भालं पातु यशस्विनी।।1।।

दृशौ मे पानयना श्रीसखी श्रवणे मम।
घ्राणं पातु सुगन्धावै मुखं च सुमुखी मम।।2।।

जिह्वां मे पातु शुभदा कण्ठं विदयामयी मम।
स्कन्धौ कह्लारिणी पातु हृदयं विष्णुवल्लभा।।3।।

पुण्यदा पातु में मध्यं नाभिं सौभाग्यदायिनी।
कटिं कुण्डलिनी पातु उरू नारद वन्दिता।।4।।

जननी जानुनी पातु जंघे सकलवन्दिता।
नारायण प्रिया पादौ सर्वाङ्ग सर्व रक्षिणी।।5।।

संकटे विषमे दुर्गे भये वादे महाहवे।
नित्यं हि संध्ययोः पातु तुलसी सर्वतः सदा।।6।।

विनियोगः- अस्य श्री तुलसी कवच स्तोत्र मन्त्रस्य श्री महादेव ऋषिः अनुष्टुप् छन्दः श्री तुलसी देवता ममाभीष्ट प्राप्तये जपे विनियोगः।

न्यासः- महादेव ऋषये नमः, अनुष्टुप् छन्दसे नमः मुखे, तुलसी देवतायै नमः हृदये विनियोगाय नमः सर्वाङ्गे।

ध्यानः- **नमस्तुलसि सर्वज्ञे पुरुषोत्तम वल्लभे।**
पाहि मां सर्वपापेभ्यः सर्व सम्पत्प्रदायिके।।

विधि- कार्तिक मास में गृहस्थ व्यक्ति मिट्टी के गमले में शुद्ध मिट्टी भर कर उसमें खाद आदि डाल कर तुलसी का पौधा लगा दे। नित्य धूप-दीप नैवेद्यादि से उसका पूजन करे। संध्या समय भी दीपक अगरबत्ती कर दिया करे, ध्यान के पश्चात् पूजन और पूजन के अनन्तर जप करे। जप तुलसी की माला से करना है। ऊपर लिखा कवच यद्यपि मन्त्र नहीं है तो भी उसकी गणना के लिए तुलसी की माला का प्रयोग करना चाहिए। तुलसी की माला गले में धारण करने में कोई आपत्ति नहीं है। कार्तिक मास पुरुषोत्तम मास कहलाता है। इसलिए पूरे माह इक्यावन बार प्रतिदिन के क्रम से ऊपर लिखे छः श्लोकों के पाठ करके कार्तिक शुक्ल पूर्णिमा के दिन दशांश हवन व ब्राह्मण भोजन करके इस प्रयोग की पूर्णाहुति कर दे किन्तु प्रातः सायं तुलसी का पूजन और इस कवच के ग्यारह पाठ कामनापूर्ति पर्यन्त करता रहे।

एक मास तक यह पुरश्चरण करने के बाद साधक एक टहनी तुलसी की लेकर इस स्तोत्र का पाठ करता हुआ उसका मार्जन करता रहे।

विशेषः- तुलसी विष्णुप्रिया कही जाती है। श्रीभगवान् के चरणामृत में तुलसी दल का अत्यधिक महत्त्व माना गया है। तुलसी, पीपल और आँवला जैसे वृक्ष भारत भूमि को प्रकृति द्वारा दिये गये वरदान हैं। ये अन्यत्र नहीं मिलते इनका आयुर्वेद शास्त्रीय और वैज्ञानिक महत्त्व जानना अभी शेष है। हमने तो इसे व्यक्ति के दैहिक व मानसिक स्वास्थ्य के लिए अति आवश्यक मानकर धार्मिक स्तर पर मान्यता दे दी है। विष्णु और शालिग्राम के साथ इसे जोड़कर प्रणम्य भी बना दिया है और जीवन का अंग भी। कहा जाता है कि जिस घर में तुलसी होती हैं, उस पर वज्रपात नहीं होता। मरणासन्न व्यक्ति को तुलसीदल और गंगाजल देने की परम्परा आज भी है।

5.8.4 संतति सुख कवच

यह यन्त्र उन युवतियों के लिए लाभप्रद है जो सन्तानसुख से वंचित हैं। इस यन्त्र को धारण करने से उन्हें सन्तान-सुख प्राप्त होता है। पति-सुख तथा सौभाग्य-सुख में भी यह यन्त्र वृद्धि करता है। इसके प्रभाव से युवती का दाम्पत्य और पारिवारिक जीवन सुख-शान्ति से सम्पन्न हो जाता है।

इस यन्त्र को भोजपत्र पर गोरोचन एवं कुंकुम से अनुकूल मुहूर्त तथा शुभ लग्न में लिखना चाहिए। अनार की कलम का प्रयोग किया जाता है। यन्त्र तैयार हो जाने पर तीन दिन तक उसकी विधिपूर्वक स्थापना, मन्त्रजप और आराधना करनी चाहिए। तीसरे दिन एक ब्राह्मण दम्पति को भोजन कराकर दक्षिणा दे और इस मन्त्र को जपते हुए उनका स्तवन करे- **'लोकेशः**

प्रियताम'। आराधना के तीन दिनों में उसके उपरान्त भी यन्त्र को पुष्प, धूप, दीप देने के पश्चात् इस मन्त्र को जपना चाहिए। 108 दाने की माला होती है। यथासम्भव अधिकतम जप प्रतिदिन करते रहने से विशेष फल प्राप्त होता है। पूजा के तीन दिनों में कम-से-कम 11-11 माला नित्य तथा उसके बाद भी कम-से-कम एक माला अवश्य जपते रहना चाहिए।

सुख, सौभाग्य और सन्तान-प्राप्ति के लिए कोई भी युवती यह यन्त्र-साधना कर सकती है। जिन्हें असुविधा हो वे पति द्वारा यह अनुष्ठान करा सकती हैं। ब्राह्मण दम्पति को भोजन-दक्षिणा देकर सादर विदा करने के पश्चात् उपर्युक्त मन्त्र जपते हुए, युवती को यह यन्त्र गले में पहन लेना चाहिए।

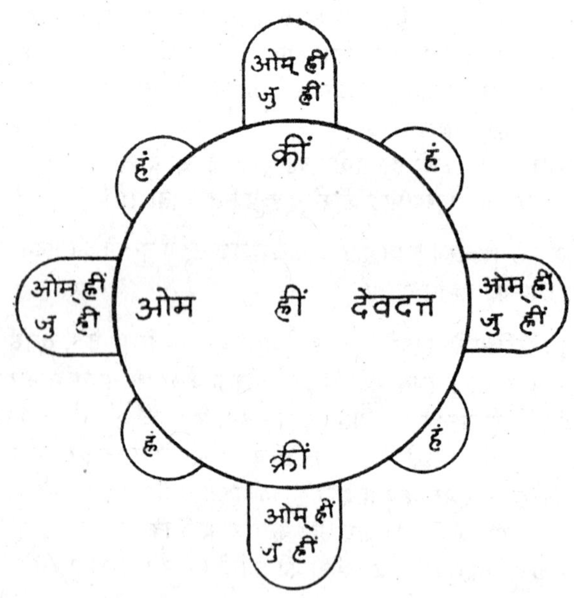

उल्लेखनीय है कि यन्त्र का निर्माण करने से पूर्व यन्त्र निर्माण के सम्पूर्ण विधान का संज्ञान होना अनिवार्य है। सविधि सम्यक् अनुष्ठान के सम्पादन के उपरान्त उपरोक्त यन्त्र को चाँदी के कवच में आठ बार मोड़कर इस प्रकार से प्रविष्ट कराना चाहिए कि भोजपत्र किंचित् भी खण्डित न हो जाय अर्थात् भोजपत्र फटना या टूटना नहीं चाहिए। इसे कवच के भीतर प्रविष्ट करके, शुद्ध मोम से भलीभाँति बन्द कर देना चाहिए ताकि जलाने से यंत्र सुरक्षित रहे। इस कवच को शुभ मुहूर्त में गले में प्रातःकाल पूजन के उपरान्त धारण करना चाहिए।

5.8.5 चिरंजीवी पुत्र प्राप्ति कवच

कूं कूं कूं दुं दुं दुं दुर्गे, दुर्गे, महा-दुर्गे, नाशय नाशय, हन हन, पच पच, मथ मथ, बन्ध बन्ध हिसान्। महा षष्ठी-रुपेण हमं बालकं रक्ष रक्ष, चिर-जीविनं कुरु कुरु, ह्रीं श्रीं कूं दुं फट् स्वाहा ।

इस मंत्र को नीचे अंकित 'चौवन मंत्र'' के साथ भोज-पत्र पर अनार की कलम द्वारा लाल चन्दन से लिखें। फिर उस भोज-पत्र को तांबे के पत्र में मढ़वा लें अर्थात् ताबीज बनवा लें। इस ताबीज को शुद्ध गुग्गुल की धूप देकर सुगन्धित करें। तदन्तर ताबीज को काले रेशमी डोरे द्वारा गर्भावस्था के पांचवे महीने में माता की कमर में बांध दें -

15	20	19
22	18	14
17	16	21

पुत्र का जन्म होने पर उक्त ताम्र ताबीज को मां की कमर से खोलकर पुत्र के गले में पहना दें। इससे वह नवजात पुत्र चिरंजीवी होगा।

श्री श्री श्री श्री

5.9 नवग्रहोपासना

ज्योतिष से किंचिन्मात्र भी सम्पर्क रखने वाला व्यक्ति यह जानता है कि मनुष्य का सुख-दुःख, सौभाग्य-दुर्भाग्य, सज्जनता-दुर्जनता, विद्वत्ता-मूर्खता, सम्मान-अपमान आदि-आदि सब कुछ ग्रहों की स्थिति पर ही निर्भर करता है। भारतीय परम्परा में ग्रहों को देवता माना जाता है, देवता कभी बुरा नहीं होता और न किसी का बुरा करता है। जन्मकुण्डली, वर्षकुण्डली, प्रश्नकुण्डली, गोचर आदि जितने प्रकार की कुण्डलियाँ बन सकती हैं, उनमें कुछ स्थितियाँ ऐसी होती हैं जिनके कारण ग्रह अ़च्छा या बुरा प्रभाव दिखाते हैं। जिन्हें पापग्रह क़हा जाता है वे भी यदि कुण्डली में अच्छी स्थिति में हों तो उत्तम फल देते हैं और शुभ ग्रह भी यदि अच्छी स्थिति में न हों तो विनाश कर देते हैं। ये स्थितियाँ मनुष्य के अपने कर्मों के अनुसार बनती हैं। इस विषय षर अधिक लिखना यहाँ प्रासंगिक न होगा, अभिप्राय केवल यह है कि ग्रहों की उपासना या उनकी प्रसन्नता से उनकी स्थितियों के प्रभाव में अन्तर आ जाता है। कोई ग्रह जो निर्बल

स्थिति में है या निकृष्ट फल देने वाला है उसके बल में वृद्धि हो जाती है और वह उत्तम फल देने की स्थिति प्राप्त करता है। जो बलवान् है या स्वतः ही अच्छा फल दे सकता है, उसके प्रभाव में वृद्धि होकर वह और अधिक अच्छा फल देता है। इसलिए ग्रहों की आराधना हर स्थिति में अवश्य करनी चाहिये। ज्योतिष के सुप्रसिद्ध विद्वान् श्रीपति का कथन है–

देवब्राह्मणवन्दनाद् गुरुवचःसंपादनात् प्रत्यहं
साधूनामपि भाषणात् श्रुतिरवात् श्रेयःकथाऽऽकर्णनात्।
होमादध्वरदर्शनात् शुचिमनोभावात् जयाद् दानतो
नो कुर्वन्ति कदाचिदेव पुरुषस्यैवं ग्रहाः पीडनम्।।

जो देवताओं, ब्राह्मणों की वन्दना करता है, गुरुओं की आज्ञा का पालन करता है, प्रतिदिन सज्जनों से वार्तालाप करता है, वेद का अध्ययन करता है, कल्याणकर कथाएँ सुनता है, हवन, यज्ञ करता है, मन में कभी अपवित्र तनावों को नहीं लाता, जप और दान करता है, ऐसे व्यक्ति को ग्रह कभी भी पीड़ित नहीं करते।

तात्पर्य यह है कि ग्रहों को प्रसन्न करने के लिए उनके मन्त्रों का जप, उनके प्रिय पदार्थों का दान, उनके लिए निर्धारित रत्नों का धारण और निर्दिष्ट औषधों से स्नान या धारण, उनके निमित्त होम, उनके स्तोत्रों का पाठ, ये सब करने चाहिए। ग्रहों के हवन की विधि यहाँ नहीं दे रहे हैं क्योंकि भारतीय परम्परा में किसी भी शुभकर्म को करने से पूर्व ग्रहशान्ति अवश्य की जाती है और इसे प्रायः सभी कर्मकाण्डी जानते हैं तथा इसकी पद्धतियाँ उपलब्ध हैं। यही ग्रह होम की विधि है। पाठकों की सुविधा के लिए प्रत्येक ग्रह के निमित्त शास्त्रकारों ने जो विधान बताये हैं, उन्हें संक्षेप में यहाँ दिया जा रहा है–

1. सूर्य

वैदिक मन्त्र – **ॐ आकृष्णेन रजसा वर्त्तमानो निवेशयन्नमृतं मर्त्यं च हिरण्ययेन सविता रथेना देवो याति भुवनानि पश्यन्।**

तान्त्रिक मन्त्र – **ॐ घृणिः सूर्याय नमः।**

बीज मन्त्र – **ॐ ह्रीं ह्रौं सूर्याय नमः।**

जपसंख्या – 7000, तान्त्रिक और बीजमन्त्र की संख्या सभी ग्रहों की चौगुनी करनी चाहिए।

दान के पदार्थ – माणिक्य, गोधूम, गुड़, सवत्सा गौ, कमलपुष्प, नूतनगृह, रक्तचन्दन, रक्तवस्त्र, सुवर्ण, ताम्र, केशर, मूँगा, वर्ण दक्षिणा।

औषध – बिल्वमूल।

रत्न – विद्रुम और माणिक्य।

आदित्यस्तोत्र

श्रीगणेशाय नमः॥ नवग्रहाणां सर्वेषां सूर्यादीनां पृथक् पृथक्॥ पीडा च दुःसहा राजञ्जायते सततं नृणाम्॥ 1॥ पीडानाशाय राजेन्द्र नामानि शृणु भास्वतः॥ सूर्यादीनं च सर्वेषां पीडा नश्यति शृण्वतः॥2॥ आदित्यः सविता सूर्यः पूषार्कः शीघ्रगो रविः॥ भगस्त्वष्टाऽर्यमा हंसो हेलिस्तेजोनिधिर्हरिः॥ 3॥ दीनानाथो दिनकरः सप्तसप्तिः प्रभाकरः॥ विभावसुर्वदकर्ता वेदाङ्गो वेदवाहनः॥ 4॥ हरिदश्वः कालवक्त्रः कर्मसाक्षी जगत्पतिः॥ पद्मिनीबोधको भानुर्भास्करः करुणाकरः॥ 5॥ द्वादशात्मा विश्वकर्मा लोहिताङ्गस्तमोनुदः॥ जगन्नाथोऽ-- रविन्दाक्षः कालात्मा कश्यपात्मजः॥ 6॥ भूताश्रयो ग्रहपतिः सर्वलोक नमस्कृतः॥ जपाकुसुम-सङ्काशो भास्वानदितिनन्दनः॥ 7॥ ध्वान्तेभसिंहः सर्वात्मा लोकनेत्रो विकर्तनः। मार्तण्डो मिहिरः सूरस्तपनो लोकतापनः॥8॥ जगत्कर्ता जगत्साक्षी शनैश्चरपिता जयः॥ सहस्ररश्मिस्तरणिर्भगवान्भक्तवत्सलः॥9॥ विवस्वानादिदेवश्च देवदेवो दिवाकरः॥ धन्वन्तरिर्व्याधिहर्ता दद्रुकुष्ठ-विनाशनः॥ 10॥ चराचरात्मा मैत्रेयोऽमितो विष्णुर्विकर्तनः॥ कोकशोकाप-हर्ता च कमलाकर आत्मभूः॥11॥ नारायणो महादेवो रुद्रः पुरुष ईश्वरः॥ जीवात्मा परमात्मा च सूक्ष्मात्मा सर्वतोमुखः॥ 12॥ इन्द्रोऽनलो यमश्चैव नैर्ऋतो वरुणोऽनिलः॥ श्रीद ईशान इन्दुश्च भौमः सौम्यो गुरुः कविः॥ 13॥ सौरिर्विधुन्तुदः केतुः कालः कालान्तको विभुः॥ सर्वदेवमयो देवः कृष्णः कामप्रदायकः॥ 14॥ य एतैनर्मिभिर्मर्त्यो भक्त्या स्तौति दिवाकरम्॥ सर्वपापविनिर्मुक्तः सर्वरोगविवर्जितः॥ 15॥ पुत्रवान् धनवान् श्रीमान् जायते स न संशयः॥ रविवारे पठेद्यस्तु नामान्येतानि भास्वतः॥ 16॥ पीडाशन्तिर्भवेतस्य ग्रहाणां च विशेषतः॥ सद्यः सुखमवाप्नोति चायुर्दीर्घ च नीरुजम्॥ 17॥

2. चन्द्र

वैदिक मन्त्र – ॐ इमं देवाऽअसपत्नꣳ सुवध्वं महते क्षत्राय महते ज्येष्ठ्याय महते जानरज्ज्यायेन्द्रस्येन्द्रियाय इमममुष्य पुत्रममुष्यै पुत्रमस्यै विशऽएष वोमी राजा सोमोस्माकं ब्रह्मणानाꣳ राजा।

तान्त्रिक मन्त्र – **ॐ सों सोमाय नमः।**

बीज मन्त्र – **ॐ ऐं क्लों सोमाय नमः।**

जपसंख्या – 11000

दान के पदार्थ – वंशपात्र, श्वेतचावल, श्वेतवस्त्र, श्वेतचन्दन, श्वेतपुष्प, चीनी, रजत, वृषभ, घृत, शंख, दधि, मोती, कपूर, वर्ण दक्षिणा।

औषध – खिरनीमूल (राजादान)।

रत्न – रौप्य और मुक्ताफल।

चन्द्राष्टाविंशतिनामस्तोत्रम्

श्रीगणेशाय नमः॥ चन्द्रस्य शृणु नामानि शुभदानि महीपते॥ यानि श्रुत्वा नरो दुःखान्मुच्यते नात्र संशयः॥ 1॥ सुधाकरश्च सोमश्च ग्लौरब्जः कुमुदप्रियः॥ लोकप्रियः शुभ्रभानुश्चन्द्रमा रोहिणीपतिः॥ 2॥ शशी हिमकरो राजा द्विजराजो निशाकरः। आत्रेय इन्दुः शीतांशुरोषधीशः कलानिधिः॥3॥ जैवातृको रमाभ्राता क्षीरोदार्णवसम्भवः॥ नक्षत्रनायकः शम्भुशिरश्चूडा-मणिर्विभुः॥4॥ तापहर्ता नभोदीपो नामान्येतानि यः पठेत्॥ प्रत्यहं भक्ति-संयुक्तस्तस्यपीडा विनश्यति॥5॥ ग्रहादीनां च सर्वेषां भवेच्चन्द्रबलं सदा॥6॥

3. भौम

वैदिक मन्त्र – **ॐ अग्निमूर्द्धा दिवः ककुत्पतिः पृथिव्याऽयमपाꣳ रेताꣳसि जिन्वति।**

तान्त्रिक मन्त्र – **ॐ अं अंगारकाय नमः।**

बीजमन्त्र – **ॐ हूँ श्रीं भौमाय नमः।**

जपसंख्या – 10,000

दान के पदार्थ – विद्रुम, पृथ्वी, मसूर, द्विदल, गोधूमान्न, रक्त वृषभ, गुड़, रक्त चन्दन, रक्ता वस्त्र, रक्त पुष्प, सुवर्ण, ताम्र, केशर, कस्तूरी, वर्ण दक्षिणा।

औषध – अनन्तमूल।

रत्न – विद्रुम और प्रवाल।

अङ्गारकस्तोत्रम्

श्रीगणेशाय नमः॥ अङ्गारकः शक्तिधरो लोहिताङ्गो धरासुतः॥ कुमारो मंगलो भौमो महाकायो धनप्रदः॥ 1॥ ऋणहर्ता वृष्टिकर्ता रोगकृद्रोगनाशनः॥ विद्युत्प्रभः प्राणकरः कामदो धनहृत्कुजः॥ 2॥ सामगानांप्रियो रक्तवस्त्रो रक्तायतेक्षणः॥ लोहितो रक्तवर्णश्च सर्वकर्माव-बोधकः॥ 3॥ रक्तमाल्यधरो हेमकुण्डली ग्रहनायकः॥ नामान्येतानि भौमस्य यः पठेत्सततं नरः॥ 4॥ ऋणं तस्य च दौर्भाग्यं दारिद्र्यं च विनश्यति॥ धनं प्राप्नोति विपुलं स्त्रियं चैव मनोरमाम्॥ 5॥ वंशोद्योतकरं पुत्रं लभते नात्र संशयः। योऽर्चयेदह्नि भौमस्य मंगलं बहुपुष्पकैः॥ 6॥ सर्वा नश्यति पीडा च तस्य ग्रहकृता ध्रुवम्॥ 7॥

4. बुध

वैदिक मन्त्र – ॐ उद्बुध्यस्वाग्ने प्रति जागृहि त्वमिष्टापूर्ते सꣳ सृजेथामयं च अस्मिन्त्सधस्थेऽअध्युत्तरस्मिन्विश्वेदेवा यजमानश्च सीदत।

तान्त्रिक मन्त्र – ॐ बुं बुधाय नमः।

बीज मन्त्र – ॐ ऐं श्रीं श्रीं बुधाय नमः।

जपसंख्या – 9000

दान के पदार्थ – कांस्यपात्र, हरित वस्त्र, गजदन्त, घृत, मुद्गात्र, पन्ना, सुवर्ण, दासी, सर्वपुष्प, रत्न, कपूर, शंख, अनेक फल, षट्रस भोजन, वर्ण दक्षिणा।

औषध – विधारामूल।

रत्न – सुवर्ण और पन्ना।

बुधपञ्चविंशतिनामस्तोत्रम्

श्रीगणेशाय नमः॥ बुधो बुद्धिमतां श्रेष्ठो बुद्धिदाता धनप्रदः॥ पियंगु-कलिकाश्यामः कञ्जनेत्रो मनोहरः॥ 1॥ ग्रहोपमो रौहिणेयो नक्षत्रेशो दयाकरः॥ विरुद्धकार्यहन्ता च सौम्यो बुद्धिविवर्धनः॥ 2॥ चन्द्रात्मजो विष्णुरूपी ज्ञानी ज्ञो ज्ञानिनायकः॥ ग्रहपीडाहरो दारपुत्रधान्यपशुप्रदः॥ 3॥

लोकप्रियः सौम्यमूर्तिर्गुणदो गुणिवत्सलः॥ पञ्चविंशतिनामानि बुधस्यैतानि यः पठेत्॥4॥ स्मृत्वा बुधं सदा तस्य पीडा सर्वा विदश्यति। तद्दिने वा पठेद्यस्तु लभते स मनोगतम्॥ 5॥

5. गुरु

वैदिक मन्त्र	–	ॐ बृहस्पतेऽअतियदर्य्योऽअर्हाद्युमद्विभाति क्रतुमज्जनेषु यद्दीदयच्छवसऽऋतप्रजात तदस्मासु द्रविणं धेहि चित्रम्।
तान्त्रिक मन्त्र	–	ॐ बृं बृहस्पतये नमः।
बीज मन्त्र	–	ॐ ह्रीं क्लीं बृहस्पतये नमः।
जपसंख्या	–	19000
दान के पदार्थ	–	पीतधान्य, पीत वस्त्र, सुवर्ण, घृत, पीत पुष्प, पीत फल, पुखराज, हरिद्रा, वस्त्र, पुस्तक, मधु, लवण, शर्करा, भूमि, छत्र, वर्ण दक्षिणा।
औषध	–	वभनेठी।
रत्न	–	मुक्ताफल और पुखराज।

बृहस्पतिस्तोत्रम्

श्रीगणेशाय नमः॥ गुरुर्बृहस्पतिर्जीवः सुराचार्यो विदांवरः॥ वागीशो धिषणो दीर्घश्मश्रुः पीताम्बरो युवा॥ 1॥ सुधादृष्टिर्ग्रहाधीशो ग्रहपीडापहारकः॥ दयाकरः सौम्यमूर्तिः सुरार्च्यः कुङ्कुमद्युतिः॥ 2॥ लोकपूज्यो लोकगुरुर्नीतिज्ञो नीतिकारकः॥ तारापतिश्चाङ्गिरसो वेदवैद्यपितामहः॥ 3॥ भक्त्या बृहस्पति स्मृत्वा नामान्येतानि यः पठेत्। अरोगी बलवान् श्रीमान् पुत्रवान् स भवेन्नरः॥4॥ जीवेद्वर्षशतं मर्त्यो पापं नश्यति नश्यति॥ यः पूजयेद् गुरुदिने पीतगन्धा- क्षताम्बरैः॥ 5॥ पुष्पदीपोहारैश्च पूजयित्वा बृहस्पतिम्॥ ब्राह्मणान् भोजयित्वा च पीडाशान्तिर्भवेद् गुरौः॥ 6॥

6. शुक्र

वैदिक मन्त्र	–	ॐ अन्नात्परिस्रुतो रसं ब्रह्मणा व्यपिबत्क्षत्त्रं पयः सोमम्प्रजापतिः ऋतेन सत्यमिन्द्रियं विपानꣳशुक्रमन्धसऽ-इन्द्रस्येन्द्रियमिदं पयोऽमृतं मधु।

तान्त्रिक मन्त्र – **ॐ शुं शुक्राय नमः।**

बीज मन्त्र – **ॐ ह्रीं श्रीं शुक्राय नमः।**

जपसंख्या – 16000

दान के पदार्थ – श्वेत चावल, श्वेत चन्दन, श्वेत चित्र वस्त्र, श्वेत पुष्प, रजत, हीरा, घृत, सुवर्ण, श्वेताश्व, दधि, सुगन्ध द्रव्य, शर्करा, गोधूम, वर्ण दक्षिणा।

औषध – मंजिष्ठा।

रत्न – रौप्य और हीरा।

शुक्रस्तोत्रम्

श्रीगणेशाय नमः। शुक्र काव्यः शुक्ररेता शुक्लाम्बरधरः सुधीः॥ हिमाभः कुन्दधवलः शुभांशुः शुक्लभूषणः॥ 1॥ नीतिज्ञो नीतिकृन्नीतिमार्गगामो ग्रहाधिपः॥ उशना वेदवदाङ्गपारगः कविरात्मवित्॥ 2॥ भार्गवः करुणासिन्धुर्ज्ञान- गम्यः सुखप्रदः॥ शुक्रस्यैतानि नामानि शुक्रं स्मृत्वा तु यः पठेत्॥ 3॥ आयुर्धनं सुखं पुत्रं लक्ष्मीं वसतिमुत्तमाम्॥ 3॥ विद्याञ्चैव स्वयं तस्मै शुक्रस्तुष्टो ददाति च॥ 4॥

7. शनि

वैदिक मन्त्र – **ॐ शन्नोदेवीरभीष्टय आपो भवन्तु पीतये शंय्योरभिस्रवन्तु नः।**

तान्त्रिक मन्त्र – **ॐ शं शनैश्चराय नमः।**

बीज मन्त्र – **ॐ ऐं ह्रीं श्रीं शनैश्चराय नमः।**

जपसंख्या – 23000

दान के पदार्थ – माषान्न, तैल, नीलम, तिल, कृष्ण वस्त्र, कुरथी, लोहा, महिषी, कृष्ण धेनु, कृष्ण पुष्प, उपानह, कस्तूरी, सुवर्ण, वर्ण दक्षिणा।

औषध – शमीमूल।

रत्न – लौह और नीलम।

शनैश्चरस्तवराजः

श्रीगणेशाय नमः। नारद उवाच॥ ध्यात्वा गणपतिं राजा धर्मराजो युधिष्टिरः। धीरः शनैश्चरस्येमं चकार स्तवमुत्तमम्॥ 1॥ शिरो मे भास्करिः पातु भालं छायासुतोऽवतु॥ कोटराक्षो दृशौ पातु शिखिकण्ठनिभः श्रुती॥ 2॥ घ्राणं मे भीषणः पातु मुखं बलिमुखोऽवतु॥ स्कन्धौ संवर्तकः पातु भुजौ मे भयदोऽवतु॥3॥ सौरिर्मे हृदयं पातु नाभिं शनैश्चरोऽवतु॥ ग्रहराजः कटिं पातु सर्वतो रविनन्दनः॥ 4॥ पादौ मन्दगतिः पातु कृष्णः पात्वखिलं वपुः॥ रक्षामेतां पठेन्नित्यं सौरेनमिबलैर्युताम्॥ 5॥ सुखी पुत्री चिरायुश्च स भवेन्नात्र संशयः॥ ॐ सौरिः शनैश्चरः कृष्णो नीलोत्पलनिभः शनिः॥ 6॥ शुष्कोदरो विशालाक्षी दुर्निरीक्ष्यो विभाषणः॥ शिखिकण्ठनिभो नीलश्छायाहृदयनंदनः॥7॥ कालदृष्टिः कोटराक्षः स्थूलरोमा बलीमुखः॥ दीर्घो निर्मांसगात्रस्तु शुष्को घोरो भयानकः॥ 8॥ नीलांशुः क्रोधनो रौद्रो दीर्घश्मश्रुर्जटाधरः॥ मन्दो मन्दगतिः खञ्जस्तृप्तः संवर्तको यमः॥ 9॥ ग्रहराजः कराली च सूर्यपुत्रो रविः शशी॥ कुजो बुधो गुरुः काव्यो भानुजः सिंहिकासुतः॥10॥ केतुर्देवपतिर्बाहुः कृतान्तो नैर्ऋतस्तथा॥ शशी मरुत्कुबेरश्च ईशानः सुर आत्मभूः॥ 11॥ विष्णुर्हरो गणपतिः कुमारः काम ईश्वरः॥ कर्ता हर्ता पालयिता राजसो राज्यदायकः॥ 12॥ छायासुतः श्यामलाङ्गो धनहर्त्ता धनप्रदः॥ क्रूरकर्मविधाता च सर्वकर्मावरोधकः॥ 13॥ तुष्टो रुष्टः कामरूपः कामदो रविनन्दनः॥ ग्रह पीडाहरः शान्ती नक्षत्रेशो ग्रहेश्वरः॥ 14॥ स्थिरासनः स्थिरगतिर्महाकायो महाबलः॥ महाप्रभो महाकालःकालात्मा कालकालकः॥15॥ आदित्यभयदाता च मृत्युरादित्य-नन्दनः॥ शतभिरुक्षदयिता (?) त्रयोदशितिथिप्रियः॥ 16॥ तिथ्यात्मक-स्तिथिगणो नक्षत्रगणनायकः॥ योगराशिर्मुहूर्तात्मा कर्ता दिनपतिः प्रभुः॥17॥ शमीपुष्पप्रियः श्यामस्त्रैलोक्याभयदायकः॥ नीलवासाः क्रियासिन्धुर्नीलाञ्जनचयच्छविः॥18॥ सर्वरोगहरो देवः सिद्धो देवगणस्तुतः॥ अष्टोत्तरशतं नाम्नां सौरेश्छायासुतस्य यः॥ 19॥ पठेन्नित्यं तस्य पीडा समस्ता नश्यति ध्रुवम्॥ कृत्वा पूजां पठेन्मर्त्यो भक्तिमान्यः स्तवं सदा॥20॥ विशेषतः शनिदिने पीडा तस्य विनश्यति॥ जन्मलग्ने

स्थितिर्वापि गोचरे क्रूरराशिगे॥ 21॥ दशासु च गते सौरो तदा स्तवमिमं पठेत्॥ पूजयेद्यः शनिं भक्त्या शमीपुष्पाक्षताम्बरैः॥ 22॥ विधाय लोहप्रतिमां नरो दुःखाद्विमुच्यते॥ बाधा याऽन्यग्रहाणां च यः पठेत्तस्य नश्यति॥ 23॥ भीतो भयाद्विमुच्येत बद्धो मुच्येत बन्धनात्॥ रोगी रोगाद्विमुच्येत नरः स्तवमिमं पठेत्॥ 24॥ पुत्रवान् धनवान् श्रीमाञ्जायते नात्र संशयः॥ 25॥ नारद उवाच॥ स्तवं निशम्य पार्थस्य प्रत्यक्षोऽभूच्छनैश्चरः॥ दत्वा राज्ञे वरं कामं शनिश्चान्तर्दधे तदा॥ 26॥

8. राहु

वैदिक मन्त्र – ॐ कयानश्चित्रऽआभुवदूती सदावृधः सखा। कया शचिष्ठया वृता।

तान्त्रिक मन्त्र – ॐ रां राहवे नमः।

बीज मन्त्र – ॐ ह्रीं राहवे नमः।

जपसंख्या – 18000

दान के पदार्थ – माषान्न, हेमनाग, सप्तधान्य, नील वस्त्र, गोमेद, कृष्ण पुष्प, खड्ग, तिल, तैल, लोहा, शूर्प, कम्बल, सतिलताम्रपात्र, सुवर्ण, रत्न, वर्ण दक्षिणा।

औषध – श्वेत चन्दन।

रत्न – लाजवर्त और गोमेद।

राहुस्तोत्रम्

श्री गणेशाय नमः॥ राहुर्दानवमन्त्री च सिंहिकाचित्तनन्दनः॥ अर्धकायः सदा क्रोधी चन्द्रादित्यविमर्दनः॥ 1॥ रौद्रो रुद्रप्रियो दैत्यः स्वर्भानुर्भानुभीतिदः। ग्रहराजः सुधापायी राकातिथ्यभिलाषुकः॥2॥ कालदृष्टिः कालरूपः श्रीकण्ठ-हृदयाश्रयः॥ विधुन्तुदः सैंहिकेयो घोररूपो महाबलः॥3॥ ग्रहपीडाकरो दंष्ट्री रक्तनेत्रो महोदरः॥ पञ्चविंशतिनामानि स्मृत्वा राहुं सदा नरः॥4॥ यः पठेन्महती पीडा तस्य नश्यति केवलम्॥ आरोग्यं पुत्रमतुलां श्रियं धान्यं पशूस्तथा॥5॥ ददाति राहुस्तस्मै यः पठते स्तोत्रमुत्तमम्॥ सततं पठते यस्तु जीवेद्वर्षशतं नरः॥6॥

9. केतु

वैदिक मन्त्र – **ॐ केतुं कृण्वन्नकेतवे पेशो मर्य्या अपेशसे समुषद्भिरजायथाः**

तान्त्रिक मन्त्र – **ॐ कें केतवे नमः।**

बीज मन्त्र – **ॐ ह्रीं ऐं केतवे नमः।**

जपसंख्या – 18000

दान के पदार्थ – माषान्न, कम्बल, कस्तुरी, वैदूर्य्यमणि, कृष्ण पुष्प, तिल, तैल, रत्न सवर्ण, लोहा, छाग, शस्त्र, सप्तधान्य, वर्ण दक्षिणा।

औषध – मक्षबन्ध।

रत्न – लाजवर्त और वैडूर्य।

केतुपञ्चविंशतिनामस्तोत्रम्

श्रीगणेशाय नमः। केतुः कालः कलयिता धूम्रकेतुर्विवर्णकः॥ लोककेतुर्महाकेतुः सर्वकेतुर्भयप्रदः॥ 1॥ रौद्रो रुद्रप्रियो रुद्रः क्रूरकर्मा सुगन्धधृक्॥ पलाश- धूमसङ्काशश्चित्रयज्ञोपीतधृक्॥ 2॥ तारागणविमर्दी च जैमिनेयो ग्रहाधिपः॥ पञ्चविंशतिनामानि केतोर्यः सततं पठेत्॥3॥ तस्य नश्यति बाधा च सर्वा केतुप्रसादतः॥ धनधान्यपशूनां च भवेद् वृद्धिर्न संशयः॥4॥

5.10 सूर्योपासना

सूर्य देवता हमारे समस्त कर्मों के साक्षी होते हैं। ये ग्रहों में सबसे तेजस्वी माने जाते हैं। यों तो इनकी आराधना तेजस्विता, आरोग्यता, बुद्धि वृद्धि आदि सभी कर्मों के लिए की जाती है, परन्तु इनका विशेष रूप से प्रसिद्ध नाम है सविता। सविता का अर्थ होता है उत्पादक, इसलिए सन्तानोत्पात्ति के लिए इनकी आराधना की जाती है जिसका प्रकार यहाँ वैदिक विधि से दिया जा रहा है। लाल रंग से रंगे चावलों से पट्टे पर सफेद कपड़ा बिछाकर सूर्य यन्त्र की आकृति बनायें। अच्छा तो यह रहे कि चावलों को लाल चन्दन घिस कर उससे रंग लिया जाय। इस यन्त्र को अथवा इसी आकृति को ताम्रपत्र पर उत्कीर्ण कराकर किसी ऊँचे स्थान अथवा पट्टे पर कपड़ा बिछाकर स्थापित कर लिया जाय। इसे कम से कम पंचोपचार से पूजित कर आगे लिखे मन्त्र का जप किया जाय। पंचोपचार में गन्ध (लालचन्दन) पुष्प (लाल कनेर, जवाकुसुम या लाल रंग के कोई अन्य किन्तु सुगन्धित) धूप, दीप एवं प्रसाद आते हैं। मन्त्र जप के लिए

लाल चन्दन की माला प्रयोग में ली जाये। आसन पर लाल रंग का साटन या रेशम का कपड़ा बिछा लेना चाहिए।

किसी भी मन्त्र की साधना करने के लिए संकल्प, विनियोग, न्यास, ध्यान, पूजन आवश्यक होते हैं। यह दूसरी बात है कि किन्हीं सिद्ध मन्त्रों में न्यास एवं विनियोग (विशेषतः साबर मन्त्रों में) नहीं होते।

संकल्प—संकल्प में वर्ष, मास, पक्ष, तिथि वार का आख्यान करते हुए यह कहा जाता है कि मैं इस मन्त्र का इतनी संख्या में, इस निमित्त जप करूंगा। यदि वर्ष, मासादि याद रखने में असुविधा हो तो शेष बातें ही कर ली जायें।

विनियोग—विनियोग संकल्प के बाद का कार्य है। जैसा कि इस शब्द के अर्थ से प्रतीत होता है, यह हमारे मन्त्र जप रूप कर्म का निमित्त प्रख्यापन होता है। किये जाने वाले प्रयोग का विनियोग इस प्रकार है—

अस्य श्री भास्करमन्त्रस्य हिरण्यस्तूप ऋषिः त्रिष्टुपू छन्दः सविता देवता सवितादेवताप्रीतिप्राप्तिपूर्वकं सन्तानप्राप्तये जपे विनियोगः।

ऋष्यादिन्यास- **हिरण्यस्तूपऋषये नमः शिरसि, त्रिष्टुपूछन्दसे नमः मुखे, सवितादेवतायै नमः हृदि, भास्कराय नमः सर्वाङ्गे।**

करन्यास- **आकृष्णेन रजसा अंगुष्ठाभ्यां नमः, वर्तमानो निवेशयन् तर्जनीभ्यां नमः, अमृतं मर्त्यं च मध्यमाभ्यां नमः, हिरण्ययेन सविता अनामिकाभ्यां नमः, रथेना देवो याति कनिष्ठिकाभ्यां नमः, भुवनानि पश्यन् करतलकरपृष्ठाभ्यां नमः।**

हृदयादिषडंग **आकृष्णेन रजसा हृदयाय नमः, वर्तमानों निवेशयन् शिरसे स्वाहा।**

न्यास- **अमृतं मर्त्यं च शिखायै वषट्, हिरण्ययेन सविता कवचाय हुम्, रथेना देवो याति नेत्रत्रयाय वौषट्, भुवनानि पश्यन् अस्त्राय फट्।**

ध्यान— **पद्मासनं पद्मकरं पद्मगर्भसमद्युतिम्।**
सप्ताश्वं सप्तखड्गं च जातं देशे कलिंगके।
विश्वामित्रार्यकं त्रिष्टुपूछन्दः काश्यपगोत्रजम्।
रक्ताम्बरधरं रक्ताभरणैरुपशोभितम्।।

रक्तगन्धानुलिप्ताङ्गं रक्तध्वजपताकिनम्।
किरीटिनं सकेयूरं कण्डितं रक्तच्छत्रिणम्।।
रथारूढं तस्य सव्यं, स्वाधिदेवाग्न्यधिष्ठितम्।
प्रत्यधिदेवेश्वरेणापसव्ययुक्तं च प्राङ्मुखम्।।

ध्यान करने के बाद मन्त्र का जप करें, मन्त्र है–

ॐ आकृष्णेन रजसा वर्तमानो निवेशयन्नमृतं मर्त्यं च।
हिरण्ययेन सविता रथेना देवो याति भुवनानि पश्यन्।।

सामान्यतः सवा लाख जप का एक पुरश्चरण माना जाता है। शास्त्रों की व्यवस्था के अनुसार कलियुग में चारगुनी मात्रा में जप करना चाहिए अथवा वर्णलक्ष जप करने से मन्त्रसिद्ध हो जाता है। जप की इतनी संख्या देखकर डरने की आवश्यकता नहीं है। मन्त्र का सिद्ध होना और कामना पूर्ण होना दो भिन्न बाते हैं। मन्त्र के सिद्ध होने से व्यक्ति मन्त्रमय हो जाता है। वह उस मन्त्र से, मन्त्र की परिसीमा में आनेवाले प्रयोजन पूरे कर सकता है और नैमित्तिक उपासना में वह निमित्त पूर्ण होने तक सीमित हो जाता है। इस तथ्य को ऐसे समझा जा सकता है जैसे कि मन्त्री के पास किसी प्रयोजन से जाना और प्रयोजन पूर्ण कर लेना, यह हुआ नैमित्तिक और स्वयं मन्त्री हो जाना यह हुआ मन्त्र का सिद्ध हो जाना।

नैमित्तिक काम के लिए पुरश्चरण पर्याप्त रहता है। शास्त्रीय व्यवस्था के अनुसार जितना जप हुआ है उसका दशांश हवन किया जाये। हवन करने में आक की लकड़ियाँ काम में ली जायँ। हवनीय पदार्थों में तिल, घी, जौ, कमलगट्टा और मधुरत्रय रहें। हवन उसी मन्त्र के अन्त में स्वाहा बोलकर आहुति देते हुए किया जायेगा।

हवन का दशांश तर्पण किया जायेगा। तर्पण में लाल चन्दन, लाल कनेर के फूल, दूर्वा के अंकुर होने चाहिए।

विशेष

सूर्यदेव अर्घ्य से प्रसन्न होते हैं। इसीलिए सूर्योदय के समय अर्घ्य देना चाहिए। अर्घ्य देने की विधि यह है कि ताँबे के पात्र में जल तथा अन्य पदार्थ डालकर मन्त्र बोलते हुए उस जलपात्र को मस्तक से ऊपर उठाकर, जल धार बाँधकर सूर्य की तरफ डालें। अच्छा तो यह रहे कि उस जल की धारा के मध्य से होकर सूर्य की किरणें आँखों पर पड़ती रहें। अर्घ्य में डालने के पदार्थ है– लाल कनेर के फूल, लाल चन्दन, सफेद चन्दन, दूब, चावल, कुशा के अग्रभाग, तिल, मधुरत्रय, केशर, कपूर, कस्तूरी।

सूर्योपासक के आचार-आहार

सूर्यदेव के दर्शन करके ही भोजन करना चाहिए। रविवार के दिन रात्रि में भोजन न करें। नमक, मठा, दिन में सोना छोड़ दें। सूर्योदय एवं सूर्यास्त के समय न सोवे। कुसुम्भी रंग के वस्त्र, गाय, माणिक, गेहूँ–इनमें से कोई एक वस्तु अथवा सामर्थ्य हो तो सभी वस्तुओं का दान करे। रविवार के दिन यथाशक्ति गेहूँ का दान करना चाहिये। भोजन में गुड़ और गेहूँ का प्रयोग करे। सफेद आक की लकड़ी धारण करे।

सूर्यदेव हमारे ब्रह्माण्ड की आत्मा हैं, कालात्मा और विश्वचक्षु होने के कारण इनको मित्र और पूषन् कहा जाता है। सन्तानकारक होने अथवा निर्बल स्थिति में सन्तान बाधक होने के कारण इनकी उपासना की जानी चाहिए। जिनको हृदय रोग हो, कुष्ट हो, सिरदर्द होता हो, आँखें कमजोर हों, उनको सूर्य की उपासना अवश्य करनी चाहिए।

सूर्य की प्रसन्नता के लिए आगे लिखी जा रही ग्यारह वैदिक ऋचाओं (मन्त्रों) का नित्य ग्यारह बार पाठ करना चाहिए–

ह्वयाम्यग्नि प्रथमं स्वस्तये ह्वयामि रात्रिं जगतो निवेशनीं
ह्वयामि देवं सवितारमूर्त्तये।। 1।।

आकृष्णेन रजसा वर्त्तमानो निवेशयन्नमृतं मर्त्यं च हिरण्ययेन
सविता रथेना देवो याति भुवनानि पश्यन्।। 2।।

याति देवः प्रवता यात्युद्वता याति शुभ्राभ्यां यजतो हरिभ्याम्।
आ देवो यातु परावतोऽपविष्वा दुरिता बाधमानः।।3।।

अमो वृतं कृशनैर्विश्वरूपं हिरण्यशम्यं यजतो बृहन्तम्।
आस्थाद्रथं सविता चित्रभानुः कृष्णा रजांसि तविषीन्दधानः।।4।।

विजना छयावाः शितिपादो अख्यं रथं हिरण्यं प्र उगं वहन्तः।
शश्वद्विशः सवितुर्दव्यस्योपसूथे विश्वा भुवनानि तस्थुः।। 5।।

तिस्रो दयावः सवितुर्द्धा उपस्थां एकायमस्य भुवने विराषाट्।
आणिं न रथ्यममृताधितस्थुरिह ब्रबीतु या उतच्चिके तत्।। 6।।

विसुपर्णो अन्तरिक्षाण्यख्यंग भीरेवषा असुरः सुनीथः।
क्वेदानीं सूर्यः कश्चिकेत कतमां द्यां रश्मिरस्याततान।। 7।।

अष्टौ व्यख्यत्ककुभः पृथिव्यास्त्री धन्वयोजना सप्तसिन्धून्।
हिरण्याक्षः सविता देव अगाद् दधद्रत्नादाशुषे वार्याणि।। 8।।

हिरण्यपाणिः सविता विचर्षणिरुभे द्यावापृथिवी अन्तरीयते।
अपामीवां बाधते वेति सूर्यमभिकृष्णेन रजसा द्यामृणोति।। 9।।

हिरण्यहस्तो असुरः सुनीथः सुमृडीकः स्ववाँ यत्वर्वाङ्।
अपसेधन् रक्षसो यातुधानानस्थाद्देवः प्रतिदोषं गृणानः।।10।।

ये ते पन्थाः सवितः पूर्व्यासो वेणवः सुकृता अन्तरिक्षे।
तेभिर्नो अद्य पथिभिः सुगेभी रक्षां च नो अधि ब्रूहि देव।। 11।

5.11 पार्थिवलिंगार्चन और रुद्राभिषेक

आशुतोष भगवान् शिव मनुष्यों की सभी कामनाएँ पूर्ण करते हैं, उनकी पूजा अर्चना या अभिषेक मन्दिरों में स्थापित शिवलिङ्गों में किये ही जाते हैं किन्तु पार्थिवलिङ्गार्चन का विशेष महत्त्व है जिसकी विधि प्रायः कई पुराणों में, विशेष कर शिवपुराण में विस्तार से वर्णित है। पार्थिव लिङ्ग भिन्न-भिन्न कामनाओं में भिन्न-भिन्न पदार्थों से बनाये जाते हैं। वैसे तो मिट्टी के पार्थिव सर्वसिद्धि के लिए बताये गये हैं परन्तु सन्तानप्राप्ति के लिए शालिपिष्ट (चावल का आटा) के पार्थिव सद्यः फलद कहे गये हैं और हमने एक बार नहीं, कई बार इनकी फलवत्ता का प्रत्यक्ष अनुभव किया है। एक बड़ा सा शिवलिङ्ग बनाकर उसके चारों ओर अनामिका अंगुली बराबर मोटे व लम्बे पार्थिव बनाकर लगाये जाते हैं। इनकी संख्या, यदि प्रतिदिन पूजा करनी हो तो 11, 28 या 108 और नैमित्तिक रूप में 1100, 11000 या सवालाख होती है। सवालाख पार्थिव एक दिन में संभव नहीं हो पाते, अतः 11। 11 हजार करके कई बार में संख्या पूरी की जा सकती है, इनकी विधिपूर्वक पूजा करके पार्थिव संख्या का दशांश हवन, उसका दशांश तर्पण और तर्पण का दशांश मार्जन करना चाहिए। पूजा में जहाँ स्नान के मंत्र आते हैं, वहाँ रुद्राभिषेक करना चाहिए। 'जलधारा शिवप्रिया' शिवजी को अभिषेक बहुत प्रिय है। रुद्राभिषेक **'रुद्राष्टध्यायी'** के मंत्रों से होता है। इसमें भी कई प्रकार हैं, किन्तु शास्त्रोक्त मत यह है—

षट्षष्टिर्नीलसूक्तं च पुनः षोडश एव च।
एषते द्वे नमस्ते द्वे नतम्बिद्द्वयमेव च।।
मीढुष्टमेति चत्वारि वयश्च सोम एव च।

अष्टाध्यायी के आरम्भ से पंचम अध्याय के 16 मंत्रों तक अंगन्यास होता है फिर पांचवें अध्याय के 66 मंत्र, फिर नमस्ते० से मानस्तोके० तक 16 मंत्र, फिर एषते० और अवरुद्र०

ये दो मंत्र, फिर नमस्ते० और शिवेन० ये दो मंत्र, फिर नतंविदाथ० ये दो मंत्र, फिर मीढुष्टम० आदि चार मंत्र और वयꣳ सोम आदि (छठा अध्याय) ये आठ मंत्र, ये कुल मिलाकर 100 मंत्र होते हैं, जिसे लघुरुद्र कहा जाता है। इनकी 11 आवृत्ति करने पर एक रुद्र होता है। सप्तम और अष्टम अध्याय शान्ति और प्रार्थना के होते हैं, उनका यों ही पाठ किया जाता है। इन मंत्रों द्वारा शिवलिङ्गों पर जल चढ़ाना ही रुद्राभिषेक कहलाता है।

पार्थिवलिङ्ग पूजा से पूर्व भस्म और रुद्राक्ष धारण करें।

शिव पूजा

पंचदेव प्रार्थना से पुनः अर्घ्यस्थापन तक

पूजासंकल्प- ॐ विष्णुः ३ नमः परमात्मने अद्येहेत्यादि अमुकोऽहं दीर्घायुरारोग्य- प्राप्तिद्वारा श्रुतिस्मृतिपुराणोक्तफलावाप्तये मनोवांछितफलप्राप्त्यर्थं अमुककामनयाऽमुकव्रतांगत्वेनामुक-शिवलिंगोपरि यथाज्ञानं यथामिलितो- पचारैरमुकसंख्यया रुद्राभिषेकपाठपूर्वकं श्रीसदाशिवस्य पूजनं करिष्ये तथा (पार्थिवपूजाविषयेऽत्र विशेषः) अद्येहेत्याद्युल्लिख्यामुकोऽहं अमुककामनया सकलपापक्षयद्वारा दीर्घायुरारोग्यपूर्वकं श्रीसाम्बशिवप्रीतये चतुर्वर्गसिद्ध्यर्थम् अमुक-द्रव्यनिर्मितामुक-संख्यकानां पार्थिवलिङ्गानां प्रतिष्ठाप्राणप्रतिष्ठापूर्वकम् अमुकसंख्यकावृत्तिरुद्राभिषेकपठन (पाठन) पूर्वकं च पूजनं करिष्ये।।

प्रतिष्ठा - ॐ एतन्ते देवसवितुर्य्यज्ञं प्राहुर्बृहस्पतये ब्रह्मणे तेन यज्ञमेव तेन यज्ञपतिन्तेन मामव। मनोजूतिर्जुषतामाज्यस्य बृहस्पतिर्य्यज्ञ ꣳ समिमन्तनोत्वरिष्टं यज्ञ ꣳ समिमं दधातु विश्वेदेवा स इह मादयन्तामोम् प्रतिष्ठ।। ॐ भूर्भुवः स्वः अमुक द्रव्यनिर्मिताः अमुकसंख्यकाः पार्थिवेश्वराः श्रीशिवलिंगाभिधाः इहागच्छन्तु इह तिष्ठन्तु सुप्रतिष्ठिताः वरदा भवन्तु।। तदुपरि श्रीसाम्ब सदाशिव इहागच्छेह तिष्ठ सुप्रतिष्ठितो वरदो भव।।

प्राणप्रतिष्ठा- ॐ अस्य श्रीप्राणप्रतिष्ठामन्त्रस्य ब्रह्मविष्णुशिवा ऋषयः ऋग्यजुःसामानि छन्दांसि एतत्प्राणरूपाः प्राणशक्तयो देवताः प्राणप्रतिष्ठापने विनियोगः।। ॐ आँ ह्रीं क्रौं अँ यँ रँ लँ वँ शँ षँ सँ हँ क्षँ अः क्रौं ह्रीं आँ प्राणाः इह प्राणाः। ॐ आँ ह्रीं

क्रों अँ यँ रँ लँ वँ शँ षँ सँ हँ क्षँ अः क्रों ह्रीं आँ जीव इह स्थितः।। ॐ आँ ह्रीं क्रों अँ यँ रँ लँ वँ शँ षँ सँ हँ क्षँ अः क्रों ह्रीं आँ शिवस्य प्राणाः सर्वेन्द्रियाणां वाङ्मनस्त्वक्चक्षुः श्रोत्रजिह्वा-घ्राणपाणिपादपायूपस्थानां देवा इहागत्य सुखं चिरं तिष्ठन्तु स्वाहा।।

मातृकान्यासः ॐ अस्य श्रीमातृकान्यासस्य ब्रह्मा ऋषिर्गायत्रीछन्दः श्रीसृष्टिमातृका सरस्वती देवता हली बीजानि स्वराः शक्तयः मातृकान्यासे विनियोगः।

शिरसि ॐ ब्रह्मर्षये नमः। मुखे ॐ गायत्रीछन्दसे नमः। हृदि ॐ सृष्टिकर्तृमातृकासरस्वतीदेवतायै नमः। नाभौ ॐ हल्बीजेभ्यो नमः। पादयोः ॐ स्वरे शक्तिभ्यो नमः।। अथ दक्षिणनासपुटेन स्वरैः पूरकादिभिः रेचकं कृत्वा अकारादिक्षकारान्तवर्णैः षडङ्गन्यासं कुर्यात्। ॐ अँ कँ खँ गँ घँ ङँ आँ अंगुष्ठाभ्यां नमः। ॐ इँ चँ छँ जँ झँ ञँ ईँ तर्जनीभ्यां नमः। ॐ उँ टँ ठँ डँ ढँ णँ ऊँ मध्यमाभ्यां नमः। ॐ एँ तँ थँ दँ धँ नँ ऐँ अनामिकाभ्यां नमः। ॐ ओं पँ फँ बँ भँ मँ औँ कनिष्ठिकाभ्यां नमः। ॐ अं यं रं लं वं शं षं सं हं क्षं अः करतलकरपृष्ठाभ्यां नमः।। ॐ हृदयादि ॐ अं कं खं गं घं ङं आं हृदयाय नमः।। ॐ इं चं छं जं झं ञं ईं शिरसे स्वाहा ॐ उं टं ठं डं ढं णं ऊं शिखायै वषट्। ॐ एं तं थं दं धं नं ऐं कवचाय हुम्।। ॐ ओं पं फं बं भं मं औं नेत्रत्रयाय वौषट्।। ॐ अं यं रं लं वं शं षं सं हं क्षं अः अस्त्राय फट्।।

ध्यानम्- पंचाशल्लिपिभिर्विभक्तसुखदां यन्मध्यवक्षस्थलां, भास्वन्मौलिनिबद्ध चन्द्रशकलामापीनवक्षोरुहाम्। मुद्रासाक्षगुणं सुधाढ्यकलशं विद्यां च हस्ताम्बुजैर्विभ्राणां विशदप्रभां त्रिनयनां वाग्देवतां भावयेत्।।

द्वारपूजा - (अक्षतों से) पूर्वद्वारे ॐ नं नन्दिन्यै नमः।। आग्नेय्याम् ॐ मं महाकालाय नमः।। दक्षिणे ॐ गं गणपतये नमः।। नैर्ऋत्याम् ॐ वृं वृषभाय नमः।। पश्चिमे ॐ भृं भृंगरिटये नमः।। वायव्याम् ॐ स्कं स्कन्दाय नमः।। उत्तरे ॐ उं उमायै नमः।।

ईशाने ॐ चं चण्डीश्वराय नमः।। पूर्वमारभ्य ईशानपर्यन्तं पूजयेत्।।

पीठपूजा - ॐ वामायै नमः ॐ ज्येष्ठायै नमः ॐ श्रेष्ठायै नमः ॐ रौद्रायै नमः ॐ काल्यै नमः ॐ कलविकरिण्यै नमः ॐ बलविकरिण्यै नमः ॐ बलप्रमाथिन्यै नमः ॐ सर्वभूतदमन्यै नमः ॐ मनोन्मादिन्यै नमः ॐ नमो भगवते सकलगुणात्मकाय अनन्तशक्तियुक्ताय अनन्ताय योगपीठात्मने नमः।। ॐ ह्रौं ह्रीं जूं सः शिवाय नमः इति द्रव्यग्रहणम्। ॐ ह्रौं ह्रीं जूं सः महेश्वराय नमः इति संघटनम्। ॐ ह्रौं ह्रीं जूं सः शूलपाणये नमः प्रतिष्ठा।। ॐ ह्रौं ह्रीं जूं सः पिनाकपाणये नमः इत्यावाहनम्।

ध्यान - ध्यायेन्नित्यं महेशं रजतगिरिनिभं चारुचन्द्रावतंसं
रत्नाकल्पोज्ज्वलाङ्गं परशुमृगवराभीतिहस्तं प्रसन्नम्।
पद्मासीनं समन्तात् स्तुतममरगणैर्व्याघ्रकृत्तिं वसानं,
विश्वाद्यं विश्ववन्द्यं निखिलभयहरं पञ्चवक्त्रं त्रिनेत्रम्।।

ॐ दक्षोत्सङ्गनिषण्णकुञ्जरमुखं प्रेम्णा करेणामृशन्
वमोरुस्थितवल्लभाङ्कहृदयं स्कन्दं परेणामृशन्।
इष्टाभीतिवरद्वयं करयुगे बिभ्रत् प्रसन्नाननो
भूयान्नः शरदिन्दुसुन्दरतनुः श्रेयस्करः शंकरः।।
ॐ चन्द्रकोटिप्रतीकाशं त्रिनेत्रं चन्द्रभूषणम्।
आपिंगलजटाजूटं रत्नमौलिविराजितम्।।
ॐ ह्रौं ह्रीं जूं सः शिवाय नमः।।

आवाहन - आगच्छ पंचानन चन्द्रमौले प्रसीद संसारभयार्तिनाशन।
करोमि ते पादसरोजपूजां गृहाण मृत्युञ्जय भक्तवत्सल।।
स्वामिन्सर्व जगन्नाथ यावत् पूजावसानकम्।
तावत्त्वं प्रीतिभावेन लिङ्गेऽस्मिन् सन्निधिं कुरु।।
ॐ ह्रौं ह्रीं जूं सः शिवाय नमः।।

आसन- रम्यं विचित्रं मणिपीठसंज्ञकं सिंहासनं चाष्टदलाब्जयुक्तम्।
वामादिशक्त्यान्वितमीश तुभ्यं नमः शिवायेति समर्पयामि।

वृषभं नन्दिनामानं रथं यस्य सदाशिव।
पुष्पासनं गृहाणेदमुमया सहित प्रभो।।
ॐ ह्रौं ह्रीं जूं सः शिवाय नमः।। आसनं समर्पयामि।

पाद्य - श्यामाङ्कदूर्वाब्जसिताभ्रविष्णुक्रान्तान्वितं धर्मवतीजलैर्वा।
गृहाण सर्वेश्वर पाद्यमद्य नमः शिवायेति समर्पयामि।।
कैलासशिखरे रम्ये शक्त्यायुक्त सदाशिव।
सुगन्धिशीतलं तोयं पाद्यार्थं तव गृह्यताम्।।
ॐ ह्रौं ह्रीं जूं सः शिवाय नमः।। पाद्यं समर्पयामि।

अर्घ्य - कुशाग्रगंधाक्षतपुष्पसर्षपैः दूर्वायवक्षीरतिलैः समन्वितम्।
गृहाण शैलेन्द्रसुतापतेऽर्घ्यं नमः शिवायेति समर्पयामि।।
तापत्रयहरं दिव्यं परमानन्दलक्षणम्।
तापत्रयविनिर्मुक्त्यै तवार्घ्यं कल्पयाम्यहम्।।
ॐ ह्रौं ह्रीं जूं सः शिवाय नमः।। अर्घ्यं समर्पयामि।

आचमन - कर्पूरकंकोललवंगजातीसमन्वितैर्विष्णुपदोद्भवाद्भिः ।
श्रीपंचवक्त्राचमनं कुरु त्वं नमः शिवायेति समर्पयामि।।
सर्वलोकहितासक्त सर्वपापविनाशन।
भक्त्या निवेदितं देव कुरुष्वाचमनं प्रभो।।
ॐ ह्रौं ह्रीं जूं सः शिवाय नमः।। आचमनीयं समर्पयामि।

मधुपर्क - दधि, मधु और घृत मिला हुआ
सर्वकालुष्यहीनाय परिपूर्णसुखात्मने।
मधुपर्कं हि देवाय कल्पयामि च तेऽनघ।।
ॐ ह्रौं ह्रीं जूं सः शिवाय नमः।। मधुपर्कं समर्पयामि।

पंचामृतस्नान-पयः, ॐ पयः पृथिव्यां पय ओषधीषु पयो दिव्यन्तरिक्षे
पयोधाः पयस्वतीः प्रदिशः सन्तु मह्यम्।।
देवैर्या वन्दिता धेनुः सर्वपापप्रणाशिनी।
तत्क्षीरस्नापितो देवो नित्यं मे वरदो भवेत्।।
ॐ ह्रौं ह्रीं जूं सः शिवाय नमः।।

दधि - ॐ दधि क्राब्णो अकारिषं जिष्णोरश्वस्य वाजिनः।
सुरभिणो मुखाकरत् प्रण आयूंष्षितारिषत्।।

कामतोऽकामतो वापि यन्मया दुष्कृतं कृतम्।
तत्सर्वं विलयं यातु दधिस्नानेन मे शिव।।
ॐ ह्रौं ह्रीं जूं सः शिवाय नमः।।

घृत - ॐ घृतवती भुवनानामभिश्रियोर्वी पृथ्वी मधुदुघे सुपेशसा।
द्यावापृथिवी वरुणस्य धर्मणा विष्कभिते अजरे भूरिरेतसा।।
रसाढ्यमुत्तमं त्वाज्यं देवानां च सदा प्रियम्।
तेन त्वं स्नापितो देव निधिकान्तिप्रदो भव।।
ॐ ह्रौं ह्रीं जूं सः शिवाय नमः।।

मधु - ॐ मधुश्च माधवश्च वासन्तिकावृतू। अग्नेरन्तः श्लेषोसि कल्पेतां द्यावापृथिवी कल्पन्तामाप ओषधयः कल्पन्तामग्नयः पृथङ्मम ज्यैष्ठ्याय सव्रताः ये अग्नयः सुमनसोन्तरा द्यावापृथिवी इमे वासन्तिकावृतू अभिकल्पमाना इन्द्रमिव देवा अभिसंविशन्तु तया देवतयाङ्गिरस्य त्वा ध्रुवे सीदतम्।। ॐ ह्रौं ह्रीं जूं सः शिवाय नमः।।

शर्करा - ॐ आप्यायस्वसमेतु ते विश्वतः सोमवृष्णियम्। भवा वाजस्य संगथे।
यमलोकभयत्रस्तः शरणं त्वां गतः शिव।
खण्डस्नानेन देवेश मां कुरुष्व सुखान्वितम्।।
ॐ ह्रौं ह्रीं जूं सः शिवाय नमः।।

शुद्धोदकस्नान- देवाधिदेव सर्वज्ञ सर्वपापविनाशक।
स्नापितोऽसि मया देव भक्तानामभयप्रद।

इसके बाद रुद्राभिषेक करें। यहाँ पर केवल रुद्रसूक्त ही दिया गया है, जो नित्य पूजा के लिए उपयोगी है।

हरिः ॐ नमस्ते रुद्रमन्यव उतोत इषवे नमः बाहुभ्यामुत ते नमः। याते रुद्र शिवा तनूरघोरापावकाशिनी।। तया नस्तन्वा सन्तमया गिरिशन्ताभिचाकशीहि। यामिषुङ्गिरिशन्त हस्ते बिभर्ष्यस्तवे शिवाङ्गिरित्र ताङ्कुरुमाहि ꣳ सीः पुरुषं जगत्।। शिवेन वचसा त्वा गिरिशाच्छा व्वदामसि। यथानः सर्व्वमिज्जगदयक्ष्म ꣳ सुमना असत्।। अद्ध्यवोचदधिवक्ता प्रथमो दैव्यो भिषक्। अहींश्च सर्वाञ्जम्भयन्त्सर्वाश्च यातुधान्यो धराचीः परासुव।। असौ यस्ताम्रो अरुण उत बभ्रुः सुमङ्गलः।

ये चैन ‌ꣳ रुद्राः अभितो दिक्षु श्रिताः सहस्रशो वैषा ‌ꣳ हेड ईमहे।। असौ योऽवसर्प्पति नीलग्रीवो विलोहितः। उतैनं गोपा अदृश्रन्नदृश्रन्नुदहार्य्यः सदृष्टो मृडयाति नः।। नमोऽस्तु नीलग्रीवाय सहस्राक्षाय मीढुषे। अथो येऽअस्त सत्त्वानोऽहन्तेभ्यो करन्नमः।। प्रमुञ्च धन्वनस्त्वमुभयो रात्न्योर्ज्ज्याम्। याश्च ते हस्त इषवः पराता भगवो वप।। विज्यन्धनुः कपर्द्दिनो व्विशल्यो बाणवाँ 2। उत। अनेशन्नस्य या इषव आभुरस्य निषङ्गधिः।। या ते हेतिर्मीढुष्टम हस्ते बभूव ते धनुः। तयाऽस्म्माविन्श्वतस्त्वमयक्ष्मयापरिभुज परिते धन्वनो हेतिरस्म्मान्वृणक्तु व्विश्वतः। अथो य इषुधिस्तवारेऽस्मन्निधेहि तम्।। अवतत्य धनुष्ट्व ‌ꣳ सहस्राक्ष शतेषुधे। निशीर्य्य शल्ल्यानाम्मुखा शिवो नः सुमना भव।। नमस्ते आयुधायानातताय धृष्णवे। उभाभ्यासुत ते नमो बाहुब्भ्यान्तव धन्वने।। मानो महान्तमुत मानो अर्भकम्मान उक्षन्तमुतमान उक्षितम्। मानोव्वधीः पितरम्मोत मातरम्मानः प्रियास्तन्वो रुद्ररीरिषः। मानस्तोके तनये मान आयुषिमानो गोषु मानो अश्वेषुरीरिषः। मानोवीरान् रुद्र भामिनो वधीर्हविप्मन्तः सदमित्वा हवामहे।।

रुद्राष्टाध्यायी पाठ के बाद इन मंत्रों से भी अभिषेक करें -

ॐ नमः शम्भवाय च मयोभुवाय च नमः शंकराय च मयस्कराय च नमः शिवाय च शिवतराय च।। ॐ सद्योजातं प्रपद्यामि सद्योजाताय वै नमः। भवे भवे नाति भवे भवस्य मां भवोद्भवाय नमः।। ॐ वामदेवाय नमो ज्येष्ठाय नमः श्रेष्ठाय नमो रुद्राय नमः कालाय नमः कलविकरणाय नमो बलविकरणाय नमः।। ॐ बलाय नमो बलप्रमथनाय नमः सर्वभूतदमनाय नमो मनोन्मनाय नमः।। ॐ अघोरेभ्योऽथ घोरेभ्यो घोरघोरतरेभ्यः सर्वेभ्यः सर्व्व सर्वेभ्यो नमस्ते अस्तु रुद्ररूपेभ्यः।। ॐ तत्पुरुषाय विद्महे महादेवाय धीमहि। तन्नो रुद्रः प्रचोदयातः।। ॐ ईशानः सर्वविद्यानामीश्वरः सर्वभूतानाम्। ब्रह्माधिपतिर्ब्रह्मणोधिपतिर्ब्रह्मा शिवो मे अस्तु सदाशिवोऽम्।। हरिः ॐ हर 3। स्नानांगमाचमनीयम्।। ॐ ह्रौं ह्रीं जूं सः शिवाय नमः स्नानं समर्पयामि।।

अंगप्रोक्षणीय वस्त्र - विचित्रवस्त्राणि सुवासितानि सुवर्णसूत्रैः परिनिर्मितानि।
मृदूनि मृत्युञ्जय संगृहाण नमः शिवायेति समर्पयामि।।
विश्वकर्मकृतं दिव्यं निजगुह्योरुतेजसम्।
निरावरणविज्ञानं वासस्ते कल्पयाम्यहम्।।

ॐ ह्रौं ह्रीं जूं सः शिवाय नमः।। वस्त्रोपवस्त्रं समर्पयामि।।

यज्ञोपवीत - सुवर्णसूत्रैर्घटितम्मनोरमं मुक्ताफलैः संग्रथितं महार्हम्।
यज्ञोपवीतं परमं पवित्रं नमः शिवायेति समर्पयामि।।
यस्य शक्तित्रयेणेदं संप्रोतमखिलं जगत्।
यज्ञसूत्राय तस्मै ते यज्ञसूत्रं प्रकल्पये।।
ॐ ह्रौं ह्रीं जूं सः शिवाय नमः।।
यज्ञोपवीतांगमाचमनीयम् सम०।।

गन्ध - उशीरकाश्मीरसिताभ्रपद्मश्रीखण्डमन्दारहिमाम्बुयुक्तम् ।
गृहाण मृत्युञ्जय गन्धमुत्तमं नमः शिवायेति समर्पयामि।।
मलयाचलसम्पन्नं नानापन्नगरक्षितम्।
शीतलं बहुलामोदं चन्दनं प्रतिगृह्यताम्।।
ॐ ह्रौं ह्रीं जूं सः शिवाय नमः।। गन्धं समर्पयामि।

अक्षताः - शुभ्रान् शरच्चन्द्रमरीचिसन्निभानखंडितान् कृष्णतिलैः समन्वितान्।
गृहाण मृज्युञ्जय धूर्जटेऽक्षतान् नमः शिवायेति समर्पयामि।।
अक्षतान्बन्धुपुत्रादीन् रक्षकायाक्षिवाङ्मनः।
अन्तश्चैवाक्षतं कृत्वा मेऽक्षतान् प्रीतिमावह।।
ॐ ह्रौं ह्रीं जूं सः शिवाय नमः।। अक्षतान् समर्पयामि।

पुष्प - श्रीविल्वपत्रैः तुलसीदलैर्वा मन्दारजातीकरवीरपुष्पैः।
प्रसीद विश्वेश्वर पूजयामि नमः शिवायेति समर्पयामि।।
त्वदीयवनसंभूतं नानागुणमनोहरम्।
अनन्त सौरभं पुष्पं गृह्यतां मदनुग्रहात्।।
ॐ ह्रौं ह्रीं जूं सः शिवाय नमः।। पुष्पाणि समर्पयामि।

विल्वपत्र - ॐ त्रिदलं त्रिगुणाकारं त्रिनेत्रं च त्रयायुधम्। त्रिजन्मपाप-संहारमेकबिल्वं शिवार्पणम्।। त्रिशाखैर्बिल्वपत्रैश्च अच्छिद्रैः कोमलैः शुभैः। तव पूजां करोम्यद्य एकबिल्वं शिवार्पणम्।। शालग्रामेषु विप्राणां तडागं दशकूपयोः। यज्ञकोटिसहस्राणामेक-बिल्वं शिवार्पणम्। दर्शनाद्बिल्वपत्रस्य स्पर्शनात्पापनाशनम्। अघोरपापसंहारमेकबिल्वं शिवार्पणम्।। अमृतोद्भववृक्षस्य महादेवो महेश्वरः। तव पूजां करिष्यामि एकबिल्वं शिवार्पणम्।।

अज्ञानेन कृतं पापं सर्व नश्यत्वनिर्मलम्। तव पूजां करिष्यामि एकबिल्वं शिवार्पणम्।। एकैकबिल्वपत्रैश्च कोटियज्ञफलं लभेत्। मम देवेश पूजार्थमेकबिल्वं शिवार्पणम्।। तुलसीदलनिर्गुण्डी-जम्बीरामलकं तथा। पत्रं बिल्वसमाख्यातमेकबिल्वं शिवार्पणम्।।
ॐ ह्रौं ह्रीं जूं सः शिवाय नमः।।

तुलसीमञ्जरी- तुलस्यमृतजन्मासि केशवस्य सदा प्रिया।
त्वद्दलैर्मञ्जरीभिश्च प्रीतो भवतु मे शिवः।।
ॐ ह्रौं ह्रीं जूं सः शिवाय नमः।।

आवरणपूजा (अक्षतों से)- ॐ ब्रह्मणे नमः ॐ विष्णवे नमः ॐ स्कन्दाय नमः ॐ महाकालाय नमः ॐ शूलिने नमः ॐ उमायै नमः ॐ महेश्वराय नमः ॐ नन्दिकेश्वराय नमः ॐ इन्द्राय नमः। ॐ शर्वाय क्षितिमूर्तये नमः ॐ भवाय जलमूर्तये नमः ॐ रुद्राय अग्निमूर्तये नमः ॐ उग्राय वायुमूर्तये नमः ॐ भीमाय आकाशमूर्तये नमः ॐ महादेवाय सोममूर्तये नमः ॐ ईशानाय सूर्यमूर्तये नमः। ॐ महाभोगिने नमः ॐ महीधराय नमः ॐ महाघोराय नमः ॐ महत्तत्त्वाय नमः ॐ महत्तत्त्वरूपाय नम ॐ ह्रौं ह्रीं जूं सः शिवाय नमः।।

अंगपूजा (फूलों से)- ॐ देवाधिदेवाय नमः पादौ पूजयामि। ॐ शंकराय नमः जंघे पूजयामि। ॐ शिवाय नमः जानुनी पूजयामि।। ॐ शूलपाणये नमः गुल्फौ पूजयामि।। ॐ शम्भवे नमः कटि पूजयामि।। ॐ स्वयम्भुवे नमः गुह्य पूजयामि।। ॐ महादेवाय नमः नाभि पूजयामि।। ॐ विश्वकर्मणे नमः उदरं पूजयामि।। ॐ सर्वतोमुखाय नमः स्तनौ पूजयामि।। ॐ नीलकण्ठाय नमः कण्ठं पूजयामि।। ॐ श्रीकण्ठाय नमः चिबुकं पूजयामि।। ॐ शिवाय नमः मुखं पूजयामि।। ॐ महेश्वराय नमः नासिकां पूजयामि।। ॐ त्रिनेत्राय नमः नेत्रे पूजयामि।। ॐ शशिभूषणाय नमः मुकुटं पूजयामि।। ॐ देवाधिदेवाय नमः सर्वाङ्ग पूजयामि।।
ॐ ह्रौं ह्रीं जूं सः शिवाय नमः।।

धूप - मध्वाज्यकर्पूरककुष्ठचन्दनैः समन्वितं चागुरुगुग्गुलाभ्याम्।
गृहाण धूपं मृगनाभिसंयुतं नमः शिवायेति समर्पयामि।।

वनस्पतिरसो दिव्यो गंधाढ्यो गन्ध उत्तमः।
आघ्रेयः सर्वदेवानां धूपोऽयं प्रतिगृह्यताम्।।
ॐ ह्रौं ह्रीं जूं सः शिवाय नमः।।

दीप - अखण्डरूपं सितवर्तिसंयुतं तमोपहं गव्यघृतेन संयुतम्।
दीपं प्रदास्यामि सुरेश तुभ्यं नमः शिवायेति समर्पयामि।।
सुप्रकाशो महान्दीपस्त्रैलोक्यतिमिरापहः।
सबाह्याभ्यन्तरं ज्योतिर्दीपोऽयं प्रतिगृह्यताम्।।
ॐ ह्रौं ह्रीं जूं सः शिवाय नमः।।

नैवेद्य - सुसंस्कृतान्नं सघृतं पयोयुतं सशर्करं हाटकपात्रसंयुतम्।
नैवेद्यमेतत्प्रगृहाण शम्भो नमः शिवायेति समर्पयामि।।
सत्पात्रसिद्धं सुहविर्विविधव्यञ्जनान्वितम्।
निवेदयामि भवते सानुगाय जुषाण तत्।।
इदममृतस्वरूपं नैवेद्यं समर्पयामि। ॐ ह्रौं ह्रीं जूं सः शिवाय नमः॥

जल - गङ्गाजलं सर्वगुणैर्युतं विभो विष्ण्वंघ्रिजातं हिमवालुकान्वितम्।
स्थितं पवित्रे कलधौतपात्रे गृहाण पानीयमिदं सुशीतलम्।।
नैवेद्यांगमाचनीयम्। सर्वलोकहितार्थाय सर्वपापविनाशन।
कुरुष्वाचमनं देव शिव भक्त्या निवेदितम्।। धूपमाघ्रापयामि।
दीपं दर्शयामि। नैवेद्यं निवेदयामि।। ॐ सांगाय सायुधाय सवाहनाय सपरिवाराय श्रीसाम्बसदाशिवाय इदममृतस्वरूपं नैवेद्यं समर्पयामि।। ह्रौं ह्रीं जूं सः शिवाय नमः।।

फल - इदं फलं मया देव स्थापितं पुरतस्तव।
तेन मे सुफलावाप्तिर्भवेज्जन्मनि जन्मनि।।
ॐ ह्रौं ह्रीं जूं सः शिवाय नमः।।

ताम्बूल - पूगीफलसमायुक्तं नागवल्लीदलान्वितम्।
कर्पूरादिसमायुक्तं ताम्बूलं प्रतिगृह्यताम्।।
ॐ ह्रौं ह्रीं जूं सः शिवाय नमः।।
क्षणं ध्यात्वा ततः अष्टोत्तरशतं षडक्षरमंत्रस्मरणं कुर्यात्।। ॐ नमः शिवाय।। जलं गृहीत्वा निवेदयेत्-गुह्यातिगुह्यगोप्ता त्वं गृहाणास्मत्कृतं जपम्। सिद्धिर्भवतु मे देव त्वत्प्रसादात् सुरेश्वर।।

संकल्पः - ॐ विष्णुः ३ अद्येहेत्यादि अमुकोऽहं अमुकद्रव्यनिर्मितामुकसंख्याक पार्थिवलिंगानामुपरि बिल्वपत्रतुलसीदलमंजरीपुष्पयवतिल-गन्धाक्षतैः अष्टोत्तरशतनामभिः पूजनं करिष्ये।।

छन्दः - अस्य श्रीशिवाष्टोत्तरशतनाममन्त्रस्य नारायण ऋषिरनुष्टुपूछन्दः श्रीसाम्बसदाशिवो देवता गौरी उमा शक्तिः ममाभीष्टसिद्ध्यर्थे श्रीसाम्बसदाशिवप्रीतये बिल्वपत्रादिकैः अष्टोत्तरशतनामभिः पूजने विनियोगः।।

सभी नामों के पहले ॐ लगाकर पढ़ें

ॐ शिवाय नमः, महेश्वराय नमः, शम्भवे नमः, पिनाकिने नमः, शशिशेखराय नमः, वामदेवाय नमः, विरूपाक्षाय नमः, कपर्दिने नमः, नीललोहिताय नमः, शङ्कराय नमः, शूलपाणये नमः, खट्वांगिने नमः, विष्णुवल्लभाय नमः, शितिविष्टाय नमः, अम्बिकानाथाय नमः, श्रीकण्ठाय नमः, भक्तवत्सलाय नमः, भवाय नमः, शर्वाय नमः, त्रिलोकेशाय नमः, शितिकण्ठाय नमः, शिवाप्रियाय नमः, उग्राय नमः, कपालिने नमः, कामारये नमः, अन्धकासुरसूदनाय नमः, गङ्गाधराय नमः, ललाटाक्षाय नमः, कालकालाय नमः, कृपानिधये नमः, भोमाय नमः, परशुहस्ताय नमः, मृगपाणये नमः, जटाधराय नमः, कैलाशवासिने नमः, कवचिने नमः, कठोराय नमः, त्रिपुरान्तकाय नमः, वृषाङ्काय नमः वृषभारूढाय नमः, भस्मोद्धूलितविग्रहाय नमः, सामप्रियाय नमः, स्वरमयाय नमः, त्रयीमूर्तये नमः, अवनीश्वराय नमः, सर्वज्ञाय नमः, परमात्मने नमः, सोमयूर्याग्निलोचनाय नमः, हविषे नमः, यज्ञमयाय नमः, सोमाय नमः, पञ्चवक्त्राय नमः, सदाशिवाय नमः, विश्वेश्वराय नमः, वीरभद्राय नमः, गणनाथाय नमः, प्रजापतये नमः, हिरण्यरेतसे नमः, दुर्धर्षाय नमः, गिरीशाय नमः, गिरिशाय नमः, अनघाय नमः, भुजङ्गभूषणाय नमः, भर्गाय नमः, गिरिधन्विने नमः, गिरिप्रियाय नमः, अष्टमूर्तये नमः, अनेकात्मने नमः, सात्विकाय नमः शुद्धविग्रहाय नमः, शाश्वताय नमः, खण्डपरशवे नमः, अजाय नमः, पाशविमोचकाय नमः, कृत्तिवाससे नमः, पुरारातये नमः, भगवते नमः, प्रमथाधिपाय नमः, मृत्युञ्जयाय नमः, सूक्ष्मतनवे नमः, जगद्व्यापिने नमः, जगद्गुरवे नमः, व्योमकेशाय नमः महासेनाय नमः, जनकाय नमः, चारुविक्रमाय नमः, रुद्राय नमः,

भूतपतये नमः, स्थाणवे नमः, अहिर्बुध्न्याय नमः, दिगम्बराय नमः, मृडाय नमः, पशुपतये नमः, देवाय नमः, महादेवाय नमः, अव्ययाय नमः, हरये नमः, पूषदन्तभिदे नमः, भगनेत्रभिदे नमः, अपवर्गप्रदाय नमः, अव्यग्राय नमः, अव्यक्ताय नमः, अनन्ताय नमः, दक्षाध्वरहराय नमः, सहस्राक्षाय नमः, तारकाय नमः, हराय नमः, सहस्रपदे श्रीसाम्बसदाशिवाय नमः।।

नैवेद्य में से कुछ अंश निकालकर अलग रखें इस मंत्र से

मंत्र - बाणरावणचण्डीशनन्दीभृङ्गीरिटादयः।
सदाशिवप्रसादोऽयं सर्व गृह्णन्तु शाम्भवाः।।

नीराजन-

जयदेव जयाजेय जय शंकर शाश्वत। जय सर्वसुराध्यक्ष जय सर्वसुरार्च्चित।। जय सर्वगुणातीत जय सर्ववरप्रद। जय नित्यं निराधार जय विश्वम्भराव्यय।। जय विश्वैकवन्द्येश जय नागेन्द्रभूषण। जय गौरीपते शंभो जय चन्द्रार्धशेखर।। जय कोट्यर्कसंकाश जयानन्त-गुणाश्रय। जयरुद्र विरूपाक्ष जयाच्युत निरञ्जन।। जयनाथ कृपासिन्धो जयभक्तार्तिभञ्जन। जय दुस्तरसंसारसागरोत्तारण प्रभो।। प्रसीद मे महाभाग संसारार्तेश्च खिद्यतः। सर्वपापक्षयं कृत्वा रक्ष मां परमेश्वर।। महादारिद्र्यमग्नस्य महापापहतौजसः। महाशोकविनष्टस्य महारोगातुरस्य च।। ऋणभारपरीतस्य दह्यमानस्य कर्मभिः। ग्रहैः प्रपीड्यमानस्य प्रसीद परमेश्वर।।

दरिद्रः प्रार्थयेद्देवं पूजान्ते गिरिजापतिम्।
अर्थाढ्यो वापि राजा वा प्रार्थयेद्देवमीश्वरम्।।
दीर्घमायुः सदारोग्यं कोशवृद्धिर्बलोन्नतिः।
ममास्तु नित्यमानन्दः प्रसादात्तव शंकर।।
शत्रवः संक्षयं यान्तु प्रसीदन्तु मम ग्रहाः।
नश्यन्तु दस्यवो राष्ट्रे जनाः सन्तु निरामयाः।।
दुर्भिक्षमारिसन्तापाः शमं यान्तु महीतले।
सर्वसस्यसमृद्धिश्च भूयात् सुखमया दिशः।।
अन्तस्तेजो बहिस्तेजः एकीकृत्यामितप्रभो।
आरार्तिकमिदं देव गृहाण मम सिद्धये।।

प्रार्थना - नमोस्तु स्थाणुरूपाय ज्योतिर्लिङ्गामृतात्मने।
चतुर्मूर्तिभवस्थाय भासितांगाय शम्भवे।।
सर्वज्ञज्ञानविज्ञानप्रदायक महात्मने।
नमस्ते देवदेवेश सर्वभूतहिते रतः।।
अनन्तकान्तिसम्पन्न ह्यनन्तासनसंस्थित।
अनन्तशक्तिसम्भोग परमेश्वर नमोऽस्तु ते।।
बहुरूप महारूप सर्वरूपोत्तमोत्तम।
व्याघ्रचर्मसमासीन दृढ़व्रत नमोऽस्तु ते।।
परात्पर परातीत उत्पत्तिस्थितिकारक।
सर्वार्थसाधनोपाय विश्वेश्वर नमोऽस्तु ते।।
स्वभावनिर्मलाकार सर्वव्याधिविनाशन।
योगी योगप्रदो यज्ञो योगीश्वर नमोऽस्तु ते।।
प्राणप्रतिष्ठां कृत्वा तु लिंगस्तवमुदीरयेत्।
लिङ्गस्तवं मिंहापुण्यं यः श्रृणोति सदा नरः।।
नोत्पद्यते हि संसारे स्थानं प्राप्नोति शाम्भववम्।
तस्मात्सर्वप्रत्नेन श्रृणुयात्पार्थिवस्तवम्।।
पापकञ्चुकनिर्मुक्तः प्राप्नोति परमं पदम्।।

आत्मा त्वं गिरजा मतिः सहचराः प्राणाः शरीरं गृहं,
पूजा ते विषयोपभोगरचना निद्रा समाधिस्थितिः।
सञ्चारः पदयोः प्रदक्षिणविधिः स्तोत्राणि सर्वा गिरो
यद्यत्कर्म करोमि तत्तदखिलं शम्भो तवाराधनम्।।
शिवो गुरुः शिवो देवः शिवो बन्धुः शरीरिणाम्।
शिव आत्मा शिवो जीवः शिवादन्यन्न किंचन।।
नमस्ते देवदेवेश नमस्ते धरणीधर।
नमस्ते जगतां नाथ त्राहिं मां शरणागतम्।।

ॐ हर भव शिव रुद्र चन्द्रमौले गिरिश गणेश महेश पार्वतीश।
इति मम वदतो दिनानि यान्तु स्मरहर किं बहु जल्पकल्पनाभिः।।

भूमौ स्खलितपादानां भूमिरेवावलम्बनम्।
त्वयिजातापराधानां त्वमेव शरणं प्रभो।।
अपराधो भवत्येव सेवकस्य पदे पदे।

कः परः उहते लोके केवलं स्वामिनं बिना।।
अपराधसहस्राणि क्रियन्तेऽहर्निशं मया।
दासोऽयमिति मां मत्वा क्षमस्व परेश्वर।।
कोटयो ब्रह्महत्यानामगम्यागम्योकोटयः।
सद्यः प्रलयमायान्ति महादेवस्य कीर्तनात्।।
वयं धन्या वयं धन्या वयं धन्या जगत्पते।
शिवे भक्तिः शिवे भक्तिः शिवे भक्तिर्भवे भवे।।
सदा भूयात्सदा भूयात्संदा भूयान्न संशयः।
मत्समः पातकी नास्ति पापघ्नस्त्वसमो नहि।
इति सञ्चिन्त्य संचिन्त्य प्राणान्सन्धारयाम्यहम्।।
मा मतिः परदारेषु परद्रव्येषु मा मतिः।
परापवादिनी जिह्वा मा भूज्जन्मनि जन्मनि।।

करचरणकृतं वाक्कायजं कर्मजं वा श्रवणनयनजं वा मानसं वापराधम्।
विहितमविहितं वा सर्वमेतत्क्षमस्व जयजय करुणाब्धे श्रीमहादेव शंभो॥

शिवतत्त्वं न जानामि कीदृशोऽसि महेश्वर।
यादृशोऽसि महादेव तादृशाय नमो नमः।।

ॐ हे चंद्रचूड मदनान्तक शूलपाणे स्थाणो गिरीश गिरिजेश महेश शम्भो। भूतेश भीतिभवसूदन मामनाथ संसार दुःखगहनाज्जगदीश रक्ष।। हे पार्वतीहृदयवल्लभ चन्द्रमौले भूताधिप स्मरहर प्रमथाधिनाथ। हे वामदेव भव रुद्र पिनाकपाणे संसारदुःखगहनाज्जगदीश रक्ष।। हे विश्वनाथ शिव शङ्कर देवदेव गङ्गाधर प्रमथनायक नन्दिकेश। वाणीश्वरान्धकरिपो हर लोकनाथ संसारदुःखगहनाज्जगदीश रक्ष।। हे नीलकण्ठ वृषभध्वज पञ्चवक्त्र लोकेश शेषवलय प्रमथेश शर्व। हे धूर्ज्जटे पशुपते गिरिजापते मां संसारदुःखगहनाज्जगदीश रक्ष।। विश्वेश विश्वभुवनाश्रय विश्वरूप विश्वात्मकत्रिभुवनैक-गणाधिपेश। हे विश्ववन्द्य करुणामय दीनबन्धो संसारदुःख-गहनाज्जगदीश रक्ष।।

पञ्चरत्नमिदं स्तोत्रं यः पठेत्प्रयतः शुचिः। पुत्रपौत्रादिकं सौख्यं लभते नात्र संशयः।। अद्य मे सफलं जन्म अद्य मे सफलं तपः। अद्य मे सफलं ज्ञानं शम्भो त्वत्पादसेवनात्।। कृतार्थोऽहं कृतार्थोऽहं कृतार्थोऽहं न संशयः। शिवे भक्तिः शिवे भक्तिः शिवेभक्तिर्भवे भवे।। सदा भूयात्सदा भूयात्सदा भूयात्सुनिश्चला। आजन्ममरणं यस्य महादेवो न दैवतम्।। या जनिः स्याद्भवेत्तस्य शिवपूजाविवर्जिता। जातस्य जायमानस्य गर्भस्थस्यापि देहिनः।। मा भूत्तस्मिन्कुले जन्म यत्र शम्भोर्न पूजनम्। वयं धन्या वयं धन्या वयं धन्या जगत्पते। आदिदेवो महादेवः स ह्यस्मत्कुलदैवतम्। हरशम्भो महादेव विश्वेशामर-वल्लभ।। शिव शङ्कर सर्वात्मन्नीलकण्ठ नमोऽस्तु ते।। मृत्युञ्जयाय रुद्राय नीलकण्ठाय शम्भवे। अमृतेशाय शर्वाय महादेवाय ते नमः।। महादेव महादेव महादेवेति यो ध्वनिः। स एव परमानन्दः संसारगृहवासिनाम्।। नीलकण्ठाष्टकमिदं यः पठेच्छिवसन्निधौ। शिवलोकमवाप्नोति शिवेन सह मोदते।।

ओंकाररूपं त्रिगुणात्मकं शिवं सृष्टिस्थितिप्रत्यवहारकारणम्। सुरासुरेशं रविमण्डलस्थं नमः शिवायेति नमस्करोमि।। ॐकाररूपाय महेश्वराय नमः नकाराय निरञ्जनाय। मकाररूपाय महेश्वराय नमः शकाराय शशांकमौलये।। वकाररूपाय विरूपचक्षुषे नमो यकाराय यमादितारिणे। षडक्षरस्तोत्रमिदं शिवात्मकं संपूज्य सम्यग्विधिना गिरीशम्।। भक्त्या पठेद्यो मनुजोत्तमः सदा गिरीशसायुज्यपदं स याति।।

ॐ नागेन्द्रहाराय त्रिलोचनाय भस्माङ्गरागाय महेश्वराय। नित्याय शुद्धाय दिगम्बराय तस्मै नकाराय नमः शिवाय।। मन्दाकिनीसलिलचन्दनचर्चिताय नन्दीश्वर प्रथमनाथमहेश्वराय। मन्दारपुष्पबहुपुष्पसुपूजिताय तस्मै मकाराय नमः शिवाय।। शिवाय गौरीवदनाब्जवृन्दसूर्याय दक्षाध्वरनाशकाय। श्रीनीलकण्ठाय वृषध्वजाय तस्मै शकाराय नमः शिवाय।। वशिष्ठ कुम्भोद्भवगौतमादि मुनीन्द्रदेवार्चितशेखराय।

चन्द्रार्कवैश्वानरलोचनाय तस्मै वकाराय नमः शिवाय।।
यज्ञस्वरूपाय जटाधराय पिनाकहस्ताय सनातनाय।
दिव्याय देवाय दिगम्बराय तस्मै यकाराय नमः शिवाय।।
पञ्चाक्षरमिदं पुण्यं यः पठेच्छिवसन्निधौ।
शिवलोकमवाप्नोति शिवेन सह मोदते।।

प्रदक्षिणा- यानि कानि च पापानि जन्मान्तरकृतानि च।
तानि सर्वाणि नश्यन्तु प्रदक्षिणपदे पदे।।
पापोऽहं पापकर्माहं पापात्मा पापसम्भवः।
त्राहि मां पार्वतीनाथ शरण्यो मे भवाधुना।।
सर्वपापक्षयं कृत्वा ह्यभीष्टं कुरु मे प्रभो।
ॐ ह्रौं ह्रीं जूं सः शिवाय नमः।।

अर्घ्यदान- रक्ष रक्ष महादेव रक्ष त्रैलोक्यरक्षक।
भक्तानामभयं कर्ता त्राता भव भवार्णवात्।।
वरद त्वं वरं देहि वाञ्छितं वाञ्छितार्थद।
अनेन सफलार्घ्येण वरदो भव सर्वदा।।

दक्षिणासंकल्प ॐ विष्णुः 3 अद्येहेत्यादि अमुकोऽहं श्रुतिस्मृतिपुराणोक्तफलावाप्तये अमुककामनया अमुक व्रतांगत्वेन अमुकशिवलिंगोपरि श्रीसदाशिवस्य पूजनकर्मणः सांगफलप्राप्त्यर्थम् न्यूनातिरिक्तपरिपूर्णतासिद्धये इदं सुवर्णं सुवर्णनिष्क्रयीभूतं द्रव्यं वा ब्राह्मणाय (ब्रह्मणेभ्यो वा) विभज्य दास्येॐ तत्सन्न मम।।

दक्षिणां दत्त्वा अभिषेकतिलकमन्त्रपाठादिकारयित्वा विसर्जनम्— आवाहनं न जानामि न जानामि विसर्जनम्। पूजाञ्चैव न जानामि क्षमस्व परेश्वर।। मन्त्रहीनं क्रियाहीनं भक्तिहीनं सुरेश्वर।। यत्पूजितो मया देव परिपूर्ण तदस्तु मे।। श्रीशिवदेव

कैलासं यथाभिलषितं वा गच्छ।। गच्छ गच्छ सुरश्रेष्ठ स्वस्थानं परमेश्वर। यत्र ब्रह्मादयो देवास्तत्र गच्छ सुरेश्वर।। ॐ हर हर हर महादेव। जलं गृहीत्वा विसृजेत-ॐ कायेन वाचा मनसेन्द्रियैर्वा बुद्ध्यात्मना वानुसृतेः स्वभावात्। करोमि यद्यत्सकलं परस्मै नमः शिवायेति समर्पयामि।।

5.12 पुत्रप्रद शिव स्तोत्र

जिन लोगों को भगवान् शिव का इष्ट है, वे सन्तान प्राप्ति के लिये शिव की आराधना केवल पुत्र प्राप्ति के लिये कर सकते हैं। शिव की विशेष अर्चना व आराधना श्रावण मास में की जाती है क्योंकि शिव अभिषेक प्रिय हैं और श्रावण में प्रकृति स्वयं वृष्टिरूपिणी होकर सारे जगती तल का अभिषेक करती है। शिव ने काम का दहन कर दिया किन्तु गिरिजा की तपश्चर्या पर प्रसन्न होकर उन्होंने ही उसे अति तेजस्वी पुत्र भी दिया जो देवताओं का सेनापति हुआ और जिसने दुर्भद राक्षस का वध भी किया।

ब्रह्मवैवर्त पुराण में हिमालय द्वारा किया गया यह स्तोत्र पुत्रप्रद माना गया है। फलश्रुति में आनुषंगिक रूप से दूसरे फल भी बताये गये हैं पर हमें इसका प्रयोग सन्तान प्राप्ति के निमित्त ही करना है।

त्वं ब्रह्मा सृष्टिकर्ताच त्वं विष्णुः परिपालकः।
त्वं शिवः शिवदोऽनन्तः सर्व संहारकारकः।।

त्वमीश्वरो गुणातीतो ज्योतीरूपः सनातनः।
प्रकृतिः प्रकृतीशश्च प्राकृतः प्रकृतेः परः।।

नानारूपविधाता च भक्तानां ध्यान हेतवे।
येषु रूपेषु यत्प्रीति स्तत्रद्रूपं विभर्षि च।।

सूर्यस्तवं सृष्टिजनक आधारः सर्वतेजसाम्।
सोमस्त्वं सस्यपाता च सततं शीतरश्मिना।।

वायुस्त्वं वरूणस्त्वं च विद्वांश्च विदुषांगुरूः।
मृत्युञ्जयो मृत्युमृत्युः कालकालो यमान्तकः।।

वेदस्त्वं वेदकर्ता च वेद वेदांग पारगः।
विदुषां जनकस्त्वं च विद्वांश्च विदुषां गुरूः।।

मन्मस्त्वं हि जपस्त्वं हि तपस्त्वं सत्फलप्रदः।
वाक् त्वं रागाधिदेवी च तत्कर्ता तद्गुरूः स्वयम्।।

अहो सरस्वती बीजं कस्त्वां स्तोतु मिहेश्वरः।
इत्येवमुक्त्वा शैलेन्द्र स्तस्थौ घृत्वा पदाम्बुजम्।।

श्रावण मास में इस स्तोत्र के 11 पाठ प्रातःकाल, ग्यारह पाठ मध्याह्न में और तैंतीस

पाठ संध्याकाल में करे। दूध मिश्रित जल से भगवान् का अभिषेक करे। एक मास तक पूर्ण ब्रह्मचर्य का पालन करे। संभव हो तो श्रावणी पूर्णिमा के दिन इसी स्तोत्र के प्रत्येक श्लोक के अन्त में स्वाहा जोड़कर यथाशक्ति कम से कम एक सौ आठ स्तोत्र का हवन करे। हवन में तिल, शक्कर, घी, के साथ जीवापोता और बिल्वपत्र के पत्ते व फल का गूदा तथा बीज मिला ले।

भगवान् शंकर आशुतोष हैं, भक्त पर प्रसन्न होकर वे मनोरथ पूर्ण कर देते हैं। श्रावण के बाद भी ग्यारह पाठ प्रतिदिन करता रहे और अगले श्रावण में फिर इसी तरह करे तो भगवान् की कृपा से मनोरथ पूर्ण होता ही है।

5.13 पुत्रेष्टियज्ञ की वैदिक ऋचाएँ

आते गर्भे योनिमेतु पुमानूबाण इवेषुधिम्।
आवीरा जायताम् पुत्रस्ते दशमास्यः।।1।। (अग्नय इदम्)

करोमि ते प्राजापत्यमागर्भो योनिमेतु ते
अनूनः पुत्रो जायतामश्लोणो पिशाचधीतः।।2।। (अग्नय इदम्)

पुमांस्ते पुत्रोनारीतं पुमाननुजायताम्।
तानि भद्राणि बीजान्यृषभा जनयन्तु नौ।।3।। (अग्नय इदम्)

यानि भद्राणि बीजन्यृषभा जनयन्ति नः।
तैस्त्वं पुत्रान् विन्दस्व सा प्रसूर्धेनुका भव।।4।। अ. 1

कामः समृध्यतां मह्यमपरा जितमेव मे।
यं कामं कामये देवे तनमे वायो समर्धय।।5।। अ. 1

अग्निरैतु प्रथमो देवतानां सोडस्यै प्रजां मुंवतु मृत्युपाशात्
तदयं राजा वरुणानुमन्यतां यथेयं स्त्री पौत्र मधन्नेरोदत्।।6।। व.

इमामग्निस्त्रायतां गार्हपत्यः प्रजामस्मै दीर्घमायुः।
अशून्योपस्था जीवतामस्तु माता पौत्र मानदमभि प्रबुध्यता
मियम्।।7।। व.

माते गृहे निशि घोष उत्थादन्यत्र त्वद्रुदन्त्यः संविशन्तु।
मात्वंबिके श्युर आवधिष्ठा जीवपत्नी
पतिलोके विराजपश्यन्ती प्रजां सुमनस्य माना ।।8।। व.

अप्रजस्तां पौत्रमृत्युं पाप्मानमुतवाधम्।
शीर्ष्णः स्रज मिवोन्मुच्य द्विषद्भ्यः प्रतिमुंचानि पाशम्।।9।। व.

देवकृतं ब्राह्मण कल्पमानं तेन हन्मि योनिषदः पिशाचान्
क्रव्यादो मत्यून धरान्पातयामि दीर्घ मायुस्तव जीवन्तु पुत्राः।।10।। व.

इन वेदोक्त दश ऋचाओं के ग्यारह पाठ प्रतिदिन के क्रम से करके ग्यारहवें दिन दशांश हवन करना चाहिए। हवन में गणपति, षोडश मातृका, नवग्रह, पंचलोकपालों का पूजन करके अग्नि और वरुण का पूजन करे क्योंकि इन ऋचाओं से अग्नि और वरुण की ही आहुतियाँ देनी हैं। आहुति में खीर और चरू को माना जाता है किन्तु प्रथम बार केवल घी की आहुति देनी हैं शेष नौ वार में खीर और चरू की आहुति लगेंगी। इन मन्त्रों के अन्त में स्वाहा बोलकर आहुति दी जायेगी फिर अग्नय इदम् प्रारंभ की पाँच ऋचाओं में और वरुणायेदम् शेष पाँच ऋचाओं में बोला जाएगा। प्रथमतः एक रंग की गाय के दूध से बनी खीर की आहुति दे फिर चरू की आहुति दे। दस पाठों का कुल हवन करना है इसलिए प्रथम एक आवृत्ति घी की बाद में चार खीर की तथा शेष पाँच की चरू से आहुति दे।

इसके बाद विष्णु, पृथिवी, सूर्य, सोम और सूर्यासावित्री की आहुति दे।

मानस्तोके तनये मा न आयुषि मा नो गोषु मानो अश्वेषु रीरिषः
मा नो वीरानूरुद्रभामिनो वधीर्हविष्मन्तः सदमि त्वा हवामहे

मा नो महान्तमुत मानो अर्भकं मा न उक्षन्तमुत मा न उक्षितम्
मा नो वधीः पितरं मोत मातरं मानः प्रियास्तन्वो रूद्र रीरिषः

इन दो ऋचाओं का एक हजार जप करने से पुरश्चरण हो जाता है। यदि एक बार जप करने पर साधक के मन में विश्वास, प्रसन्नता और विचारों में उदारता प्रकट न हो तो उसे यही क्रम फिर दुहराना चाहिए। एक बार एक हजार जप करके गूलर की लकड़ी के छोटे-छोटे टुकड़ों को घी में डुबाकर पहले **ओं भूः स्वाहा, ओं भुवः स्वाहा, ओं स्वः स्वाहा,** इन व्याहृतियों का हवन करना चाहिए। एक एक व्याहृति की अठारह आहुतियाँ देनी चाहिए।

जब कभी कपिला गाय व्याये और उसके बछड़ा हो तब यथाकाल उसका दूध निकाल कर चरू पकाये। उसी चरू इक्यासी माला की आहुति दे अर्थात् आठ हजार और एक माला की एक सौ आठ इस प्रकार कुल आठ हजार एक सौ आठ आहुतियाँ देनी चाहिए।

हवन में शेष चरू को पत्नी खाये। स्मरण रहे, यह कार्य स्त्री के ऋतुकाल से निवृत्त होने पर ही करना चाहिए। एक अकेले व्यक्ति से इतनी मात्रा में संभव न हो तो दूसरे व्यक्तियों को सहायतार्थ बिठा लेना चाहिए किन्तु ये सहायता करने वाले व्यक्ति भी इन मन्त्रों को बोलते रहें।

इस अनुष्ठान में भगवान् शंकर की पूजा व आराधना की जाती है।

5.14 पुरुषसूक्त विधान

ॐ परब्रह्म परमात्मने नमः, ॐ उत्पत्ति स्थिति प्रलय कराय ब्रह्म हरि हराय, त्रिगुणात्मने, सर्व कौतुकान्त दर्शनाय दत्तात्रेयाय नमः, तन्त्राणि सिद्धि कुरु - कुरु स्वाहा।।

महर्षि पाराशर ने बृहत्पाराशर स्मृति में उपरोक्त शीर्षक से श्लोक 297 से 313 में बन्ध्या, काक बन्ध्या, मृत वत्सा तथा जिनके केवल कन्याएँ होती हों, उनको पुत्र प्राप्ति के लिए त्रैभासिक यज्ञ जोकि शुक्ल पक्ष में शुभ वार तिथि नक्षत्र एवं गोचर ग्रहों की शुद्धि और अनुकूल होने की शुभ वेला में स्त्री-पुरुषों को उपवास कर प्रारम्भ करना चाहिए, विधि वर्णन करते हैं।

पुत्र कामिनी स्त्री, प्रथम शुभ मुहूर्त में उठे और पति के चरण पूजकर यज्ञ को सम्पन्न कराने की प्रार्थना करे। अपामार्ग की दातुन करे, जंगल से जंगली सूकरों की खोदी हुई, पूर्व संग्रहीत मिट्टी, तुलसी, पीपल की जड़ों की मिट्टी शरीर पर मलकर स्नान और श्वेत पवित्र वस्त्र धारण करे। लाल चावल, लाल पुष्प, लाल चन्दन और कुशा ताम्र पात्र में डालकर अरुण सूर्य को अर्घ्य दें और उपस्थान करें।

कोरे स्वस्तिकों से चिह्नित पात्रों में चावल, पुष्प, फल आदि से सुसज्जित कर मय पवित्र जल, पूर्व रचित यज्ञ मण्डप में गीत मंगल, जो पुत्रवती सौभाग्यवती, आरोगिणी पूर्णांगी (न्यूनाधिक न हो) स्त्रियों सखियों के साथ ग्रंथि बन्धन कर प्रवेश करे। यह शुक्ला द्वादशी में एकादशी व्रत के साथ विधि है।

याज्ञिक सदाचारी, शान्त, निर्लोभी, प्रियवादी, श्रोत्रिय, ब्रह्मनिष्ठ कर्मज्ञ पूर्णांग विशेषकर पुत्रेष्ठि विधि वेत्ताओं को पवित्र आसनों पर बिठा पैर धोकर विधिवत् पूजन कर वस्त्र, आभूषण, माला, गन्ध, पान, दक्षिणा आदि भेंट कर विधिवत् आचार्य, ब्रह्मा, होता, अध्वर्यु आरि को नान्दी श्राद्ध, पुण्याह वाचन, पंचगव्य प्राशन, रक्षोघ्न (मण्डप), पूजन यज्ञ, कर्म सम्पादनार्थ बरण करें।

सभी ब्रह्मचर्य व्रत, भूशयन, मद्य-धूम्रपानादि रहित, कन्द मूल, फलाहार दही, दूध सेवन करें। यजमान, सर्व प्रथम उत्तर दिशा में समतल भूमि में जहाँ वेदी बनी हो, यथाशक्ति उपचार से पूजन करें।

मय गोत्रादि, वेदि या कुण्ड में अग्नि देव की स्थापना, पूजा वन्दना करें। सभिधा पीपल या गूलर की ही हो। गणपति, ग्रह, नक्षत्र तथा प्रधान वेदियों के हवन से पूर्व प्रणीता, प्रोक्षणी, श्रुवा, अज्यस्थाली, चरुस्थाली, उपयमन, कुशा पवित्री और कुण्ड पूजा तथा कुष्काण्डिका के साथ वैष्णव चरु से पुरुष सूक्त तथा श्री सूक्त से जगद्बीज का होम करें। कुष्कण्डिका के उपरान्त महा व्याहृति होम करें। आचार्य याज्ञिक व यजमान दम्पत्ति को सभी न्यास ऋषि, देवन्यास, करन्यासादि तथा यज्ञिक महामुद्रायें करा लें।

यज्ञ पूर्ण होने पर, सभी ग्रह आदि देवताओं का बलिदान तर्पण, मार्जन, छायादान, भूयसी दक्षिणा गोदानादि के उपरान्त पूर्णाहुति की विधि व पूजा करें।

"सहस्त्रवाहु" 19/6 सूक्त से पुरुषमेध, अश्वमेध, प्राजापत्येष्टि (पुत्रेष्टि) या तथा शनिग्रह शान्ति आदि नारायण की पूजा, जप, अभिषेक उपस्थान होम करे।

1-16 नारायणः। पुरुषः। अनुष्टुप्।

सहस्त्रबाहुः पुरुषः सहस्राक्षः सहस्त्रपात्।
स भूमि विश्वतो वृत्वात्यतिष्ठद् दशाङ्गुलम्।।1।।

त्रिभिः पद्भिर्द्यामरोहत् पादस्येहाभवत् पुनः।
तथा व्यऽक्रामद् विष्वङशनानशने अनु।।2।।

तावन्तो अस्य महिमानस्ततो ज्यायांश्च पूरुषः।
पादोऽस्य विश्वा भूतानि त्रिपादस्यामृतं दिवि।।3।।

पुरुष एवेदं सर्वं यद् भूतं यच्च भाव्यऽम्।
उतामृतत्वस्येश्वरो यदन्येनाभवत् सह।।4।।

यत् पुरुषं व्यदधुः कतिधा व्यऽकल्पयन्।
मुखं किमस्य किं बाहू किमूरू पादा उच्येते।।5।।

ब्रह्मणोऽस्य मुखमासीद् बाहू राजन्योऽभवत्।
मध्यं तदस्य यद् वैश्यः पद्भ्यां शूद्रो अजायत।।6।।

चन्द्रमा मनसो जातश्चक्षोः सूर्यो अजायत।
मुखादिन्द्रश्चाग्निश्च प्राणाद वायुरजायत।।7।।

नाभ्या आसीदन्तरिक्षं शीर्ष्णो द्यौः समवर्तत।
पद्भूयां भूमिर्दिशः श्रोत्रात् तथा लोकां अकल्पयन्।।8।।

विराडग्रे समभवद् विराजो अधि पूरुषः।
स जातो अत्यरिच्यत पश्चाद् भूमिमथो पुरः।।9।।

यत् पुरुषेण हविषा देवा यज्ञमतन्वत।
वसन्तो अस्यासीदाज्यं ग्रीष्म इध्मः शरद्धविः।।10।।

तं यज्ञं प्रावृषा प्रौक्षन् पुरुषं जातमग्रशः।
तेन देवा अयजन्त साध्या वसवश्च ये।।11।।

तस्मादश्वा अजायन्त ये च के चोभयादतः।
गावो ह जज्ञिरे तस्मात् तस्माज्जाता अजवयः।।12।।

तस्माद् यज्ञात् सर्वहुत ऋचः सामानि जज्ञिरे।
छन्दो ह जज्ञिरे तस्माद् यजस्तस्मादजायत।।13।।

तस्माद् यज्ञात् सर्वहुतः संभृतं पृषदाज्यऽम्।
पशूँस्तांश्चक्रे वायव्याऽनारण्या ग्राम्याश्च ये।।14।।

सप्तास्यासन् परिधयस्त्रिः सप्त समिधः कृताः।
देवा यद् यज्ञं तन्वाना अबध्नन् पुरुषं पशुम्।।15।।

मूर्ध्नो देवस्य बृहतो अंशवः सप्त सप्ततीः।
राज्ञः सोमस्याजायन्त जातस्य पुरुषादधि।।16।।

'चित्राणि साकम्' 19/7 तथा 'नक्षत्राणि साकम्' 19/8 इन दोनों सूक्तों से नक्षत्र कल्पोक्त 'पुष्य' के लिए वस्त्र, अनुलेप; 'कृतिका' को घी, 'रोहिणी' को विविध बीज 'अश्विनी' को क्षीरयुक्त वृक्षों की समिधा दें। 'भरणी' को काले तिल, घी, मधु से होम उपस्थान करें।

काँ० 19 सू० 7/1/5 गार्ग्यः। नक्षत्राणि। त्रिष्टुप्, 4 भुरिक्।

चित्राणि साकं दिवि रोचनानि सरीसृपाणि भुवने जवानि।
तुर्मिशं सुमतिमिच्छमानो अहानि गीर्भिः सपर्यामि नाकम्।।1।।

सुहवमग्ने कृत्तिका रोहिणी चास्तु भद्रं मृगशिरः शमार्द्रा।
पुनर्बसू सूनृता चारु पुष्यो भानुराश्लेषा अयनं मघा मे।।2।।

पुण्यं पूर्वा फल्गुन्यौ चात्र हस्तश्चित्रा शवा स्वाति सुखो मे अस्तु।
राधे विशाखे सुहवानुराधा ज्येष्ठा सुनक्षत्रमरिष्ट मूलम्।।3।।

अन्नं पूर्वा रासतां मे अषाढा ऊर्ज देव्युत्तरा आ वहन्तु।
अभिजिन्मे रासतां पुण्यमेव श्रवणः श्रविष्ठाः कुर्वतां सुपुष्टिम्।।4।।

आ मे महच्छतभिषग् वरीय आ मे द्वया प्रोष्ठपदा सुशर्म।
आ रेवतो चाश्वयुजौ भगं म आ मे रयिं भरण्य आ वहन्तु।।5।।

अ० वे० कां 19 सू. 6 "सहस्रबाहु" हजारों भुजाओं का, हजारों नेत्रों का, हजारों पैरों का एक पुरुष है। वह भूमि के चारों ओर (ओत-प्रोत) से घेरकर दश अंगुल विश्व को व्याप्त कर रहा है। 2. तीन अंशों से द्युलोक पर (महाभेरु) पर चढ़ा है, और उसका एक अंश यहाँ (भूलोक में) पुनः पुनः होता है। चारों ओर भोक्ता, अभोक्ता, चेतन जड़ रूप से व्याप रहा है। 3. इसकी इतनी गरिमा है पुरुष (त्रिपाद) तो उससे बड़ा है। इसी का एक अंश यह सब भूत मात्र हैं, और इसी के तीन अंश द्यौलोक में अमर हैं। 4. जो बना हैं और जो बनेगा, वह सब पुरुष ही है, वह अमरपन का स्वामी हैं, जो दूसरे जड़ के साथ होता है। 5. जो विद्वान इस पुरुष का वर्णन करते हैं, उन्होंने इसकी कितने प्रकार से कल्पना की है। इसका मूल कौन है? इसके बाहू कौन हैं? जाँघे कौन हैं? और पैर कौन कहलाते हैं? 6. इस पुरुष का मुख ब्राह्मण (ब्रह्मयज्ञ) है, क्षत्रिय बाहु हुए हैं। इसका मध्य भाग वैश्य है, और पावों से शूद्र हुआ है। 7. उसके मन

से चन्द्र की उत्पत्ति हुई है, आँख से सूर्य, मुख से इन्द्र और अग्नि; प्राण से वायु की उत्पत्ति हुई है। 8. उस पुरुष की नाभि से अन्तरिक्ष हुआ है, शिर से द्यौलोक, पांवों से भूमि हुई, कान से दिशायें और इसी भाँति सब अन्य लोकों की कल्पना, प्रजापति (उच्छिष्ट ब्रह्म) के शरीर के अंगों पर की गई है। 9. प्रथम विराट् कनिष्ट की उत्पत्ति हुई उसके ऊपर (ज्येष्ठ ब्रह्म, परमेष्ठी वैश्वानर) अधिष्ठात पुरुष हुआ। वह उत्पन्न होते ही फैल गया प्रथम भूमि पर, तदनन्तर नाना यज्ञ किया, उसका घी बसन्त ऋतु थी। ग्रीष्म ऋतु, काष्ठ था, शरद् ऋतु हवि था। 11. उस प्रथम उत्पन्न हुए, यज्ञीय पुरुष को; वृष्टि के जल से सिंचन किया, उससे साध्यादि जो वसु, देव हैं, वे यज्ञ करते रहे। 12. उससे घोड़े उत्पन्न हुए, जिनके दोनों ओर दांत होते हैं, उससे गौयें उत्पन्न हुईं, उससे बकरियां और भेड़ें उत्पन्न हुईं। 13. उस सर्वस्व समर्पण यज्ञ से, ऋचायें और सामगान उत्पन्न हुए, उस यज्ञ से छन्द अर्थात् "अथर्ववेद" उत्पन्न हुआ, उस यज्ञ से "यजुर्वेद" उत्पन्न हुआ। 14. उस सर्वस्व समर्पण रूप यज्ञ से, दही और घृत उत्पन्न हुए, उन वायव्य पशुओं से, आरण्य पशु और ग्राम्य पशु, ऐसे पशु उत्पन्न हुए। 15. देव जो यज्ञ कर रहे थे, उस यज्ञ की परिधियाँ सात थीं, 3 x 7 (21) समिधायें की थीं, और परमेष्ठी रूप पुरुष को ध्यान के लिए चित्त में निग्रह (बांधा) किया था, उसी पर वे ध्यान लगाते थे। ज्येष्ठ ब्रह्म के, राजा सोम के शिर से; सत्तर वार 7 (अर्थात् 490) किरणें प्रगट हुई, जब वह पुरुष में उत्पन्न हुआ। ये किरण सूक्ष्मतर, प्रदेदीप्यमान तत्व है, जिनसे सृष्टि का सृजन हुआ है, बड़ा देव सोम - राजा अजर, अमर, नीरोग, शान्त, सौम्य, सरल, सर्वाधार प्रभु हैं। जिससे ये तत्व प्रगट हुए और सारी सृष्टियों के सृजन हुए हैं। भूमण्डल में, चराचर में व्याप्त शरीर ही, इस पुरुष का शरीर है। ये ही अगणित हाथ, बाहू, पैर, नेत्र, कर्ण उदर, इस उपर्युक्त विराट पुरुष के हैं।

5.14 पुत्रकामेष्टि विधि

पुत्रेष्टि यज्ञ साधारण यज्ञ नहीं है। इसे सम्पन्न व्यक्ति ही अत्यन्त कुशल और साधक विद्वानों द्वारा करा सकते हैं। इसकी विधि भी सर्व सुलभ नहीं है। यहाँ हम केवल आकर ग्रन्थों से विधिमात्र सुलभ करा रहे हैं। पुत्रकामेष्टि यज्ञ का सम्पादन के उपरान्त संतानहीन दम्पत्ति अवश्य ही संतान प्राप्ति करने में सफल और समर्थ होते हैं। इसमें किंचित् संशय नहीं है परन्तु पुत्रकामेष्टि विधि को सम्पन्न कराने हेतु उपर्युक्त आचार्य ही उपलब्ध नहीं हैं। जिस प्रकार से राजा दशरथ ने पुत्रेष्टि यज्ञ सम्पन्न करने के उपरान्त चार पुत्रों के जन्म का सुख प्राप्त किया इसीप्रकार से पुत्र कामेष्टि विधान और यज्ञ भी अमोघ है जो शास्त्र संगत और वेदोक्त है इसका सम्यक् विस्तार यहाँ सम्भव नहीं इसके लिए तो एक विस्तृत शोध प्रबन्ध लेखन की अनिवार्यता है। अतः यहाँ पर पुत्रकामेष्टि विधि का ही उल्लेख करना यहाँ पर्याप्त प्रतीत होता है।

पुत्रेष्टिहोमविधानात्प्राक् सप्तम-पञ्चम-तृतीयमासैकपर्यन्तं वा प्रकोपव्रतं वा भौमव्रतमाचरन्तौ अखण्डब्रह्मचर्यपालनं कुरुता पुत्रेच्छू पतिपत्न्याविति शास्त्राचारः। अस्यैव व्रतकालस्यान्तर्गताः जन्माग्तः प्रश्नाग्तो वा अनपत्यत्व-कन्याप्रजननत्वादिदुःखप्रदा ग्रहयोगाः स्युस्तर्हि शास्त्रोक्तविधिना श्रीरुद्रस्नान-

पूर्वकं सागेपाग्सन्तानगोपालादिपुरश्चरण द्वारा विश्वासपूर्वकं शास्त्रकृत्यं सुसंविधाय दूरीकरणीयास्ते ते दोषाः। यदि चेत्पुरुषो धातुरोगग्रस्तो भवेदथवा वाजीकरणशक्तयभावः स्यात् तथा स्त्रियः ऋतुदोषो गर्भदोषश्च प्रतीयेत तर्हि आदौ हि पुत्रकामेष्टिहोमात् सुचिकित्सा विधेया।

तत्रादौ रुद्रस्नानविधानम्

गुरुशुक्रास्नादिरहिते शुभे मासि-अष्टम्यां चतुर्दश्यां वा शुक्लपक्षे ऋतुस्नानाच्चतुर्थेऽह्नि रविवासरे चन्द्रताराद्यानुकूल्ये सति कर्ता सभार्यः अशोष्यनदीसंगमं गत्वा तदभावे सिद्धपीठशिवालयादिकमुपेत्य पुण्याहं वाचयित्वा आहिताग्न्यादिगुणविशिष्टं द्विजमाचार्यत्वेन वृत्वा सऋत्विक्ब्राह्मणञ्च वृणुयात्। ततो दीर्घायुःसुपुत्राद्युत्पत्तिप्रतिबन्धकदुरितनिरासार्थं यथाशक्ति प्रायश्चित्तमनुतापयुक्तः कुर्यात् तच्च फलतारतम्यावगतदुरिततारतम्येन षडब्द-त्र्यब्द-सार्द्धाब्द-रूपं चाद्रायणकृच्छ्रातिकृच्छ्ररूपं वा द्रव्य-जप-होम-तीर्थ- ब्रह्मभोजनादिप्रत्याम्नायैः कार्यं सभ्योपदिष्टम्। ततः श्रीरुद्रप्रीत्यर्थं कृष्णामेकां धेनु शक्त्योपस्करयुतां दद्यात्। तदशक्तौ पलं पलार्धमात्रं सुवर्णं वा दद्यात्। एवं कृते रुद्रस्नानेऽधिकारी भवति। ततः सभार्यो यजमानः आचम्य प्राणानायम्य अद्येत्यादित्र मम सभार्यस्य दीर्घायुःसुपुत्रादिसन्ततिप्रतिबन्धकेन इह जन्मन्यन्यजन्मनि वा कृतेनाष्टकापर्वादि- पैतृकनैमित्तिकाकरणेन वा परद्वेषेण वा गुरुद्वेषेण वा मृगशायभक्षणेन वा बालघातेन वा रत्नापहणेन वा वत्सवियोजनेन वा पितृमातृभ्रातृद्वेषेण वान्येन वा कर्मणोत्पन्नचतुर्विध- वन्ध्यात्वान्यतर-वन्ध्यात्वदोषनिरासेन तथा स्त्रियाः कुक्षिदोषज्ञाता- ज्ञातान्यदुष्टस्त्री-चैलाञ्चलस्पर्शदोषतदेकांशेन शयनादिजनितदोषादि- सर्वसन्ततिप्रतिबन्धक-निरासेन च दीर्घायुःसुपुत्रादि-सन्तत्यवाप्तिद्वारा श्रीउमासहितश्रीरुद्रप्रीत्यर्थं बौधायनोक्तविधिना श्रीरुद्रकलशस्नान-इत्याख्यं कर्म करिष्ये। तदग्त्वेनादौ श्रीगणपत्यादिपूजनं नान्दीश्राद्धञ्च करिष्ये इति संकल्प श्रीगणपतिपूजन-वरुणकलशादिनान्दीश्राद्धान्तं सर्वं सम्पादयेत्। ततः श्रीरुद्रं ध्यात्वा, "आराधितो मनुष्यैस्त्वं सिद्धैर्दवासुरादिभिः। आराधयामि भक्त्या त्वां मां गृहाण महेश्वर!" इति प्रार्थयेत्। आथाचार्योऽष्टहस्तं मण्डपं कृत्वा पञ्चगव्येनाभ्युक्ष्य तन्मध्ये श्वेतरजसा अष्टदलपामालिख्य ब्रह्मादीन् मण्डलदेवांस्तत्रावाह्य पूजयित्वा मध्ये कर्णिकायां रुद्रकलशं कलशस्थापनविधिना स्थापयित्वा दध्यक्षतादिभिः शोधयित्वा तत्र निष्कं तदर्ध (वा यथाशक्ति)

सुवर्णनिर्मित-श्रीरुद्रप्रतिमाग्न्युत्तारणपूर्वकं संस्थाप्य त्र्यम्बकमिति श्रीमहादेवमावाहयेत्। ततः पूर्वादिचतुर्षु दलेषु नन्दिनं, भृगिरिटिं, कालं, महाकालं च क्रमेण आवाह्य तेष्वेवाष्टदलेषु इन्द्रादीनष्टदिक्पालांश्चावाह्य महादेवस्य वामभागे पार्वतीं दक्षिणभागे विनायकं चावाह्य षोडशोपचारैः पूजयित्वा पायित्वा पाचतुष्कोणेषु कुम्भचतुष्टयं यथाविधि स्थापयित्वा उदकमासिच्य अश्वत्थपल्लवादीनि निक्षिप्य वरुणमावाह्य कलशं प्रार्थ्यं ततो मण्डपस्य अष्टदिक्षु कुम्भाष्टकं स्थापयित्वा इन्द्राद्यष्टदिक्पालान्सम्पूज्य अन्नादिबलिमुपहृत्य प्रार्थयेत्। इन्द्राद्याश्च सुराः सर्वे लोकपालास्तथैव च। आदित्या वसवो रुद्रा विश्वेदेवा मरुद्गणाः।। ते सर्वे पूजिताः शान्तिं प्रयच्छन्तु यथेप्सिताम्।।

ततः कुम्भान् संस्पृशन्नक्षतांश्चार्पयन्नेकादशावृत्त्या रुद्रान् जपेत्। तस्मिन् ब्रह्मपादाग्नेय्यां दिशि स्थण्डलेऽग्निमुपसमाधाय तूष्णीं निर्वापादिना चरुं पक्त्वाऽऽज्यभागान्तं कृत्वा समित्तिलर्वाज्यैः मानस्तोके० इति मन्त्रेण अष्टोत्तरशतवारं नवग्रहहोमपूर्वकं जुहुयात्। ततः स्विष्टकृदादिपूर्णाहुति-प्राक्तनहोमशेषं समाप्याचार्यो गन्धाद्युपचारैः रुद्रस्योत्तरपूजां कृत्वाऽभिषेकार्थं मण्डपादग्नेरुत्तरतश्चतुरस्रं स्वस्तिकोपेतं मण्डलं कृत्वा तत्रोदुम्बर- काष्ठपीठद्वये परिहिताऽहतश्वेतवस्त्रो दम्पती प्राङ्मुखावुपवेश्य स्वयमुदङ्मुखः पूर्वादिकलशोदकेन रुद्रध्यायस्यैकैकेन मन्त्रेण - एकैकेनार्कपत्रेणाभिषिच्य त्यजेत्। अत्र माध्यन्दिनीयशाखायां रुद्राध्यायगतानां चतुःषष्टिमन्त्राणा-मेकादशिन्या चतुरधिकसप्त- शतसंख्या भवति। ततः पल्लवैराशुः शिशान इति सूक्तेन आपोहिष्ठेत्यादिभिः स्नापयेत्।

पौराणिक मन्त्रः

राजराजेश्वरी शक्तिर्भैरवी कालभैरवी।
श्मशानभैरवी देवी त्रिपुराऽऽनन्दभैरवी।।

त्रिपुरा त्रिपुरादेवी तथा त्रिपुरसुन्दरी।
त्रिपुरेशी महादेवी तथा त्रिपुरमालिका।।

नित्या च नित्यरूपा च वज्रप्रस्तारिणी तथा।
सर्वचक्रेश्वरी देवी तथा नीलसरस्वती।।

सर्वसिद्धिकरी देवी सिद्धगन्धर्वसेविता।
उग्रतारा महादेवी तथा दक्षिणकालिका।।

एतास्त्वामभिषिंचन्तु मन्त्रपूतेन वारिणा।।
उग्रदंष्ट्रा महादंष्ट्रा शुभ्रदष्ट्रा कपालिनी।।

भीमनेत्रा विशालाक्षी मङ्गला विजया जया।
एतास्त्वामभिषिंचन्तु मन्त्रपूतेन वारिणा।।

मङ्गला नन्दिनी भद्रा लक्ष्मीः कीर्तिर्यशस्विनी।
पुष्टिर्मेधा शिवा साध्वी यशःशोभा जया धृतिः।।

श्रीनन्दा च सुनन्दा च नन्दिन्यानन्दपूरिता।
एतास्त्वामभिषिंचन्तु मन्त्रपूतेन वारिणा।।

विजया मङ्गला भद्रा श्रुतिः शान्तिः क्षमा धृतिः।
सिद्धिस्तु परमापुष्टिः श्रीः ऋद्धिश्च रतिस्तथा।।

दीप्ता कान्तिर्यशोलक्ष्मीरीश्वरी बुद्धिरेव च।
शक्तिर्मायावती ब्राह्मी जयन्ती चापराजिता।।

अजिता मानवी श्वेता दितिस्त्वदितिरेव च।
माया चैव महामाया मोहिनी क्षोभिणी तथा।

कमला विमला गौरी लावण्याम्बुधिसुन्दरी।
दुर्गा प्रियाऽरुन्धती च घण्टाकर्णा कपलिनी।।

चर्चिका चापरा ज्ञेया तथैव सुरपूजिता।
वैवस्वती च कौमारी तथा माहेश्वरी परा।।

वैष्णवी च महालक्ष्मीः कार्तिकी कौशिकी तथा।
शिवदूती च चामुण्डा मुण्डमालाविभूषणा।।
एतास्त्वामभिषिंचन्तु मन्त्रपूतेन वारिणा।।

इन्द्रो वह्निर्यमश्चैव नैर्ऋतो वरुणस्तथा।
पवनो धनदेशानौ ब्रह्मानन्तौ दिगीश्वराः।।

एतास्त्वामभिषिंचन्तु मन्त्रपूतेन वारिणा।
संवत्सरश्चायनौ च मासपक्षदिनानि च।।

तिथयश्चाभिषिंचन्तु मन्त्रपूतेन वारिणा।।
रविः सोमः कुजबुधौ गुरुः शुक्रः शनैश्चरः।।

राहुः केतुश्च सततमभिषिंचन्तु त्वां ग्रहाः।
नक्षत्रं करणं योगोऽमृतसिद्धिस्ततः परम्।।

दग्धाः पापास्तथा भद्रा योगाः वाराः क्षणास्तथा।
वारबेला कालबेला दण्डाः रक्षादयस्तथा।।

अभिषिंचन्तु सततं मन्त्रपूतेन वारिणा।।
असितागे रुरुश्चण्डः क्रोध उन्मत्त एव च।।

कपाली भीषणाख्यश्च संहारश्चाष्टभैरवाः।
एते त्वामभिषिंचन्तु मन्त्रपूतेन वारिणा।।

द्राविणीपुत्रिकाश्चैव डाकिनीपुत्रिकास्तथा।
शाकिनीपुत्रिकाश्चांन्याः काकिनीपुत्रिकाः पराः।।

लाकिनीपुत्रिका भूयो हाकिनीपुत्रिकास्तथा।
ततश्च राकिणी पुत्रीदेवपुत्री ततः परम्।।

मातृणां च तथा पुत्री चोर्ध्वमुख्यः सुतास्तथा।
अधोमुख्याः सुताश्चैव ज्वालाख्यायाः सुताः पराः।
एतास्त्वामभिषिंचन्तु मन्त्रपूतेन वारिणा।।

ब्रह्मा विष्णुश्च रुद्रश्च ईश्वरश्च सदाशिवः।
एते त्वामभिषिंचन्तु मन्त्रपूतेन वारिणा।।

पुरुषः प्रकृतिश्चैव विकाराश्चैव षोडश।
आत्मा परात्मा ज्ञानात्मा ध्यानात्मा परमात्मनः।
आत्मानश्चात्मनश्चैव स्थूलसूक्ष्यौ च ये पराः।
एते त्वामभिषिंचन्तु मन्त्रपूतेन वारिणा।।

वेदादिबाजं हं बीजं स्त्रीबीजं तन्त्रिकेतनम्।
शक्तिबीजं रमाबीजं मायाबीजं सुधाकरम्।

चिन्तारत्नं महाबीजं नारसिंहं च तारकम्।
मार्तण्डभैरवं दौर्भं बीजं स्त्रीपौरुषोत्तमम्।

गाणपत्यं च वाराहं कालीबीजं भयापहम्।
एतानि त्वाभिषिंचन्तु मन्त्रपूतेनं वारिणा।।

गंगा गोदावरी रेवा यमुना च सरस्वती।
आत्रेयी भारती चैव सरयू गण्डकी तथा।

करतोया चन्द्रभागा श्वेतगंगा च कौशिकी।
भोगवती च पाताले स्वर्गे मन्दाकिनी तथा।
एतास्त्वामभिषिंचन्तु मन्त्रपूतेन वारिणा।।

भैरवी भीमरूपा च शोणः सुमुख एव च।
सिन्धुश्चैव ह्रदाः पुण्यास्तथा पातालसंभवः।
एते त्वामभिषिंचन्तु मन्त्रपूतेन वारिणा।।

यानि कानि च तीर्थानि पुण्याः पुण्यतराणि च।
तानि त्वामभिषिञ्चन्तु मन्त्रपूतेन वारिणा।।

जम्बुद्वीपादयो द्वीपाः सागराः लवणादयः।
अनन्ताख्यस्तथा नागः सर्पा ये तक्षकादयः।
एते त्वामभिषिञ्चन्तु मन्त्रपूतेन वारिणा।।

तारश्च वह्निजाया च वषट् कूर्चमतः परम्।
वौषट्कारस्तु फट्कारो ह्यभिषिञ्चन्तु सर्वदा।।

नयन्तु प्रेतकूष्माण्डा राक्षसाः दानवाश्च ये।
पिशाचाः गुह्यकाः भूताः अभिषेकेण ताडिताः।

अलक्ष्मीः कालकर्णी च पापानि सुमहान्ति च।
नश्यन्तु चाभिषेकेण तारकीजेन ताडिताः।

रोगाः शोकाश्च दारिद्र्यं दौर्बल्यं चित्तविक्रिया।
नश्यन्तु चाभिषेकेण वाग्बीजेन च ताडिताः।

लोकानुरागत्यागाश्च दौर्भाग्यमपि दुर्यशः।
नश्यन्तु चाभिषेकेण मन्मथेनैव ताडिताः।

तेजोह्रासः शक्तिह्रासो बुद्धिह्रासस्तथैव च।
नश्यन्तु चाभिषेकेण शक्तिबीजेन ताडिताः।
विषाणि च महारोगाः डाकिन्यो भीतयस्तथा।
घोराभिचाराः क्रूराश्च ग्रहाः नागास्तथैव च।
नश्यन्तु चाभिषेकेण कालीबीजेन ताडिताः।
नश्यन्तु विपदः सर्वाः सम्पदः सन्तु सुस्थिराः।
अभिषेकेण सौराणां पूर्णाः सन्तु मनोरथाः।।

सुरास्त्वामित्यादिपौराणिकैश्चाभिषिच्य शिवं शिवमिति वदेयुः। तत्र सर्वौषधाभिः सप्तमृद्भिर्नद्या उभयकूलमृदा च सर्वाङ्गेऽनुलिप्तौ दम्पती विशेषतः कुक्षिदशे अनुलिप्तस्त्रियं शिष्टोद्धृतेन श्रीरुद्रकलशोदकेन प्रक्षालितागै शुद्धोदकेन स्नापयेयुः। ततस्तौ शरीरस्थाश्च ये दोषाभ्ये दोषा गर्भबीजयोः। ते सर्वे नाशमायान्तु करणानेन भो द्विजाः।। इति मन्त्रमुच्चार्य स्नात्वा स्नानवस्त्रं परित्यज्य शुद्धवस्त्रान्तरं परिधाय कुंकुममालाद्यलङ्कृतौ भवेताम्। तत आचार्यो यजमानान्वारब्धः पूर्णाहुतिं हुत्वा वसोर्धारां जुहुयात् ततो यजमानः सपत्नीकः कृतत्र्यायुषकरणः पूजापूर्वकमाचार्याय पयस्विनीं सदक्षिणां धेनुं सुवर्णञ्च यथाशक्ति दत्त्वा ब्रह्मणे पूर्णपात्रमृत्विग्भ्यो यथाशक्ति दक्षिणां दत्त्वा क्षमाप्य श्रीरुद्राद्यावाहितदेवता विसृज्य श्रीरुद्रप्रीत्यर्थं शतं तदर्थं वा ब्राह्मणान्भोजयित्वा तैः सम्पूर्णतां वाचयित्वा जीवत्पतिपुत्रादिभिर्वर्धापनादिकृतमङ्गलो ब्राह्मणाशिषो गृह्णीयात्। ततः पुत्रेष्टिविधानम्।

अथ गर्भप्रदगुरुभ्रमणं ज्ञात्वा ऋतुकालात् पञ्चदिनोत्तरं सप्तदशदिनादर्वाक् शुभे समेऽह्नि भार्यया सह प्रायश्चितस्नानपूर्वक - कृतमङ्गलस्नानाभ्यङ्गो यजमानोऽलङ्कृतः पूजाहोमकर्मप्रकरणोक्तस्वस्त्यनादिकं पठित्वा दम्पत्योरुत्तरीयवस्त्रस्यान्ते ॐ शुक्लाम्बरधरेति मन्त्रेण सफलाक्षतग्रन्थिबन्धन कुर्यात्ततः ॐ अद्येत्यादिदेशकालौ सङ्कीर्त्य-अमुकगोत्रोऽमुक- शर्म्माहं (वर्म्माहं गुप्तोऽहं) झटिति चिरञ्जीविपुत्रकामः पुत्रकामेष्टिं करिष्ये। तदङ्गत्वेन श्रीगणपत्यादिपूजनं नान्दीश्राद्धमाचार्यादिवरणञ्च करिष्ये। इति सङ्कल्प्य, श्रीगणपत्याद्यावाहन- पूर्वकपूजनम् - आचार्यादिवरणं नान्दीश्राद्धञ्च कृत्वा स्थण्डिलाद्यग्निप्रतिष्ठान्तं विधाय श्वेतवत्सगोक्षीरेण पायसचरु पक्त्वा ततः-आघारादारभ्य पञ्चवारुणनवग्रहाधिदेवता- प्रत्यधिदेवतादीनाञ्च होमं कृत्वा भार्ययाऽन्वारब्धः प्रधानाऽहुतीर्जुहुयात्।

अथ प्रधानदेवताज्यहोमः। (छन्दः) - ॐ प्रधानाज्यहोममन्त्राणां याज्ञवल्क्य-बृहदारण्यकावृषी अनुष्टुप्छन्दः सन्तानदाता परमात्मा देवता प्रधानाज्यहोमे विनियोगः। ॐ यावन्तो देवास्त्वयि जातवेदस्तिर्यञ्चा घ्नन्ति पुरुषस्य कामान्। तेभ्योऽहं भागधेयं जुहोमि ते मा तृप्ताः सर्वकामैस्तर्पयन्तु स्वाहा, इदमग्नये।।1।। ॐ या तिरश्चीनि पद्यतेऽहं त्रिधरणी

इति तां त्वा घृतस्य धारता यजे संराधनीमहृस्वाहा, इदमग्नये।।2।। ॐ ज्येष्ठाय स्वाहा, इदं ज्येष्ठाय।।3।। ॐ श्रेष्ठाय स्वाहा, इदं श्रेष्ठाय।।4।। ॐ प्राणाय स्वाहा, इदं प्राणाय।।5।। ॐ अवशिष्टाय स्वाहा, इदमवशिष्टाय।।6।। ॐ चक्षुषे स्वाहा, इदं चक्षुषे।।7।। ॐ सम्प्रददे स्वाहा, इदं सम्पदे।।8।। ॐ श्रोत्राय स्वाहा, इदं श्रोत्राय।।9।। ॐ यतनाय स्वाहा, इदं यतनाय।।10।। ॐ मनसे स्वाहा, इदं मनसे।।11।। ॐ प्रजायै स्वाहा, इदं प्रजायै।।12।। ॐ रेतसे स्वाहा, इदं रेतसे।।13।। ॐ अग्नये स्वाहा, इदमग्नये।।14।। ॐ सोमाय स्वाहा, इदं सोमाय।।15।। ॐ भूः स्वाहा, इदमग्नये।।16।। ॐ भुवः स्वाहा, इदं वायवे।।17।। ॐ स्वः स्वाहा, इदं सूर्याय।।18।। ॐ भूर्भुव स्वः स्वाहा, इदं भूर्भुवः स्वः।।19।। ॐ ब्रह्मणे स्वाहा, इदं ब्रह्मणे।।20।। ॐ क्षत्राय स्वाहा, इदं क्षत्राय।।21।। ॐ भूताय स्वाहा, इदं भूताय।।22।। ॐ भविष्यते स्वाहा, इदं भविष्यते।।23।। ॐ विश्वाय स्वाहा, इदं विश्वाय।।24।। ॐ सर्वाय स्वाहा, इदं सर्वाय।।25।। ॐ प्रजापतये स्वाहा, इदं प्रजापतये।।26।।

अथ स्थालीपाकाहुतयः- ॐ अग्नये स्वाहा, इदमग्नये।।1।। ॐ अनुमतये स्वाहा, इदमनुमतये।।2।। ॐ देवाय स्वाहा, इदं देवाय।।3।। ॐ सवित्रे स्वाहा, इदं सवित्रे।।4।। ॐ सत्यप्रसवाय स्वाहा, इदं सत्यप्रसवाय।।5।।

छन्दः- ॐ अग्नीषोमाविति सूक्तस्य रहूगणो गौतम ऋषिः, अग्नीषोमौ देवते अनुष्टुप्त्रिष्टुब्जगतीछन्दांसि पायसचरुहोमे विनियोगः- ॐ अग्नीषोमाविमं सु मे शृणुतं हवम्। प्रतिसूक्तानि हर्यतं भवतं दाशुषे मयः स्वाहा।।1।। ॐ अग्नीषोमा यो अद्य वामिदं वचः समर्यति तस्मै धत्तं सुवीर्यं गवां पोपं स्वश्व्यं स्वाहा।।2।। ॐ अग्नीषोमा य आहुतिं यो वां दाशाद्धविष्कृतिम्। स प्रजया सुवीर्यं विश्वमायुर्व्यश्नवत् स्वाहा।।3।। ॐ अग्नीषोमा चेति तद्वीर्यं वां यदमुष्णीतमवसं पणिंगाः। अबातिरतं बृसयस्य शेषोऽविन्दतं ज्योतिरेकं बहुभ्यः स्वाहा।।4।। ॐ युवमेतानि दिवि रोचनान्यग्निश्च सोम सक्रतू अधत्तम्। युवं सिन्धूरभिशस्तरवद्यादग्नीषोमावमुञ्चतं गृभीतान् स्वाहा।।5।। ॐ अन्यं दिवो मातरिश्वा जभारामथ्न्यादन्यं परिश्येनो अद्रेः। अग्नीषोमा ब्रह्मणा वावृधानोरुं यज्ञाय चक्रथूरुलोकं स्वाहा।।6।। ॐ अग्नीषोमा हविः प्रस्थितस्य बीतं हर्यतं बृषणा जुषेथाम्। सुशर्माणा स्ववसा वि भूतमथाधत्तं यजमानाय शं योः स्वाहा।।7।। ॐ अग्नीषोमा हविषा सपर्यद्विवद्रीचा मनसा यो घृतेन। तस्य व्रतं रक्षतं पातमंहसो विशे जनाय महि शर्म यच्छतम् स्वाहा।।8।। ॐ अग्नीषोमा सवेदसा सहूती वनतं गिरः। सं देवत्रा बभूवथुः स्वाहा।।9।। ॐ अग्नीषोमावनेन वां यो वां घृतेन दाशति। तस्मै दीदयतं बृहत् स्वाहा।।10।। ॐ अग्नीषोमाविमानी नो युवं हव्या जुजोषतम्। आयातमुप नः स्रचा स्वाहा।।11।। ॐ अग्नीषोमा पितृतमर्वतो न आप्यायन्तामुस्रिया हव्यरूद्रः। अस्मे बलानि मघवस्सु धत्तं कृणुतं नो अध्वरं श्रुष्टिमन्तं स्वाहा।।12।।

छन्दः- आ ते गर्भ इति पञ्चर्चसूक्तस्य हिरण्यगर्भ ऋषिः अग्निर्देवता अनुष्टुप् छन्दः पायसचरुहोमे विनियोगः। ॐ आ ते गर्भो योनिमेतु पुमान् बाण इवेषुधिम्। आवीरोऽत्र जायतां पुत्रस्ते दशमास्यः स्वाहा, इदम् अग्नये।।1।। ॐ करोमि ते प्राजापत्यैषा गर्भो योनिमैतु ते। अनूनः पूर्णो जायतामश्लोणो पिशाचधीतः स्वाहा, इदम् अग्नये।।2।। ॐ पुमांस्ते पुत्रो नारितं पुमाननुजायताम्। यानि भद्राणि बीजान्यृषभा जनयन्तु नौ स्वाहा, अग्नये इदम्।।3।। ॐ यानि भद्राणि बीजान्यृषभा जनयन्ति नः तैस्त्वं पुत्रान् विन्दस्व सा प्रसूर्धेनुका भव स्वाहा, अग्नये इदम्।।4।। ॐ कामः समृद्ध्यतां मह्यमपराजितमेव मे। यं कामं कामये देव तं मे वायो समर्धय स्वाहा, अग्नये इदम्।।5।।

छन्दः- अग्निरिति पञ्चर्चसूक्तस्य हिरण्यगर्भऋषिर्वरुणो देवता जगतीछन्दः पायसचरुहोमे विनियोगः। ॐ अग्निरेतु प्रथमो देवतानां सोऽस्यै प्रजां मुञ्चतु मृत्युपाशात्। तदयं राजा वरुणोऽनुमन्यतां यथेयं स्त्रीपौत्रमघं न रोदात् स्वाहा, वरुणायेदम्।।1।। ॐ इमामग्निस्त्रायतां गार्हपत्यः प्रजामस्यै नयतु दीर्घमायुः। अशून्योपस्था जीवतामन्तु माता पौत्रमानन्दमभिबुध्यतामियम् स्वाहा, वरुणायेदम्।।2।। ॐ मा ते गृहे निशिघोष उत्थादन्यत्रत्यद्रवत्यः संविशन्तु मा त्वं बिकेश्युर आवधिष्ठाजीवत्पत्नी पतिलोके विराज। पश्यन्ती प्रजां सुमनस्यमानां स्वाहा, वरुणायेदम्।।3।। ॐ अप्रजस्तां पौत्रमृत्युं पाप्मानमुत वाऽघम् शीर्ष्णस्त्रजमिवोन्मुच्य द्विषट्भ्यः प्रतिमुञ्चामि पापं स्वाहा, वरुणायेदम्।।4।। ॐ देवकृतं ब्राह्मण कल्पमानं तेन हन्मि यो निपदः पिशाचान्। क्रव्यादो मृत्यूनघरान्पातयामि दीर्घमायुस्तव जीवन्तु पुत्राः स्वाहा, वरुणायेदम्।।5।।

छन्दः- नेजमेवेति तिसृणां विष्णुस्त्वष्टा गर्भकर्त्तर्षिः विष्णुपृथिवीविष्णवो यथासंख्यं देवता अनुष्टुप्छन्दः पायसहोमे विनियोगः। ॐ नेजमेव परापतसुपुत्रः पुनरापत अस्यै मे पुत्रकामायै गर्भमाधेहि यः पुमान् स्वाहा, विष्णवे इदम्।।1।। ॐ यथेमं पृथिवीमह्युत्ताना-गर्भमादधे एवन्तं गर्भमाधेहि दशमे मासि सूतवे स्वाहा, पृथिव्यै इदम्।।2।। ॐ विष्णो श्रेष्ठेन रूपेणास्यां नार्यां गर्भिण्यां पुमांसं पुत्रमाधेहि दशमे मासि सूतवे स्वाहा, विष्णवे इदम्।।3।। छन्दः- सोमो धेनुमिति राहूगणो गौतम ऋषिः सोमो देवता त्रिष्टुप्छन्दः पुत्रकामसिद्धये पायसहोमे विनियोगः। ॐ सोमो धेनु सोमो अवन्तमाशु सोमो वीरं कर्मण्यं ददाति। सादन्यं विदत्थ्य सभेयं पितृश्रवणं यो ददाशदस्मै स्वाहा, सोमायेदम्।।4।। ॐ इहैव स्तम्मा वि यौष्टं विश्वमायुर्व्यश्नुतम्। क्रीडन्तौ पुत्रैर्नप्तृभिर्मोदमानौ स्वे गृहे स्वाहा, सूर्यासावित्र्यै इदम।।5।।

छन्दः- इमात्वमित्यस्य सूर्यासावित्री ऋषिः अनुष्टुप्छन्दः पायसहोमे विनियोगः। ॐ इमां त्वमिन्द्रमीढ्वः सुपुगां सुभगां कृणु दशास्यां पुत्रानाधेहि पतिमेकादशं कृधि स्वाहा, सूर्यासावित्र्यै इदम्।।1।। छन्दः- तां पूषन्निति सूर्यासावित्री ऋषिः सूर्या देवता त्रिष्टुप्छन्दः

पायसहोमे विनियोगः। ॐ तां पूषञ्छिवतमामेरयस्व यस्यां बीजं मनुष्या उवपन्ति। या न ऊरू उशती विश्रयाते यस्यामुशन्तः प्रहराम शेषं स्वाहा। इदं सूर्यासावित्र्यै।।2।।

ॐ आते योनिं गर्भ एतु पुमान् बाण इवेषुधिम्। आवीरोऽत्र जायता पुत्रस्ते दशमास्यः स्वाहा।।1।। ॐ पुमांसं पुत्रं जनयतं पुमाननुजायताम्। भवासि पुत्राणां माता जातानां जनयाश्च यान् स्वाहा।।2।। ॐ यानि भद्राणि बीजान्यूषभा जनयन्ति च तैस्त्वं पुत्रं विन्दस्व सा प्रसूर्धेनुका भव स्वाहा। अग्नेय इदं।।3।। ॐ कृणोमि ते प्राजापत्यमायोनिं गर्भ एतु ते विन्दस्व त्वं पुत्रनारि। यस्तुभ्यं शमसच्छमु तस्मै त्वं भव स्वाहा।।4।। ॐ यासां द्यौः पिता पृथिवी माता समुद्रो मूलं वीरुधा बभूव। तास्त्वा पुत्रविद्यायै देवीः प्रावन्त्वोषधयः स्वाहा।।5।। ॐ पर्वताद्दिवो योनेरङ्गादङ्गात्समाभृतम्। शेपो गर्भस्य रेतोधाः सरो पर्णमिवादधद् वाहार।।1।। ॐ यथेयं पृथिवी महीभूतानां गर्भमादधे। एवादधामि ते गर्भस्तस्मै त्वामवसे हुवे स्वाहा।।2।। ॐ गर्भं धेहि सिनीवालि! गर्भं धेहि सरस्वति। गर्भं ते अश्विनीभावाधत्तां पुस्करस्रजौ स्वाहा।।3।। ॐ गर्भन्ते मित्रावरुणौ गर्भं देवो बृहस्पतिः। गर्भं त इन्द्रचाग्निश्च गर्भं धाता दधातु ते स्वाहा।।4।। ॐ विष्णुर्योनिं कल्पयतु त्वष्टा रूपाणि पिंशतु। आसिञ्चतु प्रजापतिधार्ता गर्भं दधातु ते स्वाहा।।5।। ॐ यद्वेद राजा वरुणो यद्वा देवी सरस्वती। यदिन्द्रो वृत्रहा वेद तद्गर्भकरणं पिब स्वाहा।।6।। ॐ गर्भो अस्यौषधीनां गर्भो वनस्पतीनाम्। गर्भो विश्वस्य भूतस्य सो अग्ने गर्भमेहधाः स्वाहा।।7।। ॐ अधिस्कन्द वीरयस्व गर्भमाधेहि योन्याम्। वृषाऽसि वृष्णयावन्। प्रजायै त्वा नयामसि स्वाहा।।8।। ॐ विजिहीष्व वार्हत्सामे गर्भस्ते योनिमाशयाम्। तदुष्टे देवा पुत्रं सोमया उभया विनम् स्वाहा।।9।। ॐ धातः श्रेष्ठेन रूपेणास्यां नर्यां गवोन्योः। पुपांसं पुत्रमाधेहि दशमे मासि सूतवे स्वाहा, धात्रे इदम्।।10।। ॐ त्वष्टः! श्रेष्ठेन रूपेणास्यां नार्यां गवीन्योः। पुमोसं पुत्रमाधेहि दशमे मासि सूतवे स्वाहा, त्वष्ट्रे इदम्।।11।। ॐ सवितः! श्रेष्ठेन रूपेणास्यां नार्यां गविन्योः। पुत्रामाधेहि दशमे मासि सूतवे स्वाहा।।12।। प्रजापते! श्रेष्ठेन रूछन्दः- अपश्यन्त्वेति द्वयोः प्रजावान्प्राजापत्य ऋषिः प्रजापतिर्देवता त्रिष्टुप्छन्दः हुतशेषपायसचरुप्राशने विनियोगः। आचार्यः शेषहविष्यांशं गृहीत्वा- ॐ अपश्यं त्वा मनसा चेकितानं तपसो जातं तपसो विभूतम्। इह प्रजामिह रयिं रराणः प्रजायस्व प्रजया पुत्रकाम।।1।। इति पठित्वा यजमानं भोजयेत्। हविष्यांशस्यार्धेन- ॐ अपश्यं त्वा मनसा दीध्यानां स्वायां तनू ऋत्व्ये नाधमानाम्। उपमामुच्चा युवतिर्बभूयाः प्रजायस्व प्रजया पुत्रकामे।।2।। इति पठित्वा यजमानपत्नीं भोजयेत्।

ततः हस्तौ प्रक्षाल्याचामेत्। छन्दः- पिशंगभृष्टिमित्यस्य दैवोदासिः परुच्छेपमृषिः, इन्द्रो देवता, गायत्रीछन्दः नाभ्यालम्भने विनियोगः।। ॐ पिशङ्गभृष्टिसम्भृणं पिशाचिमिन्द्र सम्भृण सर्वं रक्षो निवर्हय। इति मन्त्रेण पतिपत्नी स्वस्वनाभ्यालम्भनं कुर्याताम्।

आज्याहुतिः- ॐ ब्रह्मणाग्निः साम्विदानो रक्षोहा वाधावामितः। अमीवा यस्ते गर्भं दुर्णामायोनिमाशये स्वाहा।।1।। ॐ यस्ते गर्भममीवा दुर्णामायोनिमाशये। अग्निष्टं ब्रह्मणा

सह निष्क्रव्यादमनीनशत् स्वाहा।।2।। ॐ यस्ते हन्ति पतयन्तं निपत्सुं यः सरीसृपम्। जातं यस्ते जिघांसति तमितो नाशयामसि स्वाहा।।3।। ॐ यस्त ऊरूविहरन्त्यन्तरा दम्पतीशये। योनिं यो अन्तरारेदि तमितो नाशयामसि स्वाहा।।4।। ॐ यस्त्वा भ्राता पतिर्भूत्वा जारो भूत्वा निपद्यते। प्रजां यस्ते जिघांसति तमितो नाशयामसि स्वाहा।।5।। ॐ यस्त्वा स्वप्नेन तमसा मीहयित्वा निपद्यते। प्रजां यस्ते जिघांसति तमितो नाशयामसि स्वाहा।।6।। ॐ अग्ने! प्रायश्चिते त्वं देवानां प्रायश्चित्तिरसि ब्राह्मणस्त्वा नाथकाम उपधावामि यास्या अपुत्र्यास्तनूस्तामस्या अपजहि स्वाहा।।7।। ॐ वायो! प्रायश्चित्ते त्वं देवानां प्रायश्चित्तिरसि ब्राह्मणस्त्वा नाथकाम उपधावामि यास्या अपुत्र्यास्तनूस्तामस्या अपजहि स्वाहा।।8।। ॐ चन्द्र! प्रायश्चित्ते त्वं देवानां प्रायश्चित्तिरसि ब्राह्मणस्त्वा नाथकाम उपधावामि यास्या अपुत्र्यास्तनूस्तामस्या अपजहि स्वाहा।।9।। ॐ सूर्य! प्रायश्चित्ते त्वं देवानां प्रायश्चित्तिरसि ब्राह्मणस्त्वा नाथकाम उपधावामि यास्या अपुत्र्यास्तनूस्तामस्या अपजहि स्वाहा।।10।। ॐ अग्निवायुचन्द्रसूर्याः! प्रायश्चित्तयोयूयं देवानां प्रायश्चित्तयः स्थ ब्राह्मणो वो नाथकाम उपधावामि यास्या अपुत्र्यास्तनूस्तामस्या अपहत स्वाहा।।11।। ॐ मा नो महान्तमुतमानो अर्भकं मा न उक्षन्तमुतमा न उक्षितम्। मा नो वधीः पितरम्मोतमातरं मा नः प्रियास्तन्वो रुद्र! रीरिषः स्वाहा।।12।। ॐ आब्रह्मन् ब्राह्मणो ब्रह्मवर्चसी जायतामाराष्ट्रे राजन्यः शूर इषव्योऽतिव्याधी महारथो जायतां दोग्ध्री धेनुर्वोढाऽनड्वानाशुः सप्तिः पुरन्धिर्योषा

जिष्णू रथेष्टाः सभेयो युवास्य यजमानस्य वीरो जायतां निकामे निकामे नः पर्जन्यो वर्षतु फलवत्यो न ओषधयः पच्यन्तां योग-क्षेमो न कल्पतां स्वाहा।।1।। ॐ अंहो मुचे प्रभरे मनीषामसुत्राव्णे सुमतिमावृणानः। इदमिन्द्रं प्रतिहव्यं गृभायं सत्याः सन्तु यजमानस्य कामाः स्वाहा।।2।। ॐ पुनस्त्वादित्या रुद्रा वसवः समिन्धता, पुनर्बह्माणो वसुनीथ! यज्ञः घृतेन त्वं तन्वं वर्धयस्व सत्याः सन्तु यममानस्य कामाः स्वाहा।।3।। ॐ ततो भूराद्या नवाहुतयः (इमे नव मन्त्राः सामान्यहोमप्रकरणे द्रष्टव्याः)।

एवं प्रायश्चित्तहोमान्तं कृत्वोक्तक्रमेण विधिवत्सर्वं समाप्य विप्रेभ्यो गां सुवर्णादिदक्षिणाञ्च दत्त्वा अत्यम्लतिक्तादिकं विहाय केशरादिसंयुक्तं पायसादिवृष्यान्नं भक्षयेत् स्त्री तु लघ्वाहारं तैलपक्ववटकादीन्सह खादयेत्, तस्यामेव निशायां दम्पति दर्भास्तरणे प्राक्शिरसौ शयीयातां पश्चाद् गर्भाधानं कुर्यात्, तत्र मन्त्रः- ॐ विष्णुर्योनिं कल्पयतु त्वष्टा रूपाणि पिंशतु।। आसिञ्चतु प्रजापतिर्धाता गर्भ दधातु ते। पेणास्यां नार्यां गविन्योः पुमांसं पुत्रं जनयतं पुमाननु जायतां भवासि पुत्राणां माता जातानां जयनांश्च यान्स्वाहा। यज्ञेश्वरायेदम्।।14।। ॐ यज्ञपुरुषाय स्वाहा, इदं यज्ञपुरुषाय। यदस्य कर्मणो त्यरीरिचं यद्वा न्यूनमिहाकरम्। अग्निष्टुत्स्विष्टकृद्विद्यात्सर्वं स्विष्टं सुहुतं करोतु मे। अग्नये स्विष्टकृते मुहुतहुते सर्वप्रायश्चित्ताहुतीनां कामानां समर्द्धयित्रे सर्वान्नः कामान्त्समर्द्धयः स्वाहा, इदमग्नये स्विष्टकृते।।15।।

5.15 प्रजा सूक्त साधना

विद्वज्जनों का कथन है कि मात्र सन्तान उत्पन्न करना ही पर्याप्त नहीं है वरन् उन्हें तेजस्वी, बुद्धिमान्, चरित्रवान् और गुणवान बनाना भी आवश्यक है। शिशु उत्पन्न होने से पहले ही यह व्यवस्था होनी चाहिए। शिशु जब गर्भ में हो तो तभी से अध्ययन, मनन चिन्तन व अन्य आवश्यक उपायों के साथ-साथ प्रजा सूक्त का नित्य प्रति पाठ करना चाहिए। इससे बालक में आदर्शवादिता के गुण प्रविष्ट हो जाते हैं। उत्पन्न हुई सन्तान में यदि कोई त्रुटियाँ दिखाई दें तो उन्हें दूर करने के लिए प्रजा सूक्त का पाठ करना चाहिए। उपासना में प्रयुक्त जल को शिशुओं को पिलाना चाहिए और उस जल से शिशु का मार्जन करना चाहिए। सन्तान की रक्षा और सत्य वृत्तियों की वृद्धि के लिए प्रजा सूक्त का पाठ व हवन लाभदायक रहता है। मंत्र इस प्रकार है-

ॐ परायती मातरमग्वचष्ट न नानु गान्यनु नू गमानि।
त्वष्टुगृहे अपविवत्सोममिन्द्रः शतधन्नं चम्वोः सुतस्य।।1।।

ॐ पिता यज्ञानामसुरो विपश्चितां विमानमग्निर्वयुनं च वाघताम्।
आ विशेव रोदसीं भूरिवर्चसा पुरुप्रियो वन्दते धामभिः कविः।।2।।

ॐ पिता यत्स्वां दुहिरमधिष्चन्क्ष्मया रेतः सञ्ग्मानो निषिञ्चित्।
स्वाध्योऽजनयन्ब्रह्मदेवा वास्तोष्पात व्रतपां निरतक्षत्।।3।।

ॐ पितुर्न पुत्रः सु मृतो दुरोण आ देवां रतुप्रणो हविः।।4।।

ॐ पितुर्न पुत्राः क्रन्तु जुषन्त श्रोषन्ये अस्य शास तुरासः।
विरायऔर्णोहुरः पुरुक्षः विपेक्ष नाक स्तृभिदेभूनाः।।5।।

ॐ पितुश्च गर्भं जनितुश्च वभ्रे पूर्वीरिको अधयत्पीः प्यानाः।
वृष्णे सपत्नी शुचये सबन्धू उभे अस्मै मनुष्ये निपाहि।।6।।

ॐ पितुश्चिदूधर्जनुषा विवेद व्यस्य धारा असृजद्धि धेनोः।
गुहा चरन्सं सखिभिः शिवेभर्दिवो यह्वीभिनै गुहा बभूव।।7।।

ॐ पितेव पुत्रमबिभरुपस्थे त्वामग्ने वध्रपश्वः सपर्यन् जुषाणो।
अस्य समिध यविष्ठोत पूर्वां अवनी व्रांधतश्चित्।।8।।

ॐ गर्भो यज्ञस्य देवयुः क्रतुं पुनीत आनुषक्।
स्तोमोपिन्द्रस्य वावृधे मिमीत् इत्।।9।।

ॐ स हि क्षपावां अग्नो रयीणां वाशद्यो अस्माअर सूक्तैः।
एता चिकित्वी भूमा नि पाहि देवानां जन्म भर्त्ता च विद्वान।।10।।

ॐ अग्नि नरो दीधितिभूररण्योर्हस्तच्युती जनयन्त प्रशस्तम्।
दूरेदृश गृहपतिथर्युम्।।11।।

ॐ अग्निं दूत वृणोमहे होतरर विश्ववेदनम्।
अस्य यज्ञस्य सुक्रतुम्।।12।।

ॐ त्वां सुतस्य पीतये प्रत्नमिन्द्र हवामहे।
कुशिकामो अवस्यवः।।13।।

ॐ पतिर्भव वृत्रहत्सूनृतानां गिरां विश्वायुर्वृषमौ वयोधाः।
आनो गहि सख्येभिः सरण्यन्।।14।।

ॐ पतिर्ह्यध्वराणामाने दूतो विशामसि।
उषर्बुध आ वह सोमपीतये दवां अद्य स्वर्दृशः।।15।।

ॐ पत्नीवन्तः सुता हम उशन्तो यन्मि वीतये।
अपां जग्मिमिचुम्पणः।।16।।

ॐ पत्नीवं पूर्वहुति ताबृधध्या उषासानक्ता पुरुधा विदाने।
स्तरीनात्कं व्यतं बसानां सूर्यस्य श्रिया सृदृशो हिरण्यैः।।17।।

इस प्रजासूक्त के सत्रह मंत्रों का जप गर्भस्थ युवती को प्रतिदिन करना चाहिए। ऐसा करने से योग्य प्रतिभावान, चरित्रवान, आज्ञाकारी, स्वस्थ, दीर्घायु, रूपवान, धैर्यवान, शीलवान, बुद्धिमान, संतति की प्राप्ति होने में किंचित् संदेह नहीं होता है।

मन्त्र-प्रयोग

ईश्वर उवाच

भगवान् शिव ने आगे कहा कि -

जन्मवन्ध्या काकवन्ध्या मृतवत्साः क्वचित् स्त्रियः।
तासां पुत्र - प्रापणार्थं कथयामि विधिं वरम्।।1।।

अब मैं जन्मवन्ध्या (जिसे सन्तान हुई ही न हो), काकवन्ध्या (जिसको एक बार सन्तान होकर पुनः सन्तान नहीं होती हो), तथा मृतवत्सा (जिसकी सन्तान होकर मर जाती हो) उनको पुत्र की प्राप्ति कराने के लिए उत्तम विधि कहता हूँ।

पत्रमेकं पलाशस्य गर्भिणी-पयसाऽन्वितम्।
ऋत्वन्ते तच्च पीतं चेद् वन्ध्या पुत्रवती भवेत्।।2।।

एवं सप्तदिनं कुर्याच्छोकोद्वेग - विवर्जितम्।
पतिसंगे पुत्रवति नात्र कार्या विचारणा।।3।।

ऋतुस्नान करने के बाद पवित्र होकर पलाश वृक्ष के एक पत्र को किसी गर्भिणी स्त्री के दूध में पीस कर सात दिन तक शोक तथा उद्विग्नता रहित होकर पी ले और आठवें दिन पति से संगम करे तो वह वन्ध्या अवश्य ही पुत्रवती होती है। इसमें कोई शंका नहीं होनी चाहिए।

समूलपत्रां सर्पाक्षीं रविवारे समुद्धरेत्।
एकवर्णगवां क्षीरे कन्याहस्तेन पेषयेत्।।

ऋतुकाले पिबेद् वन्ध्या पलार्धं तद्दिने दिने।
क्षीरं शाल्यन्न-मुद्गौ च लघ्वाहारं प्रदापयेत्।।
एवं सप्तदिनं कृत्वा वन्ध्या भवति पुत्रिणी।।5।।

ऋतुकाल में रविवार के दिन सरेहठी की जड़ उखाड़ ले और उसे किसी अविवाहित कन्या के हाथ से एक रंग की गौ के दूध में पिसवाकर सात दिन तक आधे-आधे पल की मात्रा में पिये। भात तथा मूँग जैसे हल्के पदार्थों का आहार सेवन करे तो वन्ध्या स्त्री पुत्रवती हो जाती है।

देवदालीय- मूलं तु ग्राह्येत् पुष्यभास्करे।
एकवर्णगवां दुग्धे ऋतुकाले तु भक्षयेत्।।6।।

एवं सप्तदिनं कुर्याद् वन्ध्या पुत्रवती भवेत्।
उद्वेगं भय-शोकौ च व्यायाम् परिवर्जयेत्।।7।।

अत्यन्तमुष्णं शीतं च दिवानिद्रां तथैव च।
पतिसंगाद् गर्भलाभो नात्र कार्या विचारणा।।8।।

पुष्य नक्षत्र वाले रविवार के दिन देवदारु वृक्ष की जड़ विधिपूर्वक उखाड़ ले और उसे एक रंगवाली गौ के दूध में, रजोधर्म से पवित्र होकर पीसकर सात दिन तक पी ले तो वन्ध्या स्त्री पुत्रवती होती है। इस औषधि का सेवन करते समय सात दिन तक मन में उद्वेग, भय और शोक, परिश्रम, बहुत उष्ण तथा बहुत ठण्डे पदार्थ का सेवन वर्जित है। इस प्रकार नियम-पूर्वक सात दिन तक औषधि सेवन करने से तथा आठवें दिन पति से संगम करने से स्त्री अवश्य गर्भवती हो जाती है। इसमें कोई शंका नहीं करनी चाहिए।

शीततोयेन सम्पेष्य शंखपुष्पीय- मूलकम्।
कर्षं पीत्वा लभेद् गर्भं सा नारी पतिसंगमे।।9।।

जो स्त्री सफेद शंखपुष्पी की जड़ को ठण्डे पानी में पीसकर सोलह मासे की मात्रा में सात दिन तक इसका पान करे, और आठवें दिन पति से संगम करती है वह गर्भवती हो जाती है।

समूला सहदेवीं च संग्राह्य पुष्य-भास्करे।
छायाशुष्कं तु तच्चूर्णमेकवर्णगवां पयः।।
पूर्ववद् या पिबेन्नारी वन्ध्या भवति पुत्रिणी।।10।।

पुष्य नक्षत्र वाले रविवार के दिन सहदेवी की जड़ को लाकर उसे छाया में सुखा दे। सूखने पर उसको पीस ले। उस चूर्ण को एक रंग वाली गौ के दूध के साथ पूर्ववत् पहले बताये अनुसार सेवन करे तो वह वन्ध्या गर्भधारण करके पुत्रवती होती है।

नागकेसरचूर्णं तु नूतने गव्य-दुग्धके।
पिबेत् सप्तदिनं दुग्धं घृतैर्भोजनमाचरेत्।।
त्वन्ते लभते गर्भं सा नारी पतिसंगतः।।11।।

जो वन्ध्या स्त्री नागकेशर के चूर्ण को पहली बार ब्याई हुई गौ के दूध के साथ सात दिन तक पीती रहे और उपर्युक्त नियम के अनुसार घृतयुक्त भोजन करती रहे तो वह ऋतुकाल के पश्चात् पतिसंगम से गर्भधारण करती है।

पुत्रजीवकपत्रैकम् ऋतौ क्षीरेण या पिबेत्।
पतिसंगाच्च सा नारी सत्यं पुत्रवती भवेत्।।12।।

जो वन्ध्या स्त्री ऋतुकाल में पुत्रजीवक-वृक्ष के एक पत्र को दूध में पीसकर सात दिन तक पीती रहे वह पति के संगम से पुत्रवती होती है, यह सत्य है।

कदम्बपत्रं श्वेतं च बृहतीमूलमेव च।
एतानि समभागानि अजाक्षीरेण पेषयेत्।।13।।

त्रिरात्रं पंचरात्रं वा पिबेदेवं महौषधिम्।
सत्यं पुत्रवती वन्ध्या नान्यथा मम भाषितम्।।14।।

सफेद कदम्ब का पत्ता तथा बृहती-कटहल की जड़ को समभाग लेकर बकरी के दूध में पीस ले। फिर तीन अथवा पाँच दिन तक सेवन करे तो वह पुत्रवती हो जाती है। यह कथन पूर्णतः सत्य है।

कृष्णापराजितामूलं अजाक्षीरेण सम्पिबेत्।
दिनत्रयं ऋतुस्नाता वन्ध्या गर्भधरा भवेत्।।15।।

काली अपराजिता-कृष्णकान्ता की जड़ को बकरी के दूध में पीसकर मिलाये और उसे

तीन दिन तक ऋतुकाल में स्नान करके यदि पीये तो वन्ध्या गर्भधारण कर लेती है। वह पुत्रवती होती है।

गोक्षुरस्य च बीजं तु पिबेन्निर्गुण्डिकारसैः।
त्रिरात्रं पंचरात्रं वा वन्ध्या भवति पुत्रिणी।।16।।

गोखरू के बीजों को निर्गुण्डी के रस के साथ तीन दिन अथवा पाँच दिन तक पीये तो वन्ध्या पुत्रवती होती है।

कर्कोटबीजचूर्णं तु एकवर्णगवां पयः।
घृते पिबेच्च मासं तु वन्ध्या भवति पुत्रिणी।।17।।

बिल्वफल के बीजों के चूर्ण को एक रंग वाली गौ के दूध और घी के साथ एक माह तक पीने से वन्ध्या स्त्री पुत्रवती होती है।

5.16 सन्तान–प्राप्ति–प्रयोग

विनियोगः- ॐ अस्य श्रीत्रिपुर-सुन्दरी-महा-विद्या-शताक्षरी-बीज-मन्त्राणां 'जगत्-सूते धाता हरिरवति रुद्रः क्षपयते' इति चतुर्विंशति-मन्त्रस्य ईशान भैरवो ऋषिः। गायत्र्यनुष्टुप् छन्दसी। श्रीमहा-त्रिपुर-सुन्दरी देवता। 'जं'-बीजं। 'ह्रीं'-शक्तिः। 'ॐ आं ह्रीं'-कीलकं। मम सन्तान-प्राप्त्यर्थं जपे विनियोगः।

ऋष्यादि-न्यासः- ईशान-भैरवाय ऋषये नमः शिरसि। गायत्र्यनुष्टुप्-छन्दोभ्यां नमः मुखे। श्रीमहा-त्रिपुर-सुन्दर्यै देवतायै नमः हृदि। 'जं' - बीजाय नमः लिङ्गे। 'ह्रीं' - शक्तये नमः नाभौ। 'ॐ आं ह्रीं' कीलकाय नमः पादयोः। मम सन्तान-प्राप्त्यर्थं जपे विनियोगाय नमः अञ्जलौ।

कर-न्यासः- ह्रां अंगुष्ठाभ्यां नमः। ह्रीं तर्जनीभ्यां स्वाहा। ह्रूं मध्यमाभ्यां वषट्। ह्रैं अनामिकाभ्यां हुं। ह्रौं कनिष्ठिकाभ्यां वौषट्। ह्रः करतल-कर-पृष्ठाभ्यां फट्।

अङ्ग-न्यासः- ह्रां हृदयाय नमः। ह्रीं शिरसे स्वाहा। ह्रूं शिखायै वषट्। ह्रैं कवचाय हुं। ह्रौं नेत्र-त्रयाय वौषट्। ह्रः अस्त्राय फट्।

ध्यानः- **लौहित्य-निर्जित-जपा-कुसुमानुरागम्, पाशांकुशौ धनुरिषूनपि धारयन्तीम्।**
ताम्रेक्षणामरुण-माल्य-विशेष-भूषाम्, ताम्बूल-पूरित-मुखीं त्रिपुरां नमामि।।

पञ्चोपचार-पूजनः- लं पृथिव्यात्मकं गन्धं समर्पयामि नमः। हं आकाशात्मकं पुष्पं समर्पयामि नमः। यं वाय्वात्मकं धूपं घ्रापयामि नमः। रं वह्न्यात्मकं दीपं दर्शयामि नमः। वं जलात्मकं नैवेद्यं समर्पयामि नमः। सं सर्व- तत्त्वात्मकं ताम्बूल समर्पयामि नमः।

मन्त्रः- जगत्-सूते धाता हरिरवति रुद्रः क्षपयते।
तिरस्कुर्वन्नेतत् स्वमपि वपुरीशस्तिरयति।।

सदा-पूर्वः सर्वं तदिदमनु-गृह्णाति च शिवः।
तवाज्ञामालम्ब्य क्षण-चलितयोर्भ्रू-लतिकयोः।।

हे माँ! हे विश्व-विधायिनि! विधाता ब्रह्मा विश्व की सृष्टि करते हैं, हरि पालन करते हैं, रुद्र संहारक हैं। उत्पत्ति-स्थिति-लयात्मक ब्रह्मेश हरि-सहित जगत् का तिरस्कार कर विश्वेश अपने निज देह को भी तिरोभावस्थ कर देते हैं। भगवान् श्रीशिव आप-श्री के चलित नेत्रों की भ्रुवेङ्गिताज्ञा से इन सब पर अनुग्रह करते हैं।

विनियोगः- ॐ अस्य श्रीत्रिपुर-सुन्दरी-महा-विद्या-शताक्षरी-बीज-मन्त्राणां 'तवाधारे मूले सह समयया लास्य-परया' इति एक-चत्वारिंशन्मन्त्रस्य ईशान भैरवो ऋषिः। गायत्र्यनुष्टुप् छन्दसी। श्रीमहा-त्रिपुर-सुन्दरी देवता। 'तं'-बीजं। 'ह्रीं'-शक्तिः। 'ॐ आं ह्रीं'-कीलकं। मम सन्तान-प्राप्त्यर्थे जपे विनियोगः।

ऋष्यादि-न्यासः- ईशान-भैरवाय ऋषये नमः शिरसि। गायत्र्यनुष्टुप्-छन्दोभ्यां नमः मुखे। श्रीमहा-त्रिपुर-सुन्दर्यै देवतायै नमः हृदि। 'तं'-बीजाय नमः लिङ्गे। 'ह्रीं'-शक्तये नमः नाभौ। 'ॐ आं ह्रीं'-कीलकाय नमः पादयोः। मम सन्तान-प्राप्त्यर्थे जपे विनियोगाय नमः अञ्जलौ।

कर-न्यासः- ह्रां अंगुष्ठाभ्यां नमः। ह्रीं तर्जनीभ्यां स्वाहा। ह्रूं मध्यमाभ्यां वषट्। ह्रैं अनामिकाभ्यां हुं। ह्रौं कनिष्ठकाभ्यां वौषट्। ह्रः करतल-कर-पृष्ठाभ्यां फट्।

अङ्ग-न्यासः- ह्रां हृदयाय नमः। ह्रीं शिरसे स्वाहा। ह्रूं शिखायै वषट्। ह्रैं कवचाय हुं। ह्रौं नेत्र-त्रयाय वौषट्। ह्रः अस्त्राय फट्।

ध्यानः- **लौहित्य-निर्जित-जपा-कुसुमानुरागम्, पाशांकुशौ धनुरिषूनपि धारयन्तीम्।**
ताम्रेक्षणामरुण-माल्य-विशेष-भूषाम्, ताम्बूल-पूरित-मुखीं त्रिपुरां नमामि।।

पञ्चोपचार-पूजनः- लं पृथिव्यात्मकं गन्धं समर्पयामि नमः। हं आकाशात्मकं पुष्पं समर्पयामि नमः। यं वाय्वात्मकं धूपं घ्रापयामि नमः। रं वह्न्यात्मकं दीपं दर्शयामि नमः। वं जलात्मकं नैवेद्यं समर्पयामि नमः। सं सर्व-तत्त्वात्मकं ताम्बूलं समर्पयामि नमः।

मन्त्रः- तवाधारे मूले सह समयया लास्य-परया।
नवात्मानं मन्ये नव-रस-महा-ताण्डव-नटम्।।
उभाभ्यामेताभ्यामुदय - विधिमुद्दिश्य दयया।
स-नाथाभ्यां जज्ञे जनक-जननी-मज्जगदिदम्।।

हे माँ! आपश्री के 'मूलाधार-चक्र' में नव-रस-मय महा-ताण्डव नृत्य करते हुए श्रीआदि-नट भगवान् शिव तथा उनके साथ लास्य नृत्य करती हुई श्रीसमया भगवती को नमस्कार है, बारम्बार नमस्कार है। इस विश्व को ये दो माता-पिता जगदुत्पत्ति हेतु से उनकी विश्व-कल्याणकारिणी दया में से ही मिल गए हैं।

सह समयया:- शिव-शक्ति-एकता का वाचक है। श्री माँ भगवती तथा भगवान् शिव अधिष्ठान, अवस्थान, अनुष्ठान, रूप, गुण, नामादि- सब प्रकार से एक ही हैं। समय-समय की उपासना-विधि को 'समय मत' कहते हैं। जब श्रीभगवान् आदि-नट 'ताण्डव नृत्य' में मग्न हो जाते हैं और लास्येश्वरी महा-शक्ति 'लास्य नृत्य' में मग्न होती हैं एवं नृत्य करते-करते दोनों सामरस्य में तल्लीन हो जाते हैं, तब उस मिथुनानन्द से विश्व-सृष्टि की क्रिया बढ़ती है। कौल-मतानुसार 'बिन्दु'-'आज्ञा-चक्र' के 'त्रिकोण' में है। इससे कौल 'त्रिकोण' में 'बिन्दु' का पूजन करते हैं। कौल महा-शक्ति कुण्डलिनी को 'कौलिनी' कहते हैं। पिण्ड-वत् यह ब्रह्माण्ड और यह सौर-मण्डल षट्-चक्र तथा श्री-चक्र के लक्ष्य से बँटा हुआ है। यथा-

भू	=	मूलाधार	पृथ्वी	=	भू-पुर
भुवः	=	स्वाधिष्ठान	बुध	=	16 दल पद्म
स्वः	=	मणिपूर	मङ्गल	=	8 दल पद्म
महः	=	अनाहत	बृहस्पति	=	14 त्रिकोण-चक्र
जनः	=	विशुद्ध	हर्षल	=	दोनों दशार
तपः	=	आज्ञा	नेप्चून	=	अष्टार
सत्यं	=	सहस्रार	शुक्र	=	मूल त्रिकोण
बिन्दु	=	व्यापिका चिच्छक्ति			

श्रीशंकर भगवत्पाद स्वामी जी का मत है कि श्री महापरा विद्या माँ 'मणिपूर-चक्र' में ही अमुक-रूप से प्रकट होती हैं। कुछ भी हो, माँ अनन्त अमोघ सर्वमयी है। वह अपने भक्तों की इच्छानुसार कहीं किसी भी रूप में प्रकट होती है। उसकी लीला वह जाने। इस चक्र के दिव्य दैवत भगवान् श्रीआदि नट-नाथ श्रीलास्येश्वर्यम्बा हैं। इनकी आराधना 56 पार्थिव मयूखाओं-सहित होती है।

56 पार्थिव मयूखाएँ इस प्रकार हैं- 1. उड्डीश्वर, 2. उड्डीश्वरी, 3. जलेश्वर, 4. जलेश्वरी, 5. पूर्णेश्वर, 6. पूर्णेश्वरी, 7. कामेश्वर, 8. कामेश्वरी, 9. श्रीकण्ठ, 10. गङ्गा, 11. अनन्ता, 12. स्वरसा, 13. शंकरा, 14. मति, 15. पिङ्गला, 16. पाताल देवी, 17. नारदाख्या, 18. नादा, 19. आनन्दा, 20. डाकिनी, 21. आलस्या, 22. शाकिनी, 23. महानन्दा, 24. लाकिनी, 25. योग्या, 26. काकिनी, 27. अतीता, 28. साकिनी, 29. त्रिपदा, 30. हाकिनी, 31. आधारेशा, 32. रक्ता, 33. चक्रीशा, 34. चण्डा, 35. कुरङ्गीशा, 36. कराला, 37. मदघूशा, 38. महोच्छुष्मा, 39. अनादि-विमला, 40. मातङ्गी, 41. सर्वज्ञा विमला, 42. पुलिन्दा, 43. योग-विमला, 44. शम्बरी, 45. सिद्ध-विमला, 46. वाचापरा, 47. समय-विमला, 48. कुलालिका, 49. मित्रेशा, 50. कुब्जा, 51. उड्डीशा, 52. लब्धा, 53. षष्ठीशा, 54. कुलेश्वरी, 55. चर्याधीशा, 56. अजा।

'ताण्डव नृत्य'-लयात्मक नृत्य भगवान् शिव ने किया। 'लास्य नृत्य'-सृष्ट्यात्मक नृत्य भगवती माँ ने किया। इन दोनों नृत्यों में एक 'शिवात्मक' तथा एक 'शक्त्यात्मक' है।

अनुष्ठान-विधिः- पहले पूजन-यन्त्र की विधिवत् स्थापना करे। फिर उक्त यन्त्र में

श्रीमहा-त्रिपुर-सुन्दरी का आवाहन-पूजन करे। तब 'बीजाक्षर' - **'तं'** का ध्यान करे। बीजाक्षर **'तं'** का ध्यान कर 'मणिपूर-चक्र' में 1000 बार जप करे। जप करने के बाद कल्हार-पुष्प, मधु, पंचमेवा और शर्करा से 100 अथवा 10 आहुतियाँ हवन करे। हवन-मन्त्र **'तं स्वाहा।'** हवन के बाद 10 बार तर्पण करें। तर्पण-मन्त्र **'तं तर्पयामि नमः।'** तर्पण के बाद 10 बार मार्जन करे। मार्जन-मन्त्र **'तं मार्जयामि नमः।'** मार्जन के बाद 10 बार श्लोक का पाठ करे और 3 बार श्लोक पढ़कर आहुति दे।

5.17 यान्त्रिक प्रयोग

सौन्दर्य लहरी एवं संतति सुख

आदि शंकराचार्य कृत एक महान् संस्कृत का काव्य है जिसके अनुष्ठान के फलस्वरूप विवाह सन्तान, वैभव, समृद्धि, सुख, धन आदि से सम्बन्धित समस्त मनोकामनाएँ पूर्ण होती हैं।

ह्लीं

1. **लेखन-आधार** - स्वर्ण-पत्र
   नित्य-जप - 1,000
   पूजन-दिवस - 16
   नैवेद्य - मधु
   श्लोक-
   कदा काले मातः! कथय कलितालक्तक-रसं,
   पिबेयं विद्यार्थी तव चरण-निर्णेजन-जलम्।
   प्रकृत्या मूकानामपि च कविता-कारण-तया,
   यदा धत्ते वाणी मुख-कमल-ताम्बूल-रसताम्।।

   फल- यदि स्त्रियां धारण करें, तो गर्भधारण होता है और बन्ध्यत्व दूर होता है। यदि पुरुष धारण करे, तो अत्यन्त वृष्यता हो।

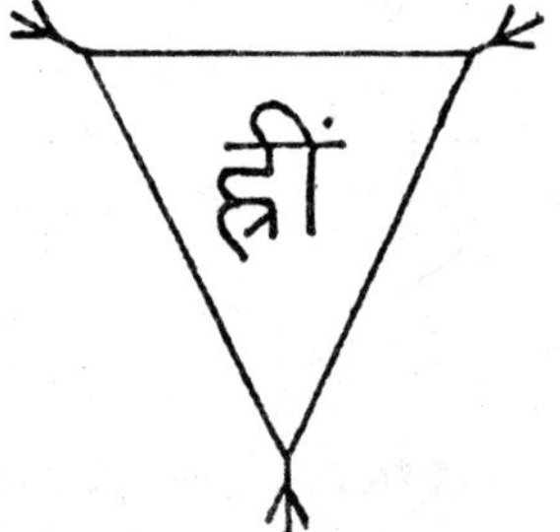

2. **लेखन-आधार** - स्वर्ण-पत्र।
   नित्य-जप - 1000
   पूजन-दिवस - 45
   नैवेद्य - क्षीर, पायस, मधु।
   फल - गर्भ-धारण।

श्लोक - ललाटं लावण्य-द्युत्ति-विमलमाभाति तब यद्-
द्वितीयं तन्मन्ये मुकुट-घटितं चन्द्र-शकलम्।
विपर्यास-न्यासादुभयमपि सम्भूय च मिथः,
सुधा-लेप-स्यूतिः परिणमति राका-हिमकरः।।

3. लेखन-आधार - स्वर्ण-पत्र।
नित्य-जप - 1000
पूजन-दिवस - 81
नैवेद्य - गुड-पायस।

फल- बन्ध्या-दोष की निवृत्ति, नवनीत से अभिमन्त्रित कर सेवन करे। अथवा 'यन्त्र' को कमर में धारण करे।

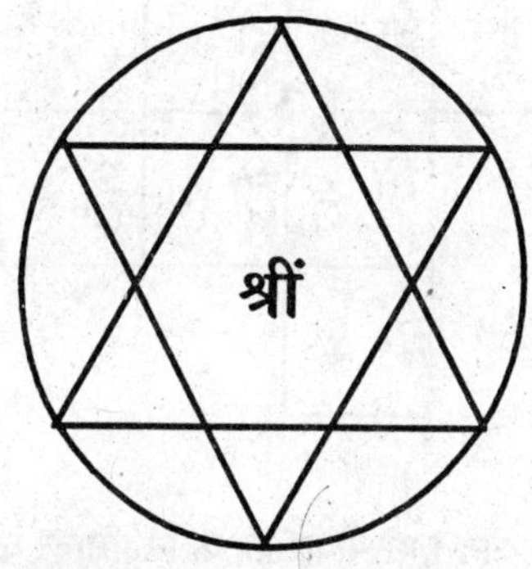

श्लोक- चतुर्भिः श्रीकण्ठैः शिव-युवतिभिः पञ्चभिरपि,
प्रभिन्नाभिः शम्भोर्नवभिरपि मूल-प्रकृतिभिः।
चतुश्चत्वारिंशद्-वसु-दल-कलाब्ज-त्रिवलय-
त्रिरेखाभिः सार्द्धं तव भवन-कोणाः परिणताः।।

4. लेखन-आधार - स्वर्ण-पत्र।
दिशा - पूर्व।
नित्य-जप - 500
पूजन-दिवस - 21
नैवेद्य - इक्षु-खण्ड गन्ने की 21 गड़ेरी।
धारणार्थ अंग - कण्ठ या भुजा।
फल - पुत्र-प्राप्ति।

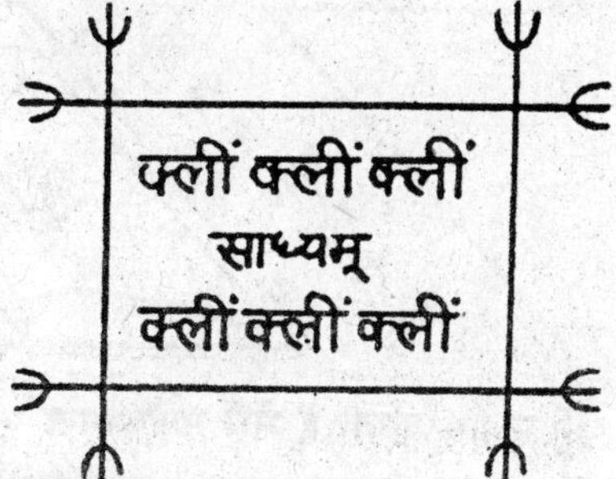

श्लोक- धनुः पौष्पं मौर्वी मधु-कर-मयी पञ्च-विशिखाः,
वसन्तः सामन्तो मलय-मरुदायोधन-रथः।
तथाऽप्येकः सर्वं हिम-गिरि-सुते! कामपि कृपां,
अपाङ्गात् ते लब्ध्वा जगदिदमनङ्गो विजयते।।

श्रीहनुमन्त-बीसा-यन्त्र

इस यन्त्र को शुभ मुहूर्त ('पुष्य' नक्षत्र आदि) में ताम्र-पत्र पर खुदवा कर नित्य पूजा करे। इससे ऐश्वर्य, सन्तान की इच्छा की पूर्ति होती है।

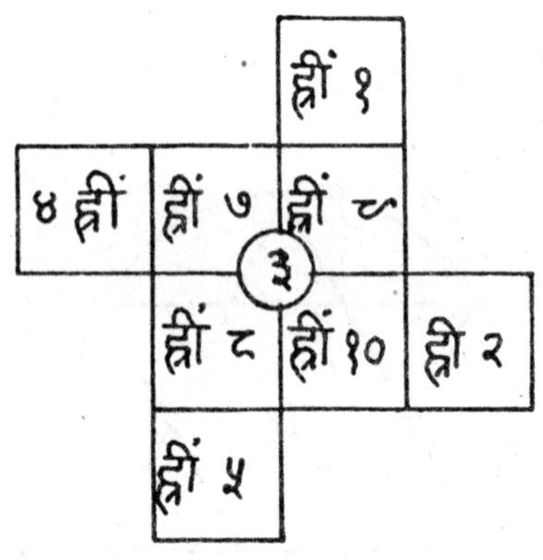

सुगम यंत्र विधान

1 यन्त्र को सादे-सफेद कागज पर पीपल की कलम, सिन्दूर की स्याही से यथावत् बना लें। सूती लाल कपड़े को सिर से लेकर पाँव के अंगूठे तक लें। यन्त्र को बटकर कपड़े में गिरह लगाकर बाँध लें। सन्तान-प्राप्ति की इच्छा रखने वाली महिला यन्त्र को कमर में बाँध ले। सन्तान प्राप्ति के बाद यन्त्र को हरे वृक्ष पर बाँध दे।

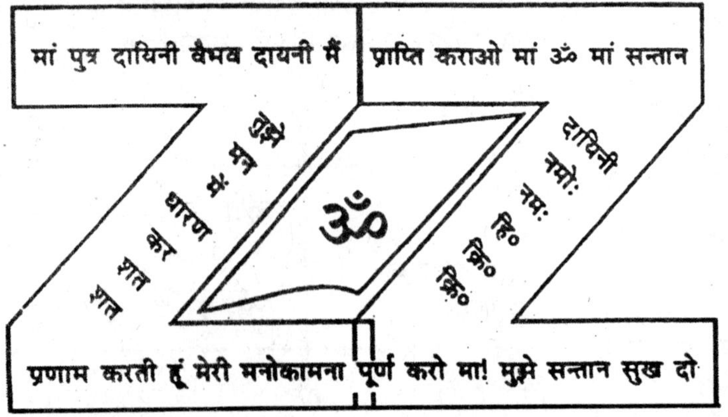

2 गर्भ स्थापना से पहले नीचे बताए जा रहे यन्त्र को लाल या काले सूती कपड़े में पीपल की कलम, सिन्दूर की स्याही की सहायता से सादे-सफेद कागज पर यथावत् बनाकर प्राण-प्रतिष्ठा कर कपड़े में गिर (गांठ) लगाकर गर्भस्थ स्त्री की कमर में बांध दें, प्रभु की इच्छा हुई, तो पुत्र-प्राप्ति अवश्य होगी।

बिस्मिलाहिर्रमानिर्रहीम फअब ज-स--मिन्हुम खीफतन० कालू या तखफ० व वश्श रुह बिगुलामिन अलीम० फअकबलातिमर-आतुहु की सरीविन फसक्कत वजहहा व कालत अनूजुन भकीमअ कालू कआलिकी० काला र० भकीमअ बुकी० इन्नहु हुवह हकीमुल अलीम०॥ का पाठ सात बार अवश्य करें।

इ०क्रि०	इ०क्रि०	इ०क्रि०	1	क्रो०	क्रो०	क्रो०
इ०क्रि०	इ०क्रि०	इ०क्रि०	से	क्रो०	क्रो०	क्रो०
इ०क्रि०	इ०क्रि०	इ०क्रि०	2	क्रो०	क्रो०	क्रो०

3 जिन स्त्रियों के सन्तान न होती हो, वे इस यन्त्र का प्रयोग करें। निश्चित रूप से लाभ होगा :

卐 यन्त्र 卐

श्री	श्री	श्री	श्री
श्री	श्री	श्री	श्री
श्री	श्री	श्री	श्री
श्री	श्री	श्री	श्री

सूर्य यन्त्र

1.

6	1	8
7	5	3
2	9	4

इस यन्त्र की विधि पूजा आदि सूर्योपासना प्रकरण में देखें।

2. श्रावण मास में भगवान् शिव का निष्ठापूर्वक पूजन करके–

वं	वं	वं	वं
यं	यं	यं	यं
दं	दं	दं	दं
लं	लं	लं	लं

उपर्युक्त सोलह कोष्ठक वाले यन्त्र को बिल्वपत्र के बीच वाले पत्ते पर लाल चन्दन से अनार की कलम से लिखकर एक सौ आठ बिल्वपत्र शिव को अर्पण करने से पुत्र सन्तान की प्राप्ति होती है।

यह आवश्यक नहीं है कि बिल्वपत्र पर यह यन्त्र शिवालय में जाकर ही लिखा जाय। अपने घर पर भी यह लिखा जा सकता है। इतना ध्यान रहे कि लिखने के बाद इनको सुखा लिया जाय। पहले दिन समय अधिक लगेगा। यह यन्त्र लिख लिया जा सके, इसको ध्यान में रखते हुए पत्ते ऐसे लिये जायँ, जो कुछ बड़े हों।

बिल्वपत्र चढ़ाते समय **'ॐ नमः शिवाय सुतं देहि'** यह मंत्र मन में बोलते रहना चाहिये।

3.

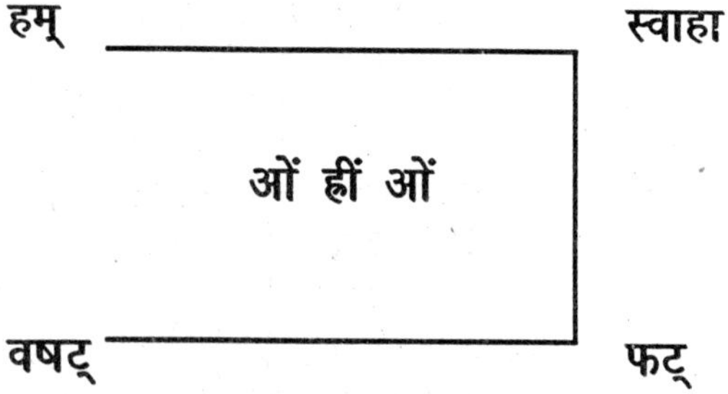

हम् **स्वाहा**

ओं ह्रीं ओं

वषट् **फट्**

उपरिलिखित यन्त्र को गोरोचन से भोजपत्र पर किसी शुभ दिन (जिस दिन सर्वार्थ सिद्धि, अमृत सिद्धि, रविपुष्य या गुरुपुष्य योग हो) लिख लें। लिखने के लिए कलम के रूप में अनार की कलम काम में लेनी चाहिए।

पहले भगवती गौरी अर्थात् पार्वती का अथवा दुर्गा का पूजन करे। इस पूजित यन्त्र को सामने रखकर–

सर्वमंगलमांगल्ये शिवे सर्वार्थसाधिके।
शरण्ये त्र्यम्बके गौरि नारायणि नमोस्तु ते।।

इस मन्त्र को एक माला जीवापोता वृक्ष के फलों से बनायी गयी माला से अथवा लाल चन्दन की माला से जपना चाहिए। इस पूजित यन्त्र को किसी तांबे या चाँदी के ताबीज में रखकर गले में धारण कर लिया जाय और ऊपर लिखे मन्त्र की एक माला रोज जप ली जाय।

सामने भगवान् शिव के परिवार का अथवा गणपति को गोद में खिलाती हुई पार्वती का चित्र रख लेने से मनोयोग भी होता है और पराम्बा की प्रसन्नता के लिए रूपकल्पना भी होती है।

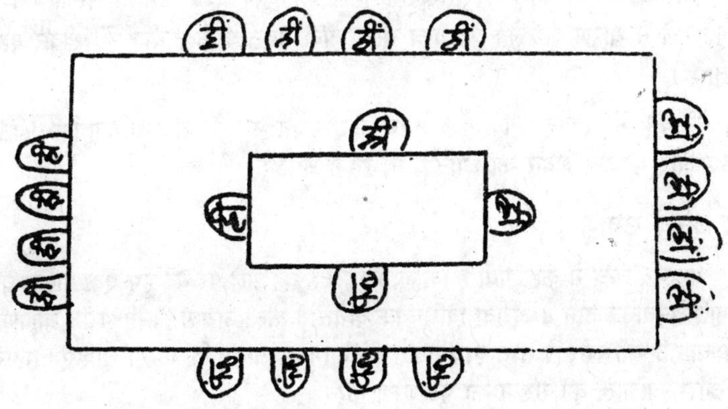

उक्त यन्त्र को अष्टगन्ध से अनार की कलम से भोजपत्र पर लिखकर पूजन करें। देवी का पूजन करके–

सर्वाबाधा विनिर्मुक्तो धनधान्यसुतान्वितः।
मनुष्यो मत्प्रसादेन भविष्यति न संशयः।।

इस मन्त्र की एक माला जपे। यह क्रम ऋतुस्नान से निवृत्त होकर ऋतुकाल तक करे। पञ्चोपचार से पूजन करे। ऋतुकाल में इस यन्त्र को छुये नहीं और अगले ऋतुकाल से शुद्ध होने के पश्चात् इसे हाथ में बाँध ले। परमेश्वरी का स्मरण करता रहे।

मृतवत्सा यन्त्र

शंकर मातु शंकर पितु

४०	४२	४	५
१	३	४८	४३
४६	४6	५	४
२	6	४6	४४

शंकर राखै चारो दीप

कौरै वरन लक्ष्मीपति

रविपुष्य, गुरुपुष्य, सर्वार्थसिद्धि, अमृतसिद्धि आदि योगों में अनार की कलम लाकर गौरोचन से भोजपत्र पर लिखकर गूगल की धूनी देकर गर्भवती स्थिति में अथवा वैसे ही गले में धारण कर ले। यह यन्त्र सोने, चाँदी या ताँबे के ताबीज में रखकर पहना जा सकता है।

लिखने के पश्चात् इसके कुछ समय तक एकाग्र मन से श्रद्धा भक्तिपूर्वक देखते रहना चाहिए और भगवान शंकर का ध्यान करते रहना चाहिए।

एक अन्य उपाय :

महार्णव तन्त्र में कहा गया है कि जो निष्पुत्र है वह झूले पर बैठे हुए एक बालक की सोने की मूर्ति बनवाकर दान दे अथवा विधिपूर्वक वृषोत्सर्ग करे। अथवा किसी गरीब ब्राह्मण कन्या का विवाह अपनी ओर से सारा व्यय उठाते हुए आनन्दोल्लासपूर्वक करना चाहिए। महारुद्र का जप और सवालाख की संख्या का पुरश्चरण करे।

रेणुका यंत्र

संतान प्राप्ति हेतु यंत्र साधना अति सुगम और सरल है। मनोकामना की साधना के लिए यंत्र पूजन का विधान हमारे यहाँ सर्वसम्मत से प्रतिष्ठित एवं प्रचलित रहा है। इसका यन्त्र अति सरल है। सात सीधी रेखाएँ और सात खड़ी रेखाएँ (सात सीधी रेखाओं में ही सात खड़ी रेखाएँ) डालने से छत्तीस कोष्ठक होंगे। इन रेखाओं को थोड़ा बढ़ता हुआ लिखने पर इनमें त्रिशूल बना लिया जाए और उसके आगे 'क्लीं' लिख लिया जाए। एक ओर अपने सामने की ओर वाले हिस्से में जिसके लिए प्रयोग किया जा रहा है उसका नाम लिख दिया जाए और कोष्ठकों में मंत्र का एक-एक अक्षर लिखा जाए।

मंत्र में छत्तीस अक्षर हैं और छत्तीस कोष्ठक हैं। इसमें आवरण पूजा नहीं है इसलिए सीधे पूजन कर लिया जाता है। पूजन में गंध, पुष्प, धूप, दीप और प्रसाद होते हैं। पूजन के पहले प्राण प्रतिष्ठा कर ली जाती है।

ध्यानः- **वामे शूल कपाल युग्म मितरे खड्गं क्वणड्डिण्डिमं,**
विभ्राणां कर पंकजैस्त्रिनयनां नागादि भूषोज्ज्वलां।
नानाकोटियुगान्त सूर्यसदृशां कल्पान्त कोपोज्ज्वलां,
वक्षालंकृत वाममुद्रित पदां श्री रेणुकामाश्रये।।

मंत्रः- **ओं क्लीं नमो भगवती रक्त पंचमि रेणुका देवि दह दह**
पच पच अखिल जगन्मे वशं कुरु स्वाहा।

संकल्प के अनत्तर विनियोग करें-

विनियोगः- अस्य श्री रेणुका मंत्रस्य भार्गव ऋषिः अनुष्टुप् छन्दः रेणुका देवता क्लीं बीजम् क्लीं शक्तिः क्लूं कीलकम् ....स्य सन्तान प्राप्तये जपेः विनियोगः।

ऋष्यादिन्यासः- भार्गव ऋषये नमः शिरसि, अनुष्टुप् छन्दसे नमः मुखे, रेणुका देवताये नमः हृदयं क्लीं वीजाय नमः गुह्ये, क्लीं शक्तये नमः पादयोः, क्लूं कीलकाय नमः नाभौ विनियोगाय नमः सर्वांगे।

हृदयादिन्यासः- क्लां हृदयाय नमः, क्लीं शिरसे स्वाहा, क्लूं शिखायै वषट्, क्लैं कवचाय हुमूः, क्लौं नेत्रत्रयाय वौषट्, क्लः अस्त्राय फट्।

करन्यासः- क्लां अंगुष्ठाभ्यां नमः, क्लीं तर्जनीभ्यां नमः, क्लूं मध्यमाभ्यां नमः, क्लैं अनामिकाभ्यां नमः, क्लौं कनिष्ठिकाभ्यां नमः, क्लः करतल करपृष्ठाभ्यां नमः।

दस हजार जप करने पर पुरश्चरण हो जाता है।

प्रयोगः- इस यन्त्र को घी से, अनार की कलम से भोजपत्र पर उपरिवर्णित यंत्र लिखकर उसका पूजन कर एक हजार जप करने से वन्ध्या पुत्रवती होती है, पर पहले दस हजार जप करना चाहिए।

इस मंत्र का जप करते हुए बड़ के अंकुर और निम्बोली को दूध के साथ पीने से वन्ध्या को सन्तान प्राप्त होती है।

अंकोल की जड़ की छाल का चूर्ण कर, उसमें गुड़ मिला कर छोटी सुपारी के बराबर गोली बना ऋतुस्नान के पश्चात् तीन दिन लेने से वन्ध्या पुत्रवती होती है।

पीपल की जड़ और पिण्डाक—ये दोनों अथवा इनमें से एक ऋतुस्नान के पश्चात् तीन दिन पीने से पुत्रप्राप्ति होती है।

शिरीष के फूल के आगे के हिस्से को गाय का घी मिले दूध से पिये। ऋतुस्नान अर्थात् रजनिवृत्ति के पश्चात् तीन दिन प्रातः जिस गाय का बछड़ा जीवित हो, उसके दूध में घी मिलाकर पीने से वन्ध्या पुत्रवती होती है।

ऊपर के प्रयोगों में औषधि की मात्रा छह ग्राम रहेगी। ये औषधियाँ एक बार पी जाती हैं और प्रातःकाल शौचादि से निवृत्त होकर। औषधि प्रयोग के दिनों में हल्का भोजन लेना चाहिए, गरिष्ठ व तली हुई वस्तुएँ काम में नहीं ली जाती हैं।

रामगायत्री मंत्र

कलियुग में हनुमान्, गणेश, भैरव, देवी, सूर्य सिद्धिप्रद देवता माने गये हैं। इनके साथ ही क्षुद्र देवता भी इस युग में फल देने वाले कहे गये हैं। साधना करने वाले को दो बात ध्यान में रखनी चाहिए—**पहली बात** यह कि जिस देवता के चरित्र में जो बात है, वही उसके मन्त्रजप का फल होता है इसलिए हमें जो प्रयोजन हो तदनुसार ही देवता का चयन करना चाहिए, जैसे शत्रुओं का विनाश करने के लिए लक्ष्मी की आराधना करना समीचीन नहीं है, क्योंकि लक्ष्मी रजोगुण का स्वरूप है और विनाश तमोगुण की वृत्ति। रजोगुण आकर्षण करता है तमोगुण विकर्षण। इसी प्रकार कोई व्यक्ति चाहे कि उसके महल बन जायें, मोटर, नौकर, आभूषणादि का ढेर लग जाय तथा इसके लिए वह काली की उपासना करे तो उचित नहीं है क्योंकि काली श्मशान की देवी है, वहाँ सब कुल गैसीय रूप हो जाता है, उसके आभूषण भी मुण्डमाला हैं, इसलिए काली मन्त्र से यह अपेक्षा करना अज्ञान ही माना जायेगा।

दूसरी बात यह कि जिस देवता से हम किसी प्रकार की अपेक्षा करके सकाम अनुष्ठान करते हैं, उसके वैसे ही स्वरूप का ध्यान करना चाहिए तथा उसके कई प्रकार के मन्त्र हैं तो उनमें से वही मन्त्र चुनना चाहिए जो हमारे प्रयोजन के अनुकूल पड़ता है। उदाहरण के लिए राम मन्त्र का जप यदि शत्रु विनाश के लिए किया जा रहा है तो हमें रावण का विनाश करने के लिए शर सन्धान कर रहे उग्र रूप का, राज्य और ऐश्वर्य प्राप्ति के लिए कर रहे हैं तो राजसिंहासन पर विराजमान लक्ष्मणादि सेवित राम का और विवाह के निमित्त कर रहे हैं तो सीता से वरमाला पहन रहे राम का ध्यान करना चाहिए।

यदि किसी देवता के अनेक मन्त्र नहीं हैं तो प्रयोजनानुसार पहले तत्कार्यसाधक बीज मन्त्र जोड़ देना चाहिए किन्तु यह परिवर्तन किसी मर्मज्ञ व्यक्ति की आज्ञा से ही करना चाहिए केवल पुस्तक पढ़कर नहीं, कारण कि कई प्रयोजन इस प्रकार के होते हैं उनमें मन्त्र के अक्षरों की संख्या भी एक महत्त्वपूर्ण आधार होती है।

प्रस्तुत प्रयोग संग्रह में एक यह बात ध्यान में रखी गई है कि जो व्यक्ति जिस देवता की आराधना करते हैं वे उसी के मन्त्र का प्रयोग कर लें तो उत्तम रहे। शास्त्रों ने सकाम आराधना करने के विधान भी बताये हैं और निषेध भी किया है। निषेध इसलिए किया है कि व्यक्ति अपने

मतलब के लिए देवता की आराधना करता है और फिर उसे छोड़ देता है, इसलिए होना यह चाहिए कि नैमित्तिक अनुष्ठान करके उस देवता तथा मन्त्र को पूरी श्रद्धा व सम्मान के साथ विसर्जित कर दिया जाय। जिन लोगों के इष्ट वही हैं जिनसे निर्दिष्ट प्रयोजन पूर्ण होना है, उसमें मन्त्र परिवर्तन करने में कोई आपत्ति नहीं। इससे इष्ट नहीं बदलता। इतना अवश्य ध्यान रहे कि भले ही हम उसी देवता का अनुष्ठान-मन्त्र परिवर्तन करके कर रहे हैं अथवा किसी अन्य देवता का कर रहे हैं, इससे हमारे नित्य नियम पर कोई प्रभाव नहीं पड़ना चाहिए और न ही इष्ट पर, क्योंकि नित्यकर्म और इष्टदेव आजीवन चलते हैं और सकाम अनुष्ठान प्रयोजनपूर्ति तक।

जो लोग भगवान् राम के उपासक हैं, उनके लिए राम मन्त्र का प्रयोग दिया जा रहा है। यद्यपि राम इस प्रयोजन के लिए विशेषतया निर्धारित देवता नहीं हैं, फिर भी वे विष्णु के अवतार हैं और सर्वसमर्थ। विष्णु की सहचारिणी लक्ष्मी में प्रजननक्षमता नहीं है उनके कोई पुत्र नहीं है। इस अवतार में वही लक्ष्मी सीता का रूप धारण करके प्रकट हुई थीं और उन्होंने लव-कुश को जन्म दिया था। यह साधक पर निर्भर करता है कि वह मन्त्र का बल और फल किस तरह प्रकट करता है। एक व्यक्ति के इस प्रयोग से जुड़वाँ बालक हुए—यह हमें भलीभाँति स्मरण है।

प्रयोग-विधि :

राम सात्विक स्वरूप होने के कारण थोड़े विलम्ब से प्रसन्न होते हैं किन्तु वे साधना में त्रुटि होने पर रुष्ट होकर किसी प्रकार की हानि नहीं करते हैं। वे भावना से ही प्रसन्न हो जाते हैं, शबरी का उदाहरण इसके लिए जीवन्त प्रमाण है।

शास्त्रीय परम्परा के अनुसार अनुष्ठान प्रारम्भ करने से पहले एक यन्त्र बना लिया जाय। यन्त्र सोने, चाँदी या ताँबे के पत्र पर खुदवा कर बनवा लिया जाय अथवा भोजपत्र पर अष्टगन्ध से और अष्टगन्ध न मिले तो केसर चन्दन से अनार की कलम से लिख लिया जाय।

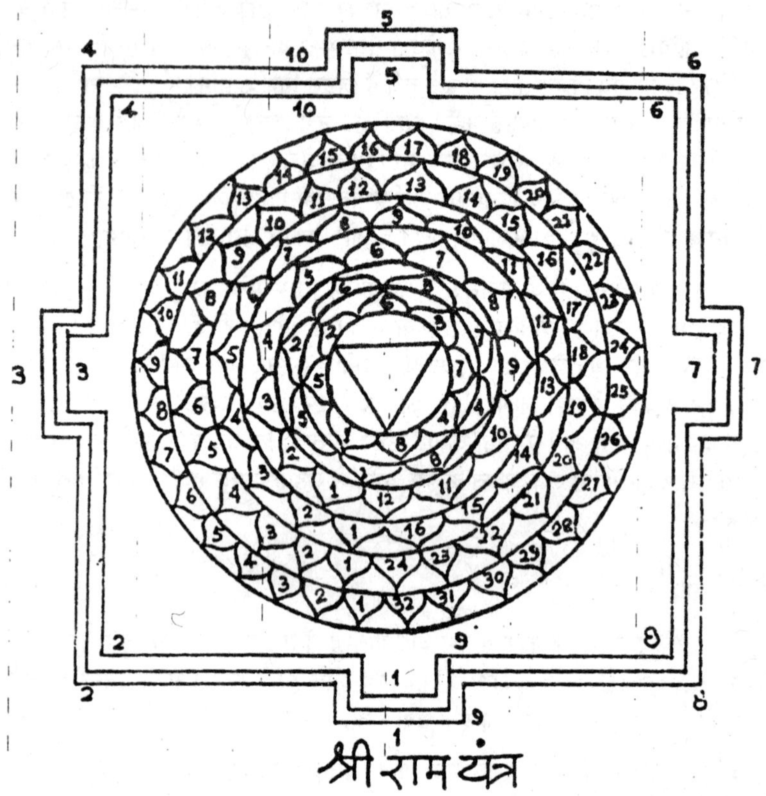

श्री राम यंत्र

पहले मध्यभाग में एक त्रिकोण बना लिया जाय। उस त्रिकोण को वृत्त (गोल) से आवेष्टित करके आठ कमल के पत्ते बना लें। इनके आगे फिर आठ पत्र, इससे अगले वृत्त में बारह कमल पत्र बना लिये जायँ। इससे आगे सोलह और उससे आगे के वृत्त में बत्तीस कमल पत्र बना

लिये जायँ। इस प्रकार त्रिकोण पाँच वृत्तों से आवृत्त हो गया और उन वृत्तों में क्रमशः आठ, आठ, बारह, सोलह और बत्तीस पत्र रच दिय जायें। इन वृत्तों को चौकोर रेखाओं से तीन बार आवृत्त कर दिया जाय। यह चौकोर आकृति चारों ओर बीच में से _⌐¬_ इस प्रकार कर दी जाय जिससे ये चिह्न दिशाओं के और कोण विदिशाओं के रूप में मान लिये जायेंगे। यह प्रत्येक वृत्त और चतुष्कोण आवरण कहलाते हैं।

यह यन्त्र बनाने के पश्चात् किसी शुभ दिन प्रयोगारम्भ करें। दिन का निश्चय स्वयं कर सकते हों तो ठीक अन्यथा रविपुष्य योग में अथवा रामनवमी के दिन प्रारम्भ करें।

अपना नित्य कर्म करके अथवा नित्य कर्म से पहले प्रथमतः शौचादि से निवृत्त होकर स्नान करना चाहिए। स्नानीय जल में गंगादि नदियों अथवा तीर्थों का जल रहे तो उत्तम। इनके अभाव में शुद्ध जल का पात्र भरकर रख लें। आसन-पट्टे पर बैठकर राम गायत्री से तीन बार प्राणायाम

करे। इसके बाद **'ओं नमो भगवते रघुनन्दनाय रक्षोघ्नविशदाय मधुरप्रसन्नबदनाय अमिततेजसे वलाय रामाय विष्णवे नमः'** इस मन्त्र को आठ बार बोलकर जल को अभिमन्त्रित करके स्नान कर लें। स्नानानन्तर अघमर्षण वैदिक रीति से कर लें अथवा हवन करते समय अघमर्षण की ऋचाओं से आहुति दें।

स्नान करके शुद्ध वस्त्र पहनकर **'ॐ जानकीवल्लभाय स्वाहा'** इस मन्त्र से तीन बार आचमन कर लें। आसन पर बैठकर राम गायत्री का यथाशक्ति जप इस भावना से करें कि उस पर भगवान् राम प्रसन्न हो रहे हैं, उसके पाप शाप नष्ट हो रहे हैं। यह जप करके न्यास करें। न्यास की विस्तृत विधि यहाँ नहीं दी जा रही है कारण कि आज के युग में व्यक्ति इतना पवित्र नहीं हो पाता कि न्यास के प्रभाव का अनुभव कर राके तथा यह तकनीकी विधि है, इसलिए इसे जब तक किसी विज्ञ व्यक्ति से सीख, समझ न लिया जाये, इसमें त्रुटि होने की सम्भावना बनी रहती है। फिर भगवान् राम श्रद्धा से प्रसन्न होने वाले और भावना पर रीझने वाले हैं, इसलिए न्यास संक्षेप में ही कर लिया जाये। शुद्धि करके विनियोग करें--

> **अस्य श्रीरामगायत्रीमन्त्रस्य ब्रह्मा ऋषिः गायत्री छन्दः श्रीरामचन्द्रो देवता विष्णुस्वरूपरामचन्द्रस्य प्रसन्नताप्राप्तिनिमित्तं यशोबलयुक्तपुत्रप्राप्ति-कामनया जपमहं करिष्ये।**

विनियोग हाथ में जल लेकर ऊपर लिखा वाक्य बोलकर उस जल को धरती पर डाल देने की क्रिया को कहते हैं। ध्यान रहे कि यह जल अँगुलियों के पोरों पर से होकर नहीं डालना चाहिए। यह विधि अँजलि मानी जाती है। अँगूठे से सामने वाले अर्थात् हथेली के नीचे के हिस्से से जल विसर्जन किया जाता है।

> प्रथम न्यास--**ब्रह्मणे ऋषये नमः शिरसि, गायत्रीछन्दसे नमः मुखे, श्रीराम देवतायै नमः हृदये, विष्णवे नमः सर्वांगे।** द्वितीय न्यास--**रां हृदयाय नमः, रीं शिरसे स्वाहा, रूं शिखाये वषट्, रैं कवचाय हुम्, रौं नेत्रत्रयाय वौषट्, रः अस्त्राय फट्।** तृतीय न्यास शिर में--**ॐ नमः,** भ्रूमध्य में--**रां नमः,** हृदय में-- **मां नमः,** नाभि में--**यं नमः,** गुह्य स्थान में--**नं नमः,** पैरों में--**मं नमः।**

न्यास करने के बाद उस यन्त्र में प्राण-प्रतिष्ठा करनी चाहिए। प्राण-प्रतिष्ठा की सामान्य विधि इस प्रकार है--

हाथ में जल लेकर विनियोग करे--

अस्य श्री प्राणप्रतिष्ठामन्त्रस्य ब्रह्मविष्णुरुद्रा ऋषयः ऋग्यजुःसामानि छन्दांसि प्राणाख्या देवता आं बीजम् ह्रीं शक्तिः क्रों कीलकम् यं रं लं वं शं षं सं हं हं सः एताः शक्तयः अस्मिन् यन्त्रे प्राणप्रतिष्ठापने विनियोगः।

यह विनियोग करके दोनों हाथों की हथेलियों से उस पत्र को ढाँपकर—

ओं आं ह्रीं क्रों यं रं लं वं शं षं सं हं सः भगवतो रामचन्द्रस्य प्राणाः इह प्राणाः।

ओं आं ह्रीं क्रों यं रं लं वं शं षं सं हं सः भगवतो रामचन्द्रस्य सर्वेन्द्रियाणि इह सर्वेन्द्रियाणि।

ओं आं ह्रीं क्रों यं रं लं वं शं षं सं हं सः भगवतो रामचन्द्रस्य त्वक् पाणिपाद-पायूपस्थानि इह कर्मेन्द्रियाणि।

ओं आं ह्रीं क्रों यं रं लं वं शं षं सं हं सः भगवतो रामचन्द्रस्य वाङ् मनश्चक्षुः श्रोत्रघ्राणरसना इह मनःसहितज्ञानेन्द्रियाणि। आगत्य सुखं चिरं तिष्ठन्तु।

ऐसा करके हाथों को उठा ले। स्मरण रहे, ऐसा करते समय मन में यह भावना करता रहे कि इस यन्त्र में पहले प्राण, फिर कर्मेन्द्रियाँ तथा बाद में मन एवं ज्ञानेन्द्रियाँ आ गयी हैं। इसके बाद त्रिकोण में राम के षडंग की स्थापना करनी चाहिए। इसके आगे मन्त्र लिखा है—

राम, लक्ष्मण, सीता, धनुष और बाणों का पूजन करके **'रां हृदयाय नमः, रीं शिरसे स्वाहा, रूं शिखायै वषट्, रैं कवचाय हुम्, रौं नेत्रत्रयाय वौषट्, रः अस्त्राय फट्'** से राम का षडंग पूजन करना चाहिए।

इतना करने के बाद षोडशोपचार से पूजन करना चाहिए। षोडश उपचारों में आवाहन, आसन, पाद्य, आचमन, स्नान, वस्त्र, गन्ध, अक्षत, पुष्प, धूप, दीप, प्रसाद, ताम्बूल, ऋतुकाल, पुष्पाञ्जलि और नमस्कार आते हैं। इनको अर्पित करने के मंत्र किसी भी ग्रंथ से देख लिये जांय।

बीच के त्रिकोण में भगवान् राम का पूजन किया जाय। अन्य ग्रन्थों में इस त्रिकोण के स्थान पर षट्कोण रचना का विधान दिया गया है। सामान्य रूप से षट्कोण में हृदय, शिर, शिखा, कवच, नेत्रत्रय और सर्वांग याने अस्त्र आते हैं। यह प्रयोग श्री विद्यार्णव तन्त्र से लिखा गया है, उसमें षटकोण के स्थान पर त्रिकोण का उल्लेख है, इसलिए त्रिकोण की ही पूजा विधि लिखी जा रही है।

यन्त्र की पूजा करते समय यह ध्यान रखना चाहिए कि पूजनीय देवता हमारे सामने हमारी तरफ मुख करके विराजमान हैं, इसलिए हमारा दाहिना उनका बायाँ और उनका बायाँ हमारा दाहिना होगा। प्रदक्षिणा तथा अन्य व्यवहार दक्षिण क्रम से किये जाते हैं अर्थात् जिसकी प्रदक्षिणा अथवा परिक्रमा हम करते हैं, वे हमारे दाहिनी ओर रहते हैं, यही क्लाकवाइज् कहा जाता है। यन्त्रादि के पूजन में यह क्रम वामावर्त हो जाता है, कारण समझा दिया गया है।

यन्त्र पूजन में त्रिकोण में भगवान् राम का अर्चन करके राम के वामभाग के **'श्रीं सीतायै स्वाहा'** मन्त्र से सीता भगवती का पूजन करे। राम के दाहिने भाग में **'लं लक्ष्मणाय नमः'** से लक्ष्मण का पूजन करे। कहने की आवश्यकता नहीं कि राम के वामभाग पूजक के दक्षिण भाग और दक्षिण भाग साधक के वामभाग माने जायेंगे।

इन लक्ष्मण और सीता से कुछ आगे की तरफ बायें भाग में **'शार्ङ्गाय नमः'** से धनुष की और दाहिने भाग में **'ओं शरेभ्यो नमः'** से बाणों का पूजन करे।

राम, लक्ष्मण, सीता, धनुष और बाणों का पूजन करके **'रां हृदयाय नमः, रीं शिरसे स्वाहा, रूं शिखायै वषट्, रैं कवचाय हुम्, रौं नेत्रत्रयाय वौषट्, रः अस्त्राय फट्'** से राम का षडंग पूजन करना चाहिए।

यह प्रथमावरण पूजा है। द्वितीय आवरण में अष्टदल कमल है। इनका पूजन वामावर्त विधि से किया जायेगा।

द्वितीय आवरण में अष्टदल कमल आता है। इसमें चार बार पूजन होगा। इसका क्रम है– प्रथम पूजन पत्रों के मूल में, द्वितीय पूजन पत्रों के मध्य में, तृतीय पूजन अगले अष्टदल के अग्रभाग में, चतुर्थ पूजन इसी के अग्रभाग में बाहर की तरफ होगा। पूजन का क्रम पहले चारों दिशाओं में फिर कोणों में होगा।

पूर्व दिशा–साधक और यन्त्र के मध्य में पत्र में **'ओं आत्मने नमः'**, साधक के बायें हाथ वाले मध्य पत्र (प्रथम से वामावर्त गणना करने पर तीसरे पत्र) में **'ओं अन्तरात्मने नमः'**, पीछे वाले अर्थात् पश्चिम दिशा में **'ओं परमात्मने नमः'**, साधक के दाहिनी ओर मध्य स्थित पत्र में **'ओं ज्ञानात्मने नमः'** बोलकर आत्मा के चार स्वरूपों का पूजन करे।

इन्हीं पत्रों में वागावर्त क्रम से कोणों में रहे पत्रों में क्रमशः **'ॐ निवृत्यै नमः'**, बोलकर आग्नेय कोण के पत्र में **'ॐ प्रतिष्ठायै नमः'** से नैऋत्य कोण में, **'ॐ विद्यायै नमः'** बोलकर वायव्य कोण में तथा **'ॐ शान्त्यै नमः'** कहकर ईशान कोण में पूजन करे।

सुविधा और समय हो तो ऊपर लिखे तथा आगे वाले पदों में तत्सत् बोलकर **'श्रीपादुकां पूजयामि नमः'** जोड़ दे। जैसे ॐ आत्मने नमः आत्मश्रीपादुकां पूजयामि नमः, ऐसे ही निवृत्यै नमः निवृत्तिश्रीपादुकां पूजयामि नमः, प्रतिष्ठाश्रीपादुकां पूजयामि नमः इत्यादि। इनका पूजन करते समय षोडशोपचार की अथवा पञ्चोपचार की आवश्यकता नहीं। ये भगवान् राम के अनुचर हैं, उनकी पूजा ही इनकी पूजा है, फिर भी इनके सम्मान के लिए चावल, गन्ध (रोली) तथा फूल की पँखुड़ियाँ मिलाकर उन पत्रों में अर्पित करते रहना चाहिए।

इन्हीं पत्रों में इसी क्रम में वासुदेवाय नमः (वासुदेव श्रीपादुकां पूजयामि) दक्षिण दिशा में स्थित पत्र में संकर्षणाय नमः बोलकर रोली पुष्प मिले अक्षत समर्पित कर दे। इन्हीं पत्रों के कोण स्थित पत्रों में श्रियै नमः, शान्त्यै नमः, प्रीत्यै नमः रत्यै नमः बोलकर श्री, शान्ति, प्रीति, रति का पूजन करना चाहिए।

तीसरे आवरण में दूसरा अष्टदल कमल आता है। इसके पूजन में दिशा-विदिशा क्रम न होकर सीधे क्रम से पूजना होगा। पूजा क्रम वही वामावर्त रहेगा। साधक और यन्त्र के मध्य में स्थित पत्र से पूजन आरम्भ होगा, फिर साधक के बाँये क्रम से पत्रों में क्रमशः पूजन किया जायेगा। हनुमते नमः, सुग्रीवाय नमः, भरताय नमः, विभीषणाय नमः, लक्ष्मणाय नमः, अंगदाय नमः, शत्रुघ्नाय नमः, जाम्बवते नमः बोलकर अक्षत गन्धपुष्प अर्पित करे।

इन्हीं पत्रों में इसी क्रम से सृष्ट्यै नमः, जयन्ताय नमः, विजयाय नमः, सुराष्ट्राय नमः, राष्ट्रवर्धनाय नमः, अकोपाय नमः, धर्मपालाय नमः, सुमन्त्राय नमः, मन्त्र से इनका पूजन करे।

चौथे आवरण में द्वादश पत्र वाला कमल माना जाता है। इस आवरण के पूजन में क्रम और सामग्री पूर्ववत् रहेगी। साधक और यन्त्र के मध्यवर्ती पत्र से वामावर्त क्रम से पूजन करना है। इन पत्रों में जिनका पूजन करना है, वे हैं ऋषिगण—वसिष्ठाय नमः, वामदेवाय नमः, जाबालये नमः, गौतमाय नमः, भारद्वाजाय नमः, कश्यपाय नमः, कौशिकाय नमः, वाल्मीकिने नमः, नारदाय नमः, सनकाय नमः, सनातनाय नमः, सनत्कुमाराय नमः।

पाँचवें आवरण में षोडशदल आते हैं। इनमें क्रमशः—नीलाय नमः, नलाय नमः, सुषेणाय०, मैन्दाय०, शरभाय०, द्विविधाय०, चन्दनाय०, गवाक्षाय०, किरीटाय०, कुण्डलाय०, श्रीवत्साय०, कौस्तुभाय०, शंखाय०, चक्राय०, गदायै०, पद्माय नमः।

छठे आवरण में बत्तीस पत्र आते हैं, इनमें प्रारम्भ व आगे का क्रम पूर्ववत् रहेगा। मन्त्र या नाम मन्त्र इस प्रकार हैं—ध्रुवाय नमः, ध्वराय, सोमाय, आपाय, अनलाय, अनिलाय, प्रत्यूषाय, प्रभासाय, वीरभद्राय, शम्भवे, गिरीशाय, अजैकपादाय, अहिर्बुध्न्याय पिनाकिने, भुवनाधीश्वराय, कपालिने, दिक्पतये, स्थाणवे, भागाय, वरुणाय, सूर्याय, वेदांगाय, भानवे, इन्द्राय, रवये, गभस्तये, यमाय, स्वर्णरितसे, दिवाकराय, मित्राय, विष्णवे, धात्रे। इन नाम मन्त्रों के आगे नमः जोड़ दिया जाना चाहिए।

सातवें आवरण में दिक्पालों और उनके आयुधों का पूजन करना होता है। यह पूजन भी नाम मन्त्र से किया जायगा। चतुष्कोण की विधियों में—साधक और यन्त्र के मध्यम भाग में इन्द्राय नमः, कोण में—अग्नये नमः, साधक के बाँये भाग में अर्थात् आराध्य के दक्षिण में यमाय नमः, रक्षोभ्यो नमः, पश्चिम में वरुणाय नमः, पश्चिमोत्तर के कोण में वायवे नमः, उत्तर में चन्द्राय नमः, कोण में ईशानाय नमः, सामने (साधक व मन्त्र के मध्यभाग में स्थित रेखा के दाहिनी ओर) अनन्ताय नमः, इसके ठीक सामने पश्चिम में ब्रह्मणे नमः।

अगले आवरण में नाम मन्त्र से आयुधों का पूजन करना होता है। मन्त्र इस प्रकार है—वज्राय नमः, शक्तये, दण्डाय, खड्गाय, पाशाय, अंकुशाय, गदायै, त्रिशूलाय, पद्मने, चक्राय। कहने की आवश्यकता नहीं कि इन नाम मन्त्रों के आगे नमः जोड़ दिया जाता है। विस्तार करना चाहें तो नाम बोलकर श्री पादुकां पूजयामि जोड़ देते हैं। यह पादुका मन्त्र कहलाता है।

इस प्रकार पूजन करें भगवान् राम के बाल रूप का अथवा लव-कुश के साथ विराजमान राम का ध्यान करें। प्रथमतः आसन पर बैठते ही पूजन करने से पहले ध्यान करें। बाद में जप

प्रारम्भ करते समय ध्यान करके अपना मनोरथ निवेदन करते हुए उनकी प्रसन्नता प्राप्त करने की प्रार्थना करें।

स्मरण रहे व्यक्ति का अपने पर और मन्त्र पर अटल विश्वास रहना चाहिए। अपने पर इस तरह कि वह यह प्रयोग कर ही लेगा, मन्त्र पर इस तरह कि यह मन्त्र उसके मनोरथ पूर्ण कर देगा।

अब उस पूजित यन्त्र के सम्मुख बैठकर जप करें। जप करने के लिये लाल चन्दन, अथवा जीवापोता के काष्ठ की मणियों की माला श्रेष्ठ रहेगी। जप करते समय ओंठ अथवा जीभ नहीं हिलनी चाहिए। मन्त्र सिद्ध करने के लिये पुरश्चरण किया जाता है। प्रत्येक मन्त्र की पुरश्चरण संख्या भिन्न-भिन्न होती है। इस मन्त्र का पुरश्चरण न भी कर सके तो चार लाख जप कर लेना चाहिए।

ध्यान रहे कि सन्तानहीनता व्यक्ति के किसी महापातक का परिणाम है, इसलिए जब तक उस पाप का नाश नहीं हो जाता, व्यक्ति स्वस्थ अथवा प्राकृत नहीं हो पाता। ऐसी स्थिति में लक्ष्य यह रखना चाहिए कि पाप का क्षय हो। शुद्ध हो जाने पर सन्तान तो होगी ही। चार लाख जप करने का कार्यक्रम लम्बा चलेगा। शास्त्रकारों ने लम्बे चलने वाले प्रयोग को राजसी प्रयोग कहा है और राजसी प्रयोग में ब्रह्मचर्य का पालन कठोरता पूर्वक नहीं किया जाता। जब मन अत्यधिक उद्वेलित होने लगे तो अपनी स्त्री से समागम किया जा सकता है।

चार लाख का पुरश्चरण न हो तो किसी राम मंदिर में बैठकर सवा लाख जप कर लेना चाहिए।

मन्त्र है– **दशरथाय विद्महे सीतावल्लभाय धीमहि तन्नो रामः प्रचोदयात्।**

जितना जप करें उसका दशमांश हवन करना चाहिए। हवन केवल खीर से करें तो अधिक अच्छा अन्यथा शक्कर, काले तिल व घी। दशमांश का दशमांश ब्राह्मण भोजन करावें। प्रतिदिन पुरश्चरण काल में जपादि पूरा करके रामानुस्मृति का एक पाठ करें।

रामानुस्मृति

वन्दे रामं जगद्वन्द्यं सुन्दरास्यं शुचिस्मितम्।
कन्दर्पकोटिलावण्यं कामितार्थप्रदायकम्॥
भास्वत्किरीटकटककटिसूत्रोपशोभितम्।
विशाललोचनं भ्राजत्तरुणारुणकुण्डलम्॥
नीलजीमूतसंकाशं नीलालकवृताननम्।
ज्ञानमुद्रालसद्दक्षबाहुं ज्ञानमयं विभुम्॥
वामजानुपरिन्यस्तवामाम्बुजकरं हरिम्।
वीरासने समासीनं विद्युत्पुञ्जनिभाम्बरम्॥
कोटिसूर्यप्रतीकाशं कोमलावयवोज्ज्वलम्।
जानकीलक्ष्मणाभ्यां च वामदक्षिणशोभितम्॥

हनुमद्रविपुत्रादिकपिमुख्यैर्निषेवितम् ।
दिव्यरत्नसमायुक्तसिंहासनगतं प्रभुम् ।।
प्रत्यहं प्रातरुत्थाय ध्यात्वैवं राघवं हृदि।
एभिः षोडशभिर्नामपदैः स्तुत्वा नमेद् हरिम् ।।
नमो रामाय शुद्धाय बुद्धाय परमात्मने।
विशुद्धज्ञानदेहाय रघुनाथाय ते नमः ।।
नमो रावणहन्त्रे ते नमो बालिविनाशने।
नमो वैकुण्ठनाथाय नमो विष्णुस्वरूपिणे ।।
नमो यज्ञस्वरूपाय यज्ञभोक्त्रे नमोस्तु ते।
योगिध्येयाय योगाय परमानन्दरूपिणे ।।
शंकरप्रियमित्राय जानक्याः पतये नमः।
य इदं प्रातरुत्थाय श्रद्धाभक्तिसमन्वितः ।।
षोडशैतानि नामानि रामचन्द्रस्य नित्यशः।
पठेद् विद्वान् स्मरेन्नाम स एवं स्याद्रघूत्तमः ।।
श्रीरामभक्तिरतुला भवत्येव हि सर्वदा।
जगत्पूज्यः सुखं जीवेद् रामभद्रप्रसादतः ।।
मरणे समनुप्राते श्रीरामः सीतया सह।
हृदि संदृश्यते तस्य साक्षात् सौमित्रिणा सह ।।
नित्यं चापररात्रेषु रामस्येमां समाहितः।
मुच्यतेऽनुस्मृतिं जप्त्वा मृत्युदारिद्र्यपातकैः ।।

वरमेको गुणी पुत्रो निर्गुणैश्च शतैरपि।
एकश्चन्द्रस्तमो हन्ति न च ताराः सहस्रशः ।।

सैकड़ों गुणहीन पुत्रों की अपेक्षा एक भी गुणवान पुत्र श्रेष्ठ है, क्योंकि चन्द्रमा ही अन्धकार का नाश करता है, हजारों तारे नहीं।

वाङ्मय सूची

पुस्तक	लेखक/संपादक/ अनुवादक	प्रकाशक
अभिनव तंत्र दर्शन	आचार्य गोविन्द शास्त्री	चारूलेख प्रकाशन, जयपुर
अभिनव प्रायोगिक तंत्र	आचार्य गोविन्द शास्त्री	चारूलेख प्रकाशन, जयपुर
आगम और तंत्र	डा० बृज बिहारी निगम	रंजन पब्लिकेशन्स, दिल्ली
आगम रहस्य (दो भागों में)	डा० सुधाकर मालवीय	चौखम्बा संस्कृत सीरीज, वाराणसी
आस्था का केन्द्रः शक्तिपीठ विंध्याचल	रमेश चंद्र त्रिपाठी	त्रिपाठी प्रकाशन, लखनऊ
कमलात्मिका तंत्र	राजेश दीक्षित	दीप प्रकाशन, दिल्ली
कामरत्न तंत्र	राम कुमार राय	प्राच्य प्रकाशन, वाराणसी
कौल कल्पतरु चंडी (वर्ष-60, अंक 6-7)	पं० रामदत्त शुक्ल	परवाणी आध्यात्मिक शोध संस्थान, प्रयाग
कर्मकाण्ड प्रदीप	जनार्दन शास्त्री	मोतीलाल, बनारसीदास, दिल्ली
कर्मठ गुरू	मुकुन्द वल्लभ मिश्र	मोतीलाल बनारसीदास, दिल्ली
कर्मजभव व्याधिः देवी चिकित्सा	पं० केशवदेव शास्त्री	अथर्व प्रकाशन, दिल्ली
चंडी महापर्व (नवरात्रि विशेषांक)	पं० रामदत्त शुक्ल	परवाणी आध्यात्मिक शोध संस्थान, प्रयाग
चंडी सौन्दर्यलहरी	आदि शंकराचार्य	परवाणी आध्यात्मिक शोध संस्थान, प्रयाग
चंडी श्री तारा कल्पतरु	आदि शंकराचार्य	परवाणी आध्यात्मिक शोध संस्थान, प्रयाग
डामर तंत्र	राम कुमार राय	प्राच्य प्रकाशन, वाराणसी
तंत्र दर्शन	आचार्य गोविन्द शास्त्री	सर्वार्थ सिद्धि प्रकाशन, दिल्ली
तंत्र विज्ञान	आचार्य गोविन्द शास्त्री	न्यू साधना पॉकेट बुक्स, दिल्ली
दत्तात्रेय तंत्र	डा० रूद्रदेव त्रिपाठी	रंजन पब्लिकेशन्स, दिल्ली
दश महाविद्या	राजेश दीक्षित	दीप प्रकाशन, आगरा
दुर्गा सप्तशती	हरिकृष्ण शर्मा	चौखम्बा संस्कृत प्रतिष्ठान,
भूत डामर तंत्र	विभा पाण्डेय	प्राच्य प्रकाशन, वाराणसी
मंत्र और ज्योतिष	गोविन्द शास्त्री	साधना पॉकेट बुक्स, दिल्ली
मंत्र कोश	आदि शंकराचार्य	कल्याण मंदिर प्रकाशन

मंत्र प्रयोग	औढरनाथ तपस्वी	रणधीर प्रकाशन, हरिद्वार
मंत्र महार्णव (देवता खंड)	राम कुमार राय	प्राच्य प्रकाशन वाराणसी
मंत्र महोदधि	श्री महीधर/ सं० डा० सुधाकर मालवीय	चौखम्बा संस्कृत प्रतिष्ठान, दिल्ली
मंत्र सिद्धि रहस्य	गोविन्द शास्त्री	साई पॉकेट बुक्स, जयपुर
महाकाल संहिता	राधेश्याम चतुर्वेदी	चौखम्बा सुरभारती प्रकाशन, वाराणसी
महापर्व दीपावली (विशेषांक)	पं० रामदत्त शुक्ल	परवाणी आध्यात्मिक शोध संस्थान, प्रयाग
महामृत्युंजय-साधना एवं सिद्धि	डा० रूद्रदेव त्रिपाठी	रंजन पब्लिकेशन्स, दिल्ली
महाशक्ति पीठ	पं रामदत्त शुक्ल	परवाणी आध्यात्मिक शोध संस्थान, प्रयाग
महेश्वर तंत्र	डा० रूद्रदेव त्रिपाठी	रंजन पब्लिकेशन्स, दिल्ली
यज्ञ मीमांसा	श्री वेणीराम शर्मा गौड़	चौखम्बा विद्या भवन
रूद्रयामल तंत्र	रूद्रदेव त्रिपाठी	रंजन पब्लिकेशन्स, दिल्ली
लक्ष्मी नारायण (दो भागों में)	कपिल देव नारायण	चौखम्बा सुरभारती प्रकाशन, वाराणसी
ललिता सहस्रानाम	श्री ब्रह्मानंद	चौखम्बा विद्या भवन
वृत्त राज	श्री विश्वनाथ	खेमराज श्रीकृष्ण दास प्रकाशन, मुम्बई
शतचण्डी विधान	जमुना प्रसाद पंडित	रणधीर प्रकाशन, हरिद्वार
शतचण्डी विधान	पं० रामदत्त शुक्ल	परवाणी आध्यात्मिक शोध संस्थान, प्रयाग
शाक्तानंद तरंगिणी	ब्रह्मानंद गिरी	प्राच्य प्रकाशन, वाराणसी
शक्ति साधना	राधे श्याम शास्त्री	अध्यात्म एवं ज्योतिष शोध संस्थान, लखनऊ
शाबर तंत्र (एक से बारह)	ऋत्शिल शर्मा	कल्याण मंदिर प्रकाशन
शारदा तिलक तंत्र (दो भागों में)	श्री लक्ष्मण/सं० डॉ० सुधाकर मालवीय	चौखम्बा संस्कृत प्रतिष्ठान, दिल्ली
शिवशक्ति चंडी (अंक 10-12)	पं० रामदत्त शुक्ल	परवाणी आध्यात्मिक शोध संस्थान, प्रयाग
साधना और संस्कार	गोविन्द शास्त्री	सुमति साहित्य सदन, दिल्ली

सार्थ चंडी		परवाणी आध्यात्मिक शोध संस्थान, प्रयाग
सार्थ सौन्दर्यलहरी	आदि शंकराचार्य	कल्याण मंदिर प्रकाशन, प्रयाग
सौन्दर्य लहरी	आदि शंकराचार्य/ अं० पं० रूद्रदेव त्रिपाठी	रंजन पब्लिकेशन्स, दिल्ली
हवनात्मक दुर्गा सप्तशती	ऋत्शिल शर्मा	परवाणी आध्यात्मिक शोध संस्थान, प्रयाग
श्री कुलार्णव तंत्र	डा० परमहंस मिश्र	चौखम्बा सुरभारती प्रकाशन, वाराणसी
श्री चक्र रहस्य	ऋत्शिल शर्मा	शक्ति साधन पीठ, प्रयाग
श्री दुर्गा सप्तशती (सचित्र)	श्री राम नारायण दत्त	गीता प्रेस, गोरखपुर
श्री दुर्गार्चन पद्धति (हिन्दी टीका)	श्री शिव दत्त मिश्र, 'षष्टि'	ठाकुर प्रसाद पुस्तक भण्डार वाराणसी
श्री दुर्गार्चन पद्धति	राधेश्याम शर्मा	जगदीश संस्कृत पुस्तकालय, जयपुर
श्री दुर्गा कल्पतरु	पं रामदत्त शुक्ला	परवाणी आध्यात्मिक शोध संस्थान, प्रयाग
श्री नील तंत्र	प्रदीप कुमार राय	प्राच्य प्रकाशन, वाराणसी
श्री बगलामुखी साधना और सिद्धि	योगेश्वरानन्द	डायनेमिक पब्लिकेशनस प्रा० लि०, दिल्ली
श्री यंत्र साधना	ऋत्शिल शर्मा	परवाणी आध्यात्मिक शोध, संस्थान, प्रयाग

श्रीमती मृदुला त्रिवेदी तथा टी.पी. त्रिवेदी
के प्रशंसित, प्रामाणिक एवं प्रकाशित, अन्य शोध प्रबन्ध अग्रांकित हैं :

शोध प्रबन्ध	प्रकाशक	मूल्य	
		सजिल्द	अजिल्द
1. वैवाहिक विलम्ब के विविध आयाम एवं मन्त्र	मोतीलाल बनारसी दास, दिल्ली	225/-	125/-
2. सन्तान सुख : सर्वांग चिन्तन	मोतीलाल बनारसी दास, दिल्ली	445/-	245/-
3. शनि शमन	मोतीलाल बनारसी दास, दिल्ली	215/-	115/-
4. वैवाहिक सुखः ज्योतिषीय संदर्भ	मोतीलाल बनारसी दास, दिल्ली	395/-	195/-
5. शत्रु शमन	मोतीलाल बनारसी दास, दिल्ली	295/-	195/-
6. कालसर्प योग : शोध संज्ञान	मोतीलाल बनारसी दास, दिल्ली	595/-	395/-
7. मेलापक मीमांसा	मोतीलाल बनारसी दास, दिल्ली	895/-	695/-
8. विवाह विमर्श	मोतीलाल बनारसी दास, दिल्ली	595/-	395/-
9. मंत्र पुष्पाञ्जलि	मोतीलाल बनारसी दास, दिल्ली	प्रेस में	
10. योग श्रृंखला	मोतीलाल बनारसी दास, दिल्ली	प्रेस में	
11. Foretelling Widowhood	Motilal Banarasi Dass, Delhi	595/-	395/-
12. शक्ति कुञ्ज	अल्फा पब्लिकेशन्स, दिल्ली	425/-	—
13. समृद्धि सूत्र (भाग-1) (Astrological Principles of Wealth and Prosperity)	अल्फा पब्लिकेशन्स, दिल्ली	475/-	—
14. समृद्धि सूत्र (भाग-2) (Astrological Evaluation of Prosperity and Poverty with Observations & Illustrations)	अल्फा पब्लिकेशन्स, दिल्ली	475/-	—
15. समृद्धि सुधा (Spiritual Measures for Financial Prosperity and Progress)	अल्फा पब्लिकेशन्स, दिल्ली	500/-	—
16. समृद्धि सिन्धु (Remedies for Increase in Income and Recognition)	अल्फा पब्लिकेशन्स, दिल्ली	500/-	—
17. मन्त्र मञ्जरी	अल्फा पब्लिकेशन्स, दिल्ली	—	275/-
18. मंत्र मधुवन	अल्फा पब्लिकेशन्स, दिल्ली	—	325/-
19. An Insight into Kuja Dosh	Alpha Publications, Delhi	400/-	—
20. A Compendium of Marriage, Vol.-I	Alpha Publications, Delhi	450/-	350/-
21. A Compendium of Marriage, Vol.-II	Alpha Publications, Delhi	450/-	350/-
22. Predicting Marriage	Nishkaam Peeth Prakashan, Delhi	800/-	—
23. Shani Shaman (Wooing Saturn) Vol. I	Nishkaam Peeth Prakashan, Delhi	200/-	—
24. Shani Shaman (Wooing Saturn) Vol. II	Nishkaam Peeth Prakashan, Delhi	200/-	—

25. **Astrology for Life**	Nishkaam Peeth Prakashan, Delhi		300/-
26. **मंत्र मंथन**	निरोगी दुनिया प्रकाशन, जयपुर	–	70/-
27. **मंत्र मंजूषा**	निरोगी दुनिया प्रकाशन, जयपुर	–	70/-
28. **मंत्र मंदाकिनी**	सुकृति निकुञ्ज, लखनऊ	–	300/-
29. **व्रत व्यवहारिका**	सुकृति निकुञ्ज, लखनऊ	प्रेस में	–
30. **Astrology for Overcoming Cancer**	Sukriti Nikunj, Lucknow	850/-	–
31. **Natal Planets & Fatal Diseases**	Sukriti Nikunj, Lucknow	350/-	–
32. **मंत्र संजीवनी**	चौखम्बा संस्कृत प्रतिष्ठान, दिल्ली	450/-	250/-
33. **मंत्र सृजन**	चौखम्बा संस्कृत प्रतिष्ठान, दिल्ली	500/-	–
34. **महाविद्या प्रतिष्ठान्: मंत्र अनुष्ठान**	चौखम्बा संस्कृत प्रतिष्ठान, दिल्ली	500/-	300/-
35. **नीति निधि**	चौखम्बा संस्कृत प्रतिष्ठान, दिल्ली	प्रेस में	–
36. **शक्ति निकुञ्ज**	चौखम्बा संस्कृत प्रतिष्ठान, दिल्ली	प्रेस में	–
37. **सप्तशती संहिता**	चौखम्बा संस्कृत प्रतिष्ठान, दिल्ली	प्रेस में	–
38. **Dr. Mulk Raj Dass: The LivingGod (A Treatise on Medical Astrology)**	Rupa & Co., Delhi	In press	–
39. **Pointers to Profession : An Astrological Exposition**	UBS Publishers, Delhi	395/-	–
40. **Astro Equations for Specific Professions**	UBS Publishers, Delhi	445/-	–
41. **Biography of Celebrities: An Astrological Explanation**	UBS Publishers, Delhi	In Press	–

उपलब्धि स्थल

1. **यू.बी.एस. पब्लिशर्स** 5, अंसारी रोड, दरियागंज, नई दिल्ली-02 फोन: 011-23273601-04	2. **मोतीलाल बनारसीदास** 41, यू.ए. बंग्लौ रोड, जवाहर नगर दिल्ली-110 007 फोन: 011-23851985
3. **चौखम्बा संस्कृत प्रतिष्ठान** 38, यू.ए. बंग्लौ रोड, जवाहर नगर पोस्ट बाक्स नं. 2113, दिल्ली-07 फोन: 011-23856391	4. **अल्फा पब्लिकेशन्स** 2640, रोशनपुरा, नई सड़क, दिल्ली-110 006 फोन : 011-23275468/23268053
5. **निष्काम पीठ प्रकाशन** शंकर हाउस ऑफ एस्ट्रोलोजी, आर-12ए, हौज़ खास, नई दिल्ली-16 फोन:26512523	6. **सुकृति निकुञ्ज** सी-1/505, सेक्टर-जी, जानकीपुरम, लखनऊ-226 021 फोन: 0522-4043069
7. **रूपा एण्ड कं०** 7/16, अन्सारी रोड, दरियागंज, नई दिल्ली-110 002	8. **निरोगी दुनिया प्रकाशन** 389, जोशी भवन, मनिहारों का रास्ता त्रिपोलिया बाजार, जयपुर-302003 फोन : 0141-2321373

Address of the Authors **Mrs. Mridula & T.P. Trivedi**
'Mridul Vatika', 24 Mahanagar Extension, Opp. E-40, Corporation Quarters
Pili Colony, Lucknow-226 006, Tel.No. : 0522-2326625